କୋଟି କୋଟି ବାପା - ମାଆ ଓ ଡାକ୍ତରମାନେ ଏହି ବହିକୁ କାହିଁକି ଭଲ ପାଆନ୍ତି ?

"ଏହା ନହେଲେ କୌଣସି ମାଆ ଆଦୌ ଚଳିପାରିବ ନାହିଁ କହିଲେ ଚଳେ ।"

- *ନୀରା, M.D*

■ ■ ■

"ଏହା ଗର୍ଭାବସ୍ଥା ସମୟରେ ଉପୁଜୁଥିବା ସମସ୍ୟାଗୁଡ଼ିକର ଅଦ୍ଭୁତ ସମାଧାନ ଅଟେ ... ଏହାକୁ ବ୍ୟବହାର କରିବା ଖୁବ ସହଜ ଓ ସୂଚୀପତ୍ର ମଧ୍ୟ ଠିକ୍ ଭାବରେ ପ୍ରଦ ।ଆମେ ଯାହା ଚାହିଁବୁ ସେସବୁ ତଥ୍ୟ ସମ୍ପର୍କରେ ଆଖିପିଛୁଳାକେ ଜାଣିପାରିବୁ ।

- ବ୍ରେଣ୍ଡା ସ୍ମାଲେଗେନ R.N.BSN

"ଗର୍ଭାବସ୍ଥା ସମୟରେ ଏହି ବହିଟି ମୋତେ ଖୁବ୍ ସାହାଯ୍ୟ କରୁଛି । ଏହି ବହିରୁ ଆମେ ଯେ କୌଣସି

■ ■ ■

ଜିଜ୍ଞାସାକୁ ପୂର୍ଣ୍ଣ ବିଶ୍ୱାସର ସହିତ ଜାଣିପାରିବା ।"

- ଟେରେସା ଓଏ୍ସନ୍, ମାଆ

■ ■ ■

"ଏହି ବହିଟି କୌଣସି ଏକ ଜୀବନରକ୍ଷକଠୁ କମ୍ ନୁହଁ ।"

- ମିଗୁଲ A କେନୋ, M.D., FACOG

■ ■ ■

"ଜଣେ ମାଆପାଇଁ ଏହା ଏକ ଉପଯୋଗୀ ଗାଇଡ୍‌ଠାରୁ କମ୍ ନଥିଲା ।"

- ବାଲା, M.D.

■ ■ ■

"ନୂଆ ମାଆମାନଙ୍କ ସକାଶେ ଏହା ଏକ ଚମତ୍କାର ବହି ।
ମୁଁ ଏ ବହି ନଥିଲେ ଆଦୌ କିଛି କରି ପାରନ୍ତି ନାହିଁ ।"

- କେଥେରାଇନ, ମାଆ

■ ■ ■

"ମୁଁ ଏ ବହିକୁ ଖୁବ୍ ଭଲ ପାଏ । ଏଥିରେ ଅନେକ ତଥ୍ୟ ସମ୍ବଳିତ ଅଛି ।"

- ସୂଜୀ, M.D.

■ ■ ■

"ଯେଉଁଦିନ ମୋ ଗର୍ଭାବସ୍ଥା କଥା ଜଣାପଡ଼ିଲା, ସେହି ଦିନଠାରୁ ମୁଁ ଏହିବହି ପଢିବା ଆରମ୍ଭ କରିଥିଲି । ଏହା ମୋତେ ଚାପମୁକ୍ତ ଗର୍ଭାବସ୍ଥା ପ୍ରତି ଇଙ୍ଗିତ କରିଥିଲା ।"

-କେରୋଲିନ୍, ଗୋଲ୍ଡଷ୍ଟିନ, ମାଆ

■ ■ ■

"ଭାବି ବାପା-ମାଆଙ୍କୁ ଚିନ୍ତାମୁକ୍ତ କରି ଅନେକ ତଥ୍ୟ ଜଣେଇବା ପାଇଁ ବହିଟି ଅତ୍ୟୁ ମ .. ମୁଁ ଏହାକୁ ହିଁ ପଢିବା ପାଇଁ ମନ୍ତବ୍ୟ ଦେବି ।"

- ଡନିକା, M.D.

■ ■ ■

"ଏହି ବହିଟି ପ୍ରସବ ପୂର୍ବ ଦେଖାରେଖା କ୍ଷେତ୍ରରେ କ୍ରାନ୍ତି ଆଣିଦେଇଛି ।"

- ଜେମ୍ସ, M.D.

■ ■ ■

ମୁଁ ମୋ ଉଭୟ ଗର୍ଭାବସ୍ଥା ବେଳେ ଏହାକୁ ତନ୍ମୟ ହୋଇ ପଢିଥିଲି ଆଉ ଶିଶୁ ବିଶେଷଜ୍ଞ ହେବା ଦୃଷ୍ଟିରୁ ମୁଁ ଉପଲବ୍ଧ କଲି ଯେ, ବାସ୍ତବରେ ଏହା ଏକ ସଠିକ୍ ବହି ।"

- ସୁସେନ୍, M.D.

■ ■ ■

"ମୁଁ ମୋ ରୋଗୀମାନଙ୍କୁ କେବଳ ଏହି ବହି ପଢିବାକୁ ମତାମତ ଦେଇଥାଏ ।"

- ଏଲିଜାବେଥ ଡଲି

■ ■ ■

"ସମଗ୍ର କ୍ରମବଦ୍ଧତା ଖୁବ୍ ଭଲ ହେଉଛି ଓ ବାପା-ମାମାନେ ଅତି ସହଜରେ ବୁଝି ପାରୁଛନ୍ତି । ମୁଁ ସଦାବେଳେ ଏହାକୁ ହିଁ ପଢିବା ପାଇଁ ଯୁକ୍ତି ବାଢିଥାଏ ।

- ଜେନ୍, M.D.

■ ■ ■

"ମୁଁ ଜଣେ ମେଟରନିଟି ଡିଜାଇନର ଓ ମା' ହେବା ଦୃଷ୍ଟିରୁ କହି ପାରିବି ଯେ, ଗର୍ଭବତୀ ମହିଳାମାନଙ୍କ ସକାଶେ ଏହାଠାରୁ ଭଲ ବହି ଆଉ କ'ଣ ହେଇପାରେ ?"

- ମଦର, ଫାଉଣ୍ଡର C.E.O ଲିଜ୍‌ଲେଙ୍ଗି ମେଟରନିଟି

■ ■ ■

ମା' ହେଲେ କ'ଣ କରିବେ

କିପରି ହେବ ?

ଏଥର କ'ଣ ହେବ ?

ହେଇଦି ମାର୍କଫ୍ ଓ ଶେରନ ମେଜେଲ

ଭାଷାନ୍ତର: କ୍ରିଷ୍ଣା କୁମାର 'ଅଜନବୀ'

ଡାଇମଣ୍ଡ ବୁକ୍ସ

ଏମ୍ମା ଓ ବୟାତଙ୍କ ନାଁରେ (ମୋର ସବୁଠୁ ବଡ଼ ଆଶା ଓ ଆକାଂକ୍ଷା) ଏପରିକ (ମୋର ସର୍ବସ୍ୱ) ରହଲିଙ୍କ ସକାଶେ ସ୍ନେହ ଓ ଶ୍ରଦ୍ଧାର ସହିତ ପୃଥିବୀର ସମସ୍ତ ବାପା-ମା' ଓ ଶିଶୁମାନଙ୍କ ନିମନ୍ତେ ଉଦ୍ଦିଷ୍ଟ ..

ପ୍ରକାଶକ : ଡାଇମଣ୍ଡ ବୁକ୍ସ (ପ୍ରା.)ଲିଃ.
X-୩୦ ଓ ଓଖଲା ଇଣ୍ଡଷ୍ଟ୍ରିୟଲ ଏରିଆ, ଫେଜ -II,
ନୂଆଦିଲ୍ଲୀ - ୧୧୦୦୨୦
ଫୋନ୍ : ୦୧୧-୪୦୭୧୨୨୦୦
ଇ-ମେଲ : sales@dpb.in
ୱେବସାଇଟ : www.diamondbook.in

WHAT TO EXPECT WHEN YOU ARE EXPECTING
by:

ମୁଁ ମୋ ପ୍ରଥମ ସାଥୀ ଏରଲିନ ଆଇସନବର୍ଗଙ୍କୁ ଏହା ହିଁ କହିବି ଯେ, ତମ ଦେଖାରେଖା ଭରା ପ୍ରକୃତି, କରୁଣା ଓ ସତ୍ୟନିଷ୍ଠା ସର୍ବଦା ଜୀବିତ ରହୁ । ମୁଁ ତୁମକୁ ନିତି ମନେ ପକେଇ ଭଲ ପାଉଥିବି ।

ଅନେକ ଅନେକ ଧନ୍ୟବାଦ୍

ବିଗତ ୨୩ ବର୍ଷ ମଧ୍ୟରେ ମୁଁ ଦୁଇଟି କଥା ଶିଖିବାକୁ ପାଇଛି, ବହି ଆପେ ଆପେ ଲେଖାଯାଇପାରେନା କି ଛୁଆ ନିଜେକୁ ନିଜେ ବଢ଼ିଯାଏନା । ଅବଶ୍ୟ ମୁଁ ମୋ ଛୁଆଙ୍କ ଲାଳନପାଳନର ଆବଶ୍ୟକ କାର୍ଯ୍ୟ କରିପାରିଛି । କିନ୍ତୁ ଏହି କାମ ଓ ବହିଲେଖିବା କାର୍ଯ୍ୟରେ ମୋର ସ୍ୱାମୀ ମତେ ଖୁବ୍ ସାହାଯ୍ୟ କରିଛନ୍ତି । ଏହି ବହିଟିକୁ ଛାପିବା ସମୟରେ ମୋର ଅନେକ ବନ୍ଧୁ, ସହକର୍ମୀ ଓ ଶୁଭେଚ୍ଛୁ ନିଜର ଅମୂଲ୍ୟ ମତାମତ ଓ ଦୃଷ୍ଟିଭଙ୍ଗୀ ପ୍ରଦାନ କରିଛନ୍ତି ।

ଅନେକ ସହଯୋଗୀ ଆସି ଚାଲିଯାଇ ଥିବାବେଳେ ଅନେକ ମୂଳରୁ ହିଁ ଏଯାଏଁ ମୋ ସାଙ୍ଗରେ କାମ କରିଆସୁଛନ୍ତି । ମୁଁ ସମସ୍ତଙ୍କୁ ଧନ୍ୟବାଦ ଦେଉଛି ।

ସେଣ୍ଡି ହେଓ୍ୱାଞ୍ଜେ :- ତମ ଅମୂଲ୍ୟ ସହଯୋଗ ସକାଶେ ଧନ୍ୟବାଦ; ତମେ ମୋର ଜଣେ ଭଉଣୀ ହେବା ସାଙ୍ଗକୁ ଭଲ ସାଙ୍ଗଟିଏ ମଧ୍ୟ ।

ସୁଜାନେ ରେଫର, ବନ୍ଧୁ ଓ ସମ୍ପାଦକ - ଯିଏ କି ଏହି ବହିକୁ ସମ୍ପାଦନ କରି ନବୀନରୂପ ଦେବାରେ ମତେ ଅନେକ ଥର ସାହାଯ୍ୟ କରି ଶତାଧିକ ଶିରୋନାମା, କାର୍ଟୁନଚିତ୍ର ଓ ପେରେଡ଼ି ମଧ୍ୟ ତିଆରି କରିଛନ୍ତି ।

ପିଟର ଓ୍ୱାର୍କମେନ - ଜଣେ କର୍ମଠ ଓ ପ୍ରତିଶ୍ରୁତିବଦ୍ଧ ପ୍ରକାଶକ, ଯିଏ କି ବହିଦୋକାନୀମାନେ ପ୍ରସ୍ତୁତ ନଥିବା ସତ୍ତ୍ୱେ ମଧ୍ୟ ଗଭୀର ଆତ୍ମବିଶ୍ୱାସର ସହିତ କାର୍ଯ୍ୟକରି ଦେଖେଇ ପାରିଥିଲେ । ସେ ବଡ଼ ଧୈର୍ଯ୍ୟର ସହିତ ଏହି ବହିଟିର ପ୍ରଚାର ପ୍ରସାର ହେବା ପାଇଁ ଆମକୁ ସାହାଯ୍ୟ କରିଥିଲେ । ଡେଭିଡ ମେଟ ଆମକୁ କଳାତ୍ମକ ଦିଗ ତଥା ଆମୂଳଚୂଳ କାର୍ଯ୍ୟରେ ସହଯୋଗ କରିଥିଲେ । ଜନ ଗିଲମେନ ମଧ୍ୟ ମେକ ଓଭର ତଥା ଚିତ୍ର ତିଆରିରେ ନିଜର ଯୋଗଦାନ ଦେଇଥିଲେ । ଲିଜ ହଲେଣ୍ଡର ପ୍ରଥମରୁ ହିଁ ମୋ ପସନ୍ଦର ଡିଜାଇନର୍ ମହିଳା ଥିଲେ । ଏମାନଙ୍କ ବ୍ୟତୀତ ଓ୍ୱିଙ୍ଗଟେଙ୍ଗ, ଟିମ ଓ କ୍ରିୟନ ଓ ଲିନେଟଙ୍କର ଯୋଗଦାନ ମଧ୍ୟ ଉଲ୍ଲେଖନୀୟ । କେଟନ, ଟମ୍ସ ନ୍ୟୁଜମେନ ଓ ଆରିୟନ ମଧ୍ୟ ବହିଛପା କାର୍ଯ୍ୟରେ ପୂର୍ଣ୍ଣ ସହଯୋଗ ପ୍ରଦାନ କରିଥିଲେ । ମୁଁ ମୋର ଅନ୍ୟତମ ବନ୍ଧୁ ସୁଜୀ, ହେଲନେ, ବେଥ, ଓ୍ୱାଲ୍ଟର, ଜେପି, ମେଣ୍ଡଲ, କିମ ଓ ଏମିଙ୍କ ନାଁ ମଧ୍ୟ ଧରିବାକୁ ଚାହିଁବି । ପ୍ରିୟ ଶେଗ୍ରେନ, ଡେନିୟେଲ. ଏରିୟାନେ, କିଗ୍, ଓ ସୋଫିଆ ମଧ୍ୟ ଖୁବ୍ କାମ କରିଥିଲେ । ଘରୋଇ ଡାକ୍ତର ଜେ.ମଧ୍ୟ ଖୁବ୍ ଭଲ ଭଲ ତଥ୍ୟ ଯୋଗେଇଥିଲେ । ଆମର ମେଡିକାଲ କନସଲଟେ

ଡଃ ଚାର୍ଲ୍ସ ଲକଓ୍ୱୁଡ : ନିରଜ ସୂକ୍ଷ୍ମତମ ତଥା ଖୁବ୍ ଗୁରୁତ୍ୱପୂର୍ଣ୍ଣ ତଥ୍ୟାବଳୀ ଉପରେ ଦୃଷ୍ଟି ନିକ୍ଷେପ କରିଥିଲେ । ତାଙ୍କର ବିଦ୍ୱତା ଦେଖି ଆମେ ହିତକିତ ହୋଇପଡୁଥିଲୁ । ମୋର ଓ୍ୱାଟରଫ୍ର ମିଡିଆର ବନ୍ଧୁ ଷ୍ଟିଭନ, ମାଇକ, ଓ୍ୱେନ ବୋଲିନ୍, ଜିମ କାର୍ଟିସ୍ ଓ ସଗହ ହଟରଙ୍କୁ ଅନେକ ଅନେକ ଧନ୍ୟବାଦ; ଯେଉଁମାନେ କି ନିଜର ବ୍ୟକ୍ତିଗତ ସମସ୍ୟା ତଥା ତଥ୍ୟବଳୀ ମୋତେ ପ୍ରଦାନ କରିଥିଲେ । ମାର୍କ କେମଲିନଙ୍କ ତୀବ୍ର ସୂକ୍ଷ୍ମଦୃଷ୍ଟି, ବ୍ୟାବସାୟିକ ପାରଙ୍ଗମତା, ବନ୍ଧୁତା ଓ ସହଯୋଗ ସକାଶେ ତଥା ଏଲିନ୍ ନେମ୍ପିସଙ୍କ ପରିଚାଳନା, ଅସୀମ ଧୈର୍ଯ୍ୟଶକ୍ତି, ଦୃଢତ୍ୱ ତଥା ସମର୍ଥନ ସକାଶେ ଧନ୍ୟବାଦ । ଜେନିଫର ଗ୍ରେଡିଦ ଓ ଫ୍ରାନ କ୍ରିଟଜଙ୍କ ଯୋଗୁଁ ହିଁ

ଆମେ ଆମର ତଥ୍ୟାବଳୀକୁ ଶୁଦ୍ଧରୂପ ପ୍ରଦାନ କରିପାରିଥିଲୁ । ଡଃ ଜେସିକାଙ୍କୁ ଗର୍ଭାବସ୍ଥା ବେଳେ ଚର୍ମାଦିରେ ଦେଖାରେଖା ବାବଦକୁ ଦେଇଥିବା ମତାମତ ସକାଶେ ଧନ୍ୟବାଦ । ଡଃ ହଭି ମଣ୍ଡେଲ ସର୍ବଦା ପ୍ରଶ୍ନ କରିବାକୁ ପ୍ରୋତ୍ସାହିତ କରୁଥିଲେ । 'ହ୍ୱାଟ ଟୁ ଏକ୍ସପେକ୍ଟ ଫାଉଣ୍ଡେସନ'ର ଏକ୍‌ଜିକ୍ୟୁଟିଭ୍ ଡାଇରେକ୍ଟର ଲିସା ୱାର୍ନିଷ୍ଟନ, ଜୋ, ଟେଡି ଏବଂ ଡେନଙ୍କୁ ଧନ୍ୟବାଦ ।

ମୋର ସ୍ୱାମୀ ଏରିକ ମତେ ସବୁ କ୍ଷେତ୍ରରେ ସାହାଯ୍ୟ କରିଥିଲେ । ତାଙ୍କ ସହଯୋଗକୁ ମୁଁ ବର୍ଣ୍ଣନା କରିପାରିବି ନାହିଁ । ତାଙ୍କ ସାଥିରେ ଥାଇ ମୁଁ କାର୍ଯ୍ୟବ୍ୟସ୍ତତା ମଧ୍ୟରେ ମଧ୍ୟ ଖୁବ୍ ଆନନ୍ଦ ଅନୁଭବ କରିଥିଲି । ମୁଁ ତାଙ୍କୁ ଖୁବ୍ ଭଲ ପାଏ । ଇମା ଓ ବୟାତ ଉଭୟଙ୍କୁ ମୁଁ ଖୁବ୍ ସ୍ନେହକରେ । ତମେ ଦୁହେଁ ମୋତେ ମା' ହେବାର ଗୌରବ ପ୍ରଦାନ କରିଛି ।

ପୂଜ୍ୟ ବାପା ତଥା ବନ୍ଧୁ ହାୱାର୍ଡ଼ ଆଇସନବର୍ଗ; ଭିକ୍ଟର ସରକଇ ଓ ଜନ୍ ଏନିୟେଲୋ ତଥା ପୃଥିବୀର ଶ୍ରେଷ୍ଠତମ ଶାଶୁ-ଶ୍ୱଶୁର ଏଭି ଓ ନର୍ମନ ମାର୍କଫ; ରେଚଲ, ଈଥାନ, ଲିଜ୍, ସେଣ୍ଡି ଓ ଟିମ; ସମସ୍ତଙ୍କୁ ଅନେକ ଅନେକ ଧନ୍ୟବାଦ ।

ସମସ୍ତ ଡାକ୍ତର, ନର୍ସ ଓ ଧାଇମା'ମାନଙ୍କୁ ମଧ୍ୟ ଧନ୍ୟବାଦ, ଯେଉଁମାନେ କି ନିତିଦିନ ଅନେକ ଘରେ ଗର୍ଭାବସ୍ଥାକୁ ସୁଖଦ, ସହଜ ଭାବରେ ପରିଚାଳିତ କରି ଆସୁଛନ୍ତି । ସବୁଠୁ ବେଶି ଧନ୍ୟବାଦ ମୁଁ ଆଗାମୀ ବା ଭାବି ବାପା-ମା' ତଥା ପୂର୍ବତନ ବାପା-ମା'ମାନଙ୍କୁ ଦେବି, ଯେଉଁମାନେ କି ଏହି ବହିର ପ୍ରତ୍ୟେକ ସଂସ୍କରଣକୁ ପୂର୍ବାପେକ୍ଷା ଆହୁରି ସରସ, ସୁନ୍ଦର ଓ ନିଖୁଣ କରିବାରେ ପ୍ରେରଣା ଓ ସହଯୋଗ ଦେଇଛନ୍ତି । ମୁଁ ପ୍ରଥମରୁ ମଧ୍ୟ ଏଇୟା କହିସାରିଛି । ବାପା-ମା'ମାନେ ହିଁ ମୋର ସମ୍ବଳ ଓ ସବୁଠାରୁ ଅମୂଲ୍ୟ ବସ୍ତୁ ଅଟନ୍ତି । ନିଜସ୍ୱ କାର୍ଡ଼, ପତ୍ରାଳାପ ଓ ଇ-ମେଲ ଅବ୍ୟାହତ ରଖିବେ ।

ପୁଣିଥରେ ଧନ୍ୟବାଦ୍, ଅନେକ-ଅନେକ ଧନ୍ୟବାଦ । ଭଗବାନ ଆପଣଙ୍କ ସମସ୍ତ ମନସ୍କାମନା ପୂର୍ଣ୍ଣ କରନ୍ତୁ । (ଇତି)

Heidi

ସୂଚୀ-ପତ୍ର

ix

ମିଜ୍-ଫ୍ରି-ମମ, ପାଣ୍ଢାରାଇଜ୍, ନିଜ ଖାଦ୍ୟରେ ରକ୍ତମାଂସ ଗ୍ରହଣ କରନ୍ତୁ ନାହିଁ, ଶାକାହାରୀ ଭୋଜନ, ଲୋ-କାର୍ବଡାଇଟ୍, କୋଲେସ୍ଟେରଲ, ଜଙ୍କ୍ଫୁଡ ସେବନ, ପୁଷ୍ଟିକର ଖାଦ୍ୟର ସହଜ ଉପାୟ, ଘରୁ ବାହାରେ ଖାଦ୍ୟ ଗ୍ରହଣ, ଲେବୁଲ୍ ବୃଦ୍ଧି, ବାହ୍ୟ ଦୃଷ୍ଟିରୁ ଗୁଣବ୍ ।
ଜଣାପଡ଼େନା, ବାସୀ ଖାଦ୍ୟ, ଚିନିର ବିକଳ୍ପ ବସ୍ତୁ, ହାର୍ବଲ ଚା', ଖାଦ୍ୟ ପଦାର୍ଥରେ ରାସାୟନିକ ମିଶ୍ରଣ, ଆର୍ଗେନିକ ବାଛନ୍ତୁ, ଉଭୟଙ୍କ ସୁରକ୍ଷିତ ଭୋଜନ

ଦ୍ୱିତୀୟ ଭାଗ : ନଅ ମାସ ଓ ତା'ର ଗଣତି (ଗର୍ଭଧାରଣରୁ ପ୍ରସବ ପର୍ଯ୍ୟନ୍ତ)

ଦାନ୍ତକୁ ନେଇ ସମସ୍ୟା ସୃଷ୍ଟି ଓ ସମାଧାନ, ନିଶ୍ୱାସ ଓ ପ୍ରଶ୍ୱାସରେ ଅସୁବିଧା, ଏକ୍ନିରେ, ନାକପୁଡ଼ାରେ ଶ୍ଳେଷ୍ମା ଜମାଟ ବାନ୍ଧିବା ଓ ରକ୍ତ ବହିବା, ଘୁଙ୍ଗୁଡ଼ି ମାରିବା, ନିଦ ନ ପଡ଼ିବା ? ଏଲାର୍ଜି, ଏଲାର୍ଜିରେ ଆହାର-ବିହାର, ଯୋନିସ୍ରାବ, ଉଚ୍ଚରକ୍ତଚାପ, ପରିଶ୍ରାଳରେ ସୁଗାର ଯିବା, ଏନିମିଆ, ଏନିମିଆର ଲକ୍ଷଣ, ଭୁଣର ଚଳପ୍ରଚଳ, ବଡ଼ଇମେଜ, ଗର୍ଭାବସ୍ଥାର ଚିତ୍ରାବଳୀ, ଗର୍ଭାବସ୍ଥାର ପୋଷାକ ପତ୍ର, ପେଟ ଦିଶିବା ସାଙ୍ଗକୁ ପାତଳି ହେବାକୁ ଇଚ୍ଛା, ପ୍ରି-ବେବି ସିତର, ଅନିଚ୍ଛାସତ୍ତ୍ୱେ ପରାମର୍ଶ, ବାରମ୍ବାର ପେଟକୁ ଆଉଁସିବା, ପାଶୋରି ଯିବା ଅଭ୍ୟାସ ।

ଗର୍ଭାବସ୍ଥା ଓ ବ୍ୟାୟାମ – ୧୭୪

ବ୍ୟାୟାମର ଉପକାରିତା, ୱାର୍କ-ଆଉଟ, କିଙ୍ଗଲ ବ୍ୟାୟାମ, ଏକ୍ନିର ସାଇଜ, ସ୍ମାର୍ଟ, କାନ୍ଧ ଓ ଜଙ୍ଘରେ ଷ୍ଟେଚ ଚିହ୍ନ, ତିରିଶ ମିନିଟ ଆଉ, ପିଠିର ଚାପ, ବେକର ଆରାମ, ଉଚିତ୍ ଗର୍ଭାବସ୍ଥା, ବ୍ୟାୟାମର ନିର୍ବାଚନ, ପେଲଉଇକ୍ ଟିଲ୍ଟ, ବାଇସେପ କାର୍ଲ, ଲେଗ ଲିଫ୍ଟ, ଟେଲର ଷ୍ଟେଚ, ଟିପ ଫ୍ଲେକ୍ସ, ଆଣ୍ଠୁମାଡ଼ି ବସିବା, ଅ । ରୁଲେଇବା, ଚେଷ୍ଟଷ୍ଟେଚ, ବ୍ୟାୟାମ ନକଲେ

ଅଧ୍ୟାୟ –୧୦ ପଞ୍ଚମ ମାସ – ୧୭୮

ପ୍ରାୟ ୧୮ରୁ ୨୨ ସପ୍ତାହ

ଏହିମାସରେ ଶିଶୁର ଗଠନ ଓ ବିକାଶ – ୧୭୮

ମା' କିପରି ଅନୁଭବ କରୁଥିଲେ ? ୧୭୯

ମା' କ'ଣ ଚିନ୍ତା କରୁଥିଲେ ? – ୧୮୦

ଗରମ ଅନୁଭୂତ ହେବା, ମୁଣ୍ଡ ବୁଲେଇବା, ଟପିଗଲେ, ପିଠି ବ୍ୟଥା, ପେଟବ୍ୟଥା, ନୂତନ ଚର୍ମ, ପାଦର ବୃଦ୍ଧି, କେଶ ଓ ନଖର ତୀବ୍ର ବୃଦ୍ଧି, ଆଖି, ଭୁଣର ଚଳପ୍ରଚଳ, ଦ୍ୱିତୀୟ ତିନିମାସର ଅଳ୍ପସାଉଣ୍ଡ, ଏକ ସୁନ୍ଦର ଚିତ୍ର, ୱ୍ଲେଜ ।ର ସ୍ଥାନ, ଶୋଇବା ଭଙ୍ଗୀ, ପ ମ ମାସ, ଗର୍ଭାବସ୍ଥାରେ ଶିକ୍ଷାଦାନ, ବଡ଼ଛୁଆଙ୍କୁ ଟେକିବା, ବାପା-ମା' ହେବାର ଉସାହ, ସିଟବେଲ୍ଟ ଲଗେଇବା, ଯାତ୍ରା, ଜେଟ ଲେଗ୍, ଗର୍ଭାବସ୍ଥା ଓ ଉଡ଼ାକ୍ଷେତ୍ର, ଗର୍ଭବତୀ, ଗର୍ଭବତୀ ମହିଲାମାନଙ୍କ ଶ୍ୱାସକ୍ରିୟା

ସେକ୍ସ ଓ ଗର୍ଭବତୀ ମହିଲା – ୧୮୪

ସହବାସ ଓ ତିନିମାସ, ମତିଗତି ପରିବ ନ, ଗର୍ଭାବସ୍ଥାରେ ସହବାସ, ବ୍ୟାୟାମ, ସହବାସ ଯଦି ସୀମିତ ହୁଏ, ଆରାମଦାୟକ ଭଙ୍ଗୀ, ଅନ୍ତରେ ବହୁତ ତୃପ୍ତ ହେବା

ବ୍ରେକ୍ଟନ ହିକ୍ କ ାକ୍ନ, ପଞ୍ଜରାରେ ଲାତ ଗୋଇଠା, ନିଶ୍ୱାସ ମାରିବାରେ ଯନ୍ତ୍ରଣା, ଶିଶୁ ବିଶେଷଜ୍ଞଙ୍କ ନିର୍ବାଚନ, ବ୍ଲାଡରୁ ନିୟନ୍ତ୍ରଣ କମିବା, କିପରି ବୋଝେଇ କରିଛନ୍ତି ? ଅଷ୍ଟମ ମାସରେ ଗର୍ଭଧାରଣ, ମା'ର ଆକାର ଓ ଡେଲିଭରି, ମା'ର ଓଜନ ଓ ଶିଶୁର ଆକାର, ଶିଶୁର ଅବସ୍ଥା, ବ୍ରିଚବେବି,. ବ୍ରିଚବେବିକୁ ଓଲଟେଇବା, ମୁହଁ କେଉଁଠାରେ, ଛୁଆ କିପରି ଶୋଇଛି, ସିଜେରିଅନ ଡେଲିଭର. ଜ୍ଞାନିରଖନ୍ତୁ, ଇଲେକ୍ଟିଭ ସିଜେରିଅନ, ବାରମ୍ବାର ସିଜେରିଅନ, ସିଜେରିଅନ ପରେ ଭେଜାଇନାଲ, ଗ୍ରୁପ ବି ଷ୍ଟ୍ରେପ, ପ୍ରଚୁର ଖାଦ୍ୟ ଖାଆନ୍ତୁ, ସ୍ନାନ କରିବା, ଗାଡ଼ି ଚଲେଇବା, ଯାତ୍ରା କରିବା, ଗର୍ଭାବସ୍ଥାର ଶେଷମାସ ଓ ସହବାସ, ଆପଣ ନୁହେଁ

ସ୍ତନପାନ –

ସ୍ତନପାନ ସର୍ବୋ ମ କାହିଁକି ?, ସ୍ତନ ପାନର ପ୍ରସ୍ତୁତି, ବକ୍ଷୋଜ –ବ୍ୟାବହାରିକ ଓ ସହବାସ ଭି ିକ, ବୋତଲ ବାଛିବା କାହିଁକି ? ସ୍ତନପାନ କରେଇବାକୁ ଅସମର୍ଥ ଥିଲେ କରେଇବା ଅନୁଚିତ, ବାପା ଓ ସ୍ତନପାନ

ଅଧ୍ୟାୟ –୧୪ ନବମ ମାସ –

ପ୍ରାୟ ୩୬ରୁ ୪୦ ସପ୍ତାହ

ଏହି ମାସରେ ଶିଶୁର ଗଠନ ଓ ବିକାଶ –

ମା' କିପରି ଅନୁଭବ କରୁଥିବେ ? –

ମା' କ'ଣ ଚିନ୍ତା କରୁଥିବେ ? –

ବାରମ୍ବାର ପରିଶ୍ରା ଯିବା, ସ୍ତନରୁ ଲାଲ ନିର୍ଗତ, ଈଷତ ଦାଗ ପଡ଼ିବା, ପାଣିଥଲି ଫାଟିବା, ଶିଶୁର ଜନ୍ମ, ଶିଶୁର କାନ୍ଦଣା, ଶିଶୁର ଚଲପ୍ରଚଲରେ ପରିବ ନ, ଓଜନ କମିବା, ନେଷ୍ଟିଂ ଇନଷ୍ଟିକ୍, ପ୍ରସ୍ତୁତ ହୋଇପାରଧ୍ଦ, ପ୍ରସବ ଆରମ୍ଭ ହେଲେ କ'ଣ କରିବା ? ଉଭର ଡ୍ୟୁ ଶିଶୁ, ଅନ୍ଧ ମାଲିଶ, ଜନ୍ମବେଳେ ଅନ୍ୟକୁ ଡକେଇବା, ଖାଦ୍ୟ, ଆଉ ଏକ ଦୀର୍ଘ ପ୍ରସବ, ସ୍ୱଛ ତଥ୍ୟାବଳୀ, ମାତୃତ୍ୱ, ହସ୍ତିଟାଲ କିୟ ବାର୍ଥ ସେ ରକୁ କ'ଣ ନେଇଯିବାକୁ ହେବ ?

ସମୟ ପୂର୍ବରୁ ଜନ୍ମର ଲକ୍ଷଣ, ଫଲ୍ସ ଲେବର, ରିଅଲ ଲେବର –

ସବୁକିଛି ପୂରି ରହିବା ଉଚିତ, ସମୟ ପୂର୍ବରୁ ଶିଶୁର ଜନ୍ମ ସକାଶେ ହେଉଥିବା ଯନ୍ତ୍ରଣାର ଲକ୍ଷଣ, ଫଲ୍ସ ଲେବରର ଲକ୍ଷଣ, ପ୍ରକୃତ ଲେବରର ଲକ୍ଷଣ, ଡାକ୍ତରଙ୍କୁ କେବେ ଡକାଯିବ ?

ଅଧ୍ୟାୟ – ୧୫ ଲେବର ଓ ଡେଲିଭରି –

ମା' କ'ଣ ଚିନ୍ତା କରୁଥିବେ ? –

ମ୍ୟୁକସ ପ୍ଲଗ, ରକ୍ତସ୍ରାବ, ପାଣିଥଲି, ଫାଟିବା, ଗାଢ଼ ଏମ୍ନିଓଟିକ ତରଲ ପଦାର୍ଥ, ସଙ୍କୁଚନ

ନିୟମିତ ନହେବା, ପ୍ରସବବେଳେ ଡାକ୍ତରଙ୍କୁ ଡାକିବା, ଠିକ୍ ସମୟରେ ହସ୍ପିଟାଲ ନ ପହଂ଼ବା, ଯଦି ଏକାକୀ ଥା'ନ୍ତି ତେବେ ଜରୁରୀ କାଳୀନ ଡେଲିଭରି, ପ୍ରସବ ସମୟ ସ୍ୱଳ୍ପ ହେବା, ବେକ୍ ଲେବର, ପ୍ରସର ପ୍ରାରମ୍ଭ,। ଲେବର ଇଣ୍ଡକ୍ସନ କିଭଳି ହୁଏ ? ପ୍ରସବ ସମୟରେ ଖାଦ୍ୟ–ପେୟ, ରୁଟିନ୍ ଆଇ.ଭି, ଜରୁରୀକାଳୀନ ଡେଲିଭରି (ସାଥି କିମ୍ବା କୋଚ ପାଇଁ ଟିପ୍ସ) ହସ୍ପିଟାଲ ଯିବାବେଳେ, ଶିଶୁ ପ୍ରତି ଦୃଷ୍ଟିଦେବା, ଅନ୍ତର୍ନିହିତ ପରୀକ୍ଷା, ଝିଲି ଫାଟିବା, ଏଟସିଓପିମି, ଫୋଟରସେପ୍ୟ, ଭେକ୍ୟୁମ୍ର ଚାପ, ପ୍ରସବ ମୁଦ୍ରା, ଶିଶୁର ଜନ୍ମ ଓ ସ୍ଟେଟମାର୍କ୍, ରକ୍ତ ଦିଶିବା

ତୃତୀୟ ଭାଗ : ଯାଆଁଳା ଶିଶୁ, ତିନି ବା ତତୋଧିକ ଶିଶୁ
(ଏକାଧିକ ଶିଶୁର ମା' ହେବାକୁ ଥିଲେ)

ଏକାଧିକ ଛୁଆଥିବା ଅନୁଭୂତ ହେବା, ଏକାଧବକ ଶିଶୁ ଗର୍ଭରେ ? ସାଥୀ ଅଥବା ସମରୂପ, ଡାକ୍ତର ନିର୍ବାଚନ, ଗର୍ଭାବସ୍ଥାର ଲକ୍ଷଣ, ଏକାଧିକ ଶିଶୁ ଗର୍ଭରେ ଥିଲେ ମା'ର ଖାଦ୍ୟପେୟ, ଓଜନ ବୃଦ୍ଧି, ଏକାଧିକ ଶିଶୁ ଗର୍ଭରେ ଥିଲେ ମା'ର ଓଜନ, ଏକାଧିକ ଶିଶୁ ଜନ୍ମର ସମୟ କ୍ରମ, ବ୍ୟାୟାମ, ମିଳିତ ସ୍ୱର, ଅସମ୍ୱେଦନଶୀଳ ବାକ୍ୟ, ମଲ୍ଟିପୁଲ କନେକ୍ସନ, ସୁରକ୍ଷାର ପ୍ରଶ୍ନ, ମ୍ଲ୍ଟିପୁଲ ଉପକାର, ଟ୍ରିଭନ ଟୁ ଟ୍ରିଭନ, ଟ୍ରାନ୍ସଫ୍ୟୁଜନ ସିଣ୍ଡ୍ରୋମ, ବେଡରେଷ୍ଟ, ଭେନିସିଂ ଟ୍ରିଭନ ସିଣ୍ଡ୍ରୋମ

ଚତୁର୍ଥ ସଂସ୍କରଣ ପୃଷ୍ଠଭୂମି

ଚାର୍ଲ୍ସ ଜେ. ଲକ୍‌ଓ୍ୱୁଡ (ଏମ୍.ଡି)

ଅନିତା ଓ, କିଫେ (ୟେଲ ୟୁନିଭର୍ସିଟ ସ୍କୁଲ ଅଫ ମେଡିସିନ୍, ଡିପାର୍ଟମେ ଏଣ୍ଡ ଅବ୍‌ଜଟ୍ରିକ୍ସ, ଗାଇନୋକୋଲୋଜି. ଏଣ୍ଡ ରିପ୍ରୋଡିକ୍ଟିଭ)ରେ ଉଇମେନ ହେଲ୍‌ଥର ଯୁବ ପ୍ରଫେସର

ଦିନେ ମୁଁ କୌଣସି ଜଣେ ରୋଗୀଙ୍କର କୃତଜ୍ଞତା ଭରା ଚିଠି ପାଇଲି, ତା ସାଙ୍ଗରେ କଲେଜର ଏକ ହକି ଖେଳାଳୀଙ୍କ ଫଟୋ ସଂଲଗ୍ନ ଥାଏ । ଉଣେଇଶି ବର୍ଷ ପୂର୍ବେ ମୁଁ ତାଙ୍କ ଡେଲିଭରି କରିଥିଲି । ମୋ କାମଟା ଖୁବ୍ ଭଲ କହିଲେ ଚଳେ । ମଣିଷ ଜୀବନର ସବୁଠୁ ସୁନ୍ଦର, ଅଦ୍ଭୁତ ଓ ସୁଖକର ମୁହୂ ହେଲା 'ଶିଶୁର ଜନ୍ମ' ତାକୁ ଜନ୍ମ ଦେବାର ସୁଯୋଗ ମିଳିଥାଏ, ଅବଶ୍ୟ ପ୍ରସୂତି ବିଶେଷଜ୍ଞ ହେବା ଦୃଷ୍ଟିରୁ ଜୀବନଟା ସେତେ ସହଜ ଓ ସରଳ ହେଉନଥାଏ, ଦିନରାତି ତିଦି ତିନିଟା ପର୍ଯ୍ୟନ୍ତ କାମ କରି କରି ଅବଶ ହେବା, ପୁଣି ପ୍ରସୂତି ମାମଲା ସମସ୍ୟା ସୃଷ୍ଟି ହେଲେ ମନରେ କୁଣ୍ଠାବୋଧ.. ଜନ୍ମିଥାଏ । ଅବଶ୍ୟ ୯;ସପରି କିଛି ଆହ୍ୱାନମୂଳକ ପରିସ୍ଥିତି ସୃଷ୍ଟି ହେବା ପୂର୍ବରୁ ମୁଁ ନିଜକୁ ପ୍ରସ୍ତୁତ କରିନିଏ । ଅଦ୍ଭୁତ ଧରଣର ସୁଖଦୁଃଖ ମିଳିତ ଭାବନାର ଜୁଆର-ଭଟ୍ଟା ମନରେ ପଡ଼ିଥାଏ । ଯାହାହେଲେ ମଧ୍ୟ ଏହାର ଆନନ୍ଦ ନିଆରା ।

ଅବଶ୍ୟ ଚିନ୍ତାକଲେ ମୋ ଚାକିରି ମଧ୍ୟ ଗର୍ଭାବସ୍ଥା ଭଳି ରୋମା କର ହେବା ସାଙ୍ଗକୁ ଖୁବ୍ ଆନନ୍ଦଦାୟକ ହେଇଥାଏ । ଏହି ବହିଟି ଏକ ପ୍ରକାର ନିଜସ୍ୱ ପ୍ରସୂତି ବିଶେଷଜ୍ଞ ଭଳି ଦିଗ୍‌ଦର୍ଶନ ଦେଇଥାଏ । ବହୁବର୍ଷ ହେଲା ମୁଁ ମୋ ରୋଗୀମାନଙ୍କୁ ଏହି ବହି ପଢିବା ପାଇଁ ପରାମର୍ଶ ଦେଇ ଆସିଛି । ଏଥିରେ ଖୁବ୍ ଗୁରୁତ୍ୱପୂର୍ଣ୍ଣ ଓ ଆବଶ୍ୟକ ତଥ୍ୟ ଦିଆଯାଇଛି । ଯାହା ଆମେ କେବଳ ଘରୋଇ ଡାକ୍ତର ବା ଧାଈମାନଙ୍କଠାରୁ ହିଁ ପାଇପାରିଥାଉ ।

ଏହା ଖୁବ୍ ଭଲ ଭାବରେ ଆମକୁ ଗର୍ଭଧାରଣ ପୂର୍ବରୁ କେଉଁସବୁ ବିଷୟ ପ୍ରତି ଦୃଷ୍ଟିଦେବାକୁ ହେଇଥାଏ, ସେକଥା ଜଣେଇଥାଏ । ନିଜର ଜୀବନଶୈଳୀ ଚାକିରି ବା ଖାଦ୍ୟପେୟରେ କି କି ପରିବ ନ ଅଣାଯିବ ତାହା ସୂଚାଏ । ପୁନଶ୍ଚ ପ୍ରତି ସପ୍ତାହରେ ଗର୍ଭସ୍ଥ ଶିଶୁର ଗଠନ ଓ ବିକାଶ କଥା ମଧ୍ୟ କହିଥାଏ । ଇତିମଧ୍ୟରେ ଗର୍ଭସ୍ଥ ମା'ର ଅନ୍ୟସବୁ ଅଙ୍ଗପ୍ରତଙ୍ଗରେ ପଡୁଥିବା ପ୍ରଭାବ ଓ ତା'ର ସମାଧାନ କଥା ମଧ୍ୟ କୁହାଯାଇଅଛି । ଆପଣ କିପରି ଅନୁଭବ କରୁଛନ୍ତି ? କେଉଁ କେଉଁ ପରୀକ୍ଷା କରିନେବା ଉଚିତ ? କିମ୍ବା ଡାକ୍ତରଙ୍କ ସହ କେବେ ପରାମର୍ଶ ଗ୍ରହଣ କରାଯିବ .. ଇତ୍ୟାଦି ବିଷୟରେ କୁହାଯାଇଛି । ପୁନରପି ଆଗାମୀ ଜନ୍ମଦିନ ସକାଶେ ପୂର୍ବ ପ୍ରସ୍ତୁତି କରିବାକୁ ମଧ୍ୟ କୁହାଯାଇଥାଏ । ଏଥିରେ ଏଭଳି ଅନେକ ପ୍ରଶ୍ନର ଉ ର ଅଛି, ଯାହାକୁ ଆମେ ଚାହିଁଲେ ମଧ୍ୟ ଡାକ୍ତରଙ୍କୁ ପଚାରିପାରିବା ନାହିଁ ।

ପ୍ରସବ ପରେ ଅବସାଦ, ମୁହଁରେ

ପଢୁଥିବା ନୀଳରଙ୍ଗର ଦାଗ ବ୍ୟତୀତ ଅନ୍ୟସବୁ ରୋଗକଥା ମଧ୍ୟ ପ୍ରାଞ୍ଜଳ ଭାବରେ ବୁଝେଇ ଦିଆଯାଇଛି ।

ଏଥିରେ ଗୋଟିଏ ଅଧ୍ୟାୟରେ ଶିଶୁର ପ୍ରସବ ପୂର୍ବରୁ କିମ୍ବା ଜନ୍ମପରେ ହେଉଥିବା ମୃତ୍ୟୁ ବାବଦରେ ମଧ୍ୟ ବୁଝାଯାଇଛି । ଏହି ବହିଟି ଆମର ଏକ ସାଥୀ ଓ କୋଚ ଭଳି ଆମକୁ ଦିଗ୍‌ଦର୍ଶନ ଦିଏ । ମନେକର ଯାଆଁଳା ଶିଶୁ କିମ୍ବା ତତୋଧିକ ଛୁଆ ଜନ୍ମ ହଅନ୍ତି, ତେବେ କ'ଣ କରିବାକୁ ହେବ; ଏହାର ତଥ୍ୟ ମଧ୍ୟ ପ୍ରଦାନ କରାଯାଇଛି ।

ଜଣେ ବିଶେଷଜ୍ଞ ହେବା ଦୃଷ୍ଟିରୁ ମୁଁ ଏ ବହି ପଢି ଖୁବ୍ ପ୍ରଭାବିତ ହେଉଛି । ପୁନଶ୍ଚ ଜଣେ ସ୍ୱାଦକ ଭାବରେ ଏଥିରେ ଲିପିବଦ୍ଧ ସଠିକ ଓ ସଂକ୍ଷିପ୍ତ ତତ୍ୟାବଳୀ ଯୋଗୁଁ ମଧ୍ୟ ମୁଁ ବେଶ୍ ପ୍ରଭାବିତ । ପିତା ଓ ସ୍ୱାମୀ ହେବା ଦୃଷ୍ଟିରୁ ମୁଁ ଦେଖିବାକୁ ପାଇଛି ଯେ, ଭାବି ବାପା କ'ଣ କରିବା ବିଧେୟ ଓ କ'ଣ କ'ଣ ଜାଣିବା ବାଞ୍ଛନୀୟ ! ମୋର ହଜାର ହଜାର ରୋଗୀମାନେ, ଷ୍ଟାଫଲୋକ ତଥା ଅନ୍ୟମାନେ ମଧ୍ୟ ଏହାକୁ ପଢିଛନ୍ତି; ସେମାନେ ହିଁ ଏହାର ପ୍ରକୃତ ସିଦ୍ଧାନ୍ତ କରିବେ ।

ଯଦି ଆପଣ ଏହି ବହି ପଢୁଥାନ୍ତି, ତେବେ ହୁଏତ ଗର୍ଭବତୀ ହେଇଥିବେ କିମ୍ବା ଗର୍ଭବତୀ ହେବାକୁ ଚାହୁଁଥିବେ ! ବଧେଇ ! ମୁଁ ଏହାହିଁ ପରାମର୍ଶ ଦେବି ଯେ, ପିଠିପଟୁ ବିଛଣାରେ ଗଡ଼ି ଗଡ଼ି ବହିପଢିବାର ଯାତ୍ରା ଆରମ୍ଭ କରିଦିଅନ୍ତୁ ।

ମୁଖବନ୍ଧ

ଏ ବହିର ଜନ୍ମ ବାରମ୍ବାର କାହିଁକି ହେଲା ?

ଚବିଶ ବର୍ଷ ପୂର୍ବେ ମୁଁ ମୋର ଝିଅଟିକୁ ଜନ୍ମ ଦେଇଥିଲି ଆଉ ଏହି ବହି ଲେଖିବା ଆରମ୍ଭ କଲି । ଝିଅ ଇମା,ବହି ଲେଖା ଆଉ ମୋ ଆଗାମୀ ଛୁଆ (ପୁଅ: ବୟାତ)ର ଲାଳନ-ପାଳନ ଖୁବ୍ ଭଲ, ଆନନ୍ଦଦାୟକ ତଥା କ୍ଲାନ୍ତିଦାୟକ ହେଇଥିଲା । ବ ମାନ ଏହି ବହି ଆପଣମାନଙ୍କ ହାତରେ ଅଛି । ମୋତେ ଏହାର ନୂତନ ସଂସ୍କରଣ ପ୍ରସ୍ତୁତ କରିବକୁ ପଡ଼ିଲା ଏଥିପାଇଁ ମୁଁ ବିଶେଷ ଖୁସି ।

ମୁଁ ମୋ ବହିର ଏହି ନୂତନ ସଂସ୍କରଣକୁ ନେଇ ବେଶ୍ ଆହ୍ଲାଦିତ । ଭ୍ରୂଣଟିଏ ଦିନକୁ ଦିନ ବୃଦ୍ଧି ପାଇ ପାଇ କିପରି ଶାବକଟିର ଆକାର ନେଇଥାଏ ଓ ତା'ର ଗଠନ ଓ ବିକାଶ ପ୍ରକ୍ରିୟା ମନରେ ଏକ ଅଫୁରନ୍ତ ଆନନ୍ଦ ସୃଷ୍ଟି କରେ, ବିଭିନ୍ନ ସମସ୍ୟା ମଧ୍ୟରେ ଗତି କରି ମନର ଜିଜ୍ଞାସାକୁ ମେ ଇଥାଏ; ଏହାର ଉ ର ଏଥିରେ ପ୍ରଦ । ଗର୍ଭାବସ୍ଥାବେଳେ କାମଧନ୍ଦା କରିବା, ଚର୍ମ, କେଶ ଓ ନଖର ଯତ୍ନ ନେବା, ଜୀବନଶୈଳୀ ଓ ସେକ୍ସ , ବିଭିନ୍ନ ସମ୍ପର୍କ ଓ ଭାବ ପ୍ରବଣତା; ସବୁ ଛୋଟ-ବଡ଼ ତଥ୍ୟ ଉପରେ ଆଲୋକପତ କରାଯାଇଛି । ପୁନଶ୍ଚ ଆହାର-ବିହାର କଥା ମଧ୍ୟ କୁହାଯାଇଛି, ଯାହାକି ଶିଶୁର ପୋଷଣ ସକାଶେ ନିହାତି ଗୁରୁତ୍ୱପୂର୍ଣ୍ଣ ହେଇଥାଏ ।

ଗର୍ଭଧାରଣ ପୂର୍ବରୁ ସତର୍କତା ଓ ଯାଆଁଳା ଶିଶୁ ସମ୍ବନ୍ଧରେ ଏକ ବୃହତଥ ଅଧ୍ୟାୟ ଦିଆଯାଇଛି । ଏହା ବ୍ୟତୀତ ଓ ଗର୍ଭାବସ୍ଥା ସମୟରେ ଉପୁଜୁଥିବା ଯେ କୌଣସି ସମ୍ଭାବିତ ବିଷୟ ପ୍ରତି ଦୃଷ୍ଟି ନିକ୍ଷେପ କରାଯାଇଛି ।

ଏହି ବହି ଲେଖିଲାବେଳେ ଏହାର ଏକ ଗୁରୁତ୍ୱପୂର୍ଣ୍ଣ ଉଦ୍ଦେଶ୍ୟ ଥିଲା ଯେ, ଭାବି ବାପା ମା'ମାନେ ଚିନ୍ତିତ ନହେଇ ବରଂ ଏହାର ପ୍ରକୃତ ଆନନ୍ଦ ଗ୍ରହଣ କରନ୍ତୁ । ଉଦ୍ଦେଶ୍ୟ ବ ମାନ ମଧ୍ୟ ପୂର୍ବବତ ଅବ୍ୟାହତ ଅଛି । ହେଲେ ଏହାର ରୂପ ଗୁଣରେ ଅନେକ ପରିବ ନ ଓ ପରିବର୍ଦ୍ଧନ ଘଟିସାରିଛି ।

ମୁଁ ଆଶା କରେ ଯେ, ସବୁତକ ଭାବି ମା'ମାନେ ଏହି ବହି ପଢି ଉପକୃତ ହେବେ ଓ ଶିଶୁର ଗଠନ ଓ ବିକାଶକୁ ନେଇ ଆନନ୍ଦିତ । ସମସ୍ତଙ୍କୁ ଗର୍ଭଧାରଣ ସକାଶେ ମୋ ତରଫରୁ ଅନେକ ଅନେକ ଶୁଭେଚ୍ଛା ଓ ବଧେଇ ! ଜଣେ ଉ ମ ଓ ଆଦର୍ଶ ପିତାମାତା ହେଇ ଜୀବନକୁ ସାର୍ଥକ କରନ୍ତୁ । ଭଗବାନ ଆପଣଙ୍କମାନଙ୍କର ମନସ୍କାମନା ପୂର୍ଣ୍ଣ କରନ୍ତୁ ।

heidi

ପ୍ରଥମ ଭାଗ

କେତେକ ଆବଶ୍ୟକ ତଥ୍ୟାବଳୀ

ଗର୍ଭଧାରଣ ପୂର୍ବରୁ

ତା'ହେଲେ ଆପଣ ମଧ୍ୟ ଘରସଂସାରଟିଏ କରିବା କିମ୍ବା ଜନସଂଖ୍ୟା ବୃଦ୍ଧି ସକାଶେ ଶେଷ ସିଦ୍ଧାନ୍ତ କରିସାରିଲେଣି ! ଖୁବ୍ ଶୀଘ୍ର ଆପଣଙ୍କ ଘରେ ଏକ ନୂତନ ଅତିଥି ଆସି ପହଂିବେ ନହେଲେ ଆପଣଙ୍କ ଛୁଆମାନଙ୍କୁ ହୁଏତ ଭାଇ କିମ୍ବା ଭଉଣୀ ମଧ୍ୟ ମିଳିଯାଇପାରନ୍ତି । ଶିଶୁର ପଦପାତ ଶୁଣାଯିବା ପୂର୍ବରୁ ଆମେ କେତେକ ଆବଶ୍ୟକ ପଦକ୍ଷେପ ଗ୍ରହଣ କରିବାକୁ ହେବ; ଯଦ୍ଦ୍ୱାରା ମା'ସାଙ୍ଗକୁ ଆଗାମୀ ଶିଶୁ ମଧ୍ୟ ସୁସ୍ଥ ଓ ସତେଜ ହୋଇପାରିବ । ଏହି ପରାମର୍ଶ ବଳରେ ଆପଣ ଓ ଆପଣଙ୍କ ସ୍ୱାମୀ ଆଗାମୀ ସମୟ ସକାଶେ ନିଜକୁ ସମ୍ପୂର୍ଣ୍ଣ ଭାବରେ ପ୍ରସ୍ତୁତ କରିପାରିବେ ।

ଯଦିଚ ଆପଣ ଏଯାଏଁ ଗର୍ଭବତୀ ହୋଇପାରିନାହାନ୍ତି ତେବେ, କିଛିକଥା ନୁହଁ, ଚେଷ୍ଟା ଅବ୍ୟାହତ ରଖନ୍ତୁ; ଆଉ ଯଦି ସୁସମ୍ବାଦ ପାଇସାରିଛନ୍ତି, ତେବେ ବହିର ଦ୍ୱିତୀୟ ଅଧ୍ୟାୟଠାରୁ ପଢ଼ିବା ଆରମ୍ଭ କରିଦିଅନ୍ତୁ । ଏହି ପ୍ରଥମ ଅଧ୍ୟାୟଟି ଗର୍ଭଧାରଣ କରିବାକୁ ଚାହୁଁଥିବା ମା'ମାନଙ୍କ ସକାଶେ ଉଦ୍ଦିଷ୍ଟ ।

ଗର୍ଭଧାରଣ ପୂର୍ବରୁ, କେତେକ ପରାମର୍ଶ

କଅଁଳ ଶିଶୁଟି ଆପଣଙ୍କ କୋଳକୁ ଆସିବା ପାଇଁ ଉଦ୍‌ବିଗ୍ନ କିନ୍ତୁ ତାକୁ ନିଜ ପାଖକୁ ଡାକିବା ପୂର୍ବରୁ ଏସବୁ ଛୋଟଛୋଟ କଥା ପ୍ରତି ଦୃଷ୍ଟି ଦେବାକୁ ହେବ ।

ଗର୍ଭଧାରଣ ପୂର୍ବରୁ ପରୀକ୍ଷା: ଆପଣଙ୍କୁ ଅବଶ୍ୟ ପ୍ରସବ ପୂର୍ବ ଦେଖାରେଖା କରିବା ସକାଶେ ଡାକ୍ତରଙ୍କ ଆବଶ୍ୟକତା ପଡ଼ିନପାରେ । ଆପଣ ଚାହିଁଲେ ନିଜର ଡାକ୍ତରାଣୀଙ୍କ ସହିତ ସାକ୍ଷାତ କରିପାରନ୍ତି । ଏହି ପରୀକ୍ଷା ଦ୍ୱାରା ଜଣଙ୍କର ଦୁର୍ବଳତା ପ୍ରଥମରୁ ହିଁ ଜଣାପଡ଼ିଯିବ ଆଉ ଚିକିତ୍ସା କରିବାରେ ସୁବିଧା ମଧ୍ୟ ହେବ । ଡାକ୍ତର ଆପଣଙ୍କୁ ସେସବୁ ଔଷଧ ମଧ୍ୟ ହେବ । ଡାକ୍ତର ଆପଣଙ୍କୁ ସେସବୁ ଔଷଧଠାରୁ ଦୂରେଇ ରଖିବାକୁ ପରାମର୍ଶ ଦେବେ ଯାହାକି ଗର୍ଭାବସ୍ଥାବେଳେ ଖାଇବା ଉଚିତ ନୁହଁ । ନିଜର ଓଜନ, ଆହାର, ଖାଦ୍ୟ-ପେୟର ଅଭ୍ୟାସ ଓ ଜୀବନଶୈଳୀ ବାବଦରେ ତଥା ଟୀକାକରଣ ବିଷୟରେ ମଧ୍ୟ ପରାମର୍ଶ ନେଇ ପାରିବେ ।

ପ୍ରସବ ପୂର୍ବରୁ ଡାକ୍ତର ଖୋଜା :- ନିଜପାଇଁ କୌଣସି ଜଣେ ଧାଇ, ମିଡ୍‌ୱାଇଫ କିମ୍ବା ପ୍ରିନେଟାଲ ଡକ୍ଟରଟିଏ ବାଛି ପକାନ୍ତୁ । ଅବଶ୍ୟ ବର୍ତ୍ତମାନ ଆପଣ ଗର୍ଭବତୀ ନୁହନ୍ତି । କିନ୍ତୁ ଆଗାମୀ ଦିନରେ ଖୁବ୍ ବ୍ୟସ୍ତତମ ହେବାର ସମ୍ଭାବନା ଅଛି । ଏଣୁକରି ପ୍ରଥମେ ପଚରା ଉଚୁରା କରି, ପରାମର୍ଶ ଗ୍ରହଣ ପୂର୍ବକ ଡାକ୍ତରଟିଏ ମନେ ମନେ ଯୋଗାଡ଼ କରିସାରନ୍ତୁ ।

ଡାକ୍ତରଙ୍କ ସହିତ ସାକ୍ଷାତ : ଗର୍ଭବତୀ ହେବ ପୂର୍ବରୁ ଦନ୍ତରୋଗ ବିଶେଷଜ୍ଞଙ୍କ ପାଖକୁ ନିଶ୍ଚୟ ଯା'ନ୍ତୁ କିହିଁକିନା ଭାବି ଗର୍ଭାବସ୍ଥାର ଦୁଷ୍ପ୍ରଭାବ ଏହିଠାରେ ପଡ଼ିପାରେ । ଗର୍ଭାବସ୍ଥାର ହର୍ମୋନ୍ସ ଯୋଗୁଁ ଦାନ୍ତ ଓ ଦାନ୍ତମୂଳରେ ସମସ୍ୟା ଦେଖାଯାଇପାରେ । ଅଧ୍ୟୟନରୁ ଏହା ମଧ୍ୟ ଜ୍ଞାତ ଯେ, ଗର୍ଭାବସ୍ଥାର ଅସୁବିଧାରେ ଦାନ୍ତମୂଳ ରୋଗ ମଧ୍ୟ ସମ୍ମିଳିତ ଶିଶୁକୁ ଜନ୍ମ ଦେବା ପୂର୍ବରୁ ଥରେ ଡେ ିଷ୍ଟ ପାଖକୁ ଯିବା ଉଚିତ । ଦାନ୍ତର ଏକ୍ସ-ରେ, ଫିଲିଂ କିମ୍ବା ସର୍ଜରୀ ଆଦି କରେଇ ନିଅନ୍ତୁ; କାହିଁକିନା ଗର୍ଭାବସ୍ଥା ସମୟରେ ଏସବୁ ବର୍ଜିତ ।

ବଂଶବୃକ୍ଷରଚନା :- ନିଜର ବଂଶବୃକ୍ଷ ବ୍ୟତୀତ ସ୍ୱାମୀଙ୍କର ମଧ୍ୟ ବଂଶବୃକ୍ଷକୁ ଦୃଷ୍ଟିରେ ରଖି ଅନୁମାନ କରିବାକୁ ହେବ ଯେ, ଉଭୟଙ୍କ ବଂଶରେ କେତେ ଭୟଙ୍କର ରୋଗାକ୍ରାନ୍ତ ଥିଲେ କି ? ଏଭଳି ରୋଗମାନଙ୍କ ମଧ୍ୟରେ ଡାଇନ ସିଂଡ୍ରୋମ, ଟେ-ସେକ ରୋଗ, ସିକଲ ସେଲ ଏନିମିଆ, ଥେଲାସିମିଆ, ହିମୋଫିଲିଆ, ସିଟ୍ରେକ ଫାଇବେଗେସିସ କିମ୍ବା ଫ୍ରେଗାଇଲ ଏକ୍ସ ସିଣ୍ଡ୍ରୋମ ଅନ୍ୟତମ ।

ଗର୍ଭାବସ୍ଥାର ପୂର୍ବାଭାସ :- ଯଦି ପ୍ରଥମ ଗର୍ଭରେ କୌଣସି ଅସୁବିଧା ସୃଷ୍ଟି ଦେଇଥାଏ, ସମୟ ପୂର୍ବରୁ ବା ପରେ ପ୍ରସବ ହେବା କିମ୍ବା ଏକାଧିକ ଗର୍ଭପାତ ହେଇଛି ତେବେ ଡାକ୍ତରଙ୍କୁ ଭେଟିବା ଆବଶ୍ୟକ; ଯଦ୍ୱାରା ସେହି ଅସୁବିଧା ପୁଣିଥରେ ସୃଷ୍ଟି ନହେଉ ।

ଆବଶ୍ୟକ ସ୍ଥଳେ ଜେନେଟିକ ସ୍କ୍ରିନିଂ କରାନ୍ତୁ :- ମନେକର କୌଣସି ସିଷ୍ଟକ ବଂଶଗତ ରୋଗ ଥାଏ, ତେବେ ଡାକ୍ତରଙ୍କୁ ଜେନେଟିକସ୍କ୍ରିନିଂ ସକାଶେ ପରାମର୍ଶ ଗ୍ରହଣ କରନ୍ତୁ । ଯଦି ଆପଣ କାକେସିଆନ ହେଇଥା'ନ୍ତି ତେବେ ସିଟ୍ରେକ ଫାଇବରୋସିସ, ୟୁହୁଦି-ଇଉରୋପିଆନ ହେଇଥିଲେ ଟେ-ସେକ ରୋଗ, ଆଫ୍ରିକୀୟ ହେଇଥିଲେ ସିକଲ ସେଲ ଟ୍ରେଟ କିମ୍ବା ଗ୍ରୀକ୍ ଇଟାଲିଅନ, ଦକ୍ଷିଣ ପୂର୍ବ ଏସିଆ ବା ଫିଲପାଇନ୍ସ ଦେଶର ହେଇଥିଲେ ଥେଲାସିମିଆ ରୋଗାକ୍ରାନ୍ତ ହେଇପାରନ୍ତି ।

ପ୍ରଥମ ଏକାଥିକ ଗର୍ଭପାତ ହେବା ରକ୍ତ ସମ୍ପର୍କୀୟ ସହିତବିବାହ କରିବା, ଦୀର୍ଘ ସମୟ ଧରି ଗର୍ଭଧାରଣ ନହେବା ଭଳି କାରଣରେ ମଧ୍ୟ ଜେନେଯିକ ସ୍କ୍ରିନିଂର ଆବଶ୍ୟକତା ହେଇଥାଏ ।

ପରୀକ୍ଷା କରାନ୍ତୁ :- ଏସବୁ ବୁଝାବୁଝି ମଧ୍ୟରେ ହୁଏତ ଆପଣଙ୍କୁ କିଛି ପରୀକ୍ଷା କେରଇବା ସକାଶେ ପ୍ରସ୍ତୁତି ହେବାକୁ ପଡିବ । ସେଗୁଡ଼ିକ ହେଉଛି :-

■ ଏନିମିଆ ଯା ସକାଶେ ହିମୋଗ୍ଲୋବିନ ବା ହିମେଟୋକ୍ରିଟ ପରୀକ୍ଷା ।

■ ଆର.ଏଚ.ଫେକ୍ଟର, ଏଥିରୁ ପଜିଟିଭ ବା ନେଗେଟିଭ କଥା ଜଣାପଡ଼ିବ । ନିଜେ ନେଗେଟିଭ ଥିଲେ ସ୍ୱାମୀଙ୍କର ମଧ୍ୟ ପରୀକ୍ଷା କରାଯିବ । (ଉଭୟଙ୍କର ନେଗେଟିଭ ବାହାରିଲେ ଆଉ ଭାବିବାର କିଛି ନାହିଁ) ।

■ 'ରୁବ୍ରେଲା ଟିଟର' ପ୍ରତିରୋଧକ ଶକ୍ତି ପରୀକ୍ଷା କରାଯାଏ ।

■ 'ଭେରିସେଲା ଟିଟର' ଏହାମଧ୍ୟ ପ୍ରତିରୋଧକ ଶକ୍ତି ପାଇଁ ପରୀକ୍ଷା ହୁଏ ।

■ ହେପେଟାଇଟିସ୍ ବି. (ଏହାର ଟୀକା ନେଇନାହାନ୍ତି କିମ୍ବା ନିଜେ ଜଣେ ସ୍ୱାସ୍ଥ୍ୟକର୍ମୀ ହେଇଥାନ୍ତି)

■ ସାଇଟୋ ମେଗାଲୋ ଭାଏରସ ଏ ିବଡିଜ ପରୀକ୍ଷା; ଏହା ଦ୍ୱାରା ପୂର୍ବ ପରୀକ୍ଷା କଥା ଜଣାପଡ଼େ । ଯଦି ଏହାର ଚିକିତ୍ସା କରାଯାଇଥାଏ, ତେବେ ଏହାର ଛ'ମାସ ଯାଏଁ ଗର୍ଭଧାରଣ ନ କରିବା ଶ୍ରେୟସ୍କର ।

■ ଟେକ୍ସୋପ୍ଲାଜମୋସିସ ଟିଟର, ଯଦି ଘରେ ପୋଷା ବିଲେଇ ଥାଏ ଓ ବାହାରେ ବୁଲି କ ାମାଂସ ଖାଏ କିମ୍ବା ଗ୍ଲୋବ ନପିନ୍ଧି ନିଜେ ବଗିଚା କାମ କରୁଥାନ୍ତି । ଏହାର ଟୀକା ନେଇଥିଲେ କିଛି କଥା ନୁହଁ; ନହେଲେ ସତର୍କ ରହନ୍ତୁ ।

■ ଥାଇରାଇଡ ଫଙ୍କସନ୍; ଏହାଦ୍ୱାରା ଗର୍ଭାବସ୍ଥାରେ ଦୁଷ୍ପ୍ରଭାବ ପଡ଼ିପାରେ । ମନେକର ଘରେ କେହି ଏହି ରୋଗର ଆକ୍ରାନ୍ତ ଥା'ନ୍ତି ବା ଏହାର କୌଣସି ଲକ୍ଷଣ ଦେଖାଦିଏ, ତେବେ ନିଶ୍ଚୟ ଏହାର ପରୀକ୍ଷା କରାନ୍ତୁ ।

■ ଯୌନରୋଗ; ସମସ୍ତ ଗର୍ଭବତୀ ମହିଳାମାନଙ୍କର ନିୟମିତ ଭାବରେ ଯୌନରୋଗ ପରୀକ୍ଷା ଅର୍ଥାତ୍ (ସିଫଲିସ, ଗୋମୋରିଆ, କାଲମିଡିଆ, ହର୍ପିଜ, ଏଚ ପିଭି ତଥା ଏଚଆଇଭି) ଆଦିର ପରୀକ୍ଷା କରାଯାଇଥାଏ । ହୁଏତ ଏପରି ରୋଗ ହେବାର କୌଣସି ସମ୍ଭାବନା ନଥିଲେ ମଧ୍ୟ ଏହାର ପରୀକ୍ଷା ଅଲବତ କରାଯାଇଥାଏ ।

ଚିକିତ୍ସା କରାନ୍ତୁ :- ମନେକର ପରୀକ୍ଷା କଲାପରେ କୌଣସି ରୋଗକଥା ଜଣାପଡ଼େ, ତେବେ ତା'ର ଚିକିତ୍ସା ଅଲବତ କରାନ୍ତୁ । ଯେ କୌଣସି ସାମାନ୍ୟ ଅସ୍ତ୍ରୋପଚାରକୁ ଘୁ େଇ ଆସୁଥାନ୍ତି, ତା'ହେଲେ ବ ର୍ମାନ କରେଇ ନିଅନ୍ତୁ । ନହେଲେ ଗର୍ଭାବସ୍ଥା ସମୟରେ କୌଣସି ଅସୁବିଧା ସୃଷ୍ଟି ହେଇପାରେ । ନିମ୍ନଲିଖିତ ଅସୁବିଧା ଦେଖାଦେଇପାରେ :-

■ ୟୁଟେରାଇନ ପୋଲିପ୍ସ, ଫିବରଏଡ୍‌ସ ସିଷ୍ଟ କିମ୍ବା ବେନିଗ ଟ୍ୟୁମର

■ ଏଣ୍ଡୋମିଟ୍ରାଓସିସ (ଗର୍ଭାଶୟର ପାର୍ଶ୍ୱସ୍ଥ କୋଷିକା ସବୁ ଅନ୍ୟତ୍ର ସଂପ୍ରସାରିତ ହେଇଥାଏ)

■ ପେଲ୍‌ଭିକ ଇଂଫ୍ଲାମେଟ୍ରି ରୋଗ

■ ମୂତ୍ରାଶୟରେ ହେଉଥିବା ବାରମ୍ବାର ସଂକ୍ରାମଣ ବା ବେକ୍ଟେରିଆଲ ଭେଜିନୋସିସ

■ କୌଣସି ଏସଟିଡି ରୋଗ

ଟୀକାକରଣ :- ଗତ ଦର୍ଶବର୍ଷ ମଧ୍ୟରେ ଯଦି ଆପଣ ଏପର୍ଯ୍ୟନ୍ତ ଟିଟାନସ - ଡିପଥେରିଆ ବୁଷ୍ଟରର ଟୀକା ନେଇନାହାନ୍ତି, ତେବେ ଲଗେଇ ନିଅନ୍ତୁ । (ରୁବେଲା) ମିଜଲ୍ସ, ମମ୍ସ ଓ ରୁବେୟାର ଟୀକା ନେଇନଥିଲେ, ନିଅନ୍ତୁ, ତା'ପରେ ଗର୍ଭାଧାନ ସକାଶେ ମାସେ ଅପେକ୍ଷା କରନ୍ତୁ । ଯଦି ଆଗରୁ ଆପଣ ଗର୍ଭବତୀ ହେଇଥା'ନ୍ତି, ତେବେ ଚିନ୍ତା କରିବାର କିଛି ନାହିଁ । ହୁଏତ ଆପଣ ହେପେଟାଇଟିସ ବି. କିମ୍ବା ଚିକେନପକ୍ସକୁ ନେଇ ଭୟାକ୍ରାନ୍ତ ନୁହନ୍ତି, ତଥାପି ବ ର୍ମାନ ଏଥିସକାଶେ ସୁବିଧା କରନ୍ତୁ । ଯଦି ଆପଣଙ୍କ ବୟସ ୨୬ ବର୍ଷରୁ କମ୍ ହେଇଥାଏ,ତେବେ ଏଚ.ପି.ଭି ତିନିଟା ଡୋଜ ନେବାକୁ ନେବ । ଏଣୁକରି ଯୋଜନା ପ୍ରସ୍ତୁତ କରିଥାନ୍ତୁ ।

କ୍ରନିକ ରୋଗଗୁଡ଼ିକୁ ଆୟ ।ଧୀନ କରନ୍ତୁ :- ମନେକର ଆପଣଙ୍କୁ ମଧୁମେହ, ଯକ୍ଷ୍ମା, ହୃତରୋଗ, ଏପିଲେପ୍ସି କିମ୍ବା କୌଣସି କ୍ରନିକ ଅର୍ଥାତ ଦୀର୍ଘ ସମୟ ଧରି ରହିଥିବା ରୋଗ ଥାଏ, ତେବେ ଗର୍ଭଧାରଣ ପୂର୍ବରୁ ଡାକ୍ତରଙ୍କ ପରାମର୍ଶ ଲୋଡ଼ନ୍ତୁ ଆଉ ରୋଗକୁ ଆୟ ।ଧୀନ କରନ୍ତୁ । ନିଜର ଦେଖାଶୁଣା ଆରମ୍ଭ କରିଦିଅନ୍ତୁ । ଯଦି ଆପଣ ଜନ୍ମରୁ 'ପିନାଇଲକିଟୋସ ୟୁରିଆ' ରୋଗଗ୍ରସ୍ତ ଥା'ନ୍ତି, ତେବେ ଏବେଠାରୁ ଫିନାଇଲ ଲେନିନ ଯୁକ୍ତ ଖାଦ୍ୟ ପଦାର୍ଥ ଗ୍ରହଣ କରିବା ଆରମ୍ଭ କରି ଦିଅନ୍ତୁ । ଆଉ ଗର୍ଭାବସ୍ଥାରେ ମଧ୍ୟ ଅବ୍ୟାହତ ରଖନ୍ତୁ ଏହା ଆପଣ ଓ ଆପଣଙ୍କ ଶିଶୁ ଉଭୟଙ୍କ ସକାଶେ ସ୍ୱାସ୍ଥ୍ୟ ଦୃଷ୍ଟିରୁ ଅତ୍ୟୁ ମ ।

ଯଦି ଆପଣଙ୍କୁ ଏଲାର୍ଜିଟ୍ସ ଆବଶ୍ୟକ ହେଉଥାଏ, ତେବେ ଏବେଠାରୁ ଦଅଷ୍ଟି ଦିଅନ୍ତୁ । ଆମୋଦ ପ୍ରମୋଦ ଦାୟକ ଗର୍ଭାବସ୍ଥାରେ ଅବସାଦ ବାଧା ସୃଷ୍ଟି କରିଥାଏ । ଏଣୁକରି ଆଗରୁ ଏହାର ଚିକିତ୍ସା କରିନେବା ଉଚିତ୍ ।

ଗର୍ଭନିରୋଧକ ବନ୍ଦ କରନ୍ତୁ :- ନିଜର କଣ୍ଡୋମ ତଥା ଡାଇଫ୍ରଗ୍ମ ଫୋପାଡ଼ି ଦିଅନ୍ତୁ । (ଅବଶ୍ୟ ଗର୍ଭାବସ୍ଥା ପରେ ଏହା ଆବଶ୍ୟକ ହେଇପାରେ) ଯଦି ଗର୍ଭନିରୋଧକ ବଟିକା ଖାଉଥା'ନ୍ତି, ଭେଜାଇନାଲ ରିଂଗ ବା ପେଚ୍ ବ୍ୟବହାର କରୁଥା'ନ୍ତି, ତେବେ ଡାକ୍ତରଙ୍କୁ ପରାମର୍ଶ ମାଗନ୍ତୁ । କିଛିମାସ ଆଗରୁ ଏସବୁ ବନ୍ଦ କରିବାକୁ ହେବ, ଯଦ୍ଦ୍ୱାରା ପ୍ରଜନନ ଯନ୍ତ ଉପଯୁକ୍ତ ଭାବରେ କାର୍ଯ୍ୟ କରିପାରୁଥିବ । ଆଉ ଦୁଇମାସ ମଧ୍ୟରେ ମାସିକ ଋତୁସ୍ରାବ ଠିକ୍ ସମୟରେ ହେଇପାରୁଥିବ । (ଇତି ମଧ୍ୟରେ କଣ୍ଡୋମ ବ୍ୟବହାର କରି ପାରନ୍ତି) ହୁଏତ ମାସିକ ଋତୁସ୍ରାବ ଠିକ୍ ହେବାରେ ଆପଣଙ୍କୁ ଦୁଇ-ତିନିମାସ ବା ଅଧିକସମୟ ଲାଗିପାରେ ।

ଯଦି ଆପଣ 'ଆଇୟୁଡି' ବ୍ୟବୟାର କରୁଥା'ନ୍ତି, ତେବେ ଏହାକୁ କାଢ଼ିଦିଅନ୍ତୁ । ଡେପୋପ୍ରୋଭେରା ବନ୍ଦ କଲାପରେ ଏହାକୁ ଛ'ମାସ ଅପେକ୍ଷା କରନ୍ତୁ । ଅନେକ ମହିଳାମାନେ ଏହାକୁ ବନ୍ଦ କଲାପରେ ୧୦ମାସ ଯାଏ ? ଗର୍ଭବତୀ ହୋଇ ପାରନ୍ତି ନାହିଁ । ଏଣୁ ନିଜ ଅନୁସାରେ ଯୋଜନା କରନ୍ତୁ ।

ଖାଦ୍ୟ ଗ୍ରହଣରେ ସଂଶୋଧନ :- ହୁଏତ ଆପଣ ଏବେଠାରୁ ଦୁଇ ଜଣଙ୍କ ପାଇଁ ଖାଦ୍ୟ ଗ୍ରହଣ କରୁନଥିବେ, କିନ୍ତୁ ଭଲ ଅଭ୍ୟାସକୁ ଆପଣେଇବାରେ ଡେରି କାହିଁକି ? ନିଜର ଫଲିକ ଏସିଡ ଡୋଜ ଖାଇବାକୁ ଭୁଲନ୍ତୁ ନାହିଁ । ଏତତ୍‌ଦ୍ୱାରା ଗର୍ଭଧାରଣର କ୍ଷମତା ବୃଦ୍ଧିପାଇବ । ଅଧ୍ୟୟନରୁ ଏକଥା ଜଣାପଡ଼ିଛି ଯେ, ଗର୍ଭଧାରଣ ପୂର୍ବରୁ ଖାଦ୍ୟରେ ଏହି ଭିଟାମିନ୍ ଅଧିକ ମାତ୍ରାରେ ଗ୍ରହଣ କଲେ 'ନ୍ୟୁରାଲ ଟ୍ୟୁବ୍ ଡିଫେକ୍ଟ'ର ଆଶଙ୍କା କମି ଯାଇଥାଏ ।

ଏହା ଖାଦ୍ୟଶସ୍ୟ ଓ ତଟକା ପନିପରିବା ତଥା ରିଫାଇଣ୍ଡ ଶସ୍ୟରୁ ମିଳିଥାଏ; କିନ୍ତୁ ସ୍ୱତନ୍ତ୍ର ଭାବରେ ଏହାକୁ ଗ୍ରହଣ କରିବାକୁ ହେବ । ଏଥିପାଇଁ ଡାକ୍ତରଙ୍କୁ ପଚାରନ୍ତୁ ।

ଜଙ୍ଗ ଓ ଚର୍ବିଯୁକ୍ତ ଖାଦ୍ୟକୁ ଦୁରୁ ଜୁହାର କରନ୍ତୁ । ଖାଦ୍ୟରେ ଫଳ, ପନିପରିବା ଓ କମ ଚର୍ବିଥିବା ଦୁଗ୍ଧଜାତ ଦ୍ରବ୍ୟଗ୍ରହଣ କମରାଯାଇପାରେ । ବହିରେ ପ୍ରଦ ସୁଷମ ଖାଦ୍ୟ ଯୋଜନାପ୍ରତି ଦୃଷ୍ଟିଦିଅନ୍ତୁ । ଗର୍ଭଧାରଣ ପୂର୍ବରୁ ପ୍ରତିଦିନ ଦୁଇ ସର୍ବଙ୍ଗ ପ୍ରୋଟିନ, ତିନି ସର୍ବଙ୍ଗ କେଲିସିୟମ ଆଉ ଛ'ସର୍ବଙ୍ଗ ଖାଦ୍ୟଶସ୍ୟ ଗ୍ରହଣ କରିବା ବିଧେୟ । ଏଥିରୋ କେଲୋରୀର ମାତ୍ରା ବୃଦ୍ଧି କରିବା ଆବଶ୍ୟକ ହେବ ନାହିଁ ।

ମାଛ ବିଷୟରେ ପ୍ରଦତ୍ତ ତଥ୍ୟ ପ୍ରତି ଦୃଷ୍ଟି ଦିଅନ୍ତୁ । କିନ୍ତୁ ମାଛଖାଇବା ବନ୍ଦ କରନ୍ତୁ ନାହିଁ, କାହିଁକିନା ଏଥିରେ ପ୍ରଚୁର ମାତ୍ରାରେ ଭିଟାମିନ୍ ଥାଏ ।

ଯଦି ଆପଣଭ୍‌କ ଖାଦ୍ୟପେୟର ଅଭ୍ୟାସ ଗର୍ଭାବସ୍ଥାରେ ବାଧାସୃଷ୍ଟି କରେ (ଯଥା : ଉପବାସ, ଏନୋରେକ୍ସିଆ ନିଓ୍ୱାସ, ବୁଲିମାଆ, ବିଶେଷ ଖାଦ୍ୟ) ତେବେ ଡାକ୍ତରଙ୍କୁ ପଚରା ଯାଇପାରେ ।

ପ୍ରସବ ପୂର୍ବରୁ ଭିଟାମିନ୍ ଗ୍ରହଣ କରନ୍ତୁ :- ଫଲିକ ଏସିଡର ପ୍ରଚୁର ମାତ୍ରା ଖାଦ୍ୟରେ ସାମିଲ ରିବା ସ୍ ଗର୍ଭଧାରଣର ଦୁଇମାସ ଆଗରୁ ପିନେଟାଲ ପୂରକ ଭାବରେ ୪୦୦ ଏମ୍.ସି.ଜି. ଡୋଜ ନେବାକୁ ହେବ । ଏହାର ଅନେକ ଉପକାର ଅଛି । ଅଧ୍ୟୟନରୁ ଜଣାପଡ଼ଇଛି ଯେ, ଯେଉଁ ମହିଳାମାନେ ଗର୍ଭଧାରଣର ପୂର୍ବ ସପ୍ତାହରେ ମଲଟି ଭିଟାମିନ୍ ଗ୍ରହଣ କରିଥାନ୍ତି, ସେମାନେ ବାନ୍ତି ରୋଗରେ ଆକ୍ରାନ୍ତ ହୁଅନ୍ତି ନାହିଁ । ଏଥବରେ ୧୫ ଏମ.ଜି. ଜିଙ୍କର ମାତ୍ରା ମଧ୍ୟ ହେବା ଦରକାର । ଯଦ୍ଦ୍ୱରା ଗର୍ଭଧାରଣ ସାମର୍ଥ୍ୟ ବୃଦ୍ଧି ପାଇଥାଏ । ଅବଶ୍ୟ ବେଶି ଭିଟାମିନ୍ ଖାଇବା ମଧ୍ୟ କ୍ଷତି କରିଥାଏ । ଏଣୁକରି ଡାକ୍ତରଙ୍କ ପରାମର୍ଶ ନେଇ ଅଗ୍ରସର ହେବ ।

ଓଜନ ପରୀକ୍ଷା :- ଓଜନ କମ୍ କିମ୍ବା ବେଶି ହେବା, ଉଭୟ କ୍ଷେତ୍ରରେ ଗର୍ଭଧାରଣ ଉପରେ ଦୁଷ୍ପ୍ରଭାବ ପଡ଼ିଥାଏ । ଯଦିଓ ଆପଣ ଗର୍ଭଧାରଣ କରିସାରିଲେଣି, ତେବେ ମଧ୍ୟ ଅନେକ ଅସୁବିଧାର ସମ୍ମୁଖୀନ ହେବାକୁ ପଡ଼ିପାରେ । ଏଣୁକରି ଆବଶ୍ୟକ ଅନୁସାରେ କେଲୋରୀର ମାତ୍ରା ହ୍ରାସବୃଦ୍ଧି କରନ୍ତୁ ।

ଓଜନ କମେଇବାକୁ ହେଲେ ଆସ୍ତେ ଆସ୍ତେ କାମ କରନ୍ତୁଆଉ ଗର୍ଭଧାରଣ ଯୋଜନାକୁ ଦୁଇମାସ ପାଇଁ ବାତିଲି କରିଦିଅନ୍ତୁ ଦୃଢ ବା କଡ଼ାକଡ଼ି ଡାଇଟିଂ ହୁଏତ କ୍ଷତି ସୃଷ୍ଟି କରିପାରେ । କିନ୍ତୁ ଏହା ହେଇସାରିଥିଲେ ମ ମାନ ସୁଷମ ଓ ସନ୍ତୁଳିତ ଖାଦ୍ୟ ଖାଇବା ଆରମ୍ଭ କରିଦିଅନ୍ତୁ । ଯଦ୍ଦ୍ୱାରା ଶାବକଟି ହୃଷ୍ଟପୁଷ୍ଟ ହେଉ ବଢିପାରିବ ।

ସେପ-ଅପ୍, କିନ୍ତୁ ନିରବ ରହନ୍ତୁ :- ବ୍ୟାୟାମର ଯଦି ଅଭ୍ୟାସ ଥାଏ ତେବେ ଭଲ କଥା । ମାଂସପେଶୀଗୁଡ଼ିକ ... ଶୀଳ ଓ ମଜବୁତ ହେବେ । ଅଯଥା ଓଜନ ମଧ୍ୟ କମିବ ହେଲେ ଅତ୍ୟଧିକ ବ୍ୟାୟାମ ମଧ୍ୟ ବର୍ଜିତ, କାହିଁକିନା ଏହାଦ୍ୱାରା ଗର୍ଭାଧାନର ଅସୁବିଧା ହେବ ଓ ଗର୍ଭବତୀ ହେଇପାରିବେ ନାହିଁ । କାମ କଲାବେଳେ ନିଜକୁ ଥଣ୍ଡା ରଖନ୍ତୁ । ହଟ ଟବ, ସୋନା, ହିଟିଂ ପେଡ ଓ ଇଲେକ୍ଟ୍ରି ବଲକୁ ବେଶି ବ୍ୟବହାର କରନ୍ତୁ ନାହିଁ ।

ମେଡିକାଲ କେବିନେଟର ପରୀକ୍ଷା :- ଅନେକ ଔଷଧ ଏପରି ମଧ୍ୟ ଅଛି, ଯାହାକୁ ଗର୍ଭାବସ୍ଥା ପୂର୍ବରୁ କିମ୍ବା ଗର୍ଭାବସ୍ଥାବେଳେ ବ୍ୟବହାର କଲେ ପରିସ୍ଥିତି ବିପଦଜ୍ଜନକ ହେଇପଡ଼ିଥାଏ । ଯଦି ଆପଣ ମଧ୍ୟ ଏପରି କୌଣସି ନିୟଭିତ ଔଷଧ ବ୍ୟବହାର କରୁଥାନ୍ତି ତେବେ ନିଜର ଡାକ୍ତରଙ୍କୁ ପରାର୍ଶ କରନ୍ତୁ । ବେଶି ଆବଶ୍ୟକ ହେଲେ ତା'ର ବିକଳ୍ପ ବ୍ୟବସ୍ଥା କରାଯିବା ପାଇଁ: ଏହା ହିଁ ପ୍ରକୃଷ୍ଟ ସମୟ ।

ଅବଶ୍ୟ ଆୟୁର୍ବେଦିଗ ଔଷଧ ପ୍ରକୃତି ଦ ବୋଲି ଧରାଯାଏ, ହେଲେ ଏହାର ଅର୍ଥ ନୁହଁ ଯେ ସେସବୁ ସୁରକ୍ଷିତ କେତେକ ଔଷଧ ଯଥା : ଗିଂକୋଗୋ ବିଲୋବା ଆଦି ଗର୍ଭଧାରଣରେ ବାଧା ସୃଷ୍ଟି କରିଥାଏ । ଆୟୁର୍ବେଦିକ ଡାକ୍ତରଙ୍କ ବିନା ପରାମର୍ଶରେ ଏପରି ଔଷଧ ଗ୍ରହଣ କରନ୍ତୁ ନାହିଁ: ଏବଂ ନିଜର ଗର୍ଭାବସ୍ଥା କଥା କହି ଦିଅନ୍ତୁ ।

କେଫିନ୍ର ମାତ୍ରା : ଆମେ କହୁନୁ ଯେ ଆପଣ କେଫିନ୍ ଯୁକ୍ତ ପଦାର୍ଥ ଗ୍ରହଣ କରିବା ପୁରାବୁରି ଛାଡ଼ିଦିଅନ୍ତୁ । ଯେହେତୁ ଆପଣ ଗର୍ଭବତୀ ହେବାକୁ ଯୋଜନା କରୁଛନ୍ତି କିମ୍ବା ହେଇମଧ୍ୟ ସାରିଛନ୍ତି; ତଥାପି

ମନେ ରଖନ୍ତୁ

ଏକଥା ସ୍ପଷ୍ଟ ଯେ ଶିଶୁକୁ ଜନ୍ମ ଦେବାର ନିଷ୍ପି ଦେୟନଲାମାତ୍ରେ ଦୈହିକ ସମ୍ପର୍କଟା ବହୁ ମାତ୍ରାରେ ବଢ଼ିଯିବ, ହେଲେ ପ୍ରେମ-ସମ୍ପର୍କ ? ଦେଖନ୍ତୁ ନୂଆ କୁଣିଆ ଆସିବା ଚକ୍କରରେ ସେକ୍ସ ଜୀବନକୁ ଉପେକ୍ଷା କରୁନାହାନ୍ତି ତ ?

ଅତିଥି ଆଗମନ ପ୍ରତି ବେଶି ସଚେତନ ହେଇ ପଡ଼ିଲେ ସେକ୍ସ ବା ସହବାସଟି ମନୋରଞ୍ଜନ ନହେଇ କେବେଳ ଏକ ଯାନ୍ତ୍ରି ପ୍ରକ୍ରିୟା ପାଲଟି ଯାଇଥାଏ । ଆଉ ଏତଦ୍‌ଦ୍ୱାରା ସମ୍ପର୍କରେ ଫାଟ ସୃଷ୍ଟି ହେବାର ଆଶଙ୍କା ବୃଦ୍ଧି ପାଇଥାଏ । କିନ୍ତୁ ଆପଣ ଚାହିଁଲେ ଏହାକୁ ପୂର୍ବବତ ସୁସ୍ଥ ଓ ସତେଜ ରଖିପାରିବେ । ଗର୍ଭଧାରର ସମୟରେ ସ୍ୱାମୀଙ୍କ ସହିତ ଆନ୍ତରିକତା ବଜାୟ ରଖିବା ପାଇଁ :

ବାହାରେ ବୁଲିଯା'ନ୍ତୁ :- ସ୍ୱାମୀ ସାଙ୍ଗରେ ବାହାରେ ବୁଲିଯିବାକୁ ଯୋଜନା କରନ୍ତୁ, କାରଣ ପରେ ଆଉ ସମୟ ଓ ସୁଯୋଗ ପାଇବ ନାହିଁ । ସମୟ ନଥିଲେ ଶନିବାର, ରବିବାର ଦେଖି ଦିନିକିଆ ପିକ୍‌ନିକ୍, ଅଶ୍ୱାରୋହଣ, ଗଲ୍ଫିଂ କରାଯାଇପାରେ । କାରଣ ଗର୍ଭାବସ୍ଥା ବେଳେ ଏସବୁ ବର୍ଜନୀୟ ହୋଇ ପଡ଼ିବ । କୌଣସି ମ୍ୟୁଜିୟମ ମଧ୍ୟ ଦେଖିଆସି ପାରନ୍ତି ମଲ୍ଟିପ୍ଲେକ୍ସରେ ମୁଭି ମଧ୍ୟ ଦେଖାଯାଇପାରେ । ନହେଲେ ଭଲ ରେଷ୍ଟୁରା ରେ ଦିନେ ଅଧେ ଖାଇ ଆସନ୍ତୁ ।

ରୋମାନ୍ସ ସତେଜ ହେବା ଉଚିତ :- ସହବାସ ବେଳେ ବୋର ଫିଲ ହେବା ଅନୁଚିତ । ଏଣୁକରି ନିଜର ବେଡରୁମକୁ ଆନନ୍ଦଦାୟକ କରି ଗଢ଼ି ତୋଳନ୍ତୁ । ହୁଏତ ସେକ୍ସି ନାଇଟି, ହଟ ମୁଭି ବା ସେକ୍ସି ଖେଳଣା ନହେଲେ 'କାମାସୁତ୍ର'ରୁ ନୂତନ ଆସନ କଥା ମଧ୍ୟ ଚିନ୍ତା କରାଯାଇପାରେ । ବିଛଣା ପାଖରେ ଖାଇବା ଟେବୁଲ ରହିପାରିବ କି? ଆଇସ୍କ୍ରିମରେ ହଟଫଜ ନଖାଇ ପରସ୍ପର ଲଗାଲଗି ହେଇ ଖାଇବା ଉଚିତ । ମନେକର ଅତ୍ୟଧିକ ରୋମାନ୍ସ ପସନ୍ଦ ନହେଲେ ଚାନ୍ଦିନୀ ରାତିରେ ବୁଲି ବାହାରନ୍ତୁ । ନିଆଁ ପୋଇଁବା ବେଳେ କାନ୍ଧରେ କାନ୍ଧ ରଖି ସୁନେଲୀ ସ୍ୱପ୍ନ ଦେଖନ୍ତୁ ।

ତାଙ୍କ କଥା ପଦେ :- କ'ଣ ସେ ମଧ୍ୟ ଆପଣଙ୍କ ପରି ଶିଶୁ ପାଇଁ ଚିନ୍ତିତ ନୁହନ୍ତି କି? ସେ ଆପଣଙ୍କ ସ୍ୱାସ୍ଥ୍ୟପ୍ରତି ଦୃଷ୍ଟି ନଦେଇ ଷ୍ଟକମାର୍କେଟରେ ବେଶି ମନେଯୋଗ ଦେଉଛନ୍ତି କି? ପ୍ରତିଥର ସେ କ'ଣ ବୁଝିବ ଆଗରେ ଯାଉଁ ଯାଉଁ ମନେମନେ ଦୁଃଖିତ ହେଉନାହାନ୍ତି କି? ଏସବୁ କଥାର ତାପର୍ଯ୍ୟ ନୁହଁ ଯେ, ସେ ଆଗାମୀ ଶିଶୁ ସକାଶେ ଉତ୍ସାହ ରଖୁନାହାନ୍ତି । ହୁଏତ ସେ ନିଜର କାର୍ଯ୍ୟ କ୍ରତି ବେଶି ଦୃଷ୍ଟି ଦେଉଥିବେ, ଯଦ୍ଦ୍ୱରା ପରେ ଆପଣଙ୍କୁ ପ୍ରଚୁର ସମୟ ଦେଇପାରେ । ମନେରଖନ୍ତୁ ଯେ ସେ ମଧ୍ୟ ବାପା ହେବାକୁ ଯାଉଛନ୍ତି । ଏହାକୁ ଆମେ ଟିମ୍‌ୱାର୍କ ମଧ୍ୟ କହିପାରିବା । ତାଙ୍କ ପ୍ରତି କ୍ରୋଧ କିମ୍ବା ବିକ୍ଷୋଭ ପ୍ରଦର୍ଶନ ବର୍ଜନୀୟ । ପାରସ୍ପରିକ ସ୍ନେହ, ଶ୍ରଦ୍ଧା ଓ ବିଶ୍ୱାସର ସହିତ ଅନ୍ତରଙ୍ଗତା ଅନୁଭବ କରିବା ହିଁ ଉଭୟଙ୍କ ପାଇଁ ହିତକର ହେବ ।

ଇଚ୍ଛା ହେଲେଏ ଦିନକୁ ଦୁଇଥର କେଫିନ୍‌ଯୁକ୍ତ କଫି କିମ୍ବା ଅନ୍ୟ କୌଣସି ପେୟ ପଦାର୍ଥ ପିଇପାରିବେ । ହେଲେ ଅତ୍ୟଧିକ ସେବନ ଅଭ୍ୟାସ ଥିଲେ ନିଜକୁ ସମ୍ଭଳି ନିଅନ୍ତୁ । ଅନେକ ଅଧ୍ୟୟନରୁ ଜଣାପଡ଼ିଛି ଯେ, ଅତ୍ୟଧିକ କେଫିନ୍ ସେବନ କରାଗଲେ ବ୍ୟକ୍ତିର ପ୍ରଜନନ କ୍ଷମତା ହ୍ରାସ ପାଇଥାଏ ।

ଏଲ୍‌କୋହଲର ମାତ୍ରା : ପିଇବା ପୂର୍ବରୁ ଟିକିଏ ଚିନ୍ତା କରନ୍ତୁ । ଅବଶ୍ୟ ଗର୍ଭାବସ୍ଥା ପୂର୍ବରୁ ଦିନକୁ ଗୋଟେ ଅଧେ ପେଗ ପିଇଦେଲେ କିଛି କ୍ଷତି ନାହିଁ । କିନ୍ତୁ ଅତ୍ୟଧିକ ମଦ୍ୟସେବନ କଲେ ଗର୍ଭଧାରଣରେ ବେଶି ସମୟ ଲାଗିବ କିମ୍ବା ଅନ୍ୟ କୌଣସି ବାଧା ସୃଷ୍ଟି ହେଇପାରେ । ହଏତ, ଆପଣ ଗର୍ଭବତୀ ହେଇ ସାରିଥିବେ! ଯଦି ଏମିତି ହୁଏ, ତେବେ ମଦ୍ୟପାନ ପୁରାପୂରି ବର୍ଜନୀୟ ।

ପିନ୍‌ପଏ ଓଭ୍ୟୁଲେସନ

ଆପଣ ତ ଜାଣୁଥିବେ ଗର୍ଭଧାରଣ ସକାଶେ ଓଭ୍ୟୁଲେସନଟା କେତେ ଗୁରୁତ୍ୱପୂର୍ଣ୍ଣ । ଏଠାରେ କେତେକ ପରାମର୍ଶ ଦିଆଯାଇଛି, ଯଦ୍ଦ୍ୱାରା ସେହି ଦିନକୁ ଅନୁମାନ କରାଯାଇପାରେ ।

କ୍ୟାଲେଣ୍ଡର ରଖନ୍ତୁ :- ସାଧାରଣତଃ ମାସିକ ରତୁସ୍ରାବ ମଧ୍ୟରେ ହିଁ ଗର୍ଭଧାନ (ଓଭ୍ୟୁଲେସନ) ହେଇଥାଏ । ଆଉ ମାସିକ ଚକ୍ର ପ୍ରାୟ ୨୮ ଦିନରେ ହୋଇଥାଏ, ଯେଉଁଥିରେ ପ୍ରଥମ ସ୍ରାବର ପ୍ରଥମ ଦିନଠାରୁ ଆଗାମୀ ସ୍ରାବର ପ୍ରଥମ ଦିନ ପର୍ଯ୍ୟନ୍ତ ଗଣନା କରାଯାଇଥାଏ । ହେଲେ ଗର୍ଭାବସ୍ଥା ଭଳି ମାସିକ ରତୁସ୍ରାବର ମଧ୍ୟ ହିସାବ କରାଯାଇ ପାରେ । ମାସିକ ଚକ୍ରରେ ଦିନଟା ୨୩ରୁ ୨୫ ମଧ୍ୟରେ ହେଇପାରେ । ଆପଣଙ୍କ ନିଜସ୍ୱ ଚକ୍ର ମାସକୁମାସ ଘୁ ିଯାଇପାରେ । କିଛିମାସ ଯାଏଁ ମାସିକ ଚକ୍ରର କ୍ୟାଲେଣ୍ଡର ରଖିଲେ ନିଜର ସାଧାରଣ ଚକ୍ରକୁ ନେଇ ଅନୁମାନ କରାଯାଇପାରେ । ଯଦି ମାସିକ ଚକ୍ର ଠିକ୍ ସମୟରେ ହୁଏନି ତେବେ ଗର୍ଭାଧାନ ସକାଶେ ଅନ୍ୟାନ୍ୟ ଲକ୍ଷଣ ଦ୍ରଷ୍ଟବ୍ୟ ।

ନିଜର ତାପମାତ୍ରା :- ନିଜ ଶରୀରର ତାପମାତ୍ରା ମାପି ରେକର୍ଡ଼ ରଖିବାକୁ ହେବ । ସକାଳୁ ବିଛଣାରୁ ଉଠି ତାପମାତ୍ରା ମାପିବାକୁ ହେବ । ଏହି ତାପମାତ୍ରା ରତୁଚକ୍ର ଅନୁସାରେ ପରିବ ର୍ନଶୀଳ, ଓ ଗର୍ଭାଧାନ ଦିନ ସବୁଠୁ କମ୍ ହେଇଥାଏ । ତା'ପରେ ଅଧା ଡିଗ୍ରୀ ଲେଖାଏଁ ବୃଦ୍ଧି ପାଏ । ଉକ୍ତ ଚାର୍ଟ ଅନୁସାରେ ଆମେ ଓଭ୍ୟୁଲେସନ ଦିନ ସାଙ୍ଗକୁ ତା'ର ପ୍ରମାଣ ମଧ୍ୟ ପାଇପାରିବା କିଛି ମାସପରେ ନିଜ ମାସିକ ଚକ୍ରର ସ୍ୱରୂପ ଜଣାପଡ଼ିଯିବା ଆଉ ପ୍ରସବର ସମ୍ଭାବିତ ତିଥି ମଧ୍ୟ ଅନୁମେୟ ।

ଅଣ୍ଡର ଗାର୍ମେ ସ୍ର ପରୀକ୍ଷଣ :- ସର୍ଭାଇକଲ ମ୍ୟୁକସର ମାତ୍ରା ଓ ରଙ୍ଗର ପରିବ ର୍ନରୁ ଏହାର ଲକ୍ଷଣ ପାଇ ହୁଏ । ପାଇ ହୁଏ । ପରିୟଡ଼ ଶେଷ ହେବା ପରେ ଆଶା କରିବା କଥା ନୁହଁ, କାରଣ ମ୍ୟୁକସର ମାତ୍ରା ରତୁଚକ୍ର ସାଙ୍ଗକୁ ବୃଦ୍ଧି ପାଏ । ତାକୁ ଅଙ୍ଗୁଳିରେ ଧରିଲେ ଚିପ୍‌ଚିପ୍ କରି ଛିଣ୍ଡିଯାଏ । ଓଭ୍ୟୁଲେସନର ପାଖାପାଖି ଏହି ସ୍ରାବଟି ଆଗ ଅପେକ୍ଷା ପତଳା, ପରିଷ୍କାର ଓ ତୈଳଯୁକ୍ତ ଭଳି ମନେହୁଏ । ଏହାକୁ ଅଙ୍ଗୁଳିରେ ଧରି ଟାଣିଲେ ସୂତାଭଳି ଲମ୍ବିଯିବ । ଏହା ଶୋଇବା କୋଠରୀକୁ ଯିବାର ସଂକେତ ହେଇଥାଏ । ଓଭ୍ୟୁଲେସନ ପରେ ଯୋନି ହୁଏତ ସୁଖିଯାଇପାରେ ବା ଗାଢସ୍ରାବ ହେଇପାରେ । ସର୍ଭାଇକଲର ଅବସ୍ଥା ଓ ଭେଲସ ବଡିଟେମ୍ପରଚର ଜରିଆରେ ଓଭ୍ୟୁଲେସନର ତିଥି ଜଣାପଡ଼ିଯିବ ।

ସର୍ଭିକ୍ସ ଅବସ୍ଥା :- ସର୍ଭିକ୍ସର ଅବସ୍ଥାକୁ ଲକ୍ଷ୍ୟକରି ଓଭ୍ୟୁଲେସନ ଯିବାକଥା ଜଣାପଡିଯିବ । ରତୁଚକ୍ରର ଆରମ୍ଭରେ ଯୋନି ଓ ଗର୍ଭାଶୟ ମଧ୍ୟରେ ଥିବା ମାର୍ଗଟା କି ିତ ଟାଣି ହେବ ଓ ବନ୍ଦ ହେଲାଭଳି ଜଣାଯିବ, ହେଲେ ଓଭ୍ୟୁଲେସନ ପରେ ଏହାକୁ ଚିହ୍ନି ହେବ ।

ମନେରଖନ୍ତୁ :- ଆପଣଙ୍କ ଶରୀର ସ୍ୱତଃ ଓଭ୍ୟୁଲେସନର ସଙ୍କେତ ଦେଇଥାଏ । ଇତିମଧ୍ୟରେ ତଳିପେଟରେ ସାମାନ୍ୟ କଷ୍ଟ ବା ମୋଡ଼ି ହେଲାପରି ମନେହେବ । ଏତଦ୍ଦ୍ୱାରା ଓଭାରୀରୁ ଅଣ୍ଡାଣୁ ମୁକ୍ତ ହେଇଥାଏ ବୋଲି ଧରିବାକୁ ହେବ ।

ବାଡ଼ିକୁନେଇ ମୂତ୍ର ପରୀକ୍ଷା :- ଏଥର ବଜାରରୁ ଆପଣଙ୍କୁ 'ଓଭ୍ୟୁଲେସନ ପ୍ରେଡିକ୍ଟର କିଟ୍' କିଣି ଉକ୍ତ ଷ୍ଟିକ୍ ବା ବାଡ଼ିଟିକୁ ମୂତ୍ରରେ ବୁଡ଼େଇ ପରୀକ୍ଷା କରିବାକୁ ହେବ ।

ଘଡ଼ିପ୍ରତି ଦୃଷ୍ଟି :- ଏଭଳି ଏକ ଯନ୍ତ୍ର ତିଆରି ହେଇଛି ଯାହାକୁ ଘଡ଼ିଭଳି ହାତରେ ପିନ୍ଧାଯାଇପାରେ । ଏହା ଦେହରୁ ନିର୍ଗତ ଛାଳରେ କ୍ଲୋରାଇଡ, ସୋଡିୟମ ଓ ପୋଟାସିୟମରା ମାତ୍ରା କହିପାରେ । ଏସବୁ ପରିବ ର୍ନଶୀଳ । ଏହି କ୍ଲୋରାଇଡିୟନ ଟେଷ୍ଟ ଚାରିଦିନ ପୂର୍ବରୁ ମଧ୍ୟ ଓଭ୍ୟୁଲେସନ କଥା କହିଦେଇପାରେ । ସଠିକ୍ ଫଳାଫଳ ଜାଣିବାକୁ ହେଲେ ଉକ୍ତ ଯନ୍ତ୍ରଟିକୁ ଲଗାତର ଛ'ଘ । ଧରି ପିନ୍ଧିବାକୁ ହେବ ।

ଛେପ ପରୀକ୍ଷା :- ଆପଣଙ୍କ ସ୍ଲାଇଡା ଟେଷ୍ଟରେ ଥିବା ଏଷ୍ଟ୍ରୋଜନର ମାତ୍ରାକୁ ଦେଖି ଓଭ୍ୟୁଲେସନ ହେବା କଥା ଜାଣିପାରିବା । ଏଥିରୁ ପ୍ରୟ ସବୁକଥା ଜାଣିହୁଏ ।ଏହା 'ପି ଅନ୍ ଟେଷ୍ଟ' ଅପେକ୍ଷା ଶସ୍ତା ମଧ୍ୟ ହେଇଥାଏ ।

ଧୂମପାନ ନିଷେଧ :- ଧୂମପାନ ଆପଣଙ୍କ ଅଣ୍ଡାକୁ ବୃଦ୍ଧି କରିଦେଇଥାଏ । ଏତତ୍‌ଦ୍ୱାରା ଗର୍ଭଧାରଣରେ ବାଧାସୃଷ୍ଟି ଓ ଗର୍ଭପାତର ଆଶଙ୍କା ମଧ୍ୟ ବୃଦ୍ଧି ପାଇଥାଏ । ଧୂମପାନ ପରିତ୍ୟାଗ କରିବା ଆଗାମୀ ଶିଶୁ ସକାଶେ ଶୁଭଙ୍କର ହେବ । ଧୂମପାନ ପରିତ୍ୟାଗର କେତେକ ଉପାୟ ଏହି ବହିରେ ଦିଆଯାଇଛି, ସେଗୁଡ଼ିକ ବଳରେ ଉପକୃତ ହେଇପାରିବେ ।

ବେଆଇନ୍ ଡ୍ରଗ୍ସକୁ ପରିତ୍ୟାଗ :- ମାରିଜୁଆନା, କୋକେନ, କ୍ରୋକ୍ ହେିରୋଇନ କିମ୍ବା ଯେ କୌଣସି ଡ୍ରଗ୍ସ ଗର୍ଭାବସ୍ଥା ସମୟରେ ବିପଦଜ୍ଜନ ହେଇପାରେ । ହୁଏତ ଏହାକୁ ପ୍ରତିଦିନ ଗ୍ରହଣ କରୁଥାନ୍ତୁ ବା କେବେ କେବେ । ହେଲେ ଏହା ଗର୍ଭବତୀ ହେବାକୁ ଦିଏନି; ହେଲେ ମଧ୍ୟ ଭ୍ରୁଣକୁ ନଷ୍ଟ କରିଦିଏ । ଏତଦ୍ୱାରା ଗର୍ଭପାତ କିମ୍ବା ସାତମାସିଆ ଛୁଆ ଜନ୍ମର ସମ୍ଭାବନା ଅନେକ ପରିମାଣରେ ବୃଦ୍ଧି ପାଇଥାଏ । ଏଣୁ ଡ୍ରଗ୍ସକୁ ପୂରାପୂରି ବନ୍ଦ କଲାପରେ ହିଁ ଗର୍ଭବତୀ ହେବା କଥା ଚିନ୍ତା କରାଯାଇପାରେ ।

ରେଡିଏସନ୍‌ରୁ ରକ୍ଷା :- ଯେତେଦୂର ସମ୍ଭବ ଏକ୍ସରେ କଲାବେଳେ ନିଜର ଜନନେନ୍ଦ୍ରିୟ ପ୍ରତି ଦୃଷ୍ଟି ଦିଅନ୍ତୁ ଓ ଏକ୍ସରେ ବାଲାଙ୍କୁ ଆଗରୁ ସୂଚେଇ ଦିଅନ୍ତୁ ଯେ ଆପଣ ବର୍ତ୍ତମାନ ଗର୍ଭବତୀ; ଯଦ୍ଦ୍ୱାରା ସେ ଉଚିତ ପଦକ୍ଷେପ ଗ୍ରହଣ କରି ପାରିବେ ।

ପରିବେଶଜନିତ ବିପଦ :- ଅନେକ ପ୍ରକାରର ରାସାୟନିକ ପଦାର୍ଥ ଅତ୍ୟଧିକ ପରିମାଣରେ ବ୍ୟବହୃତ ହେଲେ ବା ତତ୍ ସଂସ୍ପର୍ଶରେ ଆସିଲେ ଗର୍ଭଧାରଣ ପୂର୍ବରୁ ବା ପରେ ଭ୍ରୁଣଟି ନଷ୍ଟ ହେଇପାରେ । ଏଣୁକରି ସାବଧାନତାର ସହିତ ଦୂରେଇ ରହିବା ଉଚିତ ବା ଔଷଧାଳୟ, କଲର ଫଟୋଗ୍ରାଫି, ଯାତାୟତ, କୃଷିକର୍ମ, ଲେଣ୍ଡସ୍କେଫି, ନିର୍ମାଣକାର୍ଯ୍ୟ, ହେୟାର ଡ୍ରେସିଂ, କସ୍ମେଟୋଲୋଜି, ଡ୍ରାଏକ୍ଲିନିଂ ଓ ଫ୍ୟାକ୍ଟ୍ରିରେ କାମ କଲାବେଳେ ବିଶେଷ ଦୃଷ୍ଟି ଦିଆଯିବା ବିଧେୟ । ଏଣୁକରି ଏସବୁ ଜାଗାମାନଙ୍କୁ ନଯିବା ଶ୍ରେୟସ୍କର ।

କର୍ମକ୍ଷେତ୍ର ବା ଗର ଆଖପାଖରେ ସୀସାର ମାତ୍ରା ଅଧିକଥିଲେ ଉଭୟ ଶିଶୁ ଓ ମା' ପକ୍ଷରେ ଅହିତକର । ଏଣୁ ଏଭଳି ବିଷାକ୍ତ ପଦାର୍ଥଠାରୁ ଦୂରେଇ ରହିବା ଉଚିତ ।

ଆର୍ଥିକ ସ୍ଥିତି ସୁଦୃଢ :- ଏଥିରେ ଅନେକ ଖର୍ଚ୍ଚ ହେଉଥିବାରୁ ସ୍ୱାମୀ-ସ୍ତ୍ରୀ ଦୁହେଁ ମିଶି ଆଗରୁ ଖର୍ଚ୍ଚର ବଜେଟ ତିଆରି କରିଦେବା ଆବଶ୍ୟକ । ବୀମା କମ୍ପାନୀ ସହ ପରାମର୍ଶ କରି ଠିକ୍ ସମୟରେ ଅର୍ଥ ମିଳିବ ନା ନାହିଁ ପଚାରି ବୁଝନ୍ତୁ । ପଲିସ କରିନଥିଲେ ଏହା ହିଁ ପ୍ରକୃଷ୍ଟସମୟ ।

କେତେକ ଗୁରୁତ୍ୱପୂର୍ଣ୍ଣ କଥା :- ଗର୍ଭାବସ୍ଥା ସମୟରେ କାମ କିପରି କରାଯିବା, ଚିନ୍ତା କରନ୍ତୁ । ଯଦି ଚାକିରି ଛାଡ଼ି ଅନ୍ୟ କାମ କରିବାକୁ ଚାହାନ୍ତି, ତା'ହେଲେ ଏବେଠାରୁ ଆରମ୍ଭ କରି ଦିନ୍ତୁ, କାହିଁକି ନା ପେଟ ଫୁଲିଥିବା ଅବସ୍ଥାରେ ଇ ର୍ଭ୍ୟୁ ଦେବା ଶୋଭନୀୟ ନୁହଁ ।

ଅନୁମାନ କରନ୍ତୁ :- ନିଜର ମାସିକ ରତୁଚକ୍ର ଆଉ ଓଭ୍ୟୁଲେସନ ପ୍ରତି ଦୃଷ୍ଟି ଦିଅନ୍ତୁ । ଯଦ୍ଦ୍ୱାରା ଠିକ୍ ସମୟରେ ସମ୍ଭୋଗ କରି ଗର୍ଭଧାରଣର ଉଚିତ ସମୟ ସ୍ଥିର କରି ପାରିବେ । ସମ୍ଭୋଗର ସମୟ ଓ ତାରିଖ ଲେଖିଲେ ମଧ୍ୟ ଅନୁମାନରେ ସୁବିଧା ହେବ ।

ସମୟ ଦିଅନ୍ତୁ :- ମନେରଖନ୍ତୁ ଯେ, ସାଧାରଣତଃ ୨୫ ବର୍ଷର ଯୁବତୀକୁ ଗର୍ଭଧାରଣ ସକାଶେ ୬ ମାସ ସମୟ ଲାଗିଥାଏ, କିନ୍ତୁ ଅଧିକ ବର୍ଷର ମହିଳାମାନଙ୍କୁ ବେଶି ସମୟ ଲାଗିପାରେ । କୌଣସି ଡାକ୍ତରଙ୍କୁ ପରାମର୍ଶ କରିବା ପୂର୍ବରୁ ଛ'ମାସ ଅପେକ୍ଷା କରନ୍ତୁ । ବୟସ ୩୫ ବର୍ଷ ହୋଇଥିଲେ ୭ମାସ ପରେ ପରାମର୍ଶ ନିଅନ୍ତୁ ।

ବିଶ୍ରାମ ନିଅନ୍ତୁ :- ବୋଧହୁଏ ଏହା ଅତି ଜରୁରୀ ଅବଶ୍ୟ ଆଗାମୀ ସମୟକୁ ନେଇ ବ୍ୟତିବ୍ୟସ୍ତ ଓ ଚାପଗ୍ରସ୍ତ ହେଇପାରନ୍ତି, ହେଲେ ଏହା ଗର୍ଭଧାରଣରେ ବାଧା ସୃଷ୍ଟି କରିଥାଏ । ଏଣୁକରି ଅଳ୍ପ ଧ୍ୟାନକରି ଆରାମ ଦାୟକ ବ୍ୟାୟାମ କରାଯାଇପାରେ । ନିଜ ମନ ମସ୍ତିଷ୍କରୁ ସବୁ ପ୍ରକାର ଚାପକୁ ଦୂରେଇ ଦିଅନ୍ତୁ ।

ଭାବି ବାପାମାନଙ୍କ ସକାଶେ କେତେକ ପରାମର୍ଶ

ଜଣେ ବାପା ହେବା ଦୃଷ୍ଟିରୁ ଆପଣଙ୍କୁ ଅଲଗା କୋଠରୀ କଥା ଚିନ୍ତା କରିବାକୁ କୁହାଯାଉନି ହେଲେ, ଏଥିରେ ନିଜେ ମଧ୍ୟ ଅଂଶଗ୍ରହଣ କରିବାକୁ ହେବ (କାହିଁକିନା ଏକୁଟିଆ ମା' କେତେ କ'ଣ କରିପାରିବ ?) ଏଣୁ ପରାମର୍ଶ ବଳରେ ଏହି ପ୍ରକ୍ରିୟାକୁ ସରଳ କରାଯାଇପାରିବ ।

ଡାକ୍ତରଙ୍କୁ ଦେଖା କରନ୍ତୁ :- ଅବଶ୍ୟ ନିଜେ ଗର୍ଭଧାରଣ କରିବାକୁ ପଡ଼ିବନି, ହେଲେ ମଧ୍ୟ ନିଜର ଯା କରିନେବା ଆବଶ୍ୟକ । ଜଣେ ସୁସ୍ଥ ଶିଶୁର ଜନ୍ମ ସକାଶେ, ଦୁଇ ସୁସ୍ଥ ଶରୀରର ମିଳନ ପରେ ହିଁ ସମ୍ଭବ ହେଇପାରେ । ସମଗ୍ର ଡାକ୍ତରୀ ପାରକ୍ଷା ପରେ ଏକଥା ଜଣା ପଡ଼ିଯିବ ଯେ ଆପଣ ଟେଷ୍ଟିକୁଲାର ବା ଟ୍ୟୁମର ଭଳି ରୋଗରେ ପୀଡ଼ିତ ନୁହଁନ୍ତି ତ ! ମାନସିକ ଅବସାଦ (ଡିପ୍ରେସନ) ଆପଣଙ୍କୁ ବାପା ହେବାରେ ବ୍ୟବଧାନ ଉତ୍ପନ୍ନ କରୁନି ତ ! ଡାକ୍ତରଙ୍କ ଠାରୁ ସେକ୍ସୁଏଲ ଇଫେକ୍ଟ, ହାର୍ବଲ ଔଷଧ ଓ ଶୁକ୍ରାଣୁ ସଂଖ୍ୟା ବିଷୟରେ ତଥ୍ୟ ସଂଗ୍ରହ କରନ୍ତୁ । ଏସବୁ ତଥ୍ୟ ଆହରଣ ପରେ ଆପଣ ଜଣେ ସୁସ୍ଥ ପିତା ହେବାକୁ ଉପଯୁକ୍ତ ବା ପ୍ରସ୍ତୁତି ଅଟନ୍ତି ।

ଜେନେଟିକ୍ ସ୍କ୍ରିନିଂ :- ଯଦି ନିଜ ପରିବାରରେ କେହି ଜେନେଟିକ୍ ରୋଗରେ ପୀଡ଼ିତ ଥା'ନ୍ତି । ଆଉ ନିଜର ସ୍ତ୍ରୀ ସ୍କ୍ରିନିଂ କରଉଥିଲେ ନିଜେ ମଧ୍ୟ ଏହି ପରୀକ୍ଷା କରିନେବା ଉଚିତ ।

ଖାଦ୍ୟପେୟ :- ପୋଷଣ ଯେତେ ଉ ମ ହେବ ଶୁକ୍ରାଣୁ ମଧ୍ୟ ସେତେ ସୁସ୍ଥ ହେବେ । ତଟକା ଫଳମୂଳ, ପନିପରିବା, ଖାଦ୍ୟ ଶସ୍ୟ ଓ ପ୍ରୋଟିନ୍‌ଯୁକ୍ତ ସୁଷମ ଖାଦ୍ୟ ଗ୍ରହଣ କରିବାକୁ ହେବ । ଭିଟାମିନ୍ ଓ ମିନେରାଲ ମଧ୍ୟ ଗ୍ରହଣୀୟ କାହିଁକିନା ଖାଦ୍ୟରେ ସବୁ ସମ୍ଭବ ନୁହଁ । ଏଣୁ ଫଲିକ ଏସିଡ ମଧ୍ୟ ଗ୍ରହଣ କରନ୍ତୁ । ଅନେକଥର ଏହି କାରଣରୁ ଗର୍ଭଧାରଣରେ ବାଧା ସୃଷ୍ଟି ହେଉଥାଏ ବା ସମୟ ଲାଗିଥାଏ ତଥା ଶିଶୁ ବିକୃତ ଅବସ୍ଥାରେ ମଧ୍ୟ ଜନ୍ମ ନେଇଥାଏ ।

ଜୀବନଶୈଳୀ ପ୍ରତିଦୃଷ୍ଟି :- ଅବଶ୍ୟ ରିସର୍ଚ ଅଦ୍ୟାବଧି ଜାରି ରହିଛି; ହେଲେ ମଧ୍ୟ ଏକଥା ସ୍ପଷ୍ଟ ଯେ, ଡ୍ରଗ୍ସ ସେବନ ତଥା ଅତ୍ୟଧିକ ମାତ୍ରାରେ ଆଲକୋହଲ ସେବନ କଲେ ସହଜରେ ବାପା ହେବା ସମ୍ଭବପର ନୁହଁ ଏତଦ୍ୱାରା କେବଳ ଯେ ଶୁକ୍ରାଣୁମାନଙ୍କ ସଂଖ୍ୟା ହ୍ରାସ ହୁଏନି ବରଂ ଏମାନେ ଦୁର୍ବଳ ମଧ୍ୟ ହେଇପଡ଼ନ୍ତି । ଆଉ ଟେଷ୍ଟୋଷ୍ଟେରନ୍‌ର ସ୍ତର ମଧ୍ୟ ହ୍ରାସ ପାଏ । ଏହା ଠିକ୍ ନୁହଁ । ବେଶି ମଦ୍ୟପାନ କଲେ ଶିଶୁର ଓଜନ ମଧ୍ୟ କମିଥାଏ । ଏଣୁ ଆଲକୋହଲର ମାତ୍ରା କମେଇଲେ ନିଜର ସ୍ତ୍ରୀ ପାଇଁ ମଧ୍ୟ ଏହା ସୁବିଧା ଓ ସହଜ ହେବ । କୌଣସି କାରଣରୁ ଡ୍ରଗ୍ସ ଓ ମଦରୁ ମୁକ୍ତି ପାଇପାରୁ ନଥିଲେ ଡାକ୍ତରଙ୍କ ପରାମର୍ଶ ଗ୍ରହଣ କରନ୍ତୁ ।

ଓଜନ ପରୀକ୍ଷା :- ଯେଉଁ ପୁରୁଷମାନଙ୍କର ବଡି ମାସ୍ ଇଣ୍ଡେକ୍ସ ଅତ୍ୟଧିକ ହେଇଥାଏ । ସେମାନେ ପ୍ରାୟ ନପୁଂସକ ହେଇଥାନ୍ତି। ନିଜ ଓଜନରେ ୨୦ ପାଉଣ୍ଡର ଓଜନ ବୃଦ୍ଧି ମଧ୍ୟ ଏଥିରେ ପ୍ରଭାବ ପକେଇଥାଏ । ଏଣୁକରି ଗର୍ଭଧାରଣ ପୂର୍ବରୁ ନିଜର ଓଜନ ପରୀକ୍ଷା କରିନେବା ବାଞ୍ଛନୀୟ ।

ଧୂମପାନ ଛାଡ଼ନ୍ତୁ :- କୌଣସି ଆଳ ଦେଖାନ୍ତୁ ନାହିଁ, ଧୂମପାନ କଲେ ଶୁକ୍ରାଣୁ ସଂଖ୍ୟା ହ୍ରାସ ପାଇଥାଏ । ଏଣୁ ଏହାକୁ ପରିତ୍ୟାଗ କଲେ ପରିବାର ପକ୍ଷରେ ହିତକର ହେବ । ନିଜ ସ୍ତ୍ରୀ ପାଇଁ ମଧ୍ୟ ଏହା କମ୍ ବିପଜ୍ଜନକ ନୁହଁ । ଏତଦ୍ୱାରା ଆପଣଙ୍କ ଶିଶୁ ଏସ.ଆଇ.ଡି.ଏସ୍ (ହଠାତ୍ ସଂକ୍ରମିତ ମୃତ୍ୟୁ ରୋଗ) ଭଳି ଭୟଙ୍କର ରୋଗରୁ ରକ୍ଷାପାଇ ପାରିବ ।

ରାସାୟନିକ ପଦାର୍ଥ :- ପେ , ପେଷ୍ଟ, ବାର୍ନିସ ଇତ୍ୟାଦି ରାସାୟନିକ ପଦାର୍ଥରୁ ଦୂରେଇ ରହିବା ବିଧେୟ । ଏତଦ୍ୱାରା ମଧ୍ୟ ବାଧାସୃଷ୍ଟି ହେଇପାରେ ।

ଅଣ୍ଡକୋଷକୁ ଥଣ୍ଡା ରଖନ୍ତୁ :- ଟେଷ୍ଟିକାଲ ବା ଅଣ୍ଡକୋଷ ଅତ୍ୟଧିକ ଗରମ ହେଲେ ଶୁକ୍ରାଣୁ ଉତ୍ପାଦନରେ ବାଧା ସୃଷ୍ଟି ହେଇଥାଏ । ଏହା ଶରୀରର ତାପମାତ୍ରା ଠାରୁ ଅପେକ୍ଷାକୃତ ଥଣ୍ଡା ଥାଏ ଓ ହେବାକଥା ମଧ୍ୟ । ଏଣୁକରି ଏ ଦୁହେଁ ଶରୀରରୁ ପୃଥକ୍ ଭାବରେ ଝୁଲୁଥାନ୍ତି ।

କନ୍‌ସେପ୍‌ସନ - ମିସ୍‌କନ୍‌ସେପ୍‌ସନ୍
(ଗର୍ଭଧାରଣକୁ ନେଇ କେତେକ ଧାରଣା)

ଆପଣ ଇ ରନେଟରୁ କିମ୍ବା ଆଇ-ଜେଜୀମା'ଙ୍କ ଠାରୁ ଏ ବିଷୟରେ ଶୁଣିଥାଇ ପାରନ୍ତି । ତଥାପି ଆମେ ଏଠାରେ ଆପଣଙ୍କୁ କେତେକ ତଥ୍ୟାତ୍ମକ ବିବରଣୀ ପ୍ରଦାନ କରିବୁ ।

ଧାରଣ :- ପ୍ରତିଦିନ ସହବାସ କଲେ ଶୁକ୍ରାଣୁର ସଂଖ୍ୟା ହ୍ରାସ ପାଇଥାଏ ଓ ଗର୍ଭଧାରଣରେ ବାଧା ସୃଷ୍ଟିହୁଏ ।

ତଥ୍ୟ :- ଅବଶ୍ୟ ପ୍ରଥମେ ଏହି ଧାରଣାକୁ ସତ୍ୟ ବୋଲି ଧରିନେଉଥିଲେ ହେଲେ ଅଧ୍ୟୟନ କଲାପରେ ଜଣାପଡ଼ିଛି ଯେ, ଓଭ୍ୟୁଲେସନ ସମୟରେ ପ୍ରତିଦିନ ସମ୍ଭୋଗ କଲେ ଖୁବ୍ ଭଲ ଫଳାଫଳ ପ୍ରାପ୍ତ ହେଉଥାଏ ।

ଧାରଣା :- ବକ୍ସରମାନେ ବ୍ୟବହାର କରୁଥିବା ଅଙ୍ଗବସ୍ତ୍ର ପିନ୍ଧିଲେ ପ୍ରଜନନ କ୍ଷମତା ବୃଦ୍ଧି ପାଇଥାଏ ।

ତଥ୍ୟ :- ବୈଜ୍ଞାନିକମାନେ ଏ ପର୍ଯ୍ୟନ୍ତ କୌଣସି ସିଦ୍ଧାନ୍ତରେ ଉପନୀତ ହେଇନାହାନ୍ତି । ହେଲେ ବିଶେଷଜ୍ଞମାନଙ୍କ ମତରେ ଏତଦ୍ୱାରା ନିହାତି କିଛିଇନା କିଛି ପ୍ରଭାବ ନିଶ୍ଚିତ ଭାବରେ ପଡୁଥିବ ବୋଲି ବିଶ୍ୱାସ କରାଯାଏ । ପୁରୁଷମାନେ ଏଭଳି ଅଙ୍ଗବସ୍ତ୍ର ବ୍ୟବହାର କରିବା ଉଚିତ । ଯଦ୍ଦ୍ୱାରା ଅଣ୍ଡକୋଷଗୁଡ଼ିକ ଅପେକ୍ଷାକୃତ ଥଣ୍ଡା ରହିପାରିଥିବ ଓ ପବନ ଚଳାଚଳର ଉପଯୁକ୍ତ ସୁବିଧା ଥିବ ।

ଧାରଣା :- ରତିକ୍ରିୟାରେ ମିଶନେରୀ ଆସନ ଗର୍ଭାରମ୍ଭ ସକାଶେ ସବୁଠୁ ଭଲ ଉପାୟ !

ତଥ୍ୟ :- ଓଭ୍ୟୁଲେସନ ସମୟରେ ମ୍ୟୁକସ ପତଳା ହେଇଯାଉଥିଲାବେଳେ ଶୁକ୍ରାଣୁଗୁଡ଼ିକ ଫେଲୋପିଆନ ଟ୍ୟୁବ ପର୍ଯ୍ୟନ୍ତ ସେ ପର୍ଯ୍ୟନ୍ତ ପହଁ ପାରୁନଥିଲେ କୌଣସି ପ୍ରକାର ଆସନ କାମକୁ ଆସିବ ନାହିଁ । ଅତଏବ ସହବାସ କଲାବେଳେ କିଛି ସମୟ ଡ଼ରି ସିଧା ହେଉ ଗଡ଼ିପଡ଼ିବା ଉଚିତ୍ ଯଦ୍ଦ୍ୱାରା ଶୁକ୍ରାଣୁଗୁଡ଼ିକ ଭିତରକୁ ପ୍ରବେଶ କରିବା ପୂର୍ବରୁ ଯୋନି ପ୍ରଦେଶରୁ ପଦାକୁ ନିର୍ଗତ ନହୁଏ ।

ଧାରଣା :- ଲୁବ୍ରିକେ ବା ତୈଳ ଶୁକ୍ରାଣୁ ଗୁଡ଼ିକୁ ସଠିକ୍ ସ୍ଥାନରେ ପହଚ ଇ ବାରେ ସାହାଯ୍ୟ କରେ ।

ତଥ୍ୟ :- ଏହା ସତ୍ୟ ନୁହେଁ ।ଏତଦ୍ୱାରା ଯୋନିର ପି.ଏଚ. ଭାରସାମ୍ୟ ରକ୍ଷା ହେଇ ନପାରେ ଓ ଏହା ଶୁକ୍ରାଣୁ ପକ୍ଷରେ ଅହିତକର ଅଟେ ।

ଧାରଣା :- ଦିନବେଳା ମୈଥୁନ କଲେ ଗର୍ଭଧାରଣରେ ସୁବିଧା ହେଇଥାଏ ।

ତଥ୍ୟ :- ସକାଳବେଳା ଶୁକ୍ରାଣୁଗୁଡ଼ିକ ବେଶ୍ ସକ୍ରିୟ ଥାନ୍ତି ହେଲେ ଏହାର କୌଣସି ଡାକ୍ତରୀ ପ୍ରଭାବ ପଡ଼ିନଥାଏ, କହିଲେ ଚଳେ। ଆପଣ ଚାହିଁଲେ ସକାଳେ ମଧ୍ୟ ସମ୍ଭୋଗ କରିପାରନ୍ତି, ହେଲେ ଇଚ୍ଛାହେଲେ ଦିନବେଳା ମଧ୍ୟ ସହବାସ କରାଗଲେ କୌଣସି କ୍ଷତି ହେବନାହିଁ ।

ଏଣୁକରି ଆପଣ ହଟଟବ୍‌ବାଥ୍, ସୋନାବାଥ, ଇଲେକ୍ଟ୍ରିକ କେବୁଲ ଓ ଟାଇଟ ଜିନ୍ସରୁ ନିଜକୁ ଦୂରେଇ ରଖନ୍ତୁ । ପୁନଶ୍ଚ ସିନ୍‌ଥେଟିକ୍ ତିଆରି ପ୍ୟା ବା ଅଣ୍ଡର ଗାର୍ମେ ସ ପିନ୍ଧନ୍ତୁ ନାହିଁ । ଏତଦ୍ୱାରା ଶରୀରର ତାପମାତ୍ରା ବୃଦ୍ଧି ପାଇଥାଏ । ଆଉ କୋଳରେ ଲେପଟପ୍ ରଖି କଦାପି ବ୍ୟବହାର କରନ୍ତୁ ନାହିଁ, ଆବଶ୍ୟକ ହେଲେ ଡେସ୍କଟପ ଭଳି ବ୍ୟବହାର କରନ୍ତୁ ।

ଏମାନଙ୍କୁ ସୁରକ୍ଷିତ ରଖନ୍ତୁ :- କୌଣସି ରଫ୍ ଗେମ୍ ଅର୍ଥାତ (ଫୁଟବଲ୍, ସକର. ବାସ୍କେଟବଲ, ହକି, ବେସବଲ୍, ଫୋଡ଼ାଦୌଡ଼ ଇତ୍ୟାଦି) ଖେଳର ଅଭ୍ୟାସ ଥିଲେ, ... ଗାର୍ଡ଼ ଲଗେଇ ନିଜର ଜନନେନ୍ଦ୍ରିୟକୁ ରକ୍ଷା କରିବା ଉଚିତ । ବେଶି ସାଇକେଲ ଚଢିବା ମଧ୍ୟ କ୍ଷତିକାରକ ହେଇପାରେ । ଅନେକଙ୍କ ମତରେ ସାଇକେଲ ସିଟର ଚାପ ପଡ଼ିଲେ ଅନେକ ଧମନି କ୍ଷତିଗ୍ରସ୍ତ ହେଇଥାଏ । ଜନନେନ୍ଦ୍ରିରେ କୌଣସି ପ୍ରକାର ପାର୍ଶ୍ୱପ୍ରଭାବ ଦେଖାଗଲେ ଡାକ୍ତରଙ୍କ ପରାମର୍ଶ ଲୋଡ଼ନ୍ତୁ ।

ବିଶ୍ରାମ :- ହଁ , ଆପଣ ପ୍ରାୟ ସବୁ କିଛି ଶିଖିଗଲେଣି କହିଲେ ଚଳେ । ବାସ୍ ଆରାମରେ ବସି ଏସବୁ ତଥ୍ୟ ପ୍ରତି ଦୃଷ୍ଟି ଦେବା ବିଧେୟ । ବ୍ୟସ୍ତତା ମଧ୍ୟରେ ମଧ୍ୟ ବିଶ୍ରାମ ନେବାକୁ ଭୁଲନ୍ତୁ ନାହିଁ । ଚାପଯୁକ୍ତ ହେଲେ ପ୍ରଦର୍ଶନ ସ୍ତରଟା ହ୍ରାସ ପାଇପାରେ । ଆଉ ଶୁକ୍ରାଣୁ ତିଆରିରେ ମଧ୍ୟ ବାଧାସୃଷ୍ଟି ହେଇପାରେ ।ଏଣୁ ଚିନ୍ତା ଯେତେଶୀଘ୍ର ଦୂରୀଭୂତହେବ, ଫଳାଫଳଟା ସେତେ ଶୀଘ୍ର ପ୍ରାପ୍ତ ହେବ । ଅତଏବ ଧୈର୍ଯ୍ୟ ସହକାରେ ସ୍ୱଳ୍ପ ସ୍ୱଳ୍ପ ପ୍ରୟାସ କରୁଥିବା ବିଧେୟ ।

■ ■ ■

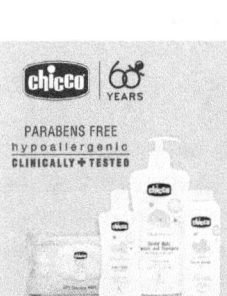

ଆପଣ କ'ଣ ଗର୍ଭବତୀ କି ?

ହୁଏତ ଆପଣଙ୍କ ଋତୁସ୍ରାବ ଦିନଟିଏ ଡେରିରେ ହେଇଥାଇପାରେ, କିମ୍ବା ତିନି ସପ୍ତାହ ହେଇସାରିଥିବ, ବା ପ୍ରଥମରୁ ହିଁ ଭାବିନେଇଥିଲେ ଯେ କିଛି ହେଇଥିବ କି, ଅଥବା ଋତୁସ୍ରାବ ନହେବରୁ ଏପରି ଅନୁମାନ କରିନେଇଥିବେ! ହୁଏତ ଗର୍ଭଧାରଣର ସ୍ପଷ୍ଟ ଲକ୍ଷଣ ଆପଣଙ୍କୁ ଦେଖାଯାଉଥିବ । ହୁଏତ ଆପଣ ବିଗତ ଛ'ମାସଧରି ଏଇୟା ଚେଷ୍ଟା କରୁଥାଇ ପାରନ୍ତି, କିମ୍ବା ଦୁଇସପ୍ତାହ ପୂର୍ବେ ଗର୍ଭନିରୋଧକ ବ୍ୟତୀତ ସହବାସ କରିନେଉଥିବେ ବା ହୁଏତ ଏପର୍ଯ୍ୟନ୍ତ ସକ୍ରିୟ ହେଇଚେଷ୍ଟା କରୁନଥିବେ; ଯେ କୌଣସି ପରିସ୍ଥିତି ହେଇଥାଉ ନା କାହିଁକି, ଯେଉଁଭଳି ପରିସ୍ଥିତିରେ ଏ ବହି ପଢି ବସିଥାନ୍ତୁ ; ଆପଣ ନିଶ୍ଚୟ ଏକଥା ଭାବି ଆଶ୍ଚର୍ଯ୍ୟ ହେଉଥିବେ ଯେ - ସତରେ ମୁଁ କ'ଣ ଗର୍ଭବତୀ କି? ଆସନ୍ତୁ, ଆମେ ସାହାଯ୍ୟ କରୁଛୁ ।

ଆପଣ କ'ଣ ଚିନ୍ତା କରୁଥିବେ?

ଗର୍ଭାବସ୍ଥାର ପ୍ରାରମ୍ଭିକ ଲକ୍ଷଣ - "ମୋ ସାଙ୍ଗ କହୁଥିଲା ଯେ, ସେ ପ୍ରେଗ୍‌ନେନ୍ସି ଟେଷ୍ଟ ନକରି ମଧ୍ୟ ଜାଣିପାରୁଥିଲା ଯେ, ସେ ଗର୍ଭବତୀ ହେଇଛି ବୋଲି । ତା'ହେଲେ ମୁଁ ମଧ୍ୟ କ'ଣ ଆଗରୁ ଏକଥା ଜାଣିପାରିବି କି?"

ଏହାର ସବୁଠୁ ଭଲ ଉପାୟ ହେଲା - ପ୍ରେଗ୍‌ନେନ୍ସି ଟେଷ୍ଟ ପଜିଟିଭ ହେବ ଦରକାର । ତେବେ ଯାଇ ଏକଥା ଜାଣିହେବ ଯେ, ଆପଣ ମା' ହେବାକୁ ଯାଉଛନ୍ତି ନା ନାହିଁ! ଅନେକ ମହିଳାମାନଙ୍କୁ କିଛି ସପ୍ତାହ ପର୍ଯ୍ୟନ୍ତ ଗର୍ଭବସ୍ଥାର କୌଣସି ଲକ୍ଷଣ ଜଣାପଡ଼େନାହିଁ ତ ଅନେକ ମହିଳାମାନେ ପ୍ରଥମରୁ ହିଁ ଜାଣିପାରନ୍ତି ଯେ ସେମାନେ ମା' ହେବାକୁ ଯାଉଛନ୍ତି ଯଦି ଆପଣ ମଧ୍ୟ ଏଭଳି କିଛି ଲକ୍ଷଣ ବିଷୟରେ ଜାଣିଥାନ୍ତି, ତେବେ ଔଷଧ ଦୋକାନରୁ 'ହୋମ୍ ପ୍ରେଗ୍‌ନେନ୍ସି ଟେଷ୍ଟ କିଟ୍' କିଣି ଆଣିବାରେ ବିଳମ୍ବ କରନ୍ତୁ ନାହିଁ । ଏହା ଯେ କୌଣସି ଏକ କେମିଷ୍ଟ ଦୋକାନରେ ସହଜରେ ମିଳେ ।

କୋମଳ ବକ୍ଷୋଜ ଓ ସ୍ତନାଗ୍ର:- ଆପଣମାନେ ଜାଣୁଥିବେ ଯେ ଋତୁସ୍ରାବ ପୂର୍ବରୁ ବକ୍ଷୋଜକୁ ସ୍ପର୍ଶ କଲେ କିଭଳି ଭାବରେ କଷ୍ଟ ହେଇଥାଏ? କିନ୍ତୁ ଗର୍ଭଧାରଣ ପୂର୍ବରୁ ଏହା କୋମଳ ବା ନରମ ହେଇଯାଇଥାଏ । ଅନେକ ମହିଳାମାନଙ୍କ ସ୍ତନକୁ ସ୍ପର୍ଶ କଲେ ସମ୍ବେଦନଶୀଳ, ପୃଥଳ, ଅବା ସ୍ପର୍ଶକଲେ କଷ୍ଟପ୍ରଦ ଲାଗୁଥିଲେ ଏହା ଗର୍ଭାବସ୍ଥାର ଲକ୍ଷଣ

ହେଇପାରେ । ଥରେ ଗର୍ଭଧାରଣ ଆରମ୍ଭ ହେବା ପରେ ବକ୍ଷୋଜର ଆକାର ପ୍ରକାରରେ ପରିବ ର୍ନ ହେବା ସାଙ୍ଗକୁ ଆହୁରି ମଧ୍ୟ ଅନେକ ପରିବ ର୍ନ ଦେଖାଦିଏ ।

ସ୍ତନାଗ୍ରର ରଙ୍ଗ :- ସ୍ତନାଗ୍ରର ଆଖପାଖରେ ଥିବା କଳାରଙ୍ଗ ଆହୁରି ଘନ ବା ବହଳ ହେଇଥାଏ । ଗର୍ଭାବସ୍ଥା ସମୟରେ ଏପରି ହେବା ସ୍ୱାଭାବିକ୍ କଥା । ତତ୍ ସଙ୍ଗେସଙ୍ଗେ ଏହାର ଆକାର ମଧ୍ୟ ବୃଦ୍ଧି ପାଇଥାଏ । ଚର୍ମର ରଙ୍ଗରେ ହେଉଥିବା ପରିବ ର୍ନର ଅର୍ଥ ହେଲା ଆପଣଙ୍କ ଶରୀରରେ ପ୍ରେଗ୍ନେନ୍ସି ହର୍ମୋନ୍ସି ନିଜର ପ୍ରକ୍ରିୟା ଆରମ୍ଭ କରି ହେଲେଣି ।

ଗୁଜ-ବମ୍ପ :- ନ, ବାସ୍ତବରେ ନୁହଁ, ହେଲେ ନିପୁଲର ଆଖପାଖରେ ଥିବା ଇଷତ୍ କଳାଭାଗରେ ବ୍ରଣ ସଦୃଶ ଛୋଟ ଛୋଟ ଦାନା ଦେଖା ଦେଇଥାଏ । ଏହାକୁ 'ମୋ ।ଗୁମରି ଟ୍ୟୁବରକଲସ' କୁହାଯାଏ । ଅବଶ୍ୟ ଏହା ଏକ ପ୍ରକାରର ଗ୍ରନ୍ଥୀ, ଏଥିରୁ ତୈଳିୟ ପାଦାର୍ଥ ବାହାରିଥାଏ; ଆଉ ସ୍ତନାଗ୍ର ସହିତ ପାର୍ଶ୍ୱସ୍ଥ ଅ ଳକୁ ତେଲିଆ କରିଦେଇଥାଏ । ଏହାକୁ ଆମେ ଶିଶୁର ସ୍ତନପାନ ସକାଶେ ପୂର୍ବପ୍ରସ୍ତୁତି ବୋଲି ମଧ୍ୟ କହିପାରିବା । ଏଥିରୁ ବୁଝିଇବାକୁ ହେବ ଯେ ଦେହ ଆସ୍ତେ ଆସ୍ତେ ପ୍ରସ୍ତୁତି ହେଉଛି ।

ଦାଗ :- ଗର୍ଭାବସ୍ଥାରେ ଭ୍ରୁଣ ସ୍ଥାନ ଅଧିକାର କଲାବେଳେ ଅନେକ ମହିଳାମାନଙ୍କୁ ଇଷତ୍ ପତଳା ସ୍ରାବ ହେଇଥାଏ । ଏହା ଋତୁଚକ୍ରର କିଛିଦିନ ପୂର୍ବରୁ ହେଇପାରେ । ଏହାର ରଙ୍ଗ ଇଷତ ଗୋଲାପୀ ହେଇଥାଏ, ହେଲେ ଲାଲ କଦାପି ନୁହଁ ।

ବାରମ୍ବାର ପରିସ୍ରା ଲାଗିବା :- ବାରମ୍ବାର ଆପଣଙ୍କୁ ପରିସ୍ରା ଯିବାକୁ ଇଚ୍ଛା ହେବ । ଗର୍ଭଧାରଣର ଦୁଇ-ତିନି ସପ୍ତାହ ପରେ ଖୁବ୍ ଶୀଘ୍ର ଶୀଘ୍ର ପରିସ୍ରା ଯିବାକୁ ହେବ । ଏହି ବହିରେ ଏହାର କାରଣ ମଧ୍ୟ ଦର୍ଶାଇ ଦିଆଯାଇଛି ।

କ୍ଳାନ୍ତି :- ଖୁବ୍ କ୍ଳାନ୍ତି ଅନୁଭୂତ ହୁଏ । ସମଗ୍ର ଶରୀର ହାଲିଆ ହେଇଯାଏ । ବଳ କମିଯାଏ ଓ ଆଳସ୍ୟ ମନେହୁଏ ।ଅର୍ଥାତ୍ ଦେହର ପୂର୍ବପ୍ରସ୍ତୁତି ଚାଲିଛି ।

ବାନ୍ତି ହେବା :- ପ୍ରଥମ ତିନି ମାସରେ ବାନ୍ତି ବାନ୍ତି ଲାଗୁଥିବାରୁ ବାରମ୍ବାର ବାଥରୁମକୁ ଯିବାକୁ ପଡ଼ିପାରେ । ଗର୍ଭଧାରଣ ପରେ ପରେ ଅନେକ ମହିଳାମାନେ ବାନ୍ତି ମଧ୍ୟ କରିଥା'ନ୍ତି । ଅବଶ୍ୟ ଏହା ସାଧାରଣତଃ ଷଷ୍ଠ ସପ୍ତାହ ପାଖାପାଖି ଆରମ୍ଭ ହେଇଥାଏ ।

ଘ୍ରାଣେନ୍ଦ୍ରିୟ ସକ୍ରିୟ :- ନୂଆ ହୋଇ ଗର୍ଭବତୀ ହେଉଥିବା ମହିଳାମାନଙ୍କର ଘ୍ରାଣେନ୍ଦ୍ରିୟ ବେଶି ସକ୍ରିୟ ବା ସମ୍ବେଦନଶୀଳ ହେଇଥାଏ । ସେମାନେ ସବୁପ୍ରକାର ଗନ୍ଧ ଅର୍ଥାତ୍ ସୁଗନ୍ଧ ଓ ଦୁର୍ଗନ୍ଧକୁ ଖୁବ୍‌ଶୀଘ୍ର ଜାଣିପାରିଥାନ୍ତି ।

ବ୍ଲୋଟିଂ ବା ଫୁଲିବା :- ଏପରି ମନେହୁଏ ସତେକି ପେଟଟା ଫୁଲୁଛି ! ଅବଶ୍ୟ ଶିଶୁ ବଢିବା ସାଙ୍ଗକୁ ପେଟଟା ନିହାତି ଫୁଲିବହେଲେ ପ୍ରଥମେ ପ୍ରଥମେ ଏହାର ଅନୁଭୂତି ଇଷତ୍ ଭାବରେ ହେଇଥାଏ ।

ତାପମାତ୍ରା ବୃଦ୍ଧି :- 'ବେସଲ ବଡି ଟେମ୍ପରେଚର' । ଯଦି ଆପଣ ସ୍ୱତନ୍ତ୍ରଧରଣର ବେସଲ ବଡି ଥର୍ମୋମିଟର ବ୍ୟବହାର କରି ସକାଳେ ତାପମାତ୍ରା ମାପିଥାନ୍ତି, ତେବେ ଜଣାପଡ଼ିଯିବ ଯେ ଶରୀରର ତାପମାତ୍ରା ୧ଡିଗ୍ରୀ ସେଲିସିୟସ୍ ବଢ଼ିଯାଇଥିବ । ଏହା ଗର୍ଭାବସ୍ଥା ସମୟରେ ବୃଦ୍ଧି ପାଇଥାଏ । ଅବଶ୍ୟ ଗର୍ଭାଧାନର ଏହା ସଠିକ୍ ପ୍ରମଣ ନହେଲେ ମଧ୍ୟ ଏହାର ଶୁଭସଙ୍କେତ ହେଇପାରେ ।

ଋତୁସ୍ରାବ ନହେବା :- ଯଦି ଆଗରୁ ଠିକ୍ ସମୟରେ ଋତୁସ୍ରାବ ହେଉଥାଏ, ଆଉ ଏଥର ନହେବାର ମାନେ ହେଲା ପ୍ରେଗ୍ନେନ୍ସି ଟେଷ୍ଟ ପୂର୍ବରୁ ଗର୍ଭବତୀ ହେବାର ଅନୁମାନ କରାଯାଇପାରେ ।

ଗର୍ଭାବସ୍ଥାର ପରୀକ୍ଷା କରିବା

"ମୁଁ କିପରି ଜାଣିବି ଯେ ବାସ୍ତବରେ ମୁଁ ଗର୍ଭବତୀ ବୋଲି ?"

ସର୍ବପ୍ରଥମେ ନିଜ ମନକଥା ଜାଣିବାକୁ ଚେଷ୍ଟା କରନ୍ତୁ । ଅନ୍ତରାତ୍ମାର ସ୍ୱରରୁ ଏହା ଅନୁମାନ କରିହେବ । ଅବଶ୍ୟ ଅନୁମାନ ସକାଶେ ଚିକିତ୍ସାବିଜ୍ଞାନ ତ ଅଛିନା । ଅନେକ ପରୀକ୍ଷା କରି ବ ର୍ମାନ ଅନୁମାନ କରିହେବ ଯେ ପ୍ରକୃତରେ ଆପଣ ଗର୍ଭବତୀ ନା ନାହିଁ ?

ହୋମ ପ୍ରେଗନେନ୍ସି ଟେଷ୍ଟ :- ଉକ୍ତ ପରୀକ୍ଷା ଆପଣ ନିଜ ବାଥରୁମ୍‌ରେ ଗୁପ୍ତଭାବରେ ଓ ଅତି ସହଜରେ କରିପାରିବେ । ଏହା ଖୁବ୍ ଚ ଳ ହେଇଯାଇଥାଏ । ଦୈବାତ୍ ଋତୁସ୍ରାବ ଭୁଲିଗଲେ ମଧ୍ୟ ଏହା ଆପଣ କରିପାରିବେ । ଅବଶ୍ୟ ପ୍ରକୃତ ତଥ୍ୟ ପରେ ଜଣାଯିବ ।

ଏହି ପରୀକ୍ଷାରେ ପରିଶ୍ରାରେ ଥିବା ଏଚ.ସି.ଜି ହର୍ମୋନ୍‌ର ଯା କରାଯାଏ । ଏହାକୁ ପ୍ଲେଜେ । ନିର୍ମିତ କରେ । ଏହା ରକ୍ତରେ ଖୁବ୍ ଶୀଘ୍ର ମିଶିଯାଏ । ପରିଶ୍ରାରେ ଏହାର ପରୀକ୍ଷା ହେଲା ପରେ ସଠିକ୍ ଫଳାଫଳ ଜାଣିହୁଏ । ଏହା ସମ୍ବେଦନଶୀଳ ହେଲେ ମଧ୍ୟ ସତେ ସକ୍ରିୟ ନୁହଁ । ଗର୍ଭଧାରଣର ସପ୍ତାହିତ ପରେ ରକ୍ତରେ ଏଚ.ସି.ଜି. ହେଲେ ମଧ୍ୟ ପରୀକ୍ଷାରେ ଜଣାପଡ଼େ ନାହିଁ । ମନେକର ଆପଣ ପିରିୟଡ଼ର ସାତଦିନ ପୂର୍ବରୁ ପରୀକ୍ଷା କରାନ୍ତି ତେବେ ଗର୍ଭଥିବା ସ ୍ୱ ମଧ୍ୟ ଫଳାଫଳଟା ନେଗେଟିଭ୍ ଆସିଥାଏ ।

ଯଦି ପିରିୟଡ଼ ଚାରି ଦିନ ପୂର୍ବରୁ ପରୀକ୍ଷା କରାଯାଏ, ତେବେ ୬୦% ଫଳାଫଳ ପାଇହେବ । କିନ୍ତୁ ପିରିୟଡ଼ ଥିଲା ଦିନ ପରୀକ୍ଷା କଲେ ୯୦% ହେବ । ଏହି ପରିଭାବରେ ଏହା ବୃଦ୍ଧି ପାଇପାରିଯିବ । ଏତଦ୍ୱାରା ପୂର୍ବାନୁମାନ ହେବା ଯୋଗୁଁ ଡାକ୍ତର କିମ୍ବା ଧାଇମା'ଙ୍କ ପରାମର୍ଶ ଗ୍ରହଣ କରାଯାଇପାରେ । ଅବଶ୍ୟ ଏହାପରେ ମଧ୍ୟ ମେଡ଼ିକାଲ ଟେଷ୍ଟ କରାଯାଏ । ସମଗ୍ର ଯା ଓ ରକ୍ତ ପରୀକ୍ଷା ପରେ ସବୁକିଛି ତଥ୍ୟ ସ୍ପଷ୍ଟ ହେଇପାରିବ ।

ରକ୍ତପରୀକ୍ଷା :- ଗର୍ଭଧାରଣର ଏକ ସପ୍ତାହ ପରେ ରକ୍ତ ପରୀକ୍ଷା କରାଗଲେ ୧୦୦% ଜଣାପଡ଼ିଯାଏ ଯେ ପ୍ରକୃତରେ ଗର୍ଭବତୀ ହୋଇଛନ୍ତି ନା ନାହିଁ । ଏଥିରେ ରକ୍ତରେ ଥିବା ଏଚ.ସି.ଜି.ର ମାତ୍ରା ଓ ସ୍ତରକୁ ଅନୁମାନ କରି ଗର୍ଭାବସ୍ଥାର ତାରିଖ ମଧ୍ୟ ନିର୍ଦ୍ଧାରଣ କରାଯାଇଥାଏ, କାହିଁକିନା ଗର୍ଭାବସ୍ଥା ବଢିବା ସାଙ୍ଗକୁ ଏଚ.ସି.ଜି.ର ମାତ୍ରା ମଧ୍ୟ ବୃଦ୍ଧି ପାଇଥାଏ । ଅନେକ ଡାକ୍ତର ରକ୍ତ ସାଙ୍ଗକୁ ପରିଶ୍ରାର ପରୀକ୍ଷା ପାଇଁ ମଧ୍ୟ ନିର୍ଦ୍ଦେଶ ଦେଇଥାନ୍ତି ।

ମେଡ଼ିକାଲ ପରୀକ୍ଷା :- ଅବଶ୍ୟ ରକ୍ତ ଓ ମୂତ୍ର ପରୀକ୍ଷା କରି ଗର୍ଭାବସ୍ଥାର ସଠିକ୍ ଅନୁମାନ କରି ହେବ, ହେଲେ ଗର୍ଭାଶୟର ଆକାର, ଯୋନି ଓ ସର୍ଭିକ୍ସର ରଙ୍ଗ ଓ ଗଠନକୁ ଭି ି କରି ମଧ୍ୟ ଗର୍ଭାବସ୍ଥାର ଡାକ୍ତରୀ ପରୀକ୍ଷା କରାଯାଇପାରେ ।

ଈଷତ୍ ରେଖା :-

"ଘରେ ମୁଁ ହୋମ ପ୍ରେଗ୍‌ନେନ୍ସି ଟେଷ୍ଟ କଲାବେଳେ ସେଥିରେ ଏକ ସାମାନ୍ୟ ଈଷତ୍ ରେଖା ଦେଖାଗଲା, ହେଲେ କ'ଣ ମୁଁ ଗର୍ଭବତୀ କି ?"

ଆପଣଙ୍କ ରକ୍ତ ବା ମୂତ୍ର ପରୀକ୍ଷାରେ ଏଚ.ସି.ଜି.ର ସ୍ତର ଦେଖି ପରୀକ୍ଷାର ଫଳାଫଳ ପଜିଟିଭ ବୋଲି ଧରାଯାଇଥାଏ । ଗର୍ଭବତୀ ହେଲେ ହିଁ ଏହା ଶରୀରରେ ନିର୍ମିତ ହେଇଥାଏ । ହୁଏତ ପରୀୟକ୍ଷା ବେଳେ ସାମାନ୍ୟ ଈଷତ୍ ରେଖା ଦେଖାଦେଲେ ମଧ୍ୟ ଆପଣ ଗର୍ଭବତୀ ବୋଲି ଧରିବାକୁ ହେବ । ଆପଣଙ୍କୁ ଗାଢ ହେବା ପରିବର୍ ଈଷତ୍ ରେଖା ଦେଖାଯିବାର କାରଣ ହେଲା ଆପଣ ଯେଉଁ ଟେଷ୍ଟ କରିବାକୁ ଯାଉଛନ୍ତି, ତାହା ଖୁବ୍ ସମ୍ବେଦନଶୀଳ ହେବା ଦୃଷ୍ଟିରୁ ଭିନ୍ନ ଭିନ୍ନ ହେଇଥାଏ । ଗର୍ଭାବସ୍ଥାରେ ଏଚ.ସି.ଜିର ସ୍ତର ପ୍ରତିଦିନ ବୃଦ୍ଧି ପାଇଥାଏ । ଏହା ମଧ୍ୟ ଦ୍ରଷ୍ଟବ୍ୟ ଯେ, ଗର୍ଭବତୀ ହେଇ କେତେ ସମୟ ହେଲାଣି । ମନେକର ଖୁବ୍ ଶୀଘ୍ର ପରୀକ୍ଷା କରାଯାଏ, ତେବେ ଏଚ.ସି.ଜି.ର ଈଷତ୍ ସଙ୍କେତ ପାଇହୁଏ ।

ନିଜ ପ୍ରେଗନେନ୍ସି ଟେଷ୍ଟର ସମ୍ବେଦନଶୀଳତା ପରୀକ୍ଷା ସକାଶେ ପ୍ୟାକେଟର ପଛ ପଟେ ଥିବା ମାପ ଓ ମାତ୍ରାକୁ ଲକ୍ଷ୍ୟ କରନ୍ତୁ । ଏଥିରୁ ପ୍ରାପ୍ତ ହେଇଥିବା ଇ ।ପେସନାଲ ୟୁନିଟରେ ଲିଟରର ମାତ୍ରା ଯେତେ ଅଳ୍ପ ହେବ ଟେଷ୍ଟ ସେତେ ସମ୍ବେଦନଶୀଳ ହେବ । ୫୦ ମିଲି ପରିବର୍ ୨୦ ମିଲିଟର ଟେଷ୍ଟରୁ ଆପଣ ଖୁବ୍‌ଶୀଘ୍ର ଓ ଉ ମ ଫଳାଫଳ ପାଇପାରିବେ । ଅଧିକ ଦାମିକା ପରୀକ୍ଷା ବେଶି ସମ୍ବେଦନଶୀଳ ହେଇଥାଏ ।

ଏକଥା ମଧ୍ୟ ମନେରଖନ୍ତୁ ଯେ, ଗର୍ଭାବସ୍ଥା ସମୟରେ ପ୍ରତିଦିନ ଏଚ.ସି.ଜି.ର ସ୍ତର ବୃଦ୍ଧି ପାଇବ । ଯଦି ଆପଣ ଖୁବ୍ ଶୀଘ୍ର ପରୀକ୍ଷା କରୁଥାନ୍ତି, ତେବେ ରେଖା ଈଷତ୍ ହେବ ହିଁ ହେବ । ଦୁଇଦିନ ଉ ।ରେ ପୁଣି ପରୀକ୍ଷା କରି ଦେଖନ୍ତି ସବୁ ଭ୍ରମ ଓ ସନ୍ଦେହ ଦୂରେଇଯିବ ।

ପଜିଟିଭ ନହେଲେ

"ମୋର ପ୍ରଥମ ପ୍ରେଗନେନ୍ସି ଟେଷ୍ଟ ପଜିଟିଭଥିଲା, ହେଲେ କିଛି ସମୟ ଉ ।ରେ ନେଗେଟିଭ ଆସିଲା; ତା'ପରେ ରତୁସ୍ରାବ ମଧ୍ୟ ହେଇଗଲା ।ଏପରି କାହିଁକି ହେଁଛି ?"

ବୋଧହୁଏ ଆପଣଙ୍କୁ କେମିକାଲ ପ୍ରେଗନେନ୍ସି ହେଇଥିବ । ଏଭଳି ଗର୍ଭାବସ୍ଥା ଆରମ୍ଭ ହେବା ପୂର୍ବରୁ ଶେଷ ହେଇଯାଇଥାଏ । ଏହି ଗର୍ଭାବସ୍ଥାରେ ଅଣ୍ଡାଟା ଗର୍ଭାଧାନ ହେଇ ଗର୍ଭାଶୟରେ ଇମ୍ପ୍ଲା ହେବାକୁ ଆରମ୍ଭ କରେ ଅଥଚ ଭଲ ଭାବରେ ଇମ୍ପ୍ଲା ହେଇପାରେ ନାହିଁ । ଏଣୁକରି ଗର୍ଭାବସ୍ଥା ନହେଇ ରତୁସ୍ରାବ ସହ ଏହାର ପରିସମାପ୍ତି ଘଟେ । ବିଶେଷଜ୍ଞମାନଙ୍କ ମତରେ ସବୁ ଗର୍ଭାଧାନ ମଧ୍ୟରୁ ପ୍ରାୟ ୭୦% ଗର୍ଭାଧାନ କେମିକାଲ ହେଇଥାଏ; ଅଧିକାଂଶ ମହିଳାମାନେ ଏକଥା ଜାଣି ମଧ୍ୟ ପାରନ୍ତି ନାହିଁ ଯେ, ସେମାନେ ଗର୍ଭବତୀ ହେଇଥିଲେ ବୋଲି; କାରଣ ହୋମ ପ୍ରେଗନେନ୍ସି ଟେଷ୍ଟ ନଥିବାରୁ ମହିଳାମାନେ ବହୁ ସମୟଧରି ଅଜ୍ଞ ରହୁଥିଲେ । ଖୁବ୍ ଶୀଘ୍ର ପରୀକ୍ଷା କରିନେଲେ ଓ ରତୁସ୍ରାବ ବିଳମ୍ବରେ ହେଲେ ହିଁ ଏଭଳି କେମିକାଲ ପ୍ରେଗନେନ୍ସିର ଲକ୍ଷଣ ଦେଖାଦେଇଥାଏ ।

ଡାକ୍ତରୀ ପରୀକ୍ଷାରୁ କେମିକାଲ ପ୍ରେଗନେନ୍ସି ଏକ ଚକ୍ର ଭଳି ହେଉଥାଏ । ଏଥିରେ ପ୍ରେଗନେନ୍ସିରେ କୌଣସି ଗର୍ଭପାତ ହେଇନଥାଏ । ହେଲେ ଆପଣଙ୍କ ଭଳି ମହିଳାମାନେ ପ୍ରଥମରୁ ପରୀକ୍ଷା କରୁଥିବାରୁ ଏହା ଏକ ଭିନ୍ନ କଥା ହେଇଯାଇଥାଏ । ଅବଶ୍ୟ ଏଥିରେ କୌଣସି ପ୍ରକାର କ୍ଷୟକ୍ଷତି ହୁଏନାହିଁ । କେବଳ ସ୍ୱାମୀ-ସ୍ତ୍ରୀ ଦୁହିଁଙ୍କୁ କି ିତ ନିରାଶ ହେବାକୁ ପଡ଼େ ।ଏହି ବହିରେ ଏଥିରୁ କିପରି ମୁକ୍ତି ପାଇହେବ ସେକଥା କୁହାଯାଇଛି ।

ଅନିୟମିତର ପରୀକ୍ଷା

ଯଦି ରତୁସ୍ରାବ ଠିକ୍ ସମୟରେ ହେଉନଥାଏ, ତା'ହେଲେ କେବେ ପରୀକ୍ଷା କରାଯିବ, ଏହା ମଧ୍ୟ ସଠିକ୍ ଜାଣିହେବ ନାହିଁ । ରତୁସ୍ରାବ କଥା ନ ଜାଣିଲା ପର୍ଯ୍ୟନ୍ତକିଭଳିଭାବରେ ଟେଷ୍ଟ କରାଯାଇପାରିବ ? ବିଗତ ଛ'ମାସ ମଧ୍ୟରେ ସବୁଠାରୁ ଦୀର୍ଘ ପିରିୟଡ଼୍‌କୁ ଆଖିଆଗରେ ରଖି ଅପେକ୍ଷା କରିବାକୁ ହେବ । ଆଉ ତା'ପରେ ପରୀକ୍ଷା କରାଯିବ । ଯଦିଚ ରତୁସ୍ରାବ ହେବନି କି ଫଳାଫଳ ନକରାତ୍ମକ ହେବ ତେବେ କିଛି ସପ୍ତାହ ଅପେକ୍ଷା ପରେ ଟେଷ୍ଟ କରାଯିବା ବାଞ୍ଛନୀୟ ।

ନକରାତ୍ମକ ଫଳାଫଳ

"ମତେ ମନେହେଉଛି ଯେ ମୁଁ ଗର୍ଭବତୀ ହେଇଛି । ହେଲେ ମୋର ତିନୋଟି ଯାକ ପରୀକ୍ଷା ନେଗେଟିଭ୍ ଆସିଲା ବ ମାନ ମତେ କ'ଣ କରିବାକୁ ହେବ ?"

ଯଦି ତିନୋଟିଯାକ ପରୀକ୍ଷା ପରେ ମଧ୍ୟ ଆପଣ ନିଜକୁ ର୍ଭବତୀ ବୋଲି ଭାବୁଛନ୍ତି, ତେବେ ସବୁ ପ୍ରକାର ସତର୍କତା ଅବଲମ୍ବନ କରନ୍ତୁ, ଯାହା ନୂଆ ଗର୍ଭବତୀମାନେ କରିବା ଉଚିତ । ହୁଏତ୍ ଆପଣଙ୍କ ଦେହ ସେସବୁ ପରୀକ୍ଷାରୁ ଭଲ ଜାଣିପାରୁଥିବ । ସପ୍ତାହକ ଅପେକ୍ଷା କରି ପୁଣି ଥରେ ଟେଷ୍ଟ କରାନ୍ତୁ; ନିଜର ଡାକ୍ତରଙ୍କୁ ରକ୍ତ ପରୀକ୍ଷା ପାଇଁ ମଧ୍ୟ କହିପାରନ୍ତି । ଏହା ଉ ମ ଭାବରେ ମୂତ୍ରରେ ଥିବା ଏଚ.ସି.ଜି.ର ସ୍ତରକୁ ଜାଣି ପାରିବ ।

ହେଇପାରେ ସବୁତକ ଲକ୍ଷଣ ବାହାରିବା ପରେ ମଧ୍ୟ ଗର୍ଭବତୀ ହେଇନଥିବେ । ଯଦି ଟେଷ୍ଟ ନେଗେଟିଭ ଆସୁଥିବ ଆଉ ରତୁସ୍ରାବ ମଧ୍ୟ ହେଉନଥିବ, ତେବେ ଡାକ୍ତରଙ୍କୁ ଏସବୁ ଲକ୍ଷଣର ଅନ୍ୟାନ୍ୟ ଦୈନିକ କାରଣ ଖୋଜିବାକୁ କୁହନ୍ତୁ । ହୁଏତ ଏହା ଆପଣଙ୍କ ଭାବପ୍ରବଣତା ମଧ୍ୟ ହେଇଥାଇପାରେ । ଅନେକଥର ଏପରି ହେଇଥାଏ ମଧ୍ୟ । ଗର୍ଭବତୀ ହେବା (ବା ନହେବା)ର ପ୍ରବଳ ଇଚ୍ଛାଯୋଗୁଁ ଏମିତି ହୁଏ ।

ଯଦି ଆପଣ ଗର୍ଭବତୀ ହେଇ ନଥାନ୍ତି ..

ଯଦି ଆପଣଙ୍କ ପରୀକ୍ଷା ନେଗେଟିଭ୍ ଆସୁଥାଏ ଓ ଗର୍ଭବତୀ ହେଇନଥା'ନ୍ତି ହେଲେ ହେବାକୁ ଚାହୁଁଥିଲେ ଗର୍ଭାଧାନର ପୂର୍ବୋକ୍ତ ସୋପାନଗୁଡ଼ିକୁ ଲକ୍ଷ୍ୟ କରନ୍ତୁ । ଆପଣ ଖୁବ୍ ଶୀଘ୍ର ଗର୍ଭବତୀ ହେଇଯିବେ ।

ସ୍ମାର୍ଟ- ଟେଷ୍ଟିଂ

■ ହୋମ ପ୍ୟାକେଜ ଟେଷ୍ଟ ଖୁବ୍ ସରଳ ବିଧି ଏଥିପାଇଁ ଶିଖିବା ଆବଶ୍ୟକ ନୁହଁ, ହେଲେ ପ୍ରଥମେ ନିର୍ଦ୍ଦେଶଗୁଡ଼ିକୁ ଆପଣ ପଢିନେବା ଦରକାର ଓ ତା'ରି ଅନୁସାରେ କରିବାକୁ ହେବ । ଏସବୁ ମତାମତକୁ ହୃଦୟଙ୍ଗମ କରିନେଲେ, କ'ଣ ହେବ , କ'ଣ ନାହିଁର ଉତ୍କଣ୍ଠା ମଧ୍ୟରେ ଗତିକରି ଭୁଲ କରିବାର ପ୍ରଶ୍ନ ଉଠିବ ନାହିଁ ।

■ ବ୍ରାଣ୍ଡ ଅନୁସାରେ ଆପଣ ହୁଏ୍ ଷ୍ଟିକ୍‌କୁ ପରିଶ୍ରାର ପ୍ରବାହରେ କିଛଇ ସେକେଣ୍ଡ ରଖିବେ ବା ଗୋଟିଏ କପ୍‌ରେ ପରିଶ୍ରା ସଂଗ୍ରହ କରି ଷ୍ଟିକଟିକୁ ସେଥିରେ ବୁଡ଼େଇବେ; ହେଲେ ପରିଶ୍ରାର ମଝିଅଂଶରେ ହିଁ ଫଳାଫଳ ଭଲ ଆସିଥାଏ ବୋଲି ମତବ୍ୟକ୍ତ କରନ୍ତି । ଦୁଇ-ଚାରି ସେକେଣ୍ଡ ପରିସ୍ରା କଲାପରେ ପରିଶ୍ରାକୁ ରୋକି ହାତରେ ଷ୍ଟିକ୍ ବା କପ୍ ଧରି ପରିଶ୍ରା କରନ୍ତୁ ।

■ ଅବଶ୍ୟ ସକାଳୁ ସକାଳୁ ପରିଶ୍ରା ନେଇ ପରୀକ୍ଷା କଲେ ଖୁବ୍ ଭଲ; ହେଲେ ଯଦି ଋତୁସ୍ରାବ ପୂର୍ବରୁ ପରୀକ୍ଷା କରୁଥାନ୍ତି; ତା'ହେଲେ ଅନ୍ୟୁନ ଚାରିଘ । ଥୟଧରି ରହିବା ପରେ ପରିଶ୍ରାକୁ ନେଇ ପରୀକ୍ଷା କଲେ ସେଥିରେ ଥିବା ଏଚ.ସି.ଜି.ର ସ୍ତରଟା ସ୍ପଷ୍ଟ ଭାବରେ ଜଣାପଡ଼ଇଥାଏ ।

■ କ୍‌ୋଲ ଇଣ୍ଡିକେଟରକୁ ଲକ୍ଷ୍ୟ କରନ୍ତୁ ଯଦ୍ଦ୍ୱାରା ଏକଥା ଜାଣିହେବ ଯେ, ଟେଷ୍ଟ ଭଲ କାମ ଦେଉଛି ନା ନାହିଁ । (ଡିଜେଟାଲ ଟେଷ୍ଟରେ ଏକ ଚକ୍‌ଚକ୍ କରୁଥିବା କ୍‌ୋଲ ସିମ୍ବଲ ଲାଗିଥାଏ ।)

■ ଭଲ ଭାବରେ ଲକ୍ଷ୍ୟ କରନ୍ତୁ । କୌଣସି ସିଦ୍ଧାନ୍ତରେ ଉପନୀତ ହେବା ପୂର୍ବରୁ ସତର୍କ ହେବା ବା ନୀୟ । ଯେକୌଣସି ଲାଇନ ଦେଖାଦେଲେ (ଗୋଲାପୀ, ନୀଳ, ପଜିଟିଭ ଲକ୍ଷଣ ବା ଡିଜିଟାଲ ରିଡିଂ ଦେଖାଦେଲେ) ଧରିନିଅନ୍ତୁ ଯେ ଆପଣ ଗର୍ଭବତୀ ବୋଲି । ଯଦି ଫଳାଫଳ ପଜିଟିଭ ନଆସେ ଓ ଋତୁସ୍ରାବ ମଧ୍ୟ ନହୁଏ, ତେବେ ପୁନର୍ବାର ପରୀକ୍ଷା କରନ୍ତୁ । ସଠିକ୍ ଫଳାଫଳ ଜଣାପଡ଼ିଯିବ ।

ପ୍ରଥମ ସାକ୍ଷାତ କେବେ ହେବା ଉଚିତ ?

"ମୋର ହୋମ ପ୍ରେଗନେନ୍ସି ଟେଷ୍ଟ ପଜିଟିଭ ଆସିଲା । ଡାକ୍ତରଙ୍କ ସହିତ ମୋର ପ୍ରଥମ ସାକ୍ଷାତ କେବେ ହେବା ଉଚିତ୍ ?"

ଯେ କୌଣସି ଏକ ସୁସ୍ଥ ଶିଶୁର ଜନ୍ମ ସକାଶେ ପ୍ରସବ ପୂର୍ବରୁ ଡାକ୍ତରଙ୍କ ପରାମର୍ଶ ନେବା ଏକାନ୍ତଆବଶ୍ୟକ । ହୋମ ପ୍ରେକନେନ୍ସି ଟେଷ୍ଟ ପଜିଟିଭ ଆସିଲା ପରେ ଯେତେଶୀଘ୍ର ଡାକ୍ତରଙ୍କ ପାଖକୁ ଗଲେ ସେତେ ଭଲ । ଅବଶ୍ୟ ଅନେକ ଡାକ୍ତରଖାନାରେ ଯିବା ମାତ୍ରେ ସତର୍କତା ଅବଲମ୍ବନ କରିବାକୁ କୁହାଯାଇଥାଏ, ହେଲେ ଅନେକ ଡାକ୍ତର ଗର୍ଭାବସ୍ଥାର ୭-୮ ସପ୍ତାହ ପରେ ହିଁ ପରୀକ୍ଷା କରିବାକୁ କହିଥାନ୍ତି । ଆଉ ଅନେକ ସ୍ଥାନରେ ଗର୍ଭାବସ୍ଥାର ପରୀକ୍ଷା ପାଇଁ ପ୍ରଥମ ସାକ୍ଷାତକୁ ଗୁରୁତ୍ୱ ଦିଆଯାଇଥାଏ । ମନେକର ଆପଣ ଡାକ୍ତର ସାକ୍ଷାତ ପାଇଁ ସମୟ ଦେଇନଥାନ୍ତି, ତେବେ ଏହାର ଅର୍ଥ ନୁହେଁ ଯେ ଆପଣ ନିଜ ନିଜଶିଶୁର ଯତ୍ନ ନେବା ଆରମ୍ଭ କରିବେନାହିଁ । ବରଂ ଟେଷ୍ଟ ପଜିଟିଭ ଆସିଲାମାତ୍ରେ ନିଜେ ନିଜକୁ ର୍ଭବତୀ ବୋଲି ମନେକରନ୍ତୁ । ବୋଧହୁଏ ଆପଣ ଜାଣିଥିବେ ଯେ, ବ ମାନ ମଦ ଓ ସିଗାରେଟ ତ୍ୟାଗ କରିବାକୁ ହେବ । ଆଉ ପ୍ରୋଟିନଯୁକ୍ତ ଆହାର ଗ୍ରହଣ କରିବାକୁ ହେବ ... ଇତ୍ୟାଦି । ମନେକର ପ୍ରେଗନେନ୍ସି ପ୍ରୋଗ୍ରାମ କରିବାକୁ ଚାହୁଁଥାନ୍ତି, ତେବେ ଡାକ୍ତରଙ୍କୁ ଫୋନ୍ କରିବାରେ ସଂକୋଚ ପ୍ରକାଶ କରନ୍ତୁ ନାହିଁ । ସେଠାରେ ଏକ ପ୍ରଶ୍ନୋ ର ଫର୍ମ ପୂରଣ କଲାପରେ ସୁଷମ ଖାଦ୍ୟ ଓ ସୁରକ୍ଷିତ ଔଷଧର ତାଲିକା କରି ସତର୍କତା ଅବଲମ୍ବନ ପାଇଁ କୁହାଯାଇଥାଏ ।

ଯଦି ସାକ୍ଷାତ ପାଇଁ ସମୟ ମିଳୁନି ବା ପୂର୍ବବ ୀ ଗର୍ଭପାତ ବା ମେଡିକାଲ ହିଷ୍ଟ୍ରିକୁ ନେଇ ଭୟ କରୁଥାନ୍ତି, ତେବେ ପ୍ରଥମ ଟେଷ୍ଟପାଇଁ ଯିବାକଥା ପଚାରି ବୁଝନ୍ତୁ ।

ଗର୍ଭାବସ୍ଥାର ସମ୍ଭାବିତ ଲକ୍ଷଣ

ସଙ୍କେତ	କେବେ ଦେଖାଦିଏ	ଅନ୍ୟ ସମ୍ଭାବିତ କାରଣ
ଯୋନିସ୍ରାବ ଓ ଗର୍ଭାଶୟ ଦ୍ୱାରର ରଙ୍ଗ ଈଷତ ବାଇଗଣି ଦେଖାଯିବା	ପ୍ରଥମ ୩ମାସ	ମାସିକ ଋତୁସ୍ରାବ ପୂର୍ଣ୍ଣ ନହେବା
ସର୍ଭିକ୍ସ ଓ ଗର୍ଭାଶୟ କୋମଳ ହେବା	ପ୍ରାୟ ୬ ସପ୍ତାହ	ମାସିକ ଚକ୍ରରେ ଡେରି
ତଳିପେଟ ଓ ଗର୍ଭାଶୟରେ ପ୍ରସାରଣ	ଗର୍ଭଧାରଣର ୮ରୁ ୧୨ ସପ୍ତାହ ପରେ	ଫାଏବ୍ରାଏଡ ଟ୍ୟୁମର
ୟୁଟୋରାଇନ ଆର୍ଟେରୀ ପଲ୍ସେସନ	ପ୍ରାରମ୍ଭିକ ଗର୍ଭାବସ୍ଥା	ଫାଏବ୍ରାଏଡ ଟ୍ୟୁମର
ଭ୍ରୂଣର ସଂଚରଣ	ଗର୍ଭାବସ୍ଥାର ୧୬ରୁ ୨୩ ସପ୍ତାହରେ ଆରମ୍ଭ	ଗ୍ୟାସ, ପେଟରେ ସଙ୍କୋଚନ

ଗର୍ଭାବସ୍ଥାର ସକରାତ୍ମକ ଲକ୍ଷଣ

ସଙ୍କେତ	କେବେ ଦେଖାଦିଏ	ଅନ୍ୟ ସମ୍ଭାବିତ କାରଣ
ଅଲ୍ଟ୍ରାସାଉଣ୍ଡ ସାହାଯ୍ୟରେ ଗେଷ୍ଟେସନାଲ ସେକ୍ ବା ଭ୍ରୂଣକୁ ଦେଖିବା	ଗର୍ଭଧାରଣ ୪ରୁ ୬ ସପ୍ତାହ ପରେ	ନାହିଁ
ଭ୍ରୂଣର ହୃଦସ୍ପନ୍ଦନ☼	ଗର୍ଭାବସ୍ଥା ☼☼ର ୧୦-୧୨ ସପ୍ତାହ ପରେ	ନାହିଁ

☼ଗର୍ଭାବସ୍ଥାର ଲକ୍ଷଣକୁ ନେଇ ଡାକ୍ତରୀ ପରୀକ୍ଷା ହୁଏ ।

☼☼ଏହା ନିର୍ଭର କରେ କେଉଁ ଯନ୍ତ୍ରରେ ପରୀକ୍ଷା କରାଯାଉଛି ।

ଆପଣଙ୍କ ପ୍ରସବ ତିଥି

"ମୋତେ ଡାକ୍ତର ପ୍ରସବ ତଥି କଥା କହି ଦେଇଛନ୍ତି, ହେଲେ ଏହା କେତେ ଦୂର ସତ?"

ଯଦି ଆମେ ନିଶ୍ଚିତ ଭାବରେ ଏକଥା କହି ପରନ୍ତୁ ଯେ, ଆପଣଙ୍କ ଶିଶୁ ଡାକ୍ତର କହିଥିା ଦିନ ହିଁ ଜନ୍ମଗ୍ରହଣ କରିବ, ତେବେ କେତେ ଭଲ ସୁବିଧା ହୁଅନ୍ତା ! ନା, ନାହିଁ? କିନ୍ତୁ ବାସ୍ତବ କ୍ଷେତ୍ରରେ ଏପରି ହୁଏନାହିଁ । ଅଧିକାଂଶ ଅଧ୍ୟୟନରୁ ଏହା ଜଣାପଡ଼ିଛି ଯେ, ୨୦ ମଧ୍ୟରୁ ୧ ଜଣ ଶିଶୁ ହିଁ ଡାକ୍ତର କହିଥିବା 'ଡ୍ୟୁଡେଟ' ଦିନ ଜନ୍ମ ହୁଏ । ପ୍ରକୃତ ଗର୍ଭକାଳ ୩୮ରୁ ୪୨ ସପ୍ତାହ ଧରି ହେଇଥାଏ । ଅଧିକାଂଶ ଶିଶୁ 'ଡ୍ୟୁଡେଟ'ର ଦୁଇସପ୍ତାହ ମଧ୍ୟରେ ଜନ୍ମଗ୍ରହଣ କରିଥାଏ । ଏଣୁକରି ଅନୁମାନ ଛଡ଼ା ବାପା-ମାଙ୍କଠାରେ ଅନ୍ୟ ଉପାୟ ନାହିଁ କହିଲେ ଚଳେ ।

ଏହାକୁ ଇ.ଡି.ଡି. ବା ପ୍ରସବର ଅନୁମାନିତ ତିଥି ବୋଲି କୁହାଯାଏ । ଯେଉଁ ଦିନ କଥା କୁହାଯାଏ, ତାହା ଏକ ଅନୁମାନ ମାତ୍ର । ଏହାକୁ ନିମ୍ନମତେ ବାହାର କରାଯାଏ - ନିଜ ପୂର୍ବବର୍ତ୍ତୀ ମାସିକ ଋତୁଚକ୍ରର ପ୍ରଥମ ଦିନରୁ ତିନିମାସ ବିୟୋଗ କରି ସେଥିରେ ୭ଦିନ ଯୋଗ କଲେ ଇ.ଡି.ଡି ବାହାରିଥାଏ । ଉଦାହରଣସ୍ୱରୂପ - ଯଦି ଆପଣଙ୍କର ପୂର୍ବବର୍ତ୍ତୀ ମାସିକଚକ୍ର ଏପ୍ରିଲ ୧୧ରେ ଆରମ୍ଭ ହେଇଥାଏ, ତେବେ ସେଥବରୁ ତିନିମାସ ବିୟୋଗ କଲେ ଆମେ ଜାନୁଆରୀରେ ପହଞ୍ଚିବା ଓ ସେଥବରେ ପୁଣି ୭ ଯୋଗ କରିଦେବା ଅର୍ଥାତ ୧୮ ଜାନୁଆରୀ ହେବ ସମ୍ଭାବିତ ପ୍ରୟସବ ତିଥି ।

ଯେଉଁ ମହିଳାମାନଙ୍କ ଋତୁସ୍ରାବ ନିୟମିତ ହେଇଥାଏ, ସେ କ୍ଷେତ୍ରରେ ଏହି ଉପାୟ ଅବଲମ୍ବନ କରାଯାଏ, ହେଲେ ଅନିୟମିତ ହେବା ପରିସ୍ଥିତିରେ ଏହା କାମକୁ ଆସେ ନାହିଁ । ଧରାଯାଉ ପ୍ରତି ୬ ରୁ ୭ସପ୍ତାହ ମଧ୍ୟରେ ମାସିକଚକ୍ର ପୂର୍ଣ୍ଣ ହେଉନି । ତିନି ମାସରେ ଥରେ ମଧ୍ୟ ମାସିକ ସ୍ରାବ ହେଇନି । ଟେଷ୍ଟରୁ ଜଣାପଡ଼ିଲା ଯେ ଗର୍ଭବତୀ ବୋଲି ହେଲେ ଗର୍ଭଧାରଣ ପ୍ରକ୍ରିୟାଟା କେବେ ଆରମ୍ଭ ହେଲା? ଏକ ବିଶ୍ୱାସୀ ଇ.ଡି.ଡି ହେବା ଏକାନ୍ତ ଜରୁରୀ । ଏଣୁ ଆପଣ ନିଜେ ଓ ଡାକ୍ତର ମଧ୍ୟ ଏକଥା ଜାଣିବାର ଇଚ୍ଛା କରିବେ । ଅବଶ୍ୟ ନିର୍ଦ୍ଦିଷ୍ଟ ଦିନଟି ଜଣାପଡ଼ିବ ନାହିଁ ତଥାପି ଜ୍ଞାତ ସୂତ୍ର ଓ ସଙ୍କେତ ବଳରେ ଚେଷ୍ଟା କରାଯାଇପାରେ ।

ପ୍ରଥମ ସଙ୍କେତ ହେଲା ଗର୍ଭାଶୟର ଆକାର । ଡାକ୍ତରୀ ପରୀକ୍ଷା ପରେ ଏହା ଜଣାପଡ଼ଇବ । ଏହା ଦ୍ୱାରା ଗର୍ଭାବସ୍ଥାର ଅନୁମାନ ହେଇଯିବା କଥା । ଅଲ୍ଟ୍ରାସାଉଣ୍ଡ ବଳରେ ଏହା ଜଣାପଡ଼ିଯିବ । ଅବଶ୍ୟ ସବୁ ମହିଳାମାନଙ୍କୁ ଏତେ ଶୀଘ୍ର ଅଲ୍ଟ୍ରାସାଉଣ୍ଡ କରାଯାଏ ନାହିଁ । ଅନେକ ଡାକ୍ତର ନିୟମିତ ଏପରି କରୁଥିବା ସ୍ଥଳେ ଅନ୍ୟ କେତେକ ଡାକ୍ତର ଋତୁଚକ୍ର ଅନିୟମିତ ହେଲେ ହିଁ ଏପରି କରିବାକୁ ବାଧ୍ୟ ହେଇଥାନ୍ତି କିମ୍ବା ଗର୍ଭପାତର ପୁରୁଣା ଇତିହାସ ଥିଲେ ଓ ସମ୍ଭାବିତ ତିଥି ଜଣା ନପଡୁଥିଲେ ମଧ୍ୟ ଏପରି କରିଥାନ୍ତି । ଏହା ବ୍ୟତୀତ ଅନ୍ୟ ଉପାୟରେ ମଧ୍ୟ ସମ୍ଭାବିତ ତିଥିକଥା ଜଣାପଡିଯାଇଥାଏ । ୯ରୁ୧୨ସପ୍ତାହ ମଧ୍ୟରେ ଡାକ୍ତରଙ୍କ ସାହାଯ୍ୟରେ ହୃଦ୍‌ସ୍ପନ୍ଦନ ଶୁଣି ହେବ ଓ ୧୬ରୁ ୨୨ ସପ୍ତାହ ମଧ୍ୟରେ ଜୀବନର ପଦପାତ ବାରିହେବ । କିମ୍ବା ଭ୍ରୂଣର ଦୈର୍ଘ୍ୟ ଓ ସ୍ଥିତି କଥା ମଧ୍ୟ ଜାଣିପାରିବେ । ଏହା ୨୦ ସପ୍ତାହରେ ନାଭି ପାଖକୁ ପହଞ୍ଚିଯାଇଥାଏ । ଏହି ସୂତ୍ର ସହାୟକ ହେଲେ ମଧ୍ୟ ସମ୍ପୂର୍ଣ୍ଣ ସତ୍ୟ ନୁହଁ । ଶିଶୁ କେବେ ଜନ୍ମ ହେବ ଏକଥା କେବଳ ସେହିଁ ଜାଣେ; ହେଲେ କେମିତି କହିବ ସେ କେବେ ଜନ୍ମ ହେବ !

ଡାକ୍ତରଙ୍କ ନିର୍ବାଚନ

ଅବଶ୍ୟ ଆମେ ସମସ୍ତେ ଏକଥା ଜାଣୁ ଯେ, ମା-ବାପା ଦୁହେଁ ମିଶି ଶିଶୁଟିକୁ ଏହି ପୃଥିବୀ ପୃଷ୍ଠରେ ଆଣିଥାନ୍ତି; ହେଲେ ଏମାନଙ୍କ ବ୍ୟତୀତ ମଧ୍ୟ ଆଉ ଜଣେ ଏପରି ମଣିଷ ଅଛି ଯିଏ ନହେଲେ ଏସବୁ କଷ୍ଟସାଧ୍ୟ ମନେ ହେବ । ସେ ହିଁ ଶିଶୁଟିକୁ ସକୁଶଳ ଆଣିଥାନ୍ତି । ହଁ, ଆମେ ଡାକ୍ତରଙ୍କ କଥା ହିଁ କହୁଛୁ ।

ଅବଶ୍ୟ ଆପଣ ଓ ଆପଣଙ୍କ ଜୀବନସାଥୀ ଗର୍ଭଧାରଣ ପରେ ସତର୍କତା ଅବଲମ୍ବନ କରିଥିବେ । ହେଲେ ଏଥର ଡାକ୍ତରଟିଏ ନିହାତି ନିର୍ବାଚନ କରିବାକୁ ହେବ । ଯେହେତୁ ସମଗ୍ର ଗର୍ଭକାଳ ତାଙ୍କ ପରାମର୍ଶରେ କଟେଇବାକୁ ହେବ, ଏଣୁ ବୁଝିବିଚାରି ନିଷ୍ପତ୍ତି କରନ୍ତୁ ।

ପ୍ରସୁତି ବିଶେଷଜ୍ଞ, ଘରୋଇ ଡାକ୍ତର ନା ଧାଇମା'

ଏଭଳି ଏକ ଭଲ ଡାକ୍ତର ଆପଣ କେଉଁଠାରୁ ପାଇବେ, ଯିଏ ପ୍ରସବ ପୂର୍ବରୁ ଓ ପ୍ରସବ ପରେ ମଧ୍ୟ ଆପଣଙ୍କୁ ଦିଗ୍‌ଦର୍ଶନ ଦେଉଥିବେ ? ସର୍ବପ୍ରଥମେ ଏହା ଜାଣିବାକୁ ହେବ ଯେ, ନିଜର ମେଡିକାଲ ହିଷ୍ଟ୍ରି ଅନୁସାରେ କ'ଣ ଉପଯୁକ୍ତ ହେବ ?

ପ୍ରସୂତି ବିଶେଷଜ୍ଞ - କ'ଣ ଆପଣଙ୍କୁ ଏଭଳି ଏକ ଡାକ୍ତର ଦରକାର କି ଯିଏ ଗର୍ଭଧାରଣଠାରୁ ଆରମ୍ଭ କରି ପ୍ରସବ ଓ ପ୍ରସବ ଉତ୍ତାରେ ମଧ୍ୟ ଯତ୍ନ ନେବେ ବା ପରାମର୍ଶ ଦେବେ । ତା'ହେଲେ ଆପଣ ଜଣେ ପ୍ରସୂତି ବିଶେଷଜ୍ଞ ମହିଳା ଡାକ୍ତରଙ୍କ ପାଖକୁ ଯିବାକୁ ହେବ । ସେ ଆପଣଙ୍କୁ ସମ୍ପୂର୍ଣ୍ଣ ଯତ୍ନ ସାଙ୍ଗକୁ ଅନ୍ୟାନ୍ୟ ସ୍ତ୍ରୀରୋଗ ମଧ୍ୟ ପରୀକ୍ଷା କରି ଜାଣିପାରିବେ; ଯଥା :- ପେପ୍ ସ୍ମିୟର, ଗର୍ଭନିରୋଧକ, ସ୍ତନ ପରୀକ୍ଷା ଅନେକ ଡାକ୍ତର ସାଧାରଣ ଚିକିତ୍ସା ମଧ୍ୟ ପ୍ରଦାନ କରନ୍ତି । ଏଣୁ ଏହା ତାଙ୍କଠାରେ କରାଯାଇପାରେ ।

ଯଦି ଆପଣ ହାଇରିସ୍କ ପ୍ରେଗନେନ୍ସି ହେଇଥାନ୍ତି, ତେବେ ପ୍ରସୂତି ବିଶେଷଜ୍ଞଙ୍କୁ ମଧ୍ୟ ଖୋଜିବାକୁ ପଡ଼ିପାରେ, ଯିଏ ସମଗ୍ର ସାହାଯ୍ୟ କରି ପାରିବ । ସାଧାରଣ ପ୍ରେଗନେନ୍ସି ହେବା ସତ୍ତ୍ୱେ ମଧ୍ୟ ୯୦% ମହିଳାମାନେ ବିଶେଷଜ୍ଞଙ୍କ ସହାୟତା ଲୋଡ଼ିଥାନ୍ତି । ଏଣୁ ଆପଣ ମଧ୍ୟ ଏଇୟା ଚାହିଁବେ ।

ଯଦି କୌଣସି ଭଲ ସ୍ତ୍ରୀରୋଗ ବିଶେଷଜ୍ଞଙ୍କ ପାଖକୁ ଯିବାକୁ ଇଚ୍ଛୁକ ତେବେ ଏହାହିଁ ପ୍ରକୃଷ୍ଟ ସମୟ । ଧୈର୍ଯ୍ୟର ସହିତ ପଚାରିବୁଝି ଖୋଜା ଯାଇପାରେ ।

ଘରୋଇ ଡାକ୍ତର :- ଫେମିଲ ଡକ୍ଟରମାନେ ଏମ.ଡି. କଲାପରେ ପ୍ରାଥମିକ ଯତ୍ନ, ମାତୃତ୍ୱ ତଥା ଶିଶୁ ସମ୍ପର୍କୀତ ଯତ୍ନର ତାଲିମ ନେଲାପରେ ଏହି କ୍ଷେତ୍ରକୁ ଆସିଥାନ୍ତି । ସେମାନେ ମଧ୍ୟ ଆପଣଙ୍କୁ ଭଲ ଭାବରେ ଯତ୍ନ ନେଇପାରନ୍ତି । କାହିଁକିନା ସେମାନେ ଆପଣଙ୍କ ପାରିବାରିକ

ଜନ୍ମ ସକାଶେ ନିର୍ବାଚନ

ଆଜିକାଲି ଗର୍ଭାବସ୍ଥାବେଳେ ମଧ୍ୟ ନିର୍ବାଚନ କଥା ଚିନ୍ତା କରାଯାଏ । ଆପଣ ନିଜର ଇଚ୍ଛା ଓ ସୁବିଧା ଦେଖି କେଉଁ ପରିସ୍ଥିତିରେ କେଉଁଠି ନିଜ ଶିଶୁକୁ ଜନ୍ମ ଦେବାକୁ ଚାହାନ୍ତି,. ଏକଥା ବିଚାର କରନ୍ତୁ ।

ଆପଣ ନିମ୍ନଲିଖିତ ସ୍ଥାନମାନଙ୍କ ମଧ୍ୟରୁ ଯେ କୌଣସି ଜାଗା ବାଛିପାରନ୍ତି । ଆପଣ ନିଜେ ଓ ସ୍ୱାମୀ ଦୁହେଁ ମିଶି ବିଚାର କରନ୍ତୁ ଓ ମନେରଖନ୍ତୁ ଯେ ଏଭଳି ନିଷ୍ପତ୍ତି ଗ୍ରହଣ ଶେଷସୁଦ୍ଧା ସ୍ଥିର ହେଇନଥାଏ । ନିଜ ଇଚ୍ଛାନୁସାରେ ପରିଶେଷରେ ପରିବର୍ତ୍ତନ କରାଯାଇପାରେ ।

ବାର୍ଥିଂରୁମ୍ :- (ଏନ୍ତୁଡ଼ିଶାଳ) ବାର୍ଥିଂରୁମ୍ ଅର୍ଥାତ ଏନ୍ତୁଡ଼ିଶାଳ ହୁଏତ ଡାକ୍ତରଖାନାର କୌଣସି ଏକ କୋଠରି ହେଉପାରେ; ଛୁଆର ଜନ୍ମଠାରୁ ଆରମ୍ଭ କରି ଆପଣ ସ୍ୱାମୀ-ସ୍ତ୍ରୀ ଦୁହେଁ ସେଠାରେ ରହି ବିଦାୟ ନେଲା ପର୍ଯ୍ୟନ୍ତ; ଏହା ଆପଣଙ୍କ ଅଧିକାରରେ ଥାଏ । ଜନ୍ମ ହେଲାପରେ ଶିଶୁକୁ ଆପଣଙ୍କ ପାଖରେ ହିଁ ଦୋଳିରେ ରଖାଯାଇଥାଏ । ଏହା ଶିଶୁ ପାଇଁ ଖୁବ୍ ଆରାମଦାୟକ କହିଲେ ଚଳେ ।

କେତେକ ଏନ୍ତୁଡ଼ିଶାଳ କେବଳ ପ୍ରସବବେଦନା, ପ୍ରସବ ଓ ସ୍ୱାସ୍ଥ୍ୟ ଲାଭ ପାଇଁ ବ୍ୟବହୃତ ହେଇଥାଏ । ଏହାକୁ ଏଲ.ଡି.ଆର.କୁହାଯାଏ । ଯଦି ଆପଣ ଓ ଆପଣଙ୍କ ଶିଶୁ ଏଲ୍.ଡି.ଆର.ରେ ଥାନ୍ତି ତେବେ ଘଣ୍ଟେ ଦୁଇଘଣ୍ଟା ପରେ ଉଭୟଙ୍କୁ ପୋଷ୍ଟମର୍ଟମ ରୁମ୍‌କୁ ପଠେଇ ଦିଆଯିବ । ଅନେକ ଡାକ୍ତରଖାନାମାନଙ୍କର ଏହି କୋଠରିରେ ଶିଶୁର ବାପା ଓ ଭାଇ-ଭଉଣୀମାନେ ମଧ୍ୟ ରହିଥାନ୍ତି ।

ଅଧିକାଂଶ ବାର୍ଥିଂରୁମ କାନ୍ଥଗୁଡ଼ିକରେ ୱାଲପେପର, ଇଷତ ଆଲୋକ ବ୍ୟବସ୍ଥା, ରକିଂ ଚେୟାର, ଭଲ ପରଦା

ଓ ସୁନ୍ଦର ବିଛଣା ପଡ଼ିଥାଏ । ଏହା ଡାକ୍ତରଖାନାର କୋଠରି ଭଳି ଆଦୌ ଜଣାପଡ଼େ ନାହିଁ । ଅବଶ୍ୟ ଏଠାରେ ଗର୍ଭାବସ୍ଥାରୁ ପ୍ରସବ ହେବା ପର୍ଯ୍ୟନ୍ତଦେଖା ଦେଉଥିବା ସମସ୍ତ ବିପଦରୁ ରକ୍ଷା ପାଇବା ପାଇଁ ସବୁ ପ୍ରକାର ଉପକରଣ ଥାଏ । ଏଗୁଡ଼ିକୁ ଆଲମାରୀରେ ଲୁଚେଇ ରଖାଯାଇଥାଏ । ଯଦ୍ଦ୍ୱରା ଆବଶ୍ୟକ ସ୍ଥଳେ କାଢି ବ୍ୟବହାର କରାଯାଇପାରେ । ଖଟ ଏଭଳି ଥାଏ ଯେ, ମୁଣ୍ଡପଟକୁ ଉପର ତଳ କରାଯାଇପାରେ । ଏହାର ପାଦପଟକୁ ମଧ୍ୟ ଏଟେ ଠିଆ ହେବାପଇଁ ଯଥେଷ୍ଟ ଯାଗା ଥାଏ । ପ୍ରସବ ଉ ।ରେ ଅଳ୍ପ ପରିବ ର୍ନ କରାଯାଇଥାଏ । ଆଉ ପୁଣିଥରେ ଆପଣ ସେହି ବିଛଣାକୁ ଚାଲିଆସନ୍ତି । ଅନେକ ଡାକ୍ତରଖାନାରେ ବାର୍ଥିଂରୁମ୍ ସାଙ୍ଗକୁ ଶଭର ବା ହର୍ଲପୁଲ ଟବ୍‌ର ସୁବିଧା ମଧ୍ୟ ଥାଏ । ସେମାନେ ପ୍ରସବ ବେଦନା ସମୟରେ ହାଇଡ୍ରୋଥେରେପି ମଧ୍ୟ ଦେଇପାରଥାନ୍ତି । ବାର୍ଥିଂ ସେ ର ଓ ଡାକ୍ତରଖାନାରେ ଜଳ ପ୍ରସବ ସକାଶେ ଟବ୍ ମଧ୍ୟ ରହିଥାଏ

ଅନେକ ଜାଗାରେ ସୋଫା ପଡ଼ିଥାଏ, ସେଠି ଘର ଲୋକ ବା ସାଙ୍ଗସାଥୀମାନେ ଆସି ଅପେକ୍ଷା କରିପାରୁଥିବେ । ଅନେକ ଜାଗାରେ ସୋଫା-କମ୍ ବେଡ୍‌ର ସୁବିଧା ମଧ୍ୟ ଥାଏ । ଯଦ୍ଦ୍ୱରା ରାତି କଟେଇବାରେ ସୁବିଧା ହେଇଥାଏ ।

ଅନେକ ହସ୍ପିଟାଲରେ ବାର୍ଥିଂରୁମ୍‌ର ସୁବିଧା କେବଳ ଗର୍ଭାବସ୍ଥାରେ ବିପଦ ନଥିବା ମହିଳାମାନଙ୍କୁ ଦିଆଯାଇଥିଏ । ଏଣୁ ଅନ୍ୟମାନଙ୍କୁ ପରମ୍ପରାଗତ ଭାବରେ ହୁଏତ ଲେବରରୁମ୍ ବା ଡେଲିଭରି ରୁମ୍ ଭିତରକୁ ଯିବାକୁ ପଡ଼ିଥାଏ । ସେଠାରେ ସି-ସ୍କେନ ଅପରେସନ ମଧ୍ୟ ଆରାମରେ କରାଯାଇପାରେ । ଅବଶ୍ୟ ଆମେ ପ୍ରାର୍ଥନା କରୁ ଯେ ପରମ୍ପରାଗତ ହସ୍ପିଟାଲର ପରିବେଶରେ ମଧ୍ୟ ଆପଣ ସକୁଶଳ ଥାଇ ସେହି ବନ୍ଧୁତା ଓ ଆପଣାପଣ ପାଇପାରନ୍ତୁ ।

ବାର୍ଥିଂ ସେ ର :- ଏଠାରେ ଆପଣଙ୍କୁ ପ୍ରସବ ସମ୍ପର୍କୀତ ସବୁପ୍ରକାର ଯତ୍ନ, ପ୍ରସବ, ସ୍ତନପାନ କରେଇବାର କ୍ଲାସ ହେଇଥାଏ ଓ ସମସ୍ତ ସୁବିଧା ଏକା ଛାତ ତଳେ ମିଳିଥାଏ । ଅବଶ୍ୟ ବାର୍ଥିଂ ସେ ରମାନଙ୍କରେ ମଧ୍ୟ ପ୍ରାଇଭେଟ ରୁମ୍ ଥାଏ, ଏହା ଆରାମଦାୟକ ହେବା ସାଙ୍ଗକୁ ସବୁ ପ୍ରକାରର ସୁବିଧାଯୁକ୍ତ ହେଇଥାଏ । ଏଠାରେ ଘରର ଅନ୍ୟ ସଭ୍ୟମାନଙ୍କ ସକାଶେ ରୋଷେଇ ଘର ମଧ୍ୟ ଥାଏ । ଏଠାରେ ଧାଈ ମା' ଅର୍ଥାତ ମିଡ଼ିୱାଇଫ୍ ମଧ୍ୟ ଥାନ୍ତି । ଆବଶ୍ୟକ ସ୍ଥଳେ ପ୍ରସୁତି ବିଶେଷଜ୍ଞମାନଙ୍କୁ ମଧ୍ୟ ଡକାଯାଇଥାଏ । ସେମାନେ ଜରୁରୀକାଳୀନ ପରିସ୍ଥିତିରେ ଚ ଳ ପହ ଯାଇଥାନ୍ତି । ଅବଶ୍ୟ ଏଠାରେ ବେଶି ସମ୍ବେଦନଶୀଳ ଯନ୍ତ୍ରପାତି ନଥାଏ, ତେଣୁକରି ଆବଶ୍ୟକ ସ୍ଥଳେ, ନିକଟସ୍ଥ ଯେ କୌଣସି ଏକ ହସ୍ପିଟାଲକୁ ପଠେଇଦିଆଯାଏ । ଏଭଳି ସ୍ଥାନକୁ ସେହି ମହିଳାମାନେ ଯିବା ଉଚିତ, ଯେଉଁମାନଙ୍କର ଗର୍ଭାବସ୍ଥା ଜଟୀଳ ନଥାଏ । କିନ୍ତୁ ଜଟୀଳ ଥିବା ସ୍ଥଳେ ଏଠାକୁ ଯିବାକୁ ମନ ବଳାନ୍ତୁ ନାହିଁ ।

ଲେବୋୟାର ବାର୍ଥ :- ଫ୍ରେ ପ୍ରସୁତି ବିଶେଷଜ୍ଞ ଫ୍ରେଡରିକ ଲେବୋୟାର ଶିଶୁକୁ ହିଂସା ନଥିବା ପରିବେଶରେ ଜନ୍ମ ଦେବାର ସିଦ୍ଧାନ୍ତ ପ୍ରଦାନ କରିବାରୁ ଚିକିତ୍ସା ବିଜ୍ଞାନ ଆଶ୍ଚର୍ଯ୍ୟାନ୍ୱିତ ହୋଇ ପଡ଼ିଥିଲା । ବ ର୍ମାନ ତାଙ୍କ ଦ୍ୱାରା ପ୍ରଣୀତ ଅନେକ ଉପାୟ ଅବଲମ୍ବନ କରାଯାଉଛି; ଯଦ୍ଧ୍ୱାରା ଶିଶୁଟି ଶାନ୍ତ ଓ ସହଜ ପରିବେଶରେ ସହଜରେ ଜନ୍ମ ନେଇପାରିବ । ଛୁଆର ଜନ୍ମ ଏଭଳି କୋଠରୀରେ ହେଇଥାଏ ଯେ ଆବଶ୍ୟକସ୍ଥଳେ ଆଲୁଅକୁ ଅଳ୍ପ - ବେଶି କରାଯାଇ ପାରିବ । ଶିଶୁ ମା' ପେଟରେ ଅନ୍ଧାର ମଧ୍ୟ ବଢ଼ିଥାଏ, ଏଣୁକରି ପଦାକୁ ଆସିବା ପରେ ଠିକ୍ ସେହି ଧରଣର ପରିବେଶ ମିଳିବା ବାଞ୍ଛନୀୟ । ଏଥର ନବଜାତ ଶିଶୁକୁ ହାତରେ ଥାପୁଡ଼ାଇବାର ମଧ୍ୟ ଦରକାର ନାହିଁ । ଯଦି ଶିଶୁର ଶ୍ୱାସକ୍ରିୟା ସ୍ୱତଃ ସ୍ୱାଭାବିକ୍ ନହୁଏ. ତେବେ ଏଭଳି ଉପାୟ କରାଯିବା ଦରକାର ଯେଉଁଥିରେ ରିସ୍କ କମ୍ ଥିବ । ଅନେକ ଡାକ୍ତରଖାନାରେ ଶିଶୁର ନାଳକୁ ହଠାତ୍ କାଟି ଦିଆଯାଏ ନାହିଁ, କାରଣ ଏହା ହିଁ ମା' ସହିତ ଶିଶୁର ସମ୍ପର୍କସୂତ୍ର କହିଲେ ଚଳେ । ଅବଶ୍ୟ ସିଏ ସାମାନ୍ୟ ଉଷୁମ ପାଣିରେ ଗାଧୋଇବାକୁ ପରାମର୍ଶ ଦେଇଥିଲେ । ହେଲେ ମା' ହାତରେ ଛୁଆକୁ ଧରେଇ ଦେବାର ସିଦ୍ଧାନ୍ତକୁ ପାଳନ କରାଯାଇଥାଏ ।

ଅବଶ୍ୟ ଏସବୁ ସିଦ୍ଧାନ୍ତକୁ କେତେକାଂଶରେ ଗ୍ରହଣ କରାଯାଇଥାଏ । ହେଲେ ଧୀର ସଙ୍ଗୀତ, ଇଷତ୍ ଆଲୁଅ ଓ ଶିଶୁଙ୍କ ସ୍ନାନ ଭଳି ଜିନିଷ ସବୁଠାରେ ସହଜରେ ମିଳିପାରେ ନାହିଁ । ଯଦି ଏହା ଜରୁରୀ ମନେକରନ୍ତି, ତେବେ ପ୍ରଥମେ ଡାକ୍ତରଙ୍କୁ ପଚାରି ବୁଝିନେବା ଦରକାର ।

ଘରେ ଶିଶୁର ଜନ୍ମ :- ଅନେକ ମହିଳାମାନେ କେବଳ ରୋଗଗ୍ରସ୍ତ ହେଲେ ହିଁ ଡାକ୍ତରଖାନାକୁ ଯାଇଥାନ୍ତି । ଗର୍ଭାବସ୍ଥା ତାଙ୍କ ମତରେ କୌଣସି ପ୍ରକାର ରୋଗ ନୁହଁ ତ !

ଏଣୁକରି ବୋଧହୁଏ ଶିଶୁକୁ ନିଜ ଘରେ ଜନ୍ମ ଦେବାକୁ ଚାହିଁଥାନ୍ତି । ଠିକ୍ କଥାତ, ଆପଣଙ୍କ ଶିଶୁ ନିଜ ଘରଲୋକଙ୍କ ଗହଣରେ ଆଖିଖୋଲି ଜନ୍ମ ହେବ; ଆପଣ ନିଜ ଘରର ଆରାମ ପାଇପାରିବେ, ଡାକ୍ତରଖାନାର ନୀତିନିୟମକୁ ନେଇ ବ୍ୟତିବ୍ୟସ୍ତ ହେବାକୁ ପଡ଼ିବନି । ହେଲେ ବିପଦ ବା ଜରୁରୀକାଳୀନ ପରିସ୍ଥିତିରେ ଆପଣ କ'ଣ ଜୀବନରେ କୌଣସି ବିପଦ ଦେଖାଦେଇପାରେ !

ଏଣୁକରି ନିମ୍ନଲିଖିତ କଥା ପ୍ରତି ଦୃଷ୍ଟି ଦେବା ବିଧେୟ :-

➔ ଆପଣ ଉଚ୍ଚ ରକ୍ତଚାପ, ମଧୁମେହ କିମ୍ବା ଅନ୍ୟ କୌଣସି କ୍ରନିକ ରୋଗରେ ପୀଡ଼ିତ ନଥାନ୍ତୁ ଓ ଆପଣ ପୂର୍ବ ପ୍ରସବ ସାଧାରଣ ହେଇଥିବ ଅର୍ଥାତ କମ୍ ବିପଦଜନକ ଶ୍ରେଣୀ ଅନ୍ତର୍ଭୁକ୍ତ ହେଇଥିବେ ।

➔ ପରାମର୍ଶ ଗ୍ରହଣ ସକାଶେ ଜଣେ ଡାକ୍ତର, ନର୍ସ କିମ୍ବା ଧାଇଟିଏ ହେବା ଏକାନ୍ତ ଜରୁରୀ; ଯଦ୍ଦ୍ୱାରା ବିପଦଜନକ ସମୟରେ ଉଚିତ ପରାମର୍ଶ ଗ୍ରହଣ କରିବା ସମ୍ଭବ ହେଇପାରିବ ।

➔ ନିଜ ପାଖରେ ହସ୍ପିଟାଲ ପର୍ଯ୍ୟନ୍ତ ଯିବା ସକାଶେ ଯାନବାହାନଟିଏ ହେବା ଏକାନ୍ତଜରୁରୀ ଓ ପ୍ରସ୍ତୁତ ହେଇ ରହିବା ବିଧେୟ । ଯଦ୍ଦ୍ୱରା ଆବଶ୍ୟକସ୍ଥଳେ ଡାକ୍ତରଖାନାଙ୍କୁ ନିଆଯାଇପାରେ ।

ପାଣିରେ ଶିଶୁର ଜନ୍ମ :-ଅବଶ୍ୟ ସମସ୍ତେ ଏହାକୁ ଗ୍ରହଣ କରି ନାହାନ୍ତି । ଏହି ପ୍ରକ୍ରିୟାରେ ଶିଶୁର ଜନ୍ମ ପାଣି ଭିତରେ ହୋଇଥାଏ; ଯଦ୍ଦ୍ୱରା ସେ ପଦାକୁ ଆସି ମଧ୍ୟ ମା' ପେଟରେ ଥିବା ଭଳି ମନେକରିବ । ଶିଶୁର ଜନ୍ମ ପରେ ଚ ଳ ପାଣିରୁ କାଢ଼ି ମା' ହାତରେ ଧରେଇ ଦିଆଯାଇଥାଏ । ଏପର୍ଯ୍ୟନ୍ତ ନିଶ୍ୱାସ ମାରିବା ସେ ଆରମ୍ଭ କରିନଥିବାରୁ ପାଣିରେ ବୁଡ଼ିଯିବାର ଭୟ ନଥାଏ ।ଏହି ଉପାୟ ଘରେ, ବାର୍ଥସେ ର ବା ଡାକ୍ତରଖାନାରେ ମଧ୍ୟ ଅବଲମ୍ବନ କରାଯାଇପାରେ । ଅନେକ ସ୍ୱାମୀ ନିଜ ସ୍ତ୍ରୀକୁ ସାହାଯ୍ୟ କରିବା ଉଦ୍ଦେଶ୍ୟରେ ଟବ୍‌ରେ ଦୁହେଁ ଏକତ୍ର ବସିଥାନ୍ତି ।

କମ୍ ବିପଦଥିବା ସ୍ଥଳରେ ଏହି ଉପାୟ ଅବଲମ୍ବନ କରାଯାଇପାରେ । ହେଲେ ଡାକ୍ତରଙ୍କ ପରାମର୍ଶ ଗ୍ରହଣ ପରେ ହିଁ ମନେକର ଗର୍ଭାବସ୍ଥା ଜଟୀଳତମ ହେଲେ ଧାଇର ପରାମର୍ଶ ପରେ ମଧ୍ୟ ଏହି ଉପାୟ ଗ୍ରହଣ କରିବା ଅନୁଚିତ ।

ଅବଶ୍ୟ ଓ୍ୱିର୍ଲପୁଲ ଟବ୍ ବା ଦୈନିକ ସ୍ନାନ ଉପାୟ ମଧ୍ୟ ଅବଲମ୍ବନୀୟ । ପାଣିରେ କଷ୍ଟ ଅନୁଭୂତି ହୁଏ ନାହିଁ । ମାଧ୍ୟାକର୍ଷଣର ପ୍ରଭାବ ମଧ୍ୟ ପଡ଼େନାହିଁ । ଅନେକ ଡାକ୍ତରଖାନାମାନଙ୍କରେ ଏଭଳି ଟବ୍ ଯୋଗେଇ ଦିଆଯାଇଥାଏ ।

ଇତିହାସ ଭଲ ଭାବରେ ଜାଣିଥାନ୍ତି । ଏଣୁକରି ଆପଣଙ୍କ ସ୍ୱାସ୍ଥ୍ୟ ବିଷୟରେ ସମ୍ୟକ ଧାରଣା ଥାଏ । କୌଣସି ବିପଜ୍ଜନକ ପରିସ୍ଥିତି ସଅଷ୍ଟି ହେଲେ ସେମାନେ ନିଜେ ପ୍ରସୂତି ବିଶେଷଜ୍ଞ ନିକଟକୁ ଯିବାକୁ ପରାମର୍ଶ ଦେଇଥାନ୍ତି ତଥାପି ଆପଣଙ୍କ ଉପଯୁକ୍ତ ଯତ୍ନ ନେଇଥାନ୍ତି ।

ପ୍ରାମାଣିକ ନର୍ସ - ଧାଇ :- ଯଦି ଆପଣ ଏଭଳି ବ୍ୟକ୍ତିଟିଏ ଖୋଜୁଛନ୍ତି, ଯିଏ ଆପଣଙ୍କୁ କେବଳ ଜଣେ ରୋଗୀ ନଭାବି ମଣିଷ ମନେକରି ଆପଣଙ୍କ ଶାରୀରିକ ସମସ୍ୟା ସଙ୍ଗେ ସଙ୍ଗେ ଭାବପ୍ରବଣତାକୁ ମଧ୍ୟ ଗୁରୁତ୍ୱଦେଇ ଉଚିତ ସମାଧାନ କରିପାରୁଥିବେ । ସୁଷମ ଖାଦ୍ୟ, ସନ୍ତ୍ୟପାନ ସମ୍ପର୍କୀତ ପରାମର୍ଶ, ଶିଶୁର ଜନ୍ମକୁ ଏକ ପ୍ରକାର ପ୍ରାକୃତିକ ପ୍ରକ୍ରିୟା କରି ଗଢି ତୋଳିପାରୁଥିବେ । ଅର୍ଥାତ ଆପଣଙ୍କୁ ଦରକାର ଏକ ଭଲ ନର୍ସ ବା ଧାଇ ।

ଧାଇ ବା ନର୍ସ ଆପଣଙ୍କୁ ଘରୋଇ ପ୍ରସବରେ ହିଁ ସାହାଯ୍ୟ କରିପାରିବେ । ଅବଶ୍ୟ ବାର୍ଥ ସେ ର, ପ୍ରସୂତିଗୃହ ବା ଡାକ୍ତରଖାନାମାନଙ୍କରେ ମଧ୍ୟ ପ୍ରଶିକ୍ଷିତ ଧାଇ ଓ ନର୍ସମାନେ କାର୍ଯ୍ୟ କରିଥାନ୍ତି । ସତ କହିବାକୁ ଗଲେ ସେମାନେ କେବଳ କମ୍ ରିସ୍କଥିବା ପ୍ରସବକୁ ହାତଦେଇଥାନ୍ତି । ହଠାତ ବିପଦର ଆଶଙ୍କା ଦେଖାଦେଲେ ସେମାନେ ମଧ୍ୟ ଡାକ୍ତରଙ୍କ ଆଶ୍ରୟ ନେଇଥାନ୍ତି । ଯଦି ଆପଣ ଏମାନଙ୍କ ମଧ୍ୟରୁ କାହାକୁ ଡାକିବାକୁ ଚାହୁଁଥାନ୍ତି, ତେବେ ପ୍ରଥମେ ପଚାରି ବୁଝନ୍ତୁ ଯେ ସେମାନେ ତାଲିମପ୍ରାପ୍ତ କି ନୁହଁ ।

ପ୍ରାକ୍ଟିସର ପ୍ରକାର :- ଆପଣ ବ ମାନ ନିଜ ପାଇଁ ଡାକ୍ତର, ପ୍ରସୂତି ବିଶେଷଜ୍ଞ ବା ନର୍ସ-ଧାଇ ବାଛି ସାରିଛନ୍ତି । ଏଥର ଏହା ସ୍ଥିର କରିବାକୁ ହେବ ଯେ, ଆପଣ କିଭଳି ଡାକ୍ତରୀ ଚିକିତ୍ସା ଅର୍ଥାତ ମେଡିକାଲ ପ୍ରାକ୍ଟିସ ଅକ୍ତିୟାର କରିବାକୁ ଚାହାନ୍ତି । ପ୍ରତ୍ୟେକ କାର୍ଯ୍ୟରେ ନିଜ ନିଜ ଭଲମନ୍ଦ ରହିଥାଏ ଅର୍ଥାତ୍ ଉପକାର ସାଙ୍ଗକୁ ଅପକାର ଓ ଲାଭ ସାଙ୍ଗକୁ କ୍ଷତି ମଧ୍ୟ ଥାଏ ।

ଏକାନ୍ତ ଚିକିତ୍ସା ପଦ୍ଧତି

ଏଠାରେ ଡାକ୍ତର ଏକାକୀ କାର୍ଯ୍ୟ କରିଥାନ୍ତି ଯଦି ସେ ଅନ୍ୟତ୍ର ଯାଆନ୍ତି ତେବେ, ତାଙ୍କ ପରିବର୍ ଅନ୍ୟ ଜଣେ ଡାକ୍ତର ଆସି ଦାୟିତ୍ୱ ବୁଝିଥାନ୍ତି । ହୁଏତ କୌଣସି ଫେମିଲି ଡକ୍ଟର କିମ୍ବା ପ୍ରସୂତି ବିଶେଷଜ୍ଞ ମଧ୍ୟ ହୋଇପାରନ୍ତି । ନର୍ସ ଓ ଧାଈମାନେ ଏମାନଙ୍କ ସହିତ ମିଶି କାମ କରିଥାନ୍ତି । ଏମାନଙ୍କ ସାଥିରେ ଥିଲେ ଭଲ ଭାବରେ ସେମାନେ ବୁଝିପାରିବେ ଓ ପ୍ରସବ ସମୟରେ ସବୁକିଛି ଅରାମରେ କଟିଯିବ ।

ଅସୁବିଧା କଥା ହେଲା ଡାକ୍ତର ଅନ୍ୟତ୍ର ଚାଲିଗଲା ଉ ।ରେ ଯସଦି ପ୍ରସବ ବେଦନା ହୁଏ ତେବେ ? କାହିଁକିନା ଏକଥା ଆପଣ ମଧ୍ୟ ଜାଣିନାହାନ୍ତି ଯେ ପ୍ରସବ ବେଦନା କେବେ ଆରମ୍ଭ ହୋଇଯିବ । ଅବଶ୍ୟ ସେମାନେ କିଛିଟା ବ୍ୟବସ୍ଥା ନିହାତି ଭାବରେ କରିହେବ । ହେଲେ ତାହା ଯଦି ଯଥେଷ୍ଟ ନହୁଏ ତେବେ ?

ଅନ୍ୟ ଅସୁବିଧା କଥା ହେଲା – ଗର୍ଭବାସ୍ଥା ସମୟରେ ନିଜେ ଯଦି ଅନୁଭବ କରୁଥାନ୍ତି ଯେ, ଡାକ୍ତର ଉପଯୁକ୍ତ ଯତ୍ନ ନେଉ ନାହାନ୍ତି ବା ସଠିକ ପରାମର୍ଶ ମିଳିପାରୁନାହିଁ, ତାହେଲେ ଆପଣଙ୍କୁ ନୂଆ ଡାକ୍ତରଟିଏ ଯୋଗାଡ଼ କରିବାକୁ ହେବ ।

ଡାକ୍ତର ଦଳ (ଗ୍ରୁପ୍ ମେଡିକାଲ ପ୍ରାକ୍ଟିସ୍) :- ଏଭଳି ପ୍ରକ୍ରିୟାରେ ଦୁଇ ବା ତତୋଧିକ ରୋଗୀମାନଙ୍କ ଯତ୍ନ ନିଆଯାଇଥାଏ । ସେମାନେ ପାଳି କରି ରୋଗୀକୁ ଦେଖିଥାନ୍ତି । ଅବଶ୍ୟ ଆପଣ ଚେଷ୍ଟା କରିପାରନ୍ତି ଯେ ଯିଏ ଆପଣଙ୍କୁ ଯୋଗ୍ୟ ମନେହେବ, ତା'ରି ନିକଟକୁ ଗଲେ ଭଲ ହୁଅନ୍ତି । ତା'ପରେ ଗର୍ଭାବସ୍ଥାର ଶେଷପର୍ଯ୍ୟାୟରେ ସେମାନେ ମିଶି ପରୀକ୍ଷା କରିଥା'ନ୍ତି । ଘରୋଇ ଡାକ୍ତର ଓ ପ୍ରସୂତି ବିଶେଷଜ୍ଞ ଏହି ଶ୍ରେଣୀ ଡାକ୍ତରମାନଙ୍କ ସହିତ ଚିହ୍ନା ପରିଚୟ ହେଉପାରିବେ । ଆଉ ଡେଲିଭରି ରୁମରେ ଆପଣ ଅଚିହ୍ନା ମୁହଁ ଦେଖିବେନି । ଅସୁବିଧା କଥା ଯେଉଁ ଡାକ୍ତରଙ୍କୁ ଆପଣ ପ୍ରସୂତି ସମୟରେ ଭେଟିବାକୁ ଚାହୁଁଥିବେ, ସେ ହୁଏତ ଆସି ନପାନ୍ତି । ଭିନ୍ନ ଭିନ୍ନ ଡାକ୍ତରଙ୍କ ପୃଥକ୍ ପୃଥକ ମତାମତ ଶୁଣି ଆପଣ ହୁଏତ ବ୍ୟତିବ୍ୟସ୍ତ ହେଇପାରନ୍ତି କିମ୍ବା ସନ୍ତୋଷ ମଧ୍ୟ ହେଇପାରନ୍ତି । ଏହା ଆପଣଙ୍କ ଉପରେ ନିର୍ଭର ।

ଚିକିତ୍ସା ସଙ୍ଗଠନ କାର୍ଯ୍ୟ :-

ଏହି ପଦ୍ଧତିରେ ମଧ୍ୟ ଡାକ୍ତର ଓ ପ୍ରସୂତି ବିଶେଷଜ୍ଞଙ୍କ ସାଙ୍ଗରେ ନର୍ସ ଓ ଧାଈମାନେ ଏକତ୍ର କାର୍ଯ୍ୟ କରିଥା'ନ୍ତି । ଏହାର ମଧ୍ୟ ଉପକାର ଓ ଅପକାର ଡାକ୍ତରଦଳ ଭଳି ହେଇଥାଏ । ସୁବିଧା କଥା ହେଲା ଆପଣ ନର୍ସ ଓ ଧାଈମାନଙ୍କଠାରୁ ଅତିରିକ୍ତ ପରାମର୍ଶ ପାଇପାରିବେ । ଆପଣଙ୍କ ନିକଟରେ ବିକଳ୍ପ ବ୍ୟବସ୍ଥା ଥିବ ଯେ ପ୍ରସବ ସମୟରେ ଧାଈଙ୍କ ସାଙ୍ଗକୁ ଡାକ୍ତର ମଧ୍ୟ ରହନ୍ତି ଓ କୌଣସି ଜରୁରୀକାଳୀନ ପରିସ୍ଥିତିକୁ ସମ୍ଭାଳି ନିଅନ୍ତୁ ।

ମାତୃତ୍ୱ କେନ୍ଦ୍ର (ବାର୍ଥ ସେ ର ପ୍ରାକ୍ଟିସ୍):- ଏଠାରେ ତାଲିମପ୍ରାପ୍ତ ନର୍ସମାନେ ହିଁ ସବୁକିଛି ସମ୍ଭାଳିଥା'ନ୍ତି । ଆବଶ୍ୟକ ହେଲେ ହିଁ ଡାକ୍ତରମାନଙ୍କୁ ଡକାଯାଇଥାଏ । ଅନେକ ଡାକ୍ତରଖାନାରେ ମଧ୍ୟ ଏଭଳି ବାର୍ଥ ସେ ର ଥାଏ । ଏଠାରେ ଅଳ୍ପ ରିସ୍କ୍ ଥିବା ପ୍ରସବ କରାଯାଇଥାଏ ।

ଏଭଳି ଜାଗାକୁ ଯିବାର ସବୁଠୁ ବଡ଼ ଲାଭ ହେଲା ଏଠାରେ ଖୁବ୍ କମ୍ ଖର୍ଚ୍ଚରେ କାମଟା ହେଇଯାଇଥାଏ । ଅସୁବିଧା କଥା ହେଲା ଦୈବାତ୍ କୌଣସି ଅସୁବିଧା ଦେଖା ଦେଲେ ନିଜେ ଡାକ୍ତରଙ୍କୁ ଯୋଗାଯୋଗ କରିବାକୁ ହେବ ବା ପ୍ରସବ ବେଳେ ଆବଶ୍ୟକ ହେଲେ ଅଚିହ୍ନା ଡାକ୍ତରଙ୍କଠାରେ ପରାମର୍ଶ ଲୋଡ଼ିବାକୁ ହେବ ।

ଜଣେ ଉପଯୁକ୍ତ ପ୍ରାର୍ଥୀର ଅନ୍ୱେଷଣ

ଆପଣ ନିଜ ପାଇଁ ଭଲ ଡାକ୍ତରଟିଏ ଯୋଗାଡ଼ କରିସାରିଲା ପରେ ଏଭଳି ଏକ ପ୍ରାର୍ଥୀର ଆବଶ୍ୟକ ହେବ ଯାହାକି ନିମ୍ନଲିଖିତ ଭଲଗୁଣମାନ ତାଙ୍କଠାରୁ ପାଇହେବ ।

- ନିଜର ସ୍ତ୍ରୀ ରୋଗ ବିଶେଷଜ୍ଞ ଓ ଘରୋଇ ଡାକ୍ତର ଆପଣଙ୍କୁ ଉଚିତ ପରାମର୍ଶ ଦେଇପାରିବେ ।

■ ବନ୍ଧୁ ଓ ସହକର୍ମୀ ଯିଏ ଏଭଳି ପରିସ୍ଥିତି ଦେଇ ଗତି କରିସାରିଛନ୍ତି, ବା ଆପଣଙ୍କ ଭଳି ଚିନ୍ତା କରି ପାରୁଛନ୍ତି ।

■ ଯେ କୌଣସି ସ୍ଥାନୀୟ ପ୍ରସୂତି କରୁଥିବା ଧାଈ ବା ନର୍ସ ।

■ ଆପଣଙ୍କ ସ୍ଥାନୀୟ ଡାକ୍ତରମାନଙ୍କ ଠାରୁ ମଧ୍ୟ ଅନ୍ୟ ଡାକ୍ତରଙ୍କ ନାମ ଓ ଠିକଣା ପାଇବେ ।

■ ସ୍ଥାନୀୟ ଡାକ୍ତରଖାନା, ଯେଉଁଠାରୁ ଆପଣ ବାର୍ଥ ସେ ର କଥା ଜାଣି ପରିବେ ।

■ କୌଣସି ଉପାୟ ନ ଦିଶିଲେ ୟଲ୍ଲୋପେଜ୍‌ର ସାହାଯ୍ୟ ଲୋଡ଼ନ୍ତୁ । ସେଠାରୁ ଭଲ କ୍ଲିନିକ୍ ଓ ଡାକ୍ତରଖାନାର ନାମଓ ଠିକଣା ପାଇପାରିବେ ।

■ ଯଦି ଆପଣଙ୍କ ସ୍ୱାସ୍ଥ୍ୟବୀମା କମ୍ପାନୀ ଏଭଳି ଡାକ୍ତରମାନଙ୍କ ତାଲିକା ପ୍ରଦାନ କରେ ତେବେ ନିଜ ସାଙ୍ଗ ସାଥୀମାନଙ୍କୁ ପଚାରି-ବୁଝି ଭଲ ଡାକ୍ତର କିଏ କାଛି ପକାନ୍ତୁ । ତା'ନହେଲେ ନିଜେ ପାଖକୁ ଯାଇ ବୁଝାବୁଝି କରନ୍ତୁ । ଆପଣ ନିଜେ ନିଜପାଇଁ ଭଲ ଡାକ୍ତରଟିଏ ଯୋଗାଡ଼ କରିପାରିବେ ।

ନିର୍ବାଚନ ଆପଣଙ୍କର

ଡାକ୍ତରଙ୍କ ନାଁ ଠିକଣା ଜାଣିଲା ପରେ ସାକ୍ଷାତ କରିବାର ସମୟ ଧାର୍ଯ୍ୟ କରନ୍ତୁ । ପ୍ରଶ୍ନର ତାଲିକାଟିଏ କରନ୍ତୁ, ଯାହା ଆପଣ ସାକ୍ଷାତ ବେଳେ ପଚାରିବାକୁ ଚାହାନ୍ତି । ଏକଥା ଭାବନ୍ତୁନି ଯେ, କଥାବା ୍ରା ସମୟରେ ସବୁକଥା ବୁଝାପଡ଼ିଯିବା ଏକଥା ଜାଣିବାକୁ ଚେଷ୍ଟା କରନ୍ତୁ ଯେ ଉକ୍ତ ବ୍ୟକ୍ତି ଆପଣଙ୍କ ସହିତ ଭାବର ଆଦାନ-ପ୍ରଦାନ କରୁଛନ୍ତି ନା ନାହିଁ ? ସବୁକଥା ମନ ଦେଇ ଶୁଣୁଛନ୍ତି ନା ନାହିଁ ?

ତା'ପରେ ତାଙ୍କଠାରୁ ଶିଶୁର ଜନ୍ମ, ସ୍ତନ୍ୟପାନ, ଅପରେସନ ବିଷୟରେ ପଚାରି ବୁଝନ୍ତୁ । ଏକଥା ଜାଣିବାକୁ ଚେଷ୍ଟା କରନ୍ତୁ ଯେ, ପ୍ରତି କ୍ଷେତ୍ରରେ ତାଙ୍କ ମତାମତ କ'ଣ ଓ କେଉଁ ପ୍ରକ୍ରିୟା ଅକ୍ତିଆର କରିବାକୁ ସେ ଚାହାନ୍ତି ?

ବୀମା ନଥିଲେ

ଯଦି ଆପଣ ଗର୍ଭବତୀ ହେବା ସ ୍ୱ ମଧ୍ୟ ବୀମା କରେଇ ନାହାନ୍ତି, ତେବେ ପ୍ରଥମରୁ ହିଁ ଏହା ନିଷ୍ପ ି କରିନିଅନ୍ତୁ ଯେ ପ୍ରସବ ପୂର୍ବରୁ ଓ ପରେ ହେଉଥିବା ଖର୍ଚ୍ଚ କିପରି ଭାବରେ ପୂର୍ଣ୍ଣ କରିବେ ? କିଏ ଆପଣଙ୍କର ଯତ୍ନ ନେବ ?

ଏହି ସାକ୍ଷାତରେ ଡାକ୍ତରଙ୍କୁ ଜାଣିଲା ପରେ ନିଜ ବିଷୟରେ ମଧ୍ୟ ସୁବକିଛି କୁହନ୍ତୁ । ଜଣେ ରୋଗୀ ଭାବରେ ଡାକ୍ତରଙ୍କୁ ସବୁକଥା କୁହନ୍ତୁ ଯଦ୍ୱରା ସୌ ସାଧାରଣ ଭାବରେ କଥା ଦେଇ ପାରିବେ ।

ଆପଣ ଏହି ବାର୍ଥ ସେ ର ଓ ଡାକ୍ତରଖାନା ବାବଦରେ ମଧ୍ୟ ଜାଣନ୍ତୁ । ଡାକ୍ତର ପ୍ରତ୍ୟକ୍ଷ ବା ପରୋକ୍ଷ ଭାବରେ ଜଡ଼ିତ ଥିବେ । ତାଙ୍କୁ ପଚାରିବୁଝନ୍ତୁ ଯେ ସେଠାରେ କେଉଁ କେଉଁ ସୁବିଧାପ୍ରଦାନ କରାଯାଇଥାଏ । ଆବଶ୍ୟକ ହେଲେ କି କି ସୁବିଧାେ ନିଆଯାଇପାରେ ? ସେଠାରେ ବାପା ଓ ଛୁଆମାନେ ଯାଇପାରିବେ ତ ? ସେଠାରେ ଅପରେସନର ସୁବିଧା ଅଛି ନା ନାହିଁ ?

ଶେଷ ନିଷ୍ପ ି କରିବା ପୂର୍ବରୁ ଭଲ ଭାବେ ଚିନ୍ତା କରନ୍ତୁ ଯେ, ଆଖିବୁଜି ଆପଣ ଡାକ୍ତରଙ୍କୁ ବିଶ୍ୱାସ କରି ପାରିବେ ତ ? ଗର୍ଭାବସ୍ଥା ଆପଣଙ୍କ ଜୀବନର ଗୁରୁତ୍ୱପୂର୍ଣ୍ଣ ସୋପାନମାନଙ୍କ ମଧ୍ୟରୁ ଅନ୍ୟତମ । ସେଠାରେ ଏଭଳିଏକ ଦିଗ୍‌ଦର୍ଶନ ଦରକାର ଯାହାକୁ ବିଶ୍ୱାସ କରାଯାଇପାରେ ।

ରୋଗୀ ଓ ଡାକ୍ତର ମଧ୍ୟରେ ସମ୍ପର୍କ

ଉପଯୁକ୍ତ ଡାକ୍ତରଙ୍କ ନିର୍ବାଚନ ପ୍ରଥମ ପଦକ୍ଷେପ ହେଇଥାଏ । ଆଗାମୀ ପଦକ୍ଷେପ ହେଲା ରୋଗୀ ଓ ଡାକ୍ତରଙ୍କ ମଧ୍ୟରେ ଏକ ସୁସମ୍ପର୍କ ଗଢିଉଠୁ । ଦୁହେଁ ମିଶି କାର୍ଯ୍ୟ କରିବାକୁ ହେବ ।

■ ଡାକ୍ତରଙ୍କୁ ସତକଥା କୁହନ୍ତୁ, ସତ ବ୍ୟତୀତ ଅନ୍ୟ କିଛି ନୁହଁ । ତାଙ୍କୁ ନିଜର ଚିକିତ୍ସା ଇତିହାସ ନିଃସଙ୍କୋଚରେ କୁହନ୍ତି ନିଜ ଖାଦ୍ୟପେୟର ବଦଭ୍ୟାସ କହିବାକୁ ଭୁଲନ୍ତୁ ନାହିଁ । କୌଣସି ପ୍ରକାର

ଔଷଧ(ହର୍ବାଲ, ବୈଦ୍ୟ, ଅବୈଦ) ଭାଙ୍ଗ, ତମାଖୁ, ଆଲକୋହଲ ପ୍ରଭୃତି ନିଶାଦ୍ରବ୍ୟ ସେବନ କରୁଥିଲେ ଖୋଲି କୁହନ୍ତୁ । କୌଣସି ପ୍ରକାର ସର୍ଜରୀ ହୋଇଥିଲେ କୁହନ୍ତୁ । ମନେରଖନ୍ତୁ, ଆପଣ ଯାହା କହିବେ, ଡାକ୍ତର ସେସବୁକୁ ଗୁପ୍ତ ରଖିବେ ।

■ ଘରେ ଫ୍ରିଜ ଉପରେ, ଟିଭି ଉପରେ, ପର୍ସ ମଧ୍ୟରେ, ଟେବୁଲ ଉପରେ କିମ୍ବା ଦୁଆର ପାଖରେ ରାଇଟିଂ ପେଡି ରଖନ୍ତୁ; ଯଦ୍ୱାରା ଆପଣ ଡାକ୍ତରଙ୍କୁ ପଚାରିକି ଭାବୁଥିବା ପ୍ରଶ୍ନକୁ ଲେଖି ରଖି ପାରିବେ, କାରଣ ଡାକ୍ତରଙ୍କ ସହ ଭେଟ ହେଲାବେଳେ ଏସବୁ କଥା ମନେ ପଡ଼େନାହିଁ । ପୁଣି ଡାକ୍ତରଙ୍କୁ ଦେଖା କରିବା ପରେ ସବୁକଥା ଟିପି ରଖନ୍ତୁ । କାରଣ ହୁଏତ ସେଠୁ ଫେରିଲା ପରେ ହୁଏତ ଭୁଲିଯାଇହେବ । ଯଦି ଡାକ୍ତର କୌଣସି ଔଷଧ କଥା ନିଜେ କହୁନଥିଲେ, ତାଙ୍କୁ ପଚାରନ୍ତୁ । ଠିକ୍ ସେତେବେଳେ ଉତ୍ତରକୁ ଟିପି ରଖି ପରେ ଭଲକରି ଲେଖିରଖନ୍ତୁ ।

■ କୌଣସି ଲକ୍ଷଣ ଦେଖି ବ୍ୟତିବ୍ୟସ୍ତ ହେଉଥିଲେ କିମ୍ବା ସନ୍ଦେହ ହେଉଥିଲେ ସାଙ୍ଗେ ସାଙ୍ଗେ ଡାକ୍ତର୍‌କୁ ଫୋନ କରି ପଚାରନ୍ତୁ । ହୁଏତ କୌଣସି ଔଷଧ ଅନୁକୂଳ ହେଉନଥି । ଅଯଥା ଘରେ ବସି ବ୍ୟତିବ୍ୟସ୍ତ ହୁଅନ୍ତୁନି । ଫୋନରେ କଥା ହେଇ ସମାଧାନ ଖୋଜନ୍ତୁ । ସମସ୍ୟା ବେଶି ଗମ୍ଭୀର ନହେଲେ ଇ-ମେଲ ମଧ୍ୟ କରିପାରନ୍ତି । ଦୈବାତ୍ କୌଣସି କଥା ବ୍ୟତିବ୍ୟସ୍ତ କରୁଥିଲେ ପଚାରିବାରେ ଦୋଷ କ'ଣ ? ହୁଏତ ତାହା ସାଧାରଣ କଥା ହୋଇଥାଉ; ହେଲେ ମୂଳ କଥା ହେଲା ସମସ୍ୟାର ସମାଧାନ ହେବା ଉଚିତ । ଡାକ୍ତର ଆଉ ଧାଈମାନେ ଭଲଭାବରେ ଏକଥା ଜାଣନ୍ତି ଯେ କୌଣସି ସ୍ତ୍ରୀ ପ୍ରଥମ କରି ମା' ହେବାକୁ ଯାଉଥିଲେ ମନରେ ଅନେକ ପ୍ରଶ୍ନ ଉଙ୍କିମାରିଥାଏ । ଫୋନ ବା ଇ-ମେଲ କଲାବେଳେ ପ୍ରଶ୍ନ ଓ ଲକ୍ଷଣଗୁଡ଼ିକ ସ୍ପଷ୍ଟ ହେବା ବିଧେୟ ।

ଯଦି କୌଣସିଠାରେ କଷ୍ଟ ହେଉଥାଏ, ତେବେ ସ୍ଥାନର ନାଁ ଓ ସମୟ କୁହନ୍ତୁ । କଷ୍ଟ ବେଶି ହେଉଛି ନା କମ୍ ? ସହନୀୟ ନା ଅସହ୍ୟ ? ଏକଥା ମଧ୍ୟ କୁହନ୍ତୁ ଯେ, ସାମାନ୍ୟ ସ୍ଥିତି ପରିବର୍ତ୍ତନରେ ଆରାମ ମିଳୁଛି ନା ନାହିଁ ? ଯୋନିରୁ ସ୍ରାବ ହେଉଥିଲେ ତା'ର ରଙ୍ଗ କିପରି ? ଗାଢ଼ ନାଲି, ଇଷତ୍ ଲାଲ, ଧୂସର, ଗୋଲାପୀ ନା ଈଷତ୍ ହଳଦିଆ ? ଏହା କେତେବେଳେ ଆରମ୍ଭ ହେଲା ଓ ବିପଜ୍ଜୀ ଅଳ୍ପ ନା ବେଶି ? ଏହା ସାଂଗକୁ ଜ୍ୱର, ବାନ୍ତି, ଥଣ୍ଡା କିମ୍ବା ଝାଡା ହେଲେ ମଧ୍ୟ ଏସବୁ ଲକ୍ଷଣ କୁହନ୍ତୁ ।

■ ପୂରାପୂରି ଅପଟେଟ ରହୁହନ୍ତୁ, ଅର୍ଥାତ୍ ମାତୃତ୍ୱକୁ ନେଇ ଆସୁଥିବା ପତ୍ର-ପତ୍ରିକା ଓ ୱେବସାଇଟ୍ ଦେଖୁଥାନ୍ତୁ । ଅବଶ୍ୟ ସେସବୁ କଥାରେ ପୂରା ବିଶ୍ୱାସ କରିବାର ଦରକାର ନାହିଁ, କାହିଁକିନି ମିଡିଆର ସବୁକଥା ବିଜ୍ଞାନସମ୍ମତ ହେବ ଏହା ଜରୁରୀ ନୁହଁ । ନୂଆ କଥା କିଛି ଦୃଷ୍ଟିଗୋଚର ହେଲେ ଡାକ୍ତରଙ୍କ ପରାମର୍ଶ ପରେ ଗ୍ରହଣ କରନ୍ତୁ ।

■ ଯଦି ଏଭଳି କିଛି ତଥ୍ୟ ଉଦ୍‌ଘାଟିତ ହୁଏ, ଯାହାଙ୍କ ଡାକ୍ତର ଏପର୍ଯ୍ୟନ୍ତ କହିନାହାନ୍ତି, ତେବେ ତାକୁ ଗୁପ୍ତ ରଖନ୍ତୁ ନାହିଁ । ଆହ୍ୱାନ ନକରି ବରଂ ଜିଜ୍ଞାସୁ ଭାବରେ ପଚାରନ୍ତୁ ଯଦ୍ୱାରା ତଥ୍ୟଟି ସ୍ପଷ୍ଟ ହେଇପାରିବ ।

■ ଯଦି ଡାକ୍ତର ଭୁଲବଶତଃ କୌଣସି କଥାରେ "ହଁ" ମାରିଦିଅନ୍ତି, ବା ଅଜ୍ଞାତରେ କିଛି କହିଦିଅନ୍ତି, (ଯଥା: ମେଡିକାଲ ହିଷ୍ଟ୍ରି ଥିବା ସତ୍ତ୍ୱେ ଇଣ୍ଟରବାସୀ) ତେବେ ତାଙ୍କୁ ମନେ ପକେଇ ଦିଅନ୍ତୁ ଯେ, ପ୍ରଥମେ କି କି ଅସୁବିଧାର ସମ୍ମୁଖୀନ ହେଇଛନ୍ତି, କାରଣ ହୁଏତ, ସବୁକିଛି ତଥ୍ୟ ଡାକ୍ତରଙ୍କୁ ମନେ ନଥାଇପାରେ । ଆପଣ ନିଜେ ମଧ୍ୟ ସ୍ୱାସ୍ଥ୍ୟ ପ୍ରତି ସତର୍କ ହେବା ବିଧେୟ । ଏଣୁକରି ମନେରଖନ୍ତୁ ଯେ ଏପରି କୌଣସି ଭୁଲ ନହେଉ ।

■ ସବୁ କଥା ସ୍ପଷ୍ଟ ବୁଝିବାକୁ ଚେଷ୍ଟା କରନ୍ତୁ । ଭଲ କରି ବୁଝନ୍ତୁ ଯେ ଆପଣ ଯେଉଁ ଔଷଧ ଗ୍ରହଣ କରୁଛନ୍ତି, ତାର କୌଣସି ପାର୍ଶ୍ୱପ୍ରଭାବ ପଡୁନାହିଁତ ? ବା ପଡ଼ିବ ନାହିଁତ ? ଯେଉଁସବୁ ଟେଷ୍ଟ କରାଯାଉଛି, ତାହା ବିପଜ୍ଜନକ ନୁହଁତ ? ତାର ଫଳାଫଳ କେବେ ଆସିବ ?

■ ଯଦି ଡାକ୍ତର ନିଜ ସାକ୍ଷାତବେଳେ ସବୁ ପ୍ରଶ୍ନର ଉତ୍ତର ଦେଇନପାରନ୍ତି, ତେବେ ତାର ଏକ ତାଲିକା ପ୍ରସ୍ତୁତ କରନ୍ତୁ । ତାଙ୍କୁ ଏକଥା ପଚାରନ୍ତୁ ଯେ, ଆସନ୍ତା ସାକ୍ଷାତ ବେଳେ ଅଧିକା ସମୟ ଦେଇପାରିବେ ନା ନାହିଁ? କିମ୍ବା ଫୋନ ବା ଇ-ମେଲ ଜରିଆରେ ପଚରାଯାଇପାରେ ?

■ ଡାକ୍ତର ଦେଇଥିବା ନିର୍ଦ୍ଦେଶକୁ ଅକ୍ଷରେ ଅକ୍ଷରେ ପାଳନ କରନ୍ତୁ । ଯଥା: ଓଜନ, ବିଶ୍ରାମ, ଖାଦ୍ୟ, ଔଷଧ, ଭିଟାମିନ, ନିଦ୍ରା ଓ ବ୍ୟାୟାମ ଇତ୍ୟାଦି । ଯଦି ତନ୍ମଧ୍ୟରୁ କୌଣସଦି ବିଷୟରେ କିଛି ସମସ୍ୟା

ଦେଖାଯାଏ, ତେବେ ତା’ର ବିକଳ୍ପ ବ୍ୟବସ୍ଥା ସକାଶେ ଡାକ୍ତରଙ୍କୁ ପଚାରି ବୁଝନ୍ତୁ ।

■ ମନେ ରଖନ୍ତୁ ଯେ ଆପଣଙ୍କୁ ନିଜେ ହିଁ ନିଜର ଯତ୍ନ ନେବାକୁ ହେବ । ଏଣୁକରି ସବୁତକ ନିର୍ଦ୍ଦେଶ ପ୍ରତି ଦୃଷ୍ଟି ଦିଅନ୍ତୁ । ଖାଦପେୟର ବଦଭ୍ୟାସ ତ୍ୟାଗ କରନ୍ତୁ; କାରଣ ଜଣେ ସୁସ୍ଥ ଶିଶୁକୁ ଜନ୍ମ ଦେବାର ସମ୍ପୂର୍ଣ୍ଣ ଦାୟିତ୍ୱ ଆପଣଙ୍କର ।

■ ଅନେକ ବୀମା କମ୍ପାନୀ ବିବାଦ ଉତ୍ପନ୍ନ ହେବା ପରିସ୍ଥିତିରେ ଡାକ୍ତର ଓ ରୋଗୀମଧ୍ୟରେ ମଧ୍ୟସ୍ଥତା କରିଥାନ୍ତି । ଯଦି ଡାକ୍ତରଙ୍କୁ ନେଇ କୌଣସି ଅସୁବିଧାର ସମ୍ମୁଖୀନ ହୁଅନ୍ତି, ତେବେ ସ୍ୱାସ୍ଥ୍ୟ ସଂଗଠନର ସାହାଯ୍ୟ ମାଗନ୍ତୁ ।

ଯଦି ଆପଣଙ୍କୁ ଏପରି ମନେହୁଏ ଯେ ଆପଣ ଉପଯୁକ୍ତ ଡାକ୍ତର ବା ଧାଈର ନିର୍ବାଚନ ଠିକ୍ ଭାବରେ କରିପାରିନାହାନ୍ତି ଆଉ ଆପଣଙ୍କ ଶିଶୁର ଜନ୍ମ ତାଙ୍କ ହାତରେ ସୁରକ୍ଷିତ ନୁହଁ ବୋଲି ବ୍ୟତିବ୍ୟସ୍ତ ହେଉଥାନ୍ତି; ତେବେ ଅବିଳମ୍ବ ଡାକ୍ତର ପରିବର୍ତ୍ତନ କରି ଅନ୍ୟତ୍ର ଚିକିତ୍ସା ଗ୍ରହଣ କରନ୍ତୁ ।

■ ■ ■

ଆପଣଙ୍କ ପ୍ରେଗ୍‌ନେନ୍ସି ପ୍ରୋଫାଇଲ

ଟେଷ୍ଟର ରିପୋର୍ଟ ଅର୍ଥାତ୍ ଫଳାଫଳ ଆସିସାରିଛି, ଆପଣ ମା' ହେବାକୁ ଯାଉଛନ୍ତି । ଗର୍ଭାଶୟର ବର୍ଦ୍ଧମାନ ଆକାର ସାଂଗକୁ ଉଦ୍‌ବେଗ ଓ ପ୍ରଶ୍ନଗୁଡ଼ିକର ତାଲିକା ମଧ୍ୟ ବଢ଼ି ବଢ଼ି ଚାଲିଛି । ଏଥିରେ ତିଳେ ମାତ୍ର ସନ୍ଦେହ ନାହିଁ ଯେ, ଆପଣ ଅନେକ ଅଦ୍‌ଭୁତ ମନୁଭୂତି ମଧ୍ୟ ଦେଇ ଗତି କରୁଛନ୍ତି ଓ ଗର୍ଭାବସ୍ଥାର ଅନେକ ଲକ୍ଷଣଗୁଡ଼ିକର ସମ୍ମୁଖୀନ ହେଉଛନ୍ତି; ହେଲେ ତନ୍ମଧ୍ୟରୁ ଅନେକ ଆପଣଙ୍କ ପ୍ରେଗ୍‌ନେନ୍ସି ପ୍ରୋଫାଇଲରେ ଥାଇପାରେ । ହେଲେ, ପ୍ରେଗ୍‌ନେନ୍ସି ପ୍ରୋଫାଇଲ କହିଲେ କ'ଣ ବୁଝାଏ ? ଏହାକୁ ଆପଣ ମୋଟାମୋଟି ଭାବରେ ନିଜର ଗର୍ଭାବସ୍ଥାର ଇତିହାସ ବୋଲି କହି ପାରିବେ, ଯାହାର ପ୍ରଭାବ ଆପଣଙ୍କ ଗର୍ଭାବସ୍ଥାରେ ଖୁବ୍ ପଡ଼ିପାରେ । ଆପଣ ନିଜର ଏହି ପ୍ରୋଫାଇଲ ବାବଦରେ ସମ୍ପୂର୍ଣ୍ଣ ତଥ୍ୟ ଜାଣିବା ଦରକାର; ଯଦ୍ୱାରା ଡାକ୍ତରଙ୍କ ସହିତ ପରାମର୍ଶ କଲାବେଳେ ଏହି ପରିପ୍ରେକ୍ଷୀରେ କଥାବାର୍ତ୍ତା କରାଯାଇପାରେ ।

ଏକଥା ମନେରଖନ୍ତୁ ଯେ ଏହି ଅଧ୍ୟାୟର ଅନେକ ତଥ୍ୟ ଆପଣଙ୍କୁ ଦରକାର ହେଇନପାରେ କାହିଁକିନା ପ୍ରତ୍ୟେକ ସ୍ତ୍ରୀର ଗର୍ଭାବସ୍ଥା ତଥ୍ୟ (ପ୍ରେଗ୍‌ନେନସି ରେକର୍ଡ) ଭିନ୍ନ ଭିନ୍ନ ହେଇଥାଏ । ଏଣୁ ତନ୍ମଧ୍ୟରୁ ନିଜ ଆବଶ୍ୟକ ତଥ୍ୟ ପଢ଼ି ବାକିସବୁ ଛାଡ଼ି ଦିଅନ୍ତୁ ।

ଏହି ବହି ସମସ୍ତଙ୍କ ପାଇଁ ଉଦ୍ଦିଷ୍ଟ

ଆପଣ ଏହି ବହି ପଢ଼ିଲାବେଳେ ସ୍ୱାମୀ-ସ୍ତ୍ରୀଙ୍କ ମଧ୍ୟରେ ଥିବା ଅନେକ ପାରମ୍ପରିକ ସମ୍ବୋଧନ ଆସିଥାଇପାରେ; ଏହାର ଅର୍ଥ ନୁହଁ ଯେ, ଏକାକିନୀ ମା' କିମ୍ବା ଅବିବାହିତା ଯୁବତୀ ସ୍ତ୍ରୀ ଅଥବା ଅନ୍ୟାନ୍ୟ ସ୍ତ୍ରୀ ଲୋକମାନଙ୍କ ସକାଶେ ଏହା ଅନାବଶ୍ୟକ । ଏଥିରେ ଥିବା ଯେଉଁ କଥା ଆପଣମାନଙ୍କୁ ଗ୍ରହଣୀୟ ମନେହେବ ନାହିଁ, ସେସବୁ ତଥ୍ୟକୁ ଛାଡ଼ି, ନିଜ ଆବଶ୍ୟକ ମୁତାବକ ବିଷୟବସ୍ତୁକୁ ପଢ଼ି ଉପକୃତ ହୁଅନ୍ତୁ । ଏହା ହିଁ ଆମର ଆଭିମୁଖ୍ୟ କହିଲେ ଚଳେ ।

ଆପଣଙ୍କ ପୂର୍ବ ଶାରୀରିକ ତଥ୍ୟାବଳୀ

ଗର୍ଭାବସ୍ଥା ସମୟରେ ଗର୍ଭ ନିରୋଧକ

"ମୁଁ ଗର୍ଭନିରୋଧକ ବଟିକା ଗ୍ରହଣ କରୁଥିବା ମଧ୍ୟରେ ହିଁ ଗର୍ଭବତୀ ହୋଇଯାଇଛି । ମୁଁ ମାସସାରା ବଟିକା ଖାଉଥିଲି କାହିଁକିନା ଗର୍ଭାବସ୍ଥା ବିଷୟରେ ମୁଁ ଆଦୌ ଜାଣିପାରିନଥିଲି । ଏତଦ୍ୱାରା ମୋ ଶିଶୁ ଉପରେ କିଛି ପ୍ରଭାବ ପଡ଼ିବକି ?"

ଅବଶ୍ୟ ବଟିକା ଖାଇବା ବନ୍ଦ କଲାପରେ ହିଁ ଗୋଟିଏ ମାସିକଚକ୍ର ପୂର୍ଣ୍ଣ ହେଇଥାନ୍ତା ଆଉ ତା'ପରେ ଗର୍ଭଧାରଣ କରିଥିଲେ ଠିକ୍ ହୁଅନ୍ତା । ହେଲେ ଏହା

ଅଚାନକ ହେଇଥିବାରୁ କ'ଣ ଆଉ କରାଯାଇପାରେ । ଏଥିରେ ଏତେ ଗମ୍ଭୀର ଓ ବ୍ୟତିବ୍ୟସ୍ତ ହେବା ଦରକାର ନାହିଁ । ଏହାର କୌଣସି ପ୍ରମାଣ ମିଳେନାହିଁ ଯେ ଏଭଳି ପରିସ୍ଥିତିରେ ଶିଶୁର କୌଣସି କ୍ଷତି ହେଇପାରେ । ମନରେ ସନ୍ତୋଷ ପାଇବାକୁ ହେଲେ ଡାକ୍ତରଙ୍କ ପରାମର୍ଶ ଗ୍ରହଣ କରନ୍ତୁ ।

"ମୁଁ କଣ୍ଡୋମ ଆଉ ସ୍ପର୍ମିସାଇଡ୍‌ସ' ଅର୍ଥାତ୍ ଶୁକ୍ରନାଶକ ବ୍ୟବହାର କରୁଥିବା ସମୟ ମଧ୍ୟରେ ହିଁ ଗର୍ଭଧାରଣ ହେଇଗଲା । ଆଉ ଅଜାଣତରେ ଏହାର ବ୍ୟବହାର କରି ଚାଲୁଥିଲି । ମୋର ଶିଶୁକୁ କ'ଣ କୌଣସି ଅସୁବିଧାର ସମ୍ମୁଖୀନ ହେବାକୁ ପଡ଼ିପାରେ ?

ଯଦି ଆପଣ କଣ୍ଡୋମ ସ୍ପର୍ମିସାଇଡ୍‌ସ ସାଂଗକୁ ଡାଏଫ୍ରାଗ୍ମ ବା ସ୍ପର୍ମିସାଇଡଯୁକ୍ତ ଡାଏଫ୍ରାଗ୍ମ ଇତ୍ୟାଦି ଥିବା ସତ୍ତ୍ୱେ ଗର୍ଭବତୀ ହେଇଛନ୍ତି, ତେବେ ମନେରଖନ୍ତୁ ଯେ, ସ୍ପର୍ମିସାଇଡ୍‌ସ ଓ ଜନ୍ମଗତ ଦୋଷଦୁର୍ବଳତା ମଧ୍ୟରେ କୌଣସି ସମ୍ପର୍କ ନାହିଁ । ଏକଥା ମଧ୍ୟ ଜଣାପଡ଼ିଛି ଯେ ଗର୍ଭାବସ୍ଥାର ଆରମ୍ଭରେ ଏସବୁ ବ୍ୟବହାର କଲେ କୌଣସି ଅସୁବିଧା ହୁଏନାହିଁ । ହୁଏତ ଆପଣ ଅଜ୍ଞାତସାରରେ ଗର୍ଭବତୀ ହେଇଯାଇଛନ୍ତି, ହେଲେ ମଧ୍ୟ ଏହାକୁ ଉପଭୋଗ କରନ୍ତୁ; ଆଦୌ ଭୟ କରନ୍ତୁ ନାହିଁ ।

"ମୁଁ ଗର୍ଭନିରୋଧକ ଭାବରେ ଆଇ.ୟୁ.ଡି. ବ୍ୟବହାର କରୁଥିଲି, ହେଲେ ମତେ କିଛିଦିନ ତଳେ ଜଣାପଡ଼ିଲା ଯେ, ମୁଁ ଗର୍ଭବତୀ ବୋଲି । ତେବେ ମୋର ଗର୍ଭକାଳ ସୁସ୍ଥ ଓ ସୁରକ୍ଷିତ ରହିବ ତ ?"

ଅବଶ୍ୟ ଗର୍ଭନିରୋଧକ ବ୍ୟବହାର କଲା ସତ୍ତ୍ୱେ ମଧ୍ୟ ଗର୍ଭବତୀ ହେବା ଆଶ୍ଚର୍ଯ୍ୟଜନକ ଓ ବ୍ୟତିବ୍ୟସ୍ତ କରିଦେଇଥାଏ । ଅବଶ୍ୟ ୧୦୦୦ ମଧ୍ୟରୁ ଜଣକ କ୍ଷେତ୍ରରେ ଏପରି ହେଇଥାଏ । ଆଇୟୁଡି ଥିବା ସତ୍ତ୍ୱେ ଗର୍ଭଧାରଣ ହେବାର କାରଣ ହେଲା ହୁଏତ ଏହା ନିଜ ସ୍ଥାନରୁ ଖସିଯାଇଥିବ ବା ଠିକ୍‌ଭାବରେ ଲାଗିନଥିବ ।

ବର୍ତ୍ତମାନ ଆପଣଙ୍କ ସମକ୍ଷରେ ଦୁଇଟି ମାତ୍ର ବିକଳ୍ପ ପନ୍ଥା ରହିଛି; ଏଣୁ ଶୀଘ୍ରାତିଶୀଘ୍ର ଡାକ୍ତରଙ୍କୁ ପରାମର୍ଶ କରନ୍ତୁ । ଆଇୟୁଡି ରଖିବେ ନା କାଢ଼ି ବାହାର କରିଦେବେ ? ଡାକ୍ତର ଯାଞ୍ଚ କରିସାରିଲା ପରେ କ'ଣ କରାଯିବ, ଏକଥା କହିବେ ଯଦି ଆଇ.ୟୁ.ଡି. ଖସିଯାଇଛି ଓ ତାର ସୂତା ଦିଶୁଛି, ତେବେ ତାକୁ କଢ଼ି ଦିଆଯାଇପାରେ । ନଚେତ ପ୍ରସବ ସମୟରେ ଏହା ପଦାକୁ ଚାଲିଆସିବ । ଏହାର ସୂତା ଗର୍ଭାବସ୍ଥାର ଆରମ୍ଭରେ ହିଁ ଦେଖାଦେଇଥିଲେ ସଂକ୍ରମିତ ହେବାର ଆଶଙ୍କା ବୃଦ୍ଧି ପାଇଥାଏ । ଏହାକୁ ଯଥାଶୀଘ୍ର କାଢ଼ିଦେଲେ ହିଁ ସୁସ୍ଥ ଓ ସୁରକ୍ଷିତ ଗର୍ଭାବସ୍ଥାର ଆଶା କରାଯାଇପାରେ । ଯଦି ଏହାକୁ କଢ଼ାନଯାଏ, ତେବେ ହୁଏତ ଗର୍ଭପାତ ମଧ୍ୟ ହେଇଯାଇପାରେ ।

ଯଦି ଏହା ପ୍ରଥମ ତିନି ମାସ ଧରି ଭିତରେ ଥାଏ ତେବେ କୌଣସି ପ୍ରକାର ରକ୍ତସ୍ରାବ ମୋଡ଼ିହେବା କିମ୍ବା ଜ୍ୱର ସକାଶେ ସତର୍କ ରହିବା ବିଧେୟ, କାହିଁକିନା ଏହାରି ଯୋଗୁଁ ଆପଣ ଅନେକ ଅସୁବିଧା ଓ ଜଟିଳତା ମଧ୍ୟଦେଇ ଗତିକରି ପାରନ୍ତି । ଏଣୁକରି ଡାକ୍ତରଙ୍କୁ ସବୁ ଲକ୍ଷଣ ଅତିଶୀଘ୍ର କହିଦିଅନ୍ତୁ ।

ଫାୟବ୍ରଏଡ୍

"ମତେ ଅନେକ ସମୟଧରି ଫାୟବ୍ରଏଡ୍ ରହିଥିଲା ହେଲେ ଏଥିଯୋଗୁଁ ମୁଁ କୌଣସି ଅସୁବିଧାର ସମ୍ମୁଖୀନ ହେଇନି । ହେଲେ ଗର୍ଭାବସ୍ଥାବେଳେ ଏଇଥିପାଇଁ ମୁଁ କୌଣସି ଅସୁବିଧାର ସମ୍ମୁଖୀନ ହେବି କି ?"

ଫାୟବ୍ରଏଡ୍ ଆପଣ ଓ ଗର୍ଭାବସ୍ଥା ଦୁହିଁଙ୍କ ମଧ୍ୟରେ ପ୍ରତିବନ୍ଧକ ସୃଷ୍ଟି କରିବନି ବୋଲି ଆଶା କରାଯାଏ । ଗର୍ଭାଶୟର ପାର୍ଶ୍ୱରେ ଦେଖାଦେଇଥିବା ନନ୍‌ମେଲିଗ୍ନେଟ୍ ଆକାର, ଗର୍ଭାବସ୍ଥାରେ କୌଣସି ବାଧା ସୃଷ୍ଟି କରିବନି ।

ଅବଶ୍ୟ ଏଭଳି ଗର୍ଭବତୀ ସ୍ତ୍ରୀଙ୍କୁ ବେଳେ ବେଳେ ତଳିପେଟରେ ଚାପ ବା କଷ୍ଟ ଅନୁଭୂତ ହେବା ଦେଖାଦେଇଥାଏ । ଅବଶ୍ୟ ଏହା ଚିନ୍ତାଜନକ ନୁହଁ ଯେ, ତଥାପି ନିଜର ଡାକ୍ତରଙ୍କୁ ପଚାରି ବୁଝନ୍ତୁ । ଚାରି ପାଞ୍ଚ ଦିନ ବିଶ୍ରାମ କଲେ କିମ୍ବା ପେନ୍‌କିଲର ଖାଇଦେଲେ ଠିକ୍ ହେଇଯିବ ।

ବେଳେ ବେଳେ ଫାୟବ୍ରଏଡ୍ ଯୋଗୁଁ ପ୍ଲେନ୍‌ଟା ପୃଥକ ହେଇଥାଏ, ସମୟ ପୂର୍ବରୁ ଛୁଆ ଜନ୍ମ ହୁଏ କିମ୍ବା ବ୍ରିଚ୍‌ବାର୍ଥର ଆଶଙ୍କା ବୃଦ୍ଧି ପାଇଥାଏ । ହେଲେ

ସତର୍କତା ଅବଲମ୍ବନ କଲେ ଏହାକୁ ଦୂରେଇ ମଧ୍ୟ ହୁଏ । ନିଜ ଡାକ୍ତରଙ୍କୁ ଏସବୁ ବିଷୟରେ ପୁଙ୍ଖାନୁପୁଙ୍ଖ କହିଲେ ସେ ସବୁପ୍ରକାର ବିପଦ ଓ ସତର୍କତା ବିଷୟରେ କହିପାରିବେ । ଯଦି ଡାକ୍ତରଙ୍କୁ ଏପରି ଅନୁଭୂତ ହୁଏ ଯେ ଫାଇବ୍ରଏଡ୍ ଯୋଗୁଁ ସାଧାରଣ ପ୍ରସବରେ ବାଧା ସୃଷ୍ଟି ହେଇପାରେ, ତେବେ ସି-ସେକ୍ସନ ପ୍ରସବ ସକାଶେ ସେ ପରାମର୍ଶ ଦେଇପାରନ୍ତି । ଅଧିକାଂଶ କ୍ଷେତ୍ରରେ ପ୍ରସବ ସମୟରେ ଗର୍ଭାଶୟର ପ୍ରସାରଣ ହେଲେ ବର୍ଦ୍ଧିତ ଫାଇବ୍ରଏଡ୍ ପଦାକୁ ଚାଲିଆସିଥାଏ ।

"କିଛିବର୍ଷ ପୂର୍ବେ ମୁଁ ଦୁଇଟା ଫାଇବ୍ରଏଡ୍ କଢ଼େଇଥିଲି, ହେଲେ ଏତଦ୍ଦ୍ୱାରା ମୋର ଗର୍ଭାବସ୍ଥାରେ କୌଣସି ପ୍ରଭାବ ପଡ଼ିବ କି?"

ଅଧିକାଂଶ କ୍ଷେତ୍ରରେ ଗର୍ଭାଶୟର ଫାଇବ୍ରଏଡ୍ ଟ୍ୟୁମର କାଢ଼ିବା ସର୍ଜରୀ ଲେପ୍ରୋସ୍କୋପିକ୍ ହେଇଥାଏ; ଏଣୁକରି ଗର୍ଭାବସ୍ଥାରେ କୌଣସି ଅସୁବିଧା ସୃଷ୍ଟି ହୁଏନାହିଁ । ଅବଶ୍ୟ ବର୍ଦ୍ଧିତ ଫାଇବ୍ରଏଡ୍ କଢ଼ାଗଲେ ଗର୍ଭାଶୟ ଅନେକାଂଶରେ ଦୁର୍ବଳ ହେଇପଡ଼ିଥାଏ । ସେଥିରେ ପ୍ରସବ ସକାଶେ ସାମର୍ଥ୍ୟ ରହେନାହିଁ । ଯଦି ଡାକ୍ତର ଆପଣଙ୍କ ରେକର୍ଡ ଦେଖି ଚାହିଁଲେ ହୁଏତ ସି.ସେକ୍ସନ ପ୍ରସବ ପାଇଁ ମନ୍ତବ୍ୟ ବାଢ଼ିପାରନ୍ତି । ମନେକର ସର୍ଜରୀ ପୂର୍ବରୁ ପ୍ରସବ ବେଦନା ଆରମ୍ଭ ହେଇଯାଏ ତେବେ ତାକୁ ଚିହ୍ନି ଶୀଘ୍ରାତିଶୀଘ୍ର ଡାକ୍ତରଙ୍କ ପାଖକୁ ଯାଆନ୍ତୁ ।

ଏଣ୍ଡୋମେଟ୍ରିଓସିସ୍

"ଅନେକ ବର୍ଷ ଧରି ଏଣ୍ଡେମେଟ୍ରିଓସିସ୍‌ରେ ପୀଡ଼ିତ ଥାଇ ମୁଁ ବର୍ତ୍ତମାନ ଗର୍ଭବତୀ ହେଇଛି । ହେଲେ ମୋର ଗର୍ଭାବସ୍ଥାରେ କୌଣସି ଅସୁବିଧା ସୃଷ୍ଟି ହୋଇପାରେ କି?"

ଏତଦ୍ଦ୍ୱାରା ଦୁଇପ୍ରକାର ସମସ୍ୟା ଦେଖାଦିଏ । ଗର୍ଭଧାରଣରେ ଅସୁବିଧା ଓ କଷ୍ଟ । ଗର୍ଭବତୀ ହେବାର ଅର୍ଥ ହେଲା ଆପଣ ପ୍ରଥମ ଆହ୍ୱାନକୁ ଗ୍ରହଣ କରିସାରିଛନ୍ତି । ଶୁଭେଚ୍ଛା ! ଗର୍ଭବତୀ ହେଲା ପରେ ଦ୍ୱିତୀୟ ଆହ୍ୱାନକୁ ଗ୍ରହଣ କରିବାରେ ସୁବିଧା ହେବ ।

ଗର୍ଭାବସ୍ଥାରେ ଏଣ୍ଡୋମେଟ୍ରିଓସିସ୍‌ର ଲକ୍ଷଣ ଓ କଷ୍ଟ ସୁଧୁରିଥାଏ । ଏପରି ହର୍ମୋନାଲ୍ ପରିବର୍ତ୍ତନ ଯୋଗୁଁ ହେଇଥାଏ । ଓଭ୍ୟୁଲେସନ ପରେ ଏଣ୍ଡୋମେଟ୍ରିଓସିସ୍ ଛୋଟ ହେଇ କୋମଳ ହେଇଯାଇଥାଏ । ଅନେକ ମହିଳାମାନଙ୍କର ଆହୁରି ଉତ୍ତମ ଫଳାଫଳ ଦୃଷ୍ଟିଗୋଚର ହେଇଛି । ଅନେକ ମହିଳାମାନଙ୍କ କ୍ଷେତ୍ରରେ ଗର୍ଭାବସ୍ଥାର କୌଣସି ଲକ୍ଷଣ ଦେଖାଯାଏ ନାହିଁ । ଅନେକ ମହିଳା କଷ୍ଟ ଓ ଅନ୍ୟ ରୋଗରେ ପୀଡ଼ିତ ହେଇଥାନ୍ତି, ହେଲେ ଶିଶୁର ଜନ୍ମବେଳେ କୌଣସି ଅସୁବିଧା ହୁଏନାହିଁ । ଯଦି ଗର୍ଭାଶୟର ଅପରେସନ ହେଇସାରିଥାଏ, ତେବେ ସି-ସେକ୍ସନ ପାଇଁ ଡାକ୍ତର ପରାମର୍ଶ ନେଇପାରନ୍ତି ।

ଗର୍ଭାବସ୍ଥାରେ ଏଣ୍ଡୋମେଟ୍ରିଓସିସର ଲକ୍ଷଣରୁ ମୁକ୍ତି ମିଳିଥାଏ, ହେଲେ ଏହାର ଚିକିତ୍ସା ସମ୍ଭବ ହୁଏନାହିଁ । ଗର୍ଭାବସ୍ଥା ଓ ତାର ଯତ୍ନ ପରେ ପୁଣି ଥରେ ସେହି ଲକ୍ଷଣ ଦେଖାଦେଇଥାଏ ।

କୋଲୋପୋସ୍କୋପି

"ବର୍ଷେ ପୂର୍ବେ ମୁଁ ଗର୍ଭବତୀ ହୋଇଥିଲାରୁ ମୋତେ କୋଲୋପୋସ୍କୋପି ଓ ସର୍ଭାଇକଲବାୟୋପ୍‌ସି କଟେଇବାକୁ ପଡ଼ିଥିଲା; ମୋର ଗର୍ଭାବସ୍ଥା କ'ଣ ବିପଜ୍ଜନକ ଅଛି କି?"

ଯଦି ପେପ୍ ସ୍ମିୟରରେ କେତେକ ଅନିୟମିତ ସର୍ଭାଇକଲ କୋଷ ଦୃଶ୍ୟମାନ ହୁଏ, ତେବେ କୋଲୋପୋସ୍କେପି କରାଯାଏ । ସାଧାରଣ ପ୍ରକ୍ରିୟାରେ ଯୋନି ଓ ସର୍ଭିକ୍ସକୁ ଏକ ସ୍ୱତନ୍ତ୍ର ଧରଣର ମାଇକ୍ରୋସ୍କୋପରରେ ଦେଖାଯାଇଥାଏ । ପେପସ୍ମିୟରରେ ଅସାଧାରଣ କୋଷ ଦଶ୍ୟମାନ ହେଲେ ଡାକ୍ତର ସର୍ଭାଇକଲ କିମ୍ବା କୋନ୍‌ବାୟୋସ୍ପି କରିଥାନ୍ତି; ଯେଉଁଥିରେ ସନ୍ଦେହାସ୍ପଦ ସ୍ଥାନରୁ ନମୂନା ନେଇ ଲେବ୍‌ରେ ପରୀକ୍ଷା କରାଯାଇଥାଏ । ଏଥିପାଇଁ କ୍ରାୟୋସର୍ଜରୀ (ଅସାଧାରଣ କୋଷଗୁଡ଼ିକୁ ମୋଟ ବାନ୍ଧି ଦିଆଯାଇଥାଏ) କିମ୍ବା ଲିପ୍ ଚିକିତ୍ସା କରାଯାଏ । ଯେଉଁଥିରେ ପ୍ରଭାବିତ ସର୍ଭାଇକଲ କୋଷ ସମୂହକୁ କଷ୍ଟରହିତ ଇଲେକ୍‌ଟ୍ରିକାଲ କରେଣ୍ଟ ମଧ୍ୟରୁ ବାହାର କରାଯାଇଥାଏ । ଶୁଭ ସମ୍ବାଦ ହେଲା ଏହି ପ୍ରକ୍ରିୟା ଦେଇ ଗତିକଲା ସତ୍ତ୍ୱେ ମଧ୍ୟ ଗର୍ଭବତୀ ମହିଳାମାନେ ସୁସ୍ଥ ଶିଶୁଙ୍କୁ ଜନ୍ମ ଦେଇଥାନ୍ତି; ଅବଶ୍ୟ କଢ଼ା ଯାଇଥିବା କୋଷ ସମୂହ ଦୃଷ୍ଟିରୁ ଅନେକ ମହିଳାମାନଙ୍କୁ ଗର୍ଭାବସ୍ଥାରେ ଅସୁବିଧାର ସମ୍ମୁଖୀନ ହେବାକୁ ପଡ଼ିଥାଏ । ନିଜ ଡାକ୍ତରଙ୍କୁ ଏଭଳି କୌଣସି ସର୍ଜରୀ

ବା ଯେଷ୍ଟ ବିଷୟରେ ନିଶ୍ଚିତ ଭାବରେ କୁହନ୍ତୁ; ଯଦ୍ୱାରା ସେ ଭଲଭଳବେର ଯତ୍ନ ନେଇପାରିବେ ।

ଯଦି ପ୍ରସବ ପୂର୍ବରୁ ହେଇଥିବା ପରୀକ୍ଷାରେ ଅସାଧାରଣ କୋଷ ଗୁଡ଼ିକ ଜ୍ଞାତ ହେଇଥାଏ, ତେବେ ଡାକ୍ତର କୋଲୋପୋସ୍କୋପି ପାଇଁ ପରାମର୍ଶ ଦେଇପାରନ୍ତି, ହେଲେ ବାୟୋପ୍ସିର ଇତ୍ୟାଦି ଶିଶୁର ଜନ୍ମ ପରେ ହିଁ କରାଯାଇଥାଏ ।

ଏଚ୍‌ପିଭି (ହ୍ୟୁମେନ ପେପିଲୋମା ଭାଇରସ)

"କ’ଣ ଜେନେଟିକ ଏଚପିଭି ମୋ ଗର୍ଭାବସ୍ଥାକୁ କ୍ଷତିଗ୍ରସ୍ତ କରିପାରିବ କି ?"

ଏଚପିଭି ଏକପ୍ରକାର ସେକ୍ସୁଏଲି ଟ୍ରାନ୍ସମିଟେଡ ଭାଇରସ ଅଟେ । ସାଧାରଣତଃ ଏହାର ଲକ୍ଷଣ ସ୍ପଷ୍ଟ ଜଣାପଡ଼େ ନାହିଁ ଓ ଏହା ୬ ରୁ ୧୦ ମାସ ମଧ୍ୟରେ ଆପେ ଆପେ ଠିକ୍ ହେଇଯାଇଥାଏ । ଅନେକ ଥର ଏହାର ଲକ୍ଷଣ ଦୃଶ୍ୟମାନ ହେଲେ ପେପସ୍ମିୟର ଦ୍ୱାରା କେତେକ କୋଷଗୁଡ଼ିକର ଅସାମାନ୍ୟ ତଥ୍ୟ ଜଣାପଡ଼ିଥାଏ । ଅନେକ ଥର ଇଷତ୍ ହଳଦିଆ ବା ଗୋଲାପୀ ରଂଗର ବ୍ରଣ ଭଳି ଫୋଡା ବାହାରିଆସେ, ଯାହା ଯୋନି, ମଳଦ୍ୱାର ଓ ଭାଲ୍‌ଭାଠାରେ ଦୃଶ୍ୟମାନ ହେଇଥାଏ । ଅବଶ୍ୟ ଏଥିରେ ଯନ୍ତ୍ରଣା ହୁଏନାହିଁ ହେଲେ ବେଳେ ବେଳେ ଜଳିଥାଏ ବା ରକ୍ତ ମଧ୍ୟ ବାହାରିଥାଏ । ଅଧିକାଂଶତଃ ଏପରି ବ୍ରଣ ମାସେ-ଦୁଇମାସ ମଧ୍ୟରେ ସ୍ୱତଃ ଠିକ୍ ହେଇଯାଇଥାଏ ।

ଜେନିଟାଲ ଏଚପିଭି ଗର୍ଭାବସ୍ଥାକୁ କିଭଳି ଭାବରେ ପ୍ରଭାବ ପକେଇଥାଏ ? ଅବଶ୍ୟ ଏହାର କୌଣସି ପ୍ରତ୍ୟକ୍ଷ ପ୍ରଭାବ ପଡ଼ିନଥାଏ, ହେଲେ ଅନେକ ଗର୍ଭବତୀ ମହିଳାମାନଙ୍କଠାରେ ଏହି ବ୍ରଣ ବେଶି ସକ୍ରିୟ ହେଇଯାଇଥାଏ । ଯଦି ଆପଣଙ୍କର ବ୍ରଣ ମଧ୍ୟ ଆପେ ଆପେ ଠିକ୍ ହେଉନଥିଲେ ଡାକ୍ତରଙ୍କୁ ଶୀଘ୍ର ପରାମର୍ଶ କରନ୍ତୁ । ସେ ଏହାକୁ ଫ୍ରିଜିଂ, ଇଲେକ୍ଟ୍ରିକ ବା ଲେଜର ଥେରେପି ମାଧ୍ୟମରେ ଦୂର କରିଦେବେ । କେତେକ ପରିସ୍ଥିତିରେ ଏହାର ଚିକିତ୍ସାକୁ ପ୍ରସବ ପର୍ଯ୍ୟନ୍ତ ଗଡେଇବାକୁ ପଡ଼ିଥାଏ ।

ଯଦି ଆପଣ ମଧ୍ୟ ଏଚପିଭିଗ୍ରସ୍ତ ହେଇଥାନ୍ତି, ତେବେ ଡାକ୍ତରଙ୍କୁ ସଭାଇକାଲ କୋଷର ମଧ୍ୟ ପରୀକ୍ଷା କରିବାକୁ ହେବ । ଯଦିଓ ବାୟୋପ୍ସି କରିବାକୁ ହୁଏ ତେବେ ମଧ୍ୟ ତାକୁ ଶିଶୁର ଜନ୍ମ ପର୍ଯ୍ୟନ୍ତ ଗଡେଇବାକୁ ହେବ ।

ଏଚ୍‌ପିଭି ଏକ ସଂକ୍ରାମ ରୋଗ, ଏଣୁକରି ଯେକୌଣସି ଜଣକ ସାଂଗରେ ସୁରକ୍ଷିତ ସମ୍ଭୋଗ କରିବା ବିଧେୟ । ଏଣିକି ୨୬ ବର୍ଷରୁ କମ୍ ବୟସର ମହିଳାମାନଙ୍କ ସକାଶେ ଏହାର ଟୀକା ବା ଭେକ୍ସିନ ଆସିଗଲାଣି, ହେଲେ ମଧ୍ୟ ଗର୍ଭାବସ୍ଥା ସମୟରେ ଏହାକୁ ପ୍ରୟୋଗ କରିବା ଅନୁଚିତ । ଯଦି ଆପଣ ଭେକ୍ସିନ ଆରମ୍ଭ କଲାପରେ ଗର୍ଭବତୀ ହେଇଥାନ୍ତି, ତେବେ ଶିଶୁ ଜନ୍ମ ହେଲା ପର୍ଯ୍ୟନ୍ତ ବଳକା ଭେକ୍ସିନକୁ ବନ୍ଦ କରିବାକୁ ହେବ । ଏହି ଶୃଙ୍ଖଳରେ ତିନି ପାନ ଔଷଧ ଦିଆଯାଏ, ଅର୍ଥାତ୍ ଏହା ଥ୍ରୀଡୋଜ୍ ଭେକ୍ସିନ ସିରିଜ ଅନ୍ତର୍ଭୁକ୍ତ ।

ହାର୍ପିଜ୍

"ମୋତେ ଜେନିଟାଲ ହାର୍ପିଜ ଅଛି । କ’ଣ ଏହା ମୋ ଛୁଆ ଦେହରେ ମଧ୍ୟ ହେବ କି ?"

ଗର୍ଭାବସ୍ଥାରେ ହାର୍ପିଜ ହେବାର ଅର୍ଥ ହେଉଛି ଆପଣଙ୍କୁ ବହୁତ ସତର୍କତା ଅବଲମ୍ବନ କରିବାକୁ ହେବ । ହେଲେ ମଧ୍ୟ ଏହା ଖୁବ୍ ବିପଜ୍ଜନକ ନୁହଁ । ଯଦି ଆପଣ ଓ ଆପଣଙ୍କ ଡାକ୍ତର ସତର୍କତା ଅବଲମ୍ବନ କଲେ ଗର୍ଭାବସ୍ଥା ଓ ପ୍ରସବରେ କୌଣସି ପ୍ରକାର ଅସୁବିଧା ପରିଲକ୍ଷିତ ହେବନାହିଁ ଓ ଶିଶୁ ମଧ୍ୟ ସୁସ୍ଥ ରହିବ ।

ସର୍ବପ୍ରଥମ କଥା ହେଲା ନବଜାତ ଶିଶୁଠାରେ ଏଭଳି ସଂକ୍ରମଣର ସମ୍ଭାବନା ମାତ୍ର ୧% ହେଇଥାଏ । ଖୁବ୍ କମ୍ କ୍ଷେତ୍ରରେ ମା’ର ସଂକ୍ରମଣ ଯୋଗୁଁ ଶିଶୁଟି ରୋଗଗ୍ରସ୍ତ ହୋଇଥାଏ । ଅବଶ୍ୟ ପ୍ରଥମ ତିନିମାସ ମଧ୍ୟରେ ହୋଇଥିବା ସଂକ୍ରମଣ ଯୋଗୁଁ ମିସ୍‌କ୍ୟାରେଜ ଓ ପ୍ରିମେଚ୍ୟୁର ଡେଲିଭରୀର ଆଶଙ୍କା ବୃଦ୍ଧି ପାଇଥାଏ ।

ଅବଶ୍ୟ ଆଜିକାଲି ଶିଶୁମାନଙ୍କଠାରେ ଏଭଳି ଆଶଙ୍କା ଖୁବ୍ ନଗଣ୍ୟ କହିଲେ ଚଳେ । ଉତ୍ତମ ଚିକିତ୍ସା ବଳରେ ଆପଣ ଏହାକୁ ଦୂରେଇ ଦେଇପାରିବେ ।

ହାର୍ପିଜ ଗ୍ରସ୍ତ ମା’ ମାନଙ୍କୁ ଶିଶୁମାନଙ୍କ ସୁରକ୍ଷା ପାଇଁ ଏଣ୍ଟିଭାଇରାଲ ଔଷଧ ଦିଆଯାଇଥାଏ । ଯଦି ଶିଶୁ ମଧ୍ୟ ସଂକ୍ରମିତ ହେଇଥାଏ, ତେବେ ତାକୁ ମଧ୍ୟ ଏହି ଔଷଧ ଦିଆଯାଏ ।

ପ୍ରସବ ଉତ୍ତାରେ ମଧ୍ୟ ସଂକ୍ରମଣ ଅବ୍ୟାହତ ରହିଲେ, କେତେକ ସତର୍କତା ଅବଲମ୍ବନ ପୂର୍ବକ ମା’ ନିଜର ଶିଶୁକୁ ସ୍ତନ୍ୟପାନ କରେଇପାରିବେ ।

ଅନ୍ୟ ଏସ.ଟି.ଡି. ଓ ଗର୍ଭାବସ୍ଥା

ଏଥିରେ ଆଶ୍ଚର୍ଯ୍ୟ ହେବାର କିଛି ନାହିଁ, ଅଧିକାଂଶ ଏସଟିଡି ଗର୍ଭାବସ୍ଥାକୁ ପ୍ରଭାବିତ କରିପାରେ । ଅବଶ୍ୟ ଏହାକୁ ପ୍ରଥମେ ଅନୁଧ୍ୟାନ କରି ଚିକିତ୍ସା କରାଯାଇପାରେ । କିନ୍ତୁ ମହିଳାମାନେ ପ୍ରାୟ ଏହି ବିଷୟରେ ଜାଣିପାରନ୍ତି ନାହିଁ । ଏଣୁକରି ସବୁ ଗର୍ଭବତୀମାନଙ୍କର କ୍ଲାମାଇଡିଆ, ଗନେରିଆ, ଟ୍ରାଇକୋମୋନାଇସିସ, ହେପିଟାଇଟିସ- ବି, ଏଚ.ଆଇ.ଭି. ଆଉ ସିଫଲିସର ଯାଞ୍ଚ ହେବା ଆବଶ୍ୟକ ।

ମନେରଖନ୍ତୁ ଯେ ଏସଟିଡି ରୋଗ କୌଣସି ସମୁଦାୟ ବିଶେଷ ବା ଆର୍ଥିକ ଦୃଷ୍ଟିରୁ ନିମ୍ନସ୍ତରର ଲୋକଙ୍କୁ ହେଇନଥାଏ । ଏହା ପ୍ରତ୍ୟେକଙ୍କୁ ଅର୍ଥାତ୍ ଜାତି, ବର୍ଣ୍ଣ, ସଂପ୍ରଦାୟ, ଆୟ, ଆୟୁଷ, ଲିଂଗ, ପୁର, ପଲ୍ଲୀ ନିର୍ବିଶେଷରେ ଉଭୟ ସ୍ତ୍ରୀ ଓ ପୁରୁଷ ମଧ୍ୟରୁ ଯାହାକୁ ମଧ୍ୟ ହୋଇପାରେ । ନିମ୍ନରେ କେତେକ ଏସଟିଡି ରୋଗ ଦ୍ରଷ୍ଟବ୍ୟ ।

ଗନେରିଆ: ଗନେରିଆକୁ ଅନେକ ସମୟ ପୂର୍ବରୁ ଭ୍ରୁଣର କଞ୍ଜାକ୍ଟିଭିଆଇଟସ୍ ଅନ୍ଧତ୍ୱ ଓ ଭୟଙ୍କର ସଂକ୍ରମଣର କାରକ ବୋଲି ବିବେଚିତ କରାଯାଉଥିଲା; ଯାହାକି ସଂକ୍ରମିତ ଗର୍ଭ ଯୋଗୁଁ ଅନ୍ୟକୁ ହେଇଥାଏ । ଏହି କାରଣରୁ ପ୍ରଥମ ସଂସର୍ଗରେ ଗର୍ଭବତୀ ମହିଳାମାନଙ୍କର ପରୀକ୍ଷା କରାଯାଇଥାଏ । ଯଦି କୌଣସି ମହିଳାକୁ ଏହି ରୋଗର ଆଶଙ୍କା ଥାଏ, ତେବେ ଗର୍ଭାବସ୍ଥାରେ ବା ପରେ ମଧ୍ୟ ଏହାର ପରୀକ୍ଷା କରାଯାଇପାରେ । ଯଦି ଗନେରିଆ ରୋଗର ସଂକ୍ରମଣ ଲକ୍ଷ୍ୟ କରାଯାଏ, ତେବେ ଏଣ୍ଟିବାୟୋଟିକ୍ସ ସହାୟତାରେ ଚିକିତ୍ସା କରିବାକୁ ଚେଷ୍ଟା କରାଯାଇଥାଏ । ଏହାପରେ ଆଉ ଏକ ସଂସ୍କାର କରାଯାଏ ଯଦ୍ୱାରା ଉକ୍ତ ସ୍ତ୍ରୀ ସଂକ୍ରମଣରୁ ସମ୍ପୂର୍ଣ୍ଣ ଭାବରେ ସୁରକ୍ଷିତ ହେଇପାରିବେ । ବିଶେଷ ସତର୍କତା ମଧ୍ୟରେ ନବଜାତ ଶିଶୁର ଆଖିରେ ଏଣ୍ଟିବାୟୋଟିକ୍ ପକାଯାଇଥାଏ । ଏ ପ୍ରକାର ଚିକିତ୍ସା ଅନ୍ୟୂନ ଘଣ୍ଟାକ ପରେ ହୁଏ ।

ସିଫଲିସ: ଯେହେତୁ ଏହି ରୋଗ ଯୋଗୁଁ ଜନ୍ମଜାତ ବିକଳାଙ୍ଗ ହେବାର ଆଶଙ୍କା ଥାଏ, ଏଣୁକରି ସର୍ବପ୍ରଥମେ ଏହାର ପରୀକ୍ଷା ପାଇଁ ବ୍ୟବସ୍ଥା କରାଯାଇଥାଏ । ଯଦି ସଂକ୍ରମିତ ମହିଳାକୁ ଚତୁର୍ଥ ମାସ ପୂର୍ବରୁ ହିଁ ଏଣ୍ଟିବାୟୋଟିକ୍ ଦିଆଯାଏ, ତେବେ ଭ୍ରୁଣଟିକୁ ନଷ୍ଟ ହେବାରୁ ରକ୍ଷା କରାଯାଇପାରେ, କାହିଁକିନା ଠିକ୍ ଏହି ସମୟ ମଧ୍ୟରେ ସଂକ୍ରମଣଟା ଭ୍ରୁଣ ପର୍ଯ୍ୟନ୍ତ ପହଞ୍ଚିଥାଏ । ଏକ ସୁସମ୍ବାଦ ହେଲା- ବିଗତ କେତେ ବର୍ଷ ମଧ୍ୟରେ ମା'ଠାରୁ ଶିଶୁକୁ ହେଉଥିବା ସଂକ୍ରମଣର ସଂଖ୍ୟା ହ୍ରାସ ପାଇଛି ।

କ୍ଲାମାଇଡିଆ: ୨୬ ବର୍ଷରୁ କମ୍ ବୟସର ମହିଳା ମାନଙ୍କଠାରେ ସିଫଲିସ ଓ ଗନେରିଆ ତୁଳନାରେ କ୍ଲାମାଇଡିଆ ରୋଗର ମାମଲା ବେଶି ଦୃଷ୍ଟିଗୋଚର ହୋଇଥାଏ । ଯଦି ଏହି ସଂକ୍ରମଣ ଶିଶୁ ଭ୍ରୁଣ ପର୍ଯ୍ୟନ୍ତ ପହଞ୍ଚିଯାଏ, ତେବେ ଉଭୟ ମା' ଓ ଶିଶୁ ପାଇଁ ଏହା ବିପଜ୍ଜନକ ହେଇଥାଏ । ଯଦି ଆପଣଙ୍କର ଏକାଧିକ ଅନ୍ୟ ସମ୍ଭୋଗକାରୀ ଥାନ୍ତି, ତେବେ ସ୍କ୍ରିନିଂ କରିବା ଅତ୍ୟାବଶ୍ୟକ ହୋଇଥାଏ; କାହିଁକିନି ଏଭଳି ମାମଲାରେ ସଂକ୍ରମଣ ହେବାର ଆଶଙ୍କା ବୃଦ୍ଧି ପାଇଥାଏ । ଅଧାରୁ ଅଧିକ ମହିଳାମାନେ ଉକ୍ତ ସଂକ୍ରମଣକୁ ଚିହ୍ନି ପାରନ୍ତିନି ବା ଲକ୍ଷଣକୁ ଜାଣିପାରନ୍ତି ନାହିଁ । ଏଣୁ ପରୀକ୍ଷା ନକଲେ ଏହାର ଚିକିତ୍ସା ସମ୍ଭବପର ହେଇନଥାଏ ।

ଗର୍ଭାବସ୍ଥା ପୂର୍ବରୁ ବା ଇତିମଧ୍ୟରେ କ୍ଲାମାଇଡିଆ ରୋଗର ଭଲ ଭାବରେ ଚିକିତ୍ସା କରାଗଲେ ଅନେକାଂଶରେ ଏହାର ସଂକ୍ରମଣ (ନିମୋନିଆ, ଆରାଧରା)ରୁ ରକ୍ଷା ପାଇହୁଏ । ଅବଶ୍ୟ ଗର୍ଭଧାରଣ ପୂର୍ବରୁ ଏହାର ଚିକିତ୍ସା ହେଇଯିବା ବାଞ୍ଛନୀୟ ଯଦ୍ୱାରା ମା'ର ସଂକ୍ରମଣ ଶିଶୁ ପାଖକୁ ନଆସୁ / ଜନ୍ମ ପରେ ନିୟମିତ ଭାବରେ ନବଜାତ ଶିଶୁକୁ ଯେଉଁ ଆଣ୍ଟି ବାୟୋଟିକ୍ ଦେଇ ଚିକିତ୍ସା କରାଯାଉଥିଲା, ଏହା ତାକୁ କ୍ଲାମାଇଡିଆ ଓ ଗନେରିଆ ଭଳି ରୋଗର ସଂକ୍ରମଣରୁ ରକ୍ଷା କରିଥାଏ ।

ଟ୍ରାଇକୋମୋନାଇସିସ: ଏହି ରୋଗର ସବୁଠୁ ବଡ଼ ଲକ୍ଷଣ ହେଲା ଯୋନିରୁ ନିର୍ଗତ ସବୁଜ ରଂଗର ଦୁର୍ଗନ୍ଧ ଯୁକ୍ତ ସ୍ରାବ । ଅର୍ଦ୍ଧାଧିକ ରୋଗଗ୍ରସ୍ତ ମହିଳାମାନଙ୍କୁ ଏହାର ଲକ୍ଷଣ ଜଣାପଡ଼ିନଥାଏ । ଅବଶ୍ୟ ଏହି ରୋଗ ଯୋଗୁଁ କୌଣସି ପ୍ରକାର ବିଶେଷ ଅସୁବିଧା ହୁଏନାହିଁ, ହେଲେ ଏହାର ଲକ୍ଷଣ ଉଦ୍‌ବେଗ ସୃଷ୍ଟି କରିଥାଏ । ଗର୍ଭାବସ୍ଥାରେ ସେହି ମହିଳାମାନଙ୍କର ଚିକିତ୍ସା କରାଯାଇଥାଏ, ଯେଉଁମାନଙ୍କ ଲକ୍ଷଣ ସ୍ପଷ୍ଟ ଦୃଷ୍ଟିଗୋଚର ହୋଇଥାଏ ।

ଏଚଆଇଭି (ହ୍ୟୁମେନ ଇମ୍ୟୁନୋଡେଫିସିଏନ୍ସି ଭାଇରସ) ସଂକ୍ରମଣ: ଆବଶ୍ୟ ସମସ୍ତ ମହିଳାମାନଙ୍କ ଗର୍ଭାବସ୍ଥା ଆରମ୍ଭରୁ ହିଁ ଏଚଆଇଭି ସଂକ୍ରମଣର ପରୀକ୍ଷା ହେବା ଆବଶ୍ୟକ । ହୁଏତ ଏଭଳି ତାଙ୍କର କିଛି ବିଗତ ଇତିହାସ ଥାଉ ବା ନଥାଉ । ଏହାରି ଯୋଗୁଁ ଏଡ୍‌ସ ହେଇଥାଏ; ଯାହା କେବଳ ମା' ପାଇଁ ନୁହଁ ବରଂ ଶିଶୁ ପାଇଁ ମଧ୍ୟ ଖୁବ୍ କ୍ଷତିକାରକ ଅଟେ । ଚିକିତ୍ସା ଅଭାବରେ ମା' ଯଦି ଶିଶୁଙ୍କୁ ଜନ୍ମ ଦିଏ, ତେବେ ପ୍ରାୟ ୨୫% ଶିଶୁ ମାନଭ୍‌କଠାରେ ଏହି ସଂକ୍ରମଣ ସୃଷ୍ଟି (ବିକଶିତ) ହୋଇଥାଏ । (ଜୀବନରେ ପ୍ରଥମ ୬ ମାସ ମଧ୍ୟରେ ରୋଗ ଦେଖାଦିଏ) ଅବଶ୍ୟ ଏହାର ଚିକିତ୍ସାକୁ ନେଇ ଅନେକ ସଚେତନତା ସୃଷ୍ଟି ହେଇସାରିଛି । ହେଲେ ଯେଉଁ ମହିଳାମାନଙ୍କର ରିପୋର୍ଟ ପଜିଟିଭ ହେଇଥାଏ, ସେମାନେ ଆଉଥରେ ପରୀକ୍ଷା କରେଇବା ଦରକାର । ଅନେକ ସମୟରେ ଭାଇରସ ନଥିବା ସତ୍ତ୍ୱେ ମଧ୍ୟ ଫଳାଫଳ ପଜିଟିଭ ଆସିଯାଇଥାଏ । ଯଦି ଦ୍ୱିତୀୟଥର ପଜିଟିଭ ହୁଏ, ତେବେ ମା'ଙ୍କୁ ଏର୍ଟୀୟରଟ୍ରେ ଭାଏରାଲ ଔଷଧ ଦେଲେ ଶିଶୁଙ୍କୁ ସଂକ୍ରମଣ ହେବାର ଆଶଙ୍କା କମିଯାଇଥାଏ । ମନେକର ସି-ସେକ୍ସନ ସହାୟତାରେ ପସବ କରାଯାଏ,ତେବେ ମଧ୍ୟ ସଂକ୍ରମଣର ଆଶଙ୍କା ହ୍ରାସ ପାଇଥାଏ ।

ମନେକର ଆପଣଙ୍କୁ ଏଭଳି କିଛି ଏସଟିଡି ରୋଗ ହେବାର ଆଶଙ୍କା ଥାଏ ତେବେ ଡାକ୍ତରଙ୍କୁ କହି ପରୀକ୍ଷା କରାନ୍ତୁ ଓ ପଜିଟିଭ ହେଲେ ସମ୍ପୂର୍ଣ୍ଣ ଚିକିତ୍ସା କରାନ୍ତୁ । ଏହା ଉଭୟ ମା' ଓ ଶିଶୁ ପାଇଁ ସୁରକ୍ଷିତ ଓ ହିତକର ହେବ ।

ପ୍ରସବ ସମ୍ପର୍କିତ ପୂର୍ବ ତଥ୍ୟାବଳୀ

ଭିଟ୍ରୋ ଫର୍ଟିଲାଇଜେସନ୍

"ମୁଁ ଭିଟ୍ରୋ ର୍ଟିଲାଇଜେସନ ମାଧ୍ୟମରେ ଗର୍ଭଧାରଣ କଲି । ମୋର ଗର୍ଭାବସ୍ଥା କେତେ ଭିନ୍ନ ହେବ?"

ଅନେକ ଅନେକ ଶୁଭେଚ୍ଛା ! ହେଲେ ଯଦି ଆପଣ ପରୀକ୍ଷାଗାରରେ ଗର୍ଭଧାରଣ କରିଛନ୍ତି, ତେବେ ଏହାର ଅର୍ଥ ନୁହଁ ଯେ ଏହି ଗର୍ଭାବସ୍ଥାରେ କୌଣସି ଅସୁବିଧା ସୃଷ୍ଟି ହେବନାହିଁ । ଆଇଭିଏଫ୍ ଗର୍ଭାବସ୍ଥାର ପ୍ରଥମ ୬ ସପ୍ତାହ ଅଳ୍ପ ଭିନ୍ନ ହେଇଥାଏ । ଆପଣ କିଛି ସଠିକ୍ ଜାଣିପାରନ୍ତି ନାହିଁ । ଯଦି ପ୍ରଥମେ ଆପଣଭ୍‌କର ଗର୍ଭ ନଷ୍ଟ (ମିସ୍ କ୍ୟାରେଜ) ହେଇଥାଏ ତେବେ ଇଣ୍ଟରକୋର୍ସ (ସହବାସ) ଓ ଅନ୍ୟାନ୍ୟ ଶାରୀରିକ ଗତିବିଧି ପାଇଁ ବାରଣ କରାଯାଇଥାଏ । ତତ୍‌ସଂଗେ ସଂଗେ ଗର୍ଭାବସ୍ଥାର ପ୍ରଥମ ଦୁଇମାସ ପ୍ରୋଜେଷ୍ଟରନ୍ ମଧ୍ୟ ଦିଆଯାଇପାରେ । ଥରେ ଯଦି ଏହି ସମୟ ଅତିବାହିତ ହେଇଯାଏ, ତେବେ ଆପଣଙ୍କୁ ବିଶ୍ୱାସ ହେଇଯିବ ଯେ ଆପଣଙ୍କର ଗର୍ଭାବସ୍ଥା ମଧ୍ୟ ସାଧାରଣ ହେବ କିନ୍ତୁ ସର୍ତ୍ତ ହେଲା ଏକାଧିକ ଭ୍ରୁଣ ଆପଣ ଧାରଣ କରିନଥିବେ । ୩୦%ରୁ ଅଧିକ ଆଇଭିଏଫ ମାନ'ମାନଙ୍କ କ୍ଷେତ୍ରରେ ଏପରି ହେଇଥାଏ । ଏହି ବହିର ଆଗାମୀ ଅଧ୍ୟାୟ ମାନଙ୍କରେ ଏ ସମ୍ପର୍କୀତ ଅଧିତ ତଥ୍ୟାବଳୀ ବିସ୍ତୃତ ଭାବରେ ବର୍ଣ୍ଣିତ ।

ଦ୍ୱିତୀୟ ଗର୍ଭାବସ୍ଥା

"ଏହା ମୋର ଦ୍ୱିତୀୟ ଗର୍ଭ । ଏହା ପୂର୍ବାପେକ୍ଷା କେତେ ଭିନ୍ନ ହେଇପାରେ?"

ଯେକୌଣସି ଦୁଇଟି ଗର୍ଭକାଳ ସର୍ବଦା ଏକା ପରି ହେଇନଥାଏ । ଆମେ ଏକଥା ମଧ୍ୟ କହିପାରିବାନି ଯେ, ଗର୍ଭାବସ୍ଥାର ନ' ମାସ ମୂଳରୁ ଶେଷ ଯାଏ କେତେ ଓ କିପରି ପୃଥକ୍ ହେବ । ଅବଶ୍ୟ କେତେକ ସାଧାରଣ କଥାକୁ ଆଲୋଚନା କରାଯାଇପାରେ ହେଲେ ଏହା ମଧ୍ୟ ସତ ହେଇନଥାଏ ।

■ ପୂର୍ବାପେକ୍ଷା ଏଥର ଆପଣଙ୍କୁ ଗର୍ଭାବସ୍ଥାର ଆଭାସ ଶୀଘ୍ର ହେଇଯିବ । ସାଧାରଣତଃ ଦ୍ୱିତୀୟ ଥର ଗର୍ଭାବସ୍ଥାର ଲକ୍ଷଣ ଚିହ୍ନିବା ଖୁବ୍ ସହଜ ହେଇଥାଏ । ଅବଶ୍ୟ ସେସବୁ ଆଗ ଠାରୁ କିଛି କମିଯାଇଥିବ । ଯଥା ସକାଳୁ ସକାଳୁ ବେଶି ବାନ୍ତି ଲାଗିବ ନାହିଁ କି ପାଚନ କ୍ରିୟାରେ କୌଣସି ଅସୁବିଧା ହେବନାହିଁ । ବେଶି କ୍ଲାନ୍ତି ଅନୁଭୂତ ହେବ କାରଣ ଆଗ ଅପେକ୍ଷା ଖୁବ୍ କମ୍ ସମୟ ବିଶ୍ରାମ କରିପାରିବେ ।

ଖାଦ୍ୟ ପ୍ରତି ଅନାଗ୍ରହ ବା କୌଣସି ବିଶେଷ ଖାଦ୍ୟ ପାଇଁ ଲାଳସା ଭଳି ଲକ୍ଷଣ ଦ୍ୱିତୀୟ ବା ପରବର୍ତ୍ତୀ ଗର୍ଭାବସ୍ଥା ମାନଙ୍କରେ ଖୁବ୍ କମ୍ ଦୃଶ୍ୟମାନ ହେଇଥାଏ । ବକ୍ଷୋଜରେ ବେଶି କିଛି ପରିବର୍ତ୍ତନ ଆସେନାହିଁ । ଚିନ୍ତା ଓ ସମ୍ବେଦନଶୀଳତା ଆଗଭଳି ହୁଏନାହିଁ । ଆଉ ପ୍ରସବ ସମୟରେ ବେଶି କଷ୍ଟ ବା ଯନ୍ତ୍ରଣା ମଧ୍ୟ ହୁଏନାହିଁ ।

■ ଆପଣ ଶୀଘ୍ର ଗର୍ଭବତୀ ବୋଲି ଦେଖାଯିବେ, ଅର୍ଥାତ୍ ପେଟଟା ସ୍ପଷ୍ଟ ଦୃଶ୍ୟମାନ ହେବ । ଆପଣ ନିଜେ ଏକଥା ଅନୁଭବ କରିବେ ଯେ ଆଗ ଅପେକ୍ଷା ଏହା ଟିକେ ଭିନ୍ନ ମନେହେବ । ପେଟଟା ବଡ଼ ହେବାରୁ ଛୁଆ ମଧ୍ୟ ବଡ଼ ହେଇପାରେ । ପେଟ ଓ ପିଠି ବ୍ୟଥା ସାଂଗକୁ ଅନ୍ୟାନ୍ୟ ଯନ୍ତ୍ରଣା ମଧ୍ୟ ପୂର୍ବାପେକ୍ଷା କମ୍ ଜଣାପଡ଼ିବ ।

■ ଶିଶୁର ସଂଚରଣ ଆଗଠାରୁ ଭଲ ଶୁଣିହେବ । ଏହା ମାଂସପେଶୀର ପ୍ରସାରଣ ଯୋଗୁଁ ଏପରି ହେବ । ଖୁବ୍ ସହଜରେ ଏହାକୁ ଅନୁଭବ କରିପାରିବେ । ପ୍ରଥମ ଗର୍ଭରେ ହୁଏତ ଏହା ସ୍ପଷ୍ଟ ଅନୁମେୟ ହେଇନଥାଏ । ଏଥର କିନ୍ତୁ ହେବ ।

■ ଆଗ ଭଳି ଉଦ୍‌ବେଗ ମଧ୍ୟ ପ୍ରକାଶ ପାଇବ ନାହିଁ । ଅବଶ୍ୟ ମନେ ମନେ ରୋମାଞ୍ଚ ସୃଷ୍ଟି ହେବ ହେଲେ ସଭିଙ୍କୁ ଶୁଭସମ୍ବାଦ ଜଣେଇବା ପାଇଁ ଆଗ୍ରହ ଜନ୍ମିବ ନାହିଁ । ଏହା ଏକ ସାଧାରଣ ପ୍ରକ୍ରିୟା । ଏତଦ୍ୱାରା ଦ୍ୱିତୀୟ ସନ୍ତାନକୁ ସ୍ନେହ କରିବାରେ ଊଣା ହେବନାହିଁ । ମନେରଖନ୍ତୁ ଯେ ବର୍ତ୍ତମାନ ଆପଣ ପ୍ରଥମ ଶିଶୁ ସହ ମଧ୍ୟ ଅଙ୍ଗାଅଙ୍ଗି ଭାବରେ ଜଡ଼ିତ ।

■ ଏଥର ପ୍ରସବ, ପୂର୍ବ ଅପେକ୍ଷା ସହଜରେ ହେଇଯିବ । ପ୍ରଥମ ଶିଶୁର ଜନ୍ମ ସମୟରେ ସେସବୁ ମାଂସପେଶୀଗୁଡ଼ିକ ଢ଼ିଲା ହେଇଯାଇଥିବ; ଏଣୁକରି ଦ୍ୱିତୀୟ ଶିଶୁର ଜନ୍ମରେ ବେଶି ସମୟ ମଧ୍ୟ ଲାଗିବ ନାହିଁ । ପ୍ରସବ ବେଦନା ଓ ପ୍ରସବର ପ୍ରତ୍ୟେକ ସୋପାନ ଅପେକ୍ଷାକୃତ କ୍ଷୁଦ୍ର ହେବ ଓ ଶିଶୁକୁ ଗର୍ଭରୁ ପଦାକୁ ଠେଲିବାରେ ମଧ୍ୟ ବେଶି ସମୟ ଲାଗିବ ନାହିଁ ।

ଖୁବ୍ ସତର୍କତାର ସହିତ ଆପଣ ପ୍ରଥମ ଛୁଆକୁ ଦ୍ୱିତୀୟ ଶିଶୁର ଆଗମନି ବାର୍ତ୍ତା ଦେବାକୁ ହେବ । ଏଥିପାଇଁ ଆପଣ ବୁଝିବିଚାରି ଯଥୋଚିତ ଶବ୍ଦ ପ୍ରୟୋଗ କରିବେ ଯଦ୍ୱାରା ଶିଶୁ ମଧ୍ୟ ନିଜ ଭାଇ ଭଉଣୀକୁ ସ୍ୱାଗତ କରିବା ସକାଶେ ମାନସିକ ରୂପରେ ପ୍ରସ୍ତୁତ ହେଇପାରିବ ।

"ମୋର ପ୍ରଥମ ଶିଶୁ ସୁସ୍ଥ ଥିଲା । ବର୍ତ୍ତମାନ ମୁଁ ପୁଣି ଥରେ ଗର୍ଭବତୀ ହେଇଛି । ଏଥର ମଧ୍ୟ କ'ଣ ମୋର ଶିଶୁ ସୁସ୍ଥ ଜନ୍ମ ହେବ ?"

ହଁ, ନିଶ୍ଚୟ ! ଏଥର ମଧ୍ୟ ଆପଣଙ୍କ ଶିଶୁ ଦେଖିବେ ସୁନାପିଲା ହେଇ ଜନ୍ମ ହେବ । ସବୁଠୁ ଭଲ କଥା ହେଲା ଏଥର ଆଗ ଅପେକ୍ଷା କମ୍ ବିପଦର ଆଶଙ୍କା ଥିବ ଓ ଡାକ୍ତରୀ ଚିକିତ୍ସା, ଯତ୍ନ, ଖାଦ୍ୟପେୟ, ବ୍ୟାୟାମ... ଇତ୍ୟାଦି ବଳରେ ସୁସ୍ଥ ଶିଶୁକୁ ଜନ୍ମ ଦେଇପାରିବେ ।

ପ୍ରସବ ସମ୍ପର୍କିତ ଇତିହାସର ପୁନରାବୃତ୍ତି

"ମୋର ପ୍ରଥମ ପ୍ରସବ ବେଶ୍ ଆରାମଦାୟକ ନଥିଲା । ମୁଁ ସବୁତକ ଦୁଃଖକଷ୍ଟ ଭୋଗିଛି । କ'ଣ ଏଥର ମଧ୍ୟ ସେସବୁ ମୋତେ ଭୋଗିବାକୁ ପଡ଼ିବ କି ?"

ଅବଶ୍ୟ ପ୍ରଥମ ପ୍ରସବରୁ ହିଁ ଆଗାମୀ ପ୍ରସବର ପୂର୍ବାଭାସ ପାଇହେଇଯାଏ । ଏଣୁକରି ହୁଏତ ଆପଣଙ୍କୁ ଆଗଭଳି ଦୁଃଖକଷ୍ଟ ସହ୍ୟ କରିବାକୁ ପଡ଼ିପାରେ । ହେଲେ କେତେକ ପରିବର୍ତ୍ତନ ମଧ୍ୟ ଦେଖାଦେଇପାରେ କାହିଁକିନା ସବୁତକ ଗର୍ଭ ଏକାଭଳି

ହୋଇନଥାଏ । ଯଥା: ପ୍ରଥମ ଗର୍ଭରେ ବାନ୍ତି ହେବା, ଖାଦ୍ୟ ପ୍ରତି ଅନାଗ୍ରହ ପ୍ରକାଶ ବର୍ତ୍ତମାନ କିଛି ମାତ୍ରାରେ କମିଯାଇପାରେ । ଆପଣଙ୍କ ଜେନେଟିକ ଅନୁଭୂତି ବଳରେ ମଧ୍ୟ ଏକଥା ଅନୁମାନ କରିହେବ ଯେ ଏହି ଗର୍ଭ କେତେ ଆରାମଦାୟକ ବା କଷ୍ଟପ୍ରଦ ହେବ ।

ଏଥିରେ ଅନେକ କାରଣ ଏମିତି ଅଛି, ଯାହାକୁ ଆପଣ ନିଜେ ଆୟତ୍ତାଧୀନ କରିପାରିବେ । ସେଗୁଡ଼ିକ ହେଲା:

ସାଧାରଣ ସ୍ୱାସ୍ଥ୍ୟ: ଯଦି ଆପଣ ସମ୍ପୂର୍ଣ୍ଣ ଭାବରେ ସୁସ୍ଥ ଥାନ୍ତି, ତେବେ ଗର୍ଭାବସ୍ଥା ବେଶ୍ ଆରାମଦାୟକ ହୋଇପାରିବ । ଏଣୁକରି ନିଜର ସ୍ୱାସ୍ଥ୍ୟ ପ୍ରତି ବିଶେଷ ଦୃଷ୍ଟି ଦିଅନ୍ତୁ ।

ଓଜନ: ଯଦି ଆପଣ ଡାକ୍ତରଙ୍କ ପରାମର୍ଶ ଅନୁସାରେ ଆସ୍ତେ ଆସ୍ତେ ଓଜନ ବଢେଇବେ ବା ଅଯଥା ଓଜନ କମେଇବେ ତା'ହେଲେ ଭେରିକୋଜ ଭେନ୍ସ, ଷ୍ଟ୍ରେଚ୍‌ମାର୍କ, ପେଟବ୍ୟଥା, କ୍ଲାନ୍ତି, ଖାଦ୍ୟ ହଜମ ନହେବା ଓ ଶ୍ୱାସକ୍ରିୟାରେ କଷ୍ଟ ଭଳି ଅସୁବିଧାରୁ ମୁକ୍ତି ପାଇପାରିବେ ।

ଖାଦ୍ୟ: ଗର୍ଭବତୀ ସ୍ତ୍ରୀ ଯେତେ ଭଲ ସୁଷମ ଖାଦ୍ୟ ଗ୍ରହଣ କରିବେ, ସେତେ ଭଲ ସୁସ୍ଥ ଶିଶୁଟିକୁ ଜନ୍ମହେବାର ସମ୍ଭାବନା ବୃଦ୍ଧି ପାଇବ। ତତ୍‌ସଙ୍ଗେ ସଙ୍ଗେ ଗର୍ଭ ମଧ୍ୟ ଆରାମଦାୟକ ହୋଇପାରିବ । ଏତଦ୍ୱାରା କେବଳ ବାନ୍ତି ଓ ଅନାଗ୍ରହରୁ ମୁକ୍ତି ମିଳିବନି ବରଂ କ୍ଲାନ୍ତି, କୋଷ୍ଠକାଠିନ୍ୟ, ଯୋନି ସଂକ୍ରମଣ, ଏନିମିଆ ଓ ମୁଣ୍ଡବ୍ୟଥାରୁ ମଧ୍ୟ ଆରାମ ମିଳିବ । ହୁଏତ ଗର୍ଭକାଳ ମଧ୍ୟରେ କୌଣସି ଅସୁବିଧାର ସମ୍ମୁଖୀନ ହେଲେ ମଧ୍ୟ ସୁସ୍ଥ ଶିଶୁଟିଏ ଜନ୍ମହେବାର ଆଶା ବଜାୟ ରହିଥାଏ ।

ସୁସ୍ଥ (ଫିଟନେସ): ଆପଣ ସମ୍ପୂର୍ଣ୍ଣ ସୁସ୍ଥ ରହିବାକୁ ଚାହୁଁଥିଲେ ନିଜର ଫିଟନେସ ପ୍ରତି ମଧ୍ୟ ଦୃଷ୍ଟିଦେବାକୁ ହେବ । ଦ୍ୱିତୀୟ ତଥା ପରବର୍ତ୍ତୀ ଗର୍ଭମାନଙ୍କରେ ବ୍ୟାୟାମ ଖୁବ୍ ଗୁରୁତ୍ୱପୂର୍ଣ୍ଣ ଭୂମିକା ଗ୍ରହଣ କରିଥାଏ । କାହିଁକିନା ଏତଦ୍ୱାରା ତଳିପେଟର ମାଂସପେଶୀଗୁଡ଼ିକ ସଂପ୍ରସାରିତ ହୋଇଥାଏ । ଅନେକ ପ୍ରକାରର ଯନ୍ତ୍ରଣା ତଥା ବିଶେଷକରି ପିଠିବ୍ୟଥାରେ ଆରାମ ମିଳିଥାଏ ।

ଜୀବନଶୈଳୀରେ ପରିବର୍ତ୍ତନ: ବ୍ୟସ୍ତତମ ଜୀବନଶୈଳୀ ମଧ୍ୟରେ ଆପଣଙ୍କୁ ଗର୍ଭାବସ୍ଥାର କଷ୍ଟପ୍ରଦ ଲକ୍ଷଣର ସମ୍ମୁଖୀନ ହେବାକୁ ପଡ଼ିବ । ଯଥା: ବାନ୍ତି, କ୍ଲାନ୍ତି, ମୁଣ୍ଡବ୍ୟଥା, ଇତ୍ୟାଦି । କାମ ଅଧିକା ହେଲେ ଅନ୍ୟର ସାହାଯ୍ୟ ଲୋଡନ୍ତୁ । ଚାପ ଭାର ବଢ଼ିଗଲେ କାମ ଛାଡ଼ିଦିଅନ୍ତୁ କିମ୍ବା ଯୋଗ ବା ବିଶ୍ରାମ କରି ଚିନ୍ତାମୁକ୍ତ ହେବାକୁ ଚେଷ୍ଟା କରନ୍ତୁ । ଏତଦ୍ୱାରା ପୂର୍ବାପେକ୍ଷା ସ୍ଫୁର୍ତ୍ତି ପାଇପାରିବେ ।

ଅନ୍ୟାନ୍ୟ ଛୁଆ: ଅନେକ ଗର୍ଭବତୀ ମହିଳାମାନେ ଘରେ ଅନ୍ୟାନ୍ୟ ଛୁଆମାନଙ୍କ ସାଙ୍ଗରେ ଏତେ ବ୍ୟସ୍ତ ରହନ୍ତି ଯେ, ନିଜ ଗର୍ଭାବସ୍ଥା ଜନିତ କଷ୍ଟକୁ ମଧ୍ୟ ଭୃକ୍ଷେପ କରନ୍ତି ନାହିଁ । ଅନେକ ମହିଳାମାନେ ବ୍ୟସ୍ତତା ମଧ୍ୟରେ ଅନେକ ଅସୁବିଧାର ସମ୍ମୁଖୀନ ହୁଅନ୍ତି । ଯଥା: ଛୁଆଙ୍କୁ ପ୍ରସ୍ତୁତ କରି ସ୍କୁଲ ପଠେଇବା, ରନ୍ଧାବଢ଼ା, ଅନ୍ୟାନ୍ୟ ଘରକାମ ଇତ୍ୟାଦି । ଏଭଳି ଚାପ ଯୋଗୁଁ ବାନ୍ତି, କ୍ଲାନ୍ତିର ସମସ୍ୟା ବୃଦ୍ଧି ପାଇଥାଏ । ପେଟ ଓ ପିଠି ବ୍ୟଥା ଲାଗି ରହିଥାଏ । ଠିକ୍ ସମୟରେ ଝାଡା ନ ଫେରିବାରୁ କୋଷ୍ଠକାଠିନ୍ୟ ଦେଖାଦିଏ । ଛୁଆମାନଙ୍କ ଥଣ୍ଡା-କାଶ ରୋଗ ଯୋଗୁଁ ନିଜେ ମଧ୍ୟ ସଂକ୍ରମିତ ହୋଇଥାନ୍ତି ।

କହିବାର ତାତ୍ପର୍ଯ୍ୟ ନୁହଁ ଯେ ଗର୍ଭବତୀ ହୋଇଛନ୍ତି ବୋଲି ବଡ଼ ବଡ଼ ଛୁଆଙ୍କ ଯତ୍ନ ନେବେନାହିଁ (କିମ୍ବା ପୂର୍ବ ଗର୍ଭାବସ୍ଥା ଭଳି ସେବା ଯତ୍ନ ଓ ସୁବିଧା ସୁଯୋଗ ଏଥର ହୁଏତ ମିଳିନପାରେ ବା କମିଯାଇପାରେ(ହେଲେ ମଧ୍ୟ ନିଜର ଯତ୍ନ ନେବା ମଧ୍ୟ ଯଥେଷ୍ଟ ହେବ । ନିଜର ଖାଦ୍ୟପେୟ ପ୍ରତି ଦୃଷ୍ଟି ଦିଅନ୍ତୁ । ବେଶି ବିପଜ୍ଜନକ କାର୍ଯ୍ୟ କରନ୍ତୁ ନାହିଁ, ନହେଲେ କଷ୍ଟ ସାଂଗକୁ ଅନେକ ଅସୁବିଧା ହୋଇପାରେ ।

"ମୁଁ ପ୍ରଥମ ଗର୍ଭ ବେଳେ ଅନେକ ବିଷମ ପରିସ୍ଥିତି ଦେଇ ଗତି କରିଥିଲି । ହେଲେ କ'ଣ ଏଥର ମଧ୍ୟ ଏପରି ହେବ?"

ପ୍ରଥମ ଥର ଏପରି ହେଲା ବୋଲି ବାରମ୍ବାର ଏପରି ହେବା ଜରୁରୀ ନୁହଁ ହେଲେ ମଧ୍ୟ କେତେକ ଅସୁବିଧା ହୁଏତ ପୁଣି ଥରେ ଦୃଷ୍ଟିଗୋଚର ହୋଇପାରେ । ତଥାପି ସମସ୍ତଙ୍କ ପାଇଁ ଏପରି ହୁଏନାହିଁ । କେତେକ ଅସୁବିଧା ମାତ୍ର ଥରେ ଦେଖାଦେଇଥାଏ । ଯଥା କୌଣସି ପ୍ରକାର ସଂକ୍ରମଣ ବା କିଛି ଦୁର୍ଘଟଣା ମଧ୍ୟ ହେଇପାରେ । ଜୀବନଶୈଳୀରେ ପରିବର୍ତ୍ତନ କରାଗଲେ ଏସବୁ ଆଉ ହୁଏନାହିଁ । ଯଥା: ଧୂମପାନ, ମଦ, ନିଶାଦ୍ରବ୍ୟ ବା ପାରିପାର୍ଶ୍ୱିକ ଅନ୍ୟ ଅସୁବିଧା । ହୁଏତ ଗତଥର ଯେଉଁସବୁ ପଦକ୍ଷେପ ଓ ଡାକ୍ତରୀ ଚିକିତ୍ସା ନେଇପାରି ନଥିଲେ ତାହା ଏଥର ନେଲେ ଆଶଙ୍କାର ପ୍ରଶ୍ନ ଉଠିବ ନାହିଁ । କୌଣସି କ୍ରନିକ ରୋଗ ଯୋଗୁଁ ଅସୁବିଧା ସୃଷ୍ଟି ହେଇଥିଲେ, ବର୍ତ୍ତମାନ ଗର୍ଭଧାରଣ ପୂର୍ବରୁ ତାର ଅର୍ଥାତ୍ ମଧୁମେହ ବା ଉଚ୍ଚରକ୍ତଚାପର ଚିକିତ୍ସା କରିନେବା ଉଚିତ । ଯେକୌଣସି କାରଣ ଥାଉ ନା କାହିଁକି ଉଚିତ ସେବା ଯତ୍ନ ଓ ସତର୍କତା ଅବଲମ୍ବନ କରାଗଲେ ସୁସ୍ଥ ଶିଶୁକୁ ଜନ୍ମ ଦେବାର ଗ୍ୟାରେଣ୍ଟି ଦିଆଯାଇପାରେ ।

ଖୁବ୍‌ଶୀଘ୍ର ଦ୍ୱିତୀୟ ଗର୍ଭାବସ୍ଥା:

"ମୁଁ ପ୍ରଥମ ଶିଶୁକୁ ଜନ୍ମ ଦେବାର ୧୦ ସପ୍ତାହ ମଧ୍ୟରେ ପୁଣି ଥରେ ଗର୍ଭବତୀ ହେଲି । ଏତଦ୍ୱାରା ମୋର ଓ ଶିଶୁର ସ୍ୱାସ୍ଥ୍ୟ ଉପରେ କିଭଳି ପ୍ରଭାବ ପଡ଼ିପାରେ ?"

ଜଣେ ଶିଶୁକୁ ଜନ୍ମଦେବା ପରେ ହଠାତ୍ ପୁଣି ଥରେ ଗର୍ଭବତୀ ହେବା ଅନେକ ଦୃଷ୍ଟିରୁ ଭଲନୁହେଁ, କାରଣ ଏଥିପାଇଁ ମାନସିକ ପୂର୍ବପ୍ରସ୍ତୁତି ଦରକାର । ସର୍ବପ୍ରଥମେ ନିଜ ମନକୁ ଶାନ୍ତ କରିବା । ଅବଶ୍ୟ ଗୋଟିଏ ପରେ ଅନ୍ୟ ଏକ ଗର୍ଭ ଯୋଗୁଁ ମା'ର ସ୍ୱାସ୍ଥ୍ୟ ପ୍ରତି କୁପ୍ରଭାବ ପକାଇପାରେ । ତଥାପି କେତେକ ସତର୍କତା ଅବଲମ୍ବନ କରାଯାଇ ଏହାର ସମ୍ମୁଖୀନ ହେଇପାରିବେ ।

■ ଗର୍ଭ ଜ୍ଞାତ ହେଲା ଉତ୍ତାରେ ନିଜ ପ୍ରସବ ସମ୍ପର୍କିତ ଯତ୍ନ ଆରମ୍ଭ କରିବା ।

■ ନିଜର ଖାଦ୍ୟପେୟରେ ପରିବର୍ତ୍ତନ ଆଣନ୍ତୁ । ଯଦି ପ୍ରଥମ ଶିଶୁକୁ ଦୁଗ୍ଧପାନ (ସ୍ତନ ପାନ) କରାଉଥାନ୍ତି, ତେବେ ହୁଏତ ଦେହରେ ଯଥେଷ୍ଟ ପରିମାଣରେ ଖାଦ୍ୟର ବିଭିନ୍ନ ଉପାଦାନ ନଥାଇପାରେ । ନିଜ ସକାଶେ ତଥା ଗର୍ଭସ୍ଥ ଶିଶୁ ପାଇଁ ଯଥେଷ୍ଟ ଖାଦ୍ୟ ଗ୍ରହଣ କରିବାକୁ ହେବ । ଡାକ୍ତର୍ଙ୍କ ପରାମର୍ଶ କ୍ରମେ ପ୍ରୋଟିନ, ଆଇରନ ଓ ଅନ୍ୟାନ୍ୟ ଭିଟାମିନ୍ ତଥା ଖଣିଜ ଲବଣ ନିଜ ଖାଦ୍ୟରେ ସାମିଲ କରନ୍ତୁ । ଖାଇବା ପାଇଁ ସମୟ କାଢ଼ନ୍ତୁ । ଅବଶ୍ୟ ଦିନଚର୍ଯ୍ୟାଟା ଟିକେ ବ୍ୟସ୍ତତମ ହେବ ତଥାପି ନିଜ ପାଇଁ ସମୟ କାଢ଼ିବା ବାଞ୍ଛନୀୟ ।

■ ଯଥେଷ୍ଟ ଓଜନ ବୃଦ୍ଧି କରିବାକୁ ହେବ । ନୂତନ ଶାବକକୁ ମଧ୍ୟ ସେସବୁ ଆବଶ୍ୟକ ଯାହା ପ୍ରଥମ ଶିଶୁ ପାଇଁ ନିଆଯାଇଥିଲା । ଡାକ୍ତରଙ୍କୁ ପରାମର୍ଶ କରି ତା'ଙ୍କ କହିବା ଅନୁସାରେ ଓଜନ ବଢ଼ାନ୍ତୁ । ସୁଷମ ଖାଦ୍ୟ ଖାଇ ଆସ୍ତେ ଆସ୍ତେ ଓଜନ ବୃଦ୍ଧି କରିବା ଶ୍ରେୟସ୍କର । ସତ ଚେଷ୍ଟା ପରେ ମଧ୍ୟ ଓଜନ ନ ବଢ଼ିଲେ ନିଜ କ୍ୟାଲୋରୀ ପ୍ରତି ଦୃଷ୍ଟି ଦିଅନ୍ତୁ ।

■ ଏପର୍ଯ୍ୟନ୍ତ ଯଦି ସ୍ତନପାନ ଅବ୍ୟାହତ ଥାଏ ତେବେ ଡାକ୍ତରଙ୍କ ପରାମର୍ଶକ୍ରମେ ହୁଏତ ଶିଶୁକୁ ଗୁଣ୍ଡଦୁଗ୍ଧ ବା ଗାଈ କ୍ଷୀର ଦେଇପାରନ୍ତି । ବର୍ତ୍ତମାନ ଉଭୟ ଶିଶୁଙ୍କ ସ୍ୱାସ୍ଥ୍ୟ ପ୍ରତି ଦୃଷ୍ଟି ଦେବାକୁ ହେବ । ତତ୍ ସଙ୍ଗେ ସଙ୍ଗେ ନିଜେ ବିଶ୍ରାମ କରିବାକୁ ଭୁଲନ୍ତୁ ନାହିଁ ।

■ ହୁଏତ ଅନ୍ୟ ଅପେକ୍ଷା ଆପଣଙ୍କୁ ଅଧିକ ସମୟ ଧରି ବିଶ୍ରାମ କରିବାକୁ ପଡ଼ିପାରେ । ଘରକାମ ମଧ୍ୟ ବୁଝିବାକୁ ହେବ । ଏଣୁ ବୁଝିବିଚାରି ପ୍ରାଧାନ୍ୟ ଦେଇ କରନ୍ତୁ । ନିଜେ ସବୁ କାମ ନକରି ବରଂ ଅନ୍ୟକୁ ମଧ୍ୟ ସାହାଯ୍ୟ ମାଗିପାରନ୍ତି । ଛୁଆ ଶୋଇପଡ଼ିଲେ ନିଜେ ମଧ୍ୟ ବିଶ୍ରାମ କରନ୍ତୁ । ରାତିରେ ଛୁଆ କନ୍ଦାକନ୍ଦି କଲେ ତା' ବାପା କ୍ଷୀର ବୋତଲ ଦେଇ ବୁଝାବୁଝି କରେଇ ଶୁଏଇବେ । ଏହା ତାଙ୍କର ମଧ୍ୟ କର୍ତ୍ତବ୍ୟ ।

■ ଏଭଳି ବ୍ୟାୟାମ କରନ୍ତୁ ଯଦ୍ଦ୍ୱାରା କ୍ଲାନ୍ତି ବା ହାଲିଆ ଲାଗିବନି । ବ୍ୟାୟାମ ପାଇଁ ସମୟ ନିଅଣ୍ଟ ହେଲେ ଛୋଟ ଛୁଆକୁ 'ଷ୍ଟଲର' (ଠେଲାଗାଡ଼ି)ରେ ଶୁଏଇ ଗଡେଇ ଗଡେଇ ବୁଲାବୁଲି କରନ୍ତୁ । ଛୁଆକୁ

ଅନ୍ୟପାଖରେ ଶୁଏଇ ମଧ୍ୟ ବ୍ୟାୟାମ କରିପାରନ୍ତି ।

■ ନିଜେ ନିଜକୁ ଗର୍ଭାବସ୍ଥାରେ ହେଉଥିବା ବିପଦରୁ ମୁକ୍ତ ରଖନ୍ତୁ; ଯଥା: ଧୂମପାନ, ମଦ, ନିଶାଦ୍ରବ୍ୟ ସେବନରୁ ଦୂରେଇ ରଖିବା ଉଭୟଙ୍କ ସକାଶେ ହିତକର ।

ବୃହତ୍ ପରିବାର

"ମୁଁ ଷଷ୍ଠଥର ଗର୍ଭବତୀ ହେଉଛି । କଣ ଏତଦ୍ଦ୍ୱାରା ମୋ ଶିଶୁର ସ୍ୱାସ୍ଥ୍ୟ ଉପରେ କୌଣସି ଦୁଷ୍ପ୍ରଭାବ ପଡ଼ିପାରେ କି ?"

ଯଦି ଆପଣ ପ୍ରତ୍ୟେକ ପ୍ରସବ ପୂର୍ବରୁ ମିଳୁଥିବା ଯତ୍ନ ଓ ଡାକ୍ତରୀ ଚିକିତ୍ସା ପାଇପାରୁଥାନ୍ତି ତେବେ ଆଶା କରାଯାଏ ଯେ ଏଥର ମଧ୍ୟ ଆପଣ ସୁସ୍ଥ ଶିଶୁଟିକୁ ଜନ୍ମ ଦେଇପାରିବେ । ଦୈବାତ୍ ଯାଆଁଳା ବା ତତୋଽଧିକ ଛୁଆ ଗର୍ଭରେ ନଥିଲେ ସାଧାରଣତଃ ଏହି ଗର୍ଭାବସ୍ଥା ମଧ୍ୟ ପୂର୍ବବତ୍ ସୁରକ୍ଷିତ ହେବ ବୋଲି ବିଶ୍ୱାସ ।

ଏହି ଗର୍ଭକାଳକୁ ଉପଭୋଗ କରନ୍ତୁ, ହେଲେ ନିମ୍ନଲିଖିତ ତଥ୍ୟ ପ୍ରତି ଦୃଷ୍ଟି ଦିଅନ୍ତୁ ।

■ **ବିଶ୍ରାମ କରନ୍ତୁ:** ଯେତେଦୂର ସମ୍ଭବ, ବିଶ୍ରାମ କରନ୍ତୁ । ଅବଶ୍ୟ ଆପଣ ବିଶ୍ରାମ ନେଉଥାଇପାରନ୍ତି ହେଲେ ଯେଉଁ ଗର୍ଭବତୀ ମା'ର ଆଗରୁ ପାଞ୍ଚଟା କୁନି କୁନି ଛୁଆ ଥିବେ, ତାଙ୍କ ଲାଳନ ପାଳନ ଓ ଯତ୍ନ କରାଗଲେ ତାଙ୍କ ନିଜ ପାଇଁ ବିଶ୍ରାମ କେତେ ଗୁରୁତ୍ୱପୂର୍ଣ୍ଣ ହେଇନଥିବ ।

■ **ସାହାଯ୍ୟ ଲୋଡନ୍ତୁ:** ଆପଣ ନିଜ କାର୍ଯ୍ୟ ସକାଶେ ଅନ୍ୟର ସାହାଯ୍ୟ ମାଗିପାରନ୍ତି । ସର୍ବପ୍ରଥମେ ନିଜ ସ୍ୱାମୀଙ୍କୁ ସାହାଯ୍ୟ ମଗାଯାଇପାରେ । ନିଜର ବଡ଼ ଛୁଅମାନଙ୍କୁ ନିଜ କାମ ନିଜେ କରିବାକୁ କହି ଅଭ୍ୟସ୍ତ କରାଯାଇପାରେ । ସେମାନଙ୍କୁ ତାଙ୍କ ବୟସ ଓ ସାମର୍ଥ୍ୟ ଅନୁସାରେ କାର୍ଯ୍ୟଭାର ଦିଅନ୍ତୁ । ଯଦି ନିଜ କାମ ଘରର ଅନ୍ୟ କେହି କରିପାରିଲେ, ଆହୁରି ଭଲ କଥା ।

■ **ଖାଦ୍ୟ:** ଅଧିକାଂଶତଃ ଛୋଟ ଛୋଟ ଛୁଆମାନଙ୍କର ମା'ମାନେ ସମସ୍ତଙ୍କ ପେଟ ପୂରା ଖୁଏଇବା ଚକରରେ ନିଜ ଖାଦ୍ୟପେୟ ପ୍ରତି ଦୃଷ୍ଟି ଦିଅନ୍ତି ନାହିଁ । ଠିକ୍ ସମୟରେ ଓ ଯଥେଷ୍ଟ ଖାଦ୍ୟ ଗ୍ରହଣ ନକଲେ କିମ୍ବା ଜଙ୍କଫୁଡ ଖାଇ କାମ ଚଳେଇଲେ ନିଜ ଦେହରେ ଶକ୍ତିର ସ୍ତରଟା ହ୍ରାସ ପାଇଯିବ । ଏଣୁ ଖାଇବା ସକାଶେ ସମୟ କାଢ଼ି ସୁଷମ ଖାଦ୍ୟ ଖିଆଗଲେ ସ୍ୱାସ୍ଥ୍ୟ ପକ୍ଷରେ ହିତକର ହେବ ।

■ **ଓଜନ:** ନିଜ ଓଜନ ପ୍ରତି ଦୃଷ୍ଟି ଦିଅନ୍ତୁ । ସାଧାରଣତଃ ଅନେକ ଥର ଗର୍ଭବତୀ ହେଉଥିବା ମହିଳାମାନଙ୍କର ଓଜନ ଅଳ୍ପ ଅଧିକ ଥାଏ । ଯଦି ଆପଣଙ୍କ ଓଜନ ମଧ୍ୟ ଏଇୟା, ତେବେ ଡାକ୍ତରଙ୍କ ପରାମର୍ଶକ୍ରମେ ଓଜନକୁ ଆୟତ୍ତ କରନ୍ତୁ । ଓଜନ ବେଶି ନହେବା ସାଂଗକୁ ଅତ୍ୟଧିକ ଓଜନ କମିଯିବା ମଧ୍ୟ ସ୍ୱାସ୍ଥ୍ୟ ପକ୍ଷରେ ଅହିତକର ।

ଗର୍ଭପାତର ସମସ୍ୟା

"ମୁଁ ଦୁଇଥର ଗର୍ଭପାତ କରେଇ ସାରିଛି । କ'ଣ ଏତଦ୍ଦ୍ୱାରା ମୋ ଗର୍ଭଧାରଣରେ କୌଣସି କୁପ୍ରଭାବ ପଡ଼ିବ କି ?"

ପ୍ରଥମ ତିନିମାସ ମଧ୍ୟରେ ଅନେକ ଥର ଗର୍ଭପାତ ହେଇଥିଲେ ମଧ୍ୟ ଆଗାମୀ ଗର୍ଭଧାରଣରେ କୌଣସି କୁପ୍ରଭାବ ପଡ଼େନାହିଁ । ଯଦି ଆପଣଙ୍କ ଗର୍ଭପାତ ୧୪ ସପ୍ତାହ ପୂର୍ବରୁ ହେଇଥାଏ, ତେବେ ଏଥିରେ ଭୟ କରିବାର କିଛି ନାହିଁ । ୧୪ ରୁ ୨୭ ସପ୍ତାହ ମଧ୍ୟରେ ଗର୍ଭପାତ ହେଇଥିଲେ ନିର୍ଦ୍ଦିଷ୍ଟ ସମୟ ପୂର୍ବରୁ ଛୁଆ ଜନ୍ମ ହେବାର ଆଶଙ୍କା ବୃଦ୍ଧି ପାଇଥାଏ । ଏହା ସାମାନ୍ୟ ବିପଜ୍ଜନକ ମଧ୍ୟ । ତଥାପି ଡାକ୍ତରଙ୍କୁ ପୂର୍ବରୁ ,ସବୁ ବିଷୟରେ କହିଦେଲେ ସେ ଆବଶ୍ୟକ ପଦକ୍ଷେପ ଓ ଚିକିତ୍ସା ଗ୍ରହଣ କରିପାରିବେ ।

ଡାକ୍ତରଙ୍କୁ ଜଣାନ୍ତୁ

ଆପଣଙ୍କ ଚିକିତ୍ସା ଓ ସ୍ତ୍ରୀରୋଗକୁ ନେଇ ଯେଉଁ ସବୁ ତଥ୍ୟାବଳୀ ବା ଇତିହାସ ଅଛି, ତାକୁ ଡାକ୍ତରଙ୍କୁ ଜଣାନ୍ତୁ । ଯଥା: ପ୍ରଥମ ଗର୍ଭ, ମିସକ୍ୟାରେଜ, ଗର୍ଭପାତ, ସର୍ଜରୀ, କିମ୍ବା କୌଣସି ପ୍ରକାର ସଂକ୍ରମଣ । ଡାକ୍ତରଙ୍କୁ ଏସବୁ ତଥ୍ୟ ଯେତେ ଭଲ ଭାବରେ ଜଣାଥିବ, ଆପଣଙ୍କ ଚିକିତ୍ସା ମଧ୍ୟ ସେତେ ଭଲ ହେଇପାରିବ । ଡାକ୍ତର ମଧ୍ୟ ଏସବୁ କଥାକୁ ଗୁପ୍ତ ରଖିବା ବିଧେୟ ।

ପ୍ରି-ଟର୍ମ ବାର୍ଥ

"ମୁଁ ମୋ ପ୍ରଥମ ଗର୍ଭାବସ୍ଥାବେଳେ ପ୍ରି-ଟର୍ମ ବାର୍ଥର ସମ୍ମୁଖୀନ ହେଇଥିଲି । ଅବଶ୍ୟ ତତ୍‌ସମ୍ପର୍କୀତ ସବୁତକ ଚିକିତ୍ସା ମୁଁ ଗ୍ରହଣ କରିସାରିଛି । ତଥାପି ଏଥର ମଧ୍ୟ ପୁଣିଥରେ ସେଭଳି ସମସ୍ୟାର ସମ୍ମୁଖୀନ ହେବି କି?"

ଶୁଭଙ୍କର ହେଉ । ଯଦି ଆପଣ ଏଥିପୂର୍ବରୁ ସବୁତକ ଚିକିତ୍ସା ଗ୍ରହଣ କରିସାରିଛନ୍ତି ତେବେ ଏଥର ଆପଣଙ୍କର ଶିଶୁ ଠିକ୍ ସମୟରେ ଏହି ପୃଥିବୀପୃଷ୍ଠରେ ପଦାର୍ପଣ କରିବ ।

ଅବଶ୍ୟ ଆପଣ ଡାକ୍ତରଙ୍କ ସହ ପରାମର୍ଶ କରି ଏଭଳି ପଦକ୍ଷେପ ଗ୍ରହଣ କରିପାରିବେ ଯଦ୍ଦ୍ୱାରା ପ୍ରି-ଟର୍ମ ବାର୍ଥର କୌଣସି ଆଶଙ୍କା ନଥିବ ।

ସର୍ବପ୍ରଥମେ ଏକଥା ନିଜ ଡାକ୍ତରଙ୍କୁ ପଚାରନ୍ତୁ ଯେ ଏହି ପରିପ୍ରେକ୍ଷୀରେ କୌଣସି ଅଧ୍ୟୟନ ହେଇଛି କି? ଗବେଷଣାରୁ ଜଣାପଡ଼ିଛି ଯେ, ୧୬ ରୁ ୩୬ ସପ୍ତାହ ମଧ୍ୟରେ ଯଦି ସଟ୍ କିମ୍ବା ଜେଲ ଭାବରେ ପ୍ରୋଜେଷ୍ଟେରନ ହର୍ମୋନ ଦିଆଯାଏ, ତେବେ ପ୍ରିଟର୍ମ ବାର୍ଥକୁ ଦୂରେଇ ଦିଆଯାଇପାରିବ । ଆପଣ ମଧ୍ୟ ନିଜ ଡାକ୍ତରଙ୍କୁ କହି ଏହି ଔଷଧ ଖାଇପାରିବେ ।

ତା'ପରେ ଡାକ୍ତରଙ୍କୁ ପୁଣି ପଚାରନ୍ତୁ ଯେ, ସ୍କ୍ରିନିଂ ଟେଷ୍ଟ କରେଇବା ଆପଣଙ୍କ ପାଇଁ ଜରୁରୀ କି? କାହିଁକିନା ଏସବୁ ଟେଷ୍ଟର ପଜିଟିଭ ଫଳାଫଳର ଅର୍ଥ ହେଲା ଆଗାମୀ ପରୀକ୍ଷା ଅନିବାର୍ଯ୍ୟ ।

ଫେଟାଲ ଫାଇବରୋନେକ୍ଟିନ ସ୍କ୍ରିନିଂ ଯାଞ୍ଚ ଯୋଗୁଁ ଯୋନିରେ ଥିବା ପ୍ରୋଟିନର ଠିକଣା ସେହି କ୍ଷେତ୍ରରେ ଜଣାପଡ଼ିଥାଏ, ଯଦି ଏମ୍ନିୟୋଟିକ ସେକ୍‌ଟା ଗର୍ଭାଶୟର ଝିଲିରୁ ଅଲଗା ହେଇଯାଏ । ଏହା ହିଁ ସମୟ ପୂର୍ବରୁ ପ୍ରସବ ପୀଡ଼ାର ସଂକେତ ଅଟେ । ଏହାର ପରୀକ୍ଷା ଯଦି ନେଗେଟିଭ ହୁଏ ତେବେ ଭୟ କରିବାର କିଛି ନାହିଁ । ଯଦି ପରୀକ୍ଷା ପଜିଟିଭ ଆସେ ଓ ପ୍ରିଟର୍ମ ଲେବରର ଆଶଙ୍କା ଦେଖାଯାଏ ତେବେ ଡାକ୍ତର ଆପଣଙ୍କ ଗର୍ଭକାଳକୁ ଦୀର୍ଘ କରିବାର ଉପାୟ କରିପାରନ୍ତି କିମ୍ବା ଶିଶୁଟିର ଫୁସଫୁସକୁ ସମୟ ପୂର୍ବରୁ ହେବାକୁ ଥିବା ପ୍ରସବ ପାଇଁ ପ୍ରସ୍ତୁତ କରେଇପାରିବେ ।

ଦ୍ୱିତୀୟ ସ୍କ୍ରିନଂ ଟେଷ୍ଟ ବଳରେ ସର୍ଭିକ୍ସର ଦୈର୍ଘ୍ୟ ଜ୍ଞାତ ହେଇଥାଏ । ଏହାକୁ ଅଲଟ୍ରାସାଉଣ୍ଡ ସାହାଯ୍ୟରେ ମପାଯାଏ । ଯଦି ଏହା ଛୋଟ ହେଇଥାଏ ଓ ଖୋଲିବାର ସଂକେତ ମିଳେ ତେବେ ଡାକ୍ତର ଆପଣଙ୍କୁ ବିଶ୍ରାମ କରିବା ପାଇଁ ପରାମର୍ଶ ଦେଇପାରନ୍ତି କିମ୍ବା ସର୍ଭିକ୍ସ ଷ୍ଟିଚ କରିପାରନ୍ତି । (ଯଦି ୨୨ ସପ୍ତାହ ପୂରି ନଥିବ) ।

ତଥ୍ୟରୁ ସର୍ବଦା ଶକ୍ତି ମିଳିଥାଏ । ତଥାପି ଏ ମାମଲାରେ ଆପଣ ଅନ୍ୟ ଶିଶୁକୁ ଠିକ୍ ସମୟରେ ପ୍ରସବ ସକାଶେ ନିଶ୍ଚିତ କରିପାରିବେ ଆଉ ଏହା ଏକ ଶୁଭ ସମ୍ବାଦ କହିଲେ ଚଳେ ।

ସର୍ଭିକ୍ସର ଅକ୍ଷମତା

"ମୋ ପ୍ରଥମ ଗର୍ଭର ପଞ୍ଚମ ମାସରେ ମିସ୍‌କ୍ୟାରେଜ ହେଇଯାଇଥିଲା । ଡାକ୍ତରମାନେ ଏହାକୁ ସର୍ଭିକ୍ସର ଅକ୍ଷମତା ଯୋଗୁଁ ଏଭଳି ହେଲା ବୋଲି କହିଥିଲେ । ଇତିମଧ୍ୟରେ ମୋର ହୋମପ୍ରେଗନେନ୍ସି ଟେଷ୍ଟ ପଜିଟିଭ ଆସିଛି । ମୁଁ ବଡ଼ ବ୍ୟତିବ୍ୟସ୍ତ ଯେ, ପୁଣି ଥରେ ସେହି ସମସ୍ୟା ଦେଖାଦେବ ନାହିଁତ?"

ଆପଣଙ୍କ ପାଇଁ ସୁସମ୍ବାଦ ହେଲା- ଏଭଳି ପୁଣି ଥରେ ହେବନାହିଁ, କାହିଁକିନା ଏପର୍ଯ୍ୟନ୍ତ ଡାକ୍ତର ଆପଣଙ୍କ ଏହି ସମସ୍ୟାର ସମାଧାନ ଖୋଜି ଚିକିତ୍ସା କରିସାରିଥିବେ ଯଦ୍ଦ୍ୱାରା ଆଗାମୀ ଗର୍ଭରେ ଏଭଳି କୌଣସି ଅସୁବିଧା ସୃଷ୍ଟି ନହେଉ । ସବୁ ପ୍ରକାର ଯତ୍ନ ନେ ଚିକିତ୍ସା ଗ୍ରହଣ କଲେ ଆପଣ ଏକ ସୁସ୍ଥ ଶିଶୁକୁ ଜନ୍ମ ଦେଇପାରିବେ ।

ଯଦି ଆପଣ ଏଥର ଡାକ୍ତର ବଦଳେଇ ଦେଇଥାନ୍ତି, ତେବେ ତାଙ୍କୁ ମଧ୍ୟ ସବୁ କଥା କହିଦିଅନ୍ତୁ; ଯଦ୍ଦ୍ୱାରା ସେ ଆବଶ୍ୟକ ଚିକିତ୍ସା ପାଇଁ ପରାମର୍ଶ ଦେଇପାରିବେ ।

ଯଦି ସର୍ଭିକ୍ସରେ ଅକ୍ଷମତା ଦେଖାଯାଏ, ତେବେ ଗର୍ଭାଶୟରେ ବୃଦ୍ଧି ପାଉଥିବା ଚାପ ଯୋଗୁଁ ସମୟ ପୂର୍ବରୁ ଏହା ଖୋଲି ଯାଇଥାଏ । ଏଭଳି ୧୦୦ ମଧ୍ୟରୁ ୧-୨ ଗର୍ଭରେ ଦେଖା ଦେଇଥାଏ ଅର୍ଥାତ୍ ୧-୨% । ସାଧାରଣତଃ ଦ୍ୱିତୀୟ ତିନିମାସରେ ୧୦ ରୁ ୨୦% ମିସକ୍ୟାରେଜ ଯୋଗୁଁ ମଧ୍ୟ ଏପରି ହେଇଥାଏ । ଏହା ଜେନେଟିକ ଦୁର୍ବଳତା, ପ୍ରସବ ସମୟରେ ସର୍ଭିକ୍ସରେ ପଡୁଥିବା ଚାପ, ବାୟୋପ୍‌ସି,

ସର୍ଭାଇକାର୍ଲର ସର୍ଜରୀ ବା ଲେଜର ଥେରେପି ଯୋଗୁଁ ହେଇଥାଏ । ଏକାଧିକ ଶିଶୁ ହେବା ଯୋଗୁଁ ମଧ୍ୟ ଏପରି ଅସୁବିଧା ଦେଖାଦେଇପାରେ, ହେଲେ ଗୋଟିଏ ମାତ୍ର ଶିଶୁ ଯଦି ଗର୍ଭରେ ଥାଏ, ତେବେ ଏ ସମସ୍ୟା ପୁଣି ଥରେ ଦେଖାଦିଏ ନାହିଁ ।

କୌଣସି ଗର୍ଭବତୀ ସ୍ତ୍ରୀର ଦ୍ୱିତୀୟ ତିନିମାସରେ ଯେତେବେଳେ ଗର୍ଭାଶୟର ସଂକୋଚନ ବା ଯୋନିରୁ ରକ୍ତସ୍ରାବ ନହେଇ, ବିନା ଯନ୍ତ୍ରଣାରେ ହଠାତ୍ ମିସ୍‌କ୍ୟାରେଜ ହେଇଯାଏ. ତେବେ ସେତେବେଳେ ସର୍ଭିକ୍ସର ଏହି ସମସ୍ୟା ଦେଖାଦେଇଥାଏ ।

ଯଦି ଏଭଳି ସମସ୍ୟା ଦୃଶ୍ୟମାନ ହୁଏ ତେବେ ଡାକ୍ତର ସର୍ଭିକ୍ସକୁ ଷ୍ଟିଚ କରି ଦେଇଥାନ୍ତି (୧୨ ରୁ ୨୨ ସପ୍ତାହ ମଧ୍ୟରେ) । ଅବଶ୍ୟ ବର୍ତ୍ତମାନ ଏହା ଉପରେ ଅନେକ ତଥ୍ୟ ଅଧ୍ୟୟନ କରିବା ବକିଆ ଅଛି । ଅବଶ୍ୟ ଅଧିକାଂଶ ଡାକ୍ତର ସର୍ଭିକ୍ସ ଖୋଲୁଥିବା ଅବସ୍ଥାରେ ହିଁ ଏହି ପ୍ରକ୍ରିୟାକୁ ଅକ୍ତିୟାର କରନ୍ତି । ଉକ୍ତ ପ୍ରକ୍ରିୟା ଲୋକାଲ ଏନାସ୍ଥେସିଆ ଦ୍ୱାରା ଯୋନି ଦ୍ୱାର ଦେଇ କରିଥାନ୍ତି । ସର୍ଜରୀର ୧୨ ଘଣ୍ଟା ପରେ ଆପଣ ନିଜ ସାଧାରଣ କ୍ରିୟାକଳାପ ଆରମ୍ଭ କରିପାରନ୍ତି । ଅବଶ୍ୟ ଗର୍ଭାବସ୍ଥାର ଶେଷ ସମୟ ମଧ୍ୟରେ ଆପଣ ସମ୍ଭୋଗ କରିପାରିବେ ନାହିଁ ଓ ବେଳେ ବେଳେ ଡାକ୍ତରୀ ପରାମର୍ଶ ଓ ଯତ୍ନ ପାଇଁ ଯିବାକୁ ପଡ଼ିବ । ଷ୍ଟିଚ କେବେ ଖୋଲାଯିବ ଏହା ଡାକ୍ତରଙ୍କ ପରାମର୍ଶ ଓ ଆପଣଙ୍କ ଅବସ୍ଥା ଉପରେ ନିର୍ଭର କରେ । ଅବଶ୍ୟ ତାକୁ ଆନୁମାନିକ ପ୍ରସବ ତିଥି ପୂର୍ବରୁ ନିହାତି ଭାବରେ କଢ଼ାଯାଇଥାଏ । ଅନେକାଂଶ କ୍ଷେତ୍ରରେ ଏହାକୁ ପ୍ରସବ ବେଦନା ଆରମ୍ଭ ନହେଲାଯାଏଁ ବାହାର କରାଯାଏ ନାହିଁ; ସର୍ତ୍ତ ହେଲା କୌଣସି ସଂକ୍ରମଣ, ରକ୍ତସ୍ରାବ ବା ଝିଲି (ମେମ୍ବ୍ରେନ) ନଷ୍ଟ ନହେବା ଦରକାର ।

ଆପଣଙ୍କୁ ପ୍ରଥମ ଓ ଦ୍ୱିତୀୟ ତ୍ରୟମାସିକ ମଧ୍ୟରେ କେତେକ ଲକ୍ଷଣ ପ୍ରତି ଦୃଷ୍ଟି ଦେବାକୁ ହେବ; ଯଥା: ତଳିପେଟରେ ଚାପ ଅନୁଭୂତ ହେବା, ରକ୍ତସହିତ ଡିସ୍ଚାର୍ଯ୍ୟ (ସ୍ଖଳନ), ମୂତ୍ରାଶୟର ସଂକ୍ରମଣ ବା ଯୋନିରେ କିଛି ଥିଲା ଭଳି ଲାଗିବା । ଏଭଳି ଯେକୌଣସି ଲକ୍ଷଣ ଦେଖାଦେଲେ ଚଞ୍ଚଳ ଡାକ୍ତରଙ୍କୁ ପରାମର୍ଶ କରିବା ବିଧେୟ ।

ଆର. ଏଚ. ବିରୋଧୀ

"ମୋ ଡାକ୍ତରଙ୍କ ମତାନୁସାରେ ବ୍ଲଡଷଟେଷ୍ଟ ରିପୋର୍ଟ ନେଗେଟିଭ ଆସିଛି । ଏତଦ୍ଦ୍ୱାରା ମୋ ଶିଶୁ କ'ଣ କ'ଣ କ୍ଷୟକ୍ଷତି ବା ଅସୁବିଧା ହୋଇପାରେ ?"

ଅବଶ୍ୟ ଏଥିରେ ବ୍ୟତିବ୍ୟସ୍ତ ହେବାର କିଛି ନାହିଁ, କାରଣ ଏକଥା ଡାକ୍ତର ଓ ଆପଣ ଜାଣିସାରିଲେଣି । ଏହାପରେ ଆପଣ ସହଜରେ ଏଭଳି ପଦକ୍ଷେପ ଗ୍ରହଣ କରିପାରିବେ ଯଦ୍ଦ୍ୱାରା ଶିଶୁ ପୂରାପୂରି ସୁରକ୍ଷିତ ହେଇପଡ଼ିବ ।

ଅବଶ୍ୟ ଆରଏଚ ପ୍ରତିକୂଳ କ'ଣ ଓ ଆପଣଙ୍କ ଶିଶୁକୁ ଏଥିରୁ ରକ୍ଷା କରିବା ଆବଶ୍ୟକ କାହିଁକି ? ଜୀବବିଜ୍ଞାନର ଏକ ଛୋଟ ଅଧ୍ୟାୟରୁ ଏକଥା ବୁଝାପଡ଼ିଯିବି । ଶରୀରର ପ୍ରତ୍ୟେକ ଚେଷ୍ଟାରେ ପାଖକୁ ଲାଗି ଅସଂଖ୍ୟ ବିରୋଧୀ ମଧ୍ୟ ଥାନ୍ତି । ଏହା ତନ୍ମଧ୍ୟରୁ ଅନ୍ୟତମ ।

ଆରଏଚ ଫ୍ୟାକ୍ଟର ! ପ୍ରତ୍ୟେକ ନିଜ ନିଜ ରକ୍ତ କୋଷଗୁଡ଼ିକରେ ଆରଏଚ ଫ୍ୟାକ୍ଟର ପାଇଥାନ୍ତି କିମ୍ବା ନଥାଏ ମଧ୍ୟ । ଆରଏଚ ଫ୍ୟାକ୍ଟର ଥବଲେ ତାକୁ ଆମେ ଆରଏଚ ପଜିଟିଭ କହିଥାଉ । ଆଉ ଆରଏଚ ଫ୍ୟାକ୍ଟର ନଥିଲେ ତାକୁ ଆମେ ଆରଏଚ ନେଗେଟିଭ ବୋଲି କହୁ । ଗର୍ଭାବସ୍ଥାରେ ମା' ଯଦି ଆରଏଚ ନେଗେଟିଭ ହୁଏ ଆଉ ଶିଶୁ ନିଜ ବାପାଙ୍କଠାରୁ ଆରଏଚ ପଜିଟିଭ ପାଇଥାଏ, ତେବେ ସେମାନେ ମା'ର ଇମ୍ୟୁନ ପ୍ରଣାଳୀ ନିମନ୍ତେ 'ଅଜନବୀ' ଅର୍ଥାତ୍ 'ଅଚିହ୍ନା' 'ଅଜଣା' ହେଇଥାନ୍ତି । ଇମ୍ୟୁନ ପ୍ରତିକ୍ରିୟାରେ ମା'ର ସିଷ୍ଟମ ଏହି ଏଣ୍ଟିବଡି ସହ ଲଢ଼ିବାକୁ ନିଜର ସୈନ୍ୟ ପ୍ରସ୍ତୁତ କରିସାରିଥାଏ ଯାହାକୁ ଆମେ ଆରଏଚ ବିରୋଧୀ କହିଥାଉ ।

ପ୍ରତ୍ୟେକ ଗର୍ଭବତୀ ମହିଳାର ଆରମ୍ଭରେ ଟେଷ୍ଟ କରି ଆରଏଚ ଫ୍ୟାକ୍ଟର ଜ୍ଞାତ କରାଯାଇଥାଏ । ଯଦି ଉକ୍ତ ମହିଳା ଆରଏଚ ପଜିଟିଭ ହେଇଥାନ୍ତି ତେବେ ଏକଥାକୁ ନେଇ କୌଣସି ପାର୍ଥକ୍ୟ ପରିଲକ୍ଷିତ ହେବନାହିଁ ଯେ, ଶିଶୁ ଆରଏଚ ପଜିଟିଭ ହେଇଥାଉ ବା ଆରଏଚ ନେଗେଟିଭ ।

ମନେକର ମା ଆରଏଚ ନେଗେଟିଭ ହେଇଥାନ୍ତି ଓ ବାପା ମଧ୍ୟ ଆରଏଚ ନେଗେଟିଭ, ତେବେ ଶିଶୁ

ମଧ୍ୟ ଆରଏଚ ନେଗେଟିଭ ହେବ, କାରଣ ଉଭୟ ନେଗେଟିଭ ଦମ୍ପତ୍ତି ପଜିଟିଭ ଛୁଆ ଗଢ଼ିପାରିବେ ନାହିଁ । କିନ୍ତୁ ଯଦି ଆପଣଙ୍କ ସ୍ୱାମୀ ଆରଏଚ ପଜିଟିଭ ହେଇଥାନ୍ତି, ତେବେ ଆପଣଙ୍କ ଶିଶୁ ହୁଏତ ଆରଏଚ ପଜିଟିଭ ହେଇପାରିବ; ଯେଉଁଥିରେ ମା ଓ ଶିଶୁ ମଧ୍ୟରେ ଆରଏଚ ବିରୋଧୀ ସୃଷ୍ଟି ହେଇପାରିବ ।

ପ୍ରଥମ ଗର୍ଭରେ ଏପରି ସମସ୍ୟା ଦେଖାଯାଏ ନାହିଁ । ଯଦି ପ୍ରସବ, ଗର୍ଭପାତ ଅଥବା ମିସ୍‌କ୍ୟାରେଜ ସମୟରେ ଶିଶୁର ରକ୍ତ ମା'ର ରକ୍ତବାହୀ ନଳୀରେ ପ୍ରବାହିତ ହେଇ ମିଶିଯାଏ ତେବେ ସମସ୍ୟା ସୃଷ୍ଟି ହେଇଥାଏ । ସେତେବେଳେ ମାର ଦେହରେ ଆରଏଚ ଫ୍ୟାକ୍ଟର ସକାଶେ ଏଣ୍ଟିବଡିଜ ସୃଷ୍ଟି ହେଇଯାଇଥାଏ । ମା ଯେପର୍ଯ୍ୟନ୍ତ ଅନ୍ୟ କୌଣସି ଆରଏଚ ପଜିଟିଭ ଶିଶୁକୁ ନେଇ ଗର୍ଭବତୀ ନହୁଏ, ସେ ପର୍ଯ୍ୟସ୍ତ ସେସବୁ ଏଣଟିବଡିଜ କୌଣସି କ୍ଷତି କରନ୍ତି ନାହିଁ । ପରେ ସେମାନେ ପ୍ଲେଜେଣ୍ଟାକୁ ଅତିକ୍ରମ କରି ଶିଶୁର ଲାଲ ରକ୍ତ କୋଷିକାରେ ଆକ୍ରମଣ କରି ଦେଇଥାନ୍ତି । ଯଦ୍ୱାରା ଭ୍ରୂଣ ଦେହରେ ସାମାନ୍ୟରୁ ଗମ୍ଭୀର ଏନିମିଆ ହେଇଥାଏ । ଏସବୁ ଏଣ୍ଟିବଡିଜ ପ୍ରଥମ ଗର୍ଭ ବେଳେ ପ୍ରାୟ ନଷ୍ଟ କରନ୍ତି ନାହିଁ କହିଲେ ଚଳେ ।

ଏଭଳି ପରିସ୍ଥିତିରୁ ମୁକୁଳିବାର ସବୁଠୁ ଭଲ ଉପାୟ ହେଲା– ଏଣ୍ଟିବଡିଜ ତିଆରି ହେବାକୁ ସୁଯୋଗ ଦେବାନାହିଁ । ୧୫ତମ ସପ୍ତାହରେ ଡାକ୍ତର ଆରଏଚ ନେଗେଟିଭ ଗର୍ଭବତୀ ମହିଳାମାନଙ୍କୁ ଆରଏଚ ଇମ୍ୟୁନ୍ ଗ୍ଲୋବ୍ୟୁଲିନ୍‌ର ଇଂଜେକ୍ସନ ଦେଇଥାନ୍ତି । ଏହାକୁ ଆରଏଚ ଓଗେମ୍ ବୋଲି କୁହାଯାଏ । ଯଦି ରକ୍ତ ପରୀକ୍ଷା ପରେ ଏକଥା ଜଣାପଡେ ଯେ ଶିଶୁଟି ଆରଏଚ ପଜିଟିଭ ହେଇଥାଏ, ତେବେ ପ୍ରସବର ୭୨ ଘଣ୍ଟା ପରେ ଆଉ ଏକ ଡୋଜ୍ ଦିଆଯାଇଥାଏ । ଯଦି ଶିଉ ଆରଏଚ ନେଗେଟିଭ ହେଇଥାଏ ତେବେ କୌଣସି ପ୍ରକାର ଚିକିତ୍ସା ଆବଶ୍ୟକ ହୁଏନାହିଁ । ଉକ୍ତ ଇଂଜେକ୍ସନ; କୌଣସି ପ୍ରକାର ମିସ୍‌କ୍ୟାରେଜ, ଏକ୍ଟୋପିକ୍ ପ୍ରେଗନେନ୍ସି, ଏବାର୍ସନ, କୋରିଓନିକ ଭଲ୍ଲ ସେମ୍ପଲିଂ, ଏମ୍ନି ଓ ସେଣ୍ଟେସିସ, ଯୋନିରୁ ସ୍ରାବ, ରକ୍ତସ୍ରାବ ବା ମୂର୍ଚ୍ଛିତାବସ୍ଥାରେ ମଧ୍ୟ ଦିଆଯାଇଥାଏ ।

ଆବଶ୍ୟକସ୍ଥଳେ ଯଦି ଏହାକୁ ତିନ ଡୋଜ କରାଯାଏ, ତେବେ ଆସନ୍ତା ଗର୍ଭ ସମ୍ପୂର୍ଣ୍ଣ ସୁରକ୍ଷିତ ହେଇଯାଏ ।

ଯଦି କୌଣସି ଆରଏଚ ନେଗେଟିଭ ଗର୍ଭବତୀ ମହିଳାକୁ ପୂର୍ବଗର୍ଭ ବେଳେ ଆରଏଚ ଓଗେମ ଦିଆଯାଇନଥାଏ ଓ ଟେଷ୍ଟରୁ ଜଣାପଡ଼େ ଯେ ତାଙ୍କ ଦେହରେ ଆରଏଚ ଏଣ୍ଟିବଡିଜ ସୃଷ୍ଟି ହୋଇଯାଇଥାଏ, ତେବେ ଏମ୍ନିଓସେଣ୍ଟେସିସ୍‌ର ସହାୟତାରେ ଭ୍ରୂଣର ରକ୍ତ ପରୀକ୍ଷା କରାଯାଇପାରେ । ଯଦି ଏହା ଆରଏଚ ନେଗେଟିଭ ହୁଏ ତେବେ ମା ଓ ଶିଶୁର ରକ୍ତ ଅନୁକୂଳ ହେବ, ଆଉ କୌଣସି ଚିକିତ୍ସା ଆବଶ୍ୟକ ହେବନାହିଁ । କିନ୍ତୁ ଯଦି ଏହା ଆରଏଚ ପଜିଟିଭ ହୁଏ ଓ ମାର ରକ୍ତ ସହ ନ ମିଶେ ତେବେ ମା' ଦେହରେ ଏଣ୍ଟିବଡିଜ୍‌ର ସ୍ତର ପ୍ରତି ଦୃଷ୍ଟି ଦେବାକୁ ହେବ ।

ଯଦି ଏହା ବିପଜ୍ଜନକ ସ୍ତରକୁ ବୃଦ୍ଧି ପାଏ, ତେବେ ଅଲଟ୍ରାସାଉଣ୍ଡ ସାହାଯ୍ୟରେ ଭ୍ରୂଣର ଅବସ୍ଥାନ ଜ୍ଞାତ କରାଯାଇପାରେ । ଯଦି ବିପଦ ଦେଖାଦିଏ ତେବେ ଭ୍ରୂଣର ଆରଏଚ ନେଗେଟିଭ ବ୍ଲଡ ଟ୍ରାନ୍ସଫ୍ୟୁଜନ ଅତ୍ୟାବଶ୍ୟକ ।

ଆରଏଚ ଓଗେମ୍ ପ୍ରୟୋଗ ଦ୍ୱାରା ବ୍ଲଡ ଟ୍ରାନ୍ସଫ୍ୟୁଜନ ଆବଶ୍ୟକ ହୁଏନାହିଁ । ଆଉ ଆଗାମୀ ଗର୍ଭ ମଧ୍ୟ ସୁରକ୍ଷିତ ହେଇପଡ଼େ ।

ରକ୍ତରେ ଅନ୍ୟାନ୍ୟ କାରଣରୁ ମଧ୍ୟ ଏଭଳି ସ୍ଥିତି ଦେଖାଦେଇଥାଏ । ଯଥା: କେଲ ଏଣଟିଜନ, ଅବଶ୍ୟ ଏହା ଆରଏଚ ଫେକ୍ଟର ତୁଳନାରେ କମ୍ ହୋଇଥାଏ । ଯଦି ମା'ଙ୍କୁ ଏଣ୍ଟିଜନ ନାହିଁ ଅଥଚ ବାପା ହେଇଥାନ୍ତି, ତେବେ ସମସ୍ୟା ସୃଷ୍ଟି ହୁଏ । ପ୍ରଥମେ ରୁଟିନ ଟେଷ୍ଟରେ ମା'ଙ୍କ ଦେହର ଏଣ୍ଟିବଡିଜ ପରୀକ୍ଷା କରାଯାଇଥାଏ । ଯଦି ଏଣ୍ଟିବଡିଜ ପାଖକୁ ଆସନ୍ତି, ତେବେ ଶିଶୁର ବାପାଙ୍କର ପରୀକ୍ଷା କରାଯାଇଥାଏ ଯେ ସେ ପଜିଟିଭ ନୁହନ୍ତି ତ ! ଏଭଳି ପରିସ୍ଥିତିରେ ଠିକ୍ ଆରଏଚ ପରି ଚିକିତ୍ସା କରାଯାଇଥାଏ ।

ଆପଣଙ୍କର ପ୍ରେଗନେନ୍ସି ପ୍ରୋଫାଇଲ ଓ ପ୍ରିଟର୍ମ ବାର୍ଥ

ଅବଶ୍ୟ ଆପଣଙ୍କ ସକାଶେ ଏହା ସୁସମ୍ବାଦ ଅଟେ ଯେ କେବଳ ୧୨ ପ୍ରତିଶତ ପ୍ରସବ ବେଦନାକୁ ପ୍ରିମେଚ୍ୟୁର ବା ପ୍ରିଟର୍ମ ବାର୍ଥ ବୋଲି କୁହାଯାଏ, ଅର୍ଥାତ୍ ଯାହାକି ଗର୍ଭାବସ୍ଥାର ୧୧ତମ ସପ୍ତାହ ପୂର୍ବରୁ ହେଇଯାଇଥାଏ । ତନ୍ମଧ୍ୟରୁ ଅଧା ମହିଳାମାନଙ୍କୁ ଆଗରୁ ଅସାମୟିକ ପ୍ରସବ ହେବ ବୋଲି ପ୍ରାୟ ଜଣାପଡ଼ିଯାଇଥାଏ ।

ଯଦି ଆପଣ ମଧ୍ୟ ଏଭଳି ବିପଦର ସମ୍ମୁଖୀନ ହେଉଥାନ୍ତି, ତେବେ ଏଥିରୁ ମୁକ୍ତି ପାଇବା ସକାଶେ କୌଣସି ଉପାୟ ଅକ୍ତିଆର କରି ପାରନ୍ତି କି ! କେତେକ ମାମଲା ଏଭଳି ଥାଏ ଯେଉଁଥିବରେ ବିପଦକୁ ଚିହ୍ନିଲା ପରେ ମଧ୍ୟ ତାକୁ ଆୟତ୍ତ କରିହୁଏ ନାହିଁ, କିନ୍ତୁ ଅନ୍ୟ କେତେକ ମାମଲାରେ ଏହାର ପରିମାଣକୁ ହ୍ରାସ କରାଯାଇପାରେ । ତନ୍ମଧ୍ୟରୁ ଯେକୌଣସି ଲକ୍ଷଣ ଦେଖାଗଲେ ମଧ୍ୟ ତାକୁ କମେଇବାକୁ ଚେଷ୍ଟା କରିବା ଉଚିତ; ତାକୁ ଆୟତ୍ତ କଲେ ହିଁ କୁନି ଛୁଆଟା ଠିକ୍ ସମୟରେ ଧରାପୃଷ୍ଠରେ ଅବତୀର୍ଣ୍ଣ ହୋଇପାରିବ ।

ଓଜନ କମ୍ ନା ବେଶି ହେବ

ଓଜନ ଆବଶ୍ୟକ ତୁଳନାରେ ଖୁବ୍ କମ୍ ବା ଅତ୍ୟଧିକ ଓଜନ ହେଲେ ମଧ୍ୟ ପ୍ରସବ ଶୀଘ୍ର ହେଇପାରେ । ଆପଣ ସଠିକ୍ ଉପାୟ ଅବଲମ୍ବନ କରି ଡାକ୍ତରଙ୍କ ପରାମର୍ଶକ୍ରମେ ଓଜନ ବୃଦ୍ଧି କରିବା ଆବଶ୍ୟକ । ଏଥିପାଇଁ ଏକ ସ୍ୱାସ୍ଥ୍ୟକର ପରିବେଶ ସୃଷ୍ଟି କରିବାକୁ ହେବ, ଯଦ୍ଦ୍ୱାରା ଶିଶୁ ସମ୍ପୂର୍ଣ୍ଣ ଗର୍ଭକାଳ ଅତିବାହିତ ହେଲା ପରେ ହିଁ ପୃଥିବୀରେ ପାଦ ଦେବ ।

ପୋଷଣ ଅଭାବ: କେବଳ ସଠିକ୍ ଉପାୟରେ ଓଜନ ବୃଦ୍ଧି କରିବା ଯଥେଷ୍ଟ ନୁହଁ । ଆପଣ ଶିଶୁର ଜୀବନକୁ ଏକ ସ୍ୱାସ୍ଥ୍ୟକର ଶୁଭାରମ୍ଭ ପ୍ରଦାନ କରିବା ଉଚିତ, ଯଦ୍ଦ୍ୱାରା ଅସାମୟିକ ପ୍ରସବର ଆଶଙ୍କା ନରହୁ । ଯଥେଷ୍ଟ ପୋଷଣ ବଳରେ ଏଭଳି ଆଶଙ୍କାକୁ ଦୂରେଇ ହେବ । ଅବ୍ୟ ଏଭଳି କେତେକ ପ୍ରମାଣ ମିଳିଛି ଯେ ଦିନକୁ ପାଞ୍ଚ ଥର ନିୟମିତ ଭାବରେ ଭୋଜନ କଲେ ଅସାମୟିକ ପ୍ରସବ ଦୂରୀଭୂତ ହୋଇଥାଏ

ଦୀର୍ଘ ସମୟ ଧରି ଠିଆ ରହିବା ଓ ଖୁବ୍ ଶ୍ରମ କରିବା- ଗର୍ଭାବସ୍ଥାର ଶେଷ ଆଡ଼କୁ ଡାକ୍ତରଙ୍କ ପରାମର୍ଶ କ୍ରମେ ଖୁବ୍ କମ ସମୟ ପାଇଁ ପାଦରେ ଠିଆ ହୁଅନ୍ତୁ । କାରଣ ଦୀର୍ଘ ସମୟ ଧରି ଠିଆ ହେଲେ ଓ ଶାରୀରିକ ଶ୍ରମ ଅଧିକ କଲେ ପ୍ରିଟର୍ମ ଲେବରର ମାମଲା ଦୃଷ୍ଟିଗୋଚର ହେଇଥାଏ ।

ଭାବପ୍ରବଣତା: କେତେକ ଅଧ୍ୟୟନରୁ ଜଣାପଡ଼ିଛି ଯେ ଭାବପ୍ରବଣତା ଓ ପ୍ରିମେଚ୍ୟୁର ହେବାର ମଧ୍ୟରେ ମଧ୍ୟ ନିବିଡ଼ ସମ୍ପର୍କ ରହିଛି । ଅନେକ ଥର ଏଭଳି ଚାପ ପଡ଼ିଥାଏ ଯେ ତାକୁ କମ୍ କରାଯାଇପାରେ ନାହିଁ, ଯଥା: ଚାକିରି ଛାଡ଼ିବା, କାହାର ମୃତ୍ୟୁ ହେବା... ଇତ୍ୟାଦି । ଉତ୍ତମ ପୋଷଣ, ମାନସିକ ଚାପମୁକ୍ତ କୌଶଳ, ବ୍ୟାୟାମ ତଥା ଆରାମ, ବଂଧୁ ତଥା ଜୀବନସାଥୀ ସହ କଥାବାର୍ତ୍ତା କରି ଏଭଳି ଚାପକୁ ଦୂରୀଭୂତ କରାଯାଇପାରେ । ଡାକ୍ତରଙ୍କ ଦିଗ୍‌ଦର୍ଶନ ମଦ୍ୟ ଗ୍ରହଣୀୟ ।

ମଦ ଓ ନିଶାଦ୍ରବ୍ୟ ସେବନ: ମଦ ଓ ବିଭିନ୍ନ ନିଶାଦ୍ରବ୍ୟ ସେବନ କରୁଥିବା ଗର୍ଭବତୀ ମହିଳା ମାନଙ୍କର ଅସାମୟିକ ପ୍ରସବ ବେଦନା ଅନେକ ଗୁଣରେ ବୃଦ୍ଧି ପାଇଥାଏ ।

ଧୂମପାନ: ଧୂମପାନ ଯୋଗୁଁ ମଧ୍ୟ ସମୟ ପୂର୍ବରୁ ପ୍ରସବ ହେଇଥାଏ । ଗର୍ଭଧାରଣ ପୂର୍ବରୁ ବା ଗର୍ଭକାଳ ମଧ୍ୟରେ ଏହାକୁ ପରିତ୍ୟାଗ କରନ୍ତୁ । ଯଦି ଉପରୋକ୍ତ ସମୟରେ ଛାଡ଼ିପାରିବେନି ତେବେ ଉପଯୁକ୍ତ ସମୟ ଆଉ କଣ ହେଇପାରେ ?

ଦାନ୍ତମୂଳର ସଂକ୍ରମଣ: ଅନେକ ଅଧ୍ୟୟନରୁ ଜଣାପଡ଼ିଛି ଯେ ଦାନ୍ତ ମୂଳରେ ଥିବା ରୋଗର ମଧ୍ୟ ପ୍ରିଟର୍ମ ବାର୍ଥ ସହ ସମ୍ପର୍କ ରହିଛି । ଅନେକଙ୍କ ମତରେ ଦାନ୍ତମୂଳ ଓ ସନ୍ଧିରେ ଜ୍ୱଳନ ସୃଷ୍ଟି କରୁଥିବା ବ୍ୟାକ୍ଟେରିଆ ରକ୍ତଧାରାରେ ମିଶିଯାଇଥାଏ ।

ଅନ୍ୟ କେତେକ ଗବେଷକମାନେ ଆଶଙ୍କା ବ୍ୟକ୍ତ କରନ୍ତି ଯେ, ଦାନ୍ତ ମୂଳରେ ଫୁଲା ସୃଷ୍ଟି କରୁଥିବା ବ୍ୟାକ୍ଟେରିଆ ସବୁ ପ୍ରତିରୋଧକ ତନ୍ତ୍ରକୁ ଉଦ୍‌ବେଳିତ କରି ସର୍ଭିକ୍ସ ଓ ଗର୍ଭାଶୟରେ ଜ୍ୱଳନ ସୃଷ୍ଟି ଯୋଗୁଁ ସମୟ ପୂର୍ବରୁ ପ୍ରସବ ହେଇଥାଏ ।ଏଣୁକରି ଆପଣ ପାଟିର ସଫେଇ ପ୍ରତି ଦୃଷ୍ଟିଦେବା ବିଧେୟ । ବ୍ୟାକ୍ଟେରିଆଠାରୁ ଦାନ୍ତକୁ ରକ୍ଷାକରି ସମୟ ପୂର୍ବରୁ ହେଉଥିବା ପ୍ରସବକୁ ଆପଣ ଦୂରେଇପାରିବେ ।

ଗର୍ଭଧାରଣ ପୂର୍ବରୁ ଏଭଳି ସଂକ୍ରାମକ ରୋଗର ଚିକିତ୍ସା କରେଇନେଲେ ବିଭିନ୍ନ ଅସୁବିଧା ଆଉ ପ୍ରିଟର୍ମ ବାର୍ଥରୁ ନିଜକୁ ରକ୍ଷା କରିପାରିବେ ।

ସର୍ଭିକ୍ସରେ ଅକ୍ଷମତା: ଅନେକ ଥର ସର୍ଭିକ୍ସ ଦୁର୍ବଳ ହେବା ଯୋଗୁଁ ପ୍ରଥମେ ଖୋଲିଯାଇଥାଏ । ଗର୍ଭବତୀ ମହିଳାମାନେ ଏକଥା ମିସ୍‌କ୍ୟାରେଜ ବା ଅସାମୟିକ ପ୍ରସବ ବେଦନା ହେବା ପରେ ହିଁ ଜାଣିଥାନ୍ତି । ଅଲଟ୍ରାସାଉଣ୍ଡ ବଳରେ ବେଳେ ଏହାର ଅବସ୍ଥାକୁ ପରୀକ୍ଷାକରି ବିପଜ୍ଜନକ ପରିସ୍ଥିତିକୁ ଘୁଞ୍ଚେଇ ହୁଏ ।

ପୂର୍ବତନ ଅସାମୟିକ ପ୍ରସବ: ଯଦି ଆପଣଙ୍କର ପ୍ରଥମ ଗର୍ଭ ମଧ୍ୟ ଏପରି ହେଇଥାଏ, ତାହେଲେ ଏହାର ଆଶଙ୍କା ମଧ୍ୟ ଅନେକ ବଢ଼ିଯାଇପାରେ । ଆପଣଙ୍କ ଡାକ୍ତର ଏହି ବିପଦକୁ ଘୁଞ୍ଚେଇବାକୁ ଚାହୁଁଥିଲେ ଦ୍ୱିତୀୟ ଓ ତୃତୀୟ ତ୍ରୟମାସିକରେ ପ୍ରୋଜେଷ୍ଟରାନର ଡୋଜ୍ ଦେଇପାରନ୍ତି ।

ନିମ୍ନଲିଖିତ ବିପଦଗୁଡ଼ିକୁ ଆୟତ୍ତ କରାଯାଇନପାରେ ହେଲେ କେତେକାଂଶରେ ଦୂରେଇ ହୁଏ । ଡାକ୍ତର ଏସବୁ ଅସୁବିଧାର ସମ୍ମୁଖୀନ ହେବା ପାଇଁ ନିଜକୁ ଓ ଆପଣଙ୍କୁ ମଧ୍ୟ ସତର୍କ ଓ ପୂର୍ବ ପ୍ରସ୍ତୁତ ହେବାକୁ କହିପାରନ୍ତି ।

ମଲ୍ଟିପ୍ଲାଇ: ଏକାଧିକ ଶିଶୁ ହେଇଥିଲେ ଗର୍ଭବତୀ ମହିଳା ସାଧାରଣତଃ ତିନି ସପ୍ତାହ ପୂର୍ବେ ଶିଶୁମାନଙ୍କୁ ଜନ୍ମ ଦେଇଥାଏ । (ଅବଶ୍ୟ ଯାଆଁଳା ଶିଶୁମାନଙ୍କର ଗର୍ଭକାଳ ପ୍ରାୟ ୨୭ ସପ୍ତାହ ହେଇଥାଏ । ଯାହାକି ୩ ସପ୍ତାହ ପୂର୍ବେ ହୁଏ, ହେଲେ ଏହାକୁ ଶୀଘ୍ର ବୋଲି ଧରାଯାଏ ନାହିଁ) । ପ୍ରସବ ପୂର୍ବରୁ ଯତ୍ନ, ଯଥେଷ୍ଟ ପୋଷଣ ତଥା ଅନ୍ୟାନ୍ୟ ଅସୁବିଧାକୁ ଦୂରେଇବା ସକାଶେ ଶେଷତମ ତ୍ରୟମାସିକ ମଧ୍ୟରେ ପର୍ଯ୍ୟାପ୍ତ ଆରାମ ନେବା ଶ୍ରେୟସ୍କର । ଏତଦ୍ୱାରା ଅନେକ ଅସୁବିଧା ଦୂରୀଭୂତ ହୋଇଥାଏ ।

ସର୍ଭିକ୍ସର ସମସ୍ୟା: ଅନେକ ମହିଳାମାନଙ୍କ ଠାରେ ସର୍ଭିକ୍ସ ଯୋଗୁଁ ମଧ୍ୟ ଅସାମୟିକ ପ୍ରସବ ସମସ୍ୟା ଦେଖାଯାଇଥାଏ । ଯଦି ମଝିରେ ମଝିରେ ଅଲଟ୍ରାସାଉଣ୍ଡରେ ପରୀକ୍ଷା କରାଯାଏ ତେବେ ଅସୁବିଧା ମଧ୍ୟ ଦେଇ ଗତି କରୁଥିବା ମହିଳାମାନେ ସାହାଯ୍ୟ ପାଇପାରିବେ ।

ଗର୍ଭାବସ୍ଥାର ଜଟୀଳତା: ଗେଷ୍ଟେସନାଲ ମଧୁମେହ, ପ୍ରିଏକ୍ଲେମ୍ପସିଆ ଓ ଅତ୍ୟଧିକ ଏମ୍ନିଓଟିକ୍ ଫ୍ଲୁଡ୍ ତଥା ପ୍ଲେଜେଣ୍ଟା ସମ୍ପର୍କିତ ସମସ୍ୟା ଯୋଗୁଁ ଅସାମୟିକ ପ୍ରସବ ବେଦନା ଆରମ୍ଭ ହୋଇପାରେ ।

ଏସବୁ ଅସୁବିଧାକୁ ଆୟତ୍ତାଧୀନ କରି ଗର୍ଭକାଳର ଅବଧି ବା ସମୟକୁ ବୃଦ୍ଧି କରାଯାଇପାରେ ।

ଦୀର୍ଘକାଳୀନ ରୋଗ: ଉଚ୍ଚ ରକ୍ତଚାପ, ହୃଦ୍‌ରୋଗ, ବୃକକ୍ ବା ଲିଭର ରୋଗ ଓ ମଧୁମେହ ଭଳି ଦୀର୍ଘକାଳୀନ ରୋଗ ମଧ୍ୟ ସମୟ ପୂର୍ବରୁ ପ୍ରସବ ବେଦନାର କାରକ ହେଇଥାନ୍ତି; ହେଲେ ଉତ୍ତମ ଡାକ୍ତରଙ୍କ ପରାମର୍ଶ ଓ ଉପକ୍ରମ ବଳରେ ଏସବୁରୁ ରକ୍ଷା ପାଇହୁଏ ।

ସାଧାରଣ ସଂକ୍ରମଣ: ସମ୍ଭୋଗଜନିତ ରୋଗ ଯୋଗୁଁ ମଧ୍ୟ ଅସାମୟିକ ପ୍ରସବ ହେଇଥାଏ । ଯଦି ସଂକ୍ରମଣ ଯୋଗୁଁ ଶିଶୁକୁ କୌଣସି ପ୍ରକାର ବିପଦର ଆଶଙ୍କା ଥାଏ, ତେବେ ମା'ର ଶରୀର ଶିଶୁର ରକ୍ଷା ପାଇଁ ସମୟ ପୂର୍ବରୁ ପ୍ରସବ କରିବାକୁ ଉଦ୍ୟତ ହେଇଥାଏ । ଏଣୁ ସଂକ୍ରମଣରୁ ନିଜକୁ ରକ୍ଷାକରି ଏଭଳି ସମସ୍ୟାକୁ ଦୂରେଇ ହେବ ।

୧୭ ବର୍ଷରୁ କମ୍ ବୟସ: ୧୭ ବର୍ଷରୁ କମ୍ ବୟସର ଗର୍ଭବତୀ ଝିଅମାନଙ୍କ ପାଇଁ ସମୟ ପୂର୍ବରୁ ପ୍ରସବର ଆଶଙ୍କା ଅଧିକ ଥାଏ । ଉତ୍ତମ ସୁଷମ ଖାଦ୍ୟ ଓ ପ୍ରସବ ପୂର୍ବର ଉପଯୁକ୍ତ ଯତ୍ନ ନେଲେ ହୁଏତ, ମା' ଓ ଶିଶୁର ପୂର୍ଣ୍ଣ ବିକାଶ ବା ଗଠନ କରାଯାଇପାରେ ।

ଏଡ୍‌ସର ଅର୍ଥ

“ମୁଁ ଓ ମୋ ସ୍ୱାମୀ, ଆମ ଦୁହିଁଙ୍କର ମିଳନ ପୂର୍ବରୁ ଆହୁରି ଅନେକେଙ୍କ ସହିତ ଶାରୀରିକ ସମ୍ପର୍କ ରହିଆସିଛି । ଯେହେତୁ ଏଡ୍‌ସର ଲକ୍ଷଣ ଅନେକ ବର୍ଷ ପରେ ଦୃଶ୍ୟମାନ ହେଇଥାଏ, ତେବେ ମୁଁ କିଭଳି ଜାଣିପାରିବି ଯେ ମୋତେ ଏହି ରୋଗ ହୋଇନି ବୋଲି ଆଉ ଏହା ମୋ ଶିଶୁ ଦେହକୁ ଛୁଇଁବନି ?”

ଯଦି ଆପଣ ଓ ଆପଣଙ୍କ ଜୀବନ ସାଥୀ ହାଇରିସ୍କ ଗ୍ରୁପ ହୋମୋଫିଲିଏମ୍ସ, ଆଇବି, ଡ୍ରଗ୍ ଅଭ୍ୟସ୍ତ, ଉଭୟ ଲିଙ୍ଗୀ (ନପୁଂସକ) ବା ସମଲିଙ୍ଗୀ ପୁରୁଷମାନଙ୍କ ସହ ସମ୍ଭୋଗ କରିନାହାନ୍ତି, ତେବେ ଏକାଧିକ ବା ଅନେକଙ୍କ ସହ ଶାରୀରିକ ସମ୍ପର୍କ ଥିବା ସତ୍ତ୍ୱେ ମଧ୍ୟ ଏଡ୍‌ସ ହେବାର ସମ୍ଭାବନା ବା ଆଶଙ୍କା କ୍ଷୀଣ (ନଗଣ୍ୟ) କହିଲେ ଚଳେ । ଟେଷ୍ଟ ପଜିଟିଭ ହେଲେ ମଧ୍ୟ ଚିକିତ୍ସା ସାଙ୍ଗେ ସାଙ୍ଗେ ସମ୍ଭବପର । ଆପଣଙ୍କ ସୁରକ୍ଷା ନହେଲେ ମଧ୍ୟ ଶିଶୁର ସୁରକ୍ଷା ନିହାତି ହୋଇପାରିବ ।

“ଡାକ୍ତର ମତେ ଏଚଆଇଭି ଟେଷ୍ଟ ସମ୍ବନ୍ଧରେ ପଚାରିବାରୁ ମୁଁ ବ୍ୟତିବ୍ୟସ୍ତ ହେଇପଡ଼ିଲି; ମୁଁ ପରା ହାଇରିସ୍କ ଗ୍ରୁପରେ ସାମିଲ ନୁହଁ ?”

ହୁଏତ ଗର୍ଭବତୀ ମହିଳାମାନଙ୍କର ମେଡିକାଲ ହିଷ୍ଟ୍ରୀରେ ଏଚଆଇଭିର ଉପସ୍ଥିତି ଥାଉ ବା ନଥାଉ, ଏହା ଏକ ସାଧାରଣ ପରୀକ୍ଷା କହିଲେ ଚଳେ; ପୁନଶ୍ଚ ଏହା ସୁରକ୍ଷା ଦୃଷ୍ଟିରୁ ସର୍ବୋତ୍ତମ ଉପାୟ । ଏଣୁ ବ୍ୟତିବ୍ୟସ୍ତ ହୁଅନ୍ତୁ ନାହିଁ । ଡାକ୍ତର ଆପଣଙ୍କ ଭଲ ପାଇଁ ଏହି ପରୀକ୍ଷା କରିବାକୁ କହୁଛନ୍ତି ।

ଆପଣଙ୍କ ପୂର୍ବବର୍ତ୍ତୀ ଚିକିତ୍ସା ସମ୍ପର୍କିତ ତଥ୍ୟାବଳୀ

ରୁବେଲା ଏଣ୍ଟିବଡ଼ି ଲେବୁଲ

“ଛୁଆବେଳେ ମୋର ରୁବେଲାର ଟୀକାକରଣ ହୋଇଥିଲା, କିନ୍ତୁ ଗର୍ଭବତୀ ହେଲାପରେ ଉକ୍ତ ପରୀକ୍ଷାରୁ ଜଣାପଡ଼ିଲା ଯେ, ମୋର ରୁବେଲା ଏଣ୍ଟିବଡ଼ିର ଲେବୁଲ ଅତ୍ୟଧିକ ଅଳ୍ପ ଅଟେ । ହେଲେ ବର୍ତ୍ତମାନ ମତେ କ’ଣ କରିବାକୁ ହେବ ?”

ରୁବେଲାକୁ ନେଇ ଆପଣ ଏତେ ଭୟକରିବା ବା ବ୍ୟତିବ୍ୟସ୍ତ ହେବାର ଆବଶ୍ୟକ ନାହିଁ । ଏତଦ୍ୱାରା ଅଜନ୍ମ ଶିଶୁକୁ କୌଣସ ପ୍ରକାର ଅସୁବିଧାର ଆଶଙ୍କା ନଥାଏ । ଏହି ରୋଗକୁ ନେଇ ପୂର୍ବରୁ ମଧ୍ୟ ଅନେକ ସତର୍କତା ଅବଲମ୍ବନ କରାଯାଉଛି ।

ଅବଶ୍ୟ ଆପଣଙ୍କୁ ଗର୍ଭଧାରଣ ସମୟରେ ଏହାର ଟୀକା ଦିଆଯାଇ ପାରିବ ନାହିଁ, କିନ୍ତୁ ଆପଣଙ୍କୁ ପ୍ରସବ ଉତ୍ତାରେ ଉକ୍ତ ଟୀକା ଦିଆଯାଇପାରେ; ହୁଏତ ଆପଣ ସ୍ତନପାନ କରାଉଥାନ୍ତୁ ନା କାହିଁକି !

ମୋଟାପଣ

“ମୋର ଓଜନ ୬୦ ପାଉଣ୍ଡରୁ ବେଶି ହେବ । ଏତଦ୍ୱାରା ମତେ ବା ମୋ ଛୁଆକୁ ଗର୍ଭ ସମୟରେ କୌଣସି ଅସୁବିଧା ହେଇପାରେ କି ?”

ସାଧାରଣତଃ ମୋଟି ଗର୍ଭବତୀ ମହିଳାମାନେ ମଧ୍ୟ ସୁସ୍ଥ ଶିଶୁଙ୍କୁ ଜନ୍ମ ଦେଇଥାନ୍ତି । ଅବଶ୍ୟ ମୋଟାପଣ ଦୃଷ୍ଟିରୁ ସ୍ୱାସ୍ଥ୍ୟରେ ଅସୁବିଧା ହେଇପାରେ ଆଉ ଗର୍ଭାବସ୍ଥା ବେଳେ ମଧ୍ୟ । ଗର୍ଭଧାରଣ ବ୍ୟତୀତ

ଗର୍ଭାବସ୍ଥା ଓ ଟୀକାକରଣ

ଅନେକ ପ୍ରକାର ସଂକ୍ରମଣ ଗର୍ଭ ସମୟରେ ଅସୁବିଧା ସୃଷ୍ଟି କରିପାରନ୍ତି, ଏଣୁକରି ଗର୍ଭଧାରଣ ପୂର୍ବରୁ ସବୁତକ ଟୀକାକରଣ କରିନେବା ଉଚିତ, କାରଣ ଗର୍ଭାବସ୍ଥାରେ ଏସବୁ ଟୀକା ଦିଆଯାଇ ପାରିବନି । ଯଥା: ଏମଏମଆର... ଇତ୍ୟାଦି । ଗର୍ଭବେଳେ କେତେକ ଟୀକା ଲଗାଯାଇପାରେ ତ କେତେ ନୁହଁ । ପ୍ରତ୍ୟେକ ଗର୍ଭବତୀଙ୍କୁ ଟିଟାନସ, ଡିପ୍‌ଥେରିଆ, ହେପାଟାଇଟିସ ବି.ର ଟୀକା ସୁରକ୍ଷିତ ଭାବରେ ଦିଆଯାଇପାରେ

ଯଦି ଆପଣଙ୍କର ଓଜନ ଅତ୍ୟଧିକ ହେଇଥାଏ ତେବେ ଗେଷ୍ଟେସନାଲ ଡାଇବିଟିଜ ବ୍ୟତୀତ ଉଚ୍ଚ ରକ୍ତଚାପର ଅସୁବିଧା ହେଇପାରେ । ଏତଦ୍‌ଦ୍ୱାରା ଅନେକ ସମସ୍ୟା ସୃଷ୍ଟି ହୋଇଯାଇଥାଏ । ପ୍ରାରମ୍ଭିକ ଅଲ୍‌ଟ୍ରାସାଉଣ୍ଡ ନକଲେ ଆପଣଙ୍କର ପ୍ରସବର ଆନୁମାନିକ ତିଥି ଜଣାପଡ଼ିପାରେ ନାହିଁ । କାହିଁକିନା ମୋଟି ମହିଳାମାନଙ୍କର ଓଭ୍ୟୁଲେସନ୍‌ର ସମୟ ଅନିଶ୍ଚିତ ଥାଏ । ଅନେକ ଡାକ୍ତର ଗର୍ଭାଶୟର ଆକାର, ଅବସ୍ଥାନ କିମ୍ବା ହୃଦସ୍ପନ୍ଦନକୁ ଶୁଣି ଅନୁମାନ କରିବାକୁ ଚେଷ୍ଟା କରନ୍ତି, ତାହା ଚର୍ବି ଯୋଗୁଁ ସମ୍ଭବ ହେଇନଥାଏ ।

ଡାକ୍ତର ଭ୍ରୁଣ (ଶାବକ)ର ଆକାର ଓ ଅବସ୍ଥାନ କଥା ଜାରିପାରନ୍ତି ନାହିଁ, ଆଉ ଆପଣ ମଧ୍ୟ ଛୁଆର ହଲଚଲ ସହଜରେ ଜାଣିପାରନ୍ତି ନାହିଁ ।

ଯଦି ଭ୍ରୂଣ (ଶିଶୁ)ଟି ସାଧାରଣ ଆକାରରୁ ବଡ଼ ହେଇଥାଏ, ତେବେ ପ୍ରସବରେ ଅସୁବିଧା ସୃଷ୍ଟି କରିଥାଏ । ସାଧାରଣତଃ ମୋଟି ସ୍ତ୍ରୀ ଲୋକମାନଙ୍କ ପକ୍ଷରେ ଏପରି ହେଇଥାଏ । (ଏଥିରେ ମଧୁମେହ ରୋଗୀ ବା ଗର୍ଭ ବେଳେ ଅଳ୍ପ ଖାଦ୍ୟ ଖାଉଥିବା ଉଭୟେ ସାମିଲ ଅଟନ୍ତି) ଯଦି ସିଜେରିଆନ (ଶୈଳୀକ୍ରିୟା) କରିବାକୁ ପଡ଼େ, ତେବେ ସର୍ଜରୀ କଲା ସମୟରେ ଓ ତା'ପରେ ମଧ୍ୟ ଅସୁବିଧା ଦେଖାଦେଇଥାଏ ।

ପୁନଶ୍ଚ ଗର୍ଭ ସମୟରେ ହେଉଥିବା କଷ୍ଟ ଓ ଅସହଜ ପଣକୁ ଅନୁମାନ କରିପାରୁଥିବେ । ଅଧିକ ଓଜନ ହେବା ଯୋଗୁଁ ପିଠି ବ୍ୟଥା ହେବ, ଭେରିକୋଜ ଶିରା ଫୁଲିଯିବ ଓ ଛାତି ଜ୍ୱାଳା ଦେଖାଦେବ ।

ବ୍ୟତିବ୍ୟସ୍ତ ହେଲେ କି ! ନା, ଡାକ୍ତର ଓ ଆପଣ ମିଶି ଶିଶୁ ପ୍ରତି ଅଗ୍ରସର ହେଉଥିବା ଅସୁବିଧାକୁ ଦୂରେଇ ନେଇପାରିବେ । ଏଥିପ୍ରତି ଅଧିକ ଦୃଷ୍ଟିଦେବାକୁ ହେବ ।

ଡାକ୍ତରୀ ପରୀକ୍ଷା ଦୃଷ୍ଟିରୁ ଅଳ୍ପ ଅଧିକ ଟେଷ୍ଟ କରିବାକୁ ପଡ଼ିପାରେ । ଆରମ୍ଭ ବେଳେ ଶୀଘ୍ର ଅଲ୍‌ଟ୍ରାସାଉଣ୍ଡ କରିବାକୁ ହେବ ଯଦ୍ଦ୍ୱାରା ପ୍ରସବର ଆନୁମାନିକ ତିଥିଟା ସ୍ପଷ୍ଟ ହେଇପାରିବ । ତା'ପରେ ଶିଶୁର ଆକାର ଓ ଅବସ୍ଥାନ, ଗ୍ଲୁକୋଜ ଟଲେରେନ୍ସ ଟେଷ୍ଟ ଆଉ ସ୍କ୍ରିନିଂ କରେଇବାକୁ ହେବ ।

ଗ୍ୟାଷ୍ଟ୍ରିକ୍ ବାଇପାସ ପରେ ଗର୍ଭଧାରଣ

ଅନେକ ଅନେକ ଶୁଭେଚ୍ଛା ! ଆପଣ ଅତ୍ୟଧିକ ଓଜନ ହ୍ରାସ କଲାପରେ ଗର୍ଭଧାରଣ କରିଛନ୍ତି, ହେଲେ ଆପଣ ଚିନ୍ତା କରୁଥିବେ ଯେ ଏହି ବାଇପାସ ପରେ ଆପଣଙ୍କ ଗର୍ଭ କେତେ ସୁରକ୍ଷିତ ହେବ ? ଅବଶ୍ୟ ଆପଣଙ୍କୁ ପରାମର୍ଶ ଦିଆଯାଇଥିବ ଯେ ବାଇପାସର ୧୨-୧୮ ସପ୍ତାହ ପର୍ଯ୍ୟନ୍ତ ଗର୍ଭଧାରଣ କରନ୍ତୁ ନାହିଁ, କାହିଁକିନା ଏଥିରେ ଓଜନ ଖୁବ୍ ପରିମାଣରେ ହ୍ରାସ ପାଇଥାଏ । ଆଉ କୁପୋଷଣର ଆଶଙ୍କା ମଧ୍ୟ ଅବ୍ୟାହତ ରହେ; ହେଲେ ସେହି ଅବସ୍ଥାକୁ ଅତିକ୍ରମ କଲାପରେ ଆପଣ ସହଜରେ ସୁରକ୍ଷିତ ଗର୍ଭଧାରଣର ଆଶା କରିପାରନ୍ତି । ଅବଶ୍ୟ ଏଥିପାଇଁ ଆପଣଙ୍କୁ ଅଳ୍ପ ବହୁତ ପରିଶ୍ରମ କରିବାକୁ ହେବ ।

■ ନିଜର ଗ୍ୟାଷ୍ଟ୍ରିକ୍ ବାଇପାସ ଡାକ୍ତରଙ୍କୁ ପ୍ରସୂତି ବିଶେଷଜ୍ଞଙ୍କ ସହିତ ଭେଟ କରେଇ କଥାବାର୍ତ୍ତା କରାନ୍ତୁ, ଯଦ୍ଦ୍ୱାରା ଆପଣଙ୍କ ପରିପ୍ରେକ୍ଷୀରେ କୌଣସି ବିଶେଷ ପରାମର୍ଶ ଥିଲେ ସେ ବୁଝେଇ ପାରିବେ ।

■ ଗର୍ଭଧାରଣ କଲାପରେ ଆପଣ ଭିଟାମିନ ଆଇରନ, କ୍ୟାଲସିୟମ, ଫଲିକ୍ ଏସିଡ୍ ଓ ଭିଟାମିନ ବି-୧୨ର ଭରପୂର ମାତ୍ରା ଖାଇବେ । ଏଥିପାଇଁ ପରାମର୍ଶ ଲୋଡି ଔଷଧ ଖାଆନ୍ତୁ ।

■ ନିଜ ଓଜନ ପ୍ରତି ମଧ୍ୟ ଆପଣ ଦୃଷ୍ଟି ଦେବେ । ଏଥର ଆସ୍ତେ ଆସ୍ତେ କରି ଓଜନ ବଢ଼େଇବାକୁ ହେବ । ଯଦି ଓଜନ ବଢ଼ିବ ନାହିଁ, ତେବେ ଶିଶୁର ସାମଗ୍ରିକ ଗଠନ ଓ ସମ୍ପୂର୍ଣ୍ଣ ବିକାଶ ସମ୍ଭବ ନୁହଁ ।

■ ଭୋଜନର ମାତ୍ରା ପରିବର୍ତ୍ତେ ତା'ର ଗୁଣବତ୍ତାକୁ ଦୃଷ୍ଟିଦେବାକୁ ହେବ । ଏପରି ଖାଦ୍ୟ ବାଛିବା, ଯଦ୍ଦ୍ୱାରା ଅଳ୍ପ ମାତ୍ରାରେ ମଧ୍ୟ ଅଧିକ ପୋଷଣତତ୍ତ୍ୱ ପ୍ରାପ୍ତ କରିହେବ ।

■ ଯଦି ଦୈବାତ୍ ବେଶି ପେଟ ବ୍ୟଥା ହୁଏ ବା ରକ୍ତସ୍ରାବ ହୁଏ ତେବେ ଚଞ୍ଚଳ ଡାକ୍ତରଙ୍କୁ ପରାମର୍ଶ ମାଗନ୍ତୁ ।

ଯଦ୍ଵାରା ଆପଣ ଗେଷ୍ଟେସନାଲ ମଧୁମେହ ରୋଗୀ ଅଟନ୍ତି ନା ନାହିଁ, ଏକଥା ଜଣାପଡ଼ିବ । ଗର୍ଭାବସ୍ଥାର ଶେଷତମ ପର୍ଯ୍ୟାୟରେ ମଧ୍ୟ ଶିଶୁର ସଠିକ୍ ଅବସ୍ଥା ଜାଣିବା ପାଇଁ ନନଷ୍ଟ୍ରେସ ଓ ଅନ୍ୟାନ୍ୟ ଟେଷ୍ଟଗୁଡ଼ିକ କରେଇବାକୁ ହେବ ।

ଆପଣ ନିଜ ଯତ୍ନ ନିଜେ ନେଲେ ଖୁବ୍ ଭଲ ହେବ । ଆପଣ ଧୂମପାନ ଓ ମଦ୍ୟପାନ ଭଳି ବଦଭ୍ୟାସଗୁଡ଼ିକୁ ଛାଡ଼ିଦେବା ଉଚିତ କାରଣ ଏହା ଗର୍ଭାବସ୍ଥାର ଅସୁବିଧାକୁ ବଢ଼େଇ ଦେଇଥାଏ । ନିଜ ଓଜନକୁ ମାପିଚୁପି ରଖିବାକୁ ହେବ, ଅବଶ୍ୟ ଏହା ଅନ୍ୟ ମା'ଙ୍କ ଅପେକ୍ଷା କମ୍ ହୋଇପାରେ । ମଝିରେ ମଝିରେ ଡାକ୍ତରଙ୍କ ପରାମର୍ଶ ବାଞ୍ଛନୀୟ । ଏ ପରିପ୍ରେକ୍ଷୀରେ ବିଭିନ୍ନ ଡାକ୍ତରଙ୍କ ମତାମତ ପୃଥକ ପୃଥକ ହେଇପାରେ ।

ନିଜର ଦୈନିକ ଭୋଜନରେ ଆପଣ ଭଲ ଭଲ ପୋଷଣଯୁକ୍ତ ଖାଦ୍ୟ ଗ୍ରହଣ କରି କ୍ୟାଲୋରୀ ପ୍ରତି ଦୃଷ୍ଟି ଦେବାକୁ ହେବ । ଭିଟାମିନ, ପ୍ରୋଟିନ ଓ ଖଣିଜ ଲବଣ ଭରପୂର ମାତ୍ରାରେ ଖାଇବାକୁ ହେବ । ଭୋଜନର ମାତ୍ରା ଅପେକ୍ଷା ଗୁଣବର୍ତ୍ତାକୁ ଗୁରୁତ୍ୱ ଦେବାକୁ ହେବ । ଖାଦ୍ୟ ବ୍ୟତୀତ ଭିଟାମିନର ବଟିକା ମଧ୍ୟ ଖାଇବାକୁ ହେବ । ଡାକ୍ତରଙ୍କୁ ପଚାରି ଭଲ ଭାବରେ ବ୍ୟାୟାମ କଲେ ଓଜନ ମଧ୍ୟ ବେଶି ବଢ଼ିବନି ଆଉ ଶିଶୁ ତଥା ନିଜକୁ ସମ୍ପୂର୍ଣ୍ଣ ପୋଷଣ ମିଳିପାରୁଥିବ ।

ଯଦି ଏହା ସତ୍ତ୍ୱେ ମଧ୍ୟ ଗର୍ଭଧାରଣର ଯୋଜନା ଥାଏ, ତେବେ ନିଜ ଆଦର୍ଶ ଓଜନ ଅନୁସାରେ ଆଗଭର ହୁଅନ୍ତୁ, ଯଦ୍ଵାରା ଗର୍ଭର ସମୟ ସୁରକ୍ଷିତ ଓ ସୁଖଦ ହେଇପାରିବ ।

ଓଜନ ହ୍ରାସ ପାଇବା

"ମୋ ଓଜନ ଅତ୍ୟନ୍ତ, ଏଣୁକରି ମୋର ଗର୍ଭଧାରଣରେ କୌଣସି ଅସୁବିଧା ହେବ କି ?"

ଅବଶ୍ୟ ଗର୍ଭସମୟରେ ସମ୍ପୂର୍ଣ୍ଣ ସୁଷମ ଖାଦ୍ୟ ଖାଇବା ଉଚିତ, ଯଦ୍ଵାରା ମା' ଓ ଶିଶୁ ଉଭୟଙ୍କ ସ୍ୱାସ୍ଥ୍ୟ ଠିକ୍ ରହିବ । କିନ୍ତୁ ଯଦି ଆପଣଙ୍କ ଓଜନ ଖୁବ୍ କମ୍ ଥାଏ । ତେବେ ଆପଣଙ୍କୁ ଭୋଜନର ମାତ୍ରା ବଢ଼େଇବାକୁ ହେବ ନହେଲେ କମ୍ ଓଜନର ଶିଶୁ ଜନ୍ମ ହେବାର ଆଶଙ୍କା ବୃଦ୍ଧି ପାଇଯିବ ।

ତଟକା ଫଳ ଓ ପନିପରିବା ଯୁକ୍ତ ସୁଷମ ଖାଦ୍ୟ ଗ୍ରହଣ କରାଗଲେ ଦେହକୁ ସମସ୍ତ ପ୍ରକାର ଆବଶ୍ୟକୀୟ ତତ୍ତ୍ୱ ମିଳିପାରିବ ।

ହୁଏତ, ଡାକ୍ତର ଆପଣଙ୍କୁ ସାଧାରଣ ମହିଳା ମାନଙ୍କ ଓଜନ ଠାରୁ ଅଲିପ ଅଧିକା ଓଜନ ବୃଦ୍ଧି କରିବାକୁ ପରାମର୍ଶ ଦେଇପାରନ୍ତି ।

ଅନିୟମିତ ଭୋଜନ

"ମୁଁ ଗତ ଦଶବର୍ଷ ଧରି ବୁଲିମିଆ ରୋଗରେ ପୀଡ଼ିତ ଅଛି । ମୁଁ ଭାବିଲି ଗର୍ଭଧାରଣ କଲେ ଏଥିରୁ ମୁକ୍ତି ପାଇଯିବି ହେଲେ ଏପରି ହେଲାନାହିଁ । କ'ଣ ଏତଦ୍ୱାରା ମୋ ଶିଶୁକୁ କୌଣସି ଅସୁବିଧା ହେଇପାରେ କି ?"

ଆପଣ ଅନେକ ବର୍ଷ ଧରି ବୁଲିମିଆ ଅର୍ଥାତ୍ ଏନୋରେକ୍ସିଆକୁ ଆୟତ୍ତ କରି ପାରିଲେନି । ଏହାର ଅର୍ଥ ହେଉଛି ଆପଣଙ୍କ ଦେହରେ ଭିଟାମିନ ଆଉ ପୋଷଣର ସ୍ତର ଖୁବ୍ ହ୍ରାସ ପାଇଛି । ଭାଗ୍ୟବଶତଃ ଗର୍ଭର ପ୍ରାରମ୍ଭିକ ଅବସ୍ଥାରେ ସେତେ ପୋଷଣର ଆବଶ୍ୟକତା ହୁଏନାହିଁ; ଏଣୁକରି ବର୍ତ୍ତମାନ ମଧ୍ୟ ନିଜକୁ ସମ୍ଭାଳି ନେବାର ସୁଯୋଗଟିଏ ହାତରେ ଅଛି । ଆପଣ ନିଜ ଶରୀରର ପୋଷକ ତତ୍ତ୍ୱ ଅଳ୍ପତାକୁ ଦୂରେଇ ପାରିବେ ଯଦବାରା ଏକ ସୁସ୍ଥ ଶିଶୁ ଜନ୍ମ ହେବ ।

ଅବଶ୍ୟ ଏ କ୍ଷେତ୍ରରେ ବର୍ତ୍ତମାନ ସୁଦ୍ଧା ଖୁବ୍ କମ ଗବେଷଣା ହୋଇଛି । ଏହାଯୋଗୁଁ ମାନସିକ ସ୍ରାବରେ ହୁଏ ଅସୁବିଧା ସୃଷ୍ଟି ହେଇପାରେ । ଅଧ୍ୟୟନରୁ ଏସବୁ ତଥ୍ୟ ଜଣାପଡ଼ିଛି:-

- ଯଦି ଆପଣ ଖାଦ୍ୟପେୟର ଅଭ୍ୟାସ ପରିବର୍ତ୍ତନ କରି ତାକୁ ନିୟମିତ କରିପାରନ୍ତି, ତେବେ ଆପଣଙ୍କ ଘରେ ମଧ୍ୟ ସୁସ୍ଥ ଶିଶୁଟିଏ ଜନ୍ମ ହେବ ।
- ନିଜ ଡାକ୍ତରଙ୍କୁ ଏବିଷୟରେ ଆଗରୁ ସବୁ କଥା କହି ଦିଅନ୍ତୁ ନହେଲେ ଅବସ୍ଥା ସାଂଘାତିକ ହେଇପାରେ ।
- ଆପଣଙ୍କ ପରିପ୍ରେକ୍ଷୀରେ ଅବଶ୍ୟ ବିଶେଷଜ୍ଞଙ୍କର ପରାମର୍ଶ ନିଆଯାଇପାରେ, ହେଲେ ଗର୍ଭାବସ୍ଥା ଉତ୍ତାରେ ଏହା ଅତ୍ୟାବଶ୍ୟକ ହେଇପଡ଼ିବ ।
- ଯଦି ଆପଣ ବୁଲିମିଆ ସକାଶେ ନିର୍ମିତ ଔଷଧ ଅବ୍ୟାହତ ରଖନ୍ତି, ତେବେ ହୁଏତ ଶ୍ରୀର ଗଠନରେ ବାଧା ସୃଷ୍ଟି ହେଇପାରେ । କାରଣ ସବୁତକ

ପୋଷଣତତ୍ତ୍ୱ ଶରୀର ଟାଣିନେଲେ ଶିଶୁ ଆଉ ଉପକୃତ ହୋଇପାରିବ ନାହିଁ ।

ଔଷଧର ନିୟମିତ ପ୍ରୟୋଗ ଫଳରେ ଭ୍ରୁଣ ହୁଏତ ଅସାଧାରଣ ମଧ୍ୟ ହୋଇପାରେ । ଡାକ୍ତରଙ୍କ ବିନା ପରାମର୍ଶରେ କୌଣସି ଗର୍ଭବତୀ ସ୍ତ୍ରୀ ଏସବୁ ଔଷଧ ପ୍ରୟୋଗ କରିବା ସମ୍ପୂର୍ଣ୍ଣ ଅନୁଚିତ ।

■ ବୁଲିମିଆ ଯୋଗୁଁ ଗର୍ଭପାତ, ସମୟ ପୂର୍ବରୁ ପ୍ରସବ ବା ଅବସାଦ ଜନିତ ଅସୁବିଧା ବୃଦ୍ଧିପାଏ । ଏଥର ଆପଣ ପୁରୁଣା ବଦଭ୍ୟାସ ତ୍ୟାଗ କରି ଶିଶୁ ଓ ନିଜର ସ୍ୱାସ୍ଥ୍ୟ ପ୍ରତି ଦୃଷ୍ଟିଦେବା ବିଧେୟ । ଯଦି ଏପରି କରିବାରେ ଅସୁବିଧା ହେଉଥାଏ, ତେବେ ଅନ୍ୟର ସାହାଯ୍ୟ ନିଆଯାଇପାରେ ।

■ ଗର୍ଭ ସମୟରେ ଠିକ୍ ଭାବରେ ଓଜନ ବୃଦ୍ଧି ନହେଲେ ଅନେକ ପ୍ରକାରର ଅସୁବିଧା ସୃଷ୍ଟି ହୋଇପାରେ । ହୁଏତ ଶିଶୁ ନିଜର ଗେଷ୍ଟେସନାଲ ବୟସ ତୁଳନାରେ ଛୋଟ ହୋଇ ଜନ୍ମ ହୋଇପାରେ ।

■ ସର୍ବପ୍ରଥମେ ଆପଣ ସଠିକ୍ ପଦକ୍ଷେପ ଗ୍ରହଣ କରିବାକୁ ହେବ, ଯଦ୍ଦ୍ୱାରା ଗର୍ଭସ୍ଥ ଶିଶୁ ସକାଶେ ନିଜର କର୍ତ୍ତବ୍ୟ ପାଳନ କରିପାରିବେ । ଆପଣ ବୁଝିବାକୁ ହେବ ଯେ ଗର୍ଭ ସମୟରେ ଓଜନ ବୃଦ୍ଧି କେତେ ଗୁରୁତ୍ୱପୂର୍ଣ୍ଣ ।

■ ଗର୍ଭ ସମୟରେ ଆପଣଙ୍କ ଦେହର ଗୋଲାକାର ଅବସ୍ଥା ଏହାର ସଂକେତ ଦେଇଥାଏ ଯେ, ଶିଶୁ ଭ୍ରୁଣଟି ଠିକ୍ ଭାବରେ ବୃଦ୍ଧି ପାଉଛି ।

■ ଠିକ୍ ସମୟରେ ଉପଯୁକ୍ତ ଖାଦ୍ୟ ଗ୍ରହଣ କଲେ ଓଜନ ବୃଦ୍ଧିରେ କୌଣସି ଅସୁବିଧା ହେବନାହିଁ । ଏକଥାକୁ ନେଇ ଭୟ କରନ୍ତୁ ନାହିଁ ଯେ ପ୍ରସବ ଉତ୍ତାରେ ମଧ୍ୟ ଦେହର ଅବସ୍ଥା ଏଇୟା ହୋଇଯିବ ଏହା ସାଂଗକୁ ଆପଣ ଜଣେ ସୁସ୍ଥ ଶିଶୁର ମା ମଧ୍ୟ ହୋଇପାରିବେ ।

■ ଆପଣ ଭୋକରେ ଥିଲେ ଛୁଆକୁ ମଧ୍ୟ ଭୋକ ହୋଇଥାଏ । ଶିଶୁ ସମ୍ପୂର୍ଣ୍ଣ ରୂପେ ଆପଣଙ୍କ ଉପରେ ନିର୍ଭରଶୀଳ । ଯଦି ବାନ୍ତି ବା ଲେମସେଟିନ ଫଳରେ ଦେହରୁ ପୋଷକ ତତ୍ତ୍ୱ ଚାଲିଯାଏ ତେବେ ଶିଶୁର ଗଠନ ଓ ବିକାଶ ବାଧାପ୍ରାପ୍ତ ହେବ ।

■ ବ୍ୟାୟାମ କରି ମଧ୍ୟ ଆପଣ ନିଜର ଓଜନ ସଠିକ୍ ଭାବରେ ବୃଦ୍ଧି କରିପାରିବେ । କେବଳ ଦୃଷ୍ଟିଦେବା କଥା ହେଲା- ବ୍ୟାୟାମ ଗର୍ଭଧାରଣର ଅନୁକୂଳ ହେବା ଆବଶ୍ୟକ । ଏଥିପାଇଁ ଡାକ୍ତରଙ୍କ ପରାମର୍ଶ ଗ୍ରହଣୀୟ । ଅତ୍ୟଧିକ ବ୍ୟାୟାମ ମଧ୍ୟ କ୍ଷତିକାରକ ହୋଇପାରେ ।

■ ପ୍ରସବର ହଠାତ୍ ପରେ ଓଜନ କମିଯାଏ ନାହିଁ । ସାଧାରଣତଃ ଆସ୍ତେ ଆସ୍ତେ କମେଇବାକୁ ହୁଏ । ନିଜର ପୂର୍ବତନ ଆକାରକୁ ଫେରିବା ପାଇଁ ହୁଏତ ବେଶି ସମୟ ଲାଗିପାରେ । ବୁଲିମିଆ ରୋଗରେ ପୀଡିତ ମହିଳାମାନେ ପ୍ରସବ ଉତ୍ତାରେ ନକାରାତ୍ମକ ଭାବଧାରା ପୋଷଣ କରି ପୁଣି ଥରେ ସେହି ବଦଭ୍ୟାସ ଆପଣେଇ ନେଇଥାନ୍ତି । ସେମାନେ ଇଚ୍ଛାକରି ମଧ୍ୟ ଠିକ୍ ଭାବରେ ନିଜର ଶିଶୁକୁ ସ୍ତନପାନ କରେଇ ପାରନ୍ତି ନାହିଁ । ଏଭଳି ମହିଳାମାନେ ପ୍ରସବ ପରେ ମଧ୍ୟ ନିଜର ବିଶେଷଜ୍ଞମାନଙ୍କ ପରାମର୍ଶ ଗ୍ରହଣ କରିବା ଉଚିତ, ଯଦ୍ଦ୍ୱାରା ଖାଦ୍ୟପେୟର ବଦଭ୍ୟାସ ଓ ଅନିୟମିତକୁ ଠିକ୍ କରାଯାଇପାରେ ।

ସବୁଠୁ ବଡ଼ କଥା ହେଲା ଗର୍ଭାବସ୍ଥାରେ ଆପଣଙ୍କ ସ୍ୱାସ୍ଥ୍ୟ ସହିତ ଶିଶୁର ସ୍ୱାସ୍ଥ୍ୟ ଜଡ଼ିତ ଥାଏ । ଯଦି ଆପଣ ସୁସ୍ଥ ନୁହନ୍ତି, ତେବେ ଆପଣଙ୍କର ଶିଶୁ ମଧ୍ୟ ସୁସ୍ଥ ହୋଇପାରିବ ନାହିଁ । ନିଜ ଘର, ଅଫିସ, ଫ୍ରିଜ, ମେଜ କିମ୍ବା ଆଲମାରୀରେ ସୁସ୍ଥ ହସ ହସ ବଦନ ବିଶିଷ୍ଟ ଛୁଆମାନଙ୍କର ଚିତ୍ର ମାରିବା ଉଚିତ, ଯଦ୍ଦ୍ୱାରା ଆପଣ ମଧ୍ୟ ପ୍ରେରଣା ପାଇପାରିବେ । ମନେ କରନ୍ତୁ ଯେ ଆପଣ ଯେଉଁସବୁ ଖାଦ୍ୟ ଖାଉଛନ୍ତି, ତାର ଭିଟାମିନ ସବୁ ଶିଶୁ ଦେହରେ ପହଞ୍ଚୁଛି । ଯଦି ଡିଜର୍ଡରକୁ ଆୟତ୍ତ କରିବା କଠିନ ହୁଏ, ତେବେ ଡାକ୍ତରଙ୍କ ପରାମର୍ଶ କ୍ରମେ ହସ୍‌ପିଟାଲରେ ଏଡ୍‌ମିଟ୍ ହୋଇ ଚିକିତ୍ସିତ ହୁଅନ୍ତୁ ।

୩୫ ବର୍ଷ ବୟସ ପରେ ମା' ହେବା

"ମୋର ବୟସ ବର୍ତ୍ତମାନ ୩୮ ବର୍ଷ ଆଉ ମୁଁ ପ୍ରଥମ ଥର ପାଇଁ ମା' ହେବାକୁ ଯାଉଛି । ମୁଁ ଶୁଣିଛି ଯେ, ୩୫ ବର୍ଷ ପରେ ଗର୍ଭଧାରଣ କଲେ ଅନେକ ଅସୁବିଧା ଦେଖାଦେଇଥାଏ । ତେବେ ମୁଁ କେଉଁ ସବୁ ବିଷୟ ପ୍ରତି ବେଶି ଗୁରୁତ୍ୱ ଦେବି ?"

ଗତ କେତେ ବର୍ଷ ମଧ୍ୟରେ ଏଭଳି ମହିଳମାନଙ୍କ ସଂଖ୍ୟା ଅନେକ ଗୁଣରେ ବଢ଼ିଛି, ଯେଉଁମାନେ କି ୩୫ ବର୍ଷ ପରେ ମା' ହୋଇଛନ୍ତି । ଆପଣଙ୍କ ବୟସ ଯଦି ୩୫ ବର୍ଷରୁ ଅଧିକ ହୋଇଥାଏ

କ'ଣ ୩୫ ଏକ ଚମତ୍କାର ସଂଖ୍ୟା କି !

ଯେହେତୁ ଆପଣ ୩୫ ବର୍ଷ ବୟସକୁ ଅତିକ୍ରମ କରିସାରିଛନ୍ତି, ଏହାର ତାତ୍ପର୍ଯ୍ୟ ନୁହଁ ଯେ, ଆପଣଙ୍କୁ କମ ବୟସର ସ୍ତ୍ରୀ ଲୋକ ଭଳି ସ୍କ୍ରିନିଂ ଓ ଟେଷ୍ଟ କରେଇବାକୁ ହେବନାହିଁ ।

ସବୁ ବୟସର ମହିଳାମାନଙ୍କର ସକାଶେ ଏହା ଅତି ଜରୁରୀ ଅଟେ । ଯଦି ଏସବୁ ପରୀକ୍ଷା ପରେ କୌଣସି ଅସମାନତା ଦେଖାଦିଏ, ତେବେ ଆହୁରି ଅଧିକ ପରୀକ୍ଷା କରିବାକୁ ପଡ଼ିପାରେ ।

ତେବେ ଆପଣ ଏକଥା ମନେ ରଖିବାକୁ ହେବ ଯେ ଜୀବନରେ ସବୁଠି ବିପଦ ରହିଛି, ଏପରି କୌଣସି ଜିନିଷ ନାହିଁ ଯେଉଁଠି ବିପଦ ନଥିବ । ଅବଶ୍ୟ ବର୍ତ୍ତମାନ ଗର୍ଭଧାରଣରେ ସେତେ ବିପଦର ଆଶଙ୍କା ଦେଖାଦେଉନାହିଁ; ତଥାପି ବୟସ ବଢ଼ିବା ସାଂଗକୁ ବିପଦର ଆଶଙ୍କା ମଧ୍ୟ ବଢ଼ିଯାଇଥାଏ । ଆଜିକାଲି ଚିକିତ୍ସା ସୁବିଧା ଏତେ ପରିମାଣରେ ବଢ଼ିଯାଇଛି ଯେ, ଆପଣ ମନଇଚ୍ଛା ବଂଶବୃଦ୍ଧି କରିପାରିବେ ।

ଏହି ବୟସରେ ସବୁଠୁ ବଡ଼ ଅସୁବିଧା ହେଲା ମହିଳାମାନେ ଗର୍ଭଧାରଣ କରିପାରନ୍ତି ନାହିଁ । ଯଦି ଆପଣ ଏହାକୁ ଅତିକ୍ରମ କରି ଗର୍ଭବତୀ ହେଲେଣି ତେବେ ଆଉ ଏକ ଅସୁବିଧାର ସମ୍ମୁଖୀନ ହେବାକୁ ପଡ଼ିପାରେ । ଆପଣଙ୍କ ଘରେ ଡାଉନ ସିଣ୍ଡ୍ରୋମ ପୀଡିତ ଶିଶୁ ଜନ୍ମ ହେଇପାରେ । ମା'ର ବୟସ ବଢ଼ିବା ସାଂଗକୁ ଏହି ବିପଦର ଆଶଙ୍କା ମଧ୍ୟ ବୃଦ୍ଧି ପାଇଥାଏ । ୨୫ ବର୍ଷର ମା'ମାନଙ୍କ ଠାରେ; ୧୨୫୦ ଜଣରେ ୧ ଜଣ, ୩୦ ବର୍ଷର ମା' ମାନଙ୍କଠାରେ; ୧୦୦୦ ଜଣରେ ୩ ଜଣ, ୩୫ ବର୍ଷର ମା ମାନଙ୍କଠାରେ, ୫୦୦ ଜଣରେ ୧ ଜଣ (ଏଠାରେ ଲକ୍ଷ୍ୟ କରନ୍ତୁ ଯେ ଆଶଙ୍କା କ୍ରମେ କ୍ରମେ ବୃଦ୍ଧି ପାଇ ୩୫ ବର୍ଷ ପରେ ବଢ଼େନାହିଁ) ଅବଶ୍ୟ ଏପରି ମନେ କରାଯାଏ ଯେ, ସାଧାରଣତଃ ଏହି ବୟସର ଗର୍ଭବତୀ ମହିଳାମାନଙ୍କଠାରେ କ୍ରୋମୋଜୋମାଲ ଭିନ୍ନତା ବେଶି ପରିଲକ୍ଷିତ ହେଇଥାଏ । ଇତିମଧ୍ୟେ;ରେ ସେମାନେ ଅନେକ ପ୍ରକାରର ଔଷଧ, ଏକ୍ସ-ରେ, ସଂକ୍ରମଣ ଓ ଡ୍ରଗ୍ସ ଆଦିର ସଂସ୍ପର୍ଶରେ ଆସିଯାଇଥାନ୍ତି । ପୁନଶ୍ଚ ଏକଥା ମଧ୍ୟ ଜଣାପଡ଼ିଛି ଯେ, ଅନେକ ଥର ବର୍ଷାଧିକ୍ୟ (ବେଶି ବୟସର) ବାପାଙ୍କର ଶୁକ୍ରାଣୁ ଯୋଗୁଁ ମଧ୍ୟ ଅନେକ ଅସୁବିଧା ସୃଷ୍ଟି ହେଇଥାଏ ।

ବୟସ ବୃଦ୍ଧି ସାଂଗକୁ ଓଜନ ବଢ଼ିଥାଏ ଓ ଉଚ୍ଚ ରକ୍ତଚାପ ମଧ୍ୟ ଦେଖାଦିଏ । ବେଶି ବର୍ଷର ଗର୍ଭବତୀମାନଙ୍କ ଠାରେ ଗର୍ଭପାତ, ପ୍ରିଏକ୍ଲେମ୍ପସିଆ ଓ ପ୍ରିଟର୍ମ ଲେବର ଭଳି ଅସୁବିଧା ଦେଖା ଦେଇଥାଏ ।

ସାଧାରଣତଃ ଏହି ବୟସରେ ପ୍ରସବ ବେଦନା (ଲେବର) ଓ ପ୍ରସବ (ଡେଲିଭରି)ର ସମୟ ମଧ୍ୟ ଦୀର୍ଘ ହେଇଥାଏ । ମାଂସପେଶୀ ଗୁଡ଼ିକ ଯୋଗୁଁ ପ୍ରସବରେ ଅସୁବିଧା ହୁଏ । ଯଦି ଆପଣଙ୍କ ଫିଗର ଠିକ୍ ଥାଏ, ଠିକ୍ ସମୟରେ ବ୍ୟାୟାମ କରୁଥାନ୍ତି ଓ ପ୍ରଚୁର ସୁଷମ ଖାଦ୍ୟ ଖାଉଥାନ୍ତି, ତେବେ ବ୍ୟତିବ୍ୟସ୍ତ ହେବାର କିଛି ନାହିଁ ।

ଏସବୁ ବ୍ୟତୀତ ଆପଣଙ୍କ ପାଇଁ ଏହା ଏକ ସୁସମ୍ବାଦ । ଅବଶ୍ୟ ଡାଉନ ସିଣ୍ଡ୍ରୋମରୁ ରକ୍ଷା ପାଇ ହୁଏନାହିଁ ଅଥଚ ଅନେକ ସ୍କ୍ରିନଂ ଓ ଟେଷ୍ଟ କରି ଏହାକୁ ଚିହ୍ନି ହେଇଥାଏ । ଏଥବରେ ଶୈଳାକ୍ରିୟା ହୁଏନି ଓ ଅର୍ଥ ମଧ୍ୟ କମ୍ ଖର୍ଚ୍ଚ ହୁଏ । ତତ୍ ସଂଗେ ସଂଗେ ଚାପମୁକ୍ତର ସୁବିଧା ମିଳେ । ବେଶି ବର୍ଷର ଗର୍ଭବତୀ ମହିଳାମାନଙ୍କଠାରେ ଦୀର୍ଘକାଳୀନ ରୋଗକୁ ସହଜରେ ଆୟତ୍ତ କରିହୁଏ । ଔଷଧ ଓ ଚିକିତ୍ସା ବଳରେ ବି ଅନେକ ବିପଦକୁ ଦୂରୀଭୂତ କରାଯାଇପାରେ ।

ଅବଶ୍ୟ ଔଷଧ ଓ ଚିକିତ୍ସା ବ୍ୟତୀତ ଆପଣ ନିଜେ ମଧ୍ୟ ଗର୍ଭର ସୁରକ୍ଷା କରି ସୁସ୍ଥରୂପେ ଗଢ଼ି ପାରିବେ । ନିଜର ଆହାର, ବିହାର, ବ୍ୟାୟାମକୁ ଦୃଷ୍ଟି ଦେଇ ବିଭିନ୍ନ ଅସୁବିଧା ଓ ଆଶଙ୍କାକୁ ଦୂରେଇ ଆପଣ ମଧ୍ୟ ଜଣେ ସୁସ୍ଥ ଶିଶୁକୁ ଜନ୍ମଦେଇ ପାରିବେ ।

ଏଣୁକରି ଚାପମୁକ୍ତ ହେଇ ଆନନ୍ଦ ସହକାରେ ଗର୍ଭସ୍ଥ ଶିଶୁର ଯତ୍ନ ନେବା ବିଧେୟ । ୨୫ ବର୍ଷ ପରେ ମଧ୍ୟ ମା' ହେବାରେ କୌଣସି ଅସୁବିଧା ହୁଏନାହିଁ ।

ବାପାଙ୍କର ବୟସ

"ମୋ ବୟସ ୩୧ ବର୍ଷ, ହେଲେ ମୋ ସ୍ୱାମୀଙ୍କ ବୟସ ୫୦ ବର୍ଷରୁ ଅଧିକ । ଏଣୁ ମୋ ଛୁଆ ଉପରେ ଏହାର କୌଣସି ପ୍ରଭାବ ପଡ଼ିବ କି ?"

ସାଧାରରତଃ ଏପର୍ଯ୍ୟନ୍ତ ଏହି ଧାରଣା ଥିଲା ଯେ, ପ୍ରଜନନ ପ୍ରକ୍ରିୟାରେ ବାପାଙ୍କ ଦାୟିତ୍ୱ କେବଳ ଗର୍ଭାଧାନ ପର୍ଯ୍ୟନ୍ତ ସୀମିତ ହେଲେ ୨୦ଶ ଶତାବ୍ଦୀରେ ଏକଥା ଜଣାପଡ଼ିଲା ଯେ ବାପାଙ୍କର ଶୁକ୍ରାଣୁ ଯୋଗୁଁ ହିଁ ପୁଅ ବା ଝିଅ ଜନ୍ମ ହେଇଥାଏ । ଆଗକାଳରେ ସ୍ତ୍ରୀଲୋକମାନଙ୍କୁ ପୁଅ ଜନ୍ମ କରୁନାହିଁ ବୋଲି ଅନେକ ନିର୍ଯାତନା ସହିବାକୁ ପଡୁଥିଲା । ଏହାର ଅନେକ ବର୍ଷ ପରେ ଗବେଷଣାକାରୀମାନେ ସନ୍ଦେହ ବ୍ୟକ୍ତ କରି ପରିଶେଷରେ ପ୍ରୌଢ଼ ବା ବୃଦ୍ଧ ପିତାଙ୍କ ଔରଷରୁ ଜନ୍ମିତ ଶିଶୁ ବିକଳାଙ୍ଗ ହୁଏ ଅଥବା ଗର୍ଭପାତ ହୁଏ ବୋଲି ମତ ବ୍ୟକ୍ତ କରିଥିଲେ । ବନ୍ଧ ମା' ଭଳି ବୃଦ୍ଧ ପିତାମାତାଙ୍କ ଉପରେ ମଧ୍ୟ ସ୍ପର୍ମାଟୋସାଇଡସ୍ ଭଳି ପରିବେଶ ଜନିତ ପ୍ରଭାବ ପଡ଼ିଥାଏ । ମା'ଙ୍କ ବୟସ ବ୍ୟତୀତ ପ୍ରୌଢ଼ ଦମ୍ପତ୍ତିଙ୍କ ସକାଶେ ଗର୍ଭପାତର ଆଶଙ୍କା ଖୁବ୍ ଥାଏ । ଯଦି ବାପାଙ୍କ ବୟସ ୫୦ ବର୍ଷରୁ ଊର୍ଦ୍ଧ୍ୱ ହୁଏ ତେବେ ଡାଉନ ସିଣ୍ଡ୍ରୋମର ଆଶଙ୍କା ବେଶିଥାଏ ।

ଅବଶ୍ୟ ଏହି ପରିପ୍ରେକ୍ଷୀରେ କୌଣସି ସତ୍ୟ ପ୍ରମାଣ ମିଳେନାହିଁ । କାରଣ ଗବେଷଣା ଏଯାଏଁ ଚାଲିଛି । ଅବଶ୍ୟ ଜେନେଟିକ ପରାମର୍ଶକାରୀମାନେ ପ୍ରତ୍ୟେକ ଗର୍ଭବତୀ ମାନଙ୍କୁ ସ୍କ୍ରିନିଂ ପାଇଁ ପରାମର୍ଶ ଦେଇଥାନ୍ତି; ଏଥିବରୁ ସମସ୍ତେ ନିଶ୍ଚିନ୍ତ ହେଇଯିବା କଥା ଯଦି ସ୍କ୍ରିନିଂ ପରୀକ୍ଷା ସାଧାରଣ ହୁଏ ତେବେ ଭୟ କରିବାର କିଛି ନାହିଁ । ଆପଣ ଏମ୍ନିଓସେଣ୍ଟେସିସ ନକଲେ ମଧ୍ୟ ଚଳିବ । ଏହା ଆବଶ୍ୟକ ନୁହଁ ।

ଜେନେଟିକ ପରାମର୍ଶ

"ମୁଁ ଏଇଥିପାଇଁ ଭୟ କରେ ଯେ, ମତେ କୌଣସି ଜେନେଟିକ ରୋଗ ଥାଇପାରେ ଆଉ ମୁଁ ଜାଣି ନ ପାରିଲେ କ'ଣ ହେବ? ହେଲେ ମୁଁ ଜେନେଟିକ ପରାମର୍ଶ ଗ୍ରହଣ କରିବି କି ?"

ଅବଶ୍ୟ ଏପରି ଦୋଷ ଅଳ୍ପ ବହୁତ ଦେଖାଦେଇଥାଏ, ହେଲେ ଏହା ଅନିବାର୍ଯ୍ୟ ନୁହଁ ଯେ ମା-ବାପାଙ୍କ ସବୁତକ ଦୋଷ ଦୁର୍ବଳତା ଶିଶୁଙ୍କଠାରେ ଦୃଶ୍ୟମାନ ହେବ ।

ଗର୍ଭଧାରଣ ପୂର୍ବରୁ ବା ପରେ ବାପା-ମାନଙ୍କର କିମ୍ବା ଯେକୌଣସି ଜଣକର ସମସ୍ତ ପରୀକ୍ଷା ହେଇପାରିବ ହେଲେ ଏପରି ପରୀକ୍ଷା ସବୁବେଳେ ଅନିବାର୍ଯ୍ୟ ନୁହଁ । ଏହା ଖୁବ୍ ଆବଶ୍ୟକ ସ୍ଥଳେ ବେଶି ଅନିୟମିତ ଦେଖାଦେଲେ କରିବାକୁ ପଡ଼ିଥାଏ । ଏହା ଗୌଗୋଳିକ ଦୃଷ୍ଟିରୁ ବା ଜାତିଗତ ମଧ୍ୟ ହେଇଥାଏ । ଯଥା: ସମସ୍ତ କକେଶିଆନମାନଙ୍କୁ "ସିଷ୍ଟିକ୍ ଫାଇବ୍ରୋସିସ'ର ପରୀକ୍ଷା ପାଇଁ ପରାମର୍ଶ ଦିଆଯାଏ । ଯେଉଁ ଇହୁଦୀ ଦମ୍ପତ୍ତିମାନଙ୍କ ପୂର୍ବ ପୁରୁଷ ୟୁରୋପ (ଇଉରୋପ)ରୁ ଆସିଥିଲେ, ସେମାନଙ୍କୁ 'ଟେ-ସେକ୍' ଓ 'କାନାଭ୍ୱାନ' ରୋଗ ପରୀକ୍ଷା ପାଇଁ ପରାମର୍ଶ ଦିଆଯାଏ । ଯଦି ନିଜ ବଂଶରେ କୌଣସି ରୋଗ ଥାଏ, ତେବେ ପରୀକ୍ଷା କରିନେବା ବାଞ୍ଛନୀୟ । ଠିକ୍ ସେହିପରି କଳାରଂଗର ଦମ୍ପତ୍ତିମାନଙ୍କୁ 'ସିକସ ସେଲଏନିମିଆ ଟ୍ରେଟ' ଓ ଏସିଆବାସୀଙ୍କୁ ପେଲାସିମିଆ

ଗର୍ଭଧାରଣ ଓ ଏକାକିନୀ ମା

ଯଦି ଆପଣ ଜଣେ ଏକାକିନୀ ମା' ହୋଇଥାନ୍ତି, ତେବେ ଏହାର ଅର୍ଥ ନୁହଁ ଯେ ଅନ୍ୟର ସାହାଯ୍ୟ ନେଇପାରିବେ ନାହିଁ । କୌଣସି ବନ୍ଧୁ ବାନ୍ଧବ, କୁଟୁମ୍ବ ଚାହିଁଲେ ଆପଣଙ୍କ ସେବା ସୁଶ୍ରୁଷା କରିପାରିବେ । ଅପାଣଙ୍କୁ ଭୟ, ଚିନ୍ତା ଓ ଚାପରେ ଦୂରେଇ ରଖି ପାରିବେ । ଏଣୁ ଏକାକିନୀ ନରହି ବରଂ ସାଥୀଟିଏ ଖୋଜିନେବା ଶ୍ରେୟସ୍କର । ଯଦ୍ୱାରା ଗର୍ଭାବସ୍ଥାର ସମୟତକ ସୁରୁଖୁରୁରେ ଗଡ଼ିଯାଉ ଆଉ ଆପଣଙ୍କ ଛୁଆ ଏହି ଧରାପୃଷ୍ଠରେ ପାଦ ରଖୁ ।

ରୋଗର ପରୀକ୍ଷା ପାଇଁ କୁହାଯାଇଥାଏ ।

ଅବଶ୍ୟ ଅଧିକାଂଶ କ୍ଷେତ୍ରରେ ଉକ୍ତ ଉଭୟରୁ ଯେକୌଣସି ଗୋଟିଏ ପରୀକ୍ଷା ଆବଶ୍ୟକ ହେଇଥାଏ । ଯଦି ସେଥିରୁ ଗୋଟିଏ ପଜିଟିଭ ବାହାରେ ତେବେ ଉଭୟ ପରୀକ୍ଷା କରିବା ଅନିବାର୍ଯ୍ୟ ହେଇଥାଏ ।

ଆପଣ ନିଜର ଜେଜେ-ଜେଜୀମା ତଥା ଅନ୍ୟ ରକ୍ତଗତ ସମ୍ପର୍କୀୟଙ୍କ ପୁରୁଣା ରୋଗ ବିଷୟରେ ଜାଣିନେବା ଦରକାର ଯଦ୍ୱାରା ଗର୍ଭଧାରଣ ପୂର୍ବରୁ ନିଶ୍ଚିନ୍ତ ହେଇଯିବା ଶ୍ରେୟସ୍କର ।

ସାଧାରଣତଃ ଅଧିକାଂଶ ଦମ୍ପତିଙ୍କୁ କୌଣସି ପ୍ରକାର ଜେନେଟିକ ପରାମର୍ଶ ଦେବା ଆବଶ୍ୟକ ହୁଏନାହିଁ । କେବଳ କେତେକ କ୍ଷେତ୍ରରେ ଡାକ୍ତର ଏଭଳି ପରାମର୍ଶ ଦେବାକୁ ବାଧ୍ୟ ହେଇଥାନ୍ତି, ସେଗୁଡ଼ିକ ହେଲା:

■ ଯେଉଁ ଦମ୍ପତିମାନଙ୍କ ରକ୍ତ ପରୀକ୍ଷାରେ ଏଭଳି ଜେନେଟିକ ରୋଗ କଥା ଜଣାପଡ଼ିଥାଏ, ଯାହା କି ଛୁଆମାନଙ୍କୁ ସଂକ୍ରମିତ ହେବାର ଆଶଙ୍କା ଥାଏ ।

■ ଯେଉଁ ଦମ୍ପତିଙ୍କର ତିନି ବା ତତୋଽଧିକ ଗର୍ଭପାତ ହେଇସାରିଛି ।

■ ଯେଉଁ ଦମ୍ପତିମାନଙ୍କର ପାରିବାରିକ ପୃଷ୍ଠଭୂମିରେ କୌଣସି ଜେନେଟିକ ରୋଗ କଥା ଜଣାଯିବ । କେତେକ କ୍ଷେତ୍ରରେ ବାପା-ମା'ଙ୍କର ଡିଏନଏ ପରୀକ୍ଷା କଲେ ଅନେକ ସନ୍ଦେହ ସ୍ପଷ୍ଟ ହେଇଯାଇଥାଏ ।

■ ଏଭଳି ବାପା-ମା, ଯେଉଁମାନଙ୍କ ମଧ୍ୟରୁ ଜଣେ ଜନ୍ମଜାତ ବିକଳାଙ୍ଗ ହେଇଥିବେ ।

■ ଏଭଳି ଗର୍ଭବତୀ ମା' ଯାହାର ସ୍କ୍ରିନିଂ ଟେଷ୍ଟ ପଜିଟିଭ ଆସିଥିବ ।

■ ନିକଟ ସମ୍ପର୍କୀୟ ଦମ୍ପତିମାନଙ୍କ ଠାରେ ମଧ୍ୟ ଏହା ଦ୍ରଷ୍ଟବ୍ୟ ।

ଗର୍ଭଧାରଣ ପୂର୍ବରୁ ହିଁ ଜେନେଟିକ ପରାମର୍ଶ ଗ୍ରହଣ କରିବା ଉଚିତ । ଏହା ବଳରେ ଗର୍ଭସ୍ଥ ଶିଶୁଟି ସୁସ୍ଥ ହେବ ନା ନାହିଁ, ଏକଥା ଜଣାପଡ଼ିଯାଇଥାଏ । ଜେନେଟିକ ପରାମର୍ଶ ସବୁତକ ସମ୍ଭାବିତ ଲକ୍ଷଣ ଓ ଚିକିତ୍ସାର ସୁବିଧା ଦେଇପାରିଥାଏ । ଏହାବଳରେ ଅସଂଖ୍ୟ ଦମ୍ପତିମାନେ ପରେ ଦେଖା ଦେଉଥିବା ଦୁଃଖକଷ୍ଟରୁ ମୁକ୍ତି ପାଇ ପାରୁଛନ୍ତି । ଆଉ ଚିକିତ୍ସା ପରେ ସୁସ୍ଥ ଶିଶୁଟିକୁ ଜନ୍ମ ଦେବାର ନିଜ ସ୍ୱପ୍ନକୁ ସାକାର କରିପାରୁଛନ୍ତି ।

"ମୁଁ ଓ ମୋ ସ୍ୱାମୀ ଗର୍ଭପାତରେ ଆଦୌ ବିଶ୍ୱାସ କରୁନାହୁଁ । ମୋର ବୟସ ବର୍ତ୍ତମାନ ୩୭ ବର୍ଷ ମାତ୍ର । ଶିଶୁର ଜନ୍ମ ସକାଶେ ମତେ ଆଗ ପରୀକ୍ଷା କରିବା ଅନିବାର୍ଯ୍ୟ କାହିଁକି ?"

ଏହିପରି ଭାବରେ ପରୀକ୍ଷା କରିନେଲେ ଆପଣ ଅନେକ ପରିମାଣରେ ନିଶ୍ଚିନ୍ତ ହେଇପାରିବେ । ଅଧିକାଂଶ ଶିଶୁ ଏଭଳି ପରୀକ୍ଷା ପରେ ଦୋଷମୁକ୍ତ ହେଇ ଜନ୍ମିଥାନ୍ତି ।

ଯଦି ଦୈବାତ୍ ପରୀକ୍ଷାରେ କୌଣସି ଦୋଷ ଥାଏ ଆଉ ଗର୍ଭପାତ ଜରୁରୀ ମନେହୁଏ, ତେବେ ବାପା-ମା ଏହାକୁ ଯଥେଷ୍ଟ ସମୟ ମଧ୍ୟରେ ଭୁଲି ଯାଇଥାନ୍ତି ବା ଶିଶୁର ଯତ୍ନ ନେବା ସକାଶେ ପୂର୍ବରୁ ପ୍ରସ୍ତୁତ ହୋଇଯାନ୍ତି । 'ସ୍ୱତନ୍ତ୍ର ଶିଶୁ' ମାନଙ୍କର ଦାବି ମଧ୍ୟ ଅନେକ ଥାଏ । ପରୀକ୍ଷାରୁ ,କଥା ମଧ୍ୟ ଜଣାପଡ଼ିଯାଇଥାଏ ଯେ, ଡେଲିଭରି କେଉଁଠି ଓ କିପରି କରାଯିବା ଉଚିତ ହେବ ।

ବାପା ମା'ଙ୍କୁ ପ୍ରସବ ପୂର୍ବରୁ ହିଁ ସବୁ କିଛି ଜଣାପଡ଼ିଯାଇଥାଏ ଯେ ଭବିଷ୍ୟତରେ କିଭଳି ସମସ୍ୟାର ସମ୍ମୁଖୀନ ହେବାକୁ ହେବ । ଅନେକ ଥର ପ୍ରସବ ପୂର୍ବରୁ ହିଁ ବିଭିନ୍ନ ଦୋଷ ଦୁର୍ବଳତାକୁ ଦୂରେଇବାର ସୁଯୋଗ ମିଳିଯାଏ । ଯଦି ଡାକ୍ତର ଆପଣଙ୍କୁ କୌଣସି ପରୀକ୍ଷା ପାଇଁ ପରାମର୍ଶ ଦିଅନ୍ତି ତେବେ ତାଙ୍କୁ ତୁଚ୍ଛ ମନେ କରନ୍ତୁ ନାହିଁ । ବରଂ ଭଲ ଭାବରେ ବୁଝି ଉଚିତ ପଦକ୍ଷେପ ଗ୍ରହଣ କରନ୍ତୁ; ହୁଏତ ଏଥିରୁ କୌଣସି ଗୁରୁତ୍ୱପୂର୍ଣ୍ଣ ତଥ୍ୟ ମିଳିଯାଇପାରେ । ଏଣୁକରି ବାରଣ କରନ୍ତୁ ନାହିଁ ।

ପ୍ରସବ-ପୂର୍ବ ନିଦାନ

ପୁଅ ହେବ ନା ଝିଅ ? ତା'ର ବାଳ କଳା ହେବ ନା କହରା ? ଆଖି ନୀଳ ହେବ ନା ଧୂସର ? କଣ ତା'ର ମୁହଁ ମା' ପରି ଆଉ ଡିମ୍ପାଲ (ହସିଲାବେଳେ ଗାଲରେ ସ୍ପଷ୍ଟ ହେଉଥିବା ଖାଲ) ବାପାଙ୍କ ପରି ହେବ ? ତା'ର କଣ୍ଠସ୍ୱର ବାପାଙ୍କ ପରି ହେବ ନା ନାହିଁ ?

ଶିଶୁ ସବୁ ଜନ୍ମ ପୂର୍ବରୁ ବା ଗର୍ଭଧାରଣ ପୂର୍ବରୁ ମଧ୍ୟ ବାପା-ମା'ଙ୍କ ସକାଶେ ଅନୁମାନ ଓ କୌତୁହଳର ବିଷୟ ପାଲଟି ଯାଇଥାନ୍ତି । ହେଲେ ଗୋଟିଏ ମାତ୍ର ପ୍ରଶ୍ନ ସେମାନଙ୍କୁ ବିବ୍ରତ ଓ ବ୍ୟତିବ୍ୟସ୍ତ କରିଦେଉଥାଏ, ଯେ ଆମର ଆଗାମୀ ଛୁଆ କ'ଣ ସତରେ ସୁସ୍ଥ ହେବ

ନା ନାହିଁ ?

ଏପର୍ଯ୍ୟନ୍ତ, ଶିଶୁ ଜନ୍ମ ନହେବା ଯାଏଁ ଏହି ପ୍ରଶ୍ନର ଉତ୍ତର ଦେବା କଷ୍ଟ ହେଉଥିଲା, ହେଲେ ବର୍ତ୍ତମାନ ପ୍ରଥମ ତିନି ମାସ ମଧ୍ୟରେ ଏହି ପ୍ରଶ୍ନର ଉତ୍ତର ଦିଆଯାଇ ପାରୁଛି । କାରଣ ଏବେ ପ୍ରସବ ପୂର୍ବରୁ ଅନେକ ପ୍ରକାରର ପରୀକ୍ଷା ଓ ସ୍କ୍ରିନିଂ କରାଯାଉଛି ।

ଅଧିକାଂଶ ଭାବି ମା'ମାନେ ନିଜର ଚାଳିଶି ସପ୍ତାହ ଧରି ଗର୍ଭ ସମୟରେ ଅନେକ ପ୍ରକାରର ଯାଞ୍ଚ ଓ ପରୀକ୍ଷା ମଧ୍ୟଦେଇ ଗତି କରିଥାନ୍ତି; ଏଥିରେ ଉକ୍ତ ମା'ମାନେ ମଧ୍ୟ ସମ୍ମିଳିତ ହେଇଥାନ୍ତି- ଯେଉଁମାନଙ୍କର ଶିଶୁ ସବୁ ବୟସ, ଉତ୍ତମ ପୋଷଣ ଓ ପ୍ରସବ ପୂର୍ବରୁ ଭଲ ଯତ୍ନ ନେବା ଦ୍ୱାରା ସୁସ୍ଥ ହେଇ ଜନ୍ମ ହେଇଥାନ୍ତି । ଏହି ସ୍କ୍ରିନିଂ ଟେଷ୍ଟ ଯୋଗୁଁ ମା' କିମ୍ବା ଶିଶୁକୁ କୌଣସି ପ୍ରକାର ଅସୁବିଧା ବା କ୍ଷୟକ୍ଷତ ହୁଏନାହିଁ । ବରଂ ତା'ର ସ୍ୱାସ୍ଥ୍ୟର ତଥ୍ୟଗୁଡ଼ିକ ସ୍ପଷ୍ଟ ହେଇଯାଏ ।

ଅବଶ୍ୟ ସିଭିଏସ ଓ ଏମନିଓ ଭଳି ବିସ୍ତୃତ ଅଲ୍ଟ୍ରାସାଉଣ୍ଡର ଆବଶ୍ୟକ ସମସ୍ତଙ୍କୁ ହୁଏନାହିଁ । ଯେଉଁ ବାପା-ମା'ଙ୍କର ଟେଷ୍ଟ ରିପୋର୍ଟ ନେଗେଟିଭ ଆସେ ସେମାନେ ଆହୁରି ଅନେକ ଆଗାମୀ ଟେଷ୍ଟଗୁଡ଼ିକୁ ଅଗ୍ରୀମ ଭାବରେ କରେଇ ନିଅନ୍ତି, ଯଦ୍ୱାରା ସୁସ୍ଥ ଶିଶୁଟିଏ ଜନ୍ମ ନେବାର ଆଶ୍ୱାସନା ପାଇହେବ । ଏଭଳି ପରୀକ୍ଷା ସକାଶେ ନିମ୍ନଲିଖିତ ମହିଳାମାନଙ୍କୁ ଉପଯୁକ୍ତ ପ୍ରାର୍ଥୀ ବୋଲି ଧରିନେବାକୁ ହେବ:

■ **୩୫ ବର୍ଷରୁ ଊର୍ଦ୍ଧ୍ୱ ମହିଳାମାନେ:** ଅବଶ୍ୟ ମା'ମାନେ ପ୍ରଥମେ ସ୍କ୍ରିନିଂ ପରୀକ୍ଷା ହେଲା ସନ୍ତୋଷ ହେଲା ପରେ ନିଜ ଡାକ୍ତରଙ୍କ ପରାମର୍ଶକ୍ରମେ ଆଗାମୀ କୌଣସି ପରୀକ୍ଷାକୁ ବାରଣ କରିପାରନ୍ତି ।

■ ନିଜର ଡାକ୍ତରଙ୍କୁ ପଚାରି ପରାମର୍ଶ ଗ୍ରହଣ କରାଯାଇ ପାରିବ ଯେକୌଣସି କ୍ଷେତ୍ରରେ ପ୍ରସବ ପୂର୍ବର ସବୁତକ ତଥ୍ୟାବଳୀ ଆବଶ୍ୟକ ନା ନୁହଁ ।

■ ପରିବାର ଅର୍ଥାତ୍ ବଂଶରେ ଜେନେଟିକ୍ ରୋଗର ଇତିହାସ ବା ରୋଗ ଥିବା କଥା ଜାଣିବା ।

■ କୌଣସି ପ୍ରକାର ସଂକ୍ରମଣ କଥା ଜଣାପଡ଼ିବା, ଯାହା ଶିଶୁର ଜନ୍ମ ସହ ସଂପୃକ୍ତ ଥିବ (ରୁବେଲା/ଟକ୍ସୋ ପ୍ଲାଜମୋସିସ)

■ ପ୍ରଥମେ ଗର୍ଭପାତ ହେବା ବା ଜନ୍ମରୁ ବିକଳାଙ୍ଗ ହେଇ ଜନ୍ମନେବା

■ ପ୍ରସବପୂର୍ବ ସ୍କ୍ରିନିଂ ପରୀକ୍ଷାରେ ପଜିଟିଭ ଫଳାଫଳ ପ୍ରାପ୍ତ ହେବା ।

ଏଭଳି ପରୀକ୍ଷା କାହିଁକି କରେଇବା ଯେଉଁଥିବରେ ଶିଶୁକୁ ଅସୁବିଧା ସୃଷ୍ଟି ହେଇପାରେ ? ଅବଶ୍ୟ ଏହାର ସବୁଠୁ ବଡ଼ କାରଣ ହେଲା- ଯଦି ଶିଶୁକୁ କୌଣସି ରୋଗତାଏ, ତେବେ ତା'ର ଚିକିତ୍ସା ହେଇପାରିବ ଓ ଯଦିନାହିଁ ତେବେ ଭାବିବାର କିଛି ନାହିଁ । ବାପା-ମା' ଦୁହେଁ ଆନନ୍ଦରେ ଗର୍ଭସ୍ଥ ଶିଶୁର ଯତ୍ନ ନେଇପାରିବେ ।

ପ୍ରଥମ ତିନିମାସ

ପ୍ରଥମ ତିନିମାସ - ଅଲ୍ଟ୍ରାସାଉଣ୍ଡ: ଏ କ'ଣ ? ଏହା ଏକ ସାମାନ୍ୟ ଧରଣର ସ୍କ୍ରିନିଂ ଟେଷ୍ଟ ଅଟେ । ଏଥିରେ ଏଭଳି ଧ୍ୱନି ତରଙ୍ଗର ବ୍ୟବହାର କରାଯାଏ ଯାହାକୁ ଆମେ କାନରେ ଶୁଣିପାରୁ, ସୋନୋଗ୍ରାଫିରେ ଭ୍ରୂଣର ଏକ୍ସରେ ନନେଇ, ତାର ପରୀକ୍ଷା କରାଯାଇପାରେ । ଅବଶ୍ୟ ଏତଦ୍ୱାରା ଅନେକ ଜନ୍ମଗତ ବିକୃତି ବା ବିକଳାଙ୍ଗ ଅବସ୍ଥାର କଥା ଜଣାପଡ଼ି ଯାଇଥାଏ, ହେଲେ ଅନେକ ଥର ବହୁତ ବଡ଼ ଦୋଷ ଦୁର୍ବଳତା ଛାଡ଼ିହେଇ ଯାଇପାରେ । (ସବୁ କିଛି ଠିକ୍ ଜଣାପଡ଼ିବା ସତ୍ତ୍ୱେ ମଧ୍ୟ ତାହା ଠିକ୍ ନହେବା) କିମ୍ବା ଏହାର ଠିକ୍ ଓଲଟା ମଧ୍ୟ ହେଇପାରେ (ସବୁ କିଛି ଠିକ୍ ନଥାଇ ମଧ୍ୟ ଠିକ୍ ମନେହେବା)

ପ୍ରଥମ ତିନିମାସ ମଧ୍ୟରେ ଅଲ୍ଟ୍ରାସାଉର୍ଡ କରାଯାଇଥାଏ, ଯଦ୍ୱାରା-

■ ଗର୍ଭଧାରଣ ଠିକ୍ ନା ଭୁଲ୍ ଜାଣିହେବ

■ ଗର୍ଭଧାରଣର ତାରିଖ ଜ୍ଞାତ ହେବ

■ ଭ୍ରୂଣର ସଂଖ୍ୟା ଜଣାଯିବ

■ ଯଦି ରକ୍ତସ୍ରାବ ହୁଏ ତେବେ ତାର କାରଣ

■ ଗର୍ଭଧାରଣ ବେଳେ ଲଗାଯାଇଥିବା ଆଇଡିୟୁକୁ ଖୋଜିବା

■ ସିଭିଏସ ପୂର୍ବରୁ ଭ୍ରୂଣର ଖୋଜା

■ କ୍ରୋମୋଜୋମାଲ ଅସାଧାରଣତାର ଅଶଙ୍କା

ଏହା କିପରି ହୋଇଥାଏ ?: ଟ୍ରାନ୍ସଏବଡ୍ରାମିନାଲ ପରୀକ୍ଷା ପାଇଁ ବ୍ଲଡରକୁ ସମ୍ପୂର୍ଣ୍ଣ ଭାବରେ ପୂରେଇବାକୁ

ହେଇଥାଏ । ଖୁବ୍ ବେଶି ପାଣି କିମ୍ବା ପେୟ ପଦାର୍ଥ ପିଇବା ଯୋଗୁଁ ପେଟଟା ଫୁଲିଥିବା ପରି ମନେ ହେବାରୁ ଟିକେ ଅସୁବିଧା ସୃଷ୍ଟି ହୁଏ । ଏହାବ୍ୟତୀତ କୌଣସି ପ୍ରକାର ଯନ୍ତ୍ରଣା ବା କଷ୍ଟ ଅନୁଭୂତ ହୁଏନାହିଁ । ତଳିପେଟରେ ପ୍ରଥମେ ଜେଲ୍‌କୁ ତେଲ ଭଳି ଲଗେଇ ତା'ପରେ ଏକ କାର୍ଡକୁ ତା' ଉପରେ ବୁଲାଯାଇଥାଏ ।

ପିଠିରେ ଭରାଦେଇ ଶୁଆଇ (ଗଡେଇ) ଦିଆଯାଇଥାଏ । ଜେଲ ଲଗେଇବା ଯୋଗୁଁ ଧ୍ୱନିର ତୀବ୍ରତା ସ୍ପଷ୍ଟ ହେଇଥାଏ । ଯଦି ଟ୍ରାନ୍ସଭେଜାଇନାଲ ପରୀକ୍ଷା କରିବାକୁ ହୁଏ, ତେବେ ଟ୍ରାସଡ୍ୟୁସରଟିକୁ ଯୋନି ମଧ୍ୟରେ ପୂରେଇବାକୁ ପଡ଼ିଥାଏ । ଯନ୍ତ୍ର ଆପଣଙ୍କ ଦେହର ଧ୍ୱନି ତରଙ୍ଗଗୁଡ଼ିକୁ ସ୍କ୍ରିନରେ ଚିତ୍ର ଭାବରେ ଦେଖେଇଥାଏ ।

ଏହା କେବେ ହେଇଥାଏ ? ଏହା ପ୍ରଥମ ତିନିମାସ ମଧ୍ୟରେ ଯେତେବେଳେ ମଧ୍ୟ କରାଯାଇପାରେ । ହଁ, ଏହାର କାରଣ ହୁଏତ ଭିନ୍ନ ଭିନ୍ନ ହୋଇପାରେ । ଆପଣଙ୍କ ଶେଷ ଋତୁସ୍ରାବର ସାଢ଼େ ଚାରି ସପ୍ତାହ ପରେ ଜେଷ୍ଟେସନ ସେକ୍‌କୁ ଅଲଟ୍ରାସାଉଣ୍ଡ ବଳରେ ଦେଖାଯାଇପାରେ । ୫ ରୁ ୬ ସପ୍ତାହ ପରେ ହୃଦସ୍ପନ୍ଦନ ଶୁଣାଯାଇପାରେ ।

ଏହା କେତେ ସୁରକ୍ଷିତ ?: ଅନେକ ବର୍ଷର ଅଧ୍ୟୟନରୁ ଏକଥା ସ୍ପଷ୍ଟ ହେଇଛି, ଯେ ଏତଦ୍ଦ୍ୱାରା କୌଣସି କ୍ଷୟକ୍ଷତି ବା ଅପକାର ହୁଏନାହିଁ, ବରଂ ଉପକାର ହିଁ ହେଇଥାଏ । ଅଧିକାଂଶ ଡାକ୍ତରମାନେ ଗର୍ଭାବସ୍ଥାରେ ଅନ୍ୟୂନ ଥରେ ମଧ୍ୟ ଅଲଟ୍ରାସାଉଣ୍ଡ କରେଇବାକୁ ପରାମର୍ଶ ଦେଇଥାନ୍ତି । ଅବଶ୍ୟ କୌଣସି ଦୃଢ଼ କାରଣ ଥିଲେ ହିଁ ଅଲଟ୍ରାସାଉଣ୍ଡ କରିବା ବିଧେୟ ବୋଲି ଅନେକେ କହିଥାନ୍ତି ।

ପ୍ରଥମ ତିନିମାସ (ଏକାଥରକେ ସ୍କ୍ରିନିଂ)

ଏହା କ'ଣ ?: ପ୍ରଥମ ତିନିମାସର କମ୍ବାଇଣ୍ଡ ସ୍କ୍ରିନିଂରେ ଅଲଟ୍ରାସାଉଣ୍ଡ ଶିଶୁର ପ୍ରର୍ଦାନ ସାଙ୍ଗକୁ ରକ୍ତ ପରୀକ୍ଷା ମଧ୍ୟ କରିଥାଏ । ପ୍ରଥମେ ଅଲଟ୍ରାସାଉଣ୍ଡ ଶିଶୁର ପିଠିରେ ଏକତ୍ରିତ ଥିବା ଦ୍ରବ୍ୟର ସାମାନ୍ୟ ପ୍ରସ୍ତକୁ ମାପିଥାଏ । ଯଦି ଏହି ଦ୍ରବ୍ୟ ନ୍ୟୁକଲ ଟ୍ରାନ୍ସ ଲ୍ୟୁସେନ୍ସିର ମାତ୍ରା ବେଶି ହୁଏ, ତେବେ କ୍ରୋମୋଜୋମାଲ ବିଷମତା (ଡାଉନ ସିଣ୍ଡ୍ରୋମ, କନଜେନନିଟାଲ ହାର୍ଟ ଡିଫେକ୍ଟ) ଓ ଅନ୍ୟାନ୍ୟ ଜେନେଟିକ ଡିସ୍‌ଅର୍ଡରର ଆଶଙ୍କା ବୃଦ୍ଧି ପାଇଥାଏ ।

ତା'ପରେ ରକ୍ତ ପରୀକ୍ଷା କରି ପିଏପିପିଏ ଆଉ ଏଚସିଜି (ଭ୍ରୂଣ ଦ୍ୱାରା ଉତ୍ପନ୍ନ ହର୍ମୋନ ଯାହା ମା'ର ରକ୍ତରେ ମିଶିଯାଇଥାଏ) ଜ୍ଞାତ କରାଯାଇଥାଏ । ଏହି ସ୍ତରଗୁଡ଼ିକୁ ଏନଟିର ମାପ ଓ ମା'ର ବୟସ ସହ ସମ୍ପର୍କୀତ କରାଯାଇଥାଏ ଓ ଡାଉନ ସିଣ୍ଡ୍ରୋମର ଆଶଙ୍କା କଥା ପରୀକ୍ଷା କରାଯାଇଥାଏ ।

ଅନେକ ମେଡିକାଲ ସେଣ୍ଟର ମାନଙ୍କରେ ଏହି ଅଲଟ୍ରା ସାଉଣ୍ଡ ବଳରେ ଶିଶୁ ଭ୍ରୂଣର 'ନେସାଲ ବୋନ' କଥା ମଧ୍ୟ ପରୀକ୍ଷା କରିଥାନ୍ତି । ଅଧ୍ୟୟନରୁ ଜଣାପଡ଼ିଥାଏ ଯେ, ଯଦି ପ୍ରଥମ ଅଲଟ୍ରାସାଉଣ୍ଡରେ ଏହି ବୋନ (ହାଡ଼) କଥା ଜଣାନପଡ଼େ ତେବେ ଡାଉନ ସିଣ୍ଡ୍ରୋମର ଆଶଙ୍କା ବୃଦ୍ଧି ପାଇଥାଏ ।କେତେକ ଅଧ୍ୟୟନ ଏହାର ବିରୁଦ୍ଧରେ ମତପ୍ରକାଶ କରନ୍ତି, ଫଳତଃ ଏ ସଂକ୍ରାନ୍ତରେ କୌଣସି ମତୈକ୍ୟ ପ୍ରକାଶ କରିବା ଅସମୀଚୀନ ହେବ । ଅନ୍ୟ ଶବ୍ଦରେ ଏ ମାମଲା ବର୍ତ୍ତମାନ ବିବାଦିତ ।

ଅବଶ୍ୟ କା ସାଂଗରେ କରୁଥିବା ସ୍କ୍ରିନିଂ ଯୋଗୁଁ ଆପଣ ସେସବୁ ଫଳାଫଳ ପାଇପାରିବେ ନାହିଁ, ।ହା 'ଇନ୍‌ଭେସିଭ ଡାଇଗ୍ନୋଷ୍ଟିକ ଟେଷ୍ଟ' ସହାୟତାରେ ପାଇ ପାରିଥାନ୍ତେ; ହେଲେ ଏହା ବଳରେ ଆପଣ ନିଷ୍ପତ୍ତି କରିପାରିବେ ଯେ ଆପଣ ଡାଇଗ୍ନୋଷ୍ଟିକ ଟେଷ୍ଟ' କରିବେ ନା ନାହିଁ ? ଯଦି ଏହାର ଫଳାଫଳରେ ଆପଣ ଜାଣିପାରନ୍ତି ଯେ ଛୁଆ ମଧ୍ୟରେ କ୍ରୋମୋଜୋମାଲ ବିକୃତିର ଆଶଙ୍କା ଅଛି, ତେବେ ସିଭିଏସ ଅର୍ଥାତ୍ କୋରିଅନିକ ଲିଲ୍ଲସ ସେମ୍ପଲିଂ କିମ୍ବା ଏମନିୟୋ ସେଣ୍ଟେସିସ ପରୀକ୍ଷା ପାଇଁ କୁହାଯାଇପାରେ ।

ଯଦି ପରୀକ୍ଷାରୁ ବେଶି ଆଶଙ୍କାର ସଂକେତ ନମିଳେ, ତେବେ ଡାକ୍ତର ଆପଣଙ୍କୁ ଦ୍ୱିତୀୟ ତିନିମାସ ମଧ୍ୟରେ କ୍ୱାଏଡ୍ ସ୍କ୍ରିନ ଟେଷ୍ଟ ପାଇଁ ପରାମର୍ଶ ଦେଇପାରନ୍ତି ଯଦ୍ଦ୍ୱାରା ନ୍ୟୁରାଲ ଟ୍ୟୁବ ଡିଫେକ୍ଟ ଜଣାପଡ଼ିବ । ଯେହେତୁ ଏହା ହୃଦ୍‌ରୋଗ ବା ବିକୃତି ସହ ସମ୍ପର୍କିତ; ଏଣୁକରି ୨୦ଶ ସପ୍ତାହ ମଧ୍ୟରେ ଫେଟାଲ ଇକୋକାର୍ଡିଗ୍ରୋମ୍ ସକାଶେ ପରାମର୍ଶ ଦିଆଯାଇପାରେ; ଯଦ୍ଦ୍ୱାରା ହୃଦ୍‌ରୋଗ ସମ୍ପର୍କିତ ତଥ୍ୟ ଜଣାପଡ଼ିବ । ଏନ୍ଟିର ପରୀକ୍ଷା ସଠିକ୍ ନହେଲେ ପ୍ରିଟର୍ମ ଲେବରର ଆଶଙ୍କା ମଧ୍ୟ ବୃଦ୍ଧି ପାଇପାରେ । ଏଣୁକରି ଏଥିପ୍ରତି ମଧ୍ୟ ଆପଣ ଦୃଷ୍ଟି ଦେବା ବିଧେୟ ।

ଏହା କେବେ ହେଇଥାଏ ? ପ୍ରଥମ ତିନିମାସ

କମ୍ବାଇଣ୍ଡ ସ୍କ୍ରିନଂ, ଗର୍ଭବେଳର ୧୧ରୁ ୧୪ ସପ୍ତାହ ମଧ୍ୟରେ କରାଯାଇଥାଏ ।

ଏହା କେତେ ପରିମାଣରେ ସଠିକ୍ ହୋଇଥାଏ: ଏହି ସ୍କ୍ରିନ ଟେଷ୍ଟ ପ୍ରତ୍ୟକ୍ଷ ଭାବରେ କ୍ରୋମୋଜୋମାଲ ଅସୁବିଧାର ପରୀକ୍ଷା କରେନାହିଁ କି କୌଣସି ନିର୍ଦ୍ଦିଷ୍ଟ ଅବସ୍ଥାର ନିଦାନ ମଧ୍ୟ କରେନାହିଁ । କେବଳ ଏତିକି ମାତ୍ର ଅନୁମାନ କରିହୁଏ ଯେ, ଶିଶୁକୁ କୌଣସି ପ୍ରକାର କଷ୍ଟ ବା ଅସୁବିଧା ହେଇପାରିବ କି ନାହିଁ । ବିଷମ ଫଳାଫଳର ଅର୍ଥ ଏହା ନୁହଁ ଯେ ତାକୁ କୌଣସି ପ୍ରକାର କ୍ରୋମୋଜୋମାଲ ରୋଗ ହେବ । ଏହା କେବଳ ଏକ ସଂକେତ ମାତ୍ର ।

ସାଧାରଣତଃ ବିଷମ ଫଳାଫଳ ପାଇଥିବା ସୁସ୍ଥ ମହିଳାମାନେ ମଧ୍ୟ ସାଧାରଣ ଓ ସୁସ୍ଥ ଶିଶୁମାନଙ୍କୁ ଜନ୍ମ ଦେଇଥାନ୍ତି । ସାଧାରଣ ଫଳାଫଳ ମଧ୍ୟ ଏକଥାର ଗ୍ୟାରେଣ୍ଟି ଦିଏନାହିଁ ଯେ, ସୁସ୍ଥ ଶିଶୁଟିଏ ନିହାତି ଭାବରେ ଜନ୍ମ ହେବ । ହୁ୍ତ ସେ କ୍ରୋମୋଜୋମାଲ ବିକୃତି ଗ୍ରସ୍ତ ମଧ୍ୟ ହୋଇପାରେ ।

ଉକ୍ତ କମ୍ବାଇଣ୍ଡ ସ୍କ୍ରିନ ଟେଷ୍ଟ ମଧ୍ୟରୁ ୮୦% ଡାଉନ ସିଣ୍ଡ୍ରୋମ ତଥା ୮୦% ଟ୍ରାଇସୋମୀ ସମସ୍ୟା ଗ୍ରସ୍ତ ଥିବା ଜଣାପଡ଼ିଥାଏ ।

ଏହା କେତେ ସୁରକ୍ଷିତ ? ଅଲ୍ଟ୍ରାସାଉଣ୍ଡ ଓ ରକ୍ତ ପରୀକ୍ଷା ଉଭୟ ଯନ୍ତ୍ରଣାରହିତ ଅଟେ । (ଯଦି ଆପଣ ଛୁଞ୍ଚି ପୂରେଇବାର କଷ୍ଟକୁ ସହ୍ୟ କରିନିଅନ୍ତି, ତେବେ) ଏଥିରେ ଆପଣଙ୍କୁ ବା ଶିଶୁକୁ କୌଣସି ପ୍ରକାର କଷ୍ଟ ହୋଇନଥାଏ । କୌଣସି ବିପଦ ମଧ୍ୟ ନୁହଁ । କେବଳ ଗୋଟିଏ କଥା ଏଭଳି ସ୍କ୍ରିନ ଯେଷ୍ଟ ସକାଶେ ଖୁବ୍ ଭଲ ଅଲଟ୍ରାସାଉର୍ଡ ଯେକ୍ନୋଲୋଜି ବ୍ୟବହୃତ ହେବା ବିଧେୟ । ଏଣୁକରି ଉତ୍ତମ ଉପକରଣ ଜରିଆରେ କରେଇବା ଶ୍ରେୟସ୍କର । ଡାକ୍ତର ଓ ସୋନୋଗ୍ରାଫର ମଧ୍ୟ ତାଲିମପ୍ରାପ୍ତ ହେବା ବିଧେୟ । ନିକୃଷ୍ଟ ଧରଣର ମେସିନରେ ଫଳାଫଳ (ତଥ୍ୟଟିର) ଠିକଣା ନଥାଏ । ଏଣୁ ତାକୁ ଭିତ୍ତିକରି କୌଣସି ନିଷ୍ପତ୍ତି ନେବା ପୂର୍ବରୁ ଜେନେଟିକ ପରାମର୍ଶ ଦାତାଙ୍କ ସହ ସାକ୍ଷାତ କରିନେବା ବାଞ୍ଛନୀୟ । ସନ୍ଦେହାସ୍ପଦ ତଥ୍ୟ ଅସ୍ୱୀକାର୍ଯ୍ୟ ।

କୋରିଅନିକ ଭିଲ୍ଲସ ସେମ୍ପଲିଂ

ଏହା କ'ଣ ? ସିଭିଏସ ଏକପ୍ରକାର ପ୍ରସବପୂର୍ବ ନିଦା ପରୀକ୍ଷା; ଏଥିରେ ପ୍ଲେନ୍ସେଣ୍ଟାର ଅଙ୍ଗୁଳ ସଦୃଶ ଛୋଟ କୋଷିକାରୁ ଆଦର୍ଶନ ପ୍ରତିରୂପ ନେଇ ପରୀକ୍ଷା କରାଯାଇଥାଏ ଯେ ଏଥିରେ କ୍ରୋମୋଜୋମାଲ ବିଷମତା ଅଛି ନା ନାହିଁ? ବର୍ତ୍ତମାନ ସମୟରେ ଡାଉନ ସିଣ୍ଡ୍ରୋମ୍, ଟେ-ସେକ୍, ସିକିଲ ସେଲ ଏନିସିଆ ଓ ସିଷ୍ଟିକ୍ ଫାଇବରୋସିସ୍‌ର ପରୀକ୍ଷା ପାଇଁ ସିଭିଏସ ପରୀକ୍ଷା କରାଯାଇଥାଏ ।

ଏତଦ୍ୱାରା ନ୍ୟୁରାଲ ଟ୍ୟୁବ ଓ ଏନାଟୋ ମଧ୍ୟରେ ବିକୃତି କଥା ଜଣାପଡ଼ିଥାଏ । କୌଣସି ବିଶେଷ ରୋଗ ସକାଶେ ପରୀକ୍ଷା ସେହି କ୍ଷେତ୍ରରେ କରାଯାଏ । ଯଦି ବଂଶରେ କେହି ରୋଗାକ୍ରାନ୍ତ ଥିବା କଥା ଜ୍ଞାତ ହୁଏ କିମ୍ବା ବାପା ମାଙ୍କ ମଧ୍ୟରୁ ଜଣେ କେହି ଆକ୍ରାନ୍ତ ଥାନ୍ତି (କୁହାଯାଏ ଯେ ସିଭିଏସ ଏଭଳି ୧୦୦୦ରୁ ଅଧିକ ବିକୃତିକୁ ଜ୍ଞାତ କରିପାରେ) ଯେଉଁ ସକାଶେ ବିକୃତ ଜିନ୍ସ ବା କ୍ରୋମୋଜୋମ ଦାୟୀ ଅଟେ ।

ଏହା କିପରି ହେଇଥାଏ: ଏହା ପ୍ରୟ ଡାକ୍ତରଖାନା ମାନଙ୍କରେ କରାଯାଇଥାଏ, ଅବଶ୍ୟ ଏହାକୁ ଡାକ୍ତରଙ୍କ କ୍ଲିନିକ୍‌ରେ ମଧ୍ୟ କରାଯାଇପାରେ । ପ୍ଲେନ୍ସେଣ୍ଟାର ଅବସ୍ଥାନୁସାରେ ଯୋନି କିମ୍ବା ସର୍ଭିକ୍ସ ଟ୍ରାନ୍ସ ସର୍ଭାଇକାଲ ବା ତଳିପେଟ ପର୍ଯ୍ୟନ୍ତ ଛୁଞ୍ଚି ପୂରେଇ (ଟ୍ରାନ୍ସଏବଡମିନାଲ ସିଭିଏସ) କୋଷିକା ଗୁଡ଼ିକର ପ୍ରତିରୂପ ନିଆଯାଇଥାଏ । ଏଭଳି କୌଣସି ଉପାୟ ନାହିଁ, ଯେଉଁଥିରେ ଆଦୌ କଷ୍ଟ ଅନୁଭୂତ ନହେବ ଅଳ୍ପ ବେଶି କଷ୍ଟ ପ୍ରାୟ ସବୁଠି ହେଇଥାଏ । ଅନେକ ମହିଳାମାନଙ୍କ ଠାରେ ହାଲ୍‌କା ଦରଜ ସାଂଗକୁ ପେଟ ମୋଡ଼ି ହେଇଥାଏ । ଏହି ପ୍ରକ୍ରିୟାରେ ଆଦ୍ୟୋପ୍ରାନ୍ତ ସର୍ବମୋଟ ୩୦ ମିନିଟ ସମୟ ଲାଗେ କିନ୍ତୁ ପ୍ରତିରୂପ ନେବାରେ ମାତ୍ର ମିନିଟ ବି ବିନିଟ୍ ।

ଟ୍ରାନ୍ସଏବଡିକାଲ ଉପାୟରେ ଆପଣଙ୍କୁ ପିଠିରେ ଭରାଦେଇ ଅର୍ଥାତ୍ ଚିତ୍ ଶୁଆଇ ଯୋନି ମାର୍ଗ ଦେଇ ଗର୍ଭାଶୟ ପର୍ଯ୍ୟନ୍ତ ଲମ୍ବା ପତଳା ଟ୍ୟୁବ ପୂରେଇ ଦିଆଯାଇଥାଏ, ତତ୍‌ସଂଗେ ସଂଗେ ଅଲଟ୍ରାସାଉର୍ଡ ମଧ୍ୟ ସନ୍ନିହିତଥାଏ । ଡାକ୍ତର ଟ୍ୟୁବର ସ୍ଥିତିକୁ ଭଲ କରି ତାପରେ ଉକ୍ କୋଷିକାର ପ୍ରତିରୂପ ନେଇଥାନ୍ତି ।

ଟ୍ରାନ୍ସଏବ୍‌ଡିମିନାଲ ଉପାୟରେ ମଧ୍ୟ ସେହିପରି ଶୁଆଇ ଦିଆଯାଏ । ଅଲଟ୍ରା ସାଉଣ୍ଡ ସାହାଯ୍ୟରେ ପ୍ଲେନ୍ସେଣ୍ଟାର ଅବସ୍ଥା ଓ ୟୁଟେରସର କାନ୍ଥର ଅବସ୍ଥାନ ଅନୁମାନ କରାଯାଇଥାଏ । ତା'ପରେ ତଳି ପେଟରେ ଛୁଞ୍ଚି ପୂରେଇ ଏହାରି ସହାୟତାରେ ସବୁ କାମ ହୋଇଥାଏ ।

ଭ୍ରୂଣର ପରୀକ୍ଷା ବଳରେ ତା'ର ଜେନେଟିକ ମେକ-ଅପ୍‌ର ଅନୁମାନ କରାଯାଇପାରେ । ଗୋଟିଏ ଦୁଇ ସପ୍ତାହ ମଧ୍ୟରେ ପରୀକ୍ଷାର ଫଳାଫଳ ଆସିଯାଏ ।

ଏହା କେବେ ହେଇଥାଏ ?: ଏହା ଗର୍ଭଧାରଣର ୧୦ ରୁ ୧୩ ସପ୍ତାହ ମଧ୍ୟରେ ହୋଇଥାଏ । ଏହାର ସବୁଠୁ ବଡ଼ ଲାଭ ହେଲା ଏହାକୁ ପ୍ରଥମ ତ୍ରୟମାସିକ ମଧ୍ୟରେ କରାଯାଇଥାଏ ଓ ଏହା ଏମ୍‌ନିଓସେଣ୍ଟେସିସ ପୂର୍ବରୁ ଫଳାଫଳ ପ୍ରଦାନ କରିଦେଇଥାଏ; ଯାହାକି ସାଧାରଣତଃ ୧୬ ସପ୍ତାହ ପରେ ହେଇଥାଏ । ପ୍ରାରମ୍ଭିକ ନିଦାନ ସେହିମାନଙ୍କ ପାଇଁ ଉଦ୍ଦିଷ୍ଟ ଯେଉଁମାନେ କି ପ୍ରଥମରୁ କୌଣସି ଅସୁବିଧା ବା କଷ୍ଟକୁ ଅନୁମାନ କରି ତା'ର ଚିକିତ୍ସା କରେଇ ନେବାକୁ ଚାହାନ୍ତି । ଏହିପରି ଭାବରେ ଯଦି ଗର୍ଭପାତ ମଧ୍ୟ ଆଗ ହୋଇଯାଏ ତେବେ ବେଶି ଅସୁବିଧା କିମ୍ବା ଦୁଃଖ ମଧ୍ୟ ହୁଏନାହିଁ ।

ଏହା କେତେ ସଠିକ ହେଇଥାଏଐ : ସିଭିଏମ୍ ୯୮% ପର୍ଯ୍ୟନ୍ତ କ୍ରୋମୋଜୋମାଲ ସମସ୍ୟାର ସଠିକ୍ ନିର୍ଦ୍ଧାରଣ କରିଥାଏ ।

ଏହା କେତେ ସୁରକ୍ଷିତ ?: ଏହା ସୁରକ୍ଷିତ ସାଙ୍ଗକୁ ବିଶ୍ୱାସଯୋଗ୍ୟ ମଧ୍ୟ ଅଟେ । ୩୭୦ ମଧ୍ୟରୁ ଗୋଟିଏ ଗର୍ଭପାତର ମାମଲା ହେଇପାରେ । ଆପଣ ଭଲ ରେକର୍ଡ ଥିବା ପରୀକ୍ଷା କେନ୍ଦ୍ର ବାଛିବା ଉଚିତ ତଥା ଠିକ୍ ୧୦ ସପ୍ତାହ ପର୍ଯ୍ୟନ୍ତ ଅପେକ୍ଷା କରିବା ବାଞ୍ଛନୀୟ; ଯଦ୍ୱାରା ଏହି ପ୍ରକ୍ରିୟାରେ ଦେଖା ଦେଉଥିବା ଯେକୌଣସି କଷ୍ଟ ବା ଅସୁବିଧାକୁ ଦୂରେଇ ଦେଇହେବ ।

ସିଭିଏମସ୍ ପରେ ଯୋନି ପ୍ରଦେଶରୁ ସାମାନ୍ୟ ଅଳ୍ପ ରକ୍ତସ୍ରାବ ହେଇପାରେ । ଏହାକୁ ବେଶି ଗୁରୁତ୍ୱ ଦିଅନ୍ତୁ ନାହିଁ । ଅବଶ୍ୟ ଏହା ଯଦି ତିନି-ଚାରିଦିନ ଧରି ଅବ୍ୟାହତ ରହେ ତେବେ ଡାକ୍ତରଙ୍କୁ କହିଦେବା ବିଧେୟ । ଅବଶ୍ୟ ଇନ୍‌ଫେକ୍ସନର କୌଣସି ଆଶଙ୍କା ନଥାଏ, ହେଲେ କିଛିଦିନ ମଧ୍ୟରେ ଜ୍ୱର ହେଲେ ଡାକ୍ତରଙ୍କୁ ପରାମର୍ଶ କରନ୍ତୁ ।

ପ୍ରଥମ ଓ ଦ୍ୱିତୀୟ ତିନିମାସ

ଇଣ୍ଟିଗ୍ରେଟେଡ ସ୍କ୍ରିନିଂ

ଏହା କ'ଣ ? ପ୍ରଥମ ତ୍ରୟମାସିକର କିମ୍ବା ଇଣ୍ଟ କ୍ଲିନଂ ଭଳି ଇଣ୍ଟିଗ୍ରେଟେଡ ସ୍କ୍ରିନଂ ଟେଷ୍ଟରେ ଅଲଟ୍ରାସାଉଣ୍ଡ ଓ ବ୍ଲଡ ଟେଷ୍ଟ ଉଭୟ ହେଇଥାଏ; ହେଲେ ଏହି କ୍ଷେତ୍ରରେ; ଅଲଟ୍ରାସାଉଣ୍ଡ ଏନଟିର ପରୀକ୍ଷା), ପ୍ରଥମ ବ୍ଲଡ ଟେଷ୍ଟ ପିଏପିଭିର ଯାଞ୍ଚ ଆଦି ପ୍ରଥମ ତିନିମାସ ମଧ୍ୟରେ କରାଯାଇଥାଏ; ତଥା ଦ୍ୱିତୀୟ ବ୍ଲଡ୍‌ଯେଷ୍ଟ (କ୍ୱାଏଟ୍ ସ୍କ୍ରିନଂ ଭଳି ଚାରିପ୍ରକାର ତଥ୍ୟାବଳୀ ପରୀକ୍ଷା ପାଇଁ) ଦ୍ୱିତୀୟ ତିନିମାସ ମଧ୍ୟରେ କରାଯାଇଥାଏ । ଉକ୍ତ ତିନି ପ୍ରକାର ଟେଷ୍ଟର ମିଳାମିଶା ରିପୋର୍ଟ ଦିଆଯାଇଥାଏ ।

ଦ୍ୱିତୀୟ ସ୍କ୍ରିନଂ ଟେଷ୍ଟ ଭଳି ଏହା ମଧ୍ୟ ପ୍ରତ୍ୟକ୍ଷ ଭାବରେ କ୍ରୋମୋଜୋମାଲ ସମସ୍ୟାକୁ ପରୀକ୍ଷା କରେ ନାହିଁ କି କୌଣସି ବିଶେଷ ଅବସ୍ଥାର ପରୀକ୍ଷା କରେନାହିଁ । ଏହା କେବଳ ଏହି ଅନୁମାନ ପ୍ରଦାନ କରିଥାଏ ଯେ, ଶିଶୁକୁ କୌଣସି କଷ୍ଟ ବା ଅସୁବିଧା ଦେଖାଦେବ କି ? ଏହାର ତଥ୍ୟାବଳୀ ପାଇଲା ପରେ ଆପଣ ଡାକ୍ତରଙ୍କୁ ପରାମର୍ଶ କରି ଡାଇଗ୍ନୋଷ୍ଟିକ୍ ଟେଷ୍ଟ କରେଇବେ ନା ନାହିଁ; ଏହା ସ୍ଥିର କରିପାରିବେ ।

ଏହା କେବେ ହେଇଥାଏ ?: ଏହି ଅଲଟ୍ରାସାଉଣ୍ଡ ୧୦ ରୁ ୧୪ ସପ୍ତାହ ମଧ୍ୟରେ ହେଇଥାଏ । ପ୍ରଥମ ବ୍ଲଡଟେଷ୍ଟ ଅଲଟ୍ରାସାଉଣ୍ଡ ଦିନ ହିଁ ହୁଏ ଓ ଦ୍ୱିତୀୟ ବ୍ଲଡ ଟେଷ୍ଟ ୧୬ ରୁ ୧୮ ସପ୍ତାହ ମଧ୍ୟରେ ହୁଏ । ଦ୍ୱିତୀୟ ବ୍ଲଡ୍‌ଟେଷ୍ଟ ପରେ ପରୀକ୍ଷାର ରିପୋର୍ଟ ପ୍ରଦାନ କରାଯାଇଥାଏ ।

ଏହା କେତେ ପରିମାଣରେ ସଠିକ୍ ?: ଗର୍ଭସମୟରେ ପ୍ରଥମ ଓ ଦ୍ୱିତୀୟ ତିନିମାସର ସମ୍ମିଳିତ ପରୀକ୍ଷାର ରିପୋର୍ଟ ଗୋଟିଏ ମାତ୍ର ତିନି ମାସର ରିପୋର୍ଟ ଅପେକ୍ଷା ବେଶ୍ ପ୍ରଭାବକାରୀ ହେଇଥାଏ । ଇଣ୍ଟିଗ୍ରେଟେଡ୍ ସ୍କ୍ରିନଂ ଟେଷ୍ଟରୁ ୯୦% ଡାଉନ ସିଣ୍ଡ୍ରୋମ୍ କେସ୍ ଓ ୮୦ ରୁ ୮୫% ପର୍ଯ୍ୟନ୍ତ ନ୍ୟୁରାଲ ଟେଷ୍ଟ ଡିଫେକ୍ଟସର ତଥ୍ୟ ଜଣାପଡ଼ିଥାଏ ।

ଏହା କେତେ ସୁରକ୍ଷିତ ? ଅଲଟ୍ରାସାଉଣ୍ଡ ଓ ବ୍ଲଡ ଟେଷ୍ଟରେ କୌଣସି ଦରଜ ହେଇନଥାଏ । ଏହାଫଳରେ ମା' କିମ୍ବା ଶିଶୁକୁ କୌଣସି ବିପଦର ଆଶଙ୍କା ନଥାଏ ।

ଦ୍ୱିତୀୟ ତିନିମାସ

କ୍ୱାଏଡ୍ ସ୍କ୍ରିନଂ

ଏହା କ'ଣ ?: ଏଥିରେ ଭ୍ରୂଣ ଦ୍ୱାରା ସୃଷ୍ଟ ଚାରି ପ୍ରକାର ପଦାର୍ଥର ପରୀକ୍ଷା ହେଇଥାଏ; ଯାହାକି ମା'ର ରକ୍ତପ୍ରବାହ ସହିତ ମିଶିଯାଇପାରେ । ଏଲଫା ଫିଟୋପ୍ରୋଟିନ୍, ଏସିଜି ଏଷ୍ଟ୍ରିଓଲ୍ ଆଉ

ଇନହିବିନ୍ ଏ; ଅନେକ ଡାକ୍ତର କେବଳ ତିନୋଟି ପଦାର୍ଥର ପରୀକ୍ଷା କରିଥାନ୍ତି । ଏଏଫଭିର ବୃଦ୍ଧି ପାଇଥିବା ସ୍ତରରୁ "ନ୍ୟୁରାଲ ଟ୍ୟୁବ୍ ଡିଫେକ୍ଟ'ର ଅନୁମାନ କରାଯାଇପାରେ । ଏଏଫେପିର ହ୍ରାସ ପାଉଥିବା ସ୍ତର ଓ ଏହାର ଅସାଧାରଣ ସ୍ତର ଏହାର ସଂକେତ ଦେଇଥାଏ ଯେ, ବଢୁଥିବା ଶିଶୁକୁ କ୍ରୋମୋଜୋମାଲ ବିଷମତାର ଆଶଙ୍କା ଅଛି । ଯଥା: ଡାଉନ ସିଣ୍ଡ୍ରୋମ । ସବୁ ସ୍କ୍ରିନ ଟେଷ୍ଟ ଭଳି କ୍ୱାଏଡ ମଧ୍ୟ ଜନ୍ମଜାତ ବିକୃତିର ତଥ୍ୟ ଜ୍ଞାତ କରିପାରେ ନାହିଁ । ଏହା କେବଳ ଆଶଙ୍କା ବା ବିପଦକୁ ସୂଚେଇ ଦେଇଥାଏ । ଯେକୌଣସି ଅସାଧାରଣ ତଥ୍ୟର ଅର୍ଥ ହେଲା ଆଗାମୀ ପରୀକ୍ଷା କରାଯିବା ଆବଶ୍ୟକ ।

ମଜାକଥା ହେଲା ଅଧ୍ୟୟନରୁ ଜଣାପଡ଼ିଛି ଯେ, ଯେଉଁ ମହିଳାମାନଙ୍କର କ୍ୱାଏଭ ସ୍କ୍ରିନଂର ରିପୋର୍ଟ ଅସାଧାରଣ ଆସିଥାଏ, ହେଲେ ତତ୍‌ପରେ ପରେ ପରୀକ୍ଷାର ରିପୋର୍ଟ ଠିକ୍ ଆସେ; ସେଗୁଡ଼ିକୁ ଅନେକ ଅସୁବିଧାର ସମ୍ମୁଖୀନ ହେବାକୁ ପଡ଼ିଥାଏ । ଯଦି ଆପଣ ମଧ୍ୟ ଏଭଳି ରିପୋର୍ଟ ପାଆନ୍ତି, ତେବେ ନିଜ ଡାକ୍ତରଙ୍କୁ ପରାମର୍ଶ ମାଗନ୍ତୁ । ମନେ ରଖନ୍ତୁ ଯେ, ଏଭଳି ବିଷମ ପରିସ୍ଥିତି ଓ ଅସାଧାରଣ ରିପୋର୍ଟ ମଧ୍ୟରେ ନିବିଡ଼ ସମ୍ପର୍କ ରହିଛି ।

ଏହା କେବେ ହେଇଥାଏ ? : ଏହା ୧୪ରୁ ୨୨ ସପ୍ତାହ ମଧ୍ୟରେ ହେଇଥାଏ ।

ଏହା କେତେ ପରିମାଣରେ ସଠିକ୍ ? ଏହା ପ୍ରାୟ ୮୫% ପର୍ଯ୍ୟନ୍ତ ନ୍ୟୁରାଲ ଟ୍ୟୁବ୍ ଡିଫେକ୍ଟକୁ ଧରିପାରିଥାଏ ଅର୍ଥାତ୍ ତଥ୍ୟ ଜ୍ଞାତ କରିପାରେ । ୫୦% ପର୍ଯ୍ୟନ୍ତ ଡାଉନ ସିଣ୍ଡୋମ ଓ ଟ୍ରିସୋମୀର ୧୮ଟି ସମସ୍ୟାଗୁଡ଼ିକର ଠିକଣା କରିପାରେ । ସ୍ୱତନ୍ତ୍ର କ୍ୱାଏଡ ସ୍କ୍ରିନିଂରେ ବେଳେବେଳେ ଭୁଲ୍ ରିପୋର୍ଟ ମଧ୍ୟ ଆସିଯାଇଥାଏ । କେବଳ ୫୦ ମଧ୍ୟରୁ ଜଣେ ବା ଦୁଇଜଣ ମହିଳାମାନଙ୍କ କ୍ଷେତ୍ରରେ ହାଇ ରିଡିଂ ହେବା ସତ୍ତ୍ୱେ ମଧ୍ୟ ଭ୍ରୁଣଟି ପ୍ରଭାବିତ ହୋଇଥାଏ । ବାକି ୪୮ ବା ୪୯ ମଧ୍ୟରେ ଆଗାମୀ ପରୀକ୍ଷା ପରେ ଜଣାପଡ଼େ ଯେ ହର୍ମୋନାଲ ସ୍ତର ଅସାଧାରଣ ଅଛି । କାହିଁକି ନା ସେଠାରେ ଏକାଧିକ ଭ୍ରୁଣ ବିଦ୍ୟମାନ । ଉକ୍ତ ଭ୍ରୁଣ ଭାବିଥିବା ବୟସଠାରୁ ହୁଏତ ଛୋଟ ବା ବଡ଼ ହେଇପାରେ । ନଚେତ୍ ପରୀକ୍ଷାର ରିପୋର୍ଟ ଭୁଲ୍ ବାହାରେ । ଯଦି ମହିଳା ଗୋଟିଏ ମାତ୍ର ଭ୍ରୁଣକୁ ବିକଶିତ କରୁଥାନ୍ତି ଆଉ ଅଲଟ୍ରାସାଉଣ୍ଡରୁ ନିର୍ଦ୍ଦିଷ୍ଟେ ତିଥି ଜଣାପଡ଼ିଯାଏ, ତା'ହେଲେ ଏହା ପରେ ଏମ୍‌ନିଓ ସେଣ୍ଟେସିସ୍‌ର ପରାମର୍ଶ ଦିଆଯାଇଥାଏ ।

ଏହା କେତେ ସୁରକ୍ଷିତ ?: ଏଥିରେ କେବଳ ରକ୍ତର ନମୂନା ଆବଶ୍ୟକ ହେଉଥିବାରୁ ଏହା ଖୁବ୍ ସୁରକ୍ଷିତ ଅଟେ । ସବୁଠୁ ବଡ଼ ଅସୁବିଧା ହେଲା ପଜିଟିଭ ରିପୋର୍ଟ ଆସିଲେ ବିପଜ୍ଜନକ ପରୀକ୍ଷା କରିବାକୁ ପଡ଼ିଥାଏ । ଏହି ସ୍କ୍ରିନଂକୁ ଭିତ୍ତିକରି କୌଣସି ଚୂଡାନ୍ତ କରିବା ପୂର୍ବରୁ କୌଣସି ଅନୁଭୂତି ସମ୍ପନ୍ନ ଡାକ୍ତର ବା ଜେନେଟିକ୍ ପରାମର୍ଶଦାତାଙ୍କ ପରାମର୍ଶ ଲୋଡ଼ିବା ଏକାନ୍ତ ଜରୁରୀ ।

ଏମନିଓ ସେଣ୍ଟେସିସ

ଏହା କ'ଣ ?: ଭ୍ରୁଣର ଚାରିପଟେ ଘେରି ରହିଥିବା ଏମନିଓଟିକ ତରଳ ପଦାର୍ଥରେ ଭ୍ରୁଣଟି କୋଷିକାର ରାସାୟନିକ ଓ ମାଇକ୍ରୋ ଅର୍ଗେନିକାତ୍ମର ସହାୟତାରେ ବର୍ଦ୍ଧମାନ ଶିଶୁ ସମ୍ବନ୍ଧରେ ଅନେକ ତଥ୍ୟ ହାସଲ କରାଯାଇପାରେ । ଯଥା: ଜେନେଟିକ୍ ମେକ-ଅପ, ବର୍ଦ୍ଧମାନ ଓ ପରିପକ୍ୱ ହେବାର ଅବସ୍ଥା ଇତ୍ୟାଦି । ପ୍ରସବପୂର୍ବ ନିଦାନ ସକାଶେ ଏହି ପରୀକ୍ଷା ଟ୍ୟୁବ୍ ଗୁରୁତ୍ୱପୂର୍ଣ୍ଣ ଅଟେ । ଏହା ସେତେବେଳେ କରାଯାଇଥାଏ, ଯେତେବେଳେ କି:

- କୌଣସି ସ୍କ୍ରିନିଂ ଟେଷ୍ଟର ରିପୋର୍ଟ ଅସାଧାରଣ ଆସିଲେ ଭ୍ରୁଣର ଏମନିଓଟିକ୍ ତରଳ ପଦାର୍ଥର ପରୀକ୍ଷା କରିବା ଅତ୍ୟାବଶ୍ୟକ ହୋଇପଡ଼େ, ଯଦ୍ୱାରା ଅନ୍ୟର ଅବସ୍ଥା ଜ୍ଞାତ ହୁଏ ।

ଏହା ଏକ ସରପ୍ରାଇଜ

ଡାଇଗ୍ନୋଷ୍ଟିକ୍ ଟେଷ୍ଟ ଫଳରେ ଆପଣଙ୍କ ଶିଶୁର ଲିଙ୍ଗ ଜଣାପଡ଼ିଥାଏ, ହେଲେ ଏହା ଆପଣଙ୍କ ଉପରେ ନିର୍ଭର କରେ ଯେ ଏହି ପରୀକ୍ଷା ସମୟରେ ଲିଙ୍ଗ ଜାଣିବାକୁ ଚାହିଁବେ ନା, ଏହି ରହସ୍ୟକୁ ଏନ୍ତୁଡିଶାଳ (ବାର୍ଥରୁମ୍)ରେ ହିଁ ଦେଖିବାକୁ ପସନ୍ଦ କରିବେ । ନିଜ ଡାକ୍ତରଙ୍କୁ ଏକଥା ପ୍ରଥମରୁ ସୂଚେଇ ଦିଅନ୍ତୁ ଯଦ୍ୱାରା ଏହା ଏକ ସରପ୍ରାଇଜ ହେଇ ରହିବ ।

ଭାରତବର୍ଷରେ ଲିଙ୍ଗ ପରୀକ୍ଷା କରିବା ଏଥର ଏକ ଅପରାଧ ଭାବରେ ଗଣ୍ୟ ।

■ ଯଦି ମା'ର ବୟସ ୩୫ ବର୍ଷରୁ ଅଧିକ ହୋଇଥାଏ ତେବେ ଶିଶୁଟି ଡାଉନ ସିଣ୍ଡ୍ରୋମରେ ଆକ୍ରାନ୍ତ ହେଇପାରେ । ସେତେବେଳେ ଡାକ୍ତରଙ୍କ ପରାମର୍ଶ କ୍ରମେ ଏହି ପରୀକ୍ଷା କରାଯାଇଥାଏ ।

■ ଘରେ ଆଗରୁ ଶିଶୁଟିଏ ଜନ୍ମ ନେଇସାରିଛି, ଯିଏକି କ୍ରୋମୋଜୋମାଲ ବିଷମତାଗ୍ରସ୍ତ ଅଟେ; ଯଥା: ସଣ୍ଡ୍ରୋମ୍, ମେଟାବଲିକ ଡିଜର୍ଡର, କିମ୍ବା ଏଞ୍ଜାଇମ୍ ଡେଫିସିଏନ୍ସି... ଇତ୍ୟାଦି ।

■ ଯଦି ମା' କୌଣସି ଏକ୍ସ ଲିଙ୍କଡ୍ ଜେନେଟିକ୍ ରୋଗ ଯଥା: ହିମୋଫଲିଆ ଗ୍ରସ୍ତ ହେଇଥାନ୍ତି ।

■ ଟମ୍‌ସୋପ୍ଲାଜମୋସିସ୍, ଫିକ୍‌ଥୋ ଡିଜିଜ (ରୋଗ) ସାଇଟୋମେଗାଲୋ ଭଇରସ ବା କୌଣସି ଅନ୍ୟ ପ୍ରକାରେ ଭ୍ରୂଣ ସଂକ୍ରମଣର ଆଶଙ୍କା ଥାଏ ।

■ ଗର୍ଭ ସମୟରେ ଭ୍ରୂଣଟିର ଫୁସ୍‌ଫୁସ୍‌ର ପରୀକ୍ଷା ପ୍ରାୟ ଅନିବାର୍ଯ୍ୟ କହିଲେ ଚଳେ ।

ଏହା କିପରି ହେଇଥାଏ ?: ପିଠିରେ ଭରା ଦେଇ ଚିତ୍ ଶୁଆଇ ଅଲଟ୍ରାସାଉଣ୍ଡର ସହାୟତାରେ ଶିଶୁ ଓ ପ୍ଲେଜେଣ୍ଟାର ତଥ୍ୟ ଜ୍ଞାତ କରାଯାଏ । ଯଦ୍ୱାରା ଡାକ୍ତର ଏହି ପରୀକ୍ଷା ମାଧ୍ୟମରେ ସେଗୁଡ଼ିକୁ ସ୍ପଷ୍ଟ ଦେଖିପାରିବେ । ହୁଏତ ଲୋକାଲ ଏନାସ୍ଥିସିଆର ଇଞ୍ଜେକ୍‌ସନ ଦେଇ ତଳିପେଟଟାକୁ ସମ୍ବେଦନହୀନ ବା ଚେତନାଶୂନ୍ୟ କରି ଦିଆଯାଇଥାଏ, ହେଲେ ଏହି ଞ୍ଜେକ୍ସନ ହେବାବେଳେ ଖୁବ୍ କଷ୍ଟ ଅନୁଭୂତ ହେଇଥାଏ । ଏଣୁକରି ଡାକ୍ତରମାନେ ପ୍ରାୟ ଏହାକୁ ଲଗାନ୍ତି ନାହିଁ । ବରଂ ଆପଣଙ୍କ ଗର୍ଭାଶୟ ମଧ୍ୟରେ ଏକ ଲମ୍ବା ପାଇପ୍ ଭଳି ଛୁଞ୍ଚି ପୂରେଇ ଦିଆଯାଇଥାଏ ଓ ସେଥିରୁ ଅଳ୍ପ ଏମନିଓଟିକ୍ ପଦାର୍ଥ ନିଆଯାଇଥାଏ । (ଭ୍ରୂଣ ସ୍ୱତଃସ୍ଫୂର୍ତ୍ତ ଭାବରେ ଉକ୍ତ ତରଳ ପଦାର୍ଥର ଭାରସାମ୍ୟ ରକ୍ଷା କରିନିଏ) ତତ୍‌ସଙ୍ଗେ ସଙ୍ଗେ ଅଲଟ୍ରାସାଉଣ୍ଡ ମଧ୍ୟ ହେଉଥାଏ, ଯଦ୍ୱାରା ଭ୍ରୂଣ ଶିଶୁଟିକୁ କୌଣସି ଆଘାତ ନହେଉ କିମ୍ବା ଛୁଞ୍ଚି ନବାଜୁ । ଏହି ସମଗ୍ର ପ୍ରକ୍ରିୟାରେ ଅଧଘଣ୍ଟା ସମୟ ଲାଗେ ଅବଶ୍ୟ ତରଳ ପଦାର୍ଥ କାଢ଼ିବାରେ ମାତ୍ର ୨ ମିନିଟ୍ ସମୟ ଲାଗେ । ଯଦି ଆପଣ ଆରଏଚ ନେଗେଟିଭ ହେଇଥାନ୍ତି, ତେବେ ଆପଣଙ୍କୁ ମିନିଓସେଣ୍ଟେସିସ୍ ପରେ ଆରଏଚ ଓଗେମ୍ ଇମ୍ୟୁନଗ୍ଲୋବୁଲିନ୍‌ର ଇଞ୍ଜେକ୍‌ସନ ଦିଆଯାଇଥାଏ, ଯାହାଦ୍ୱାରା ଆରଏଚ୍‌କୁ ନେଇ ଆଉ କୌଣସି ବାଧାବିଘ୍ନ ସୃଷ୍ଟି ନହେଉ ।

ଏହା କେବେ ହେଇଥାଏ ?: ଏହା ଗର୍ଭାବସ୍ଥାରେ ୧୬ ରୁ ୧୮ ସପ୍ତାହ ମଧ୍ୟରେ ହେଇଥାଏ, କିନ୍ତୁ ଅନେକଥର ୧୩, ୧୪ ବା ୨୩, ୨୪ଶ ସପ୍ତାହରେ ମଧ୍ୟ କରାଯାଇଥାଏ । ୧୦ରୁ ୧୪ ଦିନ ମଧ୍ୟରେ ଏହାର ରିପୋର୍ଟ ଆସିଯାଏ । କେତେକ ପରୀକ୍ଷାଗାରରେ ଫିସ୍ ଟେକ୍‌ନିକ୍ ଅର୍ଥାତ୍ ଫ୍ଲୋରୋସେଣ୍ଟ ଇନ୍ ସିଟୁ ହାଇବ୍ରିଡିଜେସନର ପ୍ରୟୋଗ କରାଯାଇଥାଏ । ଏଥିରେ କୋଷିକାଗୁଡ଼ିକର ନିର୍ଦ୍ଦିଷ୍ଟ କ୍ରୋମୋଜୋମର ସଂଖ୍ୟାକୁ ଖୁବ୍ ଶୀଘ୍ର ଗଣନା କରାଯାଇପାରିଥାଏ । ଏହା ଏମନିଓସେଣ୍ଟେସିସ୍‌ରେ ମଧ୍ୟ ଶୀଘ୍ର ରିପୋର୍ଟ ପାଇବା ସକାଶେ କରାଯାଇପାରେ । ଯେହେତୁ ଏହାର ପରୀକ୍ଷା ସରିନଥାଏ ଏଣୁକରି ଲେବ୍‌ରେ ଅନ୍ୟାନ୍ୟ କ୍ରୋମୋଜୋମାଲ ପରୀକ୍ଷା କରାଯାଇଥାଏ । ଏହି ଟେଷ୍ଟ ଶେଷ ତିନିମାସରେ ହୁଏ ଯଦ୍ୱାରା ଭ୍ରୂଣ ଶିଶୁର ଫୁସ୍‌ଫୁସର ପରିପକ୍ୱତା ଜାଣିହେବ ।

ଏହା କେତେ ସଠିକ୍ ?: ଏହା ୯୯% ରୁ ମଧ୍ୟ ଅଧିକ ସୁରକ୍ଷିତ । ସାଧାରଣ ଫିସ୍‌ଟେଷ୍ଟ ମଧ୍ୟ ୯୮% ସଠିକ୍ ହୁଏ ।

ଏହା କେତେ ସୁରକ୍ଷିତ ?: ଏହା ସମ୍ପୂର୍ଣ୍ଣ ସୁରକ୍ଷିତ । ୧୬୦୦ ମଧ୍ୟରୁ ମାତ୍ର ଗୋଟିଏ ମାମଲାରେ ଗର୍ଭପାତର ଆଶଙ୍କା ଥାଏ । ଏହି ପ୍ରକ୍ରିୟା ପରେ କିଛି ଘଣ୍ଟା ପେଟ ମୋଡ଼ିହେଇ ବ୍ୟଥା ହେଇଥାଏ । ଅନେକ ଡାକ୍ତର ଆରାମ ପାଇଁ କହୁଥିଲାବେଳେ ଅନେକେ କିଛି କୁହନ୍ତି ନାହିଁ । ବେଳେ ବେଳେ ସାମାନ୍ୟ ରକ୍ତସ୍ରାବ ବା ଅନ୍ୟ ସ୍ରାବ ହେଇପାରେ । ଅବଶ୍ୟ କିଛି ସମୟ ବିଶ୍ରାମ କଲେ ଏହା ଠିକ୍ ହେଇଯିବ, ହେଲେ କେତେକ ସତର୍କତା ଅବଲମ୍ବନ କରିବା ବାଞ୍ଛନୀୟ ।

ଏମନିଓ ବିଷମତା

ଅବଶ୍ୟ ଏମନିଓ ସେଣ୍ଟେସିସରେ ବିଷମତା ହ୍ରାସ ପାଇଥାଏ । ୧୦୦ ମଧ୍ୟରୁ ଗୋଟିଏ ପ୍ରକ୍ରିୟାରେ ଏମନାୟୋଟିକ ତରଳ ପଦାର୍ଥ ନିର୍ଗତ ହେଇଥାଏ । ଯଦି ଆପଣ ଯୋନିରୁ କୌଣସି ସ୍ରାବ ହେବା ଲକ୍ଷ୍ୟ କରନ୍ତି, ତେବେ ସାଙ୍ଗେ ସାଙ୍ଗେ ଏକଥା ଡାକ୍ତରଭକୁ କହନ୍ତୁ । ହୁଏତ ରକ୍ତସ୍ରାବ କିଛିଦିନ ମଧ୍ୟରେ ବନ୍ଦ ହେଇଯାଇପାରେ, ହେଲେ ଇତିମଧ୍ୟରେ ବିଶ୍ରାମ ସାଙ୍ଗକୁ ସତର୍କତା ମଧ୍ୟ ଏକାନ୍ତ ଅପରିହାର୍ଯ୍ୟ ।

ଦ୍ୱିତୀୟ ତିନିମାସ ଅଲଟ୍ରାସାଉଣ୍ଡ

ଏହା କ'ଣ ?: ହୁଏତ ଆପଣ ଗର୍ଭଧାରଣ ପରେ ପ୍ରଥମ ତିନିମାସରେ ବା କମ୍ବାଇଣ୍ଡ କିମ୍ବା ଇଣ୍ଟିଗ୍ରେଟେଡ୍ ସ୍କ୍ରିନିଂ ଟେଷ୍ଟରେ ନିଜର ଅଲଟ୍ରାସାଉଣ୍ଡ କରେଇଥାନ୍ତି ହେଲେ ଏହାସତ୍ତ୍ୱେ ମଧ୍ୟ ଦ୍ୱିତୀୟ ତିନିମାସ ମଧ୍ୟରେ ଏହି ଅଲଟ୍ରାସାଉଣ୍ଡ କରେଇବା ନିହାତି ଜରୁରୀ କାରଣ ଏଥିରୁ ଶିଶୁ ଭ୍ରୂଣର ବିକାଶ ଓ ଅଙ୍ଗପ୍ରତ୍ୟଙ୍ଗର ଗଠନକୁ ନେଇ ଅନୁମାନ କରାଯାଇଥାଏ । ଏଥିରେ ଶିଶୁ ଭ୍ରୂଣର ଖୁବ୍ ସ୍ୱଷ୍ଟ ଚିତ୍ର ଅଂକିତ ହେଇଥାଏ ।

ଆଜିକାଲି ଅଲଟ୍ରାସାଉଣ୍ଡର ଚିତ୍ରଗୁଡ଼ିକ ଏତେ ସ୍ୱଷ୍ଟ ହେଇଥାଏ ଯେ ସାଧାରଣ ବା କିଛି ନଜାଣୁଥିବା ବାପା-ମା'ମାନେ ମଧ୍ୟ ଆମୂଳଚୂଳ ଅର୍ଥାତ୍ ତାଲୁରୁ ତଳିପାଯାଏ ସବୁକିଛି ଚିହ୍ନିପାରିବେ । ଆପଣ ଏହି ଅଲଟ୍ରାସାଉଣ୍ଡ ବଳରେ ଡାକ୍ତରଙ୍କର ସହାୟତାରେ ନିଜ ଶିଶୁଟିର ଧକ୍‌ଧକ୍ କରୁଥିବା ହୃଦଯନ୍ତ, ତା ମେରୁଦଣ୍ଡର ଭାଙ୍ଗ, ମୁହଁ, ବାହୁ ଓ ଗୋଡ଼କୁ ଚିହ୍ନିପାରିବେ । ହୁଏତ ସେ ଆଙ୍ଗୁଠି ଚୁଚୁମିବା ପରି ଦେଖାଯାଇପାରେ ତଥାପି ଲିଙ୍ଗଟା ଜଣାପଡ଼ିଯାଏ । ଯଦି ଆପଣ ଏହାକୁ ସରପ୍ରାଇଜ୍ ରଖିବାକୁ ଚାହାନ୍ତି, ତେବେ ପୂର୍ବରୁ ଡାକ୍ତରଙ୍କୁ କହିଦିଅନ୍ତୁ । ଅଧିକାଂଶ କ୍ଷେତ୍ରରେ ଉକ୍ତ ଅଲଟ୍ରାସାଉଣ୍ଡର ୩ ଡି ବା ୪ ଡି ଡିଜିଟାଲ ଭିଡିଓ ଘରକୁ ନେଇ ଆସିପାରିବେ, ଯଦ୍ୱାରା ତାକୁ ଘର ହେଲାକ ସମସ୍ତେ ଓ ସାଙ୍ଗସାଥୀମାନେ ଦେଖିପାରିବେ ।

ଏହା କେବେ ହେଇଥାଏ ?: ସାଧାରଣତଃ ଏହା ୧୮ରୁ ୨୨ ସପ୍ତାହ ମଧ୍ୟରେ କରାଯାଇଥାଏ ।

ଏହା କେତେ ସୁରକ୍ଷିତ ?: ଏଥିରେ କୌଣସି କ୍ଷୟକ୍ଷତି ବା ଅପକାର ନୁହଁ ବରଂ ଅନେକ ଲାଭ ହେଇଥାଏ । ଡାକ୍ତର ସାଧାରଣତଃ ଗର୍ଭସମୟରେ ଅନେକଥର ଅଲଟ୍ରାସାଉଣ୍ଡ ପରୀକ୍ଷା ପାଇଁ ପରାମର୍ଶ ଦେଇଥାନ୍ତି । ଅନେକ ବିଶେଷଜ୍ଞଙ୍କ ମତରେ କୌଣସି ବିଶେଷ ପରିସ୍ଥିତିରେ ହିଁ ଅଲଟ୍ରାସାଉଣ୍ଡ କରାଯିବା ଉଚିତ ବୋଲି କହନ୍ତି ।

> **ଭ୍ରୂଣ ସ୍କ୍ରିନ୍**
>
> ବେଳେବେଳେ ସ୍କ୍ରିନ୍‌ରେ ଅନେକ ଥର ପରୀକ୍ଷା କଲାପରେ ମଧ୍ୟ ସଠିକ୍ ରିପୋର୍ଟ ଆସିନଥାଏ । ସେତେବେଳେ ଆପଣ ଅନିଚ୍ଛା ସତ୍ତ୍ୱେ ମଧ୍ୟ ଚିନ୍ତିତ ହେଉଥାନ୍ତି । ଏହି ପରିପ୍ରେକ୍ଷୀରେ ଡାକ୍ତରଙ୍କ ପରାମର୍ଶ ଗ୍ରହଣ ପରେ ହିଁ କୌଣସି ପଦକ୍ଷେପ ନିଅନ୍ତୁ । ସାଧାରଣତଃ ୯୦% ମହିଳାମାନେ ପଜିଟିଭ୍ ସ୍କ୍ରିନ୍ ହେବାପରେ ମଧ୍ୟ ସୁସ୍ଥ ଶିଶୁମାନଙ୍କୁ ଜନ୍ମ ଦେଇଥାନ୍ତି ।

ଅନ୍ୟାନ୍ୟ ପରୀକ୍ଷା (ଜନ୍ମ ପୂର୍ବରୁ): ଦିନକୁ ଦିନ ଏହି କ୍ଷେତ୍ରରେ ଅଗ୍ରଗତି ହେଉଛି । ଅନେକ ପ୍ରକାରର ନୂଆ ନୂଆ ଔଷଧ ବଜାରକୁ ଆସୁଛି । ଅନେକ ପ୍ରକାରର ପରୀକ୍ଷା ଚାଲିଛି; ତନ୍ମଧ୍ୟରୁ ନିମ୍ନଲିଖିତ ତଥ୍ୟ ପ୍ରମୁଖ

ପର୍‌ବ୍ୟୁଟେନିୟସ୍ ଅମ୍ବଲିକିଲ ବ୍ଲଡ ସେମ୍ପଲିଂ: ପିୟୁବିଅସ୍ ପରୀକ୍ଷା ଗର୍ଭର ୧୮ଶ ତମ ସପ୍ତାହରେ ହେଇଥାଏ । ଏତଦ୍ୱାରା ଅନେକ ପ୍ରକାରର ରକ୍ତଦୋଷ ଓ ଚର୍ମରୋଗ କଥା ଜଣାପଡ଼ିଥାଏ; ଯାହାକି ଫ୍ରମ୍‌ନିଓସେଣ୍ଟେସିସ୍‌ରେ ମଧ୍ୟ ଜଣାପଡ଼େନାହିଁ । ଯଦି ଏମନିଓସେଣ୍ଟେସିସ୍‌ର ରିପୋର୍ଟ ଅସାଧାରଣ ହୁଏ, ତେବେ ମଧ୍ୟ ଏହି ପରୀକ୍ଷା ହେଇଥାଏ । ଏତଦ୍ୱାରା ଶିଶୁ କୌଣସି ସଂକ୍ରାମକ ରୋଗଗ୍ରସ୍ତ କି ନୁହଁ ଜଣାପଡ଼େ: ଯଥା: ରୁବେଲା, ଟକ୍‌ସୋ ପ୍ଲାଜମୋସିଲ, ଫିଫ୍ଥ ଡିଜିଜ... ଇତ୍ୟାଦି । ଅବଶ୍ୟ ଏ ପରୀକ୍ଷା ନୂଆ ହେଲେ ମଧ୍ୟ ରିପୋର୍ଟର ମାନ୍ୟତା ଖୁବ୍ ବେଶି ।

ଏହା ମଧ୍ୟ ଏମ୍‌ନିସେଣ୍ଟେସିସ୍ ପରି ହେଇଥାଏ, କେବଳ ତଫାତ ଏତିକି ଯେ ଅଲଟ୍ରାସାଉଣ୍ଡର ଛୁଞ୍ଚି ଏମିନିଓଟିକ୍ ସେକ୍‌ରେ ପୂରେଇବା ପରିବେର୍ତ୍ତ ଗର୍ଭସ୍ଥ ଶିଶୁର ଅମ୍ବଲିକନ କାର୍ଡର ରକ୍ତନଳୀରେ ଭର୍ତ୍ତି କରାଯାଇଥାଏ । ଏହାର ରିପୋର୍ଟ ତିନିଦିନ ମଧ୍ୟରେ ପାଇହୁଏ । ଏହି ପରୀକ୍ଷାରୁ ସମୟ ପୂର୍ବରୁ ଡେଲିଭରି କିମ୍ବା ପ୍ଲିହା ଫାଟିବାର ଆଶଙ୍କା ଥାଏ ।

ଭ୍ରୂଣର ଲିଙ୍ଗ ନିର୍ଦ୍ଧାରଣ ସକାଶେ ମେଟେରନାଲ ବ୍ଲଡ ଟେଷ୍ଟ: ଅବଶ୍ୟ ଏହି ପ୍ରୟୋଗଟି ପରିସ୍ଥିତି ଉପରେ ନିର୍ଭର କରେ, ହେଲେ ବଂଶାନୁଗତ କାରଣର ସ୍କ୍ରିନଂ ପାଇଁ ଖୁବ୍ ଭଲ କହିଲେ ଚଳେ । ଯାହାକି କେବଳ ପୁଅ ଶିଶୁ ଉପରେ ପ୍ରଭାବ ପକାଏ ।

ସ୍କ୍ରିନ ସେମ୍ପଲିଂ: ଭ୍ରୂଣ ଶିଶୁର ଚର୍ମରୁ ଛୋଟିଆ ଅଂଶ ନେଇ ପରୀକ୍ଷା କରାଯାଇଥାଏ ।

ଏମ.ଆର.ଆଇ: ଏତଦ୍ଧାରା ଭ୍ରୂଣ ତଥା ତା'ର ଅସାଧାରଣ କଥା ସମ୍ବନ୍ଧରେ ସମ୍ପୂର୍ଣ୍ଣ ତଥ୍ୟ ମିଳିଥାଏ ।

ଯଦି କୌଣସି ଅସୁବିଧା ହୁଏ, ତେବେ...

ସାଧାରଣତଃ ରିପୋର୍ଟରୁ ଏକଥା ଜଣାପଡ଼ିଥାଏ ଯେ, ସବୁ କିଛି ଠିକ୍‌ଠାକ୍ ହେବ ବୋଲି ହେଲେ ଅନେକଥର ଏଭଳି ଦୁଃସମ୍ବାଦର ସମ୍ମୁଖୀନ ମା' ବାପାଙ୍କୁ ଶୁଣିବାକୁ ହୁଏ ଯେ ହୃଦୟଟା ବିଦାରିତ ହେଇପଡ଼େ । ଏଭଳି ପରିସ୍ଥିତିରେ, ଆଗାମୀ ସମୟ ସକାଶେ ଆପଣ ବିଶେଷଜ୍ଞଙ୍କଠାରୁ ପରାମର୍ଶ ଗ୍ରହଣ କରନ୍ତୁ, ଯିଏ ବିକଳ୍ପ ବ୍ୟବସ୍ଥାର ସମାଧାନ କରିପାରିବେ ।

ଗର୍ଭ ସମୟରେ ପରାମର୍ଶ: ଅନେକ କ୍ଷେତ୍ରରେ ବାପା-ମା'ମାନେ ଏକଥା ଜାଣି ସୁଦ୍ଧା ଅସୁସ୍ଥ ଓ ବିକଳାଙ୍ଗ ଶିଶୁଙ୍କୁ ଗର୍ଭପାତ ନକରି ଜନ୍ମ ପୂର୍ବରୁ ହିଁ ଏଭଳି ପରିସ୍ଥିତିର ସମ୍ମୁଖୀନ ହେବାକୁ ପ୍ରସ୍ତୁତ ହେଇଥାନ୍ତି । ସେମାନେ ଉକ୍ତ ଶିଶୁର ଭଲ ଜୀବନ ସକାଶେ ଉପାୟମାନ ସ୍ଥିର କରିପାରନ୍ତି । ଅସୁବିଧାର ସମମୁଖୀନ ହେବାପାଇଁ ସାହସ ଓ ଧୈର୍ଯ୍ୟ ଜୁଟେଇ ଭାବପ୍ରବଣତା ଓ ପରିସ୍ଥିତିର ମୁକାବିଲା କରିବାକୁ ପ୍ରସ୍ତୁତ ରୁହନ୍ତି ।

ଗର୍ଭର ପରିସମାପ୍ତି: ଯଦି ଏଭଳି କୌଣସି ରିପୋର୍ଟ ଆସେ, ଯେଉଁଥିରେ ବିକଳାଙ୍ଗ ହେବା ଯୋଗୁଁ ଜୀବନ ବିପଜ୍ଜନକ ବା ସଂକଟାପନ୍ନ ହୁଏ, ତେବେ ବାପା-ମା ମାନେ ବିଶେଷଜ୍ଞଙ୍କର ପରାମର୍ଶକ୍ରମେ ଗର୍ଭପାତ ସକାଶେ ପ୍ରସ୍ତୁତ ହୁଅନ୍ତି । ଅବଶ୍ୟ ଏହାପୂର୍ବରୁ ସେମାନେ ଅସ୍ଥିର ପରାମର୍ଶ ନେଇପାରନ୍ତି, ଯେଉଁଥିବରେ ସତର୍କତାର ସହିତ ଭ୍ରୁଣଟିର ପରୀକ୍ଷା କରାଯାଇ ଆସନ୍ତା ଗର୍ଭାଧାନ ସକାଶେ ଚିନ୍ତାମୁକ୍ତ ହୋଇପାରିବେ । ଡାକ୍ତରଙ୍କ ପରାମର୍ଶକ୍ରମେ ଆଗାମୀ ସନ୍ତାନ ସକାଶେ ପ୍ରସ୍ତୁତ ହୋଇପାରିବେ । ଅଧବକାଂଶ କ୍ଷେତ୍ରରେ ଆଗାମୀ ଶିଶୁ ସୁସ୍ଥ ଓ ସତେଜ ହେଇ ଜନ୍ମଗ୍ରହଣ କରିଥାଏ ।

ଭ୍ରୂଣର ପ୍ରସବ ପୂର୍ବ ଚିକିତ୍ସା: ଏଥିରେ ବ୍ଲଡ ଟ୍ରାନ୍ସଫ୍ୟୁଜନ, ଆରଏଚ ରୋଗରେ ସର୍ବରି (ଯଥା: ବନ୍ଦ ଥିବା ବ୍ଲଡରକୁ କାଢ଼ିବା), ଏଞ୍ଜାଇମ କିମ୍ବା ଔଷଧ ଦେବା (ଶୀଘ୍ର ଡେଲିଭରି ସକାଶେ ଶିଶୁର ଫୁସଫୁସକୁ ସକ୍ରିୟ ଓ ବିକଶିତ କରିବା(ବା ଅନ୍ୟ କୌଣସି ପ୍ରସବପୂର୍ବ ସର୍ଜରୀ, ଜେନେଟିକ୍ ମେନିପୁଲେସନ ଇତ୍ୟାଦି । ଆଜିକାଲି ଏସବୁ ସାଧାରଣ କଥା ହେଇଗଲାଣି ।

ଅଙ୍ଗ ପ୍ରଦାନ: ଯଦି ଯାଞ୍ଚରୁ ଜଣାପଡ଼େ ଯେ ଭ୍ରୁଣଟି ବଞ୍ଚିପାରିବ ନାହିଁ, ତେବେ ବାପା ମା ଚାହିଁଲେ ଅନ୍ୟ ନବଜାତ ଶିଶୁକୁ ତାଙ୍କ ଛୁଆର ଅଙ୍ଗ ପ୍ରଦାନ କରିପାରିବେ । ଏହାଦ୍ୱାର ସେମାନେ ଆତ୍ମିକ ସନ୍ତୋଷ ଲାଭ କରିବେ । ଏଭଳି ପରିସ୍ଥିତିରେ ନିୟୋନେଟୋଲୋଜିଷ୍ଟ ଭଲ ପରାମର୍ଶ ଦେଇପାରିବେ ।

ପ୍ରସବ ପୂର୍ବ ନିଦାନ କଥା ଚିନ୍ତା କଲାବେଳେ ମନେରଖନ୍ତୁ ଯେ ସର୍ବସୁବିଧାଯୁକ୍ତ ଲେବ୍‌ରେ ମଧ୍ୟ ଭୁଲଭଟକ ହେିଯାଏ । ବିଶେଷଜ୍ଞ ଓ ଉତ୍ତମ ଟେକ୍‌ନିସିଆନ୍ ହେବା ସତ୍ତ୍ୱେ ମଧ୍ୟ ଭୁଲ ହେଇଯାଏ । ଏଣୁ ଏଭଳି ପରିସ୍ଥିତିରେ ବିଶେଷଜ୍ଞଙ୍କର ପରାମର୍ଶ ବାଞ୍ଛନୀୟ ।

ମନେରଖନ୍ତୁ ଯେ ଏଭଳି ମାମଲା ଖୁବ୍ କମ ଦେଖାଦେଇଥାଏ । ସାଧାରଣତଃ ସୁସ୍ଥ ମା'ମାନେ ସୁସ୍ଥ ଶିଶୁଙ୍କୁ ଜନ୍ମ ଦେଇଥାନ୍ତି । ପରିଶେଷରେ ସମସ୍ତ ଅସୁବିଧା ଓ ସନ୍ଦେହର ବୁଜଝଟିକା ଅପସରି ଯାଇଥାଏ ଆଉ ଗର୍ଭଧାରଣର ସୁଖଦାୟକ ଫଳାଫଳ ଫଳିଭୂତ ହେଇଥାଏ ।

ଗବେଷଣାକାରୀମାନେ ଖୁବ୍ ଭଲ ଓ ସ୍ପଷ୍ଟ ଚିତ୍ର ପାଇବାକୁ ବ୍ୟଗ୍ର । ଗର୍ଭଧାରଣ ସମୟରେ ଏହାର ବ୍ୟବହାର ସମ୍ପୂର୍ଣ୍ଣ ରୂପେ ସୁରକ୍ଷିତ ।

କୋକାର୍ଡିଓଗ୍ରାଫି: ଏଥିରେ ଭ୍ରୂଣ ଶିଶୁର ହୃଦୟ ବା ହୃଦ୍‌ଯନ୍ତ୍ରଟିକୁ ପରୀକ୍ଷା କରାଯାଏ । ଉକ୍ତ ଅଲଟ୍ରାସାଉଣ୍ଡ ହୃଦ୍‌ଯନ୍ତ୍ରରେ ଯିବା ଓ ଯାଉଥିବା ରକ୍ତ ପ୍ରବାହକୁ ଦର୍ଶାଇଥାଏ ।

■ ■ ■

ଗର୍ଭଧାରଣ ସମୟରେ ଆପଣଙ୍କର ଜୀବନଶୈଳୀ

ନିଶ୍ଚିତ ଭାବରେ ବର୍ତ୍ତମାନ ଆପଣ ନିଜର ନିତିଦିନିଆ ଜୀବନରେ ଅନେକ ପରିବର୍ତ୍ତନ ଆଣିବାକୁ ଚାହୁଁଥିବେ, କାରଣ ଏଥର ଆପଣ କେବଳ ନିଜପାଇଁ ନୁହଁ ବରଂ ଅନ୍ୟ ସକାଶେ ମଧ୍ୟ ଜୀବନକୁ ଉପଭୋଗ କରୁଛନ୍ତି; ହେଲେ ଏକଥା ଶୁଣି ଆଶ୍ଚର୍ଯ୍ୟାନ୍ୱିତ ହେବେ ଯେ ଆପଣଙ୍କ ଜୀବନଶୈଳୀରେ କେତେବଡ଼ ପରିବର୍ତ୍ତନ ଆସିବାର ଅଛି । ରାତ୍ରିଭୋଜନ ପୂର୍ବରୁ 'କକ୍‌ଟେଲ' କଥା ମନେପକାନ୍ତୁ; ପ୍ରସବ ପର୍ଯ୍ୟନ୍ତ ତାକୁ କଣ ଛାଡ଼ିହେବ? 'ହଟ୍‌ଟବ୍'ରେ ପହଁରା-ପହଁରି ଓ ଜିମ୍ ଯିବା ମଧ୍ୟ ଛାଡ଼ିହେଇଯିବ ନା? କଣ ଆପଣ ଫିନାଇଲ ପାଣିରେ ନିଜ ଘରଦ୍ୱାର ଓ ବାରଣ୍ଡା ଅଗଣାକୁ ଝୁଙ୍କି ଝୁଙ୍କି ପୋଛାପୁଛି କରି ସଫାସୁତୁରା କରିପାରିବେ? କଣ ଏଥର ଆପଣଙ୍କୁ କୁକର-ବିଲେଇର ଛେପକୁ ମଧ୍ୟ ସାବଧାନ ହେଇ ଗୁରୁତ୍ୱ ଦେବାକୁ ହେବ? କ'ଣ ଗର୍ଭଧାରଣର ଅର୍ଥ ଏଇୟା ଯେ, ଆପଣ ଏଥର ନିଜ କୋଠରିରେ ସାଙ୍ଗ ବା ବାନ୍ଧବୀମାନଙ୍କ ସିଗାରେଟ ପିଇବା ଓ ମାଇକ୍ରୋୱେଭ୍‌ରେ ଖାଦ୍ୟ ରଖିବା କଥାକୁ ମଧ୍ୟ ଗୁରୁତ୍ୱ ଦେଇ ଦୁଇଥର ଭାବିବାକୁ ପଡ଼ିବ? ଏଭଳି କଥା, ଯାହା ବିଷୟରେ ଆପଣ କେବେ ସ୍ୱପ୍ନରେ ମଧ୍ୟ ଭାବିନଥିବେ । ଅନେକ ମାମଲାରେ ତ ଆମେ କହିଦେବୁ ଯେ, ହଁ ଠିକ୍, ଅଛି, ଆଜି ମୁଁ ଗାଡ଼ି ନେବିନାହିଁ, ଧନ୍ୟବାଦ । ହେଲେ ଆଉ ଅନ୍ୟାନ୍ୟ କ୍ଷେତ୍ରରେ କିଞ୍ଚିତ ସତର୍କତା ଅବଲମ୍ବନ କରି ମଧ୍ୟ ଆଗଭଳି ମୌଜ ମଜଲିସ୍‌ରେ ଜୀବନ ଅତିବାହିତ କରାଯାଇପାରେ ।

ଆପଣ କ'ଣ ଚିନ୍ତା କରୁଥାଇ ପାରନ୍ତି?

ଖେଳକୁଦ ଓ ବ୍ୟାୟାମ

"କ'ଣ ମୁଁ ଗର୍ଭବତୀ ହେବା ସତ୍ତ୍ୱେ ମଧ୍ୟ ନିୟମିତ ବ୍ୟାୟାମ କରିପାରିବିକି?"

ଅଧିକାଂଶ କ୍ଷେତ୍ରରେ ଗର୍ଭାବସ୍ଥାର ଅର୍ଥ ନୁହଁ ଯେ, ଖେଳିବା ପୂରାପୂରି ବନ୍ଦ କରିଦେବା, ବାସ୍, କେବଳ ଏତିକି ଦୃଷ୍ଟି ଦେବା ଯେ କୁନି ଶିଶୁଟିକୁ କୌଣସି ଅସୁବିଧା ନହେଉ । ଅଧିକାଂଶ ଡାକ୍ତରମାନେ ଗର୍ଭବତୀ ମହିଳାମାନଙ୍କୁ ଏହା ପରାମର୍ଶ ଦେଇଥାନ୍ତି ଯେ, ଟିକେ ସତର୍କତାର ସହିତ ନିଜର କାମଦାମ, ରୁଟିନ ବା ଖେଳକୁଦ ମଧ୍ୟ ଅବ୍ୟାହତ ରଖିପାରିବେ । ଏହା ଅତି ଗୁରୁତ୍ୱପୂର୍ଣ୍ଣ ଯେ, ଆପଣ କୌଣସି ନୂଆ ଖେଳ ବା ୱାର୍କଆଉଟ ଆରମ୍ଭ କରିବା ପୂର୍ବରୁ ଡାକ୍ତରଙ୍କୁ ପରାମର୍ଶ କରନ୍ତୁ । ଏତେ ବେଶି ବ୍ୟାୟାମ କରି ହାଲିଆ ହେଇ ହେଇ ହନ୍ତସନ୍ତ ହେବା ମଧ୍ୟ ସ୍ୱାସ୍ଥ୍ୟ ପକ୍ଷରେ କ୍ଷତିକାରକ ।

କେଫିନ୍

"ମୁଁ ଦିନ ସାରା ଅନେକ ଥର କଫି ପିଉଥିଲି, କ'ଣ ବର୍ତ୍ତମାନ ମତେ କେଫିନ୍ ଛାଡ଼ିବାକୁ ହେବ

ନା କ'ଣ?"

ଆପଣ ପୂରାପୂରି କଫି ଛାଡ଼ିବା ଦରକାର ନାହିଁ; ବାସ, ଟିକିଏ ସତର୍କ ହେବା ବିଧେୟ ।

ଅନେକ ପ୍ରମାଣରୁ ଜଣାପଡ଼ିଛି ଯେ, ଇତିମଧ୍ୟରେ ପ୍ରତିଦିନ ୨୦୦ ମିଲିଗ୍ରାମ ପର୍ଯ୍ୟନ୍ତ କେଫିନର ମାତ୍ରା ଗ୍ରହଣ କରିବା ସୁରକ୍ଷିତ ଅଟେ । ଏହା ଏକଥା ଉପରେ ନିର୍ଭର କରେ ଯେ, ଆପଣ କ୍ଷୀର ମିଶ୍ରିତ କଫି ପିଅନ୍ତି ନା କେବଳ କଫି ଅର୍ଥାତ୍ ବ୍ଲେକ୍ କଫି ? ସେତେବେଳେ ଆପଣ କଫିର ମାତ୍ରାକୁ ଦୁଇକପ୍ ମଧ୍ୟରେ ସୀମିତ କରିବାକୁ ହେବ । ଯଦି ଅଳ୍ପ ପତଳା କଫି ପିଅନ୍ତି ତେବେ ଖୁବ୍ ଭଲ । ହେଲେ ଗାଢ଼ କଫି ପିଉଥିଲେ କମେଇବାକୁ ପଡ଼ିବ ।

କଥା କ'ଣ କି ଆପଣ କଫି ସାଙ୍ଗରେ ଯେଉଁ କେଫିନ୍ ଗହଣ କରନ୍ତି, ତାହା କଫି ବ୍ୟତୀତ ଆଉ ଅନ୍ୟାନ୍ୟ ତରଳ ପଦାର୍ଥରେ ମଧ୍ୟ ରହିଥାଏ । ଏହା କେତେ ପରିମାଣରେ ଶିଶୁ ପର୍ଯ୍ୟନ୍ତ ପହଞ୍ଚିଥାଏ, ଏ ବିଷୟରେ କହିବା ମୁସ୍କିଲ । କୌଣସି ଅତ୍ୟାଧୁନିକ ତଥ୍ୟ ଜଣାପଡ଼ିନି ଯେ ଗର୍ଭଧାରଣର ପୂର୍ବରୁ ଅଧିକ ପରିମାଣରେ କେଫିନ ଗ୍ରହଣ କଲେ ହୁଏତ ଗର୍ଭପାତ ମଧ୍ୟ ହେଇପାରେ ।

କେଫିନ ସମ୍ପର୍କରେ ଆଉ ଏକ କାହାଣୀ ଅଛି । ଏଥିରେ 'ପିକ୍ ମି ଅପ' ଶକ୍ତି ତ ଅଛି, ହେଲେ ଏହା କ୍ୟାଲସିଅମ ଓ ଅନ୍ୟାନ୍ୟ ଭିଟାମିନକୁ ଦେହରେ ଭଲଭାବରେ ମିଶିବା ପୂର୍ବରୁ ପଦାକୁ କାଢ଼ିଦେଇଥାଏ । ଆପଣଙ୍କୁ ବାରମ୍ବାର ପରିସ୍ରା ଯିବାକୁ ପଡ଼େ । କେଫିନର ଉତ୍ତେଜକ ଦ୍ରବ୍ୟ ଆପଣଙ୍କ ମୁଡ୍‌କୁ କ୍ଷିପ୍ର ବେଗରେ ବଢ଼େଇଥାନ୍ତି । ଯଦି ଏହାକୁ ସନ୍ଧ୍ୟାବେଳେ ପିଅନ୍ତି ତେବେ ହୁଏତ ରାତିରେ ଭଲ ନିଦ ହେଇନପାରେ । ଅତ୍ୟଧିକ କେଫିନର ମାତ୍ରା ଆପଣ ତଥା ଗର୍ଭସ୍ଥ ଶିଶୁର ଦେହରେ ଥିବା ଆଇରନ୍‌ର ମାତ୍ରାକୁ କମେଇ ଦେଇପାରେ ।

ସବୁ ଡାକ୍ତର ଏହି ପରିପ୍ରେକ୍ଷୀରେ ଭିନ୍ନ ଭିନ୍ନ ମତ ପୋଷଣ କରିଥାନ୍ତି । ଏଣୁକରି ନିଜ ଡାକ୍ତରଙ୍କୁ ଏହାର ସେବନ କରିବା ମାତ୍ରା ପଚାରିଲେ ଖୁବ୍ ଭଲ । ପ୍ରତିଦିନ କେବଳ କଫି ପିଉଥିବା କପ୍‌କୁ ଗଣନା କଲେ ହେବନାହିଁ, କାରଣ ଏହାବ୍ୟତୀତ ଅନ୍ୟାନ୍ୟ ପଦାର୍ଥ ଯଥା: ଶୀତଳପେୟ, ଆଇସ୍କ୍ରିମ୍, ଚା', ଏନର୍ଜି ବାର ଓ ଡ୍ରିଭ୍‌କ ତଥା ଚକୋଲେଟରେ ମଧ୍ୟ କିଛି କିଛି ପରିମାଣରେ କେଫିନ ରହିଥାଏ । ପ୍ରଡକ୍ଟ ଅନୁସାରେ ଏହାର ମାତ୍ରା ହୁଏତ ଅଳ୍ପ ବେଶି ହୋଇପାରେ । ଆପଣ ଏକଥାକୁ ମଧ୍ୟ ଜାଣିବା ଦରକାର ଯେ, ଘରେ ତିଆରି ବ୍ରୁ ସ କଫି ହାଉସରେ ତିଆରି ବ୍ରୁ ମଧ୍ୟରେ ଅନେକ ତଫାତ୍ ରହିଥାଏ । ନିହାତି ସେଥିରେ ବେଶି ଥିବ ।

ଆପଣ କେଫିନ୍‌ର ଅଭ୍ୟାସରୁ କିଭଳି ମୁକ୍ତି ପାଇବେ? ଏହା ଏକଥା ଉପରେ ନିର୍ଭର କରେ ଯେ ଆପଣଙ୍କ ସକାଶେ କେଫିନ୍‌ରେ କଣ ଅଛି? ଏହା ଆପଣଙ୍କର ସକାଳର ଅଂଶବିଶେଷ, କାମ ପାଇଁ ଏକାନ୍ତ ଜରୁରୀ । ଉପରବେଳା ନିଦ ଭାଙ୍ଗିଲେ ଆବଶ୍ୟକ ନା ଦିନସାରା ମନଇଚ୍ଛା... ସକାଳର ମାତ୍ରା ପିଉଥାନ୍ତି ହେଲେ ସନ୍ଧ୍ୟାବେଳେ କମେଇବାକୁ ହେବ । ଆପଣ କଫିରେ ଏସ୍‌ପ୍ରେସୋର ମାତ୍ରା କମେଇ କ୍ଷୀରର ମାତ୍ରା ବୃଦ୍ଧି କରନ୍ତି । ଏତଦ୍ଵାରା ଆପଣ କ୍ୟାଲସିୟମ୍‌ର ବୋନସ ପାଇପାରିବେ ।

ଯଦି ଆପଣ କଫିର ବଶବର୍ତ୍ତୀ ହେଇଥାନ୍ତି ତେବେ ତାକୁ ତ୍ୟାଗ କରିବା ସହଜ କାମ ନୁହଁ । ଯେ କୌଣସି ଜିନିଷର ଅଭ୍ୟାସ ଲାଗିଗଲାପରେ ତାକୁ ଛାଡ଼ିଦେଲେ ବିଭିନ୍ନ ଲକ୍ଷଣ ଦେଖାଦେଇତାଏ । ଯଥା: ମୁଣ୍ଡବ୍ୟଥା, ଉଦ୍‌ବେଗ, କ୍ଳାନ୍ତି, ଅବସାଦ, ଆଳସ୍ୟ ଇତ୍ୟାଦି । ଆସ୍ତେ ଆସ୍ତେ ଆପଣ କମେଇ ପାରିବେ । ପ୍ରଥମେ ଗୋଟିଏ କପ କମ୍ କରନ୍ତୁ, ତା'ପରେ ଅଭ୍ୟାସ ହେଲାପରେ ଅଧାକପ୍ । ଏହିପରି ଭାବରେ ଶେଷ ଯାଏଁ କମେଇ ଚାଲନ୍ତୁ ।

ଯଦି ଆପଣ ନିମ୍ନଲିଖିତ ଉପାୟ ଅବଲମ୍ବନ କରନ୍ତି ତେବେ ସ୍ଫୁର୍ତ୍ତି ପାଇବାକୁ କଫି ପିଇବାକୁ ପଡ଼ିବନି ।

■ ନିଜର ବ୍ଲଡ ସୁଗାର ଓ ଶକ୍ତିର ସ୍ତର ଉଚ୍ଚ ରଖନ୍ତୁ । ତଟକା ଓ ସୁଷମ ଖାଦ୍ୟ ଖାଇଲେ ମଧ୍ୟ କଫି ଦରକାର ହେବନି ।

■ ପ୍ରତିଦିନ କିଛି କିଛି ବ୍ୟାୟାମ କରନ୍ତୁ । ଏତଦ୍ଵାରା ଶକ୍ତିର ସ୍ତର ଓ ଏଣ୍ଡ୍ରୋଫିନ୍‌ର ସ୍ରାବ ବୃଦ୍ଧି ପାଇବ । ବ୍ୟାୟାମ ସାଙ୍ଗକୁ ମିଳୁଥିବା ସତେଜ ପବନ ବାସ୍ତବରେ ଚମତ୍କାର କରିଦେବ ।

■ ଠିକ୍ ସମୟରେ ପୂରା ଶୁଅନ୍ତୁ । ରାତିରେ ଭଲ ନିଦ ପଡ଼ିଲେ ସକାଳେ ଆପେ ଆପେ ସ୍ଫୁର୍ତ୍ତି ଲାଗିବ । ବୋଧହୁଏ କଫିର ଆବଶ୍ୟକ ନପଡ଼ିପାରେ ।

କେଫିନ୍ କାଉଣ୍ଟର

ଆପଣ ପ୍ରତିଦିନ କେଫିନ କେତେ ମାତ୍ରାରେ ଗ୍ରହଣ କରନ୍ତି । ଏହା ଆନୁମାନିକ ଭାବରେ ୨୦୦ ମିଲିଗ୍ରାମରୁ ସାମାନ୍ୟ କମ୍-ବେଶି ହୋଇପାରେ । ଏହି ତାଲିକାକୁ ଅନୁଧ୍ୟାନ କରନ୍ତୁ:

୧ କପ୍ ବ୍ରୁ କଫି (୮ ଆଉନ୍ସ)	= ୧୩୫ ମିଲିଗ୍ରାମ୍
୧ କପ୍ ଇନ୍‌ଷ୍ଟେଣ୍ଟ କଫି	= ୯୫ ମି.ଗ୍ରା.
୧ କପ୍ ଡିକେଫ କଫି	= ୫ ମି.ଗ୍ରା
୬ ଆଉନ୍ସ କେପେଚିନୋ	= ୯୦ ମି.ଗ୍ରା
୧ ଆଉନ୍ସ ଏସ୍ପ୍ରେସୋ	= ୯୦ ମି.ଗ୍ରା
୧ କପ ଚା	= ୯୦ ମି.ଗ୍ରା.ରୁ ୬୦ ମି.ଗ୍ରା

(ସବୁଜ ଚା' ଅପେକ୍ଷା କଳା ଚା'ରେ ବେଶି ପରିମାଣରେ କେଫିନ୍ ଥାଏ)

୧ କେନ୍ କୋଲା (୧୨ ଆଉନ୍ସ) ୨୩୫ ମି.ଗ୍ରା. କେଫିନ	
୧ କେନ ଡାଇଟ କୋଲ	= ୪୫ ମି.ଗ୍ରା
୧ ଆଉନ୍ସ ଡାର୍କ ଚକୋଲେଟ	= ୨୦ କ୍ରିଗା
୧ କପ ଚକୋଲେଟ ମିଲ୍କ	= ୫ ମି.ଗ୍ରା
୮ ଆଉନ୍ସ କଫି ଆଇସ୍କ୍ରିମ	= ୪୦-୮୦ ମି.ଗ୍ରା.

ମଦ୍ୟପାନ

"ମତେ ଜଣାନଥିଲା ଯେ ମୁଁ ଗର୍ଭବତୀ ହୋଇଛି ବୋଲି । ହେଲେ ଅଜ୍ଞାତସାରରେ ମୁଁ ଦୁଇଥର ମଦ ପିଇଦେଇଛି । ଏହାଫଳରେ ଶିଶୁକୁ କୌଣସି ଅସୁବିଧା ହୋଇପାରେ କି ?"

ଅବଶ୍ୟ ସାଧାରଣତଃ ଆରମ୍ଭରେ ମା'କୁ ଏକଥା ଜଣାପଡ଼େନାହିଁ ଯେ ସେ ଗର୍ଭବତୀ ବୋଲି । ଇତିମଧ୍ୟରେ ସେ ଏଭଳି କିଛି କାମ କରିପକାନ୍ତି ଯାହା ଜାଣିଥିଲେ ହୁଏତ ସେ କରନ୍ତେ ନାହିଁ । ତେଣୁକରି ଏଠାରେ ଆମେ ଏହି ପ୍ରସଙ୍ଗକୁ ଉତ୍ଥାପିତ କରୁଛୁ ।

ଏକଥାର କୌଣସି ପ୍ରମାଣ ନାହିଁ ଯେ, ଗର୍ଭର ଆରମ୍ଭରେ ଅଳ୍ପ ବେଶି ମଦ ପିଇଦେଲେ ଭ୍ରୁଣକୁ କିଛି ଅସୁବିଧା ହେବ । ଏଣୁ ଚିନ୍ତା କରିବାରେ କିଛି ନାହିଁ ।

ଏହା ସତ କଥା ଯେ, ଏଥର ଆପଣଙ୍କୁ ମଦ ଛାଡ଼ିବାକୁ ହେବ । ଅବଶ୍ୟ ଆପଣ ହୁଏତ ସେସବୁ ମହିଳାମାନଙ୍କ ବିଷୟରେ ଶୁଣିଥିବେ ଯେ ଯେଉଁମାନେ କି ପୂରା ନ'ମାସ ରାତିରେ ଶୋଇବା ପୂର୍ବରୁ ଗୋଟିଏ ଗ୍ଲାସ୍ ହାଲ୍କା ୱାଇନ୍ ପିଇବା ସତ୍ତ୍ୱେ ମଧ୍ୟ ସୁସ୍ଥ ଶିଶୁଙ୍କୁ ଜନ୍ମ ଦେଇଛନ୍ତି । ହେଲେ ଏକଥାର କୌଣସି ଗ୍ୟାରେଣ୍ଟି ନାହିଁ ଯେ, ଆପଣ ମଧ୍ୟ ସୁରକ୍ଷିତ ବୋଲି, ବରଂ ଆମେରିକାର ଶିଶୁରୋଗ ବିଶେଷଜ୍ଞ ପରାମର୍ଶ ଦିଅନ୍ତି ଯେ, ଗର୍ଭବତୀ ମହିଳାମାନେ ଆଲ୍‌କୋହଲ ସେବନ କରିବା କ୍ଷତିକାରକ । ଏକଥା ଜାଣି ବ୍ୟତିବ୍ୟସ୍ତ ହୁଅନ୍ତିନି, ଯାହା ଅଜ୍ଞାତସାରରେ ହୋଇଗଲା, ହେଉ । ଆପଣ ଚାହିଁଲେ ଡାକ୍ତରଙ୍କୁ ପଚାରି ଚିନ୍ତାମୁକ୍ତ ହୁଅନ୍ତୁ ।

ନୂଆ କୁଣିଆ ଆସିବାର ଅଛି ଯେତେବେଳେ ନିଜେ ବରଂ ସାବଧାନ ହେଲେ କ୍ଷତି କ'ଣ ? ଅବଶ୍ୟ ଏହାର ସୁରକ୍ଷିତ ମାତ୍ରା ବାବଦରେ କେହି ଜାଣନ୍ତି ନାହିଁ । ତଥାପି ଗର୍ଭଧାରଣ ବେଳେ ଆଲକୋହଲର ପ୍ରଶ୍ନ ଉଠୁଛି ଯେତେବେଳେ ତେବେ ଗର୍ଭସ୍ଥ ଶିଶୁ ଦେହରେ ମଧ୍ୟ ଆଲ୍‌କୋହଲ ପହଞ୍ଚିବାର ଆଶଙ୍କା ଅଲବତ ଅଛି । ଜଣେ ଗର୍ଭବତୀ ସ୍ତ୍ରୀ ଏକାକୀ ମଦ ପିଅନ୍ତିନି ବରଂ ନିଜ ଛୁଆଙ୍କ ସାଭ୍‌ଗରେ ମିଶି ୱାଇନ୍, ବିୟର ବା କକଟେଲ ପିଇଥାନ୍ତି । ବର୍ତ୍ତମାନ ଆପଣ ନିଜେ ଅନୁମାନ କରନ୍ତୁ ଯେ ସେମାନଙ୍କୁ କିଭଳି ଆଶଙ୍କା ଥାଇପାରେ ।

ଗର୍ଭବତୀ ମହିଳା ଯଦି ପ୍ରତିଦିନ ମଦ କିମ୍ବା ବିୟର ପାଞ୍ଚ-ଛ ପ୍ୟାଗ୍ ପିଉଥାନ୍ତି, ତେବେ ଅନେକ ପ୍ରକାରର ଗମ୍ଭୀର ପରିଣତି ସୃଷ୍ଟି ହେଇପାରେ । ଏହା ଜୀବନସାରା ଚାଲିଥାଏ କହିଲେ ଚଳେ । ଏଭଳି ପରିସ୍ଥିତିରେ ଜନ୍ମଗ୍ରହଣ କରୁଥିବା ଶିଶୁମାନଙ୍କ ଆକାର ସମ୍ପୂର୍ଣ୍ଣ ହେଇନଥାଏ ଓ ମାନସିକ ବିକ୍ଷିପ୍ତାବସ୍ଥା ମଧ୍ୟ ଦେଖାଯାଇଥାଏ । ମୁଣ୍ଡ, ମୁହଁ, ହୃଦୟ, ହାତ- ଗୋଡ଼ ଓ ଆଭ୍ୟନ୍ତରିଣ ଅଙ୍ଗଗୁଡ଼ିକ କ୍ଷତିଗ୍ରସ୍ତ ହୋଇଥାଇପାରେ । ସେମାନେ ଅଳ୍ପାୟୁ ମଧ୍ୟ ହେଇଥାନ୍ତି । ଜୀବିତ ରହିଲେ ମଧ୍ୟ ଅନେକ ସମସ୍ୟା ଆଜୀବନ ଲାଗିରହେ । ସେମାନେ ଠିକ୍‌ଭାବରେ ନିଷ୍ପତ୍ତି କରିପାରନ୍ତି ନାହିଁ । ସେମାନେ ନିଜେ ମଧ୍ୟ ୨୧ ବର୍ଷ ବୟସରେ ପଦାର୍ପଣ କରୁ କରୁ ମଦ୍ୟପାନର ଶିକାର ହେଇଯାଇଥାନ୍ତି । ଗର୍ଭଧାରଣବେଳେ ମଦ୍ୟ ତ୍ୟାଗ ଯେତେ ଶୀଘ୍ର ହେବ, ବିପଦର ଆଶଙ୍କା ସେତେ ଶୀଘ୍ର ଘୁଞ୍ଚିଯିବ ।

ଅପରପକ୍ଷରେ ଆପଣ ଯେତେ ବେଶି ମଦ ପିଇବେ, ସେତେ ଅଧିକ ଆଶଙ୍କା ଦେଖାଯିବ । ମଦ୍ୟପାନ ଯୋଗୁଁ ଗର୍ଭପାତ ମଧ୍ୟ ହେଇପାରେ କିମ୍ବା ପ୍ରସବ ସମୟରେ ନାନା ଅସୁବିଧା । ଜନ୍ମବେଳେ ଶିଶୁର ଓଜନ କମ୍ ଥାଇପାରେ ବା ମାନସିକ ବିକୃତି ମଧ୍ୟ । ମନ୍ଦ ବୁଦ୍ଧି ଛୁଆ ମଧ୍ୟ ଜନ୍ମ ହେଇପାରେ; ଫଳରେ ବିକାଶ ଓ ବ୍ୟବହାରରେ ଅସମାନତା ପରିଲକ୍ଷିତ ହୁଏ ।

ଅନେକ ମହିଳାମାନଙ୍କ ପାଇଁ ଗର୍ଭଧାରଣ ସମୟରେ ମଦ ଛାଡ଼ିବା ଖୁବ୍ ସହଜ ମଧ୍ୟ ହୋଇପାରେ କାରଣ ସେମାନଙ୍କୁ ବାହାର ଗନ୍ଧ ବିରକ୍ତିକର ମନେହେଇପାରେ; ଏହା ଗର୍ଭାରମ୍ଭରୁ ପରିସମାପ୍ତି ପର୍ଯ୍ୟନ୍ତ ଅବ୍ୟାହତ ରହେ । ଯେଉଁ ମହିଳାମାନେ ଏହା ନହେଲେ ନଚଳେ ବା ରାତ୍ରିଭୋଜନ ବେଳେ ଲୋହିତ ମଦ ପିଉଥାନ୍ତି, ସେମାନଙ୍କୁ ନିଜ ଜୀବନଶୈଳୀରରେ କିଞ୍ଚିତ ପରିବର୍ତ୍ତନ ଆଣିବାକୁ ହେବ । ଯଦି ଆପଣ ଆରାମ କରିବା ପାଇଁ ପିଉଥାନ୍ତି ତେବେ ଅନ୍ୟ ଉପାୟ ଖୋଜନ୍ତୁ ଯଥା: ସଂଗୀତ ଶୁଣନ୍ତୁ, ଉଷୁମ ପାଣିର ସ୍ନାନ କରନ୍ତୁ ମାଲିଶ ବା ବ୍ୟାୟାମ କରନ୍ତୁ ବା ବହିପଢ଼ା ପଢ଼ି କରନ୍ତୁ । ଯଦି ଆପଣ ମଦ ଛାଡ଼ିପାରିବେନି ତେବେ ବ୍ରଞ୍ଚରେ ବ୍ଲଡ ମେରି ପରିବର୍ତ୍ତେ ଭର୍ଜିନ ମେରି ପିଅନ୍ତୁ, ଡିନରରେ ଜୁସ୍ କିମ୍ବା ନନ-ଆଲ୍‌କୋହଲ ବିୟର ପିଅନ୍ତୁ । ଜୁସ୍‌ରେ ପାଣି ମିଶାଇ ମଦ ପରି ପିଅନ୍ତୁ । ଗ୍ଲାସ ଓ ପରିବେଶ ସମାନ ଥାଉ । ସ୍ୱାମୀ ମଧ୍ୟ ସାଙ୍ଗରେ ଥିଲେ ଆନନ୍ଦର ସୀମା ରହିବ ନାହିଁ; ନୁହେଁକି ?

ପାଇପ୍ ଓ ସିଗାର ପିଅନ୍ତୁ ନାହିଁ

ପାଇପ୍ ସିଗାର ପିଇବା ଛାଡ଼ିଦେଲେ ଶିଶୁ ମଧ୍ୟ ଦିନେ ନା ଦିନେ ଧନ୍ୟବାଦ କହିବ । ପାଇପ ସ ସଗାରରେ ସିଗାରେଟଠାରୁ ମଧ୍ୟ ବେଶି ଧୂଆଁ ଭିତରକୁ ଯାଏ । ଆଉ ଶିଶୁ ପାଇଁ ସମସ୍ୟା ସୃଷ୍ଟି କରେ । ଯଦି ଆପଣ ଛୁଆ ଆସିବା କଥା ସମସ୍ତଙ୍କୁ କହିବାକୁ ଚାହାନ୍ତି ତେବେ ଚକଲେଟ ତିଆରି ସିଗାର ଓ ପାଇପ ପିଇ ମଧ୍ୟ ଦେଇପାରିବେ ।

ଧୂମପାନ

"ମୁଁ ବିଗତ ଦଶ ବର୍ଷ ଧରି ସିଗାରେଟ ପିଇ ଆସୁଛି । ଏହାଫଳରେ କଣ ମୋ ଛୁଆର କୌଣସି ଅସୁବିଧା ହେବ କି ?"

ବଡ଼ ଖୁସିର କଥା ଯେ ଗର୍ଭଧାରଣ ପୂର୍ବରୁ ଆପଣ କରିଥିବା ଧୂମପାନର କୁପ୍ରଭାବ ଗର୍ଭସ୍ଥ ଶିଶୁ ଉପରେ ପଡ଼ିବ ନାହିଁ, ହେଲେ ଗର୍ଭଧାରଣ ଓ ବିଶେଷକରି ତୃତୀୟ ମାସରେ ଧୂମପାନ କରାଗଲେ ଶିୁର ସ୍ୱାସ୍ଥ୍ୟ ଉପରେ ଏହାର ଦୁଷ୍ପ୍ରଭାବ ପଡ଼ିପାରେ । ମା ଧୂମପାନ କରିବାର ଅର୍ଥ ହେଉଛି, ଶିଶୁ ଭ୍ରୁଣଟିକୁ ଧୂମପୂର୍ଣ୍ଣ ଗର୍ଭ ମଧ୍ୟରେ ପାଳିବା । ଏହାଫଳରେ ହୃଦସ୍ପନ୍ଦନ ବଢ଼ିପାରେ ଓ ଅମ୍ଳଜାନର ଅଭାବରେ ଶିଶୁଟି ଭଲଭାବରେ ବଢ଼ିପାରିବ ନାହିଁ ।

ଏତଦ୍ୱାରା ବଡ଼ ବିଷମ ପରିସ୍ଥିତି ମଧ୍ୟ ସୃଷ୍ଟି ହେଇପାରେ । ଏଥିରେ ଏକ୍ଟୋପିକ୍ ପ୍ରେଗ୍‌ନେନ୍ସି, ଏବ୍‌ନର୍ମାଲ ପ୍ଲେଜେଣ୍ଟାଲ ଡିଟେଚମେଣ୍ଟ, ପ୍ରିମେଚ୍ୟୁର ରପ୍‌ଚର ଅଫ୍ ମେମ୍ବ୍ରେନ ପ୍ରଭୃତି ଅନ୍ୟତମ । ପୁନଶ୍ଚ ସମୟପୂର୍ବ ପ୍ରସବ ମଧ୍ୟ ହୋଇପାରେ । ଧୂମପାନ ଯୋଗୁଁ ଶିଶୁର ସ୍ୱାସ୍ଥ୍ୟରେ କୁପ୍ରଭାବ ପଡ଼େ ବୋଲି ପ୍ରମାଣ ମିଳିଛି । ସବୁଠୁ ବଡ଼ କଥା ହେଲା ଶିଶୁର ଓଜନ ଜନ୍ମବେଳେ ଅତ୍ୟଳ୍ପ ଥାଏ ଓ ଦୈର୍ଘ୍ୟ, ପ୍ରସ୍ଥ ସାଙ୍ଗକୁ ମୁଣ୍ଡ ମଧ୍ୟ ଛୋଟ ଥାଏ । ଏଣୁକରି ଶିଶୁ ଜନ୍ମହେଲାବେଳେ ରୁଗ୍‌ଣ ହୁଏ ବା ମୃତ୍ୟୁ ମଧ୍ୟ ହୋଇଯାଇଥାଏ ।

ଧୂମପାନ କରୁଥିବା ମହିଳାମାନଙ୍କ ଶିଶୁଙ୍କଠାରେ ସିଡସ୍ ସିଣ୍ଡ୍ରୋମ୍ ଦେଖାଦେଇଥାଏ । ସେମାନେ ଅନ୍ୟ ଶିଶୁମାନଙ୍କ ପରି ସୁସ୍ଥ ହୁଅନ୍ତି ନାହିଁ । ଏଭଳି ଶିଶୁମାନଙ୍କଠାରେ ଶାରୀରିକ ଓ ବୌଦ୍ଧିକ ଦୁର୍ବଳତା ଲକ୍ଷ୍ୟ କରାଯାଇଥାଏ । ଯଦି ବାପା-ମା'ମାନେ ଶିଶୁଙ୍କ

ପାଖରେ ଧୂମପାନ କରୁଥାନ୍ତି ତେବେ ସମସ୍ୟା ଆହୁରି ବଢ଼ିଯାଏ । ଏମାନଙ୍କ ଇମ୍ୟୁନ୍‌ସିଷ୍ଟମ ଖୁବ୍ ଦୁର୍ବଳ ହୋଇଥାଏ । ଶ୍ୱସନ ତନ୍ତ୍ରରେ ସମସ୍ୟା ଦେଖାଦେଇ କାନ ମଧ୍ୟରେ ସଂକ୍ରମଣ ଖୁବ୍ ଶୀଘ୍ର ହୋଇଥାଏ । ଅଧ୍ୟୟନରୁ ଜଣାପଡ଼ିଛି ଯେ ଏଭଳି ଶିଶୁମାନଙ୍କଠାରେ ବ୍ୟବହାର ଓ ଶିଷ୍ଟାଚାରକୁ ନେଇ ଅନେକ ସମସ୍ୟା ଦେଖାଦେଇଥାଏ । ସେମାନେ ସାଧାରଣ ଶିଶୁମାନଙ୍କଠାରୁ ବେଶି ରୋଗଗ୍ରସ୍ତ ହୋଇଥାନ୍ତି । ଆଉ ବଡ଼ ହେଲାପରେ ଖୁବ୍ ଶୀଘ୍ର ଧୂମପାନ ଆରମ୍ଭ କରିଦିଅନ୍ତି ।

ଧୂଆଁପତ୍ରର ମଧ୍ୟ ଖୁବ୍ କୁପ୍ରଭାବ ପଡ଼ିଥାଏ । ଦିନକୁ ଗୋଟିଏ ପକେଟ ସିଗାରେଟ ଟାଣୁଥିବା ମହିଳାମାନଙ୍କ ଶିଶୁର ଓଜନ ଖୁବ୍ କମ୍ ଥାଏ । ଯଦି ଆପଣ ସିଗାରେଟକୁ ଅଧିକ ଭଲ ପାଉଥାନ୍ତି, ତେବେ ଦୟାକରି ଏଥିରୁ ଦୂରେଇ ରହିବାକୁ ହେବ । ଏଥିପାଇଁ ଅଳ୍ପ ନିକୋଟିନ୍‌ଯୁକ୍ତ ସିଗାରେଟ ଟାଣିଲେ ମଧ୍ୟ ଚଳିବନି ବରଂ ସିଗାରେଟକୁ ସମ୍ପୂର୍ଣ୍ଣ ଭାବରେ ତ୍ୟାଗ କରିଦେବା ଗର୍ଭବତୀ ମହିଳାମାନଙ୍କ ପକ୍ଷରେ ଶ୍ରେୟସ୍କର ହେବ ।

ଶିଶୁଙ୍କ ସକାଶେ ଅମୂଲ୍ୟ ଉପହାର

ଶିଶୁର ଆଗମନ ବାର୍ତ୍ତା ପାଇବା ମାତ୍ରେ ସାରା ଘରଟାରେ ଆନନ୍ଦର ଲହରି ଖେଳି ଯାଇଥାଏ । ଏହିଭଳି ଅବସ୍ଥାରେ ତତ୍‌କ୍ଷଣାତ୍ ସିଗାରେଟ ଛାଡ଼ିଦେବା ବାଞ୍ଛନୀୟ ।

ଅବଶ୍ୟ ଆପଣମାନେ ଏଭଳି ମା'ଙ୍କ ବିଷୟରେ ଶୁଣିଥାଇ ପାରନ୍ତି ଯେ ମଦଳ ସିଗାରେଟ ପିଇ ମଧ୍ୟ କେତେକ ମା'ମାନେ ସୁସ୍ଥ ଶିଶୁଙ୍କୁ ଜନ୍ମ ଦେଇପାରିଛନ୍ତି । ହେଲେ ଏହା ସେମାନେ ପିଉଥିବା ମଦ ଓ ସିଗାରେଟର ମାତ୍ରା ଉପରେ ନିର୍ଭର କରିଥାଏ । ହୁଏତ, ଆପଣ ଓ ଆପଣଙ୍କ ଶିଶୁ ସେତେ ଭାଗ୍ୟବାନ ହେଇଥାଇନପାରେ ଏଣୁ ନିଶାଦ୍ରବ୍ୟ ସେବନ ନିଷେଧ କହିଲେ ଚଳେ । ବିଭିନ୍ନ ଗର୍ଭବତୀ ମା' ତଥା ବିଭିନ୍ନ ଶିଶୁ ମାନଙ୍କଠାରେ ବିଭିନ୍ନ ପ୍ରକାର ପ୍ରଭାବ ପଡ଼ିଥାଏ । ହୁଏତ ସାଙ୍ଗେ ସାଙ୍ଗେ ଏହାର କୌଣସି କୁପ୍ରଭାବ ପଡ଼ିନପାରେ, ହେଲେ ପରେ ମଧ୍ୟ ଅନେକ ବର୍ଷ ପରେ ସମସ୍ୟା ଦେଖା ଦେଇପାରେ । ଯଥା: ହାଇପରଏକ୍ଟିଭ ।

ଅବଶ୍ୟ ମଦ ଓ ସିଗାରେଟ ଭଳି ବଦଭ୍ୟାସ ଛାଡ଼ିବା ଏତେ ସହଜ କଥା ମଧ୍ୟ ନୁହେଁ; କିନ୍ତୁ ଯଦି ଆପଣ ଏହା କରିପାରନ୍ତି ତେବେ ଏହା ଗର୍ଭସ୍ଥ ଶିଶୁ ସକାଶେ ଅମୂଲ୍ୟ ଉପହାର ଓ ବଡ଼ ସୌଭାଗ୍ୟର ବିଷୟ ହେଇପାରେ ।

ଧୂମପାନ ଅଭ୍ୟାସ ତ୍ୟାଜ୍ୟ

ଶୁଭେଚ୍ଛା ! ଆପଣ ନିଜ ଶିଶୁ ସକାଶେ ଧୂମରହିତ ସୁସ୍ଥ ପରିବେଶ ଦେବାକୁ ମନସ୍ଥ କରିସାରିଲେଣି । ଏଭଳି କଥା ଚିନ୍ତା କରିବା ହିଁ ପ୍ରଥମ ପଦକ୍ଷେପ । ବାସ୍ତବରେ ଏଇନା ସିଗାରେଟ ଛାଡ଼ିବା ଆଉ କାଠିକର ପାଠ ନୁହଁ । ଆମ ନିମ୍ନଲିଖିତ ପରାମର୍ଶ ଗ୍ରହଣୀୟ:

ନିଜ ଉଦ୍ଦେଶ୍ୟ ଚିହ୍ନନ୍ତୁ: ଆପଣ ଗର୍ଭବତୀ ଏଣୁ ସିଗାରେଟ ଛାଡ଼ିବାର ଏହାଠୁ ବଡ଼ ଉଦ୍ଦେଶ୍ୟ ଆଉ କ'ଣ ହେଇପାରେ ।

ଛାଡ଼ିବାର ଉପାୟ: ଏହି ଅଭ୍ୟାସକୁ ଆନନ୍ଦର ସହିତ ଶୁଭବିଦାୟ ଦିଅନ୍ତୁ । ଏହି ଦିନମାନଙ୍କରେ ମୌଜ ମଜଲିସ କଥା ଚିନ୍ତା କରନ୍ତୁ, ଯଦ୍ଦ୍ୱାରା ସିଗାରେଟ କଥା ଶୀଘ୍ର ଭୁଲିହେବ । ଆଉ ଏହା ଆବଶ୍ୟକ ହେବ ନାହିଁ ।

ପିଇବାର ଉଦ୍ଦେଶ୍ୟ ଚିହ୍ନନ୍ତୁ: ଏକଥା ଜ୍ଞାତ କରନ୍ତୁ ଯେ, ଆପଣ ଆନନ୍ଦ, ଉତ୍ତେଜନା ବା ବିଶ୍ରାମ; ବାହା ସକାଶେ ପଇଇଥାନ୍ତି କ'ଣ ମାନସିକ ଚାପ ଓ କୁଣ୍ଠାକୁ କମେଇବାକୁ ଚାହାନ୍ତି ? କିମ୍ବା ପାଟି ଓ ହାତରେ କିଛି ଧରି ରଖିବାକୁ ଚାହାନ୍ତି ? ନିଜ ଇଚ୍ଛାକୁ ପୂର୍ଣ୍ଣ କରିବାକୁ ଚାହାନ୍ତି ନା ଏଭଳି ସିଗାରେଟରେ ନିଆଁ ଲଗେଇବାକୁ ? ଯଦି ଆପଣ ଥରେ ଏହାର ଉଦ୍ଦେଶ୍ୟ ଜାଣି ପାରନ୍ତି ତେବେ ତାର ବିକଳ୍ପ ବ୍ୟବସ୍ଥା କରିବାରେ ସୁବିଧା ହେବ ।

■ ଯଦି କେବଳ ହାତକୁ ବ୍ୟସ୍ତ ରଖିବାକୁ ଚାହୁଁଥାନ୍ତି ତେବେ ହାତରେ ପେନସିଲ, ରବର ବ୍ୟାଣ୍ଡ ବା ସରୁ କାଠି ଧରିବାର ଅଭ୍ୟାସ କରନ୍ତୁ । ସିଲେଇ ବୁଣାବୁଣି ବା କମ୍ପ୍ୟୁଟରରେ ଦେଇଥିବା ସମସ୍ୟାର ସମାଧାନ କରନ୍ତୁ । ଭିଡିଓଗେମ୍ ଖେଳନ୍ତୁ ବା ନିଜ ଇ-ମେଲ ଦେଖନ୍ତୁ, ଏଭଳି କିଛି କାମ କରାଯାଉ ଯଦ୍ଦ୍ୱାରା ସିଗାରେଟ କଥା ଆଦୌ ମନେ ନପଡ଼ୁ ।

■ ପାଟିରେ କିଛି ପକେଇବାର ଯଦି ଅଭ୍ୟାସ ଥାଏ ବୋଲି ସିଗାରେଟ ଟାଣୁଥାନ୍ତି ତେବେ ଏହା ପରିବର୍ତ୍ତେ ଟୁଥ ପିକ୍, ଗମ୍, କଞ୍ଚା ଫଳମୂଳ ବା ପନିପରିବା, ପପ୍‌କର୍ଣ୍ଣ କିମ୍ବା ଲଲିପପ୍ ମଧ୍ୟ ଖାଇପାରନ୍ତି ।

■ ଯଦି କ୍ରୋଧ ଯୋଗୁଁ ପିଉଥାନ୍ତି ତେବେ ଆସ୍ତେ ଚଲାବୁଲା କରନ୍ତୁ । ବହି ପଢ଼ନ୍ତୁ ବା ସାଂଗ ଗହଣରେ ଭଲମନ୍ଦ ଓ ଗପସପ କରାଯାଇପାରେ ।

■ ଯଦି ମାନସିକ ଚାପ କମେଇବା ସକାଶେ ପିଉଥାନ୍ତି ତେବେ ବ୍ୟାୟାମ କରନ୍ତୁ କିମ୍ବା ଆରାମ ସକାଶେ ଭିନ୍ନ ଭିନ୍ନ କୌଶଳ ଅକ୍ତିୟାର କରନ୍ତୁ । ମଧୁର ସଂଗୀତ ଶୁଣନ୍ତୁ, ବୁଲି ଯାଆନ୍ତୁ, ମାଲିସ କରନ୍ତୁ କିମ୍ବା ସହବାସ ସକାଶେ ପ୍ରସ୍ତୁତ ହେଇ ପଡନ୍ତୁ ।

■ ଯଦି ଅଭ୍ୟାସଗତ ଦୁର୍ବଳତା ଯୋଗୁଁ ଧୂମପାନ କରୁଥାନ୍ତି, ତେବେ ଧୂମପାନ ନିଷେଧ ଥିବା ଜାଗାମାନଙ୍କୁ ଯାଆନ୍ତୁ ।

■ ଯଦି ଆପଣ ଧୂମପାନ ସହିତ ଏଭଳି କିଛି ଖାଦ୍ୟପେୟ ସଂଶ୍ଳିଷ୍ଟ କରିଥାନ୍ତି, ତେବେ ଅଭ୍ୟାସ ବଦଳାନ୍ତୁ । ଯଦି ଆପଣ ଜଳଖିଆ ସାଂଗକୁ ସିଗାରେଟ ଟାଣନ୍ତି, କିନ୍ତୁ ବିଛଣାରେ କେବେ ପିଅନ୍ତି ନାହିଁ ତେବେ, ବିଛଣା ଉପରେ ବସି ଜଳଖିଆ କରିବାଟା ଭୁଲ ନୁହଁତ !

■ ସିଗାରେଟ ସକାଶେ ମନ ଟାଣୁଥିଲେ ରହି ରହି ଦୀର୍ଘ ପ୍ରଶ୍ୱାସ ଗ୍ରହଣ କରି ଆସ୍ତେ ଆସ୍ତେ ଛାଡ଼ନ୍ତୁ । ଏଭଳି ମନେ କରନ୍ତୁ ସତେ କି ଆପଣ (ମିଛିମିଛିକାରେ) ସିଗାରେଟ ଟାଣୁଛନ୍ତି ।

ଯଦି ସିଗାରେଟ ଦେଖିପାରନ୍ତି ତେବେ..

■ ମନେକର ସିଗାରେଟ ଦେଖିଦିଅନ୍ତି ତେବେ ତା ପରିବର୍ତ୍ତେ ପିଇସାରିଥିବା ସିଗାରେଟର ଡବା ବା ଏସ୍‌ଟ୍ରେକୁ ଲକ୍ଷ୍ୟ କରନ୍ତୁ । ମନେ ମନେ ଚିନ୍ତା କରନ୍ତୁ ଯେ, ଆପଣ ଶିଶୁ ପାଇଁ ଆଦୌ ସିଗାରେଟ ପିଉନାହାନ୍ତି । ଏହା ଶିଶୁ ପକ୍ଷରେ ହିତକର ହେବ ।

ଶିଶୁଠାରୁ ପ୍ରେରଣା..

■ ନିଜ ରୋଷେଇ ଟେବୁଲ ପାଖରେ, ଆଲମାରୀ କିମ୍ବା ଡ୍ରୟେରରେ ଶିଶୁର ଅଲଟ୍ରାସାଉଣ୍ଡ ହେଇଥିବା ଚିତ୍ର ମାରନ୍ତୁ । ଯଦି ଏହା ନଥାଏ ତେବେ ଭଲ ଭଲ ଛୁଆମାନଙ୍କ ଚିତ୍ରକୁ ମଧ୍ୟ ଲଗାଯାଇପାରେ ।

ସ୍ୱଳ୍ପ ସାହାଯ୍ୟ ଲୋଡନ୍ତୁ

■ ହିପ୍‌ନୋସିସ ଏକ୍ୟୁପଞ୍ଚର ଓ ଆରାମ କରିବାର କୌଶଳ ସାହାଯ୍ୟରେ ଧୂମପାନ ତ୍ୟାଗ କରାଯାଇପାରେ । ଅନେକ ସଂସ୍ଥା ମଧ୍ୟ ଏହି କ୍ଷେତ୍ରରେ ସାହାଯ୍ୟ କରିପାରନ୍ତି । ଅନ୍ୟାନ୍ୟ ଗର୍ଭବତୀମାନଙ୍କ ଠାରୁ ଅନ୍‌ଲାଇନ ସୁବିଧା ଗ୍ରହଣ କରାଯାଇପାରେ ଯେଉଁମାନେକି ଧୂମପାନ ପରିତ୍ୟାଗ କରିଛନ୍ତି ବା କରୁଛନ୍ତି ।

ବାରମ୍ବାର ଚେଷ୍ଟା କରନ୍ତୁ..

ନିକୋଟିନ ଏକପ୍ରକାର ଶକ୍ତିଶାଳୀ ଡ୍ରଗ୍ ଅଟେ । ଏଥିରୁ ମୁକ୍ତି ପାଇବା ସହଜ କଥା ନୁହଁ । ଥରେ କୃତକାର୍ଯ୍ୟ ନହେଲେ ପୁଣି ଥରେ ଚେଷ୍ଟାଯା କରନ୍ତୁ । ବାରମ୍ବାର ଚେଷ୍ଟା ବଳରେ ହୁଏତ ସୁଫଳ ମିଳିଯାଇପାରେ ।

ମନେରଖନ୍ତୁ: ଗର୍ଭ ସମୟରେ ନିକୋଟିନ ପେଚ୍, ଲଂଜିସ ବା ଗମ୍ ସେବନ ବିପଜ୍ଜନକ ହେଇପାରେ । ଡାକ୍ତରମାନେ ଏହାକୁ ଗ୍ରହଣ ନ କରିବାକୁ ପରାମର୍ଶ ଦେଇଥାନ୍ତି ।

ଅନେକ ଅଧ୍ୟୟନରୁ ଏହା ଜଣାପଡ଼ିଛି ଯେ, ଯେଉଁ ଗର୍ଭବତୀ ମହିଳାମାନେ ଗର୍ଭଧାରଣର ପ୍ରଥମ ତିନିମାସ ମଧ୍ୟରେ ଧୂମପାନ ଛାଡ଼ିଦେଇଥାନ୍ତି; ତାଙ୍କ ପକ୍ଷରେ ବିପଦଟା ସେତେ ପରିମାଣରେ ଘୁଞ୍ଚିଯାଇଥାଏ । ଯେଉଁମାନେ ପ୍ରଥମେ ପ୍ରଥମେ ଧୂମପାନ ଛାଡ଼ିପାରନ୍ତି ନାହିଁ ସେମାନେ ପରେ ମଧ୍ୟ ନିଜ ଗର୍ଭସ୍ଥ ଶିଶୁର ଗୁହାରି ଶୁରି ଧୂମପାନ ଛାଡ଼ି ଦେଇଥାନ୍ତି । ଯଦି ଆଗରୁ ଛାଡ଼ି ପାରୁଛନ୍ତି, ତେବେ ଖୁବ୍ ଭଲ କଥା, ନହେଲେ ମଧ୍ୟ ପରେ ଛାଡ଼ିଦେବା ଶ୍ରେୟସ୍କର । କାରଣ ଏହାଫଳରେ ଶିଶୁ ଅମ୍ଳଜାନ ପାଇପାରିବ ।

ଯଦି ଆପଣ ଏଭଳି ମନେକରନ୍ତି ଯେ ଧୂମପାନ ତ୍ୟାଗକଲେ ଓଜନ ବଢ଼ିଯାଇପାରେ ତେବେ ମନେରଖନ୍ତୁ ଯେ ଏଯାଏଁ ଏହାର ପ୍ରମାଣ ମିଳିନାହିଁ । ଅନେକ ଧୂମପାନ କରୁଥିବା ସତ୍ତ୍ୱେ ମଧ୍ୟ ମୋଟା ହେଇଥାନ୍ତି । ଅବଶ୍ୟ ଛାଡ଼ିଦେଲେ ହୁଏତ ସାମାନ ଓଜନ ବଢ଼ିଯାଇପାରେ । ପରେ ଏହାକୁ ସହଜରେ କମେଇ ଦିଆଯାଇପାରେ ।

ଇତିମଧ୍ୟରେ ଉପବାସ ବା ଡାଇଟିଂ କରିବା କଥା ମନରୁ ପୋଛି ଦିଅନ୍ତୁ । କାରଣ ଏହା ଆପଣ ଓ ଆପଣଙ୍କ ଶିଶୁ ଉଭୟଙ୍କ ପାଇଁ କ୍ଷତିକାରକ ।

ଅନେକ ଲୋକ ସିଗାରେଟ ଛାଡ଼ିବା ଯୋଗୁଁ ବିଭିନ୍ନ ପ୍ରକାରର ଲକ୍ଷଣ ଦୃଷ୍ଟିଗୋଚର ହୋଇଥାଏ । ଏହା ଭିନ୍ନ ଭିନ୍ନ ବ୍ୟକ୍ତିଙ୍କ ପକ୍ଷରେ ପାର୍ଥକ୍ୟ ଥାଏ । ଉଦ୍‌ବେଗ, କ୍ରୋଧ, ରାଗ, ଚାପ, ହାତଗୋଡ଼ କୋଲ ଖାଇବା, ଦେହ ସମ୍ବେଦନହୀନ ହେବା, ହାତପାଦ ଥରିବା, ମୁଣ୍ଡ ବୁଲେଇବା, କ୍ଳାନ୍ତି, ଅବସାଦ, ଅନିଦ୍ରା, ଗ୍ୟାସ ପ୍ରଭୃତି ଅନେକ ପ୍ରକାରର ଅସୁବିଧାଯୁକ୍ତ ଲକ୍ଷଣ ଦେଖାଦିଏ । ଅନେକଙ୍କ ମତରେ ଏହାଫଳରେ ଶାରୀରିକ ପ୍ରଦର୍ଶନ ମଧ୍ୟ ପ୍ରଭାବିତ ହେଇଥାଏ । ଅଧିକାଂଶ ଲୋକଙ୍କୁ କଫ୍ (କାଶ) ହୁଏ ବୋଲି ମଧ୍ୟ କହିଥାନ୍ତି ।

ନିକୋଟିନ୍‌ର ପ୍ରଭାବ କମେଇବାକୁ ଚାହୁଁଥିଲେ, କେଫିନ୍ ସେବନ ବନ୍ଦ କରନ୍ତୁ । କ୍ଳାନ୍ତି ମେଣ୍ଟେଇବାକୁ ବ୍ୟାୟାମ ଓ ବିଶ୍ରାମ କରନ୍ତୁ । ବେଶି ମାନସିକ କ୍ଳାନ୍ତିଦାୟକ କାର୍ଯ୍ୟ ନକରି ସହଜ କାମ କରନ୍ତୁ । ଅବସାଦ ବୃଦ୍ଧି ପାଇଲେ ଡାକ୍ତରଙ୍କ ପରାବର୍ଶ ଲୋଡନ୍ତୁ । ଯଥାଶୀଘ୍ର ଡେରି କରନ୍ତୁ ନାହିଁ ।

ଏପରି ପ୍ରଭାବ ହୁଏତ କିଛିଦିନ ବା କିଛି ସପ୍ତାହ ଧରି ଲାଗି ରହିଥାଇପାରେ; ହେଲେ ମଧ୍ୟ ଲାଭ ବା ଉପକାର ଆମକୁ ଜୀବନସାରା ମିଳିପାରିବ ।

ସେକେଣ୍ଡ ହେଣ୍ଡ ସ୍ମୋକ୍

"ମୁଁ ସିଗାରେଟ ଟାଣେ ନାହିଁ ଅଥଚ ମୋ ସ୍ୱାମୀ ଟାଣିଥାନ୍ତି । କ'ଣ ଏତଦ୍ଦ୍ୱାରା ଶିଶୁକୁ କୌଣସି ଅସୁବିଧା ହେବ କି?"

ଧୂମପାନରୁ ନିର୍ଗତ ଧୂଆଁ କେବଳ ଧୂମପାନ କରୁଥିବା ବ୍ୟକ୍ତି ନୁହଁ ବରଂ ତା' ଆଖପାଖ ଅଞ୍ଚଳରେ ଥିବା ସମଗ୍ର ପରିବେଶ ସାଙ୍ଗକୁ ଗର୍ଭସ୍ଥ ଶିଶୁ ଉପରେ ମଧ୍ୟ କୁପ୍ରଭାବ ପକେଇଥାଏ । ଯଦି ଆପଣଙ୍କ ସ୍ୱାମୀ ସିଗାରେଟ ଟାଣୁଥାନ୍ତି, ତେବେ ଗର୍ଭସ୍ଥ ଶିଶୁକୁ ମଧ୍ୟ କୁପ୍ରଭାବ ପଡ଼ିବ ତାହା ଆପଣ ନିଜେ ପିଇବା ସଙ୍ଗେ ସମାନ ।

ଯଦି ସ୍ୱାମୀ ସିଗାରେଟ ଛାଡ଼ି ନ ପାରନ୍ତି, ତେବେ ତାଙ୍କୁ ଆପଣଙ୍କଠାରୁ ଦୂରେଇ ରହିବା ଉଚିତ କିମ୍ବା ପଦାକୁ ଯାଇ ଧୂମପାନ କରିବା ବାଞ୍ଛନୀୟ । (ଅବଶ୍ୟ ଅଳ୍ପବହୁତ କୁପ୍ରଭାବ ତଥାପି ପଡ଼ିପାରେ)

ଧୂମପାନ ପରିତ୍ୟାଗ ଫଳରେ କେବଳ ପିତାମାତା ନୁହଁ ବରଂ ତାଙ୍କ ଜନ୍ମିତ ସନ୍ତାନ ମଧ୍ୟ ସୁସ୍ଥସବଳ ହେଇଥାଏ । ନହେଲେ ଶିଶୁ ଆଗାମୀ ଭବିଷ୍ୟତରେ ଧୂମପାନର କୁପ୍ରଭାବ ଯୋଗୁଁ ଶ୍ୱାସରୋଗରେ ପୀଡ଼ିତ ହୋଇଥାଏ କିମ୍ବା ସିଏ ମଧ୍ୟ ବଡ଼ ହୋଇ ଧୂମପାନ କରିପାରେ ।

ଅବଶ୍ୟ ସାଙ୍ଗ ସାଥୀ କିମ୍ବା ଜ୍ଞାତିକୁଟୁମ୍ବ ମାନଙ୍କୁ ଧୂମପାନରୁ ବଞ୍ଚିତ କରାଯାଇନପାରେ ହୋଲ ସେମାନଙ୍କଠାରୁ ଯଥାସମ୍ଭବ ଦୂରେଇ ରହିବା ଉଚିତ । ଯଦିଚ କାର୍ଯ୍ୟାଳୟରେ ଧୂମପାନ ନିଷେଧ ହୋଇଥାଏ, ତେବେ ଖୋଲା ଓ ସ୍ୱଚ୍ଛ ପନବ ଆପଣ ପାଇପାରିବେ । ନଚେତ୍ ନିଜ ସହକର୍ମୀମାନଙ୍କୁ ଭ୍ରୁଣ ଉପରେ ପଡୁଥିବା ଧୂମପାନର କୁପ୍ରଭାବ କଥା ବୁଝେଇ କୁହନ୍ତି । ଯଦି ଏପରି ସମ୍ଭବ ନୁହଁଏ ତେବେ କଡା ନିୟମ ପ୍ରଣୟନ କରି ଧୂମପାନ ସକାଶେ ଏକ ନିର୍ଦ୍ଦିଷ୍ଟ ସ୍ଥାନ ବଛାଯାଇପାରେ । ଏହା ମଧ୍ୟ ସମ୍ଭବ ନହେଲେ କିଛି ସମୟ ପାଇଁ କାମ ବନ୍ଦ କରାଯାଇପାରେ ।

ମାରିଜୁଆନାର ବ୍ୟବହାର

"ମୁଁ ଅନେକ ବର୍ଷରୁ ସାଧାରଣ ଭାବରେ ମାରିଜୁଆନାର ବ୍ୟବହାର କରିଆସୁଛି । କ'ଣ ଏତଦ୍ଦ୍ୱାରା ମୋ ଗର୍ଭସ୍ଥ ଶିଶୁ ପରେ କୌଣସି କୁପ୍ରଭାବ ପଡ଼ିବ କି? ମାରିଜୁଆନାର ସେବନ ଗର୍ଭ ସମୟରେ କ୍ଷତିକାରକ ହେଇପାରେ କି?"

ଯାହା ହେଇଗଲା, ତାକୁ ଭୁଲିଯାଆନ୍ତୁ । ଯଦି କୌଣସି ସମସ୍ୟା ହେବାର ଥାନ୍ତା, ତେବେ ଗର୍ଭଧାରଣ ସମୟରେ ଆସିଥାନ୍ତି । ଏଥର ତ ଆପଣ ଗର୍ଭଧାରଣ କରିସାରିଛନ୍ତି । ଏଣୁ କୌଣସି ଚିନ୍ତା ନାହିଁ । ଏହାର କୌଣସି ପ୍ରମାଣ ମଧ୍ୟ ନାହିଁ ଯେ, ମାରିଜୁଆନା ସେବନ କରିଥିଲେ ଭ୍ରୁଣ ଉପରେ କୌଣସି କୁପ୍ରଭାବ ପଡ଼ିବ ।

ହେଲେ ବର୍ତ୍ତମାନ ଏହାକୁ ତ୍ୟାଗ କରିଦେବା ଶ୍ରେୟସ୍କର । ଅବଶ୍ୟ ଏଯାଏଁ ଏ ସମ୍ପର୍କରେ କୌଣସି ସନ୍ତୋଷଜନକ ଅଧ୍ୟୟନର ଫଳାଫଳ ମିଳିନାହିଁ? ଏଣୁ କିଛି କୁହାଯାଇ ନପାରେ । ଗର୍ଭଧାରଣ ସମୟରେ ମାରିଜୁଆନା ଗ୍ରହଣ କରୁଥିବା ଗର୍ଭବତୀ ମହିଳାମାନେ ଅନେକାଂଶରେ ମଦ, ସିଗାରେଟ ଓ ଅନ୍ୟାଗ୍ୟ ଡ୍ରଗ୍ସ ଭଳି ନିଶା ଦ୍ରବ୍ୟର ଶିକାର ହେଇଯାଆନ୍ତି । ଫଳରେ ଗର୍ଭସ୍ଥ ଶିଶୁର ଉପଯୁକ୍ତ ଯତ୍ନ ମଧ୍ୟ ନେଇପାରନ୍ତି ନାହିଁ । ଏଣୁ କେଉଁ କାରଣରୁ ଏପରି ହୁଏ, କହିବା ଅସମ୍ଭବ । ଏପର୍ଯ୍ୟନ୍ତ ହେଉଥିବା ଅଧ୍ୟୟନରୁ ଜ୍ଞାତ ଯେ ନିାଦ୍ରବ୍ୟ ସେବନ ଯୋଗୁଁ ଗର୍ଭସ୍ଥ ଶିଶୁ ଉପରେ ଏହାର କୁପ୍ରଭାବ ପଡ଼ିଥାଏ । ଅନେକ ଅଧ୍ୟୟନରୁ ନକାରାତ୍ମକ କଥା ମଧ୍ୟ ଲକ୍ଷ୍ୟ କରାଯାଇଛି । ଫଳରେ ଶିଶୁର ଗଠନ ଓ ବିକାଶରେ ଅନେକ ସମସ୍ୟା ଦେଖା ଦେଇଥାଏ ।

ଆପଣ ଏହାକୁ ମଧ୍ୟ ଅନ୍ୟ ନିଶାଦ୍ରବ୍ୟ ଭଳି ତ୍ୟାଗ କରିବାକୁ ହେବ । ପ୍ରଥମେ ଯାହା ହେଇଗଲା ସେକଥା ଛାଡ଼ । ହେଲେ ଗର୍ଭଧାରଣ ବେଳେ ଏହା

ଚଳିବ ନାହିଁ । ସିଗାରେଟ ଛାଡ଼ିବା ପାଇଁ ଯେଉଁସବୁ ଉପାୟ କରାଯାଇଥିଲା ସେଥିରୁ କିଛି ଉପାୟ ଏଠାରେ ମଧ୍ୟ ଅବଲମ୍ବନ କରାଯାଇପାରେ । ଯୋଗ, ଧ୍ୟାନ ଓ ମାଲିସ ମଧ୍ୟ କରାଯାଇପାରେ । ତଥାପି ସମ୍ଭବ ନହେଲେ ନିଜ ଡାକ୍ତରଙ୍କୁ ପରାମର୍ଶ କରନ୍ତୁ ।

କୋକିନ ଓ ଅନ୍ୟାନ୍ୟ ନିଶା ଦ୍ରବ୍ୟ

"ମୁଁ ସପ୍ତାହେ ଆଗରୁ କୋକିନ ସେବନ କରିଥିଲି । ତା'ପରେ ଜଣାପଡ଼ିଲା ଯେ ମୁଁ ଗର୍ଭବତୀ ବୋଲି, ହେଲେ ଏହାଫଳରେ ମୋ ଗର୍ଭସ୍ଥ ଶିଶୁ ଉପରେ କୌଣସି କୁପ୍ରଭାବ ପଡ଼ିବ କି ?"

ସେହି କୋକିନ କଥାକୁ ନେଇ ବ୍ୟତିବ୍ୟସ୍ତ ହୁଅନ୍ତୁ ନାହିଁ । ବରଂ ତାହା ଶେଷତମ ବୋଲି ଧରିନିଅନ୍ତୁ । ସେହି କୋକିନ ଯୋଗୁଁ ବର୍ତ୍ତମାନ ଶିଶୁ ଉପରେ କୌଣସି କୁପ୍ରଭାବ ପଡ଼ିବ ନାହିଁ । କିନ୍ତୁ ଗର୍ଭଧାରଣ ବେଳେ କୋକିନ ଅବ୍ୟାହତ ଥବଲେ ଅସୁବିଧା ହୋଇପାରେ । ଏହା କେତେ ପରିମାଣ ହେବ, କହିହେବନି । ଏହାର କୁପ୍ରଭାବକୁ ସ୍ପଷ୍ଟ ରୂପେ ଅନୁମାନ କରାଯାଇନପାରେ । କାରଣ ସାଧାରଣତଃ କୋକିନ ସେବନକାରୀମାନେ ସିଗାରେଟ ଟାଣିବାକୁ ବାଧ୍ୟ ହୋଇଥାନ୍ତି । ଅଦ୍ୟୟନରୁ ଏକଥା ଜ୍ଞାତ ଯେ ନିଶାଦ୍ରବ୍ୟର କୁପ୍ରଭାବ ଶିଶୁ ଉପରେ ପଡ଼ିଥାଏ । ରକ୍ତପ୍ରବାହ ଓ ବିକାଶ ବାଧିତ ହୋଇଥାଏ । ବିଶେଷକରି ଶିଶୁର ମୁଣ୍ଡ ଭାଗରେ.. ଗର୍ଭପାତ, ସମୟ ପୂର୍ବରୁ ପ୍ରସବ, ଜନ୍ମବେଳେ ଓଜନ କମ୍ ବା ଜନ୍ମ ସମୟରେ ଡେରିରେ କାନ୍ଦିବା ଭଳି ସମସ୍ୟାମାନ ବ୍ୟତୀତ ଅନ୍ୟାନ୍ୟ ସମସ୍ୟା ଦେଖାଦେଇପାରେ । ଗର୍ଭବତୀ ସ୍ତ୍ରୀମାନେ ଯେତେ ଅଧିକ କୋକିନ ସେବନ କରିଥାନ୍ତି, ସେତେ ଅଧିକ ସମସ୍ୟା ଶିଶୁ ପାଇଁ ସୃଷ୍ଟି ହୋଇଥାଏ ।

ଏ ସମ୍ପର୍କରେ ଡାକ୍ତରଙ୍କୁ ସବୁ କଥା କହିଦିଅନ୍ତୁ । ସେ କିମ୍ବା ଧାଈ ଏସବୁ ଜାଣିବା ଜରୁରୀ । ସତ ଚେଷ୍ଟା ପରେ ମଧ୍ୟ କୋକିନ ଛାଡ଼ି ହେଉନଥାଏ, ତେବେ ଡାକ୍ତରଙ୍କୁ ପରାମର୍ଶ କରନ୍ତୁ ।

ହେରୋଇନ, ଏଲସିଡି, ପିସିଓ ଓ ନିଦ ବଟିକା ମଧ୍ୟ କ୍ଷତିକାରକ ହୋଇପାରେ । ଯେକୌଣସି ମତେ ନିଜ ଶିଶୁକୁ ଗର୍ଭାବସ୍ଥା ବେଳେ ନିଶା ଦ୍ରବ୍ୟରୁ ଦୂରେଇ ରଖନ୍ତୁ । ଏହା ସୁରକ୍ଷିତ ପ୍ରଭାବ ସକାଶେ ଏକା୍ତ ଅପରିହାର୍ଯ୍ୟ ।

ସେଲ୍ ଫୋନ

"ମୁଁ ପ୍ରତିଦିନ ସେଲଫୋନରେ ଘଣ୍ଟା ଘଣ୍ଟା ଧରି କଥା ହେଉଥାଏ । ଏହାଫଳରେ ମୋ ଶିଶୁ ଉପରେ କୌଣସି କୁପ୍ରଭାବ ପଡ଼ିବ କି ?"

ଦେଖନ୍ତୁ, ଆଜିକାଲି ସମସ୍ତେ ସେଲଫୋନ ବ୍ୟବହାର କରିଥାନ୍ତି । ଆପଣ ଦୁହେଁ ମଧ୍ୟ ବ୍ୟବହାର କରୁଛନ୍ତି, ହେଲେ କିଛି ଭାବିବାର ନାହିଁ । ଏପର୍ଯ୍ୟନ୍ତ ଏହାର କୌଣସି ସଠିକ ତଥ୍ୟ ହସ୍ତଗତ ହୋଇନାହିଁ ଯେ ସେଲଫୋନ ବ୍ୟବହାର କଲେ ଗର୍ଭଧାରଣରେ କୌଣସି କୁପ୍ରଭାବ ପଡ଼େ ବୋଲି । ଏହା ଏକ ପ୍ରଭାବ ସୁବିଧା ଓ ଭଲ କଥା ଯେ ବର୍ତ୍ତମାନ ଆପଣ ନିଜ ସମସ୍ୟା ବାବଦରେ ଡାକ୍ତର କିମ୍ବା ଧାଈଙ୍କୁ ପରାମର୍ଶ କରିପାରୁଛନ୍ତି । ଏହାଦ୍ୱାରା କାମଟା ସାଧିତ ହେବା ସାଂଗକୁ ସମୟ ମଧ୍ୟ ମିଳିପାରୁଛି ।

ଅବଶ୍ୟ ସେଲଫୋନକୁ ଆମେ ବିପଦଶୂନ୍ୟ ବୋଲି କହିପାରିବା ନାହିଁ । ଗାଡ଼ି ଚଳେଇବା ସମୟରେ ଫୋନରେ କଥାବାର୍ତ୍ତା କରିବା ବିପଜ୍ଜନକ ହେଇପାରେ । ହୁଏତ ହାତରେ ମୋବାଇଲ ନଥାଉ କିନ୍ତୁ କାନରେ ଲାଗିଥିବା ଯନ୍ତ୍ର ଯୋଗୁଁ ଆମ ମନ ଧ୍ୟାନ କଥାବାର୍ତ୍ତାରେ ଚାଲିଯାଏ ଓ ବିପଦର ଆଶଙ୍କା ବୃଦ୍ଧି ପାଏ । ଏଣୁ ସୁରକ୍ଷିତ ସ୍ଥାନରେ ବସି କଥାବାର୍ତ୍ତା କଲେ ସୁବିଧା । ପୁନଶ୍ଚ ସେଲଫୋନକୁ ସବୁବେଳେ ବିଛଣା କିମ୍ବା ପକେଟରେ ଧରିବା ଅନୁଚିତ ।

ମାଇକ୍ରୋୱେବ

"ମୁଁ ପ୍ରତିଦିନ ମାଇକ୍ରୋୱେବ୍‌ରେ ରୋଷେଇ କରିଥାଏ କିମ୍ବା ଖାଦ୍ୟ ଗରମ କରିଥାଏ; ହେଲେ ଗର୍ଭଧାରଣ ସମୟରେ ଏହାର ବ୍ୟବହାର ନିରାପଦ କି ?"

ଆପଣ ମା' ହେବାକୁ ଯାଉଛନ୍ତି । ଆପଣଙ୍କ ସକାଶେ ଏହା ବନ୍ଧୁଠାରୁ କୌଣସି ଗୁଣରେ କମ୍ ନୁହଁ । ଅଳ୍ପ ସମୟ ଓ କମ୍ ପରିଶ୍ରମରେ ତଟକା ଓ ସୁଆଦିଆ ଖାଦ୍ୟ ପ୍ରସ୍ତୁତ ହୋଇପାରିବ । ଅଧ୍ୟୟନରୁ ଜ୍ଞାତ ଯେ ଏହାର ବ୍ୟବହାର ପୂରାପୂରି ନିରାପଦ ଅଟେ । ଯେଉଁସବୁ ଖାଦ୍ୟ ମାଇକ୍ରୋୱେଭ୍‌ରେ ରନ୍ଧାଯାଇପାରେ ସେଗୁଡ଼ିକୁ ରାନ୍ଧିବା ଉଚିତ ହେଲେ ପ୍ଲାଷ୍ଟିକ୍‌ର ଖୋଲପା ଖାଦ୍ୟ ପଦାର୍ଥକୁ ସ୍ପର୍ଶ କରିବା ଅନୁଚିତ ।

ହଟ୍‌ଟବ୍ ଓ ସେନା

"ଆମ ଘରେ ହଟ ଟବ୍ ଅଛି । ଗର୍ଭଧାରଣ ସମୟରେ ଏହାକୁ ବ୍ୟବହାର କରିବା ନିରାପଦ କି ?"

ଆପଣ ଥଣ୍ଡା ପାଣିରେ ଗାଧୋଇବା ଆବଶ୍ୟକ ନୁହଁ, ହେଲେ ହଟ୍ ଟବ୍‌କୁ ନଯିବା ହିଁ ଶ୍ରେୟସ୍କର । ଯେଉଁ ବସ୍ତୁ ସାହାଯ୍ୟରେ ଶରୀରର ତାପମାତ୍ରା ୧୦୨° ସେଣ୍ଟିଗ୍ରେଡକୁ ବୃଦ୍ଧି ପାଇଥାଏ, ତାହା ଆପଣ ଓ ଆପଣଙ୍କ ଶିଶୁ ଉଭୟଙ୍କ ସକାଶେ ବିଶେଷକରି ପ୍ରଥମେ ପ୍ରଥମେ ଖୁବ୍ ବିପଜ୍ଜନକ ହୋଇପାରେ । ପରୀକ୍ଷାରୁ ଜଣାପଡ଼ିଛି ଯେ, ପ୍ରଥମ ଦଶ ମିନିଟ୍ ତାପମାତ୍ରା ବଢ଼ିନଥାଏ, ହେଲେ ନିରାପଦ ଦୃଷ୍ଟିରୁ ନିଜ ପେଟଟାକୁ ଉଷ୍ଣ ଜଳ ଠାରୁ ଦୂରେଇ ରଖିବା ବାଞ୍ଛନୀୟ । ସାଧାରଣତଃ ମହିଳାମାନେ ତାଙ୍କ ଶରୀରର ତାପମାତ୍ରା ୧୦୨° ସେଣ୍ଟଗ୍ରେଡକୁ ବୃଦ୍ଧି ପାଇବା ଆଗରୁ ପାଣିରୁ ବାହାରି ପଡନ୍ତି ଯଦ୍ଦ୍ୱାରା ଅସ୍ୱାଭାବିକ ମନେ ହୋଇଥାଏ । ଆପଣ ନିଜର ସନ୍ଦେହ ମୋଚନ ସକାଶେ ଡାକ୍ତରଙ୍କ ପରାମର୍ଶ ଅନୁକ୍ରମେ ଭ୍ରୁଣ ସାଉଣ୍ଡ କରେଇ ପାରନ୍ତି ।

ସୋନା କିମ୍ବା ଷ୍ଟିମରୁମରେ ମଧ୍ୟ ବେଶିସମୟ ଧରି ବସିରହିବା ଅନୁଚିତ । ଗର୍ଭବତୀ ସ୍ତ୍ରୀମାନଙ୍କ କ୍ଷେତ୍ରରେ ଡିହାଇଡ୍ରେସନ ଓ କମ୍ ରକ୍ତଚାପ ହେବାର ଆଶଙ୍କା ବେଶିଥାଏ । ଯଦ୍ଦ୍ୱାରା ସେଠାକୁ ଗଲେ ଆଉ ଅଧିକ ବଢ଼ିଯିବାର ଆଶଙ୍କା ଥାଏ । ଏହି ବହିରେ ଆମେ ସ୍ୱା-ଚିକିତ୍ସା ସମ୍ପର୍କୀତ ସତର୍କତା ଗୁଡ଼ିକ ପ୍ରାଞ୍ଜଳ ଭାବରେ ବୁଝେଇ ଦେଇଛୁ । ସେଥିପ୍ରତି ନିହାତି ଦୃଷ୍ଟି ଦିଅନ୍ତୁ ।

ପୋଷା ବିଲେଇ (ବିରାଡି)

"ଆମ ଘରେ ଦୁଇଟି ବିରାଡ଼ି ଅଛି । ମୁଁ ଶୁଣିଛି ଯେ, ଏମାନଙ୍କ ଯୋଗୁଁ ଶିଶୁ ରୋଗ ହୋଇଥାଏ । ହେଲେ ମୁଁ କ'ଣ ଏମାନଙ୍କଠାରୁ ଦୂରରେ ରହିବା ଉଚିତ ?"

- ନିଜ ବନ୍ଧୁମାନଙ୍କଠାରୁ ହଠାତ୍ ଏଭଳି ଦୂରେଇଯିବା କଥା ଚିନ୍ତା କରନ୍ତୁ ନାହିଁ । ଆପଣ ଯେହେତୁ ଦୀର୍ଘ ସମୟ ଧରି ସେମାନଙ୍କ ଗହଣରେ ରହି ଆସିଛନ୍ତି ଏଣୁ ହୁଏତ ବିରାଡି ଜନିତ ରୋଗ ଟୋସୋପ୍ଲାଜମୋସିସ୍ ସକାଶେ ପ୍ରତିରୋଧକ ସାମର୍ଥ୍ୟ ନିହାତି ବୃଦ୍ଧିପାଇସାରିଥିବ । ଆନୁମାନିକ ଭାବରେ ୪୦ ପ୍ରତିଶତ ଆମେରିକୀୟମାନେ ଏହାର ଶିକାର ହୁଅନ୍ତି । ଯେଉଁମାନଙ୍କର ପୋଷା ବିରାଡ଼ି ସବୁ ବେଶି ସମୟ ଧରି ପଦାରେ ବୁଲାବୁଲି କରନ୍ତି, ତାଙ୍କ ପାଇଁ ଏହା ବେଶି ସମସ୍ୟା ସୃଷ୍ଟି କରିଥାଏ । କଞ୍ଚା ମାଂସ ଖାଉଥିବା ବିରାଡି ଓ କଞ୍ଚା କ୍ଷୀର ପିଉଥିବା ବିଲେଇଡ଼ାନଙ୍କ କ୍ଷେତ୍ରରେ ଏହି ଅସୁବିଦା ବେଶି ଦେଖାଯାଇଥାଏ । ଅବଶ୍ୟ

ଇଲେକ୍ଟ୍ରିକ କମ୍ବଳ ଓ ହିଟିଂଗ ପ୍ୟାଡ୍

ଦାନ୍ତକନି ମାରୁଥିବା ପ୍ରବଳ ଥଣ୍ଡାରେ ହିଟିଂପେଡ ବା ଇଲେକ୍ଟ୍ରିକ୍ କମ୍ବଳ ବ୍ୟବହାର କରିବାକୁ ଚାହୁଁଥିଲେ ନିଜ ସ୍ୱାମୀଙ୍କୁ ଆଲିଙ୍ଗନ କରିବା ମନ୍ଦ ନୁହଁତ ! ଯଦି ଥଣ୍ଡା ଅତ୍ୟଧିକ ଥାଏ, ତେବେ କମ୍ବଳ ସାହାଯ୍ୟରେ ବିଛଣାକୁ ଉଷ୍ଣ କରାଯାଇପାରେ ହେଲେ ଶୋଇବାବେଳେ ତାକୁ ଦୂରୀଭୂତ କରିଦେବା ଉଚିତ । ହିଟିଂପ୍ୟାଡ୍‌କୁ ଗାମୁଛାରେ ଗୁଡେଇ ବ୍ୟବହାର କରନ୍ତୁ । ଅବଶ୍ୟ ଗର୍ଭାବସ୍ଥା ବୃଦ୍ଧି ସାଙ୍ଗକୁ ଆପଣଙ୍କ ଦେହର ତାପମାତ୍ରା ମଧ୍ୟ ବଢ଼ି ବଇ ଯିବ । ଏଣୁ ହିଟିଂ ପେଡ ୧୫ ମିନିଟ୍‌ରୁ ଅଧିକ ସମୟ ବ୍ୟବହାର କରନ୍ତୁ ନାହିଁ । କିମ୍ବା ରାତିରେ ଶୋଇବାବେଳେ ଆଦୌ ନୁହଁ । ଏହାକୁ ଦୈବାତ୍ ଅନ୍ କରି ଶୋଇଗଲାଲେ ବିପଦର ଆଶଙ୍କା ଥିବ । ଯଦି ଆଗରୁ ଅର୍ଥାତ୍ ଗର୍ଭଧାରଣ ପୂର୍ବରୁ ହିଟିଂ ପ୍ୟାଡ୍‌ର ବ୍ୟବହାର କରୁଥାନ୍ତି, କିମ୍ବା ବୈଦ୍ୟୁତିକ କମ୍ବଳ ମଧ୍ୟ ତେବେ କିଛି କଥା ନୁହଁ । ଏହାଫଳରେ କୌଣସି ଅସୁବିଧା ହେବନାହିଁ; ଏଥିପାଇଁ ଚିନ୍ତାମୁକ୍ତ ରୁହନ୍ତୁ ।

ଆପଣ ଚାହିଁଲେ ନିଜର ପରୀକ୍ଷା ମଧ୍ୟ କରିପାରନ୍ତି । ଯଦି ପରୀକ୍ଷାରୁ କୌଣସି ତଥ୍ୟ ଜଣାନପଡ଼େ ତେବେ ନିମ୍ନଲିଖିତ ସତର୍କତା ଅବଲମ୍ବନୀୟ ।

■ ବିରାଡ଼ିମାନଙ୍କୁ ନେଇ ସଂକ୍ରାମକ ରୋଗଗ୍ରସ୍ତ କି ନାହିଁ ବୋଲି ପରୀକ୍ଷା କରାଯାଉ । ଯଦି ସଂକ୍ରମଣ ଥାଏ, ତେବେ କିଛି ସମୟ ପାଇଁ ଅନ୍ୟ ଘରେ ପଠେଇ ଦିଆଯାଉ । ଯଦ୍ୱାରା ସେ ଠିକ୍ ହୋଇପାରିବ । ଏହାପରେ ସେମାନଙ୍କୁ କଞ୍ଚା ମାଂସ, ବଣବିଲୁଆ, କୋଠରିରେ ଏପଟ ସେପଟ କିମ୍ବା ପକ୍ଷୀ-ମୂଷା ଖାଇବାକୁ ପ୍ରଶ୍ରୟ ଦିଅନ୍ତୁ ବା

■ ଅନ୍ୟ କାହାକୁ ତାକୁ ସଫାସୁତୁରା କରିବାକୁ କୁହନ୍ତୁ । ନିଜେ କରିବାକୁ ବାଧ୍ୟ ହେଉଥିଲେ ହାତରେ ଗ୍ଲୋଭ୍‌ସ ବ୍ୟବହାର କରନ୍ତୁ । ବିରାଡିକୁ ଛୁଇଁଲେ ହାତ ଧୂଅନ୍ତୁ ।

■ ବଗିଚା କାମ କରୁଥିଲେ ହାତରେ ଗ୍ଲୋଭ ବ୍ୟବହାର କରନ୍ତୁ । ଯଦି ବଗିଚା ମାଟିରେ ବିରାଡି ମଳତ୍ୟାଗ କରିଥାଏ, ତେବେ ନିଜେ କରନ୍ତୁ ନାହିଁ । ବିରାଡି ବା ଅନ୍ୟ ଜୀବଜନ୍ତୁମାନଙ୍କ ବ୍ୟବହୃତ ମାଟି, ବାଲି ସହ ପିଲାଙ୍କୁ ଖେଳିବାକୁ ବାରଣ କରାଯାଉ ।

■ ଘର ବଗିଚାରୁ ତୋଡା ଫଳ ମୂଳ ଓ ପନିପରିବା ଧୋଇଲା ପରେ ବ୍ୟବହାର କରାଯିବା ଉଚିତ । ତାକୁ ଚୋପା ଛଡେଇ ବା ରାନ୍ଧିସାରିଲା ପରେ ଖାଇବା ଉଚିତ ।

■ କଞ୍ଚା ବା ଅଧା ସିଝା ମାଂସ ଖାଆନ୍ତୁ ନାହିଁ । ରେଷ୍ଟୁରାଣ୍ଟରେ ଭଲଭାବରେ ସିଝା ମାଂସ ଖାଆନ୍ତୁ ।

■ କଞ୍ଚା ମାଂସକୁ ଉତ୍ତମ ରୂପେ ସଫା କଲା ପରେ ନିଜେ ମଧ୍ୟ ଭଲଭାବରେ ହାତ ଧୂଅନ୍ତୁ ।

ଅନେକ ଡାକ୍ତର କହନ୍ତି ଯେ, ପ୍ରତ୍ୟେକ ଗର୍ଭବତୀ ସ୍ତ୍ରୀମାନେ ପରୀକ୍ଷା କରି ବିଭିନ୍ନ ସଂକ୍ରମଣ କଥା ପରୀଧା କରି ଜାଣିନେବା ଉଚିତ । ଯଦି ସେ ସଂକ୍ରମିତ ହୁଅନ୍ତି, ତେବେ ସତର୍କତାର ସହିତ ନିଜ ଡାକ୍ତରଙ୍କୁ ପରାମର୍ଶ କରନ୍ତୁ ।

ଗୃହଜନୀତ ବାଧା-ବିଘ୍ନ

"ଘରର ସଫାସୁତୁରା ସମୟରେ ବା ମଶାମରା ସ୍ପ୍ରେ ଦିଆ ସମୟରେ ମୁଁ କିପରି ସତର୍କତା ଅବଲମ୍ବନ କରିବି ? ପୁଣି ଗର୍ଭଧାରଣ ବେଳେ ନଳକୂଅର ଜଳ ପିଇବା ନିରାପଦ ହେବ କି ?"

ଗଭସ୍ଥୟରେ ଛୋଟ ଛୋଟ ଜିନିଷ ମଧ୍ୟ ଖୁବ୍ ଗୁରୁତ୍ୱପୂର୍ଣ୍ଣ ମନେ ହୋଇଥାଏ । ଆପଣ ମଧ୍ୟ ଶୁଣିଥିବେ ବା ପଢ଼ିଥିବେ ମଧ୍ୟ ବିଶେଷକରି ଅନ୍ୟପାଇଁ ଉତ୍ସର୍ଗ କରୁଥିବା ସମୟରେ ବିଭିନ୍ନ ରାସାୟନିକ ଦ୍ରବ୍ୟ, ମଶାମରା ଔଷଧ ତଥା ପିଇବା ପାଣି ବ୍ୟବହାର ପ୍ରତି ସତର୍କତାର ସହିତ ଦୃଷ୍ଟିଦେବା ବିଧେୟ । ପୁନଶ୍ଚ ଶିଶୁ ସକାଶେ ମା' କୋଳ ଭଳି ନିରାପଦ ସ୍ଥାନ ଆଉ କଣ ହୋଇପାରେ ? ଆପଣ ନିମ୍ନଲିଖିତ ତଥ୍ୟ ଜାଣିବା ଦରକାର:

■ **ଘର ସଫା ପାଇଁ ତିଆରି ପ୍ରଡକ୍ଟ:**

ରୋଷେଇଘରେ ପୋଛା ମାରିବା କିମ୍ବା ଖାଇବା ଟେବୁଲ ସଫା କରିବାକୁ ହେଲେ, ସତର୍କତା ପ୍ରତି ଦୃଷ୍ଟିଦେବା ସହ ନିମ୍ନ ପରାମର୍ଶ ଗ୍ରହଣ କରନ୍ତୁ ।

■ ଯଦି ଉକ୍ତ ପ୍ରଡକ୍ଟ ତୀବ୍ର ଗନ୍ଧଯୁକ୍ତ ହୋଇଥାଏ, ତେବେ ନାକ ପାଖକୁ ଆଣି ଶୁଙ୍ଘନ୍ତୁ ନାହିଁ । ଏହାକୁ ବାୟୁ ଚଳାଚଳ ହେବା ଭଳି ସ୍ଥାନରେ ବ୍ୟବହାର କରନ୍ତୁ । ଆପଣଙ୍କ ଜୀବନସାଥୀ ଯଦି ଏସବୁ ସଫେଇ କାମ କରନ୍ତି ତେବେ ଆହୁରି ଭଲ ।

■ ଆମୋନିୟମ ଓ କ୍ଲୋରିନଯୁକ୍ତ ପଦାର୍ଥକୁ (ଗର୍ଭନଥିଲେ ମଧ୍ୟ) କଦାପି ମିଶାନ୍ତୁ ନାହିଁ । ଏହାଫଳରେ ଉଚ୍ଚ ଅଗ୍ନିଶିଖା ସୃଷ୍ଟି ହୋଇପାରେ ।

■ ବିଷାକ୍ତ ପଦାର୍ଥର ଲେବୁଲ ଲାଗିଥିବା ଯେକୌଣସି ପ୍ରଡକ୍ଟକୁ ବ୍ୟବହାର କରନ୍ତୁ ନାହିଁ । ଯଥା: ଓଭନ୍ ଓ ଡ୍ରାଇକ୍ଲିନିଂ ପାଇଁ ଉଦ୍ଦିଷ୍ଟ ଦ୍ରବ୍ୟ ।

■ ଯେକୌଣସି ରାସାୟନିକ ଦ୍ରବ୍ୟ ବ୍ୟବହାର କରିବା ପୂର୍ବରୁ ହାତରେ ଗ୍ଲୋଭ ଲଗେଇଲେ ହାତର ଚର୍ମ ନିରାପଦ ରହିବ ଓ ପ୍ରତ୍ୟକ୍ଷ ଭାବରେ ସ୍ପର୍ଶ ହେଇ କ୍ଷତିଗ୍ରସ୍ତ ହେବନାହିଁ ।

ସୀସା ବା ଲେଡ: ଅବଶ୍ୟ ଏହା ଶିଶୁମାନଙ୍କ ସକାଶେ ସେତେ କ୍ଷତିକାରକ ନୁହଁ, ତଥାପି ଗର୍ଭବତୀ ସ୍ତ୍ରୀ ତଥା ଶିଶୁମାନଙ୍କ ସକାଶେ ଏହା ବିପଦ ସୃଷ୍ଟି କରିପାରେ । ଏଥିରୁ ବର୍ତ୍ତିବା ପାଇଁ:

■ ପିଇବା ପାଣିରେ ହୁଏତ ସୀ ମିଶିଥାଇ ପାରେ । ଏଣୁକରି ପିଇବା ପାଣିକୁ ସୀସାଠାରୁ ଦୂରେଇ ରଖନ୍ତୁ ।

■ ପୁରୁଣା ପେଣ୍ଟ ଅର୍ଥାରତ୍ ବାର୍ଣ୍ଣିସ୍‌ରେ ସୀସା ମିଶିଥାଇପାରେ । ଯଦି ଆପଣଙ୍କ ଘରଟା ୫୦ ବର୍ଷ ପୁରୁଣା ହେଇଥାଏ ଆଉ କାନ୍ଥରୁ ଚୋପ ଛାଡୁଥାଏ ତେବେ ତାର ମରାମତି ହେଲା ପର୍ଯ୍ୟନ୍ତ ଆପଣ ଅନ୍ୟତ୍ର ରୁହନ୍ତୁ । ପୁନଶ୍ଚ ଘରର ପୁରୁଣା କାନ୍ଥ ବା

ବିଭିନ୍ନ ଆସବାବପତ୍ରରୁ ରଙ୍ଗ ଛାଡୁଥିଲେ ମରାମତି କରିବାକୁ ଆଉ ଡେରି କରନ୍ତୁ ନାହିଁ ।

■ ମାଟି, ପଟେରୀ ଓ ଚୀନା ମାଟିରେ ତିଆରି ପାତ୍ରରେ ମଧ୍ୟ ଲେଡ୍ ଥାଇପାରେ । ଅବଶ୍ୟ ଏହାର ମାତ୍ରା ସ୍ପଷ୍ଟ ନୁହେଁ ଯେ, ହେଲେ ଏଭଳି ପ୍ଲେଟ ବା ପାତ୍ରରେ ଖଟା ଫଳରସ, ଟମାଟୋ, ମଦ ବା ସଫ୍ଟ ଡ୍ରିଙ୍କ ରଖି ବ୍ୟବହାର ବର୍ଜନୀୟ ।

ନଳର ପାଣି: ସାଧାରଣତଃ ନଳମାନଙ୍କରେ ଆସୁଥିବା ପାଣି ସ୍ୱଚ୍ଛ ଓ ନିରାପଦ ହୋଇଥାଏ । ଏଭଳି ନିରାପଦ ପାଣି ଶିଶୁ ଠାରେ ପଞ୍ଚିବା ସକାଶେ ନିମ୍ନଲିଖିତ ଉପାୟମାନ କରାଯିବା ଦରକାର:

■ ଆପଣ ସ୍ଥାନୀୟ ସ୍ୱାସ୍ଥ୍ୟ ବିଭାଗକୁ ଯାଇ ପେୟଜଳର ଶୁଦ୍ଧତା ପରୀକ୍ଷା କରାନ୍ତୁ । ଦେଖନ୍ତୁ ଯେ ଆପଣଙ୍କ ପେୟଜଳରେ ଅନ୍ୟମାନଙ୍କ ଅପେକ୍ଷା ବେଶି ଦୁର୍ଗନ୍ଧ ବା ଅଶୁଦ୍ଧ ଜଳ ଆସୁନି ତ ! କାହିଁକି ନା ବେଳେ ବେଳେ ନାଳର୍ନ୍ଦମାର ଅସନା ପାଣି ନଳପାଣିରେ ମିଶିଯାଇଥାଏ ବା ନଳ ଖରାପ ମଧ୍ୟ ହୋଇଥାଏ । ଏଣୁ ତାଙ୍କ ବିଶୁଦ୍ଧ ଜଳ ତିଆରିର ଉପାୟମାନ ପଚାରି ବୁଝନ୍ତୁ ଓ କୌଣସି ଆଶଙ୍କା ଉପୁଜିଲେ ଶୀଘ୍ର ପରୀକ୍ଷା କରାନ୍ତୁ ।

■ ଯଦି ପରୀକ୍ଷାରୁ ଜଳ ଅଶୁଦ୍ଧ ଥାଏ, ତେବେ ଫିଲ୍‌ଟର ଲଗାନ୍ତୁ କିମ୍ବା ପିଇବା ଓ ରୋଷେଇକାମ ପାଇଁ ବୋଲେର ପ୍ୟାକିଂ ପାଣି ବ୍ୟବହାର କରନ୍ତୁ । ହେଲେ ଏହା ମଧ୍ୟ ନିରାପଦ ହୋଇନପାରେ । ହୁଏତ ତା'ର ପାଣି ମଧ୍ୟ ସେହି ନଳରୁ ସଂଗ୍ରହ କରାଯାଇଥାଇପାରେ । ଅନେକ ବୋତଲ ପାଣିରେ ଫ୍ଲୋରାଇଡ୍ ନଥାଏ, ଏହା ଶିଶୁର ଦାନ୍ତ ସକାଶେ ଜରୁରୀ ଅଟେ । ଡିଷ୍ଟିଲ୍ଡ ଜଳରେ ମଧ୍ୟ ହିତକର ନୁହଁ କାରଣ ସେଥିରୁ ଖଣିଜ ଲବଣ କାଢ଼ି ଦିଆଯାଇଥାଏ ।

■ ଯଦି ପରୀକ୍ଷାରୁ ଜଳରେ ସୀସାର ମାତ୍ରା ଅଧିକ ଥାଏ, ତେବେ ପାଇପ ଲାଇନର କନେକ୍ସନ କଟେଇ ଅନ୍ୟ ପାଇପରୁ ପାଣି ନିଅନ୍ତୁ । ଅବଶ୍ୟ ଏହା ସର୍ବଥା ସମ୍ଭବ ନୁହଁ; ଏଣୁ ପିଇବା ଓ ରୋଷେଇ ପାଇଁ ସର୍ବଦା ଥଣ୍ଡା ଜଳ ବ୍ୟବହାର କରନ୍ତୁ । ପାଣିକୁ ବ୍ୟବହାର କରିବା ପୂର୍ବରୁ ପାଞ୍ଚ ମିନିଟ୍ ପାଇଁ ନଳପାଣିକୁ ଖୋଲି ଛାଡ଼ିଦିଅନ୍ତୁ ।

■ ଯଦି ଆପଣଙ୍କ ପାଣିରେ କ୍ଲୋରିନ୍ ବେଶି ବାସୁଥାଏ, ତେବେ ତାକୁ ଫୁଟେଇ ଦିଅନ୍ତୁ କିମ୍ବା ୨୪ ଘଣ୍ଟା ଖୋଲା ରଖନ୍ତୁ, ଯଦ୍ଦ୍ୱାରା ବାସ (ଗନ୍ଧ) କମିଯିବ ।

କୀଟନାଶକ ଦ୍ରବ୍ୟ (ପେଷ୍ଟିସାଇଡ୍):

ଆମେ ସାଧାରଣତଃ କୀଟପତଙ୍ଗ ମାରିବା ପାଇଁ କୀଟନାଶକ ବ୍ୟବହାର କରିଥାଉ । ଅବଶ୍ୟ କେତେକ ସତର୍କତା ଅବଲମ୍ବନ କରାଗଲେ ଗର୍ଭାବସ୍ଥାରେ ମଧ୍ୟ ଚଳିଯାଏ; ହେଲେ ଆଖପାଖ ଅଞ୍ଚଳରେ ଏପରି ଔଷଧ ଦିଆଯାଇଥିଲେ ସେଠାକୁ ଯିବା ମନା । ନିଜ ଝରକା କବାଟ ବନ୍ଦ ରଖିବା ଉଚିତ ।

ଯଦି ନିଜ ଘରେ ଔଷଧ ସ୍ପ୍ରେ କରାଯାଇଥାଏ, ତେବେ ଘରର ବାସନକୁସନ ଓ ଖାଦ୍ୟପେୟ ନିରାପଦ ହେବା ପ୍ରତି ଦୃଷ୍ଟି ଦିଅନ୍ତୁ । ଔଷଧର ଗନ୍ଧ ଯିବା ପାଇଁ ଝରକା ଖୋଲା ରଖନ୍ତୁ । ସବୁ ଜାଗାକୁ ଭଲଭାବରେ ଧୋଇ ପୋଛି ସାରିଲା ପରେ ଖାଦ୍ୟ ରାନ୍ଧନ୍ତୁ । ଅବଶ୍ୟ କୀଟ ପତଙ୍ଗକୁ ଆୟତ୍ତ କରିବା ପାଇଁ ପ୍ରାକୃତିକ ଉପାୟ କରାଯାଇପାରେ । ବଗିଚାରେ ବିନିଯୁକ୍ତ ବଡ଼ ପାଇପ ବ୍ୟବହାର କରନ୍ତୁ । ଏହା ପାଇଁ "ସୋପ ମିକ୍ସ' ମଧ୍ୟ ବଜାରରେ ମିଳିଥାଏ । ଏଭଳି କେତେକ କୀଟ ପାଳନ କରନ୍ତୁ ଯଦ୍ଦ୍ୱାରା ସେମାନେ ଅନ୍ୟ ଶତ୍ରୁ କୀଟଗୁଡ଼ାକୁ ନିପାତ କରିଦେବେ ।

କୀଟନାଶକ ବ୍ୟବହାର କରିବା ଆବଶ୍ୟକ ହେଲେ ବିଷାକ୍ତ ନଥବବା ଔଷଧ କିଣନ୍ତୁ । ଘରେ ନେଖଥୋଲିନ୍ ନିଲ୍‌ସ ବ୍ୟବହାର ନକରି ନିମ୍ବପତ୍ର ରଖାଯାଇପାରେ । ଏହାଫଳରେ ଲୁଗାପଟା ନିରାପଦ ରହିବ ।

ଘରେ ପିଲାଛୁଆ କିମ୍ବା ଗୃହପାଳିତ ପଶୁପକ୍ଷୀ ଥିଲେ କୀଟନାଶକକୁ ଦୂରେଇ ରଖନ୍ତୁ । ଅନେକ ପ୍ରକାର ବିଷାକ୍ତ ଔଷଧରେ ମଧ୍ୟ ବୋରିକ ଏସିଡ୍ ରହିଥାଏ । ଏହାକୁ ଚାଖିବା କିମ୍ବା ଶୁଂଘିବା ବିପଜ୍ଜନକ । ଆଖିରେ ପଡ଼ିଲେ ଖୁବ୍ ଜଳିଥାଏ । କୌଣସି ସ୍ଥାନୀୟ ପରିବେଶ କ୍ୟାମ୍ପରୁ ଏ ସମ୍ପର୍କରେ ପରାମର୍ଶ ଗ୍ରହଣ କରାଯାଇପାରେ ।

ଅବଶ୍ୟ ଏହାର ବ୍ୟବହାର ଖୁବ୍ କମ୍ କଲେ କୌଣସି କ୍ଷୟକ୍ଷତି ହୁଏନାହିଁ । ହେଲେ ଦୀର୍ଘଦିନ ଧରି ଏହାର ବ୍ୟବହାର କରାଗଲେ ଅସୁବିଧା

ହେଇଥାଏ, ଯଥା: ରାସାୟନିକ କାରଖାନା ମାନଙ୍କରେ କାମ କରୁଥିବା କର୍ମଚାରୀମାନେ ରୋଗଗ୍ରସ୍ତ ହେଇ ସ୍ୱାସ୍ଥ୍ୟହାନିର ଶିକାର ହେଇଥାନ୍ତି ।

ପେଣ୍ଟର ଗନ୍ଧ: ସମଗ୍ର ପଶୁ ଜଗତରେ କଅଁଳା ଶବକଟି ଜନ୍ମନେବା ପୂର୍ବରୁ ପ୍ରସ୍ତୁତି ଆରମ୍ଭ ହେଇଯାଏ । ପକ୍ଷୀମାନେ ନୀଡ଼ ତିଆରି କରନ୍ତି, ଗୁଣ୍ଡୁଚି ମୂଷାମାନେ ନିଜ ବସାକୁ ତାଳପତ୍ରରେ ସଜେଇଥାନ୍ତି; ଆଉ ସ୍ତ୍ରୀ-ପୁରୁଷ ଅନଲାଇନରେ ଡିଜାଇନ ଖୋଜିଥାନ୍ତି । ସାଧାରଣତଃ ଏଥିରେ ଶିଶୁର ଦିବା କୋଠରିର ରଙ୍ଗକଥା ମଧ୍ୟ ସାମିଲ ଥାଏ । ଅବଶ୍ୟ ଆଜିକାଲିକାର ପେଣ୍ଟ୍‌ରେ ସୀସା ବା ମର୍କ୍ୟୁରୀ ମିଶିନଥାଏ । ଏଣୁକରି ଏହା ଗର୍ଭଧାରଣ ସକାଶେ ସମ୍ପୂର୍ଣ୍ଣ ନିରାପଦ । ତଥାପି ଏପିର ମଧ୍ୟ ହେଇଥାଏ ଯେ କୌଣସି କାରଣ ବଶତଃ ଆପଣ ନିଜ ପେଣ୍ଟବ୍ରସ ଅନ୍ୟ ହାତରେ ଦେଇପାରନ୍ତି । ଗର୍ଭଧାରଣବେଳେ ଓଜନ ଯୋଗୁଁ ଭାର ବଢ଼ିଥାଏ, ଆଉ ଲଗାତାର ନିଜେ କାନ୍ଥରେ ପେଣ୍ଟ୍ ମାରି ବସିଲେ ପିଠିର ମାଂସ ପେଶୀମାନଙ୍କରେ ଚାପ ପଡ଼ି ଯନ୍ତ୍ରଣା ହେଇଥାଏ । ପୁନଶ୍ଚ ସିଡି ଚଢ଼ିବାକୁ ହେଲେ ଗୋଡ଼ ଖସିଯିବାର ମଧ୍ୟ ଭୟ ଥାଏ । ଆଉ ପେଣ୍ଟ୍‌ର ଗନ୍ଧ ମନକୁ ବ୍ୟାକୁଳ କରିଦେଇପାରେ ।

ଯଦି ଘରେ ପେଣ୍ଟ ମରାହେଉଥାଏ ତେବେ ପଦାରେ ରହିବାକୁ ଚେଷ୍ଟା କରନ୍ତୁ । ଘରର ଝରକା କବାଟ ଖୋଲାଥିବା ଦରକାର । ପେଣ୍ଟ୍ ରିମୁଭର୍‌ଠାରୁ ମଧ୍ୟ ଦୂରେଇ ରହନ୍ତୁ । କାହିଁକିନା ଏସବୁ ଖୁବ୍ ବିଷାକ୍ତ ହେଇଥାଏ । ଯଦି ପୁରୁଣା ପେଣ୍ଟ ଘଷି କାଢ଼ି ଦିଆଯାଉଥାଏ, ତେବେ ହୁଏତ ସେଥିରେ ମର୍କ୍ୟୁରୀ ବା ଲେଡ (ସୀସା) ବ୍ୟବହୃତ ହେଇପାରେ ।

ବାୟୁ ପ୍ରଦୂଷଣ

"କ'ଣ ସହରର ପ୍ରଦୂଷଣ ମୋ ଶିଶୁ ପକ୍ଷରେ କ୍ଷତିକାରକ କି?"

ଦୀର୍ଘଶ୍ୱାସଟିଏ ମାରନ୍ତୁ । ଏହା ଅନେକାଂଶରେ ନିରାପଦ ଅଟେ । କୋଟି କୋଟି ଗର୍ଭବତୀ ମା'ମାନେ ଏହି ବାୟୁମଣ୍ଡଳରେ ନିଶ୍ୱାସ-ପ୍ରଶ୍ୱାସ ମାରୁଛନ୍ତି ଆଉ ସୁସ୍ଥ ଶିଶୁମାନଙ୍କୁ ଜନ୍ମ ଦେଇ ଆସୁଛନ୍ତି । ଅବଶ୍ୟ ଆପଣ ବାୟୁକୁ ପ୍ରଦୂଷିତ କରୁଥିବା କାରକମାନଙ୍କଠାରୁ ଯଥାସମ୍ଭବ ସାବଧାନ ହେବା ବିଧେୟ ।

> **ଗ୍ରୀନ୍-ଗ୍ରୀନ - ଟିପ୍‌ସ**
>
> ଘରର ପରିବେଶକୁ ସ୍ୱାସ୍ଥ୍ୟକର ଓ ଚିରହରିତ୍ କରିବାକୁ ଚାହୁଁଥିବଲେ ଗଛ ଲଗାନ୍ତୁ । ବୃକ୍ଷଗୁଡ଼ିକ ଘରର ପ୍ରଦୂଷଣକୁ ଦୂରକରି ଅମ୍ଳଜାନ ଦେବା ସାଙ୍ଗକୁ ଆଖିକୁ ଭଲ ଦେଖାଯିବେ । ମନରେ ଶାନ୍ତି ଓ ସନ୍ତୋଷ ଆସିବ । "ଫିଲୋଡେନଡ୍ରନ' ବା "ଇଂଲିଶ ଆଇଭି' ଭଳି ବିଷାକ୍ତ ବୃକ୍ଷ ନଲେଗେଇ ଭଲ ଭଲ ଗଛ ଲଗାନ୍ତୁ । ଅବଶ୍ୟ ଶିଶୁ ଗୁରୁଣ୍ଡିବା ଆରମ୍ଭ କଲେ ନିଜ ଯୋଜନାରେ ପରିବର୍ତ୍ତନ କରାଯାଇପାରେ ।

■ ଧୂଆଁ ଭର୍ତ୍ତି ହେଇଥିବା କୋଠରିରେ ବସନ୍ତୁ ନାହିଁ । ଧୂଆଁପତ୍ରର ଧୂଆଁ ଭ୍ରୂଣ ଶିଶୁର ବିକାଶରେ ବାଧା ସୃଷ୍ଟି କରିଥାଏ । ନିଜର ବନ୍ଧୁବାନ୍ଧବ ଓ ଘରଲୋକ ସାଙ୍ଗକୁ ନିଜ ସହ କର୍ମୀମାନଙ୍କୁ ମଧ୍ୟ ଆପଣଙ୍କ ନିକଟରେ ଧୂମପାନ କରିବାକୁ ବାରଣ କରନ୍ତୁ । ସିଗାରେଟ ସାଙ୍ଗକୁ ସିଗାର ଓ ପାଇପଠାରୁ ମଧ୍ୟ ଦୂରେଇ ରୁହନ୍ତୁ । କାରଣ ଏତଦ୍ୱାରା ବେଶି ପରିମାଣରେ ଧୂଆଁ ନିର୍ଗତ ହୋଇଥାଏ ।

■ ନିଜ ମଟର କାରର ଇନ୍ଧନ ପରୀକ୍ଷା କରାନ୍ତୁ । ଗ୍ୟାରେଜ୍‌ର କବାଟ ବନ୍ଦ କରି ଗାଡ଼ି ଷ୍ଟାର୍ଟ କରନ୍ତୁ ନାହିଁ । ଗାଡ଼ି ଷ୍ଟାର୍ଟ ହେଲାପରେ ଗାଡିର କବାଟ ଓ ଝରକାରେ ଥିବା ଗ୍ଲାସ ବନ୍ଦ କରନ୍ତୁ ।

■ ଆପଣଙ୍କ ସହରର ପରିବେଶ ବେଶି ପ୍ରଦୂଷଣଯୁକ୍ତ ହୋଇଥିଲେ ନିଜ ଘରେ ଅଧିକ ସମୟ ରୁହନ୍ତୁ । ଝରକା ବନ୍ଦ କରି ଏସି ଅନ କରିଦିଅନ୍ତୁ । ଡାକ୍ତର ଦେଇଥିବା ସବୁ ପରାମର୍ଶକୁ ପାଳନ କରନ୍ତୁ । ମନେକର ୱାର୍କଆଉଟ (କାମ କରିବାକୁ) ଇଚ୍ଛା ବି ହୁଏ, ତେବେ ଜିମ୍‌କୁ ଯାଆନ୍ତୁ ବା ଇନ୍ ଡୋର ମ'ଲକୁ ଯାଇ ପରିଭ୍ରମଣ କରନ୍ତୁ ।

■ ଯେକୌଣସି ଋତୁ ହେଉନା କାହିଁକି ଦୁର୍ଗନ୍ଧ ବା କୁତ୍ସିତ ପରିବେଶ ମଧ୍ୟରେ ଥାଇ ଦୌଡାଦୌଡ଼ି କିମ୍ବା ସାଇକେଲ ଚଲାନ୍ତୁ ନାହିଁ ।

ନଚେତ୍ ଅତ୍ୟଧିକ ପ୍ରଦୂଷିତ ବାୟୁ ଦେହ ଭିତରକୁ ଚାଲିଯିବ । ଏଭଳି ଉପାୟ ପାଞ୍ଚନ୍ତୁ ଯଦ୍ଵାରା ଉଦ୍ୟାନ, ପାର୍କ ବା ରାସ୍ତାକଡ଼ରେ ଗଛମାନେ ଥିବା ଜାଗାକୁ ଯାଇହେବ । ବୃକ୍ଷମାନେ ସର୍ବଥା ବିଶୁଦ୍ଧ ପବନ ଯୋଗେଇଥାନ୍ତି ।

■ ନିଜ ଘରେ ନିଆଁଥିବା ଜାଗାରେ, ଗ୍ୟାସ ଷ୍ଟୋଭ, ଓ କାଠଚୂଲିରୁ ଧୂଆଁ ବାହାରିବାର ସୁବ୍ୟବସ୍ଥା ଥିବା ଅର୍ଥାତ୍ ଚିମନ ଖୋଲି ନିଆଁ ଲଗାନ୍ତୁ ।

■ ଆମେ ଦେଇଥିବା ଗ୍ରୀନ୍-ଗ୍ରୀନ ଅର୍ଥାତ୍ ହରିତ୍-ହରିତ ପରାମର୍ଶ ଗ୍ରହଣ କରି ଆପଣ ମଧ୍ୟ ଉପକୃତ ହୁଅନ୍ତୁ ।

ପାରିବାରିକ ହିଂସା

ପ୍ରତ୍ୟେକ ଗର୍ଭବତୀ ସ୍ତ୍ରୀ ଏଇୟା ଚାହିଁଥାନ୍ତି ଯେ, ନିଜ ଶିଶୁକୁ ପ୍ରତି କ୍ଷେତ୍ରରେ ନିରାପଦ ରଖନ୍ତୁ ହେଲେ ଦୁଃଖର ସହିତ କହିବାକୁ ପଡୁଛି ଯେ, ଅନେକ ମହିଳାମାନେ ଗର୍ଭଧାରଣ ସମୟରେ ନିଜେ ନିଜର ସୁରକ୍ଷା କରିପାରନ୍ତି ନାହିଁ; କାହିଁକିନା ସେମାନେ ପାରିବାରିକ ହିଂସାର ଶିକାର ହେଇଥାନ୍ତି । ଯଦି ଗର୍ଭଧାରଣ ମୂଳରୁ ସୁନିୟୋଜିତ ହେଇନଥାଏ ତେବେ ଅନେକଥର ଉକ୍ତ ମହିଳାର ସ୍ୱାମୀଙ୍କ ସକାଶେ କ୍ରୋଧ, କୁଣ୍ଠା ଓ ଅସୂୟାର କାରଣ ହେଇଥାଏ; ଆଉ ତାଙ୍କ ମନରେ ନକାରାତ୍ମକ ଚିନ୍ତାଧାରା ସବୁ ସୃଷ୍ଟି ହେଇଥାଏ । ଅନେକ ଥର ଏପରି ଭାବନା ସବୁ ଜମାଟ ବାନ୍ଧି ମା' ଓ ଗର୍ଭସ୍ଥ ଶିଶୁ ସକାଶେ ହିଂସାର ରୂପ ନେଇଥାଏ ।

ଗର୍ଭଧାରଣର ବିଷମ ପରିସ୍ଥିତି ଓ କାର ଦୁର୍ଘଟଣା ଅପେକ୍ଷା ଗର୍ଭବତୀ ସ୍ତ୍ରୀମାନେ ପାରିବାରିକ ଅଶାନ୍ତି ଓ ହିଂସାରେ ଅଧିକ ମୃତ୍ୟୁବରଣ କରିଥାନ୍ତି । ପ୍ରାୟ ୨୦ ପ୍ରତିଶତ ସ୍ତ୍ରୀମାନେ ନିଜ ସ୍ୱାମୀ ହାତରେ ହିଂସାର ଶିକାର ହୁଅନ୍ତି । ଦୈହିକ ପ୍ରତାଡନା ସହୁଥିବା ସ୍ତ୍ରୀମାନଙ୍କର ଶିଶୁ ଅସମୟରେ ଜନ୍ମ ନେବାର ଆଶଙ୍କା ବୃଦ୍ଧି ପାଇଥାଏ ।

ଗର୍ଭବତୀ ମହିଳା ଓ ଶିଶୁମାନଙ୍କୁ କୌଣସି ଆଘାତ ତୁଳନାରେ ଦୈହିକ ଓ ମାନସିକ ପ୍ରତାଡ଼ନା ବେଶି ବାଧିଥାଏ ଓ କ୍ଷତି ମଧ୍ୟ କରିଥାଏ । କୁପୋଷଣ ଓ ପ୍ରସବ ପୂର୍ବରୁ ଯତ୍ନ ନନେଲେ ଏଭଳି ମା'ମାନେ ସୁସ୍ଥ ଶିଶୁଙ୍କୁ ଜନ୍ମ ଦେଇପାରନ୍ତି ନାହିଁ ।

ଜନ୍ମନେଲା ପରେ ପରେ ଉକ୍ତ ଶିଶୁ ମଧ୍ୟ ସେପରି ପ୍ରତ୍ୟକ୍ଷ ହିଂସାର ଶିକାର ହେଇଥାଏ । ସମାଜର ପ୍ରତି ବର୍ଗରେ ଏଭଳି ସ୍ତ୍ରୀମାନେ ଥାନ୍ତି । ସେଥିରେ ସବୁ ବୟସର, ସବୁ ଜାତି ଓ ସବୁ ବର୍ଣ୍ଣର ସ୍ତ୍ରୀ ସାମିଲ କହିଲେ ଚଳେ । ଯଦି ଆପଣ ମଧ୍ୟ ଏଭଳି ହିଂସାର ଶିକାର ହୁଅନ୍ତି, ତେବେ ଏଥିରେ ଆପଣଙ୍କର ଦୋଷ ନାହିଁ । ଆପଣ କିଛି କରିନାହାନ୍ତି । ଆପଣ ସାହାଯ୍ୟ ମାଗନ୍ତୁ ଓ ଏଭଳି ପରିସ୍ଥିତିରୁ ମୁକୁଳିବାକୁ ଚେଷ୍ଟା କରନ୍ତୁ ନହେଲେ ଆପଣ ଓ ଆପଣଙ୍କ ଶିଶୁ ନିରାପଦ ନୁହେଁ ବୋଲି ଜାଣନ୍ତୁ ।

ନିଜ ଡାକ୍ତରଙ୍କୁ ପରାମର୍ଶ କରନ୍ତୁ । ଅନ୍ତରଙ୍ଗ ବନ୍ଧୁଙ୍କ ସହ ଆଳାପ କରି କିମ୍ବା ସ୍ଥାନୀୟ ପାରିବାରିକ ହିଂସା ହଟ୍‌ଲାଇନ୍ ଯୋଗେ ଯୋଗାଯୋଗ କରନ୍ତୁ । ଅନେକ ରାଜ୍ୟରେ ଏଭଳି ବ୍ୟବସ୍ଥା ଥାଏ । ଯେଉଁଠି ଆପଣଙ୍କୁ ରହିବା, ଖାଇବା ଓ ପ୍ରସବ ପୂର୍ବ ଯତ୍ନ ନେବା ସକାଶେ ସୁବିଧା ମିଳିପାରିବ ।

ପରିପୂରକ ଓ ବୈକଳ୍ପିକ ଚିକିତ୍ସା

ପ୍ରଥମେ ଧାଇମାନେ ହିଁ ଏଭଳି ପରିସ୍ଥିତିର ମୁକାବିଲା କରି ପାରମ୍ପରିକ ଚିକିତ୍ସା ପଦ୍ଧତିର ସାହାଯ୍ୟ ନେଉଥିଲେ ହେଲେ ବର୍ତ୍ତମାନ ଚିକିତ୍ସାର ଶାଖା ଗୁଡ଼ିକ ଆଗ ଅପେକ୍ଷା ସକ୍ଷମ ହୋଇ ଏହି ଦାୟିତ୍ୱ ବହନ କରି ପରିପୂରକ ସାଜିଲେଣି । ଏହା ଆପଣଙ୍କର ଓ ଆପଣଙ୍କ ପରିବାରର ଅଂଗ ବିଶେଷ ହେଲେଣି ।

ପରିପୂରକ ଓ ବୈକଳ୍ପିକ ଚିକିତ୍ସକମାନେ ନିଜ ରୋଗୀମାନଙ୍କର ସମ୍ପୂର୍ଣ୍ଣ ସ୍ୱାସ୍ଥ୍ୟ ପ୍ରତି ଦୃଷ୍ଟି ଦେଇଥାନ୍ତି । ସେମାନେ ଭାବନାତ୍ମକ, ଆଧ୍ୟାତ୍ମିକ ଓ ଦୈହିକ ପ୍ରଭାବକୁ ଆଖିଆଗରେ ରଖି ପରୀକ୍ଷା

କରିଥାନ୍ତି । ଏହା ଏକଥା ଉପରେ ବିଶ୍ୱାସ କରିଥାଏ ଯେ, ଦେହ ନିଜ ସ୍ୱାସ୍ଥ୍ୟର ରକ୍ଷା ନିଜେ କରିଥାଏ । କେବଳ ତାକୁ କେତେକ ପ୍ରାକୃତିକ ବନ୍ଧୁ, ଚେରିମୂଳି, ଶାରୀରିକ କୌଶଳ, ଆତ୍ମା ଓ ମନର ସହାୟତା ଲୋଡ଼ିବାକୁ ହେଇଥାଏ ।

ଗର୍ଭାବସ୍ଥା ଏକ ରୋଗ ନୁହଁ ବରଂ ଜୀବନର ଏକ ଅଂଶବିଶେଷ । ଗର୍ଭବତୀ ମହିଳାମାନେ ପରିପୂରକ ଓ ବୈକଳ୍ପିକ ଚିକିତ୍ସା ପଦ୍ଧତିକୁ ଅଖ୍ତିଆର କରିବା ବାଂଛନୀୟ । ଆଜିକାଲି ଯେଉଁସବୁ ଚିକିତ୍ସା ପଦ୍ଧତିଗୁଡ଼ିକ ଗର୍ଭଧାରଣ ଓ ପ୍ରସବ ସକାଶେ ଅତ୍ୟାବଶ୍ୟକ ଓ ହିତକର ସେଗୁଡ଼ିକ ହେଲା:

ଏକ୍ୟୁପଞ୍ଚର: ଚୀନୀମାନେ ସହସ୍ର ବର୍ଷ ପୂର୍ବରୁ ଜାଣିଥିଲେ ଯେ, ଏକ୍ୟୁପଞ୍ଚର ବଳରେ ଗର୍ଭଧାରଣର ଅନେକ ଲକ୍ଷଣରୁ ମୁକ୍ତି ପାଇହୁଏ ହେଲେ ପାରମ୍ପରିକ ପ୍ରସୂତି ବିଜ୍ଞାନ ଏଥିପ୍ରତି ବର୍ତ୍ତମାନ ଦୃଷ୍ଟି ଦେବାରେ ଲାଗିଛି । ବୈଜ୍ଞାନିକ ଗବେଷଣା ପ୍ରାଚୀନ ବୁଦ୍ଧିମର୍ତ୍ତା ଆଡ଼କୁ ଅଗ୍ରସର ହେଉଛି । ଗବେଷଣାକାରୀମାନେ ଜ୍ଞାତ କରିଛନ୍ତି ଯେ, ଏକ୍ୟୁପଞ୍ଚର ବଳରେ ମସ୍ତିଷ୍କରୁ ଅନେକ ପ୍ରକାରର ରସ ନିର୍ଗତ ହେଇଥାଏ ଯଦ୍ୱାରା ଯନ୍ତ୍ରଣାରୁ ମୁକ୍ତି ମିଳିଥାଏ । ଏହା କିପରି ସମ୍ଭବ? ଏକ୍ୟୁପଞ୍ଚରରେ ବିଶେଷଜ୍ଞମାନେ ଶରୀରର ବିଭିନ୍ନ ଅଂଶରେ ଛୁଞ୍ଚି ଫୋଡ଼ିଥାନ୍ତି । ପ୍ରାଚୀନ ପରମ୍ପରା ଅନୁସାରେ ଏହି ବାଟ ଦେଇ ଜୀବନୀ ଶକ୍ତି ସଞ୍ଚରିତ ହୋଇଥାଏ ।

ଗବେଷଣାକାରୀମାନେ ଏକଥା ମଧ୍ୟ ଜ୍ଞାତ କରିଛନ୍ତି ଯେ, ଇଲେକ୍ଟ୍ରୋପଞ୍ଚର ଉପାୟରେ ଛୁଞ୍ଚି ପୂରେଇଲାବେଳେ ସ୍ନାୟୁଗୁଡ଼ିକ ଉତ୍ତେଜିତ ହେଇଥାନ୍ତି । ଯଦ୍ୱାରା ଏଣ୍ଡୋରଫିନ୍ ନାମକ ରସ ବୃଦ୍ଧି ହୋଇଥାଏ ଓ ପିଠି ବ୍ୟଥା, ଉଦ୍‌ବେଗ, ଗର୍ଭବେଳର ଅବସାଦ ଓ ଅନ୍ୟାନ୍ୟ ଲକ୍ଷଣରୁ ମୁକ୍ତି ମିଳିଥାଏ । ଏହାକୁ ପ୍ରସବବେଳେ ହେଉଥିବା ଯନ୍ତ୍ରଣାରୁ ମୁକ୍ତି ପାଇବା ପାଇଁ ମଧ୍ୟ ବ୍ୟବହାର କରାଯାଇଥାଏ । ଏକ୍ୟୁପଞ୍ଚର ବଳରେ ବନ୍ଧ୍ୟା ସମସ୍ୟାରୁ ମଧ୍ୟ ମୁକ୍ତି ପାଇହୁଏ ।

ଏକ୍ୟୁପ୍ରେସର: ଏକ୍ୟୁପ୍ରେସର ମଧ୍ୟ ଏକ୍ୟୁପଞ୍ଚର ଭଳି କାମ କରିଥାଏ । ଏଥିରେ ଛୁଞ୍ଚି ପରିବର୍ତ୍ତେ ହାତର ଅଙ୍ଗୁଳି ବା ବୃଦ୍ଧାଙ୍ଗୁଳି ବଳରେ ଚାପ ପ୍ରୟୋଗ କରାଯାଇଥାଏ; କିମ୍ବା ଖାଦ୍ୟ ଶସ୍ୟ ଦେଇ ଟେପ୍ ମାରିଦିଆଯାଇଥାଏ । ମଣିବନ୍ଧର ନିର୍ଦ୍ଦିଷ୍ଟ ଏକ ଜାଗାରେ ଚାପ ପ୍ରୟୋଗ କଲେ ଉଦ୍‌ବେଗରୁ ମୁକ୍ତି ମିଳେ । ଏହିପରି ଏକ୍ୟୁପ୍ରେସରରେ ହାତ-ପାଦର ଅନେକ ବିନ୍ଦୁ ରହିଥାଏ, ଯାହାକୁ ଜଣେ ବିଶେଷଜ୍ଞଙ୍କର ସହାୟତାରେ ଶିକ୍ଷାଲାଭ କରି ନିଜେ ଅଭ୍ୟାସ କରିବା ଉଚିତ ।

ବାୟୋ ଫିଡ୍‌ବେକ୍: ଏହା ଏକ ଏପରି ବିଧି ଯଦ୍ୱାରା ରୋଗୀମାନଙ୍କୁ ଶାରୀରିକ ବା ଭାବପ୍ରବଣତାର ଚାପରୁ କିପରି ମୁକୁଳି ପାରିବେ, ଏହା ଶିଖେଇ ଦିଆଯାଇଥାଏ ଯେ ନିଜର ଜୈବିକ ପ୍ରତିକ୍ରିୟାକୁ କିପରି କାର୍ଯ୍ୟକାରୀ କରିପାରିବେ । ଫଳରେ ପିଠି ବ୍ୟଥା, ମୁଣ୍ଡବ୍ୟଥା, ଶାରୀରିକ ଯନ୍ତ୍ରଣା, ଅନିଦ୍ରା ଓ ଉଦ୍‌ବେଗ ପ୍ରକାଶ ଭଳି ଗର୍ଭ ସମୟର ଅନେକ ଲକ୍ଷଣରୁ ମୁକ୍ତି ମିଳିଥାଏ । ରକ୍ତସ୍ରାବ କମେଇବା, ଅବସାଦ, ଉତ୍ତେଜନା ଓ ଚାପର ମୁକାବିଲା ପାଇଁ ମଧ୍ୟ ବାୟୋଫିଡ୍‌ବେକ୍ ବ୍ୟବହାର କରାଯାଇପାରେ ।

କିରୋପ୍ରେକ୍ଟିକ୍ ଚିକିତ୍ସା: ଏହି ଚିକିତ୍ସା ବଳରେ ମେରୁଦଣ୍ଡର ହାଡ଼ ଓ ଅନ୍ୟାନ୍ୟ ଖଞ୍ଜାସବୁ ତଥା ସ୍ନାୟୁଗୁଡ଼ିକ ସୁଚାରୁ ଭାବରେ ନିଜକୁ ନିଜେ ସଂଚାଳିତ କରିବାର ସାମର୍ଥ୍ୟ ବୃଦ୍ଧି ପାଇଥାଏ । କିରୋପ୍ରେକ୍ଟିକ୍ ସହାୟତାରେ ଗର୍ଭବତୀ ମହିଳାମାନେ ବାନ୍ତି, ପିଠି ବ୍ୟଥା, ଆଣ୍ଠୁଗଣ୍ଠିର ଯନ୍ତ୍ରଣା, ସିୟାଟିକା ଆଉ ଅନ୍ୟାନ୍ୟ ଯନ୍ତ୍ରଣାରୁ ତ୍ରାହି ମିଳିଥାଏ । କିରୋପ୍ରେକ୍ଟର ଗର୍ଭବତୀ ସ୍ତ୍ରୀମାନଙ୍କ ସକାଶେ ଏଭଳି ଉପାୟ କରିଥାନ୍ତି, ଯଦ୍ୱାରା ମହିଳାମାନେ ନିରାପଦ ରୁହନ୍ତୁ ଓ ତଳି ପେଟରେ କୌଣସି ଚାପ ନପଡ଼ୁ ।

ମାଲିସ: ମାଲିସ ବଳରେ ବାନ୍ତିରୁ ମୁକ୍ତି ମିଳିଥାଏ; ହେଲେ କେତେକ ଗର୍ଭବତୀ ସ୍ତ୍ରୀମାନେ ମାଲିସ ପରେ ପରେ ଉଦ୍‌ବେଗ ପ୍ରକାଶ କରିଥାନ୍ତି । ଏତଦ୍ୱାରା ପିଠି ବ୍ୟଥା, ମୁଣ୍ଡ ବ୍ୟଥା ଓ ସିୟାଟିକାରୁ ତ୍ରାହି ମିଳିବା ସାଂଗକୁ ଦେହର ମାଂସପେଶୀ ସବୁ ପ୍ରସବ ପାଇଁ ପ୍ରସ୍ତୁତ ହେଇଥାନ୍ତି ।

ପ୍ରସବ ବେଳେ ମଧ୍ୟ ଏହା ବ୍ୟବହାର୍ଯ୍ୟ, ଯଦ୍ୱାରା ମାଂସପେଶୀ ସବୁ ଆରାମ ପାଇ ଯନ୍ତ୍ରଣା ହ୍ରାସ ହେଇଥାଏ । ପୁନଶ୍ଚ ଚାପରୁ ମଧ୍ୟ ମୁକ୍ତି ମିଳେ । ମାଲିସ ପୂର୍ବରୁ ଦୃଷ୍ଟିଦେବା ଉଚିତ ଯେ ମାଲିସ କରୁଥିବା ବ୍ୟକ୍ତି ତାଲିମପ୍ରାପ୍ତ କି ନୁହନ୍ତି ।

ରିଫ୍ଲେକ୍ସୋଲୋଜି: ଏକ୍ୟୁପ୍ରେସର ଭଳି

ରିଫ୍ଲେକ୍ସୋଲୋଜିରେ ହାତ-ପାଦ ଓ କର୍ଣ୍ଣରେ ସାମାନ୍ୟ ଚାପ ପ୍ରୟୋଗ କରାଯାଇଥାଏ । ଯଦ୍ଵାରା ଅନେକ ପ୍ରକାର ଯନ୍ତ୍ରଣାରୁ ମୁକ୍ତି ମିଳିଥାଏ । ଚିକିତ୍ସିତ ହେବା ସମୟରେ ଗର୍ଭବତୀ ହେଇଛନ୍ତି ବୋଲି ପୂର୍ବରୁ ସୂଚେଇ ଦିଅନ୍ତୁ । ଫଳରେ ସେମାନେ ସତର୍କତାର ସହିତ ଚିକିତ୍ସା କରି ନିର୍ଦ୍ଦିଷ୍ଟ ବିନ୍ଦୁମାନଙ୍କରେ ଚାପ ପ୍ରୟୋଗ କରିବେ ।

ଜଳ ଚିକିତ୍ସା (ହାଇଡ୍ରୋଥେରେପି): ଅନେକଗୁଡ଼ିଏ ଡାକ୍ତରଖାନା କିମ୍ବା ବାର୍ଥ ସେଣ୍ଟରମାନଙ୍କରେ ମଧ୍ୟ ଗର୍ଭବତୀ ସ୍ତ୍ରୀମାନ୍ଙ୍କୁ ଉଷୁମ ଜଳରେ ଟବ୍ ଭର୍ତ୍ତିକରି ସେଥିରେ ଗଡ଼ିବାକୁ କୁହାଯାଇଥାଏ । ଅନେକ ପାଣି ଭିତରେ ଜନ୍ମଦେବାକୁ ଇଚ୍ଛା ପ୍ରକାଶ କରିଥାନ୍ତି ।

ଅରୋମାଥେରେପି: ଦେହ, ମନ ଓ ଆତ୍ମାର ଆରୋଗ୍ୟ ସକାଶେ ସୁବାସିତ ତୈଳ ପ୍ରୟୋଗ କରାଯାଇଥାଏ । ଅବଶ୍ୟ କେତେକ ଅରୋମା ବିଶେଷଜ୍ଞଙ୍କ ମତରେ ସତର୍କତା ବାଞ୍ଛନୀୟ କାରଣ କେତେକ ତେଲ ଗର୍ଭବତୀ ସ୍ତ୍ରୀମାନଙ୍କ ପକ୍ଷରେ କ୍ଷତିକାରକ ହେଇଥାଏ ।

ଧ୍ୟାନ, କଳ୍ପନା ଓ ମୁକ୍ତିପାଇବାର କୌଶଳ: ଏହା ସାହାଯ୍ୟରେ ଗର୍ଭବତୀ ସ୍ତ୍ରୀମାନଙ୍କୁ ଦୈହିକ ଓ ମାନସିକ ଚାପରୁ ମୁକ୍ତି ଦିଆଯାଇଥାଏ । ଏଥିରେ ମର୍ଣ୍ଣିଂ ସିକନେସଠାରୁ ଆରମ୍ଭ କରି ପ୍ରସବ ବେଦନା ପର୍ଯ୍ୟନ୍ତ ସମ୍ମିଳିତ । ଏଥିରେ ଭାବି ମା'ମାନଙ୍କର ଉତ୍ତେଜନାକୁ ଆୟତ୍ତ କରିହୁଏ । ଆପଣ ବହିରେ ପ୍ରଦତ୍ତ ବ୍ୟାୟାମ କରିପାରିବେ ।

ସମ୍ମୋହନ ବିଧି (ହିପ୍ନୋଥେରେପି(: ସମେମାହନ ବଳରେ ମଧ୍ୟ ଗର୍ଭାବସ୍ଥାରୁ ମୁକ୍ତି ମିଳିଥାଏ । ଚାପ କମେ, ଅନିଦ୍ରା ରୋଗ ହୁଏନି । ପ୍ରସବ ବେଦନା ସମୟରେ ଯନ୍ତ୍ରଣାକୁ ହ୍ରାସ କରାଯାଏ ତଥା ଶିଶୁର ଜନ୍ମ ଯନ୍ତ୍ରଣା ରହିତ କରିବାକୁ ଚେଷ୍ଟା କରାଯାଏ । ଏହି ଅବସ୍ଥାରେ ଦେହକୁ ଯନ୍ତ୍ରଣାରୁ ମୁକ୍ତ କରାଯାଏ । ମନେରଖନ୍ତୁ ଏହା ସମସ୍ତଙ୍କ ପାଇଁ ଉପଯୁକ୍ତ ନୁହଁ । କେତେକଙ୍କ ଠାରେ ହିଁ ସମ୍ମୋନହନର ପରାମର୍ଶ ପ୍ରଭାବକାରୀ ମନେହୁଏ । ଯେକୌଣସି ଜଣେ ଭଲ ସମ୍ମୋହନ ବିଶେଷଜ୍ଞଙ୍କୁ ବୁଝି ପରାମର୍ଶ ଗ୍ରହଣ କରନ୍ତୁ ଯେ ଗର୍ଭାବସ୍ଥାଥେରିପିର ସିଏ ଅନୁଭୂତିସମ୍ପନ୍ନ ହେଇଥିବେ ।

ମକ୍ସିବେସନ: ଏହି ବୈକଳ୍ପିକ ଚିକିତ୍ସା ପଦ୍ଧିତରେ ଏକ୍ୟୁପଞ୍ଚର ସାଙ୍ଗକୁ ଉଷ୍ଣତା ମଧ୍ୟ ଦିଆଯାଏ, ଏଣୁ "ବ୍ରିଚ୍‌ବେବି'କୁ ଆସ୍ତେ କରି ଓଲଟ ପାଲଟ କରାଯାଏ । ଯଦି ଆପଣ ମଧ୍ୟ ଏହି ପଦ୍ଧତିକୁ ଅନୁସରଣ କରିବାକୁ ଚାହାନ୍ତି, ତେବେ ଜଣେ ଅନୁଭୂତି ଥିବା ଏକ୍ୟୁପଞ୍ଚରିଷ୍ଟଙ୍କର ସାହାଯ୍ୟ ଲୋଡନ୍ତୁ ।

ଚେରିମୂଳିରେ ଉପଚାର: ଶହ ଶହ ବର୍ଷରୁ ଚେରିମୂଳି ଯୋଗେ ଉପଚାର କରି ଆସୁଛୁ । ଏହା ମଧ୍ୟ ଗର୍ଭାବସ୍ଥାରୁ ରକ୍ଷା ପାଇବାରେ ପରମ ସହାୟକ । ଅବଶ୍ୟ ବିଶେଷଜ୍ଞମାନେ ଏହାକୁ ବେଶି ପ୍ରଶୟୟ ଦିଅନ୍ତି ନାହିଁ କାରଣ ଏପର୍ଯ୍ୟନ୍ତ ଗବେଷଣା ଚାଲିଛି ।

ଅବଶ୍ୟ ପରିପୂରକ ଓ ବୈକଳ୍ପିକ ଚିକିତ୍ସା ପଦ୍ଧତି ସବୁ ପ୍ରସୂତି କ୍ଷେତ୍ରରେ ପ୍ରବେଶ କରିସାରିଲାଣି । ଏହାକୁ ପ୍ରୟୋଗ କରିବା ପୂର୍ବରୁ ସତର୍କ ହେବା ବିଧେୟ । ଆଉ ଦୁର୍ବଳତା ପ୍ରତି ମଧ୍ୟ ଦୃଷ୍ଟି ଦେବା ଉଚିତ ।

■ ନିଜର ଧାଈ ବା ଡାକ୍ତରଙ୍କୁ ଏକଥା ଜଣେଇ ଦିଅନ୍ତୁ; ଫଳରେ ଚିକିତ୍ସା ସାଙ୍ଗକୁ ଅନ୍ୟ ସୁବିଧା ପାଇପାରିବେ ଓ ନିଜେ ତଥା ଶିଶୁ ନିରାପଦ ରହିବେ ।

■ ପରିପୂରକ ଔଷଧ (ଚେରିମୂଳିରୁ ପ୍ରସ୍ତୁତ) ବଳରେ ଆପଣ ସମ୍ପୂର୍ଣ୍ଣ ନିରାପଦ ବୋଲି ଆଶ୍ଵସ୍ତ ହେବା ଅସମ୍ଭବ । କାରଣ ଏଥିପାଇଁ ପରୀକ୍ଷା ହୁଏନି । ଅବଶ୍ୟ ଏହାଦ୍ଵାରା ବିଶେଷ ଅସୁବିଧା ହୁଏନାହିଁ; ତଥାପି ଆମେ କିଛି କହିପାରିବା ନାହିଁ । ଯେପର୍ଯ୍ୟନ୍ତ କୌଣସି ତଥ୍ୟ ଉଦ୍‌ଘାଟିତ ହୋଇନି, ବିଶେଷଜ୍ଞଙ୍କର ପରାମର୍ଶ ବାଞ୍ଛନୀୟ ।

■ ଅନେକ ପଦ୍ଧତି ଏମିତି ଅଛି ଯାହା ହିତକର ହେଲେ ମଧ୍ୟ ଗର୍ଭବତୀ ସ୍ତ୍ରୀମାନେ ସତର୍କ ହେବାକୁ ବାଧ୍ୟ । ଏଣୁକରି ଡାକ୍ତରଙ୍କୁ ଗର୍ଭ ବିଷୟରେ କହିଦେବା ଉଚିତ ।

■ ଏହି ପଦ୍ଧତିଗୁଡ଼ିକୁ ପ୍ରୟୋଗ କରିବା ଉପରେ ମଧ୍ୟ ବହୁତ କିଛି ନିର୍ଭର କରିଥାଏ । ମନେରଖନ୍ତୁ ଯେ, ପ୍ରାକୃତିକର ଅର୍ଥ "ନିରାପଦ' ଆଉ ରାସାୟନିକର ଅର୍ଥ "କ୍ଷତିକାରକ' ହେଇନପାରେ । ଏଣୁ ନିଜର ପରିପୂରକ ଚିକିତ୍ସା ପଦ୍ଧତିଗୁଡ଼ିକୁ ଅଳ୍ପ ସତର୍କ ହେଇ ଗର୍ଭଧାରଣ ସମୟରେ ପ୍ରୟୋଗ କରିବା ବାଞ୍ଛନୀୟ ।

■ ■ ■

ନବମ ମାସ ଆଉ ଆପଣଙ୍କର ଖାଦ୍ୟ-ପେୟ

ଆପଣଙ୍କ ଦେହ ଭିତରେ ଏକ ଛୋଟ କୁନି ଛୁଆଟିଏ ବଢୁଅଛି । ଛୋଟ ଛୋଟ ହାତ-ପାଦରେ ଅଙ୍ଗୁଳି ସବୁ, ଆଖି, କାନ ଇତ୍ୟାଦି ଗଢ଼ି ଉଠୁଛନ୍ତି । ଆଉ ମସ୍ତିଷ୍କର କୋଷଗୁଡ଼ିକ ମଧ୍ୟ ତୀବ୍ରବେଗରେ ବୃଦ୍ଧି ପାଉଛି । ଇତିପୂର୍ବରୁ ଆପଣ ଜାଣିନେବା ଦରକାର ଯେ, ସେ ଶିଶୁ ଭ୍ରୂଣଟି ଆପଣଙ୍କର ଶିଶୁ ହେଇ କୋଳରେ ଖେଳିବ, ଶୋଇବ ।

ପ୍ରତି ଈଶ୍ୱର ମଧ୍ୟ ଦୃଷ୍ଟି ଦେଇଥାନ୍ତି । କହିବାର ତାତ୍ପର୍ଯ୍ୟ ହେଲା ଆପଣଙ୍କ ଘରେ ଏକ ଛୋଟ ସୁସ୍ଥ ଶିଶୁ ଜନ୍ମ ନେବେ । ଆପଣ କେବଳ ଏତିକି ଦୃଷ୍ଟି ଦେବେ ଯେ, ଆପଣଙ୍କ ଗର୍ଭକାଳ ସୁରୁଖୁରୁରେ ଓ ସୁସ୍ଥ ଭାବରେ ନ'ମାସ କଟିବ । ଅବଶ୍ୟ ଏସବୁ କାମ କରିବା ବେଶି କଷ୍ଟକର ନୁହଁ, କାରଣ ବର୍ଷ ବର୍ଷ ଧରି ଆପଣ କରିଆସୁଛନ୍ତି ।

ହଁ ! ଆପଣ ଦିନକୁ ତିନିଥର ଭୋଜନ କରୁଛନ୍ତି, ହେଲେ ଗର୍ଭ ସମୟରେ କେବଳ ଖାଦ୍ୟ ଖାଇଦେଲେ ହେବନାହିଁ, ବରଂ ଯେତେ ଆପଣ ଖାଇପାରିବେ ଖାଆନ୍ତୁ । ଭଲ ଖାଦ୍ୟ ଖାଇବାର ଅର୍ଥ ହେଉଛି ଜଣେ ସୁସ୍ଥ ପୁଅ ବା ଝିଅକୁ ନୂଆ ଜୀବନ ଉପହାର ଦେବା ।

ଗର୍ଭାବସ୍ଥାର ଆହାର ଯୋଜନା ଆପଣ ଓ ଆପଣଙ୍କ ଶିଶୁ ସକାଶେ ଉଦ୍ଦିଷ୍ଟ; ହେଲେ ଏହାଫଳରେ ଶିଶୁର କଣ ଉପକାର ହେବ ? ଅନେକ ତଥ୍ୟମାନଙ୍କ ମଧ୍ୟରୁ ପ୍ରଥମ କଥା ହେଲା ଜନ୍ମ ସମୟରେ ତା'ର ଓଜନ ଠିକ୍ ଥିବ । ମସ୍ତିଷ୍କ ଠିକ୍ ଭାବରେ ବିକଶିତ ହୋଇଥିବ ଆଉ ଜନ୍ମବେଳେ ଦେଖାଦେଉଥିବା ରୋଗଗୁଡ଼ିକ ଦୃଶ୍ୟମାନ ହେବନାହିଁ । ଆପଣ ବିଶ୍ୱାସ କରନ୍ତୁ ବା ନ କରନ୍ତୁ ଯଦି ଆପଣ ଏବେଠାରୁ ରାତ୍ରିଭୋଜନରେ ସବୁଜ ପନିପରିବା ଯଥା: ପତ୍ରକୋବି ଗ୍ରହଣ କରୁଥିଲେ ବା ଅନ୍ୟାନ୍ୟ ପରିପରିବା ଖାଉଥିଲେ ଆପଣଙ୍କର ଶିଶୁ ମଧ୍ୟ ସେହିପରି ତଟକା ପନିପରିବା ଖାଇବାକୁ ଅଭ୍ୟସ୍ତ ହେବ ଓ ଜଣେ ଭଲ ମଣିଷ ହୋଇପାରିବ ।

ଏହାଫଳରେ କେବଳ ଆପଣଙ୍କ ଦେହ ଉପକୃତ ହେବନାହିଁ; ବରଂ ଆପଣଙ୍କ ଗର୍ଭବେଳର ଆହାର ଯୋଗୁଁ ପ୍ରସବ ନିରାପଦ ଭାବରେ ସଂପାଦିତ ହେବ । ଭଲ ଖାଦ୍ୟପେୟ ଖାଉଥିବା ଗର୍ଭବତୀ ସ୍ତ୍ରୀମାନଙ୍କଠାରେ ଏନିମିଆ, ଗେଷ୍ଟ୍ରୋସନାଲ ଡାଇବିଟିଜ ଓ ପ୍ରିକ୍ଲେମ୍ପସିଅ ଭଳି ରୋଗ ଦେଖାଦେବ ନାହିଁ । ଭାବି ଚିନ୍ତି ଖାଦ୍ୟ ଖାଇଲେ ମଧ୍ୟ ତାର ସୁପ୍ରଭାବ ପଡ଼ିଥାଏ ଆଉ ଭଲ ପୋଷେ ସାଂଗକୁ ମନକୁ ପ୍ରଫୁଲ୍ଲ କରିଥାଏ । ଏଭଳି ମହିଳାମାନଙ୍କର ପ୍ରସବ, ସମୟ ପୂର୍ବରୁ ବା ପରେ ନହେଇ, ବରଂ ଠିକ୍ ସମୟରେ ହିଁ ହେଇଥାଏ । ପ୍ରସବ ପରେ ଦେହର ଆକାର ଓ ପ୍ରକାର ପୂର୍ବବତ୍ ହେବାରେ ବିଳମ୍ବ ହୁଏନାହିଁ ।

ଯଦି ଆପଣ ଏସବୁ ଉପକାରଗୁଡ଼ିକୁ ଭଲ ଭାବରେ ବୁଝି ପାରିଛନ୍ତି, ତେବେ ନିଜ ଖାଦ୍ୟରେ ପୁଷ୍ଟିକର ଓ ସୁଷମ ଖାଦ୍ୟ ସାମିଲ କରିବାକୁ ହେବ; କାରଣ ଗର୍ଭଧାରଣ ବେଳର ଆହାର ଆଉ ସୁଷକ ଖାଦ୍ୟରେ ବେଶି କିଛି ପାର୍ଥକ୍ୟ ନଥାଏ କହିଲେ ଚଳେ । ବାସ୍, କେବଳ ଗର୍ଭବେଳର ଖାଦ୍ୟରେ ସାମାନ୍ୟ ପରିବର୍ତ୍ତନ ଆଣିବାକୁ ହେଇଥାଏ । କାହିଁକିନା ଶିଶୁ ସକାଶେ ଅଧିକ ମାତ୍ରାରେ କ୍ୟାଲୋରୀ ଓ ପୋଷଣ ଆବଶ୍ୟକ

ହେଇଥାଏ । ମୂଳତଃ ସବୁ ସମାନ କହିଲେ ଚଳେ । ହେଲେ ପ୍ରୋଟିନ୍ କ୍ୟାଲସିଅମ, ଖାଦ୍ୟ ଶସ୍ୟ, ଫଳମୂଳ ଓ ପନିପରିବା ଆଉ ସ୍ୱାସ୍ଥ୍ୟକର ଚର୍ବିର ଭାରସାମ୍ୟ ରକ୍ଷା କଥା ବୋଧହୁଏ, ଶୁଣିଥିବେ, ନାଇଁ ? ଆମର ପୋଷଣ ବିଜ୍ଞାନୀମାନେ ଆମକୁ ଅନେକ ବର୍ଷରୁ ଏସବୁ ଖାଇବା ପାଇଁ କହିଆସୁଛନ୍ତି ।

ଆଉ ଏକ ସୁସମ୍ବାଦ । ଯଦି ଆପଣ ଏଯାଏଁ ଖୁବ୍ କମ୍ ମାତ୍ରାରେ ସୁଷମ ଖାଦ୍ୟ ଗ୍ରହଣ କରିଆସୁଅଛନ୍ତି, ତେବେ ତାକୁ ଗର୍ଭାବସ୍ଥା ଅନୁକୂଳ କରିବାରେ ବେଶି କଷ୍ଟ ହେବନାହିଁ । କାରଣ ଏହା ଭାବିବସିଲେ ଅସୁବିଧା ମନେହୁଏ । ଏଇନା ମଧ୍ୟ ଆପଣ କେକ୍ ଆଉ ଚିପ୍‌ସ ମଧ୍ୟ ଆରାମରେ ଖାଇପାରିବେ । ହେଲେ ଏଥିରେ ସାମାନ୍ୟ ପରିବର୍ତ୍ତନ କରିବାକୁ ହେବ । ବିଭିନ୍ନ ପ୍ରକାର ସୁଆଦିଆ ବ୍ୟଞ୍ଜନ ଜରିଆରେ ଏସବୁ ଭିଟାମିନ ଓ ଖଣିଜ ଲବଣ ପାଇପାରିବେ । ଅର୍ଥାତ୍ ସ୍ୱାସ୍ଥ୍ୟ ସାଙ୍ଗକୁ ସ୍ୱାଦ ମଧ୍ୟ ଦରକାର ।

ଆହୁରି ଭଲ ପାଇଁ ଖାଦ୍ୟରେ ପରିବର୍ତ୍ତନ କରିବା ପୂର୍ବରୁ ଗୋଟିଏ କଥା ପ୍ରତି ଦୃଷ୍ଟି ଦେବାକୁ ହେବ । ଏହି ବହିରେ ଗର୍ଭ ସମୟରେ ଆଦର୍ଶ ଖାଦ୍ୟ ଗ୍ରହଣ ବାବଦରେ ବର୍ଣ୍ଣିତ ହେଲେ ଯଦି ଆପଣଙ୍କ ନିମନ୍ତେ ଏସବୁ ଅରୁଚିକର ମନେହୁଏ ତେବେ ନିଜ ଇଚ୍ଛାନୁସାରେ ବଦଳାଇ ପାରିବେ । କେବଳ ଅଜ୍ଞାତସାରରେ ନଖାଇ ବୁଝିବିଚାରି ଖାଇଲେ ଅଭ୍ୟସ୍ତ ହେଇଯିବବେ । ଆପଣ ଚାହିଁଲେ ବର୍ଗର ବା ଫ୍ରେଞ୍ଚ ଫ୍ରାଇ ମଧ୍ୟ ଖାଇପାରନ୍ତି, ହେଲେ ସେଥିରେ ସଲାଜ ମିଶିବା ଜରୁରୀ ।

ନ'ମାସର ସ୍ୱାସ୍ଥ୍ୟକର ଖାଦ୍ୟର ନଟି ମୂଳ ସୂତ୍ର

ଗୁଣ୍ଡା ଗଣନ୍ତୁ: ଆପଣ ସମଗ୍ର ନ'ମାସ ଯାକ ନିଜ ଛୁଆ ପାଇଁ ପ୍ରଚୁର ସୁଷମ ଖାଦ୍ୟ ଗ୍ରହଣ କରିବାକୁ ହେବ । ସେହି ଗର୍ଭସ୍ଥ ଶିଶୁଟିକୁ ଏକ ସ୍ୱାସ୍ଥ୍ୟକର ଶୁଭାରମ୍ଭ ପ୍ରଦାନ କରିବାକୁ ହେବ । ଖାଦ୍ୟ ଚୋବେଇଲାବେଳେ ନିଜ ଶିଶୁକଥା ଚିନ୍ତା କରନ୍ତୁ । ମନେରଖନ୍ତୁ ଯେ ପ୍ରତି ଗୁଣ୍ଡା ଶିଶୁ ଦେହକୁ ଯିବାର ଏକ ସୁବର୍ଣ୍ଣ ସୁଯୋଗ ।

ସବୁ କ୍ୟାଲୋରୀ ସମାନ ହୁଏନାହିଁ: କ୍ୟାଲୋରୀ ନିର୍ବାଚନ ସମୟରେ ସତର୍କ ରୁହନ୍ତୁ, ତା'ର ପରିମାଣ ପରିବର୍ତ୍ତେ ତା'ର ଗୁଣବର୍ତ୍ତା ପ୍ରତି ଦୃଷ୍ଟି ଦିଅନ୍ତୁ । ୧୦ଟି ଆଳୁ ଚିପ୍ସ ହେଲେ ୧୦୦ କ୍ୟାଲୋରୀ ମନେକର ହୁଏ । ତେବେ ଚୋପା ଥିବା ଭଜା ଆଳୁ ମଧ୍ୟ ୧୦୦ କ୍ୟାଲୋରୀ ସମାନ ହେବନାହିଁ । ଆପଣ ଓ ଶିଶୁ ପାଇଁ ୨୦୦୦ କେବଳ କ୍ୟାଲୋରୀ ପରିବର୍ତ୍ତେ ୨୦୦୦ ପୋଷଣଯୁକ୍ତ କ୍ୟାଲୋରୀ ହେବା ହିତକର ହେବ । ପ୍ରସବ ଉତ୍ତାରେ ଆପଣଙ୍କ ଦେହରେ ଏହାର ପ୍ରଭାବ ଦେଖାଯିବ ।

> **ନିଜ ହିସାବରେ ରୁହନ୍ତୁ**
>
> ନିଜର ଖାଦ୍ୟ ପରିମାଣକୁ ନେଇ ମନରେ କୌଣସି ସନ୍ଦେହ ଅଛି, କି ? କ'ଣ ଆପଣ ଖାଦ୍ୟ ଯୋଜନା କରିନାହାନ୍ତି କି ? କ'ଣ ଖାଇବା, କେତେ ଖାଇବା ଭଳି ପ୍ରଶ୍ନ କରନ୍ତି ନାହିଁ କି ? ଆଚ୍ଛା, କିଛି କଥା ନୁହଁ ଆପଣ ନିଜ ହିସାବରେ ରୁହନ୍ତୁ । ସୁଷମ ଓ ପୁଷ୍ଟିକର ଖାଦ୍ୟ ଖାଆନ୍ତୁ; ସେଥିରେ କ୍ଷୀର, ଦହି, ଖାଦ୍ୟଶସ୍ୟ ଓ ଫଳ ପନିପରିବା ସାମିଲ ହେବା ଦରକାର । ପ୍ରତିଦିନ ୩୦୦ କ୍ୟାଲୋରୀ ଅଧିକା ଖାଇବାକୁ ହେବ । ଏଥିରେ ଚଳିଯିବ

ଆପଣ ଭୋକରେ ଥିଲେ ଶିଶୁ ମଧ୍ୟ ଭୋକିଲା ଥିବ:

ନିଜ ଛୁଆକୁ କଣ ଭୋକିଲା ରଖିବାକୁ ଚାହିଁବେ ଯଦି ତେବେ ଜନ୍ମ ପୂର୍ବରୁ କାହିଁକି ଭୋକିଲା ରଖିବେ ? ତାକୁ ପ୍ରତିଦିନ ସୁଷମ ଖାଦ୍ୟ ଦେବା ଆବଶ୍ୟକ ଅଟେ । ଆଉ ଆପଣ ହିଁ ୟୁଟେରାଇନ କେଫେରେ ତାକୁ ଖାଦ୍ୟ ଦେଇଥାନ୍ତି । ହୁଏତ ଆପଣଙ୍କୁ ଭୋକ ନ ଲାଗିପାରେ କିନ୍ତୁ ଶିଶୁ ଭୋକିଲା ଥିବାରୁ ଖାଇବା ଉଚିତ । ଠିକ୍ ସମୟରେ ସୁଷମ ଖାଦ୍ୟ ଖାଆନ୍ତୁ । ଅଧ୍ୟୟନରୁ ଜଣାପଡ଼ିଛି ଯେ ଦିନକୁ ପାଞ୍ଚ ଥର ଖାଦ୍ୟ ଖାଉଥିବା (ତିନି ଥର ଭାତ ଓ ୨ ଥର ଜଳଖିଆ ବା ଛ' ଥର କେବଳ ଭାତ ସ୍ୱଳ୍ପ ପରିମାଣରେ) ଗର୍ଭବତୀ ସ୍ତ୍ରୀମାନେ ଖୁବ୍ ସୁସ୍ଥ ଥାନ୍ତି । ଅବଶ୍ୟ ଏହା କହିବା ଖୁବ୍ ସହଜ କଥା ବିଶେଷକରି ଖାଦ୍ୟକୁ ଦେଖିଲେ; ବାନ୍ତି ବାନ୍ତି ଲାଗୁଥିବ ସେତେବେଳେ କିପରି ଖାଇହେବ, କହିଲ ? ଏହି ବହିରେ ଆପଣଙ୍କୁ ପରାମର୍ଶ ଦିଆଯାଇଛି ଯାହା ଆପଣଙ୍କ ପାଇଁ ନିହାତି ଆବଶ୍ୟକ ।

ସାମାନ୍ୟ କାର୍ଯ୍ୟକୁଶଳତା: ହୁଏତ ଆପଣ ଏକଥାକୁ ନେଇ ଭୟ କରୁନାହାନ୍ତି ତ ଯେ ଏହିପରି ଭାବରେ ଅତ୍ୟଧିକ ଖାଦ୍ୟ ଖାଇଲେ କେମିତି ଦିଶିବେ ? ଏହାପାଇଁ ଚିନ୍ତା କରିବା ଦରକାର ନାହିଁ ।

ଆପଣ ଅଳ୍ପଟିକେ କୁଶଳୀ ହେବାକୁ ପଡ଼ିବ । ଯଥା: ବେଶି ଚର୍ବିଯୁକ୍ତ ଦୁଗ୍ଧଜାତ ଦ୍ରବ୍ୟ ବଦଳରେ କମ୍ ଚର୍ବିଥିବା ଦୁଗ୍ଧଜାତ ଦ୍ରବ୍ୟ, ତେଲରେ ଛଣା ହେବା ପରିବର୍ତ୍ତେ ପୋଡ଼ା କିମ୍ବା ଭଜା ବା ସିଝା ଖାଦ୍ୟ ଖାଇବା, ଲବଣି ବା ତେିଲର ପରିମାଣ ଅଳ୍ପ ହେବା ଆବଶ୍ୟକ । ନିଜର ଓଜନ ଯଦି କମୁଥାଏ ବା କମ୍ ବଢୁଥାଏ, ତେବେ ଏଭଳି ଖାଦ୍ୟ ଖାଇବା ଉଚିତ ଯଦ୍ୱାରା ଓଜନ ବଢ଼ିପାରିବ । ଆପଣଙ୍କ ଓଜନ ବେଶି ଥବଲେ ଏଭଳି ଖାଦ୍ୟ ଖାଇବା ଯଦ୍ୱାରା ଓଜନ ନବଢ଼ିବା ସାଂଗକୁ ଶିଶୁଟି ସୁଷମ ଖାଦ୍ୟ ପାଇପାରିବ ।

କାର୍ବୋହାଇଡ୍ରେଟର ମାମଲା: ଅନେକ ଗର୍ଭବତୀ ସ୍ତ୍ରୀମାନେ ଓଜନ ବଢ଼ିବା ଭୟରେ ନିଜ ଭୋଜନରେ କାର୍ବୋହାଇଡ୍ରେଟ ଅର୍ଥାତ୍ ଆଳୁର ପରିମାଣ କମେଇ ଦେଇଥାନ୍ତି । ଏଥିରେ କୌଣସି ସନ୍ଦେହ ନାହିଁ ଯେ, ରିଫାଇନ ହେଇଥିବା କାର୍ବୋହାଇଡ୍ରେଟ ବେଶି ପୋଷକ ହେଇନଥାନ୍ତି ହେଲେ କମ୍ପ୍ଲେକ୍ସ କାର୍ବୋହାଇଡ୍ରେଟ ଯଥା ଖାଦ୍ୟଶସ୍ୟ ନିର୍ମିତ ପାଉଁରୁଟି, ଉଷୁନା ଚାଉଳ, ତଟକା ଫଳ ଓ ପନିପରିବା, ଶୁଖିଲା ବିନ୍ସ ଓ ନାସପାତି ତଥା ଚୋପା ସହ ଆଳୁ ପ୍ରଭୃତି ଭିଟାମିନ ବି ଯୋଗେଇଥାନ୍ତି । ଆବଶ୍ୟକ ହେଉଥିବା ତନ୍ତୁ ଓ ପ୍ରୋଟିନ ଦେଇଥାନ୍ତି । ଏହା କେବଳ ଶିଶୁ ପାଇଁ ନୁହଁ ବରଂ ଆପଣଙ୍କ ସକାଶେ ମଧ୍ୟ ହିତକର ଅଟେ । ଏହାଫଳରେ ବାନ୍ତି, ଉଦ୍‌ବେଗ ଓ କୋଷ୍ଠକାଠିନ୍ୟ ହୁଏନାହିଁ । ଆଉ ପେଟ ମଧ୍ୟ ପୂରିଲା ପୂରିଲା ମନେହେବାରୁ ଓଜନ ମଧ୍ୟ ବଢ଼ିବ ନାହିଁ ।

ଆଉ ଏକ ଅଧ୍ୟୟନରୁ ଜଣାପଡ଼ିଛି ଯେ କମ୍ପ୍ଲେକ୍ସ କାର୍ବୋହାଇଡ୍ରେଟର ଅଧିକ ମାତ୍ରା ଗ୍ରହଣ କଲେ ଅଧିକ ପରିମାଣରେ ତନ୍ତୁ ମିଳିଥାଏ ଆଉ ଏହାଫଳରେ "ଗେଷ୍ଟେସନାଲ ଡାଇବିଟିଜ' ହେବାର ଆଶଙ୍କା କମିଯାଇଥାଏ । ହେଲେ ତନ୍ତୁର ମାତ୍ରାଟିକୁ ଆସ୍ତେ ଆସ୍ତେ ବଢ଼ାନ୍ତୁ । ଏକାଥରକେ ବେଶି ବଢ଼େଇଦେଲେ ପେଟରେ ଗ୍ୟାସ୍ ହେଇପାରେ ।

ମିଠା ହେବ କି: ମିଠା ଖାଇବା କାହାକୁ ବା ଭଲ ନଲାଗେ ? ହେଲେ ଗବେଷଣାକାରୀମାନେ ମତ ଦେଇଛନ୍ତି ଯେ, ବେଶି ପରିମାଣରେ ମିଠା ଖାଇବା କ୍ଷତିକାରକ ହେଇପାରେ । ଏହାଫଳରେ ସ୍ଥୂଳ ଶରୀର ସାଂଗକୁ ଦାନ୍ତମୂଳ ରୋଗ, ମଧୁମେହ, ହୃଦରୋଗ ଓ କୋଲୋନ କ୍ୟାନ୍‌ସର ହେବାର ଆଶଙ୍କା ବୃଦ୍ଧି ପାଇଥାଏ । ଅଧିକାଂଶ ମିଠା ପଦାର୍ଥରେ କମ୍ ପରିମାଣରେ ଭିଟାମିନ ଥାଏ ।

ସ୍ୱାସ୍ଥ୍ୟକର ବିକଳ୍ପ

ନିଜର ପ୍ରିୟଖାଦ୍ୟର କେତେକ ସ୍ୱାସ୍ଥ୍ୟକର ବିକଳ୍ପ ଚାହୁଁଥିବଲେ, ଏହି ତାଲିକା ଦେଖନ୍ତୁ

ଏହା ପରିବର୍ତ୍ତେ **ଏହା ଖାଆନ୍ତୁ**

ଆଳୁ ଚିପ୍‌ସ- ସୋୟା ଚିପ୍‌ସ
ତେଲରେ ଛଣା-ଚିକେନ ତନ୍ଦୁରୀ ଚିକେନ
ହଟ୍ ଫଜ ସଣ୍ଡେ-ଫଳ ଓ ଗ୍ରେନୋଲା ସହ ଦହି
ଟାକୋ ଚିପ୍‌ସଓ- ବେଜିସ ଓ ଚିଜ୍ ସସ୍
ଚିଜ୍ ସସ
ଫ୍ରେଞ୍ଚଫ୍ରାଇ-ନିଆଁରେପୋଡା କନ୍ଦମୂଳ ଚିପ୍‌ସ
ମୃଦୁ ପେୟ-ଫଳରସ
ସୁଗର କୁକିଜ୍- ହୋଲଗେନ ଫିଗ ନ୍ୟୁଟନ

ଛ'ଥର ଖାଦ୍ୟଖିଆ ସମାଧାନ

ବେଶି ଶୋଷ ଲାଗିବା, ଛାତି ଜଳିବା, କୋଷ୍ଠ କାଠିନ୍ୟ ବା ଅନ୍ୟ କୌଣସି କାରଣ ଯୋଗୁଁ ଆପଣ ଖାଦ୍ୟ ଖାଇ ପାରୁନଥିଲେ "ସିକ୍ସ ମିଲ୍ସ ସଲ୍ୟୁସନ' କଥା ଚିନ୍ତା କରନ୍ତୁ । ଅର୍ଥାତ୍ ଦିନକୁ ତିନିଥର ପେଟ ପୂରା ଖାଦ୍ୟ ନଖାଇ ବରଂ ତାକୁ ଅଧା ଅଧା କରି ଛ' ଭାଗ କରି ଖାଇଲେ ଆହୁରି ଭଲ । ଏପରି କଲେ ଆପଣଙ୍କ ଶକ୍ତିର ସ୍ତର ଅବ୍ୟାହତ ରହିବ । ମୁଣ୍ଡବ୍ୟଥା ମଧ୍ୟ ହେବନାହିଁ କହିଲେ ଚଳେ ଆଉ ମନର ଅବସ୍ଥା ମଧ୍ୟ ବେଶି ପରିବର୍ତ୍ତନଶୀଳ ହେବନାହିଁ ।

ଏଭଳି ଜିନିଷମାନଙ୍କ ମଧ୍ୟରେ କେଣ୍ଡି ଓ ସୋଡ଼ା ସର୍ବପ୍ରଥମେ ମନମସ୍ତିଷ୍କକୁ ପଶିଥାଏ ।

ରିଫାଇନ ହେଇଥିବା ଚିନି ବଜାରରେ ଅନେକ ପ୍ରକାରେ ମିଳିଥାଏ, ଏଥିରେ ଆପଣ କର୍ନସିଡ୍ ଡିହାଇଡ୍ରେଟେଡ୍ ଓ ଆଖୁ ରସକୁ ନେଇପାରିବେ ।

ମହୁ ଏକ ଏପରି ଚିନି ଯାହାକି କଦାପି ରିଫାଇନ ହେଇପାରିବ ନାହିଁ । ଏଥିରେ ରୋଗ ସହିତ ଲଢୁଥିବା ଏଣ୍ଟିଅକ୍ସିଡେଣ୍ଟ ଭରିରହିଥାଏ । ଆପଣ ଚାହିଁଲେ ଏହାକୁ ନେଇ ଅନେକ ପ୍ରକାରର ଖାଦ୍ୟସାମଗ୍ରୀ ତିଆରି କରିପାରିବେ । ଅବଶ୍ୟ ବେଶି ଚିନି ପଡୁଥିବା ଜିନିଷ

ହେଇନପାରେ । ଏହିପରି କଲେ ଏଭଳି କିଛି ଖାଇବା ଦରବ ପାଇହେବ ଯାହା ମିଠା ଲାଗୁଥିବ ।

ସୁଆଦିଆ ତଥା ପୁଷ୍ଟିକର ମିଠା ଖାଇବାକୁ ଚାହୁଁଥିଲେ ଚିନି ପରିବେର୍ତ୍ତେ ଫଳ, ଦୁଗ୍ଧଜାତ ଦ୍ରବ୍ୟ ତଥା ଫଳରସ ଖାଇପାରନ୍ତି । ଏହାଫଳରେ ପାଟିକୁ ମିଠା ଲାଗିବା ସାଂଗକୁ ଭିଟାମିନ, ଖଣିଜ ଲବଣ ଓ ଫାଇଟୋକେମିକାଲ ମଧ୍ୟ ପାଇପାରିବେ । ଆପଣ ଚାହିଁଲେ କ୍ୟାଲୋରୀ ଫ୍ରି ସୁଗରର ବିକଳ୍ପ ବ୍ୟବସ୍ଥା ମଧ୍ୟ କରିପାରନ୍ତି । ଏହା ଗର୍ଭଧାରଣରେ କୌଣସି କ୍ଷତି କରିନଥାଏ ।

ପୁଷ୍ଟିକର ଖାଦ୍ୟ ସ୍ରୋତ: ପ୍ରକୃତି ସହିତ ଭିଟାମିନ୍‌ର ସମ୍ପର୍କ ନିବିଡ । ଅଧିକାଂଶ ଖାଦ୍ୟପଦାର୍ଥଗୁଡ଼ିକ ମୂଳତଃ ଭିଟାମିନ୍‌ରେ ଭରପୂର ହେଇଥାନ୍ତି ।

କିଭଳି ଅପରାଧବୋଧ ?

ବର୍ତ୍ତମାନ ଆପଣ ଦୁଇଜଣଙ୍କ ସକାଶେ ଖାଉଛନ୍ତି । ଏଣୁକରି ସବୁ ଖାଦ୍ୟପଦାର୍ଥକୁ ଭାବିଚିନ୍ତି ଖାଇବାକୁ ହେବ । ଅବଶ୍ୟ ଦିନେ ଦିନେ ବ୍ୟତିକ୍ରମ ହେଲେ ଚଳିବ । ଯଦିଚ ମନପସନ୍ଦର କୌଣସି ଜିନିଷ ଖାଇବାକୁ ଇଚ୍ଛା ହୁଏ, ତେବେ ଥରେ ଅଧେ ଖାଇଲେ କ୍ଷତି ନାହିଁ । ବ୍ଲୁବେରୀ ମଫିନ୍‌ରେ ବ୍ଲୁବେରୀଠାରୁ ବେଶି ଚିନି ଥିବ । ହେଲେ ଇଚ୍ଛା ହେଲେ ଖାଇବା କଥା । ସେହିପରି ବର୍ଗର, କେଣ୍ଡି, କୁକିଜ କ୍ରିମ ଇଚ୍ଛା ହେଲେ ଖାଆନ୍ତୁ । କିନ୍ତୁ ତା' ସାଙ୍ଗକୁ ପୁଷ୍ଟିଯୁକ୍ତ ଖାଦ୍ୟ ଖାଇଲେ ଭଲ । ଯଥା: ଅଖରୋଟ କେଣ୍ଡି, ମେଞ୍ଚା ଆଇସ୍କ୍ରିମ୍, କଦଳୀ ଫାଳେ ପକେଇ ଖାଆନ୍ତୁ । ବର୍ଗର ଖାଉଥିଲେ ଲବଣୀ ଓ ଟମାଟୋ ମଗାନ୍ତୁ, ତା' ସାଂଗକୁ ସଲାଡ୍ ମଧ୍ୟ ।

ଚେଷ୍ଟା କରାଯିବା ଉଚିତ ଯେ, ଖାଦ୍ୟର ପରିମାଣ ବେଶି ନହେଉ । କେବଳ ସ୍ୱାଦ ଦୃଷ୍ଟିରୁ ଖିଆଯାଉ । ପେଟପୂରା ଖାଇବା ଅନୁଚିତ । ସୀମିତ ଖାଦ୍ୟ ଖାଇବା ଉଚିତ । ଯଦିଚ ଅତ୍ୟଧିକ ଖାଦ୍ୟ ଖାଆନ୍ତି, ତେବେ ପେଟର ଅବସ୍ଥା କ'ଣ ହେବ, ଚିନ୍ତାକରି ପାରୁଛନ୍ତି ତ? ଲାଜରେ ମୁଣ୍ଡ ଟେକି ଚାଲିହେବନି !

ତଟକା ଋତୁ ଫଳ ଖାଆନ୍ତୁ । ଡବାରେ ପ୍ୟାକ ଥିବା ଫଳ ନଖାଇଲେ ଭଲ । ଯଦିଚ ଖାଇବାକୁ ପଡେ ତେବେ ଏଭଳି କମ୍ପାନୀ ବାଛନ୍ତୁ, ଯେଉଁଥିରେ କି ଅଳ୍ପ ଲୁଣ, ଚିନି ଓ ତେଲ କମ୍ ମାତ୍ରାରେ ପଡ଼ିଥିବ । ପ୍ରତିଦିନ ଫଳମୂଳ ଓ କଞ୍ଚା ପନିପରିବା ନିହାତି ଖାଆନ୍ତୁ । ଫଳ ଓ ପନିପରିବାକୁ ସିଝେଇବା ଆବଶ୍ୟକ ହେଲେ ଅଳ୍ପ ଉଷୁମ ବାଷ୍ପରେ ସିଝାନ୍ତୁ ଯଦ୍ୱାରା ଜୀବନିକା ଓ ଖଣିଜ ଲବଣ ନଷ୍ଟ ନହେଉ ।

ପ୍ରୋସେସ ଫୁଡ୍‌ମାନଙ୍କରେ ବିଭିନ୍ନ ପ୍ରକାରର ରାସାୟନିକ ପଦାର୍ଥ, ଚର୍ବି ବା ତେଲ ଓ ଚିନି ଆଦି ମିଶାଯାଇଥାଏ । ଏଥିରେ ଭିଟାମିନ ପ୍ରାୟ ନଥାଏ ବା ହ୍ରାସ ପାଇଯାଇଥାଏ । ସ୍ମୋକ୍‌ଡ ଟର୍କି ପରିବର୍ତ୍ତେ ତଟକା ପୋଡା ଟର୍କି ଖାଇବା ଉଚିତ । ଅକ୍ଷତ ଖାଦ୍ୟ ଶସ୍ୟରେ ତିଆରି ମେକାରୋନି ସାଂଗରେ ଲହୁଣୀ ଖାଇବା ଉଚିତ । ତଟକା ଲହୁଣୀ ହେଲେ ଭଲ, ଏହା ସହିତ ଓଟମିଲ ମଧ୍ୟ ଖିଆଯାଇପାରେ ।

ସୁସ୍ଥଭୋଜନ ଘରୁ ଆରମ୍ଭ ହେଉ: ଆମେ ମାନୁଛୁ ଯେ ଆପଣଙ୍କ ସ୍ୱାମୀ ସୋଫାରେ ବସି କଂସାଏ ଆଇସ୍କ୍ରିମ ଖାଉଥିଲେ, ଆପଣ୍‌କ ପକ୍ଷରେ ନିଜ ମନକୁ ମନେଇବା କେତେ କଷ୍ଟକର ବ୍ୟାପରେ । ସେତେବେଳେ ଆପଣ ଫଳ ଖାଇବାକୁ ଆଦୌ ରାଜି ହେବନାହିଁ । ଏଣୁକରି ଘରର ପ୍ରତ୍ୟେକ ସଦସ୍ୟଙ୍କ ସହିତ ଶୃଙ୍ଖଳିତ ପରିବେଶଟିଏ ଗଢ଼ନ୍ତୁ ।

ଘରେ ଖାଦ୍ୟଶସ୍ୟରେ ତିଆରି ପାଉଁରୁଟି ରଖାଯାଉ, ଫ୍ରିଜରେ ତଟକା ଦହି ନିହାତି ଥିବା ଅସ୍ୱାସ୍ଥ୍ୟକର ସ୍ନେକ୍‌କୁ ଦୂରେଇ ଦିଅନ୍ତୁ । ପ୍ରସବ ଉତ୍ତାରେ ମଧ୍ୟ ଏ ଅଭ୍ୟାସଟା ବଳବତ୍ତର ଥାଉ ।

ଉତ୍ତମ ଡୋଜ୍ ବଳରେ ଗର୍ଭଧାରଣର ଭଲ ପରିଣାମ ମିଳିଥାଏ ଆଉ ଅନେକ ପ୍ରକାରର ରୋଗକୁ ଦୂରେଇ ମଧ୍ୟ ହେଇଥାଏ । ସମଗ୍ର ପରିବାରବର୍ଗ ମିଶି ସ୍ୱାସ୍ଥ୍ୟକର ଖାଦ୍ୟ ଗ୍ରହଣ କରିବା ଶ୍ରେୟସ୍କର ।

ବଦଭ୍ୟାସରୁ ଦୂରେଇ ରୁହନ୍ତୁ: ପ୍ରସବ ପୂର୍ବରୁ ସୁଷମ ଓ ସ୍ୱାସ୍ଥ୍ୟକର ଖାଦ୍ୟ ଖାଇବା ଯଥେଷ୍ଟ ନୁହଁ । ଆଲକୋହଲ, ଧୂଆଁପତ୍ର ଓ ଅନ୍ୟାନ୍ୟ ନିଶାଦ୍ରବ୍ୟ ସେବନକୁ ଆପଣ ବନ୍ଦ କରିବାକୁ ହେବ ।

ଏପର୍ଯ୍ୟନ୍ତ ଯଦି ଆପଣ ନିଜ ବଦଭ୍ୟାସରେ ପରିବର୍ତ୍ତନ ଆଣି ନାହାନ୍ତି ତେବେ ନିଜ ଜୀବନ ଶୈଳୀରେ ପରିବର୍ତ୍ତନ ଆଣିବା ଆରମ୍ଭ କରନ୍ତୁ ।

ଗର୍ଭଧାରଣ ସମୟରେ ଖାଦ୍ୟ-ପେୟ

କେଲୋରୀଜ୍

ଏକଥା ସମସ୍ତେ ଜାଣନ୍ତି ଯେ, ଗର୍ଭବତୀ ସ୍ତ୍ରୀମାନେ ଜଣେ ନୁହଁ ବରଂ ଦୁଇଜଣଙ୍କ ସକାଶେ ଖାଇଥାନ୍ତି, ହେଲେ ଏକଥା ମନେରଖନ୍ତୁ ଯେ, ତନ୍ମଧ୍ୟରୁ ଜଣେ ବର୍ତ୍ତମାନ ଖୁବ୍ ଛୋଟ ଅଟେ । ମା'ଙ୍କ ଠାରୁ ତାକୁ ଖୁବ୍ କମ୍ କ୍ୟାଲୋରୀ ଆବଶ୍ୟକ ହେବ । ଯଦି ଆପଣ ସାଧାରଣ ଓଜନ ବିଶିଷ୍ଟ ହେଇଥାନ୍ତି, ତେବେ ଆପଣଙ୍କ ସକାଶେ କେବଳ ୩୦୦ କ୍ୟାଲୋରୀ ଆବଶ୍ୟକ ହେବ । ଏହା ଦୁଇ ଗ୍ଲାସ ଲହୁଣୀ ରହିତ ଉଷୁମ କ୍ଷୀର ଆଉ ଗୋଟିଏ ଗିନା ସାଧା ଖାଦ୍ୟରୁ ମିଳିଥାଏ ।

ପ୍ରଥମ ତିନିମାସରେ ଅବଶ୍ୟ ବେଶି ପୋଷଣର ଆବଶ୍ୟକତା ହେବନାହିଁ, କାରଣ ସେତେବେଳେ ଭ୍ରୂଣର ଆକାର ମଟରଚଣା ପରି ହେଇଥାଏ । ଦ୍ୱିତୀୟ ତିନିମାସରେ ଆପଣଙ୍କୁ ତା'ପାଇଁ ଅତିରିକ୍ତ ଖାଦ୍ୟର ଆବଶ୍ୟକ ହେବ । ପରେ ଶିଶୁ ଭଭ୍ରୂଣର ଆକାର ଆହୁରି ବଢ଼ିଗଲେ ପ୍ରତିଦିନ ଆପଣଙ୍କୁ ୫୦୦ ଅତିରିକ୍ତ କେଲୋରୀ ଖାଇବାକୁ ପଡ଼ିବ ।

ନିଜ ତଥା ଶିଶୁ ପାଇଁ ଆବଶ୍ୟକ କେଲୋରୀରରୁ ଅଧିକ ଖାଇଲେ କିଛି ଲାଭ ନାହିଁ, ବରଂ ଏହାଫଳରେ ଆପଣଙ୍କର ଓଜନ ଅଯଥା ବଢ଼ିଯିବ । ଏହା କେବଳ ଓଜନକୁ ବଢ଼େଇବନି ବରଂ ଗର୍ଭ ସମୟ ସାଂଗକୁ ଯଥେଷ୍ଟ ପରିମାଣରେ କେଲୋରୀ ନନେଲେ ଭ୍ରୂଣଟିର ବିକାଶ ବାଧାପ୍ରାପ୍ତ ହେବ ।

ଏହି ମୂଳ ସିଦ୍ଧାନ୍ତର ଚାରୋଟି ବ୍ୟତିକ୍ରମ ଅଛି । ଯଦି ତନ୍ମଧ୍ୟରୁ ଗୋଟିଏ ମଧ୍ୟ ଆପଣଙ୍କଠାରେ ଦୃଷ୍ଟିଗୋଚର ହୁଏ, ତେବେ ପ୍ରଥମେ ଡାକ୍ତରଙ୍କ ପରାମର୍ଶ ଅନୁକ୍ରମେ କେଲୋରୀ କଥା ପଚାରନ୍ତୁ । ଯଦି ଆପଣଙ୍କ ଓଜନ ଆଗରୁ ବେଶି ଥାଏ, ତେବେ ସଠିକ୍ ପୋଷଣ ସାଂଗକୁ ସେହି ଅନୁପାତରେ ଅଧିକ କେଲୋରୀ ଦରକାର ହେବ । ଯଦି ଆପଣ କିଶୋରୀ ଅର୍ଥାତ୍ ନବଯୁବତୀ ହେଇଥାନ୍ତି, ତେବେ ସ୍ୱତନ୍ତ୍ର ଧରଣର ପୋଷଣ ଆବଶ୍ୟକ ହେବ । ଯଦି ଆପଣ ଯାଆଁଳା ଶିଶୁ ଦୁହିଁଙ୍କୁ ଜନ୍ମ ଦେବାକୁ ଚାହୁଁଥାନ୍ତି, ତେବେ ପ୍ରତି ଶାବକ ୩୦୦ କେଲୋରୀ ଲେଖାଏଁ ଅତିରିକ୍ତ ଖାଦ୍ୟ ଆବଶ୍ୟକ ହେବ ।

ଗର୍ଭ ସମୟରେ କେଲୋରୀର ଗଣନା କରିବାର ଅର୍ଥ ନୁହଁ ଯେ, ବାସ୍ତବରେ ତାକୁ ଗଣିପଣି ଖାଇବା । ପ୍ରତିଦିନ ଭୋଜନ ଉତ୍ତାରେ ଗଣିବା ଅପେକ୍ଷା ଏକ ଦୁଇ ସପ୍ତାହ ପରେ ପରୀକ୍ଷା କରି ଜ୍ଞାତ କରନ୍ତୁ । ଏଭଳି ପୋଷାକ (ଲୁଗା) ପିନ୍ଧି ଓଜନ ମାପନ୍ତୁ ଯଦ୍ୱାରା ସଠିକ୍ ତଥ୍ୟ ଜଣାପଡ଼ିବ କାରଣ ଲୁଗା ବଦଳରେ ଜିନ୍ସ ପିନ୍ଧିଲେ ହୁଏତ ଓଜନରେ ତଫାତ୍ ଆସିଯାଇପାରେ । ଯଦି ଆପଣଙ୍କର ଓଜନ ଠିକ୍ ଅନୁପାତରେ ବୃଦ୍ଧି ପାଉଡାଏ, ତେବେ ଭାବିବାକୁ ହେବ ଯେ, ଆପଣ ଠିକ୍ ପରିମାଣର କେଲୋରୀ ଖାଉଛନ୍ତି । ଯଦି କମ୍ ହୁଏ, ତେବେ ବୁଝିନିଅନ୍ତୁ ଯେ ଉଚିତ ପରିମାଣର କେଲୋରୀ ଖାଉନାହାନ୍ତି । ଦରକାର ମୁତାବକ ଖାଦ୍ୟର ପରିମାଣ କମ୍ ବେଶି କରନ୍ତୁ ହେଲେ କେଲୋରୀ ସାଂଗକୁ ପୋଷଣଯୁକ୍ତ ଖାଦ୍ୟ ଅର୍ଥାତ୍ ଭିଟାମିନ ଖାଇବାକୁ ଉପେକ୍ଷା କରନ୍ତୁ ନାହିଁ ।

ପ୍ରୋଟିନଯୁକ୍ତ ଆହାର: ଦିନକୁ ତିନିଥର

ଆପଣଙ୍କ ଶିଶୁର ଗଠନ କିପରି ହେବ? ଆପଣ ଯେଉଁ ପ୍ରୋଟିନ ଖାଇବେ, ତାର ଏମିନୋଏସିଡ ଓ ଅନ୍ୟାନ୍ୟ ଭିଟାମିନ ସହାୟତାରେ ସିଏ ବଢ଼ିବ । ଯେହେତୁ ଶିଶୁର କୋଷଗୁଡ଼ିକ ଶୀଘ୍ରାତିଶୀଘ୍ର ବୃଦ୍ଧିପ୍ରାପ୍ତ ହେଉଚି; ଏଣୁ ଆପଣଙ୍କ ଖାଦ୍ୟରେ ପ୍ରୋଟିନର ମାତ୍ରା ଖୁବ୍ ଗୁରୁତ୍ୱପୂର୍ଣ୍ଣ । ପ୍ରତିଦିନ ଆପଣ ୯୫ ଗ୍ରାମ ପ୍ରୋଟିନ ଖାଇବାର ଲକ୍ଷ୍ୟଧାର୍ଯ୍ୟ କରିବାକୁ ହେବ ।

ଶୁଣିବାରେ ଯଦିଚ ଆଶ୍ଚର୍ଯ୍ୟ ଲାଗିପାରେ ତେବେ ଦୃଷ୍ଟି ଦିଅନ୍ତୁ; ସାଧାରଣତଃ ଆମେରିକୀୟ ନାଗରିକମାନେ ଏତିକି ପରିମାଣର ପ୍ରୋଟିନପ୍ରାୟ ନିୟମିତ ଖାଇଥାନ୍ତି । ପୁନଶ୍ଚ ଯେଉଁମାନେ ଉଚ୍ଚପ୍ରୋଟିନ୍‌ର ଅଭ୍ୟସ୍ତ ହେଇଥାନ୍ତି, ସେମାନେ ଅଧିକା ନେଇଥାନ୍ତି ।

ଆପଣଙ୍କୁ ଦିଆଯାଇଥିବା ତାଲିକା ମଧ୍ୟରୁ

ଦିନକୁ ତିନିଥର ପ୍ରୋଟିନଯୁକ୍ତ ଆହାର ଗ୍ରହଣ କରିବାକୁ ହେବ । ପ୍ରୋଟିନର ଗଣନା କଲାବେଳେ ଉଚ୍ଚ କେଲସିଅମ ଯୁକ୍ତ ଆହାରଠାରୁ ମିଳୁଥିବା ପ୍ରୋଟିନକୁ ଗଣିବାକୁ ଭୁଲନ୍ତୁ ନାହିଁ । ଗୋଟିଏ ଗ୍ଲାସ କ୍ଷୀର ଓ ଏକ ଆଉନ୍ସ ଦହିରୁ ଏକ ତୃତୀୟାଂଶ ପରିମାଣର ପ୍ରୋଟିନ ମିଳିଥାଏ । ଏକ କପ୍ ଦହିରୁ ଏକାଥରକେ ଅଧା ପ୍ରୋଟିନ ପୂରଣ ହେଇଥାଏ । ଅକ୍ଷତ ଖାଦ୍ୟଶସ୍ୟ ଓ ଡାଲିଜାତୀୟ ମଂଜିମାନଙ୍କରେ ମଧ୍ୟ ପ୍ରୋଟିନ ରହିଥାଏ ।

ପ୍ରତିଦିନ ଏହି ତାଲିକା ଅନୁସାରେ ପ୍ରୋଟିନ ପଦାର୍ଥର ମିଶ୍ରଣ ବାଛି ଖାଦ୍ୟରେ ସାମିଲ କରନ୍ତୁ । ମନେରଖନ୍ତୁ ଯେ ଦୁଗ୍ଧଜାତ ପଦାର୍ଥରୁ ମଧ୍ୟ ପ୍ରୋଟିନର ଅଳ୍ପତା ପୂରଣ ହେଇଥାଏ ।

୨୪ ଆଉନ୍ସ କ୍ଷୀର ବା ଦହି

୧ କପ୍ ପନିର

୨ କପ ଦହି

୩ ଆଉନ୍ସ ଲବଣୀ

୪ ଗୋଟ ବଡ଼ ଅଣ୍ଡା

୭ ଗୋଟି ଅଣ୍ଡାର ଧଳା ପାଣିଆ ପଦାର୍ଥ

୩.୫ ଆଉନ୍‌ସ ଡବାବନ୍ଦ ଟ୍ୟୁନା ବା ସାର୍ଡିନ

୪ ଆଉନ୍‌ସ ଡବାବବନ୍ଦ ସାଲମନ

୪ ଆଉନ୍‌ସ ମାଛ ତରକାରୀ (ଶୈଳଫିସ, ଶ୍ରିମ୍ପ, ଲବଷ୍ଟର କ୍ଲାସ୍ମ, ମୂସଳ ଇତ୍ୟାଦି)

୪ ଆଉନ୍‌ସ କଞ୍ଚା ତଟକା ମାଛ

୪ ଆଉନ୍‌ସ କଞ୍ଚା ଚିକେନ, ଟର୍କି, ବତକ ବା ଅନ୍ୟାନ୍ୟ ପୋଲ୍‌ଟ୍ରି ଦ୍ରବ୍ୟ

୪ ଆଉନ୍ସ କଞ୍ଚା ଲିନ ବିଫ ଅର୍ଥାତ୍ ଗୋମାଂସ ମେଣ୍ଢା, ବିଲ, ଘୁଷୁରୀ ମାଂସ କିମ୍ବା ପୋତ ମାଂସ

କୋଲସିଅମ ଆହାର ଦିନକୁ ଚାରିଥର

ଆପଣ ନିଜ ସ୍କୁଲରେ ନିଶ୍ଚୟ ପଢ଼ିଥିବେ ଯେ ଛୁଆମାନଙ୍କ ଦାନ୍ତ ଆଉ ହାଡ଼ ମଜବୁତ୍ ହେବାପାଇଁ ଯଥେଷ୍ଟ ପରିମାଣର କେଲସିଅମ ଆବଶ୍ୟକ ହୋଇଥାଏ । ଭ୍ରୁଣ ହିଁ ତ ବିକଶିତ ହେଇ ଶିଶୁ ଭାବରେ ପରିଗଣିତ ହେଇଥାଏ । ମାଂସପେଶୀ, ହୃଦୟ, ସ୍ନାୟୁର ବିକାଶ, ରକ୍ତ ଜମାଟ ବାନ୍ଧିବା ଓ ଏଞ୍ଜାଇମର ଗତିବିଧି ସକାଶେ କେଲସିୟମ ଖୁବ୍ ଗୁରୁତ୍ୱପୂର୍ଣ୍ଣ ଭୂମିକା ଗ୍ରହଣ କରିଥାଏ । ଏଣୁ ଯଦି ଆପଣ ଯଥେଷ୍ଟ ପରିମାଣରେ କେଲସିଅମ ଖାଇବେନି ତେବେ କେବଳ ଶିଶୁର କ୍ଷତି ହେବନାହିଁ ବରଂ ଆପଣଙ୍କ ଅସ୍ଥିଗୁଡ଼ିକ ମଧ୍ୟ ଦୁର୍ବଳ ହେଇପଡ଼ିବେ । ଶିଶୁର ହାଡ଼ ପାଇଁ ଆପଣଙ୍କ ଦେହରୁ କେଲସିୟମ ସଂଗୃହୀତ ହେବ ଓ ଭବିଷ୍ୟତରେ ଆପଣ ଅଷ୍ଟିଓ ପୋରୋସିସର ଶିକାର ହୋଇପାରନ୍ତି । ଏଣୁକରି ପ୍ରତିଦିନ ଦିନକୁ ଅନ୍ତତଃ ଚାରିଥର କୋଲସିଅମ ଯୁକ୍ତ ଆହାର ସେବନ କରିବା ଉଚିତ ।

କ'ଣ ପ୍ରତିଦିନ ଚାରି ଗ୍ଲାସ କ୍ଷୀର ପିଇବା କଥା ହଜମ ହେଇପାରୁନି କି ? ଅବଶ୍ୟ କୋଲସିଅମଟା ସଦାବେଳେ କ୍ଷୀର ଗ୍ଲାସରେ ନଥାଏ । ପ୍ରକାରାନ୍ତରେ ଏହାକୁ ଏକ କପ୍ ୟୋଗର୍ଟ ବା ପନିର ଭାବରେ ମଧ୍ୟ ଖିଆଯାଇପାରେ । ଏହାକୁ ଆମେ ସ୍ମୁଜିଜ, ସୁପ, କେସେରୋଲ, ସେରେଲ, ଡିପ, ମାଂସ ଓ ଡେଜାର୍ଟ ଭାବରେ ମଧ୍ୟ ଗ୍ରହଣ କରିପପାରିବା ।

ଯେଉଁମାନେ ଦୁଗ୍ଧଜାତ ଦ୍ରବ୍ୟ ଖାଇପାରନ୍ତି ନାହିଁ; ସେମାନଙ୍କ ପାଇଁ କେଲସିଅମ ସାଧାରଣ ଭାବରେ ମଧ୍ୟ ମିଳିଥାଏ । କେଲସିଅମଯୁକ୍ତ କମଳା ରସ ପିଇଦେଲେ ହେବନି କି ? ୪ ଆଉନ୍ସ ଡବାବନ୍ଦ ସାଲମନ ମାଛରୁ କେଲସିଅମ ସାଂଗକୁ ପ୍ରୋଟିନ ମଧ୍ୟ ପାଇବେ । ତଟକା ସିଝା ସାଗରୁ ମଧ୍ୟ ଭିଟାମିନ ପାଇହେବ ।

ଯଦି ଅନେକ ଗର୍ଭବତୀ ସ୍ତ୍ରୀମାନେ ଖାଦ୍ୟରୁ ଯଥେଷ୍ଟ ପରିମାଣର କେଲସିୟମ ପାଇପାରୁନାହାନ୍ତି, ତେବେ ସେମାନଙ୍କୁ ଅତିରିକ୍ତ ଭାବରେ ମଧ୍ୟ ଖାଇବାକୁ କୁହାଯାଇପାରେ ।

ପ୍ରତିଦିନ ଆପଣଙ୍କୁ ଦିନକୁ ଚାରିଥର ଯଥେଷ୍ଟ କେଲସିଅମ ଯୁକ୍ତ ଖାଦ୍ୟ ଖାଇବାକୁ ହେବ । ଏହିପରି ହିସାବ କଲାବେଳେ ଅଧା କପ୍ ୟୋଗର୍ଟ ବା ଦହିକୁ ସାମିଲ କରିବା ଭୁଲିବେନି । ସେଥିରେ ପନିର ପକେଇ ଖାଇଥିଲେ ।

ନିମ୍ନପ୍ରଦତ୍ତ ତାଲିକାରେ ପ୍ରତ୍ୟେକ ବ୍ୟଞ୍ଜନ ମଧ୍ୟରେ ୩୦୦ ମି.ଗ୍ରା କେଲସିୟମ ଅଛି । କେତେକ ଖାଦ୍ୟପଦାର୍ଥରେ କେଲସିୟମ ସାଂଗକୁ ପ୍ରୋଟିନ ମଧ୍ୟ ମିଳିଥାଏ ।

୧/୪ କପ୍ ପନିର

୧ ଆଉନ୍ସ କଡା ପନିର

୧/୨ କପ୍ ପଷ୍ଟରାଇଜ୍‌ଡ ରିସୋଟ୍ଟା ପନିର

୧ କପ କ୍ଷୀର ବା ଲସି

୫ ଆଉନ୍ସ କେଲସିଅମଯୁକ୍ତ ଦହି (ପିଇବା

ପୂର୍ବରୁ ହଲାନ୍ତୁ)

୧/୩ କପ୍ ଚର୍ବିହୀନ ଶୁଷ୍କ ଦହି

୧ କପ୍ ଦହି

୧ କପ୍ କେଲସିଅମଯୁକ୍ତ ରସ (ପିଇବା ପୂର୍ବରୁ ହଲାନ୍ତୁ)

୪ ଆଉନ୍ସ ଡବାବନ୍ଦ ସାଲମନ ମାଛ

୩ ଆଉନ୍ସ ଡବାବନ୍ଦ ସାର୍ଡିନ (ହାଡ଼୍ ସାଂଗରେ)

୩ ବଡ଼ ଚାମୁଚ ବଟା ତିଳ (ରାଶି)

୧ କପ ରନ୍ଧା ସଲଗମ

୧ ୧/୨ କପ୍ ରନ୍ଧା ଚୀନଦେଶର ପତ୍ରକୋବି

୧-୧/୨ କପ୍ ରନ୍ଧା ଏଡାମାମେ

୧-୩/୪ ବଡ ଚାମୁଚ ବ୍ଲେକଷ୍ଟ୍ରେପ୍ ମୋଲାସିସ ।

ଆପଣ ଘରୋଇ ପନିର, ଟୋଫୁ, ଶୁଖିଲା ଅଞ୍ଜିର ବାଦାମ, ସବୁଜ କୋବି ବ୍ରୋକଲି, ପାଳଙ୍ଗ ଶାଗ, ଶୁଖିଲା ବିନ୍ସ ଆଦିରୁ ମଧ୍ୟ କେଲସିଅମ ପାଇପାରିବେ ।

ଶାକାହାରୀ ପ୍ରୋଟିନ

ଯଦି ଆପଣ ପ୍ରତିଦିନ (ଡାଲିଜାତୀୟ ମଞ୍ଜି ଖାଦ୍ୟଶସ୍ୟ ଓ ଖୋଆ) କିଛି କିଛି ଖାଉଥାନ୍ତି, ତେବେ ଏହି ତାଲିକାନୁସାରେ ନିର୍ବାଚନ କରନ୍ତୁ । ଏହି ପୋଷଣ ପ୍ରାୟ ସମସ୍ତ ଗର୍ଭବତୀ ସ୍ତ୍ରୀମାନଙ୍କ ସକାଶେ ଆବଶ୍ୟକ ।

ଲେଗୁମ୍ସ (ଅର୍ଦ୍ଧପ୍ରୋଟିନ)

୩/୪ କପ ସିଝା ବିନ୍ସ, ଡାଲି ଇତ୍ୟାଦି

୩/୪ କପ ସବୁଜ ମଟର

୧-୧/୨ ଆଉନ୍ସ ଚିନାବାଦାମ

୩ ବଡ଼ ଚାମୁଚ ମଟର ଚଣା ଲବଣୀ

୧/୪ କପ୍ ମିସୋ

୪ ଆଉନ୍ସ ଟୋଫୁ (ଶିମ୍ବ ଦହି)

୩ ଆଉନ୍ସ ଟେମ୍ପେ

୧-୧/୨ କପ ସୋୟା ମିଲ୍କ

୩ ଆଉନ୍ସ ସୋୟା ପନିର

୧/୪ କପ୍ ଭେଜ "ଗ୍ରାଉଣ୍ଡ ବିଫ'

୧ ବଡ଼ ଭେଜ "ହଟଡଗ' ବା ବର୍ଗର

୧ ଆଉନ୍ସ (ରକ୍ଷା ପୂର୍ବରୁ) ସୋୟା ବା ଉଚ୍ଚ ପ୍ରୋଟିନ ଯୁକ୍ତ ପେସ୍ତା

ଗ୍ରେନ୍ସ (ହାଫ୍ ପ୍ରୋଟିନ ସର୍ଭିଂ)

୩ ଆଉନ୍ସ (ରନ୍ଧା ପୂର୍ବରୁ) ଗହମ ପେସ୍ତା

୩/୪ କପ୍ ଜାଇର ଚୋପା

୧ କପ୍ କଞ୍ଚା (୨ କପ୍ ସିଝା) ଜାଇ

୨ କପ୍ ପ୍ରସ୍ତୁତ ସେରେଲ

୧/୨ କପ୍ କଞ୍ଚା (୧-୧/୨ ରନ୍ଧା) କସକୋସ

ଭଲ୍‌ଗର ବା ବକବିଟ୍

୧/୨ କପ କଞ୍ଚା କୁଇନୋଆ

୪ ସ୍ଲାଇସ ଗହମ ବ୍ରେଡ୍

୨ ଗୋଟି ପିଠା ବା ଇଂଲିଶ ସଫିନ

ନଟ୍‌ସ ଓ ସିଡ୍‌ସ (ହାଫ ପ୍ରୋଟିନ)

୩ ଆଉନ୍ସ ଚଣା (ଅଖରୋଟ ବା ବାଦାମ)

୨ ଆଉନ୍ସ ତିଳ, ସୂର୍ଯ୍ୟମୁଖୀ ବା ପାଣି କଖାରୁର ମଞ୍ଜି

୧/୨ କପ୍ ବଟା ଫ୍ଲେକ୍ ସିଡ୍

(ପ୍ରୋଟିନର ମାତ୍ରା ସ୍ୱତନ୍ତ୍ର ହେଇପାରେ, ଏଣୁ ହାଫ ସର୍ଭିଂ କହିଲେ ୧୨ ରୁ ୧୫ ଗ୍ରାମ ପ୍ରୋଟିନ ନିଆଯାଇପାରେ)

ଭିଟାମିନ ସି ଖାଦ୍ୟ ଦିନକୁ ତିନି ଥର

ଆପଣ ତଥା ଶିଶୁର ଚର୍ମାଦି ମରାମତି, ଘା' ଶୁଖିବା ଓ ଅନେକ ଚୟ ଅପଚୟ କ୍ରିୟା ସକାଶେ ଭିଟାମିନ ସି ଆବଶ୍ୟକ ହେଇଥାଏ । ଶକ୍ତ ଦାନ୍ତ ଓ ଅସ୍ଥି ନିର୍ମାଣ ସକାଶେ ମଧ୍ୟ ଏହା ଆବଶ୍ୟକ ହୁଏ । ଏହାକୁ ଦେହମଧ୍ୟରେ ସଂଗ୍ରହ କରିହୁଏ । ଏଣୁକରି ଏହାର ଏକ ନିଶ୍ଚିତ ମାତ୍ରା ନିହାତି ସେବନ କରାନ୍ତୁ ।

ଭିଟାମିନ ସି ଏଭଳି ଅନେକ ସ୍ୱତନ୍ତ୍ର ଧରଣର ଖାଦ୍ୟ ପଦାର୍ଥରେ ମିଳିଥାଏ, ଯାହା ଖାଇବାକୁ ଖୁବ୍ ସୁଆଦିଆ ଲାଗେ । ତାଲିକା ଦେଖି ସାରିଲେ ଆପଣ ନିଜକୁ ନିଜେ ଜାଣି ପାରିବେ ଯେ କେବଳ କମଳା ରସରେ ଭିଟାମିନ ସି ଭର୍ତ୍ତି ହେଇ ନଥାଏ ।

ଏକଥା ମନେରଖନ୍ତୁ ଯେ, ଭିଟାମିନ ସି ଯୁକ୍ତ ଖାଦ୍ୟ ସବୁଜ ପନିପରିବା ଓ ହଳଦିଆ ବା ନାରଂଗୀ ରଂଗର ଫଳମୂଳର ଅଛତାକୁ ପୂରଣ କରିଦେଇଥାଏ ।

୧/୨ ମଧ୍ୟମ ଆକାରର ଅଙ୍ଗୁର

୧/୨ କପ ଅଙ୍ଗୁର ରସ

୧/୨ ମଧ୍ୟମ ଆକାରର କମଳା

୧/୨ କପ୍ କମଳା ରସ

୨ ବଡ଼ ଚାମୁଚ କମଳା, ଧଳା ଅଙ୍ଗୁର ରସ ବା ଅନ୍ୟାନ୍ୟ ଫଳରସର ମିଶ୍ରଣ ବା ସର୍ବତ

୧/୪ କପ୍ ଲେମ୍ବୁରସ

୧/୨ ମଧ୍ୟମ ଆକାରର ଆମ୍ବ

୧/୨ ମଧ୍ୟମ ଆକାରର ଅମୃତଭଣ୍ଡା

୧/୮ ଛୋଟ ଖରଭୁଜ ବା ହନିଡ୍ୟୁ (୧/୨ କପ୍ କ୍ୟୁବ୍)

୧/୩ କପ ବରକୋଳି

୨/୩ କପ ଜାମୁକୋଳି ବା ରସଭରି

୧/୨ ମଧ୍ୟମ ଆକାରର କିଭି

୧/୨ କପ ତଟକା କଟା ସପୁରୀ ପଣସ

୧/୨ କପ ତରଭୂଜ ଫାଳ

୧/୪ ମଧ୍ୟମ ଧରଣର ନାଲୀ, ପୀତ ବା ନାରଂଗୀ ବେଲ ପେପର

୧/୨ ମଧ୍ୟମ ଧରଣର ସବୁଜ ବେଲ ପେପର

୧/୨ କପ କଞ୍ଚା ବା ସିଝା ସବୁଜ କୋବି (ଫୁଲକୋବି)

୧ ମଧ୍ୟମ ଧରଣର ଟମାଟୋ

୩/୪ କପ ଟମାଟୋ ରସ

୧/୨ କପ ପରିବା ରସ

୧/୨ କଞ୍ଚା ବା ରନ୍ଧା ଫୁଲ କୋବି

୧/୨ କପ ସିଝା ମାଲୋ

୧ କପ କଞ୍ଚା ପାଳଙ୍ଗ ବା ୧/୨ କପ ସିଝା ପାଳଙ୍ଗ

୧/୪ କପ ସିଝା ସୋରିଷ ବା ସଲଗମ

୨ କପ ରୋମାନ ସାଲାଡ ପତ୍ର

୩/୪ କପ କେତରୀ ଲାଲ ପତ୍ରକୋବି

୧ କନ୍ଦମୂଳ ବା ଚୋପା ସହିତ ପୋଡା ଆଳୁ

ସବୁଜ ପତ୍ରବହୁଳ ଓ ହଳଦିଆ ପନିପରିବା ଓ ପାଚିଲା ଫଳ

ଦିନକୁ ୩-୪ ଥର ଖାଆନ୍ତୁ । ଏହାଫଳରେ ଭିଟାମିନ ଏ ମଧ୍ୟ ପୂରଣ ହେବ । ବିଟା କେରୋଟିନ ଶିଶୁଙ୍କ କୋଷ, ସୁସ୍ଥ ଚର୍ମ, ଅସ୍ଥି ଓ ଆଖି ପାଇଁ ହିତକର । ସବୁଜ ପନିପରିବା ଓ ପାଚିଲା ଫଳରେ ଭିଟାମିନ ଇ, ରାଇବୋଫ୍ଲୋବିନ, ଅନ୍ୟାନ୍ୟ ଭିଟାମିନ ବି, ଖଣିଜ ଲବଣ, ରୋଗ ସହ ଲଢୁଥିବା ଫୋଟୋକେମିକାଲ ଓ ତନ୍ତୁ ମିଳିଥାଏ । ନିମ୍ନଲିଖିତ ତାଲିକାରୁ ଆପଣ ସମ୍ପୂର୍ଣ୍ଣ ତଥ୍ୟାବଳୀ ପାଇପାରିବେ । ପରିବା ରୁଚୁ ନଥିବା ଲୋକଙ୍କୁ ଏକଥା ଜାଣିଲେ ଆଶ୍ଚର୍ଯ୍ୟ ଲାଗିବ ଯେ, କେବଳ ବ୍ରୋକଲି ଓ ପାଳଙ୍ଗ ସାଗରେ ଭିଟାମିନ ଏ ନଥାଏ । ଶୁଷ୍କ ଖୁବାନି, ପୀତ ଆଳୁ, ଖରଭୁଜ ଓ ଆମ୍ବରେ ମଧ୍ୟ ଭିଟାମିନ ଏ ଭରପୂର ହେଇଥାଏ । ନିଜର ମନ ପସନ୍ଦ ପରିବା ରସ ପିଇବାକୁ ଚାହୁଁଥିବା ସ୍ତ୍ରୀମାନେ ଏକଥା ଜାଣି ଖୁସି ହେବେ ଯେ, ଏକ ଗଲାସ ପରିବା ରସ ଏକ ଗିନା ଗାଜର ରସ ବା ସୁପ ବା ଆମ୍ବ ଖାଇପାରନ୍ତି ।

ଦିନକୁ ତିନି ଚାରିଥର ଖାଇବାକୁ ଚେଷ୍ଟା କରନ୍ତୁ । ତନ୍ମଧ୍ୟରୁ କିଛି କଞ୍ଚା ମଧ୍ୟ ଖିଆଯିବା ଉଚିତ, ଯଦ୍ୱାରା ତନ୍ତୁଜାତୀୟ ପଦାର୍ଥ ଦେହକୁ ଯିବ । ମନେରଖନ୍ତୁ ଯେ, ଏମାନଙ୍କ ମଧ୍ୟରୁ ଅନେକେ ଭିଟାମିନ ସିର ଅଛତାକୁ ମଧ୍ୟ ଦୂରେଇ ଦେଇଥାନ୍ତି ।

୧/୮ ଖରଜୁଜ (୧/୨ କପ କ୍ୟୁଭ)

୨ ବଡ଼ ତଟକା ବା ୬ ଶୁଖିଲା ଖୁବାନି

୧/୨ ମଧ୍ୟମ ଧରଣର ଆମ୍ବ

୧/୪ ମଧ୍ୟମ ଧରଣର ଅମୃତ ଭଣ୍ଡା

୧ ବଡ଼ ନେକ୍ଟେରାଇନ ବା ହଳଦିଆ ଆଡୁ

୩/୪ କପ ଗୋଲାପୀ ଅଙ୍ଗୁର ରସ

୧ ଗୋଲାପୀ ବା ଲାଲ ଅଙ୍ଗୁର

୧ କ୍ଲେମେଣ୍ଟାଇନ

୧/୨ ଗାଜର (୧/୪ କପ ପାଣି କଖାରୁ)

୧/୨ କପ କଞ୍ଚା ବା ସିଝା ଫୁଲକୋବି

୧ ବେଲେସ୍କ

୧/୪ କପ ସିଝା ସ୍ୱିସ ଦହି

୧ କପ ପ୍ୟାକ୍ଡ ସବୁଜ ପତ୍ର ପୂର୍ଣ୍ଣ ସାଲାଡ୍

୧ କପ ପାଳଙ୍ଗ ବା ୧/୨ କପ ସିଝା ପାଳଙ୍ଗ

୧/୪ କପ ସିଝା ଶୀତଦିନିଆ ସ୍କ୍ୱସ

୧/୨ ଛୋଟ କନ୍ଦମୂଳ

୨ଟି ମଧ୍ୟମ ଧରଣର ଟମାଟୋ

୧ଟି ମଧ୍ୟମ ଧରଣର ଲାଲ ସିମଳା ମରିଚ

୧/୪ କପ କଟା ଅଜମୋଦ (ପାର୍ସିଲେ)

ଅନ୍ୟାନ୍ୟ ଫଳ ଓ ପନିପରିବା

ପ୍ରତିଦିନ ଥରେ କିମ୍ବା ୨ ଥର ଖାଆନ୍ତୁ । ବିଟା କେରୋଟିନ ଓ ଭିଟାମିନ ସି ବ୍ୟତୀତ ଅନ୍ୟାନ୍ୟ ଫଳ ଓ ପନିପରିବା ଖାଆନ୍ତୁ; ଯଦ୍ୱାରା ଆପଣଙ୍କ ଦେହରୁ ଖଣିଜ ଲବଣ, ପୋଟାସିଅମ ଓ ମେଗ୍ନସିୟମ ଯଥେଷ୍ଟ ପରିମାଣରେ ଯାଇପାରିବ ।

ଏମାନଙ୍କ ମଧ୍ୟରେ ଅନେକ ଫଳମୂଳରେ ଯଥେଷ୍ଟ ପରିମାଣର ଫାଇଟୋକେମିକାଲ ଓ ଏଣ୍ଟିଅକ୍ସିଡେଣ୍ଟ ମଧ୍ୟ ମିଳିଥାଏ । ଧରାଯାଉ ଆପଣ ପ୍ରତିଦିନ ଗୋଟିଏ ଲେଖାଏଁ ସେଓ ଖାଉଥାନ୍ତି, ତେବେ ତା' ସହିତ ଡାଳିମ୍ବ ଓ ବ୍ଲୁବେରୀ ମଧ୍ୟ ଖାଆନ୍ତୁ; ଫଳରେ କୌଣସି ପ୍ରକାର ପୋଷଣର ଅଭାବ ପରିଲକ୍ଷିତ ହେବନାହିଁ ।

ବିଭିନ୍ନ ଫଳ ଓ ପନିପରିବା ତାଲିକାରେ ଆପଣ ନିଜର ପସନ୍ଦ ଅନୁସାରେ ଫଳ- ପନିପରିବା ବାଛି ନିଅନ୍ତୁ:

୧ଟି ମଧ୍ୟମ ଧରଣର ସେଓ
୧/୨ କପ ସେଓ ରସ ବା ସ'ସ
୧/୨ କପ ଡାଳିମ୍ବ ରସ
୨ ବଡ଼ ଚାମୁଚ ସେଓରସ ମିଶ୍ରଣ
୧ ମଧ୍ୟମ ଧରଣର କଦଳୀ
୧/୨ କପ୍ ତଟକା କୋଳି
୧/୪ କପ ସିଝା କର୍ନବେରି
୧ଟି ମଧ୍ୟମ ଧରଣର ଧଳା ଆଙ୍ଗୁ
୧ଟି ମଧ୍ୟମ ଧରଣର ନାସପାତି
୧/୨ କପ ସପୁରୀ ପଣସ ରସ (ମିଠା ନୁହଁ)
୨ଟି ଛୋଟ ଆଲୁବୁଖାରା
୧/୨ କପ ବ୍ଲୁବେରୀ
୧/୨ ମଧ୍ୟମ ଧରଣର ଏଞ୍ଜୋକେଡୋ
୧/୨ କପ ସିଝା ସବୁଜ ବିନ୍ସ
୧/୨ କପ ସିଝା ଓକରା
୧/୨ କପ କଟା ପିଆଜ
୧/୨ କପ ସିଝା (ପାର୍ସନିପ୍ସ)
୧/୨ କପ ସିଝା ଜୁକିନି
୧ଟି ଛୋଟ ସିଝା ସ୍ୱିଟକନି
୧ କପ ସାଲାଡ ପତ୍ର
୧/୨ କପ ସବୁଜ ମଟର ବା ସ୍ନୋ ପିଜ୍

ଅକ୍ଷତ ଖାଦ୍ୟଶସ୍ୟ ଓ ଡାଲିଜାତୀୟ ଖାଦ୍ୟ

ଦିନକୁ ୬ ଥର କିମ୍ବା ୬ରୁ ଅଧିକ ଥର ଖାଆନ୍ତୁ । ଖାଦ୍ୟଶସ୍ୟ ଖାଇବା ଖୁବ୍ ଜରୁରୀ । ଯବ, ଗହମ, ମକା, ଚାଉଳ, ବାଜରା ଓ ମଟର, ବିନ୍ସ, ଚିନାବାଦାମ ଭଳି ଡାଲିଜାତୀୟ ଖାଦ୍ୟରେ ଭିଟାମିନ୍ ଓ ପୋଷଣ ଯଥେଷ୍ଟ ଥାଏ । ଏଥିରେ ଭିଟାମିନ ବି-୧୨ (ଏହା କେବଳ ପଶୁଠାରେ ଦେଖାଯାଏ) ବ୍ୟତୀତ ଅନ୍ୟ ସବୁ ଭିଟାମିନ-ବିର ତତ୍ତ୍ୱ ଯଥେଷ୍ଟ ଥାଏ । ଯାହା ଶିଶୁର ଶାରୀରିକ ବିକାଶରେ ସହାୟକ ହୁଏ । ଏଥିରେ କାର୍ବୋହାଇଡ୍ରେଟ ଆଇରନ ଓ ଖଣିଜ ଲବଣ ମଧ୍ୟ ଯଥେଷ୍ଟ ଥାଏ, ଯଥା: ଜିଙ୍କ ସେଲେନିୟମ ଓ ମେଗ୍ନେୟମ । ଏସବୁ ମଧ୍ୟ ଗର୍ଭ ପାଇଁ ଖୁବ୍ ଗୁରୁତ୍ୱପୂର୍ଣ୍ଣ ଅଟନ୍ତି ।

ଷ୍ଟାଟ ଯୁକ୍ତ ଖାଦ୍ୟ ପଦାର୍ଥ ମଧ୍ୟ ମର୍ଣ୍ଣିଂ ସିକ୍‌ନେସ୍‌କୁ ଦୂରେଇ ଦେଇଥାଏ । ଏଥିରେ ଅନେକ ପୋଷକ ତତ୍ତ୍ୱ ବେଶ୍ ଉତ୍କୃଷ୍ଟ । ଯଥେଷ୍ଟ ପୋଷଣ ପାଇବାକୁ ଚାହୁଁଥିଲେ ଖାଦ୍ୟରେ ଖାଦ୍ୟଶସ୍ୟ ଓ ଡାଲିଜାତୀୟ ପଦାର୍ଥ ମିଶେଇ ଖାଆନ୍ତୁ ।

ଅଳ୍ପ ନୂତନ ପ୍ରୟୋଗ କରି ଆପଣ ମାଛ ବା ଚିକେନକୁ ଅକ୍ଷତ ଗହମ ତିଆରି ପାଉଁରୁଟିର ଟୁକୁଡା ଖଣ୍ଡକୁ ସେଥିରେ ମିଶେଇ ହର୍ବସ୍ ଓ ପାରମେଜନ ପନିର ଗୋଳେଇ ଖାଇପାରନ୍ତି । ଅନ୍ୟ ପ୍ରୋଟିନଯୁକ୍ତ ଶସ୍ୟ କ୍ୱିନୋଆକୁ ସାଇଡ୍‌ଡିସ ଭାବରେ ଖାଆନ୍ତୁ । ନିଜର ସୁସ୍ୱାଦୁ ସେପିରେ ଅଳ୍ପ (ଓଟ୍) ମିଶାନ୍ତୁ । ସୁପ୍‌ରେ ଲିମା ପରିବର୍ତ୍ତେ ନେଭି ବିନ୍ସ ମିଶାନ୍ତୁ । ଅବଶ୍ୟ ଆପଣ ଜାଣିବା କଥା ଯେ ରିଫାଇନ୍‌ଡ ଶସ୍ୟରେ ଅକ୍ଷତ ଶସ୍ୟ ଭଳି ସମସ୍ତ ଗୁଣ ଓ ତତ୍ତ୍ୱ ମିଳେନାହିଁ; ସେଥିରେ ତନ୍ତୁ, ପ୍ରୋଟିନ, ଭିଟାମିନ ଓ ଖଣିଜ ଲବଣର ମାତ୍ରା ଯଥେଷ୍ଟ ଥାଏ ନାହିଁ ।

ଧଳା ଅକ୍ଷତ ଗହମ

ଏଥର ଆପଣ ଧଳା ଗହମ ତିଆରି ପାଉଁରୁଟି ମଧ୍ୟ ଖାଇପାରନ୍ତି । ଏହା ପ୍ରାକୃତିକ ରୂପରେ ଥିବା ଧଳା ଗହମରୁ ତିଆରି ହେଇଥାଏ; ଏଥିରେ ସାମାନ୍ୟ ମଧୁର ସ୍ୱାଦ ଥାଏ । ଏହା ଅନ୍ୟାନ୍ୟ ବ୍ରେଡ୍ ଭଳି ପ୍ରୋସେସ୍ ହେଇଥିବା ଖାଦ୍ୟ ଶସ୍ୟରୁ ନିର୍ମିତ ନୁହଁ । ଏଣୁକରି ଏଥିରେ ପୋଷଣ ଯଥେଷ୍ଟ ମାତ୍ରାରେ ରହିଥାଏ । ଆପଣ ନିଜର ସ୍ୱାଦ ଓ ଆବଶ୍ୟକ ମୁତାବକ ଯେକୌଣସି ଖାଦ୍ୟ ନିର୍ବାଚନ କରି ଖାଇପାରନ୍ତି ।ଦତ୍ତ ତାଲିକା ମଧ୍ୟରୁ ନିଜ ମନପସନ୍ଦର ବ୍ୟଞ୍ଜନ ବାଛି ପ୍ରତିଦିନ ଖାଆନ୍ତୁ । ଏକଥା ଭୁଲନ୍ତୁ ନାହିଁ ଯେ ଏସବୁ ଆପଣଙ୍କ ଦେହରେ ପ୍ରୋଟିନର ଅଳ୍ପତାକୁ ମଧ୍ୟ ଦୂରେଇ ଦେଇଥାନ୍ତି ।

୧. ଯେକୌଣସି ଖାଦ୍ୟଶସ୍ୟ, ଗହମ ବା ସେୟାରେ ତିଆରି ପାଉଁରୁଟିର ସ୍ଲାଇସ ।

୧/୨ ଅକ୍ଷତ ଖାଦ୍ୟ ଶସ୍ୟ ତିଆରି ପିଠା, ରୋଲ, ବେଗଲ ବା ଟାର୍ଟିଲା

୧ କପ ଖାଦ୍ୟ ଶସ୍ୟ (ପ୍ରସ୍ତୁତ ସେରେଲ)

୧/୨ କପ ଗ୍ରେନୋଲା

୨ ବଡ଼ ଚାମୁଚ ଗହମ ଜର୍ମ

୧/୨ କପ ରନ୍ଧା ଉଷୁନା ଚାଉଳ

୧/୨ କମ ରନ୍ଧା ବାଜରା, ଯବା ବା କ୍ୱିନୋଆ

୧ ଆଉନ୍ସ (ରନ୍ଧା ପୂର୍ବରୁ(ଖାଦ୍ୟ ଶସ୍ୟ ବା ସୋୟା ପାସ୍ତ

୧/୨ କପ ସିଝା ବିନ୍ସ, ଡାଲି, ସ୍ପିଲ୍ଟ

୨ କପ ପପକର୍ଣ୍ଣ (ମକାଖଇ)

୧ ଆଉନ୍ସ ଖାଦ୍ୟଶସ୍ୟ ବା ସୋୟା କ୍ରିସ୍ପ

୧/୪ କପ ଖାଦ୍ୟ ଶସ୍ୟ ବା ସୋୟା ଅଟା

ଆଇରନଯୁକ୍ତ ପଦାର୍ଥ ପ୍ରତିଦିନ ଖାଆନ୍ତୁ

ଏହି ନ'ମାସ ମଧ୍ୟରେ ଆପଣଙ୍କ ଓ ଆପଣଙ୍କ ଶିଶୁର ଦୈହିକ ଗତିବିଧି ସକାଶେ ଯଥେଷ୍ଟ ପରିମାଣର ଆଇରନ ଆବଶ୍ରକ ହେବ । ଏଣୁକରି ନିଜ ଖାଦ୍ୟରେ ଆଇରନର ମାତ୍ରା ବଢ଼ି କରନ୍ତୁ । ଭିଟାମିନ ସି ସାଂଗକୁ ଆଇରନ ଥିବା ଖାଦ୍ୟ ମଧ୍ୟ ଖାଇବାକୁ ହେବ । ଆପଣ ହୁଏତ ଆମେ ଦେଇଥିବା ତାଲିକାରୁ ନିଜ ମନପସନ୍ଦ ଖାଦ୍ୟ ବାଛିପାରନ୍ତି ।

ଅବଶ୍ୟ କେବଳ ଖାଦ୍ୟପଦାର୍ଥରୁ ଆଇରନର ଚାହିଦା ପୂରଣ ହେବନାହିଁ । ଏଣୁକରି ଡାକ୍ତର ଆପଣଙ୍କ ଦେହ ଅନୁସାରେ ଆଇରନ ବଟିକା ଖାଇବାକୁ ଦେବେ । ଆଇରନରୁ ଯଥେଷ୍ଟ ଲାଭ ପାଇବାକୁ ହେଲେ ଖାଦ୍ୟ ଖାଇବା ପରେ ଓ ଆଉ ଥରେ ଖାଦ୍ୟ ଖାଇବା ପୂର୍ବରୁ ମଝି ସମୟରେ ଖାଇବା ଉଚିତ । ପୁନଶ୍ଚ ଭିଟାମିନ ସି ସାଙ୍ଗରେ ଖାଇଲେ ହିତକର । ଯଥା: (କେଫିନଯୁକ୍ତ ପେୟ ପଦାର୍ଥ, ଜନ୍ତୁଯୁକ୍ତ ଖାଦ୍ୟ ପଦାର୍ଥ, ଅନ୍ୟାନ୍ୟ କେଲସିୟମଯୁକ୍ତ ପଦାର୍ଥ)

ସବୁପ୍ରକାର ପନିପରିବା, ଫଳ, ଖାଦ୍ୟ ଶସ୍ୟ ଓ ମାଂସ ପ୍ରଭୃତି ଖାଦ୍ୟରେ ଆଇରନ ଅଳ୍ପବହୁତ ନିହାତି ଥାଏ । ହେଲେ ଯଥେଷ୍ଟ ଆଇରନ ଦରକାର । ଏସବୁ ଆଇରନଯୁକ୍ତ ପଦାର୍ଥ ଶରୀରର ଅନ୍ୟାନ୍ୟ ଅକ୍ଷମତାକୁ ମଧ୍ୟ ଦୂରେଇ ଦେଇପାରିବେ ।

ବିଫ, ବଫେଲୋ, ଡକେ, ଟର୍କି ରନ୍ଧା କ୍ଲାନ୍ସ, ଆୟଷ୍ଟର, ପୋଡା ଆଳୁ, ପାଳଙ୍ଗ, କଦଳୀ, ସଲଗମ, ସି ବିଡ୍, ପାଣିକଖାରୁ ମଂଜି, ଓଝର ଚୋପା, ଯବ, ବଲଗର ଓ କ୍ୱିନୋଆ

ବିନ୍ସ ଓ ମଟର

ସୋୟା ପଡକ୍ଟ

ଶୁଷ୍କ ଖୋଆ

ବ୍ଲେକ ଷ୍ଟ୍ରେପ ମୋଲେସିଜ

ଶୁଖିଲା ଫଳ

ଚର୍ବି ଓ ଉଚ୍ଚ ଚର୍ବିଯୁକ୍ତ ଖାଦ୍ୟ ପଦାର୍ଥ ଦିନକୁ ଚାରିଥର (ଆପଣଙ୍କ ଓଜନ ମୁତାବକ)

ଆପଣ ତ ଜାଣୁଥିବେ ଯେ ଚର୍ବିର ଆବଶ୍ୟକତା ଅନେକାଂଶରେ ଦରକାରଠାରୁ ବେଶି ହେଇଥାଏ । ଏଣୁକରି ସବୁଜ ପନିପରିବା ଓ ଭିଟାମିନ ସି ଖାଇବାରେ କୌଣସି କ୍ଷତି ନାହିଁ । ଚର୍ବିଜାତୀୟ ଖାଦ୍ୟ ଅଳ୍ପ ପରିମାଣରେ ହେଲେ ହିଁ ଭଲ ଯଦ୍ୱାରା ଅନାବଶ୍ୟକ ଓଜନ କମିଯିବ । ଖାଦ୍ୟରୁ ଚର୍ବିକୁ ପୂରାପୂରି ଅଲଗା କରିଦେବା ମଧ୍ୟ ଅନୁଚିତ । କାରଣ ଶିଶୁ ସକାଶେ ଚର୍ବି ଆବଶ୍ୟକ ହେଇଥାଏ ।

ଅଳ୍ପ ଟିକିଏ ଚର୍ବି

କେଲୋରୀ କମେଇବାକୁ ଚାହୁଁଥିଲେ ସାଲାଡର ସାଜସଜ୍ଜା ଓ ତେଲରେ ଛଣା ଛଣି ନକରି ଦୂରେଇ ରୁହନ୍ତୁ । ନିଜର ପନିପିରବାରେ ସାମାନ୍ୟ ଚର୍ବି ସମ୍ମିଳିତ କରନ୍ତୁ । କାରଣ ଅଧ୍ୟୟନରୁ ଜଣାପଡ଼ିଛି ଯେ, ପନିପରିବା ସହିତ ସାମାନ୍ୟ ଚର୍ବି ଗ୍ରହଣ କଲେ, ଏହା ସମ୍ପୂର୍ଣ୍ଣ ଭାବରେ ଶୋଷି ନେଇଥାଏ । ସାଲାଡ୍‌ରେ ଡ୍ରେସିଂ, ଷ୍ଟିର ଫ୍ରାଇ ଓ ମିଟ୍‌ସ ମିଶାଇଲେ ଯେଉଁ ଚର୍ବି ମିଳିଥାଏ, ଏହା ଦୀର୍ଘ ସମୟ ଧରି କାମକୁ ଆସେ ।

ତୃତୀୟ ତିନିମାସ ମଧ୍ୟରେ ଏହାର ଗୁରୁତ୍ୱ ଆହୁରି ବଢ଼ିଯାଇଥାଏ ।

ହିତକର ଚର୍ବିର ସଠିକ୍ ତଥ୍ୟାବଳୀ (ଗୁଡ ଫେଟ୍‌ର ଫେକ୍ଟସ)

କ'ଣ ଚର୍ବିକୁ ନେଇ ଆପଣଙ୍କ ମନରେ ଭୟ ସୃଷ୍ଟି ହୁଏ କି ? ଚର୍ବିକୁ ଭୟ ନକରି ବରଂ ହିତକର ଚର୍ବିକୁ ଆପଣେଇ ନେବା କଥା । ସବୁତକ ଚର୍ବି କ୍ଷତିକାରକ ହେଇନଥାଏ । ଅନେକ ଚର୍ବି ଗର୍ଭଧାରଣରେ ଖୁବ୍ ସହାୟକ ହେଇଥାଏ । ଯଥା: ଓମେଗା ୩ ଫେଟି ଏସିଡ୍ । ଆପଣ ନିଜ ଖାଦ୍ୟରେ ଏସବୁ ସାମିଲ କରିବା ଦରକାର । ଡିଏଚଏ ବଳରେ ଭ୍ରୁଣ ଓ ଶିଶୁର ମସ୍ତିଷ୍କ ଓ ଆଖିର ସମ୍ପୂର୍ଣ୍ଣ ବିକାଶ ହୁଇଥାଏ । ଅଧ୍ୟୟନକର୍ତ୍ତା ମାନେ ଠିକଣା କରିଛନ୍ତି ଯେ ଗର୍ଭାବସ୍ଥା ବେଳେ ଯଥେଷ୍ଟ ଡିଏଚଏ ଗ୍ରହଣ କରୁଥିବା ମା' ମାନଙ୍କର ଶିଶୁଗୁଡ଼ିକର ହାତ ଓ ଆଖି ଉତ୍କୃଷ୍ଟ ଧରଣର ହୋଇଥାଏ । ଶେଷ ତିନିମାସ ମଧ୍ୟରେ ଓ ପ୍ରସବ ଉତ୍ତାରେ ଏହାର ଚାହିଦା ଆହୁରି ବଢ଼ିଯାଇଥାଏ ।

ଯାହା ଶିଶୁ ସକାଶେ ହିତକର ଆଉ ଆପଣଙ୍କ ସକାଶେ ମଧ୍ୟ; ତଥା ଏହା ବଳରେ ଆପଣଙ୍କ ମୁଡ୍ ପରିବର୍ତ୍ତନରେ ସହାୟକ ହେବା ସାଂଗକୁ ଅସମୟରେ ପ୍ରସବ ଓ ଅବସାଦ ହେବାର ଆଶଙ୍କା ରହିବ ନାହିଁ । ଆପଣଙ୍କ ଶିଶୁର ଶୋଇବା ଅଭ୍ୟାସ ଖୁବ୍ ଭଲ ହେବ । ଆଗରୁ ଯେଉଁ ଖାଦ୍ୟ ଖାଉଥିଲେ ସେଥିରେ ଡିଏଚଏ ଭରି ରହିଥାଏ; ଯଥା: ସାଲମନ, ଦ୍ୱିତୀୟତଃ ତେଲିଆ ମାଛ; ଯତା: ସାର୍ଡିନ, ଅଖରୋଟ, ଡିଏଚଏରେ ଭର୍ତ୍ତି ହୋଇଥିବା ଅଣ୍ଡା, ଆର୍ଗୁଗୁଲା, କ୍ରେଭ ଓ ସିମ୍ପ, ଫଲେମ ନିଡ ଓ ଚିକେନ । ଆପଣ ଚାହିଁଲେ ଡାକ୍ତରଙ୍କୁ ପଚାରି ପାରନ୍ତି । ଅନେକ ପ୍ରସବ ପୂର୍ବ ସପ୍ଲିମେଣ୍ଟରେ ଡିଏଚଏ ମଧ୍ୟ ମିଳିଥାଏ ।

ପ୍ରତିଦିନର ଚର୍ବିକୁ ହିସାବ ରଖନ୍ତୁ, ନିଜର ଚାହିଦା ପୂରଣ କରନ୍ତୁ । ହେଲେ ଅତ୍ୟଧିକ ଚର୍ବିଖାଆନ୍ତୁ ନାହିଁ । ଏକଥା ଭୁଲନ୍ତୁ ନାହିଁ ଯେ ଖାଦ୍ୟ ରୋଷେଇରେ ମଧ୍ୟ ଚର୍ବି ଆବଶ୍ୟକ ହୁଏ । ଯଦି ଆପଣ ୧/୨ ଚାମୁଚ ଘିଅରେ ଅଣ୍ଡା ଫ୍ରାଇ କରିଥାନ୍ତି ବା କଲେସ୍ଲାରେ ୧ ବଡ଼ ଚାମୁଚ ମେୟୋନିଜ ପକେଇଥାନ୍ତି, ତେବେ ଉକ୍ତ ଦେଢ଼ ଚାମୁଚ ତେଲକୁ ଗଣନା କରିବାକୁ ଭୁଲନ୍ତୁ ନାହିଁ ।

ଯଦି ପୁଷ୍ଟିକର ଖାଦ୍ୟ ଖାଇବା ସତ୍ତ୍ୱେବ ମଧ୍ୟ ଓଜନ ବଢୁନଥାଏ, ତେବେ ଚର୍ବିର ପରିମାଣକୁ ଅଳ୍ପ ବୃଦ୍ଧି କରନ୍ତୁ । ପକ୍ଷାନ୍ତରରେ ଓଜନ ବେଶି ବଢୁଥିଲେ ଚର୍ବି କମେଇ ଦିଅନ୍ତୁ ।

ନିମ୍ନ ତାଲିକାରେ ପ୍ରଦତ୍ତ ସବୁତକ ଖାଦ୍ୟ ପଦାର୍ଥରେ ଚର୍ବି ମିଶିଛି । ଅବଶ୍ୟ ଏହା ହିଁ ଚର୍ବିର ଉତ୍ସ ନୁହଁ, ହେଲେ ଏହା ଆବଶ୍ୟକ ମଧ୍ୟ । ଯଦି ଆପଣଙ୍କର ଓଜନ ଠିକ୍ ଭାବରେ ବୃଦ୍ଧି ପାଉଥାଏ, ତେବେ ଦିନକୁ ଚାରି ଥର ଖାଇବାକୁ ହେବ । ଯଦି ନୁହଁ ତା'ହେଲେ ଚର୍ବି ବଢ଼େଇ ପାରନ୍ତି ବା କମେଇ ପାରନ୍ତି ।

୧ ବଡ଼ ଚାମୁଚ ତେଲ (ଅଲିଭ, କନୋଲା, ତିଲ)

୧ ବଡ଼ ଚାମୁଚ ଘିଅ (ମାର୍ବରିନ)

୧ ବଡ଼ ଚାମୁଚ ରେଗୁଲାର ମେଗୋନିଜ

୨ ବଡ଼ ଚାମୁଚ ସାଲାଡ ଡ୍ରେସିଂ

୨ ବଡ଼ ଚାମୁଚ କ୍ରିମ

୧/୪ କପ୍ ହାଫ ଏଣ୍ଡ ହାଫ

୧/୪ କପ ଫେଣ୍ଟି କ୍ରିମ

୧/୪ କପ ସ'ର କ୍ରିମ

୨ ବଡ଼ ଚାମୁଚ ରେଗୁଲାର କ୍ରିମ ଚିଜ୍

୨ ବଡ଼ ଚାମୁଚ ଚିନାବାଦାମ ତେଲ

ଲୁଣିଆ ଖାଦ୍ୟପଦାର୍ଥ (ସ୍ୱଳ୍ପ ମାତ୍ରାରେ)

ପ୍ରଥମେ ପ୍ରଥମେ ଗର୍ଭଧାରଣ ବେଳେ ଅଳ୍ପ ମାତ୍ରାରେ ଲୁଣଟିଆ ଜିନିଷ ଖାଇବାକୁ କୁହାଯାଉଥିଲା । କାରଣ ଏହାଫଳରେ ଦେହଟା ଫୁଲିଥାଏ; ହେଲେ ପରେ ଜଣାପଡ଼ିଲା ଯେ, ଦେହରେ ତରଳ ପଦାର୍ଥର ବୃଦ୍ଧି ସାମାନ୍ୟ ହେଇଥାଏ । ତରଳ ପଦାର୍ଥର ଭାରସାମ୍ୟ ରକ୍ଷା ନିମନ୍ତେ ସୋଡିୟମ ଏକାନ୍ତ ଆବଶ୍ରକ । ଯଦି ସୋଡିୟମ କମିଯାଏ, ତେବେ ଭ୍ରୁଣଟି କ୍ଷତିଗ୍ରସ୍ତ ହେଇଥାଏ । ଅବଶ୍ୟ ଆଚାର, ଚଟଣି ଓ ସସ୍ ବେଶି ପରିମାଣରେ ଖାଇବା ମଧ୍ୟ କ୍ଷତିକାରକ ଅଟେ । ସୋଡିୟମ ବେଶି ହେଲେ ଉଚ୍ଚ ରକ୍ତଚାପ ବଢ଼ିବା ସ୍ୱାଭାବିକ କଥା । ଏତଦ୍ୱାରା ଗର୍ଭଧାରଣ ଓ ପ୍ରସବରେ ଅନେକ ସମସ୍ୟା ସୃଷ୍ଟି ହେଇଥାଏ ।

କାଦ୍ୟରେ ଅଳ୍ପ ପରିମାଣ ଲୁଣ ଖାଆନ୍ତୁ । ଆଚାର ଖାଇବାକୁ ଇଚ୍ଛା ହେଲେ ଫାଳେ ଅଧେ ଖାଆନ୍ତୁ । ହେଲେ ଦୟାକରି ଅଧା ଜାର ଖାଇବାକୁ ମନ ବଳାନ୍ତୁ ନାହିଁ । ଆୟୋଡିନଯୁକ୍ତ ଲୁଣ ବ୍ୟବହାର କରନ୍ତୁ, ଫଳରେ ଦେହରେ ଏହାର ଅଭାବ ନରହୁ; ଅବଶ୍ୟ ଥାଇରାଇଡ ପରୀକ୍ଷା ମଧ୍ୟ କରେଇଲେ ଭଲ ।

ତରଳ ପଦାର୍ଥ: ୮ ଆଉନ୍ସର ଗ୍ଲାସ ପ୍ରତିଦିନ

ଆପଣ ଉଭୟଙ୍କ ସକାଶେ ଖାଇବା ସାଂଗକୁ ପିଉଛନ୍ତି ମଧ୍ୟ । ଆପଣଙ୍କ ପରି ଶିଶୁର ଦେହ ମଧ୍ୟ ଜଳରେ ନିର୍ମିତ । ଏହି ଦିନମାନଙ୍କରେ ଶରୀର ପାଇଁ ତରଳ ପଦାର୍ଥ ବେଶି ଆବଶ୍ୟକ । ଯଦି କମ୍ ପାଣି ପିଉଥାନ୍ତି, ତେବେ ସତର୍କ ହୁଅନ୍ତୁ । ଏହାଫଳରେ ଆପଣଙ୍କ ଚର୍ମ ସବୁ ସଂପ୍ରସାରିତ ହେବେ, କୋଷ୍ଠକାଠିନ୍ୟ ରହିବନି ଓ ଦେହର ଅପଶିଷ୍ଟ ପଦାର୍ଥ ପଦାକୁ ବାହାରିଯିବେ । ମୂତ୍ରାଶୟରେ ସଂକ୍ରମଣ ହେବନାହିଁ ଓ ପ୍ରସବ ସୁରୁଖୁରୁରେ ହେଇଯିବ । ଦିନକୁ ଅନ୍ୟୂନ୍ ୮ ଗ୍ଲାସ ପାଣି ନିହାତି ପିଅନ୍ତୁ । ଯଦି ବହୁତ ଗରମ ଅନୁଭୂତ ହେଉଥାଏ ବା ବ୍ୟାୟାମ କରୁଥାନ୍ତି ତେବେ ବେଶି ପାଣି ପିଇବାକୁ ହେବ । ଖାଇବା ଠିକ୍ ପୂର୍ବରୁ ବେଶି ପାଣି ପିଅନ୍ତୁ ନାହିଁ ।

ପାଣି ବ୍ୟତୀତ କ୍ଷୀର, ଫଳ ବା ପନିପରିବା ରସ, ଜୁସ, ସୁପ, ଉଷୁମ ବା ଥଣ୍ଡା ଚା', ସର୍ବତ ମଧ୍ୟ ପିଇଲେ ଚଳିବ ।

ଫଳରସ ସହିତ ପାଣି ମିଶେଇ ପିଇଲେ କେଲୋରୀ ମଧ୍ୟ ବଢ଼ିବ ନାହିଁ ।

ପ୍ରସବ ପୂର୍ବ ଭିଟାମିନ ସପ୍ଲିମେଣ୍ଟ ଏକ ପ୍ରେଗ୍ନେନ୍ସି ଫର୍ମୁଲା ପ୍ରତିଦିନ

ଏତେ ଭଲ ଖାଦ୍ୟ ଖାଇବା ସତ୍ତ୍ୱେ ମଧ୍ୟ ଭିଟାମିନ ବଟିକା ଖାଇବା ଦରକାର ହୁଏ କାହିଁକି ? ଆବଶ୍ୟ ହଁ, ଯଦି ଆପଣ କୌଣସି ପରୀକ୍ଷାଗାରରେ ଥାନ୍ତେ ତେବେ ବୋଧହୁଏ ଆବଶ୍ୟକ ହୁଅନ୍ତା ନାହିଁ । ସେଠାରେ ସବୁତକ ଜିନିଷ ବା ଖାଦ୍ୟ ପଦାର୍ଥ ମାପି ଚୁପି ଦିଆଯାଆନ୍ତା । କିନ୍ତୁ ବାସ୍ତବ କ୍ଷେତ୍ରରେ ଏପରି ସମ୍ଭବ ନୁହଁ । ଆପଣ ତଥା ଶିଶୁ ପାଇଁ ଭିଟାମିନ ନିହାତି ଭାବରେ ଦରକାର । ଏହାଦ୍ୱାରା ସବୁତକ ଭିଟାମିନ ମିଳିଯାଏ, ଯାହା ଅନ୍ୟାନ୍ୟ ଖାଦ୍ୟରୁ ମିଳିପାରେ ନାହିଁ ।

ଅବଶ୍ୟ ଔଷଧ ଯେତେହେଲେ ମଧ୍ୟ ଖାଦ୍ୟର ସମକକ୍ଷ ହେଇପାରିବ ନାହିଁ । ଏଣୁ ଖାଦ୍ୟରେ ଭିଟାମିନ ଓ ପ୍ରୋଟିନ ସାମିଲ କରନ୍ତୁ । ଏଥିରେ ତନ୍ତୁ ଓ ଜଳ ମଧ୍ୟ ଥାଏ । ଅନେକ ଗୁରୁତ୍ୱପୂର୍ଣ୍ଣ କେଲୋରୀ ଓ ପ୍ରୋଟିନ ଔଷଧରୁ ମିଳିପାରିନଥାଏ ।

ଏକଥା ଭାବନ୍ତୁ ନାହିଁ ଯେ, ଭିଟାମିନ ବଟିକା ଯେତେ ବେଶି ଖାଇଲେ, ସେତେ ଭଲ ବୋଲି ।

ଅନେକ ପ୍ରକାର ଭିଟାମିନ ବେଶି ଖାଇଲେ କ୍ଷତି ମଧ୍ୟ ହେଇଥାଏ । ଏହା ଦେହ ପାଇଁ ବିଷ ଭଳି କାମ କରିଥାନ୍ତି । ଏଣୁ ଡାକ୍ତରଙ୍କ ବିନା ପରାମର୍ଶରେ କଦାପି ଖାଆନ୍ତୁ ନାହିଁ । ଏହିପରି ଭାବରେ ଦୁର୍ବଳ ଔଷଧ ପ୍ରତି ମଧ୍ୟ ସାବଧାନ ହେବା ଉଚିତ । ଖାଦ୍ୟରେ ଗାଜର ଓ ଫୁଲକୋବି ଯେତେ ଖାଇଲେ ସେତେ ଭଲ ।

ଔଷଧରେ କ'ଣ ଅଛି ?

ଏହା ଏକଥା ଉପରେ ନିର୍ଭର କରିଥାଏ ଯେ, ଆପଣ କେଉଁ ଔଷଧ ଖାଉଛନ୍ତି । ଡାକ୍ତର ଆପଣଙ୍କ ମେଡିକାଲ ହିଷ୍ଟ୍ରି ଜାଣିଲା ପରେ ଔଷଧ ଖାଇବାକୁ ପରାମର୍ଶ ଦିଅନ୍ତି । ଯେହେତୁ ଏହାର କୌଣସି ସ୍ଥାୟୀ ନୀତିନିୟମ ନାହିଁ । ଯଦି ନିଜ ମନକୁ ମନ ଔଷଧ ଦୋକାନକୁ ଯାଉଥାନ୍ତି, ତେବେ ଏହାକୁ ପ୍ରଥମେ ପଢ଼ିନିଅନ୍ତୁ ।

– ଭିଟାମିନ ଏର ୪୦୦୦ ଆଇୟୁ ସକାଶେ ମି.ଗ୍ରା.ରୁ ଅଧିକ ଖାଆନ୍ତୁ ନାହିଁ । ୧୦,୦୦୦ ଆଇୟୁରୁ ଅଧିକ ମାତ୍ରା ବିଷାକ୍ତ ହେଇପାରେ । ଅନେକ କମ୍ପାନୀ ଏହାର ପରିମାଣକୁ ହ୍ରାସ କରିଦେଇଛନ୍ତି ବା ଏହା ବଦଳରେ ଭିଟା-କେରୋଟିନ ଖାଇବାକୁ ଦିଆଯାଉଛି ।

■ ଅନ୍ତତ ୪୦୦ରୁ ୬୦୦ ଏମଜି ଫଲିକ୍ ଏସିଡ୍

■ ୨୫୦ ମି.ଗ୍ରା କେଲସିୟମ । ଯଦି ଖାଦ୍ୟରେ ସମ୍ପୂର୍ଣ୍ଣ କେଲସିୟମ ପାଇପାରୁନାହାନ୍ତି, ତେବେ ଆପଣଙ୍କୁ ୧୨୦୦ ମି.ଗ୍ରା. ପର୍ଯ୍ୟନ୍ତ ଡୋଜ୍ ଖାଇବାକୁ ପଡ଼ିପାରେ । ସପ୍ଲିମେଣ୍ଟ ଆଇରନ ସାଙ୍ଗକୁ ୨୫୦ ମି.ଗ୍ରା.ରୁ ଅଧିକ କେଲସିୟମ ଖାଆନ୍ତୁ ନାହିଁ; କାରଣ ମିନେରାଲ ଆଇରନର ଅବଶୋଷଣରେ ବାଧା ସୃଷ୍ଟି କରିଥାଏ । ଆଇରସି ସପ୍ଲିମେଣ୍ଟ ଖାଇବା ଦୁଇ ଘଣ୍ଟା ପରେ ବା ଆଗରୁ କେଲସିୟମ ଖାଆନ୍ତୁ

■ ୩୦ ମି.ଗ୍ରା. ଆଇରନ

■ ୫୦ ରୁ ୮୦ ମି.ଗ୍ରା. ଭିଟାମିନ ସି ୧୫ମି.ଗ୍ରା. ଜିଙ୍ଗ

■ ୨ ମି.ଗ୍ରା. କପର

■ ୨. ମି.ଗ୍ରା. ଭିଟାମିନ ବି

■ ଭିଟାମିନ ଡି, ୫୦୦ ମି.ଗ୍ରା. ଅଧିକ ନୁହଁ

■ ଭିଟାମିନ ଇ (୧୬ ମି.ଗ୍ରା.)

ଥିୟାମିନ (୧-୪ ମି.ଗ୍ରା.)

ରାଇବୋଫ୍ଲେବିନ (୧-୪ ମି.ଗ୍ରା.)

ନିୟାସିନ (୧୮ ମି.ଗ୍ରା.)

ଭିଟାମିନ ବି (୨.୬ ମି.ଗ୍ରା.) ଏହା ପରିମାଣରେ ଖିଆଗଲେ କୌଣସି କ୍ଷତି ହେଇନଥାଏ ।

■ ଅନେକ ଔଷଧପତ୍ରରେ ମେଗ୍ନେସିୟମ, ଫ୍ଲୋରାଇଡ ବାୟୋଟିନ, ଫସ୍‌ଫରସ, ପେଣ୍ଟାଥେନିକ ଏସିଡ ଓ ବି ମଧ୍ୟ ସାମିଲ ହୋଇପାରେ ।

ନିଜ ଡାକ୍ତରଙ୍କର ବିନା ପରାମର୍ଶରେ କୌଣସି ଔଷଧ ଖାଆନ୍ତୁ ନାହିଁ ।

ଆପଣ କ'ଣ ଚିନ୍ତା କରୁଥାଇ ପାରନ୍ତି ?

ମିଲ୍କ ଫ୍ରି ମମ

"କ୍ଷୀର ପିଇବା ମୋ ପକ୍ଷରେ ସମ୍ଭବ ନୁହଁ । ତା' ପୁଣି ଦିନକୁ ଚାରି ଥର ! ନାରେ ବାବା ନା, ମୋ ଦ୍ୱାରା ହେବନି; ହେଲେ ମୋ ଛୁଆକୁ କ'ଣ କ୍ଷୀର ଆବଶ୍ୟକ ନୁହଁ କି ?"

ଶିଶୁକୁ କ୍ଷୀର ନୁହଁ କେଲସିୟମ ଆବଶ୍ୟକ । ଆଉ ଆପଣଙ୍କ ଖାଦ୍ୟରେ କ୍ଷୀର ହିଁ କେଲସିୟମର ସବୁଠୁ ଭଲ ପ୍ରାକୃତିକ ଉତ୍ସ । ଗର୍ଭଧାରଣ ସମୟରେ ଏଇଥିପାଇଁ କ୍ଷୀର ପିଇବାକୁ ପରାମର୍ଶ ଦିଆଯାଏ । ହେଲେ ଏହାକୁ ପିଇବା ସମୟରେ ପାଟିକୁ ରୁଚୁ ନଥିଲେ କିମ୍ବା ପେଟରେ ଗ୍ୟାସ ତିଆରି ହେଉଥିଲେ ତ ପିଇବା ପୂର୍ବରୁ ଦୁଇଥର ଚିନ୍ତା କରିବାକୁ ପଡୁଥିବ । ଶିଶୁର ଦାନ୍ତ ଓ ଅସ୍ଥି ସକାଶେ କେବଳ କ୍ଷୀରରୁ କେଲସିୟମ ମିଳିବ ନାହିଁ । ଏହାର ଆହୁରି ଅନେକ ବିକଳ୍ପ ଥାଇପାରେ । ଆପଣ ଚାହିଁଲେ ପନିର, ୟୋଗର୍ଟ ବା ଲେକ୍ଟୋଜ ଫ୍ରିମିଲ୍କ ପ୍ରଭୃତି ଦୁଗ୍ଧଜାତ ପଦାର୍ଥ ଖାଇପାରନ୍ତି । ଏହିପରି ପଦାର୍ଥରେ କେଲସିୟମ ଫୋର୍ଟିଫାଇଡ ମଧ୍ୟ ଥାଏ । ଆପଣ କ୍ଷୀରରେ ଲେକ୍ଟୋସ ବଟିକା ମଧ୍ୟ ପକାଇ ପାରନ୍ତି । ଫଳରେ ପେଟରେ ଏପଟ ସେପଟ ହେବନାହିଁ ଓ ସହଜରେ ହଜମ ହେଇପାରିବ ।

ଅବଶ୍ୟ ତିନିମାସ ପୂରିଲା ବେଳକୁ ଆପଣ ଦୁଗ୍ଧଜାତ ପଦାର୍ଥ ଖାଇବାକୁ ଅଭ୍ୟସ୍ତ ହୋଇସାରିଥିବେ । ସେତେବେଳେ ଭ୍ରୂଣଟିକୁ କେଲସିୟମ ନିତାନ୍ତ ଆବଶ୍ୟକ ହେଇଥାଏ । ଏଭଳି ଖାଦ୍ୟ ବାଛନ୍ତୁ, ଫଳରେ ବେଶି ଅସୁବିଧା ନହୁଏ ।

ଯଦି ଦୁଗ୍ଧଜାତ ପଦାର୍ଥ ଯୋଗୁଁ ଏଲାର୍ଜି ହୁଏ ତେବେ କେଲସିୟମଯୁକ୍ତ ଜୁସ ମଧ୍ୟ ପିଇପାରନ୍ତି କିମ୍ବା ଏଭଳି ନନ୍‌ଭେୟାରି ପ୍ରଡକ୍ଟ ଖାଆନ୍ତୁ, ଯେଉଁଥିବରେ ପ୍ରଚୁର କେଲସିୟମ ଥିବ ।

ଯଦି ଗୋରସର ସ୍ୱାଦ ପାଟିକୁ ନରୁଚେ ତେବେ ଅନ୍ୟାନ୍ୟ ବିକଳ୍ପ ବ୍ୟବସ୍ଥା କରନ୍ତୁ ବା ସେରେଲ ସୁପ ଓ ସ୍ମୁଦିଜରେ ଗୋରସ ମିଶେଇ ପିଅନ୍ତୁ ।

ପାଷ୍ଟରାଇଜ

ଲୁଇ ପାଶ୍ଚର ୧୮୦୦ ମସିହାର ମଧ୍ୟବେଳକୁ ପାଷ୍ଟରାଇଜ କରିବାର ଯେଉଁ ପଦ୍ଧତି ଖୋଜି ବାହାର କଲେ ତାହା ବାସ୍ତବରେ ଅଦ୍ଭୁତ ଓ ନିଆରା । ନିଜକୁ ତଥା ଶିଶୁକୁ ନିରାପଦ ରଖିବାକୁ ଚାହୁଁଥିଲେ ଆପଣ ପ୍ୟାଚରାଇଜଡ୍ କ୍ଷୀର ପିଅନ୍ତୁ ଓ ପାଷ୍ଟରାଇଜଡ୍ ଦୁଗ୍ଧ ଜାତ ଦ୍ରବ୍ୟ ଖାଆନ୍ତୁ । ଆଜିକାଲି ଅଣ୍ଡା ସବୁ ପଷ୍ଟାରାଇଜଡ୍ ହେଇ ଆସୁଛି । ଫଳରେ ବିଭିନ୍ନ ପ୍ରକାର ରୋଗରୁ ଆମେ ନିରାପଦ ରହିପାରୁଛୁ । ଗର୍ଭ ବେଳେ ଛୋଟ ଛୋଟ କଥା ପ୍ରତି ଦୃଷ୍ଟି ଦେଲେ ଖୁବ୍ ଭଲ । ଏଣୁ ଏହାକୁ ଗୁରୁତ୍ୱହୀନ ମନେ କରନ୍ତୁ ନାହିଁ ।

ଯଦି ଆପଣ ଖାଦ୍ୟରୁ ଯଥେଷ୍ଟ କେଲସିୟମ ପାଇପାରୁନାହାନ୍ତି, ତେବେ ଡାକ୍ତରଙ୍କୁ ଏହାର ସପ୍ଲିମେଣ୍ଟ ଦେବାପାଇଁ କୁହନ୍ତୁ । ଆଜିକାଲି ମିଠା ବଟିକା ମଧ୍ୟ ମିଳିଲାଣି; ଯାହାକୁ ପାଟିରେ ରଖି ଶୋଷିପାରିବେ ଠିକ୍ ଚକଲେଟ ଭଳି । କେଲସିୟମ ବ୍ୟତୀତ ଭିଟାମିନ ଡିର ପରିମାଣ ପ୍ରତି ମଧ୍ୟ ଦୃଷ୍ଟି ଦେବାକୁ ହେବ, ଏହା ପ୍ରାୟ ଗାଈ କ୍ଷୀରରେ ମିଳିଥାଏ । ଏହା ମଧ୍ୟ ଅତ୍ୟାବଶ୍ୟକ ।

ନିଜ ଖାଦ୍ୟରେ "ରେଡମିଟ' ଅର୍ଥାତ୍ କଞ୍ଚା ମାଂସ ଖାଆନ୍ତୁ ନାହିଁ

"ମୁଁ ଚିକେନ ଓ ମାଛ ଖାଇଥାଏ ହେଲେ ରେଡମିଟ ଖାଏନାହିଁ । କ'ଣ ଏହା ନହେଲେ ମଧ୍ୟ ମୋ ଶିଶୁକୁ ପୁଷ୍ଟିକର ଖାଦ୍ୟ ଦିଆଯାଇପାରେ ?"

ଗର୍ଭାବସ୍ଥାରେ ମାଛ ଓ ଦୁଗ୍ଧଜାତ ପଦାର୍ଥରୁ ଆପଣ ଯଥେଷ୍ଟ ପୁଷ୍ଟିକର ଖାଦ୍ୟ ପାଇପାରିବେ, ହେଲେ ଏଥବରେ ଆଇରନ ନଥାଏ, ଯାହା ରେଡମିଟ (କଞ୍ଚାମାଂସ)ରୁ ମିଳିଥାଏ । ଅବଶ୍ୟ ଆଇରନ ପାଇଁ ଅନ୍ୟ ବିକଳ୍ପ ବ୍ୟବସ୍ଥା କରାଯାଇପାରେ ।

ନିରାମିଷ ଭୋଜନ

"ମୁଁ ସୁସ୍ଥ ଓ ନିରାମିଷ ଅଟେ, ହେଲେ ମତେ ପ୍ରାୟ ସମସ୍ତେ କହିଥାନ୍ତି ଯେ ଜଣେ ସୁସ୍ଥ ଶିଶୁକୁ ଜନ୍ମ ଦେବାକୁ ହେଲେ ପଶୁ ମାଂସ ଖାଇବା ଜରୁରୀ । ହେଲେ ମୁଁ କ'ଣ କରିବି ?"

ଯଦି ନିରାମିଷ ବ୍ୟକ୍ତି ନିଜ ଖାଦ୍ୟରେ ଅଳ୍ପ କେତେକ ପଦାର୍ଥ ସାମିଲ କରିପାରନ୍ତି, ତେବେ ମାଂସାସୀ ପ୍ରାଣୀଙ୍କ ଭଳି ସବୁତକ ପୋଷଣ ପାଇପାରିବେ । ହେଲେ ନିରାମିଷ ଭୋଜନରେ ଏସବୁ ହେବା ଆବଶ୍ୟକ ।

ଯଥେଷ୍ଟ ପରିମାଣର ପ୍ରୋଟିନ: ଯଦି ଆପଣ ଯଥେଷ୍ଟ ପରିମାଣରେ ଦୁଗ୍ଧ ଓ ଅଣ୍ଡା ଖାଉଥାନ୍ତି, ତେବେ ନିଃସନ୍ଦେହ ପ୍ରଚୁର ପରିମାଣରେ ପ୍ରୋଟିନ ପାଇପାରୁଥିବେ, ହେଲେ ଯଦି ଆପଣ ନୈଷ୍ଟିକ ନିରାମିଶ ହୋଇଥାନ୍ତି ଅର୍ଥାତ୍ ଦୁଗ୍ଧ କିମ୍ବା ଅଣ୍ଡା ଖାଉନଥାନ୍ତି, ତେବେ ଶୁଖିଲା ଶିମ୍ବ, ମଟର, ମୁସୁରୀ, ତୋଫୁ ଓ ସୋୟା ପ୍ରଭୃତି ଯଥେଷ୍ଟ ପରିମାଣରେ ଖାଇବାକୁ ହେବ । ଯଦ୍ୱାରା ପ୍ରୋଟିନର ଅଳ୍ପତା ଅଚିରେ ଦୂର ହେଇଯିବ ।

ଯଥେଷ୍ଟ ପରିମାଣରେ କେଲସିୟମ:

ଦୁଗ୍ଧଜାତ ଦ୍ରବ୍ୟ ଖାଉଥିବା ନିରାମିଷ ବ୍ୟକ୍ତିମାନଙ୍କ ସକାଶେ ଏହା ମୁସ୍କିଲ ନୁହଁ ଯେ ହେଲେ ଯେଉଁମାନେ ଦୁଗ୍ଧଜାତ ଦ୍ରବ୍ୟ ଖାଉନଥିବେ ସେମାନେ ଚାହିଁଲେ କେଲସିୟମଯୁକ୍ତ ଦୁଗ୍ଧ, ସବୁଜ ପନିପରିବା, ଶାଗ, ତିଳ (ରାଶି), ବାଦାମ, ସୋୟା ପ୍ରଡକ୍ଟ ପ୍ରଭୃତି ଗ୍ରହଣ କରିପାରିବେ । ଯଦିଚ ତଥାପି ସମ୍ଭବ ନହୁଏ ତେବେ କେଲସିଅମ ବଟିକା ଖାଇପାରନ୍ତି ହେଲେ ଡାକ୍ତରଙ୍କ ପରାମର୍ଶ ଅତ୍ୟାବଶ୍ୟକ ।

ଭିଟାମିନ ବି୧୨: ଅବଶ୍ୟ ଏହାର ଅଳ୍ପତା ଦୁର୍ଲ୍ଲଭ କହିଲେ ଚଳେ । କିନ୍ତୁ ଶୁଦ୍ଧ ଶାକାହାରୀ ମାନଙ୍କୁ ଏହା ମିଳିନଥାଏ କାରଣ ଏହା ପଶୁମାଂସରେ ଉପସ୍ତିତ ଥାଏ । ଡାକ୍ତରଙ୍କ ପରାମର୍ଶ ଅନୁକ୍ରମେ ଆପଣ ଫାଲିକ ଏସିଡ ଓ ଆଇରନ ସହ ଭିଟାମିଟ ବି୧୨ ଖାଇପାରନ୍ତି । ଏହାବ୍ୟତୀତ ସୋୟା, କ୍ଷୀର, ଫୋର୍ଟିଫାଏଡ୍ ସିରେଲ, ପୁଷ୍ଟିକର ଖମୀର ଇତ୍ୟାଦି ବଳରେ ଏହାର ଅଳ୍ପତାକୁ ଦୂରେଇ ହୁଏ ।

ଭିଯାମିନ ଡି: ଆମ ଦେହର ଚର୍ମ ସୂର୍ଯ୍ୟକିରଣ ବଳରେ (ସକାଳେ) ନିଜକୁ ନିଜେ ଏହା ତିଆରି କରିଥାଏ । ହେଲେ ବେଶି ସମୟ ଧରି ଖରାରେ ଠିଆହେଲେ ରଂଗ କଳା ପଡ଼ିଯାଏ । କଳା ରଂଗର ସ୍ତ୍ରୀମାନେ ଏହାକୁ ଠିକ୍ ଭାବରେ ଗ୍ରହଣ କରିପାରନ୍ତି ନାହିଁ । ଯଦି ଗାଈ କ୍ଷୀର ନହୁଏ ତେବେ ଭିଟାମିନ ଡି ମିଶିଥିବା ସୋୟା ଖାଇପାରନ୍ତି ବା ଔଷଧ ଖାଆନ୍ତୁ । ବ୍ରେଡ ଓ ସେରେରେ ମଧ୍ୟ ଚଳିବ ।

ଲୋ-କାର୍ବ ଡାଇଟ

"ମୁଁ ଓଜନ ବୃଦ୍ଧି ସକାଶେ ଲୋ କାର୍ବ ହାଇପ୍ରୋଟିନ ଖାଉଥିଲି, ହେଲେ କ'ଣ ଗର୍ଭଧାରଣ ସମୟରେ ମଧ୍ୟ ଏହା ଖାଇଲେ ଚଳିବ ?"

ଗର୍ଭଧାରଣ ସମୟରେ ଯେକୌଣସି ପୁଷ୍ଟିକର ତତ୍ତ୍ୱର ଅଳ୍ପତା ଠିକ୍ କଥା ନୁହଁ । ଆପଣ ସବୁତକ ପୁଷ୍ଟିକର ସୁଷମ ଖାଦ୍ୟ ଖାଇବା ବାଂଛନୀୟ । ଅଳ୍ପ କାର୍ବ ଥବବା ଖାଦ୍ୟରେ ଫଲିକ ଏସିଡ ମଧ୍ୟ କମ୍ ଥିବ, ଯାହାକି ଶିଶୁର ଗଠନ ପାଇଁ ଏକାନ୍ତ ଆବଶ୍ୟକ । ଶିଶୁ ପାଇଁ ଯାହା ଠିକ୍ ନୁହେଁ, ମା'

ପାଇଁ ମଧ୍ୟ ତାହା ଅହିତକର ହୋଇଥାଏ । କମ୍ପ୍ଲେକ୍ସ କାର୍ବ ଆପଣଙ୍କୁ କୋଷ୍ଠ କାଠିନ୍ୟରୁ ରକ୍ଷା କରିଥାଏ । ଆଉ ଭିଟାମିନ ବି, ମର୍ଣ୍ଣିଂ ସିକ୍‌ନେସରୁ ରକ୍ଷା ପାଇଁ ଶକ୍ତି ଯୋଗେଇଥାଏ ।

ସତ କହିବାକୁ ଗଲେ ଗର୍ଭଧାରଣ ସବୁତକ ଖାଦ୍ୟ ଖାଇବାର ସମୟ ଅଟେ ଉପବାସ କରିବାର ସମୟ ନୁହଁ । ଏଣୁ ଓଜନ କମେଇବା କଥା ଭୁଲିଯାଇ ଶିଶୁକୁ ସୁଷମ ପୁଷ୍ଟିକର ଖାଦ୍ୟ ଦିଅନ୍ତୁ ।

କୋଲେଷ୍ଟ୍ରାଲର ଚିନ୍ତା

"ମୁଁ ଓ ମୋ ସ୍ୱାମୀ ଆମ ଖାଦ୍ୟରେ କୋଲୋଷ୍ଟ୍ରୋଲ୍‌ର ପରିମାଣ କମେଇ ଦେଇଛୁ । ହେଲେ ଗର୍ଭାବସ୍ଥାରେ ମଧ୍ୟ ଏପରି କରାଯାଇ ପାରେ କି ?"

ଆମେ ଜାଣୁନା ଯେ ଆପଣ କ'ଣ ଶୁରି ଛନ୍ତି, କ'ଣ ନାହିଁ । ଗର୍ଭ ବେଳେ ଆପଣଙ୍କୁ କୋଲେଷ୍ଟ୍ରୋଲ କମେଇବା ଆବଶ୍ୟକ ନୁହଁ । ଏହି ବୟସରେ ଆପଣଙ୍କୁ କୋଲେଷ୍ଟ୍ରୋଲ ଯୋଗୁଁ ଧମନୀରେ ସମସ୍ୟା ଦେଖାଦେବ ନାହିଁ । କଥା କ'ଣ କି ଭ୍ରୁଣର ବିକାଶ ପାଇଁ ମଧ୍ୟ ଏହା ଜରୁରୀ ଅଟେ । ଗର୍ଭବତୀ ମା'ମାନଙ୍କ ଦେହର ଉତ୍ପାଦନ ଆପେ ଆପେ ବଢ଼ି ଯାଇଥାଏ । ରକ୍ତ କୋଲେଷ୍ଟ୍ରାଲ୍‌ର ସ୍ତର ୫ରୁ ୪୦ ପ୍ରତିଶତ ପର୍ଯ୍ୟନ୍ତ ବୃଦ୍ଧି ପାଇଥାଏ । ଅବଶ୍ୟ ନିଜ ତରଫରୁ ବଢ଼େଇବା ଆବଶ୍ୟକ ନୁହଁ । ହେଲେ ଆପଣ ଅଣ୍ଡା ଭଜା ଆରାମରେ ଖାଇପାରନ୍ତି । କେଲସିୟମ ସକାଶେ ପନିର ଖାଇପାରନ୍ତି କିମ୍ବା ବର୍ଗର ମଧ୍ୟ ।

ଜଙ୍କ ଫୁଡ୍ ସେବନ

"ମତେ ଚଣା, ଚିପ୍‌ସ ଓ ଫାଷ୍ଟଫୁଡ୍ ଖୁବ୍ ଭଲ ଲାଗେ । ଉତ୍ତମ ଖାଦ୍ୟ ଖାଇବା ମୋ ପକ୍ଷରେ ଶ୍ରେୟସ୍କର, ମୁଁ ମଧ୍ୟ ଏହା ଚାହେଁ, ହେଲେ ମୋ ଅଭ୍ୟାସରୁ କିପରି ମୁକୁଳିବି ?"

ଯଦି ଆପଣ ଅଭ୍ୟାସ ପରିବର୍ତ୍ତନ କରିବାକୁ ଚାହୁଁଥାନ୍ତି, ତେବେ ଧରିନିଅନ୍ତୁ ଯେ ପ୍ରଥମ ପଦକ୍ଷେପ ଆପଣ ପକେଇ ସାରିଲେଣି । ପ୍ରଥମ କଥା ହେଲା ସର୍ବପ୍ରଥମେ ନିଜେ ନିଜକୁ ବଧେଇ ଦିଅନ୍ତୁ । ଅବଶ୍ୟ ଏହା ସକାଶେ କେତେକ ଗମ୍ଭୀର ପଦକ୍ଷେପ ଗ୍ରହଣ କରିବାକୁ ହେବ, ହେଲେ ଅନେକ ପ୍ରକାର ଉପାୟ ଅଛି, ଯାହା ସାହାଯ୍ୟରେ ଏହି ଅଭ୍ୟାସ ପରିବର୍ତ୍ତନ ହେଇପାରିବ ।

୧. ସାଙ୍ଗରେ ଖାଦ୍ୟ ନିଅନ୍ତୁ: ଯଦିଚ ଜଳଖିଆ ଟେବୁଲରେ କଫି ପିଇବାକୁ ଇଚ୍ଛା ହୁଏ, ତେବେ ଘରୁ ଭଲ ପୁଷ୍ଟିକର ଓ ସ୍ୱାସ୍ଥ୍ୟକର ଜଳଖିଆ ନେଇଯାଆନ୍ତୁ; ଯେଉଁଥିରେ କମ୍ପ୍ଲେକ୍ସ କାର୍ବ ଓ ପ୍ରୋଟିନର ମିଶ୍ରଣ ଥିବ । ଏପରି କଲେ ପେଟ ପୂରିଥିବ ଓ ଜଙ୍କ ଫୁଡ୍ ଖାଇବାକୁ ଇଚ୍ଛା ମଧ୍ୟ ହେବନାହିଁ । ଯଦି ହୋଟେଲ ପାଖକୁ ଗଲେ ହୁଏତ ଖାଇବାର ଇଚ୍ଛା ବଳବତ୍ତର ହେଇଯିବ ବୋଲି ଚିନ୍ତା କରୁଥାନ୍ତି, ତେବେ ସେଠାକୁ ଯାଆନ୍ତୁ ନାହିଁ । ନିଜ ଆଖ ପାଖ ଦୋକାନରୁ ସ୍ୱାସ୍ଥ୍ୟକର ସେଣ୍ଡବିଚ ମଗାନ୍ତୁ ବା ଏଭଳି ଜାଗାକୁ ଯାଆନ୍ତୁ ଯେଉଁଠାରେ ତେଲରେ ଛଣା ଜଳଖିଆ ମିଳୁନଥିବ ।

୨. ଅଗ୍ରିମ ଯୋଜନା କରିବା ଆବଶ୍ୟକ: ଗର୍ଭଧାରଣ ସମୟରେ ଲଗାତାର ନିହାତି ଭାବରେ ସୁଷମ ଓ ପୁଷ୍ଟିକର ଖାଦ୍ୟ ଆବଶ୍ୟକ । ନିଜ ଆଲମାରୀରେ ଏପରି ଖାଦ୍ୟ ଥିବା ଦରକାର । ଭଲ ହୋଟେଲ କିମ୍ବା ରେଷ୍ଟୁରାଣ୍ଟର ଫୋନ ନଂ. ପାଖରେ ଥିବା ଉଚିତ । ଯଦ୍ୱାରା ଇଚ୍ଛା କଲେ ଭଲ ଖାଦ୍ୟ ମଗାଯାଇ ପାରିବ । ଭୋକ ବଢ଼ିବା ଆଗରୁ ଖାଦ୍ୟ ପାଇଁ ଅର୍ଡର ଦିଅନ୍ତୁ । ଘରେ, ଅଫିସରେ, ବ୍ୟାଗ ବା କାରରେ ସ୍ନେକ୍ସ ଭଳି ଖାଇବା ଜିନିଷ ଥିଲେ ଭଲ । ଯଥା: ଫଳ, ଟ୍ରେଲମିକ୍ସ, ସୋୟାଚିପ୍ସ, ଖାଦ୍ୟ ଶସ୍ୟ ଭଜା, ଗ୍ରେନୋଲାବାର ଓ କ୍ରେକର, ୟୋଗାର୍ଟ ବା ସ୍ମୁଦିଜ, ଷ୍ଟ୍ରିଙ୍ଗ ଚିଜ ବା ଭେନିସ । ଶୋଷ୍ ଲାଗିଲେ ସୋଡ଼ା ନପିଇ ସାଦା ପାଣି ବୋତଲ ପାଖରେ ରଖନ୍ତୁ ।

୩. ଲାଳସାକୁ ଏଡେଇ ଦିଅନ୍ତୁ: କେଣ୍ଡି, ଚିପ୍‌ସ, କୁକିଜ ଓ ମୃଦୁମେୟକୁ ଘରୁ ବାହାର କରିଦିଅନ୍ତୁ । ଯଦ୍ୱାରା ଏଗୁଡ଼ିକ ମନେ ପଡୁ । ନହେଲେ ଲାଳସା କ୍ଷତି କରିପାରେ ।

୪. ବିକଳ୍ପ ବ୍ୟବସ୍ଥା କରନ୍ତୁ: ଯେକୌଣସି ଖାଦ୍ୟ ପଦାର୍ଥ ବେଶି ସୁଆଦିଆ ମନେହେଲେ, ତାର ବିକଳ୍ପ ବ୍ୟବସ୍ଥା ଆପଣ ବାଛି ପାରନ୍ତି । ବିକଳ୍ପ ଏଭଳି ହେବା ଦରକାର ଯେ ସୁଆଦର ଇଚ୍ଛା ପୂର୍ଣ୍ଣ ହେବା ସଂଗକୁ ଖାଦ୍ୟରୁ ଯଥେଷ୍ଟ ପରିମାଣର ପୋଷଣ ମିଳିପାରିବ । ମନେକର ଆଇସ୍କ୍ରିମ ଖାଇବାକୁ ଇଚ୍ଛା

ହୁଏ, ତେବେ ମିଠା ଜୁସବାର କିମ୍ବା ବହଳ କ୍ରିମ ଫଳ ମଧ୍ୟ ଖିଆଯାଇପାରେ ।

୫. ଶିଶୁ ପ୍ରତି ଦୃଷ୍ଟି ଦିଅନ୍ତୁ: ଆପଣ ଯାହା ଖାଇଥାନ୍ତି, ଶିଶୁ ମଧ୍ୟ ତାହା ଖାଇଥାଏ । ହେଲେ ଅନେକ ଥର ନିଜ ମନ ପସନ୍ଦର ଜିନିଷ ଖାଇବାକୁ ଇଚ୍ଛା ହେଉଥାଏ । ସେତେବେଳେ ଛୁଆ କଥା ମନେରଖିବା କଠିନ ହେଇଥାଏ । ନିଜ କୋଠରିରେ ସୁନ୍ଦର ସୁନ୍ଦର ଶିଶୁମାନଙ୍କର ଚିତ୍ର ମାରନ୍ତୁ । ଘରେ ଟଙ୍ଗା ହୋଇଥିବା ଏହି ଚିତ୍ର କଥାକଥାରେ ଭଲ ମନ୍ଦ ସବୁ ସୂଚେଇ ଦେଇ ପାରୁଥିବେ ।

୬. ସୀମାରେ ରୁହନ୍ତୁ: କିଛି ପରିମାଣର ଦଙ୍କ ଖିଆଯାଇପାରେ, ହେଲେ ନଖାଇବା ହିଁ ସବୁଠୁ ଭଲ । ଯଦି ଆପଣ ଟିକେ ଖାଇଲେ ବେଶି ଇଚ୍ଛା ହୁଏ, ତେବେ ଭଲ ମନ୍ଦ ପ୍ରତି ଯତ୍ନବାନ ହେଇ ନିଜ ସୀମାରେ ରୁହନ୍ତୁ ।

୭. ଭଲ ଅଭ୍ୟାସ ଦୀର୍ଘ ସମୟ ଧରି ଅବ୍ୟାହତ ରହେ: ସୁସ୍ଥ ଓ ଭଲ ଅଭ୍ୟାସ ଦୀର୍ଘସ୍ଥାୟୀ ହେଇପାରେ । ପ୍ରସବ ଉତ୍ତାରେ ମଧ୍ୟ ନୂଆହୋଇ ମା' ହେଇଥିବା ସ୍ତ୍ରୀଙ୍କୁ ବଳ ଆବଶ୍ୟକ ହେଇଥାଏ । ସେତେବେଳେ ଉକ୍ତ ଭଲ ଅଭ୍ୟାସ ହିଁ କାମକୁ ଆସେ । ଏହିପରି ଭାବରେ ଶିଶୁ ମଧ୍ୟ ଅଭ୍ୟାସକୁ ନେଇ ଆଗେଇଥାଏ ।

ସ୍ୱାସ୍ଥ୍ୟକର ଖାଦ୍ୟ-ପେୟର ସର୍ଟକଟ ରାସ୍ତା

ପାଷ୍ଟଫୁଡ ମଧ୍ୟ ସ୍ୱାସ୍ଥ୍ୟକର ହେଇପାରିବ, ହେଲେ କିପରି:

– ଯଦି ଆପଣ ତରତର ହେଉଥାନ୍ତି ତେବେ ମନେରଖନ୍ତୁ ଯେ ବର୍ଗର ସକାଶେ ଲାଇନରେ ଠିଆ ନହେଇ ବରଂ ଭଜା ଟର୍କି ଚିଜ, ସାଲାଡ ଓ ଟମାଟୋରେ ସେଣ୍ଡବିଚ ତିଆରି କରିପାରିବେ ।

– ଯଦି ପ୍ରତିଦିନ ରାତିରେ ଡିନର ପ୍ରସ୍ତୁତ କରି ଖାଇପାରନ୍ତି ନାହିଁ ତେବେ ଏକାଥରକେ ଦୁଇ-ଦିନ ରାତି ପାଇଁ ତିଆରି କରି ରଖିଦେଲେ ଭଲ ।

– ସ୍ୱାସ୍ଥ୍ୟକର ଭୋଜନ ପ୍ରସ୍ତୁତି ସମୟରେ ବେଶି ଚାକଚକ୍ୟ ପ୍ରତି ଦୃଷ୍ଟି ନଦେଇ ବରଂ ଖାଦ୍ୟଟି ସାଦା ହେଲେ ମଧ୍ୟ ପୁଷ୍ଟିକର ପ୍ରତି ଗୁରୁତ୍ୱ ଦେବା ବିଧେୟ ।

ଆପଣ ସିଝା କୁକୁଡା ମାଂସରୁ ହାଡ଼ ଅଲଗା କରି ସେଥିରେ ଟମାଟୋ ସସ ଓ ମାଦରେଲା ପନିର ମିଶେଇ କ୍ରୋଲର ମଧ୍ୟରେ ପ୍ରସ୍ତୁତ କରିପାରିବେ । ଏଠାରେ ନିଦ ଇଚ୍ଛାନୁସାରେ ସାମାନ୍ୟ ପରିବର୍ତ୍ତନ କରାଯାଇପାରେ ।

– ଯଦି ବାସ୍ତବରେ ଖାଦ୍ୟ ପ୍ରସ୍ତୁତ ପାଇଁ ସମୟ ନଥାଏ ତେବେ ସୁପର ମାର୍କେଟରେ ମିଳୁଥିବା ସୁପ, ଜୁସ କିମ୍ବା ରେଡିମିକ୍ସ ଖାଦ୍ୟ କିଣାଯାଇପାରେ । ଏଭଳି ପନିପରିବା ବା ଖାଦ୍ୟପଦାର୍ଥ କିଣାଯାଉ ଯାହାକୁ ମାଇକ୍ରୋୱେଭ୍‌ରେ ସୁବିଧାରେ ଓ ସହଜରେ ରାନ୍ଧି ଖିଆଯାଇପାରେ ।

ଘରୁ ବାହାରେ ଖାଇବା

"ମୁଁ ସ୍ୱାସ୍ଥ୍ୟକର ଖାଦ୍ୟ ଖାଇବାକୁ ପୂରାପୂରି ଚେଷ୍ଟା କରୁଛି; ହେଲେ ଅଧିକାଂଶ ସମୟରେ ଘରୁ ବାହାରେ ରହି ଖାଦ୍ୟ ଖାଇବାକୁ ପଡୁଥିବାରୁ ଏହା ସମ୍ଭବ ହେଇପାରୁନାହିଁ ।"

– ଅନେକ ଗର୍ଭବତୀ ସ୍ତ୍ରୀମାନଙ୍କ ପକ୍ଷରେ ଏହା ସହଜ ଓ ସମ୍ଭବ ହେଇନଥାଏ ଯେ ସେମାନେ କୌଣସି ରେଷ୍ଟୁରାଣ୍ଟରେ ବସି ମିନେରାଲ ୱାଟର ପିଇବେ ଆଉ ମାର୍ଟିନିକୁ ଗୁରୁତ୍ୱହୀନ ମନେକରିବେ । ଆପଣ ନିଜ ପାଇଁ ଏଭଳି ଖାଦ୍ୟ ବାଛିବା ଉଚିତ ଯାହା ଶିଶୁର ସ୍ୱାସ୍ଥ୍ୟ ପାଇଁ ପୁଷ୍ଟିକର ହେବା ସାଂଗକୁ ନିଜର କେଲୋରୀ ବ୍ୟାଙ୍କ ସହ ମଧ୍ୟ ଖାପ ଖାଉଥିବ ।

ନିମ୍ନଲିଖିତ ପରାମର୍ଶ ସହାୟତାରେ ଆପଣ ହୋଟେଲରେ ଖାଉଥିବା ଲଞ୍ଚ କିମ୍ବା ଡିନରକୁ ମଧ୍ୟ ନିଜର ସ୍ୱାସ୍ଥ୍ୟ ଅନୁକୂଳ କରିପାରିବେ ।

■ ବ୍ରେଡ ପ୍ରତି ଦୃଷ୍ଟି ଦେବା ପୂର୍ବରୁ ସେହି ଖାଦ୍ୟ ଶସ୍ୟ ପ୍ରତି ଦୃଷ୍ଟିଯି ଦିଅନ୍ତୁ ଯେଉଁଥିରେ ଉକ୍ତ ବ୍ରେଡ ତିଆରି ହେଇଛି ଓ ତା’ପରେ ବ୍ରେଡ ମଗେଇ ଖାଆନ୍ତୁ । ଯଦି ସମ୍ଭବ ନହୁଏ ତେବେ ଅନ୍ୟ ବ୍ରେଡ ମଗାନ୍ତୁ ହେଲେ ସେଥିରେ ଲହୁଣୀ ବା ଅଲିଭ ତେଲ ଲଗାନ୍ତୁ । ଏହାବ୍ୟତୀତ ରେଷ୍ଟୁରାଣ୍ଟରେ ସାଲାଡ୍‌ର ଡ୍ରେସିଂ ଆଉ ତରକାରୀମାନଙ୍କରେ ମଧ୍ୟ ତେଲ, ଘିଅ ବା ଚର୍ବି ମିଶାଥାଏ ।

■ ପ୍ରଥମ କୋର୍ସରେ ସବୁଜ ସାଲାଡ ଖାଆନ୍ତୁ ତା’ ସାଂଗରେ ଶ୍ରିମ୍ପ କକଟେଲ, ଷ୍ଟିମ୍‌ଡ ସିଫୁଡ, ଗ୍ରିଲ୍‌ଡ ତରକାରୀ କିମ୍ବା ସୁପ ମଧ୍ୟ ଖାଇପାରନ୍ତି ।

■ ଯଦି ସୁପ୍ ମାଗନ୍ତି ତେବେ ତାହା ପନିପରିବାରେ ତିଆରି ଯଥା: (କନ୍ଦମୂଳ, ଗାଜର, ଟମାଟୋ) ହେବା ଆବଶ୍ୟକ । ଲେଣ୍ଟିଲ ବା ବିନ ସୁପରେ ମଧ୍ୟ ପ୍ରଚୁର ପ୍ରୋଟିନ ଥାଏ । ଏଥିରେ ପାଣିକକାରୁ ପନିର ମଧ୍ୟ ମିଶେଇ ପାରନ୍ତି । ଏହାକୁ ଖାଦ୍ୟ ଭଳି ଖିଆଯାଇପାରେ ।

■ ନିଜର ମେନ ଫୁଡରେ ଗ୍ରିଲ୍‌ଡ, ସିଝା, ବାଷ୍ପରେ ସିଝା ପୋଟର୍ଡ ବା ମାଛ, ସିଫୁଡ, ଚିକେନବ୍ରେଷ୍ଟ ବା ବିଫ ମଧ୍ୟ ପ୍ରୋଟିନ ଭାବରେ ଖିଆଯାଇପାରେ । ବିଶେଷ କିଛି ଜିନିଷ ଖାଇବାକୁ ଇଚ୍ଛା ହେଲେ ସଂକୋଚ ପ୍ରକାଶ କରନ୍ତୁ ନାହିଁ । କେହି ମନା କରିବେନି । ଆପଣ କହିପାରନ୍ତି ଯେ ଚିକେନ ବ୍ରେଷ୍ଟ ଫ୍ରାଇ ନକରି ଗ୍ରିଲ୍‌ଡ କରିଦିଅନ୍ତୁ । ଯଦି ନିରାମିଷ ହେଇଥାନ୍ତି ତେବେ ମେନ୍ୟୁରେ ଟୋଫୁ, ବିନ୍ସ, ମଟର, ଚିଜ ବା ଅନ୍ୟ କିଛି ସାମିଲ କରନ୍ତୁ ।

■ ନିଦ ପାଇଁ ବେକ୍‌ଡ ଧଳା ବା ମିଠା କନ୍ଦମୂଳ ଭାତ, ବିନ୍ସ, ମଟର ଓ ସବୁଜ ପନିପରିବା ବାଛନ୍ତୁ ।

■ ଆପଣ ଚାହିଁଲେ ରେଷ୍ଟୁରାଣ୍ଟରେ ଫଳ ମଧ୍ୟ ଅର୍ଡର କରିପାରିବେ; ଯଥା ତଟକା କୋଳି, ଫଳକୁ କାଟି ଖାଇବା ଆବଶ୍ୟକ ନୁହଁ । ବରଂ କଟା ଫଳ ମଝିରେ ଚାମୁଚ ସାହାଯ୍ୟରେ ଫେଣ୍ଟି କ୍ରିମ୍ ସୋଡା ୱାଟର ବା ଆଇସ୍କ୍ରିମ ପକେଇ ଖାଇ ପାରିବେ । ଅନ୍ୟ ଜିନିଷ ଡେଜାର୍ଟ ସାଙ୍ଗରେ ଖିଆ ଯାଇପାରେ ।

ଲେବୁଲ ପଢ଼ିବା

"ମୁଁ ଭଲ ପୁଷ୍ଟିକର ଖାଦ୍ୟ ଖାଇବାକୁ ଚାହେଁ, ହେଲେ କିଣା ଯାଉଥିବା ଖାଦ୍ୟଡବାର ଲେବୁଲ ପଢ଼ିବା କଠିନ ମନେହୁଏ । ଏହା ମୋ ମୁଣ୍ଡରେ ଢୁକି ପାରେନାହିଁ ଅର୍ଥାତ୍ ମୁଁ ଆଦୌ ବୁଝିପାରେ ନାହିଁ ।"

ଲେବୁଲ ଆପଣଙ୍କର ସୁବିଧା ପାଇଁ ହିଁ ଲେଖାଯାଇଥାଏ । ଆର ଥରକୁ ଡବା ବନ୍ଦ ଖାଦ୍ୟ ପଦାର୍ଥ କିଣିଲାବେଳେ ଛୋଟ ଅକ୍ଷରରେ ଲେଖାଥିବା ତାଲିକା ପଢ଼ନ୍ତୁ; ଏଥିରେ ପୋଷଣ ଅର୍ଥାତ୍ ପୁଷ୍ଟିକର ତତ୍ତ୍ୱ, ମୂଲ୍ୟ ଓ କେଉଁ ଜିନିଷରେ ଏହା ତିଆରି ସବୁ କିଛି ଲେଖାଯାଇଥାଏ ।

ଏହି ତାଲିକା ଦେଖିଲେ ଆପଣ ଜାଣିପାରିବେ ଯେ କେଉଁଟା ବେଶି ପରିମାଣରେ ଅଛି ଓ କେଉଁ ଜିନିଷ ଖୁବ୍ କମ୍ ପରିମାଣରେ ମିଶିଛି ।

ଆଖି ବୁଲେଇଲା ମାତ୍ରେ ସବୁ ଅନୁମାନ କରିହେବ ଯେ ଖାଦ୍ୟଶସ୍ୟଟା ରିଫାଇଣ୍ଡ ନା ଅକ୍ଷତ । ଏଥିରେ ଚିନି, ଲୁଣ, ଚର୍ବି ବା କେଉଁ ପଦାର୍ଥ କେତେ ପରିମାଣରେ ମିଶିଛି ବା ବେଶି ମିଶିନାହିଁ ତା ଯଦି ଚିନି ସବା ଉପରେ ଥାଏ କିମ୍ବା ତାଲିକାରେ ବିଭିନ୍ନ ରୂପରେ ଯଥା: ଚିନି, କାନି ସିରପ, ହନି.. ଥାଏ, ତେବେ ଭାବିନିଅନ୍ତୁ ଯେ, ସେହି ଖାଦ୍ୟ ପଦାର୍ଥରେ ଚିନି ବେଶି ଅଛି ।

ଅନେକ ଥର ଚିନିର ପରିମାଣ ଭିଟାମିନତତ୍ତ୍ୱର ପରିମାଣଠାରୁ ଅଲଗା ଦିଆଯାଇଥାଏ । ହୁଏତ ଫଳରସ ଓ କମଳାରସ ଡବାରେ ଲାଗିଥିବା ଲେବୁଲରେ ଚିନିର ପରିମାଣ ଲେଖାଥାଇପାରେ ହେଲେ, ଏହାର ଅର୍ଥ ନୁହେଁ ଯେ ଚିନି ସମାନ ପରିମାଣରେ ଥିବ । ଯଥା: କମଳା ଓ କାର୍ନସିପର ତୁଳନା କରାଯାଉ । କମଳା ରସରେ ଚିନି ଭଳି ମିଠା ଲାଗୁଛି, ହେଲେ ଫଳରସରେ ଚିନି ପଡ଼ିଛି ।

ଯେଉଁ ଗର୍ଭବତୀ ସ୍ତ୍ରୀମାନେ ପ୍ରୋଟିନ ଓ କେଲୋରୀକୁ ଅନୁମାନ କରି ଆଗେଇଥାନ୍ତି, ତାଙ୍କ ପାଇଁ ଏଭଳି ଲେବୁଲ ପଢ଼ିବା ହିତକର ହୋଇପାରେ ।

ଯେଉଁ ଖାଦ୍ୟ ପଦାର୍ଥରେ ବେଶି ପରିମାଣର ଭିଟାମିନ ଥିବ, ତାକୁ ଶୀଘ୍ର କିଣିନେବା ଦରକାର ।

ବାହ୍ୟ ଆବରଣରୁ ପ୍ରକୃତ ଗୁଣବତ୍ତା ଜାଣିହୁଏ ନାହିଁ

ହଁ, ଫଳ କିମ୍ବା ପନିପରିବାର ବାହ୍ୟ ରଙ୍ଗ ଦେଖି ଖୁସି ହୁଅନ୍ତୁ ନାହିଁ । ଯେଉଁ ଫଳର ରଂଗ (ଚୋପା) ନଥାଏ, ସେଥିରେ ପ୍ରଚୁର ଭିଟାମିନ ରହିଥାଏ । ଗାଢ଼ ସବୁଜ ରଂଗର ଚୋପା ଥିବା କାକୁଡ଼ି ପରିବର୍ତ୍ତେ ଚୋପା ଛଡ଼େଇଲେ ସବୁଜ ଦିଶୁଥିବା କାକୁଡ଼ି କିଣନ୍ତୁ । ଏଭଳି ଖରଭୁଜ କିଣିବା ଉଚିତ, ଯାହା ବାହାରୁ ହଳଦିଆ ଦିଶୁଥିବ ଅଥଚ ଭିତରେ ଗାଢ଼ ହଳଦିଆ ଦେଖାଯିବ ।

ଅନେକଥର ବଡ଼ ବଡ଼ ଅକ୍ଷରରେ ଲେଖାହୋଇପାରିଥାଏ- ଇଂଲିଶ ମଫିନ- "ଗହମ, ଚୋପା ଓ ଶସ୍ୟରେ ନିର୍ମିତ' ବୋଲି । ଯଦି ଆପଣ ଛୋଟ ଅକ୍ଷର ପଢ଼ିବେ ତେବେ ସେଥିରେ ଲେଖାଥିବ ଯେ, ଏହା ପ୍ରକୃତରେ ମଇଦାରେ ତିଆରି ହୋଇଛି ଓ ତାଲିକାରେ ଚୋପାର ନାମଗନ୍ଧ ନଥିବ । ମହୁ କେବଳ ନାମକୁ ମାତ୍ର ଅଛି, ବାକି ସବୁ ଚିନିରେ ତିଆରି ।

"ଏନ୍‌ରିଚ୍‌ଡ କିମ୍ବା ଫୋର୍ଟିଫାଏଡ' ବ୍ୟାନର ଦେଖି ମଧ୍ୟ ସାବଧାନ ହୁଅନ୍ତୁ । କୌଣସି ଖାଦ୍ୟପଦାର୍ଥରେ ଯେକୌଣସି ଭିଟାମିନ ମିଶେଇଦେଲେ ତାହା ଉତ୍ତମ ଖାଦ୍ୟ ହୋଇପାରେ ନାହିଁ । ଆପଣ ଉକ୍ତ ରିଫାଇଡ୍ ଖାଦ୍ୟଶସ୍ୟ (୧୨ ଗ୍ରାମ ଚିନି ଓ ଭିଟାମିନ ସହିତ) ପରିବର୍ତ୍ତେ ଓଟମିଲ କିଣିବାକୁ ପସନ୍ଦ କରିବେ; ଯେଉଁଥିରେ କି ପ୍ରାକୃତିକ ଭାବରେ ପୁଷ୍ଟି ତତ୍ତ୍ୱ ଭରି ରହିଛି ।

ସୁଶୀ ଖାଇବି ନା ନାହିଁ

"ସୁଶୀ ମୋର ମନପସନ୍ଦ ପ୍ରିୟ ଖାଦ୍ୟ । ହେଲେ, ମୁଁ ଶୁଣିଛି ଯେ, ଗର୍ଭଧାରଣ ସମୟରେ ଏହା ଖାଇବା ଅନୁଚିତ; ଏହା କ'ଣ ସତ?"

କ୍ଷମା କରିବେ, ଆପଣ ସୁଶୀ, ସାଶୀସ, କଞ୍ଚା ଅୟଷ୍ଟର, ସେବିଏଚ, ଫିସ ଟାର୍ଟରସ, କାରପେସିଅସ ଭଳି ଖାଦ୍ୟ ପଦାର୍ଥ ଠାରୁ ଦୂରେଇ ରହିବା ଉଚିତ । ଅର୍ଦ୍ଧ ସିଝା ମାଛ ଓ ଶୌଲଫିସ ପ୍ରଭୃତି ସିଫୁଡ ରନ୍ଧା ହେଇନଥିବାରୁ ପେଟ ଖରାପ ହେବାର ଆଶଙ୍କା ଥାଏ । ଏହାର ଅର୍ଥ ନୁହଁ ଯେ ଆପଣଙ୍କ ମନପସନ୍ଦ ଜାପାନୀ ରେଷ୍ଟୁରାଣ୍ଟକୁ ଆଦୌ ଯିବେନି । ଆପଣ ରନ୍ଧା ମାଛ, ସିଫୁଡ ବା ତରକାରୀ ନିଶ୍ଚୟ ଖାଇପାରନ୍ତି । ଯଦି ଏଯାଏ ଏସବୁ ଖାଇ ଆସୁଥାନ୍ତି ତେବେ ବୋଧହୁଏ କିଛି କଥା ନୁହଁ ।

ଗରମ- ଗରମ ମାଛ

"ମତେ ଗରମ ଗରମ ଓ ଭଲ ଲୁଣଲଙ୍କା ମସଲା ପଡ଼ିଥିବା ଖାଦ୍ୟ ଭାରି ଭଲ ଲାଗେ । ହେଲେ ଗର୍ଭଧାରଣ ସମୟରେ ଏହା ଖାଇବା ଠିକ୍ ହେବକି?"

ଯଦି ଆପଣଙ୍କୁ ଛାତିରେ ଜ୍ୱଳନ ଓ ଅଜୀର୍ଣ୍ଣ ହେଉନାହିଁ ତେବେ ଆପଣ ଆରାମରେ ଲଙ୍କା ମସଲା ମିଶା ଖାଦ୍ୟ ଖାଇପାରିବେ । ଯଥା: ସାଲ୍‌ସା, ଷ୍ଟାର ଫ୍ରାଇ, ଇତ୍ୟାଦି । ଏଥିରେ କୌଣସି କ୍ଷତି ନୁହଁ ବରଂ ଭିଟାମିନ "ସି' ଥାଏ ।

ଖରାପ ଭୋଜନ ବା ବାସୀ ଖାଦ୍ୟ

"ଆଜି ସକାଳେ ମୁଁ ଏଭଳି ୟୋଗାର୍ଟ ଖାଇ ପକେଇଲି ଯାହା ବାସୀ ଥିଲା ଆଉ ସପ୍ତାହକ ପୂର୍ବେ ଏହାର ଏକ୍ସପାଇରି ହୋଇସାରିଥିଲା । ଏହାର ସ୍ୱାଦ ଅବଶ୍ୟ ଠିକ୍ ଥିଲା ଯେ ହେଲେ ଏହା କଣ କ୍ଷତି କରିବ କି?"

ଯାହା ହେଲା, ଭୁଲିଯିବା କଥା । ଅବଶ୍ୟ ଏକ୍ସପାଇରି ପରେ ଦୁଗ୍ଧଜାତ ଦ୍ରବ୍ୟ ଖାଇବା ବିପଜ୍ଜନକ ହେଇପାରେ । ଖାଇବାର ଆଠ ଘଣ୍ଟା ମଧ୍ୟରେ ଯଦି ସେପରି କିଛି ଲକ୍ଷଣ ଦେଖାଯାଏ ନାହିଁ ତେବେ ଭାବିନେବା କଥା ଯେ ଆଉ କିଛି ହେବନାହିଁ । ହୁଏତ ତାହା ଫ୍ରିଜ ମଧ୍ୟରେ ପଡ଼ି ରହିଥିବ । ଭବିଷ୍ୟତରେ କିଛି ଖାଇବା ପୂର୍ବରୁ ତାର ଏକ୍ସପାଇରି ଦେଖିନେବା ଉଚିତ୍ ।

"ଗତ ରାତିରେ ମୁଁ ଫୁଡ୍ ପଏଜନ'ରେ ଆକ୍ରାନ୍ତ ହେଲି । ଏଣୁ ଝାଡା ଓ ବାନ୍ତି ହେଉଛି । ଏହାଫଳରେ ମୋ ଶିଶୁରକୌଣସି କ୍ଷୟକ୍ଷତି ହେବକି?"

ଶିଶୁଠାରୁ ବେଶି କ୍ଷୟକ୍ଷତି ଆପଣଙ୍କର ହେବ । ହେଲେ ଝାଡା ଓ ବାନ୍ତି ଯୋଗୁଁ ଯଦି ଦେହରେ ପାଣିର ପରିମାଣ କମିଯାଏ, ତେବେ ମା ଓ ଶିଶୁ ଉଭୟ ବିପଦରେ ପଡ଼ିପାରନ୍ତି । ପ୍ରଚୁର ପାଣି ପିଉଥିଲେ ଅସୁବିଧା ହେବନାହିଁ । ହେଲେ ଝାଡାରେ ରକ୍ତ କିମ୍ବା ଶ୍ଳେଷ୍ମା ପଡୁଥିଲେ ଶୀଘ୍ର ଡାକ୍ତରଙ୍କୁ ପରାମର୍ଶ କରନ୍ତୁ ।

ଚିନିର ବିକଳ୍ପ

"ମୁଁ ଓଜନ ବଢ଼େଇବାକୁ ଚାହେଁ ନାହିଁ, ହେଲେ ମିଠା ଖାଇବାକୁ ଭଲ ପାଏ । ହେଲେ ମୁଁ କ'ଣ ଚିନିର ବିକଳ୍ପ ବ୍ୟବହାର କରିପାରିବି କି?"

ଶୁଣିବାକୁ ହୁଏତ ଭଲ ଲାଗିପାରେ ହେଲେ ଗର୍ଭବତୀ ସ୍ତ୍ରୀମାନଙ୍କ ପକ୍ଷରେ ଚିନିର ବିକଳ୍ପର ମିଶ୍ରିତ ଫଳ ପ୍ରାପ୍ତ ହେବ । ଅବଶ୍ୟ ଏହା ନିରାପଦ ହେଲେ ହେଁ ଏପର୍ଯ୍ୟନ୍ତ ଏ ବିଷୟରେ ବିଶେଷ କିଛି ଗବେଷଣା

ହେଇପାରି ନାହିଁ କହିଲେ ଚଳେ ।

ସୁକ୍ରାଲୋଜ (ସ୍ପଲେଣ୍ଡା): ଏହା ଚିନିରେ ତିଆରି କିନ୍ତୁ ଏହାକୁ ରାସାୟନିକ ଭାବରେ ଏପରି ରୂପ ଦିଆଯାଇଥାଏ । ଯଦ୍ୱାରା ଏହାକୁ ଶରୀର ଅବଶୋଷିତ କରିପାରେ ନାହିଁ । ଯେଉଁ ଗର୍ଭବତୀ ସ୍ତ୍ରୀମାନେ ନିଜର କେଲୋରୀ ବୃଦ୍ଧି କରିବାକୁ ଚାହାନ୍ତି ନାହିଁ, ସେମାନେ ଏହା ଖାଇବା କଥା । ଆପଣ ଏହାକୁ ଚା', କଫି କିମ୍ବା ଅନ୍ୟ କିଛି ରାନ୍ଧିଲାବେଳେ ପକେଇ ପାରନ୍ତି । ଅଥବା ସେପରି ପ୍ରଡକ୍ଟ କିଣନ୍ତୁ ଯେଉଁଥିବରେ ସୁକ୍ରାଲୋଜ ମିଶିଥିବ । (ଯଥା: ଜିଙ୍କ, ୟୋଗାର୍ଟ, କେଣ୍ଡି ଓ ଆଇସ୍କ୍ରିମ) । ମନେରଖନ୍ତୁ ଯେ ଅଳ୍ପ ପରିମାଣରେ ଖାଇବା ହିତକର । ଯେହେତୁ ଏହା ନୂଆ ପ୍ରଡକ୍ଟ, ଏଣୁ ବିଶେଷ କିଛି ତଥ୍ୟ ଜଣାପଡ଼ିନାହିଁ ଏଯାଏଁ ।

ଏ ସ୍ପାର୍ଟମ (ଇକ୍ୱେଲ, ନ୍ୟୁଟ୍ରାସ୍ୱିଟ): ଏହାକୁ ଡ୍ରିଙ୍କ ୟୋଗାର୍ଟ ଓ ପ୍ରୋଜନ ଫୁଡରେ ମିଶେଇ ପାରିବେ । ହେଲେ ରାନ୍ଧି ପାରିବେ ନାହିଁ କାହିଁକିନା ବେଶି ସିଝେଇଲେ ମିଠା ମରିଯାଏ । ଅଧିକାଂଶ ଡାକ୍ତର ଏହାକୁ ନିରାପଦ ମନେକରି ଅଳ୍ପ ବହୁତ ପ୍ରୟୋଗ କରିବାକୁ ପରାମର୍ଶ ଦେଇଥାନ୍ତି । ଅନେକ ଡାକ୍ତର କୃତ୍ରିମ ମିଠା ଜିନିଷ ଖାଇବା ପୂର୍ବରୁ ସାବଧାନ ହେବାକୁ କହିଥାନ୍ତି । ଏଣୁ ଆପଣଙ୍କ ଡାକ୍ତର ଯାହା କହିବେ, ତାଙ୍କ କଥାମାନି ଚଳିବେ ।

ସାକୋରିନ: ମଣିଷ ମାନଙ୍କଠାରେ ସାକାରିନ ପ୍ରୟୋଗର ବେଶି ଗବେଷଣା ହୋଇନାହିଁ ହେଲେ ପଶୁମାନଙ୍କଠାରେ ହେଇଥିବା ଅଧ୍ୟୟନରୁ ଏହା ଜଣାପଡ଼ିଛି ଯେ, ଏହା ବେଶି ପରିମାଣରେ ଖାଇଲେ ହୁଏତ କେନ୍‌ସର ହେବାର ଆଶଙ୍କା ବୃଦ୍ଧି ପାଇବ କି ନାହିଁ ଏହା ସ୍ପଷ୍ଟ ନୁହଁ, ଏଣୁ ଗର୍ଭବତୀ ସ୍ତ୍ରୀ ପାଇଁ କଣ ହେଇପାରେ ? ଅଧିକାଂଶ ଡାକ୍ତରମାନେ ଏହାକୁ ଯେତେ କମ୍ ବ୍ୟବହାର କଲେ ସେତେ ଭଲ ବୋଲି କହିଥାନ୍ତି । ଅବଶ୍ୟ ଯେଉଁ ସାକାରିନ ଆପଣ ପୂର୍ବରୁ ଖାଇଛନ୍ତି, ସେ କଥାକୁ ନେଇ ବ୍ୟତିବ୍ୟସ୍ତ ହୁଅନ୍ତୁ ନାହିଁ ।

ଏସୁଲଫେମ କେ (ସୁନେଟ): ଚିନିଠାରୁ ମଧ୍ୟ ଦୁଇଶହ ଗୁଣ ମିଠା ଏହି ପଦାର୍ଥ ଜିଲେଟିନ ଡେଓ୍ୱର୍ଟ, ଉଷୁମ ଓ ଥଣ୍ଡା ପେୟରେ ପକାଯାଇଥାଏ । ଏଫଡିଏ ଅନୁସାରେ ଗର୍ଭଧାରଣ ସମୟରେ ଏହା ଅତ୍ୟଳ୍ପ ମାତ୍ରାରେ ବ୍ୟବହାର କରାଯାଇପାରେ; ହେଲେ ଆପଣଙ୍କ ଡାକ୍ତର କ'ଣ କହୁଛନ୍ତି, ପ୍ରଥମେ ପଚାର ।

ସରବିଟାଲ: ଏହି ଚିନି, ମିଠା (ମଧୁରତା) ଆମେ ଅନେକ ଫଳ ଓ କୋଳିରେ ପାଇଥାଉ । ଏହି ସରବିଟାଲକୁ ଖାଇବା ଜିନିଷରେ ମିଶାଯାଇଥାଏ ହେଲେ ବେଶି ମିଶେଇଲେ ଗ୍ୟାସ ବା ଡାଇରିଆ ହେବାର ଆଶଙ୍କା ବୃଦ୍ଧି ପାଇବ ।

ମେନିଟାଲ: ଏହା ଚିନିଠାରୁ ଅଳ୍ପ ମିଠା ଲାଗେ । ଆଉ କମ୍ କେଲୋରୀ ମଧ୍ୟ ଦିଏ । ସରବିଟାଲ ଭଳି ଏହାକୁ ମଧ୍ୟ ଅଳ୍ପ ମାତ୍ରାରେ ଖବଆଯାଇପାରେ । କିନ୍ତୁ ବେଶି ଖାଇଲେ ଗେଷ୍ଟ୍ରୋ ଇଣ୍ଟେଷ୍ଟନାଲ ସମସ୍ୟା ଦେଖାଦେଇପାରେ ।

ଜାଇଲିଟାଲ: ଏହା ପ୍ରାକୃତିକ ଭାବରେ ଅନେକ ଫଳ ଓ ପନିପରିବାରେ ମିଳୁଥିବା ମଧୁରତା ଅଟେ । ଏହା ଚ୍ୟୁଇଙ୍ଗମ, ଟୁଥପେଷ୍ଟ, କେଣ୍ଡି ଓ କେତେକ ଖାଦ୍ୟପଦାର୍ଥରେ ଥାଏ । ଏହା ଦାନ୍ତମୂଳ ରକ୍ଷା କରିଥାଏ । ଏଥିରେ ଚିନିରୁ ୪୦ ପ୍ରତିଶତ କମ୍ କେଲୋରୀ ଥାଏ । ଗର୍ଭ ସମୟରେ ଖୁବ୍ କମ୍ ବ୍ୟବହାର କରନ୍ତୁ । ଅବଶ୍ୟ ଜାଇଲିଟାଲ ଚ୍ୟୁଇଙ୍ଗମ ଉପକାର କରିପାରେ ଯେ ହେଲେ ପାଞ୍ଚ ପ୍ୟାକେଟ ଚୋବେଇ ପାରିବେ ତ ?

ଷ୍ଟେଭିୟା: ଦକ୍ଷିଣ ଆମେରିକାର ଚେରିମୂଳି ଔଷଧରୁ ନିର୍ମିତ ଏହି ମିଠା ପଦାର୍ଥ ବାବଦରେ ଏପର୍ଯ୍ୟନ୍ତ କୌଣସି ଗବେଷଣା ହୋଇନାହିଁ । ଏଣୁ ଏହାକୁ ବ୍ୟବହାର କରିବା ପୂର୍ବରୁ ଡାକ୍ତରଙ୍କୁ ପଚାରନ୍ତୁ ।

ଲେକ୍ଟୋଜ: ଏହି ମିଲ୍କସୁଗାରରେ ଚିନିର ୧/୧୬ ଭାଗ ମିଠା ଲାଗିଥାଏ । ଏହା ଖାଦ୍ୟପଦାର୍ଥକୁ ସାମାନ୍ୟ ମଧୁର କରିଥାଏ । ଲେକ୍ଟୋଜ ଇଣ୍ଟରରେଣ୍ଟର ଲକ୍ଷଣ ଥିଲେ ଏହାକୁ ବ୍ୟବହାର କରନ୍ତୁ ନାହିଁ ।

ମହୁ: ଏଣ୍ଟିଅକ୍ସିଡେର୍ଟ ତତ୍ତ୍ୱ ଯୋଗୁଁ ଆଜିକାଲି ମହୁର ବହୁଳ ବ୍ୟବହାର ହେଉଛି । ଅବଶ୍ୟ ଏହା ଚିନିର ସବୁଠାରୁ ଭଲ ବିକଳ୍ପ ହେଲେ ଏଥିରେ

କେଲୋରୀର ପରିମାଣ କମ୍ ନଥାଏ । ଏକ ଚାମଚ ଚିନି ତୁଳନାରେ ଏକ ଚାମଚ ମହୁରେ ପ୍ରାୟ ୧୯ କେଲୋରୀ ଅଧିକ ଥାଏ ।

ଫଳରସ ମିଶ୍ରଣ: ଅଙ୍ଗୁର ଓ ସେଓ ରସର ଗାଢ଼ ମିଶ୍ରଣ ଗର୍ଭଧାରଣ ସମୟରେ ବେଶ୍ ନିରାପଦ ହୋଇଥାଏ । ଆପଣ ଚାହିଁଲେ ବିଭିନ୍ନ ବ୍ୟଞ୍ଜନରେ ଚିନି ପରିବର୍ତ୍ତେ ଏହାର ପ୍ରୟୋଗ କରିପାରିବେ । ଏହା ସୁପର ମାର୍କେଟରେ ଫ୍ରୋଜନ ଅବସ୍ଥାରେ ବିକ୍ରି ହୁଏ । ଜେନା, ଜେଲି, ଖାଦ୍ୟଶସ୍ୟ, କୁକିଜ, ମାଫିନ, ସେରେଲ, ଗ୍ରେନୋଲାବାର ଓ ପପ୍ ଅପ ଟୋଷ୍ଟର ପେଷ୍ଟିଜରେ ମଧ୍ୟ ଏହାକୁ ପକାଯାଇଥାଏ ।

ଫଳରସରୁ ତିଆରି ଖାଦ୍ୟ ପଦାର୍ଥରେ ଖାଦ୍ୟ ଶସ୍ୟ ବ୍ୟତୀତ, ସ୍ୱାସ୍ଥ୍ୟକର ଚର୍ବି ସାଙ୍ଗକୁ ବିଭିନ୍ନ ପୁଷ୍ଟିକର ତତ୍ତ୍ୱ ଭରି ରହିଥାଏ । ବାସ୍ତବରେ ଏହା ଖୁବ୍ ନିଆରା ।

ହର୍ବଲ ଚା'

"ମୁଁ ପ୍ରଚୁର ହର୍ବଲ ଚା' ପିଇଥାଏ । ହେଲେ ଗର୍ଭଧାରଣ ସମୟରେ ଏହା ନିରାପଦ କି?"

ବାସ୍ତବରେ ଆପଣ, ଦୁହିଁଙ୍କ ସକାଶେ ହର୍ବଲ ଚା' ପିଇବା କଥା କି? କଥା କଣ କି ଏଯାଏଁ ଏ ବାବଦରେ ଯଥେଷ୍ଟ ଗବେଷଣା ହୋଇନାହିଁ । ଏଣୁକରି ଏହାର ଠିକ୍ ଠିକ୍ ଉତ୍ତର ଦିଆଯାଇପାରେ ନାହିଁ । କେତେକ ହର୍ବଲ ଚା' ନିରାପଦ କୁହାଯାଏ ଆଉ କେତେକ ନୁହଁ । ଯଥା 'ରସବେରୀ ଲିଫ ଚା' । ଏହାକୁ ବେଶି ପିଇଲେ ସଂକୋଚନ ରୋଗ ଆରମ୍ଭ ହୁଏ । ଏହା ହୁଏତ ଆପଣଙ୍କ ଅବସ୍ଥା ଅନୁସାରେ ଭଲ କିମ୍ବା ମନ୍ଦ ହେଇପାରେ ।

ଅବଶ୍ୟ ସମସ୍ତେ କହନ୍ତି, ଗର୍ଭଧାରଣ ବେଳେ ଏଥିପ୍ରତି ସାବଧାନ ହେବା ବିଧେୟ କିମ୍ବା ଖୁବ୍ କମ୍ ମାତ୍ରାରେ ପିଇପାରନ୍ତି । ନିଜ ଡାକ୍ତରଙ୍କୁ ପଚାରି ବୁଝନ୍ତୁ ଯେ କେଉଁ ପ୍ରକାର ହର୍ବଲ ଚା ଆପଣଙ୍କ ପାଇଁ ଉତ୍ତମ ହେବ ।

ଚା' ପିଉ ପିଉ ବିପଦକୁ ବରଣ କରୁନାହାନ୍ତି ତ ଏଣୁ ପିଇବା ପୂର୍ବରୁ ଲେବୁଲକୁ ଭଲକରି ପଢ଼ନ୍ତୁ । ଆପଣ ଚାହିଁଲେ ସାଧାରଣ ନାଲି ଚା'ରେ ଫଳରସ, ଲେମ୍ବୁରସ, ନାସପାତି, ଡାଲଚିନି, ଲବଙ୍ଗ, ଅଳେଇଚ, ଅଦା ଇତ୍ୟାଦି ପକେଇ ପିଇପାରନ୍ତି । ଯେକୌଣସି ଚା' ପିଇଲେ ମଧ୍ୟ ଫଲିକ ଏସିଡ୍ର ମାତ୍ରା ହ୍ରାସ ପାଇଥାଏ ବୋଲି ଧରାଯାଏ । ଏହା ଗର୍ଭାବସ୍ଥା ପାଇଁ କ୍ଷତିକାରକ । ଏଣୁ ଅଳ୍ପମାତ୍ରାରେ ପିଇବା ବାଞ୍ଛନୀୟ । ନିଜ ଘର ପଛପଟୁ ପତ୍ର ତୋଳି ଚା' କରିବା ପୂର୍ବରୁ ପଚାରି ବୁଝନ୍ତୁ ଯେ ଗର୍ଭ ସକାଶେ ଏହା ନିରାପଦ କି ନୁହଁ ।

ଖାଦ୍ୟ ପଦାର୍ଥରେ ରାସାୟନିକ

"ଡବା ବନ୍ଦ ଖାଦ୍ୟରେ ପ୍ରିଜରଭେଟିଭ, ପନିପରିବାରେ କୀଟନାଶାକ ଔଷଧ, ମାଛରେ ଜିସିବି, ଶର୍କରୀରେ ଏଣ୍ଟିବ୍ରମୋଟି, ହଟ ଡଗ୍ସରେ ନାଇଟ୍ରସ ହେଲେ ଗର୍ଭଧାରଣ ବେଳେ କଣ ଖାଇବା ମୋ ପାଇଁ ନିରାପଦ ହେବ?"

ଏପରି ବ୍ୟସ୍ତ ହୁଅନ୍ତୁନି । ଏସବୁ କଥାକୁ ଚିନ୍ତାକରି ଭୋକିଲା ରହିବେନି । ଖାଦ୍ୟ ପଦାର୍ଥରେ ଥିବା କେତେକ ତତ୍ତ୍ୱ ଗର୍ଭସ୍ଥ ଶିଶୁ ପାଇଁ କ୍ଷତି କରିଥାଏ ।

ଅବଶ୍ୟ ସତର୍କ ରହିବା ବାଞ୍ଛନୀୟ । ନିଜ ତଥା ଗର୍ଭସ୍ଥ ଶିଶୁରୁ ସ୍ୱାସ୍ଥ୍ୟକର ଖାଦ୍ୟ ସକାଶେ ଆମେ ଦେଇଥିବା ଟିପ୍ସ ପ୍ରତି ଦୃଷ୍ଟି ଦିଅନ୍ତୁ ।

- ଗର୍ଭ ସମୟରେ ଖାଉଥିବା ଭୋଜନ ମଧ୍ୟରୁ ନିଜର ଖାଦ୍ୟ ନିର୍ବାଚନ କରନ୍ତୁ । ଏପରି କଲେ ପ୍ରୋସେସ୍ଡ ଫୁଡ୍ରୁ ଦୂରେଇ ରହିବେ । ଫଳରେ ସବୁଜ ପନିପରିବା ଫାଇଟୋକେମିକାଲ୍‌ଯୁକ୍ତ ଫଳ ଓ ସାଗ ଇତ୍ୟାଦି ପାଇପାରିବେ । ଏହା ଖାଦ୍ୟରୁ ବିଷାକ୍ତ ଜିନିଷକୁ ମଧ୍ୟ ବାହାର କରିଦେଇ ପାରିବ ।
- ସମ୍ଭବ ହେଲେ ତଟକା, ଫ୍ରେଜେନ, ପ୍ୟାକିଂ, ଅର୍ଗେନିକ ଖାଦ୍ୟ ପଦାର୍ଥ ଖାଆନ୍ତୁ । ଫଳରେ ପ୍ରୋସେସ ଖାଦ୍ୟ ଖାଇବାକୁ ପଡ଼ିବନି ଓ ପୁଷ୍ଟିକର ଖାଦ୍ୟ ଖାଇବେ ।
- ସୁବିଧା ଓ ସୁଯୋଗ ଦେଖି ପ୍ରକୃତି ସାଙ୍ଗରେ ତାଳଦେଇ ଚାଲନ୍ତୁ, ଅର୍ଥାତ୍ ଏଭଳି ଖାଦ୍ୟ ଖାଆନ୍ତୁ ଯେଉଁଥିବରେ କୃତ୍ରିମ ରଂଗ କିମ୍ବା ପ୍ରିଜର୍ଭେସନ ନଥିବ । ଲେବୁଲ ଭଲଭାବେ ପଢ଼ନ୍ତୁ । ମନେରଖନ୍ତୁ ଯେ ଏସବୁ ପଦାର୍ଥ ଖାଇବା ନିରାପଦ ନୁହଁ କି ସେଥିରେ କିଛି ଭିଟାମିନ ମଧ୍ୟ ନଥାଏ ।
- ନାଇଟ୍ରେଟଯୁକ୍ତ ହଟ ଡଗ, ସଲାମି,

ବୋଲେଗନା, ସ୍ମୋକ୍‌ଡ ଫିସ ଓ ମାଂସ ଖାଆନ୍ତୁ ନାହିଁ । ଏଭଳି ବ୍ରାଣ୍ଡ କିଣନ୍ତୁ, ଯାହା ପ୍ରିଜର୍ଭେଟିଭ ହୋଇନଥିବ ।

- ମାଛରୁ ଆପଣ ଲିନ ପ୍ରୋଟିନ ପାଇଥାନ୍ତି

ଏଥିରେ ଓମେଗା-୭ ଫେଟି ଏସିଡ୍ ମଧ୍ୟ ମିଳିଥାଏ । ଏହା ଶିଶୁର ମସ୍ତିଷ୍କ ନିର୍ମାଣରେ ସହାୟକ ହୁଏ । ଏହା ଆପଣଙ୍କ ସକାଶେ ଖୁବ୍ ହିତକର ହେଲେ, ଯଦି ଆଗରୁ ଖାଇନଥାନ୍ତି ତେବେ ହୁଏତ ଅରୁଚି ହୋଇପାରେ । ଅଧ୍ୟୟନ ଓ ଗବେଷଣାରୁ ,ହି ତଥ୍ୟ ଉଦ୍‌ଘାଟିତ ହୋଇଛି ଯେ ଗର୍ଭବତୀ ସ୍ତ୍ରୀମାନେ ଯଦି ମାଛ ଖାଆନ୍ତି, ତେବେ ତାଙ୍କ ଜନ୍ମିତ ଶିଶୁ ନିଶ୍ଚିତ ଭାବରେ ଉନ୍ନତ ଓ ତୀବ୍ର ମସ୍ତିଷ୍କ ଯୁକ୍ତ ହେବ । ଯେଉଁ ମାଛ ଆଗରୁ ଖାଇଛନ୍ତି ଓ ଭଲ ଲାଗେ ସେହି ମାଛ ହିଁ ଖାଆନ୍ତୁ । ଏହା ନିରାପଦ ହେବା ବାଞ୍ଛନୀୟ । ସାର୍କ, ସ୍ୱୋର୍ଣ୍ଡ ମାଛ, କିଙ୍ଗ ମେକେରେଲ, ଟାଇଲଫିସ ଓ କ୍ୟୁନା ଷ୍ଟିଟସ ଠାରୁ ଦୂରେଇ ରହିବା ଉଚିତ । ଏହି ବଡ଼ ମାଛ ମାନଙ୍କରେ ମିଥାଇଲ ସର୍କରୀ ଭଳି ରାସାୟନିକ ପଦାର୍ଥ ଥାଇପାରେ । ଏହା ଶିଶୁର ବିକାଶୋନ୍ମୁଖୀ ସ୍ନାୟୁତନ୍ତ୍ରକୁ କ୍ଷତିଗ୍ରସ୍ତ କରିଥାଏ । ଆଗରୁ ଖାଇଥାନ୍ତି, ତେବେ ଭିନ୍ନ କଥା, ହେଲେ ବର୍ତ୍ତମାନ ଆଉ କଦାପି ଖାଆନ୍ତୁ ନାହିଁ ।

ଯଦି ଆପଣ ଥରେ ଅଧେ ଆଗରୁ ସ୍ୱୋର୍ଣ୍ଡଫିସ ଖାଇଥାନ୍ତି, ତେବେ କିଛି କଥା ନୁହଁ କାରଣ ଏହା ନିୟମିତ ଖାଉଥିବାଲେ ବେଶି କ୍ଷତି କରିଥାଏ । ପ୍ୟାକିଂ ଟ୍ୟୁନା ଓ ତଟକା ପାଣିର ମାଛ ଖାଇବା କମେଇ ଦିଅନ୍ତୁ । ବରଂ ବଜାରରେ ମିଳୁଥିବା ମାଛ ହିଁ ବେଶି ଖାଇବା ବିଧେୟ । ଅନେକ ଥର କେତେକ ମାଛ ଜଳ ପ୍ରଦୂଷଣ ଯୋଗୁଁ ବିଷାକ୍ତ ହୋଇଯାଇଥାଏ । ଆପଣ ଡାକ୍ତରଙ୍କ ପରାମର୍ଶ ଅନୁକ୍ରମେ ହିଁ ମାଛ ଖାଇବାକୁ ସିଦ୍ଧାନ୍ତ କରନ୍ତୁ ।

ସାଲମନ, ସୋଲ, ଫ୍ଲାଉଣ୍ଡର, ହେଡ୍‌ଡକ ଟିଲାପିଆ, ହେଲିବଟ, ଓସନ ପଟ, ପ୍ୟାଲୋକ, କଡ୍ ଓ ଟ୍ରାଉଟ ମାଛ ବ୍ୟତୀତ ସାମୁଦ୍ରିକ ଛୋଟ ମାଛ ମଧ୍ୟ ଖିଆଯାଇପାରେ । ଏସବୁ ମାଛରେ ଓମେଗା-୩ ପ୍ରୋଟିନ ପରିପୂର୍ଣ୍ଣ ହୋଇ ରହିଥାଏ । କେବଳ ମନେରଖନ୍ତୁ ଯେ ସବୁତକ ମାଛ ଉତ୍ତମ ଭାବରେ ରନ୍ଧାହୋଇ ସିଝାଥିବା ଦରକାର ।

- ମିଟ (ମାଂସ)ର ଲିନ୍‌କଟ ହିଁ ବାଛନ୍ତୁ ଆଉ ରାନ୍ଧିବା ପୂର୍ବରୁ ଅଯଥା ଚର୍ବି କାଢ଼ି ଫିଙ୍ଗି ଦିଅନ୍ତୁ । କୁକୁଡା ମାଂସର ଚର୍ବି ସାଂଗକୁ ତାର ଚମଡା ମଧ୍ୟ ବାହାର କରି ଦିଅନ୍ତୁ । ଏହାଫଳରେ ଅଧିକାଂଶ ରାସାୟନିକ ପଦାର୍ଥ ପଦାକୁ ବାହାରିଯିବ । କଲିଜା ଓ ବୃକକ ନଖାଇବା ହିଁ ଭଲ ।

- ଯଦି ଆପଣ ସକ୍ଷମ ତେବେ ଅର୍ଗାନିକ ମାଂସ ଓ ପୋଲଟ୍ରି ପ୍ରଡକ୍ଟ ଖାଆନ୍ତୁ । ଏଥିରେ ରିର୍ମୋନ୍ସ ଆଉ ଏଣ୍ଟିବାୟୋଟିକ୍ସ ସାମିଲ ନୁହନ୍ତି । ଆପଣଙ୍କ ଡେୟାରୀ ପ୍ରଡକ୍ଟ ଓ ଅଣ୍ଡା ମଧ୍ୟ ଅର୍ଗାନିକ ହେଲେ ଖୁବ୍ ଭଲ । ଏସବୁ ରାସାୟନିକ ପଦାର୍ଥ ଯୋଗୁଁ ବିଷାକ୍ତ ହୁଏ ନାହିଁ କି ସଂକ୍ରମଣର ଆଶଙ୍କା ମଧ୍ୟ ନଥାଏ । ଏଥିରେ କମ୍ କେଲୋରୀ ଥାଏ ତଥା ପ୍ରୋଟିନ ଓ ତନ୍ତ୍ର ଭରି ରହିଥାଏ । ଏଥିରେ ଶିଶୁ ସକାଶେ ଉପକାରୀ ଓମେଗା-୩ ଫେଟି ଏସିଡ୍ ମଧ୍ୟ ରହିଥାଏ ।

- ଯଥାସମ୍ଭବ ଅର୍ଗାନିକ ପ୍ରଡକ୍ଟ କିଣିଲେ ଖୁବ୍ ଭଲ ।

ଅର୍ଗାନିକ୍ ବାଛନ୍ତୁ

ସର୍ବଦା ଖର୍ଚ୍ଚା କରିବାକୁ ଚାହାନ୍ତୁ ନାହିଁ । ଅର୍ଗାନିକ ପ୍ରଡକ୍ଟ କିରିବା ସମୟରେ ନିମ୍ନ ତଥ୍ୟ ପ୍ରତି ଦୃଷ୍ଟି ଦିଅନ୍ତୁ ।

ଏସବୁକୁ ଅର୍ଗାନିକ ଭାବିବା ଉଚିତ: ଏହାକୁ ଧୋଇବା ପରେ ମଧ୍ୟ ପୀଟନାଶକ ଔଷଧର ପ୍ରଭାବ ରହିଥାଏ । ଯଥା: ସେଓ, ଚେରି, ଅଙ୍ଗୁର, ଆଡୁ, ନାସପାତି, ରସଭରି, ୱେଲପେପର, ଆଳୁ ଓ ପାଳଙ୍ଗ ଶାଗ ।

ଏଗୁଡ଼ିକ ଅର୍ଗାନିକ ନୁହନ୍ତି: ସାଧାରଣତଃ ଏସବୁ ପଦାର୍ଥରେ କୀଟନାଶକ ବେଶି ସମୟ ଧରି ରହିପାର ନାହିଁ; ଯଥା: କଦଳୀ, ଲିଚି, ଆମ୍ବ, ସପୁରୀ, ଅନମୋନ, ଅଭ୍ୱକେଡୋ ବ୍ରୋକଲି, ଫୁଲକୋବି, କର୍ନ, ପିଆଜ ଓ ମଟର । ବିଫ ଓ ପୋଲଟ୍ରି ପ୍ରଡକ୍ଟ ଭଳି ଅର୍ଗାନିକ ପାର୍ଥ ଖାଇବାକୁ ଚାହୁଁଥିଲେ ପଇସା ଝଡେବାକୁ ପଡ଼ିବ । କାହିଁକିନା ଏସବୁ ଜିନିଷ ବେଶି ଦାମିକା ହେଇଥାଏ ।

■ ଏହା ସବୁ ପ୍ରକାରର ରାସାୟନିକ ପ୍ରଭାବରୁ ମୁକ୍ତ ହୋଇଥାଏ । ଏଣୁ ବେଶି ନିରାପଦ ମନେହୁଏ । ଯଦି ଏହା ସ୍ଥାନୀୟ ଭାବରେ ମିଳୁଥାଏ ତେବେ ନିଃସଂକୋଚ କିଣିପକାନ୍ତୁ ହେଲେ ବଜେଟର ଚିନ୍ତା ଥିଲେ କେତେକ ବିଶେଷ ଜୈବିକ ପ୍ରଡକ୍ଟ କିଣନ୍ତୁ ।

■ ଫଳ ଓ ପନିପରିବା ଗୁଡ଼ିକୁ କାଟିବା ପୂର୍ବରୁ ସତର୍କତାର ସହିତ ଧୋଇ ପୋଛି ବ୍ୟବହାର କରିବା ଉଚିତ । ଅବଶ୍ୟ ଧୋଇଦେଲେ କିମ୍ବା ସ୍ପ୍ରେ ଓ୍ୱାସ କଲେ ଆହୁରି ଭଲ । ଚୋପାକୁ ହାତରେ ପୋଛିଦେଲେ ମଧ୍ୟ ଅସନା ପଦାର୍ଥ ଗୁଡ଼ିକ ଚାଲିଯିବ । ଆଉ ରାସାୟନିକ ପଦାର୍ଥ ମଧ୍ୟ ।

■ ସ୍ଥାନୀୟ ପ୍ରଡକ୍ଟରେ ଭିଟାମିଟ ଅଧିକ ପରିମାଣରେ ଥାଏ । ଏଣୁ ଏହା କିଣିବା ଉଚିତ । ଏହା ଜୈବିକ ନହେଲେ ମଧ୍ୟ କ୍ଷତିକାରକ ନୁହଁ । କାରଣ ଅନେକ କୃଷକ ଇଚ୍ଛାକରି ମଧ୍ୟ ଆର୍ଗେନିକର ପ୍ରମାଣପତ୍ର ପାଇପାରନ୍ତି ନାହିଁ ।

■ ନିଜ ଖାଦ୍ୟରେ ବିଭିନ୍ନ ପ୍ରକାର ସାମଗ୍ରୀ ସାମିଲ କରନ୍ତୁ । ଏଇଥିରୁ ହିଁ ପୋଷଣ ମିଳିବ । ଦାମିକା ଫଳ ଖାଇବା ଅପେକ୍ଷା ଋତୁ ଫଳ ଓ ପନିପରିବା ଖାଇବା ଉଚିତ ।

■ ହୁଏତ ଆପଣ ନିଜ ସ୍ୱାସ୍ଥ୍ୟ ପ୍ରତି ଖୁବ୍ ଯତ୍ନବାନ ହେଲେ ସୁସ୍ଥ ଖାଦ୍ୟ ପଛରେ ଗୋଡେଇ ହୁଅନ୍ତୁ ନାହିଁ । ଏହାଫଳରେ ଚାପଗ୍ରସ୍ତ ହେବା ସ୍ୱାଭାବିକ । ଏଣୁ ପ୍ରକୃତି ସହିତ ବଂଧୁତା କରି ପ୍ରାକୃତିକ ସୁଷମ ଖାଦ୍ୟ ଖାଇ ସୁଖରେ ରହିବା ବାଞ୍ଛନୀୟ ।

ପ୍ରୋଟିନର ପୂରଣ

ଅବଶ୍ୟ ଅଧିକାଂଶ ଗର୍ଭବତୀ ସ୍ତ୍ରୀମାନେ ଗର୍ଭଧାରଣ ସମୟରେ ପ୍ରୋଟିନ ଅନେକ ପରିମାଣରେ ଖାଇଥାନ୍ତି, ହେଲେ ଯଦି ମନରେ ଏପରି କିଛି ସନ୍ଦେହ ହୁଏ ତେବେ ହାଇପ୍ରୋଟିନ ବେଡଟାଇମ ସ୍ନେକ ଖାଇପାରନ୍ତି । ଗୋଟିଏ କିମ୍ବା ୨ଟି ଅଣ୍ଡାର ସାଲାଡ କରି ଖାଇଲେ ପ୍ରୋଟିନ ପୂରଣ ହୋଇପାରିବ । ଏହା ସାଙ୍ଗରେ ଖାଦ୍ୟ ଶସ୍ୟ ନିର୍ମିତ କ୍ରେକର୍ସ ଖିଆଯାଇପାରେ । ଦୁଇଗୁଣ ମିଲ୍କ ସେକ୍ ତିନିଭାଗରୁ ଦୁଇଭାଗ ଅଭାବକୁ ପୂରଣ କରିଦେଇ ପାରିବ । ୩/୪ କପ୍ ଅଳ୍ପ ଚର୍ବିଯୁକ୍ତ ପନିର ମଧ୍ୟ ପ୍ରୋଟିନ ଯୋଗେଇ ପାରିବ । ଏହାକୁ ଆପଣ ତଟକା ଫଳମୂଳ, କିସମିସ, ଲହରୀ, କଟା ଟମାଟୋ କିମ୍ବା ସାଲ୍‌ସା ଭାବରେ ସଜେଇ ପାରିବେ । ଆପଣ ଚାହିଁଲେ ମଧ୍ୟ ତରଳ ବା ଚୂର୍ଣ୍ଣ ପ୍ରୋଟିନ୍ ପାଉଡର ବଳରେ ଏହାର ଅଭାବକୁ ଦୂରେଇବା ଉଚିତ ନୁହଁ । ଏଥିରେ ଏଭଳି ମଧ୍ୟ ତତ୍ତ୍ୱ ଥାଇପାରେ ଯାହାକି ଗର୍ଭଧାରଣରେ ଅସୁବିଧା ବା କ୍ଷତି କରିପାରେ । ଏସବୁ ମହଙ୍ଗା ମଧ୍ୟ ହୋଇଥାଏ । ଏହିପରି ଭାବରେ ଖାଇଲେ ହୁଏତ ଆବଶ୍ୟକରୁ ଅଧିକ ମାତ୍ରାରେ ପ୍ରୋଟିନ ପେଟକୁ ଚାଲିଯାଇପାରେ ।

ଉଭୟଙ୍କ ସକାଶେ ନିରାପଦ ସୁଷମ ଖାଦ୍ୟ

ଫଳମାନଙ୍କରେ ପଡ଼ିଥିବା କୀଟନାଶକ ଔଷଧ ବିଷୟରେ ଚିନ୍ତା କରି ଆପଣ ବ୍ୟତିବ୍ୟସ୍ତ ହେଉଛନ୍ତି କି ? ହେବା କଥା ମଧ୍ୟ, କାରଣ ଗର୍ଭଧାରଣ ବେଳେ ଆପଣ ଉଭୟଙ୍କ ସକାଶେ ଖାଉଛନ୍ତି; ହେଲେ କେବେ ଆପଣ ଚିନ୍ତା କରିଛନ୍ତି କି ଯେଉଁ ସ୍ପଞ୍ଜ ସାହାଯ୍ୟରେ ଆଳୁକୁ ସଫା କଲେ ତାହା ଦୀର୍ଘ ତିନି ସପ୍ତାହ ଧରି ପାଣିରେ ପଡ଼ିଥିଲା, ଏହା କଣ ବାସ୍ତବରେ ସଫା ଥିଲା କି ?

ଆପଣ କଣ ସେହି ଚକୁ ବା ପନିପିରେ ନାସପାତି କାଟୁନାହାନ୍ତି କି, ଯାହା ସାହାଯ୍ୟରେ ଗଲା ରାତି ଚିକେନ କାଟିଥିଲେ ? ଏହିପରି ଛୋଟ ଛୋଟ କଥା ଯୋଗୁଁ ବଡ଼ ବଡ଼ ଅସୁବିଧା ସୃଷ୍ଟି ହୋଇପାରେ । ସାମାନ୍ୟ ପେଟ ବ୍ୟଥାରୁ ଆରମ୍ଭ କରି ବଡ଼ ବଡ଼ ରୋଗ ମଧ୍ୟ ହେଇପାରେ । ହୁଏତ ଛାତିରେ ଯନ୍ତ୍ରଣା ମଧ୍ୟ ହେଇପାରେ । ଏଣୁ ଜଣେ "ସ୍ମାର୍ଟ ମମ' ହେବାର ପରିଚୟ ଦିଅନ୍ତୁ ଅର୍ଥାତ୍ "ଶ୍ରେଷ୍ଠ ମା' ହୁଅନ୍ତୁ ।

ଖାଦ୍ୟପେୟର ନିରାପତ୍ତାକୁ ନେଇ କୌଣସି ପ୍ରଶ୍ନ ଉଠିଲେ, ବରଂ ଫିଙ୍ଗିଦେବା ଶ୍ରେୟସ୍କର । ଖାଇବା ପୂର୍ବରୁ ପ୍ୟାକେଟ ଉପରେ ଲେଖାଥିବା ସୂଚନା ପଢ଼ିବାକୁ ଭୁଲନ୍ତୁ ନାହିଁ ।

■ ଯେଉଁ ଅଣ୍ଡା, ମାଛ ବା ମାଂସ ଫ୍ରିଯଜରେ ରଖାହେଇ ନଥିବ ବା ବରଫରେ ଢ଼ଙ୍କା ହେଇନଥିବ ସେପରି ଜିନିଷ କଦାପି କିଣି ଖାଇବା କଥା ନୁହଁ । ଡବା ଖୋଲିବା ପୂର୍ବରୁ ପ୍ରଥମେ ଧୂଅନ୍ତୁ ଓ ବେଳେ ବେଳେ ଗରମ ପାଣିରେ ସଫା କରନ୍ତୁ ।

■ ଖାଇବା ପୂର୍ବରୁ ଅଣ୍ଡା, ମାଛ, ଓ ମାଂସକୁ ଛୁଇଁଲେ ହାତ ଧୁଅନ୍ତୁ । ହାତ କଟିଯାଇଥିଲେ ବା କୌଣସି କ୍ଷତ ଥିଲେ ଗ୍ଲୋବ୍ ବ୍ୟବହାର କରନ୍ତୁ । ଏହାକୁ ମଧ୍ୟ ନିୟମିତ ସଫା କରନ୍ତୁ ।

■ ରୋଷେଇଘରର ପରିବେଶ ସଦା ସଫା ସୁତୁରା ରଖିବା ଉଚିତ । ବାସନ ମାଜିବା ସ୍ପଞ୍ଜ ଓ କନା ସଫା ରଖନ୍ତୁ ଓ ସମୟ ଦେଖି ପରିବର୍ତ୍ତନ କରନ୍ତୁ ।

■ ଥଣ୍ଡା ଖାଦ୍ୟ ବା ଗରମ ଖାଦ୍ୟ ସର୍ବଦା ଗରମ କରି ଖାଆନ୍ତୁ । ବଳକା ଖାଦ୍ୟ ଫ୍ରିଜରେ ରଖି ଖାଇଲାବେଳେ ବାମ୍ଫରେ ଗରମ କରି ଖାଆନ୍ତୁ । ଫ୍ରିଜରରେ ଥିବା ଜମାଟ ବନ୍ଧା ଖାଦ୍ୟ ତରଳି ଯାଇଥିଲେ ତାକୁ ପୁଣି ଥରେ ଫ୍ରିଜ କରି ଖାଆନ୍ତୁ ନାହିଁ ।

■ ଫ୍ରିଜ ତାପମାତ୍ରା ପ୍ରତି ଦୃଷ୍ଟି ଦେଉଥାନ୍ତୁ । ଏହା ୦°ଏଫ ହେବା ଉଚିତ । ଅବଶ୍ୟ ଏପରି ନହେଲେ ମଧ୍ୟ ଚଳିବ ।

■ ଫ୍ରିଜରେ ରଖାଥିବା ଖାଦ୍ୟକୁ ଘରର ତାପମାତ୍ରାରେ ତରଳୀକୃତ କରନ୍ତୁ ନାହିଁ । ଯଦି ଶୀଘ୍ରତା କରାଯାଏ, ତେବେ ପାଣିରେ ବୁଡେଇ ବ୍ୟବହାର କରନ୍ତୁ ।

■ ଅଣ୍ଡା, ମାଛ ବା ମାଂସକୁ କାଉଣ୍ଟର ପରିବର୍ତ୍ତେ ଫ୍ରିଜର ମେରିନେଟ କରନ୍ତୁ । ପରେ ତାକୁ ଅଲଗା କରିଦିଅନ୍ତୁ । କାରଣ ଏଥିରେ ବିଷାକ୍ତ ସୁଇଚ୍ ଥାଇପାରେ । ଯଦି ମେରିନେଟକୁ ଡିପ (ବହଳ) କରିବାକୁ ଚାହୁଁଥାନ୍ତି, ତେବେ ତାକୁ କାଢ଼ି ଦିଅନ୍ତୁ ।

■ ଗର୍ଭଧାରଣ ସମୟରେ କଞ୍ଚା ବା ଅଧାସିଝା ଅଣ୍ଡା, ମାଛ ବା ମାଂସ ଖାଆନ୍ତୁ ନାହିଁ । ଏହା ସଠିକ୍ ତାପମାତ୍ରାରେ ରନ୍ଧାହେବା ଉଚିତ ।

■ ଅଣ୍ଡାକୁ ଭଲଭାବରେ ଫେଣ୍ଟାଫେଣ୍ଟି କରି ରାନ୍ଧନ୍ତୁ । ଯଦିଚ କଞ୍ଚା ଅଣ୍ଡା ପକାଯାଇ ରନ୍ଧା ହେଉଥାଏ, ତେବେ ସାବଧାନ ରୁହନ୍ତୁ । ଅଣ୍ଡା ପାରିରାଇଜ ହେଲେ ଭଲ ।

■ କଞ୍ଚା ପନିପରିବା ଭଲଭାବରେ ଧୁଅନ୍ତୁ । କାରଣ ଏଥିରେ ଧୂଳି, ମଳି, ମାଟି ଲାଗିନଥିବ ଏହାର ମାନେ ନୁହେଁ ।

■ ଏଭଳି ଗଜାମଂଜି ଖାଆନ୍ତୁନି, ଯେଉଁଥିରେ ବେକ୍ଟେରିଆ ସଂକ୍ରମଣର ଆଶଙ୍କା ଥିବ ।

■ ପାଶ୍ଚରାଇଜ ହେଇଥିବା ଦୁଗ୍ଧଜାତ ଦ୍ରବ୍ୟ କିଣି ଫ୍ରିଜରେ ରଖନ୍ତୁ । ପାଶ୍ଚରାଇଜ ନହେଲେ ଖାଆନ୍ତୁ ନାହିଁ । ଖାଇବାକୁ ବେଶି ଇଚ୍ଛା ହେଲେ ସିଝେଇ କାଆନ୍ତୁ ।

■ ହଟ ଡଗ, ଡେଲି ମିଟ ଓ କୋଲ୍ଡ ସ୍ମୋକ୍ଡ ସି ଫୁଡ ମଧ୍ୟ ସଂକ୍ରମିତ ହୋଇପାରେ । ଏଣୁ ସତର୍କତାର ସହିତ ବାଷ୍ପରେ ଗରମ କରି ଖାଇବା ଉଚିତ ।

■ ଜୁସ୍ ପାଶ୍ଚରାଇଜ ହେଲେ ଭଲ । ଆଖୁରସ ମଧ୍ୟ ଏପରି ହେବା ଉଚିତ । ପାଶ୍ଚରାଇଜ ହେଲେ ପିଅନ୍ତୁ ନହେଲେ ନାହିଁ ।

■ ପଦାରେ ଖାଦ୍ୟ ଖାଉଥିଲେ ପରିଷ୍କାର ପରିଚ୍ଛନ୍ନତା ପ୍ରତି ଦୃଷ୍ଟି ଦିଅନ୍ତୁ । ଅପଶିଷ୍ଟ ଖାଦ୍ୟପଦାର୍ଥ ପଦାରେ ପଡ଼ିଥିବ ଓ ବାଥରୁମ ଅସନା ଥିବ ତେବେ ମାଛିମାନେ ନ ଆସିବେ କାହିଁକି । ଏଭଳି ଜାଗାକୁ ନଯିବା ହିଁ ସବୁଠୁ ଭଲ ।

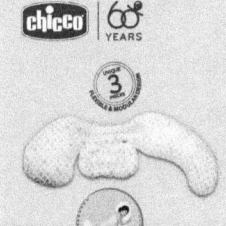

ଦ୍ୱିତୀୟ ଭାଗ

ନଅ ମାସ ଓ ତା'ର ଗଣତି

(ଗର୍ଭଧାରଣ ଠାରୁ ଆରମ୍ଭ କରି ପ୍ରସବ ହେବା ପର୍ଯ୍ୟନ୍ତ)

ଅଧ୍ୟାୟ -୬

ପ୍ରଥମ ମାସ

ପ୍ରାୟ ୧ରୁ ୪ ସପ୍ତାହ

ଅନେକ ଅନେକ ଶୁଭେଚ୍ଛା ! ଗର୍ଭାବସ୍ଥାରେ ଆପଣଙ୍କୁ ସ୍ୱାଗତ ଜଣାଉଛୁ । ଅବଶ୍ୟ ବର୍ତ୍ତମାନ ଆପଣ ଗର୍ଭବତୀ ଭଳି ଦେଖାଯାଉ ନାହାନ୍ତି; ହେଲେ ଆଶା କରାଯାଏ ଯେ ଆପଣଙ୍କୁ ଗର୍ଭବତୀ ହେଲା ପରି ଅନୁଭୂତି ହେଇଥାଇପାରେ । ହୁଏତ କ୍ଳାନ୍ତି ଓ ସ୍ତନରେ ଦେଖା ଦେଇଥିବା ପରିବର୍ତ୍ତନ ବ୍ୟତୀତ ଅନ୍ୟାନ୍ୟ ଲକ୍ଷଣ ମଧ୍ୟ ଆରମ୍ଭ ହୋଇଯାଇଥିବ । ସମୟ ଅତିବାହିତ ହେବା ସାଂଗକୁ ଆପଣ ନିଜ ଦେହର ବିଭିନ୍ନ ଅଙ୍ଗପ୍ରତ୍ୟଙ୍ଗରେ ଅନେକ ପରିବର୍ତ୍ତନ ଲକ୍ଷ୍ୟ କରିବେ । ଏଭଳି ଅଙ୍ଗମାନଙ୍କରେ ଯେ ଯାହାର କଳ୍ପନା କେବେ କରିନଥିଲେ । ଆପଣଙ୍କ ଜୀବନ ଶୈଳୀରେ ମଧ୍ୟ ପରିବର୍ତ୍ତନ ଆସିଯିବ । ହେଲେ, ବ୍ୟତିବ୍ୟସ୍ତ ହୁଅନ୍ତୁ ନାହିଁ । ବରଂ ଗର୍ଭଧାରଣକୁ ଉପଭୋଗ କରନ୍ତୁ । ଏହା ଶିଶୁର ରୋମାଞ୍ଚକାରୀ ଘଟଣାମାନଙ୍କ ମଧ୍ୟରେ ଅନ୍ୟତମ ।

ଏହି ମାସରେ ଆପଣଙ୍କ ଶିଶୁର ଗଠନ ଓ ବିକାଶ

ପ୍ରଥମ ସପ୍ତାହ: ଏହି ସପ୍ତାହରେ ଶିଶୁର କାଉର୍ଣ୍ଟଡାଉନ ଆରମ୍ଭ ହେଇଗଲାଣି । ବାସ, ତଫାତ୍ କେବଳ ଏତିକି ଯେ, ବର୍ତ୍ତମାନ ଶିଶୁ ଦୃଶ୍ୟମାନ ନୁହଁ କି ପେଟ ଭିତରେ ମଧ୍ୟ ନୁହଁ । ତେବେ ଏହାକୁ ଆମେ ଗର୍ଭର ପ୍ରଥମ ସପ୍ତାହ ବୋଲି କାହିଁକି କହିବା? ସତ କହିବାକୁ ଗଲେ ଆମେ ଡିମ୍ବାଣୁ ସହିତ ଶୁକ୍ରାଣୁର ସମାଗମ ସମୟକୁ ଠିକ୍ ଠିକ୍ ଓ ନିର୍ଦ୍ଦିଷ୍ଟ ଭାବରେ ଆକଳନ କରିପାରୁନାହୁଁ । (ଆପଣଙ୍କ ସ୍ୱାମୀଙ୍କ ଶୁକ୍ରାଣୁ ଦୀର୍ଘସମୟ ଧରି ଆପଣଙ୍କ ଦେହରେ ଥାଇପାରେ ଓ ଡିମ୍ବାଣୁ ବାହାରିବା ପରେ ଏକତ୍ର ମିଶିପାରନ୍ତି କିମ୍ବା ଆପଣଙ୍କ ଡିମ୍ବାଣୁ ଶୁକ୍ରାଣୁ ସହିତ ମିଶିବା ପାଇଁ ହୁଏତ ଦିନ ପାଇଁ ଅପେକ୍ଷା ମଧ୍ୟ କରିପାରେ ।)

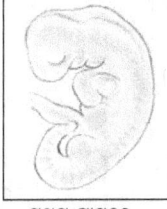

ପ୍ରଥମ ମାସରେ ଆପଣଙ୍କର ଭ୍ରୂଣ ଶିଶୁ

ହେଲେ, ଆମେ ଆପଣଙ୍କ ବିଗତ ଋତୁସ୍ରାବର ପ୍ରଥମ ଦିବସଟିକୁ ଠାବ କରିପାରିବା । ଏହି ଦିନଠାରୁ ଦୀର୍ଘ ୪୦ ସପ୍ତାହ ପର୍ଯ୍ୟନ୍ତ ସମୟକୁ ଆପଣଙ୍କର ଗର୍ଭଧାରଣର ଶୁଭାରମ୍ଭ ବୋଲି ଧରିନିଆଯାଏ । ଏହି ଉପାୟରେ ଆପଣଙ୍କର ଗର୍ଭଧାରଣ ପୂର୍ବରୁ ମଧ୍ୟ ଗଣନା ଆରମ୍ଭ ହେଇଯାଏ ।

ଦ୍ୱିତୀୟ ସପ୍ତାହ: ନା, ଶିଶୁ ଏଯାଏଁ ଉପସ୍ଥିତି ହେଇନି, ହେଲେ ଉଦ୍ୟତ କିମ୍ବା ପ୍ରସ୍ତୁତ କପହିଲେ ଚଳିବ । ଆପଣଙ୍କର ଗର୍ଭାଶୟର ଥଳି ମୋଟା ହେଉଛି ବା ପରିପକ୍ୱ ହେଉଛି । ଏଥିରେ ସବୁ କାମ ସ୍ଫୁର୍ତ୍ତିର ସହିତ ସଂଘଟିତ ହେଉଛି । କୌଣସି ଏକ ଗର୍ଭ ମଧ୍ୟରେ ଅଣ୍ଡାଟି ଜୀବନର ଯାତ୍ରା ଆରମ୍ଭ କରିବାକୁ ଉତ୍ସାହର ସହିତ ଅପେକ୍ଷା କରୁଛି । ଏହା ଏକ ଏକକୋଷୀୟ ଜୀବନ ପୁଅ ବା ଝିଅ ହେଇ ଜନ୍ମହେବାକୁ ସ୍ପଷ୍ଟ ହେଉଛି; ହେଲେ ସର୍ବପ୍ରଥମେ ଏହା ଫେଲୋପିଆନ ଟ୍ୟୁବରେ ମିଷ୍ଟର ରାଇଟ ଅର୍ଥାତ୍ ଭାଗ୍ୟବାନ ଶୁକ୍ରାଣୁ ସହିତ ମିଶିବାକୁ ହେବ ।

ତୃତୀୟ ସପ୍ତାହ: ବଧେଇ ! ଆପଣ ଗର୍ଭଧାରଣ କରିସାରିଲେଣି । ଏହାର ଅର୍ଥ ହେଲା ଖୁବ୍ ଶୀଘ୍ର ଆପଣଙ୍କ ଗର୍ଭରେ ଏକ ଶିଶୁ ବୃଦ୍ଧି ପାଇବ; ଜନ୍ମ ପରେ ଏହାକୁ ସ୍ନେହଗେଲ କରିପାରିବେ । କିଛି ଘଣ୍ଟା ମଧ୍ୟରେ ଶୁକ୍ରାଣୁ ଓ ଡିମ୍ବ ମିଶି ଫର୍ଟିଲାଇଡସେଲ ହେଇ କ୍ରମାନ୍ୱୟରେ ଖଣ୍ଡ ଖଣ୍ଡ ହେବେ । କିଛି ଦିନ ମଧ୍ୟରେ ଆପଣଙ୍କର ଶିଶୁ କୋଷସମୂହର ମାଇକ୍ରୋସ୍କୋପିକ ବଲ ହେଇପଡ଼ିବ । ବ୍ଲାଷ୍ଟୋସାଇଟ ଫେଲୋପିଆନ ଟ୍ୟୁବ୍ ପର୍ଯ୍ୟନ୍ତ ନିଜର ଯାତ୍ରା ଆରମ୍ଭ କରିଦେବ ।

ଚତୁର୍ଥ ସପ୍ତାହ: ଏହା ଗର୍ଭସଂଚାରର ସମୟ । ବର୍ତ୍ତମାନ ତାହା ଭ୍ରୂଣ ପାଲଟି ଯାଇଛି । ପ୍ରସବ ପର୍ଯ୍ୟନ୍ତ ,ହା ଗର୍ଭାଶୟ ମଧ୍ୟରେ ବିଦ୍ୟମାନ ଥିବ । ଥରେ ନିଜର ସ୍ଥାନ ନିରୂପଣ କଲାପରେ ଏହା ଦୁଇଭାଗରେ ବିଭକ୍ତ ହେଇଯିବ । ଅଧା ଭାଗ ପୁଅ ବା ଝିଅ ଓ ବାକି ଅଧା ଭାଗ ପ୍ଲେଜେଣ୍ଟା । ଏହା ଶିଶୁର ଜୀବନରେକା ହେବ । ଅବଶ୍ୟ ଏହା ମଧ୍ୟ କୋଷମାନ୍‌କର ପିଣ୍ଡୁଳାଟିଏ; ହେଲେ ମଧ୍ୟ ଏହାକୁ ନ୍ୟୂନ ବା ହେୟ ମନେକରନ୍ତୁ ନାହିଁ । ଏହା ଦୀର୍ଘ ଯାତ୍ରାପଥ ଅତିକ୍ରମ କରି ଆସିଛି । ଏମ୍ନିୟୋଟିକ୍ ସେକ ଅର୍ଥାତ୍ ପାଣିର ଥଳି ପ୍ରସ୍ତୁତ ହେଉଛି । ଭ୍ରୂଣର ପ୍ରତିଟି ପରସ୍ତ ଦେହର ବିଶେଷ ଅଂଗ ଭାବରେ ପରିବର୍ତ୍ତିତ ହେଉଛି । ଭିତର ପରସ୍ତ ଏଣ୍ଡୋଡର୍ମ ପାଚନ ତନ୍ତ୍ର, ଲିଭର ଆଉ ଫୁସ୍ ଫୁସ୍ ହେବ । ମଝି ପରସ୍ତ ମେସୋଡର୍ମ, ହୃଦୟ, ଜନନେନ୍ଦ୍ରିୟ, ଅସ୍ଥି, ବୃକକ୍ ଓ ମାଂସପେଶୀ ହେବ । ତୃତୀୟ ପ୍ରସ୍ତ ଏକ୍ଟୋଚର୍ମ, ସ୍ନାୟୁତନ୍ତ୍ର, ବାଳ, ଚର୍ମ ଓ ଆଖି ହେବ ।

ପ୍ରେଗ୍ନେନ୍ସିର ଟାଇମଟେବୁଲ

ସାଧାରଣତଃ ଗର୍ଭାବସ୍ଥାକୁ ମାସରେ ମପାଯାଏ, ହେଲେ ଡାକତର ଓ ଧାଈମାନେ ଏହାକୁ ସପ୍ତାହରେ ମାପିଥାନ୍ତି ଆପଣଙ୍କ ପାଇଁ ହୁଏତ ଏହା ଟିକେ ମୁସ୍କିଲ ହେଇପାରେ ଯେହେତୁ ପ୍ରତ୍ୟେକ ଗର୍ଭାବସ୍ଥା ହାରାହାରି ୪୦ ସପ୍ତାହରେ ହେଇଥାଏ । ହେଲେ ଋତୁସ୍ରାବର ପ୍ରଥମ ଦିନରୁ ହିଁ ଗଣନା ଆରମ୍ଭ ହୁଏ । ହେଲେ ପ୍ରଥମ ଦୁଇ ସପ୍ତାହ ପର୍ଯ୍ୟନ୍ତ ଓଭ୍ୟୁଲେସନବ ଗର୍ଭଧାରଣ ହେଇନଥାଏ । ତୃତୀୟ ସପ୍ତାହରୁ ଆପଣ ଖାଣ୍ଟି ଭାବରେ କହିବାକୁ ଗଲେ ଗର୍ଭବତୀ ହେଇଥାନ୍ତି । ସମୟ ଗଡ଼ିବା ସାଙ୍ଗକୁ ଆପଣ ମଧ୍ୟ ସାପ୍ତାହିକ କ୍ୟାଲେଣ୍ଡର ଅନୁସାରେ ବିଭିନ୍ନ ପରିବର୍ତ୍ତନକୁ ମାପି ଶିଖିଯିବେ । ଏହି ବହିଟି ମାସିକିଆ ଭାବରେ ହେଲେ ମଧ୍ୟ ଏସବୁ ସପ୍ତାହରେ ଦିଆଯାଇଅଛି ।

୧ ରୁ ୧୩ ସପ୍ତାହ = ପ୍ରଥମ ତିନିମାସ = ୧ରୁ ୩ ମାସ

୧୪ରୁ ୨୭ ସପ୍ତାହ = ତୃତୀୟ ତିନିମାସ = ୭ରୁ ୯ ମାସ

ବୋଲି ପ୍ରାୟ ଧରିନିଆଯାଏ ।

ଆପଣ କଣ ଅନୁଭବ କରୁଥାଇ ପାରନ୍ତି

ଗର୍ଭାବସ୍ଥା ଏକ ଅଦ୍ଭୁତ ଧରଣର ଅନୁଭୂତି ପ୍ରଦାନ କରିଥାଏ । କେତେକାଂଶରେ ଏହା ପ୍ରକାଶ୍ୟ ଓ କେତେକାଂଶରେ ଏହା ଅପ୍ରକାଶ୍ୟ ହେଇଥାଏ । ବାନ୍ତି ଲାଗୁଥିଲେ ହୁଏତ କହିଦିଆଯାଇପାରେ ହେଲେ ଯଦି ଗ୍ୟାସ ବାହାରୁଥାଏ, ତେବେ? ଅନେକ ଥର ଅନେକ ଜିନିଷ ପାଶୋରି ମଧ୍ୟ ହେଇଥାଏ ।

ଗର୍ଭାବସ୍ଥାର ଲକ୍ଷଣ ବାବଦରେ କେତେକ କଥା ବିଶେଷ ଭାବରେ ମନେରଖନ୍ତୁ । ପ୍ରତ୍ୟେକ ମହିଳା ଓ ତାର ଗର୍ଭାବସ୍ଥା ଭିନ୍ନ ଧରଣର ହେଇଥାଏ । କେବଳ କେତେକ ଲକ୍ଷଣ ସାଧାରଣତଃ ସମାନ ହେଇଥାଏ । ହୁଏତ ଆପଣଙ୍କ ଭଉଣୀ ବା ସାଙ୍ଗ ଥରେ ମଧ୍ୟ ବାନ୍ତି ନକରି ପାରେ ଓ ଆପଣ ବାରମ୍ବାର ବାନ୍ତି କରିପାରନ୍ତି । ଆଗାମୀ ସମୟରେ ଆପଣ ଅନେକ ଶାରୀରିକ ଓ ମାନସିକ ଲକ୍ଷଣ ମଧ୍ୟରେ ଗତି କରିପାରନ୍ତି । ତନ୍ମଧ୍ୟରୁ ଅଧିକାଂଶ ସାଧାରଣ ସ୍ତରର; ତଥାପି ଆପଣଙ୍କ ମନରେ ଯଦି କୌଣସି ଆଶଙ୍କା ବା ସନ୍ଦେହ ଦେଖାଦିଏ, ତେବେ ଯଥାଶୀଘ୍ର ଡାକ୍ତରଙ୍କୁ ପଚାରନ୍ତୁ ।

ହୁଏତ ଆପଣଙ୍କଠାରେ ନିମ୍ନଲିଖିତ ଲକ୍ଷଣ ମାନ ଦେଖାଦେଇପାରେ ।

ଶାରୀରିକ

■ ଫର୍ଟିଲାଇଜ ଡିମ୍ବ ଆପଣଙ୍କ ଗର୍ଭାଶୟରେ ରୋପିତ ହେବାବେଳେ ଈଷତ ରକ୍ତର ଦାଗ ଲାଗିପାରେ । ଏହାକୁ ମହିଳାମାନେ ଇମ୍ପ୍ଲାଣ୍ଟେସନ ବ୍ଲିଡ଼ିଂ ବୋଲି ମଧ୍ୟ କହିଥାନ୍ତି ।

■ ସ୍ତନରେ ଅନେକ ପ୍ରକାରର ପରିବର୍ତ୍ତନ ଦେଖାଦେବ, ଅଳ୍ପ କିଛି ଓଜନିଆ, କୋମଳ, ଆଗ ଅପେକ୍ଷା ବେଶି ସମ୍ବେଦନଶୀଳ, ସ୍ତନାଗ୍ର (ନିପଲ)ର ଆଖପାଖର ରଂଗ ବହଳ ହେବ ।

■ ପେଟ ପୂରିଥିବା ଭଳି ମନେହେବ

■ କ୍ଳାନ୍ତି, ଶକ୍ତିହୀନତା, ଅନିଦ୍ରା ଓ ଅଳସ

■ ବାରମ୍ବାର ପରିଶ୍ରା ଯିବା

■ ବାନ୍ତି ଲାଗିବା କିମ୍ବା ଉପର ଉପର ଲାଗିବା । ଅନେକ ମହିଳାମାନଙ୍କଠାରେ ଏହା ଷଷ୍ଠ ସପ୍ତାହ ପର୍ଯ୍ୟନ୍ତ ଆରମ୍ଭ ହୁଏନାହିଁ କିମ୍ବା ବେଶି ଲାଳ ବାହାରିଥାଏ ।

■ ଗନ୍ଧ ଶୀଘ୍ର ବାରିହେବା

ଭାବନାତ୍ମକ

■ପିଏମଏସ ଭଳି ଭାବପ୍ରବଣତାରେ ତଳ ଉପର ହେବା, ବେଶି କାନ୍ଦ କାନ୍ଦ ଲାଗିବା, ଅଳ୍ପରେ ରାଗିଯିବା ଓ ଭାଳି ବସିବା ଇତ୍ୟାଦି

■ ହୋମ ପ୍ରେଗ୍ନେନ୍ସି ଟେଷ୍ଟ କରିବାକୁ ବ୍ୟଗ୍ର ହେବା

ଲକ୍ଷଣ ଶୀଘ୍ର ଆରମ୍ଭ

ଅଧିକାଂଶ ଲକ୍ଷଣ ଷଷ୍ଠ ସପ୍ତାହରେ ଦେଖାଦେଇଥାଏ । ତଥାପି ହୁଏତ ଆଗ ମଧ୍ୟ ଆପଣ ଏପରି ଲକ୍ଷଣ ଦେଖିପାରନ୍ତି ବା ପରେ ମଧ୍ୟ । କାରଣ ପ୍ରତ୍ୟେକ ଗର୍ଭଧାରଣ ସ୍ୱତନ୍ତ୍ର ଧରଣର ହେଇଥାଏ ।

ପ୍ରଥମ ଗର୍ଭ ପରୀକ୍ଷା

ପ୍ରଥମ ଥର ପାଇଁ ଗର୍ଭ ପରୀକ୍ଷା ସକାଶେ ଯାଉଛନ୍ତି ଯେତେବେଳେ ଏହା ଖୁବ୍ ଗୁରୁତ୍ୱପୂର୍ଣ୍ଣ ଅଟେ । ଅନେକ ପ୍ରକାରର ଡାକ୍ତରୀ ପରୀକ୍ଷା ଓ ଟେଷ୍ଟ ବ୍ୟତୀତ ନୂଆ ନୂଆ ପ୍ରଶ୍ନମାନ ପଚରାଯିବ, ଯଦ୍ୱାରା ଆପଣଙ୍କର ଚିକିତ୍ସା ଇତିହାସ ଅନୁମାନ କରିହେବ । ଡାକ୍ତର ଆପଣଙ୍କୁ ଅନେକ ପ୍ରକାର ପରାମର୍ଶ ଦେଇପାରନ୍ତି ଆଉ ଆପଣଙ୍କର ଉତ୍କଣ୍ଠା ମୋଚନ କରିପାରନ୍ତି । ଯଥା: ଭିଟାମିନ ବଟିକା ଖାଇବେ ନା ନାହିଁ ଓ କିଭଳି ବ୍ୟାୟାମା କରିବା ବିଧେୟ ଇତ୍ୟାଦି ।

ଘରୁ ଏଭଳି ପ୍ରଶ୍ନର ତାଲିକା ପ୍ରସ୍ତୁତ କରି ନେଲେ ଭଲ । ଡାଏରୀ ଓ କଲମ ଧରି ଗଲେ ଆବଶ୍ୟକସ୍ଥଳେ କୌଣସି ଗୁରୁତ୍ୱପୂର୍ଣ୍ଣ କଥାକୁ ଲିପିବଦ୍ଧ କରିବାରେ ସୁବିଧା ହେବ । ସାଧାରଣତଃ ଡାକ୍ତରଙ୍କର ପରୀକ୍ଷା କରିବା ଉପାୟ ଅଳ୍ପ ଭିନ୍ନ ହେଇପାରେ-

ସ୍ଥିର ଦୃଷ୍ଟି

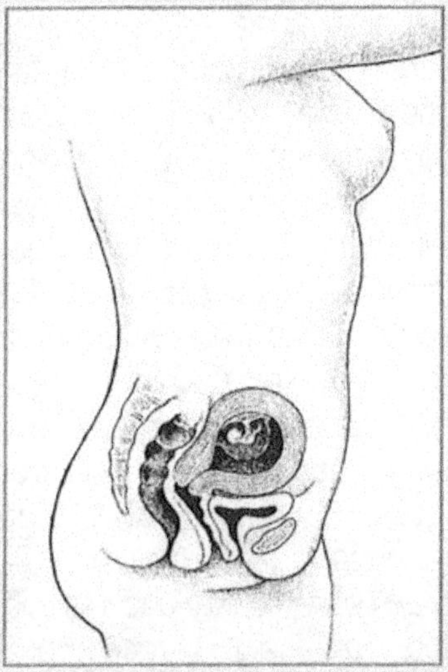

ଅବଶ୍ୟ ବାହାରୁ ଦେଖିଲେ ଭିତରର ସବୁତକ ବିଷୟ ଜଣାପଡ଼ିପାରିବନି, ହେଲେ ଆପଣ ନିଜ ଶରୀରରେ ଦେଖାଦେଉଥିବା ପରିବର୍ତ୍ତନକୁ ଅନ୍ତତଃ ଚିହ୍ନିପାରିବେ ତ ! ଆପଣଙ୍କ ପେଟଣା ସାମାନ୍ୟ ବଢ଼ିଥିବ, ବକ୍ଷୋଜଗୁଡ଼ିକ ସମ୍ବେଦନଶୀଳ ହେଇ ପଡ଼ିବେ । ଏହି ସମୟରେ ନିଜର ଅର୍ଟା ପ୍ରତି ଲକ୍ଷ୍ୟ କରନ୍ତୁ, କାରଣ ଆଗାମୀ ନ'ମାସ ପର୍ଯ୍ୟନ୍ତ ପେଟ ଆଗକୁ ବୃଦ୍ଧି ପାଇବାରୁ ଆପଣ ପଛକୁ ଆଉ ଦେଖିପାରିବେ ନାହିଁ ।

ଗର୍ଭଧାରଣର ପ୍ରମାଣ: ଆପଣଙ୍କ ଡାକ୍ତର ନିମ୍ନଲିଖିତ ତଥ୍ୟଗୁଡ଼ିକ ପରୀକ୍ଷା କରିବେ-

ଆପଣଙ୍କ ଗର୍ଭର ଲକ୍ଷଣ, ଶେଷ ଋତୁସ୍ରାବର ପ୍ରଥମ ଦିନ ଇତ୍ୟାଦି । ଏହାଫଳରେ ପ୍ରସବର ଆନୁମାନିକ ତିଥି ଜ୍ଞାତ ହେଇପାରିବ, ଗର୍ଭର ଠିକ୍ ସମୟ ଅନୁମାନ ସକାଶେ ଇଉଟ୍ରସ ଓ ସର୍ଭିକ୍ସ ପରୀକ୍ଷା, ଗର୍ଭ ପାଇଁ ପ୍ରେଗ୍ନେନ୍ସି ଟେଷ୍ଟ (ପରିସ୍ରା ଓ ରକ୍ତ) କରାଯିବ । ଅନେକ ଡାକ୍ତର ଏହି ଅବସ୍ଥାରେ ଅଲଟ୍ରା ସାଉଣ୍ଡ ମଧ୍ୟ କରିଥାନ୍ତି । ଏହା ଗର୍ଭାଧାନର ସଠିକ୍ ତାରିଖ ବାହାର କରିବାର ଭଲ ଉପାୟ ଅଟେ ।

ସମ୍ପୂର୍ଣ୍ଣ ଇତିହାସ: ଆପଣଙ୍କର ଯତ୍ନ ଓ ଚିକିତ୍ସା ସକାଶେ ଡାକ୍ତର ସବୁକିଛି ଜାଣିବା ଦରକାର । ଡାକ୍ତରଙ୍କ ସହ ପରାମର୍ଶ ପୂର୍ବରୁ ଘରୁ ସବୁ କିଛି ପ୍ରସ୍ତୁତ ହେଇ ଯିବା ଉଚିତ । ନିଜର ବିଗତ ମେଡିକାଲ ରେକର୍ଡ ପଢ଼ିଥାନ୍ତୁ । କୌଣସି ବଡ଼ ବେମାରୀ, ଏଲର୍ଜି, ପୁଷ୍ଟିକର ଖାଦ୍ୟକୁ ନେଇ ଔଷଧ ବା ଅନ୍ୟ କିଛି, ଆପଣଙ୍କ ପରିବାରର ଇତିହାସ ଅର୍ଥାତ୍ ଜେନେଟିକ ଡିସଅର୍ଡର ବଡ଼ ରୋଗ, ଗର୍ଭଧାରଣର ଅସାମାନ୍ୟ ଫଳାଫଳ ଇତ୍ୟାଦି । ନିଜର ସ୍ତ୍ରୀରୋଗ ସମ୍ପର୍କିତ ଇତିହାସ (ପ୍ରଥମ ଋତୁସ୍ରାବ ସମୟରେ ବୟସ, ଋତୁଚକ୍ରର ଅବଧି, ସମୟ ଓ ନିୟମିତତା), ପୂର୍ବର ଗର୍ଭ ସମ୍ପର୍କିତ ତଥ୍ୟାବଳୀ (ଜନ୍ମ, ଗର୍ଭ ଖସିବା, ଗର୍ଭପାତ) ଏହାବ୍ୟତୀତ ବିଗତ ପ୍ରସବ ଓ ଡେଲିଭରି । ନିଜର ବୟସ, ପେଶା, ଜୀବନଶୈଳୀ ସମ୍ପର୍କିତ ଅଭ୍ୟାସ- ବଦଭ୍ୟାସ ମାନେ (ଖାଦ୍ୟ-ପେୟ), ବ୍ୟାୟାମ ଓ ଧୂମପାନ, ନିଶା ଇତ୍ୟାଦି) ବ୍ୟକ୍ତିଗତ ତଥ୍ୟାବଳୀ ଯାହା ଗର୍ଭକୁ ପ୍ରଭାବ ପକେଇ ପାରେ; ଯଥା ଶିଶୁର ବାପା ଓ ତାଙ୍କ ତଥ୍ୟାବଳୀ ।

ଏକ ସମ୍ପୂର୍ଣ୍ଣ ଶାରୀରିକ ପରୀକ୍ଷଣ: ଏଥିରେ ଆପଣଙ୍କ ହୃଦଯନ୍ତ୍ର, ଫୁସଫୁସ, ଛାତି, ପେଟ, ରକ୍ତଚାପ ଇତ୍ୟାଦି ପରୀକ୍ଷା କରାଯିବ । ଓଜନ ଓ ଉଚ୍ଚତା ମଧ୍ୟ ମପାଯିବ । ଆପଣଙ୍କ ଭୂଜ ଓ ଜଂଘକୁ ପରୀକ୍ଷା କରି ଏକଥା ଜାଣିବାକୁ ଚେଷ୍ଟା କରାଯିବ ଯେ ଆପଣ ଭେରିକୋଜ ଭେନ୍ସ ରୋଗରେ ଆକ୍ରାନ୍ତ ନୁହନ୍ତି ତ ! ଏହାବ୍ୟତୀତ ଆପଣଙ୍କର ସମସ୍ତ ଆଭ୍ୟନ୍ତରୀଣ ଅଙ୍ଗ ଗୁଡ଼ିକର ଆକାର ଓ ଅନୁପାତ ଦେଖାଯିବ ।

ଅନେକ ପ୍ରକାର ପରୀକ୍ଷା: ପ୍ରତ୍ୟେକ ଗର୍ଭବତୀ ସ୍ତ୍ରୀକୁ ଅନେକ ପ୍ରକାରର ପରୀକ୍ଷା ନିୟମିତ ଭାବରେ କରେଇବାକୁ ହେଇଥାଏ । ଅନେକ କ୍ଷେତ୍ରରେ ଏହାକୁ ଡାକ୍ତରମାନେ ଆବଶ୍ୟକ ବୋଲି ମିଶିଥାନ୍ତି କିମ୍ବା ନୁହଁ ମଧ୍ୟ । ଆଉ କେତେକ ପରୀକ୍ଷା ଦରକାର ହେଲେ କରେଇଥାନ୍ତି । ପ୍ରଥମ ସାକ୍ଷାତରେ ସାଧାରଣତଃ ନିମ୍ନଲିଖିତ ଟେଷ୍ଟଗୁଡ଼ିକ ହେଇଥାଏ-

■ ରକ୍ତର ପ୍ରକାର ଓ ଆରଏଚର ସ୍ତର ପରୀକ୍ଷା ଏଚସିଜି ସ୍ତର ଓ ଏନିମିଆ ପରୀକ୍ଷା ସକାଶେ ବ୍ଲଡ ଟେଷ୍ଟ ।

■ ଗ୍ଲୁକୋଜ, ପ୍ରୋଟିନ, ଶ୍ୱେତରକ୍ତ କଣିକା, ରକ୍ତ ଓ ବ୍ୟାକ୍ଟେରିଆ ପରୀକ୍ଷା ପାଇଁ ୟୁରିନାଲେସିସ ।

■ ଏଣ୍ଟିବଡିର ସ୍ତର ଓ ରୁବେଲା ଭଳି ରୋଗ ପାଇଁ ଇମ୍ୟୁନିଟି ପରୀକ୍ଷା ସକାଶେ ବ୍ଲଡ ସ୍କ୍ରିନ

■ ସିଫଲିସ, ଗୋନୋରିଆ, ହେପେଟାଇଟିସ ବି, କ୍ଲାମାଇଡିଆ କିମ୍ବା ଏଚଆଇଭି ଭଳି ସଂକ୍ରାମକ ରୋଗର ପରୀକ୍ଷା

■ ଅସାଧାରଣ ସର୍ଭାଇକାଲ କଣିକାର ପରୀକ୍ଷା ପାଇଁ ପେପ ସ୍ମିୟର ଆପଣଙ୍କର ନିର୍ଦ୍ଦିଷ୍ଟ ଅବସ୍ଥା ଅନୁସାରେ ନିମ୍ନଲିଖିତ ଟେଷ୍ଟ ମଧ୍ୟ କରେଇବାକୁ ପଡ଼ିପାରେ ।

■ ସିଷ୍ଟିକ୍ ଫାଇବ୍ରୋସିସ, ସିକଲ ସେଲଏନିମିୟା ଓ ଅନ୍ୟାନ୍ୟ ଜେନେଟିକ ରୋଗ ପାଇଁ ଜେନେଟିକ ଟେଷ୍ଟ

■ ମଧୁମେହ, ଉଚ୍ଚ ରକ୍ତଚାପ, ଯଦି ଆଗରୁ ବେଶି ଓଜନିଆ ଶିଶୁ ଯଦି ଜନ୍ମ ହେଇଥାଏ, ଜନ୍ମରୁ ବିକଳାଙ୍ଗ, ପ୍ରଥମ ଗର୍ଭ ବେଳେ ବେଶି ଓଜନ ବୃଦ୍ଧି, ତେବେ ବ୍ଲଡ ସୁଗାରର ସ୍ତର ପରୀକ୍ଷା ହେବ, (ସମସ୍ତ ମହିଳାମାନଙ୍କର ଗେଷ୍ଟେସନାଲ ମଧୁମେହ ରକ୍ତ ପରୀକ୍ଷା ପାଇଁ ଗ୍ଲୁକୋଜ ସ୍କ୍ରିନିଂ ଟେଷ୍ଟ ମଧ୍ୟ କରାଯିବ । ଏହା ପ୍ରାୟ ୨୮ତମ ସପ୍ତାହରେ ହୋଇଥାଏ ।

ଆଲୋଚନାର ସୁଯୋଗ: ଏହି ସମୟରେ ଆପଣଙ୍କ ମନରେ ଥିବା ଅନେକ ଉତ୍କଣ୍ଠା, ଜିଜ୍ଞାସା ଓ ପ୍ରଶ୍ନର ଉତ୍ତର ପାଇବାର ଉଚିତ ସୁବର୍ଣ୍ଣ ସୁଯୋଗ ଅଟେ ।

ଆପଣ କ'ଣ ଚିନ୍ତା କରୁଥାଇ ପାରନ୍ତି ?

ବ୍ରେକିଂ ନ୍ୟୁଜ

"ଆମେ ନିଜର ବନ୍ଧୁ ବା ସାଙ୍ଗସାଥୀମାନଙ୍କୁ

କେବେ ଗର୍ଭବତୀ ଅଛୁ ବୋଲି କହିବା ଉଚିତ ହେବ ?'

ଏହି ପ୍ରଶ୍ନର ଉତ୍ତର ଆପଣ ହିଁ ଦେଇପାରିବେ । ଅନେକ ଭାବି ବାପା-ମା ଏହି ସୁସମ୍ବାଦଟିକୁ ଯଥାଶୀଘ୍ର କହିଦେବାକୁ ଚାହିଁଥାନ୍ତି ତ ଅନେକ ନିଜ ସମ୍ପର୍କୀୟମାନଙ୍କୁ ଆସ୍ତେ ଆସ୍ତେ ସୂଚନା ଦେବାକୁ ଚାହିଁଥାନ୍ତି । ସେମାନେ ଚାହାନ୍ତି ଯେ ଲୋକଙ୍କୁ କୁହାଯିବା ଦରକାର ନୁହଁ । ଠିକ୍ ସମୟରେ ସେମାନେ ସବୁ କିଛି ଜାଣିପାରିବେ । ଅନେକ ପ୍ରଥମ ତିନି ମାସ ଓ ତା' ସମ୍ପର୍କିତ ତଥ୍ୟାବଳୀ ଆସିବାଯାଏ ଅପେକ୍ଷା କରିଥାନ୍ତି । ଆପଣଙ୍କ ଇଚ୍ଛାକୁ ଯାହା ଡୁକିଲା, ତାହା କରିବା ଉଚିତ ହେଲେ ମନେ ରଖନ୍ତୁ ଯେ ସର୍ବପ୍ରଥମେ ଏହା ସୁସମ୍ବାଦଟି ଉଭୟ ସ୍ୱାମୀ-ସ୍ତ୍ରୀ ମାନଙ୍କ ମଧ୍ୟରେ ସଂଶ୍ଳିଷ୍ଟ ।

ସମ୍ପୂର୍ଣ୍ଣ ସୁସ୍ଥ ଗର୍ଭଧାରଣ

ଏଥିରେ କୌଣସି ସନ୍ଦେହ ନାହିଁ ଯେ ପ୍ରଥମ ଗର୍ଭାବସ୍ଥାର ପ୍ରଥମ ମିଳନ ଓ ସମଗ୍ର ଗର୍ଭକାଳ ମଧ୍ୟରେ ଏକ ନିବିଡ଼ ସମ୍ପର୍କ ରହିଛି । ଏହିପରି ଭାବରେ ଆପଣ ଜଣେ ସୁସ୍ଥ ଶିଶୁକୁ ଜନ୍ମ ଦେବେ ଆଉ ଯେକୌଣସି ସମସ୍ୟାର ସମ୍ମୁଖୀନ ହେଲେ ମଧ୍ୟ କୌଶଳର ସହିତ ଖସିଆସିବେ ।

ଅବଶ୍ୟ ସ୍ୱାସ୍ଥ୍ୟ ପ୍ରତି ଯତ୍ନଟା ଏହିଠାରୁ ଆରମ୍ଭ ହୋଇଯାଏ, ହେଲେ କେବଳ ଡାକ୍ତରଙ୍କ ପାଖକୁ ନିୟମିତ ଯିବା ହିଁ ଯଥେଷ୍ଟ ନୁହଁ । ବରଂ ନିଜ ଦେହର ସବୁତକ ଅଙ୍ଗ ପ୍ରତ୍ୟଙ୍ଗର ଯତ୍ନ ନେବାକୁ ହେବ ।

ପୂରା ନ'ମାସ ଯାଏଁ ସମ୍ପୂର୍ଣ୍ଣ ଭାବରେ ସୁସ୍ଥ ରହିବାକୁ ଅଣ୍ଟା ଭିଡି ହୁଅନ୍ତୁ । ଡେଣ୍ଟିଷ୍ଟ ପାଖକୁ ଯାଇ ଦାନ୍ତ ପରୀକ୍ଷା କରାନ୍ତୁ । ଯଦି କୌଣସି ପୁରୁଣା ରୋଗ ଥାଏ ତେବେ ଫେମିଲି ଡକ୍ଟର ପାଖକୁ ଯାଆନ୍ତୁ । ଏଲର୍ଜି ଥିଲେ ଡାକ୍ତରଙ୍କର ପରାମର୍ଶ ଲୋଡନ୍ତୁ । ହୁଏତ ଚିକିତ୍ସାରେ ସାମାନ୍ୟ ପରିବର୍ତ୍ତନ କରାଯାଇପାରେ ।

ଅନ୍ୟ କୌଣସି ସମସ୍ୟା ଦେଖାଦେଲେ ତାକୁ ଉପେକ୍ଷା ନକରି ବରଂ ସାଙ୍ଗେ ସାଙ୍ଗେ ଡାକ୍ତରଙ୍କ ପରାମର୍ଶ ଲୋଡନ୍ତୁ । ସାମାନ୍ୟ ଛୋଟ ଧରଣର ରୋଗକୁ ମଧ୍ୟ ଗୁରୁତ୍ୱ ଦିଅନ୍ତୁ । ଆପଣଙ୍କ ଶିଶୁ ପାଇଁ ଏକ ସୁସ୍ଥ ସବଳ ମା' ହେବା ଏକାନ୍ତ ଅପରିହାର୍ଯ୍ୟ ।

ଭିଟାମିନ୍ ସପ୍ଲିମେଣ୍ଟ

"କ'ଣ ମୁଁ ଭିଟାମିନ ସପ୍ଲିମେଣ୍ଟ ନେଇପାରିବି କି ?"

କେହି ମଧ୍ୟ ସମ୍ପୂର୍ଣ୍ଣ ଭାବରେ ସୁଷମ ପୁଷ୍ଟିକର ଖାଦ୍ୟ ନିୟମିତ ଭାବରେ ଖାଇପାରନ୍ତି ନାହିଁ । ପୁଣି ଆରମ୍ଭ ବେଳେ ମର୍ଣ୍ଣିଂ ସିକ୍‌ନେସ ଯୋଗୁଁ ପୂରା ଖାଦ୍ୟ ଖାଇହୁଏ ନାହିଁ । ହୁଏତ ଭିଟାମିନ ଔଷଧ, ପୁଷ୍ଟିକର ଖାଦ୍ୟ ଗ୍ରହଣ କରିନପାରନ୍ତି, ହେଲେ ଏହା ବଳରେ ଖାଦ୍ୟର କେତେକ ଚାହିଦା ପୂରଣ ହୋଇଥାଏ । ଏହା ଯେହେତୁ ଶିଶୁର ଗଠନ ସମୟ ଏଣୁ ଖୁବ୍ ଜରୁରୀ ମଧ୍ୟ ।

ଭିଟାମିନ ବା ଫଲିକ ଏସିଡ ଖାଉଥିବା ଗର୍ଭବତୀ ମା ମାନଙ୍କର ଶିଶୁ ଅନେକ ଜନ୍ମଗତ ରୋଗରୁ ତ୍ରାହି ପାଇଯାଆନ୍ତି । ଅଧ୍ୟୟନରୁ ଜଣାପଡ଼ିଛି ଯେ ଭିଟାମିନ ବି ୬ ଖାଇଲେ ପାହାନ୍ତି ଦୁର୍ବଳତା ହ୍ରାସ ପାଇଥାଏ ।

ଆପଣ ଡାକ୍ତରଙ୍କ ସାହାଯ୍ୟରେ ଔଷଧର ପାନ (ଡୋଜ) ସ୍ଥିର କରିପାରିବେ । ଅନେକ ମହିଳାମାନଙ୍କ କ୍ଷେତ୍ରରେ ପାହାନ୍ତି ଦୁର୍ବଳତା ଯୋଗୁଁ ଔଷଧ ଖାଇବାରେ ଅସୁବିଧା ହେଉଥାଏ । ମନ ଶାନ୍ତ ଓ ପ୍ରଫୁଲ୍ଲ ଥିବାବେଳେ ହିଁ ଔଷଧ ଖାଇବା ଉଚିତ । ଆଉ ବାନ୍ତି ନହେଉଥିବା କଥା । କୋଟେଡ ବଟିକା ଖାଇବା କିମ୍ବା ଗିଳିବାରେ ସୁବିଧା ହୁଏ । ଆପଣ ଚାହିଁଲେ ଚୂଚୁମିବା ବଟିକା ମଧ୍ୟ ଖାଇପାରନ୍ତି । ବାନ୍ତି ହେବାକୁ ଥିଲେ ଘରୋଇ ଉପଚାର କରନ୍ତୁ । ଯଥା: ଅଦା ଗର୍ଭାବସ୍ଥା ଅନୁସାରେ ଖାଇବା ଉଚିତ । ଔଷଧ ପରିବର୍ତ୍ତନ କରିବାକୁ ହେଲେ ଡାକ୍ତରଙ୍କୁ ପରାମର୍ଶ କରନ୍ତୁ ।

ଅନେକ ମହିଳାମାନଙ୍କୁ ଆଇରନ ଯୋଗୁଁ କୋଷ୍ଠକାଠିନ୍ୟ ବା ଡାଇରିଆ ହେଇଥାଏ । ଡାକ୍ତର, ଆପଣଙ୍କ ଅସୁବିଧାନୁସାରେ ଔଷଧ ବଦଳାଇ ଦେବେ । ଆଉ ରୁଚି ଅନୁସାରେ ଆଇରନ ଦେବାକୁ ଚେଷ୍ଟା କରନ୍ତି ।

"ମୁଁ ପ୍ରଚୁର ପୁଷ୍ଟିକର ସେରେଲ ଓ ବ୍ରେଡ ଖାଉଛି, ତତ୍ ସଂଗେ ସଂଗେ ଭିଟାମିନ ବଟିକା ମଧ୍ୟ । ହେଲେ ଭିଟାମିନର ପରିମାଣ ବେଶି ହେବନି ତ ?"

ଦାଓାରଣ ଖାଦ୍ୟ ସାଙ୍ଗକୁ ଭିଟାମିନ ବଟିକା

ଖାଇବା ଭଲ କଥା । ହେଲେ ଆପଣ ଫୋର୍ଟିଫାଏଡ୍ ଫୁଡ୍ ସାଙ୍ଗକୁ ଭିଟାମିନ ଖାଉଥାନ୍ତି, ତେବେ ଅନ୍ୟାନ୍ୟ ସପ୍ଲିମେଣ୍ଟ ସାମିଲ କରିବାକୁ ପଡ଼ିବ ଓ ଏଥିପାଇଁ ଡାକ୍ତରଙ୍କର ପରାମର୍ଶ ଆବଶ୍ୟକ । ଯେଉଁ ଜିନିଷ ଯୋଗୁଁ ଭିଟାମିନର ମାତ୍ରା ପ୍ରତିଦିନ ବଢୁଥିବ ତେବେ ଦୃଷ୍ଟିଦେବା ବିଧେୟ, କାରଣ ଭିଟାମିନ-ଏ, ଡି, ଇ ଓ କେ ବେଶି ଖାଇଲେ ବହୁତ ଅସୁବିଧା ହେବାର ଆଶଙ୍କା ଥାଏ ।

କ୍ଳାନ୍ତି

"ମୁଁ ବର୍ତ୍ତମାନ ଗର୍ଭବତୀ । ମତେ ଦିନସାରା ହାଲିଆ ଲାଗେ ଓ କ୍ଳାନ୍ତି ଅନୁଭୂତ ହୁଏ । ଅନେକ ଥର ଦିନ କଟେଇବା କାଠିକର ପାଠ ମନେହୁଏ । କଣ କରିବି ?"

କଣ ତକିଆ (ମୁଚୁଳା) ଉପରୁ ମୁଣ୍ଡ ଉଠେଇ ପାରନ୍ତି ନାହିଁ କି ! ଦିନସାରା ଏପଟ ସେପଟ ଯିବାକୁ ପଡ଼ିଥାଏ କି ? ରାତିରେ ଶୋଇବା ସମୟକୁ ଅପେକ୍ଷା କରିବାକୁ ପଡେନି କି ? ଅବାୟ ଏଥିରେ ବ୍ୟତିବ୍ୟସ୍ତ ହେବାର କିଛି ନାହିଁ, କାରଣ ବର୍ତ୍ତମାନ ଆପଣ ଗର୍ଭବତୀ ଅଟନ୍ତି । ହୁଏତ ବାହାରୁ କିଛି ଦେଖାଯାଇ ନପାରେ ହେଲେ ଭିତରେ ଭିତରେ ଶିଶୁର ଗଠନ ପ୍ରକ୍ରିୟା ଦ୍ରୁତ ଗତିରେ ଆଗେଇ ଥିବାରୁ ଅନ୍ୟ ମହିଳା ଅପେକ୍ଷା ଆପଣ ବେଶି ପରିଶ୍ରମ କରୁଛନ୍ତି । ଏଣୁକରି ହାଲିଆ ଲାଗୁଛି ବା ବେଶି କ୍ଳାନ୍ତି ଅନୁଭୂତ ହେଉଛି ।

ହେଲେ ଆପଣଙ୍କର ଦେହ କଣ ଚାହେଁ ? ବର୍ତ୍ତମାନ ଯେହେତୁ ଶିଶୁର ଜୀବନ ରକ୍ଷକ ତନ୍ତ୍ର ପ୍ଲେଜେଣ୍ଟା ନିର୍ମିତ ହେଉଛି; ଏହା ପ୍ରଥମ ତ୍ରୟମାସ ମଧ୍ୟରେ ସମ୍ପୂର୍ଣ୍ଣ ହେବ । ଆପଣଙ୍କ ଦେହରେ ହରମୋନ୍‌ର ସ୍ତର ବେଶି ବୃଦ୍ଧି ପାଇଛି । ଆପଣ ବେଶି ପରିମାଣରେ ରକ୍ତ ତିଆରି କରୁଛନ୍ତି; ଆପଣଙ୍କ ହୃଦଯନ୍ତ୍ରର ଗତି ଦରବେଶି ଓ ବ୍ଲଡ ସୁଗର ଅଳ୍ପ । ଚୟାପଚୟ ଯୋଗୁଁ ସର୍ବଦା ଅଧିକ ଶକ୍ତି ବିନିଯୋଗ ହେଉଛି । (ହୁଏତ ଆପଣ ବିଛଣାରେ ଗଡ଼ିଥିଲେ ମଧ୍ୟ) ଆପଣ ବେଶି ପରିମାଣରେ ପାଣି ଓ ପୁଷ୍ଟିକର ଖାଦ୍ୟକୁ ବିନିଯୋଗ କରୁଛନ୍ତି ।

ଆପଣଙ୍କ ଶରୀର ଗର୍ଭଧାରଣ ସକାଶେ ଆବଶ୍ୟକ ଅନେକ ଶାରୀରିକ ଓ ମାନସିକ ଚାହିଦାକୁ ପୂରଣ କରିବାରେ ତତ୍ପର ଅଛି । ଏଥିରେ କୌଣସି ସନ୍ଦେହର ଅବକାଶ ନାହିଁ ଯେ, ଏହି କାରଣରୁ ଆପଣ ଦିନସାରା କ୍ଳାନ୍ତି ଅନୁଭବ କରୁଛନ୍ତି ଓ ସର୍ବଦା ଅଳସ ଅଳସ ଲାଗୁଛି ।

ଅବଶ୍ୟ କେତେକ ଉପାୟ ଅଛି । ଏହା ସାହାଯ୍ୟରେ ଆପଣ ଆରାମ ପାଇପାରିବେ । ଚତୁର୍ଥ ମାସ ବେଳକୁ ରିର୍ମୋନାଲ ଓ ଭାବପ୍ରବଣତାର ପରିବର୍ତ୍ତନ ଦେଖାଦେଲା ପରେ ଆପଣଙ୍କୁ ଟିକେ ଭଲ ଲାଗିବ ।

ସେପର୍ଯ୍ୟନ୍ତ ମନେ ରଖନ୍ତୁ ଯେ, କ୍ଳାନ୍ତି ବା ଅଳସପଣକୁ ସାମାନ୍ୟ କଥା ବୋଲି ଧରିନେବାକୁ ହେବ । ନିଜ ଦେହର ଭାଷାକୁ ବୁଝି ତାକୁ ଆରାମ ବା ବିଶ୍ରାମ ନେବାକୁ ଚେଷ୍ଟା କରନ୍ତୁ । ଆପଣ ଚାହିଁଲେ ଆମେ ଦେଇଥିବା ଟିପ୍ସର ସହାୟତା ଲୋଡ଼ିପାରନ୍ତି:

ନିଜର ଯତ୍ନ ନିଅନ୍ତୁ: ଯଦି ଆପଣ ପ୍ରଥମ ଥର ପାଇଁ ମା ହେଉଥାନ୍ତି, ତେବେ ଏହାକୁ ଉପଭୋଗ କରନ୍ତୁ । କାରଣ ଜୀବନରେ ଏହା ପୁଣି ଥରେ ଫେରିଆସିବନି । ଯଦି ଘରେ ଜଣେ ଦୁଇଜଣ ପିଲାଛୁଆ ଥାନ୍ତି, ତେବେ ହୁଏତ ଆପଣଙ୍କର ମନ ଧ୍ୟାନ ଭାଗ-ଭାଗ ହେଇଯାଇପାରେ । ହେଲେ, ବର୍ତ୍ତମାନ ସୁପରମେନ ହେବାକୁ ଚେଷ୍ଟା କରନ୍ତୁ ନାହିଁ । ଘରେ ଖୁବ୍ ଭଲ ଖାଦ୍ୟପେୟ ରାନ୍ଧିବାକୁ ଚେଷ୍ଟା ନକରି ବରଂ ବିଛଣାରେ ବିଶ୍ରାମ କରିବା ଭଲ । ଘରର ସଫା ସୁତୁରା, ବାସନ କୁସନ ମାଜିବା, ଟେବୁଲ ତଳେ ଥିବା ଧୂଳି ମଳି ସଫା କରିବା ଏସବୁ କାମରେ ଶାଶୂମା ସାହାଯ୍ୟ କରୁଥିଲେ ଖୁବ୍ ଭଲ । ପାଖ ପଡ଼ିଶାର ସ୍ତ୍ରୀ ବା ସାଙ୍ଗ ବଜାରକୁ ଗଲାବେଳେ ଆପଣଙ୍କ ପାଇଁ ମଧ୍ୟ ଜିନିଷ କିଣି ଆଣିଦେଲେ ଅତି ଭଲ । କିଣାକିଣିରେ ବେଶି ମୁଣ୍ଡ ଖର୍ଚ୍ଚ ନକରି ବରଂ ଅନଲାଇନ ସପିଂ କରିବା ଉତ୍ତମ । ଏହିପରି ଭାବରେ କାର୍ଯ୍ୟ ସମ୍ପାଦନ ହେଇଗଲେ ଆପଣଙ୍କର ଅଧିକ ଶକ୍ତି ସଂଚିତ ହୋଇ ରହିବ । ଆଉ ରାତ୍ରିରେ ଶୋଇବା ପୂର୍ବରୁ ଅଳ୍ପ ଦୂର ଚଲାବୁଲା ମଧ୍ୟ ଆରାମରେ କରିପାରିବେ ।

ନିଦ୍ରା ପ୍ରତି ଯତ୍ନବାନ ହୁଅନ୍ତୁ: ସୂର୍ଯ୍ୟ ଉଇଁ ସାରିଲା ବେଳକୁ ଆପଣ ହାଲିଆ ହେଇପଡୁଛନ୍ତି ? ଉପର ବେଳାରେ ଶୋଇବାକୁ ସୁଯୋଗ ମିଳିଲେ ହାତଛଡ଼ା କର୍ନ୍ତୁନି । ଯଦି ନିଦ ନଆସେ ତେବେ

ମଧ୍ୟ ଶେଯରେ ଗଡ଼ି କିଛିଟା ପଡ଼ନ୍ତୁ । ଫଳରେ ଆରାମ ପାଇବେ । ଯଦି ଚାକିରି କରୁଥାନ୍ତି, ତେବେ ହୁଏତ ଅଫିସରେ ଶୋଇବା କଷ୍ଟକର ହେବ, କାରଣ ସବୁ ଅଫିସରେ ସୋଫା ପଡ଼ିନଥାଏ । ଯଦି ଆପଣଙ୍କ ଅଫିସରେ ମହିଳା ପ୍ରକୋଷ୍ଠ ଥାଏ, ତେବେ ସେଠାରେ ଚଉକି ବା ଟେବୁଲରେ ଗୋଡ଼ ଉପର କରି ବସି ପଡନ୍ତୁ । ଯଦି ଲଞ୍ଚ ବେଳେ ବିଶ୍ରାମ କରୁଥାନ୍ତି, ତେବେ ଖାଇବା କଥା ମଧ୍ୟ ଦୃଷ୍ଟିରେ ରଖନ୍ତୁ ।

ଛୁଆଙ୍କଠାରୁ ସାହାଯ୍ୟ ମାଗନ୍ତୁ: କ'ଣ ଆପଣଙ୍କର ଆହୁରି ଛୁଆ ଅଛନ୍ତି କି? ଅନେକ ଥର ବେଶି କାମ ହେବା ଯୋଗୁଁ ବେଶି ହାଲିଆ ଲାଗିଥାଏ । ଶରୀରକୁ ବିଶ୍ରାମ ଦେବାକୁ ସମୟ ମିଳେନାହିଁ । ଅବଶ୍ୟ କ୍ଲାନ୍ତିର ଅଭ୍ୟାସ ପଡ଼ିଯାଇଥିବ; ହେଲେ ଗର୍ଭଧାରଣ ବେଳେ ନିଜ ପ୍ରତି ଦୃଷ୍ଟି ଦେବାକୁ ହେବ । ଛୁଆମାନଙ୍କୁ ନିଜ ପ୍ରତି ଦୃଷ୍ଟି ଦେବାକୁ କୁହନ୍ତୁ । କାମରେ ସାହାଯ୍ୟ କରନ୍ତୁ ପଳରେ ଆପଣ ଆରାମ ପାଇପାରିବେ । ପାର୍କରେ ଛୁଆଙ୍କ ପଛରେ ଗୋଡଇବା ବ୍ୟତୀତ ଘାସ ଉପରେ ଗଡ଼ି ବା ବସି ପଡନ୍ତୁ । ପ୍ରହେଳିକାର ସମାଧାନ କରନ୍ତୁ ବା ଡିଭିଡି ଦେଖନ୍ତୁ । ଛୁଆମାନେ ଶୋଇପଡ଼ିଲେ ଆପଣ ମଧ୍ୟ ସବୁ କାମ ଛାଡ଼ି ଶୋଇପଡନ୍ତୁ ।

ଆହୁରି ଅଳ୍ପ ଶୁଅନ୍ତୁ: ରାତିରେ ଘଣ୍ଟାଏ ମଧ୍ୟ ବେଶି ଶୋଇପଡ଼ିଲେ, ସକାଳେ ଫୁର୍ତ୍ତି ଲାଗିବ । ରାତିରେ ବେଶି ସମୟ ଧରି ଫିଲ୍ମ ନଦେଖି ଶୋଇପଡନ୍ତୁ । ସ୍ୱାମୀଙ୍କୁ ସକାଳର ଜଳଖିଆ ପ୍ରସ୍ତୁତ ପାଇଁ କୁହନ୍ତୁ । ଫଳରେ ଆପଣ ବିଶ୍ରାମ କରି ଆରାମରେ ଉଠିପାରିବେ । ହେଲେ ମନେରଖନ୍ତୁ ଯେ, ବେଶି ଶୋଇଲେ ମଧ୍ୟ ଅଳସପଣ ବଢ଼ିଯାଏ ।

ଖାଦ୍ୟ-ପେୟ ପ୍ରତି ଦୃଷ୍ଟି ଦିଅନ୍ତୁ: ନିଜର ଶକ୍ତି ବା ସାମର୍ଥ୍ୟକୁ ବଜାୟ ରଖିବା ପାଇଁ ଖାଦ୍ୟ-ପେୟ ପ୍ରତି ସମ୍ୟକ ଦୃଷ୍ଟି ଦେବାକୁ ହେବ । ପ୍ରତିଦିନ ଯଥେଷ୍ଟ ପରିମାଣର କେଲୋରୀ ଖାଆନ୍ତୁ ।

ଏଭଳି ଏନର୍ଜି ବୁଷ୍ଟର ପ୍ରତି ଦୃଷ୍ଟି ଦିଅନ୍ତୁ ଯାହା ଦୀର୍ଘ ସମୟ ଧରି ସାମର୍ଥ୍ୟକୁ ଅବ୍ୟାହତ ରଖିପାରିବ । ଅବଶ୍ୟ ପ୍ରୋଟିନ, କମ୍ପ୍ଲେକ୍ସ କାର୍ବୋହାଇଡ୍ରେଟ ଓ ଆଇରନଯୁକ୍ତ ଖାଦ୍ୟ ଏହାର ଉତ୍ତମ ବିକଳ୍ପ ଅଟନ୍ତି । ଅବଶ୍ୟ କେଫିନ ଓ ଚିନିରୁ ହଠାତ୍ ଶକ୍ତି ମିଳିଥାଏ ଯେ, ହେଲେ ପରେ ଦେହଟା ପୂରାପୂରି ଦୁର୍ବଳ ଓ ଶକ୍ତିହୀନ ମନେହୁଏ । ଏନର୍ଜି ଡ୍ରିଙ୍କ ଅର୍ଥାତ୍ ଶକ୍ତିପେୟ ଯୋଗୁଁ ବ୍ଲଡ ସୁଗର ବଢ଼ି ପାଇଥାଏ, ହେଲେ କିଛି ସମୟ ଉତ୍ତାରେ ପୂର୍ବାପେକ୍ଷା ବେଶି ହାଲିଆ ଲାଗେ । ପୁନଶ୍ଚ କେତେକ ପ୍ୟାକଡ୍ ଏନର୍ଜି ଡ୍ରିଙ୍କ ମାନଙ୍କରେ ଏଭଳି କିଛି ତତ୍ତ୍ୱ ଥାଇପାରେ ଯାହା ଗର୍ଭସ୍ଥ ଶିଶୁ ପାଇଁ କ୍ଷତିକାରକ ହେଇପାରେ ।

ଅଳ୍ପ ସମୟ ଉତ୍ତାରେ ଖାଆନ୍ତୁ: ଗର୍ଭଧାରଣର ଆହୁରି ଅନେକ ଲକ୍ଷଣ ଭଳି କ୍ଲାନ୍ତି ମଧ୍ୟ ସର୍ବଦା ଅବ୍ୟାହତ ରହିବ । ଏଣୁକରି ଦିନସାରା କିଛି ସମୟ ଉତ୍ତାରେ ନିହାତି କିଛି କାଉଥିବା ଦରକାର । ଏହାଫଳରେ ଶକ୍ତିର ସ୍ତର ବଜାୟ ରହିବ । ଖାଇବା ସମୟ ହେଲେ ଖାଆନ୍ତୁ ଓ ଖାଦ୍ୟରେ ସବୁତକ ପୁଷ୍ଟିକର ଓ ସୁଷମ ଖାଦ୍ୟ ହେବା ଦରକାର ।

ସାମାନ୍ୟ ବ୍ୟାୟାମ: ସାମାନ୍ୟ ବ୍ୟାୟାମ ଓ ଚଳପ୍ରଚଳ ଅବ୍ୟାହତ ରଖନ୍ତୁ । ଯୋଗାଭ୍ୟାସ କରନ୍ତୁ । ଏଥିରେ ସନ୍ଦେହ ନାହିଁ ଯେ, ଏହା ପୂର୍ବରୁ ବିଛଣାଟା ଏତେ ପ୍ରିୟ ଲାଗିନଥିବ । ହେଲେ ବେଶି ଶୋଇଲେ ମଧ୍ୟ ଅଳସ ଲାଗିଥାଏ । ଦେହ ହଲଚଲ ହେଉଥିଲେ ଭଲ । ନିଜର କାମ ଓ ବିଶ୍ରାମ ମଧ୍ୟରେ ଭାରସାମ୍ୟ ରକ୍ଷା କରନ୍ତୁ ।

ଅବଶ୍ୟ ଚତୁର୍ଥ ମାସ ବେଳକୁ କ୍ଲାନ୍ତି ଅପସରି ଯିବ, ହେଲେ ଶେଷ ତିନିମାସ ବେଳକୁ ପୁଣି ମାଡିଆସିବ ରାତିସାରା ନିଦ ହେବନି; ବୋଧେ ପ୍ରକୃତ ଏହିପରି ଭାବରେ ମା' ହେବାକୁ ଶିଖେଇଥାଏ, କାରଣ ଜନ୍ମ ପରେ ମା'ର ଦାୟିତ୍ୱ ଓ କର୍ତ୍ତବ୍ୟ ବଢ଼ିଯିବନି କି ?"

ମର୍ଣ୍ଣିଂ ସିକ୍‌ନେସ

"ମତେ ଏଯାଏଁ ମର୍ଣ୍ଣିଂ ସିକ୍‌ନେସ ହେଇନାହିଁ, ହେଲେ କଣ ମୁଁ ଗର୍ଭବତୀ ହେଇପାରିବି କି?"

ଗର୍ଭଧାରଣ ବେଳେ ମର୍ଣ୍ଣିଂ ସିକ୍‌ନେସ ଏହିପରି ଭାବରେ ହେଇଥାଏ, ଯଥା: ଆଚାର ବା ଆଇସ୍କ୍ରିମ ଖାଇବାକୁ ଇଚ୍ଛା ହେବା । ଅଧ୍ୟୟନରୁ ଜଣାପଡ଼ିଛି ଯେ, ପ୍ରାୟ ୭୫ ପ୍ରତିଶତ

ଆପଣଙ୍କ ନାକ ଜାଣେ କି ?

ଆପଣ ଲକ୍ଷ୍ୟ କରିଛନ୍ତି କି, ଗର୍ଭବତୀ ହେଲାପରେ ଯେକୌଣସି ରେଷ୍ଟୁରାଣ୍ଟରେ ପାଦ ଦେବା ପୂର୍ବରୁ ସେଠାରେ କଣ କଣ ରନ୍ଧାଯାଉଛି ଜାଣିପାରନ୍ତି ? କଥା କଣ କି ଗର୍ଭଧାରଣର ହର୍ମୋନ୍ସ ଯୋଗୁଁ ଆପଣଙ୍କ ଆଘ୍ରାଣ ଶକ୍ତି ବଳବତ୍ତର ହୋଇଥାଏ । ଫଳରେ ଅନେକାଂଶରେ ମର୍ଣ୍ଣିଂ ସିକ୍‌ନେସ ଦେଖାଦେଇଥାଏ । ଆପଣ ଚାହିଁଲେ ନିମ୍ନ ଉପାୟ ବଳରେ ଉକ୍ତ ସମସ୍ୟାରୁ ମୁକ୍ତି ପାଇପାରିବେ:

■ ଉକ୍ରଟ ଗନ୍ଧଟା ଅସହ୍ୟ ମହେନହେଲେ ରୋଷେଇ ଘରୁ ବାହାରି ପଦାକୁ ଚାଲିଆସନ୍ତୁ । ବିଭାଗୀୟ ଭଣ୍ଡାର ଗୃହର ପରଫ୍ୟୁମ କର୍ନର କିମ୍ବା ଉକ୍ତ ରେଷ୍ଟୁରାଣ୍ଟରୁ ବିଦାୟ ନିଅନ୍ତୁ ।

■ ସମଗ୍ର ଗନ୍ଧକୁ ଘଉଡେଇବା ପାଇଁ କୋଠରିରର ଝରକା କବାଟ ଖୋଲି ଏକଜଷ୍ଟ ପଙ୍ଖା ଚଳେଇ ଦିଅନ୍ତୁ ।

■ ପାଇଖାନା ଓ ଗାଧୁଆ ଘରେ ଗନ୍ଧହୀନ ବା କମ ଗନ୍ଧଯୁକ୍ତ ଜିନିଷ ବ୍ୟବହାର କରନ୍ତୁ ।

■ ନିଜ ସ୍ୱାମୀଙ୍କୁ ଶାରୀରିକ ସ୍ୱଚ୍ଛତା ଅର୍ଥାତ ପରିକ୍ରୋଗ ପରିଚ୍ଛନ୍ନତା ପ୍ରତି ଦୃଷ୍ଟି ଦେବାକୁ କୁହନ୍ତୁ । କିଛି ଖାଇବଲା ପରେ ବ୍ରସ କରନ୍ତୁ ଓ ଲୁଗା ପାଲଟି ପକାନ୍ତୁ । ତିକ୍ତ ଗନ୍ଧଯୁକ୍ତ ପରଫ୍ୟୁମ ବା ଧୂମପାନ କରୁଥିବା ବ୍ୟକ୍ତିମାନଙ୍କ ଠାରୁ ଦୂରେଇ ରୁହନ୍ତୁ ।

■ ଏଭଳି ସୁବାସିତ ଗହଣରେ ରୁହନ୍ତୁ, ଯାହା ଆପଣଙ୍କକୁ ଭଲ ଲାଗେ; ଯଥା ପୋଦିନା, ଲେମ୍ବୁ, ଅଦା ଇତ୍ୟାଦି । ଅବଶ୍ୟ ଅନେକ ଗର୍ଭବତୀ ମା' ମାନଙ୍କୁ ବେବି ପାଉଡରର ବାସନା ଭଲ ଲାଗିଥାଏ ।

ଗର୍ଭବତୀ ସ୍ତ୍ରୀମାନେ ମର୍ଣ୍ଣିଂ ସିକ୍‌ନେସ ଯୋଗୁଁ ହେଉଥିବା ବାନ୍ତି ଦ୍ୱାରା ଆକ୍ରାନ୍ତ ହେଇ ବ୍ୟତିବ୍ୟସ୍ତ ହେଇଥାନ୍ତି । ଏହାର ଅର୍ଥ ହେଲା ବାକି ୨୫ ପ୍ରତିଶତ ମହିଳାଙ୍କ କ୍ଷେତ୍ରରେ କେବଳ ଥରେ ଅଧେ ଏପରି ହୋଇଥାଏ । ଏମାନେ ବାସ୍ତବରେ ଭାଗ୍ୟବତୀ କହିଲେ ଅତ୍ୟୁକ୍ତି ହେବନି ।

"ମୋର ମର୍ଣ୍ଣିଂ ସିକ୍‌ନେସଟା ଦିନସାରା ରହିଥାଏ, ମତେ ଆଶଙ୍କା ହୁଏ ଯେ ମୁଁ ମୋ ଛୁଆକୁ ଉପଯୁକ୍ତ ପୋଷକ ତତ୍ତ୍ୱ ଯୋଗେଇ ପାରୁନାହିଁ ।

ଅବଶ୍ୟ ଏକ ମର୍ଣ୍ଣିଂ ସିକନେସଟା, ଦିନବେଳେ, ଉପରଓଳି, ସନ୍ଧ୍ୟା କିମ୍ବା ରାତିରେ ଯେକୌଣସି ସମୟରେ ହୋଇଥାଏ; ତଥାପି ଏହାକୁ ମର୍ଣ୍ଣିଂ ସିକ୍‌ନେସ ଭାବରେ ଆଖ୍ୟାୟିତ କରାଯାଏ । ବର୍ତ୍ତମାନ ଶିଶୁକୁ ବେଶି ମାତ୍ରାରେ ପୋଷକ ତତ୍ତ୍ୱ ଆବାଂ୍ୟକ ନୁହଁ, କାରଣ ଏଇନା ତାହାର ଆକାର ମଟର ଚଣାଠାରୁ ବଡ଼ ନୁହଁ । ଯେଉଁ ସ୍ତ୍ରୀମାନେ ଇତିମଧ୍ୟରେ ନିଜର ଓଜନ କମେଇ ଦିଅନ୍ତି, ସେମାନଙ୍କ ଶିଶୁ ଉପରେ କୌଣସି କୁପ୍ରଭାବ ପଡ଼ିନଥାଏ । କାରଣ ସେମାନେ ପରବର୍ତ୍ତୀ ସମୟରେ ନିଜର ଓଜନ ବୃଦ୍ଧି କରିପକାନ୍ତି । ହେଲେ ମର୍ଣ୍ଣିଂ ସିକ୍‌ନେସଟା ପ୍ରାୟ ୧୨ରୁ ୧୪ ସପ୍ତାହ ପର୍ଯ୍ୟନ୍ତ ରହିଥାଏ । (କେତେକ ବ୍ୟତିକ୍ରମରେ ଏହା ଦ୍ୱିତୀୟ ତିନିମାସ ଓ କେତେକାଂଶରେ ତୃତୀୟ ତିନିମାସ ପର୍ଯ୍ୟନ୍ତ ଅବ୍ୟାହତ ରହିଥାଏ ।)

ମର୍ଣ୍ଣିଂ ସିକ୍‌ନେସ କାହିଁକି ହୁଏ ? ଏ ସମ୍ପର୍କରେ ଭଲ ଭାବରେ କେହି ଜାଣନ୍ତି ନାହିଁ, ହେଲେ ଅନେକଙ୍କ ମତରେ ପ୍ରଥମ ତିନିମାସ ମଧ୍ୟରେ ରକ୍ତରେ ଏଚସିଜି ବେଶି ପରିମାଣ ହେବା ଯୋଗୁଁ, ଏଷ୍ଟ୍ରୋଜନର ଉଚ୍ଚସ୍ତର, ଗେଷ୍ଟ୍ରୋ ଇସୋଫାଜିୟାଲ ରିଫ୍ଲେକ୍ସ, ହଜମ ଶକ୍ତି କମିବା ଓ ଆଘ୍ରାଣ ପ୍ରତି ସମ୍ବେଦନଶୀଳତା ଯୋଗୁଁ ଏପରି ହୁଏ ।

ସମସ୍ତ ଗର୍ଭବତୀ ସ୍ତ୍ରୀମାନଙ୍କୁ ଏକାପରି ମର୍ଣ୍ଣିଂ ସକ୍‌ନେସ ହେଇନଥାଏ । ଅନେକ ସ୍ତ୍ରୀଙ୍କୁ ବେଳେ ବେଳେ ଉପର ଉପର ଲାଗିଥାଏ, ବାନ୍ତି ବାନ୍ତି ଲାଗେ ହେଲେ ବାନ୍ତି ହୁଏନାହିଁ । ଅନେକ ସ୍ତ୍ରୀ ବାରମ୍ବାର ବାନ୍ତି କରିଥାନ୍ତି ତ ଅନେକେ କେବେ କେବେ । ଏହାର ମଧ୍ୟ ଅନେକ କାରଣ ଅଛି:

ହର୍ମୋନର ସ୍ତର: ସାଧାରଣରୁ ଉଚ୍ଚସ୍ତର, ମର୍ଣ୍ଣିଂ ସିକ୍‌ନେସକୁ ପ୍ରବଳ କରିଥାଏ । ନିମ୍ନତର ଏହାକୁ କମେଇଦିଏ । ହେଲେ ସାଧାରଣ ସ୍ତରର ଗର୍ଭବତୀ ସ୍ତ୍ରୀମାନଙ୍କୁ ମଧ୍ୟ ଏହା ହେଇଥାଏ ବା ଆଦୌ ହେଇନଥାଏ କହିଲେ ଚଳେ ।

ସମ୍ବେଦନଶୀଳତା: ଅନେକ ମସ୍ତିଷ୍କ ଆବଶ୍ୟକରୁ ଅଧିକ ସମ୍ବେଦନଶୀଳ ହେଇଥାଏ,

ଅର୍ଥାତ୍ ଏଭଳି ଗର୍ଭବତୀ ସ୍ତ୍ରୀମାନଙ୍କର ମନ ବେଶି ଭୟଭୀତ ବା ଆଶଙ୍କିତ ହେଇଥାଏ । ଯଦି ଆପଣ ମଧ୍ୟ ଖୁବ୍ ଶୀଘ୍ର କାରସିକ୍, ସିସିକ୍ କିମ୍ବା ଟ୍ରେବଲ ସିକ୍‌ନେସର ଶିକାର ହେଇଥାନ୍ତି, ତେବେ ଗର୍ଭବେଳେ ଏସବୁ ଅଧିକ ହେଇପାରେ । ସେତେବେଳେ ଏସବୁକୁ ନିହାତି ଭାବରେ ବୁଝେଇବାକୁ ପଡ଼ିବ ।

ଚାପ: ଏକଥା ସମସ୍ତେ ଜାଣନ୍ତି ଯେ ଭାବପ୍ରବଣତାର ଚାପ ଯୋଗୁଁ ଗେଷ୍ଟୋଇଣ୍ଟେଷ୍ଟିନାଲ ସମସ୍ୟା ଦେଖାଦେଇଥାଏ । ଏଣୁକରି ଯଦି ଆପଣ ଚାପଗ୍ରସ୍ତ ହୁଅନ୍ତି ତେବେ ମର୍ଣ୍ଣିଂ ସିକ୍‌ନେସର ଲକ୍ଷଣ କ୍ଷତିକାରକ ହେଇପାରେ ।

କ୍ଲାନ୍ତି: ଦୈହିକ ଓ ମାନସିକ କ୍ଲାନ୍ତି ମଧ୍ୟ ମର୍ଣ୍ଣିଂ ସିକ୍‌ନେସଙ୍କର ଲକ୍ଷଣକୁ ବଳବତ୍ତର କରିଦେଇଥାଏ । (ଅତିବେଶି ମର୍ଣ୍ଣିଂ ସିକ୍‌ନେସ ମଧ୍ୟ ହାଲିଆ କରିଦିଏ)

ପ୍ରଥମ ଥରରେ ଗର୍ଭର ସ୍ତର: ପ୍ରଥମ ଗର୍ଭଧାରଣରେ ପ୍ରାୟ ମର୍ଣ୍ଣିଂ ସିକ୍‌ନେସର ସ୍ତର ବେଶି ଥାଏ । ଏଥିରେ ଦୈହିକ ଓ ମାନସକ ଉଭୟ କାରଣ ସଂଶ୍ଳିଷ୍ଟ ଥାଏ । ପ୍ରଥମ କାରଣ ହେଲା- ଦେହ ଏବେ ଏଭଳି ପରିବର୍ତ୍ତନ ପାଇଁ ପ୍ରସ୍ତୁତ ନଥାଏ । ଭାବପ୍ରବଣତା ଯୋଗୁଁ ମଧ୍ୟ ପ୍ରଥମ ଥର ପାଇଁ ଗର୍ଭବତୀ ହେଉଥିବା ସ୍ତ୍ରୀମାନେ ବେଶ୍ ଉତ୍ତେଜିତ ହୋଇଥାନ୍ତି । ଯାହାରି ଫଳରେ ତାଙ୍କ ସମସ୍ୟା ବୃଦ୍ଧି ପାଏ । ପରବର୍ତ୍ତୀ ମାମଲାରେ ସାଧାରଣତଃ ତାଙ୍କ ଦୃଷ୍ଟି ପ୍ରଥମ ଛୁଆ ଉପରେ କେନ୍ଦ୍ରୀଭୂତ ହେଇଥାଏ । ଏଣୁକରି ଏପରି ଲକ୍ଷଣ ଦେଖାଦିଏନାହିଁ । ଅବଶ୍ୟ ଏହାର ମଧ୍ୟ ଅନେକ ବ୍ୟତିକ୍ରମ ଅଛି ।

କାରଣ ଯାହା ହେଉନା କାହିଁକି ମର୍ଣ୍ଣିଂ ସିକ୍‌ନେସର ପ୍ରଭାବ ଏକା ଭଳି ହୋଇଥାଏ । ଅବଶ୍ୟ ଏହାର କୌଣସି ସଠିକ୍ ଚିକିତସା ନାହିଁ ତଥାପି ଯେକୌଣସି ପ୍ରକାରେ ସମୟ କଟେଇବା ଓ ଏହାକୁ ସାମାନ୍ୟ ମନେ କରିବାର ନିମ୍ନଲିଖିତ ଉପାୟମାନ ଦ୍ରଷ୍ଟବ୍ୟ:

■ ଶୀଘ୍ର ଖାଆନ୍ତୁ । ମର୍ଣ୍ଣିଂ ସିକ୍‌ନେସ ଆପଣଙ୍କୁ ଶୋଇ ଉଠିଲା ପର୍ଯ୍ୟନ୍ତ ଅପେକ୍ଷା କରିବନି । ଏହା ଖାଲିପେଟରେ ବେଶି ପ୍ରଭାବ ପକାଇଥାଏ । ବିଶେଷକରି ରାତିରେ ଦୀର୍ଘ ନିଦ୍ରା ପରେ । ପେଟଟା ଖାଲି ହେବା ପରେ ପେଟରେ ଥିବା ଅମ୍ଳ ହଜମ କରିବା ସକାଶେ କିଛି ପାଏ ନାହିଁ । ଫଳରେ ବାନ୍ତି ବାନ୍ତି ଲାଗେ । ରାତିରେ ଶୋଇବା ପୂର୍ବରୁ ବିଛଣା ପାଖରେ ଖାଇବା ପାଇଁ କିଛି ରଖିଥାନ୍ତୁ; ଫଳରେ ରାତିରେ ଯଦି ଭୋକ ହୁଏ ତେବେ ରୋଷେଇ ଘରକୁ ଯିବାକୁ ପଡ଼ିବନି । ରାତିରେ ଶୌଚାଳୟକୁ ଯିବା ପାଇଁ ଉଠିଲାବେଳେ ପାଟିରେ କିଛି ପକେଇ ନିଅନ୍ତୁ । ଯଦ୍ୱାରା ସକାଳ ହେବା ପର୍ଯ୍ୟନ୍ତ ପେଟଣଟା ସମ୍ପୂର୍ଣ୍ଣ ଖାଲି ନହେଉ ।

■ ରାତିରେ ଡେରିକରି ଖାଆନ୍ତୁ । ରାତିରେ ଶୋଇବାର ିକ୍ ପୂର୍ବରୁ ଗ୍ଲାସେ କ୍ଷୀର, ପନିର କିମ୍ବା ଅନ୍ୟ କିଛି ଖାଆନ୍ତୁ । ଦେଖିବେ, ସକାଳୁ ଉଠିଲାବେଳେ ପେଟ ପୂରିଥିଲା ପରି ଲାଗିବ ।

■ ଅଳ୍ପ ଖାଆନ୍ତୁ । ବେଶି ଖାଇଲେ ମଧ୍ୟ ବାନ୍ତି ଲାଗିଥାଏ । ଭୋକ ହେଲେ ଏକା ସାଙ୍ଗରେ ସବୁ ନଖାଇ ବରଂ ଅଳ୍ପ ସମୟ ବ୍ୟବଧାନରେ ଅଳ୍ପ ଅଳ୍ପ କରି ଖାଆନ୍ତୁ ।

– ମଝିରେ ମଝିରେ ଖାଆନ୍ତୁ । ନିଜର ବ୍ଲଡ ସୁଗରର ସ୍ତରକୁ ସମାନ ରଖନ୍ତୁ । ଫଳରେ ପେଟଟା ସଦାବେଳେ ପୂରିଥିବା ପରି ମନେହେବ । ଦିନକୁ ତିନିଥର ବେଶି ଖାଦ୍ୟ ନଖାଇ ଛ'ଥର ଅଳ୍ପ ଅଳ୍ପ କରି ଖାଇବା ଶ୍ରେସ୍କର । ବାହାରକୁ ଯାଉଥିଲେ ସାଙ୍ଗରେ ସ୍ନେକ୍ସ, ଶୁଖିଲା ଫଳ, ଖୋଆ, ଗ୍ରେନୋଲା, ଶୁଷ୍କ ଖାଦ୍ୟଶସ୍ୟ, ବ୍ରେକର୍ସ, ସୋୟା ଚିପ୍ସ ବା ପ୍ରେଜଲ୍‌ସ ନଖାଇ ଯାଆନ୍ତୁ ନାହିଁ ।

– ଭଲ ଭାବରେ ଖାଆନ୍ତୁ । ଆପଣଙ୍କ ଖାଦ୍ୟରେ ପ୍ରୋଟିନ, କମ୍ପ୍ଲେକ୍ସ କାର୍ବୋହାଇଡ୍ରେଟ ପରିପୂର୍ଣ୍ଣ ହେବା ଦରକାର । ଉତ୍ତମ ପୋଷଣ ଯୋଗୁଁ ମଧ୍ୟ ବହୁ ଉପକାର ମିଳିବ ।

– ଯାହା ଖାଇପାରିବେ ଖାଆନ୍ତୁ । ପେଟରେ କିଛି ନା କିଛି ପକେଇବାକୁ ସର୍ବଦା ତତ୍ପର ରହିବେ । ଗର୍ଭଧାରଣ ସମୟରେ ସୁକ୍ଷମ ଖାଦ୍ୟ ଖାଇବା ସକାଶେ ଯଥେଷ୍ଟ ସୁଯୋଗ ମିଳିଥାଏ । ଏଣୁ ଯାହା ଇଚ୍ଛା ହେଲେ ତାହା ଖାଆନ୍ତୁ । ଯଦି ତାହା ପୁଷ୍ଟିକର ଖାଦ୍ୟ ହେଲେ, ଆହୁରି ଭଲ ।

– ତରଳ ପଦାର୍ଥ ମଧ୍ୟ ଗ୍ରହଣ କରନ୍ତୁ। ବାନ୍ତି ହେବା ଯୋଗୁଁ ଦେହର ଜଳ ଅଂଶ କମିଯାଏ । ଏଣୁକରି ଯଥେଷ୍ଟ ବରଂ ପ୍ରଚୁର ତରଳ ଖାଦ୍ୟ

ଖାଆନ୍ତୁ । ଯଦି ଏହା ଖାଇବା ସହଜ ଓ ସରଳ ମନେହୁଏ ତେବେ, ଏହାରି ମଧ୍ୟରେ ବିଭିନ୍ନ ଭିଟାମିନ ଯୁକ୍ତ ଖାଦ୍ୟ ଖାଆନ୍ତୁ । ସୁପ ଓ ଜୁସ ମାଧ୍ୟମରେ ଖଣିଜ ଲବଣ ଗ୍ରହଣ କରନ୍ତୁ । ଯଦି ତରଳ ପଦାର୍ଥ ଯୋଗୁଁ ମଧ୍ୟ ବାନ୍ତି ହେଲେ ଏଭଳି କଠିନ ପଦାର୍ଥ ଖାଆନ୍ତୁ, ଯେଉଁଥିରେ ପ୍ରଚୁର ପାଣି ଥିବ । ଯଥା: ତଟକା ଫଳ ଓ ପନିପରିବା, ସାଲାଡ, ଲେମ୍ବୁ ଓ ଖଟା ଫଳ । ଏକା ଥରକେ ଖାଇଲେ ପେଟ ଓଜନ ଲାଗିଲେ, ଖାଇବା ମଝିରେ ପିଅନ୍ତୁ ।

– ତାପମାତ୍ରା ପରିବର୍ତ୍ତନ କରି ମଧ୍ୟ ଦେଖନ୍ତୁ । ଅନେକ ଗର୍ଭବତୀ ସ୍ତ୍ରୀଙ୍କ ପକ୍ଷରେ ଥଣ୍ଡା ପାଣିଆ ଖାଦ୍ୟ ଖାଇବା ସହଜ ମନେହୁଏ ଆଉ ଅନେକଙ୍କ ପକ୍ଷରେ ଗରମ ଖାଦ୍ୟ ।

– ଖାଦ୍ୟ ପରିବର୍ତ୍ତନ କରୁଥାନ୍ତୁ । ଯାହା ଖାଇବାକୁ ଖୁବ୍ ଭଲ ପାଉଥାନ୍ତି, ତାକୁ ଦେଖିଲେ ଏବେ ଯଦି ବାନ୍ତି ଲାଗୁଛି ତେବେ ଅନ୍ୟ ଖାଦ୍ୟ ଖାଆନ୍ତୁ ।

– ଯେଉଁ ଖାଦ୍ୟକୁ ଦେଖିଲେ ଅରୁଚି ଲାଗୁଛି ବା ଗନ୍ଧ ସହ୍ୟ ହେଉନାହିଁ, ତେବେ ବାଧ୍ୟବାଧକତାରେ ଖାଆନ୍ତୁ ନାହିଁ ବା ସେପରି ଜାଗାକୁ ଯାଆନ୍ତୁ ନାହିଁ । ଆପଣ ନିଜେ ଜାରି ପାରିବେ ଯେ ମିଠା ଭଲ ଲାଗୁଛି ନା ଲୁଣିଆ ବା ଖଟା । ଯଦି ମିଠା ପ୍ରିୟ ହୁଏ ତେବେ ବ୍ରୋକଲି ବା ଚିକେନ ନଖାଇ ଆଡୁ ଓ ଯୋଗାର୍ଟରୁ ଭିଟାମିନ ଏ ଓ ପ୍ରୋଟିନ ପାଇବାକୁ ଚେଷ୍ଟା କରନ୍ତୁ । ଲୁଣିଆ ପସନ୍ଦ ହେଲେ ପିଜା ଖାଆନ୍ତୁ ।

– ଗର୍ଭବତୀ ସ୍ତ୍ରୀମାନେ ନିଜେ ଜାଣି ପାରନ୍ତି ଯେ କେଉଁ ଗନ୍ଧ ସହ୍ୟ କରିହେବ କେଉଁ ଗନ୍ଧ ନୁହଁ ଏଣୁକରି ସେପରି ଗନ୍ଧକୁ ବାରି ଦୂରେଇ ରଖନ୍ତୁ । ସ୍ୱାମୀଙ୍କର ଯେଉଁ ଆଫ୍ଟରସେଭ ଗନ୍ଧ ଶୁଣି ଖୁସି ହେଉଥିଲେ; ଏବେ କିନ୍ତୁ ଏହା ଶୁଙ୍ଘି ବାନ୍ତି ମାଡୁଥିବ ।

– ସପ୍ଲିମେଣ୍ଟ ! ଯେଉଁ ଭିଟାମିନ ଆପଣ ପାଇପାରୁ ନାହାନ୍ତି, ସେହି ଅଭାବକୁ ପୂରଣ କରିବା ପାଇଁ ଭିଟାମିନ ବଟିକା ଖାଆନ୍ତୁ । ବାନ୍ତି ଲାଗୁଥିଲାବେଳେ ଔଷଧ ଖାଆନ୍ତୁ ନାହିଁ । ନହେଲେ ସବୁ ପଦାକୁ ଚାଲିଆସିବ । ଅବସ୍ଥା ବେଶି ସାଂଘାତିକ ମନେହେଲେ ଡାକ୍ତରଙ୍କୁ ପଚାରି ଭିଟାମିନ ବି (ବି୬) ଖାଆନ୍ତୁ । ଏହାଫଳରେ ସୁସ୍ଥ ଲାଗିବ ।

– ଅଦା ଖାଇ ଦେଖନ୍ତୁ । ବାନ୍ତି ପାଇଁ ଏହା ଭଲ କାମ କରେ । ଖାଦ୍ୟପେୟରେ ଏହାକୁ ବ୍ୟବହାର କରାଯାଇ ପାରିବ । ଆପଣ ଜିଂଜର କେଣ୍ଡି ବା ଲଲିପପ ମଧ୍ୟ ଖାଇପାରିବେ । ଅଦାରସ ସ୍ୱାସ୍ଥ୍ୟ ପକ୍ଷରେ ହିତକର ।

ବାନ୍ତି ଲାଗିଲେ ଅଦା ଚୋବେଇବା କିମ୍ବା ଶୁଂଘିବା ଉଚିତ । ଅନେକେ ଲେମ୍ବୁ ଶୁଂଘିଥାନ୍ତି । ନହେଲେ ହଜମ ବଟିକା ବା ଖଟାମିଠା ବଟିକା ଖାଆନ୍ତୁ ।

– ଅଯଥାରେ ମଧ୍ୟ ଆରାମ, ବିଶ୍ରାମ କରନ୍ତୁ କିମ୍ବା ଶୋଇଚାନ୍ତୁ, କାରଣ ଦୈହିକ ଓ ମାନସିକ କ୍ଳାନ୍ତି ବାନ୍ତି ସୃଷ୍ଟି କରିଥାଏ ।

– ସକାଳୁ ଉଠିଲା ମାତ୍ରେ ତରତର ହୁଅନ୍ତୁ ନାହିଁ । ଏହାଫଳରେ ବ୍ୟତିବ୍ୟସ୍ତ ହେଲେ ସଂଶୟ ସୃଷ୍ଟି ହେବ । ଏଣୁ ଆରାମରେ ଉଠନ୍ତୁ । ତାପରେ କାଠି କରି ଜଳଖିଆ ଖାଆନ୍ତୁ । ଅବଶ୍ୟ ଆଗରୁ ପୁଅ ଝିଅ ଥିଲେ ଏପରି ସମ୍ଭବ ନୁହଁ । ତଥାପି ତାଙ୍କ ଉଠିବା ପୂର୍ବରୁ ଉଠିବାକୁ ଚେଷ୍ଟା କରନ୍ତୁ । ନହେଲେ ସ୍ୱାମୀଙ୍କୁ ସକାଳର କାମ ଧାମ ସାରିବାକୁ କୁହନ୍ତୁ । ଅତ୍ୟାବଶ୍ୟକ ହେଲେ ଚାକରାଣୀ ରଖନ୍ତୁ ।

– ମାନସିକ ଚାପ କମ କରନ୍ତୁ । କାରଣ ଚାପ ଯୋଗୁଁ ବାନ୍ତି ସୃଷ୍ଟି ହେଇଥାଏ ।

– ଦାନ୍ତ ସଫା ପ୍ରତି ପୂରା ଦୃଷ୍ଟି ଦିଅନ୍ତୁ । ବ୍ରସ କରନ୍ତୁ ବା କାଠି । ବାନ୍ତି ହେଲା ପରେ ଭଲ କରି କୁଳୁକୁଚା କରନ୍ତୁ । ଏହାଫଳରେ ଦାନ୍ତ ସଫା ହେବ ଓ ଦାନ୍ତ ମାଢ଼ି କ୍ଷୟକ୍ଷତି ହେବନାହିଁ ।

– ସି-କେଣ୍ଡ ଟ୍ରାଇ କରନ୍ତୁ । ଚଉଡା ଇଲାଷ୍ଟିକ ବେଣ୍ଡ୍ ଉଭୟ ମଣିବନ୍ଧରେ ପିନ୍ଧନ୍ତୁ । ଏହା ଯୋଗୁଁ ଭିତର ପଟରେ ଥିବା ଏକ୍ୟୁପ୍ରେସର ବିନ୍ଦୁ ମାନଙ୍କରେ ଚାପ ପଡ଼ିବ ଓ ବାନ୍ତି ବାନ୍ତି ଲାଗିବ ନାହିଁ । ଏହା ସାଧାରଣତଃ ଔଷଧ ଦୋକାନ ମାନଙ୍କରେ ମିଳିଥାଏ ଓ ଏହା ଯୋଗୁଁ କୌଣସି କ୍ଷତି ହୁଏନାହିଁ, ଆପଣଙ୍କ ଶକ୍ତିର ହୁଏତ ବ୍ୟାଟେରୀଯୁକ୍ତ ରିଲିଫ ବ୍ୟାଣ୍ଡ ପିନ୍ଧିବାକୁ ମଧ୍ୟ କହିପାରନ୍ତି ।

– ମର୍ଣ୍ଣିଂ ସିକ୍‌ନେସର ସାଂଘାତିକ ଲକ୍ଷଣରୁ ମୁକ୍ତି ପାଇବା ପାଇଁ ବିକଳ୍ପ ଚିକିତ୍ସା ବ୍ୟବସ୍ଥା, ଯଥା: ଏକ୍ୟୁପଞ୍ଚର, ଏକ୍ୟୁପ୍ରେସର, ବାୟୋ ଫିଡ୍‌ବେକ୍,

ହିପ୍ନୋସିସ ଇତ୍ୟାଦି ବ୍ୟବହାର୍ଯ୍ୟ । ଧ୍ୟାନ ଓ ଭିଜୁଆଲାଇଜେସନ ଅର୍ଥାତ୍ ମାନସିକ ଚିତ୍ରଣ ମଧ୍ୟ କାର୍ଯ୍ୟକାରୀ ହେଇପାରିବ ।

ଅବଶ୍ୟ ମର୍ଣ୍ଣିଂ ସିକ୍‌ନେସ ପାଇଁ ଅନେକ ଔଷଧ ତିଆରି ହେଇଛି (ଡକ୍ସିଲୋମାଇନ) । ବେଶି ସାଂଘାତିକ ଅବସ୍ଥା ଦେଖାଦେଲେ ଏହି ଔଷଧ ଦିଆଯାଇଥାଏ । ଏହା ଯୋଗୁଁ ତନ୍ଦ୍ରାଳସ ଅନୁଭୂତ ହୁଏ । ଶୋଇବା ଭଲ ଗୁଣ ହେଲେ ଗାଡ଼ି ଚଲେଇ ନିଜ କର୍ମସ୍ଥଳୀକୁ ଯିବାକୁ ହେଲେ ଏହା ବିପଜ୍ଜନକ । ଡାକ୍ତରଙ୍କ ବିନା ପରାମର୍ଶରେ କୌଣସି ହାର୍ବଲ ଔଷଧ କାଆନ୍ତୁ ନାହିଁ ।

କେବଳ ୫ ପ୍ରତିଶତ ମାମଲା ପାଇଁ ଡାକ୍ତରୀ ଚିକିତ୍ସା ଆବଶ୍ୟକ ହେଇଥାଏ ।

ଆବଶ୍ୟକରୁ ଅଧିକ ଲାଳ ଗଡ଼ିବା

"ମୋ ପାଟିରୁ ସର୍ବଦା ଲାଳ ଗଡୁଛି ଓ ଏହାକୁ ଢ଼ୋକି ଦେଲେ ବାନ୍ତି ଲାଗୁଛି । ଏଭଳି କାହିଁକି ହେଉଛି, କହିଲ?"

ଗର୍ଭଧାରଣ ସମୟରେ ସାଧାରଣତଃ ପାଟିରୁ ବେଶି ଲାଳ ଗଡ଼ିଥାଏ । ମର୍ଣ୍ଣିଂ ସିକ୍‌ନେସ ହେଉଥିବା ସ୍ତ୍ରୀମାନଙ୍କୁ ବେଶି ଲାଳ ଗଡ଼ିଥାଏ । ଅବଶ୍ୟ କେତେମାସ ପରେ ଏହା ଆପେ ଆପେ ଠିକ୍ ହେଇଯାଏ ।

ବାରମ୍ବାର ଛେପ କାଢୁଥିଲେ ଦାନ୍ତକୁ ମିଣ୍ଟଯୁକ୍ତ ପେଷ୍ଟରେ ବ୍ରସ କରନ୍ତୁ । ମଝିରେ ମଝିରେ କୁଲୁକୁଚା କରୁଥାନ୍ତୁ କିମ୍ବା ଚିନିହୀନ ବବୁଲଗମ ଚୋବାନ୍ତୁ ।

ମେଟାଲିକ ସ୍ୱାଦ

"ମୋ ପାଟିରେ ସଦାବେଳେ ମେଟାଲିକ୍ ସ୍ୱାଦ ଥାଏ । ଏହା ଗର୍ଭଧାରଣ ଯୋଗୁଁ ହେଇଛି ନା ଅନ୍ୟାନ୍ୟ କାରଣରୁ?"

ହର୍ମୋନାଲ ପରିବର୍ତ୍ତନ ଯୋଗୁଁ ଗର୍ଭବତୀ ସ୍ତ୍ରୀ ମାନଙ୍କର ପାଟିର ସ୍ୱାଦ ଅଦ୍ଭୁତ ଧରଣର ହେଇଥାଏ । ହର୍ମୋନ ଗୁଡ଼ାକୁ ଏହାକୁ ଆୟତ୍ତାଧୀନ କରିଥାନ୍ତି । ଏହା ଲଗାମଛଡ଼ା ହେଇଗଲେ ଲାଳ ଗ୍ରନ୍ଥୀରେ କୁପ୍ରଭାବ ପଡ଼ିଥାଏ । ହର୍ମୋନର ସ୍ତର ଠିକ୍ ହେଲେ ଦ୍ୱିତୀୟ ତିନିମାସରେ ଏହି ସମସ୍ୟାଟି ସ୍ୱତଃ ଅପସରି ଯାଏ ।

ସେ ପର୍ଯ୍ୟନ୍ତ ଆପଣ ଏହାର ସମ୍ମୁଖୀନ ହେବାକୁ ପଡ଼ିବ ହିଁ ପଡ଼ିବ । ଏଣୁ ଖଟା ଫଳ କୋଳି, ଲେମନେଡ ଓ କେଣ୍ଡି ଖାଆନ୍ତୁ । ଏହାରି ଫଳରେ ଲାଳ ଆଉ ଗଡ଼ିବନି ବା ଅଳ୍ପ ଗଡ଼ିବ । ଦାନ୍ତ ଓ ଜିଭ ସଫା ରଖନ୍ତୁ । ପାଟିରେ ପିଏଚର ସ୍ତରକୁ ନ୍ୟୁଟ୍ରାଲାଇଜ କରାଯାଇପାରେ । ଡାକ୍ତରଙ୍କ ପରାମର୍ଶ ଅନୁକ୍ରମେ ଆପଣ ଭିଟାମିନର ବଟିକା ପରିବର୍ତ୍ତନ କରିପାରିବେ ।

ବାରମ୍ବାର ଶୌଚ (ପରିସ୍ରା) ଯିବା

"ମୋତେ ପ୍ରତି ଅଧଘଣ୍ଟା ଉତ୍ତାରେ ପରିସ୍ରା ଲାଗିଥାଏ । ଏହା କ'ଣ ସାଧାରଣ କଥା ନା ଅନ୍ୟ କିଛି?"

ଅବଶ୍ୟ ଏହା ଏକ ସାଧାରଣ କଥା ଓ ନିଜ ଘର ଭଳି ଭଲ ଜାଗା ହୋଇନପାରେ ହେଲେ ଗର୍ଭବତୀ ସ୍ତ୍ରୀ ମାନଙ୍କୁ ଏପରି କରିବାକୁ ହୁଏ । ପରିସ୍ରା ଲାଗିଲେ ନିହାତି ଭାବରେ ଯିବେ । ଦିନ ହେଉ କି ରାତି, ବିଛଣାରୁ ଉଠିଯିବାକୁ ହେବ । ଏହା କଷ୍ଟକର ହେଲେ ମଧ୍ୟ ଏକ ସାଧାରଣ ଘଟଣା ଅଟେ ।

ବାରମ୍ବାର ପରିସ୍ରା କାହିଁକି ଲାଗେ? ହର୍ମୋନ୍ ଯୋଗୁଁ ରକ୍ତ ସାଙ୍ଗକୁ ପରିସ୍ରାର ସ୍ରୋତରେ ମଧ୍ୟ ତୀବ୍ରତା ଦେଖାଦେଇଥାଏ । ଦ୍ୱିତୀୟ କଥା ହେଲା, ଗର୍ଭଧାରଣ ବେଳେ ବୃକକ୍‌ର ସାମର୍ଥ୍ୟ ବୃଦ୍ଧି ପାଇଥାଏ । ଏଣୁ ଦେହରୁ ଅପଶିଷ୍ଟ ପଦାର୍ଥ ଶୀଘ୍ର ଚାଲିଯିବା ପାଇଁ ବ୍ୟବସ୍ଥା ହୁଏ । ଭାବିନିଅନ୍ତୁ (ଆପଣ ଦୁଇଜଣଙ୍କ ସକାଶେ ପରିସ୍ରା କରୁଛନ୍ତି) ଦ୍ୱିତୀୟ ତିନିମାସ ବେଳେ ପେଟର ଶୂନ୍ୟସ୍ଥାନ ଆଡ଼କୁ ଗର୍ଭାଶୟ ଚାଲିଯାଏ ଓ ଚାପଟା ଆପେ ଆପେ କମିଯାଏ । ତୃତୀୟ ତିନିମାସ ପର୍ଯ୍ୟନ୍ତ ଏହା ତଳକୁ ଖସେ ନାହିଁ । ଯେ ପର୍ଯ୍ୟନ୍ତ ଗର୍ଭସ୍ଥ ଶିଶୁର ମୁଣ୍ଡ ପେଲଭିସ ପାଖକୁ ନ ପହଞ୍ଚିଛି । ଦେହର ଆଭ୍ୟନ୍ତରୀଣ ଅଂଶର କାର୍ଯ୍ୟାନୁସାରେ ମହିଳାମାନଙ୍କ ଦେହରେ ଏହାର ଭିନ୍ନ ଭିନ୍ନ ପ୍ରତିକ୍ରିୟା ହେଇଥାଏ । ଅନେକ ସ୍ତ୍ରୀଙ୍କୁ ଏହାଦ୍ୱାରା କୌଣସି ପ୍ରଭାବ ପଡ଼ିନଥାଏ । ଆଉ ଅନେକ ସ୍ତ୍ରୀ ନ'ମାସ ଯାକ ଅସୁବିଧାର ସମ୍ମୁଖୀନ ହେଉଥାନ୍ତି ।

ପରିସ୍ରା କଲାବେଳେ ଆପଣ ପରିସ୍ରା ଥଳୀଟିକୁ ସମ୍ପୂର୍ଣ୍ଣ ରୂପେ ଖାଲି କରିଦେବା ଉଚିତ । ଫଳରେ ବାରମ୍ବାର ଯିବାରୁ କିଛିଟା ରକ୍ଷା ପାଇପାରିବେ ।

ପରିଶ୍ରା ଲାଗୁଛି ଭାବ ତରଳ ଖାଦ୍ୟ ପଦାର୍ଥ ଖାଇବା ବନ୍ଦ କରନ୍ତୁନି । ଏହା ଖୁବ୍ ଆବଶ୍ୟକ କାରଣ ଡିହାଇଡ୍ରେସନ ଯୋଗୁଁ ପରିଶ୍ରାରେ ସଂକ୍ରମଣ ମଧ୍ୟ ଦେଖାଦେଇପାରେ ।

ଅବଶ୍ୟ କେଫିନର ପରିମାଣ କମେଇବାକୁ ହେବ । ରାତିରେ ଯଦି ବାରମ୍ବାର ପରିଶ୍ରା ଲାଗେ, ତେବେ ଶୋଇବା ବେଳେ ତରଳ ପଦାର୍ଥ ଗ୍ରହଣ କରନ୍ତୁନି ।

ଯଦି ପରିଶ୍ରା ଗଲା ପରେ ମଧ୍ୟ ପରିଶ୍ରା ଲାଗେ, ତେବେ ଡାକ୍ତରଙ୍କୁ ବୁଝନ୍ତୁ । ହୁଏତ ମୂତ୍ରାଶୟର ସଂକ୍ରମଣ ମଧ୍ୟ ହେଇଥାଇପାରେ ।

"ମୋତେ ବାରମ୍ବାର କାହିଁକି ପରିଶ୍ରା ଲାଗେ ନାହିଁ ?"

ଯଦି ଆପଣଙ୍କୁ ବାରମ୍ବାର ପରିଶ୍ରା ଲାଗୁନାହିଁ, ତେବେ ହୁଏତ ଏହା ଆପଣଙ୍କ ପାଇଁ ସାଧାରଣ କଥା ହେଇପାରେ । ଦିନକୁ ଆପଣ ଅନ୍ତତଃ ୮ ଗ୍ଲାସ ପାଣି ପିଅନ୍ତୁ । ବାନ୍ତି ହେଲେ ଆହୁରି ବେଶି ପାଣି ପିଅନ୍ତୁ । ଯଦି ଅଳ୍ପ ପାଣି ପିଅନ୍ତି ଓ ତଳର ଖାଦ୍ୟ କମ୍ ଖାଆନ୍ତି ତେବେ ମୂତ୍ରାଶୟରେ ସଂକ୍ରମଣ ସାଂଗକୁ ଡିହାଇଡ୍ରେସନ ମଧ୍ୟ ହେଇପାରେ ।

ସ୍ତନରେ ଦେଖାଯାଉଥିବା ପରିବର୍ତ୍ତନ

"ମୋ ସ୍ତନଗୁଡାକ ଏତେ ବଡ଼ ହୋଇଗଲେଣି ଯେ ଚିହ୍ନା ପଡୁନାହିଁ ଓ ଆଗ ଅପେକ୍ଷା ବେଶି କୋମଳ ହୋଇପଡ଼ିଛି । ଏଗୁଡ଼ିକ ସଦା ଏପରି ଥିବେ ନା ଛୁଆ ଜନ୍ମ ହେଲା ପରେ ସବୁ ଠିକ୍ ହୋଇଯିବ ?"

ବୋଧହୁଏ ଆପଣ ଗର୍ଭଧାରଣ କଲାବେଳେ ସର୍ବପ୍ରଥମେ ବଡ଼ ହେଉଥିବା କଥା ଲକ୍ଷ୍ୟ କରିପାରିଛନ୍ତି । ଅବଶ୍ୟ ଦ୍ୱିତୀୟ ତିନିମାସ ସୁଦ୍ଧା ପେଟ ବେଶି ବଢ଼ିନଥାଏ, ହେଲେ ଗର୍ଭଧାରଣ କଲାପରେ କିଛି ଦିନ ମଧ୍ୟରେ ଛାତି ଓ ସ୍ତନଗୁଡ଼ିକ ବଡ଼ ହୋଇଥାଏ । ହୁଏତ ଆପଣଙ୍କ ବ୍ରାରେ ଥିବା କପର ସାଇଜଟା ତିନିଗୁଣ ବଢ଼ିଯାଇପାରେ । ଆପଣଙ୍କ ଛାତିରେ ଚର୍ବି ସବୁ ଜମାଟ ବାନ୍ଧୁଛି ଓ ରକ୍ତର ପ୍ରବାହ ବଢ଼ିଯାଉଛି ଆପଣଙ୍କର ସ୍ତଯୁଗଳ ଶିଶୁର ଖାଦ୍ୟ ସକାଶେ ପ୍ରସ୍ତୁତ ହେଉଛନ୍ତି ।

ଆପଣ ସ୍ତନର ଆକାର ବ୍ୟତୀତ ଅନ୍ୟ କେତେକ ପରିବର୍ତ୍ତନ ମଧ୍ୟ ଲକ୍ଷ୍ୟ କରିପାରିବେ । ନିପଲର ଆକାର ବୃଦ୍ଧି ପାଇ ରଂଗ ମଧ୍ୟ ବଦଳ ହୋଇଯିବ । ଏହା ଉପରେ ଛୋଟ ଛୋଟ ଦାନା ସବୁ ଦେଖାଦେବେ । ଏହି ଗ୍ରନ୍ଥୀଗୁଡ଼ିକ ଗର୍ଭବେଳେ ସ୍ପଷ୍ଟ ହେଇପଡ଼ନ୍ତି, ପରେ ପୂର୍ବବତ୍ ହେଇଯାନ୍ତି । ଆପଣଙ୍କ ସ୍ତନଯୁଗଳରେ ନୀଳ ରଂଗର ଶିରା ପ୍ରଶିରାଗୁଡ଼ିକ ଦୃଶ୍ୟମାନ ହେଇପାରନ୍ତି, ଏହାର ତାତ୍ପର୍ଯ୍ୟ ହେଲା ମା' ପେଟରୁ ଶିଶୁ ପାଇଁ ଖାଦ୍ୟ ଆସିବା ଆରମ୍ଭ ହେଲାଣି । ଶିଶୁକୁ ସ୍ତନପାନ କରେଇବା ପରେ କିମ୍ବା ପ୍ରସବ ପରେ ଏସବୁ ନୀଳରାଂଗର ଶିରା-ପ୍ରଶିରା ସବୁ ଅପସରି ଯିବେ ।

ଅବଶ୍ୟ ପୂରା ନ' ମାସ ଯାକ ଏହାର ଆକାରରେ ପରିବର୍ତ୍ତନ ଦେଖାଦେବ, ହେଲେ ସମ୍ବେଦନଶୀଳତା ପ୍ରଥମ ଦୁଇ-ଚାରିମାସ ବେଳ ଦୃଶରମାନ ହେବ । ସେତେବେଳେ ଉଷୁମ ପାଣିରେ ସେକ ଦେବା ହିତକର ହେବ ।

ପୁନଶ୍ଚ ଯଦି ନିଜ ସ୍ତନକୁ ଯତ୍ନର ସହିତ ଭଲ ସପୋର୍ଟ ଦେବେ ନାହିଁ, ତେବେ ଝୁଲିପଡ଼ି ପାରେ । ଏଣୁ ଭଲ ବ୍ରା, କଟନ ସ୍ପୋର୍ଟସ ବ୍ରା ପିନ୍ଧିବା ଲାଭକାରୀ ହେବ ।

ଅନେକ ମହିଳା ମାନଙ୍କ କ୍ଷେତ୍ରରେ ସ୍ତନର ଆକାର ଅତ୍ୟଧିକ ବୃଦ୍ଧି ପାଇଲାବେଳେ ଅନ୍ୟ କେତେକଙ୍କ ସ୍ତନରେ ପ୍ରାୟ ନଗଣ୍ୟ ପରିବର୍ତ୍ତନ ଦେଖାଦେଇଥାଏ । ଗର୍ଭ ସମୟର ଅନ୍ୟ ପରିବର୍ତ୍ତନ ଭଳି ସ୍ତନର ପରିବର୍ତ୍ତନ ମଧ୍ୟ ସାଧାରଣ କଥା ଅଟେ । ଯଦି ସ୍ତନର ଆକାର ବେଶି ବୃଦ୍ଧି ନ ପାଏ ତେବେ ଅଧିକ ନମ୍ବର ବ୍ରା ପିନ୍ଧିବାକୁ ପଡ଼ିବନି ହେଲେ ସ୍ତନପାନରେ କୌଣସି ପ୍ରଭେଦ ରହିବ ନାହିଁ ।

"ପ୍ରଥମ ଗର୍ଭଧାରଣ ବେଳେ ମୋ ଛାତିର ଆକାର ବେଶି ବଢ଼ିଯାଇଥିଲା । ହେଲେ ଦ୍ୱିତୀୟ ଗର୍ଭଧାରଣ ବେଳେ ଏପରି ହେଉନି ! ଏହା କ'ଣ ସାଧାରଣ କଥା ।"

ଗତ ଥର ଆପଣଙ୍କର ପ୍ରଥମ ଗର୍ଭଧାରଣ ଥିଲା । ଏଥର ଆପଣଙ୍କ ସ୍ତନଯୁଗଳ ଅନୁଭୂତି

ସମ୍ପନ୍ନ ହେଇସାରିଛନ୍ତି । ଏଣୁକରି ହୁଏତ ପୂର୍ବପରି ପରିବର୍ତ୍ତନ ଦେଖାଦେଇ ନପାରେ । କିମ୍ବା ଆସ୍ତେ ଆସ୍ତେ ଦେଖାଦେଇପାରେ ବା ପ୍ରସବ ପରେ ସ୍ତନପାନ ସମୟରେ ଆକାର ବଢ଼ିପାରେ । ଅବଶ୍ୟ ଆସ୍ତେ ଆସ୍ତେ ବଢ଼ିବା ଏକ ସାଧାରଣ ଘଟଣା । ଏଥିରେ ଦେଖାଦେଉଥିବା ପରିବର୍ତ୍ତନ ସବୁ ଉଭୟ ଗର୍ଭଧାରଣ ମଧ୍ୟରେ ଅନ୍ତର କହିଲେ ଚଳେ ।

ତଳିପେଟରେ ଚାପ ପଡ଼ିବା

"ମୋ ତଳିପେଟରେ ଚାପ ଅନୁଭୂତ ହେଉଛି । ଏହାକୁ ମୁଁ ଗୁରୁତ୍ୱ ଦେବି ନା ନାହିଁ ?"

ବୋଧହୁଏ ଆପଣ ନିଜ ଦେହର ପ୍ରତ୍ୟେକ ପରିବର୍ତ୍ତନକୁ ବେଶ୍ ଗୁରୁତ୍ୱ ଦେଉଛନ୍ତି । ଅବଶ୍ୟ ହଁ, ଏହା ଏକ ଶୁଭ ଲକ୍ଷଣ । ହେଲେ ଏଠାରେ ଦେଖାଦେଉଥିବା ଯନ୍ତ୍ରଣାକୁ ନେଇ ବେଶି ବ୍ୟତିବ୍ୟସ୍ତ ହେଲେ ଏହାକୁ ଭଲ ବୋଲି କହିବା କେମିତି ?

ବ୍ୟସ୍ତ ହୁଅନ୍ତୁନି । ପ୍ରଥମ ଗର୍ଭଧାରଣ ବେଳେ ଯଦି ତଳି ପେଟରେ ସାମାନ୍ୟ ଯନ୍ତ୍ରଣା ବା ଚାପ ଅନୁଭୂତ ହୁଏ ତେବେ ସବୁ କିଛି ଠିକ୍ ଠାକ୍ ଅଛି ବୋଲି ଭାବିବାକୁ ହେବ ।

ହୁଏତ ଆପଣଙ୍କ ସମ୍ବେଦନଶୀଳ ଦୈହିକ ରାଡାର ତଳିପେଟରେ ହେଉଥିବା ପରିବର୍ତ୍ତନକୁ ଟିକିନିକି ଗ୍ରହଣ କରି ସଂକେତ ଦେଉଥାଇପାରେ କିମ୍ବା ରକ୍ତ ପ୍ରବାହରେ ତୀବ୍ରତା, ୟୁଟେରାଇନ ରେଖା ସୃଷ୍ଟି ବା ଗର୍ଭାଶୟ ବଢ଼ିବାର ଅନୁଭୂତି ହେଉଥାଇପାରେ । ଅନେକ ଥର କୋଷ୍ଠକାଠିନ୍ୟ ଓ ଯନ୍ତ୍ରଣା ଯୋଗୁଁ ମଧ୍ୟ ଏପରି ହେଇଥାଏ ।

ଯଦି ଏହି ପରି ଯନ୍ତ୍ରଣା ଅବ୍ୟାହତ ଥାଏ, ତେବେ ଡାକ୍ତରଙ୍କୁ ପରାମର୍ଶ କରନ୍ତୁ ।

ଇଷତ୍ ଦାଗ ଲାଗିବା

"ମୁଁ ପାଇଖାନାରେ ଝାଡା ଫେରି ଛୁଞ୍ଚିଲା ବେଳେ ଦେଖିଲି ଯେ, ମୋ ହାତରେ ରକ୍ତର ଇଷତ୍ ଦାଗ ଲାଗିଛି, ହେଲେ ମୋର ଗର୍ଭସ୍ଖଳନ ବା ଗର୍ଭପାତ ହେଲାକି ?"

ଗର୍ଭଧାରଣ ସମୟରେ ଏହିପରି ରକ୍ତର ଦାଗ ମନରେ ଅନେକ ଆଶଙ୍କା ସୃଷ୍ଟି କରିଥାଏ । ହେଲେ ଏହାର ତାତ୍ପର୍ଯ୍ୟ ନୁହଁ ଯେ କୌଣସି ଅଘଟଣ ଘଟିଗଲା କି ! ୫ ମଧ୍ୟରୁ ଜଣେ ମହିଳାଙ୍କ କ୍ଷେତ୍ରରେ ଏପରି ରକ୍ତସ୍ରାବ ହେଇ ସୁସ୍ଥ ଶିଶୁକୁ ଜନ୍ମଦେବା ଏକ ସାଧାରଣ କଥା । ହୁଏତ ଏହା ଋତୁସ୍ରାବର ଶେଷ କିମ୍ବା ଆରମ୍ଭର ସଂକେତ ମଧ୍ୟ ହେଇପାରେ । ଧୈର୍ଯ୍ୟ ଧରି ଆଗକୁ କଣ ଲେଖାଅଛି, ପଢ଼ନ୍ତୁ । ଉକ୍ତ ରକ୍ତଦାଗର ନିମ୍ନଲିଖିତ କାରଣମାନ ଥାଇପାରେ ।

ଗର୍ଭାଶୟରେ ଭ୍ରୁଣର ସଂଚାର: ୨୦ ରୁ ୩୦% ମହିଳାମାନଙ୍କ କ୍ଷେତ୍ରରେ ଏଭଳି 'ସ୍ପଟିଂ' ଅର୍ଥାତ୍ "ଇମ୍ପଲାଣ୍ଟେସନ ବ୍ଲିଡ଼ିଂ' ହୋଇଥାଏ । ଗର୍ଭଧାରଣର ୫ରୁ ୧୦ ଦିନ ମଧ୍ୟରେ ଠିକ୍ ଋତୁସ୍ରାବର ସମୟ ହେବା ବେଳକୁ ଏପରି ହେଇଥାଏ । ଏହା ମାସିକିଆ ଠାରୁ ଅଳ୍ପ ସମୟ ମଧ୍ୟରେ ହୋଇଥାଏ । ଏଥିରେ ଗୋଲାପୀ କିମ୍ବା ଇଷତ୍ ଧୂସର ବର୍ଣ୍ଣର ରକ୍ତସ୍ରାବ ହୋଇଥାଏ । କୋଷ ସମୂହର ଭ୍ରୁଣ ପେଣ୍ଡୁଟି ଗର୍ଭାଶୟର କାନ୍ଥରେ ଘଷିହୋଇ ବାଟ ଭାଙ୍ଗିଲାବେଳେ ଏପରି ହୋଇଥାଏ । ଆଉ ଏପରି ହେବାରେ ଭୟ ବା ଆଶଙ୍କା କରିବାର କିଛି ନାହିଁ ।

ସହବାସ, ପେଲ୍‌ଭିକ ପରୀକ୍ଷା ବା ପାମସ୍ମିୟର: ଗର୍ଭସମୟରେ ସର୍ଭିକ୍ସ ଆଗ ଅପେକ୍ଷା ବେଶି ମସୃଣ ହେଇଥାଏ ଓ ରକ୍ତବାହୀ ନଳୀ ସବୁ ଦୃଶ୍ୟମାନ ହୋଇଥାନ୍ତି । ଏଗୁଡ଼ିକ ସହବାସ ଯୋଗୁଁ ହେଉଥିବା ରକ୍ତସ୍ରାବର କାରକ ହେଇଥାନ୍ତି ।

ଏଭଳି ରକ୍ତସ୍ରାବ ଗର୍ଭଧାରଣ ବେଳେ ଯେକୌଣସି ସମୟରେ ହେଇଥାଏ । ସାଧାରଣତଃ ଏହା କୌଣସି ସମସ୍ରାର ଲକ୍ଷଣ ନୁହଁ ତଥାପି ଆପଣ ନିଜ ମନର ସନ୍ଦେହ ଦୂର କରିବା ପାଇଁ ଡାକ୍ତରଙ୍କୁ ପରାମର୍ଶ କରିପାରନ୍ତି ।

ଯୋନି କିମ୍ବା ସର୍ଭିକ୍ସ ସଂକ୍ରମଣ: ଉକ୍ତ ସଂକ୍ରମଣ ଯୋଗୁଁ ଇଷତ୍ ରକ୍ତସ୍ରାବ ହେଇପାରେ ।

ସବ୍-କରିଓନିକ ବ୍ଲିଡ଼ିଂ: କୋରିୟାନ କିମ୍ବା ଗର୍ଭାଶୟ ଓ ପ୍ଲେଜେଣ୍ଟା ମଧ୍ୟରେ ରକ୍ତ ଜମାଟ ବାନ୍ଧିଲେ ଅଳ୍ପ-ବହୁତ ରକ୍ତସ୍ରାବ ହୋଇଥାଏ । ଅଲଟ୍ରାସାଉଣ୍ଡ ବଳରେ ଏହା ଧରାପଡ଼େ ନାହିଁ । ଏହା ଆପେ ଆପେ ଠିକ୍ ହେଇଯାଏ ଓ ଏହା ଯୋଗୁଁ କୌଣସି ସମସ୍ୟା ଦେଖାଦିଏ ନାହିଁ ।

ଡାକ୍ତରଙ୍କୁ କେତେବେଳେ ଫୋନ କରିବେ?

ଯେକୌଣସି ଜରୁରୀ କାଳୀନ ସମସ୍ୟା ସୃଷ୍ଟି ହେବା ପୂର୍ବରୁ ତାର ପୂର୍ବ ପ୍ରସ୍ତୁତି ସାରିଦେବା ଉଚିତ । ଯଦି ହଠାତ୍ କୌଣସି ନୂତନ ଲକ୍ଷଣ ଦୃଷ୍ଟିଗୋଚର ହୁଏ, ତେବେ ନିମ୍ନ ଉପାୟମାନ କରି ଦେଖନ୍ତୁ:

ସର୍ବପ୍ରଥମେ ଡାକ୍ତରଙ୍କ ଅଫିସକୁ ଫୋନ କରନ୍ତୁ । ଯଦି ସେ ସେଠାରେ ନଥାନ୍ତି, ତେବେ ଲକ୍ଷଣ ବାବଦରେ କହି ସମ୍ବାଦ ଦେଇଦିଅନ୍ତୁ । କିଛି ସମୟ ଉତ୍ତାରେ ଯଦି ସେଠାରୁ କୌଣସି ଉତ୍ତର ନ ଆସେ ତେବେ ପୁଣି ଥରେ ଫୋନ କରନ୍ତୁ କିମ୍ବା ପାଖରେ ଜରୁରୀକାଳୀନ ଦାୟିତ୍ୱରେ ଥିବା ନର୍ସଙ୍କୁ ସବୁ କଥା ବୁଝାଇ ଦିଅନ୍ତୁ । ଯଦି ସେ ଆସିବି କହୁଥାନ୍ତି ତେବେ, ଡାକ୍ତରଙ୍କୁ ସୂଚନା ପ୍ରଦାନକରି ସେଠାରେ ପହଞ୍ଚି ଯାଆନ୍ତୁ ।

ନିଜ ସମସ୍ୟା କଥା ବା ହଠାତ୍ ଦେଖା ଦେଇଥିବା ଲକ୍ଷଣ କହିଲାବେଳେ ସବୁ ଲକ୍ଷଣ ପ୍ରାଞ୍ଜଳ ଭାବରେ ବୁଝାଇ ଦିଅନ୍ତୁ, ଯାହା ଯାହା ଅନୁଭୂତ ହୋଇଥିବ । କେବେ କିପରି ଭାବେରେ କେଉଁ କେଉଁ ଲକ୍ଷଣ ଦେଖାଦେଲା ସବୁ କୁହନ୍ତୁ ।

ସାଙ୍ଗେ ସାଙ୍ଗେ ଫୋନ କରନ୍ତୁ:

■ ତଳିପେଟରେ ଯନ୍ତ୍ରଣା ହେଇ ରକ୍ତ ପଡ଼ିଲେ

■ ତଳିପେଟର ସବୁ ଭାଗରେ ଯନ୍ତ୍ରଣା କିମ୍ବା ରକ୍ତ ପଡ଼ିଲେ

■ ବେଶି ଶୋଷ ହେଲେ ବା ପରିସ୍ରା ଲାଗିଲେ କିମ୍ବା ଆଦୌ ପରିସ୍ରାସ ଦିନ ସାରା ନହେଲେ

■ ପରିସ୍ରାବେଳେ କଷ୍ଟ ହେଲେ ବା ଜ୍ୱଳ, ମୁଣ୍ଡବ୍ୟଥା ହେଲେ

■ ୧୦୧.୫° ଏଫ ପର୍ଯ୍ୟନ୍ତ ଜ୍ୱର ହେଲେ

■ ହାତ ଗୋଡ଼ ଓ ଆଖି ଫୁଲି ହଠାତ୍ କିଛି ନଦିଶିବା ଓ ଓଜନ ବଢ଼ିଗଲେ

■ ଝାପସା ହୋଇ ଦିଶିବା କିମ୍ବା ଦୁଇ ଦୁଇଟା ଦେଖାଯିବା

■ ଭୀଷଣ ମୁଣ୍ଡବ୍ୟଥା (ଦୁଇ ତିନି ଘଣ୍ଟା ଧରି)

■ ଝାଡାରେ ରକ୍ତ ପଡ଼ିବା

ସେଦିନ ଫୋନ କରନ୍ତୁ (ପରଦିନ ସକାଳେ ଯନ୍ତ୍ରଣା ହେଲେ)

■ ପରିସ୍ରାରେ ରକ୍ତ ପଡ଼ିବା

■ ହାତ - ପାଦ ଓ ଆଖି ଫୁଲିବା

■ ପରିସ୍ରା ଗଲାବେଳେ ଜଳିବା

■ ମୂର୍ଚ୍ଛା ଯିବା

■ ଥଣ୍ଡା କିମ୍ବା ଫ୍ଲୁର ଲକ୍ଷଣ ନହେଇ ଭୀଷଣ ଜ୍ୱର ହେବା

■ ଉପର ଉପର ଲାଗିବା ଓ ବାନ୍ତି ହେବା

■ ଗାଢ଼ ରଂଗର ପରିସ୍ରା, ଝାଡା, ହଳଦିଆ ହେଇ ପିଳିଆର ଲକ୍ଷଣ ଦେଖାଦେବା

ଡାକ୍ତର ରୋଗର ଲକ୍ଷଣ ଅନୁସାରେ ଆପଣଙ୍କୁ ଡାକି ପାରନ୍ତି । ଏଣୁକରି ଏସବୁ ଲକ୍ଷଣ ବାବଦରେ ଆଗରୁ ପଚାରି ବୁଝି ନେବା ବିଧେୟ ।

ମନେରଖନ୍ତୁ, ଅନେକ ଥର କୌଣସି ଲକ୍ଷଣ ନ ଦିଶିବା ସତ୍ତ୍ୱେ ମଧ୍ୟ ଆପଣ ଉଦ୍‌ବେଳିତ ବା କ୍ଲାନ୍ତ ହୋଇପାରନ୍ତି । ଦିନେ ଦୁଇଦିନ ଦେଖିଲା ପରେ ମଧ୍ୟ ଯଦି ଭଲ ନହୁଏ ତେବେ ଡାକ୍ତରଙ୍କୁ ପଚାରନ୍ତୁ । ହୁଏତ ଆପଣଙ୍କଠାରେ ରକ୍ତାଳ୍ପତା ଥାଇପାରେ ବା କୌଣସି ସଂକ୍ରମଣ ହେଇଥାଇପାରେ । ଯଥା: ୟୁଟିଆଇ କୌଣସି ଲକ୍ଷଣ ନଥାଇ ମଧ୍ୟ କୁପ୍ରଭାବ ପକାଉଥାଏ ।

ଗର୍ଭଧାରଣର ଅନ୍ୟାନ୍ୟ ଲକ୍ଷଣ ଭଳି ସାମାନ୍ୟ ରକ୍ତ ପଡ଼ିବା ମଧ୍ୟ ଏକ ସାଧାରଣ ଘଟଣା । ଅନେକ ଗର୍ଭବତୀ ସ୍ତ୍ରୀଙ୍କ କ୍ଷେତ୍ରରେ ପୂରା ନ ମାସ ଯାକ ରକ୍ତ ପଡ଼ିଥାଏ । ଅନେକ ସ୍ତ୍ରୀମାନଙ୍କଠାରେ ଏହା ଦିନେ ଦୁଇଦିନ ଦେଖାଦେଇଥାଏ । ଅନେକ ମହିଳା ମାନଙ୍କଠାରେ ମ୍ୟୁକସ ସାଙ୍ଗକୁ ଧୂସର ବା

ଗୋଲାପୀ ରଙ୍ଗର ରକ୍ତ ପଡ଼ିବା ଦେଖାଯାଏ ଓ କେତେକଙ୍କଠାରେ ଲାଲ ରକ୍ତ ମଧ୍ୟ । ଏସବୁ କ୍ଷେତ୍ରରେ ମୂଳ କଥା ହେଲା ଏମାନଙ୍କର ଗର୍ଭ ସମ୍ପୂର୍ଣ୍ଣ ଭାବରେ ନିରାପଦ । ସେମାନେ ସୁସ୍ଥ ଶିଶୁମାନଙ୍କୁ ଜନ୍ମ ଦେବେ । ସେମାନେ ବ୍ୟତିବ୍ୟସ୍ତ ହେବା ଅନୁଚିତ । ପୁନଶ୍ଚ ଏହାକୁ ଗୁରୁତ୍ୱହୀନ ମନେ କରାଯାଇ ନପାରେ ।

ମନେକର ସାମାନ୍ୟ ଯନ୍ତ୍ରଣା ହୋଇ ରକ୍ତର ଦାଗ ପଡେ, ତେବେ ଡାକ୍ତରଙ୍କ ପରାମର୍ଶ ଜରୁରୀ । ହୁଏତ ଅଲ୍‌ଟ୍ରା ସାଉଣ୍ଡ ପାଇ ପରାମର୍ଶ ଦିଆଯାଇପାରେ । ୬ ସପ୍ତାହ ଗଡ଼ିଲା ପରେ ଆପଣ ଚାହିଁଲେ ଛୁଆର ହୃଦ୍‌ସ୍ପନ୍ଦନ ମଧ୍ୟ ଶୁଣିପାରିବେ । ଏହାର ଅର୍ଥ ହେଲା ସବୁ ଠିକ୍ ଠାକ୍ ଅଛି ।

ଯଦି ଈଷତ୍ ରକ୍ତ ଦାନଗ ଗାଢ଼ ହୁଏ ତେବେ ଡାକ୍ତରଙ୍କୁ ପଚାରିବା ଉଚିତ । ଅବଶ୍ୟ ଗର୍ଭପାତର ଆଶଙ୍କା କରନ୍ତୁ ନାହିଁ । ବିନା କାରଣରୁ ମଧ୍ୟ ଏପରି ରକ୍ତସ୍ରାବ ବେଳେ ବେଳେ ହୋଇଥାଏ । କିନ୍ତୁ ମା' ଓ ଶିଶୁ ତଥାପି ନିରାପଦ ରୁହନ୍ତି ।

ଏଚସିଜିର ସ୍ତର

"ଡାକ୍ତର ମୋତେ ମୋ ବ୍ଲଡ଼ ଟେଷ୍ଟର ରିପୋର୍ଟ ଦେଇଛନ୍ତି । ଏଥିରେ ଏଚସିଜିର ସ୍ତର 412 ml.U/L ଅଛି । ଏହାର ଅର୍ଥ କ'ଣ

ଏହାର ଅର୍ଥ ହେଲା ଆପଣ ନିଶ୍ଚିତ ଭାବରେ ଜଣେ ଗର୍ଭବତୀ । ନୂତନ ଭାବରେ ଗଠିତ ପ୍ଲେସେଣ୍ଟା ମଧ୍ୟରେ ଭ୍ରୁଣ ସଂଚାର ହେବା ପରେ କିଛି ଦିନ ମଧ୍ୟରେ ଏଚସିଜିର ସ୍ତର ତିଆରି ହୁଏ । ପରିସ୍ରା ପରୀକ୍ଷା କଲେ ଏହା ଜଣାପଡ଼େ । ଏହାପରେ ରକ୍ତ ପରୀକ୍ଷା କରି ଗର୍ଭ ଅଛି ବୋଲି ଡାକ୍ତର ଧାରଣା ଦେଇଥାନ୍ତି । ଗର୍ଭାରମ୍ଭ ବେଳେ ରକ୍ତରେ ଏହାର ସ୍ତର ବେଶି ନଥାଏ । ହେଲେ ଅଳ୍ପଦିନ ମଧ୍ୟରେ ଏହା ବୃଦ୍ଧି ପାଇଥାଏ । ଗର୍ଭଧାରଣର ୭ରୁ ୧୨ ସପ୍ତାହ ମଧ୍ୟରେ ଏହା ସର୍ବୋଚ୍ଚ ସ୍ତରକୁ ଆସି ପୁଣି ଥରେ ଖସିଥାଏ ।

ବିଭିନ୍ନ ଗର୍ଭବତୀ ସ୍ତ୍ରୀ ମାନଙ୍କ କ୍ଷେତ୍ରରେ ଏହାର ସ୍ତର ଅଲଗା ହୁଏ; ଏଣୁ ଏହାକୁ ନେଇ ତୁଳନା କରିବା ଅନୁଚିତ । ଏହା ସର୍ବଥା ଓ ସର୍ବଦା ଭିନ୍ନ ହୁଏ ।

ଏଚସିଜିର ସ୍ତର

ଆପଣ କଣ ଏଚସିଜି ସଂଖ୍ୟା ଖେଳ ଖେଳିବାକୁ ଚାହାନ୍ତି କି ? ଏଠାରେ ଦେଖନ୍ତୁ

ଗର୍ଭଧାରଣର ସପ୍ତାହ	ଏଚସିଜିର ସ୍ତର ml.U/L
୩ ସପ୍ତାହ	୫ରୁ ୫୦
୪ ସପ୍ତାହ	୫ରୁ ୪୨୬
୫ ସପ୍ତାହ	୧୯ ରୁ ୭୩୪୦
୭ ରୁ ୮ ସପ୍ତାହ	୭୬୫୦ ରୁ ୨୨୦୦୦୦
୯ ରୁ ୧୨ ସପ୍ତାହ	୨୫,୭୦୦ ରୁ ୨୮୮,୦୦୦

ସବୁଠୁ ଗୁରୁତ୍ୱପୂର୍ଣ୍ଣ କଥା ହେଲା ଆପଣଙ୍କର ଏଚସିଜିର ସ୍ତର ନିଜ ହିସାବରେ ବୃଦ୍ଧି ପାଇବା ପରେ ଆପେ ଆପେ ଖସିପଡ଼ିବ । ଏଠାରେ ଦିଆଯାଇଥିବା ବକ୍ସ ସାହାଯ୍ୟରେ କିଛିଟା ଅନୁମାନ କରିହେବ । ଏହା ସର୍ବତୋଭାବେ ସମାନ ହେବା ଜରୁରୀ ନୁହଁ । ଏଣୁ ବ୍ୟତିବ୍ୟସ୍ତ ହୁଅନ୍ତୁନି ।

ମନେକର ଆପଣଙ୍କ ଗର୍ଭକାଳ ସୁରୁଖୁରୁରେ ଆଗଉଥାଏ, ତେବେ ଭାବିବାର କିଛି ନାହିଁ । ଏହା ଡାକ୍ତର ସମ୍ଭାଳି ନେବେ । ଅଲ୍‌ଟ୍ରାସାଉଣ୍ଡ ବଳରେ ଅନେକ ତଥ୍ୟ ସ୍ପଷ୍ଟ ହୋଇଯାଏ । ତଥାପି କୌଣସି ଆଶଙ୍କା ଉପୁଜିଲେ ଡାକ୍ତରଙ୍କ ପରାମର୍ଶ ବାଞ୍ଛନୀୟ ।

ବ୍ୟତିବ୍ୟସ୍ତ ହୁଅନ୍ତୁ ନାହିଁ

ଅନେକ ଗର୍ଭବତୀ ସ୍ତ୍ରୀମାନେ ବିନା କାରଣରୁ ଗର୍ଭର ପ୍ରଥମ ତିନିମାସ କିମ୍ବା ପୁରା ନ'ମାସ ଯାକ ଅଯଥାରେ ବ୍ୟତିବ୍ୟସ୍ତ ହେଇଥାନ୍ତି । ସବୁଠୁ ବେଶି ସେମାନେ ଗର୍ଭପାତକୁ ନେଇ ବ୍ୟତିବ୍ୟସ୍ତ ହୋଇଥାନ୍ତି ।

ଅଧିକାଂଶ ଗର୍ଭବତୀ ସ୍ତ୍ରୀମାନେ ସାଧାରଣ ଲକ୍ଷଣ ଓ କାଁ ଭାଁ ଅସୁବିଧା ହେବା ସତ୍ତ୍ୱେ ଶିଶୁମାନଙ୍କୁ ଜନ୍ମ ଦେଇଥାନ୍ତି । ତଳିପେଟରେ ଯନ୍ତ୍ରଣା ଓ ଇଷତ୍ ରକ୍ତସ୍ରାବ ଅତି ସାଧାରଣ କଥା । ଏହା ଅଯଥାରେ ଭୟଭୀତ ହେବାଯୋଗୁଁ ହେଇଥାଏ । ହେଲେ ଏକଥାକୁ ନେଇ ଗର୍ଭରେ କୌଣସି କୁପ୍ରଭାବ ପଡ଼ିବା କଥା ମୁଣ୍ଡକୁ ପଶାନ୍ତୁ ନାହିଁ । ଅବଶ୍ୟ ଡାକ୍ତରଙ୍କ ସାକ୍ଷାତ କଲାବେଳେ ଏକଥା ପଚାରିପାରନ୍ତି । ଯଦି ନିମ୍ନଲିଖିତ କାରଣ ଦେଖାଦିଏ ତେବେ ଅକାରଣରେ ବ୍ୟତିବ୍ୟସ୍ତ ହେବେନାହିଁ ।

– ସାମାନ୍ୟ ଯନ୍ତ୍ରଣା, ପେଟ ମୋଡିହେବା, ତଳିପେଟରେ ବିଭିନ୍ନ ପ୍ରକାର ଯନ୍ତ୍ରଣା । ଅନେକ ଥର ଗର୍ଭାଶୟକୁ ଆଶ୍ରୟ ଦେବା ସମୟରେ ଚାପ ଯୋଗୁଁ ଏପରି ହୁଏ । ହେଲେ ଏଥିରେ ବ୍ୟତିବ୍ୟସ୍ତ ହେବାର କିଛି ନାହିଁ ।

– ରକ୍ତସ୍ରାବ କେବଳ ଗର୍ଭପାତ ଯୋଗୁଁ ହେଇନଥାଏ । ଏହା ବିଭିନ୍ନ କାରଣରୁ ହୁଏ ବୋଲି ଆଗରୁ କୁହାଯାଇଛି ।

ଅନେକ ଥର ଲକ୍ଷଣ ଦେଖା ନଦେଲେ ମଧ୍ୟ ଗର୍ଭବତୀ ସ୍ତ୍ରୀମାନେ ବ୍ୟତିବ୍ୟସ୍ତ ହେଇଥାନ୍ତି । ବିଶେଷ କରି ପ୍ରଥମ ତିନିମାସ ସେମାନଙ୍କୁ ଗର୍ଭବତୀ ବୋଲି ଲାଗିନଥାଏ । ଏଣୁ ଅଯଥା ବ୍ୟତିବ୍ୟସ୍ତ ହେଇଥାନ୍ତି । ଡାକ୍ତରୀ ପରୀକ୍ଷା ପରେ ଚିନ୍ତା କରିବାର ଆଉ କ'ଣ ଅଛି ?

ସଭିଙ୍କ ପରି ଆପଣଙ୍କୁ ମଧ୍ୟ ମର୍ଣ୍ଣିଂ ସିକ୍‌ନେସ ହେବ ବୋଲି ମାନେ ନାହିଁ କି ସ୍ତନ ବଢ଼ିବା ଜରୁରୀ ନୁହଁ । ହୁଏତ ଏହାର ଲକ୍ଷଣ ପରେ ଦେଖାହେଇପାରେ ବା ନପାରେ ମଧ୍ୟ । ହେଲେ ବିଭିନ୍ନ ସ୍ତ୍ରୀଙ୍କଠାରେ ଭିନ୍ନ ଭିନ୍ନ ଲକ୍ଷଣ ଦୃଷ୍ଟିଗୋଚର ହେଇଥାଏ ବା ହେଇନଥାଏ ।

ମାନସିକ ଚାପ

"ମୋ କାମରେ ଖୁବ୍ ମାନସିକ ଚାପ ପଡ଼େ । ଅବଶ୍ୟ ଏଇନା ମୁଁ ମା' ହେବାକୁ ଚାହୁଁନଥିଲି ହେଲେ ଦୈବାତ୍ ଗର୍ଭବତୀ ହେଇଗଲି । ହେଲେ ମୁଁ କ'ଣ ମୋ କାମ ଛାଡ଼ି ଦେବିକି ?"

ଚାପକୁ ଆପଣ କେଉଁ ପ୍ରକାରେ ଗ୍ରହଣ କରନ୍ତି, ଏହା ତାହାରି ଉପରେ ନିର୍ଭର କରେ । ଅର୍ଥାତ୍ ଭଲ ବି ହେଇପାରେ ମନ୍ଦ ମଧ୍ୟ । ଏହାକୁ ଭଲରେ ଗ୍ରହଣ କଲେ ଆପଣ ଖୁବ୍ ଭଲ ପ୍ରଦର୍ଶନ କରିପାରିବେ, ନହେଲେ ଆପଣଙ୍କୁ ନଷ୍ଟଭ୍ରଷ୍ଟ କରିଦେଇପାରେ । ଅଧ୍ୟୟନରୁ ଜଣାପଡ଼ିଛି ଯେ କେତେକ ଚାପ ଯୋଗୁଁ ଗର୍ଭରେ କୌଣସି ପ୍ରଭାବ ପଡ଼େନାହିଁ । ଯଦି ଆପଣ ସେସବୁ ଚିନ୍ତାକୁ ଦୂରେଇ ପାରିବେ, ତେବେ, ଆପଣଙ୍କର ଶିଶୁ ମଧ୍ୟ ସେପରି କରିପାରିବ । ଯଦି ଆପଣ ଭାବି ବସି ନିଦ୍ରା ହରେଇଥାନ୍ତି, କିମ୍ବା ଅବସାଦଗ୍ରସ୍ତ ହେଇ ମୁଣ୍ଡ ବ୍ୟଥା, ପେଟବ୍ୟଥା ବା ଭୋକ ନହେବା ଲକ୍ଷ୍ୟ କରନ୍ତି ଆଉ ଏହାକୁ ଆଡେଇବା ପାଇଁ ଧୂମପାନ, ମଦ, ବା ନିଶାଦ୍ରବ୍ୟ ସେବନ କରନ୍ତି ତେବେ ଏହା ବଡ଼ ସମସ୍ୟା ସୃଷ୍ଟି କରିପାରେ । ଯଦି ଦ୍ୱିତୀୟ ଓ ତୃତୀୟ ତିନିମାନରେ ଏହା ଅବ୍ୟାହତ ଥାଏ, ତେବେ ଏହାକୁ ସମୂଳେ ନଷ୍ଟ କରିବାକୁ ପଡ଼ିବ । ନିମ୍ନ ଉପାୟରେ:

ମନକୁ ଉଶ୍ୱାସ କରନ୍ତୁ: ନିଜର ମନକଥା କାହା ଆଗରେ ଖୋଲି କହି ମନକୁ ଉଶ୍ୱାସ କରିଦିଅନ୍ତୁ । ନିଜର ସ୍ୱାମୀଙ୍କୁ ସବୁତକ ଭଲ ମନ୍ଦ ଜଣାନ୍ତୁ । ରାତିରେ ବିଛଣାକୁ ଯିବା ପୂର୍ବରୁ ଚାପମୁକ୍ତ ହେଇଯାନ୍ତୁ । ପ୍ରତ୍ୟେକ ସମସ୍ୟାର ସମାଧାନ ଖୋଜି ବାହାର କରନ୍ତୁ । ମିଳିମିଶି ହସଖେଳା ହୁଅନ୍ତୁ । ଜଣେ ଚାପଗ୍ରସ୍ତ ଥିଲେ ଆଉ ଜଣେ ବାଛନ୍ତୁ । ମନେକର ଶାରୀରିକ ଚାପର ଲକ୍ଷଣ ଅନୁଭୂତ ହୁଏ, ତେବେ ଡାକ୍ତରଙ୍କୁ ପଚାରନ୍ତୁ ।

ଚିନ୍ତାମୁକ୍ତ ହୁଅନ୍ତୁ

ବେଶି ଚାପଗ୍ରସ୍ତ ହେଉଛନ୍ତି କି ? ତା'ହେଲେ ଯୋଗ ବଳରେ ଚାପମୁକ୍ତିର କୌଶଳ ଖୋଜିବାକୁ ହେବ । କୌଣସି ଯୋଗ ଶିବିର ବା ଡିଭିଡି ଦେଖି ଘରେ ବସି ସହଜରେ ସୁବିଧାନୁସାରେ ଏହା କରାଯାଇପାରେ । ବ୍ୟତିବ୍ୟସ୍ତ ଅନୁଭବ କଲାବେଳେ ଯୋଗକରି ମୁକ୍ତି ପାଇହେବ । ଆଖି ବନ୍ଦ କରି ବସିପଡନ୍ତୁ । କୌଣସି ଏକ ସୁନ୍ଦର ଦୃଶ୍ୟ କଥା ଚିନ୍ତା କରନ୍ତୁ ଯେ, ଛୁଆକୁ କୋଳରେ ଧରି ବସିଛନ୍ତି । ଦେହର ସମସ୍ତ ମାଂସପେଶୀକୁ ଢ଼ିଲା ଛାଡ଼ିଦିଅନ୍ତୁ । ଆଉ 'ହଁ' ଓ 'ନା' ବଡ଼ ପାଟିରେ କୁହନ୍ତୁ ।

୧୦ ରୁ ୨୦ ମିନିଟ୍ ପର୍ଯ୍ୟନ୍ତ ପୁନରାବୃତ୍ତି କରନ୍ତୁ । ୧-୨ ମିନିଟ କଲେ ମଧ୍ୟ ପାର୍ଥକ୍ୟଟା ଜଣାପଡ଼ିଯିବ । ଆପଣ ନିହାତି ଚାପମୁକ୍ତ ହେଇପାରିବେ ।

ଅନ୍ୟ ଗର୍ଭବତୀ ମା'ମାନଙ୍କ ସହିତ ମିଳାମିଶା କରନ୍ତୁ । ବନ୍ଧୁତ୍ୱ ପରିବେଶରେ ଆପଣ ନିଜ ମନକୁ ଯଥେଷ୍ଟ ଶାନ୍ତ ଓ ସ୍ଥିର ଚିତ୍ତ କରିପାରିବେ ।

ଏଥିପ୍ରତି ଯତ୍ନବାନ ହୁଅନ୍ତୁ: ନିଜ ଜୀବନର ଚାପର ଉତ୍ସ ଖୋଜନ୍ତୁ ଓ ଦେଖନ୍ତୁ ଯେ ତାକୁ କିପରି ଏଡାଇ ହେବ । ଗୁରୁତ୍ୱହୀନ କାମ ଛାଡ଼ିଦିଅନ୍ତୁ । ଅଫିସ ଓ ଘରେ ନେଇଥିବା ଦାୟିତ୍ୱକୁ କାହା ଉପରେ ନ୍ୟସ୍ତ କରାଯାଇ ପାରିବ, କିମ୍ବା କେତେ ସମୟ ପାଇଁ ବାତିଲ କରିହେବ, ଭାବନ୍ତୁ ।

ବେଶି ସଶଂଙ୍କିତ ହେଲେ କାଗଜକଲମ ଧରି କେବେ କେଉଁ କାର୍ଯ୍ୟ କରାଯିବ, ତା'ର ଏକ ତାଲିକା ତିଆରି କରନ୍ତୁ । ଏହିପରି ଭାବରେ କଲେ ସବୁକିଛି ଆୟତ୍ତାଧୀନ ପରି ମନେହେବ । ଆଉ ଯେଉଁ କାମ ହେବ ତାକୁ ତାଲିକାରୁ କାଟିଦିଅନ୍ତୁ । ଦେଖିବେ ମୁଣ୍ଡର ଭାରଟା ଅନେକାଂଶରେ ହାଲୁକା ହେଇଯିବ ।

ଯଥେଷ୍ଟ ଶୁଅନ୍ତୁ: ଶୋଇବା ମଧ୍ୟ କୌଣସି ଔଷଧରୁ କମ୍ ନୁହଁ । ଏହା ଦ୍ୱାରା ଦେହ ଓ ମନ ଉଭୟ ସ୍ଥିର ହେଇଥାଏ । ଅନେକାଂଶରେ ଭଲ ନିଦ ହେଲେ ଚାପ ଓ ଉତ୍ତେଜନା କମିଯାଏ । ଯଦି ଆପଣ ଶୋଇପାରୁ ନଥାନ୍ତି, ତେବେ ଏହି ବହିରେ ଦତ୍ତ ଉପାୟ ଅନୁସରଣ କରନ୍ତୁ ।

ଯଥେଷ୍ଟ ପୋଷଣ: ଦିନସାରା ବ୍ୟସ୍ତ ହେବା ଯୋଗୁଁ ଖାଦ୍ୟପେୟରେ କୁପ୍ରଭାବ ପଡ଼ିଥାଏ ।

ଆଶାବାଦୀ ହୁଅନ୍ତୁ

ଆଶାବାଦୀମାନେ ସୁସ୍ଥ ଓ ଦୀର୍ଘ ଜୀବନ ବ୍ୟତୀତ କରିଥାନ୍ତି, ବୋଲି ଧରାଯାଏ । ଗର୍ଭବତୀ ମା' ଆଶାବାଦୀ ହେଲେ ଏହା ଗର୍ଭସ୍ଥ ଶିଶୁ ଉପରେ ସୁପ୍ରଭାବ ପକାଏ । ଗବେଷଣାକାରୀମାନେ ଦେଖିଛନ୍ତି ଯେ, ଆଶାବାଦୀ ହେଲେ ଗର୍ଭବତୀ ସ୍ତ୍ରୀମାନଙ୍କର ପ୍ରସବ ପୂର୍ବରୁ ବିପଦର ଆଶଙ୍କା କମିଯାଏ ଓ ଗର୍ଭକାଳ ନିରାପଦ ରହେ ।

କମ୍ ଚାପଗ୍ରସ୍ତ ଆଶାବାଦୀ ସ୍ତ୍ରୀ ମାନଙ୍କର ସମସ୍ୟା ସ୍ୱତଃ କମିଯାଏ । ହେଲେ ବେଶି ଚାପଯୁକ୍ତ ସ୍ତ୍ରୀମାନଙ୍କ ସମସ୍ୟା ଅନେକ ବଢ଼ିଯାଇଥାଏ । ଚାପ ଯୋଗୁଁ ସବୁକଥା କରିପାରନ୍ତିନି । ଆଶାବାଦୀ ସ୍ତ୍ରୀମାନେ ନିଜର ଯତ୍ନନେବା ସାଂଗକୁ ଉଚିତ ଖାଦ୍ୟପେୟ, ବ୍ୟାୟାମ କରି ଧୂମପାନ ଓ ମଦାଦି ନିଶାଦ୍ରବ୍ୟରୁ ଦୂରେଇ ରହନ୍ତି । ଆଉ ସକାରାତ୍ମକ ଚିନ୍ତା ବଳରେ ଗର୍ଭଉପରେ ସୁପ୍ରଭାବ ପକାନ୍ତି ।

ଆପଣ ମଧ୍ୟ ଆଶାବାଦୀ ହେଇ ସକାରାତ୍ମକ ଭାବ ପୋଷଣ କରି ଗର୍ଭଧାରଣର ସୁଫଳ ପାଆନ୍ତୁ ।

ଗର୍ଭଧାରଣ ସମୟରେ ଯାହା ତାହା ଖାଇବାର ବଦଭ୍ୟାସ ଆହୁରି ସମସ୍ୟା ସୃଷ୍ଟି କରିଥାଏ । ଦିନକୁ ଅନ୍ତତଃ ଛ'ଥର ଅଳ୍ପ ଅଳ୍ପ କରି ଖାଆନ୍ତୁ । କମ୍ପ୍ଲେକ୍ସ କାର୍ବୋଜ ତଥା ପ୍ରୋଟିନକୁ ପ୍ରାଧାନ୍ୟ ଦେଇ କେଫିନ ଓ ଚିନି କମେଇ ଦିଅନ୍ତୁ । ଭୁଲ ପୁଷ୍ଟିକର ଖାଦ୍ୟ ଖାଇଲେ ମଧ୍ୟ ମାନସିକ ଚାପ କମିଥାଏ ।

ସ୍ନାନ କରନ୍ତୁ: ସାମାନ୍ୟ ଉଷୁମ ପାଣିରେ ସ୍ନାନ କରନ୍ତୁ । ଫଳରେ ଚାପ କମି ମନ ସ୍ଥିର ହେବ ଆଉ ରାତିରେ ଭଲ ନିଦ ପଡ଼ିବ ।

ଯୋଗ କରନ୍ତୁ: ଚାପ କମେଇବାକୁ ହେଲେ ଯୋଗ କରନ୍ତୁ ବା ସନ୍ତରଣ ମଧ୍ୟ କରିପାରନ୍ତି । ବ୍ୟସ୍ତ ଦିନଚର୍ଯ୍ୟାରୁ ଏଥିପାଇଁ ସମୟ କାଢ଼ନ୍ତୁ ।

ବୈକଳ୍ପିକ ଚିକିତ୍ସା: ଅନେକ ପୂରକ ଓ ବୈକଳ୍ପିକ ଚିକିତ୍ସା ବଳରେ ଚାପକୁ କମ କରାଯାଇପାରେ; ଯଥା ଏକ୍ୟୁପଙ୍କର, ବାୟୋଫିଡ୍‌ବେକ୍, ସମ୍ମୋହନ ଥେରେପି, ବା ମାଲିସ । ଧ୍ୟାନ ଓ ମାନସିକ ଚିତ୍ରଣ ମଧ୍ୟ ଫଳପ୍ରଦ ହେବ । ମନେ ମନେ ସୁନ୍ଦର ପ୍ରାକୃତିକ ଦୃଶ୍ୟର କଳ୍ପନା କରନ୍ତୁ । ରିଲେକ୍ସେସନ କୌଶଳ ମଧ୍ୟ ଅକ୍ତିୟାର କରାଯାଇପାରେ ।

ଏହାବଳରେ ଦୂର କରନ୍ତୁ: ମାନସିକ ଚାପର ମୁକାବିଲା କରନ୍ତୁ । ଭଲ ଫିଲ୍ମ ଦେଖନ୍ତୁ, ଭଲ ବହି ପଢ଼ନ୍ତୁ ବା ଗୀତ ଶୁଣନ୍ତୁ । ଛୁଆ ପାଇଁ ସ୍ୱେଟର ବୁଣନ୍ତୁ । ବଂଧୁବାନ୍ଧବୀଙ୍କ ସାଙ୍ଗରେ ମଞ୍ଚକୁ ଯାଆନ୍ତୁ । ଡାଏରୀ ଲେଖନ୍ତୁ କିମ୍ବା ବୁଲି ବାହାରନ୍ତୁ ।

କୋରଣକୁ ମୂଳପୋଛ କରିଦିଅନ୍ତୁ: ଯଦି କୌଣସି ଏପରି କାରଣ ଥାଏ, ତେବେ ମୂଳପୋଛ କରିଦିଅନ୍ତୁ । ବେଶି କାମ ଥିଲେ ଅନ୍ୟମାନଙ୍କୁ ସାହାଯ୍ୟ ମାଗନ୍ତୁ । ଅତ୍ୟଧିକ ଚାପ ଯୋଗୁଁ କର୍ମ ପରିବର୍ତ୍ତନ କରିବାକୁ ଚାହୁଁଥିଲେ ଅପେକ୍ଷା କରନ୍ତୁ । ଶିଶୁ ଜନ୍ମ ହେଲାପରେ ଏକଥା ଚିନ୍ତା କରନ୍ତୁ ।

ମନେରଖନ୍ତୁ, ଛୁଆ ଜନ୍ମ ହେଲାପରେ ଆହୁରି ଅଧିକ ଚାପ ବଢ଼ିବ, ଏଣୁକରି ଏବେଠାରୁ ଏହାର ମୁକାବିଲା କରି ଶିଖନ୍ତୁ ।

ଗର୍ଭଧାରଣ ସମୟରେ ସ୍ନେହ ପୂର୍ଣ୍ଣ ସେବା ଯତ୍ନ

ଏଥିରେ କୌଣସି ସନ୍ଦେହ ନାହିଁ ଯେ ଗର୍ଭଧାରଣ ସମୟରେ ମୁଖମଣ୍ଡଳରେ ଏକ ଅପୂର୍ବ କାନ୍ତି ଉଦ୍‌ଭାସିତ ହୋଇଥାଏ । ତଥାପି ଏହାକୁ ଆହୁରି ସୁନ୍ଦର କରିବା ଆବଶ୍ୟକ । ଗର୍ଭବତୀ ହେଲାପରେ ନିଜ ଏକେ କ୍ରିମ ଲଗେଇବା ପୂର୍ବରୁ ବା ବିକନି ଭେକର୍ସର ସ୍ୱା ନେବା ପୂର୍ବରୁ କିମ୍ବା ଫେସିଆଲ କଲା ପୂର୍ବରୁ ବହୁତ କିଛି ଜାଣିବା ଦରକାର ହେବ । ଏଠାରେ ତାଳୁରୁ ତଳିପାଯାଏ ଯତ୍ନ ନେବା ସକାଶେ ଟିପ୍ସ ଦିଆଯିବ; ଏହାଫଳରେ ଆପଣ ସୁନ୍ଦର ଦିଶିବା ସାଙ୍ଗକୁ ନିରାପଦ ମଧ୍ୟ ରହିପାରିବେ ।

ଆପଣଙ୍କ କେଶସମୂହ

ଗର୍ଭଧାରଣ ସମୟରେ ଆପଣଙ୍କର କେଶ ହୁଏତ ରୁଗ୍‌ଣ ହେଇପାରନ୍ତି କିମ୍ବା ଆଗ ଅପେକ୍ଷା ଖୁବ୍ ଭଲ । ହର୍ମାନ୍ସ ଯୋଗୁଁ ଏହାର ସଂଖ୍ୟା ପୂର୍ବ ଅପେକ୍ଷା ଅନେକ ଗୁଣରେ ପରିବର୍ଦ୍ଧିତ ହେବ, ହେଲେ ଦୁଃଖର ବିଷୟ ହେଲା କେବଳ ମୁଣ୍ଡବାଳ ନୁହଁ ବରଂ ସମଗ୍ର ଶରୀରରେ ଏହା ନିଜର ସାମ୍ରାଜ୍ୟ ବିସ୍ତାର କରିବ ।

ରଙ୍ଗ ମାରିବା: ଗର୍ଭଧାରଣ ସମୟରେ ବାଳକୁ ରଙ୍ଗ କରିବାକୁ ଚାହୁଁଥିଲେ ଚର୍ମରୋଗର ଆଶଙ୍କା ଥାଏ । ହେଲେ ଏହାର କୌଣସି ପ୍ରମାଣ ନ ମିଳିଲା ଯାଏ କିଛି କହିହେବନି । ଅନେକ ବିଶେଷଜ୍ଞଙ୍କ ମତରେ ପ୍ରଥମ ତିନିମାସ ଠାରୁ ବାଳକୁ ରଙ୍ଗ କରିବା ବେଳେ ବେଶି ସତର୍କ ହେବା ଉଚିତ । ଅନେକଙ୍କ ମତରେ ରଙ୍ଗ କଲେ ମଧ୍ୟ ଅସୁବିଧା ନାହିଁ । ଏଣୁ ନିଜ ଡାକ୍ତରଙ୍କୁ ପରାମର୍ଶ କରନ୍ତୁ । ସମଗ୍ର ବାଳକୁ ରଙ୍ଗ କରିବାରେ ଅସୁବିଧା ହେଲେ ହାଇଲାଇଟ କରନ୍ତୁ । ଫଳରେ ରାସାୟନିକ ପଦାର୍ଥ ବାଳମୂଳକୁ ଯିବନି ଆଉ ଦୀର୍ଘସ୍ଥାୟୀ ହେଇ ରହିବ । ପୁନଶ୍ଚ ବାରମ୍ବାର ବ୍ୟୁଟି ପାର୍ଲରକୁ ଯିବାକୁ ପଡ଼ିବନି ।

ଆପଣ ନିଜର ହେୟାର କଲରିଙ୍ଗକୁ ପଚାରି ପାରନ୍ତି ଯେ ଏମୋନିଆ ନପକାଇ ହେୟାରଡାଏ କରିଦେବେ କି ମନେରଖନ୍ତୁ, ହର୍ମୋନାଲ ପରିବର୍ତ୍ତନ

ଯୋଗୁଁ ବାଳରେ ବିପରୀତ ପ୍ରତିକ୍ରିୟା ମଧ୍ୟ ସୃଷ୍ଟି ହେଇପାରେ ।ଆଗପରି ସାଧାରଣ ଏହା ହୋଇନପାରେ ସମଗ୍ର ବାଳକୁ ରଙ୍ଗ କରିବା ପୂର୍ବରୁ ଅଳ୍ପ ପରୀକ୍ଷା କରିନିଅନ୍ତୁ, ନଚେତ ନାଲି ରଙ୍ଗ ପରିବର୍ତ୍ତେ ବାଇଗଣୀ ରଙ୍ଗ ସହ୍ୟ କରିବାକୁ ହେବ ।

ବାଳକୁ ସିଧା କରିବା ପାଇଁ କୌଶଳ: ଆପଣ କଣ ନିଜ କୁଞ୍ଚିକୁଞ୍ଚିଆ ବାଳକୁ ସିଧା କରିବାକୁ ଚାହାନ୍ତି ? ଅବଶ୍ୟ ଏହାର କୌଣସି ପ୍ରମାଣ ଏପର୍ଯ୍ୟନ୍ତ ମିଳିନାହିଁ ଯେ, ଗର୍ଭବେଳେ ବାଳକୁ ସିଧା କଲେ ନଷ୍ଟ ହୁଏ କିମ୍ବା ସର୍ବଥା ନିରାପଦ ରହେ । ଏଣୁ ଡାକ୍ତରଙ୍କୁ ପଚାରି ବୁଝନ୍ତୁ । ସବୁଠୁ ଶ୍ରେୟସ୍କର ହେଲା କିଛି ନ କରି ବରଂ ପୂର୍ବ ଭଳି ଛାଡ଼ିଦେବା ।

ଯଦି ବାଳକୁ ସିଧା କରିବାକୁ ତଥାପି ଚାହାନ୍ତି ଆଉ ହର୍ମୋନାଲ ପରିବର୍ତ୍ତନ ଯୋଗୁଁ ଏପରି ସମ୍ଭବ ନହୁଏ । ପୁନଶ୍ଚ ଦ୍ୱିତୀୟ ଗର୍ଭବେଳେ ବାଳ ବେଶି ବଢ଼ିଥାଏ । ଏଣୁ ବାଳ ସିଧା ନହେଇ ବରଂ ଆହୁରି ଅଧିକ କୁଞ୍ଚୁକୁଞ୍ଚିଆ ହେଇପାରେ । ଅବଶ୍ୟ ‘ଥର୍ମାଲ ରିକଣ୍ଡିସନିଂ ପଦ୍ଧତି” ଅକ୍ତିୟାର କରାଯାଇପାରେ । କାରଣ ଏଥିରେ ବେଶି ରାସାୟନିକ ପଦାର୍ଥ ମିଶିନଥାଏ । ତଥାପି ଡାକ୍ତରଙ୍କୁ ପରାମର୍ଶ କରନ୍ତୁ ।

ପରମାନେଣ୍ଟ ବା ବଡିଓ୍ୱେବ: ଆପଣଙ୍କ ବାଳ ବହଳ ନୁହଁ କିନ୍ତୁ ଆପଣ ବହଳ ବାଳ ଚାହାନ୍ତି; ହେଲେ ଗର୍ଭଧାରଣ ବେଳେ ପରମାନେଣ୍ଟ ବା ବଡିଓ୍ୱେବ କଥା ନଭାବିବା ହିଁ ସବୁଠୁ ଭଲ କାରଣ ଆମେ ଚାହୁଁନୁ ଯେ ହର୍ମୋନାଲ ପ୍ରତିକ୍ରିୟା ଯୋଗୁଁ କ’ଣ ବଦଳରେ କ’ଣ ହେଇଯାଉ । ଏହା ନିରାପଦ ମଧ୍ୟ ନୁହଁ । ଏଣୁ ରିସ୍କ ନେବା ଭଲ ନୁହଁ । ନହେଲେ ବାଳର ସୌନ୍ଦର୍ଯ୍ୟ ସମୂଳେ ନଷ୍ଟ ହେଇଯାଇପାରେ ।

କେଶ ମୂଳପୋଛ ଓ ଅନ୍ୟାନ୍ୟ ଚିକିତ୍ସା: ଗର୍ଭଧାରଣ ବେଳେ ଦେହରେ ସାମ୍ରାଜ୍ୟ ବିସ୍ତାର କରୁଥିବା କେଶସମୂହ ଯୋଗୁଁ ବ୍ୟତିବ୍ୟସ୍ତ ହୁଅନ୍ତୁ ନାହିଁ । ଏଥିରେ ଚିନ୍ତା କରିବାର କିଛି ନାହିଁ । ଏହା ବେଶି ଦିନ ରହିବନି । କେବଳ ହର୍ମୋନ୍ସ ଯୋଗୁଁ ଏଭଳି ହୋଇ କାଖତଳ, ଠେଡ଼ି, ପିଠି ଓ ପେଟରେ ବାଳ ମାଡ଼ି ଆସିଛି । ଏଣୁ ଏଥିରେ ଲେଜର, ଇଲେକ୍‌ଟ୍ରୋସିସ, ଡେପିଲେଟରିଜ (ବ୍ଲିଚିଙ୍ଗ) ବ୍ୟବହାର ପୂର୍ବରୁ ଭଲକରି ଚିନ୍ତା କରନ୍ତୁ । ଡାକ୍ତରଙ୍କୁ ବୁଝିବା ବରଂ ସବୁଠୁ ଭଲ । ଏଭଳି କୌଣସି ପ୍ରମାଣ ନାହିଁ ଯେ ଏହା ନିରାପଦ ବୋଲି । ପ୍ରଥମ ତିନିମାସ ଗଡ଼ିବା ପର୍ଯ୍ୟନ୍ତ ଅପେକ୍ଷା କରନ୍ତୁ ।

ସେଭିଂ, ବାଳ ଉପୁଡାଇବା ଓ ଡେକ୍ସିଂ- ଗର୍ଭ ବେଳେ ଦେହର ଯେକୌଣସି ଭାଗରେ ଅନିଚ୍ଛା ସତ୍ତ୍ୱେ ବାଳ ବଢ଼ିଯାଇପାରେ । ଏହା ଭଲ କଥା ନୁହଁ । କିନ୍ତୁ ଭଲ କଥା ହେଲା ଏଭଳି ବାଳକୁ ସେଭିଂ କରିବା, ଭେକ୍ସ କରିବା ବା ବିକନି ଭେକ୍ସ କରିବା ପୂର୍ବରୁ ସାବଧାନ ହୁଅନ୍ତୁ, କାରଣ ଚର୍ମ ବେଶି ସମ୍ବେଦନଶୀଳ ହେଇଥିବ । ଯଦି ସେଲୁନକୁ ଯାଇଥାନ୍ତି ତେବେ ଆଗରୁ ଗର୍ଭବତୀ ହେବା କଥା ପାଇଁ ଜଣେଇ ଦିଅନ୍ତୁ ।

ଆପଣଙ୍କ ମୁଖମଣ୍ଡଳ: ଗର୍ଭଧାରଣ ସମୟରେ ହୁଏତ ପେଟକୁ ଦେଖି ସ୍ପଷ୍ଟ ଜଣାପଡ଼ି ନପାରେ ହେଲେ ମୁଖମଣ୍ଡଳରେ ଏହା ଖୁବ୍ ଶୀଘ୍ର ଝଟକି ଉଠିଥାଏ । ଗର୍ଭଧାରଣ ସମୟରେ ଗର୍ଭର ପ୍ରଭାବ ମୁହଁରେ ଖୁବ୍ ଭଲ, ଖରାପ ବା ଖୁବ୍ ଖରାପ ମଧ୍ୟ ହୋଇପାରେ ।

ଫେସିଆଲ ଆପଣଙ୍କ ମୁଖକାନ୍ତି ବିଷୟରେ ଯାହା ଜଣାଯାଇଛି ଯେ ଏହା ପ୍ରତ୍ୟେକ ଗର୍ଭବତୀ ସ୍ତ୍ରୀଙ୍କ ସକାଶେ ଆଶୀର୍ବାଦ ହେଇନପାରେ । ଅବଶ୍ୟ ଗର୍ଭଧାରଣ ସମୟରେ ଫେସିଆଲ କରେଇବା ନିରାପଦ ହେଇପାରେ, ତଥାପି ହର୍ମୋନାଲ ପରିବର୍ତ୍ତନ ଯୋଗୁଁ ତ୍ୱଚା (ଚର୍ମ) ଖୁବ୍ ସମ୍ବେଦନଶୀଳ ହେଇଥାଏ । ଏଣୁକରି ଗ୍ଲାଇକୋଲିକ ପିଲ’ କିମ୍ବା “ମାଇକ୍ରୋଡର୍ମାକ୍ରେସିୟାନ’ ଭଳି ଉପଚାର ନ କରିବା ହିଁ ଭଲ । ଏହାଦ୍ୱାରା ଉପକାର ପରିବର୍ତ୍ତେ ଅପକାର ହେବାର ଆଶଙ୍କା ଥାଏ । ଫେସିଆଲ ସମୟରେ ମାଇକ୍ରୋ କରେଣ୍ଟ ମଧ୍ୟ ଦିଆଯାଇଥାଏ । ପାର୍ଲରବାଲାଙ୍କୁ ଗର୍ଭ କଥା ଆଗରୁ କହିଦେଲେ ସେ

ଏ ଦିଗରେ ଦୃଷ୍ଟି ଦେଇ ଉଚିତ ପଦକ୍ଷେପ ଓ ସତର୍କତା ଅବଲମ୍ବନ କରିପାରିବେ । ଯଦି ଉପଚାରକୁ ନେଇ କୌଣସି ସନ୍ଦେହ ବା ଆଶଙ୍କା ଦେଖାଦିଏ ତେବେ, ଡାକ୍ତରଙ୍କୁ ପରାମର୍ଶ କରନ୍ତୁ ।

ଆଭ୍ୟନ୍ତରୀଣ ଚିକିତ୍ସା: ଶିଥିଳ ଚର୍ମାବୃତ ଛୁଆ ସଭିଙ୍କର ହେଇଥାଏ ହେଲେ ମା' ନୁହଁ । ଯେକୌଣସି ଡର୍ମାଟୋଲୋଜିଷ୍ଟ ପାଖକୁ ଯିବା ପୂର୍ବରୁ ଏଥିପ୍ରତି ଦୃଷ୍ଟି ଦିଅନ୍ତୁ- ବୋଲାଞ୍ଜାନ, ଭିଷ୍ଟାଇଲେନ, ଜୁଭେଡର୍ମ କିମ୍ବା ବୋଟୋକ୍ସ ଓ ଗର୍ଭଧାରଣ ସମ୍ପର୍କରେ ବିଶେଷ କିଛି ଅଧ୍ୟୟନ ଏଯାଏଁ ହୋଇପାରିନାହିଁ, ଏଣୁକରି ଏହାଠାରୁ ଦୂରେଇ ରହିବା ସବୁଠୁ ଭଲ । ତଥାପି ମନେକର ଆଭ୍ୟନ୍ତରୀଣ କ୍ରିମ ବ୍ୟବହାର କରିବାକୁ ଚାହୁଁଥିବଲେ ଏହାର ସୂଚନା ବା ନିର୍ଦ୍ଦେଶାବଳୀକୁ ପଢ଼ି, ଡାକ୍ତରଙ୍କ ପରାମର୍ଶ ନେବା ବାଞ୍ଛନୀୟ । ତଥାପି ଆପଣ ଅସ୍ଥାୟୀ ଭାବରେ ଏସବୁ ପ୍ରଡକ୍ଟକୁ ବିଦାୟ ଜଣେଇବା ଉଚିତ ହେବ । ଏଥିରେ ଥିବା ଭିଟାମିନ ଏ, କେ ବା ବି ଏଚ୍‌ଏ ଅର୍ଥାତ୍ (ବିଟା ହାଇଡ୍ରକ୍ସି ଏସିଡ)ର ପରିମାଣ କ୍ଷତିକାରକ । ଆହୁରି କୌଣସି ସନ୍ଦେହ ଥିଲେ ଡାକ୍ତରଙ୍କୁ ପଚାରନ୍ତୁ । ହୁଏତ ସେ ଫ୍ରୁଟ ଏସିଡ ଏଏଚଏ (ଆଲଫା - ହାଇଜଲି ଏସିଡ) ସକାଶେ ପାଇଁ ପରାମର୍ଶ ଦେଇପାରନ୍ତି । ଅବଶ୍ୟ ଆପଣ ଲକ୍ଷ୍ୟକରିଥିବେ ଯେ ଗର୍ଭଧାରଣ ସମୟରେ କୌଣସି କସ୍ମେଯଟିକ ବ୍ୟବହାର ନକଲେ ମଧ୍ୟ ଚଳିଯାଏ ।

ଏକ୍ନେ ଉପଚାର କ'ଣ ଯୁବାବସ୍ଥା ଯୋଗୁଁ ବେଶି ଏକ୍ନେ ହେଲା କି ? ଏହା ହୁଏତ ଗର୍ଭାବସ୍ଥାର ହର୍ମୋନ ଯୋଗୁଁ ହେଇଥାଇପାରେ । ନିଜର ଚିର ପରିଚିତ କ୍ରିମ ଓ ଔଷଧ ବ୍ୟବହାର ପୂର୍ବରୁ ଡାକ୍ତରଙ୍କୁ ନିହାତି ପଚାରନ୍ତୁ । ପ୍ରସବ ପୂର୍ବରୁ ଲେଜର ଟ୍ରିଟମେଣ୍ଟ ଓ କେମିକାଲ ପିଲ ଭଳି ଉପଚାର କ୍ଷେତ୍ରରେ ସତର୍କ ହେବାକୁ ପଡ଼ିବ । ଏକ୍ନେର ଦୁଇଟି ଖ୍ୟାତିପ୍ରାପ୍ତ ଔଷଧ ବିଟା ହାଇଡ୍ରୋକ୍ସି ଏସିଡ ଓ ସେଲି ସାଇକେଲିକ ଏସିଡର ପ୍ରୟୋଗକୁ ନେଇ ପରୀକ୍ଷା ହେଇନାହିଁ; ହୁଏତ ଏହା ଚର୍ମ ଉପରେ କୁପ୍ରଭାବ ସୃଷ୍ଟି କରିପାରେ । ଏଣୁ ଡାକ୍ତରଙ୍କୁ ପଚାରିବା ଉଚିତ । ସାଧାରଣତଃ ଏଭଳି ଔଷଧ ଓ ବେନିଜୁଏଲ ପେରକ୍ସାଇଡକୁ ନିରାପଦ ବୋଲି ମନେକରାଯାଏ ନାହିଁ । ଗ୍ଲାଇକୋଲିକ ଏସିଡ ଏକ୍ସ ଫୋଲିଏଟିଂ ଷ୍ଟବ ଓ ଏରିପ୍ରେମାଇସିନ ଭଳି ଏଣ୍ଟି ବାୟୋଟିକ ବ୍ୟବହାର କରିପାରନ୍ତି, ହେଲେ ପ୍ରକାଶ ଡାକ୍ତରଙ୍କୁ ପଚାରି ବୁଝନ୍ତୁ । କାରଣ ଏଗୁଡ଼ିକ ମଧ୍ୟ ଚର୍ମରେ କୁଣ୍ଡେଇ ହୋଇଥାଏ । ପ୍ରାକତିକ ଉପଚାର ମଧ୍ୟ କରାଯାଇପାରେ; ଯଥା: ପ୍ରଚୁର ପାଣି ପିଇବା, ସୁଷମ ଖାଦ୍ୟପେୟ ଓ ମୁଖମଣ୍ଡଳର ନିୟମିତ ପରିଷ୍କାର ପରିଚ୍ଛନ୍ନତା ବଳରେ କୌଣସି ଅସୁବିଧା ହେବନାହିଁ ।

ଆପଣଙ୍କର ଦାନ୍ତ

ଗର୍ଭଧାରଣ ବେଳେ ଆପଣଙ୍କୁ ବେଶି ହସିବାକୁ ପଡ଼ିବ, ହେଲେ ଏଥିପାଇଁ ଆପଣଙ୍କର ଦାନ୍ତଗୁଡ଼ିକ ପ୍ରସ୍ତୁତ କି ? ଅବଶ୍ୟ କସ୍ମେଟିକ ଦନ୍ତ ଚିକିତ୍ସା ବେଶ ଲୋକପ୍ରିୟ ହେଲେ ମଧ୍ୟ ଗର୍ଭବେଳେ ଏହା ନିଷେଧ ।

ଦାନ୍ତର ଧଳାରଙ୍ଗ: ମୁକ୍ତା ଭଳି ଧଳା ଚକ୍ ଚକ୍ କରୁଥିବା ଦାନ୍ତ ପାଇବାକୁ ଚାହାନ୍ତି କି ? ଅବଶ୍ୟ ଗର୍ଭଧାରଣ ବେଳେ ଦାନ୍ତକୁ ଧଳା କରୁଥିବା ଔଷଧ ବ୍ୟବହାର କଲେ କୌଣସି ଅସୁବିଧା ହୁଏନାହିଁ । ହେଲେ ଯଦି ଆପଣ କିଛି ମାସ ଅପେକ୍ଷା କରନ୍ତି ତେବେ ଖୁବ୍ ଭଲ । ନିଜ ଦାନ୍ତଗୁଡ଼ିକୁ ଭଲଭାବେ ସଫାସୁତୁରା କରୁଥାନ୍ତୁ । ଏହା ହିଁ ଦାନ୍ତ ମୂଳର ଦାବି ମଧ୍ୟ ।

ପୃଷ୍ଠାବରଣ (ଭିନର୍ସ)- ଏଥିରେ କ୍ଷତିହେଲା ଭଳି କୌଣସି ଆଶଙ୍କା ନାହିଁ, ତଥାପି ଦାନ୍ତ ସମ୍ପର୍କୀୟ କୌଣସି ଚିକିତ୍ସା କରିବା ପୂର୍ବରୁ ପ୍ରସବ ହେବା ପର୍ଯ୍ୟନ୍ତ ଅପେକ୍ଷା କରିବା ଶ୍ରେୟସ୍କର । କାରଣ ଏହି ଅବସ୍ଥାରେ ଦାନ୍ତମୂଳ ବେଶ୍ ସମ୍ବେଦନଶୀଳ ହେଇଥାଏ ଓ ଆଗ ଅପେକ୍ଷା ଏହା ବେଶ୍ କଷ୍ଟପ୍ରଦ ହେଇପାରେ ।

ଆପଣଙ୍କ ଶରୀର

ଗର୍ଭବେଳେ ଆପଣଙ୍କ ଶରୀର କେତେ ପରିମାଣରେ ପରିଶ୍ରମ କରିଥାଏ, ବୋଧହୁଏ ଆପଣ

ଏହା କଳ୍ପନା କରିନଥିବେ । ବର୍ତ୍ତମାନ ଆପଣଙ୍କର ଖୁବ୍ ସ୍ନେହ ଓ ଯତ୍ନ ଆବଶ୍ୟକ । ଆସନ୍ତୁ, ଆପଣଙ୍କୁ ଏଠାରେ ନିରାପଦ ଭାବରେ କାର୍ଯ୍ୟ କରିବାର ଉପାୟ ଦିଆଯାଇଛି ।

ମାଲିସ: ପିଠି ବ୍ୟଥା ଓ ରାତ୍ରି ଅନିଦ୍ରାରୁ ମୁକ୍ତି ପାଇବାକୁ ଚାହୁଁଥିଲେ ଦେହର ମାଲିସ କରନ୍ତୁ । ଗର୍ଭବେଳେ ମାନସିକ ଚାପ ଓ ଯନ୍ତ୍ରଣାରୁ ମୁକୁଳିବାର ଏହାଠୁ ଭଲ ଉପାୟ ଆଉ କଣ ହେଇପାରେ । ତଥାପି କେତେକ ନିର୍ଦ୍ଦେଶକୁ ପାଳନ କରିବାକୁ ହେବ । ଯଦ୍ଵାରା ମାଲିସ ଆରାମଦାୟକ ଓ ନିରାପଦ ହେବ ।

- ସଠିକ୍ ହାତରେ ମାଲିସ କରାନ୍ତୁ । ମାଲିସ କରୁଥିବା ବ୍ୟକ୍ତିର ଲାଇସେନ୍ସ ଅଛି ନା ନାହିଁ, ଦେଖନ୍ତୁ କାରଣ ତାଙ୍କୁ ଗର୍ଭାବସ୍ଥା ପ୍ରତି ଦୃଷ୍ଟି ଦେବାକୁ ହେବ ।

- ଗର୍ଭଧାରଣର ପ୍ରଥମ ତିନିମାସ ମାଲିସ ନକଲେ ଭଲ । କାରଣ ଏହାଫଳରେ ମର୍ଣ୍ଣିଂ ସିକନେସ ବୃଦ୍ଧି ପାଇପାରେ । ଭୁଲବଶତଃ ହେଇଗଲେ ଅନ୍ୟ କଥା । ହେଲେ ଜାଣି ଜାଣି ଭୁ କରନ୍ତୁ ନାହିଁ ।

- ସଠିକ୍ ମୁଦ୍ରାରେ ବିଶ୍ରାମ କରନ୍ତୁ । ଚତୁର୍ଥ ମାସ ପରେ ପିଠି ଉପରେ ଭଣା ଦେଇ ବେଶି ସମୟ ଶୁଅନ୍ତୁ ନାହିଁ । ମାଲିସ କଲାବେଳେ ବିଶେଷ ଧରଣର ମୁଚୁଳା ବ୍ୟବହାର କରନ୍ତୁ । ନହେଲେ ଫୋମ ଲଗା ଗଦି ବ୍ୟବହାର କରନ୍ତୁ । ଫଳରେ ଦେହକୁ ଆରାମ ମିଳିପାରିବ ।

- ଗନ୍ଧହୀନ ଲୋସନ ବ୍ୟବହାର କରନ୍ତୁ । ତିକ୍ତ ଗନ୍ଧ ଫଳରେ ଅସୁବିଧା ହେବ ।

- ଠିକ୍ ଜାଗାରେ ହିଁ ଲଗାନ୍ତୁ । ଦେହରେ ଏଭଳି କେତେକ ଜାଗା ଅଛି, ଯେଉଁଠାରେ ଚାପ ପ୍ରୟୋଗ କଲେ ସମସ୍ୟା ସୃଷ୍ଟି ହୋଇପାରେ । ମାଲିସ କରୁଥିବା ବ୍ୟକ୍ତି ତାଲିମପ୍ରାପ୍ତ ହେବା ଦରକାର । ତଳିପେଟରେ କଦାପି ମାଲିସ କରାନ୍ତୁ ନାହିଁ । ମାଲିସ କଲାବେଳେ ବାଧୁଥାଏ ବା କଷ୍ଟ ହେଉଥିଲେ ସାଙ୍ଗେ ସାଙ୍ଗେ କୁହନ୍ତୁ । ଏହି ପରିପ୍ରେକ୍ଷୀରେ ଆପଣ ସଠିକ ମତାମତ ଦେଇପାରିବେ ।

ଏରୋମାଥେରେପି: ଗର୍ଭଧାରଣ ସମୟରେ ସୁଗନ୍ଧି ବାବଦରେ ସାଧାରଣ ଜ୍ଞାନ ପ୍ରୟୋଗ କରନ୍ତୁ । କାରଣ ଅନେକ ପ୍ରକାର ତୈଳ କ୍ଷତି କରିଥାଏ । ଯେକୌଣସି ପ୍ରକାରର ଏରୋମାଥେରେପିକୁ ସାବଧାନତାର ସହିତ ପ୍ରୟୋଗ କରନ୍ତୁ । ଗୋଲାପ, ଲେଭେଣ୍ଡର, ଜୁଇ, ଯାଇ, ଟେଙ୍ଗିନ, ନେରୋଲୀ ଓ ଯଲାଙ୍ଗ-ଯଲାଙ୍ଗ ଭଳି ତୈଳ କେତେ ପରିମାଣରେ ବ୍ୟବହାର୍ଯ୍ୟ ।

ହେଲେ ଗର୍ଭବତୀ ସ୍ତ୍ରୀମାନେ ବେସିଲ, ଜୁନିପର, ରୋଜମେରୀ, ସେଗ ପିପରମେଣ୍ଟ, ମାରିନୋ ଓ ଥାଇମ ଆଦି ତୈଳ ବ୍ୟବହାର କରିବା ନିଷେଧ, କାରଣ ଏହାଫଳରେ ଯୋନିରେ ସଂକ୍ରମଣ ହେବାର ଆଶଙ୍କା ଥାଏ । (ଧାଈମାନେ ପ୍ରସବ ସମୟରେ ଏହାକୁ ବ୍ୟବହାର କରିଥାନ୍ତି) ଯଦି ଆପଣ ଏସବୁ ତେଲ ବ୍ୟବହାର କରିସାରିଥାନ୍ତି, ତେବେ ବ୍ୟତିବ୍ୟସ୍ତ ହୁଅନ୍ତୁ ନାହିଁ । ଉକ୍ତ ତେଲ, ଚର୍ମର ରନ୍ଧ୍ର ଦେଇ ଭିତରକୁ ପ୍ରବେଶ କରିପାରେ ନାହିଁ । କାରଣ ଫିରି ଚର୍ମ ବେଶି ମୋଟା ହେଇଥାଏ । ଗାଧୋଇବାର ସାବୁନ ନିରାପଦ ହେଇଥାଏ, ହେଲେ ଏହାର ସୁବାସ ବେଶି ଗାଢ଼ ହେବା କଥା ନୁହଁ ।

ଦୈହିକ ଚିକିତ୍ସା, ଘଷିବା, ବଳପ୍ରୟୋଗ, ହାଇଡ୍ରୋଥେରେପି: ଯଦି ଘଷିବା ଯୋଗୁଁ ଚର୍ମ ନିରାପଦ ରହେ ତେବେ କିଛି କଥା ନୁହଁ । ଅନେକ ହାର୍ବଲ ଔଷଧ ଉପକାରୀ ହେଉଥାନ୍ତି । ହେଲେ ଏହା ଫଳରେ ତାପମାତ୍ରା ବୃଦ୍ଧି ପାଇଥାଏ । ହାଇଡ୍ରୋଥେରେପିରେ ମଧ୍ୟ ୧୦୦° ଏଫ ପର୍ଯ୍ୟନ୍ତ ଉଷୁମ ପାଣିରେ ସ୍ନାନ କରାଯାଇପାରେ । ହେଲେ ସୋନା ବାଥ, ଷ୍ଟିମ ରୁମ ଓ ହଟଟବ ଠାରୁ ଦୂରେଇ ରହିବା ଶ୍ରେୟସ୍କର ।

ଟେନିଂ ବେଡ-ସ୍ପ୍ରେ ଓ ଲୋସନ: ଗର୍ଭଧାରଣ ସମୟରେ ମୁଖମଣ୍ଡଳରେ ଉଦ୍‌ଭାସିତ

ହେଉଥିବା ହଳଦିଆ ରଙ୍ଗ ଯୋଗୁଁ ବ୍ୟତିବ୍ୟସ୍ତ ହେଉଛନ୍ତି କି ? ଆମେ ଭାରି ଦୁଃଖିତ । ହେଲେ ଟେନିଂ ବେଡ-ସ୍ପ୍ରେ କାନକୁ ଆସିବନି । ଏହାଫଳରେ ଦେହର ତାପମାତ୍ରା ଏତେ ବଢ଼ିଯିବ ଯେ, ଶିଶୁର ଗଠନ ଓ ବିକାଶ ମଧ୍ୟ ବାଧାପ୍ରାପ୍ତ ହେବ । ଯଦି ଆପଣ ସନ୍‌ଗ୍ଲାସ ଟେନିଂଲୋସନ ବା ସ୍ପ୍ରେ ବ୍ୟବହାର କରିବାକୁ ଯାଉଥାନ୍ତି ତେବେ ନିଜ ଡାକ୍ତରଙ୍କୁ ପରାମର୍ଶ କରନ୍ତୁ । ଆପଣ ଏହା ଜାଣିରଖିବା ଦରକାର ଯେ, ଅନେକ ଥର ହର୍ମୋନାଲ ପରିବର୍ତ୍ତନ ଯୋଗୁଁ ରଂଗ ବଦଳିଯାଏ ।

ଦିନକର ସ୍ପା

ବାଃ ! ଗର୍ଭବତୀ ସ୍ତ୍ରୀମାନଙ୍କ ପାଇଁ ସ୍ପା ଅର୍ଥାତ୍ ଖଣିଜ ସ୍ରୋତ ଏକ ଆରାମଦାୟକ ଉପାୟ ଅଟେ । ଏହାଠୁ ବଳି ଆଉ କଣ ହୋଇପାରେ । ଆଜିକାଲି ଅନେକ ଜାଗାରେ ଏଭଳି ସୁବିଧା ଦିଆଯାଉଛି । ସ୍ପା ସକାଶେ ଯିବା ପୂର୍ବରୁ ଆପଣ ଗର୍ଭବତୀ ବୋଲି ଜଣେଇ ଦିଅନ୍ତୁ । ଯଦି ଡାକ୍ତର କିଛି ପରାମର୍ଶ ଦେଇଥାନ୍ତି, ତେବେ ତାକୁ ମଧ୍ୟ ସୂଚେଇ ଦିଅନ୍ତୁ । ଏହାଫଳରେ ତଦନୁସାରେ ଚିକିତ୍ସା କରାଯିବ । ଡାକ୍ତରଙ୍କୁ ବୁଝି ସ୍ପା ପାଇଁ ଗଲେ, ସବୁଠୁ ଭଲ ।

ଗର୍ଭଧାରଣ ଆଉ ଆପଣଙ୍କର ମେକ୍‌ଅପ

ଗର୍ଭାବସ୍ଥାରେ ମୁହଁରେ ଦେଖା ଦେଉଥିବା ଫୁଲା ଓ ରଂଗ ପରିବର୍ତ୍ତନ ଯୋଗୁଁ ଅନେକ ଅସୁବିଧାର ସମ୍ମୁଖୀନ ହେବାକୁ ପଡ଼ିଥାଏ । ଅବଶ୍ୟ ସାମାନ୍ୟ ମେକ୍‌ଅପ କରି ଏହାକୁ ଦୂରେଇଦେଇ ହେବ ।

କ୍ଲୋଜ୍ମା ଓ ଡି-କଲରେସନ ଯୋଗୁଁ ମୁହଁରେ ସୃଷ୍ଟି ହେଇଥିବା ଦୁର୍ବଳତାକୁ ଦୂରେଇବା ପାଇଁ କରେକ୍ଟିଭ କନ୍‌ସିଲର ବ୍ୟବହାର କରନ୍ତୁ । ଗାଢ଼ ଦାଗ ଥିଲେ ଏଭଳି ବ୍ରାଣ୍ଡ ବ୍ୟବହାର କରନ୍ତୁ, ଯାହା ହାଇପର ପିଗମେଣ୍ଟେସିନ୍‌କୁ ଲୁଚେଇ ପାରୁଥିବ । ହେଲେ ଏହା ନନ କାର୍ମୋଡୋଜେନିକ ହେବା ଆବଶ୍ୟକ । ନିଜର ଦୈହିକ ରଂଗ ଅପେକ୍ଷା ଇଷତ୍ କନ୍‌ସିଲର ବ୍ୟବହାର କରନ୍ତୁ । ଏକ କୋଣରେ ଲଗେଇ ସମଗ୍ର ମୁହଁରେ ମାରସ ଦିଅନ୍ତୁ । ତାପରେ ପାଉଡର ବଳରେ ସ୍ପଷ୍ଟ କରନ୍ତୁ । ବ୍ରଣକୁ ଲୁଚେଇବାକୁ ଚାହୁଁଥିଲେ ବେଶି ମେକଅପ କରନ୍ତୁ ନାହିଁ । ଫାଉଣ୍ଡେସନ ପରେ ଚର୍ମ ସାଭ୍‌ଗକୁ ସେଟ୍ କରୁଥିବା କନ୍‌ସିଲର ଲଗାଇ ଆଙ୍ଗୁଠି ସାହାଯ୍ୟରେ ମିଶେଇ ଦିଅନ୍ତୁ ।

ନିଜ ଗାଲକୁ ଗୋଲାପୀ ରଂଗ ଦିଅନ୍ତୁ ଫଳରେ ଏହା ନିରାପଦ ରହିବ ।

ବେଳେ ବେଳେ ନାକ ଫୁଲିଯାଏ । ଏଥିପାଇଁ ଆପଣ ଫାଉଣ୍ଡେସନ ବ୍ୟବହାର କରିପାରନ୍ତି । ଏହାକୁ ସବୁଆଡ଼େ ଘଷି ଦିଅନ୍ତୁ ।

ଆମେ ଆପଣଙ୍କୁ ଟେଟୁ, ମେହେନ୍ଦୀ ବା ମଂଜୁଆତୀ ତଥା ନାକକାନରେ ଛିଦ୍ର କରିବା ସମ୍ପର୍କରେ ନିରାପଦ ଉପାୟମାନ ଏହି ବହିରେ କହିବା । ଏଥିପ୍ରତି ଦୃଷ୍ଟି ଦେବେ ।

ଆପଣଙ୍କର ହାତ ଓ ପାଦ:

ଅବଶ୍ୟ ତୃତୀୟ ତିନିମାସ ଅତିବାହିତ ହେଲା ବରେ ଆପଣ ନିଜ ଜଙ୍ଘକୁ ଭଲକରି ଦେଖି ମଧ୍ୟ ପାରିବେ ନାହିଁ । ତଥାପି ଗର୍ଭଧାରଣ ହାତ ଓ ପାଦରେ ନିଜର ପ୍ରଭାବ ବିସ୍ତାର କରିଥାଏ । ଅବଶ୍ୟ ଆପଣଙ୍କ ହାତ ଓ ପାଦ ଗୁଡ଼ିକ ଫୁଲି ଉଠିବ; ତଥାପି ସୁନ୍ଦର ଦେଖାଯିବ ।

ମେନିକ୍ୟୁର ଓ ପେଡିକ୍ୟୁର: ଗର୍ଭଧାରଣ ବେଳେ ଆପଣ ଆରାମରେ ମେନିକ୍ୟୁର ଓ ପେଡିକ୍ୟୁର କରିପାରିବେ । ଏହି ସମୟରେ ଆପଣଙ୍କର ନଖ ପୂର୍ବାପେକ୍ଷା ବେଶ୍ ଶକ୍ତ ଓ ଲମ୍ବା ହୋଇଥିବ । ଯେଉଁ ସେଲୁନକୁ ଯିବେ, ବାୟୁ ଚଳାଚଳ ହେଇଥିବ । ସେଠାକାର ଗନ୍ଧ ଆପଣଙ୍କୁ ବିରକ୍ତିକର ମନେ ହୋଇପାରେ । ମେନିକ୍ୟୁର କହୁଥିବା ବ୍ୟକ୍ତିଙ୍କୁ କୁହନ୍ତୁ ଯେ ସେ ପେଡିକ୍ୟୁର କଲାବେଳେ ତଳିପା ଜାଗାରେ ମାଲିସ ନକରୁ । ଏଠାରେ ସତର୍କ ହେବା ବିଧେୟ । କାରଣ ସାବଧାନ ହେଲେ ଅନେକ ପ୍ରକାର ସମସ୍ୟାରୁ ରକ୍ଷା ପାଇହେବ ।

ରିଲେକ୍ସ ହେଇପଡନ୍ତୁ

ଆପଣ ଚାହିଁଲେ ଯୋଗ ଓ ଧ୍ୟାନ ବ୍ୟତୀତ ଆହୁରି ଅନେକ ଉପାୟରେ ରିଲେକ୍ସ ହେଇପାରନ୍ତି । ଆପଣ କୌଣସି ଦଳରେ ସାମିଲ ହେଇପାରନ୍ତି କିମ୍ବା ଯୋଗ ଗୁରୁଙ୍କଠାରୁ ଶିକ୍ଷା ପାଇପାରନ୍ତି । ଯଦି ସମୟ ନହୁଏ, ତେବେ ସରଳ ଉପାୟ ଖୋଜନ୍ତୁ । ମାନସିକ ଚାପ ବଢ଼ିଲାବେଳେ ଏଗୁଡ଼ିକୁ ଅଭ୍ୟାସ କରନ୍ତୁ । ଆଖି ବୁଜି ବସିପଡନ୍ତୁ । ଶାନ୍ତ, ସ୍ନିଗ୍ଧ ଓ ମନୋରମ ଦୃଶ୍ୟକୁ ନେଇ କଳ୍ପନା କରନ୍ତୁ । ତା'ପରେ ଆସ୍ତେ ଆସ୍ତେ ଶରୀରର ବିଭିନ୍ନ ଅଂଗକୁ ଶିଥିଳ କରିବା ଆରମ୍ଭ କରନ୍ତୁ । ଯଦି ସମ୍ଭବ ହୁଏ, ତେବେ ନାଶିକା ପଥ ଦେଇ ଶ୍ୱାସକ୍ରିୟା କରନ୍ତୁ ଓ ମନେ ମନେ ଯେକୌଣସି ଶବ୍ଦ ଉଚ୍ଚାରଣ କରନ୍ତୁ । ଏହା ୧୦-୨୦ ମିନିଟ କରାଯାଇପାରେ ।

୨. ନାକପୁଡା ଦେଇ ଧୀର ଓ ଗଭୀର ନିଶ୍ୱାସ ମାରି ପେଟକୁ ଫୁଲାନ୍ତୁ । ଏକରୁ ଚାରି ପର୍ଯ୍ୟନ୍ତ ସଂଖ୍ୟା କହନ୍ତୁ । ତା'ପରେ କାନ୍ଧ ଓ ଗଳାର ମାଂସପେଶୀକୁ ଢ଼ିଲା ଛାଡ଼ିଦିଅନ୍ତୁ । ଆସ୍ତେ ନିଶ୍ୱାସ ଛାଡ଼ି ଛ' ପର୍ଯ୍ୟନ୍ତ ଗଣନା କରନ୍ତୁ । ଏହାକୁ ମଧ୍ୟ ୪ରୁ ୬ ଥର ବାରମ୍ବାର କହି ଚାପମୁକ୍ତ ହୋଇପାରିବେ ।

ଗର୍ଭପାତର ସମ୍ଭାବିତ ଲକ୍ଷଣ

ଡାକ୍ତରଙ୍କୁ କେବେ ଡକାଯିବ

୧. ତଳିପେଟରେ ଯନ୍ତ୍ରଣା ସାଂଗକୁ ରକ୍ତସ୍ରାବ ହେଲେ ପ୍ରଥମ ଗର୍ଭଧାରଣରେ ଏହା ଇକ୍ଟୋପିକର ଲକ୍ଷଣ ମଧ୍ୟ ହେଇଥାଇପାରେ ।

୨. ଦିନସାରା ଯନ୍ତ୍ରଣା ଏକାଧିକ ଦିନ ରହି ରକ୍ତର ଇଷତ୍ ଦାଗ ଦେଖାଗଲେ ।

୩. ରକ୍ତସ୍ରାବ ବେଶି ହେଲେ କିମ୍ବା ଅଳ୍ପ ରକ୍ତସ୍ରାବ ଦୁଇ ତିନିଦିନ ଧରି ଲାଗି ରହିଲେ ।

୪. ଯଦି ଗର୍ଭପାତ, ରକ୍ତସ୍ରାବ କିମ୍ବା ପେଟ ମୋଡ଼ିବାର ଲକ୍ଷଣ ଆଗରୁ ଥାଏ ।

ଜରୁରୀକାଳୀନ ସାହାଯ୍ୟ କେବେ ଗ୍ରହଣୀୟ

୧. ବେଶି ରକ୍ତସ୍ରାବ କିମ୍ବା ଭୀଷଣ ଯନ୍ତ୍ରଣା ହେଲେ ।

୨. ଇଷତ୍ ସିଲଟ ରଂଗ ବା ଗୋଲାପୀ ସ୍ରାବ ହେଲେ, ଗର୍ଭପାତ ଆରମ୍ଭ ହେଲା ବୋଲି ଧରିବା । ନିଜ ଡାକ୍ତରଙ୍କ ପାଖକୁ ଯିବା ସମ୍ଭବ ନହେଲେ ଅନ୍ୟ କ୍ଲିନିକକୁ ଶୀଘ୍ର ଯାଆନ୍ତୁ । ସେଠାରେ ସ୍ରାବକୁ ଏକତ୍ରିତ କରି ପରୀକ୍ଷା କରାଯିବ ଓ ଗର୍ଭପାତ କଥା, ବିପଦର ଆଶଙ୍କା କିମ୍ବା ଡି ଏଣ୍ଡସି କରାଯିବ ନା ନାହିଁ ସ୍ଥିର କରିବେ ।

ଦ୍ୱିତୀୟ ମାସ

ପାଖାପାଖି ୫ରୁ ୮ ସପ୍ତାହ

ହୁଏତ ଆପଣ ଏପର୍ଯ୍ୟନ୍ତ ଏ ସମ୍ବାଦଟା କାହାକୁ କହିନପାରନ୍ତି; ଅବଶ୍ୟ କେହି ମଧ୍ୟ ଆପଣ ନ କହିଲା ଯାଏ ଜାଣିପାରିବେନି (ଯେପର୍ଯ୍ୟନ୍ତ ଆପଣ ନ ଚାହିଁବେ), ଏହାସତ୍ତ୍ୱେ ମଦ୍ୟ ଛୁଆର କ୍ରିୟାକଳାପ ଭିତରେ ଭିତରେ ଆରମ୍ଭ ହୋଇସାରିଥିବ । ଅନେକ ଲକ୍ଷଣ ଜଣାପଡ଼ିଥିବ । ଆପଣ ଯେଉଁଠାକୁ ଗଲେ ମଧ୍ୟ ବାନ୍ତି ଓ ପାଟିରୁ ଲାଳ ଗଡ଼ିବାଟା ବନ୍ଦ ହେବନାହିଁ । ଦିନରାତି ପରିଶ୍ରା ଯିବାକୁ ପଡୁଥିବ ଆଉ ପେଟରେ ଗ୍ୟାସ ଭର୍ତ୍ତି ଥିବା ଯୋଗୁଁ ଫୁଲିଲା ପରି ମନେ ହେବ ।

ଉପରୋକ୍ତ ଲକ୍ଷଣରରୁ ଏକଥା ସ୍ପଷ୍ଟ ହେଇସାରିଥିବ ଯେ ଆପଣଙ୍କ ଗର୍ଭରେ ଏକ ନୂତନ ଜୀବନ ଉଙ୍କି ମାରୁଅଛି । ଆପଣ ପରୀକ୍ଷା ମଧ୍ୟ କରେଇ ସାରିଛନ୍ତି ଯେ ଗର୍ଭବତୀ ହେଲେଣି ବୋଲି । ଏସବୁ ପେଟ ବ୍ୟଥା କିମ୍ବା କୌଣସି ପେଟ ଗୋଳମାଳର ଲକ୍ଷଣ ନୁହଁ । ଆପଣ ନିଜେ ନିଜକୁ ବୁଝିବାକୁ ଚେଷ୍ଟାକରି ସାରିଥିବେ । ବେଶି ପରିମାଣରେ କ୍ଲାନ୍ତ ହେଲେ ବା ବାରମ୍ବାର ପରିଶ୍ରା ଗଲେ, ଏକଥା ଜାଣିନେବା ଦରକାର ଯେ ଆପଣ ଗର୍ଭବତୀ ହେଲେଣି ବୋଲି ଏସବୁ ଏପରି ଘଟୁଛି । ଛାତିରେ ହାତ ରଖି ଦମଭର ସହିତ ଅପେକ୍ଷା କରନ୍ତୁ । ଏହା ଏଇନା ଶୁଭାରମ୍ଭ ହୋଇଛି ।

ଏହି ମାସରେ ଆପଣଙ୍କ ଶିଶୁର ଗଠନ

ପଞ୍ଚମ ସପ୍ତାହ: ଆପଣଙ୍କର ଭ୍ରୂଣ ବର୍ତ୍ତମାନ ଲାଞ୍ଜଯୁକ୍ତ ବେଙ୍ଗସୁଲି ଭଳି ଦେଖାଯାଉଅଛି । କ୍ଷୀପ୍ର ଗତିରେ ବୃଦ୍ଧି ପାଇ ଏହା ଚଣା ବା କମଳା ମଂଜି ଏତେ ବଡ଼ ହେଇଯାଇଛି । ଏବେ ମଧ୍ୟ ଛୋଟ ଅଛି ଯେ, ହେଲେ ଆଗ ଅପେକ୍ଷା ବଡ଼ । ଇତିମଧ୍ୟରେ ହୃଦୟ ମଧ୍ୟ ଆକୃତି ଗ୍ରହଣ କରିସାରିଛି ।

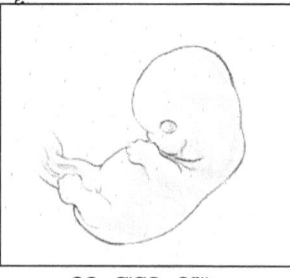

ଦୁଇ ମାସର ଛୁଆ

ସର୍ବପ୍ରଥମେ ରକ୍ତ ସଞ୍ଚରଣ ଓ ହୃଦୟତ୍ର ପ୍ରସ୍ତୁତ ହେଇଥାଏ । ହୃଦୟର ଆକାର ପପି ମଂଜି ଭଳି ହେଇ ଦୁଇଗୋଟି ଟ୍ୟୁବ୍‌କୁ ନେଇ ତିଆରି ହେଇଛି । ଅବଶ୍ୟ ବର୍ତ୍ତମାନ ଏହା ପୂରା ପୂରି କାର୍ଯ୍ୟକ୍ଷମ ନୁହଁ । ଅଲଟ୍ରା ସାଉଣ୍ଡରେ ଏହାର ହୃଦସ୍ପନ୍ଦନକୁ ଶୁଣାଯାଇପାରେ । ନ୍ୟୁଟାଲ ଟ୍ୟୁବ ମଧ୍ୟ କାମ କରୁଛି । ଏହା ଭବିଷ୍ୟତରେ ଶିଶୁର ମସ୍ତିଷ୍କ ଓ ସ୍ପାଇନାଲ କର୍ଡ ତିଆରି ହେବ । ବର୍ତ୍ତମାନ ଟ୍ୟୁବ ଖୋଲା ଅଛି, ହେଲେ ଆର ସପ୍ତାହକୁ ଏହା ବନ୍ଦ ହେଇ ସାରିଥିବ ।

ଷଷ୍ଠ ସପ୍ତାହ: ଗର୍ଭାଶୟ ମଧ୍ୟରେ ଗର୍ଭସ୍ଥ ଶିଶୁର ଆକାର ମାପିବାରେ ଅଳ୍ପ ଅସୁବିଧା ହେଇଥାଏ, କାରଣ ତାର କୁନି କୁନି ଗୋଡ ଦୁଇଟି ମୋଡ଼ି ହେଇଥାଏ । ଏଣୁକରି ତାକୁ ତାଳୁରୁ ତଳିପା ଯାଏ ମପାଯାଇଥାଏ । ଏହି ମାସରେ ତାର ମାପ ନଖ ଠାରୁ ବେଶି ହେବନାହିଁ । ଏହି ସପ୍ତାହରେ ଶିଶୁର ହନୁହାଡ଼, ଗାଲ ଓ ଠେଡି ଗଠନ ଆରମ୍ଭ ହେବ । ମୁହଁରେ ଥିବା ଦୁଇଟି ଗାତ ଆଖି ହେବ । ମୁଣ୍ଡ ଆଗକୁ ଲମ୍ବିଥିବା ଉଚ୍ଚ ଅଂଶରୁ ନାକ ତିଆରି ହେବ । ଏହି ସପ୍ତାହରେ ବୃକକ୍, କଲିଜା ଓ ଫୁସଫୁସ ମଧ୍ୟ ଗଠନ ହେବ । ଆପଣଙ୍କ ଛୁଆର କ୍ଷୁଦ୍ର ହୃଦୟ ମିନିଟକୁ ୫୦ ଥର ଧକ୍‌ଧକ୍ କରୁଥିବ ଓ ପ୍ରତିଦିନ ଏହାର ଗତି ବଢ଼ି ବଢ଼ି ଯାଉଥିବ ।

ସପ୍ତମ ସପ୍ତାହ: ଆପଣଙ୍କ ଭ୍ରୁଣ ସମ୍ପର୍କରେ ଏକ ଅଦ୍ଭୁତ ତଥ୍ୟ ହେଲା, ଏହା ଗର୍ଭଧାରଣ ତୁଳନାରେ ୧୦,୦୦୦ ଗୁଣ ବୃଦ୍ଧି ପାଇଛି । ଜାମୁକୋଳି ଏତେ ବଡ଼ ଭ୍ରୁଣରେ କେବଳ ମୁଣ୍ଡ ଅଂଶ ବେଶି ବିକଶିତ ହେଇଛି । ମସ୍ତିଷ୍କର ନୂତନ କୋଷ ସବୁ ୧୦୦ଟି କୋଷ ପ୍ରତି ମିନିଟ ହିସାବରେ ସୃଷ୍ଟି ହେଇଛି । ଏହି ସପ୍ତାହରେ ଛୁଆର ମୁହଁ ଓ ଜିଭ ତିଆରି ହେଉଥିବ । ହାଡ଼ ଗୋଡ଼ ମଧ୍ୟ । ଭ୍ରୁଣର ବୃକକ୍ ମଧ୍ୟ ସୃଷ୍ଟି ହେଇ କାର୍ଯ୍ୟ କରୁଛି । ମୂତ୍ର ନିର୍ମାଣ ଓ ମୂତ୍ର ତ୍ୟାଗ କଥା ଭାବି ବ୍ୟତିବ୍ୟସ୍ତ ହୁଅନ୍ତୁନି ।

ଅଷ୍ଟମ ସପ୍ତାହ: ଆପଣଙ୍କ ଭ୍ରୁଣ ଦ୍ରୁତ ଗତିରେ ବୃଦ୍ଧି ପାଉଛି । ଏହା ବର୍ତ୍ତମାନ ଅଧ ଇଞ୍ଚ ଲମ୍ବ ହେଲାଣି । ଆଉ ମାନବାକୃତି ଧାରଣ କଲାଣି, କାରଣ ତାର ଓଠ, ନାକ, ଆଖିପତା, ଗୋଡ଼ ଓ ପିଠି ଦୃଶ୍ୟମାନ ହେଲେଣି । ଅବଶ୍ୟ ପଦାରୁ ଆପଣ ଶୁଣି ପାରିବେନି । ହେଲେ ଛୁଆର ହୃଦୟ ମିନିଟକୁ ୧୫୦ ଥର ଧକ୍ ଧକ୍ କରୁଥିବ । ଏହା ଆମ ହୃଦକମ୍ପନଠାରୁ ଦୁଇଗୁଣ ଅଧିକ । ଏହି ସପ୍ତାହରେ ନୂତନତ୍ୱ ହେଲା- ଭ୍ରୁଣଟି ଲଗାତାର କ୍ରିୟାକଳାପ ଆରମ୍ଭ କଲାଣି । ହେଲେ, ଏହାକୁ ଶୁଣାଯାଇ ନପାରେ ।

ଆପଣଙ୍କୁ କିପରି ଲାଗୁଛି ?: ସବୁଥର ପରି ମନେରଖନ୍ତୁ ଯେ ଦୁଇଟି ଗର୍ଭଧାରଣ କଦାପି ଏକା ଭଳି ହୋଇନପାରେ । ହୁଏତ ଆପଣଙ୍କୁ ଏସବୁ ଲକ୍ଷଣର ସମ୍ମୁଖୀନ ହେବାକୁ ପଡ଼ିପାରେ କିମ୍ବା ଗୋଟେ ଦୁଇଟା ଲକ୍ଷଣ ମଧ୍ୟ ଦୃଶ୍ୟମାନ ହେଇପାରେ । ଅନେକ ଲକ୍ଷଣ ଗତ ମାସରୁ ଜିଣିପାରେ ଓ ଆଉ କେତେକ ସମ୍ପୂର୍ଣ୍ଣ ନୂଆ । ବେଶି କିଛି ଲକ୍ଷଣ ହୁଏତ ଦିଶିନପାରେ । ବ୍ୟତିବ୍ୟସ୍ତ ହୁଅନ୍ତୁନି । ଲକ୍ଷଣ ଦେଖା ଦେଲେ କି ନଦେଲେ କୌଣସି ପାର୍ଥକ୍ୟ ଦେଖାଦେବ ନାହିଁ । ଏହି ମାସରେ ନିମ୍ନଲକ୍ଷଣ ସବୁ ଦୃଶ୍ୟମାନ ହୋଇପାରନ୍ତି ।

ଶାରୀରିକ: କ୍ଳାନ୍ତି, ଶକ୍ତିହ୍ରାସ, ଅଳସ ପଣ, ବାରମ୍ବାର ପରିଶ୍ରା ଯିବା, ହାଇମାରିବା, ବାନ୍ତି ହେବା ଓ ପାଟିରୁ ଲାଳ ଗଡ଼ିବା, କୋଷ୍ଠ କାଠିନ୍ୟ, ଛାତି ଜଳିବା, ହଜମ ନହେବା, ପେଟ ଗୋଳମାଳ, ଖାଇବା ଇଚ୍ଛା କିମ୍ବା ଅନିଚ୍ଛା ହେବା ।

-**ସ୍ତନରେ ପରିବର୍ତ୍ତନ:** ସମ୍ବେଦନଶୀଳ, ଓଜନ ଲାଗିବା, ନିପୁଲର ପିଗମେଣ୍ଟ ବହଳ ଦେଖାଯିବା ଓ ସେଥିରେ ଦାନା ଦାନା ସୃଷ୍ଟି ହେବା, ଈଷତ୍ ନୀଳରଂଗ ର ଜାଲ ସ୍ପଷ୍ଟ ହେବା, ରକ୍ତସଂଚାର ବୃଦ୍ଧି ପାଇବା ।

- ଯୋନିରୁ ଧଳା ସ୍ରାବ ନିର୍ଗତ ହେବା
- ବେଳେ ବେଳେ ମୁଣ୍ଡ ବ୍ୟଥା ହେବା
- ସାମାନ୍ୟ ମୂର୍ଚ୍ଛା ଯିବା କିମ୍ବା ମୁଣ୍ଡ ବୁଲେଇବା
- ପେଟଟା ସାମାନ୍ୟ ଗୋଲାକାର ହେବା

ଭାବପ୍ରବଣତା: ଭାବାନ୍ତର ସୃଷ୍ଟି ହେବା, ଉଦ୍‌ବେଗ, ଉତ୍କଣ୍ଠା, ବ୍ୟଗ୍ରତା, କାନ୍ଦ କାନ୍ଦ ହେବା

- ଭୟ, ଆନନ୍ଦ ବା ଏଭଳି ଅନ୍ୟ କିଛି
- ଗର୍ଭଧାରଣ ନହେବାର ଆଶଙ୍କା

ଏହି ମାସରେ ପରୀକ୍ଷା: ଯଦି ଏହା ପ୍ରଥମ ଗର୍ଭଧାରଣ ହେଇଥାଏ, ତେବେ ଆମେ ଆଗରୁ କହିସାରିଛୁ । ଦ୍ୱିତୀୟ ଗର୍ଭ ହୋଇଥିଲେ ଆଗ ଅପେକ୍ଷା ଛୋଟ ପରୀକ୍ଷା ହେବ । ଯଦି ପ୍ରଥମେ ସବୁତକ ପରୀକ୍ଷା ହେଇ ସାରିଥିବ ତେବେ ବର୍ତ୍ତମାନ କିଛି କରିବା ଦରକାର ନୁହଁ ।

ଅବଶ୍ୟ ପ୍ରତ୍ୟେକ ଡାକ୍ତର ନିଜ ହିସାବରେ ପରୀକ୍ଷା କରିଥାନ୍ତି । ହେଲେ ଏହି ପରୀକ୍ଷାରେ ନିମ୍ନ ତଥ୍ୟ ଆଶା କରାଯାଇପାରେ ।

- ଓଜନ ଓ ରକ୍ତଚାପ
- ମୂତ୍ର, ସୁଗର ଓ ପ୍ରୋଟିନ ସକାଶେ ପରୀକ୍ଷା
- ଫୁଲିବା ସକାଶେ ହାତ-ପାଦ ଓ ଭେରିକୋଜ ଭେନ୍ସ ସକାଶେ ଗୋଡ଼
- ଏଭଳି କିଛି ଲକ୍ଷଣ ଯାହା ନିଜେ ଅନୁଭୂତ କରୁଥିବେ ।
- କେତେକ ପ୍ରଶ୍ନ ଓ ଜିଜ୍ଞାସା, ଯାହା ଆପଣ ଜାଣିବାକୁ ଚାହୁଁଥିବେ (ତାଲିକା ସାଂଗରେ ନିଅନ୍ତୁ)

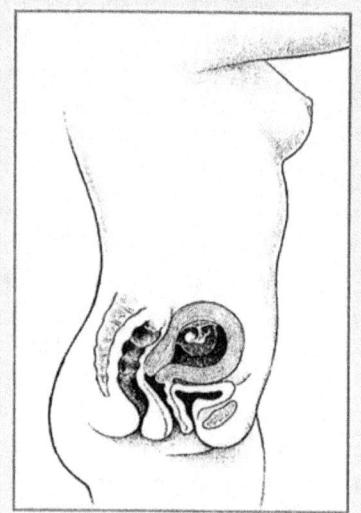

ଦୃଷ୍ଟି ଦିଅନ୍ତୁ

ଅବଶ୍ୟ ଏବେ ମଧ୍ୟ ଆପଣ ନିଜର ପ୍ରତିବେଶୀ ମାନଙ୍କ ଦୃଷ୍ଟିରେ ଗର୍ଭବତୀ ବୋଲି ଦେଖାଯିବ ନାହିଁ । ତଥାପି ଲୁଗା ଗୁଡେଇଲେ ଟାଇଟ ଲାଗିବ । ବୋଧେ ବ୍ରା'ର ସାଇଜ ମଧ୍ୟ ବଢ଼ିପାରେ । ଏହି ମାସରେ ଆପଣଙ୍କର ଭ୍ରୂଣ ଶିଶୁଟି ହାତମୁଠା ଭଳି ବଡ଼ ହେଇଥିବ ।

ଆପଣ କ'ଣ ଚିନ୍ତା କରୁଥାଇ ପାରନ୍ତି ?

ଛାତିରେ ଜଳା ଓ ଅଜୀର୍ଣ୍ଣ

"ମୋର ଛାତି ସଦାବେଳେ ଜଳୁଥାଏ ଓ ଅଜୀର୍ଣ୍ଣ ହୁଏ, କାହିଁକି ? ଏଣୁ ମୁଁ କଣ କରିବି ?"

ସମସ୍ତଙ୍କୁ ଗର୍ଭବତୀ ସ୍ତ୍ରୀମାନଙ୍କ ପରି ଛାତିରେ ଜଳାପୋଡ଼ା ହେଇନଥାଏ । ଏହା ସମଗ୍ର ଗର୍ଭ ଥିବା ଯାଏଁ ହେଇପାରେ ।

ଗର୍ଭଧାରଣ କରିବା ସମୟରେ ଆପଣଙ୍କ ଶରୀରରେ ବହୁ ପରିମାଣରେ ପ୍ରୋଜେଷ୍ଟେରନ ଓ ରିଲେକ୍ସିନ ନାମକ ହର୍ମୋନ୍ସ ତିଆରି ହୁଏ; ଏହା ସମଗ୍ର ଦେହର ମାଂସପେଶୀଗୁଡ଼ିକୁ ଶିଥିଳ କରି ଦେଇଥାଏ । ଏଥିରେ ଗେଷ୍ଟ୍ରୋଇଣ୍ଟେଷ୍ଟୋଇନାଲ ଟ୍ରେକ୍ଟ ମଧ୍ୟ ସମ୍ମିଳିତ । ଫଳରେ ଖାଦ୍ୟ ବିଳମ୍ବରେ ହଜମ ହେଇଥିବାରୁ ଅଜୀର୍ଣ୍ଣ ହୋଇଥାଏ । ପେଟରେ ଗୋଳମାଳ ଓ ଚାତିରେ ଜ୍ୱଳନ ହେଉଛି ଅଜୀର୍ଣ୍ଣର ଲକ୍ଷଣ । ଏହା ଆପଣଙ୍କ ପାଇଁ କଷ୍ଟପ୍ରଦ ହେଲେ ମଧ୍ୟ ଶିଶୁ ସକାଶେ ହିତକର ହେଇଥାଏ । ଏହି ମନ୍ଥର ଗତିରେ ଭିଟାମିନ ସବୁ ଭଲଭାବରେ ରକ୍ତରେ ମିଶି ପ୍ଲେସେଣ୍ଟାକୁ ଯାଇଥାଏ ।

ଓସୋଫାଗସକୁ ପେଟରୁ ପୃଥକ କରୁଥିବା ମାଂସପେଶୀ ଗୁଡ଼ିକର ଜାଲ ଶିଥିଳ ହେଲେ ଖାଦ୍ୟ ବିଳମ୍ବରେ ହଜମ ହେଇଥାଏ । ପେଟରେ ତିଆରି ହେଉଥିବା ଏସିଡ ସମ୍ବେଦନଶୀଳ ଓସୋଫାଗସ୍‌ର ପ୍ରାଚୀରକୁ ଉତ୍ତେଜିତ କରିଦେଇଥାଏ; ଫଳରେ ଜ୍ୱଳନ ହେଇଥାଏ । ଅବଶ୍ୟ ଏହା ସହିତ ହୃଦୟର କୌଣସି ସମ୍ପର୍କ ନଥାଏ । ଶେଷ ତିନିମାସ ଆଡ଼କୁ ଏହି ସମସ୍ୟା ଗୁରୁତର ହୋଇଥାଏ । କାରଣ ବର୍ଦ୍ଧିତ ଗର୍ଭାଶୟ ପେଟ ଉପରେ ଚାପ ପକାଇଥାଏ ।

ଗର୍ଭଧାରଣ ସମୟରେ ପୂରା ନମାସ ଆପଣ ଏଥିରୁ ମୁକୁଳିବା ସମ୍ଭବ ନୁହଁ । ଅବଶ୍ୟ ଅଜୀର୍ଣ୍ଣ ଓ ଜ୍ୱଳନରୁ ରକ୍ଷା ପାଇବା ଓ କମେଇବା ସକାଶେ କେତେକ ପ୍ରୟାସ କରାଯାଇପାରେ ।

- ଯେଉଁ ଖାଦ୍ୟ ଖାଇଲେ ଏଭଳି ହୁଏ, ବୋଲି ଜାଣିଲା ପରେ ତାକୁ ଆଉ ଖାଆନ୍ତୁ ନାହିଁ । ବେଶି ତେଲ ମସଲା ମରିଚ ଖାଇବା ନିଷେଧ । ଚର୍ବିଯୁକ୍ତ ଖାଦ୍ୟ, ପ୍ରୋସେସ ମାଂସ, ଚକଲେଟ, କଫି, କାର୍ବୋନେଟ ପେୟ ପଦାର୍ଥ ବେଶି ମାତ୍ରାରେ ଗ୍ରହଣ କରନ୍ତୁ ନାହିଁ ।

- ପାଚନ ପ୍ରଣାଳୀରେ ବେଶି ଚାପ ପକାନ୍ତୁ ନାହିଁ । ଅଳ୍ପ ସମୟ ବ୍ୟବଧାନରେ ଅଳ୍ପ ଅଳ୍ପ କରି ଖାଦ୍ୟ ଖାଆନ୍ତୁ । ଆପଣଙ୍କ ପାଇଁ "ସିକ୍ସ ମିଲ୍ସ ସଲ୍ୟୁସନ’ ଏକ ଭଲ ଉପାୟ ହେଇପାରେ ।

- ତରବର ହେଇ ଖାଦ୍ୟ ଖାଇଲେ ଖାଦ୍ୟ ସାଂଗକୁ ବାୟୁ ମଧ୍ୟ ପେଟକୁ ଯାଇ ଗ୍ୟାସ ସୃଷ୍ଟି କରିଥାଏ । ଶୀଘ୍ର ଖାଇବାର ଅର୍ଥ ହେଲା ଖାଦ୍ୟକୁ ଭଲଭାବେ ଚୋବେଇ ନ ପାରିବା । ଏଣୁକରି ପେଟକୁ ବେଶି ପରିଶ୍ରମ କରିବାକୁ ପଡୁଛି । ବେଶି ଭୋକ ଥାଉ ବା ଚଞ୍ଚଳ ଖାଇବାକୁ ପଡୁଥାଉ, ଛୋଟ ଗୁଣ୍ଡା କରି ଚୋବେଇ ଖାଆନ୍ତୁ ।

- ସଖାଇବା ସାଂଗରେ ପେୟ ପିଅନ୍ତୁ ନାହିଁ । ଖାଦ୍ୟ ଓ ପେୟ ଏକତ୍ର ହେଲେ ଅଜୀର୍ଣ୍ଣ ହୋଇଥାଏ । ପିଇବାକୁ ଚାହୁଁଥିଲେ କିଛି ସମୟ ପରେ ପିଅନ୍ତୁ ।

- ଶୋଇଶୋଇ କିଛି ଖାଆନ୍ତୁନି କି ପିଅନ୍ତୁ ନାହିଁ । ଏଭଳି କଲେ ପାଚକ ରସ ବେଶି ଏପଟ ସେପଟ ହୋଇ ଗୋଳମାଳ ସୃଷ୍ଟି ହେଇଥାଏ । ପୁନଶ୍ଚ ଖାଇଲା ପରେ ସାଙ୍ଗେ ସାଙ୍ଗେ ବିଛଣାରେ ଗଡ଼ିପଡନ୍ତୁ ନାହିଁ । ଅଣ୍ଟା ତଳକୁ ନଇଁବା ପରିବର୍ତ୍ତେ ଆଣ୍ଠୁ ସାହାଯ୍ୟରେ ନଇଁବାକୁ ଚେଷ୍ଟା କରନ୍ତୁ । ମୁଣ୍ଡ ଯେତେ ଥର ତଳକୁ ହେବ ଛାତି ଜ୍ୱାଳା ସେତେ ବଢ଼ିବ ।

- ନିଜ ଓଜନ ଆସ୍ତେ ଆସ୍ତେ ବଢ଼ାନ୍ତୁ ଫଳରେ ପରିପାକ ପ୍ରଣାଳୀ ଉପରେ ବେଶି ଚାପ ପଡ଼ିବ ନାହିଁ ।

- ଅଣ୍ଟା ବା ପେଟ ପାଖରେ ଗୁଡେଇ ଲୁଗା ପିନ୍ଧନ୍ତୁ ନାହିଁ । ଏହାଦ୍ୱାରା ଜ୍ୱଳନ ବଢ଼ିଥାଏ ।

- କେଲସିୟମ ଯୁକ୍ତ ପପ ଆପଣଙ୍କ ଜ୍ୱାଳାକୁ ଅଳ୍ପ ସ୍ଥିର କରିଥାଏ । ଡାକ୍ତରଙ୍କ ବିନା ପରାମର୍ଶରେ କୌଣସି ଔଷଧ ଖାଆନ୍ତୁ ନାହିଁ । ଏଣ୍ଟିଏସିଡ ଯୋଗୁଁ ବ୍ୟତିବ୍ୟସ୍ତ ହେଉଥିଲେ ଘରୋଇ ଉପାୟ କରନ୍ତୁ । ଉଷୁମ କ୍ଷୀରରେ ଚାମଚେ ମହୁ ମିଶେଇ ଅଳ୍ପ ବାଦାମ କିମ୍ବା ତଟକା ଅମୃତଭଣ୍ଡା ଖାଆନ୍ତୁ ।

-ଖାଇବା ପରେ ଚିନି ନଥିବା ଚୁଇଂଗମ ଚୋବାନ୍ତୁ । ଅନେକଙ୍କ ମତରେ ମିଣ୍ଟ ଖାଇବା ନିଷେଧ ।

- ଯଦି ଏପର୍ଯ୍ୟନ୍ତ ଧୂମପାନ କରି ଆସୁଛନ୍ତି, ତେବେ ଦୟାକରି ଛାଡ଼ି ଦିଅନ୍ତୁ ।

- ମାନସିକ ଚାପ ମଧ୍ୟ ଜ୍ୱଳନ ଓ ଅଜୀର୍ଣ୍ଣର ମୁଖ୍ୟ କାରଣ ହେଇଥାଏ । ଧୀରସ୍ଥିର ହେଇ ରହିବାକୁ ଚେଷ୍ଟା କରନ୍ତୁ । ଧ୍ୟାନ, ମାନସିକ ଚିତ୍ରଣ, ବାୟୋଫିଡ୍‌ବେକ ଓ ହିପ୍ନୋସିସ ଭଳି କୌଶଳ ଅକ୍ତିୟାର କରନ୍ତୁ ।

ପ୍ରିୟ - ଅପ୍ରିୟ ଖାଦ୍ୟାବଳୀ

"ଯେଉଁ ଭୋଜନ କିମ୍ବା ଖାଦ୍ୟପଦାର୍ଥ ଆଗରୁ ପ୍ରିୟ, ସେସବୁ ବର୍ତ୍ତମାନ ଆଉ ରୁଚୁ ନାହାନ୍ତି । ମୁଁ ଏଭଳି ଖାଦ୍ୟ ଖାଇବାକୁ ଇଚ୍ଛା କରୁଛି, ଯାହା ମୁଁ କଦାପି ଖାଉନଥିଲି । ଏପରି କାହିଁକି ହେଉଛି ?"

ଅଳ୍ପ ଦୃଷ୍ଟି ଦିଅନ୍ତୁ

ଯଦି ଆପଣ ଜି..ଆର.ଡି. ଗ୍ରସ୍ତ ହେଉଥାନ୍ତି ତେବେ, ଗର୍ଭଧାରଣ ସମୟରେ ଏହାର ଚିକିତ୍ସାରେ ପରିବର୍ତ୍ତନ ଆଣିବାକୁ ହେବ । ଛାତିଜ୍ୱଳନର ଔଷଧ ହୁଏତ ନିରାପଦ ହେଇନପାରେ । ପ୍ରଥମେ ଡାକ୍ତରଙ୍କୁ ପରାମର୍ଶ କରି ଆମେ ଦେଇଥିବା ଉପାୟ ଅବଲମ୍ବନ କରନ୍ତୁ ।

ଛାତିରେ ଜ୍ୱଳନ ଓ କେଶ ?

- ଆପଣ ମଧ୍ୟ ଫିଲ୍ମରେ ଦେଖିଥିବେ କିମ୍ବା ପଢ଼ିଥିବେ ଯେ କିପରି ଭାବରେ ଗର୍ଭବତୀ ସ୍ତ୍ରୀ ସ୍ୱାମୀ ରାତି ଅଧରେ ରେନ୍‌କୋଟ ପିନ୍ଧି ନିଜ ସ୍ତ୍ରୀର ମନପସନ୍ଦ ଆଇସ୍କ୍ରିମ କିଣିବାକୁ ଯାଇଥାଏ । ହେଲେ ବାସ୍ତବରେ ଏପରି ହେଇନଥାଏ । ସ୍ୱାମୀଙ୍କୁ ଏତେ ପରିଶ୍ରମ କରିବାକୁ ପଡନ୍ତା ନାହିଁ ।

କଥା କ'ଣ କି, ଅଧିକାଂଶ ମା ମାନଙ୍କ ଜିଭର ସ୍ୱାଦରେ ପରିବର୍ତ୍ତନ ଆସିଯାଏ । ଅଥାତ୍ ନ ଖାଇଲା ଜିନିଷ ଖାଇବାକୁ ଇଚ୍ଛା ହୁଏ ଓ ପ୍ରିୟ ଖାଦ୍ୟଗୁଡ଼ିକ ଅପ୍ରିୟ ହୋଇଯାଇଥାଏ । ପ୍ରଥମ ତିନିମାସରେ ଦେଖାଦେଉଥିବା ହର୍ମୋନାଲ ପରିବର୍ତ୍ତନ ଯୋଗୁଁ ଏପରି ହୁଏ । ଅନେକ ଥର ଯାହା ଆମକୁ ଭଲ ଲାଗେ ପାଟିରୁ ଲାଳ ଗଡେ, ଅଥଚ ନ ଖାଇବା ଜିନିଷ ବିରକ୍ତିକର ମନେହୁଏ ।

ଆପଣ ନିଜ ଦେହର ଏସବୁ ଲକ୍ଷଣକୁ ଚିହ୍ନି ତଦନୁସାରେ ଚଳିବାକୁ ହେବ । ଯାହା ଇଚ୍ଛା ଲାଗୁଛି ଖାଇଦେବା ଉଚିତ, ହୁଏତ ଅଳ୍ପ ବେଶି ଭାରସାମ୍ୟ ରହିା ହେଇ ନପାରେ । ଇଚ୍ଛାଟି ସ୍ୱତଃପୂରଣ ହେଲା ପରେ ଅନ୍ୟ ପ୍ରକାରେ ଖାଦ୍ୟକୁ ସୁଷମ କରାଯାଇପାରେ ।

ମନେକର ଇଚ୍ଛା ଲାଗୁଥିବା ଜିନିଷଟି ସ୍ୱତନ୍ତ୍ର ଧରଣର ଓ ସବୁଠୁ ନିଆରା ହେଇଥାଏ । ତେବେ ତା'ର ବିକଳ୍ପ ବ୍ୟବସ୍ଥା କରିବାକୁ ହେବ । ସେଥିରେ କେବଳ କେଲୋରୀ ନଥାଇ ଭିଟାମିନ ମଧ୍ୟ ଥିବା ବିଧେୟ । ଫ୍ରେଜନ ଚକୋଲେଟ ପରିବର୍ତ୍ତେ ୟୋଗାର୍ଟ ଖାଆନ୍ତୁ । ନିଜ ଇଚ୍ଛା ପୂରଣ କରନ୍ତୁ । ବୁଲିବାହାରନ୍ତୁ ବା ସାଙ୍ଗସାଥୀ ମେଳରେ ଖୁସି ଗପ ସପ କରନ୍ତୁ । ପୁଷ୍ଟିକର ସ୍ନେକ୍ସକୁ ଉପେକ୍ଷା କରନ୍ତୁ ନାହିଁ । ଅବଶ୍ୟ ଶିଶୁର ସ୍ୱାସ୍ଥ୍ୟ ଅନୁକୂଳ ହେବା ଉଚିତ । ଏସବୁ ଖାଦ୍ୟ ପଦାର୍ଥ ଅଭ୍ୟାସରେ ପରିଣତ ନହେଉ, ଏଥିପ୍ରତି ଯତ୍ନବାନ ହୁଅନ୍ତୁ ।

ଚତୁର୍ଥ ମାସ ହେଲାବେଳକୁ ଏସବୁ ଖାଇବା ଇଚ୍ଛା ଆପେ ଆପେ ଉଭେଇଯିବ । ଅନେକ ଥର ଭାବପ୍ରବଣତା ଯୋଗୁଁ ଇପକ୍ଷିତ ଖାଦ୍ୟ ଅଖିଆ ରହିଯାଏ । ଯଦି ସ୍ୱାମୀ-ସ୍ତ୍ରୀ ଉଭୟଙ୍କ ମଧ୍ୟରେ ଉତ୍ତମ ବୁଝାମଣା ଥାଏ ତେବେ ଏହାକୁ ପୂରଣ କରିବା ସହଜ ହେବ । ରାତି ଅଧରେ ଅଦ୍ଭୁତ ଜିନିଷ ଖାଇବାକୁ ଇଚ୍ଛା ହେଲେ ଅନ୍ୟ କିଛି ଖାଇ ମନ ବୁଝେଇବା କଥା କିମ୍ବା ସ୍ୱାମୀ ସାଙ୍ଗରେ ଏକ ରୋମାଣ୍ଟିକ ଜାଗାକୁ ଯାଇ ଅଏସ କରନ୍ତୁ ।

ଅନେକ ମହିଳାମାନେ ମାଟି, ପାଉଁଶ ବା କାଗଜ ଭଳି ବସ୍ତୁ ଖାଇଥାନ୍ତି, ହେଲେ ଏହି ବଦଭ୍ୟାସ ଖୁବ୍ ବିପଜ୍ଜନକ ହେଇପାରେ । ଏଥିରେ ପୁଷ୍ଟିକର ଖାଦ୍ୟର ଅଭାବ ଦେଖାଦିଏ । ବିଶେଷ କରି ଲୌହାଲ୍ପତା । ନିଜ ଡାକ୍ତରଙ୍କୁ ଏ ବାବଦରେ କୁହନ୍ତୁ । ଆଇସ୍କ୍ରିମ ଖାଇବାକୁ ଇଚ୍ଛା ହେଲେ ଲୌହାଲ୍ପତା ଦେଖାଦେଇପାରେ ।

ଶିରା-ପ୍ରଶିରା ଦେଖାଯିବା

"ମୋ ଛାତି ଓ ପେଟରେ ଇଷତ୍ ନୀଳ ରଂଗର ଶିରା-ପ୍ରଶିରା ଦେଖାଯାଉଛି । ଏହା ସାଧାରଣ କଥାକି ?"

ଛାତି ଓ ପେଟରେ ଶିରା-ପ୍ରଶିରା ଦେଖାଯିବାର ତାତ୍ପର୍ଯ୍ୟ ହେଲା ଦେହଟା ଉପଯୁକ୍ତ ଭାବରେ କାମ କରୁଛି । ଏହା ତାହାରି ପ୍ରମାଣ । ମୋଟା ବା ପତଳା ଚର୍ମରେ ଏହା ସ୍ପଷ୍ଟ ଦୃଶ୍ୟମାନ ହୁଏ । ଘନକଳା ଦେହରେ ଏହା ଦେଖାଯାଏ ନାହିଁ ।

ବୁଢ଼ୀଆଣୀ ଧମନୀ

"ମୁଁ ଗର୍ଭବତୀ ହେଲା ଦିନରୁ ମୋ ଜଙ୍ଘରେ ଇଷତ୍ ବୁଢ଼ୀଆଣୀ ଜାଲ ଦେଖାଯାଉଛି । ଏସବୁ କ'ଣ ଭେରିକୋଜ ଶିରା-ପ୍ରଶିରା କି?"

ଏହା ସୁନ୍ଦର ଦିଶୁନି ହେଲେ, ଏହା ଭେରିକୋଜ ଧମନୀ ନୁହଁ । ଏହାକୁ ସ୍ପାଇଡର ଭେନସ୍ ଅର୍ଥାତ୍ ବୁଢ଼ୀଆଣୀ ଧମନି ବୋଲି କୁହାଯାଏ ।

ଏସବୁ ଜଂଘରେ କାହିଁକି ଘର କରନ୍ତି, ଏହାର ମଧ୍ୟ କାରଣ ଅଛି । ରକ୍ତ ବେଶି ହେବା ଯୋଗୁଁ ରକ୍ତ ନଳୀମାନଙ୍କରେ ଅଧିକ ଚାପ ପଡ଼ିଥାଏ । ଆଉ ଏସବୁ ଫୁଲିଯାଇ ଦୃଶ୍ୟମାନ ହେଇଥାନ୍ତି । ଦ୍ୱିତୀୟତଃ ପ୍ରେଗ୍ନେନ୍ସି ହର୍ମୋନ ଯୋଗୁଁ ମଧ୍ୟ ଏପରି

ହେଇଥାଏ । ତୃତୀୟତଃ ଜେନେଟିକ କାରଣ ଯୋଗୁଁ ମଧ୍ୟ ଏପରି ହେଇଥାଏ ।

ଯଦି ଆପଣଙ୍କ ଦେହରେ ସ୍ପାଇଡର ଭେନ୍ସ ତିଆରି ହେଉଥାଏ, ତେବେ ସତ ଚେଷ୍ଟା କଲେ ମଧ୍ୟ ଆପଣ ତାହାକୁ ରୋକି ପାରିବେ ନାହିଁ । ହେଲେ ଏହାର ସଂପ୍ରସାରଣକୁ ରୋକାଯାଇ ପାରେ । ଏହା ଖାଦ୍ୟ ପରି ସୁସ୍ଥ ହେଇଥିବାରୁ ଭିଟାମିନ ସି ଯୁକ୍ତ ଖାଦ୍ୟ ଖାଆନ୍ତୁ । ଏହାଦ୍ୱାରା ଦେହଟି କୋଲାଜନ ଓ ଇଲାଷ୍ଟିନ ନିର୍ମାଣ କରିଥାଏ । ଏସବୁ ରକ୍ତ ନଳୀର ମରାମତି କରିଥାନ୍ତି । ଆପଣଙ୍କୁ ପ୍ରତିଦିନ ବ୍ୟାୟାମ କରିବାକୁ ହେବ ଓ ଚକାପକେଇ ବସିବା ଅନୁଚିତ ।

ପ୍ରୟାସ କଲେ ମଧ୍ୟ କିଛି ଲାଭ ନହେଲେ, ବ୍ୟତିବ୍ୟସ୍ତ ହୁଅନ୍ତୁନି । ପ୍ରସବ ଉତ୍ତାରେ ଏସବୁ ଝାପସା ହୋଇ ଉଭେଇ ଯିବେ । ଯଦି ଏପରି ନ ହୁଏ ତେବେ କୌଣସି ଚର୍ମରୋଗ ବିଶେଷଜ୍ଞଙ୍କୁ ପରାମର୍ଶ କରନ୍ତୁ । ସେ ହୁଏତ ସେଲାଇନ କିମ୍ବା ଗ୍ଲିସେରିନ ଇଂଜେକ୍‌ସନ ଦେବେ ନହେଲେ ଲେଜରର ସାହାଯ୍ୟ ଲୋଡ଼ିବେ । ଗର୍ଭବେଳେ ଏହାର ଚିକିତ୍ସା ସମ୍ଭବ ନୁହଁ, ଏଣୁ କୌଶଳ କରି ଏହାକୁ ଲେଟେଇବାକୁ ହେବ ।

ଭେରିକୋଜ ଭେନ୍ସ

"ମୋର ମା' ସ ଜେଜୀମା ଉଭୟେ ଗର୍ଭବେଳେ ଭେରିକୋଜ ଭେନ୍ସ ରୋଗରେ ଶିକାର ହୋଇଥିଲେ । ହେଲେ ମୁଁ କଣ ଏଥିରୁ ରକ୍ଷା ପାଇପାରିବି କି ?"

ଏହା ବଂଶାନୁଗତ ରୋଗ ହୋଇଥିବାରୁ ଆପଣଙ୍କ ଠାରେ ମଧ୍ୟ ଦୃଶ୍ୟମାନ ହେବ । ତଥାପି ଆପଣ ଚାହିଁଲେ ଏହାକୁ ମୂଳୋତ୍ପାଟନ କରି ଦୂରେଇ ଦେଇପାରିବେ ।

ଏହା ସାଧାରଣତଃ ପ୍ରଥମ ଗର୍ଭଧାରଣ ବେଳେ ଦେଖାଦିଏ ଓ ପରବର୍ତ୍ତୀ ସମୟରେ କୁତ୍ସିତ ଓ କଦାକାର ହେଇଥାଏ । ଗର୍ଭବେଳେ ରକ୍ତର ଆଧିକ୍ୟ ଚାପ ପ୍ରୟୋଗ କରିଥିବାରୁ ବିଶେଷକରି ଜଂଘ ମାଧ୍ୟାକର୍ଷଣର ବିପରୀତ ଦିଗରେ କାର୍ଯ୍ୟ କରୁଥିବାରୁ ଅଯଥା ପରିଶ୍ରମ ବଢ଼ିଯାଏ । ଗର୍ଭାଶୟ ଯୋଗୁଁ ପେଲଭିକ୍ ରକତ ନଳୀରେ ମଧ୍ୟ ଚାପ ପଡେ । କେତେ ପ୍ରକାର ହର୍ମୋନ ପ୍ରଭାବ ପକେଇଲେ ଏପରି ହୁଏ ।

ଏହାର ଲକ୍ଷଣ ଚିହ୍ନିବା ମୁସ୍କିଲ ନୁହଁ ଯେ ହେଲେ ଏହା ଭିନ୍ନ ମଧ୍ୟ ହେଇପାରେ । ଏଥିରେ ଜଂଘରେ ସାମାନ୍ୟ ଯନ୍ତ୍ରଣା ସାଂଗକୁ ଫୁଲିଯାଏ ବା କିଛି ହୁଏନାହିଁ ମଧ୍ୟ । ଈଷତ୍ ନୀଳରଂଗର ଶିରା ଦେଖାଦେଇପାରେ କିମ୍ବା ଆଣ୍ଠୁ ଉପରକୁ ସର୍ପାକାର ଶିରା ଥାଇପାରେ ।

ଗୁରୁତର ଅବସ୍ଥାରେ ଶିରାଗୁଡ଼ିକ ଫୁିଯାଇ ଶୁଷ୍କ ହେଇଥାଏ । ଡାକ୍ତରଙ୍କ ପରାମର୍ଶ କ୍ରମେ ମଶ୍ଚରାଇଜର ବ୍ୟବହାର୍ଯ୍ୟ । ଅନେକଥର ଏଥିରେ ଜ୍ୱଳନ ହୁଏ । ଏଣୁ ଡାକ୍ତରଙ୍କୁ ସବୁ ବୁଝାଇ କୁହନ୍ତୁ ।

- ରକ୍ତ ପ୍ରବାହ ଅବ୍ୟାହତ ରହୁ । ବେଶି ସମୟ ଧରି ଠିଆ ହୁଅନ୍ତୁ ନାହିଁ କି ବସି ରହନ୍ତୁ ନାହିଁ । ମଝି ମଝିରେ ଗୋଡ଼ ହଲାନ୍ତୁ ଓ ମୁଚୁଳା ରଖନ୍ତୁ । ବିଶ୍ରାମ କଲାବେଳେ ବାମ କଡ଼ ମୋଡ଼ି ଶୁଅନ୍ତୁ । ଏହାଫଳରେ ରକ୍ତ ସଂଚାର ଠିକ୍ ହୁଏ ।
- ଓଜନ ପ୍ରତି ଦୃଷ୍ଟି ଦିଅନ୍ତୁ । ବେଶି ଓଜନ ହେଲେ ରକ୍ତକୁ ଅଧିକ ପରିଶ୍ରମ କରିବାକୁ ହେବ ।
- ଓଜନ ବସ୍ତା ଉଠାନ୍ତୁ ନାହିଁ । ନହେଲେ ଫୁଲିଯିବା ।
- ଝାଡା ବା ପରିଶ୍ରା କଲାବେଳେ କାଶିବା ଅନୁଚିତ । ନହେଲେ ଚାପ ବଢ଼ିପାରେ । କୋଷ୍ଠ କାଠିନ୍ୟ ନହେଲେ ଭଲ ।

= ଆଶ୍ରୟ ଦେଲାଭଳି ପେଣ୍ଟିହୋଜ ପିନ୍ଧନ୍ତୁ କିମ୍ବା ଇଲାଷ୍ଟିକ ଲଗା ଷ୍ଟକିନ୍ସ ବ୍ୟବହାର କରନ୍ତୁ । ହେଲେ ରାତିରେ ଓହ୍ଲେଇ ଦେବା ଭଲ ।

- ଏଭଳି ଲୁଗା ପିନ୍ଧନ୍ତୁ ନାହିଁ, ଯେଉଁଥିରେ ରକ୍ତର ପ୍ରବାହ ବାଧାପ୍ରାପ୍ତ ହେବ ।
- ଚିପା ପେଣ୍ଟିଂ, ବଲ୍ଟହୋଜ କିମ୍ବା ଇଲାଷ୍ଟିକ ଲଗା ସକ୍ସ ପିନ୍ଦନ୍ତୁ ନାହିଁ । ହାଇ ହିଲ ଜୋତା ମଧ୍ୟ

ଖୁବ୍ ଅନିଷ୍ଠକାରକ ।

ପ୍ରତିଦିନ ଅଳ୍ପ ବ୍ୟାୟାମ ଓ ଚଲାବୁଲା କରନ୍ତୁ । ଯଦି ବେଶି କଷ୍ଟ ହୁଏ ତେବେ ଏରୋବିକ୍ସ, ଜଗିଂଗ, ସାଇକେଲିଂ ବା ଓଜନ ଟେକିଲା ଭଳି ବ୍ୟାୟାମ କରନ୍ତୁ ନାହିଁ ।

- ଖାଦ୍ୟରେ ଭିଟାମିନ ସି ପ୍ରଚୁର ପରିମାଣରେ ହେବା ଆବଶ୍ୟକ । ଏହାଫଳରେ ଶିରା ପ୍ରଶିରା ଗୁଡ଼ିକ ସୁସ୍ଥ ଓ ମସୃଣ ରହିପାରିବେ ।

ଗର୍ଭଧାରଣ ସମୟରେ ଶିରାର ସର୍ଜରୀ ପାଇଁ ପରାମର୍ଶ ଦିଆଯାଏ ନାହିଁ । ପ୍ରସବ ଉତ୍ତାରେ ଏହା କରିବା ବାଂଛନୀୟ । ସାଧାରଣତଃ ଏହା ପ୍ରିସବରେ ଉଭେଇ ଯାଇଥାଏ ।

ପେଲ୍‌ଭିକ (ପିଚା) ଫୁଲିବା ଓ ଯନ୍ତ୍ରଣା ହେବା,

"ମୋ ପିଚାରେ ଯନ୍ତ୍ରଣା ହେବା ସଂଗକୁ ଫୁଲି ଯାଇଛି । ମୋର ଗୁପ୍ତେନ୍ଦ୍ରିୟରେ ମଧ୍ୟ କଷ୍ଟ ହେଉଛି । ଏସବୁ କାହିଁକି ଓ କିପରି ହେଉଛି ?"

ଜଂଘରେ ଭେରିକୋଜ ଭେନ୍ସ ଦେଖାଦେଇପାରେ ହେଲେ ଏହାର ପ୍ରଭାବ ସର୍ବଦା ରହେନାହିଁ । ଏହା ରେକ୍ଟମର ଆଖପାଖରେ ହେଇଥାଏ । ଏଠାରେ ଏହାକୁ "ହିମୋରାଇଡ୍ସ" ବୋଲି କୁହାଯାଏ । ବୋଧହୁଏ ଆପଣଙ୍କୁ ମଧ୍ୟ "ପେଲଭିକ କଞ୍ଜକ୍ସନ ସିଣ୍ଡ୍ରୋମ" ହେଇଗଲାଣି ।

ଏଥିରେ ପିଚା, ବା ପେଟରେ ଯନ୍ତ୍ରଣା ସାଂଗକୁ ଫୁଲିଥାଏ ମଧ୍ୟ । ଅନେକଥର ସହବାସ ପରେ ମଧ୍ୟ ଯନ୍ତ୍ରଣା ହେଇଥାଏ । ଭେରିକୋଜ ଭେନ୍ସର ସବୁତକ ଉପାୟ କଲାପରେ ମଧ୍ୟ ଡାକ୍ତରଙ୍କ ପରାମର୍ଶ ଅନିବାର୍ଯ୍ୟ ଓ ଏହାର ଚିକିତ୍ସା ପ୍ରସବ ପରେ ହିଁ ସମ୍ଭବ ହୁଏ ।

ବ୍ରଣ

"କିଶୋରାବସ୍ଥାରେ ଦେଖା ଦେଉଥିବା ବ୍ରଣ ଭଳି ମୋ ମୁହଁରେ ମଧ୍ୟ ବ୍ରଣ ହେଇଛି । କ'ଣ କରିବି ?"

ଗର୍ଭଧାରଣ ସମୟରେ ମୁଖମଣ୍ଡଳରେ ପ୍ରସ୍ଫୁଟିତ ହେଉଥିବା ରକ୍ତିମ ଆଭା ପ୍ରଫୁଲ୍ଲ ହେବାର ପରିଚାୟକ ନୁହଁ, ବରଂ ଏହା ହର୍ମୋନାଲ ପରିବର୍ତ୍ତନ ଯୋଗୁଁ ତୈଳ ଗ୍ରନ୍ଥୀରେ ସ୍ରାବ ଉତ୍ପନ୍ନ ହେବାର ଫଳାଫଳ ଅଟେ । କେତେକ ଗର୍ଭବତୀଙ୍କ ମୁହଁରେ ବ୍ରଣ ଦେଖାଯାଇଥାଏ । ନିମ୍ନ ପରାମର୍ଶ ବଳରେ ଆପଣ ଏହାକୁ ଆୟତ୍ତ କରିପାରିବେ ।

- ଇଷତ୍ କ୍ଲିଞ୍ଜର ବ୍ୟବହାର କରି ମୁହଁ ଧୁଅନ୍ତୁ । ଦିନକୁ ଦୁଇ ତିନି ଥର ଲଗାନ୍ତୁ ହେଲେ ବେଶି ଘଷନ୍ତୁ ନାହିଁ । ନଚେତ୍ ସମ୍ବେଦନଶୀଳ ଚର୍ମରେ ଆହୁରି ବ୍ରଣ ମାଡ଼ିଆସିବେ ।

- ବ୍ରଣ ପାଇଁ ଔଷଧ ଲଗେଇବା ପୂର୍ବରୁ ଡାକ୍ତରଙ୍କୁ ପରାମର୍ଶ କରନ୍ତୁ । କାରଣ ଏହା ହୁଏତ ନିରାପଦ ହୋଇନପାରେ ।

- ଶୁଷ୍କ ତ୍ୱଚା ସକାଶେ ତେଲ ନଥିବା ମଏଶ୍ଚରିଜର ବ୍ୟବହାର୍ଯ୍ୟ ହେଲେ ଅନେକ ଥର ବେଶି ଶୁଷ୍କ ତ୍ୱଚାରେ ମଧ୍ୟ ବ୍ରଣ ସୃଷ୍ଟି ହୋଇଥାଏ ।

- ଏଭଳି କସ୍ମେଟିକ୍ସ ବ୍ୟବହାର୍ଯ୍ୟ ଯାହା ଲୋମକୂପ ବା ଛିଦ୍ରକୁ ବନ୍ଦ ନକରୁ । ଏଥିରେ ନନ୍-କମେଡୋଜେନିକ ଲେଖାଥାଏ ।

- ମୁହଁକୁ ସ୍ପର୍ଶ କରୁଥିବା ପ୍ରତ୍ୟେକ ବସ୍ତୁ ସଫା ସୁତୁରା ହେବା ବିଧେୟ ।

- ନିଜର ବ୍ରଣକୁ ଫଟାନ୍ତୁ ନାହିଁ, ନଚେତ୍ ଇନ୍‌ଫେକ୍ସନ ହେବାର ଆଶଙ୍କା ଦେଖାଦେବ । ଗର୍ଭବେଳେ ବରଂ ବେଶି ଆଶଙ୍କା ଥାଏ । ପୁନଶ୍ଚ କଳାଦାଗ ମଧ୍ୟ ରହିଯାଏ ।

- ସୁଷମ ଓ ପୁଷ୍ଟିକର ଖାଦ୍ୟ ଖାଆନ୍ତୁ ।

- ପାଣି ପିଇବାରେ ଅବହେଳା କରନ୍ତୁ ନାହିଁ । ବେଶି ପାଣି ପିଇଲେ ଚର୍ମ ପରିଷ୍କାର ରହେ ।

ଶୁଷ୍କ ତ୍ୱଚା

"ମୋର ତ୍ୱଚା ଭାରି ଶୁଷ୍କ । କ'ଣ ଏହା ମଧ୍ୟ ଗର୍ଭଧାରଣ ଯୋଗୁଁ ହେଲାକି ?"

ଏହା ଆପଣଙ୍କ ହର୍ମୋନ୍ସଯୋଗୁଁ ହୁଏ ବୋଲି ଜାଣିରଖନ୍ତୁ । ଏହାକୁ ବଜାୟ ରଖିବା ପାଇଁ ତଳ ଲିଖିତ ଉପାୟମାନ ଅବଲମ୍ବନୀୟ:

-ଏଭଳି କ୍ଲିଞ୍ଜର ବ୍ୟବହାର୍ଯ୍ୟ ଯେଉଁଥିରେ ସାବୁନ ନଥିବ । ଏହାକୁ ଦିନକୁ ଥରେ ଓ ରାତିରେ ଶୋଇବା ପୂର୍ବରୁ ଲଗାନ୍ତୁ । ଏହାବ୍ୟତୀତ ପାଣିରେ ମୁହଁ ଧୁଅନ୍ତୁ ।

- ଇଡେ଼୍ ପାଣିଆ ମଏଶ୍ଚରାଇଜର ଦିନକୁ ଅନେକ ଥର ବ୍ୟବହାର୍ଯ୍ୟ ।

- କମ୍ ସମୟ ମଧ୍ୟରେ ସ୍ନାନ କରନ୍ତୁ । ବେଶି ଧୋଇଲେ ମଧ୍ୟ ଚର୍ମ ଶୁଷ୍କ ହୋଇଯାଏ । ପାଣି ବେଶି ଗରମ ନହୋଇ ବରଂ ଉଷୁମ ହେଲେ ଭଲ । ଗରମ ପାଣି ଦେହର ପ୍ରାକୃତିକ ତୈଳକୁ ଶୋଷି ଶୁଷ୍କ ନିସ୍ତେଜ କରିଦେଇଥାଏ ।

- ନିଜ ଟବ୍‌ରେ ଗନ୍ଧହୀନ ତେଲ ପକେଇ ସାବଧାନ ହେଇ ସ୍ନାନ କରନ୍ତୁ । ନଚେତ୍ ଗୋଡ଼ ଖସିଯିବାର ଆଶଙ୍କା ଅଛି ।

- ଦିନସାରା ପାଣି ପିଇ ଚର୍ବିଯୁକ୍ତ ଖାଦ୍ୟ ଖାଆନ୍ତୁ ।

- ଓମେଗା-୩ ଶିଶୁ ତଥା ଆପଣଙ୍କ ପାଇଁ ହିତକର ।

- ନିଜ କୋଠରିରେ ଆର୍ଦ୍ରତା ଥିବା ଅନୁଚିତ ।

-ଖରାରେ ବାହାରିବା ପୂର୍ବରୁ ସନସ୍କ୍ରିନ ଲଗାନ୍ତୁ ।

ଏକ୍‌ଜିମା

"ମତେ ପ୍ରାୟ ସବୁବେଳେ ଏକ୍‌ଜିମା ହେଇଥାଏ, ହେଲେ ଗର୍ଭଧାରଣ ସମୟରେ ଏହା ବେଶି ସାଂଘାତିକ ହେଇପଡ଼ିଛି । ବର୍ତ୍ତମାନ ମୁଁ କଣ କରିବି ?"

ଦୁର୍ଯୋଗକୁ ଗର୍ଭାବସ୍ଥାର ହର୍ମୋନ୍ସ ଏକ୍‌ଜିମାକୁ ଆହୁରି ପ୍ରବଳ କରିଦେଇଥାଏ । ଯେଉଁ ମହିଳାମାନେ ଏହାଦ୍ୱାରା ପୀଡ଼ିତ ହୋଇଥାନ୍ତି, ସେମାନଙ୍କ ପାଇଁ ଖୁବ୍ କଷ୍ଟ ସହ୍ୟ କରିବାକୁ ପଡ଼ିଥାଏ । ବରଂ ଅସହ୍ୟ ମନେହୁଏ । ଅନେକେ ପ୍ରକାର ଏକ୍‌ଜିମା ଆପେ ଆପେ କିଛି ମାସ ମଧ୍ୟରେ ଉଭେଇ ଯାଇଥାଏ । ବାସ୍ତବରେ ଏମାନେ ବଡ଼ ଭାଗ୍ୟବାନ କହିଲେ ଅତ୍ୟୁକ୍ତି ହେବ ନାହିଁ ।

ଅବଶ୍ୟ ଆପଣ ଚାହିଁଲେ କମ ମାତ୍ରାର ହାଇଡ୍ରୋକର୍ଟିସନ ଔଷଧ ଓ କ୍ରିମ ବ୍ୟବହାର କରିପାରନ୍ତି । ନିଜର ଚର୍ମରୋଗ ବିଶେଷଜ୍ଞଙ୍କୁ ପରାମର୍ଶ କରି ଏଣ୍ଟିହିଷ୍ଟେମାଇନ ସାହାଯ୍ୟରେ ମଧ୍ୟ ଆପଣ ଆରାମ ପାଇପାରିବେ । ହେଲେ ଡାକ୍ତରଙ୍କୁ ପଚାରି ବୁଝନ୍ତୁ । ହୁଏତ ସାଧାରଣ ଭାବରେ ବ୍ୟବହାର୍ଯ୍ୟ ଏଣ୍ଟିବାୟୋଟିକ୍ସ ଆପଣଙ୍କ କ୍ଷେତ୍ରରେ ନିରାପଦ ହେଇନପାରେ । ନୂତନ ନନ-ଷ୍ଟିରଏଲ୍‌ଡ ବସନ୍ତୁ ବ୍ୟବହାର ସକାଶେ ଅନୁମତି ଦିଆଯାଇ ନଥାଏ । କାରଣ ଏହାକୁ ଏପର୍ଯ୍ୟନ୍ତ ଗର୍ଭବେଳେ ପରୀକ୍ଷା କରାଯାଇ ନାହିଁ ।

ଯଦି ଆପଣ ଏକ୍‌ଜିମା ରୋଗରେ ପୀଡ଼ିତ, ଥାନ୍ତି, ତେବେ ଜାଣିଥିବେ ନିଶ୍ଚୟ ଚିକିତ୍ସା ଅପେକ୍ଷା ବାରଣ (ପ୍ରତିକାର) କରିବା ସବୁଠୁ ଭଲ ।

- କୁଣ୍ଡେଇ ହେଲେ ନଖ ବ୍ୟବହାର ନକରି ବରଂ ଥଣ୍ଡା ସେକ ଦେବା ଉଚିତ । ନଖ ବାଜିଲେ ହୁଏତ ସଂକ୍ରମଣ ହେଇପାରେ । ନିଜ ନଖ ନିୟମିତ କାଟି ଛୋଟ ରଖନ୍ତୁ, ଫଳରେ ଅଜାଣତରେ ବେଶି କୁଣ୍ଡେଇ ହେଲେ ନଖ ବାଜିବନି ।

- ଲୁଗା ଧୁଆ ପାଉଡ଼ର, କ୍ଲିନର, ସାବୁନ, ବନଲବାଥ, କସେଡ୍ମିଟିକ୍ସ, ପରଫ୍ୟୁମ, ଗହଣା, ମାଂସ ଓ ଫଳ ରସ ଠାରୁ ଦୂରେଇ ରହିଲେ ଭଲ ।

- ଓଦା ଚର୍ମ ଉପରେ ହିଁ ମଏଶ୍ଚରାଇଜର ଲଗାନ୍ତୁ । ଫଳରେ ଏହା ଶୁଖିବନି ଓ ଦାଗ ମଧ୍ୟ ପଡ଼ିବନି ।

- ବେଶି ସମୟ ଧରି ପାଣିରେ ବୁଡ଼ି ରହନ୍ତୁ ନାହିଁ । ବିଶେଷକରି ଗରମ ବା ଉଷୁମ ପାଣିରେ ।

- ଝାଳ ନହେଲେ ଭଲ । ଅବଶ୍ୟ ଗର୍ଭବତୀ ସ୍ତ୍ରୀ ମାନଙ୍କ ଦେହରୁ ବେଶି ଝାଳ ନିର୍ଗତ ହୁଏ । ହାଲୁକା କଟନ୍ ଲୁଗା ବ୍ୟବହାର୍ଯ୍ୟ । ସିନ୍ଥେଟିକ ଲୁଗା ଅବ୍ୟବହାର୍ଯ୍ୟ ।

- ମାନସିକ ଚାପରୁ ଦୂରେଇ ରୁହନ୍ତୁ । ଏଭଳି ପରିସ୍ଥିତି ଦେଖାଦେଲେ ଆସ୍ତେ ଆସ୍ତେ ଶ୍ୱାସକ୍ରିୟା କରନ୍ତୁ ।

ଅବଶ୍ୟ ଏହା ବଂଶଗତ ଲକ୍ଷଣ ଅଟେ । ଯଦି ଆପଣଙ୍କୁ ଏକ୍‌ଜିମା ହୋଇଥାଏ, ତେବେ ଛୁଆକୁ ମଧ୍ୟ ହୋଇପାରେ । ହେଲେ ସ୍ତନ୍ୟପାନ କରୁଥିବା ଶିଶୁମାନଙ୍କଠାରେ ଏହାର ଆଶଙ୍କା କମି କମିଯାଏ । ଏଣୁ ଛୁଆକୁ କ୍ଷୀର ଖୁଏଇବା ମାର ପ୍ରଥମ କର୍ତ୍ତବ୍ୟ । ଏହା ଶିଶୁ ପାଇଁ ହିତକର ମଧ୍ୟ ।

ପେଟ ବଢ଼ିବା ଓ କମିବା

"ବଡ଼ ଅଦ୍ଭୁତ କଥା, ଦିନେ ମୋ ପେଟ ପଢ଼ିଲା ପରି ଦିଶୁଥିଲାବେଳେ ତା'ପର ଦିନ କମିଯାଇଛି । ଏସବୁ କ'ଣ ଓ କାହିଁକି ହେଉଛି ?"

ଏସବୁ କୋଷ୍ଠକାଠିନ୍ୟ ଓ ଗ୍ୟାସର ପରାକ୍ରମ । ଏଣୁକରି ଫୁଲି ଉଠିଥିବା ପେଟଣା କମିବାରେ ବା ସମାନ ହେବାକୁ ସମୟ ଲାଗୁନି । ଯେତେ ଶୀଘ୍ର ପେଟ ଫୁଲେ, ସେତେ ଶୀଘ୍ର ଏହା କମିଯାଏ ମଧ୍ୟ । ହେଲେ ବ୍ୟତିବ୍ୟସ୍ତ ହୁଅନ୍ତୁ ନାହିଁ । ଖୁବ୍ ଶୀଘ୍ର ଆପଣଙ୍କ ପେଟ ବଢ଼ିବା ଆରମ୍ଭ ହେଇଯିବ ଓ ଏହା ସହଜରେ କମିଯିବ ନାହିଁ ଓ କଅଁଳ ଶିଶୁ ଆରାମରେ ରହିବ ।

ଦେହ ଯଷ୍ଟି

"ଶିଶୁର ଜନ୍ମ ପରେ କ'ଣ ମୋର ଦେହ ଯଷ୍ଟି ଅର୍ଥାତ୍ ଫିଗର୍ ପୂର୍ବପରି ହେଇଯିବ ତ ?"

ଏହା ଆପଣଙ୍କ ଉପରେ ନିର୍ଭର କରେ । ସାଧାରଣତଃ ପ୍ରତ୍ୟେକ ମହିଳାମାନଙ୍କର ଓଜନ ପ୍ରାୟ ୨ ରୁ ୪ ପାଉଣ୍ଡ ପର୍ଯ୍ୟନ୍ତ ବଢ଼ିଯାଇଥାଏ । ଆଉ ପ୍ରସବ ପରେ ପୁଣି କମିଯାଇଥାଏ । ଯଦି ଆପଣ ଠିକ୍ ମାତ୍ରାରେ ସଠିକ୍ ଖାଦ୍ୟ ଗ୍ରହଣ କରୁଥାନ୍ତି, ତେବେ ହୁଏତ ପ୍ରସବ ପରେ ଆପଣଙ୍କ ଦେହ ଅବିକଳ ପୂର୍ବପରି ହେଇପଯାଇପାରେ । ଯଦି ଆପଣ ଶିଶୁର ଜନ୍ମ ପରେ ଖାଦ୍ୟ ଓ ବ୍ୟାୟାମ ବଜାୟ ରଖନ୍ତି ତେବେ ଅନ୍ୟୂନ ଛ ମାସ ମଧ୍ୟରେ ପୂର୍ବ ରୂପ ଫେରି ପାଇବେ ।

ଗର୍ଭଧାରଣ ସମୟରେ ଓଜନ ବୃଦ୍ଧି କଥା ଆଦୌ ଚିନ୍ତା କରନ୍ତୁ ନାହିଁ; କାରଣ ଆପଣଙ୍କ ଗର୍ଭସ୍ଥ ଶିଶୁର ପୋଷଣ ଓ ଜନ୍ମ ପରେ ଏହାର କ୍ଷୀର ପାନ ସକାଶେ ଏହା ଏକାନ୍ତ ଅପରିହାର୍ଯ୍ୟ ।

ନାଭିଚ୍ଛେଦନ

ବାଃ, ଚମତ୍କାର ! ସୁନ୍ଦର ନାଭିଦେଶକୁ ପ୍ରଦର୍ଶନ କରିବାର ଏହାଠୁ ଅପୂର୍ବ ସୁଯୋଗ ଆଉ କଣ ହେଇପାରେ । ହେଲେ, ପେଟଟା ବଢ଼ିଗଲେ ! ତା'ହେଲେ କଣ ଆପଣଙ୍କୁବେଲିରିକା କାଢ଼ି ଦେବାକୁ ପଡ଼ିବ କି ? ଅବଶ୍ୟ ଏହା ଫୁଲିଥିବା କିମ୍ବା ସଂକ୍ରମିତ ହୋଇଥିବା ଅନୁଚିତ । ଏହା ହିଁ ସେହି ଜାଗା, ଜନ୍ମବେଳେ ମା ଗର୍ଭ ସହ ଜଡ଼ିତ ଥିଲେ ଆପଣ । ନିଜ ନାଭି ଓ ନିଜ ଛୁଆ ମଧ୍ୟରେ ଆବଶ୍ୟ ବର୍ତ୍ତମାନ, କୌଣସି ସମ୍ପର୍କ ନାହିଁ, କହିଲେ ଚଳେ । ଏଣୁ ନାଭିଚ୍ଛେଦନ କଲେ ଶିଶୁ ଉପରେ କୌଣସି କୁପ୍ରଭାବ ପଡ଼ିନପାରେ । ତାର ଜନ୍ମ କିମ୍ବା ଅପରେସନ ନେଲା ସମୟରେ ମଧ୍ୟ ଅସୁବିଧା ହେବ ନାହିଁ ।

ହେଲେ ଆପଣଙ୍କ ପେଟ ବଢ଼ିଗଲେ ଉକ୍ତ ବେଲିରଂଗ ଲୁଗାରେ ଛନ୍ଦି ହୋଇପାରେ ବା ପେଟରେ ଫୋଡ଼ି ହୋଇଯାଇପାରେ । ଯଦି ଆପଣ ଏହାକୁ ଓହ୍ଲେଇବାକୁ ଚାହୁଁଥାନ୍ତି, ତେବେ ମଝିରେ ମଝିରେ ଏହାକୁ ଛିଦ୍ରରେ ବୁଲେଇ ପକଉଥିବେ । ନଚେତ୍ ବନ୍ଦ ହେଇଯାଇପାରେ । ହେଲେ ପିନ୍ଧିବାକୁ ଚାହୁଁଥିଲେ ଟେଫ୍‌ଲନ ନିର୍ମିତ ରିଙ୍ଗ ପିନ୍ଧିବା ସୁବିଧାଜନକ ।

ଗର୍ଭବେଳେ ନାଭିଚ୍ଛେଦନ କରିବାକୁ ଚାହୁଁଥିଲେ ପ୍ରସବ ପର୍ଯ୍ୟନ୍ତ ଅପେକ୍ଷା କରନ୍ତୁ । କାରଣ ଏହାଫଳରେ ସଂକ୍ରମଣର ଆଶଙ୍କା ଅଧିକ ଥାଏ ।

ଗର୍ଭାଶୟର ଆକାର

"ପରୀକ୍ଷା କଲାବେଳେ ଧାଈ କହୁଥିଲେ ଯେ ମୋ ଗର୍ଭାଶୟର ଆକାର କିଞ୍ଚିତ ଛୋଟ ଅଛି । ତା'ହେଲେ କଣ ଶିଶୁର ଗଠନ ଓ ବିକାଶ ଠିକ୍ ଭାବରେ ହେଇପାରୁନାହିଁ କି ?"

ବାପା-ମା'ମାନେ ସାଧାରଣତଃ ଗର୍ଭସ୍ଥ ଶିଶୁର ଓଜନକୁ ନେଇ ବେଶି ବ୍ୟତିବ୍ୟସ୍ତ ହେଉଥାନ୍ତି । ହେଲେ ଏଥିରେ ବ୍ୟସ୍ତ ହେବାର କିଛି ନାହିଁ । ପଦାରୁ ଆପଣଙ୍କ ଗର୍ଭାଶୟର ଆକାରକୁ ମାପି ବୈଜ୍ଞାନିକ କୌଶଳ ସହାୟତାରେ କିଛି କରାଯାଇ ନପାରେ ।ହୁଏତ ଆପଣଙ୍କର ଧାଈ ଅଲଟ୍ରାସାଉଣ୍ଡ

କରିବାକୁ ଚାହୁଁଥିବେ, କାରଣ ଏହା ନହେଲେ କିଛି କରିହେବନି । ଏହାରି ବଳରେ ଗର୍ଭାଶୟର ଆକାର ଓ ପ୍ରସବର ସମ୍ଭାବିତ ତିଥି କଥା ଜଣାପଡ଼ିବ ।

ବୃହଦାକାର ଗର୍ଭାଶୟ

"ମତେ କୁହାଯାଉଛି ଯେ, ମୋ ଗର୍ଭର ଆକାର ଦଶ ସପ୍ତାହ ସଙ୍ଗେ ସମାନ ହେବ ଅଥଚ ଋତୁ ଚକ୍ର ହିସାବରେ ମୋର ଗର୍ଭଧାରଣ ଆଠ ସପ୍ତାହ ହେବ । ହେଲେ, ମୋ ଗର୍ଭାଶୟର ଆକାର ଏତେ ବୃହତ୍ କାହିଁକି ?"

ଏହା ମଧ୍ୟ ସମ୍ଭବ ଯେ, ଆପଣ ଗଣନା କଲାବେଳେ ହୁଏତ, ଭୁଲ୍ କରିଦେଇ ପାରିଥାନ୍ତି, ସଠିକ ତିଥି ମନେ ନ ଥାଇପାରେ । ହୁଏତ ପେଟରେ ଯାଆଁଳା ଶିଶୁ ମଧ୍ୟ ଥାଇପାରନ୍ତି । ଅବଶ୍ୟ ଏହା ଏତେ ଶୀଘ୍ର ପ୍ରମାଣ କରାଯାଇ ନପାରେ । ହେଲେ ଡାକ୍ତର ଆପଣଙ୍କୁ ଅଲଟ୍ରାସାଉଣ୍ଡ ସକାଶେ ପରାମର୍ଶ ଦେବେ । ଏହା ପରେ ହିଁ ବାସ୍ତବତା କ'ଣ ଜଣାପଡ଼ିବ ।

ପରିସ୍ରା କଲାବେଳେ ଯନ୍ତ୍ରଣା

"ଗତ କେଇଦିନ ମଧ୍ୟରେ ପରିସ୍ରା କଲାବେଳେ ମୋତେ ଯନ୍ତ୍ରଣା ଅନୁଭୂତ ହେଉଛି । ପରିସ୍ରା ଭର୍ତ୍ତି ହେଇ ଥିବା ସତ୍ତ୍ୱେ ମଧ୍ୟେ ମୁଁ ଠିକ୍ ଭାବରେ ପରିସ୍ରା କରିପାରୁନାହିଁ ।

ହୁଏତ ଆପଣଙ୍କର ଗର୍ଭାଶୟ ଆଗକୁ ନଯାଇ ପଛକୁ ନଇଁ ପଡ଼ିଥିବ । ପାଞ୍ଚ ଜଣ ମଧ୍ୟରୁ ଜଣେ ଗର୍ଭବତୀ ସ୍ତ୍ରୀଙ୍କ କ୍ଷେତ୍ରରେ ଏହି ସମସ୍ୟା ଦେଖା ଦେଇଥାଏ । ଏହା ବ୍ଲାଡର ପାଖ ଦେଇ ଆସୁଥିବା ଟ୍ୟୁବ୍ ୟୁରେଥ୍ରା ଉପରେ ଚାପ ପକେଇଥାଏ । ଯଦ୍ୱାରା ପରିସ୍ରା କରିବାରେ କଷ୍ଟ ହୁଏ । ପରିସ୍ରାଥଳୀ ବେଶି ଭର୍ତ୍ତି ହେଇଗଲେ "ବାଥରୁଚିଲିକ୍" ମଧ୍ୟ ହୋଇଥାଏ ।

ସବୁ କ୍ଷେତ୍ରରେ ପ୍ରାୟେ କୌଣସି ଡାକ୍ତରୀ ହସ୍ତକ୍ଷେପ ନହୋଇ ମଧ୍ୟ ଗର୍ଭାଶୟଟା ପ୍ରଥମ ତିନିମାସର ଶେଷ ଆଡ଼କୁ ନିଜର ସଠିକ୍ ସ୍ଥିତିକୁ ଆସିଯାଇଥାଏ । ତଥାପି ଯଦି ବେଶି କିଛି ଅସୁବିଧା ମନେହୁଏ, ତେବେ ଡାକ୍ତରଙ୍କୁ ପରାମର୍ଶ କରନ୍ତୁ । ହୁଏତ ସେ ହାତ ଲଗେଇ ଗର୍ଭାଶୟକୁ ଠିକ୍ ସ୍ଥାନରେ ସ୍ଥାପିତ କରିବାକୁ ଚେଷ୍ଟା କରିବେ, ଯଦ୍ୱାରା ୟୁରେଥ୍ରା ଉପରେ ଚାପ ପଡ଼ିବ ନାହିଁ । ଅବଶ୍ୟ ଏହି ଉପାୟରେ ସୁଫଳ ମିଳେ, ନଚେତ କେପଟରାଇଜେସନ (ଟ୍ୟୁବରୁ ପରିସ୍ରା ନିର୍ଗତ) ଆବଶ୍ୟକ ହୋଇପଡ଼େ ।

ଏହା ମଧ୍ୟ ସମ୍ଭବ ଯେ ପରିସ୍ରା ପଥରେ ସଂକ୍ରମଣ ଯୋଗୁଁ ଯନ୍ତ୍ରଣା ଅନୁଭୂତ ହୋଇଥାଏ ।

ମନ ପରିବର୍ତ୍ତନ

"ଏକଥା ମୁଁ ଭଲଭାବରେ ଜାଣେ ଯେ, ଗର୍ଭଧାରଣ ସମୟରେ ସର୍ବଦା ପ୍ରଫୁଲ୍ଲ ରହିବା ଉଚିତ । ଆଉ ମୁଁ ବେଳେ ବେଳେ ପ୍ରସନ୍ନ ଚିତ୍ତ ରହିଥାଏ ମଧ୍ୟ । ହେଲେ, ବେଳେ ବେଳେ ମନଦୁଃଖ କରି କାନ୍ଦିବାକୁ ଇଚ୍ଛା କରେ, କାହିଁକି ?"

ସୁଖ ଦୁଃଖ, ଭଲ ମନ୍ଦ ତ ଲାଗି ରହିଥାଏ । ଗର୍ଭଧାରଣ ବେଳେ ଏହା ଆହୁରି ତୀବ୍ରତର ହୋଇଥାଏ । କେତେବେଳେ ଜହ୍ନରେ ବିଚରଣ କରୁଥିବେ ତ ଆଉ କେତେବେଳେ ବୀମା ଟଙ୍କା ପାଇବାକୁ କାନ୍ଦୁଥିବେ । ଏଥିପାଇଁ କଣ ସତରେ ହର୍ମୋନ ଦାୟୀ ? ପ୍ରଥମ ତିନିମାସରେ ହର୍ମୋନର ପ୍ରଭାବ ଯୋଗୁଁ ଏପରି ସମସ୍ୟା ଦେଖାଯିବ ସାଧାରଣ କଥା । ଯେଉଁ ମହିଳାମାନେ ସାଧାରଣତଃ ଦୁଃଖସୁଖ, ହସକାନ୍ଦ ଦେଇ ଗତି କରିଥାନ୍ତି, ତାଙ୍କ ପାଇଁ ଗର୍ଭବେଳେ ଏହା ଏକ ସାଧାରଣ ଘଟଣା । ଯେକୌଣସି ଶାରୀରିକ ଭାବାତ୍ମକ ବା ମାନସିକ ପରିବର୍ତ୍ତନ ଆପଣଙ୍କର ମନକୁ ପରିବର୍ତ୍ତନ କରିଦେଇପାରେ ।

ଅବଶ୍ୟ ପ୍ରଥମ ତିନିମାସ ପରେ ଏହା ଶିଥିଳ ପଡ଼ିଯାଏ । ଆପଣ ଗର୍ଭବେଳର ସେସବୁ ପରିବର୍ତ୍ତନକୁ ନେଇ ଅଭ୍ୟସ୍ତ ହୋଇଥାନ୍ତି । ଅବଶ୍ୟ ଆମେ ସେସବୁ ଜିନିଷରୁ ପୂରାପୂରି ବର୍ତ୍ତିପାରିବା ନାହିଁ । ହେଲେ ସେଥିପାଇଁ ଉପାୟ ଖୋଜି ଯତ୍ନବାନ ତ ହେଇପାରିବା !

- ନିଜ ବ୍ଲଡ ସୁଗାରରେ ସ୍ତର ଉଚ୍ଚ ରଖନ୍ତୁ । ମନ ପରିବର୍ତ୍ତନ ସହ ଏହାର କି ସମ୍ପର୍କ ? ଖୁବ୍ ଭଲ । ବ୍ଲଡ ସୁଗର ହ୍ରାସ ପାଇଲେ ମନ ପରିବର୍ତ୍ତନ ହୁଏ । ତିନିଥର ବେଶି ନଖାଇ ଛଥର ଖାଦ୍ୟ ଖାଇ ସେଥିରେ କମ୍ପ୍ଲେକ୍ସ କର୍ବୋ ଓ ପ୍ରୋଟିନ ସାମିଲ କରନ୍ତୁ । ବ୍ଲଡ ସୁଗରର ସ୍ତର ଉପରକୁ ଥିଲେ ମନ ଭଲ ଥିବ ।

- ଚିନି ଓ କେଫିନର ପରିମାଣ ହ୍ରାସ କରନ୍ତୁ । ଏଗୁଡ଼ିକୁ ଖାଇଲା ମାତ୍ରେ ବ୍ଲଡ ଗୁଗାରର ସ୍ତର ଯେତେ ଶୀଘ୍ର ବୃଦ୍ଧି ପାଇଥାଏ, ସେତେ ଶୀଘ୍ର ତଳକୁ ମଧ୍ୟ ଖସିଯାଏ । ଏଣୁ ସ୍ୱଳ୍ପ ମାତ୍ରାରେ ଏଗୁଡ଼ିକୁ ଖାଇବା କଥା ।

- ନିଜର ଗର୍ଭଧାରଣ ଖାଦ୍ୟ ଯୋଜନକୁ ସଠିକ ଭାବରେ ପାଳନ କରନ୍ତୁ । ଖାଦ୍ୟରେ ଓମେଗା-୩ ଫେଟିଏସିଡ ମିଶେଇ ଖାଆନ୍ତୁ; ଅଖରୋଟ, ଅଣ୍ଡା, ମାଛ ଇତ୍ୟାଦି ଖାଇଲେ ମନ ଭଲ ରହେ ଓ ଶିଶୁର ମସ୍ତିଷ୍କ ଉନ୍ନତ ଓ ବିକଶିତ ହୁଏ ।

- ବ୍ୟାୟାମ କଲେ ଏଡରଫିନ୍‌ରସ ନିର୍ଗତ ହୁଏ । ନିଜ ଡାକ୍ତରଙ୍କ ପରାମର୍ଶ କ୍ରମେ ନିୟମିତ ବ୍ୟାୟାମ କରି ସୁସ୍ଥ ମନକୁ ପ୍ରଫୁଲ୍ଲ ରଖନ୍ତୁ ।

-ସ୍ୱଳ୍ପ ରୋମାଣ୍ଟିକ ହୋଇପଡ଼ନ୍ତୁ । ସହବାସ ନହେଲେ ମଧ୍ୟ ସ୍ୱାମୀ-ସ୍ତ୍ରୀ ଉଭୟେ ହାତ ଧରାଧରି ହୋଇ ସୋଫାରେ ବସିପଡନ୍ତୁ । ଅତୀତର ସ୍ମୃତି ମନେପକେଇ ଆଲିଙ୍ଗନ ଓ ଚୁମ୍ବନ ଦିଆନିଆ କରି ମନକୁ ପ୍ରସନ୍ନାତୀତ କରାଯାଇପାରେ । ଉଭୟେ ଅନ୍ତରଙ୍ଗ ଆଳାପ କରି ମୁଡ୍ ଫ୍ରେସ କରିପାରିବେ ।

- ନିଜ ଜୀବନରେ ଆଲୁଅର ଗୁରୁତ୍ୱ ଖୁବ୍ ବେଶି । ସର୍ଭେରୁ ଜଣାପଡ଼ିଛି ଯେ ସୂର୍ଯ୍ୟାଲୋକ ବଳରେ ମନ ପରିବର୍ତ୍ତନ ହେଇପାରେ, ହେଲେ ଏହା ପୂର୍ବରୁ ସନସ୍କ୍ରିନ ଲଗେଇବାକୁ ଭୁଲନ୍ତୁ ନାହିଁ ।

- ଗର୍ଭଧାରଣ ସମୟରେ ଚିନ୍ତା, ମାନସିକ ଚାପ, ଦୁଃଖ କଷ୍ଟ, ଅସୁବିଧା, ଅସୁରକ୍ଷା ଇତ୍ୟାଦି ଦେଖାଦେବା ସ୍ୱାଭାବିକ ଘଟଣା । ଏଭଳି କିଛି ସମସ୍ୟା ଉତ୍ପନ୍ନ ହେଲେ କଥୋପକଥନ କରି ମନ ପରିବର୍ତ୍ତନ କରାଯାଇପାରେ ।

- ବିଶ୍ରାମ କରନ୍ତୁ । କ୍ଲାନ୍ତି ଯୋଗୁଁ ଅବଶ୍ୟ ମନ ପରିବର୍ତ୍ତନ ହେବା ସାଧାରଣ କଥା । ଯଥେଷ୍ଟ ଶୋଇବା ଉଚିତ । ଆବଶ୍ୟକରୁ ବେଶି ନୁହଁ । ନଚେତ୍ କ୍ଲାନ୍ତି ଓ ଭାବାତ୍ମକ ଅସୁରକ୍ଷା ଭାବ ବଢ଼ିଯାଇପାରେ ।

- ଆରାମରେ ରୁହନ୍ତୁ । ମାନସିକ ଚାପ ମଣିଷକୁ ଝଂକୃତ କରି ଅଳସୁଆ କରିଦିଏ । ଏହାକୁ ଦୂରେଇବା ପାଇଁ ଚେଷ୍ଟା କରନ୍ତୁ ।

- ଆପଣଙ୍କ ଜୀବନରେ ଏଭଳି ଏକ ବ୍ୟକ୍ତି ଅଛି, ଯିଏ ଆପଣଙ୍କ ଏପରି ବ୍ୟବହାରରେ ହୁଏତ ଆହତ ମଧ୍ୟ ହୋଇପାରେ । ସିଏ ହେଉଛନ୍ତି ଆପଣଙ୍କ ଜୀବନସାଥୀ; ସିଏ ନିଜେ ଏକଥା ବୁଝିବାକୁ ହେବ ଯେ, ଆପଣ ଏଭଳି ଭାବରେ କାହିଁକି ବ୍ୟବହାର ଦେଉଛନ୍ତି । ସେ ବୁଝିପାରିଲେ ଆପଣଙ୍କୁ ସାହାଯ୍ୟ କରିବେ । ତାଙ୍କୁ ନିଜ ଇଚ୍ଛା ଓ ମନ କଥା ଖୋଲି କୁହନ୍ତୁ । କଣ ଚାହାନ୍ତି ନାହିଁ ଏକଥା ମଧ୍ୟ କୁହନ୍ତୁ । କେଉଁ କଥା ଭଲ ଲାଗେ ନାହିଁ ଓ କେଉଁ କଥା ଭଲ ଲାଗେ । ମନ କଥା ସ୍ପଷ୍ଟ କରି କୁହନ୍ତୁ; ଯଦ୍ୱାରା ଭୁଲ୍ ବୁଝାମଣା ନରହୁ ।

ଅବସାଦ (ଡିପ୍ରେସନ)

"ମୁଁ ଗର୍ଭଧାରଣ ସମୟରେ ମନ ପରିବର୍ତ୍ତନ କଥା ଜାଣିଥିଲି, ହେଲେ ମୁଁ ଯେ ଡିପ୍ରେସନ ବା ଅବସାଦଗ୍ରସ୍ତ ଏକଥା ଏବେ ଜଣାପଡ଼ିଲା ।"

- ପ୍ରତ୍ୟେକ ଗର୍ଭବତୀ ସ୍ତ୍ରୀର (ମୁଡ୍) ମନରେ ପରିବର୍ତ୍ତନ ଦେଖାଦେଇଥାଏ । ହେଲେ, ଯଦି ଆପଣ ଲଗାଲଗି ଭାବରେ ଗଭୀର ନିରାଶାର ଶିକାର ହୁଅନ୍ତି, ତେବେ ୧୦ ରୁ ୧୫ ପ୍ରତିଶତ ମହିଳାମାନଙ୍କ ମଧ୍ୟରେ ଆପଣ ଅନ୍ୟତମ । ଏମାନେ ଗର୍ଭବେଳେ ପ୍ରାୟ ଡିପ୍ରେସନର ଶିକାର

ହେଇଯାନ୍ତି । ନିମ୍ନ ଲିଖିତ କାରଣ ଯୋଗୁଁ ଭାବୀ ମା'ମାନେ ଅବସାଦଗ୍ରସ୍ତ ହୋଇଥାନ୍ତି-

- ମନ ପରିବର୍ତ୍ତନର ବ୍ୟକ୍ତିଗତ କିମ୍ବା ପାରିବାରିକ ଇତିହାସ

- ଆର୍ଥିକ କିମ୍ବା ଘରୋଇ ଚାପ

- ଛୁଆର ବାପାଙ୍କ ତରଫରୁ ଭାବାତ୍ମକ ସହାୟତା ଓ ସିମ୍ପ୍ରେଷଣରେ ଆଳୁ ଦୋଷ

- ଗର୍ଭଧାରଣର ବିଷମତା ଯୋଗୁଁ ଡାକ୍ତରଖାନାରେ ଏଡ଼ମିଟ ହେବା କିମ୍ବା ବିଛଣାରେ ପଡ଼ିରହିବା

- ମନେକର କୌଣସି ସ୍ତ୍ରୀ କ୍ରନିକ ରୋଗୀ ହୋଇଥାଏ, ତାହେଲେ ନିଜ ସ୍ୱାସ୍ଥ୍ୟ ପ୍ରତି ଚିନ୍ତା କିମ୍ବା ପୂର୍ବ ଗର୍ଭ ସମୟରେ ଦେଖାଦେଇଥିବା ସାଂଘାତିକ ଅବସ୍ଥା କିମ୍ବା କୌଣସି ରୋଗ

- ମନେକର ଗର୍ଭପାତ, ଜନ୍ମଗତ ବିକୃତି ବା ବିକଳାଙ୍ଗ କିମ୍ବା ଅନ୍ୟାନ୍ୟ ସମସ୍ୟାର ବ୍ୟକ୍ତିଗତ କିମ୍ବା ପାରିବାରିକ ଇତିହାସ ଥିଲେ, ନିଜ ଶିଶୁ କଥା ଭାଳି ବସିବା । ଉଦ୍‌ବେଗ, ଏକାକୀପଣ, ଭାବପ୍ରବଣତା, ନିଦ୍ରାହୀନତା ବା ନିଦ୍ରାଧିକ୍ୟ, ଖାଦ୍ୟପେୟର ଅଭ୍ୟାସ ପରିବର୍ତ୍ତନ, ଦୀର୍ଘ କ୍ଲାନ୍ତି, କାମ, ଖେଳାଖେଳି ଓ ଅନ୍ୟାନ୍ୟ କ୍ରିୟାକଳାପରେ ଅନାଗ୍ରହ ପ୍ରକାଶ, ଏକାଗ୍ରତା ନଥିବା, ମନ ପରିବର୍ତ୍ତନ, ନିଜେ ନିଜକୁ ଆଘାତ କରିବା, ଦୈହିକ କଷ୍ଟ ଅନୁଭୂତ ହେବା ଭଳି ଅବସାଦର ଲକ୍ଷଣ, ଆପଣ ମଧ୍ୟ ଏଥିରେ ଅନ୍ତର୍ଭୁକ୍ତ ଥିବଲେ ଆମେ ଦେଇଥିବା ପରାମର୍ଶ ଗ୍ରହଣ କରନ୍ତୁ ।

ଯଦି ଉକ୍ତ ଲକ୍ଷଣ ଦୁଇ ସପ୍ତାହ ଧରି ରହେ ତେବେ ଡାକ୍ତରଙ୍କୁ ସବୁ କଥା କୁହନ୍ତୁ । ହୁଏତ ସେ ଥାଇରାଇଡ ପରୀକ୍ଷା ସକାଶେ କହିପାରନ୍ତି । କାରଣ ଡିପ୍ରେସନ ବର୍ଦ୍ଧିଲାବେଳେ ସାଇକ୍ରୋଥେରେପି ପ୍ରୟୋଗ କରାଯାଇ ପାରିବ । ସଠିକ କୌଶଳ ପ୍ରୟୋଗ ଏକାନ୍ତ ଅପରିହାର୍ଯ୍ୟ । ଡିପ୍ରେସନ ଯୋଗୁଁ ନିଜ ତଥା ଶିଶୁର ଯତ୍ନ ନେବା ସମ୍ଭବ ନୁହଁ । ଫଳରେ ବିଷମ ପରିସ୍ଥିତି ଜନ୍ମିବ । ଏହା ସ୍ୱାସ୍ଥ୍ୟ ପକ୍ଷରେ ଅହିତକର । ଡାକ୍ତର ବା ଥେରେପିଷ୍ଟ ହିଁ ଏକଥା ସ୍ଥିର କରିବେ ଯେ ଏଣ୍ଟିଡିପ୍ରେସନ ଔଷଧ ଦିଆଯିବ ନା ନାହିଁ । ଫଳରେ କଣ କଣ ଲାଭ କ୍ଷତି ହେବ ।

ଯେକୌଣସି ବିକଳ୍ପ ଚିକିତ୍ସା ଗ୍ରହଣ ପୂର୍ବରୁ ଡାକ୍ତରଙ୍କ ପରାମର୍ଶ ନେବା ଉଚିତ । ଓମେଗା କିମ୍ବା ଓମେଗା-୩ ଫେଟିଏସିଡ ମଧ୍ୟ ଡାକ୍ତରଙ୍କ ଅନୁସାରେ ଖାଇପାରିବେ । ଗର୍ଭ ବେଳର ଅବସାଦ ଛୁଆ ଜନ୍ମ ପରେ ମଧ୍ୟ ରହିଥାଏ । ଏଣୁ ଏହାକୁ ଯେତେଦୂର ସମ୍ଭବ ଦୂରେଇ ଦେବା ହିଁ ଶ୍ରେୟସ୍କର । ଏଣୁ ଡାକ୍ତରଙ୍କୁ ପଚାରନ୍ତୁ ।

ଆଶଙ୍କା ଓ ଭୟାକ୍ରାନ୍ତର ଲକ୍ଷଣ

ପ୍ରଥମ ଥର ପାଇଁ ଗର୍ଭଧାରଣ କରୁଥିବା ଯେକୌଣସି ଗର୍ଭବତୀ ମହିଳା ପାଇଁ ଏହା ଏକ ଚିନ୍ତା ଓ ଆଶଙ୍କାର କାରଣ ହୋଇପାରେ, ହେଲେ ଏହି ଚିନ୍ତା ଯଦି ଭୟରେ ପରିଣତ ହୋଇଯାଏ, ତେବେ ?

ଯଦି ଆଗରୁ ଏଭଳି ଆଶଙ୍କା ଓ ଭୟାକ୍ରାନ୍ତ ହେବୋର ଲକ୍ଷଣ ଥାଏ, ତେବେ ବିଶେଷ ଭାବରେ ଦୃଷ୍ଟି ଦେବାକୁ ହେବ । ଭୟ କଲେ ହୃଦ୍‌ସ୍ପନ୍ଦନ ବୃଦ୍ଧି ପାଇ ଝାଳ ନିର୍ଗତ ହୋଇଥାଏ । ହାତ-ପାଦ ଥରି ଶ୍ୱାସକ୍ରିୟାରେ କଷ୍ଟ ଅନୁଭୂତ ହୁଏ, ତଣ୍ଟି ଶୁଖି ଛାତିରେ ଯନ୍ତ୍ରଣା ଅନୁଭୂତ ହୋଇଥାଏ । ପେଟ ଗୋଳମାଳ, ହଟ ଫ୍ଲେସ ବା ଚିଲ୍‌ଫ୍ଲେସ ଦେଖାଦେଇଥାଏ । ହେଲେ ଶିଶୁ ଉପରେ ଏହାର କୌଣସି ପ୍ରଭାବ ପଡେନାହିଁ ।

ଏଭଳି କିଛି ଲକ୍ଷଣ ଦେଖାଦେଲେ, ନିଜ ଡାକ୍ତରଙ୍କୁ ପରାମର୍ଶ କରନ୍ତୁ । ଏହାଫଳରେ ଖାଦ୍ୟପେୟ ଓ ଶୋଇବା ବସିବାରେ ଅସୁବିଧା ହେଉଥିଲେ ଡାକ୍ତର ଥେରେପିଷ୍ଟଙ୍କ ସହାୟତାରେ ସାମାନ୍ୟ ଔଷଧ ମଧ୍ୟ ଦେଇପାରନ୍ତି ।

ଔଷଧ ସାଂଗକୁ ଅନ୍ୟାନ୍ୟ ଚିକିତ୍ସା ପଦ୍ଧତି ମଧ୍ୟ ଗ୍ରହଣ କରାଯାଇପାରେ । ଖାଦ୍ୟରେ ଓମେଗୋ-୩ ଫେଟି ଏସିଡ ମିଶାଇ ଚିନି ଓ କେଫିନଠାରୁ ଦୂରେଇ ରୁହନ୍ତୁ । ତଥା ନିୟମିତ ବ୍ୟାୟାମ କରନ୍ତୁ । ଧ୍ୟାନ, ଯୋଗ ମଧ୍ୟ କରନ୍ତୁ । ଅନ୍ୟ ଗର୍ଭବତୀ ସ୍ତ୍ରୀମାନଙ୍କ ସହ ମିଳାମିଶା କରି ଆଲୋଚନା କଲେ ନିଜ ଉତ୍ତେଜନାକୁ ଆୟତ୍ତ କରି ପାରିବେ ।

ଗର୍ଭଧାରଣ ଓ ଆପଣଙ୍କର ଓଜନ

ଯେକୌଣସି ଦୁଇଜଣ ଗର୍ଭବତୀ ସ୍ତ୍ରୀଙ୍କୁ ଡାକ୍ତରଙ୍କ ଅଫିସ ବାହାରେ ଅପେକ୍ଷମାଣ ତାଲିକା (ଵେଟିଂ ଲିଷ୍ଟ), ଲିଫ୍ଟ କିମ୍ବା ବ୍ୟାବସାୟିତ ସଭା ସମିତିରେ ଠିଆ କରି ଦିଅନ୍ତୁ । ସେମାନେ ଏଭଳି ପ୍ରଶ୍ନ ପଚାରିବେ... "ଆପଣଙ୍କର ଡ୍ୟୁଡେଟ୍ କେବେ ଅଛି ?" "ପେଟର ଛୁଆ ଲାତ ମାରୁଛି କି ?" ଆଉ ସବୁଠୁ ଗୁରୁତ୍ୱପୂର୍ଣ୍ଣ ପ୍ରଶ୍ନ ହେଲା..." ଆପଣଙ୍କର ଓଜନ କେତେ ବଢ଼ିଛି ?"

ଗର୍ଭଧାରଣ ବେଳେ ପ୍ରତ୍ୟେକଙ୍କର ଓଜନ ବଢ଼ିଥାଏ । ଆଉ ଏହା ଅନେକାଂଶରେ ଜରୁରୀ ମଧ୍ୟ । କାରଣ ସଠିକ୍ ଭାବରେ ଓଜନ ବଢ଼ିଲେ ଶିଶୁର ଗଠନ ଓ ବିକାଶ ଭଲ ଭାବରେ ହେଇଥାଏ; ହେଲେ ଓଜନର ସଠିକ୍ ପରିମାଣ କେତେ ? କେତେ ଓଜନକୁ ବେଶି କୁହାଯିବ ? କିମ୍ବା କେତେ ହେଲେ କମ୍ କୁହାଯିବ ? କେତେ ଶୀଘ୍ର ଏହି ଓଜନ ହାସଲ କରିବା ଉଚିତ ? ପ୍ରସବ ପରେ କଣ ଓଜନ ଆପେ ଆପେ କମିଯିବ କି ?"

ଉତ୍ତର: ହଁ, ନିଶ୍ଚୟ ! ଯଦି ଆପଣ ସଠିକ୍ ଦରରେ ଠିକ୍ ଭାବରେ ଖାଦ୍ୟ ଗ୍ରହଣ କରି ଉଚିତ ମାତ୍ରାରେ ଓଜନ ବୃଦ୍ଧି କରନ୍ତି, ତାହେଲେ ।

ଆପଣଙ୍କୁ କେତେ ଓଜନ ବୃଦ୍ଧି କରିବାକୁ ହେବ ?

ଅବଶ୍ୟ ଶିଶୁର ଗଠନ ସମୟରେ ଆପଣଙ୍କର ଓଜନ ବଢ଼ିବା ଖୁବ୍ ଜରୁରୀ ଅଟେ । ହେଲେ ଯଦି ବେଶି ଓଜନ ବଢ଼ିଯାଏ ତେବେ ଅସୁବିଧା ସୃଷ୍ଟି ହେଇପାରେ । ଶିଶୁ ଓ ମା ଉଭୟଙ୍କ ପାଇଁ ସମସ୍ୟା ଦେଖାଦେବ । ମନେକର ସଠିକ୍ ଓଜନ ବୃଦ୍ଧି ନ କରନ୍ତି ତେବେ ମଧ୍ୟ ଏଭଳି ସମସ୍ୟା ଦେଖାଦେବ ।

ପ୍ରେଗ୍ନେନ୍ସିରେ ଓଜନ ବୃଦ୍ଧିର ସଠିକ୍ ନିୟମ କଣ ? ଯେହେତୁ ଗର୍ଭଧାରଣ ଓ ଗର୍ଭବତୀ ମହିଳା ସ୍ୱତନ୍ତ୍ର ଓ ଭିନ୍ନ ହେଉଥିବାରୁ ଏକା ନିୟମ ଲାଗୁ ହୁଏନାହିଁ । ଆପଣ ୪୦ ସପ୍ତାହର ଗର୍ଭଧାରଣ ସକାଶେ ସମଗ୍ର କେତେ ପାଉଣ୍ଡ ଓଜନ ବୃଦ୍ଧି କରିବେ, ଏହା ଆପଣଙ୍କ ଗର୍ଭଧାରଣ ପୂର୍ବର ସାଧାରଣ ଓଜନ ଉପରେ ନିର୍ଭର କରିଥାଏ ।

ଡାକ୍ତର ଆପଣଙ୍କୁ ସଠିକ୍ ଉପାୟରେ ଓଜନ ବୃଦ୍ଧିର ଲକ୍ଷ୍ୟ ନିର୍ଦ୍ଧାରଣ କରିବେ । ସେ ହୁଏତ ଆପଣଙ୍କର ଗର୍ଭ ହିସାବରେ ମଧ୍ୟ ମତାମତ ଦେଇପାରନ୍ତି । ସାଧାରଣତଃ ପ୍ରି=ପ୍ରେଗ୍ନେନ୍ସି ବିଏମଆଇ ହିସାବରେ ଓଜନ ବୃଦ୍ଧି ସକାଶେ ପରାମର୍ଶ ଦିଆଯାଇଥାଏ । ଏହା ଦେହରେ ଥିବା ଚର୍ବିର ପରିମାଣ ଅଟେ । ଏଥିରେ ଆପଣଙ୍କ ଓଜନକୁ ପାଉଣ୍ଡରେ ୭୦ ଗୁଣ ଅଧିକ କରି ପ୍ରତି ଇଞ୍ଚ ବର୍ଗ ଉଚ୍ଚତାରେ ହରିଦିଆ ଯାଇଥାଏ । ମନେକର ବିଏମଆଇ ସାଧାରଣ (୧୮.୫ ରୁ ୨୬ ମଧ୍ୟରେ ଥାଏ) ତେବେ ଆପଣଙ୍କୁ ୨୫ ରୁ ୩୫ ପାଉଣ୍ଡ ଓଜନ ବୃଦ୍ଧି ସକାଶେ ପରାମର୍ଶ ଦିଆଯିବ । ଏହା ସାଧାରଣତଃ ସମସ୍ତଙ୍କ ସାଧାରଣ ନିୟମ । ଯଦି ଗର୍ଭଧାରଣ ପୂର୍ବରୁ ଆପଣ ଓଭରୱେଟ (୨୬ ରୁ ୨୯ ବିଏମଆଇ) ଥାନ୍ତି, ତେବେ ୧୫ରୁ ୨୫ ପାଉଣ୍ଡ ଲକ୍ଷ୍ୟ ହୋଇପାରେ । ଯଦି ପୃଥୁଳା (୨୯ରୁ ଅଧିକ ବିଏମଆଇ ହୋଇଥାନ୍ତି) ତେବେ ଆପଣଙ୍କର ଲକ୍ଷ୍ୟ ୧୫ ରୁ ୨୦ ପାଉଣ୍ଡ କିମ୍ବା କମ୍ ମଧ୍ୟ ହୋଇପାରେ । ବେଶି ପାଲେ (୧୮.୫ ରୁ କମ୍ ବିଏମଆଇ) ହୋଇଥିଲେ ଆପଣଙ୍କୁ ୨୮ ରୁ ୪୦ ପାଉଣ୍ଡ ଓଜନ ବୃଦ୍ଧି ପାଇଁ କୁହାଯିବ । ଯଦି ଯାଆଁଳା ଶିଶୁ ହୁଏ, ତେବେ ସେହି ଅନୁପାତରେ ଓଜନ ବୃଦ୍ଧି ପାଇପାରେ ।

ଆଦର୍ଶ ଓଜନର ଉଦ୍ଦେଶ୍ୟ ଭିନ୍ନ କତା ଓ ତାକୁ ପ୍ରାପ୍ତ କରିବା ଭିନ୍ନ କଥା, କାରଣ ଆଦର୍ଶ ଓ ବାସ୍ତବତା ମଧ୍ୟରେ ପାର୍ଥକ୍ୟ ଅନେକ । ସଠିକ ପାଉଣ୍ଡ ପ୍ରାପ୍ତିର ଅର୍ଥ ନୁହଁ ଯେ ଉଚିତ ଖାଦ୍ୟ ପ୍ରତି ଦୃଷ୍ଟି ଦେବା । ଏହାର ଅନ୍ୟାନ୍ୟ ମଧ୍ୟ କାରଣ ଥାଇପାରେ । ଆପଣଙ୍କର ମେଟାବେଲିଜମ, ଜିନ୍ସର ଗତିବିଧିର ସ୍ତର, ଗର୍ଭଧାରଣର ଲକ୍ଷଣ (ଛାତିରେ ଜ୍ୱଳନ, ଅଳସପଣ, ଖାଦ୍ୟ ପ୍ରତି ଅନାଗ୍ରହ) ଏସବୁ ସଠିକ୍ ପାଉଣ୍ଡ ଗଣନା କଲାବେଳେ ଗୁରୁତ୍ୱପୂର୍ଣ୍ଣ ଭୂମିକା ଗ୍ରହଣ କରିଥାନ୍ତି । ଏଣୁକରି ନିତିଦିନ ନିକିତିର କଣ୍ଟା ପ୍ରତି ଦୃଷ୍ଟି ଦେବା ବିଧେୟ ।

କେଉଁ ପରିମାଣରେ ଓଜନ ବୃଦ୍ଧି କରିବା ବିଧେୟ ?

ଗର୍ଭଧାରଣ ସମୟରେ ଉକ୍ତ କାମ ଖୁବ୍ ମନ୍ଥର ଗତିରେ କରିବାକୁ ହେବ । ଏହା ଆପଣ ଓ ଶିଶୁ ଉଭୟଙ୍କ ପକ୍ଷରେ ହିତକର ହେବ । କେଉଁ ମାତ୍ରାରେ ଓଜନ ବୃଦ୍ଧି କରି ପାଉଣ୍ଡର ଗଣନା କରାଯିବ, ଏହା ଖୁବ୍ ଗୁରୁତ୍ୱପୂର୍ଣ୍ଣ, କାରଣ ଶିଶୁଟି ମା ଗର୍ଭରେ ଥିବା ପର୍ଯ୍ୟନ୍ତ ପୁଷ୍ଟିକର ଖାଦ୍ୟ ଓ କେଲୋରୀ ପ୍ରଚୁର

ପରିମାଣରେ ଆବଶ୍ୟକ ।

ଏହିପରି ଭାବରେ ଓଜନ ବୃଦ୍ଧି କଲେ, ଆପଣଙ୍କୁ କୌଣସି ପ୍ରକାର ଶାରୀରିକ ଚାପ ପଡ଼ିବ ନାହିଁ ଓ ଚର୍ମରେ ଷ୍ଟ୍ରେମାର୍କ (ଦାଗ) ପଡ଼ିବ ନାହିଁ । ଶିଶୁର ଜନ୍ମ ପରେ ଆପଣ ନିଜର ପୂର୍ବରୂପ ପୁଣି ଥରେ ସହଜରେ ଫେରିପାଇବେ ।

ମନ୍ଥର ଗତିରେ କହିବାର ତାତ୍ପର୍ଯ୍ୟ କ'ଣ ୩୦ ପାଉଣ୍ଡ ଓଜନକୁ ୪୦ ସପ୍ତାହ ମଧ୍ୟରେ ବୃଦ୍ଧି କରିବା ହେବ କି ? ନା, କେବେ ନୁହଁ । ପ୍ରଥମ ତିନି ମାସ ମଧ୍ୟରେ ଭ୍ରୂଣର ଆକାର ଚଣାଠାରୁ ବଡ଼ ନଥାଏ । ସେତେବେଳେ କମ୍ ପରିମାଣରେ ଓଜନ ବୃଦ୍ଧି କରିବାକୁ ହେବ । ପ୍ରଥମ ତିନିମାସରେ ୨ରୁ ୪ ପାଉଣ୍ଡ ଯଥେଷ୍ଟ । ଅବଶ୍ୟ ଅନେକ ସ୍ତ୍ରୀମାନେ ଏହା କରିପାରନ୍ତି ନାହିଁ । (ମର୍ଣ୍ଣିଂ ସିକ୍‌ନେସ ଓ ବାନ୍ତି ହେବା ଯୋଗୁଁ) । ଅନେକ ମହିଳାମାନେ ବେଶି କେଲୋରୀ ଖାଦ୍ୟ ଖାଇ ଆରାମରେ ଏହା କରିପାରନ୍ତି । ଆସ୍ତେ ଆସ୍ତେ ଓଜନ ବୃଦ୍ଧି କରୁଥିବା ସ୍ତ୍ରୀ ମାନଙ୍କ ପକ୍ଷରେ ଆଗାମୀ ଦିନରେ ସୁବିଧା ହୋଇଥାଏ । ସେମାନେ ନିଜର ଉଦ୍ଦେଶ୍ୟ ପୂରଣରେ ସୁଫଳ ପାଇଥାନ୍ତି ।

ଦ୍ୱିତୀୟ ତିନିମାସରେ ଯେହେତୁ ଭ୍ରୂଣ ବଢ଼ିଥାଏ, ଏଣୁ ଆପଣଙ୍କୁ ଓଜନ ବୃଦ୍ଧି କରିବାକୁ ହେବ । ଆପଣଙ୍କର ଓଜନ ୪ ରୁ ୬ ସପ୍ତାହ ମଧ୍ୟରେ ହାରାହାରି ୧ ରୁ ଦେଢ଼ ପାଉଣ୍ଡ ପ୍ରତି ସପ୍ତାହ ବୃଦ୍ଧି ପାଇବା ଆବଶ୍ୟକ, ଅର୍ଥାତ୍ ସର୍ବମୋଟ ୧୨ ରୁ ୧୪ ପାଉଣ୍ଡ ।

ଓଜନ ବୃଦ୍ଧିରେ ବାଧା
(ଆନୁମାନିକ ଓଜନ)

ଶିଶୁ ୭ ୧/୨ ପାଉଣ୍ଡ

ପ୍ଲେଜେଣ୍ଟା ୧ ୧/୨ ପାଉଣ୍ଡ

ଏମିନୋଏଟିକ ଫ୍ଲୁଇଡ ୨ ପାଉଣ୍ଡ

ୟେଟେରାଇନ ଏନଲାର୍ଜମେଣ୍ଟ ୨ ପାଉଣ୍ଡ

ମେଟେରନାଲ ବ୍ରେଷ୍ଟ ଟିସ୍ୟୁ – ୨ ପାଉଣ୍ଡ

ମେଟେରନାଲ ବ୍ଲଡ ଭଲ୍ୟୁମ ୪ ପାଉଣ୍ଡ

ମେଟେରନାଲ ଟିସ୍ୟୁ ଫ୍ଲୁଇଡ ୪ ପାଉଣ୍ଡ

ହାରାହାରି / ମୋଟାମୋଟି ୩୦ ପାଉଣ୍ଡ

ଓଜନ ବୃଦ୍ଧିରେ ଅସୁବିଧା

ମନେକର ଆପଣ ଦ୍ୱିତୀୟ ତିନିମାସରେ ଏକ ସପ୍ତାହରେ ୩ ପାଉଣ୍ଡରୁ ଅଧିକ ଓଜନ ବୃଦ୍ଧି କରନ୍ତି, ତେବେ ଡାକ୍ତରଙ୍କୁ ପରାମର୍ଶ କରନ୍ତୁ । କିମ୍ବା ୪ରୁ ୮ ମାସ ମଧ୍ୟରେ ଆପଣ ଲାଗି ଲାଗି ଦୁଇ ସପ୍ତାହ ପର୍ଯ୍ୟନ୍ତ ଓଜନ ବୃଦ୍ଧି ନ କରନ୍ତି, ତେବେ ମଧ୍ୟ ପରାମର୍ଶ ଜରୁରୀ ।

ଏଣୁ ଆପଣଙ୍କୁ ଓଜନ ବୃଦ୍ଧି କରିବାକୁ ହେବ । ଆପଣଙ୍କର ଓଜନ ୪ ରୁ ୬ ସପ୍ତାହ ମଧ୍ୟରେ ହାରାହାରି

ଓଜନ ବୃଦ୍ଧି....

ଗର୍ଭଧାରଣ ସମୟରେ ଆବଶ୍ୟକରୁ ଅଧିକ ଓଜନ ବୃଦ୍ଧି କଲେ ଅନେକ ଗୁଡ଼ିଏ ସମସ୍ୟା ଜନ୍ମ ହେଇଥାଏ । ଆପଣଙ୍କ ଛୁଆର ସଠିକ ମାପ ହେଇପାରିବ ନାହିଁ । ଗଭବେଳର ଲକ୍ଷଣ ସାଂଘାତିକ ହେଇପଡ଼ିବ । ଫଳରେ ପ୍ରିଟର୍ମଲେବର, ପେଷ୍ଟେସନାଲ ଡାଇବିଟିଜ କିମ୍ବା ହାଇପରଟେନସନର ଆଶଙ୍କା ବଢ଼ିଯିବ । ବଡ଼ ଛୁଆ ଯୋନିପଥ ଦେଇ ପଦାକୁ ବାହାରିବା କାଠିକର ପାଠ ହୋଇପଡ଼ିବ ଓ ସ୍ତନପାନରେ ମଧ୍ୟ ଅନେକ ଅସୁବିଧା ଦେଖାଦେବ ।

ଗର୍ଭଧାରଣ ସମୟରେ ଅଯଥା ଓଜନ ବୃଦ୍ଧି ସହଜରେ କମିବ ନାହିଁ । ଅନେକାଂଶରେ ଏହା ଆହୁରି ମଧ୍ୟ ବଢ଼ିଯାଇପାରେ । ଯେଉଁ ଶିଶୁର ମା'ମାନେ ୨୦ ପାଉଣ୍ଡରୁ କମ୍ ଓଜନ ବୃଦ୍ଧି କରନ୍ତି, ତେବେ ଛୁଆ ପ୍ରିମେଚ୍ୟୁର (ପୂର୍ବ ପରିପକ୍ୱ) ହୋଇପାରେ ଓ ଗର୍ଭାଶୟରେ ସେ ନିଜ ଆକାର ତୁଳନାରେ ଠିକ୍ ଭାବରେ ବଢ଼ିପାରେ ନାହିଁ । (ଅବଶ୍ୟ ଏହାର ବ୍ୟତିକ୍ରମ ମଧ୍ୟ ଲକ୍ଷ୍ୟ କରାଯାଇଥାଏ ।)

୧ ରୁ ଦେଢ଼ ପାଉଣ୍ଡ ପ୍ରତି ସପ୍ତାହ ବୃଦ୍ଧି ପାଇବା ଆବଶ୍ୟକ, ଅର୍ଥାତ୍ ସର୍ବମୋଟ ୧୨ ରୁ ୧୪ ପାଉଣ୍ଡ । ୧୦ ପାଉଣ୍ଡ ଠାରୁ ବେଶି ବଢ଼ିବା ଅନୁଚିତ । ସେତେବେଳେ ଶିଶୁର ଓଜନ ବଢ଼ିବା ଆବଶ୍ୟକ । ଅନେକ ସ୍ତ୍ରୀମାନଙ୍କ ଓଜନ ନବମ ମାସ ବେଳକୁ ଆଦୌ ବଢ଼ିନଥାଏ । ବରଂ ଅର୍ଦ୍ଧେକ ପାଉର୍ଡ କମିଯାଇଥାଏ ମଧ୍ୟ ।

ଆପଣ ଉକ୍ତ ଲକ୍ଷ୍ୟକୁ କେତେଦୂର ହାସଲ କରିପାରିବେ ? କେତେବେଳେ ଖାଇବାକୁ ଇଚ୍ଛା ହେବନାହିଁ ତ କେତେବେଳେ ବାନ୍ତି ହେବ, ହେଲେ ଆପଣ କିପରି ନିଜର ଲକ୍ଷ୍ୟ ହାସଲ କରିବେ ? କିଛି ସପ୍ତାହ ନଖାଇ ବା ଖାଇଥିବା ଜିନିଷ ବାନ୍ତି କରିଦେବେ । ସେତେବେଳେ ଓଜନ କଥା ଚିନ୍ତା କରନ୍ତୁ ନାହିଁ । ଯଦି ଆପଣଙ୍କ ହାରାହାରି ଓଜନ ପ୍ରତି ସପ୍ତାହରେ ସଠିକ୍ ଥାଏ ତେବେ ବ୍ୟତିବ୍ୟସ୍ତ ହେବା ଆବଶ୍ରକ ନୁହଁ । ପ୍ରତିଦିନ ଏକା ସମୟରେ ଏକା ଲୁଗା ପିନ୍ଧି ସପ୍ତାହକୁ ଥରେ ନିଜର ଓଜନ ପରୀକ୍ଷା କରନ୍ତୁ । ଯଦି ବେଶି ଗୁରୁତ୍ୱ ଦେଉଥାନ୍ତି, ତେବେ ସପ୍ତାହକୁ ଦୁଇ ଥର ଓଜନ ପରୀକ୍ଷା କରନ୍ତୁ। ଯଦି ପ୍ରଥମ ତିନିମାସରେ ଆପଣ ବେଶି ଓଜନ ବୃଦ୍ଧି କରିଦେଇଛନ୍ତି ଓ ପରବର୍ତ୍ତୀ ଦ୍ୱିତୀୟ ତିନିମାସରେ ଆବଶ୍ୟକ ଓଜନ ବୃଦ୍ଧି କରିପାରି ନାହାନ୍ତି, ତେବେ ତାକୁ ସୁଚାରୁ ଭାବରେ କରିବାକୁ ଚେଷ୍ଟା କରନ୍ତୁ । ଗର୍ଭଧାରଣ ବେଳେ ଆମେ କଦାପି ଉପବାସ କରିବାକୁ କହିବା ନାହିଁ । ଏହା ବିପଜ୍ଜନକ ହୋଇପାରେ । ଏଣୁ ଡାକ୍ତରଙ୍କ ପରାମର୍ଶକ୍ରମେ ନିଜ ଶିଶୁର ଗଠନରେ ଯଥାସମ୍ଭବ ସହଯୋଗ କରନ୍ତୁ ।

ନିରାପଦ ରହିବାକୁ ଚେଷ୍ଟା କରନ୍ତୁ

ଘର, ଅଗଣା, ହାଇ-ୱେ; ଅଧବକାଂଶ ଗର୍ଭବତୀ ସ୍ତ୍ରୀମାନଙ୍କୁ ଗର୍ଭଧାରଣର ବିଷମତା ଅପେକ୍ଷା ଉକ୍ତ ସ୍ଥାନମାନଙ୍କର ଦୁର୍ଘଟଣାଜନିତ ବେଶି କ୍ଷୟକ୍ଷତିର ସମ୍ମୁଖୀନ ହେବାକୁ ପଡ଼ିଥାଏ । ଅବଶ୍ୟ ଏସବୁ ଦୁର୍ଘଟଣା ଆମ୍ଭମାନଙ୍କର ଅବହେଳା ଯୋଗୁଁ ସଂଘଟିତ ହୋଇଥାଏ । ସାମାନ୍ୟ ସାବଧାନ ଓ ବୁଝି ବିଚାରି କାର୍ଯ୍ୟ କରି ଏହାକୁ ଏଡେଇ ହେବ । ଗର୍ଭବେଳେ ନିମ୍ନ ତଥ୍ୟ ପ୍ରତି ଦୃଷ୍ଟି ଦେଇ ଆପଣ ନିରାପଦ ରହିପାରିବେ ।

- ଆପଣ ଆଉ ଆଗ ଭଳି ହେଇ ରହିନାହାନ୍ତି । ଉଦରର ଆୟତନ ସାଂଗକୁ ତାର ମାଧ୍ୟାକର୍ଷଣ କେନ୍ଦ୍ରବିନ୍ଦୁ ମଧ୍ୟ ପରିବର୍ତ୍ତନ ହୋଇଯାଇଛି । ଆପଣ ଯେଉଁଠାରେ ମଧ୍ୟ ନିଜର ଭାରସାମ୍ୟ ହରେଇଇ ପାରନ୍ତି । ଆସ୍ତେ ଆସ୍ତେ ଆପଣ ନିଜର ପାଦକୁ ମଧ୍ୟ ଦେଖିପାରିବେ ନାହିଁ । ଆଉ ଏହି ପ୍ରକାର ପରିବର୍ତ୍ତନ ଦୁର୍ଘଟଣାର କାରଣ ସାଜିପାରେ ।

- ଅଟୋରେ ହେଉ ବା ପ୍ଳେନରେ ହେଉ ନିଜ ସିଟରରେ ପଟି ବାନ୍ଧି ବସନ୍ତୁ । ମନେକର କାରରେ ଏୟାର ବେଗ୍ ସହ ବସିଥିଲେ, ସିଟ୍‌ଟାକୁ ପଛକୁ କରି ବସନ୍ତୁ । ନିଜେ କାର ଚଲାଉଥିଲେ ଷ୍ଟିଅରିଂକୁ ଛାତି ଆଡ଼କୁ ମୁହେଁଇ ତା'ଠାରୁ ଅନ୍ୟୂନ ୧୦° ଦୂରେଇ ବସନ୍ତୁ । ଯଦ୍ୱାରା ପେଟରେ ଧକ୍କା ନବଜକୁ । ନିଜ କୋଳରେ କିମ୍ବା ଡେସ୍‌ବୋର୍ଡରେ ଜିନିଷପତ୍ର ରଖନ୍ତୁ ନାହିଁ । ସମ୍ଭବ ହେଲେ ସର୍ବଦା କାରର ପଛ ସିଟ୍‌ରେ ବସିବା ନିରାପଦ ।

- କୌଣସି ଭଙ୍ଗା ଚଉକିରେ ବସନ୍ତୁ ନାହିଁ କି ସିଡିରେ ଚଢ଼ନ୍ତୁ ନାହିଁ । ସେଠୁ ଖସିପଡ଼ିଲେ କ୍ଷୟକ୍ଷତି ହୋଇପାରେ ।

- ହାଇ ହିଲ୍ ଜୋତା ବ୍ୟବହାର କରନ୍ତୁ ନାହିଁ । ଶିଉଳି ପଡ଼ିଥିବା ଚଟାଣ ଉପରେ ଚାଲନ୍ତୁ ନାହିଁ ।

- ବାଥ ଟବ୍‌କୁ ଯିବା ଆସିବା ବେଳେ ସାବଧାନରେ ସ୍ନାନ କରନ୍ତୁ । ସେଥିରେ ଦରଗଡ଼ିଆ ମଶିଣା ଲାଗିଥିଲେ ଭଲ ।

- ଘରୋଇ ବାଧାବିଘ୍ନକୁ ଦୂର କରନ୍ତୁ । ରାସ୍ତା ବାଟରେ ଓ ସିଡି ପାଖରେ ଅଯଥା ଜିନିଷପତ୍ର ଗଦେଇ ରଖନ୍ତୁ ନାହିଁ । ତଥା ଅନ୍ଧାର ନଥବବା ଆବଶ୍ୟକ । ଚଟାଣରେ ତାର ଲାଗିନଥିବ ଓ ବରଫ ନଥିବା ଭଲ ।

- ରାତିରେ ଝାଡାପରିସ୍ରା ଯିବା ବାଟରେ ଆଲୁଅ ଜଳୁଥିବା ଆବଶ୍ୟକ । ଆଖପାଖରେ ଅଯଥା ଜିନିଷ ନଥିବା ଭଲ । ରାତିରେ ଅନେକ ଥର ସେଠାକୁ ଯିବାକୁ ପଡ଼ିପାରେ ଏଣୁ ସତର୍କତା ଅବଲମ୍ବନୀୟ ।

-ଯେକୌଣସି ଖେଳ ଖେଳିଲେ ନିରାପତ୍ତାର ନିୟମକୁ ଦୃଷ୍ଟିରେ ରଖନ୍ତୁ । ଅତି ବେଶି କାମ କରନ୍ତୁ ନାହିଁ । ଅନେକ ଥର କ୍ଳାନ୍ତି ଯୋଗୁଁ ମଧ୍ୟ ଦୁର୍ଘଟଣା ସଂଘଟିତ ହୋଇଥାଏ ।

■ ■ ■

ତୃତୀୟ ମାସ

ପ୍ରାୟ ୨ ରୁ ୧୩ ସପ୍ତାହ

ପ୍ରଥମ ତିନିମାସର ଶେଷ ମାସରେ ପଦାର୍ପଣ କଲାବେଳକୁ ଗର୍ଭାବସ୍ଥାର ଅନେକ ପ୍ରାରମ୍ଭିକ ଲକ୍ଷଣ ଆଗ ଅପେକ୍ଷା କ୍ଷିପ୍ରତର ହେଇପଡ଼ିବ । ସେତେବେଳେ ଏକଥା କହିବା ମୁସ୍କିଲ ହୋଇପଡ଼ିବ ଯେ, ଆପଣ ପ୍ରଥମ ତିନିମାସର କ୍ଲାନ୍ତି ଯୋଗୁଁ ଅବଶ ହୋଇ ପଡ଼ିଛନ୍ତି କିମ୍ବା ଗଲା ରାତି ତିନିଥର ପରିସ୍ରା ଯିବାକୁ ପଡ଼ିଥିଲା, ତାହାରି ଅଳସ ପଣ ଘେରି ରହିଛି । ସାହସ ଥବଲେ ମୁର୍ତ୍ତ ଯେକି କଥାବାର୍ତ୍ତା କରନ୍ତୁ । ସୁଖର ଦିନ ଆସିବାକୁ ଅଛି । ଯଦିଓ ମର୍ଣ୍ଣିଂ ସିକ୍‌ନେସ ବେଶି ଅବଶ କରିଦେଇଛି ହେଲେ ଥିରେ ଭାବିବାର କିଛି ନାହିଁ । ଏହା ଖୁବ୍ ଶୀଘ୍ର ଠିକ୍ ହୋଇଯିବ । ଏହି ମାସ ପରୀକ୍ଷା କଲେ ଭ୍ରୂଣ ଶିଶୁର ହୃଦସ୍ପନ୍ଦନ ଶୁଣିପାରିବେ । ତା'ପରେ ହୁଏତ ଏସବୁ ଦୁଃଖ କଷ୍ଟ ଆପେ ଆପେ ଉଭେଇଯାଇ ଆଉ କଷ୍ଟକର ମନେହେବ ନାହିଁ ।

ଏହି ମାସରେ ଆପଣଙ୍କ ଭ୍ରୂଣ ଶିଶୁର ଗଠନ ଓ ବିକାଶ

ନବମ ସପ୍ତାହ: ବର୍ତ୍ତମାନ ଆପଣଙ୍କ ଶିଶୁର ଦୈର୍ଘ୍ୟ । ଅର୍ଥାତ (ଏକଇକି) ମଧ୍ୟମ ଧରଣର (ସବୁଜ) ଅଲିଭ ସମାନ ହୋଇଗଲାଣି । ଏହାର ମୁଣ୍ଡ ଶିଶୁ ଭଳି ଦେଖାଗଲାଣି । ଏହି ସପ୍ତାହରେ ଛୋଟ ଛୋଟ ମାଂସପେଶୀ ଗୁଡ଼ିକ ତିଆରି ହେଉଛି । ଯଦ୍ୱାରା ସେ ତାର ହାତପାଦ ହଲେଇପାରିବ । ପ୍ରାୟ ମାସେ ପରେ ତାର ଲାତ ଓ ମୁଠା ଆପଣ ଜାଣିପାରିବେ । ଏଇନା କିଛି ଶୁଭିବନି । ହଁ, ଷ୍ଟେଥେସସ୍କୋପ ବ୍ୟବହାର କଲେ ହୁଏତ ଆପଣ ଶିଶୁର ହୃଦ୍‌ସ୍ପନ୍ଦନ ଶୁଣିପାରିବେ । ଏହାକୁ ଶୁଣି ଆପଣ ମଧ୍ୟ ଚକିତ ହୋଇପଡ଼ିବେ ।

ଆପଣଙ୍କର ତିନି ମାସର ଛୁଆ

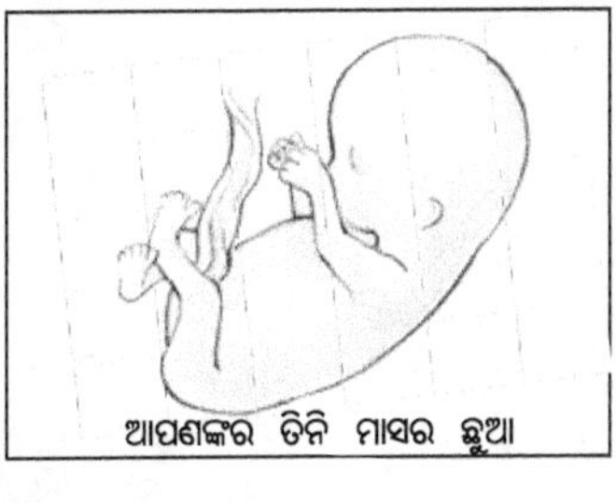

ଦଶମ ସପ୍ତାହ: ପ୍ରାୟ ଦେଢ଼ ଇଞ୍ଚ ଲମ୍ବ ଆପଣଙ୍କ ଶିଶୁ ଚନ୍ଦ୍ରକଳା ଭଳି ବଢ଼ି ବଢ଼ି ଯାଉଛି । ତାର ଅସ୍ଥି, କର୍ଟିଲେଜ, ଆଣ୍ଠୁ ଓ ଗୋଡ଼ ତିଆରି ହେଉଛି । ତା ହାତର କହୁଣୀ ମଧ୍ୟ ସକ୍ରିୟ ହୋଇପଡ଼ିଛି । ଦାନ୍ତମୂଳରେ ଦାନ୍ତ ସବୁ ଗଜୁରି ଉଠୁଛି । ପେଟରେ ରସ ନିର୍ଗତ ହେଲାଣି, ବୃକକ୍‌ରେ ପରିଶ୍ରା

ତିଆରି ହେଲାଣି । ଯଦି ଶିଶୁଟି ପୁଅ ହୋଇଥାଏ, ତେବେ ଅଣ୍ଡକୋଷରେ ଟେଷ୍ଟେଷ୍ଟିରନ ତିଆରି ହେଉଛି । (ଯାହା ହେଉନା କାହିଁକି ପୁଅ ତ ପୁଅ ହୋଇ ରହିବ ।)

ଏକାଦଶ ସପ୍ତାହ: ଆପଣଙ୍କ ଭ୍ରୂଣ ଶିଶୁ ଏଥର ୨" (ଦୁଇ ଇଞ୍ଚ) ଲମ୍ବ ଓ ଓଜନ ଆଉନ୍ସର ଏକ ତୃତୀୟାଂଶ ହୋଇଗଲାଣି । ତା' ଦେହ ଲମ୍ବ ହେଉଚି ମୁଣ୍ଡରେ ବାଳ ଓ ହାତ ପାଦରେ ନଖମୂଳ ସବୁ ଗଜୁରିବାକୁ ପ୍ରସ୍ତୁତି ଚାଲିଛି । (ଆସନ୍ତା କେଇ ମାସରେ ନଖ ହେବ) । ହୁଏତ ଆପଣ ଅଲଟ୍ରାସାଉଣ୍ଡ ବଳରେ ତାର ଲିଙ୍ଗ ଜ୍ଞାତ ନକରନ୍ତୁ ହେଲେ ମଧ୍ୟ ଝିଅ ହେଇଥିଲେ ତା' ଦେହରେ ଓଭାରୀ ବା ଗର୍ଭାଶୟ ତିଆରି ହେଉଥିବ ।

ବର୍ତ୍ତମାନ ତା'ଠାରେ ସବୁତକ ମାନବୀୟ ବିଶେଷତ୍ୱ ଆସିଯାଇଥିବ । ଦେହର ଆଗ ଭାଗରେ ହାତ ଓ ପାଦ ଅଛି, କାନ ମଧ୍ୟ ତିଆରି ହେବାକୁ ଯାଉଛି । ନାକପୁଡା ପ୍ରସ୍ତୁତ ହେଉଛି । ପାଟିରେ ଜିଭ ଓ ତାଳୁ ଅଛି ଆଉ ନିପଲ ମଧ୍ୟ ଦିଶୁଥିବ ।

ଦ୍ୱାଦଶ ସପ୍ତାହ: ଶିଶୁ ଭ୍ରୂଣର ଆକାର ବର୍ତ୍ତମାନ ଗତ ତିନି ସପ୍ତାହର ଦୁଇଗୁଣ ହେଇଗଲାରି । ଏବେ ତାର ଓଜନ ପ୍ରାୟ ଦେଢ଼ ଆଉନ୍ସ ଓ ଦୈର୍ଘ୍ୟ ଅଢ଼େଇ ଇଞ୍ଚ ହୋଇଗଲାଣି । ତାର ପ୍ରତ୍ୟେକ ଅଂଗ ଗଠନ ସକାଶେ ଖୁବ୍ ପରିଶ୍ରମ କରୁଛି । ଅବଶ୍ୟ ତାର ସବୁତକ ତନ୍ତ୍ରି ତିଆରି ହେଲାଣି; ତଥାପି ଆହୁରି ବାକି ଅଛି । ପରିପାକ ବିଭାଗ ତାର ଅଭ୍ୟାସ ଆରମ୍ଭ କରି ଦେଲାଣି । ଏହାଫଳରେ ସେ ଖାଇପାରିବ । ବୋନ ମେରୋ ଶ୍ୱେତ ରକ୍ତ କଣିକା ତିଆରି କରୁଛି ଯଦ୍ୱାରା ଶତ୍ରୁ କୀଟାଣୁ ସହ ସେ ଲଢ଼ିପାରିବ । ମସ୍ତିଷ୍କରେ ପିଟୁଟେରୀ ଗ୍ଲେଣ୍ଡ ତିଆରି ହେଉଛି ।

ତ୍ରୟୋଦଶ ସପ୍ତାହ: ବର୍ତ୍ତମାନ ଶିଶୁର ଆକାର ପ୍ରାୟ ୩ ଇଞ୍ଚ ହେବ । ଏହାର ମୁଣ୍ଡ ଅଧାଅଧି ହେବ । ଖୁବ୍ ଶୀଘ୍ର ଏହା ଠିକ୍ ଅନୁପାତକୁ ଚାଲି ଆସିବ । ସେ ପର୍ଯ୍ୟନ୍ତ ଅନ୍ତଃନଳୀ ମଧ୍ୟ ତିଆରି ହୋଇଯିବ । ଏହି ସପ୍ତାହରେ ତା'ର ଭୋକାଲ କାର୍ଡ ମଧ୍ୟ ତିଆରି ହୋଇଯିବ । ଅର୍ଥାତ୍ (ସେ କନ୍ଦା କନ୍ଦି କରିପାରିବ...)

ସବୁଥର ପରି ମନେରଖନ୍ତୁ ଯେ, ପ୍ରତ୍ୟେକ ଗର୍ଭଧାରଣ ଏକ ସ୍ୱତନ୍ତ୍ର ଓ ନିଆରା ଅନୁଭୂତି ହୋଇଥାଏ । ପୁଣି ପ୍ରତ୍ୟେକ ମହିଳା ମଧ୍ୟ ଭିନ୍ନ ହୋଇଥାନ୍ତି । ଆପଣ ହୁଏତ ଏକା ସମୟରେ କିମ୍ବା ଭିନ୍ନ ଭିନ୍ନ ବର୍ଷରେ ଏସବୁ ଲକ୍ଷଣକୁ ହୃଦୟଙ୍ଗମ କରିପାରିବେ, ଅନେକ ଲକ୍ଷଣ ଗତ ମାସରୁ ଦିଶୁଥାଇପାରେ ଆଉ କେତେକ ନୂଆ ଲକ୍ଷଣ ବ୍ୟତୀତ ଅସାମାନ୍ୟ ଲକ୍ଷଣ ମଧ୍ୟ ଦେଖା ଦେଇପାରେ । ଏହି ମାସରେ ଆପଣ ଏସବୁ ଲକ୍ଷଣ ଦେଖିପାରିବେ ।

ଶାରୀରିକ:

- **କ୍ଳାନ୍ତି, ଶକ୍ତିହୀନତା, ଅଳସପଣ**
- **ବାରମ୍ବାର ପରିସ୍ରା ଲାଗିବା**

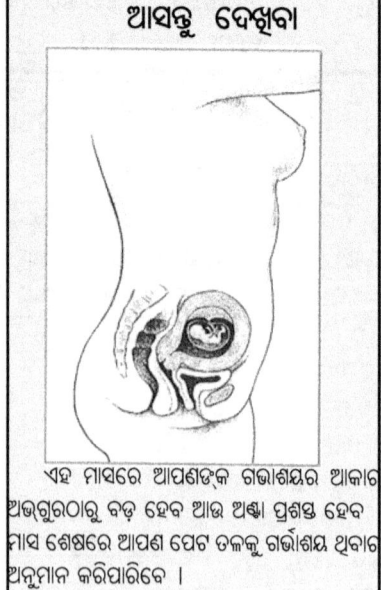

ଆସନ୍ତୁ ଦେଖିବା

ଏହ ମାସରେ ଆପଣଙ୍କ ଗଭାଶୟର ଆକାର ଅଙ୍ଗୁରଠାରୁ ବଡ଼ ହେବ ଆଉ ଅଣ୍ଟା ପ୍ରଶସ୍ତ ହେବ ମାସ ଶେଷରେ ଆପଣ ପେଟ ତଳକୁ ଗର୍ଭାଶୟ ଥିବାର ଅନୁମାନ କରିପାରିବେ ।

- ଅବଶ, ବାନ୍ତି
- ପାଟିରୁ ବେଶି ଲାଳ ଗଡ଼ିବା
- କୋଷ୍ଠ କାଠିନ୍ୟ
- ଛାତିରେ ଜଳାପୋଡ଼ା, ଅଜୀର୍ଣ୍ଣ
- ଖାଦ୍ୟ ପ୍ରତି ଆଗ୍ରହ - ଅନାଗ୍ରହ
- ମର୍ଣ୍ଣିଂସିକ୍‌ନେସ ଉଠିଗଲେ ଭୋକ ହେବ
- ବକ୍ଷୋଜରେ ପରିବର୍ତ୍ତନ, ଓଜନିଆ ଲାଗିବା, ସଂବେଦନଶୀଳ, ନିପଲର ରଂଗ ପରିବର୍ତ୍ତନ, ତ୍ୱଚା ତଳେ ନୀଳ ରଂଗର ଜାଲ ସୃଷ୍ଟି
- ପେଟ, ଜଂଘ ବା ଅନ୍ୟାନ୍ୟ ଅଙ୍ଗରେ ଶିରା-ପ୍ରଶିରା ଦେଖାଯିବ
- ଯୋନିରୁ ସ୍ରାବ ବୃଦ୍ଧି
- ବେଳେ ବେଳେ ମୁଣ୍ଡ ବ୍ୟଥା
- ବେଳେ ବେଳେ ମୁଣ୍ଡ ବୁଲେଇବ
- ପେଟ ଗୋଲାକାର ହୋଇ ଲୁଗା ଚାପିହେବା

ଭାବାତ୍ମକ:

- ଭାବାନ୍ତର ସୃଷ୍ଟି ମନ ପରିବର୍ତ୍ତନ, କାନ୍ଦ କାନ୍ଦ ହେବା, ଉଦ୍‌ବେଗ ପ୍ରକାଶ, ରାଗିବା
- ଈର୍ଷା, ଭୟ, ଆନନ୍ଦ
- ଶାନ୍ତି ଅନୁଭୂତ ହେବା
- ଗର୍ଭ ନବେହା ଆଶଙ୍କା..

ଏହି ମାସରେ ପରୀକ୍ଷା: ଏହି ମାସରେ ଆପଣ ଡାକ୍ତରଙ୍କ ପାଖକୁ ଯାଇ ନିମ୍ନଲିଖିତ ପରୀକ୍ଷା କରେଇ ପାରିବେ, ଅବଶ୍ୟ ପ୍ରତ୍ୟେକ ଡାକ୍ତର ନିଜ ନିଜ ଉପାୟରେ ପରୀକ୍ଷା କରିଥାନ୍ତି

- ଓଜନ ଓ ରକ୍ତଚାପ
- ପ୍ରୋଟିନ ସକାଶେ ପରିସ୍ରା ଓ ସୁଗର ପରୀକ୍ଷା
- ଭ୍ରୂଣର ହୃଦସ୍ପନ୍ଦନ
- ଗର୍ଭାଶୟର ଆକାର (ବାହ୍ୟ)
- ଫଣ୍ଡସ୍ (ଗର୍ଭାଶୟର ଉପର ଭାଗ) ଉଚ୍ଚତା
- ହାତ- ପାଦ ଫୁଲିଯିବା, ଭେରିକୋଜ ଭେନ୍ସ ପାଇଁ ଜଂଘ
- କେତେକ ପ୍ରଶ୍ନ ବା ଜିଜ୍ଞାସା ଯଦି ଆପଣ ଜାଣିବାକୁ ଚାହାନ୍ତି

ଆପଣ କ'ଣ ଚିନ୍ତା କରୁଥାଇ ପାରନ୍ତି ?

"ମତେ ବିଗତ କେତେ ସପ୍ତାହ ଧରି କୋଷ୍ଠ କାଠିନ୍ୟ ଦେଖାଦେଉଛି । ହେଲେ ଏହା କଣ ସାଧାରଣ କଥା ?"

ଅନିୟମିତତା: ପେଟ ଗୋଳମାଳ, ଗ୍ୟାସ ତିଆରି ପ୍ରଭୃତି ଗର୍ଭ ବେଳର ସାଧାରଣ ସମସ୍ୟା ଅଟେ । ଏହାର ମଧ୍ୟ କାରଣ ଅଛି । ପ୍ରୋଜେଷ୍ଟେରନ ହର୍ମୋନ ଆପଣଙ୍କ ଦେହର ସମସ୍ତ ମାଂସପେଶୀ ଗୁଡ଼ିକୁ ଶିଥିଳ କରିଦେଇଥାଏ । ଆଉ ବେଶି ସମୟ ଧରି ଖାଦ୍ୟ ପରିପାକ ପ୍ରଣାଳୀରେ ରହିଥାଏ, ଅର୍ଥାତ୍ ଜୀର୍ଣ୍ଣ ହେବାରେ ଡେରି ହୁଏ । ଏହି ସମୟରେ ଖାଦ୍ୟପ୍ରାଣ ସବୁ ରକ୍ତରେ ଭଲ ଭାବରେ ମିଶିଥାଏ । ଏହା ହିଁ ଲାଭ ଆଉ କ୍ଷତି ବା ଅସୁବିଧା କଥା ହେଲା ଅପଶିଷ୍ଟ (ମଳ) ପଦାର୍ଥ ସବୁ ବାହାରିବାରେ ଡ଼େରି ହୋଇଥାଏ । ଆପଣଙ୍କର ବର୍ଦ୍ଧମାନ ଗର୍ଭାଶୟ ଖାଦ୍ୟ ନଳୀ ଉପରେ ଚାପ ପକେଇଥାଏ । ଏକଥାରୁ ଆପଣ କୋଷ୍ଠକାଠିନ୍ୟ କାହିଁକି ହୁଏ, ବୁଝିପାରୁଥିବେ ।

ହେଲେ ଏହା ସଂମ୍ପୂର୍ଣ୍ଣ ଗର୍ଭକାଳ ପର୍ଯ୍ୟନ୍ତ ଲାଗି ରହିବ, ଏପରି ନୁହଁ । ଏଥିରୁ ମୁକ୍ତି ପାଇବା ପାଇଁ ନିମ୍ନ ଉପାୟମାନ ଆପଣ କରିପାରିବେ ।

ତନ୍ତୁଯୁକ୍ତ ଖାଦ୍ୟ ପଦାର୍ଥ: ଆପଣ ତଥା ଭ୍ରୁଣ ଶିଶୁ ସକାଶେ ପ୍ରତ୍ୟହ ୨୫ରୁ ୩୫ ଗ୍ରାମ ପର୍ଯ୍ୟନ୍ତ ତନ୍ତୁଯୁକ୍ତ ଖାଦ୍ୟ ଆବଶ୍ୟକ । ହେଲେ ଏହା ମାପିବା ଦରକାର ନୁହଁ କେବଳ ମିଳିଲେ ଖାଉଥିବା କଥା । ତନ୍ତୁ ଖାଉଥାନ୍ତୁ । ଯଥା: ତଟକା ଫଳ ଓ ପନିପରିବା (କଞ୍ଚା ବା ପାଚିଲା ଫଳ ଚୋପା ସହିତ ଖାଇବା ଉଚିତ), ଖାଦ୍ୟ ଶସ୍ୟରୁ ତିଆରି ସେରେଲ ଓ ବ୍ରେଡ (ବିନ୍ସ ଓ ମଟର) ଓ ଶୁଷ୍କ ଖୋଆ । ସବୁଜ ପନିପରିବା ବେଶ୍ ହିତକର ହୋଇପାରେ । ଏହାସାଙ୍ଗକୁ ମିଠା କିଭି (ଏଥିରେ ଲେକ୍ସେଟିଭ ଥାଏ) ମଧ୍ୟ ଖବଆ ଯାଇପାରେ । ଯଦି ଏଥିପୂର୍ବରୁ ଖାଇଦିଅନ୍ତି ତେବେ

ବର୍ତ୍ତମାନ ଆସ୍ତେ ଆସ୍ତେ ଏହାର ପରିମାଣକୁ ବୃଦ୍ଧି କରନ୍ତୁ । ନଚେତ୍ ଅଜୀର୍ଣ୍ଣ ହୋଇପାରେ । ପେଟରେ ଗ୍ୟାସ ମଧ୍ୟ ତିଆରି ହୋଇପାରେ, କାରଣ ଅଧିକ ପରିମାଣର ତନ୍ତୁ ଖାଦ୍ୟ ଖାଇଛନ୍ତି ।

ଖାଦ୍ୟରେ ଗହମ ଚୋପା ମଧ୍ୟ ଖାଇପାରନ୍ତି । ହେଲେ ଅତ୍ୟଧିକ ଫାଇବର ଖାଇଲେ ଖାଦ୍ୟରୁ ଭିଟାମିନ ରକ୍ତରେ ନମିଶିପାରି ପଦାକୁ ଚାଲିଯିବ ।

ରିଫାଇଣ୍ଡ ପଦାର୍ଥ ନିଷେଧ: ଯେଉଁଭଳି ଭାବରେ ଫାଇବର କୋଷ୍ଠକାଠିନ୍ୟ ପାଇଁ ଲାଭକାରୀ, ଠିକ୍ ସେହିପରି ରିଫାଇଣ୍ଡ ପଦାର୍ଥ କ୍ଷତିକାରକ ଅଟେ । ଧଳା ରୁଟି, ଚାଉଳ ଓ ବେକ୍‌ଡ ପତାର୍ଥଠାରୁ ଦୂରେଇ ରହିବା ଭଲ ।

ତରଳ ପଦାର୍ଥ ଗ୍ରହଣୀୟ: ଯଦି ଆପଣ ଯଥେଷ୍ଟ ପରିମାଣରେ ତରଳ ପେୟ ପିଉଥାନ୍ତି, ତେବେ କୋଷ୍ଠ କାଠିନ୍ୟ ତିଷ୍ଠି ପାରିବ ନାହିଁ । ପାଣି, ଫଳରସ, ପନିପରିବା ରସ ଖାଦ୍ୟକୁ ପରିପାକ ପ୍ରଣାଳୀରେ ଆଗେଇ ନେଇଥାନ୍ତି । ଉଷୁମ ପାଣି ପିଇଲେ ଆହୁରି ଭଲ । ଏଥିରେ ଲେମ୍ବୁ ରସ ମଧ୍ୟ ମିଶେଇ ପାରନ୍ତି; ଏହାଫଳରେ ପ୍ରେସର ସୃଷ୍ଟି ହୋଇଥାଏ ।

ଠିକ୍ ସମୟରେ ଯାଆନ୍ତୁ: ଅନ୍ତଃନଳୀକୁ ବାରମ୍ବାର ବାଧା ଦେଲେ ମାଂସପେଶୀ ଗୁଡ଼ିକ ଦୁର୍ବଳ ହୋଇପଡ଼େ । ଏଥିପାଇଁ ଠିକ୍ ସମୟ ବାଛନ୍ତୁ । ଫାଇବର ଯୁକ୍ତ ଦଳଖିଆ ଚଞ୍ଚଳ ଖାଆନ୍ତୁ । ଫଳରେ ଟ୍ରାଫିକ ଜାମ ସମୟରେ ଝାଡ଼ା ନଲାଗୁ । ଆପଣ ଘରୁ ପେଟ ସଫା କରି ବାହାରନ୍ତୁ ।

ସିକ୍ସ ମିଲ୍ସ ସଲ୍ୟୁସନ: ଗରିଷ୍ଠ ଭୋଜନ ଖାଇଲେ ପାକସ୍ଥଳୀରେ ଚାପ ପଡ଼ିଥାଏ । ଫଳରେ କୋଷ୍ଠ କାଠିନ୍ୟ ଦେଖାଦିଏ । ତେଣୁ ଦିନକୁ ତିନିଥର ବେଶି ଖାଦ୍ୟ ନଖାଇ, ବରଂ ଅଳ୍ପ ଅଳ୍ପ କରି ଛଅଥର ଖାଇବା ଶ୍ରେୟସ୍କର । ଏହିପରି ଭାବରେ ପେଟ ଗୋଳମାଳରୁ ନିଜକୁ ରକ୍ଷା କରାଯାଇପାରେ ।

ସପ୍ଲିମେଣ୍ଟ ଓ ଔଷଧ: ଅନେକ ପ୍ରକାର ସପ୍ଲିମେଣ୍ଟ ଓ ଔଷଧ ଉପାକର କରିବା ସତ୍ତେବ କୋଷ୍ଠ କାଠିନ୍ୟକୁ ନିମନ୍ତ୍ରିତ କରିଥାନ୍ତି । ଏଣ୍ଟିଏସିଡ୍ ଗର୍ଭବତୀ ସନ୍ତୀ ମାନଙ୍କର ମିତ୍ର ବୋଲି କୁହାଯାଏ । ନିଜ ଡାକ୍ତରଙ୍କୁ ପଚାରି ଏହାକୁ ଖାଇପାରନ୍ତି । ଅବଶ୍ୟ ମେଗ୍ନେସିୟମ ସପ୍ଲିମେଣ୍ଟ ମଧ୍ୟ କୋଷ୍ଠକାଠିନ୍ୟରୁ ରକ୍ଷା କରିଥାଏ ।

ତେବେ ବ୍ୟାକ୍ଟେରିଆ ଗ୍ରହଣୀୟ: ପ୍ରେବାୟୋଟିକ୍ସ ବ୍ୟାକ୍ଟେରିଆ ଯୋଗୁଁ ଖାଦ୍ୟ ଶୀଘ୍ର ଓ ସହଜରେ ଜୀର୍ଣ୍ଣ ହୋଇଥାଏ । ଦହି ଓ ୟୋଗାର୍ଟରୁ ତିଆରି ପେୟ ପଦାର୍ଥ ପିଇପାରନ୍ତି । ଡାକ୍ତରଙ୍କ ପରାମର୍ଶକ୍ରମେ ପ୍ରୋବାୟୋଟିକ୍ସ ସପ୍ଲିମେଣ୍ଟ ମଧ୍ୟ ଖିଆଯାଇପାରେ । ଏହା ସ୍ୱାଦହୀନ । ଏହାର ପାଉଡର ଫର୍ମକୁ ଯେକୌଣସି ପଦାର୍ଥରେ ମିଶେଇ ଦିଆଯାଇପାରେ ।

ବ୍ୟାୟାମ କରନ୍ତୁ: ସକ୍ରିୟ ବା କ୍ରିୟାଶୀଳ ଦେହରେ କୋଷ୍ଠକାଠିନ୍ୟ ହୁ,ନାହିଁ । ଦୈନିକ ଅନ୍ୟୂନ ଅଧଘଣ୍ଟା ଚଲାବୁଲା କରିବା ଉଚିତ । ଏହା ସାଂଗକୁ ନିରାପଦ ବ୍ୟାୟାମ ମଧ୍ୟ କରାଯାଇପାରେ ।

ଯଦି ନିଜର ସବୁତକ ଉପାୟ ନିଷଷ୍ଫଳ ହୋଇଯାଏ, ତେବେ ଡାକ୍ତରଙ୍କୁ ପରାମର୍ଶ କରନ୍ତୁ । ନିଜ ମନକୁ କୌଣସି ଔଷଧ ବା କେଷ୍ଟର ତେଲ ଇତ୍ୟାଦି ବ୍ୟବହାର କରନ୍ତୁ ନାହିଁ ।

କୋଷ୍ଠକାଠିନ୍ୟ

"ମୋର ସବୁତକ ଗର୍ଭବତୀ ସାଙ୍ଗମାନଙ୍କୁ କୋଷ୍ଠକାଠିନ୍ୟ ଅଛି, ହେଲେ ମତେ ନୁହଁ । ମୁଁ ଠିକ୍ ସମୟରେ ଝାଡ଼ା ଯାଇଥାଏ । ହେଲେ ମୋର ଖାଦ୍ୟ ସିଷ୍ଟମଟା କଣ ଭଲରେ କାମ କରୁଛି କି?"

ହୁଏତ ଆପଣ ଆଗରୁ ସୁଚାରୁ ଭାବରେ ଜୀବନ ଅତିବାହିତ କରୁଥିବେ କିମ୍ବା ଗର୍ଭଧାରଣ ପରେ ନିଜ ଜୀବନ ଶୈଳୀକୁ ଠିକ୍ ଭାବରେ ପରିଚାଳିତ କରୁଥାଇ ପାରନ୍ତି । ତରଳ ପେୟ, ବ୍ୟାୟାମ ଓ ତନ୍ତୁଯୁକ୍ତ ଖାଦ୍ୟ ପଦାର୍ଥ ବଳରେ କୋଷ୍ଠ କାଠିନ୍ୟକୁ ଆୟତ୍ତ କରାଯାଇପାରେ । ପାଇବର ଖାଦ୍ୟ ଯଦି ଆପଣଙ୍କ ପାଇଁ ନୂଆ ହୁଏ. ତେବେ ଅଡୁଆ ଲାଗିପାରେ ହେଲେ ଏହା ପେଟ ସଫା କରିବାର ଏକ ସର୍ବୋତ୍ତମ ଉପାୟ ଅଟେ ।

କ୍ଳାନ୍ତି, କୋଷ୍ଠକାଠିନ୍ୟ ଓ ମନ ପରିବର୍ତ୍ତନ ହେବାର ଆଉ ଏକ କାରଣ

ଅବଶ୍ୟ ଏସବୁ ଗେଷ୍ଟେସନାଲ ହର୍ମୋନର କରାମତି କହିଲେ ଚଳେ, ହେଲେ ଅନେକ ଥର ଥାଏରକ୍ସିନ ହର୍ମୋନର ଅଛ୍ଚତା ଯୋଗୁଁ ମଧ୍ୟ ଏପରି ହୋଇଥାଏ । କର୍ମଜନିତ ସମସ୍ୟା, ଓଜନ ବୃଦ୍ଧି, ମାଂସପେଶୀ ଗୁଡ଼ିକର ଯନ୍ତ୍ରଣା ଓ ମୋଟାମୋଟି ସ୍ମୃତିଶକ୍ତି ହ୍ରାସ, ହାତ-ପାଦ ଫୁଲିବା, ଥଣ୍ଡା ଶୀଘ୍ର ଅନୁଭୂତ ହେବା ଇତ୍ୟାଦି ,ହାରି ଲକ୍ଷଣ କହିଲେ ଚଳେ । ଏହାବ୍ୟତୀତ ହାଇପୋଥାଇରାଇଡଜ୍ମର ସମସ୍ୟା ମଧ୍ୟ ସୃଷ୍ଟି ହୋଇପାରେ । ଏଥିରେ ଥାଇରାଇଡ କମି ଯାଇଥାଏ । ହାଇପରଥାଇରାଇଡଜ୍ମରେ ଥାଇରାଇଡର ଆଧିକ୍ୟ ଦେଖାଯାଇଥାଏ । ଏହାର ଲକ୍ଷଣ ଗର୍ଭଧାରଣର ଲକ୍ଷଣ ଭଳି ହୋଇଥାଏ । ଯଦି ଆଗରୁ ଆପଣ ଥାଇରାଇଡ୍‌ର ଔଷଧ ଖାଇଥାନ୍ତି, ତେବେ ଡାକ୍ତରଙ୍କୁ କହି ଦିଅନ୍ତୁ, କାରଣ ଗର୍ଭ ସମୟରେ ଏହା କମ୍-ବେଶି ହୋଇପାରେ । ଯଦି ପରିବାରରେ କାହାକୁ ଏହି ରୋଗ ହୋଇଥାଏ, ତେବେ ମଧ୍ୟ ଡାକ୍ତରଙ୍କୁ ପରାମର୍ଶ କରିବା ବିଧେୟ । ସାମାନ୍ୟ ଏକ ଛୋଟ ଧରଣର ବ୍ଲଡ ଟେଷ୍ଟ ବଳରେ ଏହା ପରୀକ୍ଷା କରାଯାଇପାରେ ।

ଡାଇରିଆ

"ମୋତେ କୋଷ୍ଠ କାଠିନ୍ୟ ଆଦୌ ନାହିଁ, ମରଂ ଗତ ଦୁଇସପ୍ତାହ ଧରି ପତଳା ଝାଡ଼ା ହେଉଛି, ଏହାକୁ ଡାଇରିଆ ମଧ୍ୟ କୁହାଯାଇପାରେ । ହେଲେ ଏହା କଣ ସାଧାରଣ କଥା କି ?"

ଗର୍ଭଧାରଣର ଲକ୍ଷଣ କଥା ପଡ଼ିଲା ବେଳକୁ ଯାହା ଆପଣଙ୍କ ପାଇଁ ସାଧାରଣ ତାହା ସାଧାରଣ ହିଁ ହୋଇଥାଏ । ଆପଣଙ୍କ ପରିପ୍ରେ୪ୀରେ ଏହା ଲୁଜମୋସନ ସାଧାରଣ କଥା ହୋଇପାରେ । ପ୍ରତ୍ୟେକ ଦେହ ଗର୍ଭାବସ୍ଥାର ହର୍ମୋନ୍ସ ପ୍ରତି ଭିନ୍ନ ଧରଣର ପ୍ରତିକ୍ରିୟା କରିଥାଏ । ହୁଏତ ଆପଣଙ୍କ ପରିପାକ ବିଭାଗରେ ଖାଦ୍ୟ ଜୀର୍ଣ ଅଛ୍ଚ ହେବା ପରିବର୍ତ୍ତେ ବେଶି ହୋଇଥାଇ ପାରେ । ହୁଏତ ଏହା ଖାଦ୍ୟରେ ସକରାତ୍ମକ ପରିବର୍ତ୍ତନ ଓ ବ୍ୟାୟାମର ଫଳାଫଳ ମଧ୍ୟ ହୋଇପାରେ ।

ଆପଣ ଚାହିଁଲେ କଦଳୀ ଖାଇପାରନ୍ତି, ଫଳରେ ଝାଡା ତରଳ ନହୋଇ ମୋଟା ହେବ । ତରଳ ଝାଡା ଯୋଗୁଁ ଶରୀରର ପାଣି ଅଂଶ କମିପାରେ ଏଣୁ ପ୍ରଚୁର ପରିମାଣରେ ପାଣି ପିଇବା ଉଚିତ ।

ଯଦି ଦିନକୁ ଅତି କମ୍‌ରେ ତିନି ଥର ଝାଡ଼ା ପତଳା ଝାଡା, ରକ୍ତ, ଶ୍ଳେଷ୍ମା ଥାଇ ହେଉଥାଏ, ତେବେ ଡାକ୍ତରଙ୍କୁ ଭେଟନ୍ତୁ । ହୁଏତ ଚିକିତ୍ସା ଆବଶ୍ୟକ ହୋଇପାରେ ।

ଗ୍ୟାସ

"ମୋ ପେଟଟା ସଦାବେଳେ ଫୁଲିଥିଲା ପରି ମନେହୁଏ, ତଥା ଗ୍ୟାସ ବାହାରୁଥାଏ । ହେଲେ ସମ୍ପୂର୍ଣ୍ଣ ଗର୍ଭ ବେଳେ କ'ଣ ଏପରି ହେବ କି ?"

କଣ ସତରେ ବେଶି ଗ୍ୟାସ ପାସ ହେଉଛି କି ? କ'ଣ ଏଇଥିପାଇଁ ବୋଲି ଆପଣଙ୍କର ପରିବେଶଟା ଗନ୍ଧିଆ ଥାଏ କି ? କ୍ଷମା କରନ୍ତୁ । ଗର୍ଭବତୀମାନଙ୍କ ସକାଶେ ଏହା ସାଧାରଣ କଥା ଅଟେ ।

ଗ୍ୟାସର କୁତ୍ସିତ ସ୍ୱର ଓ କଦର୍ଯ୍ୟ ଗନ୍ଧରୁ ରକ୍ଷା ପାଇବାକୁ ଚାହୁଁଥିବଲେ, ନିମ୍ନଲିଖିତ ଉପାୟମାନ କରାଯାଇପାରେ ।

ଠିକ୍ ସମୟରେ ଝାଡା ଯାଆନ୍ତୁ: କୋଷ୍ଠ କାଠିନ୍ୟ ଓ ପେଟ ଫୁଲିବା ଯୋଗୁଁ ମଧ୍ୟ ଗ୍ୟାସ ହୋଇଥାଏ; ଏଣୁ ପ୍ରତିଦିନ ଠିକ୍ ସମୟରେ ଝାଡା ଯାଆନ୍ତୁ ।

ଥ'ଥର ଖାଆନ୍ତୁ: ଦିନକୁ ତିନି ଥର ବେଶି ନଖାଇ ବରଂ ଅଛ୍ଚ ଅଛ୍ଚ କରି ଛ' ଥର ଖାଆନ୍ତୁ । ପେଟ ପୂରିଥିଲେ ଗୋଳମାଳ ହେବ ଓ ପାଚନ ପ୍ରଣାଳୀରେ ବେଶି ଚାପ ମଧ୍ୟ ପଡ଼ିବ । ଏଣୁ "ସିକ୍ସ ମିଲ୍ସ' କଥା ଚିନ୍ତା କରନ୍ତୁ ।

ଖାଦ୍ୟ ଗିଳିବା ମନା: ତରତର ହୋଇ ଖାଇବସିଲେ ଖାଦ୍ୟ ସାଂଗକୁ ପବନ ମଧ୍ୟ ପେଟକୁ ଚାଲିଯାଏ, ଏହା ହିଁ ଗ୍ୟାସ ସୃଷ୍ଟି କରେ; ଏଣୁ ଖାଇବା ପୂର୍ବରୁ ଗଭୀର ଶ୍ୱାସକ୍ରିୟା ବାଞ୍ଛନୀୟ ।

ଧୀରସ୍ଥିର ରହନ୍ତୁ: ଖାଇବା ସମୟରେ ମାନସିକ ଚାପ, କ୍ରୋଧ ବା ଉତ୍ତେଜିତ ହେଲେ ଅଯଥା ପବନ ପେଟ ଭିତରକୁ ଚାଲିଯାଏ; ଆଉ ଆପଣ ଗ୍ୟାସ ପୀଡ଼ିତ ହୋଇଥାନ୍ତି ।

ଗ୍ୟାସ ସୃଷ୍ଟି କରୁଥିବା ଖାଦ୍ୟ ପଦାର୍ଥ: ପ୍ରତ୍ୟେକଙ୍କ କ୍ଷେତ୍ରରେ ଏହାର ପ୍ରଭାବ ଭିନ୍ନ ଭିନ୍ନ ହୋଇଥାଏ । ଆପଣ ନିଜେ ଏକଥା ଜାଣିପାରିବେ ଯେ କେଉଁ ଖାଦ୍ୟ ଖାଇଲେ ଗ୍ୟାସ ହୋଇଥାଏ ଯଥା: ପିଆଜ, ପତ୍ରକୋବି, ତେଲରେ ଛଣା ଜିନିଷ, ଗରିଷ୍ଠ ସସ, ଚିନି ତିଆରି ମିଷ୍ଟାନ୍ନ, କାର୍ବୋନେଟେଡ ପେୟ ପଦାର୍ଥ ତଥା ଶିମ୍ବ ଖାଇବା କଥା ନୁହଁ ।

ତରତର ହୁଅନ୍ତୁନି: ନିଜ ମନଇଚ୍ଛା ଯେକୌଣସି ଔଷଧ ଖାଇବା ପୂର୍ବରୁ ଡାକ୍ତରଙ୍କୁ ପଚାରିବା ଉଚିତ, ସାମାନ୍ୟ ଉଷୁମ ପାଣିରେ ଲେମ୍ବୁରସ ମିଶେଇ ପିଇଲେ ଗ୍ୟାସ ଦୂର ହୋଇଥାଏ । ଏହା ଏକ ଅବ୍ୟର୍ଥ ଔଷଧ ।

ମୁଣ୍ଡବ୍ୟଥା

"ମତେ ଆଗ ଅପେକ୍ଷା ବେଶି ମୁଣ୍ଡ ବ୍ୟଥା ହେଉଛି; କ'ଣ ମୁଁ କିଛି ଔଷଧ ଖାଇବି କି?"

ଗର୍ଭଧାରଣ ସମୟରେ ଗର୍ଭବତୀ ସ୍ତ୍ରୀମାନେ "ପେନକିଲେର" ଖାଇବା ଅନୁଚିତ । ଆଉ ଏହି ଦିନମାନଙ୍କରେ ସେମାନଙ୍କୁ ବେଶି ମୁଣ୍ଡବ୍ୟଥା ହୋଇଥାଏ । ଏହାକୁ ଆତ୍ମସାତ୍ କରିବାକୁ ହେବ । ହେଲେ ଏଥିପାଇଁ ଉପାୟ କରାଯାଇପାରେ, ଆମେ ଏପରି ଉପାୟ କରିପାରିବା ଯେଉଁଥିବରେ ଔଷଧ ଖାଇବାକୁ ପଡ଼ିବ ନାହିଁ ।

ସର୍ବପ୍ରଥମେ ମୁଣ୍ଡବ୍ୟଥାର କାରଣ ଜାଣିବାକୁ ହେବ । ଅନେକ ପ୍ରକାର ହିର୍ମୋନ୍ସର ପରିବର୍ତ୍ତନ ଯୋଗୁଁ ମଧ୍ୟ ମୁଣ୍ଡ ବ୍ୟଥା ହୋଇଥାଏ । ଏଇଥିପାଇଁ ମୁଣ୍ଡବ୍ୟଥା, କ୍ଲାନ୍ତି, ମାନସିକ ଚାପ, ଭୋକ, ଶାରୀରିକ ଚାପ ଇତ୍ୟାଦି ଅତ୍ୟଧିକ ମାତ୍ରାରେ ବଢ଼ିଯାଇଥାଏ ।

ଅବଶ୍ୟ ଏଥିରୁ ରକ୍ଷା ପାଇବାର ଅନେକ ଉପାୟ ଅଛି; ହେଲେ ଏହାର ଔଷଧ ବଟିକା କିମ୍ବା କେପ୍‌ସୁଲ ହୋଇନଥାଏ । ଅନେକ କ୍ଷେତ୍ରରେ ସାମାନ୍ୟ ଚେଷ୍ଟା ବଳରେ ସୁଫଳ ପାଇହୁଏ ।

ରିଲେକ୍ସ: ଗର୍ଭଧାରଣ ସମୟରେ ବେଶି ରାଗିଲେ କିମ୍ବା ମାନସିକ ଚାପ ଗ୍ରସ୍ତ ହେଲେ ମୁଣ୍ଡବ୍ୟଥା ହୋଇଥାଏ । ଅନେକେ ଧ୍ୟାନ ଓ ଯୋଗ ବଳରେ ମୁକ୍ତି ପାଇଥାନ୍ତି । ଆପଣ ମଧ୍ୟ ଏଭଳି କିଛି ଉପାୟ କରି ରକ୍ଷା ପାଇପାରିବେ କିମ୍ବା ଅନ୍ଧାର କୋଠରିରେ ୧୦ ମିନିଟ ଗଡ଼ି ରହନ୍ତୁ କିମ୍ବା ୧୦-୧୫ ମିନିଟ ପାଇଁ ଡେସ୍କ କିମ୍ବା ସୋଫାରେ ଗୋଡ଼ ଟେକି ବସିପଡନ୍ତୁ । ଏହିପରି କଲେ ମଧ୍ୟ ମୁଣ୍ଡବ୍ୟଥା ଓ ଚାପରୁ ମୁକ୍ତି ମିଳିଥାଏ ।

ଯଥେଷ୍ଟ ବିଶ୍ରାମ କରନ୍ତୁ: ଗର୍ଭ ସମୟରେ ବିଶ୍ରାମ ନକଲେ କିମ୍ବା ଅଳ୍ପ ବିଶ୍ରାମ କଲେ ମଧ୍ୟ ମୁଣ୍ଡ ବ୍ୟଥା ହୋଇଥାଏ । ବିଶେଷକରି ପ୍ରଥମ ଆଉ ତୃତୀୟ ତିନି ମାସରେ ହାଲିଆ ବେଶି ଲାଗିଥାଏ । ଆଉ ଦୀର୍ଘ ସମୟ ଧରି କାମ କରୁଥିବା କିମ୍ବା ଛୁଆଙ୍କର ଯତ୍ନ ନେଉଥିବା ମା ମାନଙ୍କୁ ମଧ୍ୟ ହାଲିଆ ଲାଗେ । ଏହାଫଳରେ ନିଦ ମଧ୍ୟ ଭଲ ହୁଏନାହିଁ । ଆପଣ ନିଜ ବଢୁଥିବା ପେଟ ଦେଖି ଦେଖି ଚିନ୍ତା କରୁଥାନ୍ତି ଯେ, ସତରେ କଣ ମୁଁ ବିଶ୍ରାମ ପାଇବି ? ଛୁଆ ଜନ୍ମ ପରେ ସବୁତକ କାମ କିପରି କରିବି ? ଫଳରେ କ୍ଲାନ୍ତି ଦ୍ୱିଗୁଣିତ ହୋଇଯାଏ । ସୁଯୋଗ ଓ ସୁବିଧା ପାଇଲେ ବିଶ୍ରାମ କରିବା ଉଚିତ । ଏହାଫଳରେ ମୁଣ୍ଡବ୍ୟଥା କମିଯିବ । ଅତ୍ୟଧିକ ଶୋଇଲେ ମଧ୍ୟ ମୁଣ୍ଡବ୍ୟଥା ବଢ଼ିଯାଏ ।

ଠିକ୍ ସମୟରେ ଖାଆନ୍ତୁ: ବ୍ଲଡ ପ୍ରେସର କମିଥିଲେ ଭୋକ ଯୋଗୁଁ ମଧ୍ୟ ମୁଣ୍ଡ ବ୍ୟଥା ହୋଇଥାଏ । ଭୋକରେ ରହନ୍ତୁ ନାହିଁ । ନିଜ ବ୍ୟାଗରେ, କାରରେ ବା ଘରେ ପୁଷ୍ଟିକର ସ୍ନେକ୍ସ (ସେୟାଚିପ୍ସ, ଗ୍ରେନୋଲାବାର, ଶୁଖିଲା କୋଅ) ରଖିଥାନ୍ତୁ; ଫଳରେ ଭୋକ ହେଲା ମାତ୍ରେ ଖାଇପାରିବେ ।

ଧୀରସ୍ଥିର ରହନ୍ତୁ: ଯଦି ପାଟିତୁଣ୍ଡ କାନକୁ ବାଧୁଥାଏ, ତେବେ କୋଳାହଳ ବା ଜନଗହଳି ଭିତରକୁ ପଶନ୍ତୁ ନାହିଁ । ଆପଣଙ୍କ କର୍ମସ୍ଥଳୀ ସେପରି ଜାଗାରେ ଅବସ୍ଥିତ ଥବଲେ ନିଜର ବସ୍‌ଙ୍କୁ କହି ନିଛାଟିଆ ସ୍ଥାନକୁ ବଦଳି କରି ପଳାନ୍ତୁ । ଘରେ ଟିଭି, ଟେଲିଫୋନ ଓ ରେଡିଓରେ ସ୍ୱର କମ୍ ରଖନ୍ତୁ ।

କାରପସ୍ ଲୁଟେୟମ୍ ସିଷ୍ଟ କ'ଣ ?

ଆପଣ ମଧ୍ୟ ଜାଣିବାକୁ ଚାହିଁବେ ଯେ ଏହି କାରପସ ଲୁଟେୟମ କଣ ଅଟେ ? ଆପଣଙ୍କ ପ୍ରଜନନ ଜୀବନର ପ୍ରତ୍ୟେକ ମାସରେ ସ୍ବଷ୍ଟ ଡିମ୍ବାଣୁ ପରେ କୋଷସମୂହ ଦ୍ୱାରା ହଳଦିଆ ରଂଗର ଦେହପରି ଏହା ତିଆରି ହୋଇଥାଏ । ଏହାକୁ ୟଲ୍ଲୋ ବଡି (କାରପସ୍ ୟୁଟେୟମ) କହିଥାନ୍ତି । ଏହା କେତେ ପରିମାଣରେ ପ୍ରୋଜେଷ୍ଟାରନ ଓ ହସ୍ଟ୍ରୋଜନ ତିଆରି କରିଥାଏ । ଆପଣ ଗର୍ଭବତୀ ହେଲାବେଳେ ଏହା କମିବା ପରିବର୍ତ୍ତେ ବଢ଼ିଥାଏ । ଭ୍ରୁଣ ସୃଷ୍ଟି ହେଲା ପର୍ଯ୍ୟନ୍ତ । ପ୍ରାୟ ୧୦ମ ସପ୍ତାହ ପର୍ଯ୍ୟନ୍ତ କାମ କରିବା ବନ୍ଦ ହୋଇଥାଏ ହେଲେ କେତେକ ଗର୍ଭରେ ଏହା ସିଷ୍ଟକର ପରିଣତ ହୋଇଯାଏ । ଏହା ଗର୍ଭଧାରଣରେ କୌଣସି ପ୍ରଭାବ ପକାଏ ନାହିଁ । ଏହା ସ୍ୱତଃସ୍ଫୁର୍ତ୍ତ ଭାବେ ଦ୍ୱିତୀୟ ତିନିମାସରେ କମିଯାଏ । ଅବଶ୍ୟ ଡାକ୍ତର ଏଥିପ୍ରତି ଦୃଷ୍ଟିଦେଇ ଅଲଟ୍ରାସାଉଣ୍ଡ ମାଧ୍ୟମରେ ସଦ୍ୟସୂଚନା ପ୍ରଦାନ କରିଥାନ୍ତି; ଅର୍ଥାତ୍ ନିଜ ଶିଶୁକୁ ଦେଖିବାର ସୁଯୋଗ ଆପଣ ପାଇପାରନ୍ତି ।

ବାୟୁଚଳାଚଳ ଜାଗାରେ ରହନ୍ତୁ: ଜନଗହଳି ଓ ସନ୍ତସନ୍ତିଆ ଜାଗାରେ ରହନ୍ତୁ ନାହିଁ । ନଚେତ ମୁଣ୍ଡ ବ୍ୟଥା ହେବା ସୁନିଶ୍ଚିତ । ଯଦି ଏପରି ଜାଗାରେ ବାନ୍ଧି ହୋଇଥାନ୍ତି, ତେବେ ସେଠାରୁ ମୁକ୍ତ ହୋଇ ଖୋଲା ଜାଗାରେ ନିଶ୍ୱାସ ମାରନ୍ତୁ । ସ୍ୱେଟର ପିନ୍ଧିଥବଲେ ଖୋଲିଦିଅନ୍ତୁ । ଯଦି ପଦାକୁ ଯାଇପାରୁ ନାହାନ୍ତି, ତେବେ ଅତିକମ୍‌ରେ ଝରକା ଖୋଲି ଦିଅନ୍ତୁ ।

ଆଲୁଅ ପ୍ରତି ଦୃଷ୍ଟି ଦିଅନ୍ତୁ: ନିଜ ଆଖପାଖରେ ଥିବା ଆଲୁଅ ପ୍ରତି ଦୃଷ୍ଟି ଦିଅନ୍ତୁ। ଅନେକ ସ୍ଥାନରେ ଫ୍ଲୋରୋସେଣଟ ବଲ୍ ମଧ୍ୟ ମୁଣ୍ଡବ୍ୟଥା ସୃଷ୍ଟି କରିଥାଏ । ଯଦି ଆଲୁଅ (ଦୀପ) ଜଳେଇବାକୁ ପଡୁଥାଏ, ତେବେ ମଝିରେ ମଝିରେ ପଦାକୁ ଯାଆନ୍ତୁ ।

ବିକଳ୍ପ ବ୍ୟବସ୍ଥା କରନ୍ତୁ: ଏକ୍ୟୁପଞ୍ଚର, ଏକ୍ୟୁପ୍ରେସର, ବାୟୋଫିଡବେକ୍ ଓ ମାଲିସ ଭଳି ବୈକଳ୍ପିକ ଚିକିତ୍ସା ବ୍ୟବସ୍ଥା କରନ୍ତୁ ।

ଉଷୁମ ଓ ଥଣ୍ଡା ସେକ: ସାଇନସର ମୁଣ୍ଡ ବ୍ୟଥାରୁ ରକ୍ଷା ପାଇଁ ଦିନକୁ ଚାରିଥର ୧୦ ମିନିଟ ଲେଖାଏଁ ୩୦-୩୦ ସେକେଣ୍ଡ ପାଇଁ ମୁଣ୍ଡରେ ଉଷୁମ ଓ ଥଣ୍ଡା ସେକ ଦିଅନ୍ତୁ । ମାନସିକ ଚାପ ଯୋଗୁଁ ମୁଣ୍ଡବ୍ୟଥା ହେଲେ, ଗଳାର ପଛପଟରେ ବରଫ ଖଣ୍ଡ ଦେଇ ଆଖି ବନ୍ଦ କରନ୍ତୁ । ସାଧାରଣ ଆଇସ ପେକ୍ କିମ୍ବା ଜେଲ ବେସଡ୍ ନେକ ପିଲୋ ବ୍ୟବହାର କରନ୍ତୁ ।

ପୋଷ୍ଚର ସିଧା ରଖନ୍ତୁ: ଅଣ୍ଟା ତଳକୁ ନଇଁ କିମ୍ବା ଏପାଖ ସେପାଖ ବସି ଦୀର୍ଘ ସମୟ ଧରି କାମ କରନ୍ତୁ ନାହିଁ । ନିଜ ଦେହ, ଅଣ୍ଟା ତଥା ଗର୍ଭ ପ୍ରତି ସତର୍କ ରୁହନ୍ତୁ ।

ଔଷଧ ଖାଆନ୍ତୁ: ଯଦିଚ ଠିକ୍ ନହୁଏ, ତେବେ ଔଷଧ ଖାଆନ୍ତୁ । ଅବଶ୍ୟ ଡାଇଲିଜୋଲ ଖାଇଲେ ଆରାମ ମିଳିଥାଏ । ଏହା ଗର୍ଭଧାରଣ ସମୟ ପାଇଁ ଅନୁକୂଳ ଓ ନିରାପଦ । ଡାକ୍ତରଙ୍କ ଅନୁସାରେ ସଠିକ୍ ଡୋଜ ଖାଆନ୍ତୁ । ଯଦି ଅନେକ ସମୟ ଧରି ଲାଗି ଲାଗ ଅଦ୍ଭୁତ ଯନ୍ତ୍ରଣା ହୁଏ, ଜ୍ୱର ହୁଏ ଓ ଯନ୍ତ୍ରଣା ବାରମ୍ବାର ଦେଖାଦିଏ କିମ୍ବା ହାତ-ପାଦ ଫୁଲିଯାଏ ତେବେ ଡାକ୍ତରଙ୍କ ପରାମର୍ଶ ବାଞ୍ଛନୀୟ ।

"ମତେ ମାଇଗ୍ରେନ ଯନ୍ତ୍ରଣା ହେଉଥାଏ । ମୁଁ ଶୁଣିଛି ଯେ, ଏହା ଗର୍ଭଧାରଣ ସମୟରେ ବେଶି ବଢ଼ିଯାଏ । ଏହା କ'ଣ ସତ ?"

ଅନେକ ଗର୍ଭବତୀ ମହିଳାମାନଙ୍କୁ ଏପରି ମନେହୁଏ ଯେ ତାଙ୍କର ମାଇଗ୍ରେନ୍‌ର ଯନ୍ତ୍ରଣା ବେଳ ବଢ଼ିଯାଇଛି । ଅନେକ ଭାଗ୍ୟବତୀ ମହିଳାମାନଙ୍କ କ୍ଷେତ୍ରରେ ଏ ଯନ୍ତ୍ରଣା ଅବଶ୍ୟ କମିଯାଇଥାଏ । ଏହା ଏଯାଏଁ ଜଣାପଡ଼ିନାହିଁ ଯେ, ମାଇଗ୍ରେନ୍‌ର ପରିମାଣ କମ୍ କିମ୍ବା ବେଶି କାହିଁକି ହୋଇଥାଏ ।

ଯଦି ଆପଣ ଆଗରୁ ମାଇଗ୍ରେନ ଗ୍ରସ୍ତ ହୋଇଥାନ୍ତି ତେବେ ନିଜ ଡାକ୍ତରଙ୍କୁ ପଚାର୍ନ୍ତୁ ଯେ ଗର୍ଭ ବେଳେ କେଉଁ ଔଷଧ ଖାଇବା ନିରାପଦ ହେବ । ଏହିପରି ଭାବରେ ଆପଣ କଷ୍ଟକର ଯନ୍ତ୍ରଣାଠାରୁ ରକ୍ଷା ପାଇବାର ଉପାୟ କରିପାରିବେ ।

ଯଦି ଆପଣ ଜାଣିପାରନ୍ତି ଯେ କେଉଁ କାରଣରୁ ମାଇଗ୍ରେନ ହୋଇଥାଏ, ତେବେ ତାକୁ ରୋକିବାର

ଉପାୟ କରିପାରିବେ । ଚକୋଲେଟ, ଲହୁଣୀ, କଫି କିମ୍ବା ମାନସିକ ଚାପ ନିଜ ମୁହଁରେ ଥଣ୍ଡା ପାଣିର ଛଟା ମାରନ୍ତୁ, ଥଣ୍ଡା ଲୁଗାରେ ପୋଛନ୍ତୁ । ପାଟିତୁଣ୍ଡ, ଆଲୁଅ ଓ ଗନ୍ଧରୁ ଦୂରେଇ ରହି କୌଣସି ଅନ୍ଧକାର କୋଠରିରେ ୨-୩ ଘଣ୍ଟା ଶୋଇ ପଡନ୍ତୁ । ଆଖି ବୁଜି ଧ୍ୟାନ କରନ୍ତୁ କିମ୍ବା ଗୀତ ଶୁଣନ୍ତୁ । ପଢ଼ା ପଢ଼ି କରନ୍ତୁନି କି ଟିଭି ମଧ୍ୟ ଦେଖନ୍ତୁ ନାହିଁ । ବାୟୋଫିଡ୍‌ବେକ୍ କିମ୍ବା ଏକ୍ୟୁପଞ୍ଚର ଭଳି କୌଶଳ ଅକ୍ତିୟାର ମଧ୍ୟ କରିପାରନ୍ତି ।

ଷ୍ଟ୍ରେଚ୍ ମାର୍କ୍ସ

"କାଲେ ମୋ ଦେହରେ ଷ୍ଟ୍ରେଚ୍ ମାର୍କ୍ସ ହୋଇଯିବ ବୋଲି ଆଶଙ୍କା ଅଛି । ହେଲେ, ଏହାକୁ କ'ଣ ଦୂରେଇ ହେବ କି?"

ଏହାକୁ କେହି ମଧ୍ୟ ପସନ୍ଦ କରନ୍ତି ନାହିଁ, ହେଲେ ଅଧିକାଂଶ ଗର୍ଭବତୀ ସ୍ତ୍ରୀମାନଙ୍କ ଠାରେ ଗର୍ଭଧାରଣ ସମୟରେ ସ୍ତନ, ହିପ୍ସ କିମ୍ବା ପେଟରେ ଈଷତ୍ ନାଲି, ଗୋଲାପୀ ରଂଗର ଷ୍ଟ୍ରେଚମାର୍କ ଦେଖାଦେଇଥାଏ ।

ଆପଣଙ୍କ ତ୍ୱଚାର ତଳ ଭାଗରେ ଈଷତ୍ ଫାଟ ସୃଷ୍ଟି ହେଲେ ଏସବୁ ଚିହ୍ନ ପଡ଼ିଥାଏ । ଯେଉଁ ଗର୍ଭବତୀ ମା'ମାନଙ୍କର ଚର୍ମ ମସୃଣ ଓ ପୁଷ୍ଟିକର ଖାଦ୍ୟ ତଥା ବ୍ୟାୟାମ ବଳରେ ପରିପୁଷ୍ଟ କରିଥାନ୍ତି, ସେମାନେ ଅନେକ ଥର ମା'ହେଲା ସତ୍ତ୍ୱେ ମଧ୍ୟ ତାଙ୍କ ଠାରେ ଫାଟ ଚିହ୍ନ ଦୃଶ୍ୟମାନ ହୋଇନଥାଏ । ଯଦି ଆପଣଙ୍କର ମାଙ୍କୁ ଷ୍ଟେଟ୍ରଚମାର୍କ ହୋଇଥାଏ, ତେବେ ଆପଣଙ୍କୁ ହେବା ସୁନିଶ୍ଚିତ । ମନେକର ତାଙ୍କୁ ଏପରି ନହୁଏ, ତେବେ ହୁଏତ ଆପଣଙ୍କୁ ମଧ୍ୟ ହେବନାହିଁ ।

ଅବଶ୍ୟ ଆପଣ ଚାହିଁଲେ ନିଜ ତରଫରୁ ରକ୍ଷାପାଇଁ ଉପାୟମାନ କରିପାରନ୍ତି । ଯଥା: ଓଜନ ଆସ୍ତେ ଆସ୍ତେ ବଢ଼େଇବା (ଯେତେ ଶୀଘ୍ର ଓଜନ ବଢ଼ିବ ସେତେ ଶୀଘ୍ର ତ୍ୱଚା ଟାଣିହେବ) ନିଜ ତ୍ୱଚାକୁ ଭିଟାମିନ-ସି ଯୁକ୍ତ ଆହାର ଦିଅନ୍ତୁ । ଫଳରେ ଏହା ମସୃଣ ହେବ । ଆପଣ ଚାହିଁଲେ କୋକୋରେ ଭଳି ମଏଶ୍ଚରାଇଜର ମଧ୍ୟ ବ୍ୟବହାର କରିପାରନ୍ତି । ଏହାଦ୍ୱାରା ଅତିକମ୍‌ରେ ତ୍ୱଚା ଶୁଷ୍କ ହେବନାହିଁ କି ଯନ୍ତ୍ରଣା ମଧ୍ୟ ହେବନାହିଁ । ନିଜ ସ୍ୱାମୀଙ୍କୁ କହି ପେଟରେ ମାଲିସ କରନ୍ତୁ ।

ଉଭୟଙ୍କ ସକାଶେ ଶାରୀରିକ ଚିତ୍ରକଳା

"ହଟ୍‌ମମ୍'ର ଟେଟୁ ଦେହରେ ଆଙ୍କିବାକୁ ଯାଉଥିଲେ ଅପେକ୍ଷା କରନ୍ତୁ । ଅବଶ୍ୟ ଏହାର ସ୍ୟାହି ଆପେ ଆପେ ଆପଣଙ୍କ ଦେହରେ ମିଶିବ ନାହିଁ । ହେଲେ ଛୁଞ୍ଚି ଯୋଗୁଁ ସଂକ୍ରମଣ ହୋଇପାରେ । ତେଣୁ ଜାଣି ଜାଣି ବିପଦକୁ କାହିଁକି ସ୍ୱାଗତ କରିବା?

ଅନେକ ଥର ଗର୍ଭବେଳେ ଅଙ୍କା ହୋଇଥିବା ଦେହର ଚିତ୍ର, ପ୍ରସବ ଉତ୍ତାରେ ବଡ଼ ବିଚିତ୍ର ଦେଖାଯାଇଥାଏ । ଏଣୁକରି ବଡି ଆର୍ଟ କିମ୍ବା ଶାରୀରିକ ଚିତ୍ରକଳା କରିବା ପୂର୍ବରୁ ଅଳ୍ପ ଧୈର୍ଯ୍ୟ ରଖି ଶିଶୁ ଜନ୍ମ ହେଲାପର୍ଯ୍ୟନ୍ତ ଅପେକ୍ଷା କରନ୍ତୁ ।

ଅବଶ୍ୟ ସଉକ ମେଣ୍ଟେଇବାକୁ ଚାହୁଁଥିଲେ ମଂଜୁଆତି ଲଗେଇ ପାରନ୍ତି । ହେଲେ ପ୍ରାକୃତିକ ମେହେନ୍ଦି ଲଗେଇବାକୁ ହେବ । କେମିକାଲଯୁକ୍ତ କଳାମେହେନ୍ଦି କ୍ଷତି କରିପାରେ । ଏଥି ପାଇଁ ମଧ୍ୟ ପ୍ରଥମେ ଡାକ୍ତରଙ୍କୁ ପଚାରି ବୁଝନ୍ତୁ । କାରଣ ଅତି ସମ୍ବେଦନଶୀଳ ତ୍ୱଚାମାନଙ୍କରେ ଏଲାର୍ଜି ହେବାର ଆଶଙ୍କା ଥାଏ । ଏଣୁ ପ୍ରଥମେ ପରୀକ୍ଷା କରିପକାନ୍ତୁ । ଯଦିଚ ୨୪ ଘଣ୍ଟା ପର୍ଯ୍ୟନ୍ତ କୌଣସି ପାର୍ଶ୍ୱ ପ୍ରତିକ୍ରିୟା ସୃଷ୍ଟି ନହୁଏ, ତେବେ ନିରାପଦ ଭାବି ବ୍ୟବହାର କରନ୍ତୁ ।

ଯଦି ଆପଣଙ୍କ ପେଟର ଚିହ୍ନ ବହଳ ଜଣାପଡ଼େ ତେବେ ମଧ୍ୟ ବ୍ୟତିବ୍ୟସ୍ତ ହୁଅନ୍ତୁ ନାହିଁ । ପ୍ରସବ ପରେ ଏହା ଆସ୍ତେ ଆସ୍ତେ ଈଷତ୍ ଦେଖାଯିବ । ଅବଶ୍ୟ ପ୍ରସବ ଉତ୍ତାରେ ଯେକୌଣସି ଜଣେ ଚର୍ମ ବିଶେଷଜ୍ଞଙ୍କର ପରାମର୍ଶ ଗ୍ରହଣ କରାଯାଇପାରେ । ସେ ପର୍ଯ୍ୟନ୍ତ ଏହାକୁ ଖୁସିରେ ସ୍ୱୀକାର କରିବାକୁ ହେବ ।

ପ୍ରଥମ ତିନିମାସ ଓ ଓଜନ ବୃଦ୍ଧି

"ପ୍ରଥମ ତିନିମାସ ଶେଷ ହେବାକୁ ଯାଉଛି, ହେଲେ ଏଯାଏଁ ମୋର ଓଜନ ବୃଦ୍ଧି ହୋଇନାହିଁ?"

ଅନେକ ଗର୍ଭବତୀ ସ୍ତ୍ରୀମାନେ ଆରମ୍ଭରେ ନିଜ ଓଜନ ବଢ଼େଇ ପାରି ନାହିଁ । ବରଂ ଅନେକଙ୍କର ଓଜନ କମିଯାଇଥାଏ । ମର୍ଣ୍ଣିଂ ସିକ୍‌ନେସ ଯୋଗୁଁ

ଏପରି ହୁଏ । ଭାଗ୍ୟକୁ ପ୍ରକୃତି ନିଜେ ଆପଣଙ୍କ ଶିଶୁର ରକ୍ଷା କରିଥାଏ । ହୁଏତ ଆପଣ ବ୍ୟକ୍ତି ଓ ଖାଦ୍ୟପ୍ରତି ଅରୁଚି ଯୋଗୁଁ ଖାଉନଥାନ୍ତୁ ।

ଛୋଟିଆ ଭ୍ରୁଣ ସକାଶେ ବେଶି କାଦ୍ୟ ଆବଶ୍ୟକ ହୁଏନାହିଁ, ଏହାର ଅର୍ଥ ହେଲା ବତର୍ତମାନ ଓଜନ ନ ବଢ଼ିଲେ ମଧ୍ୟ କୌଣସି କୁପ୍ରଭାବ ପଡ଼ିବ ନାହିଁ । ଭ୍ରୂଣ ବଡ଼ ହେବା ସାଂଗକୁ ତା'ପାଇଁ ଅଧିକା ପୋଷିଣ ଓ କେଲୋରୀ ଆବଶ୍ୟକ ହେଲେ ଆପଣ ଓଜନ ବଢ଼େଇବେ ।

ବର୍ତ୍ତମାନ ଏଥିପାଇଁ ବ୍ୟସ୍ତ ହୁଅନ୍ତୁ ନାହିଁ । ଚତୁର୍ଥ ମାସ ବେଳକୁ ଆପଣଙ୍‌କର ଓଜନ ଠିକ୍ ଭାବରେ ବଢ଼ିବାକୁ ଲାଗିବ । ଯଦି ଓଜନ ବୃଦ୍ଧିରେ ଅସୁବିଧା ହୁଏ, ତେବେ ଖାଦ୍ୟରେ କେଲୋରୀର ପରିମାଣ ବଢ଼େଇ ଦିଅନ୍ତୁ । ଏକାଥରକେ ବେଶି ଖାଇ ନ ପାରିଲେ ଛଥର କରି ଖାଆନ୍ତୁ । ସାଲାଡ ଓ ସୁପ୍‌କୁ ପରେ ଖିଆଯାଇପାରେ । କାରଣ ଏକା ସାଙ୍ଗରେ ଖାଇଲେ ପେଟ ପୂରିଯିବ ଅଥଚ ଖାଦ୍ୟ ଖାଇହେବ ନାହିଁ । ଚର୍ବିଯୁକ୍ତ ଭୋଜନ (ଖୋଆ, ଲବଣୀ, ଅଲିଭ ତେଲ) ଗ୍ରହଣ କରନ୍ତୁ; ହେଲେ ଜଙ୍କଫୁଡ୍ ଖାଆନ୍ତୁ ନାହିଁ । ଏଭଳି ଖାଦ୍ୟ ଖାଇ ଓଜନ ବଢ଼େଇଲେ ଏହାର ପ୍ରଭାବ ଶିଶୁ ଉପରେ ନୁହଁ ବରଂ ନିଜର ଜଂଘ ଓ ନିତମ୍ବରେ ପଡ଼ିଥାଏ ।

"ମୁଁ ମାତ୍ର ୧୨ ସପ୍ତାହର ଗର୍ଭଧାରଣ କରିଛି; ହେଲେ ମୁଁ ଏବେଠାରୁ ୧୩ ପାଉଣ୍ଡ ଓଜନ ବଢ଼ିଥିବା ଦେଖି ହତଚକିତ ! ହେଲେ ବର୍ତ୍ତମାନ ମୁଁ କ'ଣ କରିବି ?"

ସର୍ବପ୍ରଥମେ ବ୍ୟତିବ୍ୟସ୍ତ ହୁଅନ୍ତୁ ନାହିଁ । ଅନେକଙ୍କୁ ପ୍ରଥମ ତିନିମାସରେ ଏହିଭଳି ପରିସ୍ଥିତିର ସମ୍ମୁଖୀନ ହେବାକୁ ପଡ଼ିଥାଏ । ନିକିତିରୁ ଓହ୍ଲେଇବା କ୍ଷଣି ସେମାନେ ବ୍ୟତିବ୍ୟସ୍ତ ହୋଇଥାନ୍ତି, ତାଙ୍କ ଓଜନ ଏତେ ବେଶି କେମିତି ହେଲା ? ଅନେକ ଥର ଭଲ ଖାଦ୍ୟପେୟ ଯୋଗୁଁ ଏପରି ହୋଇଥାଏ । ସେମାନେ ପ୍ରଥମ ଦିବସରୁ ହିଁ ଦୁଇ ଜଣଙ୍କ ପାଇଁ ଖାଉଛୁ ବୋଲି ଭାବିଥାନ୍ତି ।

ଅନେକ ଥର ବାନ୍ତି ଲାଗିଲେ ଅବଶ୍ୟକରୁ ଅଧିକ ଆଇସ୍କ୍ରିମ, ପାସ୍ତା, ବର୍ଗର କିମ୍ବା ବ୍ରେଡ୍ ଖାଇପକାନ୍ତି ।

ଏହି ଓଜନକୁ ଦେଖି ବ୍ୟତିବ୍ୟସ୍ତ ହେବା ଆବଶ୍ୟକ ନୁହଁ । ଆପଣ ଉକ୍ତ ଓଜନକୁ ଛ'ମାସ କାଳ ଗଡ଼େଇ ପାରିବେ ନାହିଁ; କାରଣ ଶିଶୁ ବଡ଼, ହେବା ସାଂଗକୁ ଅତିରିକ୍ତ ଖାଦ୍ୟ ମଧ୍ୟ ବଢ଼ି ବଢ଼ି ଯିବ । ଏଣୁକରି କେଲୋରୀ ହ୍ରାସ କରିବାକୁ ଚାହାନ୍ତୁ ନାହିଁ । ଅବଶ୍ୟ ଆପଣ ଚାହିଁଲେ ଅଳ୍ପ ସତର୍କ ହୋଇ ଏହାକୁ ମନ୍ଥର କରିପାରନ୍ତି ।

ଡାକ୍ତରଙ୍କୁ ପରାମର୍ଶ କରନ୍ତୁ । ଆସନ୍ତା ଦୁଇ ତିନି ମାସ ସକାଶେ ଓଜନର ଲକ୍ଷ୍ୟ ସ୍ଥିର କରନ୍ତୁ ଓ ସେହି ଅନୁପାତରେ ଓଜନ ବଢ଼ାନ୍ତୁ । ଫଳରେ ଶିଶୁକୁ ଉପଯୁକ୍ତ ପୋଷଣ ମିଳିବା ସାଂଗକୁ ପ୍ରସବ ପରେ ଆପଣଙ୍କୁ ଓଜନ କମେଇବାକୁ ପଡ଼ିବ ନାହିଁ ।

ଗର୍ଭବତୀ ଭଳି ଦେଖାଯିବା

"ମୁଁ ବର୍ତ୍ତମାନ ପ୍ରଥମ ତିନି ମାସରେ ଅଛି । ହେଲେ ଏବେଠାରୁ ମୁଁ ଗର୍ଭବତୀ ପରି ଦିଶୁଛି ?"

ଅନେକ ଗର୍ଭବତୀ ମାନଙ୍‌କର ପେଟ ବହୁ ସମୟ ପର୍ଯ୍ୟନ୍ତ ମଧ୍ୟ ଜଣାପଡ଼ି ନଥାଏ ଆଉ ଅନେକଙ୍‌କର ଆରମ୍ଭରୁ ପେଟ ଦେଖାଯାଏ । କାରଣ ପ୍ରତ୍ୟେକ ଗର୍ଭଧାରଣ ସ୍ୱତନ୍ତ୍ର ଓ ପୃଥକ ହୋଇଥାଏ । ଆପଣ ବୋଧହୁଏ ଏକଥାକୁ ନେଇ ବ୍ୟତିବ୍ୟସ୍ତ ହେଇପାରନ୍ତି ଯେ, ଏବେ ଯଦି ଏପରି ଦେଖା ଯାଉଛି, ତେବେ ପରେ ମୁଁ କେମିତି ଦିଶିବି ? ନାଇଁ ? ହେଲେ ବ୍ୟସ୍ତ ହୁଅନ୍ତୁନି !

ପୁଅ ଯେତେହେଲେ ବି ପୁଅ

ଦ୍ୱିତୀୟ ତିନିମାସ ଶେଷ ହେଲାବେଳକୁ ଆପଣଙ୍କ ହଜିଥିବା ଭୋକ ପୁଣିଥରେ ଫେରି ଆସିବ, ହେଲେ ବେଶି ଭୋକ ହେଉଥିଲେ ବୋଧହୁଏ ଭ୍ରୂଣଟି ପୁଅ ହୋଇପାରେ । ଅଧ୍ୟୟନରୁ ଏକଥା ଜଣାପଡ଼ିଚି ଯେ ଝିଅ ଭ୍ରୂଣର ମା' ତୁଳନାରେ ପୁଅ ଭ୍ରୂଣର ମା' ମାନଙ୍କୁ ବେଶି ଭୋକ ହୁଏ ବା ସେମାନେ ଖୁବ୍ ଖାଆନ୍ତି । ତେଣୁକରି ଜନ୍ମବେଳେ ପୁଅର ଓଜନ ବେଶି ହୋଇଥାଏ । ବୋଧେ ଖାଲି ଖାଇବା କଥା ଚିନ୍ତା କରନ୍ତି ।

ଶୀଘ୍ର ପେଟ ବଢ଼ିବାର ନିମ୍ନ କାରଣମାନ ଥାଇପାରେ:

- ଆପଣଙ୍କ ପେଟର ଗଠନ ଛୋଟ ଥାଇପାରେ ଏଣୁ ବୃଦ୍ଧି ପାଉଥିବା ଗର୍ଭାଶୟ ଲୁଚିବା ପାଇଁ ଜାଗା ଅଭାବ ହେବାକୁ ପେଟ ବଢ଼ିବା ସ୍ୱାଭାବିକ ।

- ଆପଣଙ୍କର ମାଂସପେଶୀ ଯଦି ଦୁର୍ବଳ ଥାଏ ତେବେ ମଧ୍ୟ ପେଟ ଶୀଘ୍ର ଦିଶିପାରେ । ତେଣୁକରି ଦ୍ୱିତୀୟ ଗର୍ଭଧାରଣରେ ମଧ୍ୟ ଏହା ସ୍ପଷ୍ଟ ଦୃଶ୍ୟମାନ ହୁଏ, କାରଣ ଆଗରୁ ଏହା ପ୍ରସାରିତ ହୋଇଥାଏ ।

- ଗର୍ଭବତୀ ହେଲି ବୋଲି ଜାଣିବା ପରେ ଯଦି ଆପଣ ପ୍ରଚୁର ଖାଦ୍ୟ ଖାଇବା ଆରମ୍ଭ କରି ଦିଅନ୍ତି, ତେବେ ମଧ୍ୟ ପେଟ ଶୀଘ୍ର ଦେଖାଯିବ କାରଣ ଚର୍ବିକୁ ଆଡେ ଯିବ ?

- ଯଦି ଗର୍ଭ ଆରମ୍ଭ ହେବାର ପ୍ରକୃତ ତିଥି ଜଣାନପଡ଼େ ତେବେ ମଧ୍ୟ ଏପରି ହେବା ସମ୍ଭବ ।

- ଅନେକ ଥର ପେଟ ଗୋଳମାଳ ଓ ଗ୍ୟାସ ଭର୍ତିଥିବା ଯୋଗୁଁ ମଧ୍ୟ ଏପରି ଲକ୍ଷ୍ୟ କରାଯାଇପାରେ ।

-ଅନେକଥର ପ୍ରଥମ ତିନିମାସରେ ମଧ୍ୟ ପେଟ ବଢ଼ିଲା ପରି ଦେଖାଯାଏ । ଏଭଳି ମା'ଙ୍କ ଗର୍ଭରେ ହୁଏତ ଯାଆଁଳା ଶିଶୁ ଥାଇପାରନ୍ତି । ଅବଶ୍ୟ ସାଧାରରତଃ ପେଟ ଦିଶିଲେ ଯାଆଁଳା ଛୁଆ ହେବ ବୋଲି ମାନେ ନୁହଁ; ଏଣୁ ବ୍ୟତିବ୍ୟସ୍ତ ହୁଅନ୍ତୁନି ।

ଯାଆଁଳା ଶିଶୁ

"ଡାକ୍ତର କିପରି ଜାଣିପାରିବେ ଯେ, ମୋ ପେଟରେ ଯାଆଁଳା ଶିଶୁ ଅଛନ୍ତି ନା ନାହିଁ ?"

ଆପଣଙ୍କୁ ଏପରି କିଛି ଅନୁଭୂତି (ମନେ) ହେଉଛି କି? ଏହା ଜାଣିବା ପାଇଁ ଅନେକ ଉପାୟ ଅଛି ।

ସମୟ ପୂର୍ବରୁ ବଡ଼ ଗର୍ଭାଶୟ: ଯାଆଁଳା ଶିଶୁ ଜାଣିବା ପାଇଁ ପେଟ ନୁହଁ, ବରଂ ଗର୍ଭାଶୟର ଆକାର ପ୍ରତି ଦୃଷ୍ଟି ଦେବାକୁ ହେବ । ଯଦି ଡ୍ୟୁଡେଟ୍ ତୁଳନାରେ ଗର୍ଭାଶୟ କ୍ଷିପ୍ର ବେଗରେ ବୃଦ୍ଧି ପାଉଥାଏ, ତେବେ ହୁଏତ ଯାଆଁଳା ଶିଶୁ ଥାଇପାରେ । ଏହାକୁ ମଲଟିପୁଲ ପ୍ରେଗ୍ନେନ୍ସି ବୋଲି କହନ୍ତି । ହେଲେ କେବଳ ପେଟ ବଢ଼ିଗଲେ ଅନୁମାନ କରିହୁଏ ନାହିଁ ।

ଗର୍ଭବେଳେ ବଢ଼ିଥିବା ଲକ୍ଷଣ: ଯାଆଁଳା ଶିଶୁ ହୋଇଥିଲେ ଗର୍ଭାବସ୍ଥାର ଲକ୍ଷଣ ବେଶି ଏପଟ ସେପଟ ହୋଇଥାଏ ଅର୍ଥାତ୍ ଗୋଳମାଳ ଦେଖାଦିଏ, ଯଥା: (ମର୍ଣ୍ଣିଂ ସିକ୍‌ନେସ ଓ ଅଜୀର୍ଣ୍ଣ) ଇତ୍ୟାଦି.. । ହେଲେ ଏସବୁ ଲକ୍ଷଣ ସାମାନ୍ୟ ଗର୍ଭଧାରଣରେ ମଧ୍ୟ ଦେଖାଦେଇଥାଏ ।

- ଅନେକ ଗୁଡ଼ିଏ କାରଣ ଥିଲେ ହିଁ ଜଣେ ମା' ଏକ କିମ୍ବା ଏକାଧିକ ଛୁଆଙ୍କୁ ଜନ୍ମ ଦେଇଥାଏ । ୩୫ ବର୍ଷରୁ ବେଶି ବୟସର ସ୍ତ୍ରୀମାନେ ଓ ଆଇଭିଏଫରେ ଏପରି ହୋଇଥାଏ । ଅନେକ ଥର ଜେନେଟିକ୍ ପ୍ରଭାବବଶତଃ ମଧ୍ୟ ଏପରି ହୁଏ ।

ଡାକ୍ତର ଉଭୟଙ୍କର ହୃଦ୍‌ସ୍ପନ୍ଦନକୁ ପୃଥକ ଭାବରେ ଶୁଣିବାକୁ ଚେଷ୍ଟା କରନ୍ତି । ହେଲେ ଏହାର କୌଣସି ବୈଜ୍ଞାନିକ କୌଶଳ ନାହିଁ । କେବଳ ଅଲଟ୍ରାସାଉଣ୍ଡ ବଳରେ ହିଁ ଏହା ସ୍ପଷ୍ଟ ଜଣାପଡ଼ିଥାଏ । ସାଧାରଣତଃ ଏହି ଉପାୟ ଅବଲମ୍ବନ କରାଯାଇଥାଏ (ଯଦିଚ ଜଣେ ଭ୍ରୁଣ ପଛରେ ଆଉ ଏକ ଭ୍ରୁଣ ଲୁଚି ନରହେ) ଏହା ହିଁ ଏକମାତ୍ର ଉପାୟ ।

ଛୁଆର ହୃଦ୍‌ସ୍ପନ୍ଦନ

"ମୋ ସଂଗାତ ଛୁଆର ହୃଦ୍‌ସ୍ପନ୍ଦନ ଗର୍ଭର ଦଶମ ସପ୍ତାହରେ ଶୁଣି ପାରିଥିଲେ । ହେଲେ ମୁଁ ସପ୍ତାହକ ଆଗରୁ ଏହା ଶୁଣିଲି, ହେଲେ ଏଯାଏ ଆମ ଡାକ୍ତର ଶିଶୁର ହୃଦ୍‌ସ୍ପନ୍ଦନ ଶୁଣିପାରିନାହାନ୍ତି ଏପରି କାହିଁକି ?"

ଯେକୌଣସି ଭାବି ବାପା-ମାନ'ଙ୍କ ପକ୍ଷରେ ଗର୍ଭସ୍ଥ ଶିଶୁର ହୃଦ୍‌ସ୍ପନ୍ଦନ ଶୁଣିବା ମଧୁର ସଂଗୀତ ଶୁଣିବା ଠାରୁ ନ୍ୟୁନ ହୋଇନପାରେ । ହୁଏତ ଆପଣ ପ୍ରଥମେ ଏହାକୁ ଅଲଟ୍ରାସାଉଣ୍ଡରେ ଦେଖିଥାନ୍ତି; ହେଲେ ଡାକ୍ତରଙ୍କ କ୍ଲିନିକଷର ଥିବା ଡପଲର ସହାୟତାରେ ଶୁଣିବାର ମଜା ନିଆରା ।

ଅବଶ୍ୟ ୧୦ ରୁ ୧୨ ସପ୍ତାହରେ ଡପଲର ସାହାଯ୍ୟରେ ଶିଶୁର ସ୍ପନ୍ଦନ ଶୁଣାଯାଇଥାଏ ହେଲେ ସମସ୍ତେ ଏହା ଶୁଣି ପାରନ୍ତି ନାହିଁ ।

ପୁଅ ନା ଝିଅ

ଆଗକାଳିଆ ଧାଈ ଓ କେତେକ ଡାକ୍ତରଙ୍କ ମତାନୁସାରେ ହୃଦ୍‌ସ୍ପନ୍ଦନ ବଳରେ ଶିଶୁର ଲିଙ୍ଗ ଜଣାପଡ଼ିପାରେ । ୧୪୦ ଥରରରୁ ଅଧିକ ସ୍ପନ୍ଦନ ହେଲେ ଝିଅ କିମ୍ବା ୧୪୦ ଥରରୁ କମ୍ ହେଲେ ପୁଅ ହୋଇପାରେ । ଏହାକୁ ମଜାଳିଆ ଭାବରେ ଗ୍ରହଣ କରାଯାଇପାରେ; ହେଲେ ଏହାକୁ ସତ୍ୟ ମନେକରି ସେହି ଅନୁସାରେ ନର୍ସରୀର ରଂଗ ନିର୍ବାଚନ କରିବା ଅନୁଚିତ ।

ସମସ୍ତ ବାପା-ମାନ ମାନଙ୍କୁ ଏପରିସ ସୁଯୋଗ ମିଳେନାହିଁ । ଅନେକ ଥର ଗର୍ଭସ୍ଥ ଶିଶୁ ବା ଭ୍ରୁଣର ଅବସ୍ଥିତି ଅନୁସାରେ ଏପରି ସମ୍ଭବ ହୁଏନାହିଁ । କାରଣ ପେଟରେ ବହଳ ମେଦ ପ୍ରସ୍ତ ପ୍ରସ୍ତ ହୋଇ ରହିଥାଏ । ଡ୍ୟୁଡେଟର ଭୁଲ ଅନୁମାନ ମଦ୍ୟ ଏହାର ଏକ କାରଣ ହୋଇପାରେ । ୧୪ଶ ସପ୍ତାହ ବେଳକୁ ଅବଶ୍ୟ ନିଶ୍ଚିତ ଭାବରେ ଆପଣ ଶିଶୁର ହୃଦ୍‌ସ୍ପନ୍ଦନ ଶୁଣିପାରିବେ ଯଦି ଏତେ ସମୟ ଧୈର୍ଯ୍ୟ ଧରିବା ଆପଣଙ୍କ ପକ୍ଷରେ ସମ୍ଭବ ନୁହଁ, ତେବେ ଡାକ୍ତର ଅଲଟ୍ରାସାଉଣ୍ଡରେ ଆପଣଙ୍କୁ ଦେଖେଇ ଦେଇ ପାରିବେ ।

ଗର୍ଭସ୍ଥ ଶିଶୁର ସ୍ପନ୍ଦନ ଶୁଣିଲା ବେଳେ ଦୃଷ୍ଟି ଦିଅନ୍ତୁ ଯେ ତାର ହାରାହାରି ସ୍ପନ୍ଦନ ମିନିଟକୁ ୧୦୦ ଥର ହୋଇଥାଏ । ତାର ଉତ୍ତମ ଦର ହେଲା ୧୧୦ରୁ ୧୬୦ ଥର ପ୍ରତି ମିନିଟ ମଧ୍ୟମ ସମୟରେ ୧୨୦ ରୁ ୧୬୦ ଥର । ହେଲେ ଗର୍ଭସ୍ଥ ଶିଶୁର ସ୍ପନ୍ଦନ ଭିନ୍ନ ଭିନ୍ନ ହୋଇପାରେ । ଏହାକୁ ନେଇ ଅନ୍ୟ ଶିଶୁ ସହିତ ତୁଳନା ବର୍ଜନୀୟ ।

ଏଟ୍-ହୋମ ଡପଲର

ଆପଣ ମଧ୍ୟ ଗୋଟିଏ ପ୍ରିନେଟାଲ ହାର୍ଟଲିସନର ଗର୍ଭସ୍ଥ ଶିଶୁ ହୃଦ୍‌ସ୍ପନ୍ଦନ ଶୁଣବା ଯନ୍ତ୍ର କିଣିବାକୁ ଚାହୁଁଛନ୍ତି ? ଏହାବଳରେ ଘରେ ଥାଇ ମଧ୍ୟ ଶିଶୁର ସ୍ପନ୍ଦନ ଶୁଣିପାରିବେ । ଏହା ନିରାପଦ ହେଲେ ମଧ୍ୟ ପଞ୍ଚମ ମାସ ମର୍ଯ୍ୟନ୍ତ ସ୍ପଷ୍ଟ ଶୁଣି ହୁଏନାହିଁ । ଏହା ପୂର୍ବରୁ ଚେଷ୍ଟା କଲେ ନିରାଶ ହେବାକୁ ପଡ଼େ । ଶିଶୁର ଅବସ୍ଥିତି ଠିକ୍ ନଥିଲେ ମଧ୍ୟ ଅସୁବିଧା ହୁଏ । ମନେରଖନ୍ତୁ ଯେ ଯନ୍ତ୍ର ଯେତେ ଉତ୍କୃଷ୍ଟ ଧରଣର ହେବ, ସ୍ପନ୍ଦନର ଫଳାଫଳ ମଧ୍ୟ ସେତେ ସ୍ପଷ୍ଟ ହେବ

୧୮ ରୁ ୨୦ ସପ୍ତାହ ପରେ ଆପଣ ନିଜ ଗର୍ଭସ୍ଥ ଶିଶୁର ହୃଦ୍‌ସ୍ପନ୍ଦନ ଡପଲର ନହେଲେ ମଧ୍ୟ ସାମାନ୍ୟ ଷ୍ଟେଥେସ୍କୋପ ସାହାଯ୍ୟରେ ସ୍ପଷ୍ଟ ଶୁଣି ପାରିବେ ।

ସହବାସ ସକାଶେ ଇଚ୍ଛା

"ମୋର ସବୁତକ ସାଙ୍ଗମାନେ ଏକଥା କହୁଥିଲେ ଯେ ଗର୍ଭ ଆରମ୍ଭ ହେଲାବେଳକୁ ତାଙ୍କର ସହବାସ ସକାଶେ ତୀବ୍ର ଇଚ୍ଛା ହେଉଥିଲା କିନ୍ତୁ ମୁଁ କାହିଁକି ଏପରି କିଛି ଅନୁଭବ କରିପାରୁନାହିଁ ?"

ଗର୍ଭଧାରଣ ବେଳେ ଆପଣଙ୍କ ଜୀବନରେ ଅନେକ ପରିବର୍ତ୍ତନ ଦେଖାଦେଇଥାଏ । ସେକ୍ସଲାଇଫ ମଧ୍ୟ ତନ୍ମଧ୍ୟରୁ ଅନ୍ୟତମ । ହର୍ମାନ ଆପଣଙ୍କୁ ଶାରୀରିକ ବା ମାନସିକ ଭାବରେ ଉତ୍ତେଜିତ କରି ଅବଶ କରିଦେଇଥାଏ; ହେଲେ ପ୍ରତି ସ୍ତ୍ରୀଠାରେ ଏହାର ପ୍ରଭାବ ଭିନ୍ନ ଧରଣର ହୋଇଥାଏ । ଅନେକ ଗରମ ହେଲାବେଳେ ଆଉ ଅନେକ ବରଫ ପରି ଥଣ୍ଡା ହୋଇଯାନ୍ତି । ଅନ୍ୟ କେତେକ ସ୍ତ୍ରୀମାନେ ଚରମ ତୃପ୍ତି ଅନୁଭବ କରିଥାନ୍ତି । ଏଭଳି କେତେକ ମହିଳା ଯେଉଁମାନେକି ସହବାସରେ ବିଶେଷ ଆଗ୍ରହ ପ୍ରଦର୍ଶନ କରୁଥବଲେ ସେମାନେ ହଠାତ୍ ଏଥିରେ ବିରକ୍ତି ପ୍ରକାଶ କରିଥାନ୍ତି । ଅବଶ୍ୟ ହର୍ମୋନ କାମ ଇଚ୍ଛାକୁ ବଳବତ୍ତର କରିଥାଏ ହେଲେ ବାନ୍ତି, କ୍ଳାନ୍ତି ଓ ଅନ୍ୟାନ୍ୟ ଲକ୍ଷଣ ସବୁ ଏଥିରେ ବାଧା ସୃଷ୍ଟି କରିଥାନ୍ତି । ଏସବୁ ପରିବର୍ତ୍ତନ ସାଧାରଣ ହେବା ସତ୍ତ୍ୱେ ମଧ୍ୟ ମନରେ ଅପରାଧ ବୋଧ ଜାଗୃତ କରି ସହବାସରୁ ବିମୁଖ କରିଦେଇଥାଏ ।

ଆପଣ ଏକତାକୁ ମନେ ରଖିବାକୁ ହେବ ଯେ ଏହି ସମୟରେ ଆପଣଙ୍କ ଭାବପ୍ରବଣତାରେ ବିଶେଷ ପରିବର୍ତ୍ତନ ହୋଇପାରେ । କ୍ଷଣିକ ମଧ୍ୟରେ କାମବାସନା ମନରେ ଜାଗୃତ ହେଲେ, ପରବର୍ତ୍ତୀ ମୁହୂର୍ତ୍ତରେ ମନ ପରିବର୍ତ୍ତନ ହୋଇଯାଇପାରେ । ନିଜ ନିଜ ମଧ୍ୟରେ ବୁଝାମଣା, ସମ୍ପ୍ରେଷଣ ଓ ହାସ୍ୟ ରସତ୍ମକ ଚିନ୍ତାଧାରା ବଳରେ ଏହାକୁ ଏଡାଇ ଦିଆଯାଇପାରେ । ଦ୍ୱିତୀୟ ତିନିମାସ ହେଲା ବେଳକୁ ସବୁ କିଛି ପୂର୍ବ ପରି ହୋଇଯିବ ।

"ମୁଁ ଗର୍ଭବତୀ ହେଲା ଦିନଠାରୁ କାମବାସନା ମନରେ ଜାଗୃତ ହେଉଛି, ଅଥଚ ତୃପ୍ତି ମିଳୁନି । ଏହା ସାଧାରଣ କଥା କି ?"

ଏଥିରେ ଅସାଧାରଣ କଥା କିଛି ନାହିଁ । ଆପଣ ଖୁବ୍ ଭାଗ୍ୟବତୀ ଯେ ପ୍ରଥମ ତିନିମାସରେ ଅଦ୍ଭୁତ ଲକ୍ଷଣ ଥିବା ସତ୍ତ୍ୱେ ଆପଣଙ୍କର କାମବାସନା ଅବ୍ୟାହତ ଅଛି । ଆପଣ ଏଥିପାଇଁ ଉକ୍ତ ହର୍ମୋନ୍‌କୁ ଧନ୍ୟବାଦ ଦିଅନ୍ତୁ, ଯାହାଙ୍କ ଯୋଗୁଁ ପିଚାର ପୃଷ୍ଠପ୍ରଦେଶରେ ରକ୍ତ ସଂଚାର ବୃଦ୍ଧି ପାଇଛି ଓ ଆପଣ ଉଷ୍ମତା ଅନୁଭବ କରିପାରୁଛନ୍ତି । ବର୍ତ୍ତମାନ ଆପଣ ଜଣେ ସେକ୍ସି ମମ୍‌ଠାରୁ କମ୍ ନୁହନ୍ତି, କହିଲେ ଚଳେ । ଏହା ହିଁ ସେହି ଉପଯୁକ୍ତ ସମୟ; ଏଇନା ସହବାସକୁ ନେଇ ଆଉ କୌଣସି ଚିନ୍ତା କରାଯାଇ ନପାରେ । କିମ୍ବା ଋତୁସ୍ରାବକୁ ନେଇ ବ୍ୟତିବ୍ୟସ୍ତ ହେବାକୁ ପଡ଼େ ନାହିଁ । ସେକ୍ସ ସମ୍ପର୍କର ଏହି ଅଭୁଲା କାହାଣୀ ପ୍ରଥମ ତିନି ମାସ ଧରି ଚାଲିବ କିମ୍ବା ସମଗ୍ର ଗର୍ଭକାଳ ପର୍ଯ୍ୟନ୍ତ ମଧ୍ୟ ଅବ୍ୟାହତ ରହିପାରେ ।

ଉପରୋକ୍ତ ଇଚ୍ଛାଟି ସମ୍ପୂର୍ଣ୍ଣ ସ୍ୱାଭାବିକ କଥା । ଏହାକୁ ନେଇ ଲାଜ କରିବାର କିଛି ନାହିଁ । ଯଦି ଆପଣ ଚରମ ତୃପ୍ତି ଅନୁଭବ କରୁଥାନ୍ତି, ତେବେ ଭାବିବାର କିଛି ନାହିଁ । ଯଦି ଏହା ପ୍ରଥମ ଥର ପାଇଁ ଘଟୁଥାଏ, ତେବେ ଖୁବ୍ ଖୁସିର କଥା । ଯଦି ଡାକ୍ତର ଅନୁମତି ଦିଅନ୍ତି ତେବେ ପେଟ ବଢ଼ିବା ପୂର୍ବରୁ କେତେକ ନୂତନ ଆସନ କରି ସୁଖପ୍ରାପ୍ତି କରାଯାଇପାରେ ।

"ଗର୍ଭଧାରଣ ବେଳେ ମୋ ମନରେ କାମ ବାସନା ପ୍ରବଳ ଜାଗ୍ରତ ହେଉଛି, ହେଲେ ମୋ ସ୍ୱାମୀଙ୍କର ଆଦୌ ଇଚ୍ଛା ହେଉନାହିଁ । ହେଲେ ଏକଥା ମତେ ଭାରି ଖରାପ ଲାଗୁଛି ।"

ଯଦି ଆପଣ ପୂରାପୂରି ପ୍ରସ୍ତୁତ ଅଛନ୍ତି, ତେବେ ସେ କାହିଁକି ମାନିବେନି ? ଏହାର ଅନେକ କାରଣ ଥାଇପାରେ । ହୁଏତ ସେ ଗର୍ଭସ୍ଥ ଶିଶୁ ବା ଆପଣଙ୍କୁ କୌଣସି ଅସୁବିଧା ହେବ ବୋଲି ଭୟ ବା ଆଶଙ୍କା କରୁଥିବେ । (ହେଲେ ବାସ୍ତବରେ ଏପରି ହୁଏନାହିଁ) । ଛୁଆ ଆଗରେ ସହବାସ କରିବା ଭଲ ଲାଗୁନଥି କିମ୍ବା ଗର୍ଭସ୍ଥ ଛୁଆ ତାଙ୍କ ଲିଙ୍ଗକୁ ଦେଖୁଥିବ କି ବୋଲି ସେ ଭାବୁଥାଇ ପାରନ୍ତି । ହୁଏତ ସେ ଆପଣଙ୍କ ଶରୀରରେ ଦେଖା ଦେଉଥିବା ପରିବର୍ତ୍ତନକୁ ହୃଦୟଙ୍ଗମ କରି ଜାଣିପାରୁଥିବେ ଯେ ଏଇନା ମା' ହେବାକୁ ଯାଉଛନ୍ତି, ଏଣୁ ନିଜ ମନକୁ ବୁଝେଇ ନେଉଥିବେ ।

ହୁଏତ ସେ ପ୍ରେମିକ ପରିବର୍ତ୍ତେ ପିତା ପାଲଟି ଯାଇଥିବେ ଓ ଅନେକ ଥର ଭାବି ପିତାଙ୍କ ମନରେ କାମବାସନା ହ୍ରାସ ପାଇଥାଏ ।

ଯେକୌଣସି କାରଣ ଥାଉନା କାହିଁକି ଆପଣ ତାଙ୍କର ଏପରି ବ୍ୟବହାର ଦେଖି ଖରାପ ଭାବନ୍ତୁ ନାହିଁ । ହେଲେ, ନିଜର ଏହି ସମୟକୁ ମଧ୍ୟ ଏପରି ବ୍ୟର୍ଥ ଗଡ଼ିଯିବାକୁ ଦିଅନ୍ତୁ ନାହିଁ । ତାଙ୍କୁ ଖୋଲି କହନ୍ତୁ । ତାଙ୍କୁ ବୁଝେଇ କୁହନ୍ତୁ ଯେ, ଏହି ସମୟରେ ସହବାସ ସମ୍ପୂର୍ଣ୍ଣ ନିରାପଦ ଆଉ ଏହାଫଳରେ ଗର୍ଭସ୍ଥ ଶିଶୁକୁ କୌଣସି ଅସୁବିଧା ହେବନାହିଁ । ଏହିପରି ଭାବରେ ବୁଝା ସୁଝା କରାଯାଇପାରେ । ତାଙ୍କ ପକ୍ଷରୁ କୌଣସି ଆଶା ନରଖି ବରଂ ନିଜ ତରଫରୁ ସହବାସ ପାଇଁ ଉପକ୍ରମ କରନ୍ତୁ । ଏକ ସେକ୍ସି ନାଇଟି, ପୂର୍ଣ୍ଣମୀ ରାତିର ଜ୍ୟୋତ୍ସ୍ନା ଆଉ ଈଷତ୍ ଗୀତ-ସଂଗୀତ ହେଲେ.. ଚଳିବ ତ ? ଯଦି ମାଲିସ କରିବା ସତ୍ତ୍ୱେ ତାଙ୍କୁ ମୁଡ୍ ନହୁଏ, ତେବେ ସୋଫାକୁ ପ୍ରେମ କଲେ କ୍ଷତି କଣ ?

ହୁଏତ ମନ ଶାନ୍ତି ହେଲାବେଳକୁ ତାଙ୍କ ପୌରୁଷ ଜାଗୃତ ହୋଇ ଚହଳ ସୃଷ୍ଟି କରିଦେଇପାରେ ।

ରତିକ୍ରିୟା ପରେ ପେଟ ମୋଡ଼ିହେବା

"ମତେ ରତିକ୍ରିୟା ପରେ ପେଟ ମୋଡ଼ି ହୋଇଥାଏ । ଏହା କଣ ସାଧାରଣ କଥା ନା ଅନ୍ୟ କିଛି ?

ଏଥିରେ ଚିନ୍ତା କରିବାର କିଛି ନାହିଁ; ଏଥିପାଇଁ ବୋଲି ସହବାସରୁ ଦୂରେଇ ଯାଆନ୍ତୁ ନାହିଁ । କମ୍ ବିପଜ୍ଜନକ ଗର୍ଭଧାରଣରେ ମଧ୍ୟ ଅନେକ ଥର ରତିକ୍ରିୟା କଲାବେଳେ ବା ପରେ ମଧ୍ୟ ପେଟ ମୋଡ଼ିହେବାର ଲକ୍ଷ୍ୟ କରାଯାଏ । ଗର୍ଭାଶୟରେ ଅଳ୍ପ ସଂକୋଚନ ଓ ସହବାସ ପରେ ଏପରି ହୁଏ । ଅନେକାଂଶରେ ଏହା ମାନସିକ ସୃଷ୍ଟି ମଧ୍ୟ ହୋଇଥାଏ । ସହବାସ ବେଳେ ଶିଶୁକୁ ଅସୁବିଧା ହେବାର ଆଶଙ୍କା ଘାରୁଥାଏ । ଏହା ଶାରୀରିକ ଓ ମାନସିକ କାରଣରୁ ମଧ୍ୟ ସୃଷ୍ଟ ହୋଇପାରେ ।

ଅନ୍ୟ ଶବ୍ଦରେ ପେଟ ମୋଡ଼ି ହେବାର ଅର୍ଥ ନୁହଁ ଯେ ଗର୍ଭସ୍ଥ ଶିଶୁକୁ କୌଣସି ପ୍ରକାର ଦୁଃଖକଷ୍ଟ

ହେଉଛି । ଯଦି ଡାକ୍ତର ସବୁଜ ସଂକେତ ଦେଇଛନ୍ତି ତେବେ ଭୟ କାହାକୁ?

ଯଦି ତଥାପି ପେଟ ମୋଡ଼ି ହୁଏ, ତେବେ ସ୍ୱାମୀଙ୍କୁ ପିଠି ଆଉଁଷି ଦେବାକୁ କୁହନ୍ତୁ । ଏପରି କଲେ ଚାପରୁ ମୁକ୍ତି ମିଳିବ ।

ଅନେକ ସ୍ତ୍ରୀମାନଙ୍କୁ ରତିକ୍ରିୟା ପରେ ଜଂଘରେ ମଧ୍ୟ ଯନ୍ତ୍ରଣା ଅନୁଭୂତ ହୋଇଥାଏ । ଆପଣ ଏହି ବହିରେ ଏଥିରୁ ରକ୍ଷା ପାଇବାର ଉପାୟ ପାଇପାରିବେ ।

ଚାକିରି ଓ ଗର୍ଭଧାରଣ

ଯଦି ଆପଣ ମା' ହେବାକୁ ଯାଉଥାନ୍ତି, ତେବେ ନିଜ ପାଇଁ ଆଗରୁ ଅତ୍ୟଧିକ କାର୍ଯ୍ୟବୃଦ୍ଧି କରିସାରିଛନ୍ତି । ଚାକିରି ସାଙ୍ଗରେ ଛୁଆକୁ ଜନ୍ମ ଦେବା ମଧ୍ୟ ଆପଣଙ୍କର ଦାୟିତ୍ୱ ଅର୍ଥାତ୍ ଓଜର ଟାଇମ୍ ଦବ । ଆପଣଙ୍କ କାର୍ଯ୍ୟାଧିକ୍ୟ ଦୁଇଗୁଣ ହୋଇଯାଇଛି । ଆପଣ ଗରାଖ ଓ ଡାକ୍ତରଙ୍କ ସହ ସାକ୍ଷାତ କରିବେ, ଗାଧୁଆ ଘର ଓ ମ'ଲ ରୁମ୍‌ର ଟ୍ରିପ୍, ବିଜିନେସ ଲଞ୍ଚ, ତଥା ମର୍ଣ୍ଣିଂ ସିକ୍‌ନେସ, ସାଙ୍ଗସାଥୀ ଠାରୁ ଆରମ୍ଭ କରି ହାକିମ ପର୍ଯ୍ୟନସ୍ ସମସ୍ତଙ୍କୁ ସୁସମ୍ବାଦ ଦେବାର ଉତ୍କଣ୍ଠା, ସୁସ୍ଥ ସବଳ ରହିବାର ପୂର୍ଣ୍ଣ ଚେଷ୍ଟା, ଶିଶୁର ଜନ୍ମ ଓ ମେଟର ନିଟିଲିଭ ପାଇଁ ଦରଖାସ୍ତ କରିବାର ପୂର୍ବ ପ୍ରସ୍ତୁତି ଭଳି ଅନେକ ଆହ୍ୱାନକୁ ସ୍ୱୀକାର କରିବାକୁ ହେବ । ଏଠାରେ ଆମେ ଆପଣଙ୍କର ସାହାଯ୍ୟ ପାଇଁ କେତେକ ଟିପ୍ସ ଦେଉଛୁ ।

ବ'ଶଙ୍କୁ କେବେ କହିବେ: ଆପଣ ମଧ୍ୟ ନିଜ ବ'ଶଙ୍କୁ କେବେ କହିବି ବୋଲି ଭାବୁଥିବେ । ଅବଶ୍ୟ ଏହାର କୌଣସି ଧରାବନ୍ଧା ନିୟମ ନାହିଁ, ତଥାପି ଚଞ୍ଚଳ କହିଦେଲେ ଭଲ ନହେଲେ ବଢ଼ିଲା ପେଟ ସବୁକିଛି କହିଦେବ । ସେଠାକାର ପରିବେଶ କିପରି, କିଏ କେଉଁଭଳି ଭାବରେ ଗ୍ରହଣ କରିବେ, ସବୁକିଚି ଭାବି ଚିନ୍ତି କହିବାକୁ ହେବ ।

ଆପଣ କ'ଣ ଅନୁଭବ କରୁଛନ୍ତି: ଯଦିଚ ମର୍ଣ୍ଣି ସିକ୍‌ନେସ ଯୋଗୁଁ ଆପଣ ଦୀର୍ଘ ସମୟ ଧରି ଦୋଳି କିମ୍ବା ବିଛଣାରେ ପଡ଼ି ରହିଥାନ୍ତି ଓ ସର୍ବଦା କ୍ଳାନ୍ତି, ଅଳସପଣ ଅନୁଭବ କରୁଥାନ୍ତି ତେବେ ଏହି ରହସ୍ୟ ବେଶି ସମୟ ଧରି ଆଉ ଲୁଚି ରହିବ ନାହିଁ । ଏଣୁ ବରଂ ନିଜେ ସବୁକିଛି ଜଣେଇଦେବା ଶ୍ରେୟସ୍କର । ଯଦି ଆପଣ ସୁସ୍ଥ ବୋଲି ଅନୁଭବ କରୁଥାନ୍ତି, ତେବେ ହୁଏତ ଏହାକୁ ଲୁଚେଇ ପାରନ୍ତି ।

ଆପଣ କିଭଳି କାମ କରନ୍ତି: ଯଦି ଆପଣ ଏଭଳି ପରିସ୍ଥିତିରେ କାମ କରୁଥାନ୍ତି, ଯାହାକି ଗର୍ଭସ୍ଥ ଶିଶୁ ଓ ମା' ପାଇଁ ଅସୁବିଧା ଜନକ ହୋଇପାରେ, ତେବେ ବଦଳି କିମ୍ବା କାମ ପରିବର୍ତ୍ତନ ପାଇଁ କହିପାରନ୍ତି ।

କାମ କିପରି ଚାଲିଛି: ଯେକୌଣସି ଗର୍ଭବତୀ ମହିଳା ଏଭଳି କିଛି ସୂଚନା ଅଫିସରେ ଦେଇଥାନ୍ତି, ସେତେବେଳେ ଅନ୍ୟ ମନରେ ଏକ ପ୍ରଶ୍ନ ଉଙ୍କି ମାରିଥାଏ ଯେ, "ଗର୍ଭଧାରଣ ସମୟରେ ସେ କଣ କାମ କରିପାରିବେ କି ?" ତାଙ୍କ ମନପ୍ରାଣ କାମରେ ନଲାଖି ଗର୍ଭସ୍ଥ ଶିଶୁ ପ୍ରତି ଟାଣି ହୋଇ ଯିବନିତ ? ସେ ଆମ କାମକୁ ଅଧାକିଆ କରି ଛାଡ଼ିଦେବେ ନାହିଁତ ? ଆପଣ ଏକଥା କୌଣସି କାମକରି ସାରିଲା ପରେ ହିଁ ଦେବା ଉଚିତ । କହିବାର ମାନେ ହେଲା ଆପଣ ପ୍ରଥମେ ପ୍ରମାଣ କରି ଦିଅନ୍ତୁ ଯେ ଗର୍ଭବତୀ ହୋଇ ମଧ୍ୟ ନିଜ କର୍ତ୍ତବ୍ୟ ପାଳନରେ କୌଣସି ଅବହେଳା କରିନାହାନ୍ତି ।

କୌଣସି ଫଳାଫଳ ଆସିବାର ଥିଲେ: ଯଦି ଆପଣଙ୍କ ପ୍ରଦର୍ଶନର ଫଳାଫଳ ଆସିବାକୁ ଥିବ, ଦରମା ବଢ଼ିବାକୁ ଥିବ ବା ପ୍ରମୋସନରେ ଚାନ୍ସ ଥିବ, ତେବେ ଗର୍ଭଧାରଣ କଥାକୁ ସେ ପର୍ଯ୍ୟନ୍ତ ଚାପି ରଖନ୍ତୁ । ତା'ନହେଲେ ଆଗ କହିଦେଲେ ବାଧା ସୃଷ୍ଟି ହୋଇପାରେ । କାରଣ ସେମାନେ ଭାବିବେ ଯେ ଆପଣ ଜଣେ ଭଲ କର୍ମୀ ନହୋଇ ଭଲ ମା' ହେବାକୁ ଚେଷ୍ଟା କରୁଛନ୍ତି ।

କଥା ମୁଣି: ହଁ ତ ! ଯଦି ଆପଣ କଥା କାରଖାନାରେ କାମ କରୁଥାନ୍ତି, ତେବେ ସାବଧାନ ହୋଇଯାଆନ୍ତୁ । ଆପଣଙ୍କ ବିନା ପରାମର୍ଶରେ ଯଦି କେହି ସହକର୍ମୀ ଆପଣ ଦେଇଥିବା ସମ୍ବାଦ

ହାକିମଙ୍କ ପାଖରେ ପହଞ୍ଚେଇ ଦିଏ, ତେବେ କ'ଣ ହେବ ? ଏଣୁକରି ଅତି ବିଶ୍ୱସ୍ତ ବ୍ୟକ୍ତିଙ୍କୁ ହିଁ ଗର୍ଭର ସୂଚନା ଦିଅନ୍ତୁ; ନହେଲେ ଅପଦସ୍ତ ହେବାପାଇଁ ପ୍ରସ୍ତୁତ ରୁହନ୍ତୁ ।

ନିଯୋଜକଙ୍କ ବ୍ୟବହାର: ଏହି ପରିପ୍ରେକ୍ଷୀରେ ଆପଣ ନିଜ ନିଯୋଜକ ଅର୍ଥାତ୍ କର୍ମକର୍ତ୍ତାଙ୍କର ବ୍ୟବହାର କିପରି, ଏକଥା ଜାଣିବା ବିଧେୟ । ଯେଉଁ ମହିଳା ସହକର୍ମୀମାନେ ଆଗରୁ ଗର୍ଭବତୀ ହୋଇଛନ୍ତି, ତାଙ୍କ ପ୍ରତି ହାକିମଙ୍କ ଆନୁଗତ୍ୟ କିପରି ପଚାରି ବୁଝ: ହେଲେ ସବୁ କିଛି ଗୁପ୍ତ ରହିବା ଦରକାର । ଅଫିସରେ ମେଟରନିଟି ଲିଭ ସକାଶେ କିପରି ପଦକ୍ଷେପ ଗ୍ରହଣ କରାଯାଏ ? ଯଦି ସେ କମ୍ପାନୀ ଗର୍ଭବତୀ ସ୍ତ୍ରୀମାନଙ୍କୁ ଯଥେଷ୍ଟ ସୁବିଧା ଓ ସହଯୋଗ ପ୍ରଦାନ କରେ ତେବେ, ଖୁବ୍‌ଶୀଘ୍ର ନିଜ କଥା କହି ଦିଅନ୍ତୁ; ନଚେତ୍ କଣ କରିବେ, ଏହା ଆପଣ ଭଲଭାବେ ଚିନ୍ତା କରନ୍ତୁ ।

ଖବର କହିବା: ଯଦି ଆପଣ ଥରେ ନିଷ୍ପତ୍ତି ନେଇ ସାରିଛନ୍ତି, ଯେ ଏକଥା (ଗର୍ଭ ବିଷୟରେ) କହିଦେବେ; ତେବେ ତାକୁ ଠିକ୍ ଭାବରେ ଉପସ୍ଥାପନା କରନ୍ତୁ

ନିଜେ ନିଜକୁ ପ୍ରସ୍ତୁତ କରନ୍ତୁ: ନିଜ ଗର୍ଭକଥା କହିବା ପୂର୍ବରୁ ପଚାରି ବୁଝନ୍ତୁ ଯେ ଉକ୍ତ ଅଫିସରେ ମେଟରନିଟି ଲିଭ ପଲିସି କିପରି ? ଅନେକ ଜାଗାରେ ଦରମା ସାଙ୍ଗକୁ ଛୁଟି ଦିଆଯାଏ, ଅଥଚ କେତେକ ଜଗାଗାରେ ଦରମା ଦିଆଯାଏ ନାହିଁ । ଆଉ କେତେକ ସ୍ଥାନରେ ସିକଲିଭକୁ ,ହି ଛୁଟିରେ ସାମିଲ କରି ଦେଇଥାନ୍ତି ।

ନିଜ ଅଧିକାର କଣ ଜାଣନ୍ତୁ: ଆପଣ ଜାଣିବା ଉଚିତ ଯେ ଗର୍ଭଧାରଣ କଲାପରେ ଆପଣକୁ କେଉଁ ଅଧିକାର ମିଳେ । ଏକଥା ଜାଣିଥିଲେ ତ ସେସବୁ ସୁବିଧାକୁ ଉପଭୋଗ କରିପାରିବେ ।

ଯୋଜନା କରନ୍ତୁ: ସବୁ କାମ ଯୋଜନା ଅନୁସାରେ ହେବା ଉଚିତ । ଫଳରେ ସମସ୍ତେ ପ୍ରଶଂସା କରିବେ । ସୂଚନା ଦେବା ପୂର୍ବରୁ ନିଜେ ସ୍ଥିର କରନ୍ତୁ ଯେ, କେତେଟା ସୁଦ୍ଧା ଅଫିସରେ ଆପଣ ପହଞ୍ଚି ପାରିବେ । କେତେଦିନ ଛୁଟି ନେବେ, ଯିବା ପୂର୍ବରୁ ନିଜ କାମ କିପରି ସାରିବେ, କିମ୍ୱା ଅନ୍ୟକୁ ଦାୟିତ୍ୱ କିପରି ଦେବେ ? ଯଦି ଆପଣ ପରେ ପାର୍ଟଟାଇମ ଆସିବାକୁ ଚାହୁଁଥାନ୍ତି, ତେବେ ସେକଥା ମଧ୍ୟ କହିଦିଅନ୍ତୁ । ଯଦି ଏସବୁ ଯୋଜନା ଆପଣ ଲେଖି ପାରନ୍ତି, ତେବେ ଭୁଲିବାର ପ୍ରଶ୍ନ ଉଠିବନି । ଆଉ ଆପଣଙ୍କୁ ଅଧିକା ନମ୍ବର ମିଳିବ ।

ସମୟ କାଢ଼ନ୍ତୁ: ପାହାଚ, ଲିଫ୍ଟ କିମ୍ବା ମିଟିଂରେ ଯିବା ଆସିବା ବେଳେ ଏ ସମ୍ବାଦ ଦିଅନ୍ତୁ ନାହିଁ । ନିଜ ହାକିମଙ୍କୁ ସମୟ ମାଗି ସବୁ କଥା କୁହନ୍ତୁ । ତା' ନହେଲେ ସେ ତରତର ହୋଇ କିଛି ଶୁଣିବେ ନାହିଁ । ଏଭଳି ସମୟ ବାଛନ୍ତୁ ଯେତେବେଳେ କାର୍ଯ୍ୟକୁ ନେଇ କୌଣସି ଚାପ ନଥିବ ବା ସେଭଳି କିଛି ଜଣାପଡ଼ିଲେ ମିଟିଂଟାକୁ ବାତିଲ କରିଦିଅନ୍ତୁ ।

ସକାରାତ୍ମକ ରୁହନ୍ତୁ: ଖବର କହିବାବେଳେ କ୍ଷମା ମାଗି ବା ଆଳ ଦେଖେଇ କୁହନ୍ତୁ ନାହିଁ । ବରଂ ଗଭୀର ଆତ୍ମବିଶ୍ୱାସର ସହିତ ଗର୍ଭବତୀ ହୋଇ ବେଶ୍ ଖୁସି ବୋଲି କୁହନ୍ତୁ । ଆଉ ଘର ତଥା ଅଫିସର ସବୁତକ ଦାୟିତ୍ୱ ତୁଲେଇ ପାରିବେ ବୋଲି ଜଣାନ୍ତୁ ।

ବାଟ ଛାଡ଼ନ୍ତୁ: ଯୋଜନା କଲାବେଳେ ସେଥିରେ କିଛି ପରିବର୍ତ୍ତନ ହେବା ପାଇଁ ବାଟ ଛାଡ଼ିଥାନ୍ତୁ । ଯଦ୍ୱାରା ଆପଣ ଜିଦ୍ କରୁନାହାନ୍ତି ବୋଲି ଧରାଯିବା । ହେଲେ ଆତ୍ମ ସମର୍ପଣ କରନ୍ତୁ ନାହିଁ । ବରଂ ଏକ "ବଟମ ଲାଇନ' ସ୍ଥିର କରି କାର୍ଯ୍ୟ କରନ୍ତୁ ।

ଲିଖିତ ହେଲେ ଭଲ: ନିଜର ପ୍ରେଗ୍ନେନ୍ସି ପ୍ରୋଟୋକଲ ଓ ମେଟରନିଟି ଲିଭ୍‌ର ଯୋଜନା କରି ତାକୁ ଲିଖିତ ଆକାରରେ ଦେଲେ ଭୁଲ୍ ବୁଝାମଣାର ଆଶଙ୍କା ରହିବ ନାହିଁ ।

କାମ ଓ ଆରାମ: କ୍ଲାନ୍ତି, ବିରକ୍ତି, ଉଦ୍‌ବେଗ, ଆବିଳତା, ପିଠି ଓ ମୁଣ୍ଡବ୍ୟଥା, ହାତପାଦ ଫୁଲିଥିବା ସାଂଗକୁ ବାରମ୍ବାର ପରିସ୍ରା ଯିବାକୁ ଇଚ୍ଛା ହେଲେ ଗର୍ଭବତୀ ସ୍ତ୍ରୀମାନେ ଅଫିସ୍‌ରେ କଣ ଶାନ୍ତିରେ ରହିପାରିବେ ? ଯଦି କାମ କଲାବେଳେ ଆରାମ ପାଇବାକୁ ଚାହୁଁଥାନ୍ତି, ତେବେ ଏସବୁ ଟିପ୍‌ସ (ଉପାୟ) ପଢ଼ନ୍ତୁ:

ସାମାନ୍ୟ ପ୍ରସ୍ତୁତି

ଅବଶ୍ୟ ଆପଣଙ୍କ ଘରେ କେହି ପିଲାପିଲି ନାହାନ୍ତି । ନିଜ ଚାକିରି ଓ ଗର୍ଭଧାରଣକୁ ନେଇ ଏକା ସାମଞ୍ଜସ୍ୟ ସ୍ଥାପନ କରିବାକୁ ହେବ । ଯଦି ଆପଣ ଆଗରୁ ସବୁତକ ପୂର୍ବପ୍ରସ୍ତୁତି ସାରିଦେବେ, ତେବେ ଆଗାମୀ ଦିନରେ ଆପଣଙ୍କୁ ସୁବିଧା ହେବ । ଆମେ ଦେଇଥିବା ପରାମର୍ଶ ଅନୁସାରେ ଆପଣ ଦୁଇ ତିନିଟା କାମକୁ ଏକା ସାଙ୍ଗରେ କରି ମଧ୍ୟ କ୍ଳାନ୍ତ ନହେଇ ରହିପାରିବେ ।

■ ବୁଝି ବିଚାରି ଦିନଚର୍ଯ୍ୟା ଠିକ୍ କରନ୍ତୁ । ନିଜର ସବୁତକ ପରୀକ୍ଷା ଓ ପରାମର୍ଶ ଉପରବେଳାରେ ହିଁ ରଖନ୍ତୁ । ଯଦି ଅଧା ଦିନର ଛୁଟି ଚାହାନ୍ତି, ତେବେ ହାକିମଙ୍କୁ ପଚାରି ବୁଝନ୍ତୁ ।

■ ନିଜର ସ୍ମୃତି ଶକ୍ତିକୁ ବଳବତ୍ତର କରନ୍ତୁ । ପ୍ରତ୍ୟେକ କାମର ତାଲିକା କରି ନିଜ ପାଖରେ ସବୁବେଳେ କାଗଜ କଲମ ରଖି, ମନେ ପଡ଼ିଲା କ୍ଷଣି ଲେଖି ପକାନ୍ତୁ ।

■ ନିଜର ସୀମାରେଖା ଓ ମର୍ଯ୍ୟାଦା ମଧ୍ୟରେ ରୁହନ୍ତୁ । ଅଯଥା କାମ ହାତକୁ ନନେଇ ବରଂ ଅନ୍ୟକୁ ଦାୟିତ୍ୱ ଦେଇ ନିଜେ ଥରକୁ ଗୋଟିଏ କାମ କରନ୍ତୁ ।

■ ଯଦି କେହି ସାହାଯ୍ୟ କରିବାକୁ ଚାହୁଁଥାନ୍ତି, ତେବେ "ହଁ" କହିବାରେ ସଂକୋଚ କରନ୍ତୁ ନାହିଁ । ହୁଏତ, ସେ ମଧ୍ୟ ଆଗାମୀ ଦିନ ମାନଙ୍କରେ ଆପଣଙ୍କଠାରୁ ସାହାଯ୍ୟ ଭିକ୍ଷା କରିପାରନ୍ତି, ହେଲେ ବର୍ତ୍ତମାନ ତ ତାଙ୍କର ପାଳି ପଡ଼ିଛି ।

■ ନିଜେ ନିଜକୁ ରିଚାର୍ଜ କରନ୍ତୁ । ଚଲାବୁଲା କରି ବାଥରୁମ ପର୍ଯ୍ୟନ୍ତ ଯାଆନ୍ତୁ । ରିଲେକ୍ସ ହୁଅନ୍ତୁ କିମ୍ବା ନିଜକୁ ଭାବନା ରାଜ୍ୟରେ ହଜେଇ ଦିଅନ୍ତୁ ।

■ ମନ ଖରାପ ଲାଗିଲେ, କହିବାକୁ ଆଦୌ ପଛଘୁଞ୍ଚା ଦିଅନ୍ତୁ ନାହିଁ । ଆପଣ ମଧ୍ୟ ଜଣେ ମଣିଷ । ମେଜ ଉପରେ ଅନେକ ଫାଇଲ ଥିଲେ କିମ୍ବା ମୁଣ୍ଡ ଟେକିବାକୁ ଧୈର୍ଯ୍ୟ ନଥିଲେ ନିଜ ହାକିମଙ୍କୁ ଅବସର ସମୟ ମାଗନ୍ତୁ । ନହେଲେ ମନେରଖନ୍ତୁ, ଆପଣ ଅକର୍ମଣ୍ୟ କିମ୍ବା ଅଳସୁଆ ନୁହନ୍ତି, ବରଂ ଗର୍ଭବତୀ ଅଟନ୍ତି ।

■ ଆରାମଦେୟ ଲୁଗା ପିନ୍ଧନ୍ତୁ । ଚିପା ଓ ଛୋଟ ଜାମା ପିନ୍ଧନ୍ତୁ ନାହିଁ । ନଚେତ୍ ରକ୍ତ ସଞ୍ଚାରରେ ବାଧା ସୃଷ୍ଟି ହେବ । ହାଇ ହିଲ ମଧ୍ୟ ଅସୁବିଧା କରିଥାଏ । ସ୍ପୋର୍ଟିଂ ହୋଜ ପିନ୍ଧିଲେ ଭେରିକୋଜ ଭେନ୍ସରୁ ରକ୍ଷା ପାଇପାରିବେ; କାରଣ ହୁଏତ ଦୀର୍ଘସମୟ ଧରି ଆପଣଙ୍କୁ ଠିଆ ହେବାକୁ ପଡ଼ିପାରେ ।

■ ନିଜ ଦେହର ତାପମାତ୍ରା ମାପନ୍ତୁ । ସହରର ତାପମାତ୍ରା ଯାହା ହେଇଥାଉନା କାହିଁକି, ଦେହର ତାପମାତ୍ରା ବେଳକୁ ବେଳ ବଦଳିଥାଏ । କେତେବେଳେ ଝାଳନାଳ ତ କେତେବେଳେ ଥଣ୍ଡା, ଶୀତ, କହିହୁଏନି, ଏଣୁ ସମ୍ଭବ ହେଲେ ନିଜ ଡ୍ରଏରରେ ଉଭୟ ପ୍ରକାର ଲୁଗା ରଖିଥାନ୍ତୁ ଓ ଆବଶ୍ୟକତାକନୁସାରେ କାଢ଼ି ବ୍ୟବହାର କରନ୍ତୁ । ଗର୍ଭବେଳେ ତାପମାତ୍ରାରେ ସର୍ବଦା ଉଣା ଅଧିକା ହେବା ସାଧାରଣ କଥା ।

■ ନିଜ ଗୋଡ଼ରେ ଭରାଦେଇ ଠିଆ ହୁଅନ୍ତୁ ନାହିଁ । ଯଦି କାମ କଲାବେଳେ ଠିଆ ହେବାକୁ ପଡ଼େ ତେବେ ମଝି ମଝିରେ ଚଲାବୁଲା କରନ୍ତୁ କିମ୍ବା ଘଡିଦିଘଡି ବସିପଡନ୍ତୁ । ପାଖରେ ଛୋଟ ଷ୍ଟୁଲ ରଖି ଗୋଡ଼ ଲଦି ଦେଲେ କିମ୍ବା ଆଣ୍ଠୁ ମୋଡ଼ିଲେ ଆରାମ ଲାଗିବ । ଗୋଡ଼ ବଦଳେଇ ହଲେଇଲେ ଆହୁରି ଉତ୍ତମ ।

■ ଉଚ୍ଚ ବାକ୍ସ ବା ଅନ୍ୟ କିଛି ବସ୍ତୁ ଦେଖାଗଲେ ଗୋଡ଼ ଟେକି ବିଶ୍ରାମ କରନ୍ତୁ ।

■ ମଝିମଝିରେ ଅବସର ସମୟ କାଢ଼ି ବସିଥିଲେ ଚଲାବୁଲା କରନ୍ତୁ । ଆଉ ଠିଆ ହୋଇଥିଲେ ଗୋଡ଼ ଟେକି ବସିପଡନ୍ତୁ । ଯଦି କେବିନ୍‌ରେ ସୋଫା ପଡ଼ିଥାଏ, ତେବେ ସୁଯୋଗ ପାଇଲେ ପିଠିରେ ଭରା ଦେଇ ଗଡ଼ିପଡନ୍ତୁ । ଦେହକୁ ଟାଣି ବ୍ୟାୟାମ କଲେ ପିଠି, ଜଙ୍ଘ ଓ ବେକକୁ ଆରାମ ମିଳିଥାଏ । ପ୍ରାୟ ପ୍ରତି ଘଣ୍ଟାକ ପରେ ଅଣ୍ଟା ଭାଙ୍ଗି ଏପଟ ସେପଟ ହୁଅନ୍ତୁ । ସମ୍ଭବ ହେଲେ ନଇଁପଡ଼ି ହାତ ସାହାଯ୍ୟରେ ଗୋଡ଼କୁ ଛୁଇଁବାକୁ ଚେଷ୍ଟା କରି ସ୍କନ୍ଧ ଓ ବେକକୁ ଚାପମୁକ୍ତ କରନ୍ତୁ

■ ନିଜ ଚଉକି ଭଲଭାବରେ ପାରି ବସନ୍ତୁ । ଯଦି ପିଠିକୁ ଆରାମ ଦେବାକୁ ଚାହାନ୍ତି, ତେବେ କୁଶନ ବ୍ୟବହାର କରନ୍ତୁ । ନିଜ ସିଟ୍ ତଳେ ମୁଚୁଳା ଲଗାନ୍ତୁ । ଚଉକିକୁ ଘୁଞ୍ଚେଇ ହେଲେ ଚଉକି ଓ ମେଜ ମଧ୍ୟରେ ଥିବା ଫାଙ୍କରେ ପେଟଟାକୁ ସୁରୁଖୁରୁରେ ରଖାଯାଇପାରେ ।

■ ୱାଟରକୁଲର ପାଖରେ ବସନ୍ତୁ । ନା, ଗପସପ କରିବା ପାଇଁ ନୁହଁ, ବରଂ ପାଣି ପୂରେଇବା ପାଇଁ । ଦିନସାରା ପ୍ରଚୁର ପାଣି ପିଇବାକୁ ହେବ, ଫଳରେ ଦେହ ହାତ ଫୁଲିବନି କି ମୂତ୍ରାଶୟରେ ସଂକ୍ରମଣ ହେବନାହିଁ । ଏହାବ୍ୟତୀତ ଅନ୍ୟାନ୍ୟ ଅସୁବିଧାରୁ ମଧ୍ୟ ମୁକ୍ତି ପାଇହେବ ।

■ ପ୍ରତି ଦୁଇ ଘଣ୍ଟାରେ ଥରେ ପରିଶ୍ରା କରିବା ପାଇଁ ଶୌଚାଳୟକୁ ଯାଆନ୍ତୁ । ଏହିପରି ଭାବରେ ନିଜକୁ ସଂକ୍ରମଣରୁ ରକ୍ଷା କରିପାରିବେ । ହୁଏତ ଆବଶ୍ୟକ ହେଉ ବା ନହେଉ; ହେଲେ ଟଏଲେଟ ନିଶ୍ଚିତ ଭାବରେ ଯା'ନ୍ତୁ । କାରଣ ବର୍ତ୍ତମାନ ଆଉ ଆଗପରି ତରତର ହେଇ ଦୌଡ଼ିଯିବା ସମ୍ଭବ ନୁହଁ ।

କାରପୁଲ ଟନେଲ ସିଣ୍ଡ୍ରୋମ

ଦିନ-ରାତି କି-ବୋର୍ଡରେ ଅଙ୍ଗୁଳି ଚାଳନ କରୁଥିବା ବ୍ୟକ୍ତି ଏକଥା ଭଲଭାବରେ ଜାଣନ୍ତି । ଏହାଯୋଗୁଁ ହାତରେ ଯନ୍ତ୍ରଣା ହୋଇଥାଏ ଓ ନିଷ୍କ୍ରିୟ ପରି ମନେହୁଏ । ଭାବି ମା'ମାନଙ୍କୁ ମଧ୍ୟ ଏଭଳି କଷ୍ଟ ହେଇପାରେ । ଏହା ବିପଜ୍ଜନକ ନହେଲେ ମଧ୍ୟ ଟିକେ କଷ୍ଟଦାୟକ ହେଇଥାଏ । ଆମେ ଦେଇଥିବା ଉପାୟ ହୁଏତ କାମରେ ଲାଗିପାରେ ।

■ ଏଭଳି କି-ବୋର୍ଡ ହେବା ଦରକାର, ଯାହା ହାତକୁ ଆରାମ ଲାଗୁଥିବ ।

■ ଟାଇପିଂ କଲାବେଳେ 'ରିଷ୍ଟବ୍ୟାଣ୍ଡ' ବ୍ୟବହାର କରନ୍ତୁ ।

■ କମ୍ପ୍ୟୁଟର କାମ କଲାବେଳେ ବିରତି ନିଅନ୍ତୁ

■ ଫୋନରେ ଦୀର୍ଘସମୟ ଧରି କଥା ହେଲେ ହେଡସେଟ କିମ୍ବା ସ୍ପିକର ଫୋନ ବ୍ୟବହାର କରନ୍ତୁ ।

■ ସନ୍ଧ୍ୟାବେଳେ ଥଣ୍ଡା ପାଣିରେ ହାତ ବୁଡ଼େଇ ରଖନ୍ତୁ । ଏହାଫଳରେ ଫିଲା କମିଟିବ ।

■ ଡାକ୍ତରଙ୍କ ପରାମର୍ଶକ୍ରମେ ଔଷଧ ଖାଇ ଏକ୍ୟୁପଞ୍ଚର କରାନ୍ତୁ ।

ଏଣୁ ମଝି ମଝିରେ ଯିବା ସୁବିଧାଜନକ ।

■ ପ୍ରତ୍ୟେକ ଗର୍ଭବତୀ ମା'ର ପ୍ରଥମ କର୍ତ୍ତବ୍ୟ ହେଲା ଗର୍ଭସ୍ଥ ଶିଶୁକୁ ଖାଦ୍ୟ ଖୁଏଇବା । ଏଣୁ ଯେତେ କାମ ଥିଲେ ମଧ୍ୟ ଖାଇବାକୁ ଭୁଲନ୍ତୁ ନାହିଁ । ଯଦି ଟେବୁଲରେ ମଧ୍ୟ ପୁଷ୍ଟିକର ସ୍ନେକ୍ସ ଥୁଆହୋଇଥିବା କଥା । ଯଦି ପର୍ସ ବଡ଼ ଥାଏ, ତେବେ ସେଥିରେ ମଧ୍ୟ ଦରବ ରଖାଯାଇପାରେ । ନିଜ ତଥା ଶିଶୁ ପାଇଁ ଠିକ୍ ସମୟରେ କିଛି ନା କିଛି ଖାଇବା ଏକାନ୍ତ ଜରୁରୀ ।

■ ଓଜନ ମେସିନ୍‌ର କଣ୍ଟା ପ୍ରତି ଦୃଷ୍ଟି ଦିଅନ୍ତୁ । ନଚେତ ଅଫିସ କାମ ଯୋଗୁଁ ଅତ୍ୟଧିକ ଖାଇ ଅଯଥା ଓଜନ ବୃଦ୍ଧି କରିଚାଲିବେ । ଯଦି ଆପଣଙ୍କର ଅଫିସ କୌଣସି ୱେଣ୍ଡିଙ୍ଗ ମେସିନ କିମ୍ବା ଜଙ୍କଫୁଡ ରେଷ୍ଟୁରେଣ୍ଟ ପାଖରେ ଥାଏ, ତେବେ ଅତ୍ୟଧିକ ଯତ୍ନବାନ ହେବାକୁ ପଡ଼ିବ ।

■ ନିଜ ପାଖରେ ଟୁଥବ୍ରସ ରଖନ୍ତୁ । ବାନ୍ତି ଯୋଗୁଁ ତ୍ରସ୍ତ ଥିଲେ ମଝି ମଝିରେ ଦାନ୍ତ ସଫା କଲେ ପାଟି ମଧ୍ୟ ସଫା ରହିବ । ମାଉଥ ୱାସ ମଧ୍ୟ କରାଯାଇପାରେ । ଯଦି ବେଶି ଲାଳ ଗଡୁଥାଏ, ତେବେ ମଧ୍ୟ ଅସୁବିଧା ହେବ । (ଅଧିକାଂଶତଃ ପ୍ରଥମ ତିନି ମାସରେ ଏପରି ହୋଇଥାଏ, ଏହା ଅଫିସ ଲୋକଙ୍କ ଆଗରେ ଅପଦସ୍ତ କରିପାରେ)

■ ଜିନିଷପତ୍ର ଆସ୍ତେ ଟେକାଟେକି କରନ୍ତୁ, ନଚେତ୍ ପିଠିରେ ଚାପ ପଡ଼ିପାରେ ।

■ ଧୂଆଁଥିବା ଜାଗାକୁ ଯାଆନ୍ତୁ ନାହିଁ । ଧୂଆଁ ଉଭୟଙ୍କ ପାଇଁ କ୍ଷତିକାରକ ଅଟେ । ଏହାଫଳରେ ଅବଶ ମଧ୍ୟ ଲାଗିଥାଏ ।

■ ଆବଶ୍ୟକରୁ ଅଧିକ ମୁଣ୍ଡବ୍ୟଥା ମୁଣ୍ଡାନ୍ତୁ ନାହିଁ । ଧୀରସ୍ଥିର ରୁହନ୍ତୁ, ଗୀତ ଶୁଣନ୍ତୁ, ଆଖି ବୁଜି ଧ୍ୟାନ କରନ୍ତୁ । କୋଠା ଚାରିଆଡ଼େ ବୁଲି ଆସନ୍ତୁ ।

■ ନିଜ ଦେହ ଭାଷା ନିଜେ ବୁଝନ୍ତୁ । ବେଶି କ୍ଳାନ୍ତି ମନେ ହେଉଥିଲେ, ଛୁଟି ମାଗି ଘରକୁ ଯିବାରେ ଆପତ୍ତି କ'ଣ ?

ଚାକିରି ତଥା ଆପଣଙ୍କ ନିରାପତ୍ତା: ଅନେକ ପ୍ରକାର ଚାକିରି ଏମିତି ଅଛି, ଯେଉଁଠାରେ ଅଧିକାଂଶ ଗର୍ଭବତୀ ମା' ମାନେ ଗର୍ଭସ୍ଥ ଶିଶୁକୁ ଉତ୍ତମ ଭାବରେ ପୋଷଣ ଓ ନିରାପତ୍ତା ପ୍ରଦାନ କରିଥାନ୍ତି । ଏହା ଚାକିରି କରୁଥିବା ମହିଳାମାନଙ୍କ ପାଇଁ ସୁସମ୍ବାଦ କହିଲେ ଚଳେ । ଏମାନେ ଉଭୟ ଚାକିରି ଓ ଗର୍ଭଧାରଣର ଦାୟିତ୍ୱ ନିର୍ବାହ କରିଥାନ୍ତି ।

ତଥାପି କେତେକ ଏପରି ଚାକିରି ଅଛି ଯାହା ଅନ୍ୟମାନଙ୍କ ତୁଳନାରେ ବେଶି ନିରାପଦ ମନେ ହୋଇଥାଏ । ଯଦି ଅଳ୍ପ ସତର୍କତା ଅବଲମ୍ବନ କରାଯାଇପାରେ, ତେବେ କର୍ମମୁଖର ପରିବେଶକୁ ନିଜ ହିସାବରେ ରୂପ ଦେଇ ପାରିବେ । ନିଜ ପରିପ୍ରେକ୍ଷୀରେ ଡାକ୍ତରଙ୍କ କଥାମାନି ଚଳନ୍ତୁ ।

ଅଫିସର କାମ;: ସମସ୍ତେ ଏକଥା ଜାଣନ୍ତି ଯେ, ଘଣ୍ଟା ଘଣ୍ଟା ଧରି ମେଜ ଉପରେ କାମ କରୁଥିବା ବ୍ୟକ୍ତିମାନଙ୍କର ବେକ, ପିଠି, ଜଙ୍ଘ ଓ ମୁଣ୍ଡରେ କିଭଳି ଯନ୍ତ୍ରଣା ହୋଇଥାଏ । ହେଲେ ଗର୍ଭବତୀ ମାନଙ୍କ ପାଇଁ ଏହା ଆହୁରି ଅସୁବିଧାଜନକ କରିବା ବାହୁଲ୍ୟ ମାତ୍ର । ଗର୍ଭସ୍ଥ ଶିଶୁକୁ ଅବଶ୍ୟ କୌଣସି ଅସୁବିଧା ହୁଏନାହିଁ । ହେଲେ ମା'କୁ ବହୁ କଷ୍ଟ ସହ୍ୟ କରିବାକୁ ପଡ଼େ । ଆପଣ ମଧ୍ୟ ଦୀର୍ଘସମୟ ଧରି କାମ କରୁଥିଲେ ମଝି ମଝିରେ ଉଠି ଏପଟ ସେପଟ ବୁଲାବୁଲି କରିଆସନ୍ତୁ । ହାତ ମେଲେଇ ଅଳସ ଭାଙ୍ଗନ୍ତୁ । ଚଉକିରେ ବସିରହି ମଧ୍ୟ ଅଣ୍ଟା, ପିଠି, ବେକ ଭାଙ୍ଗିପାରନ୍ତି । ନିଜ ପାଖରେ ଛୋଟିଆ ଷ୍ଟୁଲଟିଏ ରଖି ଫୁଲିଥିବା ହାତ ଗୋଡ଼କୁ ତା'ଉପରେ ଥୁଆଯାଇପାରେ । ପିଠିକୁ ପଛ କରି ଆରାମ କରାନ୍ତୁ ।

କମ୍ପ୍ୟୁଟର ଯୋଗେ ନିରାପତ୍ତା: ଈଶ୍ୱରଙ୍କ କୃପାରୁ କମ୍ପ୍ୟୁଟର ସ୍କ୍ରିନ ଓ ଲେପଟପ ଗର୍ଭବତୀ ସ୍ତ୍ରୀମାନଙ୍କ ପାଇଁ କ୍ଷତିକାରକ ନୁହଁ, ନଚେତ..? ହେଲେ ଘଣଯା ଘଣ୍ଟା ଧରି କମ୍ପ୍ୟୁଟର ଆଗରେ ବି କାମ କଲେ ମୁଣ୍ଡ ବୁଲେଇବ, ମୁଣ୍ଡବ୍ୟଥା, ହାତର ମଣିବନ୍ଧ ଓ ଭୁଜରେ ଯନ୍ତ୍ରଣା ସାଂଗକୁ ହାତଗୋଡ଼ ମୋଡ଼ିହେବ । ଏଭଳି ଚଉକି ବ୍ୟବହାର କରନ୍ତୁ, ଯେଉଁଥିବରେ ଆରାମ ମିଳିପାରିବ । ମନିଟର ମଧ୍ୟ ସଠିକ୍ ଉଚ୍ଚରେ ରହିବା ଦରକାର । ଆଖି ଓ ତାର ଉଚ୍ଚତା ସମାନ ହେବା ଆବଶ୍ୟକ । ପୁଣି ହାତେ ଦୂରରେ ରହିବା ଉଚିତ । ଏଭଳି ସ୍କ୍ରିନ ହେବ, ଯଦ୍ୱାରା 'କାରପଲ ଟନିଂ ସିଣ୍ଡ୍ରୋମ'ର ଆଶଙ୍କା ନଥିବ । 'କି-ବୋର୍ଡ'ରେ ହାତ ରଖିଲେ ଏଗୁଡ଼ିକ କହୁଣୀ ତଳକୁ ରହିବ ।

ସ୍ୱାସ୍ଥ୍ୟ ସେବା ସହ ସଂଶ୍ଲିଷ୍ଟ କାର୍ଯ୍ୟ: ପ୍ରତ୍ୟେକ ସ୍ୱାସ୍ଥ୍ୟ ବିଶେଷଜ୍ଞଙ୍କର ସବୁଠୁ ପ୍ରଧାନ କର୍ତ୍ତବ୍ୟ ହେଲା ନିଜେ ସୁସ୍ଥ ରହିବା ଓ ମା' ହେବାକୁ ଥିବା ଗର୍ଭବତୀ ମଧ୍ୟ ସୁସ୍ଥ ହେବା ଏକାନ୍ତ ଜରୁରୀ । ସର୍ବପ୍ରଥମେ ରାସାୟନିକ ପ୍ରୟୋଗରୁ ନିଜକୁ ରକ୍ଷା କରିବା, ଯଥା: ଏଥିଲିନ ଅକ୍ସାଇଡ ଓ ଫର୍ମାଲ ଡିହାଇଡ) । କେତେକ ଆଣ୍ଟିକ୍ୟାନ୍‌ସର ଔଷଧ, ହେପେଟାଇଟିସ ବି ଓ ଏଡ୍‌ସ ଭଳି ସଂକ୍ରମଣ ଓ ରେଡିଏସନ ଇତ୍ୟାଦି । କମ୍ ଡୋଜ ଥିବା ଏକ୍ସରେ ପାଖରେ କାମ କରୁଥିବା କାରୀଗରଙ୍କୁ ରେଡିଏସନର ଆଶଙ୍କା ନଥାଏ । ଏଠାରେ ସତର୍କ କରିଦିଆହୁଏ ଯେ ଛୁଆ ଜନ୍ମ କରିବା ବୟସର ସ୍ତ୍ରୀ ଲୋକମାନେ ଅଧିକ ଡୋଜବାଲା ଏକ୍ସ-ରେ ପାଖକୁ ଯିବା ପୂର୍ବରୁ

ଧୀର ସ୍ଥିର ରୁହନ୍ତୁ

ପ୍ରାୟ ୨୪ ସପ୍ତାହ ମଧ୍ୟରେ ଆପଣଙ୍କ ଗର୍ଭସ୍ଥ ଶିଶୁର ବାହ୍ୟ, ମଧ୍ୟ ଓ ଆଭ୍ୟନ୍ତରୀଣ କାନ ଗଠିତ ହେଇସାରିଥିବ । ୨୭ରୁ ୩୦ ସପ୍ତାହ ମଧ୍ୟରେ ସେ ବାହ୍ୟ ସ୍ୱରକୁ ଶୁଣି ପାରିବ । ଅବଶ୍ୟ ତୀବ୍ରସ୍ୱର ତା' କାନ ପାଖକୁ ପହଞ୍ଚିବ ନାହିଁ । ତଥାପି ଆପଣ ଗର୍ଭବେଳେ କର୍କଶ ଧ୍ୱନିରୁ ଦୂରେଇ ରହିବା ଉଚିତ; ନହେଲେ ୪୦ ରୁ ୬୦ ଡେସିବଲ ଧ୍ୱନି ଅପରିପକ୍ୱ ଶିଶୁର ଜନ୍ମ ପାଇଁ ଦାୟୀ ହେଇଥାଏ । ୧୫୦ ରୁ ୧୫୫ ଡେସିବଲ ହେଲେ ମଧ୍ୟ ଅସୁବିଧା । ଏଣୁ ତୀବ୍ର ଓ କର୍କଶ ଧ୍ୱନି ନିର୍ଗତ କଳକାରଖାନା ବା ମେସିନ ପାକରେ କାମ କରୁଥିବା ସ୍ତ୍ରୀ ଲୋକମାନେ ଛୁଆ ଜନ୍ମ ହେଲା ପର୍ଯ୍ୟନ୍ତ କାମ ଛାଡ଼ି ଦେବା ଉଚିତ । ନହେଲେ ବଦଳି କରିନେବା ଆବଶ୍ରକ । ଯଦି କୌଣସି କ୍ୟାସେଟ ଶୁଣିବାକୁ ଚାହାନ୍ତି, ତେବେ ଏମ୍ଫିଂଥିଏଟର ମଝିରେ ବସନ୍ତୁ । ଗାଡ଼ିରେ ଉଚ୍ଚସ୍ୱରରେ ଗୀତ ନଶୁଣି ବରଂ ହେଡ୍‌ଫୋନ ଲଗେଇ କମ୍ ସ୍ୱରରେ ଶୁଣିବା ବିଧେୟ ।

ବିଶେଷ ଧରଣର 'ଏପ୍ରନ' ପିନ୍ଧିବା ଉଚିତ । ଏହାଫଳରେ ନିରାପଦ ରହିହେବ । କର୍ମ ଅନୁସାରେ ନିରାପତ୍ତା କିମ୍ବା ନିରାପଦଯୁକ୍ତ ଚାକିରି ଖୋଜିବା ବାଞ୍ଛନୀୟ ।

ନିର୍ମାଣ କାର୍ଯ୍ୟ: ଯଦି ଆପଣ ବିପଜ୍ଜନକ ମେସିନ ଥିବା ସ୍ଥଳରେ କାର୍ଯ୍ୟ କରୁଥାନ୍ତି, ତେବେ ହାକିମଙ୍କୁ କହି ଭିନ୍ନ ଡ୍ୟୁଟି ପାଇଁ ଅନୁରୋଧ କରନ୍ତୁ । ଆପଣ ଚାହିଁଲେ ନିର୍ମାତାମାନଙ୍କଠାରୁ ମଧ୍ୟ ନିରାପତ୍ତା ବିଷୟରେ ପଚାରି ପାରନ୍ତି । କୌଣସି ଫେକ୍ଟ୍ରିରେ କଣ କଣ ତିଆରି ହୁଏ ଓ କିପରି ? ଏସବୁ ଉପରେ ବହୁତ କିଛି ନିର୍ଭର କରିଥାଏ ।

ଅତ୍ୟଧିକ ଶାରୀରିକ ଶ୍ରମ: ମନେକର ଜଣେ ଗର୍ଭବତୀ ମହିଳା ବେଶି ଓଜନିଆ ଜିନିଷ ଟେକନ୍ତି, ଖୁବ୍ ଶାରୀରିକ ଶ୍ରମ କରନ୍ତି କିମ୍ବା ଘଣ୍ଟା ଘଣ୍ଟା ଧରି ଠିଆ ହେଇଥାନ୍ତି, ତେବେ ପ୍ରିଟର୍ମ ଲେବରର ଆଶଙ୍କା ବୃଦ୍ଧି ପାଇଥାଏ । ଏଣୁ ନିଜ ହାକିମଙ୍କୁ କହି ୨୦ ରୁ ୨୮ ସପ୍ତାହ ପର୍ଯ୍ୟନ୍ତ ଏପରି କୌଣସି କାର୍ଯ୍ୟରେ ନିଯୁକ୍ତ କରନ୍ତୁ, ଯେଉଁଠି ବେଶି ପରିଶ୍ରମ କରିବାକୁ ନପଡ଼େ । ପ୍ରସବ ଉତ୍ତାରେ ପୂର୍ବ ଜାଗାକୁ ଫେରି ଆସିବେ ।

ଭାବନାଜଡ଼ିତ ଚାପମୁକ୍ତ କାର୍ଯ୍ୟ: ଅନେକ ଥର କର୍ମକ୍ଷେତ୍ରରେ ସୃଷ୍ଟି ମାନସିକ ଚାପ ଯୋଗୁଁ ମଧ୍ୟ ଗର୍ଭବତୀ ସ୍ତ୍ରୀଙ୍କ ଉପରେ ଦୁଷ୍ପ୍ରଭାବ ପଡ଼ିଥାଏ । ଅଥଚ ଚାପମୁକ୍ତ ହେବାକୁ ଚେଷ୍ଟା କରିବା ବିଧେୟ । କିମ୍ବା ମେଟରନିଟି ଲିଭ ନେଇଯିବା ଉଚିତ ନହେଲେ ଚାପମୁକ୍ତ ଜାଗାରେ ଚାକିରି କରିବା ବାଞ୍ଛନୀୟ । ଅବଶ୍ୟ ଏହା ସର୍ବଥା ସମ୍ଭବ ନୁହଁ । ଆର୍ଥିକ ଦୃଷ୍ଟିରୁ ଏହା ଜରୁରୀ ନଚେତ ଚାକିରି ଛାଡ଼ି ଦେଲେ ସମସ୍ୟା ବଢ଼ି ଯାଇପାରେ ।

ଏଣୁ ନିୟମିତ ବ୍ୟାୟାମ, ଧ୍ୟାନ ଓ ସୁସ୍ଥକ୍ରିୟା ବଳରେ ଚାପ ହ୍ରାସ କରିବାକୁ ହେବ । ନିଜ ସାହେବଙ୍କୁ ବୁଝେଇ କୁହନ୍ତୁ ଯେ ଗର୍ଭବେଳେ ଅଧିକ ଶ୍ରମ ଓ ଚାପ କ୍ଷତିକାରକ ହୋଇପାରେ । ନିଜେ ସର୍ବେସର୍ବା ଥିଲେ କଷ୍ଟସାଧ୍ୟ; ହେଲେ ତଥାପି ଏଥିପ୍ରତି ଉଚିତ ଦୃଷ୍ଟି ଦିଆଯାଇପାରେ ।

ଅନ୍ୟ କାର୍ଯ୍ୟ: ଅଧ୍ୟାପିକା ଓ ସମାଜସେବିକାମାନେ ଛୋଟ ଛୁଆଙ୍କ ଗହଣରେ ଥିବାରୁ ଏଭଳି ସଂକ୍ରମଣରେ ଆକ୍ରାନ୍ତ ହୋଇପାରନ୍ତି । ଏହା ଗର୍ଭାବସ୍ଥାରେ ପ୍ରଭାବ ପକାଇଥାଏ, ଯଥା: ବସନ୍ତ, ପଞ୍ଚମ ବ୍ୟାଧି ଓ ସିଏମଭି । ପଶୁ ସହ କାମ କରୁଥିବା କିମ୍ବା ମାଂସ ବିକ୍ରିକାରୀମାନେ 'ଟକ୍ସୋପ୍ଲାନମୋସିସ' ରୋଗରେ ଆକ୍ରାନ୍ତ ହୋଇପାରନ୍ତି । (ଅବଶ୍ୟ ଯଦି ତାଙ୍କ ମଧ୍ୟରେ ପ୍ରତିରୋଧକ ଶକ୍ତି ଥାଏ, ତେବେ କିଛି ଅସୁବିଧା ନାହିଁ) ସଂକ୍ରମଣର ଆଶଙ୍କା ଥିବା ଜାଗାରେ କାମ କରୁଥିଲେ ଯତ୍ନବାନ ହେବା ଉଚିତ । ମଝି ମଝିରେ ହାତ ଧୋଇ ଗ୍ଲୋବ ପିନ୍ଧନ୍ତୁ ଓ ମାସ୍କ ବ୍ୟବହାର କରନ୍ତୁ ।

ଫ୍ଲାଇଟ ଆଟେଣ୍ଡେଣ୍ଟ କିମ୍ବା ପାଏଲଟମାନଙ୍କ କ୍ଷେତ୍ରରେ ପ୍ରିଟର୍ମ ବାର୍ଥର ବେଶି ଆଶଙ୍କା ଥାଏ । ହାଇ-ଏଲ୍ଟିଚ୍ୟୁଓ ଫ୍ଲାଇଟରେ ସୂର୍ଯ୍ୟର ରେଡିଏସନ ସଂସ୍ପର୍ଶରେ ଆସୁଥିବାରୁ ଏପରି ହୋଇଥାଏ । ସେମାନେ ଅଳ୍ପ ଦୂର ଯାତ୍ରା କରିବା ଉଚିତ, କିମ୍ବା ଗର୍ଭ ସମୟରେ ଗ୍ରାଉଣ୍ଡ ୱାର୍କ କରିବା ବିଧେୟ ।

ଆର୍ଟ ଫଟୋଗ୍ରାଫି, କେମିଷ୍ଟ, କସ୍ମେଟିସିଆନ ଓ ଡ୍ରାଏକ୍ଲିନିଂ ଭଳି କାମରେ ନ୍ୟସ୍ତ ଗର୍ଭବତୀ ସ୍ତ୍ରୀମାନେ ଅନେକ ପ୍ରକାରର ରାସାୟନିକ ପଦାର୍ଥ ସଂସ୍ପର୍ଶରେ ଆସିଥାନ୍ତି । ଏଣୁ ବେଶି ଯତ୍ନବାନ ହେବା ଉଚିତ ।

ଚାକିରି ଅବ୍ୟାହତ ରଖିବା: କ'ଣ ଆପଣ ଶେଷ ମୁହୂର୍ତ୍ତ ପର୍ଯ୍ୟନ୍ତ ଚାକିରି କରିବାକୁ ନିଷ୍ପତ୍ତି ନେଉଛନ୍ତି କି ? ଅନେକ ଗର୍ଭବତୀ ସ୍ତ୍ରୀମାନେ ନ'ମାସ ପର୍ଯ୍ୟନ୍ତ ଉଭୟ ଦାୟିତ୍ୱ ସୁରୁଖୁରୁରେ ତୁଲେଇଥାନ୍ତି । ଅବଶ୍ୟ କେତକେ ଚାକିରି ବେଶ୍ ସୁବିଧାଜନକ ହୋଇଥାଏ । ଏଣୁ ଆରାମ ପାଇବା ସହଜ କଥା । ଘରୁ ଅଫିସକୁ ଚାଲି ଚାଲି ଯିବା ଆସିବା ମଧ୍ୟ କରିପାରିବେ । (ହେଲେ ବେଶି ଓଜନ ଟେକିବା ଅନୁଚିତ)

ଏକ ଅଧ୍ୟୟନରୁ ଜଣାପଡ଼ିଛି ଯେ, ଗୋଟିଏ ସପ୍ତାହରେ ୬୫ ଘଣ୍ଟା କାମ କରୁଥିବା ଗର୍ଭବତୀ ସ୍ତ୍ରୀମାନେ ମଧ୍ୟ ଗର୍ଭର ବିଷମ ସମସ୍ୟାରୁ ନିରାପଦ ରହିଥାନ୍ତି ।

ଗର୍ଭଧାରଣ ତଥା ଦୁର୍ବ୍ୟବହାର

ଗର୍ଭଧାରଣ ଯୋଗୁଁ କ'ଣ କର୍ମକ୍ଷେତ୍ରରେ ଆପଣମାନଙ୍କୁ ଦୁର୍ବ୍ୟବହାରର ସମ୍ମୁଖୀନ ହେବାକୁ ପଡୁଛି କି ? ନୀରବ ବା ମୌନ ବସି ରହିବା ଅପେକ୍ଷା ନିଜ ମନ କଥା ବିଶ୍ୱାସୀ ବ୍ୟକ୍ତିଙ୍କୁ କୁହନ୍ତୁ । ଏଭଳି ଅନେକ ତଥ୍ୟ ଓ ଘଟଣାଗୁଡ଼ିକୁ ତାଲିକା କରି ନିଜ ପାଖରେ ରେକର୍ଡ ରଖନ୍ତୁ; ଯଦ୍ୱାରା ଆବଶ୍ୟକ ସ୍ଥଳେ ପ୍ରମାଣ ଦିଆଯାଇ ପାରିବ ।

ଯଦି ଜଣେ ସ୍ତ୍ରୀ ଆଗରୁ ମା' ହୋଇଥିବ, ଆଉ ଗର୍ଭଧାରଣ ବେଳେ ଘଣ୍ଟା ଘଣ୍ଟା ଧରି ଠିଆହୋଇ କାମ କରିବା ସାଂଗକୁ ମାନସିକ ଚାପଗ୍ରସ୍ତ ହେବ କିମ୍ବା ବେଶି ପରିଶ୍ରମ କରିବ ତେବେ ସମୟ ପୂର୍ବରୁ ପ୍ରସବ ବେଦନା, ରକ୍ତଚାପ ଓ ଅଳ୍ପ ଓଜନର ଶିଶୁ ଜନ୍ମ ହେବାର ଆଶଙ୍କା ବୃଦ୍ଧି ପାଇଥାଏ ।

କ'ଣ ସେଲ୍ସଗାର୍ଲ, ସେଫ, ରେଷ୍ଟୁରାଣ୍ଟର ୱାର୍କର, ପୋଲିସି ଅଧିକାରୀ, ଡକ୍ଟର ଓ ନର୍ସମାନେ ୨୮ ସପ୍ତାହ ପରେ ମଧ୍ୟ କାର୍ଯ୍ୟ କରିବା ଉଚିତ କି ? ଯଦି ସେମାନେ ଆରାମ ପାଆନ୍ତି, ତେବେ କାମ କଲେ କିଛି କ୍ଷତି ନାହିଁ । ଅବଶ୍ୟ ଶାରୀରିକ କଷ୍ଟ ଟିକେ ବଢ଼ିଯାଇପାରେ । ଯଥା: ପିଠିରେ ଯନ୍ତ୍ରଣା, ଭେରିକୋଜଭେନ୍ସ ଓ ହେମରଏଡ ଇତ୍ୟାଦି ।

ଯଦି ସମ୍ଭବ ହୁଏ, ତେବେ ଟିକେ ଆଗରୁ ଛୁଟି ମାଗିନେବା ଉଚିତ । ବେଶି ଶ୍ରମସାଧ୍ୟ କାମ କରନନ୍ତୁ ନାହିଁ । କ୍ଷତ ବା ଆହତର ଆଶଙ୍କା ନରହୁ । ଗୁରୁତ୍ୱପୂର୍ଣ୍ଣ କଥା ହେଲା- ପ୍ରତ୍ୟେକ ଗର୍ଭବତୀ ସ୍ତ୍ରୀ, କାମ ଓ ଗର୍ଭାବସ୍ଥା ସ୍ୱତନ୍ତ୍ର ଓ ପୃଥକ ହୋଇଥାଏ । ଡାକ୍ତରଙ୍କ ପରାମର୍ଶ ଅନୁସାରେ ପଦକ୍ଷେପ ଗ୍ରହଣ କରନ୍ତୁ ।

ଚାକିରି ପରିବର୍ତ୍ତନ: ଜୀବନରେ ଆସୁଥିବା ଅନେକ ପରିବର୍ତ୍ତନ ବ୍ୟତୀତ ବୋଧହୁଏ, ଆପଣ ଆଉ ଏକ ପରିବର୍ତ୍ତନ ଆଣିବାକୁ ଚାହିଁବେ । ଅବଶ୍ୟ ଏହାର ଅନେକ କାରଣ ହେଇପାରେ ଯେ ଭାବି ମା' ନିଜର ଚାକିରି କାହିଁକି ପରିବର୍ତ୍ତନ କରିବେ । ହୁଏତ ଅନ୍ତରଂଗ ପରିବେଶ ଥାଇନପାରେ ଆଉ ଚାକିରି ଓ ମାତୃତ୍ୱ ମଧ୍ୟରେ ସାମଞ୍ଜସ୍ୟ ରଖା କରିବା ସମ୍ଭବ ହୋଇନପାରେ । ହୁଏତ ବେଶି ଘଣ୍ଟା ଧରି କାମ କରିବାକୁ ପଡୁଥିବ କିମ୍ବା କାମଟା ବିରକ୍ତିକର ମନେହେଉଥିବ । ହୁଏତ ସେଠାରେ ମା' ଓ ଶିଶୁ ପାଇଁ କୌଣସି ବିପଦର ଆଶଙ୍କା ଥାଇପାରେ । କାଣ ଯାହା ହେଉନା କାହିଁକି, ଚାକିରି ଛାଡ଼ିବା ପୂର୍ବରୁ ନିମ୍ନ ତଥ୍ୟ ପ୍ରତି ଚିନ୍ତା କରି ଦେଖନ୍ତୁ ।

ନୂଆ ଚାକିରି ଖୋଜିବାକୁ ସମୟ, ବଳ, ସାହସ ଓ ସୁଯୋଗ ଦରକାର । ଯେହେତୁ ଆପଣ ଏଇନା ଗର୍ଭ ପ୍ରତି ବେଶ୍ ଦୃଷ୍ଟି ଦେଉଛନ୍ତି । ଚାକିରି ପାଇବାକୁ ହେଲେ ଅନେକ ଇଣ୍ଟରଭ୍ୟୁ ଦେବାକୁ ହେବ, ଅନେକଙ୍କ ସହ ଯୋଗାଯୋଗ ଓ ଉଦ୍‌ଯୋଗ କରିବାକୁ ହେବ । ତେଣୁକରି ହୁଏତ ଏଥିପ୍ରତି ସମୁଚିତ ଦୃଷ୍ଟି ଦିଆଯାଇ ନପାରେ । ଗର୍ଭଧାରଣର ଅସୁବିଧା ସାଙ୍ଗକୁ ଉତ୍ତମ ପ୍ରଦର୍ଶନ କରିବା ହୁଏତ କାଠିକର ପାଠ ହୋଇପାରେ । ନୂଆ ଚାକିରି ପ୍ରତି ମଧ୍ୟ ବିଶେଷ ଦୃଷ୍ଟି ଦେବାକୁ ହେବ, ସମସ୍ତଙ୍କ ଦୃଷ୍ଟି ଆପଣଙ୍କ ପ୍ରତି ଥିବ, ଏଣୁ ଭୁଲ୍‌ରେ ମଧ୍ୟ ଭୁଲ୍ କରିପାରିବେ ନାହିଁ । ବର୍ତ୍ତମାନ ନିଜେ ସିଦ୍ଧାନ୍ତ କରନ୍ତୁ ଯେ ଏଭଳି ସତ୍‌ସାହସ ଓ ପରାକ୍ରମ ଆପଣଙ୍କର ଅଛି ତ ?"

ନୂଆ ଜାଗାକୁ ଯିବା ପୂର୍ବରୁ ଭଲଭାବେ ବିଚାର କରନ୍ତୁ ଯେ ସେଠାକୁ ଗଲେ କିଛି ଲାଭ ଅଛି ନା ନାହିଁ ? କମ୍ପାନୀ ଅଯଥା ଛୁଟି ପରିବର୍ତ୍ତେ ଅର୍ଥ ଦଣ୍ଡ ଦେବନିତ ? କ'ଣ ସେଠାରେ ଘରୁ କାମ କରିକି ଆଣିବାର ସୁଯୋଗ ମିଳିବ କି ? ଭଲ ଦରମା ମିଳିବତ ? ସାବଧାନ ସହଜ ଜଣା ପଡୁଥିବା ପ୍ରତ୍ୟେକ ଜିନିଷ ସହଜ ହୋଇନଥାଏ । ଘରର ପରିବେଶ ମଧ୍ୟ ଅସ୍ତବ୍ୟସ୍ତ ଥିବ । ଅଫିସରେ ମଧ୍ୟ ଏପରି ହେବା ଉଚିତ କି ? ଏକଥା ମନେରଖନ୍ତୁ ଯେ ନୂଆ ହୋଇ କାମ କରିବା ଲୋକଙ୍କୁ ଅନେକ କମ୍ପାନୀ କମ୍ ଦରମା ଦେଇଥାନ୍ତି ।

ମନେକର ନୂଆକରି ଚାକିରି କରିବା ପରେ ଆପଣଙ୍କୁ ଗର୍ଭ ବିଷୟରେ ଜଣାପଡ଼େ, ତେବେ ? ଯାହା ହେଉ, ଉକ୍ତ ଆହ୍ୱାନକୁ ସ୍ୱୀକାର କରି ଆଶା କରାଯାଉଥିବା କାର୍ଯ୍ୟ କରିବାକୁ ହେବ । ହେଲେ ନିଜ ଚାକିରିର ନିରାପତ୍ତା ବାବଦରେ ଆପଣଙ୍କର ଧାରଣା ଥିବା ଦରକାର । ଯଦ୍ଦ୍ୱାରା ନକାରାତ୍ମକ ପରିବେଶ ସୃଷ୍ଟି ନହେଉ ।

ଚାକିରି ସମୟରେ ନିରାପତ୍ତା ଓ ସୁବିଧା ସୁଯୋଗ

ହୁଏତ ଏହା ଆପଣଙ୍କର ପ୍ରଥମ ଗର୍ଭ ଧାରଣ ହୋଇପାରେ, ହେଲେ ଚାକିରି ଓ ଘର ମଧ୍ୟରେ ଆପଣଙ୍କୁ ସାମଞ୍ଜସ୍ୟ ରକ୍ଷା କରିବାକୁ ହେବ । ପ୍ରଥମ ଓ ତୃତୀୟ ତିନି ମାସରେ ଗର୍ଭ କଥା ସ୍ପଷ୍ଟ ଭାବରେ ଜଣାପଡ଼ିଲା ପରେ କ୍ଳାନ୍ତି ଆପଣଙ୍କ ଉପରେ ଘନେଇ ଆସିବ । ଆମେ ଦେଇଥିବା ଉପାୟ ବଳରେ ଆପଣ ଉଭୟ କ୍ଷେତ୍ରରେ ନିଜର ଦାୟିତ୍ୱ ତୁଲେଇବା ସାଂଗକୁ ସହଜ ଓ ନିରାପଦ ମଧ୍ୟ ଅନୁଭବ କରିପାରିବେ ।

- ଦିନକୁ ତିନିଥର କାଆନ୍ତୁ । ମଝିରେ ମଝିରେ ଜଳଖିଆ ଖାଆଯିବା ଦରକାର । ଯେତେ ବ୍ୟକ୍ତି ଥିଲେ ମଧ୍ୟ ହେଲ୍‌ନି ସ୍ନେକ୍ ଖାଇବାକୁ ଭୁଲନ୍ତୁ ନାହିଁ । ସମ୍ଭବ ହେଲେ ପର୍ସରେ ମଧ୍ୟ ଦରବ ରଖନ୍ତୁ ।

- ନିଜ ଓଜନ ପରୀକ୍ଷା କରୁଥାନ୍ତୁ; ମାନସିକ ଚାପ ଯୋଗୁଁ ଆପଣଙ୍କର ଓଜନ ହ୍ରାସ ପାଉନାହିଁତ !

- ୱାଟର କୁଲର ସହ ବନ୍ଧୁତା ସ୍ଥାପନ କରନ୍ତୁ । ବାରମ୍ବାର ପାଣି ପିଇବାକୁ ପଡ଼ିବ ଯେହେତୁ ଏଣୁ ପାଣି ବଟଲ ପାଖରେ ରଖନ୍ତୁ; ଯେତେ ଅଧିକ ପାଣି ପିଇଲେ ପରିଶ୍ରା ସଂକ୍ରମଣରୁ ଦୂରେଇ ରହିବେ ।

- ପରିଶ୍ରା ଲାଗୁଥିଲେ ବାନ୍ଧି ରଖନ୍ତୁ ନାହିଁ, ବରଂ ପ୍ରତି ଦୁଇ ଘଣ୍ଟାରେ ଥରେ ପରିଶ୍ରା କରି ଯାଆନ୍ତୁ ।

- ଆପଣଙ୍କ ଲୁଗାପଟା ଆରାମଦେୟ ହେବା ଆବଶ୍ୟକ । ବେଶି ଚିପା ପୋଷାକ ପରିଛଦ ବ୍ୟବହାର କରନ୍ତୁ ନାହିଁ । ଠିଆହୋଇ ବେଶି ସମୟ ଧରି କାମ କରୁଥିଲେ ସ୍ପର୍ଟିଂ ହୋଜ ପିନ୍ଧନ୍ତୁ ।

- ବହୁ ସମୟ ଧରି ଠିଆ ହେବାକୁ ବାଧ୍ୟ ହେଉଥିଲେ, ମଝିରେ ମଝିରେ ଚଲାବୁଲା କରନ୍ତୁ କିମ୍ବା ବସିପଡନ୍ତୁ । ପାଖରେ ଛୋଟିଆ ଏକ ଷ୍ଟୁଲ ଥିଲେ ଗୋଟେ ପରେ ଗୋଟେ ଗୋଡ଼ ତା' ଉପରେ ଥୋଇ ବସି ପଡନ୍ତୁ । ଏପରି କଲେ ଆରାମ ଲାଗିବ ।

- କାର୍ଯ୍ୟରୁ ବିରତି ନିଅନ୍ତୁ । ଠିଆ ଥିଲେ ବସିପଡନ୍ତୁ । ଆଉ ବସିଥବଲେ ଠିଆହେଇ ଚଲାବୁଲା କରନ୍ତୁ । ସମ୍ଭବ ହେଲେ ସୋଫାରେ ଗଡ଼ି ପିଠି ସିଧା କରି ଆରାମ ପାଆନ୍ତୁ । ପିଠି, ଜଙ୍ଘ, ଗୋଡ଼ ଓ ବେକ ଟାରିହେଲା ଭଳି ମୋଡ଼ା ମୋଡ଼ି ହୁଅନ୍ତୁ ।

- ନିଜ ଶ୍ୱାସକ୍ରିୟା ପ୍ରତି ମନୋନିବେଶ କରନ୍ତୁ । ଧୂଆଁଳିଆ ଜାଗାକୁ ଯାଆନ୍ତୁ ନାହିଁ । ଧୂଆଁ ଶିଶୁ ପକ୍ଷରେ କ୍ଷତିକାରକ, ନିଜେ ମଧ୍ୟ କ୍ଳାନ୍ତ ହେବେ ।

-ଯେକୌଣସି ଜିନିଷପତ୍ର ଟେକା ଟେକି କିମ୍ବା ଗୋଟାଗୋଟି କଲାବେଳେ ପିଠିରେ ଭରା ଦିଅନ୍ତୁ ନାହିଁ ।

- ପ୍ରତି ଥର ଖାଦ୍ୟ ଖାଇଲା ପରେ ଦାନ୍ତ ସଫା କରନ୍ତୁ । ଫଳରେ ଦାନ୍ତ ନିରୋଗ ରହିବ, ବାନ୍ତି ଲାଗିବନି, ଶ୍ୱାସକ୍ରିୟା ସତେଜ ଲାଗିବ ଓ ପାଟି ମଧ୍ୟ ଗନ୍ଧେଇବ ନାହିଁ । ପାଟିରୁ ବେଶି ଲାଳ ଗଡୁଥିଲେ ମାଉଥୱାସ ବ୍ୟବହାର କରନ୍ତୁ । ପ୍ରଥମ ତିନି ମାସରେ ପ୍ରାୟ ଏପରି ହୋଇଥାଏ ।

- କୋଟପଲ ଟନେଲ ସିଣ୍ଡ୍ରୋମର ପିଠି ବ୍ୟଥା ଅଫିସ ଯାଉଥିବା ସ୍ତ୍ରୀମାନଙ୍କୁ ବେଶି ଅସୁବିଧା କରିଥାଏ । ଏଥିପ୍ରତି ଦୃଷ୍ଟି ଦେବା ବିଧେୟ ।

- ମାନସିକ ଚାପରୁ ଦୂରେଇ ରୁହନ୍ତୁ । ସୁଯୋଗ ମିଳିଲେ ସୁବିଧା ଦେଖି ରିଲେକ୍ସ ପାଆନ୍ତୁ । ଗୀତ ସଂଗୀତ ଶୁଣନ୍ତୁ; ଆଖି ବୁଜି ଗଡ଼ିପଡ଼ନ୍ତୁ । ଧ୍ୟାନ କରନ୍ତୁ ବା ଚଲାବୁଲା କରି ସତେଜ ହୁଅନ୍ତୁ ।

- ନିଜ ଦେହ କଥା ଭାବନ୍ତୁ । କ୍ଳାନ୍ତି ଅନୁଭୂତ ହେଲେ କାମ କମେଇ ହୋଇ ବିଶ୍ରାମ କରନ୍ତୁ । ସନ୍ଧ୍ୟାବେଳେ ଛୁଟି ମାଗି ଘରକୁ ଯାଆନ୍ତୁ ।

ଚତୁର୍ଥ ମାସ

ପ୍ରାୟ ୧୪ ରୁ ୧୭ ସପ୍ତାହ ପର୍ଯ୍ୟନ୍ତ

ତା'ହେଲେ ଦ୍ୱିତୀୟ ତିନି ମାସ ଆସି ପହଞ୍ଚିଗଲା । ଏହା ଅଧିକାଂଶ ଗର୍ଭବତୀ ସ୍ତ୍ରୀମାନଙ୍କ ସକାଶେ ପ୍ରାୟ ଆରାମଦାୟକ ହୋଇଥାଏ । ଏହା ସାଙ୍ଗରୁ ଶରୀରରେ ବିଭିନ୍ନ ପରିବର୍ତ୍ତନ ଦେଖାଦେଇଥାଏ । ଗର୍ଭଧାରଣର କଷ୍ଟ-ପୂର୍ଣ୍ଣ ଲକ୍ଷଣ ପ୍ରାୟ କମିଆସିଥାଏ । ଖାଦ୍ୟପେୟରେ ପୁଣି ଥରେ ସ୍ୱାଦ ଚାଖି ଖାଇବାକୁ ମନ ହୁଏ । ଶକ୍ତିର ସ୍ତର ଆଗ ଅପେକ୍ଷା ବଢ଼ିଯାଇଥାଏ । ବକ୍ଷୋଜଗୁଡ଼ିକ ଅପେକ୍ଷାକୃତ କମ୍ ସମ୍ବେଦନଶୀଳ ହୋଇଥାନ୍ତି । ବର୍ତ୍ତମାନ ଆପଣଙ୍କର ଗର୍ଭ ଲୋକଲୋଚନକୁ ଆସିଥାଏ ଅର୍ଥାତ୍ ପେଟ ପଡ଼ିବା ଆରମ୍ଭ ହୁଏ ।

ଏହି ମାସରେ ଆପଣଙ୍କ ଶିଶୁର ଗଠନ ଓ ବିକାଶ

୧୪ଶ ସପ୍ତାହ: ଏହି ସପ୍ତାହରେ ଭ୍ରୂଣଗୁଡ଼ିକର ଗଠନ ଓ ବିକାଶ ଭିନ୍ନ ଭିନ୍ନ ଦରରେ ହୋଇଥାଏ । ଏହାବ୍ୟତୀତ ସଭିଙ୍କର ଗଠନ ପ୍ରକ୍ରିୟା ଏକାଭଳି ହୋଇଥାଏ । ଏପର୍ଯ୍ୟନ୍ତ ଏହା ହାତମୁଠା ଏତେ ବଡ଼ ଥିଲା, ହେଲେ ଏଥର ଭ୍ରୂଣଟି ସିଧା ଅବସ୍ଥାକୁ ଆସୁଅଛି । ବେକ ଆଗ ଅପେକ୍ଷା ଲମ୍ବ ଓ ମୁଣ୍ଡ ସିଧା ହେଉଛି । ବୋଧହୁଏ ଛୋଟ ମୁଣ୍ଡଟିରେ ମଧ୍ୟ ବାଳ ଗଜୁରିବା ଆରମ୍ଭ ହେଲାଣି । ଦେହର ଲୋମ ସାଙ୍ଗକୁ ଭ୍ରୂଲତା ମଧ୍ୟ ସ୍ପଷ୍ଟତର ହେଉଛି । କେଶଗୁଚ୍ଛର ପ୍ରସ୍ଥ ତାକୁ ଉଷ୍ଣତା ପ୍ରଦାନ କରିବ । ଦେହରେ ମନେକର ଚର୍ବି ଜମାଥାଏ, ତେବେ ହୁଏତ ଦେହରେ ବାଳ ଅଂଶ ହ୍ରାସ ପାଇପାରେ । ଶୀଘ୍ର ଜନ୍ମ ହେଉଥିବା ଶିଶୁମାନଙ୍କଠାରେ ପ୍ରସ୍ଥ ଆକାରରେ ବାଳ ଦୃଶ୍ୟମାନ ହୋଇଥାଏ ।

ଆପଣଙ୍କର ଚାରିମାସର ଶିଶୁ

୧୫ଶ ସପ୍ତାହ: ଏହି ସପ୍ତାହରେ ଭ୍ରୂଣ ଶିଶୁଟିର ଦୈର୍ଘ୍ୟ ୪୧/୨" ତଥା ଓଜନ ୨ କିମ୍ବା ୩ ଆଉନ୍ସ ହୋଇଥାଏ । ଏହା ଛୋଟ କମଳାଟିଏ ପରି ହୋଇଥାଏ । ତା' କାନ ଠିକ୍ ଜାଗାରେ ଅବସ୍ଥାନ କରୁଛି । ଆଖିଗୁଡ଼ିକ ମଧ୍ୟ ବୁଲିପଡ଼ି ମୁହଁ ଆଗରେ ବିଦ୍ୟମାନ ହୋଇଯାଇଛି । ସେ ବର୍ତ୍ତମାନ ନିଜ ପାଦର ଆଙ୍ଗୁଠିକୁ ହଲେଇ ପାରିବ ଓ ପାଟିରେ ଚୁଚୁମି ମଧ୍ୟ ପାରିବ । ଏଥର ସେ ଆରାମରେ ନିଶ୍ୱାସ ମାରିପାରିବ, ଅବଶ୍ୟ ଆପଣ ତା'ର ଚାଲବୁଲକୁ ଧରିପାରିବେ ନାହିଁ, ହେଲେ ସେ ବଡ଼ ଆନନ୍ଦରେ ହାତ-ପାଦ ହଲେଇ ପାରୁଛି ।

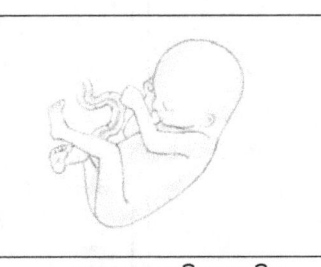

୧୬ଶ ସପ୍ତାହ: ଏଥର ତା'ର ଓଜନ ୩ରୁ ୫ ଆଉନ୍ସ ହୋଇଗଲାଣି ଓ ଦୈର୍ଘ୍ୟ ୪ ରୁ ୫' । ତା'ର ମାଂସପେଶୀ ଗୁଡ଼ିକ ପୂର୍ବାପେକ୍ଷା ଶକ୍ତ

ହେଉଛି । ତା'ର ମୁହଁ ବେଶ୍ ସୁନ୍ଦର ଦେଖାଯାଉଅଛି । ଆଖି ଦେଖିବାରେ ଲାଗିଛି ।

ଅବଶ୍ୟ ଆଖିପତା ଖୋଲିନି । ସ୍ପର୍ଶ ପାଇ ସେ କାତର ହେଇଉଠୁଛି । ଆପଣ ନିଜ ପେଟକୁ ଛୁଇଁଲେ, ତାକୁ ଛୁଇଁଲା ଭଳି ଗର୍ଭରୁ ଶିଶୁକୁ ମନେ ହେଇଥାଏ । ଆପଣ ତା'ର ଚଳପ୍ରଚଳକୁ ଚିହ୍ନି ପାରୁନାହାନ୍ତି ।

୧୭ଶ ସପ୍ତାହ: ଏଥର ଶିଶୁଟି ଆପଣଙ୍କ ହାତ ପାପୁଲି ଏଡ଼େ ହେଇଗଲାଣି । ତାର ଓଜନ ୫ ଆଉନ୍ସରୁ ଅଧିକ ହେଲାଣି ଓ ଉଚ୍ଚତା ପ୍ରାୟ ୫" ହେବ । ତାର ଦେହରେ ଥିବା ଚର୍ମ ସବୁ ସ୍ୱଚ୍ଛ ଓ ଦେହର ଚର୍ବି ସବୁ ତିଆରି ଚାଲିଛି । ଇତିମଧ୍ୟରେ ସେ ଚୁଚୁମିବା ଓ ଗିଳିବା ପ୍ରାୟ ଶିଖିଗଲାଣି । କାରଣ ଇହଜଗତରେ ପଦାର୍ପଣ କରିବାକୁ ହେଲେ ସର୍ବପ୍ରଥମେ ତାକୁ ଖାଇବା କିମ୍ବା ଗିଳିବା ଶିଖିବାକୁ ହେବ । ଏଥର ତା'ର ହୃଦସ୍ପନ୍ଦନ ମଧ୍ୟ ନିୟମିତ ହେବାରେ ଲାଗିଛି ।

ଆପଣ କ'ଣ ଅନୁଭବ କରୁଥାଇ ପାରନ୍ତି ?

ସବୁଥର ପରି ଏକଥା ମଧ୍ୟ ମନେ ରଖନ୍ତୁ ଯେ, ପ୍ରତ୍ୟେକ ମହିଳା ଓ ଗର୍ଭଧାରଣ ସ୍ୱତନ୍ତ୍ର ଏବଂ ପୃଥକ୍ ହେଇଥାଏ । ଆପଣ ହୁଏତ ଏଥିରୁ ସବୁତକ ଲକ୍ଷଣ ଅନୁଭବ କରିପାରୁଥାନ୍ତୁ କିମ୍ବା ଗୋଟିଏ ଜୋଡ଼େ । କେତେକ ଲକ୍ଷଣ ଗତ ମାସରୁ ଥିବ ତ ଆଉ କେତେକ ଏହି ମାସରେ ଦୃଶ୍ୟମାନ ହେବ । କେତେକ ଲକ୍ଷଣ ଆଦୌ ଜଣାପଡ଼ିବ ନାହିଁ । କାରଣ ଆପଣ ଅଭ୍ୟସ୍ତ ହୋଇସାରିଥିବେ । ହୁଏତ କମ୍ ଲକ୍ଷଣ ମଧ୍ୟ ଦେଖାଦେଇପାରେ । ଏହି ମାସରେ ଆପଣ ନିମ୍ନଲିଖିତ ଲକ୍ଷଣ ସବୁ ଦେଖିପାରିବେ ।

ଶାରୀରିକ

- କ୍ଳାନ୍ତି
- ବାରମ୍ବାର ପରିସ୍ରା ଆଉ ଲାଗିବ ନାହିଁ
- ବାନ୍ତି ଆଉ ହେବନି କିମ୍ବା କମ୍ ହେବ ।
- ଅନେକଙ୍କର ମର୍ଣ୍ଣିଂ ସିକ୍‌ନେସ ଅବ୍ୟାହତ ଥିବ ।
- କୋଷ୍ଠ କାଠିନ୍ୟ
- ଛାତି ଜଳିବ, ଅଜୀର୍ଣ୍ଣ, ପେଟ ଫୁଲି, ଗୋଳମାଳ
- ବକ୍ଷୋଜର ଆକାର ବୃଦ୍ଧି
- ବେଳେ ବେଳେ ମୁଣ୍ଡ ବ୍ୟଥା
- ବେଳେ ବେଳେ ମୁଣ୍ଡ ଘୁରି ମୂର୍ଚ୍ଛା ଯିବା
- ନାକ ପୁଡାରୁ ରକ୍ତ ବାହାରିବା, କାନରୁ ମଇଳା
- ବ୍ରସ କଲାବେଳେ ଦାନ୍ତମୂଳରୁ ରକ୍ତ ବାହାରିବା
- ଭୋକ ଲାଗିବା
- ହାତ-ଗୋଡ଼-ପାଦ ଫୁଲିବା
- ଗୋଡ଼ରେ ଶିରା ପ୍ରଶିରା ଅଙ୍କା ବଙ୍କା ହେବା
- ଯୋନିରୁ ସ୍ରାବ ବୃଦ୍ଧି
- ମାସ ଶେଷରେ ଭ୍ରୂଣର ଚଳପ୍ରଚଳ ବୃଦ୍ଧି ପାଇବା

(ହେଲେ ଏତେ ଶୀଘ୍ର ନୁହଁ...)

ଦୃଷ୍ଟି ଦିଅନ୍ତୁ

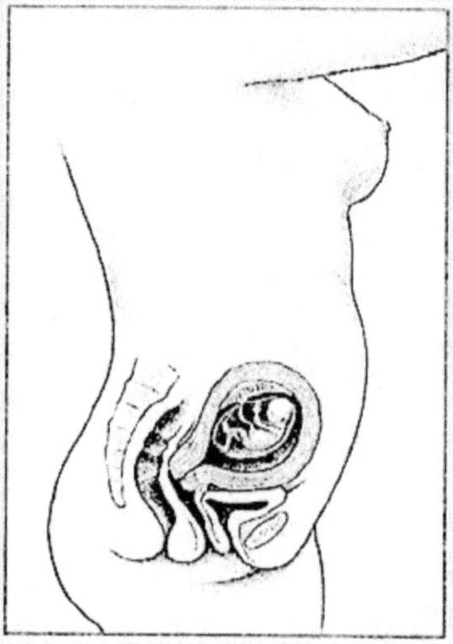

ଛୋଟ ଖରଭୁଜ ଭଳି ଆକାରର ଆପଣଙ୍କ ଗର୍ଭାଶୟ ଏହି ମାସରେ ପେଲ୍‌ଭିକ କେଭିଟିରୁ ପଦାକୁ ଚାଲିଆସିବ । ନାଭି ତଳକୁ ପ୍ରାୟ ୨ ଇଞ୍ଚରେ ଏହାର ଉପରିଭାଗ ଅନୁଭୂତ ହେବ । ଡାକ୍ତରଙ୍କ ସହାୟତାରେ ଜାଣିପାରିବେ ଏହି ସମୟରେ ଆପଣଙ୍କ ଲୁଗାପଟା ଚିପା ମନେହେବ ।

ଭାବପ୍ରବଣତା

ଥରକୁ ଥର ମନ ପରିବର୍ତ୍ତନ, ଉଦ୍‌ବେଗ, ଆବିଳତା, ରାଗିବା, କାନ୍ଦ କାନ୍ଦ ହେବା

■ ଗର୍ଭବତୀ ଭଳି ଦେଖାଯିବାକୁ ଆଗ୍ରହ

■ ଯେକୌଣସି ପ୍ରକାର ଲୁଗାପଟା ଉପଯୁକ୍ତ ମନେ ନହେବା, କାରଣ ବିଶେଷ ଧରଣର ଲୁଗା ପିନ୍ଧି ହେବ ନାହିଁ ।

■ ସ୍ୱାସ୍ଥ୍ୟ ଭଲ ଜଣାନଯିବା, ଭୁଲିବା, ଏକାଗ୍ରତା ହରେଇ ଅନ୍ୟମନସ୍କ ହେବା

ଏହି ମାସରେ ପରୀକ୍ଷା

ଏହି ମାସରେ ହୁଏତ ଡାକ୍ତର ଆପଣଙ୍କର ନିମ୍ନଲିଖିତ ପରୀକ୍ଷା କରିପାରନ୍ତି । ଏହା ଆପଣଙ୍କ ଚାହିଦା ଓ ଡାକ୍ତରଙ୍କ ଉପରେ ନିର୍ଭର କରେ ।

■ ଓଜନ ଓ ରକ୍ତଚାପ

■ ସୁଗର ଓ ପ୍ରୋଟିନ ପାଇଁ ମୂତ୍ର ପରୀକ୍ଷା

■ ଭ୍ରୂଣର ହୃଦ୍‌ସ୍ପନ୍ଦନ

■ ଗର୍ଭାଶୟର ଉପର ଭାଗର ଉଚ୍ଚତା

■ ହାତ-ଗୋଡ଼ର ଫୁଲା ଓ ଅଙ୍କାବଙ୍କା ଶିରା ପ୍ରଶିରା

■ ଭିନ୍ନ ଧରଣର ଲକ୍ଷଣ

■ ପ୍ରଶ୍ନ ଓ ଜିଜ୍ଞାସା ଯଦି ପଚାରିବାକୁ ଚାହାନ୍ତି

ଆପଣ କ'ଣ ଚିନ୍ତା କରୁଥାଇ ପାରନ୍ତି ?

ଦାନ୍ତ ଜନିତ ସମସ୍ୟା ସବୁ

"ମୋ ପାଟିର ଅବସ୍ଥା ବଡ଼ ସାଂଘାତିକ । ବ୍ରସ କଲାବେଳେ ଦାନ୍ତମୂଳରୁ ରକ୍ତ ବାହାରିଥାଏ ବୋଧହୁଏ । ସେଥିରେ ଛିଦ୍ର ହେଇଗଲାକି । ହେଲେ ବର୍ତ୍ତମାନ କ'ଣ ଦାନ୍ତର ଚିକିତ୍ସା କରାଯାଇ ପାରିବ କି ?"

■ ହସନ୍ତୁ ! ଯେହେତୁ ଆପଣ ଜଣେ ଗର୍ଭବତୀ । ଏଣୁ ଗର୍ଭ ପ୍ରତି ବିଶେଷ ଦୃଷ୍ଟି ଦେଉଥିବାରୁ ନିଜ ଦାନ୍ତ ଓ ପାଟି ପ୍ରତି ଆପଣ ଯତ୍ନଶୀଳ ହୋଇପାରୁନାହାନ୍ତି । ଗର୍ଭ ବେଳର ହର୍ମୋନ୍ସ ଆପଣଙ୍କର ଦାନ୍ତମୂଳ ଅନୁକୂଳ ହୋଇନଥାନ୍ତି ।

ସାବଧାନ !

ମନେକର ବ୍ରସ କଲାବେଳେ ଦାନ୍ତମୂଳରୁ ରକ୍ତ ବାହାରେ ତେବେ ଡାକ୍ତରଙ୍କୁ ପରାମର୍ଶ କରନ୍ତୁ । ହୁଏତ ଏହା ପ୍ରେଗ୍ନେନ୍ସି ଟ୍ୟୁମର' ଯୋଗୁଁ ମଧ୍ୟ ହୋଇଥାଇପାରେ । ଅବଶ୍ୟ ଏହାଫଳରେ କୌଣସି କ୍ଷୟକ୍ଷତି ହୋଇନଥାଏ । ଆଉ ପ୍ରସବ ପରେ ଆପେ ଆପେ ଠିକ୍ ହେଇଯାଏ । ହେଲେ ଯଦି ଏଥିରେ ବେଶି ଯନ୍ତ୍ରଣା ହୁଏ ତେବେ ଡାକ୍ତର କିମ୍ବା ଡେଣ୍ଟିଷ୍ଟ ମଧ୍ୟ ଏହାର ଚିକିତ୍ସା କରିପାରିବେ ।

ଏହା ଆପଣଙ୍କର ଅନ୍ୟାନ୍ୟ ମ୍ୟୁକସ ମେମ୍ବ୍ରେନ ଭଳି ଫୁଲି ଯାଇଥାଏ । ତାହା ଜଳିଥାଏ ଓ ରକ୍ତ ମଧ୍ୟ ବାହାରେ । ଏହି କାରଣରୁ ଦାନ୍ତମୂଳ ସବୁ ପ୍ଲକ ବ୍ୟାକ୍ଟେରିଆ ସକାଶେ ସମ୍ବେଦନଶୀଳ ହୋଇଥାଏ । ଅନେକଙ୍କର ଅବସ୍ଥା ବେଶି ଚିନ୍ତନୀୟ ହି ପଡ଼ିଥାଏ । ସେମାନଙ୍କୁ 'ଜିଞ୍ଜିଭାଇଟିସ' ହୋଇଯାଇଥାଏ । ଆମେ ଦେଇଥିବା ପରାମର୍ଶ ଗ୍ରହଣ କରି ସୁସ୍ଥ ଓ ନିରୋଗ ରୁହନ୍ତୁ ।

■ ପ୍ରତିଦିନ ଦାନ୍ତ ସଫା କରନ୍ତୁ । ବ୍ରସ ମାରନ୍ତୁ । ଫ୍ଲୋରାଇଡଯୁକ୍ତ ଟୁଥପେଷ୍ଟ ବ୍ୟବହାର କରନ୍ତୁ । ଜିଭ ମଧ୍ୟ ଭଲ ଭାବରେ ସଫା କରନ୍ତୁ । ଫଳରେ ପାଟି ଗନ୍ଧେଇବ ନାହିଁ ।

■ ଡାକ୍ତରଙ୍କ ପରାମର୍ଶ ଅନୁକ୍ରମେ କୁଳୁଭୁଚା ସକାଶେ କୌଣସି ଔଷଧ ବ୍ୟବହାର କରନ୍ତୁ, ଫଳରେ ଦାନ୍ତମୂଳ ସୁସ୍ଥ ରହିବ ।

■ ଯଦି ଖାଇଲା ପରେ ବ୍ରସ କରିପାରନ୍ତି ନାହିଁ ତେବେ ସୁଗର ରହିତ ଚ୍ୟୁଇଂଗମ ଚୋବାନ୍ତୁ । ଫଳରେ ପାଟିରୁ ଲାଳ ବାହାରି ଦାନ୍ତ ସଫା ହୋଇଯିବ । ଗମ ଯଦି ଜାଇଲୋଟୋଲ ହେଇଥାଏ, ତେବେ ପାଟି ଗନ୍ଧେଇବ ନାହିଁ ।

■ ଖାଦ୍ୟ ମଝିରେ ଯାହା ଖାଇବେ ସେଥିପ୍ରତି ଦୃଷ୍ଟି ଦେବା ବିଧେୟ । ମିଠା ଜିନିଷ ଖାଇଲା ପରେ ବ୍ରସ ନିହାତି କରିବେ । ଭିଟାମିନ ସି ଦାନ୍ତ ମୂଳକୁ ସୁସ୍ଥ ରଖେ ଓ ରକ୍ତ ବାହାରେ ନାହିଁ । କ୍ୟାଲସିୟମ ପ୍ରତିଦିନ ଖାଇବା ଉଚିତ ।

■ ହୁଏତ କୌଣସି ଅସୁବିଧା ଥାଉ ନା ନଥାଉ ଗର୍ଭଧାରଣର ନ'ମାସ ମଧ୍ୟରେ ଥରେ ମଧ୍ୟ ଦାନ୍ତ ପରୀକ୍ଷା ନିହାତି କରାନ୍ତୁ । ଦାନ୍ତ ଭଲ ସଫା ନହେଲେ ପାଟିର ଅବସ୍ଥା ଆହୁରି ଚିନ୍ତନୀୟ ହେଇପାରେ । ଯଦି ଆଗରୁ ଏଭଳି ସମସ୍ୟା ଥିଲେ ଡାକ୍ତରଙ୍କ ପରାମର୍ଶ ବାଞ୍ଛନୀୟ ।

ଡାକ୍ତର କିମ୍ବା ଡେଣ୍ଟିଷ୍ଟଙ୍କୁ ପରାମର୍ଶ କରିବାରେ ଡେରି କରନ୍ତୁ ନାହିଁ । ଜିଞ୍ଜିଭାଇଟିସ୍‌ର ଚିକିତ୍ସା କରାନଗଲେ ଦାନ୍ତମୂଳ ସବୁ ଚିନ୍ତନୀୟ ହୋଇପଡ଼ିବ । ଏହା ଗର୍ଭଧାରଣ ସହ ସଂପୃକ୍ତ । ଦାନ୍ତ ରୋଗର ସଂକ୍ରମଣ ଉଭୟ ମା' ଓ ଶିଶୁ ସକାଶେ କ୍ଷତିକାରକ ।

ମନେକର ଗର୍ଭାବସ୍ଥାରେ ଦାନ୍ତ ଚିକିତ୍ସା ଅତ୍ୟାବଶ୍ୟକ ମନେହେଲେ ? ଅବଶ୍ୟ ଲୋକାଲ ଏନାସ୍‌ଥେଟିକ ଓ ପ୍ରଥମ ତିନ୍‌ମାସ ପରେ ନାଇଟ୍ସ ଅକ୍ସାଇଡ୍‌ର ଈଷତ ପାନ ନିରାପଦ ହୋଇଥାଏ । ହେଲେ ବେଶି ବିଷମ ଚିକିତ୍ସା ହୋଇଥିଲେ ଗଡେଇନେବା ବରଂ ଖୁବ୍ ଭଲ । ଅନେକ ଥର ଦାନ୍ତ ଚିକିତ୍ସା ପୂର୍ବରୁ ଓ ପରେ ଅତ୍ୟଧିକ ଏଣ୍ଟିବାୟୋଟିକ୍ସ ଖାଇବାକୁ ପଡ଼ିଥାଏ । ଏଣୁକରି ପ୍ରଥମେ ନିଜ ଡାକ୍ତରଙ୍କୁ ପଚାରି ବୁଝନ୍ତୁ ।

ନିଶ୍ୱାସ ମାରିବାରେ ଯନ୍ତ୍ରଣା

"ବେଳେ ବେଳେ ମୋତେ ନିଶ୍ୱାସ ମାରିବାରେ ଯନ୍ତ୍ରଣା ଅନୁଭୂତ ହେଇଥାଏ । ହେଲେ ଏହା କ'ଣ ସାଧାରଣ କଥା କି ?"

ଦୀର୍ଘ ଶ୍ୱାସ ଟାଣି ଧୀରସ୍ଥିର ରହନ୍ତୁ । ଦ୍ୱିତୀୟ ତିନିମାସ ଆରମ୍ଭରେ ଅଧିକାଂଶ ସ୍ତ୍ରୀମାନଙ୍କ କ୍ଷେତ୍ରରେ ଏପରି ହେଇଥାଏ । ଏଥିପାଇଁ ଆପଣ ଗର୍ଭସଂପୃକ୍ତ ହର୍ମୋନ୍‌ଙ୍କୁ ଦାୟୀ କରିପାରନ୍ତି । ଫଳରେ ବାରମ୍ବାର ଦୀର୍ଘଶ୍ୱାସ ଟଣାଯାଇ ପାରିବ । ଏହା ଫଳରେ କ୍ଳାନ୍ତି ଅନୁଭୂତ ହୋଇପାରେ । ଏଥିଯୋଗୁ ଫୁସ୍‌ଫୁସ ଓ ବ୍ରେକାଇଲ ଟ୍ୟୁବ୍‌ର ମାଂସପେଶୀ ସବୁ ଶିଥିଳ ହୋଇପଡ଼ିଥାଏ । ଆଉ ଶ୍ୱାସକ୍ରିୟାରେ କଷ୍ଟ ହୁଏ । ଗର୍ଭାଶୟ ଯୋଗୁଁ ମଧ୍ୟ ଏପରି ହେଇଥାଏ । ଫୁସଫୁସ ଯଥେଷ୍ଟ ଫୁଲେନାହିଁ ।

ଅବଶ୍ୟ ନିରାପତ୍ତା ଦୃଷ୍ଟିରୁ ଯେକୌଣସି ଡେଣ୍ଟାଲ ଏକ୍ସ-ରେକୁ ପ୍ରସବ ପର୍ଯ୍ୟନ୍ତ ଏଭଏଡ୍ କରାଯାଇଥାଏ । ଅବଶ୍ୟ ଏହାର ବିପଦ ବା ସମସ୍ୟାକୁ କମେଇ ଦିଆଯାଇପାରେ । ଏକ୍ସ-ରେ ଯେହେତୁ ପାଟିରେ ହେବ, ଏଣୁ ଏହା ଗର୍ଭାଶୟରୁ ଯଥେଷ୍ଟ ଦୂରରେ ଅଛି । ଏହାର ରେଡିଏସନ ସନବାଥରୁ ମିଳିଥାଏ । ତଥାପି ଏକ୍ସରେ କରିବାକୁ ବାଧ୍ୟ ହେଲେ ନିମ୍ନ ସତର୍କତା ବାଞ୍ଛନୀୟ ।

■ କୌଣସି ଭଲ ଅନୁଭୂତି ସମ୍ପନ୍ନ କାରୀଗରଙ୍କୁ ଏକ୍ସ-ରେ କରିବା ପାଇଁ କୁହନ୍ତୁ ।

■ ଚିତ୍ର ଉଠେଇଲାବେଳେ ହଲଚଲ ହେବା ମନା । ନହେଲେ ପୁଣି ଥରେ ଚିତ୍ର କରିବାକୁ ହେବ ।

■ ଅଜ୍ଞାତସାରରେ ପ୍ରଥମରୁ ଏକ୍ସରେ ହେଇସାରିଥିବଲେ, ଆଶଙ୍କା କରନ୍ତୁ ନାହିଁ ।

ଅବଶ୍ୟ ଏହା ଟିକେ ଅସହଜ ମନେହୋଇପାରେ । ହେଲେ ଶିଶୁକୁ ଆଦୌ କଷ୍ଟ ହେବନାହିଁ । ତା'ଠାରେ ପ୍ରଚୁର ଅମ୍ଳଜାନ ଥିବ । ଯଦି ଶ୍ୱାସକ୍ରିୟାରେ ଆପଣ ଅସୁବିଧା ଅନୁଭବ କରନ୍ତି, ଓଠ ଓ ଆଙ୍ଗୁଳି ନୀଳ ପଡ଼ିଯାଏ, ଛାତି ପୋଡ଼ି, ସ୍ପନ୍ଦନ ବଢ଼ିଯାଏ, ତେବେ ଡାକ୍ତରଙ୍କୁ ଶୀଘ୍ର ଭେଟନ୍ତୁ ।

ନାକପୁଡ଼ାରେ ଶ୍ଳେଷ୍ମା ଓ ନାକରୁ ରକ୍ତ ପଡ଼ିବା

"ମୋ ନାକପୁଡ଼ାରେ ସିଙ୍ଘାଣି ବା ଶ୍ଳେଷ୍ମା ଭର୍ତ୍ତି ହୋଇଯାଇଥାଏ । ବେଳେ ବେଳେ ବିନା କାରଣରେ ନାକରୁ ରକ୍ତ ପଡ଼ିଥାଏ । ହେଲେ ଏହା କ'ଣ ଗର୍ଭଧାରଣ ଯୋଗୁଁ ହୁଏ କି ?"

ଏହି ଦିନମାନଙ୍କରେ ଆପଣଙ୍କର କେବଳ ପେଟ ବଢୁନାହିଁ, ବରଂ ତା' ସାଙ୍ଗକୁ ଏଷ୍ଟ୍ରୋଜନ ଓ ପ୍ରୋଜେଷ୍ଟରନ ବର୍ଦ୍ଧିତ ପରିମାଣ ନାକରେ ମ୍ୟୁକସ ବା ଶ୍ଳେଷ୍ମାକୁ ବୃଦ୍ଧଇ କରୁଅଛି । ଏହାକୁ ବନ୍ଦ କରିବାର ଏକମାତ୍ର ଉପାୟ ଅଛି ଓ ତାହା ହେଉଛି ସଂକ୍ରମଣରୁ ନିଜକୁ ରକ୍ଷା କରିବା । ହେଲେ ଗର୍ଭଧାରଣ ବେଳେ ନାକରେ ମଇଳା ଜମିବା ତଥା ରକ୍ତ ମଧ୍ୟ ବେଳେ ବେଳେ ପଡ଼ିବ ।

ଯଦି ଦୈବାତ୍ ନାକପୁଡ଼ା ବନ୍ଦ ହୋଇଯାଏ, ତେବେ ଆପଣ ସେଲାଇନ ସ୍ପ୍ରେ କିମ୍ବା ସେଲାଇନ ଷ୍ଟ୍ରିପ ବ୍ୟବହାର କରିପାରନ୍ତି । ମନେକର କୋଠରିରେ ହ୍ୟୁମିଡିଫାୟାର ଲାଗିଥାଏ, ତେବେ ବନ୍ଦ ନାକପୁଡ଼ା ଶୀଘ୍ର ଖୋଲିଯିବ । ଗର୍ଭବେଳେ ଏହି ଡିଷ୍ଟେମାନଇନ ସ୍ପ୍ରେ ବ୍ୟବହାର କରିବା ଅନୁଚିତ ହେଲେ ଡାକ୍ତରଙ୍କୁ ବୁଝି ଅନ୍ୟ କିଛି ବ୍ୟବହାର୍ଯ୍ୟ ।

ଭିଟାମିନ ସି ଯୁକ୍ତ ଖାଦ୍ୟ ସାଙ୍ଗକୁ ଭିଟାମିନ ସିର ୨୫୦ ମି.ଗ୍ରା ଖାଇଲେ ଆରାମ ଲାଗିବ ଓ ରକ୍ତ ପଡ଼ିବା ବନ୍ଦ ହୋଇଯିବ ।

ଯଦି ନାକରୁ ରକ୍ତ ବହେ ତେବେ ସାମାନ୍ୟ ଝୁଙ୍କି ଠିଆ ହୁଅନ୍ତୁ ବା ବସିପଡନ୍ତୁ; ସେତେବେଳେ ଶୋଇବା ଅନୁଚିତ । ନିଜ ବୃଦ୍ଧାଙ୍ଗୁଳି ଓ ତର୍ଜନୀ ସାହାଯ୍ୟରେ ନାକପୁଡାର ଉପରି ଭାଗକୁ ଚାପି ରଖନ୍ତୁ ଓ ପାଞ୍ଚ ମିନିଟ ଅପେକ୍ଷା କରନ୍ତୁ; ରକ୍ତ ବହିବା ତଥାପି ବନ୍ଦ ନହେଲେ ପୁଣି ଥରେ ଏପରି କରନ୍ତୁ । ତିନିଥର ଏପରି କଲା ସତ୍ତ୍ୱେ ରକ୍ତ ବନ୍ଦ ନହେଲେ ଡାକ୍ତରଙ୍କୁ କୁହନ୍ତୁ ।

ଘୁଙ୍ଗୁଡ଼ି

"ମୋ ସ୍ୱାମୀ ମୋତେ କହିଲେ ଯେ ମୁଁ ପ୍ରାୟ ରାତିରେ ଘୁଙ୍ଗୁଡ଼ି ମାରିଥାଏ । ହେଲେ, ଏଭଳି କାହିଁକି ହୁଏ ?"

ଘୁଙ୍ଗୁଡ଼ି ମାରିବା ଓ ଘୁଙ୍ଗୁଡ଼ି ଶୁଣିବା ଉଭୟ ଲୋକର ନିଦ ଖରାପ ହୋଇଥାଏ । ହେଲେ ଗର୍ଭଧାରଣ ସମୟରେ ଏହା ଏକ ସାଧାରଣ କଥା । ନାକରେ ଶ୍ଳେଷ୍ମା ବା ମଇଳା ଥିବାରୁ ଯଦି ଏପରି ହୁଏ, ତେବେ ନୋଜାଲ ଡ୍ରପ ବ୍ୟବହାର କରି ଏଥିରୁ ରକ୍ଷା ପାଇହେବ । ଓଜନ ବେଶି ହେଲେ ମଧ୍ୟ ଘୁଙ୍ଗୁଡ଼ି ଆସିଥାଏ । ଏଣୁକରି ଓଜନ ପ୍ରତି ବେଶ୍ ଦୃଷ୍ଟି ଦେବା ବିଧେୟ ।

> **ଦିନ ପଡୁନି ?**
>
> ପ୍ରେଗ୍ନେନ୍ସିର ହର୍ମୋନ୍ସ ଓ ଉଦର ବୃଦ୍ଧି କ'ଣ ନିଦ ପଡ଼ିବାରେ ବ୍ୟାଘାତ ସୃଷ୍ଟି କରୁଛନ୍ତି କି? ଯେକୌଣସି ନିଦ ବଟିକା ଖାଇବା ପୂର୍ବରୁ ଡାକ୍ତରଙ୍କୁ ପଚାରନ୍ତୁ କିମ୍ବା ଆମେ ଦେଇଥିବା ପରାମର୍ଶ ଗ୍ରହଣ କରନ୍ତୁ । ଏହା ଏହି ବହିରେ ପ୍ରଦତ୍ତ ।

ବେଳେ ବେଳେ ଘୁଙ୍ଗୁଡ଼ି 'ସ୍ଲିପ ଏପେନିଆ'ର ଲକ୍ଷଣ ମଧ୍ୟ ହେଇପାରେ । ଏଥିରେ ଶୋଇବା ବେଳେ କ୍ଷଣିକ ପାଇଁ ଶ୍ୱାସକ୍ରିୟା ବନ୍ଦ ହୋଇଯାଇଥାଏ ।

ଯେହେତୁ ଆପଣ ଏକାଥରକେ ଦୁଇ ଦୁଇଟା ପ୍ରାଣୀ ସକାଶେ ଶ୍ୱାକ୍ରିୟା କରୁଛନ୍ତି ତ, ତେଣୁ ଏପରି ହୁଏ । ଏଣୁକରି ଏକଥା ଡାକ୍ତରଙ୍କୁ ନିହାତି କହିଦିଅନ୍ତୁ ।

ଏଲାର୍ଜି

"ଗର୍ଭଧାରଣ ଆରମ୍ଭ ହେବା ପର ଠାରୁ ମୋ ଦେହରେ ଏଲାର୍ଜି ବଢ଼ି ବଢ଼ି ଯାଉଛି । ମୋ ନାକରୁ ସଦା ସର୍ବଦା ପାଣି ବାହାରୁଛି ।"

ଅବଶ୍ୟ ଗର୍ଭ ସମୟରେ ନାକରେ ସିଙ୍ଘାଣି ବଢ଼ିବା ସାଧାରଣ କଥା । ହେଲେ ସାଧାରଣ କଂଜକ୍ସନକୁ ଆପଣ ଏଲାର୍ଜି ବୋଲି ଧରୁନାହାନ୍ତି ତ ? ଅବଶ୍ୟ କେତେକଙ୍କର ଗର୍ଭ ବେଳେ ଏଲାର୍ଜି କମିଯାଇଥାଏ, ହେଲେ ଅନେକଙ୍କର ଅବସ୍ଥା ଆହୁରି ସାଂଘାତିକ ହେଇଯାଇଥାଏ । ଆହୁରି ଅନେକଙ୍କର ଅବସ୍ଥା ସେମିତି ଆଗ ଭଳି ଥାଏ । ହେଲେ ଆପଣଙ୍କ ଦୁରବସ୍ଥା ସୂଚେଇ ଦେଉଛି ଯେ ଔଷଧ ଦୋକାନରୁ ଔଷଧ କିଣିବା ପୂର୍ବରୁ ଡାକ୍ତରଙ୍କୁ ପରାମର୍ଶ କରନ୍ତୁ । କାରଣ ସମସ୍ତ ଏଣ୍ଟିହିଷ୍ଟେମାଇନ ଔଷଧ ଗର୍ଭବେଳେ ନିରାପଦ ନୁହଁ । ଅବଶ୍ୟ ଅବଶାଦ କୌଣସି ଔଷଧ ଖାଇଦେଇଥିଲେ ଭିନ୍ନ କଥା, ସେଥିପ୍ରତି ବ୍ୟତିବ୍ୟସ୍ତ ହୁଅନ୍ତୁ ନାହିଁ ।

ଗର୍ଭଧାରଣ ପୂର୍ବରୁ ଏଲାର୍ଜିସଟ ନିଆଯାଇପାରେ, ହେଲେ ଏଲାର୍ଜିଷ୍ଟମାନଙ୍କ ମତରେ ପ୍ରସବ ପରେ ଏଲାର୍ଜିସଟ ନେବା ନିଷେଧ ।

ଏଲାର୍ଜି ହେଇଥିଲେ ଆପଣଙ୍କ ଖାଦ୍ୟପେୟ

ଅଧିକାଂଶ ଆଶଙ୍କା ଏଇୟା ଥାଏ ଯେ, ମା'ର ଏଲାର୍ଜି ଛୁଆ ଦେହକୁ ପ୍ରବେଶ ନକରୁ । ଅଧ୍ୟୟନରୁ ଜଣାପଡ଼ିଛି ଯେ, ସ୍ତନପାନ କରଉଥିବା ମା'ମାନେ ଯଦି ଏଲାର୍ଜି ସୃଷ୍ଟି କରୁଥିବା ଖାଦ୍ୟପେୟ ବେଶି ପରିମାଣରେ ଖାଉଥାନ୍ତି, ତେବେ ହୁଏତ ଶିଶୁଙ୍କୁ ମଧ୍ୟ ଏଲାର୍ଜି ହୋଇପାରେ ।

ଯଦି ଆପଣଙ୍କୁ ମଧ୍ୟ ଏଲାର୍ଜି ହୋଇଥାଏ, ତା'ହେଲେ ଏଲାର୍ଜି ବର୍ଦ୍ଧକ ଖାଦ୍ୟପେୟକୁ ଦୂରେଇବା ପୂର୍ବରୁ ଡାକ୍ତରଙ୍କ ପରାମର୍ଶ ବାଞ୍ଛନୀୟ । ସେ ଯାହା ପରାମର୍ଶ ଦେବେ, ତାହା କରିବା ଏକାନ୍ତ ବିଧେୟ ।

କଥାରେ ଅଛି ପରା- 'ପ୍ରିଭେନସନ ଇଜ ବେଟର ଦେନ କ୍ୟୁରୀ ।' ଅର୍ଥାତ୍ ଚିକିତ୍ସା ଅପେକ୍ଷା ବାରଣ ଶ୍ରେଷ୍ଠ । ସର୍ବପ୍ରଥମେ ନିଜ ଏଲାର୍ଜିର କାରଣ ଜ୍ଞାତ କରନ୍ତୁ, ତା'ପରେ ସେଥିରୁ ରକ୍ଷା ପାଇବାକୁ ଚେଷ୍ଟା କରନ୍ତୁ । ଏହିପରି ଭାବରେ ଆଗାମୀ ଶିଶୁ ମଧ୍ୟ ଏଲାର୍ଜିରୁ ରକ୍ଷା ପାଇପାରିବ ।

ଆମର ପରାମର୍ଶ ଗ୍ରହଣ କରନ୍ତୁ; ଏହା ଖୁବ୍ ଫଳପ୍ରଦ:

■ ଯଦି ବାହ୍ୟପ୍ରଦୂଷଣରୁ ବ୍ୟତିବ୍ୟସ୍ତ ହେଉଥାନ୍ତି ତେବେ ଘରେ ଏ.ସି. ରୁମ୍‌ରେ ରୁହନ୍ତୁ । ପଦାରୁ ଘରକୁ ଫେରିଲେ ହାତ ମୁହଁ ଓ ଲୁଗାପଟା ଧୋଇ ଘରକୁ ପଶନ୍ତୁ । ପଦାରେ ଥିଲାବେଳେ ବଡ଼ ଫ୍ରେମର ଚଷମା ପିନ୍ଧି ଆଖିକୁ ରକ୍ଷା କରନ୍ତୁ ।

■ ଧୂଳି ମଳି ଯୋଗୁଁ ବ୍ୟତିବ୍ୟସ୍ତ ହେଉଥିଲେ ଅନ୍ୟ କାହାକୁ କହି ଘର ଓଳାଓଳି ଓ ସଫେଇ କରିବାକୁ କୁହନ୍ତୁ । ସାଧାରଣ ଛାଞ୍ଚୁଣୀ ପରିବର୍ତ୍ତେ ଭେକ୍ୟୁମ୍ କ୍ଲିନର ବ୍ୟବହାର କରନ୍ତୁ । ଧୂଳି ଧୂସରିତ ବହିପତ୍ର ଓ ଆଲମାରୀରୁ ଦୂରେଇ ରୁହନ୍ତୁ ।

■ କୌଣସି ନିର୍ଦ୍ଦିଷ୍ଟ ଖାଦ୍ୟ ଖାଇଲେ ଯଦି ଏଲାର୍ଜି ହେଉଥାଏ, ତେବେ ଖାଦ୍ୟ ପରିବର୍ତ୍ତନ କରନ୍ତୁ । ଆମର ପଞ୍ଚମ ଅଧ୍ୟାୟ ବଳରେ ଆପଣ ଗର୍ଭଧାରଣ ବେଳେ ଖାଦ୍ୟପେୟ କଥା ଜାଣିପାରିବେ ।

■ ଯଦି କୌଣସି ପଶୁପକ୍ଷୀ ମାନଙ୍କ ଯୋଗୁଁ ଏଲାର୍ଜି ହୁଏ ତେବେ, ନିଜ ବନ୍ଧୁବାନ୍ଧବ ତଥା ଜ୍ଞାତିକୁଟୁମ୍ବ ସମସ୍ତଙ୍କୁ ସୂଚେଇ ଦିଅନ୍ତୁ; ଫଳରେ ଆପଣ ତାଙ୍କ ଘରକୁ ଗଲେ ସେମାନେ ପଶୁପକ୍ଷୀ ପାଖକୁ ନ ପଶିବାର ସୁବିଧା କରିବେ । ଯଦି ନିଜ ଘରେ ଏପରି ପଶୁ ଥାଏ, ତେବେ ଶୋଇବା ଘରେ ଆଦୌ ପଶେଇ ଦିଅନ୍ତୁ ନାହିଁ ।

■ ଆପଣ ଚାହିଁଲେ ଖୁବ୍ ସହଜରେ ସିଗାରେଟ ଓ ଭାଙ୍ଗରୁ ନିଜକୁ ରକ୍ଷା କରିପାରିବେ, କାରଣ ସରକାର ଏସବୁ ନିଶାଦ୍ରବ୍ୟ ସାର୍ବଜନୀନ ସ୍ଥଳରେ ବ୍ୟବହାର ନିଷେଧ ବୋଲି ଆଇନ ପ୍ରଣୟନ କରିଛନ୍ତି ।

ଯୋନିସ୍ରାବ

"ମୋ ଯୋନିରୁ ଈଷତ୍ ପତଳା ଓ ଧଳା ସ୍ରାବ ନିର୍ଗତ ହେଉଛି । ମତେ କୌଣସି ସଂକ୍ରମଣ ହେଇନାହିଁ ତ?"

■ ପତଳା କ୍ଷୀର ଭଳି ସ୍ୱଚ୍ଛ ଗନ୍ଧଯୁକ୍ତ ସ୍ରାବ ସାଧାରଣତଃ ଗର୍ଭଧାରଣ ସମୟରେ ହୋଇଥାଏ । ଏହା ଆପଣଙ୍କ ଯୋନିକୁ ବିଭିନ୍ନ ସଂକ୍ରମଣରୁ ରକ୍ଷା କରିଥାଏ ଓ ବ୍ୟାକ୍ଟେରିଆକୁ ସୁସ୍ଥ ରଖେ । ଦୁର୍ଭାଗ୍ୟକୁ ଏହା ଯୋଗୁଁ ଆପଣଙ୍କର ଅଣ୍ଡର ଗାର୍ମେଣ୍ଟସ୍‌ର ଅବସ୍ଥା ଶୋଚନୀୟ ହୋଇପଡ଼େ । ଯେହେତୁ ଏହା କ୍ରମେ କ୍ରମେ ଶେଷ ମାସ ଆଡ଼କୁ ଗାଢ଼ ହେଇଥାଏ, ଏଣୁକରି ଅନେକ ସ୍ତ୍ରୀମାନେ ପେଣ୍ଟି ଲାଇନର ପେଡ୍ ବ୍ୟବହାର କରିବାକୁ ଭଲ ପାଆନ୍ତି । ଏଥିପାଇଁ ଟେମ୍ପୁନ ବ୍ୟବହାର ନିଷେଧ, କାରଣ ଏହା ଫଳରେ ଅପ୍ରତ୍ୟାଶିତ କୀଟାଣୁ ସବୁ ଯୋନି ପ୍ରବେଶରେ ପ୍ରବେଶ କରିଥାନ୍ତି ।

ଅବଶ୍ୟ ଏଥିଯୋଗୁଁ ଆପଣଙ୍କ ସ୍ୱାମୀଙ୍କୁ ଓରାଲ ସେକ୍ସ କରିବାରେ ଅସୁବିଧା ହେଇପାରେ ଓ ଆପଣଙ୍କୁ ମଧ୍ୟ କଷ୍ଟ ହେଇପାରେ । ହେଲେ ଏଥିରେ ଚିନ୍ତା କରିବାର କିଛି ନାହିଁ । ନିଜେ ନିଜକୁ ପରିଷ୍କାର ପରିଚ୍ଛନ୍ନ ରଖବଲେ ସବୁ ଠିକ୍ ହୋଇଯିବ । ହେଲେ ଏଥିପାଇଁ ଡାଉଚ୍ କରନ୍ତିନି । ଏହାଫଳରେ ଯୋନି ପ୍ରଦେବଶରେ ମାଇକ୍ରୋଆର୍ଗେଜ୍ମର ଭାରସାମ୍ୟ ନଷ୍ଟ ହୋଇ ବ୍ୟାକ୍ଟେରିଆଲା ଭେଜାଇନୋସିସ' ରୋଗ ହେଇପାରେ ।

ବର୍ଦ୍ଧିତ ରକ୍ତଚାପ

"ଗତ ଥର ମୁଁ ଡାକ୍ତରଙ୍କ ପାଖକୁ ଗଲାବେଳେ ମୋ ରକ୍ତଚାପ ଅପେକ୍ଷାକୃତ ବୃଦ୍ଧି ପାଇଥିଲା । ହେଲେ ଏଥବଯୋଗୁଁ କିଛି ଅସୁବିଧା ହେଇପାରେ କି ?"

ବ୍ୟସ୍ତ ହୁଅନ୍ତୁନି, ରକ୍ତଚାପ କଥା ଚିନ୍ତା କଲେ ଏହା ଆହୁରି ବଢ଼ିଯିବ । ହୁଏତ, ସେଦିନ ଟ୍ରାଫିକ ଯୋଗୁଁ ବା ଘର କାମ ଯୋଗୁଁ ବ୍ୟତିବ୍ୟସ୍ତ ଥିଲେ । ହୁଏତ ନିଜର ଓଜନ ଜନିତ ଲକ୍ଷଣ କଥା ବ୍ୟସ୍ତ କରୁଥିବ କିମ୍ବା ଶିଶୁର ସ୍ପନ୍ଦନ କଥା । ହେଇପାରେ ଯେ ଘଣ୍ଟାକ ମଧ୍ୟରେ ରକ୍ତଚାପ ସାମାନ୍ୟ ହୋଇଯିବ । ଆସନ୍ତା ଥରକୁ ରକ୍ତଚାପ ପରୀକ୍ଷା ପାଇଁ ଗଲାବେଳେ ଧୀର ସ୍ଥିର ମନରେ ଯିବେ । ଭଲ ଭଲ କଥା ଚିନ୍ତା କରିବେ ।

ମନେକର ଏଥର ମଧ୍ୟ ରକ୍ତଚାପ ବଢ଼ିଥାଏ, ତେବେ ଚିନ୍ତା କରିବାର କିଛି ନାହିଁ । ଏଥବଯୋଗୁଁ କୌଣସି ଅସୁବିଧା ହେବନାହିଁ । ପ୍ରସବ ଉତ୍ତାରେ ଏହା ଆପେ ଆପେ ଠିକ୍ ହୋଇଯିବ ।

ଅଧିକାଂଶ ଗର୍ଭବତୀ ମା'ମାନଙ୍କର ରକ୍ତଚାପ ଦ୍ୱିତୀୟ ତିନିମାସ ବେଳକୁ ଟିକିଏ କମିଯାଇଥାଏ, କାରଣ ଗର୍ଭସ୍ଥ ଶିଶୁ ପାଇଁ ଅନେକ ପରିଶ୍ରମ କରିବାକୁ ପଡ଼ିଥାଏ ।

ହେଲେ ତୃତୀୟ ତିନି ମାସରେ ଏହା ଅଳ୍ପ ବଢ଼ିଯାଏ । ଥରେ ଦୁଇ ଥର ପରୀକ୍ଷା ପରେ ମଧ୍ୟ ବଢ଼ିଥାଏ, ତେବେ ଡାକ୍ତରଙ୍କୁ ସତର୍କ ହେବାକୁ ହେବ, କାରଣ ଏହା ପରିସ୍ରାରେ ପ୍ରୋଟିନ, ହାତପାଦ ଫୁଲିବା ଓ ଓଜନ ବୃଦ୍ଧି ଯୋଗୁଁ ମଧ୍ୟ ହୋଇଥାଏ ।

ପରିସ୍ରାରେ ସୁଗର

"ଗତ ଥର ଡାକ୍ତର ମୋତେ କହିଥିଲେ ଯେ ପରିସ୍ରାରେ ସୁଗର ଯାଉଛି; ହେଲେ ଏଥିରେ ଚିନ୍ତା କରିବାର କିଛି ନାହିଁ । ଏହା କ'ଣ ମଧୁମେୟ ଅର୍ଥାତ୍ ଡାଇବିଟିଜର ଲକ୍ଷଣ ନୁହଁ କି ?"

ଡାକ୍ତରଙ୍କ ପରାମର୍ଶ ଗ୍ରହଣ କରନ୍ତୁ, ହେଲେ ବ୍ୟତିବ୍ୟସ୍ତ ହୁଅନ୍ତୁ ନାହିଁ । ଆପଣଙ୍କ ଶରୀର ଠିକ୍ କାମ କରୁଛି । ଅର୍ଥାତ୍ ଗର୍ଭସ୍ଥ ଭ୍ରୂଣ ସକାଶେ ପ୍ରଚୁର ଗ୍ଲୁକୋଜ ବା ସୁଗରର ବ୍ୟବସ୍ଥା କରୁଛି ।

ଇନ୍‌ସୁଲିନ ହର୍ମୋନ ଆପଣଙ୍କ ଦେହରେ ଗ୍ଲୁକୋଜର ସ୍ତରକୁ ନିୟନ୍ତ୍ରିତ କରିଥାଏ । ଆଉ ଦେହର ସମସ୍ତ କୋଷଗୁଡ଼ିକୁ ପ୍ରଚୁର ପୋଷଣ ମିଳୁ ବୋଲି ବ୍ୟବସ୍ଥା କରିଥାଏ । ପୁଣି ଗର୍ଭବେଳେ ରକ୍ତରେ ଯଥେଷ୍ଟ ସୁଗର ଥିଲେ ଭ୍ରୂଣ ଠିକ୍ ଭାବରେ ବଢ଼ିପାରିବ । ହେଲେ ଏହା ସବୁବେଳେ ଠିକ୍ ଭାବରେ କାମ କରିପାରେ ନାହିଁ । ଅନେକ ଥର ଏଣ୍ଟିଇନ୍‌ସୁଲିନର ପ୍ରଭାବ ଏତେ ଅତ୍ୟଧିକ ହୁଏ ଯେ, ମା' ଓ ଶିଶୁର ଅତ୍ୟଧିକ ସୁଗର ରକ୍ତରେ ଜମିବାରୁ ବୃକକ୍ ମଧ୍ୟ ଏହାକୁ ସମ୍ଭାଳି ପାରେନାହିଁ । ଏହି ଅତିରିକ୍ତ ମାତ୍ରା ପରିସ୍ରାରେ ମିଶିବାରୁ ସୁଗର ଜଣାପଡ଼େ । ଦ୍ୱିତୀୟ ତିନିମାସରେ ଏହା ଅତି ସାଧାରଣ କଥା । ପ୍ରାୟ ୫୦ ପ୍ରତିଶତ ସ୍ତ୍ରୀମାନେ ଏହାର ସମ୍ମୁଖୀନ ହୋଇଥାନ୍ତି ।

ଅଧିକାଂଶ ସ୍ତ୍ରୀ ମାନଙ୍କରେ ବ୍ଲଡ ସୁଗର ବୃଦ୍ଧି ପାଇଲେ ଦେହ ମଧ୍ୟ ଯଥେଷ୍ଟ ଇନ୍‌ସୁଲିନ ତିଆରି କରିଥାଏ । ଆର ଥରକୁ ପରୀକ୍ଷା ପାଇଁ ଗଲେ ସବୁ ସାଧାରଣ ପରି ମନେହୁଏ । ହେଲେ ଅନେକଙ୍କର ଆଗରୁ ସୁଗର ଥିଲେ ବା ଯଥେଷ୍ଟ ଇନ୍‌ସୁଲିନ ତିଆରି ନହେଲେ ପରିସ୍ରାରେ ଓ ରକ୍ତରେ ସୁଗର ପଡ଼ିଥାଏ । ହେଲେ ଯେଉଁମାନେ ଆଗରୁ ମଧୁମେହ ଗ୍ରସ୍ତ ନଥିଲେ, ସେମାନଙ୍କ ପାଇଁ ଏହା ଗେଷ୍ଟେସନାଲ ଡାଇବିଟିଜ' ଭାବରେ ପରିଗଣିତ ହୁଏ ।

ଆପଣଙ୍କୁ ମଧ୍ୟ ପ୍ରତ୍ୟେକ ଗର୍ଭବତୀ ସ୍ତ୍ରୀ ଭଳି ୨୬ଶ ସପ୍ତାହରେ ଗ୍ଲୁକୋଜ ସ୍କ୍ରିନିଂ ଟେଷ୍ଟ କରିବାକୁ ହେବ; ଫଳରେ ଗେଷ୍ଟେସନନାଲ ଡାଇବିଟିଜ କଥା ଜଣାପଡ଼ିବ । ସେ ପର୍ଯ୍ୟନ୍ତ ପରିସ୍ରାରେ ପଡୁଥିବା ଶର୍କରା ପ୍ରତି ଦୃଷ୍ଟି ଦିଅନ୍ତୁ ନାହିଁ ।

ଏନିମିଆ (ରକ୍ତାଳ୍ପତା)

"ମୋର ଜଣେ ସାଙ୍ଗ ଗର୍ଭଧାରଣ ସମୟରେ ଏନିମିଆଗ୍ରସ୍ତ ହୋଇପଡ଼ିଥିଲା । ହେଲେ, ଏହା କ'ଣ ସାଧାରଣ କଥା କି ?"

ସାଧାରଣତଃ ଗର୍ଭଧାରଣ ସମୟରେ ଆଇରନର ମାତ୍ରା କମିବାରୁ ଏନିମିଆ ବା ରକ୍ତାଳ୍ପତା ହୋଇଥାଏ । ହେଲେ ଆପଣ ଏହାକୁ ଦୂରେଇ ପାରିବେ । ଡାକ୍ତରଙ୍କ ସହ ପ୍ରଥମ ପରାମର୍ଶ ପରେ ଏନିମିଆ ପରୀକ୍ଷା ହୋଇଥିବ ନିଶ୍ଚୟ, ହେଲେ ହୁଏତ ସେତେବେଳେ ଏହା ଦେଖାଦେଇ ନଥିବ ।

ସମୟାନୁକ୍ରମେ ଗର୍ଭବୃଦ୍ଧି ସାଙ୍ଗକୁ ପ୍ରାୟ ୨୦ ସପ୍ତାହକ ପରେ ଦେହରେ ଲୋହିତ ରକ୍ତକଣିକା ନିର୍ମାଣ ସକାଶେ ଲୌହ ଆବଶ୍ୟକ ହୋଇଥାଏ । ଯଦି ଆପଣ ପ୍ରତିଦିନ ଆଇରନ ଖାଉଥାନ୍ତି, ତେବେ ହୁଏତ ଏନିମିଆର ଶିକାର ହେବେ ନାହିଁ । ଗର୍ଭବେଳେ ଡାକତର ହିଁ ଏହାର ଔଷଧ ଲେଖିଦେବେ । ଏଣୁ ଖାଦ୍ୟରେ ଆଇରନଯୁକ୍ତ ପଦାର୍ଥର ମାତ୍ରା ବଢ଼େଇଦେବା ଉଚିତ । ଏହାସାଙ୍ଗକୁ ଭିଟାମିନ ସିଯୁକ୍ତ ଖାଦ୍ୟ ଖାଇଲେ ଉତ୍ତମ ଭାବରେ ଅବଶୋଷିତ ହେବାରେ ସୁବିଧା ହୁଏ ।

ଏନିମିଆର ଲକ୍ଷଣ

ଏନିମିଆଗ୍ରସ୍ତ ମା'ମାନଙ୍କର ମୁହଁ ହଳଦିଆ ଦେଖାଯାଏ । ସେମାନେ ଦୁର୍ବଳ, ରୁଗ୍ଣ ଓ କ୍ଲାନ୍ତ ହେଇ ମୂର୍ଚ୍ଛିତ ମଧ୍ୟ ହେଇଥାନ୍ତି । ଅବଶ୍ୟ ସବୁ ଡାକ୍ତରମାନେ ଆଇରନ ବଟିକା ଖାଇବାକୁ ଦେଇଥାନ୍ତି ହେଲେ ଯେଉଁ ମା'ମାନେ ଶୀଘ୍ର ଶୀଘ୍ର ଦୁଇ ତିନୋଟି ଶିଶୁମାନଙ୍କୁ ଜନ୍ମ ଦେଇଥାନ୍ତି, ବାନ୍ତି ବନ୍ଦ ହୁଏନି କି ମର୍ଣ୍ଣିଂ ସିକ୍‌ନେସ ଯୋଗୁଁ ଖାଦ୍ୟପେୟ ପ୍ରତି ଦୃଷ୍ଟି ଦିଅନ୍ତି ନାହିଁ, କିମ୍ବା ଅଭାବ ଯୋଗୁଁ ଅଳ୍ପ ପୋଷଣ ପାଇଥାନ୍ତି । ସେମାନେ ଏନିମିଆ ରୋଗରେ ଆକ୍ରାନ୍ତ ହୋଇଥାନ୍ତି । ଡାକ୍ତରଙ୍କ ପରାମର୍ଶ ଓ ସଠିକ୍ ଔଷଧପତ୍ର ବଳରେ ଏଥିରୁ ରକ୍ଷା ପାଇହୁଏ ।

ଭ୍ରୂଣର ଚଳପ୍ରଚଳ

"ମୁଁ ଏଯାଏଁ ଶିଶୁ ଭ୍ରୂଣର ଚଳପ୍ରଚଳ କଥା ଅନୁଭବ କରିପାରୁନାହିଁ । ଏହା କ'ଣ ଭୁଲ କି ? କିମ୍ବା ବୋଧହୁଏ ମୁଁ ତା'ର ଚଳପ୍ରଚଳକୁ ବୁଝିପାରୁନାହିଁ ।"

ସେସବୁ ପରୀକ୍ଷା, ଅଲଟ୍ରାସାଉଣ୍ଡ, ଉଦର ବୃଦ୍ଧି, ହୃଦସ୍ପନ୍ଦନ ଆଦି କଥା ଭୁଲିଯାଆନ୍ତୁ । କେବଳ ଶିଶୁଙ୍କ ଚଳପ୍ରଚଳ ହିଁ ଏକଥାର ପ୍ରମାଣ ଦେଇଥାଏ ଯେ ଆପଣ ମା' ହେବାକୁ ଯାଉଛନ୍ତି ।

ବର୍ତ୍ତମାନ ତାକୁ ନିଜେ ହୃଦୟଙ୍ଗମ କରିବାକୁ ହେବ । ସାଧାରଣତଃ ଅନେକ ମା'ମାନେ ଚତୁର୍ଥ ମାସ ବେଳକୁ ଏକଥା ଜାଣିପାରନ୍ତି । ଯଦ୍ୟପି ଭ୍ରୂଣ ସପ୍ତମ ସପ୍ତାହ ବେଳକୁ ଚଳପ୍ରଚଳ ଆରମ୍ଭ କରିଥାଏ ମା' ଭ୍ରୂଣର କୁନି କୁନି ହାତ ଗୋଡ଼ କଥା ଜାଣି ପାରେ ନାହିଁ । ୧୪ ରୁ ୨୬ ସପ୍ତାହ ମଧ୍ୟରେ ଚଳପ୍ରଚଳ ଆରମ୍ଭ ହୋଇଥାଏ, ହେଲେ ୧୮ ରୁ ୨୨ ସପ୍ତାହରେ ପ୍ରବଳ ହୁଏ । ଆଗରୁ ମା' ହୋଇଥିବା ସ୍ତ୍ରୀମାନେ ଏକଥା ଶୀଘ୍ର ଲକ୍ଷ୍ୟ କରିପାରନ୍ତି; ସେମାନଙ୍କ ପେଟ ଓ ଗର୍ଭାଶୟର ମାଂସପେଶୀ ସବୁ ଦୁର୍ବଳ ହୋଇପଡ଼ିଥାଏ । ଏଣୁକରି ବେଶି ଅସୁବିଧା ହୁଏନାହିଁ । ପ୍ରଥମ କରି ମା' ହେଉଥିବା ସ୍ତ୍ରୀ ଯଦି ମୋଟି ହୋଇଥାନ୍ତି, ତେବେ ମଧ୍ୟ ସେ ଏକଥା ସହଜରେ ଜାଣିପାରିବେ ନାହିଁ । ପ୍ଲେଜେଣ୍ଟାର ଅବସ୍ଥିତି ଅନୁସାରେ ମଧ୍ୟ ଏହା ନିର୍ଭର କରେ । ଏହି କାରଣରୁ ଅନେକ ସପ୍ତାହ ଲାଗିଯାଇଥାଏ ।

ଅନେକ ଥର ଡ୍ୟୁଡେଟ (ପ୍ରସବ ତିଥି)କୁ ନେଇ ଭୁଲ ଅନୁମାନ କରାଗଲେ ମଧ୍ୟ ଭ୍ରୂଣର ଚଳପ୍ରଚଳ ଜାଣିହୁଏ ନାହିଁ । ଅନେକ ଥର ମା'ମାନେ ଏହାକୁ ଗ୍ୟାସ କିମ୍ବା ଅଜୀର୍ଣ୍ଣର ଗୋଳମାଳ ବୋଲି ଭାବିନିଅନ୍ତି । ଏକଥା ଜାଣିବା ଓ ଶୁଣିବା କଷ୍ଟକର ମଧ୍ୟ । ଅନେକ ଥର ଅନେକ ପ୍ରକାର ଅନୁଭୂତ ହୋଇଥାଏ । କାରଣ ପ୍ରତ୍ୟେକ ମା' ନିଜ ହିସାବରେ ଏହାକୁ ଗ୍ରହଣ କରିଥାଏ । ଯାହା ହେଉନା କାହିଁକି, ଏହାଫଳରେ ହସ ଟିକିଏ ଲେସି ହୋଇଯାଏ ତ !

ବଡ଼ି ଇମେଜ

"ମୁଁ ମୋ ଓଜନ ପ୍ରତି ସର୍ବଦା ଯତ୍ନଶୀଳ ହୋଇ ମଧ୍ୟ ଦର୍ପଣ ଆଗରେ ଠିଆହେଲେ କିମ୍ବା ଓଜନ କଣ୍ଟା ପ୍ରତି ଦୃଷ୍ଟି ନିକ୍ଷେପ କଲେ ବ୍ୟତିବ୍ୟସ୍ତ ହୋଇପଡ଼ିଥାଏ । ବାସ୍ତବରେ ମୁଁ ବେଶି ମୋଟି ଦେଖାଯାଏ ।"

ଧରିନିଆଯାଉ ଆପଣ ନିଜ ଶାରୀରିକ ଛବି ସକାଶେ ସର୍ବଦା ସତର୍କ ରହିଥିଲେ ଆଉ ଓଜନ ପ୍ରତି ମଧ୍ୟ । ,ଣୁକରି ଏସବୁ ମାନସିକ ଚାପର କାରଣ ହେଇପାରେ । ହେଲେ ଏପରି ହେବାକଥା ନୁହଁ । ଗର୍ଭାବସ୍ଥାରେ ଏପରି ହେବ ହିଁ ହେବ । ଆପଣଙ୍କ ଓଜନ ବଢ଼ିବା ବିଧେୟ । କାରଣ ଗର୍ଭସ୍ଥ ଶିଶୁ ପାଇଁ ମଧ୍ୟ ଖାଦ୍ୟ ଦରକାରର ତ !

ଗର୍ଭଧାରଣ ସମୟର ଚିତ୍ର

ଖୁବ୍ ଶୀଘ୍ର ଏକଥା ଭୁଲିଯିବାକୁ ହେବ କାରଣ ଆପଣ ଶିଶୁର ଲାଳନ-ପାଳନ ପ୍ରତି ବ୍ୟସ୍ତ ହେଇଯିବେ । ଗର୍ଭାବସ୍ଥାର ପ୍ରତି ମାସର ଫଟୋଟିଏ ଉଠେଇ ଆଲବମ୍‌ରେ ରଖିଦିଅନ୍ତୁ। ଏଥିବରେ ଆପଣ ଅଲଟ୍ରାସାଉଣ୍ଡର ଚିତ୍ର ମଧ୍ୟ ରଖିପାରିବେ । ଏହି ସମୟରେ ଆପଣଙ୍କ ମନର ସୁନ୍ଦର ସୁନ୍ଦର ସ୍ମୃତି ସବୁ ଗଚ୍ଛିତ ହୋଇଥାଉ । ଏହା ଶିଶୁ ବଡ଼ ହେଲେ ଜାଣି ଖୁସି ହେବ ।

ଅବଶ୍ୟ ଅଧିକାଂଶ ଲୋକମାନଙ୍କୁ ଗୋଲ ଦେଖାଯାଉଥିବା ଗର୍ଭବତୀ ସ୍ତ୍ରୀମାନେ ଭଲ ଲାଗିଥାନ୍ତି । ତଙ୍କ ସ୍ୱାମୀମାନେ ମଧ୍ୟ ତାଙ୍କୁ ଭଲ ପାଇଥାନ୍ତି । ନିଜ ବିଗତ ଅତୀତ କଥା ମନେପକେଇ ବ୍ୟତିବ୍ୟସ୍ତ ହେବା ପରିବର୍ତ୍ତେ ବରଂ ଗୋଲାକାର ଫିଗର ଦେଖି ଖୁସି ହେବା ବିଧେୟ । ନିଜ ବର୍ଦ୍ଧିତ ଓଜନ କଥା ନଭାବି ବରଂ ଶିଶୁକୁ ନେଇ ଅନେକ ସ୍ୱପ୍ନ ବୁଣିବା ବାଞ୍ଛନୀୟ । ଡାକ୍ତରଙ୍କ ପରାମର୍ଶକୁ ଯଦି ଆପଣ ଅକ୍ଷରେ ଅକ୍ଷରେ ପାଳନ କରିଥାନ୍ତି, ତେବେ ଓଜନ ବଢ଼ିଲେ ମଧ୍ୟ ଆପଣ ଆଦୌ ମୋଟି ହେବେନାହିଁ । ଓଜନ ବଢ଼ିବାର ତାତ୍ପର୍ଯ୍ୟ ହେଲା ଶିଶୁଟି (ଗର୍ଭସ୍ଥ) ଭଲ ଭାବରେ ବଢ଼ିପାରିଛି । ଗର୍ଭସ୍ଥ ଶିଶୁ ଜନ୍ମ ହେଲା ମାତ୍ରେ ଆପଣଙ୍କର ଓଜନ ଆଗପରି ହୋଇଯିବ ।

ଯଦି ଆପଣ ଡାକ୍ତରଙ୍କ କଥାକୁ ଗୁରୁତ୍ୱ ଦେଇନଥାନ୍ତି, ତେବେ ମାନସିକ ଚାପ ଯୋଗୁଁ ମୋଟି ହେଇପାରନ୍ତି । ହଠାତ୍ ବେଶି ଓଜନ କମେଇବା ମଧ୍ୟ ଅନୁଚିତ । ଆସ୍ତେ ଆସ୍ତେ କମେଇବା ବାଞ୍ଛନୀୟ । ଖାଦ୍ୟପେୟରେ ଅଯଥା କେଲୋରୀ କମେଇବା ଉଚିତ ହେଲେ ଭୂରପୂର ଭିଟାମିନ୍‌ଯୁକ୍ତ ଖାଦ୍ୟ ଖାଇବା ବିଧେୟ ।

ନିଜ ଓଜନ ପ୍ରତି ଦୃଷ୍ଟିଦେଇ ବ୍ୟାୟାମ କରନ୍ତୁ:

ଉଦର ବୃଦ୍ଧି ସାଙ୍ଗକୁ ପାତଳି ଦେଖାଯିବାର ହାର୍ଦ୍ଦିକ ଇଚ୍ଛା

ଗର୍ଭଧାରଣ ସମୟରେ ଆପଣ ମୋଟି ହେବା ସତ୍ତ୍ୱେ ମଧ୍ୟ ପାତଳି ଦେଖାଯିବାର ଅନେକ ଉପାୟ କରିପାରନ୍ତି । ଆସନ୍ତୁ, ଦେଖିବା ଏହା କିପରି ସମ୍ଭବ ?

କଳାରଙ୍ଗ: କଳାରଙ୍ଗ, ନେଭି ବ୍ଲୁ, ଚକଲେଟ କିମବା ଧୂସର ଭଳି ଗାଢ଼ ରଂଗ ଆପଣଙ୍କ ଦେହକୁ ପତଳା କରିଦେଇଥାଏ । ଆପଣ ହୁଏତ ଢ଼ିଲା ପେଣ୍ଟ ସାଂଗକୁ ଟି ସାର୍ଟ ପିନ୍ଧିଲେ ମଧ୍ୟ ଚଳିବ ।

ଏକାପ୍ରକାର ରଂଗ: ସମ୍ପୂର୍ଣ୍ଣ ଦେହରେ ଏକାପ୍ରକାରର ରଂଗ ହେଇଥିବା ଲୁଗାପଟା ବା ପୋଷାକ ପିନ୍ଧିଲେ ମଧ୍ୟ ପାତଳି ଦେଖାଯାଇଥାନ୍ତି । ଦୁଇ ରଂଗର ଲୁଗାରେ ସମସ୍ତଙ୍କ ଦୃଷ୍ଟି ଯାଇ ମାଂସଳ ଜାଗାରେ ଲାଖିଯାଏ ।

ଲମ୍ବା ପଟା ପଟା: ହଁ, ଲମ୍ବା ପଟା ପଟା ପଡ଼ିଥିବା ଲୁଗା ପିନ୍ଧିଲେ ଆପଣ ଡେଙ୍ଗି ଓ ପାତଳି ଜଣାପଡ଼ିବେ । ତେରେଛା ପଟା ପଡ଼ିଥିଲେ ପୃଥୁଳ ଦେହ ଆହୁରି ବିକୃତି ମନେହେବ । ଏଣୁ ଏଭଳି ଲୁଗା ବା ପୋଷାକ ପିନ୍ଧନ୍ତୁ ଯେଉଁଥିବରେ ଲମ୍ବ ହେଇ ଜିପ୍, ବୋତାମ ବା ସିଲେଇ ହୋଇଥିବ ।

ବିଶେଷ: ନିଜ ଦେହର ଯେଉଁ ଅଂଶବିଶେଷକୁ ଲୁଚେଇବାକୁ ଚାହୁଁଥିବେ, ତାକୁ ଲୁଗାରେ କିମ୍ବା ଜୋତାରେ ଢ଼ାଙ୍କି ଦିଅନ୍ତୁ ।

ଫିଟ୍ ରୁହନ୍ତୁ: ଏଭଳି ଲୁଗା ପିନ୍ଧନ୍ତୁ ଯାହା ଚିପା ନହେବ ଓ ପୂରାପୂରି ଫିଟ ହେବ। ଫଳରେ ଆପଣ ମୋଟି ଥିଲେ ମଧ୍ୟ ପାତଳି ପରି ଜଣାପଡ଼ିବେ ।

ଫଳରେ ଦେହରେ ସମୁଚିତ ଭାବରେ ସବୁ ଅଙ୍ଗପ୍ରତ୍ୟଙ୍ଗର ଓଜନ ବୃଦ୍ଧି ହେବ । ବ୍ୟାୟାମ କଲେ ଏଣ୍ଡରଫିନ୍ ନାମକ ସ୍ରାବ ହେଲେ ମନ ପ୍ରଫୁଲ୍ଲ ରହିବ ।

ନିଜ ପାଇଁ ଗର୍ଭାବସ୍ଥା ସକାଶେ ଉଦ୍ଦିଷ୍ଟ କେତକେ ବିଶେଷ ଧରଣର ଫେସନେବୁଲ ବସ୍ତ୍ର ନିର୍ବାଚନ କରନ୍ତୁ । କାରଣ ତାକୁ ପିନ୍ଧିବାର ସବୁଠୁ ଉପଯୁକ୍ତ ସମୟ ଏଇୟା । ଯଦି ଆପଣ ଛୁଆବେଳର ଟପସ୍କର୍ଟ ପିନ୍ଧିବେ ତେବେ ଲୋକହସା ହେବେ ନାହିଁକି ? ନିଜ କେଶସଜ୍ଜା ପ୍ରତି ମଧ୍ୟ ପରିବର୍ତ୍ତନ ଆଣନ୍ତୁ ଓ ସୁନ୍ଦର ଦିଶନ୍ତୁ ।

ଗର୍ଭାବସ୍ଥାର ବସ୍ତ୍ର

"ମୁଁ ମୋ ପୁରୁଣା ଡ୍ରେସ ପିନ୍ଧି ପାରୁନାହିଁ, ହେଲେ ଗର୍ଭାବସ୍ଥାର ବସ୍ତ୍ର କିଣିବାକୁ ମଧ୍ୟ ମୁଁ ସାହସ ପାଉନି ।"

ସେ ସମୟ ଗଡ଼ିଯାଇଛି, ତା'ନହେଲେ ଆଗକାଳର ଗର୍ଭବତୀ ସ୍ତ୍ରୀମାନେ ଆଲଖାଲା ଭଳି ଲମ୍ବା ପୋଷାକ ପିନ୍ଧି ଦୀର୍ଘ ନ'ମାସ କାଳ କଟେଇ ଦେଉଥିଲେ । ଆଜିକାଲି ଫେସନ ଯୁଗ । ଷ୍ଟାଇଲ ନହେଲେ କିଏ ପିନ୍ଧୁଛି ? ସୁନ୍ଦର ସୁନ୍ଦର ଡିଜାଇନ ସ ରଂଗର ଲୁଗାପଟା ମିଳିଲାଣି । ଏଣୁ ଆଖପାଖରେ ଥିବା 'ମେଟରନଟି କର୍ନର'ରୁ ନିଜ ପାଇଁ ପୋଷାକ ବାଛି କିଣନ୍ତୁ । ତା'ପରେ ଦେଖିବେ ମନ କିପରି ଲାଗିବ ?

ଲୁଗା କିଣିଲାବେଳେ ନିମ୍ନ କଥା ପ୍ରତି ଦୃଷ୍ଟି ଦିଅନ୍ତୁ:

■ ବର୍ତ୍ତମାନ ଆପଣଙ୍କ ଦେହ ଆହୁରି ବଢ଼ିପାରେ । ଲୁଗାପଟା ଦାମିକା ହେବାରୁ ବୁଝି ବିଚାରି କିଣନ୍ତୁ । ବଜାର ଯିବା ପୂର୍ବରୁ ଆଲମୀରା ଖୋଲି ଟିକିନିଖି ଦେଖି ପକାନ୍ତୁ । ହୁଏତ, ଆବଶ୍ୟକ ଲୁଗା ମିଳିଯାଇପାରେ । ଦୋକାନରେ 'ପ୍ରେଗ୍ନେନ୍ସିପିଲୋ' ମଧ୍ୟ ମିଳିଥାଏ । ତାକୁ ବ୍ୟବହାର କରି ବସ୍ତ୍ର କିଣନ୍ତୁ । ଫଳରେ ବେଶି ଚିପା ହେବନାହିଁ ।

■ ଲୁଗାପଟା ଯେଉଁଠାରୁ କିଣିଲେ ମଧ୍ୟ ଯଦି ଆପଣଙ୍କୁ ଫିଟ୍ ମନେହୁଏ, ତେବେ ଆରାମରେ ପିନ୍ଧନ୍ତୁ । ଅଯଥା ଖର୍ଚ୍ଚ କରନ୍ତୁନି । ବେଶି ଫେସନ ଖୋଜି ବସିଲେ ହୁଏତ, କ୍ଷତିଗ୍ରସ୍ତ ହୋଇପାରନ୍ତି । କାରଣ ଏହା କେବଳ ଗର୍ଭାବସ୍ଥାରେ ପିନ୍ଧିହେବ । ପ୍ରସବ ହେବାପରେ ପେଟ କମିଗଲେ ତାକୁ ଦେଖିବାକୁ ମଧ୍ୟ ଇଚ୍ଛା ହେବନାହିଁ ।

■ ଏଭଳି ପୋଷାକ ପିନ୍ଧନ୍ତୁ ଯଦ୍ୱାରା ପେଟଟା ଢ଼ାଙ୍କି ହେବ । ଲୋ-କଟ ଜିନ୍ସ ଓ ପେଣ୍ଟ ମଧ୍ୟ ପିନ୍ଧାଯାଇପାରେ ।

■ ନିଜର ଆଭ୍ୟନ୍ତରୀଣ ବସ୍ତ୍ରକୁ ନେଇ କୌଣସି ଚୁକ୍ତି କରନ୍ତୁ ନାହିଁ; ବରଂ ଉନ୍ନତ ମାନର ଅଧୋବସ୍ତ୍ର କିଣି ପିନ୍ଧନ୍ତୁ । ଭଲଦୋକାନରୁ ଏଭଳି ବ୍ରା କିଣନ୍ତୁ, ଯାହାକି ଆପଣଙ୍କ ବର୍ଦ୍ଧିତ ବକ୍ଷୋଜକୁ ଠିକ୍ ଭାବରେ ଆୟତ୍ତ କରି ଆଶ୍ରୟ ଦେଇପାରିବ । ଏକାଥରକେ ଦୁଇରୁ ଅଧିକ ବ୍ରା କିଣନ୍ତୁ ନାହିଁ । ବକ୍ଷୋଜ ବୃଦ୍ଧି ପାଇଲେ ହୁଏତ ନୂଆ ବ୍ରା କିଣନ୍ତୁ ।

■ ଅବଶ୍ୟ ସ୍ୱତନ୍ତ୍ର ଧରଣର ଅଣ୍ଡର ବିୟର ପିନ୍ଧିବା ଆବଶ୍ୟକ ନାହିଁ; ତଥାପି ଯଦି ପିନ୍ଧିବାକୁ ଆପଣ ଚାହୁଁଥାନ୍ତି, ତେବେ ଆଜିକାଲି ନୂଆ ଫେସନର ଥଙ୍ଗସ ଓ ବିକନି ପେଣ୍ଟିଜ ସବୁ ମିଳିଲାଣି । ଟିକେ ବଡ଼ ସାଇଜର କିଣି ପିନ୍ଧିଲେ ସେକ୍ସି ଜଣାପଡ଼ିବେ । ମନ ପସନ୍ଦ ରଙ୍ଗ ବାଛନ୍ତୁ ହେଲେ କନା ସର୍ବଦା ତୁଳା ହେଲେ ଭଲ ।

■ ନିଜ ସ୍ୱାମୀଙ୍କ ଲୁଗାପଟାକୁ ଲକ୍ଷ୍ୟ କଲେ ହୁଏତ କିଛି ଢ଼ିଲା ଜାମା କାମରେ ଲାଗିଯାଇପାରେ । ପ୍ରଥମ ପାଞ୍ଚ ଛ ମାସ ପର୍ଯ୍ୟନ୍ତ ତାଙ୍କ ପେଣ୍ଟ, ଟିସାର୍ଟ, ଲେଙ୍ଗିଙ୍ଗ ପିନ୍ଧି ପାରିବେ । ତାପରେ ହୁଏତ ନୂଆ ଲୁଗା କିଣାଯାଇପାରେ ।

■ ମେଟରନିଟି ଜାମାପତ୍ର ଦିଆନିଆ ହେଲେ ଖୁବ୍ ଭଲ କଥା । ଅନ୍ୟ ଜାମା ଯଦି ନିଜକୁ ଫିଟ ହୁଏ, ତେବେ ମାଗି ପିନ୍ଧିବାରେ କ୍ଷତି କଣ, ଆଉ ନିଜର ଅନ୍ୟାନ୍ୟ ବସ୍ତ୍ର ସାଙ୍ଗକୁ ମିଶେଇ ପିନ୍ଧିଲେ ମଧ୍ୟ କାମ ଚଳିବ ଓ ନୂଆ ନୂଆ ଲାଗିବ । ଯେଉଁ ମେଟରନିଟି ଜାମାପତ୍ର ପିନ୍ଧିବାକୁ ଭଲ ଲାଗୁନି, ସେଗୁଡ଼ିକୁ ନିଜର ସାଙ୍ଗ ସାଥୀମାନଙ୍କୁ ଦେଇପାରିବେ । ଏପରି କଲେ କମ୍ ଖର୍ଚ୍ଚରେ କାମ ଚଳିଯିବ ।

■ ଗର୍ଭାବସ୍ଥାରେ ମେଟାବଲିକର ପରିମାଣ ବେଶି ହେବାଯୋଗୁଁ ଆପଣଙ୍କ ଦେହ ଗରମ ରହେ । ଏଣୁକରି କନା ଲୁଗା ପିନ୍ଧିବା ଶ୍ରେୟସ୍କର । ଏପରି କଲେ ଗରମରୁ ମଧ୍ୟ ମୁକ୍ତି ପାଇବେ । ଇଷତ୍ ରଙ୍ଗର ଆରାମଦେୟ ଲୁଗାପଟା ପିନ୍ଧନ୍ତୁ; ଫଳରେ ବ୍ୟତିବ୍ୟସ୍ତ ହେଲେ ଏହାର ଭାର କମେଇ ଦିଆଯାଇପାରେ ।

ପ୍ରି-ବେବି ସଟର

"ବର୍ତ୍ତମାନ ମୋ ବର୍ଦ୍ଧିତ ପେଟ ସ୍ପଷ୍ଟ ଜଣାପଡୁଛି, ମୁଁ ବାସ୍ତବରେ ଗର୍ଭବତୀ ହୋଇଛି । ଅବଶ୍ୟ ଏହା ଆମେ ବୁଝିବିଚାରି ନିଷ୍ପତ୍ତି କରିଥିଲୁ, ହେଲେ ବର୍ତ୍ତମାନ ଆଶଙ୍କା ଜାତ ହେଉଛି ।"

ବୋଧହୁଏ, ଆପଣଙ୍କର ମାମଲା ମଧ୍ୟ ପ୍ରି-ବେବି ସିଟର ଭଳି ହେଇଛି, ଆପଣଙ୍କ ଭଳି ଅନେକ ବାପା ମା’ମାନେ ଗର୍ଭଧାରଣ ସମୟରେ ଏଭଳି ମାନସିକ ଅବସ୍ଥାର ଶିକାର ହେଇଥାନ୍ତି । ସେମାନେ ନିଜେ ନେଇଥିବା ନିଷ୍ପତ୍ତି ପ୍ରତି ସନ୍ଦେହ କରିଥାନ୍ତି । ଚିନ୍ତା କରନ୍ତୁ ତ, ଏହି ସିଦ୍ଧାନ୍ତ ଯୋଗୁଁ ଆପଣଙ୍କ ସମଗ୍ର ଜୀବନ ପରିବର୍ତ୍ତନ ହେବାକୁ ଯାଉଛି । ଆପଣ କଣ ଖାଇବେ, କଣ ପିଇବେ, ଶୋଇବେ ବା ବଞ୍ଚିବେ ଏସବୁ ଆଗାମୀ ଶିଶୁ ଉପରେ ନିର୍ଭର କରେ । ଭାବିନିଅନ୍ତୁ ଯେ ଜୀବନ ନୂତନ ରୂପରେଖ ନେଇ ସୃଷ୍ଟି ହେବ । ଅନେକ ଗୁଡ଼ିଏ ଶାରୀରିକ ଓ ମାନସିକ ଚାହିଦା ବୃଦ୍ଧି ପାଇବ ।

ଅବଶ୍ୟ ବର୍ତ୍ତମାନ ସ୍ପଷ୍ଟ ଆଶଙ୍କା ବିଧେୟ । ଏହିପରି ଭାବରେ ଆପଣ ମାନସିକ ପୂର୍ବପ୍ରସ୍ତୁତି କରି ପାରିବେ ଆଉ ସବୁ ପ୍ରକାର ଆହ୍ୱାନ ବା ବାଧାବିଘ୍ନର ସମ୍ମୁଖୀନ ହେଇପାରିବେ । ନିଜର ବନ୍ଧୁବାନ୍ଧବ ଓ ସହାୟକମାନଙ୍କ ସହ ପରାମର୍ଶ କରନ୍ତୁ, ଫଳରେ ସେମାନେ ମଧ୍ୟ ସହଯୋଗ ପ୍ରଦାନ କରିପାରିବେ ।

ଅବଶ୍ୟ ଜୀବନର ରୂପ ରେଖ ପୂରାପୂରି ବଦଳିଯିବ; ହେଲେ ଖୁବ୍ ଶୀଘ୍ର ଆପଣ ଏକଥା ବୁଝିପାରିବେ ଯେ, ଏହି ପରିବର୍ତ୍ତନ ବାସ୍ତବରେ ଶୁଭ ସଂକେତ ପାଇଁ ଉଦ୍ଦିଷ୍ଟ ଥିଲା ।

ଅପ୍ରତ୍ୟାଶିତ ପରାମର୍ଶ ।

"ସମସ୍ତେ ଜାଣି ପାରୁଛନ୍ତି ଯେ ମୁଁ ବର୍ତ୍ତମାନ ଗର୍ଭବତୀ ବୋଲି, ଜ୍ଞାତି କୁଟୁମ୍ବ ଠାରୁ ଆରମ୍ଭ କରି ଘରକୁ ଆସୁଥିବା ପ୍ରତ୍ୟେକ ବ୍ୟକ୍ତି ମୋତେ କିଛି ନା କିଛି ପରାମର୍ଶ ଦେଇ ଯାଉଛନ୍ତି । ହେଲେ ମୁଁ କାହା କଥା ଧରିବି ? ଭାବୁଛି, ମୁଁ ପାଗଳି ହେଇଯିବି ନା କ’ଣ"

କଥା କଣ କି ଆପଣ ବର୍ଦ୍ଧିତ ପେଯଟା ପ୍ରତ୍ୟେକ ଅନୁଭୂତି ସମ୍ପନ୍ନ ମହିଳାକୁ ମତାମତ ଦେବାପାଇଁ ବାଧ୍ୟ କରିଦେଇଥାଏ । ଆପଣ ସକାଳେ ପାର୍କରେ ଜଗିଙ୍ଗ କରନ୍ତୁ ବୋଲି କାହା ନା କାହା ପାଟିରୁ ଶବ୍ଦଦ୍ୱର ଶୁଭିବ ହିଁ ଶୁଭିବ । ଏଭଳି ଅବସ୍ଥାରେ ଦୌଡ଼ିବା ଉଚିତ ନୁହଁ । ସୁପରମାର୍କେଟରୁ ବ୍ୟାଗ ଧରି ଆସିଲେ ଯେ କେହି ହେଲେ ନିଶ୍ଚୟ କହିବ । ଏହି ଅବସ୍ଥାରେ ଏତେ ଜିନିଷପତ୍ର ନିଆ ଅଣା କରିବା ଠିକ୍ ନୁହଁ । ଆଇସ୍କ୍ରିମ ପାର୍ଲରରେ ଡବଲ ଡିପ ପକେଇଲେ ଯେ କେହି ନିଶ୍ଚୟ କହିବ-

"ହନି ! ଏତେ ପରିମାଣରେ ବେବି ଫେଟ କମେଇବା ଅସୁବିଧା ଜନକ ।"

ଏହି ସମୟରେ ଉପଦେଶ ଦେଉଥିବା ବ୍ୟକ୍ତିମାନେ ଏକଥାକୁ ନେଇ ଅନୁମାନ କରିବସିବେ ଯେ ଆପଣଙ୍କ ଘରେ ପୁଅ ହେବ ନା ଝିଅ । ଅବଶ୍ୟ ଧାଇମାନଙ୍କର ଅନେକ ତଥ୍ୟ ବୈଜ୍ଞାନିକମାନଙ୍କର କାଷଟି ପଥରରେ ପରୀକ୍ଷା କରାଯାଇଛି; ହେଲେ ଯେଉଁ କଥାର କୌଣସି ମହତ୍ୱ ନଥିବ ତାକୁ ଏକାନରେ ଶୁଣି ଆର କାନରୁ ବାହାର କରିଦେବା ଉଚିତ । କୌଣସ ଉପଦେଶ ଯଦି ଭ୍ରମ ସୃଷ୍ଟି କରେ ତେବେ ଡାକ୍ତରଙ୍କୁ ପଚାରି ନେବା ଉଚିତ । ଅଯଥା କଥାକୁ ବେଶି ଗୁରୁତ୍ୱ ନଦେବା ହିଁ ଶ୍ରେୟସ୍କର । ହସ କଉତକ କଥା ଛଳରେ ତାଙ୍କୁ ସ୍ପଷ୍ଟ କରି ଦଅନ୍ତୁ ଯେ ଡାକ୍ତରଙ୍କ ବ୍ୟତୀତ ଆପଣ ଆଉ କାହା କଥା ଶୁଣନ୍ତି ନାହିଁ । କିମବା ହସି ହସି ପଦେ ଶୁଣେଇ ଆଗେଇ ଯାଆନ୍ତୁ ।

ଅବଶ୍ୟ କ୍ରମେ କ୍ରମେ ଆପଣ ଅଭ୍ୟସ୍ତ ହୋଇପଡ଼ିବେ । କାରଣ ଆଗାମୀ ଦିନମାନଙ୍କରେ ଗହଳି ଆହୁରି ବଢ଼ିପାରେ । ଏଣୁ କୁନି ଛୁଆର ମା’ଙ୍କୁ ପରାମର୍ଶ ଦେବା ଲୋକଙ୍କ ସଂଖ୍ୟା ଆଦୌ କମେ ନାହିଁ ।

ପେଟକୁ ଛୁଇଁବା

"ବନ୍ଧୁ ବାନ୍ଧବ, ସହକର୍ମୀବୃନ୍ଦ ଓ ଅଚିହ୍ନା ସ୍ତ୍ରୀ ଲୋକମାନେ ମଧ୍ୟ ମୋ ପେଟଟାକୁ ବାରମ୍ବାର ଛୁଇଁଥାନ୍ତି; ହେଲେ ଏହା ମୋତେ ଆଦୌ ଭଲ ଲାଗେନାହିଁ, କଣ କରାଯିବ ?"

ଗର୍ଭସ୍ଥ ଶିଶୁର ଗୋଲାକାର ଉଦର ବୃଦ୍ଧି ସମସ୍ତଙ୍କୁ ଅଭିନବ ଓ ପ୍ରିୟ ମନେ ହେଇଥାଏ । ଅବଶ୍ୟ ମା'ଙ୍କ ଅନିଚ୍ଛା ସତ୍ତ୍ୱେ ଗର୍ଭସ୍ଥ ଶିଶୁକୁ ଛୁଇଁବା ଭଲ କଥା ନୁହଁ ।

ଅନେକ ସ୍ତ୍ରୀ ଏହାକୁ ପାଥେୟ କରି କେନ୍ଦ୍ରବିନ୍ଦୁ ହେବାକୁ ଚାହୁଁଥିଲା ବେଳେ ଅନ୍ୟ କେତେକ ସ୍ତ୍ରୀମାନଙ୍କୁ ଏହା ମୁଣ୍ଡବ୍ୟଥା ଭଳି ମନେହୁଏ । ଯଦି ଆପଣଙ୍କୁ ଏହା ପସନ୍ଦ ନଲାଗେ ତେବେ, ରୋକଠୋକ କରିବାରେ ସଂକୋଚ କରନ୍ତୁ ନାହିଁ । ଆପଣ ସ୍ପଷ୍ଟ ଭାବରେ କହିପାରିବେ ଯେ ବୁଏତ ଆପଣଙ୍କୁ ମୋ ପେଟ ଛୁଇଁବା ଭଲ ଲାଗିପାରେ ହେଲେ, ମୋତେ ଆଦୌ ଭଲ ଲାଗେନାହିଁ, କିମ୍ବା ହସି ହସି କୁହନ୍ତୁ ଯେ 'ହାତ ମାରନ୍ତୁନି, ଛୁଆ ଶୋଇଛି, ଚେଇଁ ପଡ଼ିବ । ଆପଣ ଚାହିଁଲେ ନିଜ ପେଟଟାକୁ ବୁଲେଇ ମନାକରି ଦେଇପାରିବେ କିମ୍ବା ଏଭଳି କିଛି କହିବେ ଯେ କାହା ପେଟକୁ ଛୁଇଁବା ପୂର୍ବରୁ ତାଙ୍କୁ ଶହେ ଥର ଭାବିବାକୁ ପଡ଼ିବ । କିଛି ନକହି ମଧ୍ୟ ପେଟଟାକୁ ଦୁଇ ହାତରେ ଧରି ରକ୍ଷା କରନ୍ତୁ କିମ୍ବା ଧରିବାକୁ ଉଦ୍ୟତ ହାତ ଦୁଇଟାକୁ ଧରି ପକାନ୍ତୁ ।

ଭୁଲିଯିବାର ଅଭ୍ୟାସ

"ଗତ ସପ୍ତାହରେ ମୁଁ ମୋ ପର୍ସଟାକୁ ଘରେ ପାସୋରିଗଲି; ଆଜି ମତେ ଗୁରୁତ୍ୱପୂର୍ଣ୍ଣ ମିଟିଂ କଥା ଆଦୌ ମନେ ପଡ଼ିଲା ନାହିଁ । ମୁଁ ମୋ ମୁଣ୍ଡ ଖେଳେଇ ପାରୁନାହିଁ । ବୋଧହୁଏ ମୋ ମୁଣ୍ଡ ବିଗିଡ଼ି ଗଲାଣି ନା କଣ' ?

ଅଧିକାଂଶ ଗର୍ଭବତୀ ସ୍ତ୍ରୀ ମାନଙ୍କୁ ଭୁଲିଯିବାର ଅଭ୍ୟାସ ବଢ଼ିଗଗଲା ପରି ମନେ ହେଇଥାଏ । ନିଜର ସଂଗଠନାତ୍ମକ ସାମର୍ଥ୍ୟ ଉପରେ ଭରସା କରୁଥିବା ସ୍ତ୍ରୀ ଲୋକମାନେ ମଧ୍ୟ ବିଷମ ପରିସ୍ଥିତି ଦେଖି ସଶଂକିତ ହେଇଥାନ୍ତି । ସେମାନେ ନିଜ ଜିନିଷପତ୍ର ଭୁଲିବା ସାଙ୍ଗକୁ ଧୈର୍ଯ୍ୟ ମଧ୍ୟ ହରେଇଥାନ୍ତି ।

ଅଧ୍ୟୟନରୁ ଜଣାପଡ଼ିଛି ଯେ ଗର୍ଭବତୀ ସ୍ତ୍ରୀ ମାନଙ୍କ ମସ୍ତିଷ୍କର କୋଷଗୁଡ଼ିକ କମିଥିବାରୁ ଏପରି ହୁଏ । ପୁନଶ୍ଚ କଥାରେ ଅଛି ଯେ ପୁଅ ଜନ୍ମ କରୁଥିବା ମା ମାନଙ୍କ ଅପେକ୍ଷା ଝିଅକୁ ଜନ୍ମ ଦେଉଥିବା ମାମାନେ ବେଶି ଭୁଲିଥାନ୍ତି । ଭଲ କଥା ହେଲା ଏହା ଏକ ଅସ୍ଥାୟୀ ସମସ୍ୟା ।

ଡେଲିଭରି ପରେ କିଛି ମାସ ମଧ୍ୟରେ ମସ୍ତିଷ୍କ ପୂର୍ବବତ ଫୁର୍ତ୍ତି ସହ କାମ କରିଥାଏ । ଏହା ମଧ୍ୟ ହର୍ମୋନ ପରିବର୍ତ୍ତନ ଯୋଗୁଁ ଏପରି ହୁଏ । ଭଲ ନିଦ ନହେଲେ ମଧ୍ୟ ଶକ୍ତି ହ୍ରାସ ପାଇଥାଏ ଓ ମନ ସ୍ଥିର ରହେନାହିଁ । ଭାବି ମା' ମାନଙ୍କର ମନ ମସ୍ତିଷ୍କ ଶିଶୁର ଜାମାପତ୍ର ରଂଗ ତଥା ତାଙ୍କ ନାମ ବାଛିବାରେ ନିୟୋଜିତ ହେଇଥାଏ ।

ଯଦି ଏକଥାକୁ ନେଇ ଭାଳି ବସିବେ ତେବେ ସରିଗଲା କଥା । ଅଳ୍ପ ହସ ପରିହାସ ବଳରେ କଥାଟାର ସମାଧାନ ହେଇଯିବ । କଥା କଣ କି ବର୍ତ୍ତମାନ ଆପଣ ଶିଶୁ ସକାଶେ ବେଶି ଯତ୍ନଶୀଳ ଅଛନ୍ତି । ଏଣୁକରି ପୂର୍ବଭଳି ଯୋଗ୍ୟତା କାହୁଁ ଆସିବ ? ଘରେ ହେବାକୁ ଥିବା କାମର ତାଲିକା କରି ରଖନ୍ତୁ । ଏପ୍ରକାର ଅଭ୍ୟାସରୁ ବର୍ତ୍ତିବା ପାଇଁ କୌଣସି ଔଷଧପତ୍ର ଖାଆନ୍ତୁ ନାହିଁ ।

ଆସ୍ତେ ଆସ୍ତେ ସବୁ କାମ ଅଭ୍ୟାସରେ ପରିଣତ ହେଇପଡ଼ିବ । ଶିଶୁ ଜନ୍ମ ହେଲା ପରେ ନିଜ ସାମର୍ଥ୍ୟ ପୁଣି ଥରେ ଫେରିଆସିବ । କାରଣ ବର୍ତ୍ତମାନ ଆପଣ ଶାନ୍ତିରେ ଶୋଇପାରୁଛନ୍ତି ।

ଗର୍ଭଧାରଣ ଓ ବ୍ୟାୟାମ

ସମଗ୍ର ଦେହ ବିନ୍ଧୁଛି, ଆପଣ ଶୋଇପାରୁନାହାନ୍ତି, ପିଠି ବ୍ୟଥା ହେଉଛି, ପାଦ ଫୁଲିଛି, ପ୍ରବଳ କୋଷ୍ଠକାଠିନ୍ୟ ଅଛି, ପେଟ ଗୋଳମାଳ ହେଇ ଏଭଳି ଦୁର୍ଗନ୍ଧ ଗ୍ୟାସ ଛାଡୁଛନ୍ତି ଯେ, କହିଲେ ନସରେ । ଅନ୍ୟ ଶବ୍ଦରେ କୁହାଗଲେ ଆପଣ ଗର୍ଭବତୀ ଅଟନ୍ତି । ଆପଣ ଚାହିଁଲେ ନିଜର ଅସୁବିଧାକୁ ଦୂରେଇବା ପାଇଁ ଚେଷ୍ଟା କରିପାରନ୍ତି । ଏହା ବ୍ୟତୀତ ଆଉ କୌଣସି ଉପାୟ ନାହିଁ କହିଲେ ଚଳେ ।

ଓ୍ୱାର୍କଆଉଟ (ପଦଚାଳନା)

ଗର୍ଭଧାରଣ ସମୟରେ ପ୍ରତିଦିନ ଆପଣଙ୍କୁ ୩୦ ମିନିଟ୍ ଓ୍ୱାକଆଉଟ ପାଇଁ ଯିବାକୁ ହେବ । ଯଦି ଏକା ଥରକେ ସମ୍ଭବ ନହୁଏ, ତେବେ ୧୦-୨୦ ମିନିଟ ଲେଖାଏଁ ଭାଗ କରିବାକୁ ହେବ । ଦିନକୁ ଅନ୍ତତ ତିନିଥର ଦଶ ମିନିଟ ଲେଖାଏଁ ଚଲାବୁଲା କଲେ ମଧ୍ୟ ଓ୍ୱାକ ଆଉଟ ହେଲା ବୋଲି ଧରାଯିବ । ଏହାକୁ ନିଜ ଦିନ ଚର୍ଯ୍ୟାରେ ସାମିଲ କରିବାକୁ ହେବ; ତେବେ ଯାଇ ଅଭ୍ୟସ୍ତ ହେବେ । ଜିମ ଯିବା ସମ୍ଭବ ହେଲେ ଅଫିସରୁ ଫେରିବା ବାଟରେ ବସରୁ ଦୁଇ ଷ୍ଟପ ଆଗରୁ ଓହ୍ଲେଇ ଚାଲି ଚାଲି ଫେରନ୍ତୁ । କାର ଟିକିଏ ଦୂରରେ ପାର୍କ କରି ଚାଲିଆସନ୍ତୁ । ଲିଫ୍ଟରେ ନଚଢ଼ି ପାହାଚ ଦେଇ ଯା'ଆସ ହୁଅନ୍ତୁ । ନିଜ ଅଫିସରେ ସବୁଠୁ ଦୂରବର୍ତ୍ତୀ ଶୌଚାଳୟ ବ୍ୟବହାର କରନ୍ତୁ ।

ସମୟ ଥିଲେ ମଧ୍ୟ ପ୍ରେରଣା ପାଇ ହେଉନି । ପ୍ରେଗ୍ନେନ୍ସି ବ୍ୟାୟାମ କ୍ଲାସକୁ ଯାଆନ୍ତୁ । ପ୍ରେଗ୍ନେନ୍ସି ଯୋଗ କରନ୍ତୁ । ପ୍ରେଗ୍ନେନ୍ସି ଡିଭିଡି ବଳରେ ମଧ୍ୟ ଓ୍ୱର୍କଆଉଟ ସମ୍ଭବ ହେଇପାରେ ।

ଅବଶ୍ୟ ଏଭଳି ସମୟ ଆସିବ ସତେକି ହଲଚଲ ହେବାକୁ ମଧ୍ୟ ଇଚ୍ଛା ହେବନି । ହେଲେ ନିଜେ ଧୈର୍ଯ୍ୟହରା ହେବେନାହିଁ । ଆଉ ଯେକୌଣସି ପ୍ରକାରେ କାର୍ଯ୍ୟ ହାସଲ କରିବେ ।

ଅବଶ୍ୟ ଦିନକୁ ଅଧଘଣ୍ଟା ବ୍ୟାୟାମ କରାଗଲେ ମଧ୍ୟ ବହୁତ କିଛି ସମସ୍ୟା ସମାଧିତ ହୋଇପାରିବ । ଆଳସ୍ୟ ପରିତ୍ୟାଗ କରି ଦି୍ନକୁ ଅନ୍ତତଃ ଅଧଘଣ୍ଟା ବ୍ୟାୟାମ କରିବା ଶ୍ରେୟସ୍କର ।

ଅଧିକାଂଶ ମହିଳାମାନେ ଏହି ଉପଦେଶକୁ ମାନି ଫିଟ ରହିଥାନ୍ତି । ଯଦି ଡାକତର ମନା ନ କରନ୍ତି ତେବେ ଆପଣ ମଧ୍ୟ ଏହାକୁ ଆପଣେଇ ପାରିବେ । ଆପଣ ବୁଝିନେବା ଦରକାର ଯେ ଏହି ବ୍ୟାୟାମ ଯୋଗୁଁ ଆପଣ ଓ ଶିଶୁର କେତେ ଉପକାର ହେବ ।

ବ୍ୟାୟାମରୁ ଉପକାର

ନିୟମିତ ବ୍ୟାୟାମ କରାଗଲେ:

■ ଅନେକ ଥର ବେଶି ଆରାମ କଲେ ମଧ୍ୟ କ୍ଲାନ୍ତି ଅନୁଭୂତ ହେଇଥାଏ । ସାମାନ୍ୟ ବ୍ୟାୟାମ ନେଲେ ମଧ୍ୟ ଶକ୍ତି ବା ସାମର୍ଥ୍ୟର ସ୍ତର ବୃଦ୍ଧି ହେଇଥାଏ ।

■ ବ୍ୟାୟାମ କଲେ ନିଦ ଭଲ ପଡ଼େ ଓ ଶୋଇ ଉଠିଲାବେଳେ ଦେହମାନକୁ ଫୁର୍ତ୍ତି ଲାଗେ ।

■ ବ୍ୟାୟାମ କଲେ ଗେଷ୍ଟେସନାଲ ମଦୁମେହ ରୋଗରୁ ଦୂରେଇ ରହିବେ ।

■ ବ୍ୟାୟାମ କଲେ ମସ୍ତିଷ୍କରୁ ଏଣ୍ଡରଫିନ ନାମ ସ୍ରାବ ନିର୍ଗଗତ ହେଇଥାଏ ଓ ଏହା ମନକୁ ପ୍ରଫୁଲ୍ଲ ରଖେ । ତତ୍ ସଂଗେ ସଂଗେ ମାନସିକ ଚାପ ଓ ଉତ୍ତେଜନା ହ୍ରାସ ପାଇଥାଏ ।

■ ପିଠି ବ୍ୟଥାରୁ ରକ୍ଷା ପାଇବାର ସବୁଠୁ ଭଲ ଉପାୟ ଅଟେ ।

■ ଷ୍ଟ୍ରେଚିଂ କରାଗଲେ ମାଂସପେଶୀକୁ ବଡ଼ ଆରାମ ଲାଗେ ଓ ସେଥିରେ ନମନୀୟତା ବୃଦ୍ଧି ପାଇଥାଏ । ମାସଂପେଶୀ ଗୁଡ଼ିକର ଚାପ କମିଥାଏ । ଏଭଳି ବ୍ୟାୟାମ ଯେଉଁଠାରେ ମଧ୍ୟ ଯେକୌଣସି ସମୟରେ କରାଯାଇପାରେ । ଏଥିପାଇଁ ଝାଳ ନିର୍ଗତ ହେବା ଜରୁରୀ ନୁହଁ ।

■ ୧୦ ମିନିଟର ଚଲାବୁଲା ମଧ୍ୟ ଆପଣଙ୍କ..

କିଗଲ ବ୍ୟାୟାମ

ଯଦି ଆପଣ କେବଳ ଗୋଟିଏ ପ୍ରକାର ବ୍ୟାୟାମ କରିବାକୁ ଚାହାନ୍ତି, ତେବେ ଏହାକୁ କରନ୍ତୁ । ଏହା ଯୋଗୁଁ ପିଚା, ମଜବୁତ ହେଇଥାଏ । ଏହିପରି କଲେ ଆପଣ ଅନିଚ୍ଛା ସତ୍ତେବ ପରିଶ୍ରା ଯିବା ସମସ୍ୟାରୁ ମୁକ୍ତି ପାଇପାରିବେ । ଏହି ପରଭାବେର ପ୍ରସବ ବେଦନା ଓ ପ୍ରସବ ସକାଶେ ଆପଣଙ୍କର ଶରୀର ପ୍ରସ୍ତୁତ ହେଇପାରିବ ଓ ଆପଣ ଅପରେସନ ଓ କଟାକଟିରୁ ତ୍ରାହି ପାଇବେ ।

କିଗଲ କଲାବେଳେ ଆପଣଙ୍କୁ ନିଜ ଦେହର ମାଂସପେଶୀ ଗୁଡ଼ିକୁ ପରିଶ୍ରା ରୋକିଲା ଭଳି ସଂକୋଚିତ କରିବାକୁ ହେବ । ଏତଦ୍ୱାରା ଡେଲିଭରି ପରେ ଆପଣଙ୍କର ସେକ୍ସ ସାମର୍ଥ୍ୟ ମଧ୍ୟ ବୃଦ୍ଧି ପାଇବ । ଏହି ବହିରେ କିଗଲା ବ୍ୟାୟାମ ବିଷୟରେ ତଥ୍ୟାବଳୀ ଦିଆଯାଇଛି ।

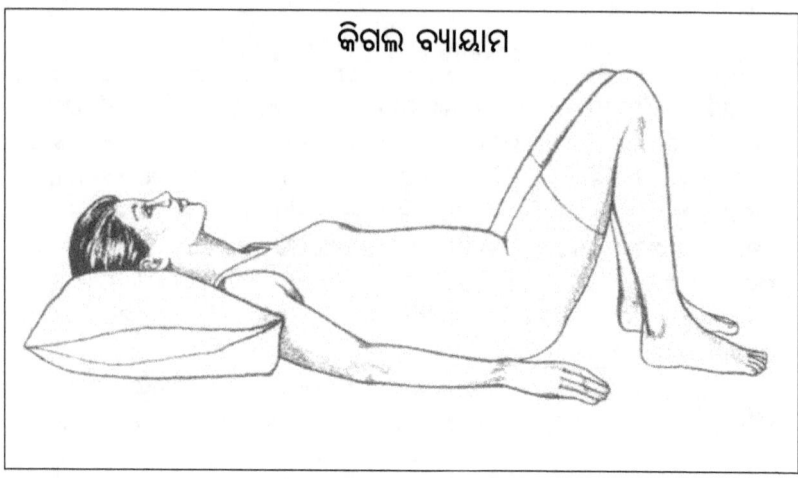

କିଗଲ ବ୍ୟାୟାମ

ଶିଶୁକୁ ଗର୍ଭରେ ଧରି ବ୍ୟାୟାମ କରିବାକୁ ଯାଉଛନ୍ତି ଯେତେବେଳେ ଆମ କଥା ପ୍ରତି ଦୃଷ୍ଟି ଦିଅନ୍ତୁ ।

■ ବ୍ୟାୟାମ କରିବା ପୂର୍ବରୁ ଶୋଷ ନହେଲେ ମଧ୍ୟ ପାଣି ପିଅନ୍ତୁ; ଫଳରେ ଦେହରେ ପାଣିର ପରିମାଣ କମ୍ ହେବନାହିଁ । ୱାର୍କଆଉଟ ନେଲାପରେ ମଧ୍ୟ ନିହାତି କିଛି ପିଅନ୍ତୁ । ଝାଳ ଯୋଗୁଁ ବାହାରି ଥିବା ତରଳ ପଦାର୍ଥର ସ୍ଥାନ ପୂରଣ ପାଇଁ ଯତ୍ନବାନ ହୁଅନ୍ତୁ ।

■ ହାଲକା ସ୍ନେକ୍ସ ଖାଆନ୍ତୁ । ବ୍ୟାୟାମ କରିବାର ଯଥେଷ୍ଟ ସମୟ ପୂର୍ବରୁ କିଛି ଖାଇଥିଲେ ଶକ୍ତି ହ୍ରାସ ଶୀଘ୍ର ହେବନାହିଁ । ଯଦି ବେଶି କେଲୋରୀ ନଷ୍ଟ କରୁଥାଆନ୍ତି, ତେବେ ଏହା ଖୁବ୍ ଜରୁରୀ ମଧ୍ୟ ।

■ ଥଣ୍ଡା ତାପମାତ୍ରା ମଧ୍ୟରେ ରହନ୍ତୁ । ଏଭଳି କୌଣସି ବ୍ୟାୟାମ କରନ୍ତୁ ନାହିଁ, ଯଦ୍ୱାରା ତାପମାତ୍ରା ୧.୫° ସେକୁ ବୃଦ୍ଧି ପାଇବ । ସେନାବାଥ, ଷ୍ଟିମରୁମ ଓ ହଟ୍ ଟବରୁ ଦୂରେଇ ରହନ୍ତୁ । ବେଶି ଗରମ ବା ଗହଳି ଜୁଟୁଥିବା ଜାଗାରେ ରହନ୍ତୁ ନାହିଁ । ଯଦି ତାପମାତ୍ରା ଅଧିକା ହୁଏ, ତେବେ କୌଣସି ଏସି ମଲରେ ଚଲାବୁଲା କରନ୍ତୁ ।

■ ଖୋଲଲା, ନମନୀୟ ଲୁଗା ପିନ୍ଧନ୍ତୁ, ଫଳରେ ସହଜରେ ଶ୍ୱାସକ୍ରିୟା କରାଯାଇପାରେ । ଏଭଳି ବ୍ରା ବ୍ୟବହାର କରନ୍ତୁ, ଯଦ୍ୱାରା ବକ୍ଷୋଜ ଗୁଡ଼ିକ ଆରାମରେ ରହି ପାରିବେ । ବୋଧହୁଏ ସ୍ପୋର୍ଟ ବ୍ରା ଭଲ ରହିବ ।

■ ସର୍ବପ୍ରଥମେ ପାଦ ପ୍ରତି ଦୃଷ୍ଟି ଦିଅନ୍ତୁ । ଚପଲ ପୁରୁଣା ହେଇ ଯାଇଥିଲେ ଗୋଡ଼ରେ ଆଘାତ ହେବା ପୂର୍ବରୁ ନୂଆ ଚପଲ କିଣି ପକାନ୍ତୁ । ଏଭଳି ଜୋତା ପିନ୍ଧନ୍ତୁ, ଯାହା ଚଲାବୁଲା କରିବାରେ ସୁବିଧା ହେବ ।

■ ସଠିକ୍ ଚଟାଣ ହେଲେ ଭଲ । ଟାଇଲ୍ସ ବା ସିମେଣ୍ଟ ଚଟାଣ ଅପେକ୍ଷା କାଠ କିମ୍ବା କାରପେଟ ପଡ଼ିଥିବା ଚଟାଣ ବେଶ୍ ଉପଯୁକ୍ତ । ବନ୍ଧୁର ବା ଖଦଡିଆ ଜାଗାରେ ଚଳପ୍ରଚଳ ନିଷେଧ । ସଡ଼କ ପଥରେ ନଚାଲି ବରଂ ନରମ ଘାସ ଗାଲିଚା ଉପରେ ଚାଲିବା ଖୁବ୍ ଶ୍ରେୟସ୍କର ।

■ ଗଡାଣିଆ ଜାଗାରୁ ଦୂରେଇ ରୁହନ୍ତୁ । କାରଣ ପଡ଼ିଗଲେ ସର୍ବପ୍ରଥମେ ପେଟରେ ଧକ୍କା ବାଜିବା । ଏଭଳି କୌଣସି ଖେଳ ପ୍ରଥମ କରି ଖେଳନ୍ତୁ ନାହିଁ ଯେଉଁଥିରେ ଆଘାତ ହେବାର ଆଶଙ୍କା ଥିବ ।

■ ଭୂମି ଉପରେ ରୁହନ୍ତୁ । ଯଦି ଉଚ୍ଚା ଜାଗାରେ ରହନ୍ତି ନାହିଁ, ତେବେ ୬୦୦୦ ଫୁଟରୁ ବେଶି ଉଚ୍ଚ ଥିବା ଜାଗାକୁ ଯାଆନ୍ତୁ ନାହିଁ । ଏହି ସମୟରେ ସୁଦ୍ଧା ଡାଇଭିଂ ଭଳି ଖେଳକୁ ଆଦୌ ମନେ ପକାନ୍ତୁ ନାହିଁ ।

■ ଚତୁର୍ଥ ମାସ ପରେ ପିଠିରେ ଭରାଦେଇ କୌଣସି ବ୍ୟାୟାମ କରନ୍ତୁ ନାହିଁ । ଗର୍ଭାଶୟର ଆକାର ବୃଦ୍ଧି ଯୋଗୁଁ ରକ୍ତନଳୀ ମାନଙ୍କରେ ଚାପ ପଡ଼ିଥାଏ ଓ ରକ୍ତପ୍ରବାହ ବାଧାପ୍ରାପ୍ତ ହେଇଥାଏ ।

■ ଏଭଳି କୌଣସି କାର୍ଯ୍ୟକଳାପ କରନ୍ତୁ ନାହିଁ ଯଦ୍ୱାରା ଶରୀରର କୌଣସି ଅଙ୍ଗ ପ୍ରତ୍ୟଙ୍ଗରେ ଆଘାତ ହେବ ବା ମୋଡା ମୋଡି ହେବ । ହଠାତ୍ ହେଉଥିବା ଆଘାତ ଯୋଗୁଁ ମଧ୍ୟ ବହୁ କ୍ଷୟକ୍ଷତି ହେଇପାରେ । ଦେହର ନମନୀୟତାକୁ ବଜାୟ ରଖନ୍ତୁ । ବିପଜ୍ଜନକ ଭାବରେ ବସାଉଠା କରନ୍ତୁ ନାହିଁ । ମନେ ରଖନ୍ତୁ ଆପଣ ଏଇନା ଜଣେ ନୁହଁ, ଉଭୟ ଅଟନ୍ତି ।

କୋଷ୍ଠ କାଠିନ୍ୟରୁ ମୁକ୍ତି ଦେଇପାରିବ । ଫଳରେ ପେଟ ସଫା ରହିବ ଓ ମୁଖମଣ୍ଡଳର କାନ୍ତି ଶୋଭାୟମାନ ହେଇ ଫୁଟି ଉଠିବ ।

■ ସମସସ୍ତେ କହନ୍ତି, ବ୍ୟାୟାମ କରୁଥିବା ଗର୍ଭବତୀ ସ୍ତ୍ରୀ ମାନଙ୍କୁ ପ୍ରସବ ସମୟରେ ବେଶି ଅସୁବିଧା ହୁଏନାହିଁ । ତାଙ୍କ ପ୍ରସବ ଶୀଘ୍ର ଓ ସରଳ ଭାବରେ ସମ୍ପନ୍ନ ହେଇଥାଏ । ସି.ସେକ୍ସନ ଆବଶ୍ୟକ ହୁଏନାହିଁ ।

■ ବ୍ୟାୟାରମ କରାଗଲେ ଆପଣ ଗର୍ଭଧାରଣ ପରେ ମଧ୍ୟ ଫିଟ ରହିପାରିବେ ।

ଅଧଘଣ୍ଟାରୁ ଅଧିକ

ଯଦି ଡାକ୍ତର ପରାମର୍ଶ ଦିଅନ୍ତି ତେବେ ଆପଣ ନିଜ ଇଚ୍ଛାନୁସାରେ ଦିନକୁ ଘଣ୍ଟାଏ ଲେଖାଏଁ ମଧ୍ୟ ଚଲାବୁଲା କରିପାରିବେ । ଏଭଳି ଅବସ୍ଥାରେ କ୍ଳାନ୍ତି ଶୀଘ୍ର ଲାଗେ ଆଉ ହାଲିଆ ହେଲେ କ୍ଷତ ମଧ୍ୟ ହେଇପାରେ । ଅତ୍ୟଧିକ ହାଲିଆ ହେଲେ ମଧ୍ୟ ଦେହରେ ପାଣି ଅଂଶ କମିଯାଏ ଓ ଶ୍ୱାସକ୍ରିୟାରେ ବାଧା ସୃଷ୍ଟି ହୋଇଥାଏ । ଏଭଳି ଅବସ୍ଥାରେ ଅଧିକା କେଲୋରୀ ନଷ୍ଟ କଲେ ବେଶି ଖାଦ୍ୟ ଖାଇବାକୁ ମଧ୍ୟ ପଡ଼ିବ । ଏଣୁକରି ଏହାର ବ୍ୟବସ୍ଥା ଆଗରୁ କରିପକାନ୍ତୁ ।

ତା'ପରେ ନିଜର ପୂର୍ବ ଆକୃତିକୁ ଫେରିଆସିବେ ଆଉ ନିଜର ପୁରୁଷ ଜିନ୍ସ ମଧ୍ୟ ପିନ୍ଧିପାରିବେ ।

■ ଶିଶୁକୁ ବ୍ୟାୟାମରୁ କି ଉପକାର ମିଳିବ ? ଅନେକ ଅଧ୍ୟୟନରୁ ଜଣାପଡ଼ିଛି ଯେ, ଚଳପ୍ରଚଳ ହେବା ସମୟରେ ଶିଶୁ ଏହାର କମ୍ପନ ଓ ଧ୍ୱନିକୁ ଶୁଣିପାରେ ।

■ ବ୍ୟାୟାମ କରୁଥିବା ମା'ମାନଙ୍କ ଗର୍ଭରୁ ସୁସ୍ଥ ସବଳ ଶିଶୁମାନେ ଜନ୍ମ ଗ୍ରହଣ କରିଥାନ୍ତି । ପ୍ରସବ ସମୟରେ ଶିଶୁକୁ ଜନ୍ମ ହେବାରେ କୌଣସି ପ୍ରତିବନ୍ଧକ ସୃଷ୍ଟି ହୁଏନାହିଁ। ଆଉ ଜନ୍ମର ଚାପରୁ ଶୀଘ୍ର ମୁକ୍ତି ମିଳିଥାଏ ।

■ ଗ୍ରହଣ କରନ୍ତୁ ବା ନ କରନ୍ତୁ, ହେଲେ ଅନେକ ଅଧ୍ୟୟନରୁ ଜଣାପଡ଼ିଛି ଯେ ବ୍ୟାୟାମ କରୁଥିବା ମା ମାନଙ୍କର ଶିଶୁ ସାଧାରଣ ଶିଶୁ ଠାରୁ ବେଶ୍ ବୁଦ୍ଧିମାନ ଓ ସୁସ୍ଥ ସବଳ ହେଇଥାଏ । ଏହାଦ୍ୱାରା ତାଙ୍କର ମାଂସପେଶୀ ସାଙ୍ଗକୁ ମସ୍ତିଷ୍କ ଓ ଦୃଢ଼ ଓ ଉନ୍ନତ ହୋଇଥାଏ ।

■ ଏଭଳି ଶିଶୁମାନେ ରାତିରେ ଠିକ୍ ସମୟରେ ଶୋଇ ନିଦ୍ରା ଯାଇଥାନ୍ତି । ଆଉ କଳିକ ନହେଇ ନିଜେ ନିଜକୁ ଉନ୍ନତ କରି ଗଢ଼ି ତୋଳିଥାନ୍ତି ।

ସଠିକ୍ ଭାବରେ ବ୍ୟାୟାମ କରିବା

ଯେଉଁଭଳି ଭାବରେ ଗର୍ଭ ବେଳେ ପୁରୁଣା ପୋଷାକ ଉପଯୁକ୍ତ ହୁଏନାହିଁ, ଠିକ୍ ସେହିପରି ନିଜର ଦୈନନ୍ଦିନ ଜୀବନ ଶୈଳୀରେ ମଧ୍ୟ ସଠିକ୍ ପରିବର୍ତ୍ତନ କରିବାକୁ ହେବ । ବର୍ତ୍ତମାନ ଜଣକ ପାଇଁ ନୁହଁ ବରଂ ଉଭୟଙ୍କ ସକାଶେ ବ୍ୟାୟାମ କରିବାକୁ ହେବ । ହୁଏତ ଆପଣ ଜିମ୍ ଯାଆନ୍ତୁ କିମବା ଚଳପ୍ରଚଳ ହୁଅନ୍ତୁ; ହେଲେ ନିମ୍ନ ପରାମର୍ଶ ପ୍ରତି ଦୃଷ୍ଟି ଦିଅନ୍ତୁ ।

ଡାକ୍ତରଙ୍କ ପାଖକୁ: ନିଜ ସ୍ନିକର୍ସର ଫିତା ବାନ୍ଧିବା ପୂର୍ବରୁ ଡାକ୍ତରଙ୍କ ପାଖକୁ ଯିବାକୁ ଭୁଲନ୍ତୁ ନାହିଁ । ଯଦି ଆପଣଙ୍କ ଗର୍ଭରେ କୌଣସି ବିଷମ ସମସ୍ୟା ଥାଏ ତେବେ ଡାକ୍ତର ଆପଣଙ୍କୁ ବ୍ୟାୟାମରୁ ବାରରଣ କରି ପାରିବେ ନାହିଁ । ବରଂ ଆହୁରି କିଛି ବ୍ୟାୟାମ ପାଇଁ ପରାମର୍ଶ ଦେଇପାରନ୍ତି । ତାଙ୍କଠାରୁ ସବୁକଥା ଆଦାୟ କରନ୍ତୁ ଯେ, କେଉଁ ପ୍ରକାର ବ୍ୟାୟାମ ଆପଣଙ୍କ ପାଇଁ ଉଚିତ ମନେହେବ । ତଥାପି କେତେକ ଖେଳ ଗର୍ଭ ପାଇଁ ହିତକର ନୁହଁ ।

ସ୍କନ୍ଧ ଓ ଜଂଘର ଷ୍ଟ୍ରେଚ (ବ୍ୟାୟାମ)

କାନ୍ଧର ଚାପକୁ କମ୍ କରିବା ପାଇଁ ନିଜ ଗୋଡ଼ ମେଲାକରି ଠିଆହେଇ ପଡ଼ନ୍ତୁ ଓ ଆଣ୍ଠୁ ଅଳ୍ପ ମୋଡ଼ି ରଖନ୍ତୁ । ବାମ ହାତ ଛାତି ପାଖକୁ ଆଣି ସାମାନ୍ୟ ବଙ୍କା କରନ୍ତୁ । ନିଜ ଡାହାଣ ହାତ ବାମ କହୁଣୀ ଉପରେ ଥୋଇ ନିଶ୍ୱାସ ମାରିବା ସାଙ୍ଗକୁ ତାକୁ ଡାହାଣ କାନ୍ଧ ଆଡ଼କୁ ଟେକି ଧରନ୍ତୁ । ଏପ୍ରକାର ବ୍ୟାୟାମକୁ ୫ ରୁ ୧୦ ମିନିଟ ପର୍ଯ୍ୟନ୍ତ କରିସାରି ପରିବର୍ତ୍ତନ କରନ୍ତୁ ।

ଠିଆହୋଇ ଗୋଡ଼ର ବ୍ୟାୟାମ କରିବା ପୂର୍ବରୁ କୌଣସି ଏକ ଚଉକି ବା କାଉଣଟରର ଉପର ଅଗକୁ ଧରି ଠିଆ ହୁଅନ୍ତୁ । ଆଣ୍ଠୁ ମୋଡ଼ି ପାଦକୁ ନିତମ୍ବ ପର୍ଯ୍ୟନ୍ତ ଟେକି ଧରନ୍ତୁ ଓ ବାମ ହାତରେ ଧରି ଜଂଘକୁ ଟାଣନ୍ତୁ । ପିଠି ସିଧା ଥିବା ଦରକାର । ଏହାକୁ ୧୦ ରୁ ୩୦ ସେକେଣ୍ଡ ପର୍ଯ୍ୟନ୍ତ ରଖିସାରି ଆଗ ଗୋଡ଼କୁ ଏଭଳି କରନ୍ତୁ ।

ଶରୀରର ପରିବର୍ତ୍ତନକୁ ଆଦର କରନ୍ତୁ: ଦେହ ଅନୁପାତରେ ରୁଟିନ ପରିବର୍ତ୍ତନ କରାଯାଇପାରେ । ଶରୀରର ଭାରସାମ୍ୟ ରକ୍ଷା ପୂର୍ବକ କାର୍ଯ୍ୟକଳାପରେ ମଧ୍ୟ ପରିବର୍ତ୍ତନ ଆଣିବାକୁ ହେବ । ଅନେକ ବ୍ୟାୟାମ କମ୍ କରିବାକୁ ପଡ଼ିବ । ହୁଏତ ଆପଣ ବର୍ଷ ବର୍ଷ ଧରି ଚଲାବୁଲା କରି ଆସୁଥାନ୍ତି ହେଲେ ଗର୍ଭବେଳେ ଖଞ୍ଜା ବା କବ୍‌ଜାଗୁଡ଼ିକ ଦୁର୍ବଳ ହେଇପଡ଼େ । ଗୋଡ଼ ଫୁଲିଯାଏ, ଏଣୁ କମ୍ କରିବାକୁ ହେବ । ପିଠିରେ ଭରା ଦେଇ କରୁଥିବା ତାଇଚିଙ୍ଗ୍‌ର କେତେକ ମୁଦ୍ରାଗୁଡ଼ିକ ମଧ୍ୟ ରକ୍ତ ସଂଚାଳନରେ ବାଧା ସୃଷ୍ଟି କରିଥାଏ । ଏସବୁକୁ ଆଦୌ କରିବା ଉଚିତ ନୁହଁ ।

ପ୍ରଥମେ ଆସ୍ତେ କରନ୍ତୁ: ଆସ୍ତେ ଆସ୍ତେ ଆରମ୍ଭ କରନ୍ତୁ । ଆବଶ୍ୟକରୁ ଅଧିକ ଯୋଗ ଦେଖେଇଲେ ହୁଏତ, ଉପକାର ପରିବର୍ତ୍ତେ ଆପଣଙ୍କର ହେଇଯାଇପାରେ । ପ୍ରଥମ ଦିନ ୧୦ ମିନିଟ୍ ଓ୍ୱାର୍ମଅପ ହେଲାପରେ ୫ ମିନିଟ ଓ୍ୱାର୍କଆଉଟ କରନ୍ତୁ । ହାଲିଆ ଲାଗିଲେ ବନ୍ଦ କରିଦିଅନ୍ତୁ ଓ ଧୀରସ୍ଥିର ବସିପଡନ୍ତୁ । କିଛିଦିନ ଉତ୍ତାରେ ଅଭ୍ୟସ୍ତ ହେଲାପରେ ସମୟ ବୃଦ୍ଧି କରାଯାଇ ପାରିବ । ଯଦିଓ ଆଗରୁ ଆପଣ ଜିମ ଯାଉଥାନ୍ତି, ତଥାପି ଏଭଳି ପରିସ୍ଥିତିରେ ନିଜ ମନ ଇଚ୍ଛା ନୂଆ ବ୍ୟାୟାମ କରନ୍ତୁ ନାହିଁ ।

ୱାର୍କଆଉଟ ପୂର୍ବରୁ: ହୁଏତ ଆପଣ ଶୀଘ୍ର ୱାର୍କଆଉଟ କରିବାକୁ ଚାହୁଁଥିବେ, ହେଲେ ଏଥିପୂର୍ବରୁ ଶରୀରକୁ ୱାର୍ମଅପ କରିବାକୁ ହେବ । ଏହାଫଳରେ ହୃଦସ୍ପନ୍ଦନ ହଠାତ୍ ବୃଦ୍ଧି ପାଇବ ନାହିଁ । କମ୍ କ୍ଷୟକ୍ଷତି ହେବ । ଶୀତଦିନ ତଥା ଗର୍ଭ ବେଳେ ଏଥିପ୍ରତି ବିଶେଷ ଦୃଷ୍ଟି ଦେବାକୁ ହେବ । ଦୌଡ଼ିବା ପୂର୍ବରୁ ଚାଲିବା ଓ ସନ୍ତରଣ ପୂର୍ବରୁ ଜଗିଂ କରିବା ବାଞ୍ଛନୀୟ ।

ୱାର୍କଆଉଟ ପରେ: ଯଦି ଆପଣ ଅଚାନକ ୱାର୍କ ଆଉଟ କରିବା ବନ୍ଦ କରିଦିଅନ୍ତି, ତେବେ ମାଂସପେଶୀ ଗୁଡ଼ିକରେ ରକ୍ତ ରହିଯାଏ ଓ ଦେହର ଅନ୍ୟାନ୍ୟ ଅଙ୍ଗ ପ୍ରତ୍ୟଙ୍ଗରେ ରକ୍ତ ପହଞ୍ଚି ପାରେନାହିଁ । ଫଳରେ ମୁଣ୍ଡ ବୁଲେଇ ମୂର୍ଚ୍ଛା ଓ ବାନ୍ତି ହେଇପାରେ । ଦୌଡ଼ିବାର ପାଞ୍ଚ ମିନିଟ ପରେ ମଧ୍ୟ ଚାଲବୁଲ ହେବା ଆବଶ୍ୟକ । କ୍ଷିପ୍ର ବେଗରେ ସନ୍ତରଣ ପରେ ମଧ୍ୟ ଆସ୍ତେ ଆସ୍ତେ ସନ୍ତରଣ କରୁଥିବା ଉଚିତ । ଶରୀରରୁ ଈଷତ୍ ଶିଥିଳ ହେବାକୁ ଦିଅନ୍ତୁ । ଭୂମି ଉପରେ ବସି ବ୍ୟାୟାମ କରୁଥିଲେ ହଠାତ୍ ନଉଠି ଆସ୍ତେ ଉଠନ୍ତୁ ।

ଘଣ୍ଟା ପ୍ରତି ଦୃଷ୍ଟି ଦିଅନ୍ତୁ: କମ୍ କିମ୍ବା ଅଧିକ ଉଭୟ ପ୍ରକାର ବ୍ୟାୟାମ ଉପକାର କରେ ନାହିଁ । ୱାର୍ମଅପ ଠାରୁ ଆରମ୍ଭ କରି କୁଲଡାଉନ ପର୍ଯ୍ୟନ୍ତ ସମଗ୍ର ୱାର୍କ ଆଉ ଅଧ ଘଣ୍ଟାରୁ ଘଣ୍ଟାଏ ମଧ୍ୟରେ ହେଇପାରେ । କ୍ଲାନ୍ତିର ସ୍ତର ବେଶି ହେବା ଅନୁଚିତ ।

ୱାର୍କଆଉଟକୁ ଭାଗ ଭାଗ କରନ୍ତୁ: ୩୦ ମିନିଟ ପାଇଁ ସମୟ ମିଳେନାହିଁ ? ଏଣୁ ନିଜ ବ୍ୟାୟାମକୁ ଦୁଇ କିମ୍ବା ତିନି ଭାଗରେ ବିଭକ୍ତ କରନ୍ତୁ । ଏହି ପରି ଭାବରେ ମାଂସପେଶୀର ନମନୀୟତାକୁ ବଜାୟ ରଖିହେବ ।

ବ୍ୟାୟାମ ନିହାତି କରନ୍ତୁ: ସପ୍ତାହକୁ ଚାରି ଥର ଓ ଆର ସପ୍ତାହକୁ ଶୂନ୍ ଥର ଏଭଳି ଅଭ୍ୟାସ ଠିକ୍ ନୁହଁ । ଯଦିଓ ୱାର୍କଆଉଟ ଯୋଗୁଁ ହାଲିଆ ହେଇଥାନ୍ତି, ତେବେ ମଧ୍ୟ ୱାର୍ମଅପ ବ୍ୟାୟାମ କରାଯାଇପାରେ । ଏଭଳି ଭାବରେ ବ୍ୟାୟାମର ଅଭ୍ୟାସ ଲାଗିରହିବ । ଅନେକ ସ୍ତ୍ରୀ କୁହନ୍ତି ଯେ ପ୍ରତିଦିନ ବ୍ୟାୟାମ ନକଲେ ମଧ୍ୟ ଅଳ୍ପ କିଛି ବ୍ୟାୟାମ କରାଗଲେ ଦେହକୁ ଭଲ ଲାଗିଥାଏ ।

ଡ୍ରୋମେଜେ ଭ୍ରୂପ

ପିଠିର ଚାପ କମେଇବା ପାଇଁ ହାତ ଓ ଆଣ୍ଠୁ ମାଡ଼ି ବସି ପଡନ୍ତୁ । ମୁଣ୍ଡ ସିଧା ରହିବ, ବେକ ମେରୁଦଣ୍ଡ ସହ ସମାନ ରହିବ । ପିଠିକୁ ଧନୁ ଭଳି ମୋଡ଼ିଲେ ନିତମ୍ବ ମାନଙ୍କରେ ଚାପ ସୃଷ୍ଟି ହେବ । ମୁଣ୍ଡ ଟିକିଏ ତଳକୁ କରନ୍ତୁ । ତାପରେ ପ୍ରଥମାବସ୍ଥାକୁ ଫେରି ଆସନ୍ତୁ । ଯଦି ଠିଆହୋଇ କିମ୍ବା ବସି କାମ କରୁଥିଲେ, ଏ ପ୍ରକାର ବ୍ୟାୟାମ ଦିନକୁ ଅନେକ ଥର କରାଯାଇପାରେ ।

ବେକର ଆରାମ

ଏହାଫଳରେ ବେକ ଚାପରୁ ମୁକ୍ତି ମିଳେ । ଭଲ ଏକ ଚଉକିରେ ବସି ପଡନ୍ତୁ । ଆଖି ବୁଜି ନିଶ୍ୱାସ ମାରି ବେକ ଟିକୁ ଗୋଟିଏ ପଟକୁ ନୂଆଇ କାନ୍ଧ ପାଖକୁ ନେଇ ଯାଆନ୍ତୁ । କାନ୍ଧକୁ ଟେକି ମୁଣ୍ଡ ସହ ସ୍ପର୍ଶ କରନ୍ତୁ ନାହିଁ କିମ୍ବା ମୁଣ୍ଡକୁ ମଧ୍ୟ ବଳାତ ତଳକୁ ନଅନ୍ତୁ ନାହିଁ । ତାକୁ ୬ ସେକେଣ୍ଡ ରଖି ଆର ପଟକୁ ଏପରି କରନ୍ତୁ । ତାପରେ ନିଜ ମୁଣ୍ଡ ଆଗକୁ କରନ୍ତୁ । ବେକକୁ ବାମ ପଟ କାନ୍ଧ ପର୍ଯ୍ୟନ୍ତ ଆରାମରେ ବୁଲାନ୍ତୁ । ଏହାକୁ ମଧ୍ୟ ୨ ରୁ ୬ ସେକେଣ୍ଡ କରନ୍ତୁ । ଏହାକୁ ୩-୪ ଥର ପ୍ରତିଦିନ କରନ୍ତୁ ।

କେଲୋରୀ ପୂରଣ କରନ୍ତୁ: ପ୍ରତିଦିନ ୱାର୍କଆଉଟ ସକାଶେ ଆବଶ୍ୟକ ହେଉଥିବା କେଲୋରୀ ସକାଶେ ଖାଦ୍ୟ ଖାଇବାକୁ ହେବ । ପ୍ରତିଦିନର ବ୍ୟାୟାମ ପାଇଁ ନିହାତି ୧୫୦ ରୁ ୨୦୦ କେଲୋରୀ ଅତିରିକ୍ତ ଖାଇବାକୁ ହେବ ।

ମନେକର ପ୍ରଚୁର କେଲୋରୀ ଖାଇବା ସତ୍ତ୍ୱେ ମଧ୍ୟ ଓଜନ ବଢ଼ିପାରୁ ନାହିଁ, ବୋଲି ଯଦି ଆପଣ ମନେ କରୁଥାନ୍ତି, ତେବେ ବୁଝିବାକୁ ହେବ ଯେ ଆବଶ୍ୟକରୁ ବୋଧେ ଅଧିକ ବ୍ୟାୟାମ ଆପଣ କରୁଥାଇ ପାରନ୍ତି ।

ତରଳ ପଦାର୍ଥର ପରିମାଣ: ପ୍ରତି ଅଧ ଘଣ୍ଟାରେ ଥରେ ଆପଣଙ୍କୁ ଗ୍ଲାସେ ପାଣି ପିଇବାକୁ ହେବ । ଯଦ୍ୱାରା ଢ଼ାଳରୁ ନିର୍ଗତ ପାଣିର ପୂରଣ ହୋଇପାରିବ । ଯଦି ଝାଳ ବେଶି ବାହାରେ କିମ୍ବା ପାଗ ଗରମ ଅନୁଭୂତ ହୁଏ, ତେବେ ବେଶି ପାଣି ପଇଇବାକୁ ହେବ । ହେଲେ ଥରକୁ ୧୬ ଆଉନ୍ସରୁ ଅଧିକ ପାଣି ପିଇବା ଅନୁଚିତ । ନିଜ ୱାର୍କଆଉଟର ୩୦-୪୫ ମିନିଟ୍ ପୂର୍ବରୁ ତରଳ ପଦାର୍ଥ ପିଇବା ଆରମଭ କରିଦିଅନ୍ତୁ ।

ସଠିକ୍ ଗୋଷ୍ଠୀର ନିର୍ବାଚନ: ଯଦି ଆପଣ ବ୍ୟାୟାମ ପାଇଁ କୌଣସି ଗୋଷ୍ଠୀର ନିର୍ବାଚନ କରିବାକୁ ଯାଉଥାନ୍ତି, ତେବେ ଗର୍ଭବତୀ ସ୍ତ୍ରୀମାନଙ୍କ ପାଇଁ ଉଦ୍ଦିଷ୍ଟ ନିର୍ଦ୍ଦେଶକ ଗୋଷ୍ଠୀ କଥା ଚିନ୍ତା କରନ୍ତୁ । ତାହାର ପରିଚାଳକ କିଭଳି ଏହା ଜ୍ଞାତ କରନ୍ତୁ । ଅନେକ ମହିଳାମାନେ ଏକାକୀ ନକରି ବରଂ ଗୋଷ୍ଠୀ ଭିତରେ ରହି ବ୍ୟାୟାମ କରିବାକୁ ଭଲ ମନେ କରିଥାନ୍ତି । ସେମାନଙ୍କୁ ବେଳେ ବେଳେ ସଠିକ୍ ଦିଗ୍‌ଦର୍ଶନ ଓ ସାହାଯ୍ୟ ଆବଶ୍ୟକ ହେଇଥାଏ । ଏଭଳି କାର୍ଯ୍ୟକ୍ରମରେ ମହିଳାମାନଙ୍କ ନିଜସ୍ୱ ଚାହିଦା ଓ ସାମର୍ଥ୍ୟ ଅନୁସାରେ ସପ୍ତାହକୁ ତିନିଥର କ୍ଲାସ କରାଯାଇପାରେ । ତାଙ୍କ ପାଖରେ ମେଡିକାଲ ଓ ଏକ୍ସରସାଇଜ ବିଶେଷଜ୍ଞ ମଧ୍ୟ ଥାଆନ୍ତି । ସେମାନେ ଆପଣଙ୍କର ସବୁତକ ପ୍ରଶ୍ନର ସଠିକ୍ ଉତ୍ତର ଦେଇପାରିବେ ।

ଅଳ୍ପ ମଉଜ ମଜଲିସ ହେଇଯାଉ: ଯେକୌଣସି ବ୍ୟାୟାମ ହେଉନା କାହିଁକି, ତାହା ଆନଣଙ୍କ ପାଇଁ ଦଣ୍ଡ ନୁହଁ ବରଂ ମଉଜ ମଜଲିସର ବିଷୟ ହେବା କଥା । ନିଜ ମନ ଇଚ୍ଛା ନିର୍ବାଚନ କରି ସେହି ଅନୁସାରେ କାର୍ଯ୍ୟ କରନ୍ତୁ । ଏଥିରେ ପ୍ରସବ ପୂର୍ବର ଯୋଗ ଠାରୁ ଆରମ୍ଭ କରି ରାତ୍ରିଭୋଜନ ପରେ ଚାଲବୁଲ କଲା ପର୍ଯ୍ୟନ୍ତ ସବୁ ସାମିଲ ଅଛି । ନିଜର ବନ୍ଧୁ ବା ବାନ୍ଧବୀକୁ ମଧ୍ୟ ସାଥିରେ ଯିବାକୁ କହିପାରନ୍ତି ।

ଅଳ୍ପ ବିଶ୍ରାମ କରନ୍ତୁ:- ଏତେ ବ୍ୟାୟାମ କରନ୍ତୁ ନାହିଁ, ଯଦ୍ୱାରା ଆପଣ ହାଲିଆ ହେଇଯିବେ । ଭଲ ଏଥଲିଟ ହେଲେ ମଧ୍ୟ ଅତ୍ୟଧିକ ବ୍ୟାୟାମ ବର୍ଜନୀୟ । ମନ ଭଲ ଥିଲା ଯାଏ ବ୍ୟାୟାମ କରନ୍ତୁ । ସାମାନ୍ୟ କଷ୍ଟ କିମ୍ବା ଚାପ ଅନୁଭୂତ ହେଲେ ବନ୍ଦ କରି ଦିଅନ୍ତୁ । ଅଳ୍ପ ଝାଳ ବାହାରିବା ବା ଧଇଁ ସଇଁ ହେଲେ ଚଳିବ କିନ୍ତୁ ଏଭଳି ଧଇଁ ସଇଁ ହୁଅନ୍ତୁନି ଯଦ୍ୱାରା ପାଟିରୁ କଥା ବାହାରୁ ନଥିବ ।

ବ୍ୟାୟାମ ପରେ ନିଦ ମାଡ଼ିବାର ଅର୍ଥ ହେଉଛି, ଅତ୍ୟଧିକ ଶ୍ରମ । ବ୍ୟାୟାମ କଲା ପରେ ଭଲ ଲାଗିବା ଉଚିତ । ବ୍ୟାୟାମର ଅର୍ଥ ନୁହଁ ଯେ ହାଡ଼ଭଙ୍ଗା ପରିଶ୍ରମ ।

କେତେବେଳେ ରହିଯିବେ: ଆପଣଙ୍କ ଦେହ ହିଁ ଏହା ସୂଚେଇ ଦେବ । ସେହି ସଂକେତକୁ ବୁଝି ବ୍ୟାୟାମ କରିବା ବନ୍ଦ କରି ଦିଅନ୍ତୁ ନୁହଁ । ଯଦି, ପିଠି, ପିଚା, ଛାତି ବା ମୁଣ୍ଡରେ ହଠାତ୍ ଯନ୍ତ୍ରଣା ଅନୁଭୂତ ହୁଏ ତେବେ ଡାକ୍ତରଙ୍କ ପରାମର୍ଶ ଗ୍ରହଣ କରନ୍ତୁ

ତିନିମାସରେ ଆପଣଙ୍କର କାର୍ଯ୍ୟଦକ୍ଷତା ଓ ପ୍ରର୍ଦାନ ଟିକିଏ କମିଯାଇପାରେ । ଏହା ଏକ ସାଧାରଣ ପ୍ରକ୍ରିୟା ଅଟେ ।

ଶେଷ ତିନିମାସରେ: ଅଧିକାଂଶ ମହିଳାମାନେ ମନେ କରିଥାନ୍ତି ଯେ ଶେଷ ତିନିମାସ ବିଶେଷ କରି ନ'ମାସ ବେଳକୁ କାର୍ଯ୍ୟଭାର ଟିକିଏ କମେଇ ଦେଇଥାନ୍ତି । କାରଣ ଚଲାବୁଲା, ଷ୍ଟେଚିଂ ରୁଟିନ ଓ ଅନ୍ୟାନ୍ୟ କାମରେ ବେଶି ଶ୍ରମ କରିବାକୁ ପଡ଼ିଥାଏ । ଯଦି ଆପଣ ଭଲ ଖେଳାଳି ହେଇଥାନ୍ତି ଓ କଠିନ ବ୍ୟାୟାମ କରିବାକୁ ଚାହାନ୍ତି, ତେବେ ଡାକ୍ତରଙ୍କୁ ପରାମର୍ଶ କରିପାର୍ତି ।

ବ୍ୟାୟାମ ନକଲେ ମଧ୍ୟ: କୌଣସି କାମ ନକରି ମଧ୍ୟ ଦୀର୍ଘ ସମୟ ଧରି ବସି ରହିଲେ ଜଂଘର ମାଂସପେଶୀ ସବୁ ଚାପିହେଇ ରକ୍ତ ଜାମ ହେଇଯାଏ । ପାଦ ମଧ୍ୟ ଫୁଲିଯାଏ ଆହୁରି ଅନେକ ଅସୁବିଧା ଦେଖାଦେଇଥାଏ । ଯଦି ଆପଣ ଘଣ୍ଟା ଘଣ୍ଟା ଧରି ବସି ବସି ଟିଭି ଦେଖନ୍ତି କାମ କରନ୍ତି ବା ଯାତ୍ରା କରନ୍ତି ତେବେ ମଝିରେ ମଝିରେ ବିରତି ନିଅନ୍ତୁ । ୫-୧୦ ମିନିଟ ଚଲାବୁଲା କରନ୍ତୁ । ସିଟ୍‌ରେ ବସି ବସି ମଧ୍ୟ ବ୍ୟାୟାମ କରାଯାଇପାରେ । ଦୀର୍ଘଶ୍ୱାସ ନେଇ ଛାଡ଼ନ୍ତୁ, ଗୋଡ଼ ଲମ୍ବେଇ ଅଙ୍ଗୁଳିକୁ ଘୁରାନ୍ତୁ । ନିଜ ପେଟ ଓ ପିଚାକୁ ଟାଣି ଛାଡ଼ନ୍ତୁ । ହାତ ଫୁଲିଗଲେ ମୁଣ୍ଡ ଉପରକୁ ହାତ ଟେକି ବାରମବାର ମୁଠା ଖୋଲି ବନ୍ଦ କରନ୍ତୁ ।

ପେଲ୍‌ଭିକ ଟିଲ୍ଟ

ଏହାଫଳରେ ପିଠି ପଛପଟେ ସୁଦୃଢ଼ ହେବ, ମାଂସ ପେଶୀ ଗୁଡ଼ିକ ବୃଦ୍ଧି ପାଇ ମଜବୁତ ହେବେ ଓ ପ୍ରସବବେଳେ ସହଜ ମନେହେବ । ନିଜ ପିଠିକୁ କାନ୍ଥରେ ଭରା ଦେଇ ଚାପ ଦିଅନ୍ତୁ । ସିୟାଟିକ୍ ସକାଶେ ପିଠିକୁ ସିଧା ରଖି ନିଜର ପେଲ୍‌ଭିକକୁ ଏପଟ ସେପଟ ହଲାନ୍ତୁ । ଏହା ଦିନକୁ ଅନେକ ଥର କରିପାରିବେ

ବ୍ୟାୟାମ ବନ୍ଦ କଲେ ମଧ୍ୟ ମୋଡା ମୋଡି ହେଇ ମୂତ୍ରାଶୟ ଅର୍ଥାତ୍ ପରିଶ୍ରା ଥଳି ସଂକୋଚିତ, ଇଷତ ମୁଣ୍ଡ ବୁଲେଇ ସ୍ପନ୍ଦନ ବଢ଼ିଯିବା ଶ୍ୱାସକ୍ରିୟାରେ ବ୍ୟାଘାତ ସୃଷ୍ଟି, ଲୋ ବୁଲାରେ ଅସୁବିଧା ମାଂସପେଶୀ ଅଣାୟଉ ହଠାତ୍ ମୁଣ୍ଡବ୍ୟଥା, ହାତପାଦ ଫୁଲିବା, ଏମିନିଓଟିକ ସ୍ରାବ ନିର୍ଗତ ହେବା କିମ୍ବା ଯୋନିରୁ ରକ୍ତ ସ୍ରାବ ବା ୨୮ଶ ସପ୍ତାହ ପରେ ଶିଶୁର ଚଳପ୍ରଚଳ କମିଯିବା ବା ବନ୍ଦ ହେଇଯିବ, ତେବେ ଡାକ୍ତରଙ୍‌କୁ ଡକାଯାଉ । ଦ୍ୱିତୀୟ ଓ ତୃତୀୟ

ବାଇସେପ କାର୍ଲ

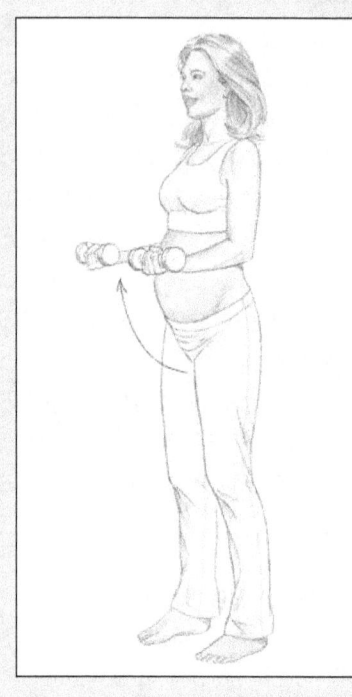

ଯଦି ପ୍ରଥମ ଥର କରି ଭାରୋତ୍ତୋଳନ କରୁଥାନ୍ତି, ତେବେ ୫ ପାଉଣ୍ଡରୁ ଆରମ୍ଭ କରନ୍ତୁ । ୧୨ ପାଉଣ୍ଡରୁ ବେଶି ଓଜନ ଟେକନ୍ତୁ ନାହିଁ । ନିଜ ଗୋଡ଼ ଦୁଇଟିକୁ କାନ୍ଧ ଏତେ ଚଉଡ଼ା କରି ଖୋଲନ୍ତୁ, ଆଣ୍ଠୁ ଲାଗିବ ନାହିଁ । କହୁଣୀ ଭିତର ପଟକୁ ଥିବ ଓ ଛାତି ଉଚ୍ଚ ରହିବ । ଦୁଇ ହାତ ଆଗକୁ କରି ହାତର ଭାର କାନ୍ଧ ଆଡ଼କୁ ଟାଣି ଶ୍ୱାସକ୍ରିୟା କରନ୍ତୁ । ଭାରଟା ଛାତି ଏତେ ଉଚ୍ଚ ହେଇଗଲେ ଆସ୍ତେ ଆସ୍ତେ ତଳକୁ ଆଣନ୍ତୁ । ଏହିପରି ବାରମ୍ବାର କରନ୍ତୁ । ୮ ରୁ ୧୦ ଥର ଏପରି କରାଯାଇପାରେ । ହାଲିଆ ଲାଗିଲେ ବିରତି ନିଅନ୍ତୁ । ମାଂସ ପେଶୀଗୁଡ଼ିକ ଜଳାପୋଡ଼ା ହେଲାଭଳି ଲାଗିବ; ହେଲେ ବେଶି ଚାପ ପ୍ରୟୋଗ କରନ୍ତୁ ନାହିଁ କି ଶ୍ୱାସକ୍ରିୟା ବନ୍ଦ ରଖନ୍ତୁ ନାହିଁ ।

ଗୋଡ଼ ଟେକିବା

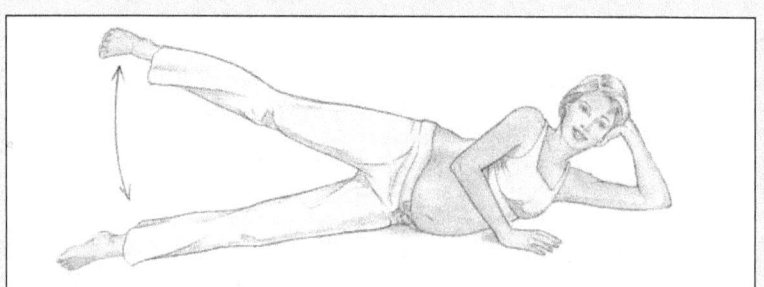

ଏଥିରେ ଆପଣଙ୍କ ଶରୀରର ଭାର ଅନୁସାରେ ଜଂଘର ମାଂସପେଶୀଗୁଡ଼ିକୁ 'ଟୋନଅପ'କରାଯାଇଥାଏ ।ବାଁ ପଟକୁ ଗଡ଼ି ଶ୍ୱାସକ୍ରିୟା ସାଙ୍ଗକୁ ନିଜ ଡାହାଣ ଗୋଡ଼କୁ ଉପରକୁ ଯଥାସମ୍ଭବ ଟେକନ୍ତୁ ଓ ପୁଣି ଫେରେଇ ଆଣନ୍ତୁ । ଏହିପରି ୧୦ ଥର କରି ଆର ଗୋଡ଼ଟିକୁ ମଧ୍ୟ ଅପରପଟ ବୁଲି କରାଯାଇପାରେ ।

ଟେଲର ଷ୍ଟ୍ରେଚ୍

ଚକା ପକେଇ ବସନ୍ତୁ ଓ ଶରୀରକୁ ଟାଣି ଧରନ୍ତୁ । ଏହାଫଳରେ ସମଗ୍ର ଶରୀରକୁ ଆରାମ ଲାଗିବ । ଦୁଇ ହାତ ଟେକି ଉପରକୁ କରନ୍ତୁ । ତାପରେ ଗୋଟିଏ ହାତ ଉପରକୁ ଓ ଆର ହାତ ତଳକୁ ଏହିପରି ତଳୁ ଉପର, ଉପରୁ ତଳ କରି ଝୁଲେଇବାକୁ ଚେଷ୍ଟା କରନ୍ତୁ ।

ଗର୍ଭାବସ୍ଥାର ସଠିକ୍ ବ୍ୟାୟାମ ନିର୍ବାଚନ

ଏକଥା ସତ ଯେ ଗର୍ଭଧାରଣ ସମୟରେ ୱାଟର ସ୍କି କିମ୍ବା ଘାଡାଦୌଡ଼ ପ୍ରତିଯୋଗିତାରେ ଅଂଶଗ୍ରହଣ କରିହେବ ନାହିଁ, ତଥାପି କେତେକ ଫିଟନେସ ଯୁକ୍ତ ବ୍ୟାୟାମ କରାଯାଇପାରେ । ଗର୍ଭବତୀ ସ୍ତ୍ରୀ ମାନଙ୍କୁ ବ୍ୟାୟାମ କରାଯାଇପାରେ । ଗର୍ଭବତୀ ସ୍ତ୍ରୀ ମାନଙ୍କୁ ବ୍ୟାୟାମ କରିବା ପୂର୍ବରୁ ନିଜ ଡାକ୍ତରଙ୍କୁ ପଚାରିବା ବିଧେୟ । ଆପଣ ଜାଣିବା ଦରକାର ଯେ ଏଭଳି ପରି ପରିସ୍ଥିତିରେ ଅନେକ କ୍ରିୟାକଳାପ ବିପଜ୍ଜନକ ହେଇପାରେ । ଯଥା ଫୁଟବଲ ବାସ୍କେଟବଲ, ସ୍କୁବା ଡାଇଭିଂ ବା ପର୍ବତ ଚଢ଼ିବା ପ୍ରେଗ୍ନେନ୍ସି ୱାର୍କଆଉରେ କଣ କରାଯିବ କଣ କରାଯିବ ନାହିଁ, ଏହା ଜାଣିବା ପାଇଁ ନିମ୍ନଲିଖିତ ଟିପ୍ସ ପ୍ରତି ଦୃଷ୍ଟି ଦିଅନ୍ତୁ ।

ଚଳପ୍ରଚଳ: ଏହି ବ୍ୟାୟାମ ଯେଉଁଠାରେ ମଧ୍ୟ ଯେକୌଣସି ସମୟରେ କରାଯାଇପାରେ । ଆପଣଙ୍କ ବ୍ୟସ୍ତତମ ଦିନଚର୍ଯ୍ୟା ମଧ୍ୟରେ ଏହାଠାରୁ ସହଜ ବ୍ୟାୟାମ ଆଉ କଣ ହେଇପାରେ ? ମନେ ରଖନ୍ତୁ ଯେ କୁକୁରକୁ ବୁଲେଇ ନେବା ଚଳପ୍ରଚଳ କିମବା ବଜାରକୁ ଯାଇ ସଉଦା ଆଣିବା ମଧ୍ୟ ଏଥିରେ ଅନ୍ତର୍ଭୁକ୍ତ । ଏହାକୁ ଆପଣ ନ'ମାସ ପର୍ଯ୍ୟନ୍ତ ଅବ୍ୟାହତ ରଖିପାରିବେ ।

ଏଥିସକାଶେ କୌଣସି ଉପକରଣ କିମ୍ବା ଜିମ୍ ଯିବା ପାଇଁ ଫିଜ ଦେବାକୁ ପଡ଼ିବ ନାହିଁ । ବାସ୍, କେବଳ ଭଲ ଯୋତା ହଲେ ଓ ପୋଷାକ ଖଣ୍ଡେ ଦରକାର । ଯଦି ନୂଆ ନୂଆ ବୁଲିବା ଆରମ୍ଭ କରିଥାନ୍ତି, ତେବେ ବେଶି ଚଲାବୁଲା କରନ୍ତୁ ନାହିଁ । ନିଜ ସାଙ୍ଗସାଥୀ ବନ୍ଧୁ ବାନ୍ଧବ କିମ୍ବା ସ୍ୱାମୀଙ୍କ ସାଥିରେ ବୁଲି ବାହାରନ୍ତୁ । ଇଚ୍ଛା ହେଲେ ୱାକିଂ କ୍ଲବ ମଧ୍ୟ ଯୋଗ ଦେଇପାରନ୍ତି । ପାଗ ଲ ନଥିଲେ ସିଟିମଲ ମାନଙ୍କରେ ଚଳପ୍ରଚଳ ହୁଅନ୍ତୁ ।

ଜଗିଙ୍ଗ: ଯଦି ଆପଣଙ୍କର ଅନୁଭତି ନାହିଁ ତେବେ ନିଜ ଜଗିଙ୍ଗ ସମୟ ଓ ଦୃତା ପ୍ରତି ଦୃଷ୍ଟି ଦେବାକୁ ହେବ । ଟ୍ରେନଡ ମିଲ ଉପରେ ମଧ୍ୟ ଏଥିପ୍ରତି ଦୃଷ୍ଟି ଦିଅନ୍ତୁ । ମନେ ରଖନ୍ତୁ ଯେ ଗର୍ଭାବସ୍ଥାରେ ଲିଗାମେଣ୍ଟ ଓ ଖଞ୍ଜା ଗୁଡ଼ିକର ହୁଗୁଳା ପଣ ଯୋଗୁଁ ଦୌଡ଼ିବା କଷ୍ଟକର ହେଇପାରେ ଓ କ୍ଷତ ମଧ୍ୟ ହେଇପାରେ । ଏଣୁକରି ଏହାକୁ ଅତ୍ୟଧିକ ନକରିବା ହିଁ ଭଲ ।

ହିପ୍ ଫ୍ଲେକ୍ସର୍ସ

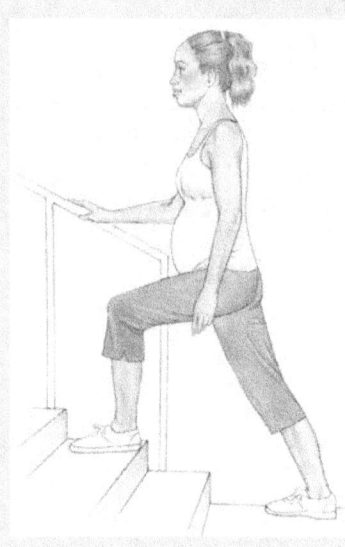

ଏସବୁ ମାଂସପେଶୀ ବଳରେ ଆପଣ ଆଣ୍ଠୁଗୁଡ଼ିକୁ ମୋଡ଼ି ପାର୍ଟି ଓ ଅଣ୍ଟା ବଙ୍କେଇ ପାରନ୍ତି । ଏହାଦ୍ୱାରା ପ୍ରସବ ସମୟରେ ବେଶ୍ ସୁବିଧା ହେବ । ପାହାଚର ତଳ ଦେଶରେ ଠିଆ ହେଇ ଗୋଟିଏ ହାତରେ ରେଲିଂକୁ ଧରି ପ୍ରଥମ ବା ଦ୍ୱିତୀୟ ପାହାଚ ଉପରେ ଗୋଡ଼ ରଖି ଆଣ୍ଠୁକୁ ମୋଡ଼ ଦିଅନ୍ତୁ । ଆର ଗୋଡ଼ଟି ସଳଖ ହେଇ ପଛକୁ ଥିବ ଓ ପାଦଟି ଚଟାଣକୁ ସ୍ପର୍ଶ କରୁଥିବ । ତାପରେ ଆଗ ମୋଡି ଥିବା ଆଣ୍ଠୁଆଡ଼କୁ ଝୁଙ୍କି ପିଠି ସିଧା ରଖନ୍ତୁ । ଏଥର ସିଧା ଥିବା ପଛ ଗୋଡ଼ରେ ଚାପ ଅନୁଭୂତ ହେବ । ଏହିପରି ଭାବରେ ଅଦଳ ବଦଳ କରି ପାହାଚ ଚଢ଼ନ୍ତୁ ।

ଝାଡା ବସିବା ମୁଦ୍ରା

ଏହି ମୁଦ୍ରାରେ ଜଂଘର ମାଂସପେଶୀ ଗୁଡ଼ିକ ଶକତ ହୋଇଥାଏ । ଝାଡ଼ା ବସିବା ଭଳି ମୁଦ୍ରାରେ ପ୍ରସବ କରିବାକୁ ଇଚ୍ଛୁକ ମହିଳାମାନେ ଏହି ବ୍ୟାୟାମ ନିୟମିତ ନିଶ୍ଚିତ ଭାବରେ କରନ୍ତୁ । ନିଜ ଗୋଡ଼ ଦୁଇଟିକୁ କାନ୍ଧ ଏତିକି ଚଉଡ଼ା କରି ଠିଆ ହୁଅନ୍ତୁ ଓ ପିଠି ସିଧା ରଖି ଆଣ୍ଠୁ ମୋଡ଼ି ଆସ୍ତେ ବସିପଡନ୍ତୁ । ୧୦ ରୁ ୩୦ ସେକେଣ୍ଡ ପର୍ଯ୍ୟନ୍ତ ଏମିତି ବସି ତାପରେ ଆସ୍ତେ କରି ଠିଆ ହୁଅନ୍ତୁ । ଏହିପରି ୧୫ ଥର କରନ୍ତୁ । ଅବଶ୍ୟ ଏଭଳି ବ୍ୟାୟାମରେ ଖଞ୍ଜାମାନଙ୍କ ପ୍ରତି ବେଶ୍ ଦୃଷ୍ଟି ଦେବା ବିଧେୟ । ନଚେତ ମକଚି ଯିବାର ଖୁବ୍ ଆଶଙ୍କା ଥାଏ ।

ବ୍ୟାୟାମ ଯନ୍ତ୍ରପାତି: ଗର୍ଭାସ୍ଥାରେ ଟ୍ରେଡମିଲ, ଏଲିଷ୍ଟିକାଲ୍‌ସ ଓ ଷ୍ଟେୟାର କ୍ଲାଇମ୍ବର୍ସ ମେସିନ ଗୁଡ଼ାକ ଉପଯୁକ୍ତ ଥାଏ । ମେିନର ଗତି, ନମନୀୟତା ଓ ଚାପ ନିଜ ପାଇଁ ଆରାମ ଦାୟକ ହେବା ଉଚିତ । ପ୍ରଥମେ ପ୍ରଥମେ ଆସ୍ତେ ଆରମ୍ଭ କରନ୍ତୁ । ଶେଷ ତିନିମାସ ବେଳକୁ ମେସିନରେ ୱାର୍କଆଉଟ କରିବା ପରିଶ୍ରମ ସାପେକ୍ଷ ହେବ ।

ଏରୋବିକ୍ସ: ଉଚ୍ଚ କୋଟୀର ଏଥଲିଟମାନେ ଗର୍ଭବେଳେ ମଧ୍ୟ ଡାନ୍ସ ଏରୋବିକ୍ସ ଅବ୍ୟାହତ ରଖିପାରନ୍ତି । ନିଜକୁ ବେଶି କ୍ଲାନ୍ତ କରନ୍ତୁ ନାହିଁ । ଯଦି ଆପଣ ନୂଆ ହେଇଥାନ୍ତି, ତେବେ ପାଣିର ବ୍ୟାୟାମ କରିପାରନ୍ତି, ଏହା ଉପଯୁକ୍ତ ହେବ ।

ଷ୍ଟେମ ରୁନିଟ: ଯଦି ଆପଣ ଭଲ ଆକୃତି ସାଙ୍ଗକୁ ଷ୍ଟେପ୍ ରୁଟିନ ସହ ଅଭ୍ୟସ୍ତ ଥାନ୍ତି, ତେବେ ଏହାକୁ ଗର୍ଭବେଳେ ମଧ୍ୟ ବଜାୟ ରଖି ପାରିବେ । କେବଳ ଏତିକି ମନେ ରଖନ୍ତୁ ଯେ ଖଂଜାରେ ମାଡ଼ ବାଜିପାରେ ଏଣୁ ବେଶି କାମ କରନ୍ତୁ ନାହିଁ । ଏଭଳି କୌଣସି ଜାଗାରେ ପାଦ ରଖନ୍ତୁ ନାହିଁ । କାରଣ ସେଠାରୁ ତଳେ ପଡ଼ିବାର ଆଶଙ୍କା ଥିବ । ପୁଣି ପେଟଟା ବଢ଼ିଚାଲିଛି । ଏଣୁ ବେଶି ଭାରସାମ୍ୟ ନଷ୍ଟ ହେଲାଭଳି କାର୍ଯ୍ୟ କରନ୍ତୁ ନାହିଁ ।

କିକ୍ ବକ୍ସିଂ: ଏଥିପାଇଁ ବେଶି ପରିଶ୍ରମ ଓ ଗତ ଆବଶ୍ୟକ ହୁଏ । ଗର୍ଭବତୀମାନଙ୍କ ପାଇଁ ଏହି ଉଭୟ ବ୍ୟାୟାମ ଉପଯୁକତ ନୁହଁ । ଯଦି ଆପଣ ପୂର୍ବରୁ ଅନୁଭତି ସମ୍ପନ୍ନ ହେଇଥାନ୍ତି, ତେବେ ହୁଏତ ଏହାର ସାମାନ୍ୟ ଅଭ୍ୟାସ କରିପାର୍ତି । ନୂଆମାନଙ୍କୁ ଆମେ ସର୍ବଦା ବାରଣ କରିଥାଉ । ଏଭଳି କାମ କରିବା ଅନୁଚିତ, ଯଦ୍ୱାରା ଭାରସାମ୍ୟ ନଷ୍ଟ ହୋଇ ଚାପ ପଡ଼ିପାରେ । କିକ୍‌ବକ୍ସରମାନଙ୍କ ଠାରୁ ଦୂରେଇ ରହିବା ଶ୍ରେୟସ୍କର । କାରଣ ଯଦି ଦୁର୍ଯ୍ୟୋଗକୁ କେହି ପେଟରେ ଗୋଇଠା ମାରିଦିଏ ତେବେ ? କ୍ଲାସରେ ସମସ୍ତେ ଏକଥା ଜାଣିବା ଉଚିତ ଯେ ଆପଣ ଗର୍ଭବତୀ ବୋଲି । କିମ୍ବା କେବଳ ଗର୍ଭବତୀମାନଙ୍କ କ୍ଲାସକୁ ଯାଆନ୍ତୁ ।

ସନ୍ତରଣ ଓ ପାଣିରେ ବ୍ୟାୟାମ: ହୁଏତ ଆପଣ ଛୋଟ ବିକନି ପିନ୍ଧିବାକୁ ରାଜି ନହେଇ ପାରନ୍ତି, ହେଲେ ସନ୍ତରଣ ଆପଣଙ୍କ ପକ୍ଷରେ ହିତକର ହେବ । ଏହାଦ୍ୱାରା ଖଞ୍ଜାକୁ ମଧ୍ୟ ଅସୁବିଧା ହେବନାହିଁ । ଆଉ ବେଶି ଗରମ ଅନୁଭୂତ ହେବାର ଆଶଙ୍କା ମଧ୍ୟ ନଥିବା

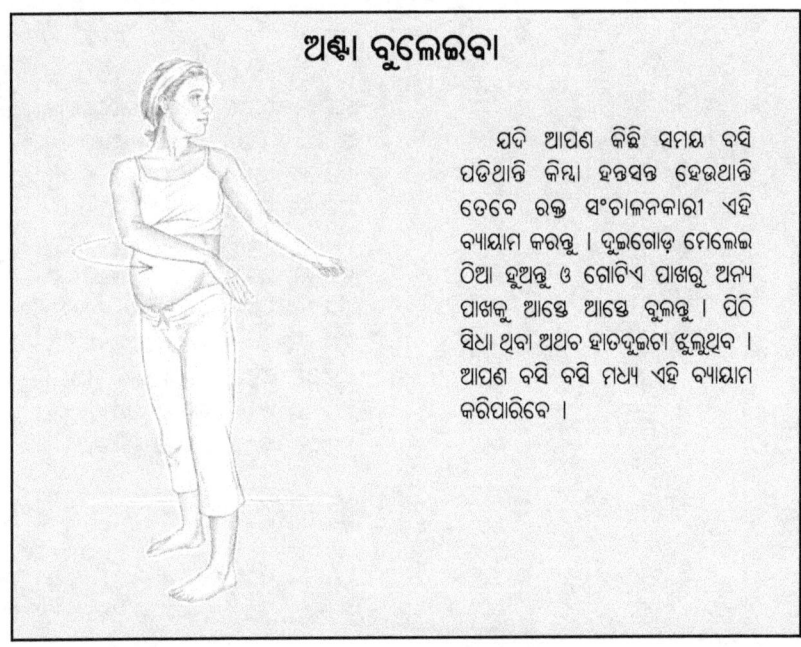

ଅଣ୍ଟା ବୁଲେଇବା

ଯଦି ଆପଣ କିଛି ସମୟ ବସି ପଡିଥାନ୍ତି କିମ୍ବା ହନ୍ତସନ୍ତ ହେଉଥାନ୍ତି ତେବେ ରକ୍ତ ସଂଚାଳନକାରୀ ଏହି ବ୍ୟାୟାମ କରନ୍ତୁ । ଦୁଇଗୋଡ଼ ମେଲେଇ ଠିଆ ହୁଅନ୍ତୁ ଓ ଗୋଟିଏ ପାଖରୁ ଅନ୍ୟ ପାଖକୁ ଆସ୍ତେ ଆସ୍ତେ ବୁଲନ୍ତୁ । ପିଠି ସିଧା ଥିବା ଅଥଚ ହାତଦୁଇଟା ଝୁଲୁଥିବ । ଆପଣ ବସି ବସି ମଧ୍ୟ ଏହି ବ୍ୟାୟାମ କରିପାରିବେ ।

ଗୋଡ଼ ଓ ପାଦ ଫୁଲା ସାଙ୍ଗକୁ ସିୟାଟିକାରୁ ମୁକ୍ତି ମିଳିବ । ଅନେକ ଜାଗାରେ ପୁଲ ମାନଙ୍କରେ ମଧ୍ୟ ଏରୋବିକ୍ସର ସୁବିଧା ଥାଏ । କେବଳ ସେଠାରେ ଖସୁଥିବା ଜାଗା ପ୍ରତି ଦୃଷ୍ଟି ଦେବାକୁ ହେବ । ପୁନଶ୍ଚ ଡିଆଁଡେଇଁ କରନ୍ତୁ ନାହିଁ । କ୍ଲୋରିନଯୁକ୍ତ ସ୍ୱିମିଂ ପୁଲକୁ ହିଁ ଯାଆନ୍ତୁ ।

ଆଉଟ ଡୋର ଗେମ (ହାଇକିଂ, ସ୍କେଟିଂ, ବାଇସାଇକେଲିଂ ଓ ସ୍କିଇଂ): ଗର୍ଭଧାରଣ କୌଣସି ନୂଆ ଖେଳକୁ ଆହ୍ୱାନ କଲାଭଳି ସମୟ ହେଇନଥାଏ । ବିଶେଷକରି ଭାରସାମ୍ୟ ରକ୍ଷା କରୁଥିବା ଅବସ୍ଥାରେ । ଅବଶ୍ୟ ପାରଙ୍ଗମ ଖେଳାଳୀମାନେ ନିଜର ପୁରୁଣା ଅଭ୍ୟାସକୁ ବ୍ୟାହତ ରଖିପାରନ୍ତି । ହାଇକିଂ କଲାବେଳେ ସତର୍କ ହେବା ଉଚିତ । ବାଇକିଂ କଲାବେଳେ ହେଲମେଟ ବ୍ୟବହାର କରନ୍ତୁ । ଚିକ୍କଣ ଜାଗାରେ ବାଇକ୍ ଚଳାନ୍ତୁ ନାହିଁ । ରେସିଂ ବେଳେ ବେଶି ଆଗକୁ ଝୁଙ୍କି ରହୁନ୍ତୁ ନାହିଁ କାରଣ ଏହା ରେସିଂ ପାଇଁ ଉପଯୁକ୍ତ ସମୟ ନୁହଁ । ଆଇସ ସ୍କେଟିଂ ପ୍ରଥମେ ପ୍ରଥମେ କରିପାରିବେ ଅଥଚ ପରେ କରିବା କାଠିକର ପାଠ ହେବ କାରଣ ଭାରସାମ୍ୟ ରକ୍ଷା ହେବନାହିଁ । ଏହିପରି ଘୋଡା ଦୌଡ଼ ମଧ୍ୟ ସାବଧାନ ହେଇ କରିବାକୁ ହେବ । ଯେକୌଣସି ଆଉଟଡୋର ଗେମ ହେଲେ ମଧ୍ୟ ନିଜକୁ ହାଲିଆ କରିବାରୁ ରକ୍ଷା କରନ୍ତୁ ।

ଭାର ପ୍ରଶିକ୍ଷଣ: ଭାର ଉଠେଇଲାବେଳେ ମାଂସପେଶୀ ଗୁଡ଼ିକ ଦୃଢ଼ ହେଇଥାଏ ହେଲେ ଏଭଳି ଭାର ଉଠାନ୍ତୁ ନାହିଁ ଯେଉଁଥିରେ ବିଶ୍ୱାସ ବନ୍ଦ ହେଇଥାଏ । ଏହାଫଳରେ ଗର୍ଭାଶୟ ଆଡ଼କୁ ରକ୍ତ ସଂଚାଳନ କମିଯାଏ । ଏଣୁ କମ୍ ଓଜନ ଉଠାଯାଇପାରେ ।

ଯୋଗ: ଯୋଗ ବଳରେ ଶିଥିଳତା ପ୍ରାପ୍ତ ହୁଏ ଓ ସ୍ଥିର ହେବାରେ ସୁବିଧା ହୁଏ । ଏହା ଗର୍ଭାବସ୍ଥାର ଶ୍ରେଷ୍ଠ ବ୍ୟାୟାମ କହିଲେ ଚଳେ । ଏହାଫଳରେ ଗର୍ଭସ୍ଥ ଶିଶୁକୁ ଯଥେଷ୍ଟ ଅମ୍ଳଜାନ ମିଳିଥାଏ ଓ ନମନୀୟତା ଦେହରେ ସୃଷ୍ଟି ହୁଏ । ପ୍ରସବ ସ ଗର୍ଭଧାରଣ ଖୁବ୍ ସହଜରେ ହେଇଥାଏ । ଏଭଳି ଯୋଗ କ୍ଲାସ ବାଛନ୍ତୁ, ଯେଉଁଠି ଗର୍ଭବତୀ ମାନଙ୍କୁ ଯୋଗ ଶିକ୍ଷା ଦିଆଯାଉଥାଏ । କାରଣ ସମୟ

ଛାତିକୁ ଟାଣିବା

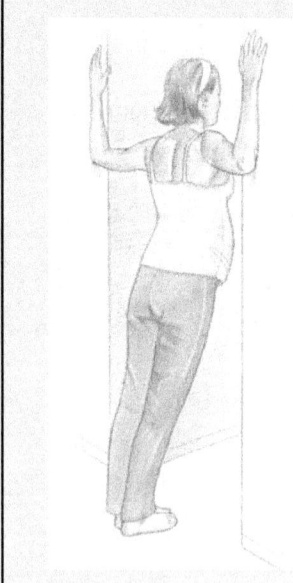

ଗର୍ଭଧାରଣ ସମୟରେ ପିଠି ଓ ମାଧ୍ୟାକର୍ଷଣର କେନ୍ଦ୍ରବିନ୍ଦୁ ପରିବର୍ତ୍ତନଶୀଳ ହେଇଥାଏ । ଦେହକୁ ଅନେକ ପ୍ରକାର ସକ୍ଷି କରିବାକୁ ପଡ଼ିଥାଏ । ଫଳରେ ବିଭିନ୍ନ ଅଙ୍ଗପ୍ରତ୍ୟଙ୍ଗରେ ଯନ୍ତ୍ରଣା ଅନୁଭୂତ ହେଇଥାଏ । ଛାତିର ମାଂସପେଶୀକୁ ସାମାନ୍ୟ ଟାଣିଲେ ଆରାମ ମିଳେ ଓ ରକ୍ତସଂଚାର ଠିକ୍ ହୁଏ । ନିଜର ଦୁଇ ହାତକୁ ଦୁଆରର ଦୁଇ ପାଖରେ ଭରାଦେଇ ଆଗକୁ ସାମାନ୍ୟ ଝୁଙ୍କିପଡ଼ି ଛାତିକୁ ଟାଣିଲା ଭଳି କରନ୍ତୁ । ୧୦ ରୁ ୨୦ ସେକେଣ୍ଡ ପର୍ଯ୍ୟନ୍ତ ଏହି ମୁଦ୍ରାରେ ରହି ୫ ଥର ପୁନରାବୃତ୍ତି କରନ୍ତୁ ।

ବୃଦ୍ଧି ସାଙ୍ଗକୁ କିଞ୍ଚିତ ପରିବର୍ତ୍ତନ କରିବାକୁ ପଡ଼ିଥାଏ ।

ବି:ଦ୍ର: ବିକ୍ରମ ଯୋଗ କରିବା ନିଷେଧ କାରଣ ଏହା ଉଚ୍ଚ ତାପମାତ୍ରାରେ କରାଯାଇଥାଏ ।

ପିଲେଟ୍ସ: ଏହା ମଧ୍ୟ ଯୋଗ ଭଳି ହେଇଥାଏ । ଏହାଦ୍ୱାରା ମଧ୍ୟ ମାଂସପେଶୀଗୁଡ଼ିକ ଶକ୍ତ ଓ ମଜବୁତ ହୋଇଥାଏ । ପିଠିବ୍ୟଥାରୁ ମୁକ୍ତି ମିଳେ । ଗର୍ଭବତୀ ସ୍ତ୍ରୀମାନଙ୍କ କ୍ଲାସକୁ ଯାଇ ପ୍ରଶିକ୍ଷକଙ୍କୁ ଆଗରୁ ଗର୍ଭକଥା କହିଦେବା ଉଚିତ ।

ତାଇଶ: ଏହା ଧ୍ୟାନର ଏକ ପ୍ରାଚୀନ ପଦ୍ଧତି ଅଟେ । ଏହାର ଧୀର ପ୍ରକ୍ରିୟା ଦେହକୁ କ୍ଷତିଗ୍ରସ୍ତ କରେନାହିଁ ବରଂ ଦୃଢ଼ ଓ ଶକ୍ତ କରିଥାଏ । ଯଦି ଆପଣ ଏ କ୍ଷେତ୍ରରେ କୃତି ସ□ନ୍ନ ହୋଇଥାନ୍ତି, ତେବେ କରିପାରନ୍ତି । ଗର୍ଭବତୀମାନଙ୍କ କ୍ଲାସକୁ ଯାଇ ଏଭଳି ମୁଦ୍ରା କରନ୍ତୁ, ଯାହା ସହଜରେ ଭାରସାମ୍ୟ ରକ୍ଷା ହୋଇପାରିବ ।

ଶ୍ୱାସକ୍ରିୟା: ସଠିକ୍ ଉପାୟରେ ଯଦି ଶ୍ୱାସକ୍ରିୟା କରାଯାଏ, ତେବେ ଏହା ମଧ୍ୟ ବ୍ୟାୟାମ ସଙ୍ଗେ ସମକକ୍ଷ ହୋଇଥାଏ । ଗଭୀର ଶ୍ୱାସକ୍ରିୟା ଫଳରେ ଦେହ ସତେଜ ଲାଗିଥାଏ ଆଉ ବେଶି ପରିମାଣରେ ଅମ୍ଳଜାନ ପାଇପାରିଥାନ୍ତି । ଚକା ପକେଇ ସିଧା ବସି ଦୁଇ ହାତରେ ପେଟକୁ ଧରନ୍ତୁ । ଶ୍ୱାସକ୍ରିୟା ସାଙ୍ଗକୁ ପେଟ ମଧ୍ୟ ଉଠିବ ଓ ପଡ଼ିବ । ନାକବାଟେ ଶ୍ୱାସକ୍ରିୟା କରି ପାଟି ପଟୁ ଛାଡ଼ନ୍ତୁ । ଏହାକୁ ଗଣି ଗଣି ମନକୁ ଏକାଗ୍ର କରିପାରନ୍ତି । ପ୍ରଶ୍ୱାସ ବେଳେ ୪ଂ ପର୍ଯ୍ୟନ୍ତ ଓ ନିଶ୍ୱାସ ବେଳେ ୬ ପର୍ଯ୍ୟନ୍ତ ସଂଖ୍ୟା ଗଣିଚାଲନ୍ତୁ । ପ୍ରତିଦିନ ଏପରି କରି ଅଭ୍ୟସ୍ତ ହୁଅନ୍ତୁ ।

ଯଦି ଆପଣ ବ୍ୟାୟାମ କରୁନାହାନ୍ତି

ଗର୍ଭଧାରଣ ସମୟରେ ବ୍ୟାୟାମ ଖୁବ୍ ହିତକର ହୋଇଥାଏ, ହେଲେ କୌଣସି ଅସୁବିଧା କିମ୍ବା ସମୟ ଦୃଷ୍ଟିରୁ ବ୍ୟାୟାମ କରିପାରୁନଥିଲେ କିଛି କଥା ନୁହଁ । ଡାକ୍ତରଙ୍କ ପରାମର୍ଶ ଅନୁସାରେ ଗର୍ଭସ୍ଥ ଶିଶୁର ଯତ୍ନ ନେଉଛନ୍ତି ଏହା ହିଁ ଯଥେଷ୍ଟ । ମନେକର ଆଗରୁ ଗର୍ଭସ୍ଖଳନ, ସମୟ ପୂର୍ବରୁ ପ୍ରସବ, ସର୍ଭିକ୍ସରେ ଅକ୍ଷତା, ଦ୍ୱିତୀୟ ତୃତୀୟ ତିନିମାସରେ ରକ୍ତସ୍ରାବ, ହୃଦୟ ରୋଗ କିମ୍ବା ପ୍ରିକ୍ଲେ□ିଆର ପୂର୍ବ ଇତିହାସ ଥାଏ ତେବେ ଡାକ୍ତର ଆପଣଙ୍କୁ ବ୍ୟାୟାମ କରିବା ପାଇଁ ଅନୁମତି ଦେବେନାହିଁ ।

ଯଦି ଗର୍ଭରେ ଯାଆଁଳା ଶିଶୁ ଥାଏ, କି ଉଚ୍ଚ ରକ୍ତଚାପ, ଥାଇରାଇଡ, ଏନିମିଆ କିମ୍ବା ଅନ୍ୟାନ୍ୟ ରୋଗରେ ଆକ୍ରାନ୍ତ ଥାନ୍ତି, ଆପଣଙ୍କ ଓଜନ ଖୁବ୍ ବେଶି କିମ୍ବା ଖୁବ୍ କମ୍ ଥାଏ, ଏପର୍ଯ୍ୟନ୍ତ ବେଶ୍ ଆରାମରେ ରହି ଆସିଥାନ୍ତି ତାଙ୍କୁ ମଧ୍ୟ ବ୍ୟାୟାମରୁ ବାରଣ କରାଯାଇପାରେ । କେତେକ ମାମଲାରେ କିଛି ହାତଗଣତି ବ୍ୟାୟାମ କରିବାକୁ ଅନୁମତି ଦିଆଯାଇପାରେ । ଗର୍ଭଧାରଣ ସମୟରେ ଯେକୌଣସି ବ୍ୟାୟାମ କରିବା ପୂର୍ବରୁ ଡାକ୍ତରଙ୍କ ପରାମର୍ଶ ଗ୍ରହଣ କରିବାକୁ ଭୁଲନ୍ତୁ ନାହିଁ ।

■ ■ ■

ପଞ୍ଚମ ମାସ

ପ୍ରାୟ ୧୮ ରୁ ୨୨ ସପ୍ତାହ

ବର୍ତ୍ତମାନ ଠାରୁ କିଛି ସମୟ ପୂର୍ବରୁ ଅର୍ଥାତ୍ କାଲି ଯାହାର କୌଣସି ଅସ୍ତିତ୍ୱ ନଥିଲା, ସେ ବର୍ତ୍ତମାନ ଏକ ସୁନ୍ଦର ଶିଶୁର ଆକାର ନେଲାଣି । ଏଥର ଖୁବ୍ ଶୀଘ୍ର ଶିଶୁଟିର ଚଳପ୍ରଚଳ ଆପଣ ଶୁଣି ପାରିବେ । ଆପଣଙ୍କ ଉଦରର ଗୋଲାକୃତି ଆପଣଙ୍କୁ ଗର୍ଭଧାରଣର ବ୍ୟସ୍ତ ବଢ଼ାଇ ଆହୁରି ନିକଟକୁ ନେଇଯିବ । ଅବଶ୍ୟ ବର୍ତ୍ତମାନ ଶିଶୁଟି ଆପଣଙ୍କ ନର୍ସରୀରେ ନାହିଁ ଯେ ହେଲେ ଏହାର ଅନୁଭୂତି ହିଁ ନିଆରା ଯେ ଖୁବ୍ ଶୀଘ୍ର ସେ ଆପଣଙ୍କ କୋଳକୁ ଆସି ଖେଳିବ ।

ଏହି ମାସରେ ଆପଣଙ୍କ ଶିଶୁର ଗଠନ ଓ ବିକାଶ

୧୮ଶ ସପ୍ତାହ: ବର୍ତ୍ତମାନ ଆପଣଙ୍କ ଶିଶୁ ପ୍ରାୟ ୫ $^{୧}/_{୨}$"ଲମ୍ବ ଓ ୫ ଆଉନ୍ସ ଓଜନର ହେଇଗଲାଣି । ଏହା ଚିକେନ ବ୍ରେଷ୍ଟ ଏତେ ବଡ଼ ହେଲେ ମଧ୍ୟ ଖୁବ୍ ସୁନ୍ଦର ଦେଖାଯାଉଛି । ଆପଣ ତା'ର ହାତ, ହାତମୁଠା ଓ ଚଳପ୍ରଚଳରୁ ବୋଧେ ଏକଥାକୁ ଅନୁମାନ କରିସାରିଥିବେ । ଏଥର ସେ ଅଳସ ଭାଙ୍ଗି ହଚକି ମଧ୍ୟ ମାରିପାରୁଛି । ବୋଧହୁଏ ଆପଣ ମଧ୍ୟ ଏହା ଲକ୍ଷ୍ୟ କରିଥିବେ । ତାର ହାତ ଓ ପାଦର ଅଙ୍ଗୁଳି ସ୍ପଷ୍ଟ ହେବାକୁ ଲାଗିଲାଣି ।

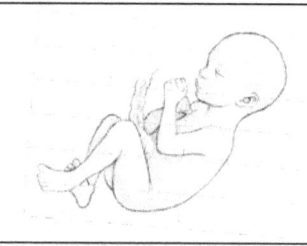

୧୯ ସପ୍ତାହ: ଏହି ସପ୍ତାହରେ ଗର୍ଭସ୍ଥ ଶିଶୁଟିର ଦୈର୍ଘ୍ୟ ୬ ' (ଛ ଇଞ୍ଚ) ଓ ଓଜନ ପ୍ରାୟ ଅଧା ପାଉଣ୍ଡ ଅଟେ । ବର୍ତ୍ତମାନ ସେ ଏକ ଫଳ ଭଳି ? ନୁହଁକି ! ସେ ଆମ୍ବ ଭଳି ଦେଖାଯାଉଅଛି । ଗ୍ରୀସି ଚିଜରେ ଭର୍ତ୍ତି ହେଇଥିବା ଆମ୍ବ ଉକ୍ତ ଗ୍ରୀସି ଧଳା ପଦାର୍ଥ ତା'ର ତ୍ୱଚାକୁ ଘେରି ରଖିଛି । ଏହା ତାକୁ ଏମନିୟୋଟିକ ତରଳ ପଦାର୍ଥରୁ ରକ୍ଷା କରିଥାଏ । ଏହି ନିରାପତ୍ତା ନହେଲେ, ଶିଶୁ ଜନ୍ମ ହେଲା ପରେ ବେଶି ଶ୍ଳଥଚର୍ମ ଭଳି ମନେ ହେଇଥାଏ । ପ୍ରସବ ପୂର୍ବରୁ ଏହି କୋଟିଂ ଫାଟି ଯାଇଥାଏ, ହେଲେ ଯେଉଁ ଶିଶୁମାନେ ଜନ୍ମ ପୂର୍ବରୁ ଜନ୍ମ ହେଇଥାନ୍ତି, ସେମାନେ ଏହି କୋଟିଂ ଅର୍ଥାତ୍ ଥଳି ଭିତରେ ନିରାପଦ ଥା'ନ୍ତି ।

ଆପଣଙ୍କର ପାଞ୍ଚ ମାସର ଛୁଆ

୨୦ଶ ସପ୍ତାହ: ଏହି ସପ୍ତାହରେ ଆପଣଙ୍କ ଖରଭୁଜ ଭଳି ଗର୍ଭରେ କେଣ୍ଟାଲୋପ ଏତେ ବଡ଼ ଛୁଆ ପାଳିତ ହେଉଛି, ଯାହାର ଦୈର୍ଘ୍ୟ ସାଢ଼େ ଛ ଇଞ୍ଚ (୬ $^{୧}/_{୨}$") ଓ ଓଜନ

ପ୍ରାୟ ୧୦ ଆଉନ୍ସ ହେବ । ଅଲଟ୍ରାସାଉଣ୍ଡ ବଳରେ ସେହି ଛୁଆର ଲିଙ୍ଗ ନିର୍ଦ୍ଧାରଣ କରାଯାଇପାରେ । ଯଦି ସିଏ ଝିଅ ହେଇଥାଏ ତେବେ, ତା'ର ଗର୍ଭାଶୟ ସମ୍ପୂର୍ଣ୍ଣ ଭାବରେ ତିଆରି ହେଇ ସାରିଥିବ ।

ତା'ର ଓଭାରିଜ ମଧ୍ୟ ଅଛି । ଯୋନି ପ୍ରଦେଶ ପ୍ରସ୍ତୁତ ହେଉଛି । ଯଦି ସିଏ ପୁଅ ହେଇଥାଏ, ତେବେ ତାର ଅଣ୍ଡକୋଷ ନିର୍ମିତ ହେଉଛି । ଗର୍ଭସ୍ଥ ଶିଶୁଟିକୁ ଡିଆଁ ଡେଇଁ ଓ ଏପଟ ସେପଟ ହେବାପାଇଁ ଆପଣଙ୍କ ଗର୍ଭରେ ଯଥେଷ୍ଟ ସ୍ଥାନ ଅଛି । ଅଗାମୀ ସପ୍ତାହ ମାନଙ୍କରେ ଆପଣ ଏହାକୁ ଖୁବ୍ ନିବିଡ଼ ଭାବରେ ହୃଦୟଙ୍ଗମ କରିପାରିବେ ।

୨୧ଶ ସପ୍ତାହ: ଏହି ସପ୍ତାହରେ ଶିଶୁଟିର ଆକାର କ"ଣ ? ସେ ପ୍ରାୟ ୬' (ସାତ ଇଞ୍ଚ) ଲମ୍ବ ଓ ୧୧ ଆଉନ୍ସ ଓଜନର ହେଇଗଲାଣି । ଯଦି ଆପଣ ଚାହାନ୍ତି ଯେ ଛୁଆଟିକୁ କଦଳୀ ରୁଚୁ ବୋଲି, ତେବେ ଏହିମାସରୁ ଆପଣ ଖାଇବା ଆରମ୍ଭ କରିଦିଅନ୍ତୁ । କାରଣ ଏମନିୟୋଟିକ ଏସିଡ୍ ଆପଣଙ୍କ ଖାଦ୍ୟପେୟ ଅନୁସାରେ ପରିବର୍ତ୍ତନଶଷୀଳ ହେବ । ଛୁଆ ପ୍ରତିଦିନ ତାକୁ ହିଁ ଖାଇ ଗିଳିବା ଓ ଜୀର୍ଣ୍ଣ କରିବାକୁ ଚେଷ୍ଟା କରିବ । ଆପଣ ଯାହା କିଛି ଖାଉଥିବେ ଛୁଆ ମଧ୍ୟ ତାର ସ୍ୱାଦ ଚାଖୁଥିବ । ତାର ହାତ ପାଦ ଭାରସାମ୍ୟ ରକ୍ଷା କରୁଛନ୍ତି । ମସ୍ତିଷ୍କ ଓ ମାଂସପେଶୀଗୁଡ଼ିକ ମଧ୍ୟରେ ନ୍ୟୁରନ ସଂଯୁକ୍ତ ହେଇଗଲାଣି । ଏଥର ତାର ଚଳପ୍ରଚଳ ଆଗ ଅପେକ୍ଷା ବଢ଼ର ହେବ ।

୨୨ଶ ସପ୍ତାହ: ଏହି ସପ୍ତାହରେ ଶିଶୁର ଓଜନ ୧ ପାଉଣ୍ଡ ଓ ଦୈର୍ଘ୍ୟ ଆଠ ଇଞ୍ଚ (୮') ହେବ । ସେ ଏକ କଣ୍ଢେଇ ଛୁଆ ଭଳି ହେବ, ହେଲେ ଏହାର ସବୁତକ ୫ ଇନ୍ଦ୍ରୀୟ ଗୁଡ଼ିକ ଗଠିତ ହେଉଛି । ସେ ଏବେଠାରୁ ଆପଣଙ୍କ ମୁଣ୍ଡବାଳକୁ ଟଣାଟଣି କରିବାକୁ ଅଭ୍ୟାସ କଲାଣି । ଅବଶ୍ୟ ସେଠାରେ ଘନ ଅନ୍ଧକାର ଅଛି, ହେଲେ ମଧ୍ୟ ଛୁଆଟି ଅନ୍ଧାର ଓ ଆଲୁଅ ମଧ୍ୟରେ ତଫାତ ଜାଣିଲାରି । ଯଦି ଆପଣ ପେଟ ଉପରେ ଫ୍ଲାସ ଲାଇଟ ମାରିବେ, ତେବେ ଶିଶୁଟି ନିହାତି ପ୍ରତିକ୍ରିୟା କରିବ ଓ ମୁହଁ ବୁଲେଇବାକୁ ଚେଷ୍ଟା କରିବ । ଗର୍ଭସ୍ଥ ଶିଶୁଟି ମା' ବାପାଙ୍କର କଥାବାର୍ତ୍ତା, ଘଟର ଗଡଗଡ ଶବ୍ଦ, ରକ୍ତସଂଚାର ସ୍ୱର, ହୃଦ୍‌ସ୍ପନ୍ଦନ, ତଭିର ସ୍ୱର ହର୍ଣ୍ଣର ସ୍ୱର, କୁକୁରର ସ୍ୱର ଇତ୍ୟାଦି ସବୁ କିଛି ଶୁଣିପାରିବ । କଣ ଖାଇବା ଭଲ ଲାଗେ ତାକୁ? ଆପଣଯାହା ତାକୁ ଖୁଏଇବାକୁ ଚାହିଁବେ । ତା'ହେଲେ ଶୀଘ୍ର ସାଲାଡ ପ୍ଲେଟ ଧରିନେଇ ଆସନ୍ତୁ ଓ ଖାଇବା ଆରମଭ କରିଦିଅନ୍ତୁ ।

ଆପଣ କ'ଣ ଅନୁଭବ କରୁଥାଇ ପାରନ୍ତି ?

ସବୁଥର ପରି ମନେ ଅଛି ନା ? ପ୍ରତ୍ୟେକ ଗର୍ଭ ଧାରଣ ଓ ଗର୍ଭବତୀ ସ୍ତ୍ରୀ ନିଜେ ନିଜ ପାଇଁ ସ୍ୱତନ୍ତ୍ର ଓ ପୃଥକ ହେଇଥାଏ । ହୁଏତ, ଆପଣ ଏକାଥରକେ ଏସବୁ ଲକ୍ଷଣ ଅନୁଭବ କରିପାରୁଥିବେ କିମ୍ବା ତନ୍ମଧ୍ୟରୁ କିଛି ଲକ୍ଷଣ ଜାଣି ପାରୁଥିବେ । ଏଭଳି କେତେକ ଲକ୍ଷଣ ଥାଇପାରେ ଯାହା ଅଭ୍ୟସ୍ତ ହେଇଥିବେ । ଅବଶ୍ୟ ଏହି ମାସରେ ଆପଣ ନିମ୍ନଲିଖିତ ଲକ୍ଷଣଗୁଡ଼ିକ ଦେଖିବାକୁ ପାଇପାରନ୍ତି ।

ଶାରୀରିକକ

- ବେଶି ଶକ୍ତି
- ଭ୍ରୁଣର ଚଳପ୍ରଚଳ
- ଯୋନିରୁ ସ୍ରାବ ବୃଦ୍ଧି
- ତଳିପେଟରେ ଯନ୍ତ୍ରଣା
- କୋଷ୍ଠକାଠିନ୍ୟ
- ଛାତିରେ ଜ୍ୱଳନ, ଅଜୀର୍ଣ୍ଣ, ପେଟ ଗୋଳମାଳ
- ବେଳେ ବେଳେ ମୁଣ୍ଡବ୍ୟଥା ଓ ମୁଣ୍ଡ ବୁଲେଇବା
- ପିଠି ବ୍ୟଥା
- ନାକ କାନରୁ ମଇଳା ଓ ରକ୍ତ ପଡ଼ିବା
- ବ୍ରସ କଲାବେଳେ ଦାନ୍ତରୁ ରକ୍ତ ପଡ଼ିବା
- ବେଶି ଭୋକ ହେବା
- ଗୋଡ଼ ମୋଡ଼ିହେଇେ ବଙ୍କା ହେବା
- ହାତ, ପାଦ, ମୁହଁ ଫୁଲିଯିବା
- ଗୋଡ଼ରେ ଶିରା ପ୍ରଶିରା ଅଙ୍କା ବଙ୍କା ହେବା
- ଚର୍ମ, ପେଟ ବା ମୁହଁର ରଂଗ ପରିବର୍ତ୍ତନ
- ନାଭି ଉପରକୁ ଉଠିବା
- ହୃଦସ୍ପନ୍ଦନ ତୀବ୍ର ହେବା
- ରତିକ୍ରିୟାରେ ସହଜ ଅବା କଷ୍ଟକର ମନେହେବା

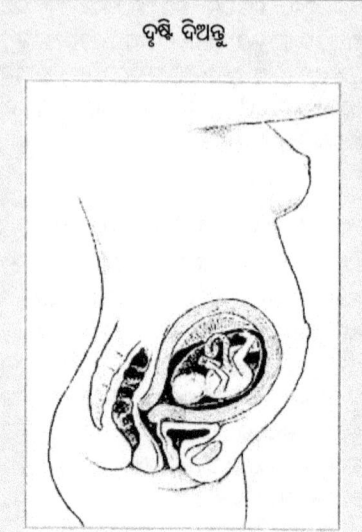

ଦୃଷ୍ଟି ଦିଅନ୍ତୁ

ଅର୍ଦ୍ଧ ଗର୍ଭାବସ୍ଥା ଅତିବାହିତ ହେଇଗଲାଣି । ପ୍ରାୟ ୨୦ଶ ସପତାହ ବେଳକୁ ଗର୍ଭଶୟ ନାଭିପ୍ରଦେଶକୁ ସ୍ପର୍ଶ କରିବ । ଏହା ମାସ ଶେଷରେ ଗର୍ଭାଶୟ ନାଭିଠାର ଏକ ଇଞ୍ଚ (୧") ପ୍ରାୟ ଉପରକୁ ଥିବ, ଅର୍ଥାତ୍ ଏଥର ଆପଣ ଲୁଚେଇ ପାରିବେନି ଯେ, ଗର୍ଭବତୀ ନୁହଁନ୍ତି ବୋଲି ।

ଭାବାତ୍ମକ

- ଗର୍ଭାବସ୍ଥାର ବାସ୍ତବିକ ଜ୍ଞାନ
- ମନ ପରିବର୍ତ୍ତନ ହ୍ରାସ
- ମନ ଓ ମସ୍ତିଷ୍କର ଚଞ୍ଚଳତା

ଏହି ମାସରେ ଡାକ୍ତର ନିମ୍ନ ପରୀକ୍ଷାମାନ କରିପାରନ୍ତି । ଅବଶ୍ୟ ଏହା ବିଶେଷକରି ଆପଣଙ୍କର ଅବସ୍ଥା ଓ ଡାକ୍ତରଙ୍କ ପରୀକ୍ଷା ଶୈଳୀ ଉପରେ ନିର୍ଭର କରେ ।

- ଓଜନ ଓ ରକ୍ତଚାପ
- ପରିସ୍ରା (ସୁଗାର ଓ ପ୍ରୋଟିନ ପାଇଁ)
- ଭ୍ରୂଣର ହୃଦସ୍ପନ୍ଦନ
- ବାହ୍ୟ ଗର୍ଭାଶୟର ଆକାର ପରୀକ୍ଷା
- ଗର୍ଭାଶୟର ଉଚ୍ଚତା
- କେତେକ ବିଶେଷ ଲକ୍ଷଣ

■ ଆପଣଙ୍କ ପ୍ରଶ୍ନ ଓ ଜିଜ୍ଞାସା

ଆପଣ କ'ଣ ଚିନ୍ତା କରୁଥାଇ ପାରନ୍ତି ?

ଗରମ ଲାଗିବା

"ମୋତେ ସର୍ବଦା ଗରମ ଅନୁଭୂତ ହୁଏ ଓ ଝାଳ ବାହାରୁଥାଏ, ଅଥଚ ଅନ୍ୟମାନଙ୍କୁ ସାଧାରଣ ମନେହୁଏ । ଏହାର ମାନେ କ'ଣ ?"

ଗର୍ଭବେଳେ ଆପଣ ବେଶି ଗରମ ଅନୁଭବ କରୁଛନ୍ତି, ଏହା ଗର୍ଭାବସ୍ଥାର ହର୍ମୋନ ଯୋଗୁଁ ଏପରି ହୋଇଥାଏ । ଆମେ ଏହି ସମସ୍ୟାକୁ ବନ୍ଦ କରିପାରିବାନି ଅଥଚ ଏଭଳି କେତେକ ଉପାୟ କହିବା, ଯଦ୍ଵାରା ଆପଣ ଶାନ୍ତିରେ ନିଶ୍ଵାସ ମାରିପାରିବେ ।

■ ଢ଼ିଲା ଓ ଆରାମଦେୟ ପୋଷାକ ପିନ୍ଧନ୍ତୁ । ଏକା ମୋଟା ଲୁଗା ନିଷିଦ୍ଧ ବରଂ ଦୁଇ ତିନି ପ୍ରସ୍ତ ପତଳା ଲୁଗା ବା ପୋଷାକ ପିନ୍ଧନ୍ତୁ ଯଦ୍ଵାରା ବେଶି ଗରମ ଲାଗିଲେ ଓହ୍ଲେଇପାରିବ ।

■ ଗ୍ରୀଷ୍ମ ଦିନରେ ବ୍ୟାୟାମ କରନ୍ତୁନି । ରାତ୍ରିଭୋଜନ ପରେ ବୁଲି ବାହାରନ୍ତୁ କିମ୍ବା ଏସି ଫିଟନେସ ସେଣ୍ଟରକୁ ଯାଆନ୍ତୁ । ବେଶି ଗରମ ଅନୁଭୂତ ହେବା ପୂର୍ବରୁ ବ୍ୟାୟାମ ବନ୍ଦ କରିଦିଅନ୍ତୁ ।

■ ଗରମ ଅନୁଭୂତ ହେଲେ ଗାଧେଇ ପଡନ୍ତୁ କିମ୍ବା ସନ୍ତରଣ କରନ୍ତୁ ଆଦୌ ଗରମ ଲାଗିବନି ।

■ ଘରେ ଏସି ଲଗାନ୍ତୁ । କେବଳ ପଙ୍ଖାରେ କାମ ଚଳିବନି । ଘରେ ଏସି ନଥିଲେ, ବେଶି ସମୟ ଫିଲ୍ମ ମ୍ୟୁଜିମୟମ, ମଲ ବା ସାଙ୍ଗ ଘରେ କଟାନ୍ତୁ ।

■ ଘରର ତାକମାତ୍ରାକୁ ନିଜ ହିସାବରେ ଆରାମ ଦାୟକ କରନ୍ତୁ, ହୁଏତ ସ୍ଵାମୀଙ୍କୁ ସ୍ୱେଟର ପିନ୍ଧିବାକୁ ପଡୁ ।

■ ଟ୍ୟୁବ୍ ପାଣି ପିଅନ୍ତୁ । ଦେହରେ ପାଣିର ଅଭାବ ହେବା କଥା ନୁହଁ । ନିଜକୁ ଅନ୍ୟୂ ୮ ଗ୍ଲାସ ପାଣି ପିଅନ୍ତୁ । ବ୍ୟାୟାମ କଲେ ଅଧିକା ପାଣି ପିଅନ୍ତୁ ।

■ ଇଷତ୍ ସୁଗନ୍ଧିଯୁକ୍ତ ପାଉଡର ଲଗାଇଲେ ମଧ୍ୟ ଗରମରୁ ରକ୍ଷା ମିଳେ ।

■ ଦେହରୁ ଯେତେ ବେଶି ଝାଳ ବାହାରିବ, ସେତେ ଦୁର୍ଗନ୍ଧ ଦୂରୀଭୂତ ହେବ ।

ମୁଣ୍ଡ ବୁଲେଇବା

"ଶୋଇକରି ଉଠିଲା ପରେ ବା ବସିଥାଇ ହଠାତ୍ ଉଠିଲେ ମୁଣ୍ଡ ବୁଲଉଛି । ଗତକାଲି ମୁଁ ସଉଦା କିଣୁ କିଣୁ ମୂର୍ଚ୍ଛା ହେଇଗଲି । ହେଲେ ମୁଁ କ'ଣ ସୁସ୍ଥ କି ?

ଗର୍ଭାବସ୍ଥାରେ ସାଧାରଣତଃ ଏପରି ହୁଏ । ଏଣୁ ଚିନ୍ତା କରନ୍ତୁନି; ବରଂ ଏହାକୁ ଗର୍ଭର ଏକ ଲକ୍ଷଣ ବୋଲି ଭାବି ନିଅନ୍ତୁ

■ ପ୍ରଥମ ତି ମାସରେ ରକ୍ତର ପୂରଣ କମ୍ ହେବା ଯୋଗୁଁ ହୁ,ତ ଏପରି ହୋଇପାରେ । ଦ୍ୱିତୀୟ ତିନିମାସରେ ଗର୍ଭାଶୟ ପ୍ରସାରିତ ହେଇ ରକ୍ତର ଶିରାପ୍ରଶିରାକୁ ଚାପ ପକାଉଥାଉ ଏଣୁକରି ମଧ୍ୟ ଏପରି ହୁଏ ।

■ ସମଗ୍ର ଗର୍ଭକାଳ ମଧ୍ୟରେ ଆପଣଙ୍କ ରକ୍ତବାହୀ ଶିରାପ୍ରଶିରା ଗୁଡ଼ିକ ଶିଥିଳ ହେଇଯାଇଥାନ୍ତି, ଶିଶୁ ଦିଗକୁ ରକତ ସଂଚାର ବେଶି ହୁଏ ଅଥଚ ମା ଆଡ଼କୁ କ୍ଷୀଣ ହୁଏ । ଏଣୁକରି ରକ୍ତଚାପ ହ୍ରାସ ପାଏ ଓ ମସ୍ତିଷ୍କକୁ ସମ୍ପୂର୍ଣ୍ଣ ରକ୍ତ ମିଳିପାରୁ ନଥିବାରୁ ମୁଣ୍ଡ ବୁଲେଇଥାଏ ।

■ ଏକଦମ୍ ଅଚାନକ୍ ଉଠି ପଡ଼ିଲେ ମଧ୍ୟ ସାମାନ୍ୟ ମୁଣ୍ଡ ଘୁରିଯାଏ । ଏଣୁ ଆସ୍ତେ କରି ଉଠିବା ଉଚିତ । ହଠାତ୍ ଉଠି ଦୌଡ଼ି ଦୌଡ଼ି ଫୋନ ଟେକିବାକୁ ଗଲେ ମୁଣ୍ଡ ବୁଲିବ ଓ ପୁଣି ଥରେ ସୋଫାରେ ବସିବାକୁ ପଡ଼ିବ ।

■ ବ୍ଲଡ ସୁଗର କମ୍ ହେଲେ ମଧ୍ୟ ମୁଣ୍ଡ ବୁଲେଇଥାଏ । ଖାଦ୍ୟରେ ପ୍ରୋଟିନ ଓ କମ୍ପ୍ଲେକ୍ସ କାର୍ବ ମିଶେଇ ଖାଆନ୍ତି । ଉଭୟ ଖାଦ୍ୟ ମଝିରେ ମଧ୍ୟ ସାମାନ୍ୟ ଜଳଖିଆ ଖାଇବା ସାଙ୍ଗରେ ସ୍ନେକ୍ସ ରଖିଥାନ୍ତୁ ।

■ ଡିହାଇଡ୍ରେସନ ଯୋଗୁଁ ମଧ୍ୟ ଏଭଳି ହେଇଥାଏ । ଏଣୁ ଯଥେଷ୍ଟ ତରଳ ପଦାର୍ଥ ପିଅନ୍ତୁ । ଝାଳ ବେଶି ବାହାରିଲେ ଆହୁରି ଅଧିକ ପେୟ ପିଅନ୍ତୁ ।

■ ତବେଶି ଜନଗହଳି, ବସଷ୍ଟାଣ୍ଡ, ଅଫିସ କିମ୍ବା ଅନୁନ୍ମୁକ୍ତ ପରିବେଶରେ ମୁଣ୍ଡ ବୁଲେଇଥାଏ । ବେଶି ଲୁଗା ପିନ୍ଧିଲେ ମଧ୍ୟ ଏପରି ହୁଏ, ଏଣୁ ଅପେକ୍ଷାକୃତ ହାଲୁକା ଲୁଗା ପିନ୍ଧନ୍ତୁ । ଉନ୍ମୁକ୍ତ ପବନରେ ନିଶ୍ୱାସ ମାରନ୍ତୁ । ପଦାକୁ ଯାଇ ନ ପାରିଲେ ଝରକା ଖୋଲି ଦିଅନ୍ତୁ । ପୋଷାକ ଖୋଲିବା ସମ୍ଭବ ନହେଲେ ବେକ ଓ ଅଣ୍ଟାର ଲୁଗା ଢ଼ିଲା କରିଦିଅନ୍ତୁ ।

ମୂର୍ଚ୍ଛା ଗଲେ ବାଁ କଡ଼କୁ ଗଡ଼ି ଗୋଡ଼ ଉପରକୁ କରନ୍ତୁ କିମ୍ବା ଆଣ୍ଠୁରେ ମୁଣ୍ଡ ଲଦି ବସି ପଡ଼ନ୍ତୁ । ଦୀର୍ଘଶ୍ୱାସ ମାରନ୍ତୁ ଓ କିଛି ଖାଆନ୍ତୁ ।

ଆସନ୍ତା ସାକ୍ଷାତ ବେଳେ ଡାକ୍ତରଙ୍କୁ ଏକଥା ନିଶ୍ଚୟ କୁହନ୍ତୁ । ଅବଶ୍ୟ ଆପଣ ମୂର୍ଚ୍ଛିତ ହେବେନାହିଁ ଯଦି ଏପରି କିଛି ହୁଏ, ତେବେ ମଧ୍ୟ ଶିଶୁର କୌଣସି ଅନିଷ୍ଟ ହେବନାହିଁ ।

ପିଠି ବ୍ୟଥା

"ମୋ ପିଠିରେ ଭୀଷଣ ଯନ୍ତ୍ରଣା ହୁଏ । ନା'ମାସ କିପରି କଟେଇବି ଭାବି ମୁଁ ଭାରି ବ୍ୟତିବ୍ୟସ୍ତ ?"

ଅବଶ୍ୟ ଗର୍ଭବେଳେ ପିଠି ବ୍ୟଥା ଓ ଦେହର ଅନ୍ୟାନ୍ୟ ଅଙ୍ଗ ପ୍ରତ୍ୟଙ୍ଗରେ ମଧ୍ୟ ଯନ୍ତ୍ରଣା ହେଇଥାଏ । ହେଲେ ଏହାର ଅର୍ଥ ନୁହଁ ଯେ, ଆପଣ ଡୁନି ହୋଇ ବସିପଡ଼ିବେ । ବରଂ ଏଥିପାଇଁ ପୂର୍ବପ୍ରସ୍ତୁତ

ସୀମା ଟପିଗଲେ:
ଜଗିଂ କଲାବେଳେ ହାଲିଆ ଲାଗେ କି ? ସଫା ସୁତୁରା କଲାବେଳେ ଭେକ୍ୟୁମ କ୍ଲିନର ଅପରେଟ କରିବା କଷ୍ଟକର ହୁଏ । ନିଜେ ନିଜକୁ ବେଶି କ୍ଲାନ୍ତ ବୋଲି ଭାବିବା ଠିକ୍ ନହଁ । ଏପରି କଲେ ଗର୍ଭସ୍ଥ ଶିଶୁ ଉପରେ ମଧ୍ୟ ମନ୍ଦ ପ୍ରଭାବ କଡ଼ିଥାଏ । ମଝିରେ ବିରତି ଆବଶ୍ୟକ । କଣ କରି ବିଶ୍ରାମ କରନ୍ତୁ । ଯଦି ବେଶି କ୍ଲାନ୍ତ ମନେହୁଏ ତେବେ ଏହାକୁ ଆଗାମୀ ଦିନର ତାଲିମ ବୋଲି ଧରି ନିଅନ୍ତୁ । କାରଣ ଛୁଆ ଜନ୍ମ ପରେ କାମର ତାଲିକା କମ୍ ହେବାର ପ୍ରଶ୍ନ ଉଠୁନି । ଆପଣ ଆହୁରି ବ୍ୟସ୍ତ ରହିପାରନ୍ତି ।

ହେବାର ସତର୍କ ଘଣ୍ଟି ବୋଲି ଭାବିନିଅନ୍ତୁ । ପିଠିବ୍ୟଥା ମଧ୍ୟ ବ୍ୟତିକ୍ରମ ନୁହଁ, ବରଂ ଏହାଫଳରେ ଅଣ୍ଟାପାଖରେ ଥିବା ପିଚାର ଯୋଡ଼ ଖୋଲିବାକୁ ଲାଗେ ଯଦ୍ଵାରା ପ୍ରସବ ସମୟରେ ଛୁଆ ସୁରୁଖୁରୁରେ ପଦାକୁ ଚାଲିଆସି ପାରିବ । ଏଣୁ କାନ୍ଧ ଓ ବେକରେ ମଧ୍ୟ ଯନ୍ତ୍ରଣା ହୁଏ । ଉଦର ବୃଦ୍ଧି ସାଙ୍ଗକୁ ଗର୍ଭର ସୂଚନା ମିଳିଥାଏ ହେଲେ ପିଠି ବ୍ୟଥା, ମାଂସପେଶୀରେ ଯନ୍ତ୍ରଣା ଓ ଚାପ ପ୍ରସବର ଶୁଭବାର୍ତ୍ତା ନେଇ ଆସିଥାଏ ।

ଆପଣ ନିମ୍ନଲିଖିତ ଉପାୟ ବଳରେ ପିଠି ବ୍ୟଥାରୁ ମୁକ୍ତି ପାଇପାରିବେ ।

ସଠିକ୍ ଭାବରେ ବସନ୍ତୁ । ବସିବାବେଳେ ମେରୁଦଣ୍ଡରେ ଚାପ ପଡ଼ିଥାଏ । ଘରେ ଓ ଅଫିସରେ ଏଭଳି ଚଉକି ଦରକାର ଯାହା ପିଠିକୁ ଆରାମ ଦେଇ ପାରୁଥିବ । ଚଉକିର ପିଠି ସିଧା, ଦୁଇହାତ ଓ ଗଦି ଥିବା ଆବଶ୍ୟକ । ପିଠି ସାମାନ୍ୟ ପଛକୁ ହେଲେ ଆହୁରି ଭଲ । ଚଉକିରେ ବସି ପାଦକୁ ଅଳ୍ପ ଟେକି ବସନ୍ତୁ । ଗୋଡ଼ ଲଦା ଲଦି କରନ୍ତୁ ନାହିଁ । ନଚେତ୍ ପିଚା ଆଗକୁ ଝୁଙ୍କି ପଡ଼ିବ ଓ ମାଂସପେଶୀ ଗୁଡ଼ିକର ଚାପ ଅନୁଭୂତ ହେବ ।

■ ଦୀର୍ଘ ସମୟ ଧରି ବସି ରହିଲେ ମଧ୍ୟ ପିଠିବ୍ୟଥା ହେଇଥାଏ । ଘଣ୍ଟାଏ ବସିବା ପରେ ଟିକିଏ ଚଲାବୁଲା କରି ଗୋଡ଼ ଛାଟିଦେଲେ ଭଲ । ଅଧଘଣ୍ଟା ଲେଖାଏଁ ବସିଲେ ଆହୁରି ଭଲ ।

■ ବେଶି ସମୟ ଧରି ଠିଆ ହୋଇ ରୁହନ୍ତୁ ନାହିଁ । ଯଦି ଏପରି ହୁଏ ତେବେ ଷ୍ଟୁଲଟିଏ ରଖି ଗୋଡ଼ ଅଦଳ ବଦଳ କରି ରଖନ୍ତୁ । ଫଳରେ ଚଟାଣରେ ଠିଆ ହେଉଥିଲେ ପାଦତଳେ ପାହାଚ ବ୍ୟବହାର କଲେ ଚାପ ପଡ଼ିବନି ।

■ ବେଶି ଓଜନ ସମାନ ଟେକାଟେକି କରନ୍ତୁନି । ବାଧ୍ୟ ହେଲେ ଆସ୍ତେ ଟେକନ୍ତୁ । ନିଜ ଭାରସାମ୍ୟ ରକ୍ଷାକରି ଆଣ୍ଠୁ ଭାଙ୍ଗି ନଇଁବା ଓ ହାତ ସାହାଯ୍ୟରେ ଜିନିଷପତ୍ର ଟେକନ୍ତୁ । ସଉଦାମୁଣା ବଡ଼ ହେଲେ ଦୁଇ ଭାଗ କରି ଦୁଇ ହାତରେ ଧରନ୍ତୁ । ଫରେ ଭାରସାମ୍ୟ ରକ୍ଷା ସୁବିଧା ରହିବ ।

ଉଠିବାବେଳେ ଆଣ୍ଠୁ ମୋଡ଼ି ଠିଆହୁଅନ୍ତୁ

■ ଦତ୍ତ ନିର୍ଦ୍ଦେଶାନୁସାରେ ଓଜନ ଟେକା ଟେକି କର୍ନ୍ତୁ । ବେଶି ବେଶି ଟେକିଲେ ପିଠିରେ ଚାପ ପଡ଼ିପାରେ ।

■ ସଠିକ୍ ଭାବରେ ଜୋତା ପିନ୍ଧନ୍ତୁ । ବେଶି ଉଚ୍ଚ ହିଲ (ଗୋଇଠି) ଜୋତା ପିନ୍ଧିଲେ ପିଠିବ୍ୟଥା ହେବ । ସାଧା ଚପଲ ପିନ୍ଧିଲେ ମଧ୍ୟ ବ୍ୟଥା ହେବ, ଏଣୁ ଦୁଇ ଇଞ୍ଚ (୨")ର ଗୋଇଠି ଥିବା ଚପଲ ଉପଯୁକ୍ତ । ସବୁଠୁ ଉତତମ ଚପଲ ହେଲା ଅର୍ଥୋପେଡିକ ଜୋତା ।

■ ତସତରେ ବଡ ପିଲୋଟିଏ ଦେଇ ଶୋଇଲେ, ଆରାମ ଲାଗିବ । ଏହାବ୍ୟତୀତ ସକାଳୁ ଉଠି ବିଛଣାରୁ ଗୋଡ଼ ତଳକୁ ରଖିବା ପୂର୍ବରୁ କିଛି ସମୟ ଝୁଲେଇଲେ ଆହୁରି ଭଲ

■ ବେଶି ଉଚ୍ଚ ସେଲ୍ଫରେ ଥିବା ବହିପତ୍ର ବା ଜିନିଷ ନିଜେ ନ ଆଣି ଅନ୍ୟଙ୍କୁ କୁହନ୍ତୁ କିମ୍ବା ଷ୍ଟୁଲରେ ଚଢ଼ି କାଢ଼ନ୍ତୁ ।

■ ଥଣ୍ଡା ଓ ଗରମ ପାଣିର ସେକ ଭଲ ରହିବ । ୧୫ ମିନିଟ ପାଇଁ ବରଫ ଖଣ୍ଡ ଓ ୧୫ମି. ପାଇଁ ହିଟିଂପେଡ୍‌କୁ ଲୁଗାରେ ଯୁଡେଇ ବ୍ୟବହାର କରନ୍ତୁ ।

■ ଇଷତ୍ ଉଷ୍ଣୁମ ପାଣିରେ ସ୍ନାନ କରି ପିଠି ମାଲିସ କରାନ୍ତୁ ।

■ ପିଠି ମାଲିସ ଭଲ ଭାବରେ ହେବା ଉଚିତ । ଗର୍ଭବତୀ ମାନଙ୍କୁ ଯିଏ ପିଠି ମାଲିସ କରେ ତାକୁ ହିଁ ମାଲିସକରାନ୍ତୁ ।

■ ଆରାମ କରିବା ଶିଖନ୍ତୁ । ଅନେକ ଥର ମାନସିକ ଚାପ ଯୋଗୁଁ ମଧ୍ୟ ପିଠି ବ୍ୟଥା ହେଇଥାଏ । ବ୍ୟଥା ବେଶି ହେଲେ ଶିଥିଳତା କୌଶଳ ଅକ୍ତିଆର କରନ୍ତୁ । ଚାପ କମେଇବାକୁ ଚେଷ୍ଟା କରନ୍ତୁ ।

■ ପେଟର ମାଂସପେଶୀ ଗୁଡ଼ିକୁ ମଜବୁଜ କରି ପାରୁଥିବା ବ୍ୟାୟାମ କରନ୍ତୁ । ଜିମନାଷ୍ଟିକ କିମ୍ବା ଯୋଗ କ୍ଲାସକୁ ଯାଆନ୍ତୁ ।

■ ଯଦି ଯନ୍ତ୍ରଣାରୁ ମୁକ୍ତି ନ ମିଳେ ତେବେ ନିଜ ଡାକ୍ତରଙ୍କ ପରାମର୍ଶ କ୍ରମେ ବୈକଳ୍ପିକ ଚିକିତ୍ସା ପଦ୍ଧତି (ଯଥା: ଏକୁପଞ୍ଚର)ର ସାହାଯ୍ୟ ଲୋଡ଼ନ୍ତୁ ।

ପେଟ ବ୍ୟଥା

"ତଳି ପେଟରେ କାହିଁକି ଯନ୍ତ୍ରଣା ଅନୁଭୂତ ହେଉଛି ?"

ଆପଣ ମଧ୍ୟ ଭାବୁଥିବେ ଯେ ଗର୍ଭ ବଢ଼ିବା ସାଙ୍ଗକୁ ବିଭିନ୍ନ ଦରଣର ଯନ୍ତ୍ରଣା ମଧ୍ୟ ବଢ଼ି ବଢ଼ି ଯାଉଛି । ଆପଣଙ୍କ ବର୍ଦ୍ଧମାନ ଗର୍ଭାଶୟକୁ ଆଶୟ ଦେବା ଉଦ୍ଦେଶ୍ୟରେ ମାଂସପେଶୀ ତଥା ଲିଗାମେଣ୍ଟ ମଧ୍ୟରେ ଚାପ ସୃଷ୍ଟି ହେଉଛି । ବୈଜ୍ଞାନିକ କୌଶଳ ଅନୁସାରେ ଏହାକୁ ରାଉଣ୍ଡ ଲିଗାମେଣ୍ଟ ପେନ ବୋଲି କହିଥାନ୍ତି । ଅଧିକାଂଶ ମା'ମାନଙ୍କୁ ଏହାର ଅନୁଭୂତି ହେଇଥାଏ । ହେଲେ ଏହା ସମ୍ପୂର୍ଣ୍ଣ ସ୍ୱତନ୍ତ୍ର ଓ ପୃଥକ- ଏହାର ଯନ୍ତ୍ରଣା ପ୍ରବଳ, ତୀବ୍ର, ଇଷତ୍, ଛୁଞ୍ଚିମୁନ ବା ମଧୁର ମଧ୍ୟ ହେଇଥାଏ । ଯଦି ଏହା ସାଙ୍ଗକୁ ଜ୍ୱର, ସର୍ଦ୍ଦି, ଥଣ୍ଡା, ରକ୍ତସ୍ରାବ, ମୁଣ୍ଡ ଘୁରିବା ଲକ୍ଷଣ ନହୁଏ, ତେବେ ତାକୁ ସାଧାରଣ ଲକ୍ଷଣ ମଧ୍ୟ କୁହାଯାଇପାରେ ।

ନିଜ ଗୋଡ଼କୁ ସାମାନ୍ୟ ଟେକି ଶୋଇଲେ ଟିକେ ଆରାମ ମିଳିଥାଏ । ଅବଶ୍ୟ ଅନ୍ୟ ଲକ୍ଷଣ ଭଳି କାହାକୁ ମଧ୍ୟ ଡାକ୍ତରଙ୍କୁ କହିବାକୁ ଭୁଲନ୍ତୁ ନାହିଁ ।

(କ୍ରମଶଃ ୧୮୫)

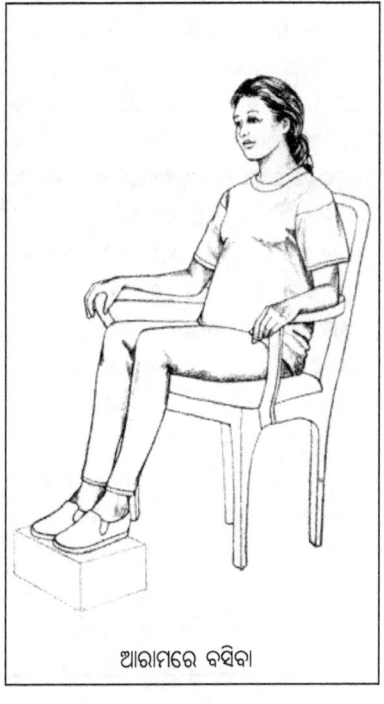

ଆରାମରେ ବସିବା

ଆପଣଙ୍କର ନୂତନ ଚର୍ମ

ଗର୍ଭଧାରଣ ପ୍ରକ୍ରିୟାଟି ଆପଣଙ୍କ ସମଗ୍ର ଦେହ ଉପରେ କୌଣସି ନା କୌଣସି ପ୍ରଭାବ ପକାଉଛି, ନିଶ୍ଚୟ । ଚର୍ମ ଉପରେ ମଧ୍ୟ ତାର ଅନେକ ପ୍ରଭାବ ଦୃଶ୍ୟମାନ ହେଲାଣି । ଏହି ସମୟରେ ଆପଣଙ୍କ ଚର୍ମରେ ନିମ୍ନଲିଖିତ ପରିବର୍ତ୍ତନ ସବୁ ଲକ୍ଷ୍ୟ କରାଯାଇପାରେ ।

ଲିବିଆ ନିଗ୍ରା: ଯେଉଁଭଳି ଗର୍ଭସମୟରେ ହର୍ମୋନ ଯୋଗୁଁ ନିପଲ ଆଖପାଖର ରଂଗ ବହଳ ଦେଖାଯାଏ, ଠିକ୍ ସେହିପରି ନାଭି ତଳକୁ ଥିବା ଦଳା ରେଖା ଖଣ୍ଡଟି ଆହୁରି ସ୍ପଷ୍ଟ ହେଇଥାଏ । କଳା ଦେହରେ ଏହା ଖୁବ୍ ସ୍ପଷ୍ଟ ଅନୁମେୟ । ଏହା ଦ୍ୱିତୀୟ ତିନିମାସରେ ଦୃଶ୍ୟମାନ ହୋଇଥାଏ ଓ ପ୍ରସବ ଉତ୍ତାରେ କିଛି ମାସ ପରେ ଅଦୃଶ୍ୟ ବା ଅସ୍ପଷ୍ଟ ହେଇଯାଏ । ଧାଇମାନେ କହିଥାନ୍ତି ଯେ, ଯଦି ଏହି ଶ୍ୱେତରେଖା ଖଣ୍ଡଟି ନାଭିକୁ ସ୍ପର୍ଶ କରେ ତେବେ ଝିଅ ହେଇଥାଏ । ଆଉ ଯଦି ଉକ୍ତ ରେଖା ଖଣ୍ଡ ପିଞ୍ଜରା ହାଡ଼ ପର୍ଯ୍ୟନ୍ତ ଲମ୍ବିଯାଏ, ତେବେ ପୁଅ ହୋଇଥାଏ ।

ର୍ଭବେଳର ଝାଇ: ୫୮ ରୁ ୭୫ ପ୍ରତିଶତ ଗର୍ଭବତୀ ମହିଳାମାନଙ୍କ ମୁହଁରେ ଝାଇ ସୃଷ୍ଟି ହେଇଥାଏ । ଶ୍ୟାମ ବର୍ଣ୍ଣ ସ୍ତ୍ରୀ ମାନଙ୍କ ମଥା, ନାକ ଓ ଗାଲରେ ଚକା ଚକା ହୋଇ ଝାଇ ସୃଷ୍ଟି ହୁଏ । ଅବଶ୍ୟ ପ୍ରସବ ପରେ ଏହା ଉଭେଇ ଯାଇଥାଏ । ଯଦି ନ ଲିଭେ, ତେବେ କ୍ଲିନ, ପିଲ ବା ଲେଜରର ସାହଯ୍ୟ ନିଆଯାଇପାରେ । ହେଲେ ବର୍ତ୍ତମାନ ଏହାର ଚିକିତ୍ସାକୁ ଦୂରେଇ ଦେବା ଭଲ । ଏବେ କନ୍ସିଲର ବଳରେ ଏହାକୁ ଲିଭେଇ ପାରିବେ । **ହାଇପର ପିଗମେଣ୍ଟେସନ:** ଅନେକ ସ୍ତ୍ରୀ ମାନଙ୍କର ଦେହର ରଂଗ ଅନେକ ଜାଗାରେ ବେଶି ବହଳ ଦେଖାଯାଇଥାଏ । ଏହା ମଧ୍ୟ ପ୍ରସବ ଘରେ ଈଷତ୍ ହେଇଯାଏ । ସୂର୍ଯ୍ୟ କିରଣରେ ବେଶି ସମୟ କଟେଇଲେ ଏପରି ହୁଏ । ସନସ୍କ୍ରିନ ବ୍ୟବହାର କରି ବଡ଼ ଧରଣର ହେଟ ସାଙ୍ଗକୁ କନାର ହାତ ବ୍ୟବହାର କରାଯାଇପାରେ ।

ପାପୁଲି ଓ ତାଳୁର ଲାଲିମା: ରକ୍ତସଞ୍ଚାର ବୃଦ୍ଧି ପାଇଲେ ଏପରି ହୋଇଥାଏ । ଥଣ୍ଡା ପାଣିରେ ଆରାମ ମିଳେ । ହାତକୁ ସିଧା ସେକ ଦେଉଥିବା ବସ୍ତୁଠାରୁ ଦୂରରେ ରହନ୍ତୁ । କଠିନ ସାବୁନ ଓ ସୁଗନ୍ଧିତ ଲୋସନକୁ ଦୂରୁ ଜୁହାର କରନ୍ତୁ । ଏହା ମଧ୍ୟ ପ୍ରସବ ପରେ ଠିକ୍ ହେଇଯିବ ।

ଚର୍ମଡୋଳା: ଅଧିକାଂଶ ଗର୍ଭବତୀ ସ୍ତ୍ରୀ ମାନଙ୍କ ଠାରେ ଚର୍ମଡୋଳା ଭଳି ସମସ୍ୟା ବୃଦ୍ଧି ପାଇଥାଏ । ଚର୍ମରେ ଅଯଥା ଚର୍ମ ଆସି ମାଡ଼ି ବସିଥାଏ । ଏହା ଦ୍ୱିତୀୟ ତୃତୀୟ ତିନିମାସ ବେଳକୁ ଠିକ୍ ହେଇଯାଏ । ଯଦି ନହୁଏ, ତେବେ ଡାକ୍ତରଙ୍କୁ କହି ଦୂରେଇ ଦେଇ ପାରିବେ ।

ହିଟରେସେଜ: ଗର୍ଭବତୀ ମା'ମାନେ ଅଧିକାଂଶତଃ ହିଟ୍‌ରେସ ଯୋଗୁଁ ବ୍ୟତିବ୍ୟସ୍ତ ହେଇଥାନ୍ତି । ଝାଳ ବାହାରୁ ଥିବା ଚର୍ମ ସବୁ ନିଜ ନିଜ ମଧ୍ୟରେ ଘଷାଘଷି ହୋଇ କ୍ଷତ ସୃଷ୍ଟି କରେ ବା ଲାଲ ଦେଖାଯାଏ ଓ ଖୁବ୍ ଜଳିଥାଏ । ଛାତି ତଳେ କାଖ ତଳେ, ଜଂଘ ସନ୍ଧିରେ ବା ତଳିପେଟରେ ଏହା ବେଶି କଷ୍ଟ ପ୍ରଦାନ କରିଥାଏ । ନିଜ ଦେହକୁ ସଫା ସୁତୁରା ରଖନ୍ତୁ ଓ ଗାଧୋଇଲା ବେଳେ ଗାମୁଛାରେ ହାଲୁକା ପୋଛ ଦେଇ ପାଉଡ଼ର ଲଗାନ୍ତୁ । କେଲେମାଇନ ଲୋସନ ମଧ୍ୟ ମୁକ୍ତି ଦେଇପାରେ । ଦୁଇ ତିନି ଦିନରେ ଠିକ୍ ନହେଲେ ଡାକ୍ତରଙ୍କ ପରାମର୍ଶ ଗ୍ରହଣୀୟ ।

ଯାହା ମଧ୍ୟ ହେଇପାରେ: ଏସବୁ କେବଳ ଦୃଷ୍ଟାନ୍ତ ମାତ୍ର । ଆପଣଙ୍କ ତ୍ୱଚା ଯେ କୌଣସି ପ୍ରକାର ପ୍ରତିକ୍ରିୟା ସୃଷ୍ଟି କରିପାରେ; ଏଣୁ ତଦନୁସାରେ ଯାହା ହେବ ଲକ୍ଷ୍ୟ କରନ୍ତୁ ।

(୧୮୫)

ପାଦର ଆକାର ବୃଦ୍ଧି

"ମୋ ଜୋତା କାହିଁକି କେଜାଣି ବେଶି ଚିପା ଲାଗୁଛି । ହେଲେ, ମୋ ପାଦର ଆକାର କଣ ବୃଦ୍ଧି ପାଉଛି କି ?"

ଗର୍ଭ ସମୟରେ କେବଳ ପେଟ ବଢ଼ିନଥାଏ । ଅନେକ ଗର୍ଭବତୀ ସ୍ତ୍ରୀମାନଙ୍କ ପରି ଆପଣଙ୍କ ପାଦର ଆକାର ମଧ୍ୟ ବୃଦ୍ଧି ପାଇପାରେ । ଯଦି ନୂଆ ଜୋତା ବା ଚପଲ କିଣୁଛନ୍ତି ତେବେ ଖୁବ୍ ଭଲ କଥା, ହେଲେ କିଛି ମାସ ତଳେ, ଯଦି କିଣିଥାନ୍ତି, ତେବେ ତାକୁ ବର୍ତ୍ତମାନ ଭୁଲି ଯାଆନ୍ତୁ ।

ଗର୍ଭବେଳେ କାହିଁକି ପାଦ ବଢ଼ିଯାଏ ? କାରଣ ବେଶି ତରଳ ପଦାର୍ଥ ଓ ଫୁଲିବା ବ୍ୟତୀତ ଆଉ ଗୋଟିଏ କାରଣ ହୋଇପାରେ । ଗର୍ଭାବସ୍ଥାର ହର୍ମୋନ 'ରିଲେକ୍ସିନ' ଆପଣଙ୍କ ପୃଷ୍ଠଦେଶ ଓ ଆଖପାଖର ଲିଗାମେଣ୍ଟ ଓ ଖଣ୍ଡାକୁ ପୃଥକ କରିଦେଇଥାଏ; ଫଳରେ ଗର୍ଭସ୍ଥ ଶିଶୁ ପାଇଁ ଜାଗା ହେଇପାରିବ । ଏଣୁକରି ପାଦରେ ଉକ୍ତ ଲିଗାମେଣ୍ଟର ପ୍ରଭାବ ପଡ଼ିଥାଏ । ଅର୍ଥାତ୍ ଏହାର ହାଡ଼ଗୁଡ଼ିକ ସାମାନ୍ୟ ଚଉଡ଼ା ହେଇଯାଏ । ଏଣୁ ପାଦର ଆକାର ଅଧା ବା ଏକ ଇଞ୍ଚ ବଢ଼ିଯାଏ । ଅବଶ୍ୟ ପ୍ରସବ ପରେ ଏହା ପୂର୍ବବତ୍ ହେଇଯାଏ । ହେଲେ ବେଳେ ବେଳେ ପାଦର ଆକାର ସବୁଦିନ ପାଇଁ ବଢ଼ିଯାଇଥାଏ ।

ସେ ପର୍ଯ୍ୟନ୍ତ ଆପଣଙ୍କ ପାଦର ଆକାର ହ୍ରାସ ପ୍ରତି ଦୃଷ୍ଟି ଦେବାକୁ ହେବ । ସାଇଜ ମନେକର ୧ ଇଞ୍ଚ ବୃଦ୍ଧି ପାଏ, ତେବେ ନୂଆ ଜୋତା କିଣି ବ୍ୟବହାର କରନ୍ତୁ, ନହେଲେ ଖାଲି ପାଦରେ ରହିବାକୁ ପଡ଼ିବ । ଜୋତା କିଣିଲାବେଳେ ଫେସନ କଥା ନ ଦେଖି ବରଂ ଆରାମ ବାବଦରେ ଚିନ୍ତା କରନ୍ତୁ । ଜୋତାର ଗୋଇଠି ଦୁଇ ଇଞ୍ଚ (୨")ରୁ ବେଶି ହେବା ଅନୁଚିତ । ପାଦକୁ ଆରାମ ଲାଗୁଥିବା ସୋଲ ଯୁକ୍ତ ସିନ୍ଥେଟିକ ଜୋତା କିଣନ୍ତୁ । ଫଳରେ ଝାଳ ନାଳରୁ ରକ୍ଷା ପାଇହେବ ।

ସନ୍ଧ୍ୟାବେଳେ କ'ଣ ଆପଣଙ୍କ ପାଦ ଓ ଗୋଡ଼ ଯନ୍ତ୍ରଣା ହୁଏ କି? କବିଶେଷ ଭାବରେ ତିଆରି ଯୋଜତା ଏହାକୁ ଉପଶମ କରିପାରିବ । ଏହାବ୍ୟତୀତ ଆପଣଙ୍କୁ ପିଠି ଓ ଗୋଡ଼ ବ୍ୟଥାରୁ ମଧ୍ୟ ମୁକ୍ତି ମିଳିପାରିବ । ସୁଯୋଗ ମିଳିଲା ମାତ୍ରେ ଗୋଡ଼ (ପାଦ) ଟେକି ବସନ୍ତୁ ବା ଶୁଅନ୍ତୁ ମଧ୍ୟ । ଘରେ ଇଲାଷ୍ଟିକ ଚପଲ ପିନ୍ଧନ୍ତୁ । ଅବଶ୍ୟ ଏହା ଫେସନ ନହେଲେ ମଧ୍ୟ ଯନ୍ତ୍ରଣାରୁ ମୁକ୍ତି ଦେଇଥାଏ ।

ନଖ ଓ ବାଳର ତୀବ୍ର ବୃଦ୍ଧି

"ମୋର ମନେହେଉଛି ଯେ ଏହି ସମୟରେ ନଖ ଓ ବାଳ ଖୁବ୍ ବଢ଼ି ବଢ଼ି ଯାଉଛି, ଏଭଳି କାହିଁକି ?"

ବୋଧହୁଏ ପ୍ରେଗ୍ନେନ୍ସି ହର୍ମୋନ୍ସ ସବୁ ମିଶି ଆପଣଙ୍କ ସମଗ୍ର ଗର୍ଭକାଳକୁ କଦାକାର କରିଦେଇଛନ୍ତି (କୋଷ୍ଠ କାଠିନ୍ୟ, ଛାତିଦଳନ, ବାନ୍ତି) ହେଲେ ଏହାବ୍ୟତୀତ ଏଭଳି କେତେକ ହର୍ମୋନ୍ସ ଅଛି, ଯେଉଁମାନେ ବକି ବୃଦ୍ଧିରେ ପରମ ସହାୟକ ହୋଇଥାନ୍ତି । ଆପଣ ଦଅତ ବେଗରେ ବଢୁଥିବା ନଖକୁ ମେନିକ୍ୟୁର କରିପାରିବେ । ନିଜର ହେୟାର ଷ୍ଟାଇଲିଷ୍ଟ ପାଖକୁ ଯିବା ପୂର୍ବରୁ ବାଳ ଲମ୍ବା କରିପାରିବେ । ବାଳ ଆଗ ଅପେକ୍ଷା ଘଞ୍ଚ ମଧ୍ୟ ହେଇପାରେ । ଏହାଫଳରେ ରକ୍ତ ସଂଚାର ଓ ମେଟାବଲିଜମ୍ ମଧ୍ୟ ବୃଦ୍ଧି ଯୋଗୁଁ ନଖ ଓ ବାଳମାନଙ୍କୁ ପୋଷଣ ମିଳିବାରୁ ସେମାନେ ସୁସ୍ଥ ହୋଇ ତୀବ୍ର ବେଗରେ ବଢ଼ିଥାନ୍ତି ।

ଅବଶ୍ୟ ପ୍ରତ୍ୟେକ ଲାଭ ସାଙ୍ଗରେ କ୍ଷତି ମଧ୍ୟ ହେଇଥାଏ । ଏହି ପୋଷଣ ଯୋଗୁଁ ଅନ୍ୟ କୁପ୍ରଭାବ ମଧ୍ୟ ପଡ଼େ । ଅର୍ଥାତ୍ ଅନିଚ୍ଛାକୃତ ଭାବରେ ଏହା ଓଠ, ଚିବୁକ ଓ ଗାଲ, କାଖ, ହାତ, ଗୋଡ଼, ଛାତି, ପିଠି ଓ ପେଟ ଉପରେ ମଧ୍ୟ ବାଳ କଢୁରିବା ଆରମ୍ଭ ହେଇଯାଏ । ଆପଣଙ୍କ ଲମବା ନଖ ମଧ୍ୟ ଶୁଖିଯାଇ ଶକ୍ତ ହେଇପଡ଼େ ।

ମନେରଖନ୍ତୁ ଯେ ନଖ ଓ ବାଳର ଏହା ଅସ୍ଥାୟୀ ବୃଦ୍ଧି ଅଟେ । ପ୍ରସବ ପରେ ସବୁ କିଛି ପୂର୍ବବତ ହେଇଥାଏ । ବାଳ ଆଗଭଳି ଛୋଟ ପତଳା

ହେଇଥାନ୍ତି । ନଖ ମଧ୍ୟ ବେଶି ବଢ଼ିବନି । ଯାହାହେଉ ଶିଶୁ ସକାଶେ ମା'ଙ୍କୁ ଦିନେ ନା ଦିନେ ନଖ କାଟିବାକୁ ପଡ଼ିଥାନ୍ତା ।

(୧୮୬)

ଦୃଷ୍ଟିଶକ୍ତି

"ଗର୍ଭଧାରଣ ପରେ ପରେ ମୋର ଦୃଷ୍ଟିଶକ୍ତି ଆଗ ଠାରୁ କମିଯାଇଛି । ମୋର କଣ୍ଟାକ୍ଟ ଲେନ୍ସ ମଧ୍ୟ ଠିକ୍ ଭାବରେ କାମ କରୁନି । ଏହା ମୋର ଭ୍ରମ ଧାରଣା ନୁହଁତ"

ନା, ଏହା ଭ୍ରମଧାରଣା ବା କଳ୍ପନା ନୁହଁ । ଏହି ସମୟରେ ଦୃଷ୍ଟିଶକ୍ତି କମିବା ସାଙ୍ଗକୁ କଣ୍ଟାକ୍ଟ ଲେନ୍ସ ମଧ୍ୟ ଆରାମଦାୟ ଲାଗିବନି । ଶୁଷ୍କତା ଯୋଗୁଁ ଆଖି କୁଣ୍ଡେଇ ହେବ, ଖସୁ ଓ ଉଦ୍‌ବେଗ ମଧ୍ୟ ପ୍ରକାଶ ପାଇପାରେ । ଆଖିରୁ ପାଣି ଗଡ଼ିଲେ ହୁଏତ ଲେନ୍ସ ଯୋଗୁଁ ଦୃଷ୍ଟି ଛାପ୍‌ସା ଝାପ୍‌ସା ଦେଖାଯାଇପାରେ । ପ୍ରସବ ପରେ ସବୁ ଆଗ ଭଳି ହେଇଯିବ । ଏଣୁ ପରିବର୍ତ୍ତନ କରିବା ପୂର୍ବରୁ ଚିନ୍ତା କରନ୍ତୁ ।

ଏହା କରେକ୍ଟିଭ ଲେଜର ଆଏସର୍ଜରୀ କରିବାର ବେଳ ନୁହଁ । ଅବଶ୍ୟ ଶିଶୁ ଉପରେ କୌଣସି ପ୍ରଭାବ ପଡ଼ିବ ନାହିଁ । ହେଲେ ଆପଣଙ୍କୁ ଠିକ୍ ହେବାକୁ ସମୟ ଲାଗିବ । ଏଣୁ ପ୍ରସବ ପରେ କରାନ୍ତୁ । ଆଖିବରେ ପକଉଥିବା ଔଷଧ ମଧ୍ୟ କାମକୁ ଆସିନପାରେ । ଆଖିର ଡାକ୍ତରମାନେ କହନ୍ତି ଯେ ଗର୍ଭଧାରଣର ଛ'ମାସ ପୂର୍ବରୁ ଓ ପ୍ରସବର ଛ ମାସ ପରେ ସର୍ଜରୀ କରେଇବା ଉଚିତ ।

ଅବଶ୍ୟ ଟିକେ ଅଧେ ଏପଟ ସେପଟ ହେଲେ ଚଳିବ କିନ୍ତୁ ଆଖି ବେଶି ଖରାପ ହେଲେ ଡାକ୍ତରଙ୍କୁ ପରାମର୍ଶ କରନ୍ତୁ । ଆଖି ଆଗରେ କଳା ଛାଇ ଦିଶେ ବା ଦୁଇ ତିନି ଘଣ୍ଟା ଧରି ଭଲ ଦେଖାନଗଲେ ଡାକ୍ତରଙ୍କୁ ଦେଖାନ୍ତୁ । ହଠାତ୍ ଠିଆହେଲେ ଅନ୍ଧାର ଲାଗିଲେ ଭୟ କରନ୍ତୁନି, ଆଉ ଡାକ୍ତରଙ୍କୁ ପଚାରନ୍ତୁ ।

ଭ୍ରୂଣର ଗତିବିଧି ବା ଚଳପ୍ରଚଳ

"ଗତ ସପ୍ତାହରୁ ମୋ ଗର୍ଭରେ ପ୍ରତିଦିନ ହଲଚଲ ବା ଚଳପ୍ରଚଳ ଅନୁଭୂତ ହେଉଥିଲା, ହେଲେ ଆଜି କିଛି ଜଣାପଡୁନାହିଁ । ସବୁ ଠିକ୍‌ଠାକ୍ ଅଛି ତ ?"

ଶିଶୁ ଗର୍ଭ ଭିତରେ ଥାଇ ଲାତ ମାରିବା, ଏପଟ ସେପଟ ହେବା ଇତ୍ୟାଦି ବେଶ୍ ରୋମାଞ୍ଚକ ହେଇଥାଏ । ଏହାର ପ୍ରମାଣ ଯେ ଜଣେ ଶକ୍ତିଶାଳୀ ଭ୍ରୂଣ ଗର୍ଭରେ ଥାଇ ବଡ଼ ହେଉଛି । ଅବଶ୍ୟ ଏହି ଚଳପ୍ରଚଳ ବେଳେ ବେଳେ ଭାବି ମାଙ୍କ ମନରେ ଅନେକ ପ୍ରଶ୍ନ ଓ ଆଶଙ୍କାକୁ ଜନ୍ମ ଦେଇଥାଏ । କ୍ଷଣିକ ପାଇଁ ଛୁଆ ଲାତ ମାରୁଥିବା ଭଳି ମନେ ହୁଏ ଓ ଆରକ୍ଷଣିକୁ ପେଟରେ ଗ୍ୟାସ ହେବାର ଆଶଙ୍କା ହୁଏ । ଦିନସାରା ଚଳପ୍ରଚଳ ହେଉଥି ଅଥଚ ଆର ଦିନକୁ ସବୁ ନୀରବ ଅର୍ଥାତ ଶୋଇଥିବ ନା କ'ଣ ।

ଚିନ୍ତା କରନ୍ତୁନି, ଗର୍ଭ ବେଳେ ଏସବୁ କଥା ଚିନ୍ତା କରିବା ଆଦୌ ଉଚିତ ନୁହଁ । ଚଳପ୍ରଚଳ କେବେ ଓ କେତେ ଥର ହେବ କହିବା ମୁସ୍କିଲ । ଏସବୁ ସ୍ୱତନ୍ତ୍ର । ଅନେକ ଥର ଶିଶୁ ନିଜର ସ୍ଥାନ ପରିବର୍ତ୍ତନ କରିଥାଏ । ଏଣୁ ତାର ଚଳ ପ୍ରଚଳ ଜଣାପଡ଼େ ନାହିଁ କିମ୍ବା ଆପଣ ନିଜେ ଚଲାବୁଲା କରୁଥାନ୍ତି, ଅଥବା ନିଦରେ ଶୋଇଥାନ୍ତି । ଅନେକ ଥର ବ୍ୟସ୍ତତା ଯୋଗୁଁ ମଧ୍ୟ ହଲଚଲ ହୁଏ ନାହିଁ । କେତେକ ଛୁଆ ଅଧା ରାତିରେ ହଲଚଲ ହେଇଥାନ୍ତି ତ ମା' ଗଭୀର ନିଦରେ ଶୋଇଥାନ୍ତି ସେତେବେଳେ ।

ଯଦି ଆପଣ କେଇ ଘଣ୍ଟା ଧରି ଶିଶୁର ଚଳପ୍ରଚଳ ଶୁଣି ପାରୁନଥାନ୍ତି, ତେବେ ଗ୍ଲାସେ କ୍ଷୀର, କମଳା ରସ ବା ସ୍ନେକ୍ସ କେତେ ଖଣ୍ଡ ଖାଇ ଘଣ୍ଟାକ ପାଇଁ ଶୋଇ ପଡନ୍ତୁ । ଆପଣଙ୍କ ନିଷ୍କ୍ରିୟତା ଓ ମିଳିଥିବା ଖାଦ୍ୟ ପଦାର୍ଥ ପାଇ ଶିଶୁଟି ଚଳପ୍ରଚଳ ଆରମ୍ଭ କରିଦେବ । ତଥାପି ଏପରି ନହେଲେ ବ୍ୟସ୍ତ ହୁଅନ୍ତୁନି କାରଣ ଅନେକ ଛୁଆମାନଙ୍କ ଚଳପ୍ରଚଳ ଦୁଇ ତିନିଦିନ ପର୍ଯ୍ୟନ୍ତ ଜଣାପଡ଼େ ନାହିଁ । ତଥାପି ସନ୍ଦେହ ହେଲେ ଡାକ୍ତରଙ୍କ ପାଖକୁ ଯାଆନ୍ତୁ ।

୨୮ ଶ ସପ୍ତାହ ପରେ ତାର ଚଳପ୍ରଚଳ ଆଗ ଅପେକ୍ଷା କ୍ଷୀପ୍ରତର ହେବ । ଏଣୁକରି ଏଥର ଆପଣଙ୍କୁ ତାର ପ୍ରତିଟି ଚଳପ୍ରଚଳ ପ୍ରତି ଦୃଷ୍ଟି ଦେବାକୁ ହେବ ।

ଦ୍ୱିତୀୟ ତିନି ମାସର ଅଲଟ୍ରା ସାଉଣ୍ଡ

"ମୋର ଗର୍ଭାବସ୍ଥା ସରଳ ଓ ସାଧାରଣ ଭାବରେ ଚାଲୁଛି, ହେଲେ ମଧ୍ୟ ମୋର ଡାକ୍ତର ଚାହାନ୍ତି ଯେ ମୋତେ ଏଥର ଅଲଟ୍ରା ସାଉଣ୍ଡ କରେଇବାକୁ ହେବ । କଣ ବାସ୍ତବରେ ଏହା ଆବଶ୍ୟକ କି ?"

ଆଜିକାଲି ପ୍ରାୟ ସବୁ ଗର୍ଭବତୀ ସ୍ତ୍ରୀ ମାନଙ୍କର ଦ୍ୱିତୀୟ ତିନି ମାସରେ ଅଲଟ୍ରା ସାଉଣ୍ଡ କରାଯାଇଥାଏ । ହୁଏତ ସେମାନଙ୍କର ଗର୍ଭ ଧାରଣ ଯେତେ ସହଜ ଓ ସାଧାରଣ ହେଉନା କାହିଁକି । ଡାକ୍ତର ଦେଖିବାକୁ ଚାହାନ୍ତି ଯେ ଶିଶୁର ବିକାଶ ଠିକ୍ ଭାବରେ ହେଉଛି ନା ନାହିଁ । ବାସ୍ତବରେ ଯେତେ ବିକାଶ ହେବା ଉଚିତ ଦ୍ୱିତୀୟତଃ ଆପଣଙ୍କୁ ମଧ୍ୟ ନିଜ ଶିଶୁଟିକୁ ଅଲଟ୍ରାସାଉଣ୍ଡ ବଳରେ ଦେଖିବାର ସୁଯୋଗ ମିଳିଯାଇଛି । ଏହି ସମୟରେ ଶିଶୁର ଲିଙ୍ଗ ମଧ୍ୟ ଜଣାପଡ଼ିଥାଏ ।

ହୁଏତ ଆପଣ ଗର୍ଭଧାରରଣର ତାରିଖ ଜାଣିବା ପାଇଁ ପ୍ରଥମ ତିନିମାସରେ ଛୁଆର ଅଲଟ୍ରାସାଉଣ୍ଡ କରେଇ ସାରିଥିବେ କିମ୍ବା ସମ୍ପୂର୍ଣ୍ଣ ତଥ୍ୟାବଳୀ ଜାଣିବା ପାଇଁ ସ୍କାନ କରେଇ ସାରିଥିବେ; ତଥାପି ଆପଣଙ୍କ ଡାକ୍ତରଙ୍କୁ ଆହୁରି ଅନେକ ତଥ୍ୟ ମିଳତିଥାଏ; ଯଥା: ଶିଶୁର ଆକାର ଓ ବିଭିନ୍ନ ଅଙ୍ଗ ପ୍ରତ୍ୟଙ୍ଗ, ଏମ୍ନିୟୋଟିକ ପଦାର୍ଥର ଉଚିତ ପରିମାଣ ଓ ପ୍ଲେଜେଣ୍ଟାର ସ୍ଥାନ ଇତ୍ୟାଦି । ଏହାଦ୍ୱାରା ଡାକ୍ତର ଆପଣଙ୍କ ଓ ଶିଶୁର ସ୍ୱସ୍ଥ ପାଇପାରିଥାନ୍ତି ।

ଯଦି ଆପଣ ଉକ୍ତ ଅଲଟ୍ରା ସାଉଣ୍ଡଟିକୁ ଭଲ ଭାବରେ ବୁଝି ପାରୁନାହାନ୍ତି ତେବେ ପଚାରିବାରେ ସଂକୋଚ କରନ୍ତି ନାହିଁ ।

ଏକେ ସୁନ୍ଦର ଛବି

ଦ୍ୱିତୀୟ ତିନିମାସର ଅଲଟ୍ରା ସାଉଣ୍ଡରେ ଆପଣ ଶିଶୁର ସୁନ୍ଦର ଛବିଟିଏ ପାଇପାରିବେ । ଏହାକୁ ନିଜ କମ୍ପ୍ୟୁଟରରେ ସାଇତି ରଖନ୍ତୁ । ଏହାକୁ ଫଟୋ ୱେବ୍ ସାଇଟରେ ସ୍କାନ କରି ରିଏଲ ଫଟୋ ଇଂକରେ ଏସିଡ ଫ୍ରି ପେପର ପ୍ରିଣ୍ଟ କରି ରଖି ପକାନ୍ତୁ । ଏହିପରି ନିଜର ସୁମଧୁର ସ୍ମୃତିକୁ ଦୀର୍ଘଦିନ ଧରି ବଞ୍ଚେଇ ରଖିପାରିବେ ।

ପ୍ଲେଜେଣ୍ଟାର ସ୍ଥାନ

"ଡାକ୍ତରଙ୍କ ମତାନୁସାରେ ମୋ ପ୍ଲେଜେଣ୍ଟାରୁ ଜଣାପଡ଼ିଛି ଯେ ତାହା ତଳେ ସର୍ଭିକ୍ସ ପାଖକୁ ଅଛି । ଅବଶ୍ୟ ତାଙ୍କ ହିସାବରେ ଏବେ କୌଣସି ଅସୁବିଧା ହେବାର ନାହିଁ, ହେଲେ ମୁଁ ଏବେଠାରୁ ବ୍ୟତିବ୍ୟସ୍ତ ହେଇ ପଡୁଛି ।"

ଆପଣଙ୍କ ଛୁଆ ଗର୍ଭାଶୟ ଭିତରେ ଏପଟ ସେପଟ ବୁଲୁଛି କି ? ଭ୍ରୁଣ ଭି ପ୍ଲେଜେଣ୍ଟା ମଧ୍ୟ ଗର୍ଭାଶୟରେ ନିଜ ସ୍ଥାନ ପରିବର୍ତ୍ତନ କରୁଥିବ । କେବଳ ୧୦ ପ୍ରତିଶତ ପ୍ଲେଜେଣ୍ଟା ଗର୍ଭାଶୟର ତଳ ଭାଗକୁ ଯାଇଥାନ୍ତି । ଡେଲିଭରି ସମୟ ନଆସିବା ପର୍ଯ୍ୟନ୍ କେଶିକରି ଏହା ଉପର ପଟକୁ ଚାଲି ଯାଇଥାଏ । ଯଦି ଏହା ନହୁଏ ଓ ପ୍ଲେଜେଣ୍ଟା ଗର୍ଭାଶୟର ମୁଖ ଦ୍ୱାରରୁ ବନ୍ଦ କରିଦିଏ ତେବେ ପ୍ରିକ୍ରିୟା କଥା ଜ୍ଞାତ କରାଯାଏ । ପ୍ରାୟ ୨୦୦ ଜଣରେ ଗୋଟିଏ ମାମଲା ଏପରି ହେଉଥିବାର ଅନ୍ୟ ଶବ୍ଦରେ ଡାକ୍ତର ଠିକ୍ କହୁଛନ୍ତି, ଏବେଠାରୁ ଆଶଙ୍କା କରିବାର କିଛି ନାହିଁ, ସବୁ ଠିକ୍ ହେଇଯିବ ।

ଅଲଟ୍ରା ସାଉଣ୍ଡ ବେଳେ ଟେକ୍ନିସିଆନ ମୋତେ କହିଥିଲେ ଯେ ମୋର ଇଣ୍ଟିରିଅର ପ୍ଲେଜେଣ୍ଟା ଅଛି । ଏହାର ଅର୍ଥ କଣ ?"

ଏହାର ଅର୍ଥ ହେଲା ଆପଣଙ୍କ ଶିଶୁ ପ୍ଲେଜେଣ୍ଟା ପରେ ଅଛି । ସାଧାରତଣଃ ଏକ ଡିମ୍ବ ନିଜେ ଗର୍ଭାଶୟ ପଛକୁ ରହିଯାଏ, ଆପଣଙ୍କ ମେରୁ ହାଡ଼ ତଳକୁ ଓ ସେଠାରେ ପ୍ଲେଜେଣ୍ଟା ବିକଶିତ ହୋଇଥାଏ । ବେଳେ ବେଳେ ଏହି ଡିମ୍ବ ଗର୍ଭାଶୟର ବିପରୀତ ଦିଗରେ ନାଭି ତଳକୁ ରହିଯାଏ । ଏହା ଗର୍ଭାଶୟର ଆଗକୁ ବୃଦ୍ଧି ପାଏ ଓ ଶିଶୁ ତାର ପଛକୁ ରହିଯାଏ । ଏଣୁ ଆପଣଙ୍କ କ୍ଷେତ୍ରରେ ମଧ୍ୟ ଏଇୟା ହେଇଥିବ ।

ଅବଶ୍ୟ ଶିଶୁକୁ ଏହାଦ୍ୱାରା କୌଣସି ଅସୁବିଧା ହେବନାହିଁ । ପ୍ଲେଜେଣ୍ଟା ଓ ଶିଶୁର ବିକାଶ ମଧ୍ୟରେ କୌଣସି ସମ୍ପର୍କ ନାହିଁ ।

ଆପଣଙ୍କୁ କ୍ଷତି ଏହା ହୋଇପାରେ ଯେ ଶିଶୁଟିର ଚଳପ୍ରଚଳ, ଲାତମାରିବା, ଏପଟ ସେପଟ ହେବା କାମକୁ ଠିକ୍ ଭାବରେ ଜାଣି ପାରିବେ ନାହିଁ । ପ୍ଲେସେଣ୍ଟା ଉଭୟଙ୍କ ମଧ୍ୟରେ ଗଦ ଭଳି କାମ କରିବ ।

ଏତଦ୍ୱାରା ଅଯଥା ବ୍ୟତିବ୍ୟସ୍ତ ହେବେ । ଏହି କାରଣରୁ ଡାକ୍ତରଙ୍କୁ ମଧ୍ୟ ଭ୍ରୂଣର ହୃଦ୍‌ସ୍ପନ୍ଦନ ଶୁଣିବାରେ କଷ୍ଟ ହେବ; କିନ୍ତୁ ଏସବୁ ଅସୁବିଧା ସତ୍ତ୍ୱେ ଚିନ୍ତା କରିବାର କିଛି ନାହିଁ । ଏଣ୍ଟେରିଅର ପ୍ଲେସେଣ୍ଟା ଆପେ ଆପେ ନିଜର ପୋଷ୍ଟେରିଆର ପୋଜିସନକୁ ଚାଲି ଆସିଥାଏ ।

ଶୋଇବାର ମୁଦ୍ରା

"ମୁଁ ସଦାବେଳେ ପେଟରେ ଭରାଦେଇ ଶୋଇ ଆସୁଛି । ଏଥର ମୋତେ ଡର ମାଡୁଛି । ଅନ୍ୟପ୍ରକାରେ ଶୋଇବା ମୋତେ ଆରାମ ଲାଗୁନାହିଁ ।"

ଦୁର୍ଭାଗ୍ୟବଶତଃ ଗର୍ଭଧାରଣ ବେଳେ ପେଟ ଓ ପିଠିରେ ଭରା ଦେଇ ଶୋଇବା ଉପଯୁକ୍ତ ନୁହଁ । ପେଟରେ ଭରାଦେଇ ଶୋଇବାର ଅର୍ଥ ହେଲା ତରଭୁଜ ଟିଏ ରଖି ତା ଉପରେ ଶୋଇବା । ପିଠିରେ ଭରାଦେଇ ଚିତ୍ ଶୋଇବା ହୁଏତ ଆରାମ ଲାଗିପାରେ, ହେଲେ ର୍ଭାଶୟର ସବୁତକ ଭାର ପିଠି, ଅନ୍ତଃନଳୀ ଓ ରକ୍ତ ନଳୀଗୁଡ଼ିକ ଉପରେ ପଡ଼ିବ । ଫଳରେ ପିଠି ବ୍ୟଥା ଆହୁରି ବଢ଼ିଯିବ । ଅଜୀର୍ଣ୍ଣ ସାଂଗକୁ ରକ୍ତସଂଚାରରେ ମଧ୍ୟ ବାଧା ସୃଷ୍ଟି ହେବ । ଆପଣ ହାଇପୋଟେନ୍‌ସନ କିମ୍ବା ନିମ୍ନ ରକ୍ତଚାପରେ ଆକ୍ରାନ୍ତ ହୋଇପାରନ୍ତି । ଫଳରେ ସବୁବେଳେ ଦେହ ଅବଶ ଲାଗିବ ।

ଏହାର ଅର୍ଥ ନୁହଁ ଯେ ଆପଣ ଠିଆହୋଇ ଶୋଇବେ । ନିଜର ବାଁ କଡ଼ ଦେଇ ଗୋଡ଼ ମଝିରେ ତକିଆ (ମୁଚୁଳା)ଟିଏ ଲଦି ଶୁଅନ୍ତୁ । ଏହା ଶିଶୁ ପାଇଁ ସୁବିଧାଜନକ । ଏହାଦ୍ୱାରା ପ୍ଲେସେଣ୍ଟାରେ ରକ୍ତ ସଂଚାରରେ ବାଧା ସୃଷ୍ଟି ହେବନାହିଁ । ବୃକକ୍ ଠିକ୍ ଭାବରେ କାମ କରିବ ଅର୍ଥାତ୍ ଅପଶିଷ୍ଟ ପଦାର୍ଥ ପଦାକୁ ବାହାରିବ, ହାତ, ପାଦ ଓ ଗୋଡ଼ କମ୍ ପରିମାଣରେ ଫୁଲିବ ।

ଖୁବ୍ କମ୍ ଲୋକ ଗୋଟିଏ ନିଦରେ ଏକ କଡ଼ ଦେଇ ରାତି ପାହେଇ ଦିଅନ୍ତି । ଆଖି ଖୋଲିଲା ମାତ୍ରେ ଯଦି ନିଜକୁ ପେଟ କିମ୍ବା ପିଠିରେ ଭରା ଦେଇ

ଶୋଇଥିବା ଲକ୍ଷ୍ୟ କରନ୍ତି, ତେବେ ବ୍ୟସ୍ତ ହୁଅନ୍ତୁ ନାହିଁ ।

ଏହାଫଳରେ କୌଣସି କ୍ଷୟକ୍ଷତି ହେବନାହିଁ । ହେଲେ କଡ଼ ମୋଡ଼ି ପକାନ୍ତୁ । ହୁଏତ କିଛି ଦିନ ଏପରି ଅସୁବିଧା ହୋଇପାରେ କିନ୍ତୁ ପରେ ପରେ ଅଭ୍ୟାସରେ ପରିଣତ ହୋଇଯିବ । ଯଦି ୫ ଫୁଟ ଲମ୍ବ ବା ବ୍ୟାଞ୍ଜ ଆକାରରେ ତକିଆ ଧରି ଶୋଇଲେ ଆହୁରି ଭଲ ହେବ । ତକିଆ ନହେଲେ ମଧ୍ୟ ନିଜ ଦେହକୁ ଆରାମଦାୟକ ମୁଦ୍ରାରେ ଆଣି ଶୋଇପାରନ୍ତି ।

ଗର୍ଭମଧ୍ୟରେ ଶିକ୍ଷାଦାନ

"ମୋ ସାଙ୍ଗ କହୁଥିଲା ଯେ ଗର୍ଭସ୍ଥ ଶିଶୁମାନଙ୍କୁ ଗୀତ ଶୁଣେଇଲେ ସିଏ ଗାୟକ ନହେଲେ ସଂଗୀତଜ୍ଞ ହେଇ ଜନ୍ମ ହେବ । ଆଉ ସଖୀଙ୍କର ସ୍ୱାମୀ ତାଙ୍କୁ ଭଲ ଭଲ ଗପ ଶୁଣାଉଛନ୍ତି । ହେଲେ ମୋତେ ମଧ୍ୟ ଏପରି କିଛି କରିବାକୁ ହେବ କି?"

ପ୍ରତ୍ୟେକ ବାପା ମା' କୌଣସି ନା କୌଣସି ପ୍ରକାରେ ନିଜ ଶିଶୁର ମଙ୍ଗଳ ଚାହିଁଥାନ୍ତି, କିନ୍ତୁ ଆପଣଙ୍କୁ ଏବେଠାରୁ ତାର ଶିକ୍ଷା ଦୀକ୍ଷା ନେଇ ଏତେ ବ୍ୟସ୍ତ ହେବା ଦରକାର ନାହିଁ ।

ପଞ୍ଚମ ମାସ

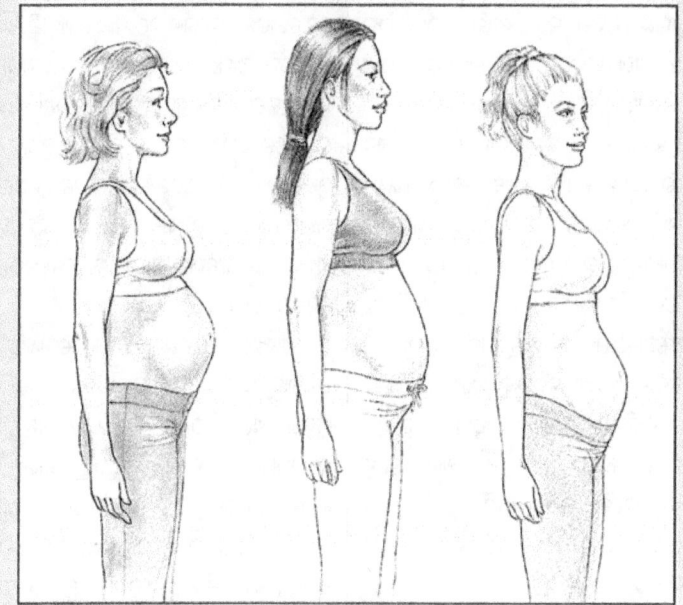

ପଞ୍ଚମ ମାସର ଶେଷକୁ ଗର୍ଭବତୀ ସ୍ତ୍ରୀମାନେ ତିନି ପ୍ରକାରର ଦେଖାଯାଇଥାନ୍ତି । ଏସବୁ ନିଜର ଆକାର- ପ୍ରକାର, ଓଜନ ଓ ଗର୍ଭାଶୟର ସ୍ଥିତି ଉପରେ ନିର୍ଭର କରିଥାଏ । ଆପଣଙ୍କୁ ହୁଏତ ଉଚ୍ଚ, ଅଳ୍ପ ଉଚ୍ଚ, ଅଳ୍ପ ଓଜନିଆ କିମ୍ବା ପ୍ରଶସ୍ତ ଗର୍ଭ ରହିପାରେ ।

ଏକଥା ସତ ଯେ ଦ୍ୱିତୀୟ ତିନିମାସର ଶେଷ ବେଳକୁ ଗର୍ଭସ୍ଥ ଶିଶୁଟି ଶୁଣିବାକୁ ଲାଗିଥାଏ ହେଲେ ଏହାର ଅର୍ଥ ନୁହଁ ଯେ ତାକୁ ବିଭିନ୍ନ ଗୀତ, ସଂଗୀତ ଶୁଣେଇ ଗାୟକ ବା ସଂଗୀତଜ୍ଞ କରିବା ।

ଛୋଟ ଗର୍ଭସ୍ଥ ଶିଶୁ ଉପରେ ଏଡେ ବଡ଼ ଦାୟିତ୍ୱ ଲଦି ଦେବା ଉଚିତ ହେବ କି ? ସେ ବଡ଼ ହେଲା ପରେ ନିଜର ପ୍ରତିଭା ବଳରେ ହୁଏତ ସବୁ କିଛି ଶିଖିଯିବ । ତଥାପି ଯଦି ଗର୍ଭକୁ ଶ୍ରେଣୀ କୋଠରି କରିଦେବାକୁ ଚାହୁଁଥାନ୍ତି, ତେବେ ହୁଏତ ତା' ପ୍ରାକୃତିକ ନିଦ୍ରାରେ ବ୍ୟାଘାତ ସୃଷ୍ଟି ହେଇପାରେ କିମ୍ବା ବିକାଶ ବାଧିତ ହେଇପାରେ ।

ଅବଶ୍ୟ ନିଜର ଶିଶୁଟିକୁ ନିକଟରୁ କହିବା ପାଇଁ ଯେକୌଣସି ଉପାୟ ଅବଲମ୍ବନ କରିପାରନ୍ତି । ଏଥିପାଇଁ ଗୀତ ବୋଲନ୍ତୁ, ଗପ ପଢ଼ି ଶୁଣାନ୍ତୁ । ନିଜ ହାତରେ ସ୍ପର୍ଶ କରନ୍ତୁ । ଏଭଳି କଲେ ହୁଏତ ଶିଶୁ ଓ ପୁତ୍ର ମଧ୍ୟରେ ଏକ ଅନ୍ତରଂଗ ସେତୁ ନିର୍ମିତ ହେଇଯିବ ।

ଗର୍ଭସ୍ଥ ଶିଶୁକୁ ବିଭିନ୍ନ ସଂଗୀତ ଶୁଣେଇଲେ ହୁଏତ, ଜନ୍ମ ପରେ ତାକୁ ସେଗୁଡ଼ିକ ଶୁଣିବାରେ ଭଲ ଲାଗିପାରେ ।

ନିଜ ଗର୍ଭକୁ ଈଷତ୍ ସ୍ପର୍ଶ ଦେଇ ଗୀତ ବୋଲନ୍ତୁ । ଆପଣଙ୍କ ସ୍ୱର ଶୁଣି ସେ ଅଭ୍ୟସ୍ତ ହେଉ । ଅନ୍ତରଂଗ ସମ୍ପର୍କ ଗଢ଼ିଉଠୁ ।

ବଡ଼ ଛୁଆଙ୍କୁ ଟେକାଟେକି କରିବା

"ମୋର ତିନି ବର୍ଷର ଛୁଆଟିଏ ଅଛି; ସେ ସବୁବେଳେ କୋଳକୁ ଆସିବାକୁ ଜିଦି କରିଥାଏ । ହେଲେ ଗର୍ଭାବସ୍ଥାରେ କଣ ଏଭଳି କରିବା ଠିକ୍ ହେବକି ? ଏହା ଫଳରେ ମୋ ପିଠିରେ ଭୀଷଣ ଯନ୍ତ୍ରଣା ହେଇଥାଏ ।"

ଯଦି ଡାକ୍ତର ବାରଣ କରନ୍ତି ନାହିଁ, ତେବେ ହୁଏତ ଗର୍ଭଧାରଣ ବେଳେ କମ୍ ଓଜନ (୩୪-୪୦ ପାଉଣ୍ଡ) ଟେକାଟେକି କରିପାରନ୍ତି । ହେଲେ ଏହା ଆପଣଙ୍କ ପିଠି ବ୍ୟଥାର ମୂଳ କାରଣ ହେଇପାରେ । ଯଦି ନିଜ ଅଭ୍ୟାସ ପରିବର୍ତ୍ତନ କରିବେ ନାହିଁ; ତେବେ ଅସୁବିଧାର ସମ୍ମୁଖୀନ ହେଇପାରନ୍ତି । ଛୁଆକୁ ଚାଲିବାକୁ କୁହନ୍ତୁ । ଆସ୍ତେ ଦୌଡ଼ା ଦୌଡ଼ି କରିବାକୁ କୁହନ୍ତୁ । ପାହାଚ ଚଢ଼ନ୍ତୁ ବା ଚାଲି ଚାଲି ଗୀତ ବୋଲନ୍ତୁ । ଛୁଆଟି ଦୁଇ ପାଦ ଚାଲିଲେ ମଧ୍ୟ ପ୍ରଶଂସା କରନ୍ତୁ । ହାଲିଆ ହେଇ ଛୁଆଟି ବସିପଡ଼ିଲେ କୋଳକୁ ଟାଣି ସ୍ନେହ କରନ୍ତୁ । ବେଳେ ବେଳେ ଅନ୍ୟ ଉପାୟ ନଥିଲେ ନିଜ ପିଠିର ସାମର୍ଥ୍ୟକୁ ବଜାୟ ରଖନ୍ତୁ ।

ବାପା ମା' ହେବାର ଆଗ୍ରହ

"ମତେ ଭାରି ଅଡୁଆ ଅଡୁଆ ଲାଗୁଛି ଯେ ଏଥିରୁ ମୁଁ କି ଖୁସି ପାଇବି । ମୁଁ ଭାବି ପାରୁନାହିଁ ଯେ କ'ଣ ଅନୁଭବ କରିବି ।"

ଅଧିକାଂଶ ଲୋକ ଜୀବନରେ ନୂଆ ନୂଆ ପରିବର୍ତ୍ତନ ଦେଇଚାନ୍ତି ଆଉ ଆପଣଙ୍କ ଘରେ ଶିଶୁର ଜନ୍ମ ମଧ୍ୟ ବଡ଼ ପରିବର୍ତ୍ତନ ଠାରୁ କମ୍ ନୁହଁ । ନିଶ୍ଚିତ ଭାବରେ ଏହା ଆପଣଙ୍କ ଜୀବନରେ ଖୁସି ଆଣିଦେବ । କେବଳ ନିଜ ଆଶା ଆକାଂକ୍ଷାକୁ ବାସ୍ତବିକତାର ଧରାପୃଷ୍ଠରେ ଦେଖିବାକୁ ହେବ ।

ଯଦି ଆପଣ ଏକ ଖିଲି ଖିଲି ହସୁଥିବା ଛୁଆ ଡାକ୍ତରଖାନାରୁ ଆଣିବାକୁ ଚାହୁଁଥାନ୍ତି ତେବେ, ଜାଣିବାକୁ ହେବ ଯେ ଅଧିକାଂଶ ନବଜାତ ଶିଶୁମାନେ ଦେଖିବାକୁ କିପରି ! ହୁଏତ ସେ କାନ୍ଦି କାନ୍ଦି ଘରକୁ ଆସିପାରେ; କାରଣ ଏପର୍ଯ୍ୟନ୍ତ ସେ ହସି ଶିଖିନଥିବ । ଆପଣ ଖାଇ ବସୁଥିଲା ବେଳେ, ବାଥରୁମ ଯିବାବେଳେ କିମ୍ବା ଗଭୀର ନିଦରେ ଶୋଇଥିଲାବେଳେ ହିଁ ତାକୁ କାନ୍ଦ ମାଡ଼ିବ ଓ ସେ ଜୋରରେ ଚିଲ୍ଲେଇ ଉଠି କାନ୍ଦ ବୋବାଳି ଛାଡ଼ିବ ।

ଯଦି ଆପଣ ଭାବୁଥିବେ ଯେ ଆଗାମୀ ଦିନ ମାନଙ୍କରେ ସକାଳୁ ବୁଲି ବାହାରିବେ, ଉପର ବେଳାରେ ଚିଡ଼ିଆଖାନା ବୁଲି ଯିବେ ଓ ଛୁଆକୁ ସୁନ୍ଦର ସୁନ୍ଦର ଜାମା ପିନ୍ଧେଇବେ ବୋଲି ହେଲେ କେତେଦୂର ଏହା ସାର୍ଥକ ହେବ ଏହା ସମୟ ହିଁ କହିବ । ହୁଏତ ଏସବୁ ସତ ନହେଇ ପାରେ ବା କେତେକାଂଶରେ ହେଇପାରେ ।

ଅବଶ୍ୟ ବାସ୍ତବତାକୁ ନେଇ କୌଣସି ଆଶା ରଖିବାକୁ ଚାହାନ୍ତି ତେବେ ଜୀବନରେ ଏଭଳି କିଛି ମୁହୂର୍ତ୍ତ ଏଭଳି ଆସିବ, ଯାହା ଅନ୍ୟତ୍ର ଦୁର୍ଲ୍ଲଭ ଦେଇପାରେ । ନିଜ ସୁନ୍ଦର ଛୁଆକୁ କୋଳକୁ ନେଇ ବୋକ ଦେବାର ସୁଖ, ତା ମୃଦୁହସ କେବଳ ଆପଣଙ୍କ ପାଇଁ ହିଁ ହେଇପାରେ । ଏସବୁ ଦୃଶ୍ୟ ଦୀର୍ଘଦିନର ରାତି ଅନିଦ୍ରା, ବିଳମବିତ ଖାଦ୍ୟଖିଆ ଓ ଲୁଗା ସଫା ଭଳି ଅନେକ ଦୁଃଖ କଷ୍ଟକୁ ଭୁଲେଇଦେବ ।

ଖୁସି ଓ ଆନନ୍ଦ ମିଶ୍ରିତ ସେହି ମୁହୂର୍ତ୍ତଟି ମାନଙ୍କୁ ଅପେକ୍ଷା କରନ୍ତୁ ।

ସିଟ ବେଲ୍ଟ ଲଗେଇବା

"କ'ଣ ମଟର କାରରେ ସିଟ ବେଲ୍ଟ ବାନ୍ଧିବା ଠିକ୍ ହେବ କି ?"

ଗର୍ଭବତୀ ମା ଓ ଗର୍ଭସ୍ଥ ଶିଶୁ ସକାଶେ ଯାତ୍ରା ସମୟରେ ସିଟ୍ ବେଲ୍ଟ ବାନ୍ଧିବା ଖୁବ୍ ଜରୁରୀ ଅଟେ । ଅନେକ ଜାଗାରେ ଆଇନଗତ ବାଧତା ମଧ୍ୟ । ନିରାପତ୍ତା ଦୃଷ୍ଟିରୁ ପେଟ ତଳକୁ ଜଂଘ ପାଖକୁ ବାନ୍ଧନ୍ତୁ ।

କାନ୍ଧକୁ ଥିବା ବେଲ୍ଟକୁ ଉଭୟ ବକ୍ଷୋଜ ମଧ୍ୟ ଦେଇ ବାନ୍ଧନ୍ତୁ । ଭାବନ୍ତୁ ନାହିଁ ଯେ ବେଲ୍ଟ ବାନ୍ଧିଲେ ଗର୍ଭସ୍ଥ ଶିଶୁକୁ କୌଣସି ଅସୁବିଧା ହେବ । ସେ

ଆପଣଙ୍କ ଗର୍ଭାଶୟରେ ବଡ଼ ନିରାପତ୍ତାରେ ଶୋଇଛି ।

ଯଦି ଆପଣ ପେସେଞ୍ଜର ସିଟରେ ବସିଥାନ୍ତି, ତେବେ ନିଜ ସିଟ୍‌କୁ ପଛକୁ କରି ବସନ୍ତୁ; ଫଳରେ ଗୋଡ଼ ଲମ୍ବେଇ ବସିହେବ । ମନେକର ଆପଣ ଗାଡ଼ି ଚଲାଉଥାନ୍ତି ତେବେ ଷ୍ଟିଅରିଂକୁ ଛାତି ପାଖକୁ ନେଇ ଆସନ୍ତୁ; ସମ୍ଭବ ହେଲେ ଦଶ ଇଞ୍ଚ (୧୦") ଦୂରରେ ରହି ଡ୍ରାଇଭ କରନ୍ତୁ ।

ଯାତ୍ରା

"କ'ଣ ୩ ମାସରେ ମୁଁ ଛୁଟି କଟେଇବାକୁ ବୁଲି ଯାଇପାରିବି କି ?"

ଏହାପରେ ପୁଣି ଥରେ କେବେ ଛୁଆ ସାଙ୍ଗରେ ଏଭଳି ସହଜ ଯାତ୍ରା କରିବାର ସୁଯୋଗ ମିଳିବନି କାରଣ ଆସନ୍ତା ବର୍ଷକୁ ଛୁଆ ସାଙ୍ଗରେ ଅସଂଖ୍ୟ ଖେଳଣା, ଜାମାପତ୍ର ଡ୍ରପର ଓ ବୋତଲ ହେବ । ଏହି ସମୟରେ ପ୍ରଥମ ତିନି ମାସର କ୍ଳାନ୍ତି, ଅଳସପଣ ଓ ସଂଶୟ ଦୂର ହେଇ ସାରିଥିବ ଆଉ ବର୍ତ୍ତମାନ ସେହି ବିନ୍ଦୁ ପାଖକୁ ପହଞ୍ଚି ନଥିବ ଯେଉଁଠାରେ କି ଶିଶୁ ମଧ୍ୟ ଏକ ଜିନିଷ ହେଇଯିବ ।

ହେଲେ ନିଜ ଜିନିଷପତ୍ର ଗୋଟେଇବା ପୂର୍ବରୁ ଡାକ୍ତରଙ୍କ ପରାମର୍ଶ ନିହାତି ଗ୍ରହଣ କରନ୍ତୁ । ଯଦି କୌଣସି ଡାକ୍ତରୀ ବାଧା ନଥାଏ, ତେବେ ଗର୍ଭାବସ୍ଥାରେ ଯାତ୍ରା କରିବାରେ କୌଣସି ବାଡ଼ ବନ୍ଧ ନାହିଁ । ଥରେ ଡାକ୍ତରଙ୍କ ଅନୁମତି ମିଳିଲା ପରେ ନିରାପତ୍ତା ଯାତ୍ରା ପାଇଁ ଯୋଜନା କରିପାରିବେ ।

ଉପଯୁକ୍ତ ସମୟ: ଆନନ୍ଦମୟ ଯାତ୍ରା ସକାଶେ ଉପଯୁକ୍ତ ସମୟ ହେବା ବିଧେୟ । କାରଣ ଯଦି ଆପଣ ପ୍ରଥମ ତିନି ମାସରେ ଯାତ୍ରା ପାଇଁ ଯୋଜନା କରନ୍ତି, ତେବେ ମୁଣ୍ଡ ବୁଲେଇବା, ବାନ୍ତି, ଉଦ୍‌ବେଗ ଭଳି ଲକ୍ଷଣରୁ ବ୍ୟତିବ୍ୟସ୍ତ ହେବେ ଓ ଶେଷ ତିନି ମାସ ବେଳକୁ ଯାତ୍ରା ପାଇଁ ଅନୁମତି ମଧ୍ୟ ମିଳିବ ନାହିଁ ।

ସଠିକ ଜାଗା ବାଛନ୍ତୁ: ଉଷ୍ଣ ଓ ଆର୍ଦ୍ରତାପୂର୍ଣ୍ଣ ଜାଗା ଅସୁବିଧା ସୃଷ୍ଟି କରିପାରେ । ଯଦି ଏଭଳି କୌଣସି ଜାଗା ବାଛିଥାନ୍ତି, ତେବେ ତାହା ଏସି ହେବା ଉଚିତ । ସୂର୍ଯ୍ୟକିରଣରୁ ମଧ୍ୟ ନିଜକୁ ରକ୍ଷା କରିବାକୁ ହେବ । ବେଶି ଉଚ୍ଚ ପାର୍ବତ୍ୟାଞ୍ଚଳକୁ ଗଲେ ଅମ୍ଳଜାନର ଅଭାବ ହୋଇପାରେ । ଏଭଳି କେତେକ ଜାଗା ଅଛି ଯେଉଁଠି ଟୀକାକରଣର ବାଧ୍ୟତା ଥାଏ । ଏହା ଯେହେତୁ ମନା ଏଣୁ ଡାକ୍ତରଙ୍କୁ ପଚାରନ୍ତୁ । କୌଣସିଠାରେ ସଂକ୍ରମଣର ଆଶଙ୍କା ମଧ୍ୟ ଥାଇପାରେ । ଖାଦ୍ୟପେୟ ଜନିତ ରୋଗକୁ ମଧ୍ୟ ଏଡେଇଦେଇ ହେବନାହିଁ ।

ଯାତ୍ରା କଲେ ହିଁ ମନକୁ ଶାନ୍ତି ମିଳିବ ତା'ହେଲେ ଗ୍ରୁପ ଗାଇଡରେ ନଯାଇ ବରଂ ନିଜେ ଏକା ଯିବା

ଶ୍ରେୟସ୍କର । କାରଣ ବୁଲାବୁଲି ଓ କିଣାକିଣି ସ୍ୱାଧୀନ ଭାବରେ କଲେ ଭଲ । ଅନ୍ୟମାନଙ୍କ ଗହଣରେ ଥିଲେ ଅସୁବିଧାର ଆଶଙ୍କା ବେଶି ଥବବ ।

ପ୍ରେଗ୍ନେନ୍ସି କିଟ ସାଙ୍ଗରେ ଥାଉ: ନିଜ ପାଖରେ ଭିଟାମିନର ସବୁତକ ବଟିକା ଥିବା ବିଧେୟ । ଭଲ ସ୍ନେକ୍ସ, ସି ବେଣ୍ଟ, ଡାକ୍ତରଙ୍କ ପରାମର୍ଶକ୍ରମେ ପେଟର ଔଷଧପତ୍ର, ଜୋତା ଓ ସନସ୍କ୍ରିନ ଇତ୍ୟାଦି ସାଙ୍ଗରେ ରଖନ୍ତୁ ।

ଯଦି ଆପଣ ବିଦେଶ ଯାଉଥାନ୍ତି ତେବେ ସ୍ଥାନୀୟ ଡାକ୍ତରଙ୍କ ଠିକଣା, ପୋନ ନଂ. ପାଖରେ ରଖନ୍ତୁ ।

ଜେଟ ଲେଗ

ଯଦି ଆପଣ ଗର୍ଭଧାରଣର କ୍ଳାନ୍ତିକୁ ନେଇ ଜେଟଲେଗକୁ ସାମିଲ କରିବେ ତେବେ ଯାତ୍ରା ଆରମ୍ଭ ହେବା ପୂର୍ବରୁ ଶେଷ ହେଇଯିବ କହିଲେ ଚଳେ । ଯଦି ଆପଣ ଟାଇମଜୋନ ଯୋଗୁଁ ସୃଷ୍ଟ ଅସୁବିଧାକୁ ଦୂରେଇ ନ ପାରନ୍ତି ତେବେ ତାକୁ କିଛି ପରିମାଣରେ କମ୍ ତ କରିପାରିବେ-

■ ଯିବା ପୂର୍ବରୁ ନିଜ ଘଡିକୁ ଉକ୍ତ ଟାଇମଜୋନରେ ସେଟ କରି ନିଜକୁ ସେହି ହିସାବରେ ପରିଚାଳିତ କରିବେ । ମନେକର ଜାହାଜ ଯାତ୍ରା ସମୟରେ ଟାଇମଜୋନ ହିସାବରେ ଶୋଇବାର ସମୟ ହେଇଥାଏ, ତେବେ ଶୋଇ ପଡନ୍ତୁ, ନଚେତ ନାହିଁ ।

■ ସ୍ଥାନୀୟ ସମୟ ଅନୁସାରେ ଯାତ୍ରା କରନ୍ତୁ । ଯଦି ଆପଣ ସେଠାକୁ ସକାଳେ ପହଞ୍ଚି ଯାନ୍ତି, ତେବେ ଶୋଇବା ପରିବର୍ତ୍ତେ ବରଂ ଗାଧେଇ, ବୁଲି ବାହାରନ୍ତୁ । ହୁଏତ, ସାମାନ୍ୟ ବିଶ୍ରାମ କରନ୍ତୁ ହେଲେ ଶୋଇପଡନ୍ତୁ ନାହିଁ । ରାତିଭୋଜନ ପରେ ହିଁ ଶୋଇବାକୁ ଯାଆନ୍ତୁ । ଫଳରେ ସେଠାକାର ସମୟାନୁସାରେ ଦେହ ପରିଚାଳିତ ହେବ ।

■ ଖରା ପୁଏଁଇଲେ ମଧ୍ୟ ଶରୀରକୁ ବାୟୋଲୋଜିକାଲ ଅନୁସାରେ ଚଳିବାରେ ସହାୟତା ହୁଏ । ଯଦି ସେଠାରେ ଖରା ନମିଳେ ତେବେ କିଛି ସମୟ ଉନ୍ମୁକ୍ତ ପବନରେ ବୁଲନ୍ତୁ ।

■ ଖାଦ୍ୟପେୟ ଠିକ୍ ସମୟରେ କରନ୍ତୁ ନହେଲେ ଜେଟ ଲେଗର ଲକ୍ଷଣ ହାଲିଆ କରିଦେବ । ଏଣୁ ଠିକ୍ ସମୟରେ ନିହାତି ଖାଆନ୍ତୁ । ସାମାନ୍ୟ ବ୍ୟାୟାମ ମଧ୍ୟ କ୍ଳାନ୍ତିକୁ ମେଣ୍ଟେଇଥାଏ ।

■ ଚମତ୍କାର କଥା ଚିନ୍ତା କରନ୍ତୁନି । ନିଜ ଡାକ୍ତରଙ୍କ ବିନା ପରାମର୍ଶରେ ଜେଟଲେଗର କୌଣସି ଔଷଧ ଖାଆନ୍ତୁ ନାହିଁ ।

■ ଆପଣ ଦୁଇ ଚାରି ଦିନ ଭିତରେ ନିଜକୁ ସେଠାକାର ସମୟାନୁସାରେ ପରିବର୍ତ୍ତିତ କରିନେବେ ।

ଏହା ସାଭଗକୁ ହୁଏତ ଆପଣଙ୍କୁ ନିଦ ନ ଆସିପାରେ । ଏହା କେବଳ ଜେଟ ଲେଗ ଯୋଗୁଁ ନୁହଁ ଉକ୍ତ ଭାର ଯୋଗୁଁ ମଧ୍ୟ ଅଟେ ଯାହକୁ ଆପଣ ଗର୍ଭରେ ଧରି ବୁଲୁଛନ୍ତି । ଏହାକୁ ଧରିବା ପାଇଁ ଆପଣ କୁଲି ମଧ୍ୟ ଡାକିପାରିବେ ନାହିଁ ।

ଗର୍ଭାବସ୍ଥା ଓ ଉଚ୍ଚାଞ୍ଚଳ

ମନେକର ଗର୍ଭାବସ୍ଥାରେ ବେଶି ଉଚ୍ଚାଞ୍ଚଳକୁ ବୁଲିଯିବା କଥା ମନରୁ ପୋଛି ଦିଅନ୍ତି, ତେବେ ଖୁବ୍ ଭଲ କଥା । କାରଣ ସେଠାକୁ ଗଲେ ହୁଏତ ବହୁ ଅସୁବିଧାର ସମ୍ମୁଖୀନ ହେବାକୁ ପଡ଼ିପାରେ । ଯଦି ସମୁଦ୍ର ପତ୍ତନଠାରୁ ବେଶି ଉଚ୍ଚ ଜାଗାକୁ ଯିବାକୁ ପଡ଼େ, ତେବେ ଏକାଥରକେ ବେଶି ପଥ ଅର୍ଥାତ୍ ୮୦୦୦ ଫୁଟ ନଯାଇ ବରଂ ୨୦୦୦ ଫୁଟ ପର୍ଯ୍ୟନ୍ତ ଯାତ୍ରା ମାଉଣ୍ଟେନ ସିକନେସରୁ ରକ୍ଷା ପାଇବା ପାଇଁ ଡାକ୍ତରଙ୍କୁ ପଚାରି ଔଷଧ ଖାଆନ୍ତୁ । ଗରିଷ୍ଠ ଖାଦ୍ୟ ଖାଇବା ପରିବର୍ତ୍ତେ ଦିନକୁ ଅନେକ ଥର କିଛି ନା କିଛି ଖାଉଥାନ୍ତୁ ଓ ପାଣି ଥରକୁ ଥର ପିଉଥାନ୍ତୁ ।

ଇଣ୍ଟର ନେସନାଲ ଏସୋସିଏସନ ଫର ମେଡିକାଲ ଏସିଷ୍ଟେଣ୍ଟସ ଟୁ ଟ୍ରାଭେଲର୍ସଙ୍କ ପାଖରୁ ଆପଣ ଏଭଳି ଡାଏରେକ୍ଟରୀ ପାଇପାରିବେ, ଯେଉଁଥିରେ ପ୍ରାୟ ସାରା ପୃଥିବୀର ଇଂରାଜୀ ଜାଣୁଥିବା ଡାକ୍ତରମାନଙ୍କର ନାମ- ଠିକଣା- ଫୋନ ନଂ. ଇତ୍ୟାଦି ପାଇପାରିବେ । ଅନେକ ବଡ଼ ବଡ଼ ହୋଟେଲ ମାନଙ୍କରେ ମଧ୍ୟ ଏହି ସୁବିଧା ପ୍ରଦାନ କରାଯାଇଥାଏ । ଯଦି ଆପଣ ମେଡିକାଲ ଇନ୍ସ୍ୟୁରେନ୍ସ କରେଇଥାନ୍ତି ତା'ହେଲେ ତାଙ୍କ ଫୋନ ନମ୍ବର ମଧ୍ୟ ଥାଇପାରେ ।

ଖାଦ୍ୟପେୟର ସୁସ୍ଥ ଅଭ୍ୟାସ: ହୁଏତ ଆପଣ ଛୁଟିରେ ଥାଇପାରନ୍ତି ହେଲେ ଗର୍ଭସ୍ଥ ଶିଶୁ ତ ଦିନ ରାତି ପରିଶ୍ରମ କରୁଛି । ତାକୁ ପୁଣି ଭିଟାମିନ ଓ ପୋଷଣ ପ୍ରଚୁର ପରିମାଣରେ ଆବଶ୍ୟକ । ଏଣୁ ବୁଝିବିଚାରି ଖାଇବା ପାଇଁ ଅର୍ଡର କରନ୍ତୁ । ଫଳରେ ସ୍ଥାନୀୟ ସ୍ୱାଦ ଚାଖିବା ସାଙ୍ଗକୁ ଶିଶୁର ଚାହିଦା ମଧ୍ୟ ପୂରଣ ହୋଇପାରିବ । ସବୁଠୁ ମୂଳକଥା ହେଲା ଖାଦ୍ୟ ନିୟମିତ ହେବା ଦରକାର, ଛ' କୋର୍ସର ଡିନର ପାଇଁ ଜଳଖିଆ ବା ଲଞ୍ଚକୁ ଅବହେଳା କରନ୍ତୁ ନାହିଁ ।

ବାଛି ବାଛି ଖାଆନ୍ତୁ: ଅନେକ ଅଞ୍ଚଳ ଏଭଳି ଅଛି, ସେଠାରେ ଚୋପା ନ ଛଡେଇ ଖାଇଲେ ହୁ,ତ କ୍ଷତିକାରକ ହେଇପାରେ ।

ଗର୍ଭବତୀ ସ୍ତ୍ରୀ ମାନଙ୍କର ରୁଚି

ହଁ ତ, ଗର୍ଭବତୀ ସ୍ତ୍ରୀମାନେ ବେଶ୍ ରୁଚିକର ଖାଦ୍ୟ ପସନ୍ଦ କରିଥାନ୍ତି । ବୈଜ୍ଞାନିକମାନଙ୍କ ମତରେ ଏମାନେ ସାଧାରଣ ସ୍ତ୍ରୀ ମାନଙ୍କ ଅପେକ୍ଷା ଦୁଇଗୁଣ ଅଧିକ ମଶାମାନଙ୍କୁ ଆକୃଷ୍ଟ କରିଥାନ୍ତି । ବୋଧହୁଏ ସେମାନେ ମଶା ମାନଙ୍କ ପ୍ରିୟ ଅଙ୍ଗାରକାମ୍ଳ ଗ୍ୟାସ ବେଶି ପରିମାଣରେ ତ୍ୟାଗ କରିଥାନ୍ତି । ଏମାନଙ୍କର ଦେହର ତାପମାତ୍ରା ମଧ୍ୟ ବେଶି ଥାଏ । ଯଦିସ ଆପଣ ମଧ୍ୟ ଏଭଳି କୌଣସି ମଶାବହୁଳ ଇଲାକାକୁ ଯାଉଥାନ୍ତି, ତେବେ ନିଜର ନିରାପତ୍ତା ପ୍ରତି ସମ୍ପୂର୍ଣ୍ଣ ଦୃଷ୍ଟି ଦେଇ ଯାଆନ୍ତୁ ।

ନିଜେ ଚୋପା ଛଡ଼ାନ୍ତୁ । ତାପରେ ଫଳ ଓ ହାତ ଧୋଇସାରି ଖାଆନ୍ତୁ । କଞ୍ଚା ବା ଦରସିଝା ମାଂସ କୁକୁଡା ବା ଫ୍ରିଜରେ ରଖା ଦୁଗ୍ଧଜାତ ପଦାର୍ଥ ଆଦୌ ଖାଆନ୍ତୁ ନାହିଁ । ଫଳ ଖାଇବାକୁ ଚାହୁଁଥବଲେ କଦଳୀ ବା କମଳା ଖିଆଯାଇପାରେ କାରଣ ଏହାର ଚୋପା ବହଳ ଥାଏ ।

ପାଣି ସଫା ନହେଲେ ପିଅନ୍ତୁନି କି ବ୍ରସ କରନ୍ତୁନି

ପାଣି ସଫା ନହେଲେ ବୋତଲ ପେକିଂ ପାଣି ବ୍ୟବହାର କରନ୍ତୁ । ବରଫ ମଧ୍ୟ ପେକିଂ କିମ୍ବା ସିଝା ପାଣିରେ ତିଆରି ହେଇଥିଲେ ବ୍ୟବହାର କରନ୍ତୁ ।

ଅଶୁଦ୍ଧ ଜଳରେ ସନ୍ତରଣ: ଅନେକ ଅଞ୍ଚଳରେ ହ୍ରଦ ଓ ସାଗର ସବୁ ପ୍ରଦୂଷିତ ହେଇଥାଏ । ଏଣୁ ପାଣିରେ ବୁଡ଼ିବା ପୂର୍ବରୁ ଏହା ଜ୍ଞାତ କରନ୍ତୁ । କ୍ଲୋରିନଯୁକ୍ତ ସ୍ୱିମିଂ ପୁଲ ନିରାପଦ ଓ ଉପଯୁକ୍ତ ।

କୋଠ କାଠିନ୍ୟରୁ ମୁକ୍ତି: ଘରୁ ପଦାକୁ ପାଦ ଦେଲା ମାତ୍ରେ ଖାଦ୍ୟପେୟ ସବୁ ଅନିୟମିତ ହେଇ କୋଷ୍ଠ କାଠିନ୍ୟ ବଢ଼ିଯାଏ । ଏଣୁ ତନ୍ତୁଯୁକ୍ତ ଖାଦ୍ୟ, ତରଳ ପଦାର୍ଥ ଓ ବ୍ୟାୟାମ ହେବା ଏକାନ୍ତ ଜରୁରୀ । ଯଦି ଆପଣ ସକାଳୁ ଖୁବ୍ ଶୀଘ୍ର ଜଳଖିଆ ଖାଇ ଦିଅନ୍ତି, ତେବେ ହୋଟେଲରୁ ବିଦାୟ ନେଲା ପୂର୍ବରୁ ଫ୍ରେସ ହେବାକୁ ଢ଼େର ସମୟ ପାଇପାରିବେ ।

ଟଏଲେଟ ଅଲବତ ଯାନ୍ତୁ: ଟଏଲେଟ ଯିବା ଏକାନ୍ତ ବିଧେ୍ର । ମଳମୂତ୍ରକୁ ବେଶି ସମୟ ଧରି ଚାପି ରଖିଲେ ହୁଏତ ମୂତ୍ରାଶୟରେ ସଂକ୍ରମଣ ବା କୋଷ୍ଠଂକାଠିନ୍ୟ ହେଇପାରେ । ଏଣୁ ଝାଡ଼ା ପରିଶ୍ରା ଲାଗିଲେ ସୁବିଧା ଦେଖି ନିଶ୍ଚୟ ଯାଆନ୍ତୁ ।

ଗୋଡ଼କୁ ଆରାମ: ହୁଏତ ଆପଣଙ୍କ ଗୋଡ଼ର ଶିରା ପ୍ରଶିରା ଅଙ୍କା ବଙ୍କା (ଭେରିକୋଜ ଭେନ୍ସ) ନହେଉ, ହେଲେ ମଧ୍ୟ ଯାତ୍ରା କଲାବେଳେ ଦୀର୍ଘ ସମୟ ଧରି ଠିଆ ହେଲେ ବା ଗାଡ଼ିରେ ବସି ରହିଲେ ଗୋଡ଼ ବ୍ୟଥା ହୋଇ ଫୁଲିବା ସାଧାରଣ କଥା । ଏଣୁ ଏଥିରୁ ରକ୍ଷା ପାଇବା ପାଇଁ ସ୍ଥୋର୍ଟହୋଜ ପିନ୍ଧନ୍ତୁ ।

ଦେହ ହଲଚଲ ହେଉଥିବା ବିଧେୟ: ଦୀର୍ଘ ସମୟ ଧରି ବସି ରହି କାମ କଲେ ଗୋଡ଼ରେ ରକ୍ତ ସଂଚାର ବାଧାପ୍ରାପ୍ତ ହେଇ ଯନ୍ତ୍ରଣା ହେବ । ଏଣୁ ଗୋଡଗୁଡ଼ିକୁ ହଲେଇ, ଝୁଲେଇ, ଏପଟ ସେପଟ ଚଲାବୁଲା କରିବା ଉଚିତ । ଚକା ପକେ ବସନ୍ତୁ ନାହିଁ । କିଛି ସମୟ ପାଇଁ ଗୋଡ଼ ଟେକି ବସନ୍ତୁ । ଟ୍ରେନ ବା ଜାହାଜରେ ବସିଥବଲେ ଅଧ ଘଣ୍ଟା ପରେ ବୁଲାବୁଲି କର୍ନ୍ତୁ । ଗାଡ଼ିରେ ବସି ଦୁଇ ଘଣ୍ଟାରୁ ଅଧିକା ଯାତ୍ରା ଅନୁଚିତ । ମଝିରେ ଘଡିଏ ରହି ଚାଲବୁଲ ହେବା ଉଚିତ ।

ଯଦି ଜାହାଜରେ ଥାନ୍ତି: ଯଦି ଉଡାଜାହାଜରେ ଯାତ୍ରା କରୁଥାନ୍ତି ତେବେ ଜ୍ଞାତ କର୍ନ୍ତୁ ଯେ ସେଠାରେ ଗର୍ଭବତୀ ସ୍ତ୍ରୀ ମାନଙ୍କ ପାଇଁ କିଛି ବିଶେଷ ନିୟମ ନାହିଁ ତ ! ଯଦି ଥାଏ ତେବେ ବାଥରୁମ ପାଖରେ ସିଟ୍ ମାଗନ୍ତୁ ଯଦ୍ୱାରା ବାରମ୍ବାର ସେଠାକୁ ଯିବାରେ କୌଣସି ଅସୁବିଧା ନହେଉ ।

ଏହା ମଧ୍ୟ ପଚାରି ବୁଝନ୍ତୁ ଯେ ସେଠାରେ ଖାଦ୍ୟ ମିଳିବ ନା ନିଜେ କିଣି ଖାଇବାକୁ ହେବ । ଯଦି ସେଠାରେ କେବଳ ସ୍ନେକ୍ସ ମିଳେ ତେବେ ନିଜ ଘରୁ ଖାଦ୍ୟ ସାଙ୍ଗରେ ନେଇ ଯା'ନ୍ତୁ । ଖାଦ୍ୟ ଠିକ୍ ଭାବରେ ବନ୍ଧା ହେଇଥିବା ଉଚିତ । ପାଣି ବିଶୁଦ୍ଧ ହେବା ଆବଶ୍ୟକ । ମିନେରାଲ ବୋତଲ ପାଣି ଉତ୍ତମ । ଏହିପରି ଭାବରେ ବାରମ୍ବାର ଉଠବସ ହେଲେ ଗୋଡ଼କୁ ମଧ୍ୟ ଆରାମ ଲାଗିବ ।

ନିଜର ସିଟ ବେଲ୍ଟ ଆରାମରେ ତଳିପେଟ ତଳକୁ ବାନ୍ଧି ପକାନ୍ତୁ । ମନେକର ଭିନ୍ନ ଟାଇମ ଜୋନକୁ ଯାଉଥାନ୍ତି, ତେବେ ଜେଟ ଲେଗ କଥା ଚିନ୍ତା କରନ୍ତୁ । ସେଠାରେ ପହଞ୍ଚି ଟ୍ରିପରେ ମଧ୍ୟ ବିଶ୍ରାମ କରନ୍ତୁ ।

ମଟର କାରରେ ଯାତ୍ରା କରୁଥିଲେ: ନିଜ ସାଙ୍ଗରେ ଗୋଟିଏ ବ୍ୟାଗ ପୁଷ୍ଟିକର ସ୍ନେକ୍ସ ଓ ଥର୍ମସରେ ଫଳରସ ବା କ୍ଷୀର ରଖିଥାନ୍ତୁ; ଫଳରେ ଭୋକ ହେଲେ ରାସ୍ତା କଡିଆ ହୋଟେଲରୁ ଖାଇବାକୁ ପଡ଼ିବ ନାହିଁ । ସିଟ୍ ଗୁଡ଼ିକ ଆରାମଦାୟକ ହେବା ଉଚିତ । ପିଠି ପଛରେ ଗଦି ପଡ଼ିଥିବା ଆବଶ୍ୟକ । ବେକ ପାଇଁ ଉଦ୍ଦିଷ୍ଟ ଗଦି ମଧ୍ୟ ଉପକାରୀ ହେବ ।

ମନେକର ଟ୍ରେନରେ ଯାତ୍ରା କରୁଥାନ୍ତି: ଏକଥା ଜ୍ଞାତ କରି ପକାନ୍ତୁ ଯେ, ସେଠାରେ ସଂପୂର୍ଣ୍ଣ ମେନ୍ୟୁ ସାଙ୍କୁ ଡାଇନିଂ କାର ଅଛି ନା ନାହିଁ । ଯଦି ରାତି ସାରା ଯାତ୍ରା କରିବାକୁ ହୁଏ, ତେବେ ସ୍ଲିପର କାର ବୁକ୍ କରାନ୍ତୁ । ନହେଲେ ଯାତ୍ରା ଆରମ୍ଭ ହେବା ପୂର୍ବରୁ କ୍ଲାନ୍ତି ଗ୍ରାସ କରିପକେଇବ ।

ସେକ୍ସ ଓ ଗର୍ଭବତୀ ମହିଳା

ଧାର୍ମିକ ଓ ଡାକ୍ତରୀ ଚମତ୍କାରକୁ ଯଦି ଅଲଗା କରିଦେବା, ତେବେ ପ୍ରତ୍ୟେକ ଗର୍ଭାବସ୍ଥା ସେକ୍ସରୁ ହିଁ ଆରମ୍ଭ ହେଇଥାଏ । ତାହେଲେ ତାକୁ ନିଜ ଠାରୁ କାହିଁକି ଦୂରେଇ ଦେବା କହିଲ ? କାରଣ ତାରି ବଳରେ ଆପଣ ଏତେ ପଥ ଅତିକ୍ରମ କରିଛନ୍ତି ?

ହୁଏତ ଆପଣ ଅଳ୍ପ କରୁଥାଇ ପାରନ୍ତି ବା ବେଶି, ହୁଏତ ଏହାର ଭରପୂର ଆନନ୍ଦ ପାଉଥିବେ ବା ନୁହଁ ମଧ୍ୟ; ଯାହା ହେଉନା କାହିଁକି, ଗର୍ଭସ୍ଥ ହେଲା ପରେ ଆପଣଙ୍କ ସେକ୍ସ ଜୀବନରେ ନିହାତି କିଛି ପରିବର୍ତ୍ତନ ଆସି ଯାଇଥିବ । ଶୟନକକ୍ଷ, ରୋଷେଇ ଗୃହ ବା କୋଠରିର ପାହାଚ ମଧ୍ୟରୁ କେଉଁଟା ବେଶି ନିରାପଦ; କେଉଁ ଆସନ ଆପଣଙ୍କ ବର୍ତ୍ତମାନ ପେଟ ପାଇଁ ସଠିକ ହେବ; ସ୍ୱାମୀ ସ୍ତ୍ରୀ ଦୁହିଁଙ୍କର ମନ ଏକା ହେଉନି କାହିଁକି । ଏସବୁ ତଥ୍ୟକୁ ନେଇ ପ୍ରେଗ୍ନେନ୍ସି ସେକ୍ସ ଖୁବ୍ ଆହ୍ୱାନ ମୂଳକ ହୋଇଥାଏ । ହେଲେ ବିବ୍ରତ ହୁଅନ୍ତୁ ନାହିଁ । ଅଳ୍ପ ସୃଜନଶୀଳ, ଟିକେ ହାସ୍ୟପ୍ରିୟ ଓ ଅତୁଟ ଧୈର୍ଯ୍ୟବଳରେ ଆପଣ ମଧ୍ୟ ପ୍ରେଗ୍ନେନ୍ସି ସେକ୍ସକୁ ପୂର୍ବାପେକ୍ଷା ଅଧିକ ଆନନ୍ଦଦାୟକ କରି ଗଢ଼ି ତୋଳିବେ ।

ସେକ୍ସର ସାଇଜ

ସେକ୍ସ (ସହବାସ) କଲାବେଳେ କିଗଲ କରାଗଲେ ଖୁବ୍ ସୁଖ ପାଇବା ସାଙ୍ଗକୁ ବ୍ୟାୟାମ ମଧ୍ୟ ହେବ । ଏହା ଏକ ଉପାରୀ ବ୍ୟାୟାମ । ଅବଶ୍ୟ ଏହାକୁ ଯେଉଁ ଠାରେ ମଧ୍ୟ ଯେକୌଣସି ସମୟରେ କରାଯାଇପାରେ ହେଲେ ସହବାସ ସମୟରେ କଲେ ଖୁବ୍ ତୃପ୍ତି ଓ ଆନନ୍ଦ ପାଇପାରିବେ । ଆଜି ପର୍ଯ୍ୟନ୍ତ କୌଣସି ଆସନରେ ଏତେ ସଜା ଯାଇପାରି ନଥିବେ ।

ସେକ୍ସ ଆଉ ତିନିମାସ

ସମସ୍ତ ଦମ୍ପତି ଏକଥା ଜାଣନ୍ତି ଯେ ଗର୍ଭାବସ୍ଥାର ନ ମାସ ମଧ୍ୟରେ ସେମାନଙ୍କ ସେକ୍ସ ଜୀବନ ତଳୁ ଉପର ଓ ଉପରୁ ତଳ ପ୍ରାୟ ହେଉଥାଏ । ପ୍ରଥମ ତିନିମାସରେ ଗର୍ଭାବସ୍ଥାର ହର୍ମୋନ୍ସ ଯୋଗୁଁ ଅନେକ ସ୍ତ୍ରୀମାନଙ୍କଠାରେ ସେକ୍ସର ଇଚ୍ଛା ପ୍ରବଳ ହୋଇଥାଏ ଆଉ ତାପରେ କ୍ରମେ ହ୍ରାସ ପାଇଥାଏ । କ୍ଲାନ୍ତି, ବାନ୍ତି, ଉଦ୍‌ବେଗ ଓ ଛାତିବ୍ୟଥା- ଏସବୁ ରତିକ୍ରିୟାରେ ବାଧା ସୃଷ୍ଟି କରିଥାନ୍ତି । ତଥାପି ପ୍ରତ୍ୟେକ ଗର୍ଭଧାରଣ ପରି ଦୁଇଜଣ ମହିଳା ପ୍ରାୟ ଏକାଭଳି ହେଇନଥାନ୍ତି । ଆପଣ ମଧ୍ୟ ଏହା ଅନୁଭବ କରିଥିବେ ଯେ ପ୍ରଥମ ତିନିମାସ ବେଶ୍ ସେକ୍ସି କରି ଦେଇଥାଏ । ଏହାକୁ ହର୍ମୋନ୍ସର କରାମତି ବୋଲି କହିପାରନ୍ତି । ଆପଣଙ୍କ ଗୁପ୍ତେନ୍ଦ୍ରୀୟ ଆଗଠାରୁ ବେଶି ସମ୍ବେଦନଶୀଳ ହେଇଥାଏ ।

ଦ୍ୱିତୀୟ ତିନିମାସରେ ଗର୍ଭଧାରଣର ଅନେକ ଲକ୍ଷଣ ସବୁ ଦୃଶ୍ୟମାନ ହେଲା ପରେ ସେକ୍ସ ପାଇଁ ଆଉ ସାମର୍ଥ୍ୟ ରହେନାହିଁ କହିଲେ ଚଳେ । ବେଡରୁମ ପରିବର୍ତ୍ତେ ବାଥରୁମରେ ବେଶି ସମୟ କଟିଥାଏ । ଏଥିପୂର୍ବରୁ ଆପଣ ବୋଧହୁଏ କେବେ ଚରମ ତୃପ୍ତି ପାଇନଥିବେ । ଏଣୁକରି ଚରମ ତୃପ୍ତି ପାଇଁ ବୋଲି ଏହି ସୁଯୋଗ ଦିଆଯାଇଥାଏ । ଆଉ ଗୁପ୍ତେନ୍ଦ୍ରୀୟ ମାନଙ୍କରେ ଆଗଠାରୁ ବେଶି ଓ ପ୍ରଚୁର ରକ୍ତ ସଂଚାର ବୃଦ୍ଧି ପାଇଥାଏ । ଏହି ଚରମ ତୃପ୍ତି ଆଗଠାରୁ ବେଶ୍ ଦୃଢ଼ ଓ ଅଧିକ ସମୟସାପେକ୍ଷ ହୋଇଥାଏ । ଅଥଚ ଅନେକ ମହିଳାମାନେ ଦ୍ୱିତୀୟ ତିନିମାସ ବେଳକୁ ଏହି ସୁନ୍ଦର ଅନୁଭୂତିକଟିକୁ ହରେଇ ବସିଥାନ୍ତି ।

ଅନେକ ସ୍ତ୍ରୀମାନେ ସମ୍ପୂର୍ଣ୍ଣ ନ ମାସ କାଳ ଚମର ତୃପ୍ତିରୁ ବଞ୍ଚିତ ରହନ୍ତି । ଆଉ ଆପଣ ଚାହିଁଲେ ଏହାକୁ ଆନନ୍ଦମୟ କରିପାରିବେ ।

ପ୍ରସବକାଳ ପାଖେଇ ଆସିଲା ବେଳକୁ ବର୍ଦ୍ଧିତ ପେଟ ସାଙ୍ଗରେ ସହବାସ କରିବା ଅପେକ୍ଷାକୃତ ଅସହଜ ଓ ଅସମ୍ଭବ ମନେ ହେଇଥାଏ । ଗର୍ଭଧାରଣର ଦୁଃଖ କଷ୍ଟ ସବୁ ରତିଚ୍ଛାକୁ ଶିଥିଳ କରି ଦେଇ ଆଗାମୀ ଦିନ ମାନଙ୍କର ପ୍ରତୀକ୍ଷା କରିଥାଏ । ତଥାପି ଅନେକ କାମୁକ ଦମ୍ପତ୍ତି ଏସବୁ ବାଧା ବିଘ୍ନକୁ ଆଡେଇ ଦେଇ ଚରମ ତୃପ୍ତି ସକାଶେ ଜୀବନର ଶେଷ ମୁହୂର୍ତ୍ତଯାଏଁ ରତିକ୍ରିୟାରେ ସଂଶ୍ଲିଷ୍ଟ ଥାନ୍ତି ।

ଆପଣଙ୍କ ମନ ପରିବର୍ତ୍ତନ

ଗର୍ଭଧାରଣ ସମୟରେ ପରିଲକ୍ଷିତ ଶାରୀରିକ ପରିବର୍ତ୍ତନ ଯୋଗୁଁ ମଧ୍ୟ ରତିକ୍ରିୟାରେ ସକାରାତ୍ମକ ବା ନକାରାତ୍ମକ ପ୍ରଭାବ ପଡ଼ିଥାଏ । ହେଲେ ଆପଣଙ୍କୁ ଉକ୍ତ ନକାରାତ୍ମକ ପ୍ରଭାବ ଗୁଡ଼ିକୁ ଦୂରେଇବାକୁ ହେବ ଯଦ୍ଦ୍ୱାରା ସେକ୍ସ ଜୀବନ ସୁରୁଖୁରୁରେ ପରିଚାଳିତ ହୋଇପାରିବ ।

ଆବେଗ ଓ ବାନ୍ତି: ମର୍ଣ୍ଣିଂ ସିକ୍‌ନେସ ଆପଣଙ୍କ ସୁମଧୁର ସମୟକୁ ବାତିଲ କରିଦେଇପାରେ; ଏଣୁ ନିଜ ସମୟକୁ ବୁଝି ବିଚାରି ବିନିଯୋଗ କରନ୍ତୁ । ସୂର୍ଯ୍ୟ ଉଦୟ ହେଲାବେଳେ ବିରକ୍ତିକର ମନେହେଲେ ସନ୍ଧ୍ୟା ସମୟରେ ସେକ୍ସ କରିପାର୍ତି । ସନ୍ଧ୍ୟାବେଳେ ବାନ୍ତି ଲାଗୁଥିଲେ ସକାଳେ କରନ୍ତୁ । ଯଦି ସକାଳ ସନ୍ଧ୍ୟା ଉପୟ ପ୍ରତିକୂଳ ହେଲେ ଧୈର୍ଯ୍ୟଧରି ଅପେକ୍ଷା କରିବାକୁ ହେବ । ବିରକ୍ତିକର ସମୟ ଗଡ଼ିଗଲେ ତ କିଛି ଅସୁବିଧା ନାହିଁ । ପ୍ରଥମ ତିନିମାସ ଶେଷ ବେଳକୁ ସବୁ ସୁଧୁରି ଯିବ । ଯାହା ହେଉନା କାହିଁକି ଦେହ ଭଲ ନଥିଲେମନ ଭଲ ହେବ କୁଆଡୁ ? ଏଣୁ ବାଧ୍ୟ ବାଧକତାରେ ନିଜକୁ ସେକ୍ସି କରିବାକୁ ପ୍ରୟାସ କରନ୍ତୁ ନାହିଁ । ଏହା ନିଷ୍ଫଳ କହିଲେ ଚଳେ ।

କ୍ଳାନ୍ତି: ମନେକର ଜାମା ସହ୍ଲେଇବାକୁ ଯଦି ବଳ ହେଉନି, ତେବେ ସହବାସର ତ ପ୍ରଶ୍ନ ଉଠୁନି ନା ! ଅବଶ୍ୟ ଚତୁର୍ଥ ମାସ ବେଳକୁ ଏସବୁ କ୍ଳାନ୍ତି ଅପସରି ଯିବ । ହେଲେ ଶେଷ ତ୍ରୈମାସିକ ବେଳକୁ ପୁଣି ମାଡ଼ି ଆସିବ । ସେ ପର୍ଯ୍ୟନ୍ତ ସୁଯୋଗ ଓ ସୁବିଧା ପାଇଲେ ଅଳ୍ପ ସେକ୍ସି ହେଇପଡ଼ନ୍ତୁ । ଏଥିପାଇଁ ରାତ୍ରିଭୋଜନ ପର ପର୍ଯ୍ୟନ୍ତ ଅପେକ୍ଷା କରନ୍ତୁ ନାହିଁ । ଉପରବେଳାରେ ଘଡିଏ ଶୋଇଲା ବେଳେ ସହବାସ ବୋଧେ ଭଲ ରହିବ କିମ୍ବା ସକାଶେ ଏଭଳି କିଛି ଜଳଖିଆ ଖା'ନ୍ତୁ ଯାହା ଦିନସାରା ମନେ ପଡୁଥିବ ।

ଗର୍ଭାବସ୍ଥାରେ ସେକ୍ସ

ସେକ୍ସ (ସହବାସ) ପାଇଁ କେଉଁ ପ୍ରକ୍ରିୟା ବା ଉପାୟ ନିରାପଦ ମନେ ହେବ, ଏଥିପାଇଁ ପଢ଼ନ୍ତୁ:

ମୁଖ ମୈଥୁନ (ଓରାଲ ସେକ୍ସ): ଏଥିରେ କୌଣସି କ୍ଷୟକ୍ଷତି ବା ଅସୁବିଧାର ଆଶଙ୍କା ନଥାଏ । ବାସ ନିଜ ସ୍ୱାମୀଙ୍କୁ କୁହନ୍ତୁ ଯେ ଆପଣଙ୍କ ଗୁପ୍ତାଙ୍ଗକୁ ଜୋରରେ ଫୁଙ୍କି ଦିଅନ୍ତୁ ନାହିଁ । ଯଦି ରତିକ୍ରିୟା ପାଇଁ ଅନୁମତି ନ ମିଳେ, ତେବେ ଏହା ବଳରେ ନୁହେଁ ତୃପ୍ତ ହେଇ ପାରିବେ । ହେଲେ ଏସଟିଡି ରୋଗ ନଥିଲେ ଭଲ ।

ପିଚା ମୈଥୁନ (ଏନାଲ ସେକ୍ସ): ଯଦି ଆପଣ ଚାହାନ୍ତି ତେବେ ଏହା ମଧ୍ୟ ନିରାପଦ ଅଟେ; ହେଲେ ସତର୍କତା ବାଞ୍ଛନୀୟ । ଏଥିପାଇଁ କଣ୍ଡୋମ ବ୍ୟବହାର କରନ୍ତୁ । ମଳଦ୍ୱାରରୁ ଯୋନି ଆଡ଼କୁ ଯିବା ପୂର୍ବରୁ ଦ୍ୱିତୀୟ କଣ୍ଡୋମ ବ୍ୟବହାର କରନ୍ତୁ, ନଚେତ କ୍ଷତିକାରକ ବ୍ୟାକ୍ଟେରିଆ ସବୁ ଯୋନି ପ୍ରଦେଶକୁ ପ୍ରବେଶ କରି ସଂକ୍ରମଣ ସଂଘଟିତ କରିପାରନ୍ତି ।

ହସ୍ତମୈଥୁନ (ମାଷ୍ଟରକେସନ): ଯଦି ଗର୍ଭଧାରଣ ବିପଜ୍ଜନକ ଅବସ୍ଥାରେ ଥାଏ, ତେବେ ଚରମ ତୃପ୍ତି ମଧ୍ୟ ନିଷେଧ ହେବ ଓ ହସ୍ତମୈଥୁନ କରାଯାଇ ପାରିବ । ଏହାଫଳରେ ମାନସିକ ଚାପ ହ୍ରାସ ପାଇବ ।

କମ୍ପନ (ଭାଇବ୍ରେଟର): ଡାକ୍ତର ଯଦି ଅନୁମତି ଦିଅନ୍ତି, ତେବେ ଯୋନିରେ ଉତ୍ତେଜନା ସୃଷ୍ଟି ପାଇଁ ଭାଇବ୍ରେଟର ବ୍ୟବହାର କରିପାରନ୍ତି । ହେଲେ ତାଙ୍କୁ ବେଶି ଭିତରକୁ ପ୍ରବେଶ କରାନ୍ତୁ ନାହିଁ । ପୁନଶ୍ଚ ସେକ୍ସ ଖେଳଣାଟି ସଫା ସୁତୁରା ହେବା ବିଧେୟ । ଏହିଭଳି ଭାବରେ ଯାନ୍ତିକ ପ୍ରକ୍ରିୟା ମାଧ୍ୟମରେ ମଧ୍ୟ କୃତ୍ରିମ ସହବାସ କରି କିଞ୍ଚିତ ତୃପ୍ତି ପାଇପାରିବେ ।

ଆପଣଙ୍କ ପରିବର୍ତ୍ତିତ ଆକାର: ପେଟ ଯେତେବେଳେ ହିମାଳୟ ପର୍ବତ ଭଳି ବଢ଼ି ବଢ଼ି ଚାଲିଛି, ତେବେ ସେହି ଅବସ୍ଥାରେ ପ୍ରେମ କରିବା ଅସଂଗତ ଓ ଅଯୌକ୍ତି ମନେ ହେଇଥାଏ । ପୁନଶ୍ଚ ଏଭଳି ଦେହଯଷ୍ଟି ଆପଣଙ୍କୁ ସେକ୍ସି ହେବାପାଇଁ ବାରଣ କରିବା ସତ୍ତ୍ୱେ ମଧ୍ୟ ଏଭଳି କୌଣସି ମନପସନ୍ଦ ପୁରୁଷକୁ ଦେଖି କାମୋତ୍ତେଜନା ବୃଦ୍ଧି ପାଇବା ଏକ ସ୍ୱାଭାବିକ କଥା । ନିଜ ଦେହକୁ ହୁଏତ ଆପଣ ଦାମିକା ପୋଷାକ ବଳରେ ଢ଼ାଙ୍କି ଦେଇ ପାରିବେ କିମ୍ବା ପ୍ରେମର କୁଟୀକୁ ଦୀପ ଜଳେଇ ଆଲୁଅ କରିବେ । ହେଲେ ମନରୁ ସବୁତକ ନକାରାତ୍ମକ ଭାବଧାରାକୁ ତ୍ୟାଗ କରି ଏଥିପାଇଁ ପ୍ରର ରୁହନ୍ତୁ । ସର୍ବଦା ମନେ ରଖନ୍ତୁ ଯେ ପ୍ରେଗ୍ନେନ୍ସି ବେଳେ ବିଗ୍ ଇଜ୍ ବ୍ୟୁଟିଫୁଲ ନିୟମ ଲାଗୁ ହେଇଥାଏ ।

ବୋଲୋଷ୍ଟ୍ରମ ନିର୍ଗତ: ଗର୍ଭାବସ୍ଥାର ଶେଷ ମାସ ବେଳକୁ ଅନେକ ସ୍ତ୍ରୀ ମାନଙ୍କ ସ୍ତରୁ କେଲୋଷ୍ଟ୍ରମ ନାମକ ପଦାର୍ଥ ନିର୍ଗତ ହେଇଥାଏ । ଫୋରପ୍ଲେ ସମୟରେ ଆପଣଙ୍କୁ ହୁତ, ଟିକିଏ ଅସୁବିଧା ହେଇପାରେ । ଏଥିରେ ବ୍ୟତିବ୍ୟସ୍ତ ହୁଅନ୍ତୁନି; ଆପଣଙ୍କ ସ୍ୱାମୀଙ୍କୁ ମଧ୍ୟ କୌଣସି ଅସୁବିଧା ହେବନାହିଁ । ଏଥିପ୍ରତି ଦୃଷ୍ଟି ଦିଅନ୍ତୁ ନାହିଁ ।

ସମ୍ବେଦନଶୀଳ ସ୍ତନ: ଅନେକ ଦମ୍ପତ୍ତିଙ୍କ ସକାଶେ ଏହି ସମୟରେ ସୁନ୍ଦର ଆକର୍ଷଣ ବୃଦ୍ଧି ପାଇଥାଏ । ହେଲେ ଆଉ ଅନେକଙ୍କର ସ୍ତନ ଫୁଲି ଯନ୍ତ୍ରଣା ହେଇଥାଏ । ଯଦି ଆପଣଙ୍କର ମଧ୍ୟ ଏପରି କିଛି ହୁଏ ତେବେ ସ୍ୱାମୀଙ୍କୁ ଆଗରୁ କହି ଦିଅନ୍ତୁ ଆଉ ଏହା ମଧ୍ୟ ସୂଚେଇ ଦିଅନ୍ତୁ ଯେ ପ୍ରଥମ ତିନିମାସ ଗଡ଼ିଲା ପରେ ସବୁ ସାମାନ୍ୟ ହେଇଯିବ ।

ଯୋନିସ୍ରାବରେ ପରିବର୍ତ୍ତନ: ଗର୍ଭଧାରଣ ବେଳେ ଯୋନିସ୍ରାବ ଅଧିକାଂଶ ବୃଦ୍ଧି ପାଇଥାଏ । ତାର ରଂଗ ଓ ଗନ୍ଧ ମଧ୍ୟ ପରିବର୍ତ୍ତନ ହେଇଥାଏ । ଯଦି ଆଗରୁ ଆପଣଙ୍କର ଯୋନି ଶୁଷ୍କ ଥାଏ, ତେବେ ବର୍ତ୍ତମାନ ଏହି ସ୍ରାବ ଯୋଗୁଁ ସହବାସ ବେଶ୍ ଆନନ୍ଦଦାୟକ ଓ ତୃପ୍ତିକର ହୋଇପାରିବ । ଅନେକ ଥର ବେଶି ଆର୍ଦ୍ରତା ଯୋଗୁଁ ମଧ୍ୟ ଆପଣଙ୍କ ସ୍ୱାମୀଙ୍କୁ ଅସୁବିଧା ହେଇପାରେ । ସ୍ରାବର ଗନ୍ଧ ଓ ସ୍ୱାଦ ଯୋଗୁଁ ମଧ୍ୟ ମୁଖମୈଥୁନ ହୋଇପାରିନଥାଏ । ପ୍ୟୁବିକ ଏରିଆ ଓ ଜଂଘରେ ଇଷତ୍ ସୁଗନ୍ଧି ତେଲ ମାଲିସ ବା ପ୍ରଲେପ ଦେଲେ ସୁବିଧା ହେଇଥାଏ । ଅନେକ ଗର୍ଭବତୀ ସ୍ତ୍ରୀ ମାନଙ୍କ ଯୋନିରେ ଶୁଷ୍କତା ଲାଗିରହେ । ସେମାନେ ସେକ୍ସ କଲାବେଳେ ୱାଟର ବେସ୍ଡ ଲୁ ବ୍ରିକେଣ୍ଟସ (କେ-ୱାଇ ବା ଏଷ୍ଟ୍ରୋଗଲାଇଡ) ବ୍ୟବହାର କରିପାରନ୍ତି ।

ସର୍ଭିକ୍ସର ସମ୍ବେଦନଶୀଳତା ଯୋଗୁଁ ରକ୍ତସ୍ରାବ

ଗର୍ଭଧାରଣ ବେଳେ ଗର୍ଭାଶୟ ମୁଖର ସମ୍ବେଦନଶୀଳତା ବେଶି ବୃଦ୍ଧି ପାଇଥାଏ । ଯଦି ସମ୍ଭୋଗ ସମୟରେ ପୁରୁଷର ଜନନ୍ଦ୍ରୀୟ ଯୋନି ଭିତରକୁ ବେଶି ପଶିଯାଏ, ତେବେ ସାମାନ୍ୟ ରକ୍ତସ୍ରାବ ହେଇଥାଏ । ହେଲେ ଏଥିରେ ଭୟ କରିବାର କିଛି ନାହିଁ, କିନ୍ତୁ ନିଜ ଡାକ୍ତରଙ୍କୁ ଏଥିପ୍ରତି ଅବଗତ କରେଇ ଦିଅନ୍ତୁ ।

ଏହାବ୍ୟତୀତ ଆହୁରି ଅନେକ ଭାବପ୍ରବଣତା ଯୋଗୁଁ ମଧ୍ୟ ସେକ୍ସ ବାଧାପ୍ରାପ୍ତ ହୋଇଥାଏ । ଏଣୁ ସବୁ କଥା ଖୋଲାଖୋଲି କହିଦେବା ବାଞ୍ଛନୀୟ ।

ଭ୍ରୂଣକୁ ଆଘାତ ବା ଗର୍ଭସ୍ଖଳନର ଆଶଙ୍କା: ବେଶି ଚିନ୍ତା ନକରି ସହବାସ ଜନିତ ପରମ ସୁଖ ପାଇବାକୁ ଚେଷ୍ଟା କରନ୍ତୁ । ସାଧାରଣ ଗର୍ଭବେଳେ ରତିକ୍ରିୟାରେ କୌଣସି କ୍ଷୟକ୍ଷତି ହେଇନଥାଏ । ଗର୍ଭସ୍ଥ ଶିଶୁ ଏମ୍ନିୟୋଟିକ ପଦାର୍ଥ ମଧ୍ୟରେ ବେଶ୍ ଆରାମରେ ରହିଥାଏ । ଆପଣଙ୍କ ଗର୍ଭରେ ଯେହେତୁ ବନ୍ଦ ଥିବ ଏଣୁ ଭୟ କରିବାର କିଛି ନାହିଁ । ଯଦି ଏପରି କୌଣସି ସମସ୍ୟା ଥାଏ ତେବେ ଡାକ୍ତର ଆଗରୁ ଆପଣଙ୍କୁ ବାରଣ କରିଦେବେ । ସେ ମନା ନକଲା ପୂର୍ବରୁ ସେକ୍ସ କରିବା ନିରାପଦ ।

ଚରମ ତୃପ୍ତିରୁ ଗର୍ଭସ୍ଖଳନର ଆଶଙ୍କା: ଅବଶ୍ୟ ଚରମ ତୃପ୍ତି ପରେ ଗର୍ଭାଶୟରେ ସଂକୋଚନ ହୋଇପାରେ । ଏହା ସମ୍ଭୋଗର ଅଧଘଣ୍ଟା ପରେ ମଧ୍ୟ ବଜାୟ ରହେ; ହେଲେ ମଧ୍ୟ ଏହା ପ୍ରସବ ବେଦନାର ଲକ୍ଷଣ ନୁହେଁ । ସାଧାରଣ ଗର୍ଭାବସ୍ଥାରେ କୌଣସି କ୍ଷତି ହୁଏନାହିଁ । ଯଦି ଏଭଳି କୌଣସି ଆଶଙ୍କା (ମିସ୍‌କେରେଜ, ପ୍ରିଟର୍ମ ବା ପ୍ଲେସେଣ୍ଟା...) ଥାଏ, ତେବେ ଡାକ୍ତର ଆଗରୁ ସୂଚେଇ ଦେଇଥିବେ ।

ଭ୍ରୂଣ ସବୁ ଦେଖିବାର ଆଶଙ୍କା: ଏପରି ସମ୍ଭବ ନୁହଁ । ଅବଶ୍ୟ ଚରମ ତୃପ୍ତି ବେଳର ଦୋଳି ଖେଳ

ସେ ଅନୁଭବ କରିପାରିବ ହେଲେ, ଆଦୌ ଦେଖିପାରିବ ନାହିଁ । ମୂତ୍ରାଶୟରେ କ୍ରିୟାକଳାପ ଯୋଗୁଁ ଭ୍ରୂଣର ପ୍ରତିକ୍ରିୟା (ସେକ୍ସ ବେଳେ ହଲ ଚଲ ନହେବା, ଲାତମାରିବା ଓ ଚରମ ତୃପ୍ତି ପରେ ହୃଦ୍‌ସ୍ପନ୍ଦନ ବୃଦ୍ଧି ହେବା) ସୃଷ୍ଟି ହେଇଥାଏ ।

ଗର୍ଭସ୍ଥ ଶିଶୁର ମୁଣ୍ଡରେ ଆଘାତ ହେବାର ଆଶଙ୍କା: ଅବଶ୍ୟ ସ୍ୱାମୀ ନିଜ ପାଟିରୁ ଏକଥା କହିବେ ନାହିଁ, ହେଲେ ମନରେ ଭୟ ଥିବ । କଥା କଣ କି ପୃଥିବୀରେ ଏତେ ବଡ଼ ଲିଂଗ ନାହିଁ ଯିଏ ଯୋନି ମାର୍ଗ ଦେଇ ଶିଶୁର ମୁଣ୍ଡକୁ ସ୍ପର୍ଶ କରିପାରିବ । ଶିଶୁ ଆରାମରେ ନିଜ ଥଳି ଭିତରେ ଶୋଇଛି ସେ ହୁଏତ ପାଖରେ ଥିଲେ ମଧ୍ୟ କୌଣସି କ୍ଷତ ହେବନାହିଁ ।

ସେକ୍ସରୁ ସଂକ୍ରମଣର ଭୟ: ଯଦି ଆପଣଙ୍କର ସର୍ଭିକ୍ସ ଅର୍ଥାତ୍ ଗର୍ଭାଶୟର ମୁଖ ବନ୍ଦ ଥାଏ ଓ ସ୍ୱାମୀଙ୍କୁ ଯୌନ ରୋଗ ହେଇନାହିଁ, ତେବେ ସମ୍ଭୋଗ କଲେ କାହାକୁ କିଛି ସଂକ୍ରମଣ ହେବାର ଭୟ ନାହିଁ । ଗର୍ଭସ୍ଥ ଶିଶୁଟି ବୀର୍ଯ୍ୟ ଓ ସଂକ୍ରାମକ ଜୀବାଣୁ ଠାରୁ ବହୁ ଦୂରରେ ସମ୍ପୂର୍ଣ୍ଣ ନିରାପଦ ଅଛି ।

ଆକର୍ଷଣଠୁ ବଳି ଚିନ୍ତା: ମନେକର ଆପଣ ଏଇନା ଚାପଗ୍ରସ୍ତ ଅଛନ୍ତି । ଶିଶୁ ଜନ୍ମ ହେବାର ବେଳ ହେଲାଣି । ଏଭଳି ପରିସ୍ଥିତିରେ କାମଭାବନା ଜାଗୃତ ହେବନାହିଁ । ଆଗାମୀ ଦାୟିତ୍ୱ, ଭାବପ୍ରବଣତା ଓ ଆର୍ଥିକ ମୁକାବିଲା ମୁଣ୍ଡରେ ବୁଲୁଥାଏ । ଏଣୁ ଏସବୁ କଥାକୁ ବିଛଣାକୁ ଯିବା ପୂର୍ବରୁ କହିଦେଲେ ଭଲ ହେବ ।

ସମ୍ପର୍କରେ ପରିବର୍ତ୍ତନ: ହୁଏତ ଆପଣଙ୍କୁ ଏହି ପରିବର୍ତ୍ତନଶୀଳ ସମ୍ପର୍କକୁ ନେଇ ସନ୍ଧି କରିବା କଠିନ ହେଇପାରେ । ଆପଣ ଭାବୁଥିବେ ଯେ ବର୍ତ୍ତମାନ ଆପଣ ଦୁହେଁ ପ୍ରେମୀ-ପ୍ରେମିକା ବା ସ୍ୱାମୀ-ସ୍ତ୍ରୀ ହେଇନାହାନ୍ତି । ବରଂ ମା-ବାପା ହେବାକୁ ଯାଉଛନ୍ତି । ହୁଏତ ,ହା ଆପଣ ଦୁହିଁଙ୍କୁ ଆହୁରି ସୁଦୃଢ଼ ଓ ମଧୁର କରିପାରେ ।

ଈର୍ଷା: ହୁଏତ ସ୍ୱାମୀଙ୍କ ମନରେ ଈର୍ଷା ସୃଷ୍ଟି ହେଇପାରେ । ସେ ଭାବୁଥିବେ ଯେ ଗର୍ଭଧାରଣ ଯୋଗୁଁ ସଭିଙ୍କର ଦୃଷ୍ଟି ଆପଣଙ୍କୁ ସ୍ପର୍ଶ କରୁଛି; କିମ୍ବା ଆପଣ ମଧ୍ୟ ଭାବିପାର୍ତି ଯେ ଆପଣଙ୍କୁ ସବୁ ଦାୟିତ୍ୱ ଦେଇ ସେ ଆରାମରେ ଅଏସ କରୁଛନ୍ତି । ଏଭଳି ଭାବନା ବିଛଣାକୁ ଛାଡ଼ି ଅନ୍ୟତ୍ର ହେଲେ ହିଁ ଭଲ ।

ଗର୍ଭ ଶେଷରେ ସେକ୍ସ ଯୋଗୁଁ ପ୍ରସବ ସହଜ: ଏହା ସତ ଯେ ଗର୍ଭାବସ୍ଥା ପାଖେଇ ଆସିଲା ପରେ ଚରମ ତୃପ୍ତି ପରେ ହେଉଥିବା ସଂକୋଚନ ଶକ୍ତ ହେଇଥାଏ; ହେଲେ ଯେପର୍ଯ୍ୟନ୍ତ ସର୍ଭିକ୍ସ ପ୍ରସ୍ତୁତ ହେବନାହିଁ, ପ୍ରସବ ହେବା ଅସମ୍ଭବ । ଅଧ୍ୟୟନରୁ ଜ୍ଞାତ ଯେ ଗର୍ଭାବସ୍ଥାର ଶେଷ ପର୍ଯ୍ୟନ୍ତ ସେକ୍ସ ସକ୍ରିୟ ଥିବା ସ୍ତ୍ରୀ ମାନଙ୍କର ପ୍ରସବ ଠିକ୍ ସମୟରେ ଓ ସହଜରେ ହେଇଥାଏ ।

ଅବଶ୍ୟ ଆଉ ଗୋଟିଏ କଥା ହେଲା ପ୍ରଥମେ ସେକ୍ସର ଉଦ୍ଦେଶ୍ୟ ଥିଲା ଛୁଆଜନ୍ମ, ହେଲେ ବର୍ତ୍ତମାନ ମନୋରଂଜନ ପାଇଁ ଏହା କରୁଛନ୍ତି । ଏଣୁ ଏଥିରେ ମାସିକ ଋତୁସ୍ରାବ, ଚାର୍ଟ, କ୍ୟାଲେଣ୍ଡର ବା ଗର୍ଭ ନିରୋଧକର କୌଣସି ଝିଂଝଟ (ମୁଣ୍ଡ ବ୍ୟଥା) ନାହିଁ । ଅନେକ ଦମ୍ପତ୍ତି କହନ୍ତି ଯେ ଗର୍ଭାବସ୍ଥା ସ୍ୱାମୀ- ସ୍ତ୍ରୀ ଉଭୟଙ୍କୁ ଏକ କରି ଦେଇଥାଏ । ଏଣୁକରି ସେମାନେ ବର୍ଦ୍ଧିତ ଉଦରକୁ ଏକ ପ୍ରତିବନ୍ଧକ ନଭାବି ପ୍ରେମର ପ୍ରତୀକ ମନେ କରିଥାନ୍ତି ।

ସେକ୍ସ ସୀମିତ ହେଉଥିଲାବେଳେ

ଅବଶ୍ୟ ଗର୍ଭାବସ୍ଥାରେ ମଧ୍ୟ ସ୍ୱାମୀ ସ୍ତ୍ରୀ ଉଭୟଙ୍କ ପାଇଁ ସେକ୍ସ ବା ସମ୍ଭୋଗ ଖୁବ୍ ଆନନ୍ଦ ଦେଇଥାଏ ଓ ଉଭୟ ଚରମ ତୃପ୍ତି ଲାଭ କରିଥାନ୍ତି । ହେଲେ ସଭିଏଁ ଭାଗ୍ୟବାନ ନୁହନ୍ତି ।

ଆରାମଦାୟକ ମୁଦ୍ରା

ଗର୍ଭାବସ୍ଥାରେ ମୈଥୁନର ମୁଦ୍ରା ପରିବର୍ତ୍ତନ କରିବାକୁ ହେଇଥାଏ । ଯଦି ଆପଣଙ୍କ ସ୍ୱାମୀ ଭରା ନଦେଇ ଯଦି ରତିକ୍ରିୟା କରନ୍ତି ତେବେ ଖୁବ୍ ଭଲ କଥା । ନଚେତ୍ ଗୋଟିଏ କଡକୁ ଆପଣ ଶୋଇ ପଡନ୍ତୁ ବା ନିଜେ ସ୍ୱାମୀଙ୍କ ଉପରେ ଚଢ଼ି ସମ୍ଭୋଗ କରିପାରନ୍ତି । ମୁଦ୍ରା ଯାହା ହେଲେ ମଧ୍ୟ ଆପଣଙ୍କ ପାଇଁ ଆରାମଦାୟକ ହେବା

ବିପଜ୍ଜନକ ଗର୍ଭଧାରଣ ବା ବିଷମ ଅବସ୍ଥାରେ ସମଗ୍ର ନ'ମାସ କାଳ ସେକ୍ସ ବାରଣ କରାଯାଇଥାଏ କିମ୍ବା ସ୍ତ୍ରୀର ଚରମ ତୃପ୍ତି ବିନା ସମ୍ଭୋଗ ପାଇଁ ଅନୁମତି ଦିଆଯାଇଥାଏ । ନଚେତ ଫୋର ପ୍ଲେ ବା କଣ୍ଡୋମ ସହ ଲିଙ୍ଗ ପ୍ରବେଶର ଅନୁମତି ଦିଆଯାଇଥାଏ । ଯଦି ଆପଣଙ୍କ ଉପରେ ମଧ୍ୟ ଏଭଳି କିଛି ବାଡ଼ବନ୍ଧ ଡାକ୍ତର ଲଗେଇଥାନ୍ତି, ତେବେ ତାଙ୍କ ସହ ଏ ସମ୍ପର୍କରେ ବିଷଦ ଆଲୋଚନା କରନ୍ତୁ । କେତେ ସମୟ ପାଇଁ ବାରଣ କରାଯାଇଛି ଓ କାହିଁକି ? ନିମ୍ନଲିଖିତ ପରିସ୍ଥିତିରେ ସମ୍ଭୋଗ ସକାଶେ ବାରଣ କରାଯାଇଥାଏ ।

■ ମନେକର ପ୍ରିଟର୍ମ ଲେବରର ଲକ୍ଷଣ ଥାଏ ବା ପୂର୍ବରୁ ଏପରି କିଛି ହୋଇଥିବ ।

■ ଯଦିଚ ଗର୍ଭାଶୟର ଅଭାବ ବା ପ୍ଲେଜେଣ୍ଟାର କୌଣସି ଅସୁବିଧା ଥିବ ।

■ ଯଦିଚ ଆପଣଙ୍କୁ ରକ୍ତସ୍ରାବ ହେଉଥିବ କିମ୍ବା ଆଗରୁ ଗର୍ଭସ୍ଖଳନ ହୋଇଥିବ ।

ଯଦି କେବଳ ଚରମ ତୃପ୍ତିର ଅନୁମତି ଥାଏ, ତେବେ ହସ୍ତମୈଥୁନ କରନ୍ତୁ । ମନେକର ଚରମତୃପ୍ତି ପାଇଁ ବାରଣ ଥାଏ ତେବେ ସମ୍ଭୋଗ କରନ୍ତୁ ହେଲେ ଚରମ ବିନ୍ଦୁ ପୂର୍ବରୁ ରୋକିବାକୁ ହେବ । ଅବଶ୍ୟ ଏହାଫଳରେ ସନ୍ତୋଷ ଲାଗିବନି, ତଥାପି ସ୍ୱାମୀ ପାଖକୁ ଆସିବାର ସୁଯୋଗ ପାଇପାରିବେ । ଯଦି ସମ୍ପୂର୍ଣ୍ଣ ମନା ଥାଏ, ତେବେ ମଧ୍ୟ ହାତ ଧରି, ଆଲିଙ୍ଗନ କରି ବା ବୁଲି ବୁଲି ମନେ ମନେ ରୋମାଣ୍ଟିକ ହେବାକୁ ଚେଷ୍ଟା କରନ୍ତୁ ।

ଅଳ୍ପରେ ବେଶି ଆନନ୍ଦ ପାଆନ୍ତୁ

ଉତ୍ତମ ଯୌନ ସମ୍ପର୍କ ଏକା ଦିନରେ ସୃଷ୍ଟ ହୁଏନାହିଁ । ଏଥିପାଇଁ ଧୈର୍ଯ୍ୟ, ବୁଝାମଣା ଓ ଘନିଷ୍ଠ ପ୍ରେମ ହେବା ଆବଶ୍ୟକ । ଏହା ମଧ୍ୟ ସତକଥା ଯେ, ଗର୍ଭାବସ୍ଥାରେ ଯୌନ ସମ୍ପର୍କକୁ ବିଭିନ୍ନ ଶାରୀରିକ ଓ ମାନସିକ ପରିବର୍ତ୍ତନର ପର୍ଯ୍ୟାୟ ଦେଇ ଯିବାକୁ ପଡ଼ିଥାଏ । ଏଠାରେ ତା'ରି ସମ୍ମୁଖୀନ ହେବା ପାଇଁ କେତେକ ଉପାୟ ଦିଆଯାଉଚି ।

■ ସମ୍ଭୋଗର ବିଶ୍ଳେଷଣ ପରିବର୍ତ୍ତେ ତାର ସୁଖ ଗ୍ରହଣ କରନ୍ତୁ । ଏହାକୁ ଅଯଥା ନଷ୍ଟ କରନ୍ତୁ ନାହିଁ । ପରିମାଣ ଅପେକ୍ଷା ଗୁଣବତ୍ତାକୁ ଗୁରୁତ୍ୱ ଦିଅନ୍ତୁ । ନିଜଗ ବିଗତ ସହବାସ ଓ ବର୍ତ୍ତମାନର ରତିକ୍ରିୟା ମଧ୍ୟରେ ତୁଳନା କରନ୍ତୁ ନାହିଁ । ଏଇନା ବେଶି କିଛି ପରିବର୍ତ୍ତନ ଘଟିସାରିଛି ।

■ ସକାରାତ୍ମକ ଚିନ୍ତାଧାରା ବଜାୟ ରଖନ୍ତୁ । ମନେରଖନ୍ତୁ ଯେ ସମ୍ଭୋଗ ଯୋଗୁଁ ଆପଣଙ୍କ ଦେହ ମଧ୍ୟ ଆଗାମୀ ଦିନ ପାଇଁ ପ୍ରସ୍ତୁତ ହେଉଚି । ଯଦି ଆପଣ ସମ୍ଭୋଗ ସମୟରେ କିଗଲ କରିପାରନ୍ତି, ତେବେ ଖୁବ୍ ଭଲ କଥା । ନିଜର ପରିବର୍ତ୍ତିତ ଦେହ ଯଷ୍ଟିକୁ କାମୁକ ମନେକରନ୍ତୁ । ଭାବନ୍ତୁ ଯେ ଆଲିଙ୍ଗନ କେବଳ ଦେହ ନୁହଁ ମନର ମଧ୍ୟ ମିଳନ ଅଟେ ।

■ ଅଳ୍ପ ରୋମାଣ୍ଟିକ ହୁଅନ୍ତୁ । ପୁରୁଣା ପ୍ରକ୍ରିୟାରେ ସୁବିଧା ନହେଲେ ନୂତନତ୍ୱର ଅନୁସନ୍ଧାନ କରନ୍ତୁ । ମନେରଖନ୍ତୁ, ନୂତନଆସନ ଉପଯୁକ୍ତ ହେବାପାଇଁ ସମୟ ଲାଗିଥାଏ ।

■ ବାସ୍ତବିକ ଚିନ୍ତାଧାରା ନେଇ ଆଶା ଆକାଂକ୍ଷାକୁ ପ୍ରଶୟ ଦିଅନ୍ତୁ । ଆଗାମୀ ଦିନରେ ଅନେକ ଗୁଡ଼ିଏ ଆହ୍ୱାନକୁ ଗ୍ରହଣ କରିବାକୁ ହେବ । ଅନେକ ସ୍ତ୍ରୀମାନଙ୍କୁ ଚରମ ତୃପ୍ତି ପାଇବାରେ ସମୟ ଲାଗେନାହିଁ ତ ଆଉ ଅନେକଙ୍କ ଏଥିପାଇଁ ନ'ମାସ କାଳ ଗଡ଼ିଯାଏ । ମନେରଖନ୍ତୁ, ଅନେକ ଥର ଚରମ ତୃପ୍ତି ହାସଲ ନହେଲେ ମଧ୍ୟ ମାନସିକ ମିଳନକୁ ହିଁ ଶ୍ରେଷ୍ଠ ମଣିନେବା ଉଚିତ ।

ମନେରଖନ୍ତୁ, ସମ୍ପର୍କରେ ସମ୍ପ୍ରେଷଣର ମଧ୍ୟ ଖୁବ୍ ଗୁରୁତ୍ୱପୂର୍ଣ୍ଣ ଭୂମିକା ଅଛି । ଆପୁସି ବୁଝାମଣା ବଳରେ ଏସବୁ ଆହ୍ୱାନର ସମ୍ମୁଖୀନ ହୋଇପାରିବେ । ସମସ୍ୟାକୁ ସମାଧାନ ନକରି ବିଛଣାକୁ ଯା'ନ୍ତୁ ନାହିଁ । ବର୍ତ୍ତମାନ ଉଭୟଙ୍କ ପାଇଁ ଚିନ୍ତା କରୁଛନ୍ତି । ଆଗାମୀ ଦିନରେ ତିନି ଜଣଙ୍କ ପାଇଁ ଭାବିବାକୁ ପଡ଼ିବ ।

ମନେରଖନ୍ତୁ, ସବୁ ଦମ୍ପତ୍ତି ଗର୍ଭବେଳେ ସମ୍ଭୋଗକୁ ନେଇ ଭିନ୍ନ ଭିନ୍ନ ପ୍ରତିକ୍ରିୟା ଦେଇଥାନ୍ତି । ଏଣୁ ଆପଣ ଦୁହେଁ ମିଶି ଯାହା ନିଷ୍ପତ୍ତି ନେବେ, ତାହା ହିଁ ଚୂଡାନ୍ତ ଧରାଯିବ । ଏଣୁ ସମୟକୁ ନଷ୍ଟ ନକରି ଦୁହେଁ ଦୁହିଁଙ୍କର ବାହୁ ବନ୍ଧନରେ ଆବିଷ୍ଟ ହୋଇଯାନ୍ତୁ । କାରଣ ଏ ସମୟ ଆଉ ଫେରିବାର ନୁହଁ ।

■ ■ ■

ଷଷ୍ଠ ମାସ

ପ୍ରାୟ ୨୩ ରୁ ୨୭ ସପ୍ତାହ

ବର୍ତ୍ତମାନ ପେଟ ଭିତରେ ହେଉଥିବା ଚଳପ୍ରଚଳନକୁ ନେଇ କୌଣସି ସନ୍ଦେହର ଅବକାଶ ନାହିଁ । ନା, ନା, ଗ୍ୟାସ ନୁହଁ, ଜୀଅନ୍ତା ଶିଶୁର ଏହା କରାମତି ଅଟେ । ଅବଶ୍ୟ ଗ୍ୟାସ ମଧ୍ୟ ପ୍ରବଳ ହେଇଥାଏ । ହେଲେ ବର୍ତ୍ତମାନ ତ କୁନି କୁନି ଲାତ, ବିଧା, ଇତ୍ୟାଦି ବର୍ଷିବାର ବେଳ ହେଇଛି । ବେଳେ ବେଳେ ହିଚକିର ସ୍ୱର ମଧ୍ୟ ଶୁଭିବାର ସୁଯୋଗ ମିଳିଯାଉଥିବ । ଏହିମାସ ପରେ ଦ୍ୱିତୀୟ ତିନିମାସ ସମାପ୍ତ ହୋଇଯିବ । ଏଥର ଆପଣ ଦୁହେଁ ବିକାଶର ନୂତନ ପାହାଚରେ ପଦାର୍ପଣ କରିବେ । ନିଜ ପଦ୍ମସଦୃଶ ପାଦଯୁଗଳକୁ ଭଲକରି ଦେଖିନିଅନ୍ତୁ । କାରଣ ଆସ୍ତେ ଆସ୍ତେ ପେଟ ଏତେ ବଢ଼ିଯିବ ଯେ, ପାଦ ଦ୍ୱୟକୁ ଦେଖିବାର ଆଉ ସୁଯୋଗ ମଧ୍ୟ ମିଳିବ ନାହିଁ ।

ଏହି ମାସରେ ଆପଣଙ୍କ ଶିଶୁର ଗଠନ ଓ ବିକାଶ

୨୩ଶ ସପ୍ତାହ: ମନେକର ଗର୍ଭରେ ଯଦି କୌଣସି ଝରକାଟିଏ ଥାନ୍ତା, ତେବେ ଆପଣ ଦେଖିପାରନ୍ତେ । ବର୍ତ୍ତମାନ ଶିଶୁର ଚର୍ମ କିଭଳି ଅଛି । କାରଣ ଚର୍ମ, ଚର୍ବି ଯୋଗୁଁ ବୃଦ୍ଧିପାଏ ଓ ଏଇନା ଏହା ସମ୍ଭବ ନୁହଁ । ଏହି ସପ୍ତାହରେ ଶିଶୁର ଦୈର୍ଘ୍ୟ ପ୍ରାୟ (୮") ଆଠ ଇଞ୍ଚ ଓ ଓଜନ ଏକ ପାଉଣ୍ଡ ହେବ । ମାସ ଶେଷ ବେଳକୁ ତାର ଓଜନ ଦୁଇଗୁଣ ହେଇଯିବ । ଥରେ ଚର୍ବି ଜମିବା ଆରମ୍ଭ ହେଇଗଲେ ତା'ର ସ୍ୱଚ୍ଛତା ମଧ୍ୟ କମିଯିବ । ବର୍ତ୍ତମାନ ଚାହିଁଲେ ଚର୍ମ ତଳର ହାଡ଼, ମାଂସକୁ ଲକ୍ଷ୍ୟ କରାଯାଇ ପାରିବ । ହେଲେ ଅଷ୍ଟମ ମାସ ବେଳକୁ ଏହା ଆଉ ଏପରି ନଥିବ ।

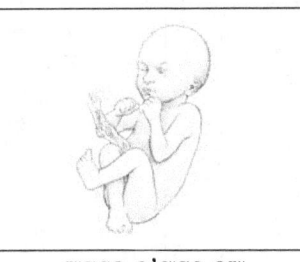

ଆପଣଙ୍କ ଛ'ମାସର ଛୁଆ

୨୪ଶ ସପ୍ତାହ: ଏହାର ଦୈର୍ଘ୍ୟ ପ୍ରାୟ ୮$^{୧}/_{୨}$ ଅର୍ଥାତ୍ ସାଢ଼େ ଆଠ ଇଞ୍ଚ ଓ ଓଜନ ୧$^{୧}/_{୨}$ବା ଦେଢ଼ ପାଉଣ୍ଡ ହେଇଯିବ । ବର୍ତ୍ତମାନ ଆଉ ଏହାକୁ ଫଳ ସହିତ ତୁଳନା କରିହେବ ନାହିଁ । ପ୍ରତି ସପ୍ତାହକୁ ୬ ଆଉନ୍ସ ଭାବରେ ବର୍ତ୍ତମାନ ଓଜନ ବଢ଼ିବ । ଏହା ସମଗ୍ର ଅଙ୍ଗ ପ୍ରତ୍ୟଙ୍ଗ, ଅସ୍ଥି ମାଂସପେଶୀ ଓ ଚର୍ବି ଯୋଗୁଁ ବଢ଼ୁଛି । ବର୍ତ୍ତମାନ ତା'ର ଚେହେରା ମଧ୍ୟ ସ୍ପଷ୍ଟ ହେଇଗଲାଣି; ହେଲେ ମୁଣ୍ଡବାଳରେ ପିଗମେଣ୍ଟର ପ୍ରଭାବ ପଡ଼ିନାହିଁ । ଏଣୁ ଏହାର ରଂଗ ବର୍ତ୍ତମାନ କହିପାରିବା ନାହିଁ ।

୨୫ଶ ସପ୍ତାହ: ଚନ୍ଦ୍ରକଳା ପରି ଇଏ ବଢ଼ି ବଢ଼ି ଯାଉଛି । ବର୍ତ୍ତମାନ ଏହାର ଲମ୍ବ ପ୍ରାୟ ୯ ଇଞ୍ଚ ଓ ଓଜନ ୧$^{୧}/_{୨}$ପାଉଣ୍ଡ ହେବ । ଆହୁରି ମଧ୍ୟ ଅନେକ ରୁଚିକର ବିକାଶ ହେଉଛି ।

ତା'ର ରକ୍ତନଳୀ ଅର୍ଥାତ୍ ଶିରା ପ୍ରଶିରା ଗୁଡ଼ିକରେ ରକ୍ତ ପୂରଣ ହେଉଛି । ଏହି ସପ୍ତାହର ଶେଷ ବେଳକୁ ଫୁସଫୁସ ମଧ୍ୟ ମୁକ୍ତ ପବନକୁ ଗ୍ରହଣ କରିବା ପାଇଁ ପ୍ରସ୍ତୁତ ହୋଇଯିବ । ଅବଶ୍ୟ ବର୍ତ୍ତମାନ ଏହା ତିଆରି ହୋଇନାହିଁ । ତା ପାଇଁ ସମୟ ଦରକାର । ଏଗୁଡ଼ିକ ବର୍ତ୍ତମାନ ରକ୍ତସଂଚାରରେ ଅମ୍ଳଜାନ ଦେବା ପାଇଁ ଯୋଗ୍ୟ ହୋଇନାହାନ୍ତି । ଏହି ସପ୍ତାହରେ ତାର ନାକପୁଡ଼ା ଦୁଇଟି ଖୋଲିଯିବ । ତାପରେ ସିଏ ଶ୍ୱାସକ୍ରିୟା କରିପାରିବ । ତାର ଭୋକାଲ କାର୍ଡ ମଧ୍ୟ କାମ କରୁଛି । ଆପଣ ତାର ହିଚକି ଶୁଣିଥିବେ ବୋଧହୁଏ ।

୨୬ଶ ସପ୍ତାହ: ୨ ପାଉଣ୍ଡର ମାଂସ ଟୁକୀରା ଖଣ୍ଡିଏ ଦେଖନ୍ତୁ; ବାସ ଗର୍ଭସ୍ଥ ଶିଶୁ ମଧ୍ୟ ଏପରି ହେଇଛି । ତାର ଦୈର୍ଘ୍ୟ ୯" ପ୍ରାୟ ନଅ ଇଞ୍ଚ । ତାର ଆଖି ଆସ୍ତେ ଆସ୍ତେ ଖୋଲୁଛି । ବର୍ତ୍ତମାନ ଆଖିର ରଂଗ କହିହେବ ନାହିଁ । ଅବଶ୍ୟ ସିଏ ଅନ୍ଧାରରେ ମଧ୍ୟ ଅଛ ବହୁତ ଦେଖି ପାରୁଥିବ । ବେଶି ଉଜ୍ଜ୍ୱଳ ବା ଉଚ୍ଚ ସ୍ୱର ଶୁଣିଲେ ପ୍ରତିକ୍ରିୟା କରେ । ସେ ବାରମ୍ବାର ଆଖିପତା ବୁଜିଥାଏ ।

୨୭ଶ ସପ୍ତାହ: ଏହି ସପ୍ତାହରେ ତାର ଗଠନ ପ୍ରକ୍ରିୟାକୁ ନୂଆକରି ତିଆରି କରିବାକୁ ହେବ । ବର୍ତ୍ତମାନ ଆମେ ତାକୁ ତାଳୁରୁ ତଳିପା ଯାଏଁ ମାପି ପାରିବା । ଏହି ସପ୍ତାହରେ ତାର ଦୈର୍ଘ୍ୟ ପ୍ରାୟ (୧୫') ପନ୍ଦର ଇଞ୍ଚ ହେବ ଓ ଓଜନ ୨ ପାଉଣ୍ଡରୁ ଅଧିକ । ତାର ସ୍ୱଦନ୍ଦ୍ରୀୟ (ଜିଭ) ସଜାଗ ହେଇଯିବ ଆଉ ଆପଣ ଯାହା ଖାଇବେ ତାକୁ ଏମ୍ନିଓଟିକ ପଦାର୍ଥ ଜରିଆରେ ସେ ମଧ୍ୟ ଚାଖି ପାରିବ । ଉଦାହରଣସ୍ୱରୂପ ଅନେକ ଶିଶୁ ରାଗ ଜିନିଷ ଖାଇଲା ପରେ ଜୋରରେ ବିଚକି ମାରିଥାନ୍ତି କିମ୍ବା ଲାତ ବିଧା ଦେଇଥାନ୍ତି ।

ଆପଣ କ'ଣ ଅନୁଭବ କରୁଥାଇ ପାରନ୍ତି ?

ସବୁଥର ପରି ମନେ ଅଛି ତ ! ପ୍ରତ୍ୟେକ ଗର୍ଭବତୀ ସ୍ତ୍ରୀ ଓ ଗର୍ଭଧାରଣ ସ୍ୱତନ୍ତ୍ର ଓ ପୃଥକ ସାଙ୍ଗକୁ ନିଆରା ମଧ୍ୟ ହେଇଥାଏ ।

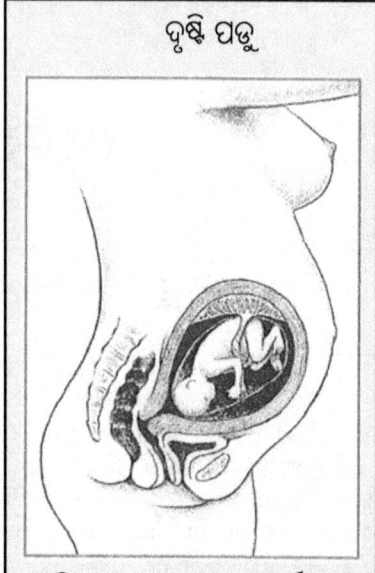

ଦୃଷ୍ଟି ପଡୁ

ଏହି ମାସ ଆରମ୍ଭରେ ଆପଣଙ୍କ ଗର୍ଭାଶୟ ନାଭି ପାଖକୁ ପ୍ରାୟ ୧½ (ଦେଢ଼ ଇଞ୍ଚ) ଉପରକୁ ହେବ ମାସ ଶେଷ ବେଳକୁ ଏହାର ଉଚ୍ଚତା ପ୍ରାୟ ୨½ (ଅଢ଼େଇ ଇଞ୍ଚ) ପର୍ଯ୍ୟନ୍ତ ଲମ୍ବିଯିବ । ବର୍ତ୍ତମାନ ଏହାର ଆକାର ବାସ୍କେଟବଲ ଏତେ ବଡ଼ ହେବ ।

ହୁଏତ ଆପଣ ଏକା ସାଙ୍ଗରେ ବା ବେଳେ ବେଳେ ଏସବୁ ଲକ୍ଷଣକୁ ହୃଦୟଙ୍ଗମ କରୁଥିବେ । ଅନ୍ୟ କେତେକ ଲକ୍ଷଣ ଗତ ମାସରୁ ଦେଖାଯାଉଥିବ, ଓ ଅନ୍ୟ କେତେକ ପୂରାପୂରି ନୂଆ । କେତେକ ଲକ୍ଷଣ ସହ ଏପରି ଅଭ୍ୟସ୍ତ ହେଇ ସାରିଥିବେ ଯେ ଚିହ୍ନିବା କଷ୍ଟକର । ଆପଣଙ୍କ ଲକ୍ଷଣ ଏହାଠାରୁ କମ୍ ମଧ୍ୟ ହେଇପାରେ । ଏହି ମାସରେ ଆପଣ ନିମ୍ନଲିଖିତ ଲକ୍ଷଣଗୁଡ଼ିକ ଅନୁଭବ କରିପାରିବେ:

ଶାରୀରିକ

- ଭ୍ରୂଣର ଚଳପ୍ରଚଳ
- ଯୋନିରୁ ଲଗାତାର ସ୍ରାବ ନିର୍ଗତ
- ତଳିପେଟରେ ଯନ୍ତ୍ରଣା
- କୋଷ୍ଠ କାଠିନ୍ୟ
- ଛାତି ଜଳା, ଅଜୀର୍ଣ୍ଣ ଓ ଗୋଳମାଳ

■ ବେଳେ ବେଳେ ମୁଣ୍ଡବ୍ୟଥା, ମୂର୍ଚ୍ଛା ଓ ମୁଣ୍ଡ ବୁଲେଇବା

■ ନାକ ବନ୍ଦ ହେବା, ନାକରୁ ରକ୍ତ ପଡ଼ିବା, କାନ ମଇଳା

■ ବ୍ରସ କଲାବେଳେ ରକ୍ତ ପଡ଼ିବା

■ ବେଶି ଭୋକ ହେବା

■ ଗୋଡ଼ ମୋଡ଼ିହେବା

■ ଗୋଡ଼ ଓ ପାଦ ଫୁଲିବା

■ ଗୋଡ଼ରେ ଭେରିକୋଜ ଭେନ୍ସ ଓ ହେମରଏଡସ୍

■ ତଳି ପେଟ କୁଣ୍ଡେଇ ହେବା

■ ନାଭି ପଦାକୁ ଦେଖାଯିବା

■ ପିଠି ବ୍ୟଥା

■ ତଳିପେଟ ଓ ମୁହଁରେ ଦାଗ ପଡ଼ିବା

■ ଷ୍ଟ୍ରେଚ ମାର୍କ

■ ଛାତି ଓସାର ହେବା

ଭାବାତ୍ମକ

■ ମନ ପରିବର୍ତ୍ତନ ହ୍ରାସ ପାଇବା

■ ଅନ୍ୟ ମନସ୍କତା

■ ଗର୍ଭରୁ ବିରକ୍ତି

■ ଭବିଷ୍ୟତକୁ ନେଇ ଚିନ୍ତିତ

■ ଭବିଷ୍ୟତକୁ ନେଇ ରାଗ

ଏହି ମାସରେ ପରୀକ୍ଷା

ଦ୍ୱିତୀୟ ତିନି ମାସ ଶେଷରେ ଡାକ୍ତର ନିମ୍ନ ପରୀକ୍ଷାମାନ କରିପାରିବେ । ଏହା ଆପଣ ଓ ତାଙ୍କ ଉପରେ ନିର୍ଭର

■ ଓଜନ ଓ ରକ୍ତଚାପ

■ ସୁଗର ଓ ପ୍ରୋଟିନ ପାଇଁ ପରିଶ୍ରା

■ ଗର୍ଭାଶୟର ଉଚ୍ଚତା

■ ଗର୍ଭାଶୟର ଆକାର ଓ ଭ୍ରୂଣର ସ୍ଥିତି

■ ହାତଗୋଡ଼ ଫୁଲିବା

■ ବିଶେଷ ଲକ୍ଷଣ

■ କିଛି ପ୍ରଶ୍ନ ଓ ଜିଜ୍ଞାସା

ଆପଣ କ'ଣ ଭାବୁଥାଇ ପାରନ୍ତି ? ନିଦ ପଡ଼ିବାରେ ଅସୁବିଧା

"ମୋତେ ସମଗ୍ର ଜୀବନକାଳ ମଧ୍ୟରେ କେବେ ମଧ୍ୟ ଶୋଇବାରେ ଅସୁବିଧା ହେଇନଥିଲା । ହେଲେ, ବର୍ତ୍ତମାନ ମୁଁ ଶୋଇପାରୁନାହିଁ ।"

ଅଧା ରାତିରେ ବାରମ୍ବାର ବାଥରୁମ ଯିବା, ଜଙ୍ଘ ବ୍ୟଥା, ଛାତି ଜଳା, ଦେହ ତାତିବା ଓ ଏତେବଡ଼ ପେଟ ହୋଇଥିଲେ କାହୁଁ ନିଦ ପଡ଼ିବ ଯେ ? ଅବଶ୍ୟ ଏହା ମଧ୍ୟ ଭଲ କଥା, ଆଗାମୀ ଦିନମାନଙ୍କ ସକାଶେ କାମକୁ ଆସିବ । କୁନି ଛୁଆଟି ଧରାପୃଷ୍ଠରେ ଅବତୀର୍ଣ୍ଣ ହେଲାପରେ ମଧ୍ୟ ଏପରି ହଇରାଣ କରିପାରେ । ତଥାପି ଭଲ ନିଦ ପଡ଼ିବା ପାଇଁ କେତେକ ଉପାୟ ଅବଲମ୍ବନୀୟ:

■ ଦିନରେ କିଛି କାମ କରନ୍ତୁ । ଦିନସାରା ଖଟିଥିବା ଦେହ ରାତିରେ ଶୋଇବ ନିଶ୍ଚୟ । କାମ ନଥିଲେ ବ୍ୟାୟାମ କରନ୍ତୁ ହେଲେ ଶୋଇବା ପୂର୍ବରୁ ବ୍ୟାୟାମ ନିଷେଧ । ନହେଲେ ନିଦ ଆହୁରି ଦୂରେଇ ଯିବ ।

■ ମନ ଧୀର ସ୍ଥିର ରଖନ୍ତୁ । ଘରେ ବା ଅଫିସରେ କାମ ବେଶି ଥିଲେ ଅନ୍ୟମାନଙ୍କୁ ଦେଇଦିଅନ୍ତୁ । ଯଦି କେହି ନଥିବେ ତେବେ ସବୁତକ ଚିନ୍ତାକୁ ତାଲିକା କରି ଶୋଇପଡ଼ନ୍ତୁ । ଏହିପରି ଭାବରେ କୌଣସି ସମାଧାନ ମିଳିଯିବ । ରାତିରେ ଶୋଇବାବେଳେ ପ୍ରଶ୍ନାନୁସାରେ ବିଚାର କରନ୍ତୁ ।

■ ରାତ୍ରିଭୋଜନ ତର ତର ହୋଇ ନଖାଇ ବରଂ ଆରାମରେ ବସି ଖାଆନ୍ତୁ; ଫଳରେ ଛାତି ଜଳିବନି । ଖାଇଲାକ୍ଷଣି ବିଛଣାରେ ଗଡ଼ି ପଡ଼ନ୍ତୁ ନାହିଁ । ପେଟ ବେଶି ପୂରିଗଲେ ମଧ୍ୟ ନିଦ ପଡ଼ିବାରେ ଅସୁବିଧା ହୁଏ ।

■ ଅତ୍ୟଧିକ ଖାଦ୍ୟ ଗ୍ରହଣ ମଧ୍ୟ ନିଦ୍ରାରେ ବ୍ୟାଘାତ ସୃଷ୍ଟି କରିଥାଏ । ଏଣୁ କମ ଖାଇ ବରଂ ଖଟ ପାଖରେ ସ୍ନେକ୍ସ ରଖିଥାନ୍ତୁ, ରାତିରେ ଭୋକ ହେଲେ ଖାଇବେ । ଜେଜୀମାଙ୍କର ଉପଦେଶ ମନେପକାନ୍ତୁ । ଶୋଇବା ପୂର୍ବରୁ ଗ୍ଲାସେ ଉଷୁମ କ୍ଷୀର ପିଅନ୍ତୁ । ପ୍ରୋଟିନ ଓ କମ୍ପ୍ଲେକ୍ସ କାର୍ବ ମିଶେଇ ଖାଇଲେ ମଧ୍ୟ ଚଳିବ । ଫଳ, ଲବୀ ବା କିସମିସ ମିଶା ଦହି ଖାଆନ୍ତୁ । କ୍ଷୀର ସାଙ୍ଗରେ କିଛି ଖାନ୍ତୁ ।

■ ରାତିରେ ପରିଶ୍ରା ବାରମ୍ବାର ଯିବା ଯୋଗୁଁ ନିଦ ଭାଙ୍ଗେ ତେବେ, ୬ ଘଣ୍ଟା ପରେ ପାଣିର ମାତ୍ରା କମେଇ ଦିଅନ୍ତୁ । ଶୋଷ ହେଲେ ପାଣି ପିଅନ୍ତୁ, କିନ୍ତୁ ଶୋଇବା ପୂର୍ବରୁ ୧୬ ଆଉନ୍ସର ବୋତଲ ଏକାଥରକେ ପିଅନ୍ତୁ ନାହିଁ ।

■ ଉପରବେଳରେ କେଫିନ ଆଦୌ ଗ୍ରହଣ କରନ୍ତୁ ନାହିଁ । ଏହା ୬ ଘଣ୍ଟା ପର୍ଯ୍ୟନ୍ତ ସକ୍ରିୟ କରିଥାଏ । ଚିନି ମଧ୍ୟ ଏଇୟା କରେ, ଶକ୍ତିର ସ୍ତରକୁ ବଢ଼େଇ ଦିଏ ।

■ ଶୋଇବା ସମୟ ସ୍ଥିର କରନ୍ତୁ । ଏହା କେବଳ ଛୁଆମାନଙ୍କ ପାଇଁ ନୁହଁ, ନିଜେ ମଧ୍ୟ ଆରାମରେ ଶୋଇପାରିବେ । ଖାଇବା ପରେ କାମ କରନ୍ତୁ ନାହିଁ, ବହି ପଢ଼ନ୍ତୁ ବା ଟିଭି ଦେଖନ୍ତୁ । ଗୀତ ଶୁଣନ୍ତୁ ବା ରୋମାନ୍ସ କରନ୍ତୁ ।

■ ଗର୍ଭାବସ୍ଥାରେ ବିଛଣାରେ ପଡ଼ିଥିବା ଅସଂଖ୍ୟ ତକିଆ ଦେହକୁ ଆରାମ ଦେଇଥାଏ । ତାକୁ ଭଲ ଭାବରେ ବ୍ୟବହାର କରନ୍ତୁ । ଗଦି ଠିକ୍ ହେବା ଆବଶ୍ୟକ । ବେଡରୁମ ବେଶି ଗରମ ବା ଥଣ୍ଡା ହେବା ଅନୁଚିତ ।

■ ବିରକ୍ତିକର ପରିବେଶରେ ମଧ୍ୟ ନିଦ ପଡ଼େନାହିଁ । ଶୋଇବା କୋଠରିରେ ବାୟୁ ଚଳାଚଳ ହେବା ଉଚିତ । ମୁଣ୍ଡ ଢ଼ାଙ୍କି ଶୋଇବା ଅନୁଚିତ । ଫଳରେ ଅମ୍ଳଜାନ ଅଭାବ ହେଇପାରେ ଓ ଅଙ୍ଗାରକାମ୍ଳ ବେଶି ହେଲେ ମୁଣ୍ଡ ବ୍ୟଥା ହେବ ।

■ ନିଦ ବଟିକା ଖାଇବା ପୂର୍ବରୁ ଡାକ୍ତରଙ୍କୁ ପଚାରନ୍ତୁ । ଯଦି ମେଗ୍ନେସିୟମ ଔଷଧ ଲେଖିଥାନ୍ତି ତେବେ ବିଛଣାକୁ ଗଲାପରେ ଖାଅନ୍ତୁ ।

■ ବିଛଣାରେ ନିଦ ଓ ସମ୍ଭୋଗକୁ ଛାଡ଼ି ଅନ୍ୟ କାମ କରନ୍ତୁ ନାହିଁ । ବାକି କାମ ଘରେ କରନ୍ତୁ । ଫଳରେ ବିଛଣାକୁ ଗଲେ ନିଦ ଲାଗିବ ।

■ କ୍ଲାନ୍ତ ଓ ଅବଶ ଲାଗିଲେ ଶୋଇବାକୁ ଯାନ୍ତୁ । ଘଣ୍ଟା ଦେଖି ଶୋଇଲେ ହୁଏତ, ନିଦ ଆସିବନି । ବେଶି ହାଲିଆ ହେବା ଅନୁଚିତ, ଏହାରି ଯୋଗୁଁ ମଧ୍ୟ ନିଦ ଆସେନାହିଁ ।

■ ନିଦକୁ ଘଣ୍ଟା ସହ ତୁଳନା କରନ୍ତୁ ନାହିଁ । ଯେଉଁମାନେ ବେଶି ଶୋଇଥାନ୍ତି, ସେମାନେ ନିଦକୁ ନେଇ ସମସ୍ୟା ସୃଷ୍ଟି କରିଥାନ୍ତି । ବେଶି ହାଲିଆ ନହେବାର ଅର୍ଥ ହେଉଛି ନିଦ ଭଲ ପଡୁଥିବ ।

■ ନିଦ ନହେଲେ ବିଛଣାରେ ପଡ଼ିନରହି ବରଂ କାମ କରନ୍ତୁ । ସେତେବେଳେ ନିଦ ପଡୁନି ବୋଲି ବ୍ୟସ୍ତ ହୁଅନ୍ତୁନି ।

■ ନିଦ ଅଧା ହୋଇଛି ବୋଲି ଭାବି ଭାବି ବାକି ନିଦକୁ ମଧ୍ୟ ନଷ୍ଟ କରନ୍ତୁ ନାହିଁ ।

ସମୟକୁ ହାତମୁଠାରେ କରିନିଅନ୍ତୁ

ବାକ୍ସଟିଏ ନିଅନ୍ତୁ, ସେଥିରେ ନିଜ ଗର୍ଭାବସ୍ଥାର ଫଟୋ, ନିଜ ସ୍ୱାମୀ ତଥା ଅନ୍ୟମାନଙ୍କ ଚିତ୍ର ରଖନ୍ତୁ । ସେଥିରେ ଗର୍ଭସ୍ଥ ଶିଶୁର ଅଲଟ୍ରାସାଉଣ୍ଡ ରିପୋର୍ଟ, ମନପସନ୍ଦ ରେଷ୍ଟୁରାଣ୍ଟର ମେନ୍ୟୁ, ସେତେବେଳର କୌଣସି ମେଗାଜିନ ବା ଖବର କାଗଜ ମଧ୍ୟ ରଖନ୍ତୁ । ଉକ୍ତ ବାକ୍ସକୁ ତାଲା ଦେଇ ବନ୍ଦ କରି ଦିଅନ୍ତୁ । ଛୁଆ ଜନ୍ମ ହେଇ ସାମାନ୍ୟ ବଡ଼ ହେଲାପରେ ତାକୁ ଏସବୁ ଜିନିଷ ଖୋଲି ଦେଖେଇଲେ ଭାରି ବଢ଼ିଆ ହେବ । ନା ନାହିଁ ?

ନାଭି ବୃଦ୍ଧି

"ମୋ ନାଭି ବେଶି ଭିତରକୁ ଥିଲା । ଏଥର ଏହା ପଦାକୁ ବାହାରି ଆସୁଛି । ହେଲେ ଏହା କଣ ପ୍ରସବ ପରେ ମଧ୍ୟ ଏପରି ଥିବ କି ?"

ସତରେ ଏହା କଣ ଆପଣଙ୍କ ଲୁଗାଜାମାକୁ ସ୍ପର୍ଶ କଲାଣିକି ? ବ୍ୟସ୍ତ ହୁଅନ୍ତିନି, ଗର୍ଭବେଳେ ପ୍ରାୟ ଏମିତି ହୋଇଥାଏ । ଫୁଲିଥିବା ଗର୍ଭାଶୟ ଉପରକୁ ଉଠିଲେ, ନାଭି ମଧ୍ୟ ଆଗକୁ ଚାଲିଆସେ । ଏହା ଡେଲିଭରି ପରେ ଠିକ୍ ହେଇଯିବ । ସେପର୍ଯ୍ୟନ୍ତ ଆପଣ ସେଥିରେ ଜମାଟ ବାନ୍ଧିଥିବା ମଇଳା ସଫା କରୁଥାନ୍ତୁ । ଅବଶ୍ୟ ଏହା ଯଦି ଫେସନ ହୋଇନଥାଏ, ତେବେ ଆପଣ ବେଣ୍ଡେଜ କରି ଢ଼ାଙ୍କି ମଧ୍ୟ ପାରିବେ । ହେଲେ ଏଥିରେ ଲାଜ କରିବାର କିଛି ନାହିଁ । ଏହା ମଧ୍ୟ ଗର୍ଭ ଧାରଣର ଗୌରବପୂର୍ଣ୍ଣ ପୁରସ୍କାର ମଧ୍ୟରୁ ଅନ୍ୟତମ ।

ଛୁଆ ଲାତ ମାରିବା

"ବେଳେ ବେଳେ ମୋ ଗର୍ଭର ଛୁଆ ମୋତେ ଦିନସାରା ଲାତ ମାରୁଥାଏ ଆଉ ବେଳେ ବେଳେ ପୂରାପୂରି ଚୁପ ଥାଏ । ଏହା କଣ ସାଧାରଣ କଥା କି ?"

ସେ ମଧ୍ୟ ମଣିଷ । ବେଳେ ବେଳେ ତା'ର ମଧ୍ୟ ଇଚ୍ଛା ହୁଏ ଖେଳାଖେଳି, ଡିଆଁଡେଇଁ କରିବାକୁ, ବେଳେ ବେଳେ ଚୁପ ଚାପ ଶୋଇବାକୁ । ତାର କ୍ରିୟାକଳାପ ଆପଣଙ୍କ ଉପରେ ମଧ୍ୟ ନିର୍ଵରଶୀଳ । ଆପଣ ଗତିଶୀଳ ହେଲେ ସେ ମଧ୍ୟ ଚଳପ୍ରଚଳ ହେବ । ବ୍ୟସ୍ତ ଥିବା ଯୋଗୁଁ ହୁଏତ ଆପଣ କିଛି ଜାଣିପାରିବେନି । ହେଲେ ନୀରବ ହେଇ ଆପଣ ବସିଥିବା ବେଳେ ସେ ହଲଚଲ ହେବେ । ଏଣୁକରି ରାତିରେ ବା ଦିନରେ ଶୋଇବା ବେଳେ ତାର କାର୍ଯ୍ୟକଳାପ ବେଶି ଦୃଷ୍ଟିଗୋଚର ହୋଇଥାଏ । ଆପଣ ଭୟ, ଆଶଙ୍କା ବା ରାଗ ହେଲେ ତାର ମଧ୍ୟ ସେପରି କିଛି ଘଟିଥାଏ ।

ଶିଶୁ ସାଧାରଣତଃ ୨୪ରୁ ୨୫ ସପ୍ତାହ ମଧ୍ୟରେ ସବୁଠୁ ବେଶି ସକ୍ରିୟ ହେଇ ଡିଆଁଡେଇଁ କରିଥା, । ୨୮ ରୁ ୩୨ ସପ୍ତାହରେ ଭ୍ରୂଣର ଚଳପ୍ରଚଳ ବେଶ୍ ସ୍ପଷ୍ଟ, ତୀବ୍ର ହୋଇଥାଏ ।

ପ୍ଲେଜେଣ୍ଟା ମନେକର ଆଗକୁ ଥାଏ, ତେବେ ହୁଏତ ଶିଶୁର ଚଳପ୍ରଚଳ ଲକ୍ଷ୍ୟ କରିବାକୁ ବେଶି ସମୟ ଲାଗିପାରେ ।

ନିଜ ଶିଶୁର ଚଳପ୍ରଚଳକୁ ଅନ୍ୟ ଶିଶୁର ଚଳପ୍ରଚଳ ସହ ତୁଳନା କରନ୍ତୁ ନାହିଁ । ପ୍ରତ୍ୟେକ ଶିଶୁର ବିକାଶ ସ୍ଵତନ୍ତ୍ର ପ୍ରକାରେ ହେଇଥାଏ । କେତେ ଶିଶୁ ସକ୍ରିୟ ହେବାବେଳେ ଆଉ କେତେ ଶିଶୁ ଶାନ୍ତ ଶିଷ୍ଟ ହେଇଥାନ୍ତି । ଅନେକ ଶିଶୁ ଏଭଳି ସମୟାନୁବର୍ତ୍ତୀ ହୁଅନ୍ତି ଯେ, ଶିଶୁ ଅନୁସାରେ ଘଡ଼ି ନଦେଖି ସମୟ କହିଦେଇ ପାରନ୍ତି । ସବୁ ପୃଥକ । ୨୮ଶ ସପ୍ତାହ ପର୍ଯ୍ୟନ୍ତ ଗର୍ଭସ୍ଥ ଶିଶୁର ଚଳପ୍ରଚଳକୁ ନେଇ ରେକର୍ଡ ରଖିବା ଅନାବଶ୍ୟକ ।

"ବେଳେ ବେଳେ ଛୁଆ ଏତେ ଜୋରରେ ଲାତ ମାରିଥାଏ ଯେ, ମତେ ଆଘାତ ହୋଇଥାଏ ।"

ଗର୍ଭାଶୟରେ ଥାଇ ଆପଣଙ୍କ ଶିଶୁଟି ପରିପକ୍ଵ ହେବାକୁ ଯାଉଛି । ଦିନକୁ ଦିନ ସେ ମଜବୁତ ହେଉଛି । ଏଣୁକରି ତା' ଲାତ ଏଇନା ବାଧୁଛି । ଯଦି ଆପଣଙ୍କ ପେଟ, ସର୍ଭିକ୍ସ, ପିଞ୍ଜରା ଆଦିରେ ଜୋରରେ ଆଘାତ ହୁଏ, ତେବେ ଆଶ୍ଚର୍ଯ୍ୟ ହେବେନାହିଁ । ଏଭଳି କିଛି ଆଭ୍ୟନ୍ତରିକ ଆକ୍ରମଣ ଦେଖାଦେଲେ ନିଜ ସ୍ଥିତି ଆପଣ ବଦଳାଇ ଦିଅନ୍ତୁ । ଏହିପରି ଭାବରେ ଶିଶୁଟି ନିଜର ଭାରସାମ୍ୟ ରକ୍ଷା କରି ତୁନି ରହିବ ।

"ଛୁଆ ସବୁବେଳେ ଲାତ-ବିଧା ମାରୁଛି । କ'ଣ ମୋ ପେଟରେ ଯାଆଁଳା ଶିଶୁ ଅଛନ୍ତି କି ?"

ପ୍ରତ୍ୟେକ ଗର୍ଭବତୀ ସ୍ତ୍ରୀଙ୍କୁ କୌଣସି ନା କୌଣସି ପ୍ରକାରେ ଏପରି ମନେହେଇଥାଏ ଯେ, ତାଙ୍କ ପେଟରେ ଯାଆଁଳା ଛୁଆ ଥିବେ କି ? କଥା କଣ କି ଚୁଆ ଅନେକ ପ୍ରକାର କ୍ରିୟା କଳାପ କରିଥାଏ । ଯଦି ଦୁଇ ବିଧା ବ୍ୟତୀତ ଅନ୍ୟ କିଛି ମନେହୁଏ ତେବେ ତାହା ହୁଏତ ଆଣ୍ଠୁ, କହୁଣି ବା

ଗୋଇଠା ମଧ୍ୟ ହେଇଥାଇ ପାରେ ।

ଯଦିଓ ଆପଣଙ୍କ ଗର୍ଭରେ ଯାଆଁଳା ଛୁଆ ଥାନ୍ତେ, ତେବେ ଅଲଟ୍ରାସାଉଣ୍ଡ ବଳରେ ତାହା ଏପର୍ଯ୍ୟନ୍ତ ଜଣାପଡ଼ି ଯାଇଥାନ୍ତା ।

ପେଟ କୁଣ୍ଡେଇ ହୁଏ

"ମୋ ପେଟ ଲଗାଲଗି କୁଣ୍ଡେଇ ହେଇଥାଏ । ଏଣୁ ମୁଁ ଭାରି ବ୍ୟତିବ୍ୟସ୍ତ ।

ଗର୍ଭବେଳେ ପେଟ କୁଣ୍ଡେଇ ହୁଏ । ପେଟ ବଢ଼ିବା ସାଙ୍ଗକୁ ଆହୁରି ବେଶି କୁଣ୍ଡେଇ ହେଉଥାଏ, କାରଣ ଚର୍ମ ଟାଣିହୋଇ ରୁକ୍ଷ ହେବାରୁ ଏପରି ହେଉଛି । ଏହାକୁ ନଖରେ କୁଣ୍ଡେଇଲେ ଅସୁବିଧା ହୋଇପାରେ । ଅବଶ୍ୟ ମଏଶ୍ଚରାଇଜର ବଳରେ ଆରାମ ମିଳିପାରେ । ଏଥିପାଇଁ କେଲେମାଇନ ଲୋସନ ଲଗେଇପାରନ୍ତି । ଓଟମିଲ ବାଥ ମଧ୍ୟ ଚଳିବ । ଯଦି ଅନ୍ୟଧରଣର ଖୁଜଲି ହେଲେ ଡାକ୍ତରଙ୍କୁ ଦେଖାନ୍ତୁ ।

କଳାକାର

"ମୁଁ ଯାହା ଗୋଟେଇଲେ ମଧ୍ୟ ହାତରୁ ଖସି ପଡୁଛି । ଅଚାନକ ମୁଁ ଏତେ କଦାକାର କିପରି ହୋଇଗଲି ?"

ପେଟରେ ଅଯଥା ବହଳ ମାଂସ ଜମିବା ସାଂଗକୁ ଆହୁରି ଅନେକ ପରିବର୍ତ୍ତନ ଦେଖାଦେଇଥାଏ । ଖଞ୍ଜା ଓ ଲିଗାମେଣ୍ଟରେ ପାଣି ଜମା ହେଇ ଢ଼ିଲା ହେବାରୁ ଏପରି ହେଇଥାଏ । ଆପଣ ଗର୍ଭାବସ୍ଥାର ଆହ୍ୱାନ ସହ ସମ୍ମୁଖୀନ ହେଉଛନ୍ତି । ସ୍ମରଣଶକ୍ତି ହ୍ରାସ ପାଉଛି, ଏଣୁକରି ଏକାଗ୍ର ହେଇପାରୁନାହାନ୍ତି । ପେଟର ଆକାର ବାନ୍ଧି ସାଙ୍ଗକୁ ମାଧ୍ୟାକର୍ଷଣର କେନ୍ଦ୍ରବିନ୍ଦୁ ମଧ୍ୟ ବଦଳି ଯାଉଛି । ଏଣୁକରି ଭାରସାମ୍ୟ ରକ୍ଷା ହୋଇପାରୁନାହିଁ । ବିଶେଷକରି ପାହାଚ ଚଢ଼ିଲାବେଳେ, ଗଡାଣିଆ ରାସ୍ତାରେ ଓହ୍ଲେଇଲାବେଳେ ବା ଓଜନିଆ ଜିନିଷପତ୍ର ଟେକାଟେକି କଲାବେଳେ ଭାରସାମ୍ୟ ହରେଇଲା ଭଳି ମନେ ହେଇଥାଏ । ପେଟ ବଢ଼ିବାରରୁ ପାଦ ଆଗରେ ଥିବା ଜିନିଷପତ୍ର ଦେଖିହୁଏ ନାହିଁ ଓ ଛନ୍ଦିହେଇ ପଡ଼ିଯିବାର ଆଶଙ୍କା ଥାଏ । ଗର୍ଭାବସ୍ଥାର କ୍ଲାନ୍ତିକୁ ମଧ୍ୟ ଅନେକାଂଶରେ ଦୋଷ ଦିଆଯାଇପାରେ ।

ଏଭଳି ବିରକ୍ତିକର ପରିସ୍ଥିତିରେ ବିରକ୍ତ ହେବା ସ୍ୱାଭାବିକ କଥା । ମଟର କାରର ଚାବି ଯଦି ବାରମ୍ବାର ଚଟାଣରେ ପଡ଼ିଯାଏ, ତେବେ ତାକୁ ଗୋଟେଇଲା ବେଳେ କସିପଡ଼ିଲେ ପେଟ, ପିଠି ବା ବେକରେ ଖଣ୍ଡିଆ ଖାବରା ହେବାର ଆଶଙ୍କା ଥାଏ ।

ଯଦି ଆପଣ ହଠାତ୍ ଖସି ପଡ଼ନ୍ତି, ତେବେ ଗମ୍ଭୀର ଭାବରେ ଆଘାତ ହେଲେ ବିଷମ ସମସ୍ୟା ସୃଷ୍ଟି ହେଇପାରେ ।

ଏଥର ଘରକରଣା କାମରେ ନିହାତି କିଛି ପରିବର୍ତ୍ତନ ଆଣିବାକୁ ହେବ । ନିଜ ଘରର କାଚ ସାମାନ ସଫା କରିବା ଦାୟିତ୍ୱ ଅନ୍ୟକୁ ଦିଅନ୍ତୁ । ଭୂମିରେ ବରଫ ପଡ଼ିଥବଲେ ଆସ୍ତେ ଚାଲନ୍ତୁ । ଟବ୍‌ରେ ପୁରୁଣା ଗଦି ରଖନ୍ତୁ । ପାହାଚ ପାଖରେ ଜିନିଷପତ୍ର ଥୁଅନ୍ତୁ ନାହିଁ, ଖସି ପଡ଼ିବେ । ଚଉକି ଉପରେ ଚମି ଟେକାଟେକି କରନ୍ତୁନି । ହାଲିଆ ଲାଗୁଥିଲେ ବେଶି କାମ କରନ୍ତୁନି । ହାଲିଆ ଲାଗୁଥିଲେ ବେଶି କାମ କରନ୍ତୁନି । ସାମର୍ଥ୍ୟର ସୀମାକୁ ଦେଖି ଚଳନ୍ତୁ ।

ହାତ କୋଳ ଖାଇବା

"ରାତି ଅଧାରେ ପ୍ରାୟ ଆଖି ଖୋଲିଲେ ମୋ ହାତର ଅଙ୍ଗୁଳି ସବୁ ନିଷ୍କ୍ରିୟ ମନେହୁଏ । ଏହା ମଧ୍ୟ ଗର୍ଭାବସ୍ଥା ଯୋଗୁଁ ହୁଏ କି ?"

ଫୁଲିଥିବା ହାତ ଗୋଡ଼ର ଶିରା ପ୍ରଶିରାରେ ଚାପ ପଡ଼ିବାରୁ ଅଙ୍ଗୁଳି ସବୁ ନିଷ୍କ୍ରିୟ ମନେ ହେଉଥାନ୍ତି । ଏହା ମଧ୍ୟ ଏକ ସାଧାରଣ ଲକ୍ଷଣ । ଏହା ଯଦି ଡାହାଣ ହାତରେ ହୁଏ, ତେବେ ଆପଣ କାର୍ପଲ ଟନେଲ ସିଣ୍ଡ୍ରୋମ ରୋଗରେ ଆକ୍ରାନ୍ତ ହୋଇପାରନ୍ତି । ଗୋଟିଏ ହାତରେ ବେଶି କାମ କରୁଥିବା ଲୋକଙ୍କୁ ପ୍ରାୟ ଏଭଳି ହୋଇଥାଏ । ଅନେକ ଗର୍ଭବତୀ ସ୍ତ୍ରୀ ମାନଙ୍କୁ କାରପଲ ଟନେଲ ଥବଲେ ଅଙ୍ଗୁଳିଗୁଡ଼ିକ ପ୍ରଭାବିତ ହୋଇଥାନ୍ତି ।

ଏହି କାରଣରୁ ହାତ କୋଳ ଖାଏ ବା ନିଷ୍କ୍ରିୟ

ମନେହୁଏ । ଏହି ଲକ୍ଷଣ ଜ୍ୱଳନ ଓ ଯନ୍ତ୍ରଣା ସାଙ୍ଗକୁ ହାତ ଓ ମଣିବନ୍ଧରେ ପ୍ରଭାବ ପକାଇ କ୍ରମଶଃ ସମଗ୍ର ହାତରେ ମଧ୍ୟ ପ୍ରଭାବ ବିସ୍ତାର କରିପାରେ ।

ଅବଶ୍ୟ ସିଟିଏସର ଯନ୍ତ୍ରଣା ଦିନରେ ଯେତେବେଳେ ମଧ୍ୟ ହେଇପାରେ, କିନ୍ତୁ ରାତିରେ ବେଶି ଅନୁଭୂତ ହୁଏ । ହାତରେ ମୁଣ୍ଡ ରଖି ଶୋଇଲେ ଅବସ୍ଥା ଆହୁରି ସାଙ୍ଘାତିକ ହେଇପାରେ । ଶୋଇଲାବେଳେ ହାତକୁ ଉଚ୍ଚ ତକିଆ ଉପରେ ଅଲଗା ରଖି ଶୁଅନ୍ତୁ । ହାତ ନିଷ୍କ୍ରିୟ ଲାଗିଲେ ଛାଟି ପିଟି ହୁଅନ୍ତୁ । ଏହାଫଳରେ ନିଦ୍ରାରେ ବ୍ୟାଘାତ ସୃଷ୍ଟି ହେଉଥିଲେ ଡାକ୍ତରଙ୍କୁ ପରାମର୍ଶ କରନ୍ତୁ । ମଣିବନ୍ଧ ସ୍ପିଂଲ୍ଟ ପିନ୍ଧିଲେ ବା ଏକ୍ୟୁପଞ୍ଚର ବଳରେ ମୁକ୍ତି ମିଳେ ।

ସିଟିଏସ ପାଇଁ ଦିଆଯାଉଥିବା ନନଷ୍ଟିରଏଲଡ ଓ ଏଣ୍ଟି ଇଞ୍ଜାମେଟ୍ରି ଔଷଧ ଗୁଡ଼ିକ ଗର୍ଭବେଳେ ଦେବା ନିଷେଧ । ଡାକ୍ତରଙ୍କୁ ବୁଝନ୍ତୁ । ଅବଶ୍ୟ ପ୍ରସବ ପରେ ଦେହର ଫୁଲା କମି ଆସିଲେ ସିଟିଏସ ଆପେ ଆପେ ଠିକ୍ ହେଇଯାଏ ।

ଗୋଡ଼ ମୋଡ଼ି ହେବା

"ଗୋଡ଼ ମୋଡ଼ି ହେଉଥିବାରୁ ମୁଁ ରାତିସାରା ଶୋଇପାରୁନାହିଁ ।"

■ ଦ୍ୱିତୀୟ ତିନିମାସରେ ପ୍ରାୟ ଗୋଡ଼ ମୋଡ଼ିହେବା ଲକ୍ଷ୍ୟ କରାଯାଏ । ଅବଶ୍ୟ ଏହାର ପ୍ରକୃତ କାରଣ ଅଜଣା । ଅନେକ ସିଦ୍ଧାନ୍ତ ଅନୁସାରେ ଗର୍ଭାବସ୍ଥାର ଭାର, ରକ୍ତନଳୀରେ ଚାପ ଓ ଖାଦ୍ୟ (ଫସଫରସର ଆଧିକ୍ୟ, କେଲସିୟମ ଓ ମେଗ୍ନେସିୟମର ଅଭାବ)କୁ ମଧ୍ୟ ଦୋଷ ଦିଆଯାଇଥାଏ । ହର୍ମୋନ ମଧ୍ୟ ଅନ୍ୟତମ କାରଣ ହେଇପାରେ କାରଣ ଏହା ଯୋଗୁଁ ମଧ୍ୟ ଅନେକ ଅସୁବିଧା ପରିଲକ୍ଷିତ ହେଇଥାଏ ।

କାରଣ ଯାହା ହେଉନା କାହିଁକି, ଆପଣ ତା'ଠାରୁ ରକ୍ଷା ପାଇବାର ଉପାୟ କରିପାରନ୍ତି ।

■ ଗୋଡ଼ ମୋଡ଼ା ମୋଡ଼ି ହେଲେ ଗୋଡ଼ ସିଧା କରି ଟାଣନ୍ତୁ ଓ ହାତ ପାଦକୁ ଉପର କରି ଛାଟି ପିଟି ହୁଅନ୍ତୁ । ଫଳରେ ଯନ୍ତ୍ରଣା କମିବ । ରାତିରେ ଶୋଇବା ପୂର୍ବରୁ ଏପରି ଅନେକ ଥର କରନ୍ତୁ ।

■ ଷ୍ଟ୍ରେଚିଂ ବ୍ୟାୟାମ ଯୋଗୁଁ ଯନ୍ତ୍ରଣା ହେବା ପୂର୍ବରୁ ତାକୁ ରୋକାଯାଇପାରେ । ଶୋଇବା ପୂର୍ବରୁ କାନ୍ଥକୁ ଦୁଇଫୁଟ ଛାଡ଼ି ଠିଆ ହୁଅନ୍ତୁ । ନିଜ ପାପୁଲି କାନ୍ଥରେ ରଖି ଆଗକୁ ଝୁଙ୍କି ପଡ଼ନ୍ତୁ । ଗୋଇଠି ଚଟାଣକୁ ଲାଗିରହୁ । ୧୦ ସେକେଣ୍ଡ ପର୍ଯ୍ୟନ୍ତ ଏପରି କରନ୍ତୁ, ତା'ପରେ ୫ ସେକେଣ୍ଡ ବିଶ୍ରାମ ପରେ ପୁଣି ଥରେ ତିନିଥର ଏପରି କରନ୍ତୁ ।

■ ନିଜ ପାଦର ଅଯଥା ଭାର କମେଇବାକୁ ଏହାକୁ ଉଚ୍ଚ କରି ବସନ୍ତୁ ଓ ଦିନରେ ସ୍ପୋର୍ଟିଂ ହୋଦ ପିନ୍ଧନ୍ତୁ । ପାଦର ନମନୀୟତା ବଜାୟ ରଖନ୍ତୁ ।

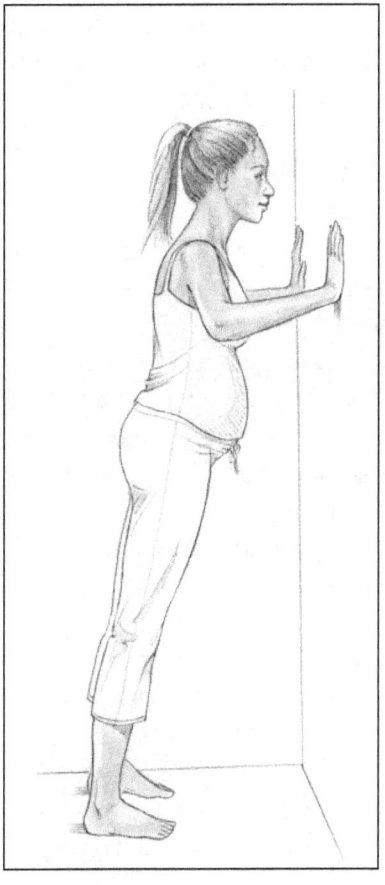

କିଛି ଭଲ ନଲାଗିଲେ

ବେଳେ ବେଳେ ପେଟବ୍ୟଥା, ଯୋନି ସ୍ରାବର ରଂଗ ପରିବର୍ତ୍ତନ, ପିଠି ଓ ପିଚାରେ ଯନ୍ତ୍ରଣା ଭଳି କୌଣସି ଲକ୍ଷଣ ମାରାତ୍ମକ ଜଣାପଡ଼ିଲେ ଡାକ୍ତରଙ୍କୁ ଡାକିବାରେ ଡେରି କରନ୍ତୁନି । ତାଙ୍କୁ ନିଜର ପୂର୍ବବର୍ତ୍ତୀ ଲକ୍ଷଣ ମଧ୍ୟ କୁହନ୍ତୁ । ଯଦ୍ୱାରା ସେ ଉଭୟକୁ ମିଶେଇ ଜାଣିପାରିବେ । ମନେରଖନ୍ତୁ ଯେ ନିଜ ଦେହକୁ ନିଜେ ଭଲଭାବରେ ଚିହ୍ନିହୁଏ; ଏଣୁ ଦେହର କଥା ମାନି ଚଳନ୍ତୁ ।

■ ଥଣ୍ଡା ଜାଗାରେ ଠିଆ ହେଲେ ମଧ୍ୟ ଆରାମ ମିଳେ ।

■ ଆପଣ ମାଲିସ କିମ୍ବା ସେକର ସାହାଯ୍ୟ ମଧ୍ୟ ନେଇପାରିବ । ହେଲେ ଫ୍ଲେକ୍ସିଂ ବା ଥଣ୍ଡା ଚଟାଣରେ ମଧ୍ୟ ଆରାମ ନ ମିଳିଲେ ମାଲିସ ବା ସେକ ଦିଅନ୍ତୁ ନାହିଁ ।

■ ଦିନକୁ ଅତିକମ୍‌ରେ ଆଠ ଗ୍ଲାସ ପାଣି ପିଅନ୍ତୁ ।

■ ସୁଷମ ଖାଦ୍ୟ ଖାଆନ୍ତୁ । ଏଥିରେ କେଲସିୟମ ଓ ମେଗ୍ନେସିୟମ ଯଥେଷ୍ଟ ହେବା ଦରକାର ।

ଅନେକଥର ବେଶି ମୋଡ଼ିହେଲେ ମଧ୍ୟ ମାଂସପେଶୀ ଫୁଲିଯାଏ । ହେଲେ ବ୍ୟସ୍ତ ହୁଅନ୍ତୁନି । ଯନ୍ତ୍ରଣା ବେଶି ହେଲେ ଡାକ୍ତରଙ୍କୁ ଦେଖାନ୍ତୁ । ହୁଏତ ଶିରା ପ୍ରଶିରାରେ ରକ୍ତ କଣିକା ଜମାଟ ବାନ୍ଧି ଯାଇଥିବ ।

ହିମରଏଡ୍‌ସ

"ମୁଁ ହିମରଏଡ୍ସ ରୋଗରେ ପୀଡ଼ିତ । ଶୁଣିଛି ଯେ ଗର୍ଭଧାରଣ ବେଳେ ଏହାର ଅବସ୍ଥା ଆହୁରି ସାଂଘାତିକ ହେଇଥାଏ । ହେଲେ ଏଥିରୁ ରକ୍ଷା ପାଇବାକୁ ହେଲେ ମୁଁ କଣ କରିପାରେ ?"

ପ୍ରାୟ ୫୦ ପ୍ରତିଶତ ମହିଳାମାନେ ଏହି ସମସ୍ୟାରେ ସମ୍ମୁଖୀନ ହେଇଥାନ୍ତି । ଯେଉଁଭଳି ଭାବରେ ଗୋଡ଼ରେ ଭେରିକୋଜ ଭେନ୍ସ ହେବାର ଆଶଙ୍କା ଥାଏ । ଠିକ୍ ସେହିପରି (ମଳାଶୟ) ରେକ୍ଟମର ଶିରା ପ୍ରଶିରାରେ ମଧ୍ୟ ସମସ୍ୟା ଦେଖାଦିଏ । ଗର୍ଭାଶୟର ଅତ୍ୟଧିକ ଚାପ ପୃଷ୍ଠଦେଶରେ ରକ୍ତର ପ୍ରକାର ଆଧିକ୍ୟ ହେବାରୁ ମଳାଶୟର ଶିରା ପ୍ରଶିରା ଫୁଲିଯାଏ ଓ କ୍ରମଶଃ କୁଣ୍ଡେଇ ହୁଏ । କୋଷ୍ଠ କାଠିନ୍ୟ ହୋଇପାରେ ବା ମଳକଣ୍ଟ ମଧ୍ୟ । ଏହାକୁ ପାଇଲ୍ସ ଏଇଥିପାଇଁ କହିଥାନ୍ତି, କାରଣ ଶିରା ଗୁଡ଼ିକ ଅଙ୍ଗୁରର ପାଇଲ୍ସ ଭଳି ହେଇଯାଏ ।

ସର୍ବପ୍ରଥମେ କୋଷ୍ଠ କାଠିନ୍ୟରୁ ମୁକ୍ତି ପାଆନ୍ତୁ । କିଗଲ ବ୍ୟାୟାମ କରନ୍ତୁ, ଘଣ୍ଟା ଘଣ୍ଟା ଧରି ଠିଆହେଇ ବସିବା କାମ କରନ୍ତୁନି । ଝାଡା ଲାଗୁଥିଲେ ଅବହେଳା କରନ୍ତୁନି । ଷ୍ଟେପ ଷ୍ଟୁଲ ଉପରେ ବସିଲେ ଶୌଚ ଯିବାରେ ସୁବିଧା ହୁଏ ।

ହେଜାଲ ପେକ କିମ୍ବା ଆଇସ ପେକ ବଳରେ କିଛି ଭାରି ମିଳିଥାଏ । ଉଷୁମ ପାଣିର ସ୍ନାନ ମଧ୍ୟ ଆରାମ ଲାଗିବ । ଯଦି ବସିଲାବେଳେ କଷ୍ଟ ହୁଏ, ତେବେ ତଳେ ତକିଆ ଦିଅନ୍ତୁ । ଯେକୌଣସି ଔଷଧ ଖାଇବା ପୂର୍ବରୁ ଡାକ୍ତରଙ୍କୁ ପଚାରନ୍ତୁ । ଜେଜୀମାଙ୍କ ପୁରୁଣା କାଳିଆ ବିଧି ପ୍ରୟୋଗ କରନ୍ତୁ ନାହିଁ । ସେ ଏକ ଚାମଚ ମିନେରାଲ ତେଲ ଲଗେଇବାକୁ କହିବେ ଯଦ୍ୱାରା ଅନେକ ଉପଯୁକ୍ତ ପୋଷକ ତତ୍ତ୍ୱ ପଦାକୁ ଚାଲିଯିବ ।

ଏହାଫଳରେ ରକ୍ତଚାପ ହେଲେ ଡାକ୍ତରଙ୍କୁ ପଚାରନ୍ତୁ । ଅବଶ୍ୟ ହେମରଏଡ୍‌ସ ପ୍ରସବ ପରେ ଠିକ୍ ହୋଇଯାଇଥାଏ । ଏହା ସେତେ ଗୁରୁତର ନୁହଁ । ଅବଶ୍ୟ ଏହା ପ୍ରସବ ପରେ ମଧ୍ୟ ଦେଖାଯାଇପାରେ ।

ସ୍ତନରେ ଗଣ୍ଠି

"ମୋ ସ୍ତନର ଗୋଟିଏ ପାଖରେ ଗଣ୍ଠିଟିଏ ହେଇଛି । ଏହା କ'ଣ ହେଇପାରେ ?"

ଅବଶ୍ୟ ଏବେ ଶିଶୁକୁ ସ୍ତନପାନ କରେଇବାରେ ଢ଼େର ସମୟ ଅଛି, ହେଲେ ସ୍ତନଗୁଡ଼ିକ ତାର କାମ ଆରମ୍ଭ କରିଦେଲେଣି । ଗର୍ଭବେଳେ ଯଦି ଲାଲ ଓ ନରମ ଗଣ୍ଠି ଦେଖାଦିଏ, ତେବେ ତାକୁ ମାଲିସ ଓ ସେକ ଦେଇ କିଛିଦିନ ମଧ୍ୟରେ ଦୂରେଇ ଦିଆଯାଏ । ବିଶେଷଜ୍ଞଙ୍କର ମତରେ ଏହି ସମୟରେ ବ୍ରା ପିନ୍ଧିବା ନିଷେଧ ।

ମନେରଖନ୍ତୁ ଯେ ଗର୍ଭାବସ୍ଥାରେ ମଧ୍ୟ ମାସକୁ ମାସ ସ୍ତନର ପରୀକ୍ଷା କରିବାକୁ ହୁଏ । ଅବଶ୍ୟ ସ୍ତନରେ ଦେଖାଦେଉଥିବା ବିଭିନ୍ନ ପରିବର୍ତ୍ତନ ଯୋଗୁଁ ଏହା ଅପେକ୍ଷାକୃତ କଷ୍ଟକର ହେଇପାରେ । ହେଲେ ଏପରି ଗଣ୍ଠି ହେଲେ ଡାକ୍ତରଙ୍କୁ ନିହାତି କୁହନ୍ତୁ ।

ଛୁଆ ଜନ୍ମ ହେବାର ପ୍ରସବ ବେଦନା

"ମୁଁ ମା' ହେବାକୁ ତତ୍ପର, ହେଲେ ଛୁଆର ଜନ୍ମ ସମୟରେ କିପରି ଅନୁଭୂତି ହେବ । ମୁଁ ପ୍ରସବ ବେଦନା କଥା ଭାବି ବସିଲେ ମୁଣ୍ଡ ଘୁରି ଯାଉଛି ।"

ଅଧିକାଂଶ ମା' ବଡ଼ ଉତ୍କଣ୍ଠାର ସହିତ ନିଜ ଛୁଆର ଜନ୍ମକୁ ଅପେକ୍ଷା କରିଥାଏ । ହେଲେ ସେମାନଙ୍କୁ ପ୍ରସବ ବେଦନା, ଡେଲିଭରି ଓ ଯନ୍ତ୍ରଣା କଥା ମନେ ପକେଇଦେଲେ ଭୟ ଲାଗିଥାଏ । ସେମାନେ ଏହି ଯନ୍ତ୍ରଣା କଥା ମନେ ପକେଇ ପକେଇ ବ୍ୟତିବ୍ୟସ୍ତ ହେଉଥାନ୍ତି । ଏଥିରେ ବ୍ୟସ୍ତ ହେବାର କିଛି ନାହିଁ । ଯେଉଁମାନେ ସାମାନ୍ୟ ଯନ୍ତ୍ରଣା ସହ୍ୟ କରିନାହାନ୍ତି, ସେମାନଙ୍କ ପାଇଁ ଏହା କାଠିକର ପାଠ ।

ଏକଥା ମଧ୍ୟ ମନେ ରଖନ୍ତୁ ଯେ ଗର୍ଭବେଳରେ ଯନ୍ତ୍ରଣା ଜୀବନ ପ୍ରକ୍ରିୟାର ଏକ ଅଂଶ ବିଶେଷ । ଶହ ଶହ ବର୍ଷ ହେଲା ସ୍ତ୍ରୀମାନେ ହିଁ ଏହି ଯନ୍ତ୍ରଣାକୁ ଆତ୍ମସାତ୍ କରିଆସିଛନ୍ତି । ଆଉ ଏହି ଯନ୍ତ୍ରରାର ଏକ ସକାରାତ୍ମକ ଉଦ୍ଦେଶ୍ୟ ଥାଏ । ଏହି ଯନ୍ତ୍ରଣା ପରେ ହିଁ ଛୁଆ ମା' କୋଳକୁ ଆସିପାରିବ । ଏହା କିଛିସମୟ ପାଇଁ ହେଇଥାଏ । ଏହା ଜୀବନସାରା ଲାଗି ରହେନାହିଁ । ଯନ୍ତ୍ରଣାରୁ ଉପଶମ ପାଇଁ ମଧ୍ୟ ଆବଶ୍ୟକ ହେଲେ ଔଷଧ ଦିଆଯାଏ । ଏଣୁ ଏଂାକୁ ନେଇ ବ୍ୟସ୍ତ ହୁଅନ୍ତୁନି । ଏଥିପାଇଁ ବସ୍ତୁତଃ ପ୍ରସ୍ତୁତ ରୁହନ୍ତୁ । ନିଜ ମନ ଓ ଦେହ ଉଭୟକୁ ଏଥିପାଇଁ ପ୍ରସ୍ତୁତ ରଖନ୍ତୁ ।

ଜାଣିବାକୁ ଚେଷ୍ଟା କରନ୍ତୁ:

କଥା କଣକି, ସ୍ତ୍ରୀ ବା ମହିଳାମାନେ ଏକଥା ଜାଣିପାରନ୍ତି ନାହିଁ ଯେ ପ୍ରକୃତରେ କଣ ସବୁ ଘଟୁଛି; ଏଣୁ ସେମାନେ ବେଶି ବ୍ୟସ୍ତ ହେଇଥାନ୍ତି । ସେମାନେ କେବଳ ଏତିକି ଜାଣନ୍ତି ଯେ ଏହାଦ୍ୱାରା ଯନ୍ତ୍ରଣା ହୋଇଥାଏ । ଆମେ ଯେଉଁ କଥା ବେଶି ଜାଣୁନାହୁଁ, ତାହା ହିଁ ଆମକୁ ବେଶି ଘାବରା କରିଦିଏ । ଏଣୁ ଏ ସମ୍ପର୍କରେ ଅଧିକରୁ ଅଧିକ ଜାଣିବାକୁ ଚେଷ୍ଟା କରନ୍ତୁ ।

ଗର୍ଭଧାରଣ ମଝିରେ ବା ପରେ ହେଉଥିବା ରକ୍ତସ୍ରାବ

ଦ୍ୱିତୀୟ ବା ତୃତୀୟ ତିନିମାସରେ ଇଷତ୍ ଗୋଲାପି ରଂଗର ରକ୍ତସ୍ରାବ ଦେଖି ବ୍ୟତିବ୍ୟସ୍ତ ହୁଅନ୍ତୁ ନାହିଁ । ଏହା ସମ୍ଭୋଗ ଯୋଗୁଁ ହୋଇପାରେ । ଯଦି ଏହା ସାଙ୍ଗକୁ ଖୁବ୍ ଯନ୍ତ୍ରଣା ହୁଏ ତେବେ ଡାକ୍ତରଙ୍କ ପାଖକୁ ଶୀଘ୍ର ଯାନ୍ତୁ । ସେ ଅଲଟ୍ରାସାଉଣ୍ଡ ବଳରେ ପ୍ରକୃତ ତଥ୍ୟ ଜାଣି ପାରିବେ ।

ପ୍ରିକ୍ଲେମ୍ପସିଆର ନିଦାନ

ପ୍ରିକ୍ଲେମ୍ପସିଆ ଅର୍ଥାତ୍ ଗର୍ଭଧାରଣ ବେଳେ 'ହାଇପରଟେନସନ' । ଏହା ପ୍ରାୟ ୩ରୁ ୭ ଶତପଡ଼ା ମହିଳା ମାନଙ୍କଠାରେ ଦେଖାଯାଏ । ଯଦି ଏହାକୁ ଠିକ୍ ସମୟରେ ଠିକଣା କରି ଏହାର ଚିକିତ୍ସା ଆରମ୍ଭ କରାଯାଏ, ତେବେ ଅନେକ ଗୁଡ଼ିଏ ବିଷମ ପରିସ୍ଥିତିରୁ ରକ୍ଷା ପାଇହୁଏ । ଏହାର ପ୍ରାରମ୍ଭିକ ଲକ୍ଷଣ ହେଲା- ହଠାତ୍ ଓଜନ ବଢ଼ିବା, ହାତ ଗୋଡ଼ ଫୁଲିବା, ମୁଣ୍ଡ ବ୍ୟଥା, ପେଟ ବ୍ୟଥା ଓ ଦୃଷ୍ଟିଶକ୍ତି କମିବା ଇତ୍ୟାଦି - ଯଦି ଏଭଳି କିଛି ଲକ୍ଷଣ ଦେଖାଯାଏ, ତେବେ ଡାକ୍ତରଙ୍କୁ ଶୀଘ୍ର ଦେଖାନ୍ତୁ । ନିୟମିତ ଡାକ୍ତରୀ ଚିକିତ୍ସା ଆପଣଙ୍କୁ ଯେକୌଣସି ସମସ୍ୟାରୁ ରକ୍ଷା କରିପାରିବ ।

ବ୍ୟାୟାମ କରନ୍ତୁ: ଏସବୁ ପ୍ରକ୍ରିୟା ଶରୀର ସହ ସଂଶ୍ଳିଷ୍ଟ । ଏଣୁ ଡାକ୍ତରଙ୍କ ପରାମର୍ଶ ଅନୁକ୍ରମେ ଷ୍ଟ୍ରେଚିଂ ଓ ଟୋନିଂର ସବୁ ବ୍ୟାୟାମ କରୁଥାନ୍ତୁ । ଯଦ୍ୱାରା ଦେହର ନମନୀୟତା ଓ ଦୃଢ଼ତା, ପ୍ରସବ ବେଳେ କାମକୁ ଆସିବ । ପୁଣି କିଗଲ ବ୍ୟାୟାମ ମଧ୍ୟ କରୁଥାନ୍ତୁ ।

ଟିମ୍ ଗଢ଼ନ୍ତୁ: କାହାକୁ ନିଜର ଅନ୍ତରଙ୍ଗ କରିନିଅନ୍ତୁ । ନିଜ ସ୍ୱାମୀ, ସାଥୀ ବା ଜ୍ଞାତି କୁଟୁମ୍ବ ଯିଏ ମଧ୍ୟ ଏହା ହୋଇପାରିବ । ସେମାନେ ପ୍ରସବ ସମୟରେ ସାହାଯ୍ୟ କରିବେ । ଯଦ୍ୱାରା ଆପଣଙ୍କ ଭୟ, ଆଶଙ୍କା ଓ ଚାପ ଦୂରେଇଯିବ ।

ପ୍ରସବ ଜନିତ ଭୟ

"ମୋତେ ଭୟ ଲାଗୁଛି ଯେ, ପ୍ରସବ ବେଳେ ମୁଁ କିଛି ଭୁଲ କରି ପକେଇବି କି ?"

ଯେହେତୁ ବର୍ତ୍ତମାନ ଆପଣ ସେଭଳି କିଛି ପରିସ୍ଥିତିରେ ନାହାନ୍ତି, ଏଣୁକରି ଚିଲ୍ଲେଇବା, ପାଟିକରି କାନ୍ଦ ବୋବାଳି ଛାଡ଼ିବା କିମ୍ବା କିଛି ଭୁଲ କରି ବସିବା କଥାକୁ ନେଇ ଭୟ କରୁଥିବେ । କିନ୍ତୁ ଥରେ ପ୍ରସବ ଆରମ୍ଭ ହେଲା ମାତ୍ରେ ଏକଥା ଆଉ ମୁଣ୍ଡକୁ ଢୁକିବ ନାହିଁ ।

ଆପଣଙ୍କ କୋଠିରରେ ଯେ କେହି ନର୍ସ ବା ଧାଈ ଥିବେ ସେ ଏସବୁ ଆଗରୁ ଜାଣିଥିବେ । ସେମାନଙ୍କୁ ସବୁ ଜଣା, ସ୍ତ୍ରୀମାନେ କିଭଳି ବ୍ୟବହାର କରିଥାନ୍ତି । ଯଦି ଆପଣ ଖୋଲା ଖୋଲି ନିଜ ମନର ଭାବକୁ ପ୍ରଦର୍ଶନ କରିବାକୁ ଚାହୁଁଥାନ୍ତି, ତେବେ ବଡ଼ ପାଟିରେ କାନ୍ଦନ୍ତୁ, ହେଲେ ଯଦି ଆପଣ ଚୁପ୍ ରହି ଧୀର ସ୍ଥିରରେ ଯନ୍ତ୍ରଣା ସହ୍ୟ କରିପାରୁଥାନ୍ତି, ତେବେ କାନ୍ଦ ବୋବାଳି ଛାଡ଼ିବା କି ଦରକାର ? ଅବା କି ଲାଭ ?

■ ■ ■

অধ্যায় -

১২

ସପ୍ତମ ମାସ

ପ୍ରାୟ ୨୮ ରୁ ୩୧ ସପ୍ତାହ

ତୃତୀୟ ଓଶେଷତମ ତିନିମାସରେ ପଦାର୍ପଣ କରୁଥିବାରୁ ଆପଣଙ୍କୁ ସ୍ୱାଗତ । ସତେ ତ ! ଦୌଡ଼ରେ ଆପଣ ଯଥେଷ୍ଟ ବାଟ ଆଗେଇ ଆସିଛନ୍ତି । କୁନି ଛୁଆଟିକୁ ହାତରେ ଧରି ଗେଲ କରି ଚୁମିବା ପାଇଁ ଆଉ ଅଳ୍ପ ବାଟ ରହିଯାଇଛି । ଏହି ସମୟରେ ଗର୍ଭାବସ୍ଥାର ଦୁଃଖକଷ୍ଟ ଓ ଅସୁବିଧା ବ୍ୟତୀତ ଆଗ୍ରହ ଓ କ୍ଳାନ୍ତି ମଧ୍ୟ ଚରମ ସୀମାରେ ଆସି ପହଞ୍ଚିଛି । ଏଣୁ ଓଜନଟା ଆହୁରି ବେଶି ବୋଲି ମନେ ହେଉଥିବ ।

ଗର୍ଭଧାରଣର ଶେଷ ପର୍ଯ୍ୟାୟର ଅର୍ଥ ହେଲା ପ୍ରସବ ସମୟ ପାଖେଇ ଆସିଲାଣି । ଆପଣଙ୍କୁ ବହୁତ କିଛି ଯୋଜନା କରିବାକୁ ହେବ, ପ୍ରସ୍ତୁତି ପର୍ବ ସାଂଗକୁ ଅନେକ ତଥ୍ୟ ଏକତ୍ରିତ ମଧ୍ୟ କରିବାକୁ ହେବ ।

ଏହି ମାସରେ ଆପଣଙ୍କ ଶିଶୁର ଗଠନ ଓ ବିକାଶ

୨୮ଶ ସପ୍ତାହ: ଏହି ମାସରେ ଆପଣଙ୍କର ଛୁଆ ୨½ ପାଉଣ୍ଡର ହେଇଗଲାଣି ଓ ପ୍ରାୟ ୧୦" ଦଶ ଇଞ୍ଚ ଲମ୍ବ ହେବ । ଏହା ସାଙ୍ଗକୁ ସେ କାଶିବା, ଚୁଚୁମିବା ଓ ହିଚକି ନେବା ମଧ୍ୟ ଶିଖିଗଲାଣି । ଛୁଆର ସ୍ୱପ୍ନରେ ହଜିଗଲେ କି ? ହୁଏତ ସେ ମଧ୍ୟ କୁନି କୁନି ପତା ମେଲି ସ୍ୱପ୍ନରେ ନିଜ ମା'ଙ୍କୁ ଦେଖୁଥିବ, କାରଣ ତାକୁ ମଧ୍ୟ ବର୍ତ୍ତମାନ ରେମ (ରେପିଡ ଆଇ ମୁଭମେଣ୍ଟ) ସ୍ଲିପ ଆସିଗଲାଣି । ଅବଶ୍ୟ ବର୍ତ୍ତମାନ ସେ ଜନ୍ମଦିନ ପାଇଁ ପ୍ରସ୍ତୁତ ନୁହଁ । ହେଲେ ତା'ର ଫୁସଫୁସ ପୂରାପୂରି ପରିପକ୍ୱ ହେଲାଣି । ଏବେ ମଧ୍ୟ ଆହୁରି ବହୁତ କିଛି ବିକଶି ହେବାକୁ ବାକିଅଛି ।

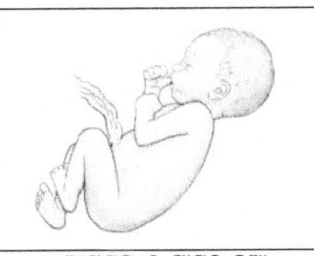

ଆପଣଙ୍କ ୭ ମାସର ଛୁଆ

୨୯ଶ ସପ୍ତାହ: ବର୍ତ୍ତମାନ ଆପଣଙ୍କର ଶିଶୁ ପ୍ରାୟ ୧୭ ଇଞ୍ଚ ଲମ୍ବ ଓ ଓଜନ ପ୍ରାୟ ୩ ପାଉଣ୍ଡ ହୋଇପାରେ । ଅବଶ୍ୟ ତାର ଦୈର୍ଘ୍ୟ ଜନ୍ମ ପାଇଁ ଯଥେଷ୍ଟ ହେଲେ ଏବେ ମଧ୍ୟ ଅନେକ କାମ ବାକି ଅଛି । କଥା କଣ କି ଆସନ୍ତା ୧୧ ସପ୍ତାହ ମଧ୍ୟରେ ଶିଶୁର ଓଜନ ଦୁଇଗୁଣ ବା ତିନିଗୁଣ ମଧ୍ୟ ହୋଇପାରେ । ଏସବୁ ଓଜନ ତା' ଦେହରେ ଜମା ହେଉଥିବା ଚର୍ବିରୁ ଆସିଥାଏ । ଏଥର ଆପଣଙ୍କ ଗର୍ଭ ଯଥେଷ୍ଟ ମାତ୍ରାରେ ପୂରିଲା ପରି ମନେ ହେବ । ଆଉ ଗୋଇଠି ନ ବାଜି ଆଣ୍ଠୁ ବା କହୁଣୀ ବାଜିଲା ଭଳି ଲାଗିବ ।

୩୦ ସପ୍ତାହ: ୧୭" (ସତର ଇଞ୍ଚ) ଲମ୍ବ ଓ ୩ ପାଉଣ୍ଡ ଓଜନର ଶିଶୁ ପ୍ରତିଦିନ ବଢ଼ି ବଢ଼ି ଯାଉଛି । ଆପଣ ପେଟ ବାହାରୁ ଏହାର ଅନୁମାନ କରି ପାରିବେ ନାହିଁ । ତାର ମସ୍ତିଷ୍କ ମଧ୍ୟ ବାହ୍ୟ ଜଗତକୁ ଆସିବା ପାଇଁ ପ୍ରସ୍ତୁତ ହେଉଛି । ତାର ମସ୍ତିଷ୍କର ତନ୍ତୁ ସବୁ ଆସ୍ତେ ଆସ୍ତେ ବିକଶିତ ହେବେ କାରଣ ତାକୁ ଜନ୍ମ ହୋଇ ଆଣ୍ଠେଇବାକୁ ହେବ, ସ୍କୁଲ ଯିବ ଓ ତାପରେ ପରିପକ୍ୱ ମସ୍ତିଷ୍କଧାରୀ ମଣିଷ ହେବ । ତା ଦେହର ତାପମାତ୍ରା ମଧ୍ୟ ନିୟମିତ ହେବାକୁ ଯାଉଛି । ତା ଦେହରେ ବାଳ ଗଜୁରିଲାଣି ।

୩୧ଶ ସପ୍ତାହ: ଅବଶ୍ୟ ଶିଶୁର ଓଜନ ୩ ରୁ ୫ ପାଉଣ୍ଡ ମଧ୍ୟରେ ଅଛି, ହେଲେ ବର୍ତ୍ତମାନ ତାକୁ ଜନ୍ମ ହେବା ପର୍ଯ୍ୟନ୍ତ ଆହୁରି ଓଜନ ବଢ଼େଇବାକୁ ହେବ । ଏହି ସପ୍ତାହରେ ହୁଏତ ତାର ଓଜନ ୫ ପାଉଣ୍ଡରୁ ଅଧିକା ମଧ୍ୟ ହୋଇପାରେ । ସେ ତୀବ୍ର ଗତିରେ ଜନ୍ମ ପର୍ଯ୍ୟନ୍ତ ବଢ଼ି ବଢ଼ି ଚାଲିଛି । ସେ ନିଜର ପାଞ୍ଚ ଇନ୍ଦ୍ରିୟ ଗୁଡ଼ିକର ସଂକେତ ବୁଝିପାରିଲାଣି । ଏବେ ସେ ଚରମ ସ୍ଲିପ ମଧ୍ୟରେ ଅଛି । ତାର କିକ୍ ମାରିବା ବା ଚଳପ୍ରଚଳ ହେବାର କୌଶଳକୁ ଲକ୍ଷ୍ୟକରି ଆପଣ ସେ ଶୋଇଛି ନା ଚେତିଛି ଜାଣି ପାରୁଥିବେ ।

ଆପଣ କ'ଣ ଅନୁଭବ କରୁଥାଇ ପାରନ୍ତି

ସବୁଥର ପରି ମନେ ରଖନ୍ତୁ ଯେ ପ୍ରତ୍ୟେକ ଗର୍ଭାବସ୍ଥା ଓ ପ୍ରତ୍ୟେକ ସ୍ତ୍ରୀ ସ୍ୱତନ୍ତ୍ର ସ ନିଆରା । ହୁଏତ ଆପଣ ଏକା ସାଙ୍ଗରେ ବା ବେଳେ ବେଳେ ଏସବୁ ଲକ୍ଷଣକୁ ଅନୁଭବ କରିପାରୁଥିବେ । କେତେକ ଲକ୍ଷଣ ଗତ ମାସରୁ ଦେଖିଆସୁଥିବାବେଳେ ଆଉ କେତେକ ଲକ୍ଷଣ ନୂଆ ହୋଇପାରେ । କେତେକ ଲକ୍ଷଣ ସହ ଏପରି ଅଭ୍ୟସ୍ତ ହେଇଥିବେ ଯେ ଚିହ୍ନିବା କଠିନ ହେବ । କିଛି ଲକ୍ଷଣ କମିପାରେ ମଧ୍ୟ । ଏହି ମାସରେ ଆପଣ ନିମ୍ନଲିଖିତ ଲକ୍ଷଣ ସବୁ ଦେଖିପାରିବେ ।

ଶାରୀରିକ

- ଭ୍ରୂଣ ଆଗଠାରୁ ବେଶି ଚଳଚଞ୍ଚଳ ହେଉଥିବ ।

ବେବି ବ୍ରେନ ଫୁଡ

ଶିଶୁର ମସ୍ତିଷ୍କକୁ ଆପଣ କ'ଣ ପୋଷଣ ଦେଇପାରୁଛନ୍ତି କି ? ତାର ମସ୍ତିଷ୍କର ବିକାଶ ପାଇଁ ତୃତୀୟ ତିନିମାସରେ ଓମେଗୋ-୩ ଦେବ ଅତ୍ୟାବଶ୍ୟକ ।

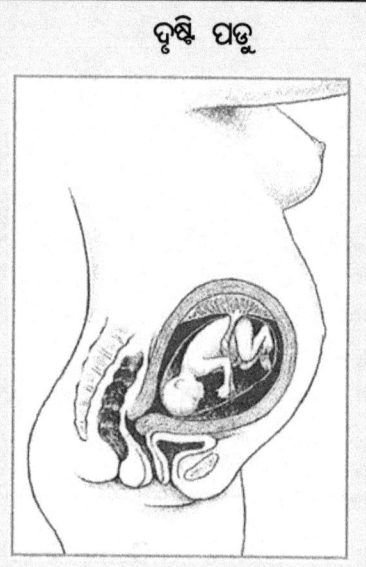

ଦୃଷ୍ଟି ପଡୁ

ଏହି ମାସ ଆରମ୍ଭରେ ଗର୍ଭାଶୟ ପ୍ୟୁବିକ ବୋନ ପାଖକୁ ୧୧ ଇଞ୍ଚ ଉପରକୁ ଥିବ । ଆସନ୍ତ ମାସକୁ ଶିଶୁର ମୁଣ୍ଡ ଟିକେ ବଡ଼ ହେଇଯିବ । ଆପଣ ଏହାକୁ ନାଭିଠାରୁ ୪$^1/_2$ଇଞ୍ଚ ଉପରକୁ ଲକ୍ଷ୍ୟକରି ପାରିବେ । ଏବେ ସେ ୫ରୁ ୧୦ ସପ୍ତାହ ଆହୁରି ବଢ଼ିବ; ଚକିତ ହେଇଗଲେକି !

- ଯୋନିରୁ ସ୍ରାବ ବୃଦ୍ଧି
- ତଳିପେଟରେ ଯନ୍ତ୍ରଣା
- କୋଷ୍ଠକାଠିନ୍ୟ
- ଛାତିଜଳା, ଅଜୀର୍ଣ୍ଣ ଓ ଗୋଳମାଳ
- ମୁଣ୍ଡ ବ୍ୟଥା, ମୂର୍ଚ୍ଛା ବା ମୁଣ୍ଡ ବୁଲେଇବା
- ନାକ ବନ୍ଦ ହେଇ ରକ୍ତ ପଡ଼ିବା, କାନ ମଇଳା
- ବ୍ରସ କଲାବେଳେ ଦାନ୍ତମୂଳରୁ ରକ୍ତ ପଡ଼ିବା
- ଗୋଡ଼ ମୋଡ଼ି ହେବା

- ପିଠି ବ୍ୟଥା
- ଗୋଡ଼ରେ ଭେରିକୋଜ ଭେନ୍ସ
- ହେମରଏଡ଼୍ସ
- ପେଟ କୁଣ୍ଡେଇ ହେବା
- ନାଭି ବୃଦ୍ଧି
- ଷ୍ଟ୍ରେଚ ମାର୍କ୍ସ
- ଶ୍ୱାସକ୍ରିୟାରେ କଷ୍ଟ
- ନିଦ ନ ପଡ଼ିବା
- ଗର୍ଭାଶୟ ସଂକୋଚିତ ହେବା
- କଦାକାର
- ଛାତି ପ୍ରଶସ୍ତ ହେବା

ଭାବାତ୍ମକ

- ଉତ୍ତେଜନା ବୃଦ୍ଧି
- ଅନ୍ୟମନସ୍କତା
- ଅଦ୍ଭୁତ ଓ ନିଆରା ସ୍ୱପ୍ନ
- ମନଦୁଃଖ ଓ ବୋରଫିଲ
- ଶାରୀରିକ ଉପଯୁକ୍ତ ହେଲେ ସନ୍ତୋଷ

ଏହି ମାସରେ ପରୀକ୍ଷା

ଏହି ମାସରେ ପରୀକ୍ଷାବେଳେ ଦୁଇଟି କଥା ସାମିଲ ହୋଇଯିବ । ତୃତୀୟ ତିନିମାସରେ ଆରମ୍ଭରେ ଆପଣଙ୍କର ପରୀକ୍ଷା ହୋଇପାରେ । ଅବଶ୍ୟ ଏହା ଆପଣଙ୍କ ଅବସ୍ଥା ଓ ଡାକତରଙ୍କ ଉପରେ ନିର୍ଭରଶୀଳ:

- ଓଜନ ଓ ରକ୍ତଚାପ
- ସୁଗର ଓ ପ୍ରୋଟିନ ପାଇଁ ମୂତ୍ର ପରୀକ୍ଷା
- ଗର୍ଭାଶୟର ଉଚ୍ଚତା
- ଗର୍ଭାଶୟର ଆକାର ଓ ଅବସ୍ଥିତି
- ହାତ ଗୋଡ଼ର ଫୁଲା
- ଗ୍ଲୁକୋଜ ସ୍କ୍ରିନିଂ ଟେଷ୍ଟ
- ଏନିମିଆ ପାଇଁ ରକ୍ତ ପରୀକ୍ଷା
- କେତେକ ନୂଆ ଲକ୍ଷଣ

ଆପଣ କ'ଣ ଭାବୁଥାଇ ପାରନ୍ତି ?

କ୍ଳାନ୍ତି ପୁଣି ଫେରିଆସିବା

"ଗତ କେତେମାସ ମଧ୍ୟରେ ମୁଁ ମୋ ହୃତ ସାମର୍ଥ୍ୟ ଫେରି ପାଇଥିଲି, ହେଲେ ବର୍ତ୍ତମାନ ମୁଁ ପୁଣି ଥରେ ହାଲିଆ ହେଇପଡୁଛି । ତୃତୀୟ ତିନିମାସ ମଧ୍ୟରେ କ'ଣ କ୍ଳାନ୍ତି ଏଭଳି ପ୍ରଭାବ ପକେଇବ ?"

ଗର୍ଭାବସ୍ଥା ଅନେକ ଦୁଆର ଭଙ୍ଗା ଦେଇ ଗତି କରିଥାଏ । କେବଳ ମନ ପରିବର୍ତ୍ତନ ନୁହଁ, ଶକ୍ତିର ସ୍ତର ମଧ୍ୟ ପରିବର୍ତ୍ତିତ ହେଇଥାଏ । ପ୍ରଥମ ତିନିମାସର କ୍ଳାନ୍ତି ପରେ ଦ୍ୱିତୀୟ ତିନି ମାସରେ ସାମର୍ଥ୍ୟ ଫେରିଆସେ, ଏଣୁ ଦ୍ୱିତୀୟ ତିନି ମାସରେ ଆପଣ ଯାହା କିଛି କରିପାରିବେ । (ବ୍ୟାୟାମ, ସେକ୍ସ, ଯାତ୍ରା..) ହେଲେ ତୃତୀୟ ତିନି ମାସ ଆସିଲବେଳକୁ ଅଧିକାଂଶ ମା'ମାନେ ପୁଣି ଥରେ କ୍ଳାନ୍ତ ଓ ଅବଶ ମନେ କରିଥାନ୍ତି । ଆଉ ସୋଫାରେ ବସିରହିବା ବ୍ୟତୀତ ଅନ୍ୟ ଉପାୟ ନଥାଏ ।

ଅବଶ୍ୟ ଏଥିରେ ଚିନ୍ତା କରିବାର କିଛି ନାହିଁ । ଅବଶ୍ୟ ତୃତୀୟ ତିନି ମାସରେ ହାଲିଆ ଲାଗିବା ସ୍ୱାଭାବିକ । ତଥାପି ଅନ୍ୟାନ୍ୟ କାରଣ ଯୋଗୁଁ ମଧ୍ୟ ହାଲିଆ ଲାଗେ । ଦେଖୁନାହାନ୍ତି, ଏଇନା କେତେ ବଡ଼ ଭାର ଯେକି ଧରିଛନ୍ତି । ଏହା ହିଁ କ୍ଳାନ୍ତିର ମୂଳ କାରଣ । ଏହି ବର୍ଦ୍ଧିତ ପେଟ ଯୋଗୁଁ ରାତିରେ ଶୋଇପାରୁନାହାନ୍ତି । ମୁଣ୍ଡରେ ଅନେକ ସମସ୍ୟା ଓ ପ୍ରଶ୍ନ । ଏହାବ୍ୟତୀତ ଅନ୍ୟାନ୍ୟ ଛୁଆ ପିଲାଙ୍କୁ ଖୁଏଇବା- ପିଆଇବା ଅଫିସ ଓ ଘରର ଅନେକ ଦାୟିତ୍ୱ ମୁଣ୍ଡ ଘୁରେଇ ଦେଇଥାଏ । ଫଳରେ କ୍ଳାନ୍ତି ତିନି ଚାରି ଗୁଣ ବଢ଼ିଯାଏ ।

ପ୍ରାୟ ତୃତୀୟ ତିନିମାସ ସାଙ୍ଗକୁ କ୍ଳାନ୍ତି ଆସିଥାଏ, ହେଲେ ଏହାର ଅର୍ଥ ନୁହଁ ଯେ, କାମରୁ ଛୁଟି ନେଇ ଘରେ ବସିବା । କ୍ଳାନ୍ତି ଏକ ସଂକେତ ମାତ୍ର ଅର୍ଥାତ୍ ଦେହକୁ ଆରାମ ଦରକାର ।

ନିଜର ତୀବ୍ରଗାମୀ ଜୀବନଶୈଳୀକୁ ଅଳ୍ପ ବିଶ୍ରାମ ଦିଅନ୍ତୁ । ଅଯଥା କାମଗୁଡ଼ିକୁ ତାଲିକାରୁ କାଟି ଦିଅନ୍ତୁ । ନିଜ ଦିନ ଚର୍ଯ୍ୟାରେ ଧୀରସ୍ଥିର ପଦ୍ଧତି ଅନୁସରଣ କରନ୍ତୁ । ସାମାନ୍ୟ ବ୍ୟାୟାମ କରନ୍ତୁ ହେଲେ, ଏହା ଆପଣଙ୍କ ଅନୁକୂଳ ହେବା ଦରକାର । ୩୦ ମିନିଟ ଚଲପ୍ରଚଲ କଲେ ଶକ୍ତିର ସ୍ତର ବଢ଼ିବ । ହେଲେ

ଘଣ୍ଟାଏ ଚାଲି ବୁଲିଲେ ହୁଏତ ପୁଣି ଥରେ ହାଲିଆ ହୋଇ ସୋଫାରେ ବସିବାକୁ ପଡ଼ିବ । ବ୍ୟାୟାମ ମଧ୍ୟ ଠିକ୍ ସମୟରେ କରନ୍ତୁ । ଯଦି ଶୋଇବାବେଳେ କରିବେ ତେବେ ଶକ୍ତି ସାଙ୍ଗକୁ ନିଦ ମଧ୍ୟ ଚାଲିଯିବ; କାରଣ ଦେହକୁ ସ୍ଥିର ହେବାରେ ସମୟ ଲାଗିବ । ଖାଲି ପେଟ ଅର୍ଥାତ୍ ଭୋକରେ ରହନ୍ତୁ ନାହିଁ । ସାମର୍ଥ୍ୟ ବଜାୟ ରଖିବାକୁ ମଝିରେ ମଝିରେ ପୁଷ୍ଟିକର ସ୍ନେକ୍ସ ଇତ୍ୟାଦି ଖାଉଥାନ୍ତୁ । ଯଥା: ଚିଜ ଓ କ୍ରେକର୍ସ, ଟ୍ରେଲ ମିକ୍ସ, ୟୋଗାର୍ଟ ଓ ସ୍ମଜିଜ ବା ମନପସନ୍ଦ ସ୍ନେକ୍ସ, କେଫିନ ବା ଚିନିରେ ଅଧିକ କେଲୋରୀ ଶକ୍ତି ପ୍ରାପ୍ତ ହେବ ।

ଅବଶ୍ୟ ତୃତୀୟ ତିନିମାସର କ୍ଳାନ୍ତି ମାଧ୍ୟମରେ ପ୍ରକୃତି ସଂକେତ ଦେଇଥାଏ ଯେ, ଏଥର ଆଗାମୀ ମା'ଙ୍କୁ ବୁନ୍ଦା ବୁନ୍ଦା କରି ଶକ୍ତି ଠୁଳ କରିବାକୁ ହେବ । ପ୍ରସବ ସକାଶେ ନିଜର ସାମର୍ଥ୍ୟକୁ ବଜାୟ ରଖିବେ । ଆଉ ତାପରେ ମଧ୍ୟ ଏହା ଖୁବ୍ ଆବଶ୍ୟକ ମନେହେବ ।

ମନେକର ଅତିରିକ୍ତ ଆରାମ ପରେ ମଧ୍ୟ କ୍ଳାନ୍ତି ନ ମେଣ୍ଟିଲେ ଡାକ୍ତରଙ୍କୁ ସାକ୍ଷାତ କରନ୍ତୁ । ବେଳେ ବେଳେ ଏନିମିଆ ଯୋଗୁଁ ମଧ୍ୟ କ୍ଳାନ୍ତି ମେଣ୍ଟେନୋହିଁ । ଏଣୁକରି ଡାକ୍ତର ସପ୍ତମ ମାସରେ ରକ୍ତ ପରୀକ୍ଷା କରି ଏନିମିଆର ଚିକିତ୍ସା ପାଇଁ ଉଦ୍ୟମ କରିଥାନ୍ତି ।

ପାଦ ଫୁଲିବା

"ଦିନ ଗଡ଼ିବା ପରେ ପରେ ମୋ ଗୋଡ଼ ଓ ପାଦ ଗୁଡ଼ିକ ପ୍ରାୟ ଫୁଲି ଯାଇଥାଏ । ଏପରି କାହିଁକି ହୁଏ?"

ଏହି ସମୟରେ କେବଳ ଆପଣଙ୍କ ପେଟ ନୁହଁ ବରଂ ସବୁତକ ଅଙ୍ଗ ଫୁଲିବାରେ ଲାଗିଛି, କହିଲେ ଚଳେ । **କେବଳ ଜୋତା ଚିପା ହେବନି, ହାତରୁ ମୁଦି କାଢ଼ିବା ମଧ୍ୟ କଷ୍ଟକର ହେଉଥିବ ।**

ଗର୍ଭଧାରଣରେ ହାତ ପାଦ ଫୁଲିବା ଏକ ସାଧାରଣ କଥା; କାରଣ ଏତେବେଳେ ଦେହରେ ତରଳ ପଦାର୍ଥର ପରିମାଣ ବଢ଼ିଯାଇଥାଏ । ପ୍ରାୟ ୭୫ ଶତକଡ଼ା ସ୍ତ୍ରୀମାନେ ଏଥିରେ ପୀଡ଼ିତ ଥିବାବେଳେ ବାକି ୨୫ ଶତକଡ଼ା ସ୍ତ୍ରୀମାନେ ରକ୍ଷା ପାଇଥାନ୍ତି । ଆପଣ ଲକ୍ଷ୍ୟ କରିଥିବେ ଗ୍ରୀଷ୍ମ ଦିନରେ ବେଶି ସମୟ ଧରି ଠିଆ ହେଲେ ବା ବସିଥବଲେ ପାଦ ଫୁଲିବା ଆହୁରି ବଢ଼ିଯାଏ । ଯଦି ଅନେକ ଘଣ୍ଟା ବିଶ୍ରାମ କଲେ ବା ଶୋଇଲେ କମିଯାଇପାରେ ।

> **ମୁଦି କ'ଣ କରିବି?**
>
> ଆପଣଙ୍କର ହାତର ଅଙ୍ଗୁଳି ଗୁଡ଼ିକ ଆସ୍ତେ ଆସ୍ତେ ଫୁଲି ଯାଉଛି । ଏଥବରେ ପିନ୍ଧିଥିବା ମୁଦି ପରେ ଅସୁବିଧା କରିପାରେ । ଏହାକୁ ବର୍ତ୍ତମାନ କାଢ଼ିବା ଯଦି କଷ୍ଟକର ମନେହେଉଛି, ତେବେ ସକାଳୁ ସକାଳୁ ହାତ ଥଣ୍ଡା ଥିଲାବେଳେ ମୁଦିକୁ ଓହ୍ଲାନ୍ତୁ । ତଥାପି ନହେଲେ ସାବୁନ ପ୍ରୟୋଗ କରନ୍ତୁ ।

ସାଧାରଣତଃ ପାଦଫୁଲା ଯୋଗୁଁ ଟିକିଏ ଅସୁବିଧା ହେଇଥାଏ, ବା ଫେସନ କରିହୁଏ ନାହିଁ ଅର୍ଥାତ୍ ଷ୍ଟାଇଲିସ ଜୋତା ପିନ୍ଧି ହୁଏନାହିଁ । ତଥାପି ଏହାର ନିଦାନ ଚାହୁଁଥାନ୍ତି ତେବେ ନିମ୍ନଲିଖିତ ଉପାୟମାନ ପଢ଼ନ୍ତୁ:-

- ବହୁ ସମୟ ଧରି ଠିଆ ହୋଇଥିଲେ, ବସି ପଡ଼ନ୍ତୁ । ଆଉ ବେଶି ସମୟ ବସିଥିଲେ ଠିଆ ହୁଅନ୍ତୁ । ଚଲାବୁଲା କରନ୍ତୁ । ମଝିରେ ମଝିରେ ଠିଆହୋଇ ୫ ମିନିଟ ବୁଲାବୁଲି କଲେ ରକ୍ତ ସଂଚାର ସୁରୁଖୁରୁରେ ହୋଇଥାଏ ।
- ବସିବା ସମୟରେ ଗୋଡ଼ ଉପର କରି ଫୁଟରେଷ୍ଟରେ ପାଦ ରଖି ବସନ୍ତୁ; ଏହା କେବଳ ଆପଣଙ୍କର ଅଧିକାର ।
- ଗୋଟିଏ କଡ଼କୁ ଗଡ଼ି ବିଶ୍ରାମ କରନ୍ତୁ । ଆଗରୁ ଅଭ୍ୟାସ ନଥାଏ, ତେବେ ଅଭ୍ୟସ୍ତ ହୁଅନ୍ତୁ । ଏହାଫଳରେ କିଡନି ଭଲଭାବେର କାମ କରୁଥିବ । ଅପଶିଷ୍ଟ ପଦାର୍ଥ ଦେହରୁ ନିଷ୍କାସିତ ହେଉଥିବ । ଫଳରେ ଫୁଲା କମିଯିବ ।

■ ବର୍ତ୍ତମାନ ଫେସନ ନୁହଁ, ନିଜ ସ୍ୱାସ୍ଥ୍ୟ ପ୍ରତି ଦୃଷ୍ଟି ଦେବାର ସମୟ । ଭଲ କଥା, ଅଳ୍ପ ସମୟ ପାଇଁ ଫେସନ ଚପଲ ପିନ୍ଧି ତା'ପରେ ଘରକୁ ଆସି ସାଧାରଣ ସ୍ଲିପର୍ସ ବ୍ୟବହାର କରନ୍ତୁ ।

■ ଡାକ୍ତରର ଅନୁମତି ଦେଲେ ବ୍ୟାୟାମ କରୁଥାନ୍ତୁ । ଫଳରେ ଆରାମ ମିଳିବ । ଚଳପ୍ରଚଳ ହେଲେ ରକ୍ତ ସଂଚାର ହେଉଥିବ । ରକ୍ତ ଜମାହେବନାହିଁ । ସନ୍ତରଣ ବା ପାଣିରେ ଏରୋବିକ୍ସ ହିତକାରକ ହୋଇପାରେ କାରଣ ପାଣି ଯୋଗୁଁ ଚାପ ପଡ଼ିବ । ଚାପ ବଢ଼ିଲେ ଜଳୀୟ ଅଂଶ କିଡ୍‌ନିକୁ ଯାଇ ପଦାକୁ ନିଷ୍କାସିତ ହେବ ।

■ ଯେତେ ବେଶି ପାଣି ପିଇଲେ ସେତେ ଭଲ । ନିଜକୁ ଅନ୍ତତଃ ୮ ଗ୍ଲାସ ପାଣି ପିଇଲେ, ଦେହର ଅପଦାର୍ଥ ଗୁଡାକ ପଦାକୁ ବାହାରି ପାଦଫୁଲା କମିଯିବ ।

■ ସ୍ୱାଦ ଅନୁସାରେ ଲୁଣ ଖାଆନ୍ତୁ । ଲୁଣ କମ୍ ଖାଇଲେ ଫୁଲା କମିଥାଏ ବୋଲି କହୁଥିଲେ, ହେଲେ ବର୍ତ୍ତମାନ କମ୍ ଲୁଣ ଖାଇଲେ ଫୁଲା ବଢ଼ିଥାଏ କହୁଛନ୍ତି । ଏଣୁ ଭାବିଚିନ୍ତି ଲୁଣ ଖାନ୍ତୁ ।

■ ସ୍ପୋର୍ଟ ହୋଦ ହୁଏତ ଦେଖିବାକୁ ଶୁଦ୍ଧ ବା ସେକ୍ସି ନଲାଗିପାରେ ହେଲେ ଏହାକୁ ପିନ୍ଧିଲେ ଗୋଡ଼ ଆରାମ ଲାଗେ । ଗର୍ଭବେଳେ ପିନ୍ଧିବା ପାଇଁ ଅନେକ ପ୍ରକାରର ହୋଜ ଆଦିଲାଣି । ନିଜର ମନପସନ୍ଦ ଅନୁସାରେ ଯାହା କିଛି ପିନ୍ଧି ଯାଆନ୍ତୁ ।

ହାତପାଦ ଫୁଲାର ବିଶେଷତ୍ୱ ହେଲା ଏହା ଅସ୍ଥାୟୀ । ପ୍ରସବ ପରେ ଫୁଲା କମିଯାଇଥାଏ । ଅନେକଙ୍କର ସପ୍ତାହ କିମ୍ବା ମାସେ ପରେ ସାମାନ୍ୟ ହେଇଥାଏ । ସେ ପର୍ଯ୍ୟନ୍ତ ଏହାର ଆନନ୍ଦ ଉପଭୋଗ କରୁଥାନ୍ତୁ; କାରଣ ପେଟ ବଢ଼ିଥିବାରୁ ପାଦର ଅବସ୍ଥାକୁ ଦେଖିହେବ ନାହିଁ ।

ଯଦି ଫୁଲା ବେଶି ହୋଇଥାଏ ବୋଲି ମନେ କରୁଥାନ୍ତି ତେବେ ଡାକ୍ତରଙ୍କୁ ଦେଖାନ୍ତୁ । ଆବଶ୍ୟକରୁ ଅଧିକ ଫୁଲା 'ପ୍ରିକ୍ଲେମ୍ପସିୟା' ଯୋଗୁଁ ମଧ୍ୟ ହୋଇଥାଇପାରେ । ହେଲେ ଏହା ସାଙ୍ଗକୁ ଓଜନ, ରକ୍ତଚାପ ମଧ୍ୟ ବଢ଼ିଥାଏ କିମ୍ବା ପରିସ୍ରାରେ ପ୍ରୋଟିନର ମାତ୍ରା ବୃଦ୍ଧି ଭଳି ଲକ୍ଷଣ ଦେଖାଯାଇଥାଏ । ଡାକ୍ତର ପ୍ରତିଥର ଏସବୁ ଲକ୍ଷଣକୁ ପରୀକ୍ଷା କରିଥାନ୍ତି । ଏଣୁ ଚିନ୍ତା କର୍ନ୍ତୁନି । ମନେକର ପାଦ ଫୁଲିବା ସାଙ୍ଗକୁ ଓଜନ ବଢ଼ି ମୁଣ୍ଡବ୍ୟଥା ହୁଏ ଓ ଅଳସ ଲାଗେ ତେବେ ଡାକ୍ତରଙ୍କୁ ଯାଇ କୁହନ୍ତୁ ।

ଚର୍ମରେ ଡୋଲା ସୃଷ୍ଟି

"ଅବଶ୍ୟ ଏସବୁ ଷ୍ଟେଚ ମାର୍କ୍ସ ଏଯାଏ ଏତେ କଦାକାର ଦିଶୁନଥିଲେ, ହେଲେ ବର୍ତ୍ତମାନ ଏହା ଉପରେ ଚର୍ମଡୋଲା ଭଳି କିଛି କିଛି ଦିଶୁଛି । ଏସବୁ କ'ଣ ?"

ସୁସମ୍ବାଦ: ପ୍ରସବ ଆଉ ମାତ୍ର କେଇ ମାସ ରହିଗଲା । ତାପରେ ଖୁବ୍ ସହଜରେ ଆପଣ ଏସବୁ କଦର୍ଯ୍ୟ କଦାକାର ଲକ୍ଷଣ ଗୁଡ଼ିକୁ ଚିର ବିଦାୟ କହିପାରିବେ । ସେପର୍ଯ୍ୟନ୍ତ ଏହା କାହାକୁ କିଛି ଅସୁବିଧା କରିବ ନାହିଁ । ଏହାକୁ ଡାକ୍ତରୀ ଭାଷାରେ 'ପଲିମୋର୍ଫିକ ଇପ୍‌ସନ ଅଫ ପ୍ରେଗ୍ନେନ୍ସି' କହନ୍ତି । ପ୍ରସବ ପରେ ଏହା ଠିକ୍ ହେଇଯାଏ ଓ ଆଗାମୀ ଦ୍ୱିତୀୟ ଗର୍ଭଧାରଣ ବେଳେ ଦୃଶ୍ୟମାନ ହୁଅନ୍ତି ନାହିଁ । ଅବଶ୍ୟ ଏହା ପେଟର ଷ୍ଟ୍ରେଚମାର୍କ ଉପରେ ଦେଖାଯାଏ । ହେଲେ ବେଳେ ବେଳେ ଜଙ୍ଘ, ନିତମ୍ବ ବା କାଖରେ ମଧ୍ୟ ଦୃଶ୍ୟମାନ ହୁଏ । ଡାକ୍ତରଙ୍କୁ ଦେଖେଇଲେ, ସେ କୌଣସି ଔଷଧ, ଏଣ୍ଟିହିଷ୍ଟେମାଇନ ବା ଅନ୍ୟ ଉପାୟ କହିପାରିବେ ।

ଗର୍ଭବେଳେ ଚର୍ମ ଉପରେ ଯେକୌଣସି ପ୍ରକାରର ପ୍ରତିକ୍ରିୟା ବା ଲକ୍ଷଣ ଦେଖାଯାଇପାରେ । ଅବଶ୍ୟ ଏହାକୁ ଡାକ୍ତରଙ୍କୁ ଦେଖାଇଲେ ମଧ୍ୟ ବେଶି ଗୁରୁତ୍ୱ ଦେବାକଥା ନୁହଁ ।

ପିଠି ତଳକୁ ଓ ଗୋଡ଼ରେ ଯନ୍ତ୍ରଣା (ସିଆଟିକା)

"ମୋ ପିଠି ତଳେ ଓ ନିତମ୍ବ ମଧ୍ୟଦେଇ ଗୋଡ଼ରେ ଯନ୍ତ୍ରଣା ହେଉଛି । ଏହା କ'ଣ ?"

ବୋଧହୁଏ ଆପଣଙ୍କ ଦେହର ସିଆଟିକାନଳୀ ଦବି ଯାଉଛି । ଏଥର ଆପଣଙ୍କ ଛୁଆ ପ୍ରସବର ଠିକ୍ ସ୍ଥିତିକୁ ଚାଲିଆସୁଛି । ଏହି ପ୍ରକ୍ରିୟାରେ ଛୁଆର ମୁଣ୍ଡ ଓ ବର୍ଦ୍ଧିତ ଗର୍ଭାଶୟ ସିଆଟିକା ନଳୀ ଉପରେ ଚାପ ପକାଉଛି । ଏଣୁକରି ଏହି ସିଆଟିକା ଯୋଗୁଁ ପିଠି ତଳ, ନିତମ୍ବ ଦେଇ ଭୀଷଣ ଓ ତୀବ୍ର ଯନ୍ତ୍ରଣା ଗତିକରୁଛି; କିମ୍ବା ନିଷ୍କ୍ରିୟ ମନେହେଉଚି ।

ସିଆଟିକାର ଯନ୍ତ୍ରରା ଭୀଷଣ ହେଇଥାଏ । ଯଦିଚ ଶିଶୁ ତାର ଅବସ୍ଥା ପରିବର୍ତ୍ତନ କରିଦିଏ ତେବେ ତ୍ରାହି ମିଳିଥାଏ; ନଚେତ ପ୍ରସବ ପର୍ଯ୍ୟନ୍ତ ଗଡ଼ିଥାଏ ।

ସିଆଟିକାରୁ ମୁକ୍ତି ପାଇଁ ନିମ୍ନ ଉପାୟମାନ ଅବଲମ୍ବନୀୟ:

■ ସୁବିଧା ଓ ସୁଯୋଗ ମିଳିଲା କ୍ଷଣ ଆରାମ କରନ୍ତୁ । ଶୋଇଲେ ଗୋଡ଼କୁ ଆରାମ ମିଳେ, ହେଲେ ମୁଦ୍ରା ସେଭଳି ହେବା ଦରକାର ।

■ ଗୋଡ଼କୁ ସେକ ଦିଅନ୍ତୁ । ହିଟିଂପେଡ ମଧ୍ୟ ମୁକ୍ତି ଦେଇଥାଏ । ଉଷୁମ ପାଣିରେ ମଧ୍ୟ ସେକ ଦିଆଯାଏ ।

■ ପେଲଭିକ ଟିଲ୍ଟ ବା ଷ୍ଟ୍ରେଚ ବ୍ୟାୟାମ ଯୋଗୁଁ ଚାପ କମିଯାଏ ।

■ ସନ୍ତରଣ ଓ ଜଳରେ ବ୍ୟାୟାମ, ସିଆଟିକାରୁ ମୁକ୍ତି ପାଇବାର ପ୍ରଧାନ ଉପାୟ । ଏହାଦ୍ୱାରା ପିଠିର ମାଂସପେଶୀଗୁଡ଼ିକ ଟାଣିହେଇ ସୁଦୃଢ଼ ହେଇଥାଏ ଓ ସିଆଟିକା ଯନ୍ତ୍ରଣାରୁ ମୁକ୍ତି ମିଳିଥାଏ ।

■ କୌଣସି ବୈକଳ୍ପିକ ଉପାୟ କରନ୍ତୁ । ଏକ୍ୟୁପଞ୍ଚର କିରୋପ୍ରେକ୍ଟିକେ ବା ମାଲିସ ଇତ୍ୟାଦି ଦ୍ୱାରା ମଧ୍ୟ ଆରାମ ମିଳିଥାଏ ।

ଉକ୍ତ ଯନ୍ତ୍ରଣା ଅସହ୍ୟ ମନେହେଲେ ଡାକ୍ତରଙ୍କୁ ପରାମର୍ଶ କରି ଔଷଧ ଖା'ନ୍ତୁ ।

ପାଦରେ ଯନ୍ତ୍ରଣାର ଲକ୍ଷଣ

"ମୁଁ ହାଲିଆ ହେବା ସତ୍ତ୍ୱେ ମଧ୍ୟ ରାତିରେ ଆଦୌ ଶୋଇପାରୁନାହିଁ; କାରଣ ମୋ ଗୋଡ଼ରେ ଭୀଷଣ ଯନ୍ତ୍ରଣା ହୁଏ । ମୁଁ ଏହାର ସବୁତକ ଉପାୟ କଲିଣି । ହେଲେ ଆଉ କ'ଣ କରାଯାଇପାରେ ?"

ଶେଷ ତିନିମାସ ବେଳକୁ ପ୍ରାୟ 'ରେଷ୍ଟଲେସ ଲେଗ ସିଣ୍ଡ୍ରୋମ' ମଧ୍ୟ ନିଦରେ ବାଧା ସୃଷ୍ଟି କରିଥାଏ । ଗୋଡ଼ରେ ଯନ୍ତ୍ରଣା, ଛଟପଟ ହେବା ଓ ଅଜବ ଅନୁଭୂତି ହେଇଥାଏ । ଅବଶ୍ୟ ଏହା ରାତିସାରା ହୁଏ, ହେଲେ ଦିନରେ ଗଡ଼ିଲାବେଳେ ମଧ୍ୟ ଏହି ସମସ୍ୟା ଦେଖାଦିଏ ।

ବିଶେଷଜ୍ଞମାନେ ମଧ୍ୟ ଏହାର କାରଣ ଜାଣିପାରନ୍ତି ନାହିଁ । ବୋଧହୁଏ, ଏହାର କୌଣସି ବଂଶାନୁଗତ କାରଣ ଥାଇପାରେ । ସେମାନେ ଏହାର ଚିକିତ୍ସା ବିଷୟରେ ମଧ୍ୟ ଅଜ୍ଞ । ଗୋଡ଼ ଯନ୍ତ୍ରଣାର ସବୁତକ ଉପାୟ ନିଷ୍ଫଳ ହୁଏ । ଔଷଧ ମଧ୍ୟ ନିରାପଦ ନୁହଁ କାରଣ ଗୋଡ଼ ବ୍ୟଥାର ୖଷଧ ଗର୍ଭବେଳେ ଗ୍ରହଣୀୟ କି ଅଗ୍ରାହ୍ୟ କିଏ କହିବ । ଏଣୁ ପ୍ରଥମେ ଡାକ୍ତରଙ୍କୁ ପଚାରି ବୁଝନ୍ତୁ ।

ହୁଏତ ଏହା ମାନସିକ ଚାପ, ଖାଦ୍ୟପେୟ ଓ ପରିବେଶ ଦୃଷ୍ଟିରୁ ସମସ୍ୟା ବଢୁଥାଇପାରେ । ଏଣୁ ନିଜ ଖାଦ୍ୟପେୟ ଓ ଜୀବନଶୈଳୀ ପ୍ରତି ଦୃଷ୍ଟି ଦିଅନ୍ତୁ । ରାତିରେ ସ୍ତ୍ରୀମାନେ କାର୍ବୋହାଇଡ୍ରେଟ ଖାଇଲେ ଏହି ସମସ୍ୟା ବଢ଼ିଯାଏ । ଅନେକ ଥର ଆଇରନର ଅଳ୍ପତା ଏନିମିୟା ଯୋଗୁଁ ମଧ୍ୟ ଏହା ହୋଇଥାଏ । ଡାକ୍ତରଙ୍କୁ ବୁଝି ଉପାୟ କରନ୍ତୁ । ଯୋଗ, ଏକ୍ୟୁପଞ୍ଚର ଓ ଧ୍ୟାନ ଆଦି ବଳରେ ସାମାନ୍ୟ ମୁକ୍ତି ମିଳିପାରେ । ଯଦି ନିଦ ନ ପଡ଼େ ତେବେ ପ୍ରସବ ପର୍ଯ୍ୟନ୍ତ ଏହାର ସମ୍ମୁଖୀନ ହେବାକୁ ପଡ଼ିବ । ହୁଏତ ପ୍ରସବ ପରେ ମଧ୍ୟ ଔଷଧ ଖାଇ ନ ପାରନ୍ତି କାରଣ ସେତେବେଳେ ଶିଶୁକୁ ସ୍ତନପାନ

କରେଇବାକୁ ପଡ଼ିବ ।

ଶିଶୁର ହିଚକି (ହାକୁଟି)

"ବେଳେ ବେଳେ ମୋ ପେଟରେ ସାମାନ୍ୟ ଧକ୍କା ବାଜେ; ଏହା ଛୁଆର ଗୋଇଠା ନା ଆଉ କିଛି ?"

ବିଶ୍ୱାସ କରନ୍ତୁ ବା ନ କରନ୍ତୁ, ହେଲେ ଶିଶୁ ଭ୍ରୂଣଟି ମଧ୍ୟ ହିଚକି (ହାକୁଟି) ମାରିଥାଏ । ଅନେକ ଦିନସାରା ହାକୁଟି ମାରୁଥାନ୍ତି ତ ଅନେକ ଆଦୌ ନୁହଁ ।

ଏଣୁ ଏବେଠାରୁ ହାକୁଟିକୁ ବନ୍ଦ କରିବା ପାଇଁ ଉପାୟ ଖୋଜିବା ଦରକାର ନାହିଁ, କାରଣ ଏହାଦ୍ୱାରା ଗର୍ଭସ୍ଥ ଶିଶୁକୁ କୌଣସି ଅସୁବିଧା ହେଉନାହିଁ । ଏଣୁ ବର୍ତ୍ତମାନ ପେଟ ଭିତରେ ଚାଲିଥିବା ଏହି ପାଲା ଦେଖନ୍ତୁ ।

ଅଚାନକ ଖସିପଡ଼ିବା

"ମୁଁ ଘରୁ ପଦାକୁ ବାହାରୁଥିଲାବେଳେ ଅଚାନକ ଖସିପଡ଼ିଲି ଆଉ ମୋ ପେଟ ଯାଇ ଫୁଟପାଥରେ ବାଜିଲା । ଏହାଫଳରେ ମୋ ଗର୍ଭସ୍ଥ ଶିଶୁକୁ କୌଣସି ଆଘାତ ହେବ କି ?"

ତୃତୀ୍ର ତିନି ମାସରେ ପ୍ରାୟ ଏପରି ହୋଇଥାଏ, ଆପଣ ନିଜ ଭାରସାମ୍ୟ ରକ୍ଷା କରିପାର୍ତି ନାହିଁ । ପେଟ ବଢ଼ିବାରୁ ମାଧ୍ୟାକର୍ଷଣର କେନ୍ଦ୍ରବିନ୍ଦୁ ମଧ୍ୟ ବଦଳିଯାଏ । ଗୋଡ଼ର ଖଞ୍ଜାଗୁଡ଼ିକ ସେତେ ମଜବୁତ ନଥାଏ, ଯଦ୍ୱାରା ଖସି ପଡ଼ିବାରେ ବିଶେଷ କରି ପେଟ ପଟକୁ କୌଣସି ଅସୁବିଧା ହୁଏନାହିଁ । ହାତରୁ ମଧ୍ୟ ଥରକୁ ଥର ଜିନିଷପତ୍ର ଖସିପଡ଼େ । ଆପଣ ଦିନସାରା ସ୍ୱପ୍ନ ଅର୍ଥାତ୍ ଦିବାସ୍ୱପ୍ନ ଦେଖୁଥାନ୍ତି, ଅତଚ ନିଜ ପେଟ ତଳେ ଥିବା ପାଦ ଦୁଇଟିକୁ ଲକ୍ଷ୍ୟକରି ପାରନ୍ତି ନାହିଁ । ଏଣୁକରି ଯେକୌଣସି ମୁହୂର୍ତ୍ତରେ ଖସିପଡ଼ିବାର ସମ୍ଭାବନା ଥାଏ ।

ଆପଣଙ୍କ ଶିଶୁ ଗର୍ଭରେ ପୂରାପୂରି ନିରାପଦରେ ଅଛି । ସାମାନ୍ୟ ଧକ୍କା ବା ଆଘାତରେ ତାର କୌଣସି ଅସୁବିଧା ହେବନାହିଁ । ସେ ଏକ ଏବ୍‌ଜର୍ବସନ ସିଷ୍ଟମରେ ନିରାପଦରେ ଅଛି । ଏମ୍ନିୟୋଟିକ, ତରଳ ପଦାର୍ଥ, କଠିନ ମେମ୍ବ୍ରେନ (ଝିଲି ବା ଥଳି), ଇଲାଷ୍ଟିକ, ମାଂସପେଶୀ ଗୁଡ଼ିକର ଗର୍ଭାଶୟ ଓ ପେଟର କୋଟରରେ ଏହା ନିର୍ମିତ । ଯଦି ଆପଣ ଗୁରୁତର ଅବସ୍ଥାରେ ଆହତ ହୁଅନ୍ତି, ତେବେ ଯାଇ ଶିଶୁକୁ ମାଡ଼ ବାଜିପାରେ । ଆଉ ହସ୍‌ପିଟାଲ ଯିବାକୁ ପଡ଼ିପାରେ । ତଥାପି ବ୍ୟସ୍ତ ହେଉଥିଲେ ଡାକ୍ତରଙ୍କୁ ପଚାରି ମନ ହାଲୁକା କରି ପକାନ୍ତୁ ।

ଚରମ ତୃପ୍ତି ଓ ଛୁଆର ଲାତ ବିଧା

"ମୁଁ ଚରମ ତୃପ୍ତି ଲାଭ କଲାପରେ ଛୁଆ ପ୍ରାୟ ଅଧା ଘଣ୍ଟା ପର୍ଯ୍ୟନ୍ତ ଲାତ-ବିଧା ମାରିବା ବନ୍ଦ କରିଦିଏ । ଏହାର ଅର୍ଥ କ'ଣ ସମ୍ଭୋଗ କରିବା ଏହି ସମୟରେ ନିରାପଦ ନୁହଁ କି ?"

ଆପଣ ଯାହା କଲେ ମଧ୍ୟ ଛୁଆ ଆପଣଙ୍କ ସହ ନିହାତି ଥିବ । ସମେଭାଗ ସମୟରେ ଶିଶୁ ଶୋଇ ପଡ଼ିଥାଏ । ଚରମ ତୃପ୍ତି ଯୋଗୁଁ ଗର୍ଭାଶୟରେ ହେଉଥିବା ସଂକୋଚନ ଫଳରେ ସେ ସ୍ୱପ୍ନ ରାଜ୍ୟରେ ବିଚରଣ କରିଥାଏ । ଅନ୍ୟପକ୍ଷରେ କେତେକ ଶିଶୁ ଏହି ପ୍ରକ୍ରିୟା ପରେ ଆହୁରି ଅଧିକ ସକ୍ରିୟ ହୋଇଯାନ୍ତି । ଏହାର ଅର୍ଥ ନୁହଁ ଯେ ସମ୍ଭୋଗ ନିରାପଦ ନୁହଁ । ଏହା ଶିଶୁ ଜାଣିପାରେ ନାହିଁ ଯେ ସ୍ୱାମୀ-ସ୍ତ୍ରୀ ଦୁହିଁଙ୍କ ମଧ୍ୟରେ କଣ ଚାଲିଛି । ସେ ବର୍ତ୍ତମାନ ଅନ୍ଧାର ଦ୍ୱୀପର ରାଜକୁମାର ।

ଡାକ୍ତର ବାରଣ ନକଲେ ଆରାମରେ ଆପଣ ପ୍ରସବ ପର୍ଯ୍ୟନ୍ତ ସମ୍ଭୋଗ କରିପାରିବେ । କାରଣ ଆଗାମୀ ଦିନରେ ହୁଏତ, ଏଭଳି ସୁଯୋଗ ମିଳିନପାରେ ।

ସ୍ୱପ୍ନ ଓ କଳ୍ପନା

"ମୁଁ ଦିନରାତି ଶିଶୁକୁ ନେଇ ବିଭିନ୍ନ ଅଦ୍ଭୁତ ସ୍ୱପ୍ନ ସବୁ ଦେଖୁଛି । ମୋର ମୁଣ୍ଡ ବିଗିଡ଼ି ଯାଇ ନାହିଁ ତ ?"

ଗର୍ଭାବସ୍ଥାରେ ପ୍ରାୟ ଭଲ ମନ୍ଦ ସ୍ୱପ୍ନ ଆସିଥାଏ । କେତେବେଳେ ଛୁଆକୁ ବସ୍‌ରେ ଏକାକୀ ଛାଡ଼ି ଦେଇ ଆସିଲା ଭଳି ମନେହୁଏ ତ ଆଉ କେତେବେଳେ ବଗିଚାରେ ଧରି ବୁଲେଇଲା ପରି ଲାଗେ । ଆଉ କେତେବେଳେ ଲାଞ୍ଜ ଥିବା ଏଲିୟାନକୁ ଜନ୍ମ ଦେଇଥିବା ଭଳି ମନେହୁଏ । ଏସବୁ ସ୍ୱପ୍ନ ଏହି ସମୟରେ ଖୁବ୍ ସାଧାରଣ କଥା । ଅବଶ୍ୟ ହଁ, ନିଜକୁ ମୁର୍ଡ ଖରାପ ହେବା ଭଳି ଲାଗିପାରେ । ଏହି ସମୟରେ ଆପଣଙ୍କର ଅବଚେତନ ମନ ଶିଶୁ ପାଇଁ ବିଭିନ୍ନ ଚିନ୍ତା, କୁଣ୍ଠା, ଉତ୍ତେଜନା, ଉତ୍ସାହ ଓ ନିରାପତ୍ତା କଥା ଭାବୁଥାଏ । ଆପଣ ଚାହିଁଲେ ମଧ୍ୟ ଏସବୁ ଭାବନାକୁ ପ୍ରକାଶ କରିପାରନ୍ତି ନାହିଁ ଆଉ ରାତିରେ ଏସବୁ ଚଳଚ୍ଚିତ୍ର ପରି ଚାଲିଥାଏ ।

ଏଥିରେ ହର୍ମୋନ ମଧ୍ୟ ଅନେକାଂଶରେ ଦାୟୀ ହୋଇଥାଏ । ନିଦ ବେଶି ଗଭୀର ହୋଇନଥିଲେ କିଛି କିଛି ସ୍ୱପ୍ନ ଆପଣଙ୍କ ମନେ ଥାଇପାରେ । ଯେହେତୁ ରାତିରେ ଆପଣ ଥରକୁ ଥର ଉଠୁଛନ୍ତି, ଏଣୁ ହୁଏତ 'ରେମ ଡ୍ରିମ ସାଇକିଲ' ମଧ୍ୟଦେଇ ଉଠୁଥିବେ । ଏଣୁକରି ସେସବୁ ସ୍ୱପ୍ନ ମନେଥାଏ ବା ମନେପଡ଼େ ।

ଗର୍ଭବେଳେ ଅଧିକାଂଶ ମା'ମାନେ ଏସବୁ ସ୍ୱପ୍ନ ଓ କଳ୍ପନା ଦେଖିଥାନ୍ତି;

■ ଓଃ, ସ୍ୱପ୍ନ ! ଛୁଆକୁ ଖୁଏଇବା ଭୁଲିଗଲି; ଡାକ୍ତରଙ୍କ ପାଖକୁ ଯିବାର ଥିଲା । ଛୁଆକୁ ଛାଡ଼ି ବଜାର ଚାଲିଗଲି, ଇତ୍ୟାଦି ।

■ ସ୍ୱପ୍ନ ! ଆତତାୟୀ, ଗୁଣ୍ଡା ବା ପଶୁ ଆସି ଆକ୍ରମଣ କରୁଛନ୍ତି ଓ ଧକ୍କା ଖାଇ ତଳେ ପଡ଼ିଯିବା ।

■ ଭରକ୍ଷାକର ! ମଟରକା... ଛୋଟ କୋଠରି... ଗୁମ୍ଫା ମଧ୍ୟରେ ଏକାକୀ.. ପୋଖରୀରେ ବୁଡ଼ିଯିବା... ଇତ୍ୟାଦି

■ ଆରେ ନୁହଁ ! ଓଜନ ବଢୁନାହିଁ ବା ଏକା ରାତିରେ ଓଜନ ବୃଦ୍ଧି... କିଛି ଖାଇନି... ଖୁବ୍ ଖିଦେଇଛି ।

■ ସ୍ୱପ୍ନ... ସ୍ୱାମୀ ଭଲ ପାଆନ୍ତି ନାହିଁ... ସେ ଅନ୍ୟ ସାଭ୍‌ଗରେ କଥା ହୁଅନ୍ତି... ଜୀବନସାରା ପେଟ ଏହିଭଳି ଫୁଲିଥିବ... ସୁନ୍ଦର ଦିଶୁ ନାହାନ୍ତି...

■ ...ସମ୍ଭୋଗ ଜନିତ ସକାରାତ୍ମକ ବା ନକାରାତ୍ମକ ସ୍ୱପ୍ନ, ଗର୍ଭବେଳେ ସେକ୍ସ ପ୍ରତି ଭ୍ରମଧାରଣା ଯୋଗୁଁ ଏପରି ହୁଏ ।

■ ମା-ବାପା କିମ୍ବା ସମ୍ପର୍କୀୟଙ୍କର ମୃତ୍ୟୁ, ନୂତନ ସମ୍ପର୍କ ସ୍ଥାପନକୁ ନେଇ ହୁଏ ।

■ ଶିଶୁ ସହ ଖେଳ କଉତୁକ କରି ସମୟ ଅତିବାହିତ କରିବା ସ୍ୱପ୍ନ ।

■ ଶିଶୁକୁ ନେଇ ବିଭିନ୍ନ କଳ୍ପନା । ସେ ଛୋଟ, ନା ବଡ଼ । ଶିଶୁର ସ୍ୱାସ୍ଥ୍ୟକୁ ନେଇ ବିଭିନ୍ନ ପ୍ରକାର ଚିନ୍ତା ସମାଦୃତ ହେବା । ବସ୍ସୁ ବସ୍ସୁ କଥା କହିବା । ତାର ବୌଦ୍ଧିକ ସ୍ତର ପ୍ରତି ସଜାଗ । ଶିଶୁର ନାକ, କାନ, ଆଖି ଇତ୍ୟାଦି ମା-ବାପା ପରି ହେବ ଇତ୍ୟାଦି ।

ପ୍ରସବ ଜନିତ ସ୍ୱପ୍ନ ମଧ୍ୟ ଆସିପାରେ । ଯଥା ଆପଣ ଶିଶୁକୁ ଜନ୍ମ ଦେଇ ପାରୁନାହାନ୍ତି । ଏଥିରୁ ଶିଶୁ ପ୍ରତି ଚିନ୍ତା ଥିବାର ସ୍ପଷ୍ଟ ହୁଏ ।

ସ୍ୱପ୍ନ ଦେଖନ୍ତୁ ହେଲେ ନିଦ ନଷ୍ଟ କରନ୍ତୁ ନାହିଁ । ଏହା ଛାତିରେ ଜ୍ୱଳନ ବା ଷ୍ଟ୍ରେଚମାର୍କ ଭଳି ସାଧାରଣ ଅଟେ । ମନେରଖନ୍ତୁ, କେବଳ ଆପଣ ଏକା ସ୍ୱପ୍ନ ଦେଖୁନାହାନ୍ତି । ଶିଶୁର ବାପା ମଧ୍ୟ ଏଭଳି ସ୍ୱପ୍ନ ଦେଖୁଥିବେ । ସେଠାରେ ଆମେ ହର୍ମୋନ୍‌କୁ ମଧ୍ୟ ଦୋଷ ଦେଇପାରିବା ନାହିଁ । ଯଦି ସ୍ୱାମୀ-ସ୍ତ୍ରୀ ଦୁହେଁ ନିଜ ନିଜର ସ୍ୱପ୍ନ ଶୁଣେଇ ବସନ୍ତୁ ତେବେ ନିକଟତର ହେବାର ସୁଯୋଗ ମିଳିପାରିବ ।

ସବୁକିଛି ସମ୍ଭାଳିବା

"ମୁଁ ମୋ ଘର, ଚାକିରି, ବିବାହ ଓ ଛୁଆ ଜନ୍ମ ... ଏସବୁ କିଭଳି ସମ୍ଭାଳିବି? ଏଣୁ ମୁଁ ଚିନ୍ତିତ ।"

ଏକଥା ମନେରଖନ୍ତୁ ଯେ ସବୁକିଛି ଏକାସାଙ୍ଗରେ ସମ୍ଭାଳି ପାରିବେ ନାହିଁ । କେବଳ ଏତିକି ମନେରଖନ୍ତୁ ଯେ ଯାହା କରିବେ, ଭଲଭାବରେ କରିବେ । ଆପଣ ସୁପର ମମ ହୋଇପାରିବେନି, କେବଳ ଏକ ଭଲ ମଣିଷ ହେବାକୁ ଚେଷ୍ଟା କରନ୍ତୁ । ସବୁ ମା'ମାନେ ଚାହାନ୍ତି ଯେ ତାଙ୍କ ଘରଦ୍ୱାର ସଫାସୁତୁରା ହେଉ; ଶିଶୁର ଲାଳନପାଳନ ଉତ୍ତମ ଭାବରେ ହେଉ । ମଇଳା ଲୁଗାଗଦା ହୁଅନ୍ତୁ ନାହିଁ, ଘରେ ସୁସ୍ୱାଦୁ ଖାଦ୍ୟପଦାର୍ଥ ରନ୍ଧାହେଉଥାଉ । ଆଉ ସ୍ୱାମୀଙ୍କ ଦୃଷ୍ଟିରେ ସୁନ୍ଦରୀ ଓ ସେକ୍ସି ସ୍ତ୍ରୀ ହେଇ ରହନ୍ତୁ ହେଲେ ଏସବୁ କହିବା ସହଜ କାରଣ ଏକା ସାଙ୍ଗରେ ହେବା ଅସମ୍ଭବ କଥା ।

ଆପଣ ନିଜ ନୂଆ ଜୀବନକୁ କିଭଳି ଭାବରେ ଗ୍ରହଣ କରିବେ । ଏହା ଏକଥା ଉପରେ ନିର୍ଭର କରେ ଯେ ଆପଣ କେତେ ଶୀଘ୍ର ବାସ୍ତବତାକୁ ଧରିପାରନ୍ତି । ବିପଦର ସମ୍ମୁଖୀନ ହେବା ପୂର୍ବରୁ ତାକୁ ଚିହ୍ନିପାରିଲେ ହିଁ ଖୁବ୍ ଭଲ ହେବ ।

ସର୍ବପ୍ରଥମେ ଆପଣ ଗୁରୁତ୍ୱପୂର୍ଣ୍ଣ ତଥ୍ୟକୁ ପ୍ରାଧାନ୍ୟ ଦେବାକୁ ହେବ । ମନେକର ଚାକିରି ଛୁଆ ଓ ସ୍ୱାମୀ ଆପଣଙ୍କର ମୂଳ ଆବଶ୍ୟକତା ହେଲେ ଅଳିଆ ଗଦାଟିକୁ ପଡ଼ିରହିବ । କିଛି ସମୟ ପାଇଁ ଆପଣ ଅନ୍ୟ ହାତରେ ରୋଷେଇ କରେଇ ପାରନ୍ତି କିମ୍ବା ଲୁଗା ସଫା କରିବା ପାଇଁ ରଖିପାରନ୍ତି । ଯଦି ଆପଣ କିଛି ସମୟ ପାଇଁ ଚାକିରି ଛାଡ଼ିପାରନ୍ତି କିମ୍ବା ଘରେ ଥାଇ କଣ କରିପାରନ୍ତି, ତେବେ ସେହି ଅନୁସାରେ ମଧ୍ୟ ନିଷ୍ପତ୍ତି ନେଇପାରିବେ ।

କେତେକ ସ୍ୱତନ୍ତ୍ର ପ୍ରସ୍ତୁତି

ଅବଶ୍ୟ ଛୁଆ ପ୍ରସବ ପାଇଁ ପ୍ରସ୍ତୁତ ହେଇନାହିଁ, ହେଲେ ଆପଣ ନିଜ ଦେହକୁ ପ୍ରସ୍ତୁତ କରିବାକୁ ହେବ । ପୃଷ୍ଠ ଦେଶର ମାଂସପେଶୀମାନେ ହିଁ ଗର୍ଭାଶୟ ଓ ମୂତ୍ରାଶୟ ଭଳି ଅଙ୍ଗମାନଙ୍କୁ ଆଶ୍ରୟ ଦେଇଥାଏ । ଏମାନଙ୍କୁ ଏଇଥିପାଇଁ ତିଆରି କରାଯାଇଛି ଯେ ଶିଶୁ ପଦାକୁ ଆସିପାରୁ । ଏହି ମାଂସପେଶୀଗୁଡ଼ିକ ହସିବା ବା କାଶିବା ବେଳେ ପରିଶ୍ରାର ଧାରାକୁ ରୋକିଥାଏ । ଏହି ମାଂସପେଶୀମାନେ ଯୌନ ତୃପ୍ତିର ଜରିଆ ହେଇଥାନ୍ତି ।

କିଗଲ ବ୍ୟାୟାମ ସାହାଯ୍ୟରେ ଆପଣ ବଡ଼ ସହଜରେ ଏସବୁ ମାଂସପେଶୀମାନଙ୍କର ବ୍ୟାୟାମ କରିପାରିବେ । ଦିନକୁ ଦିନ ଥର କିଗଲ ବ୍ୟାୟାମ ଦୀର୍ଘକାଳୀନ ଓ ସ୍ୱଳ୍ପକାଳୀନ ଉପକାର ଦେଇଥାଏ । ଗର୍ଭବେଳେ ଓ ପରେ ମଧ୍ୟ ହେଉଥିବା ଦୁଃଖକଷ୍ଟ ସହଜରେ ଦୂରେଇ ଯାଇଥାଏ । ପ୍ରସବ ପରେ ଯୋନି ନିଜର ପୂର୍ବ ଅବସ୍ଥାକୁ ଫେରିବାରେ ଡେରି ହୁଏନି ।

ଆପଣ ନିଜ ଯୋନି ଓ ମଳଦ୍ୱାରର ଆଖପାଖରେ ଥିବାମାସଂପେଶୀଗୁଡ଼ିକୁ ଏଭଳି ଜାବୁଡ଼ି ଦରନ୍ତୁ ସତେକି ପରିଶ୍ରାକୁ ରୋକିବାକୁ ଚାହୁଁଛନ୍ତି ଏଭଳି ୧୦ ସେକେଣ୍ଡ ପର୍ଯ୍ୟନ୍ତ ସେକି ପରେ ଢ଼ିଲା ଛାଡ଼ି ଦିଅନ୍ତୁ । କିଗଲ କଲାବେଳେ ସମ୍ପୂର୍ଣ୍ଣ ମନଧ୍ୟାନ ଏକ ମାଂସପେଶୀ ଗୁଡ଼ିକରେ କେନ୍ଦ୍ରୀଭୂତ ହେବା ଉଚିତ । ମନେକର ପେଟ, ଜଙ୍ଘ ଓ ନିତମ୍ବର ମାଂସପେଶୀଗୁଡ଼ିକ ସଂକୋଚିତ ହେଉଥିଲେ, ଏହାର ଅର୍ଥ ହେଲା ଆପଣ ମନ ଦେଇ ଏକାଗ୍ର ହୋଇପାରୁନାହାନ୍ତି । ଆପଣ ଚାହିଁଲେ ଦୋକାନରେ ସଉଦା କରିଣିଲା ବେଳେ କିମ୍ବା ଧାଡ଼ିରେ ଛିଡ଼ା ହେଇ ଥିଲାବେଳେ ମଧ୍ୟ ଏହି ବ୍ୟାୟାମ କରିପାରନ୍ତି । ଏହାଫଳରେ ପୃଷ୍ଠଦେଶର ମାଂସପେଶୀ ଗୁଡ଼ିକ ସୁଦୃଢ଼ ଓ ଶକ୍ତ ହେବ । ଏହାକୁ ସମ୍ଭୋଗ ବେଳେ କଲେ ଖୁବ୍ ତୃପ୍ତି ମିଳିଥାଏ ।

ଗୁରୁତ୍ୱପୂର୍ଣ୍ଣ କାର୍ଯ୍ୟାବଳୀ ଠିକ୍ କଲାବେଳେ ଏଭଳି ଅଭୀପ୍ସା ରଖନ୍ତୁ ନାହିଁ, ଯାହା ଅବାସ୍ତବ ହୋଇଥିବ । ଯେକୌଣସି ଅନୁଭୂତ ସମ୍ପନ୍ନ ମା'ଙ୍କୁ ପଚାର, ଆଜି ନହେଲେ କାଲି ସିଏ ଜାଣିଯାଇଥାନ୍ତି ଯେ, ସେ ମଧ୍ୟ ସମ୍ପୂର୍ଣ୍ଣ ନୁହନ୍ତି । ଏକା କେହି ସବୁତକ କାର୍ଯ୍ୟ ସମ୍ଭାଳି ପାରେନାହିଁ । ଯଦି ଆପଣ ମଧ୍ୟ ଏଭଳି କିଛି କରିବାକୁ ଚେଷ୍ଟିତ ଥାନ୍ତି, ତେବେ ମାନସିକ ଚାପ ଛଡ଼ା ଆଉ କିଛି ହାସଲ ହେବନାହିଁ । ଏଭଳି କେତେକ ସମୟ ଆସିବ ସେତେବେଳେ ସବୁକିଛି, ନିସ୍ପୃହ ଓ ବ୍ୟର୍ଥ ମନେହେବ । ବିଛଣା ଗୋଟେଇ ନଥିବେ, ମଇଳା ଲୁଗାରେ ବାଲଟି ପୂରି ଯାଇଥିବ, ସେକ୍ଷି ଦେଖାଯିବାର ଅର୍ଥ ହେଲା ପ୍ରଥମେ ତେଲ ଲଗା ବାଳ ସଫା କରିବାକୁ ହେବ । ଏଭଳି ସ୍ତର ସୃଷ୍ଟି କଲେ ସେପର୍ଯ୍ୟନ୍ତ ପହଞ୍ଚିବା ମୁସ୍କିଲ ନୁହଁ ଅସମ୍ଭବ ମନେହେବ ।

ଗ୍ଲୁକୋଜ ସ୍କ୍ରିନିଂ ଟେଷ୍ଟେ

"ଡାକ୍ତର କହିଛନ୍ତି ଯେ ମୋତେ ଗେଷ୍ଟେସନାଲ ଡାଇବିଟିଜ ପରୀକ୍ଷା ପାଇଁ ଗ୍ଲୁକୋଜ ସ୍କ୍ରିନିଂ ଟେଷ୍ଟ କରେଇବାକୁ ପଡ଼ିବ । ଏହା ମୋ ପାଇଁ କାହିଁକି ଆବଶ୍ୟକ ଆଉ ଏଥିରେ କ'ଣ ହେବ?"

ଏଥିରେ ବ୍ୟତିବ୍ୟସ୍ତ ହୁଅନ୍ତୁନି । ଅଧିକାଂଶ ଡାକ୍ତରମାନେ ୨୪ରୁ ୨୮ ସପ୍ତାହ ମଝିରେ ମୋଟି ଗର୍ଭବତୀ ସ୍ତ୍ରୀ କିମ୍ବା ମଧୁମେହର ପାରିବାରିକ ପୃଷ୍ଠଭୂମି ଥିବା ମହିଳାମାନଙ୍କୁ ଏହି ଟେଷ୍ଟ କରିବାକୁ ପରାମର୍ଶ ଦିଆଯାଇଥାଏ ।

ଯଦି ଆପଣଙ୍କୁ ମିଠା ପ୍ରିୟ ହୋଇଥାଏ, ତେବେ ଏହା ଆପଣଙ୍କ ପାଇଁ ଆହୁରି ସହଜ ହେବ । ଆପଣଙ୍କୁ ମିଠା ଗ୍ଲୁକୋଜ ପେୟ ପିଇବାକୁ ହେବ; ଏହାର ସ୍ୱାଦ ଅରେଂଜ ସୋଡ଼ା ଭଳି ଥାଏ । ଏହାକୁ ପିଇଲେ କୌଣସି କ୍ଷତି ହୁଏନାହିଁ । ଯଦି ମିଠାପ୍ରିୟ ହେଇନଥାନ୍ତି, ତେବେ ହୁଏତ ଟିକେ ବାନ୍ତି ବାନ୍ତି ଲାଗିପାରେ । ଯଦି ଆପଣ ଟେଷ୍ଟେ ଅନୁସାରେ ପ୍ରଚୁର ଇନ୍‌ସୁଲିନ ସୃଷ୍ଟି କରୁନାହାନ୍ତି, ତେବେ ଆପଣଙ୍କୁ 'ଗ୍ଲୁକୋଜ ଟଲେରେନ୍ସ ଟେଷ୍ଟ' କରେଇବାକୁ ହେବ । ଏଥିରେ ଗେଷ୍ଟେସନାଲ ମଧୁମେହ ପରୀକ୍ଷା ହୋଇଥାଏ ।

ଏହା ପ୍ରାୟ ୪ ରୁ ୭ ଶତକଡ଼ା ଗର୍ଭବତୀ ସ୍ତ୍ରୀମାନଙ୍କୁ ହୋଇଥାଏ ଓ ବିଷମ ପରିସ୍ଥିତି ମଧ୍ୟ ସୃଷ୍ଟି ହେଇଯାଏ । ଅବଶ୍ୟ ଖାଦ୍ୟ, ବ୍ୟାୟାମ ଓ ଜୀବନଶୈଳୀ ଯୋଗୁଁ ରକ୍ଷା ପାଇହୁଏ । ଆବଶ୍ୟକସ୍ଥଳେ ଔଷଧ ଦିଆଯାଇଥାଏ ।

ସମୟ ପୂର୍ବରୁ ପ୍ରସବର ସଂକେତ ବା ଲକ୍ଷଣ

ଅବଶ୍ୟ ଶିଶୁ ଆଗ ଜନ୍ମ ହେବାର ଆଶା ଖୁବ୍ କମ୍ ଥାଏ, ହେଲେ ପ୍ରତ୍ୟେକ ଗର୍ଭବତୀ ସ୍ତ୍ରୀ ଏକଥା ଜାଣିବା ଉଚିତ ଯେ ସମୟ ପୂର୍ବରୁ ପ୍ରସବର ଲକ୍ଷଣ କଣ ହେଇପାରେ । ଆଗ ଜଣାପଡ଼ିଗଲେ ଅନେକ ସମସ୍ୟାରୁ ମୁକ୍ତି ପାଇହେବ । ଅବଶ୍ୟ ଆପଣଙ୍କୁ ଏହା ଦରକାର ହେବନାହିଁ, ତଥାପି ଏକଥା ଜାଣିଥିଲେ ମନ୍ଦ କଣ? ଯଦି ୩୭ ସପ୍ତାହ ପୂର୍ବରୁ ନିମ୍ନ ଲକ୍ଷଣ ସବୁ ଦେଖାଯାଏ, ତେବେ ଡାକ୍ତରଙ୍କୁ ଫୋନ କରନ୍ତୁ ।

୧. ଡାଇରିଆ, ବାନ୍ତି, ଅଜୀର୍ଣ୍ଣ, ପେଟମୋଡ଼ା

୨. ପ୍ରତି ୧୦ ମିନିଟରେ କଷ୍ଟପୂର୍ଣ୍ଣ ସଂକୋଚନ । **ବ୍ରେକ୍ସନ ହିକ୍ସ କଣ୍ଟ୍ରାକ୍ସନ' ନୁହଁ**

୩. ପିଠି ତଳକୁ ଲାଗି ଲାଗି ଯନ୍ତ୍ରଣା

୪. ଯୋନି ସ୍ରାବରେ ପରିବର୍ତ୍ତନ, ଗୋଲାପୀ ବା ଧୂସର ରଂଗର ରକ୍ତ ସହ

୫. ପୃଷ୍ଠ ଦେଶରେ ଯନ୍ତ୍ରଣା ଓ ଚାପ ସୃଷ୍ଟି

୬. ଯୋନିରୁ ଲଗାତାର ଲାଳ ନିର୍ଗତ

ମନେରଖନ୍ତୁ, ଏମାନଙ୍କ ମଧ୍ୟରୁ ମାତ୍ର କେତେକ ଲକ୍ଷଣ ଦୃଶ୍ୟମାନ ହେବ; ସବୁତକ ନୁହଁ । ଏମିତି କିଛି ଲକ୍ଷଣ ଦିଶିବା ମାତ୍ରେ ଡାକ୍ତରଙ୍କୁ ଦେଖେଇବାରେ ଡେରି କରନ୍ତୁ ନାହିଁ । ନିରାପତ୍ତାକୁ ସର୍ବପ୍ରଥମେ ଦୃଷ୍ଟିଦେବାକୁ ହେବ । ଏହା ଗର୍ଭଧାରଣର ପ୍ରଥମ ସର୍ତ୍ତ ଅଟେ ।

ଅଳ୍ପ ଓଜନର ଶିଶୁ

"ମୁଁ ଅଳ୍ପ ଓଜନର ଶିଶୁ ଜନ୍ମହେବା କଥା ଅନେକ ଜାଗାରେ ପଢ଼ିଛି । ଏଥିରୁ ରକ୍ଷା ପାଇଁ ମୁଁ କ'ଣ କରିପାରିବି ?"

ଅଳ୍ପ ଓଜନର ଶିଶୁମାନଙ୍କ ଜନ୍ମ ମଧ୍ୟରୁ କେତେକଙ୍କୁ ଉଦ୍ଧାର କରାଯାଇପାରେ । ଆବଶ୍ୟ ଯଦି ଆପଣ ଏ ବହି ପଢୁଥାନ୍ତି, ତେବେ ଏହି କାମ କରି ଆସୁଥିବେ । ସାଧାରଣତଃ ମଦ, ଧୂଆଁପତ୍ର, ଭାଙ୍ଗ ବା ଡ୍ରଗ୍ସ ଗ୍ରହଣ କରୁଥିବା ମହିଳାମାନଙ୍କର ଛୁଆଙ୍କ ଓଜନ ଜନ୍ମରୁ କମ୍ ହୋଇଥାଏ । ଭାବାତ୍ମକ ଚାପ, କୁପୋଷଣ, ପ୍ରସବ ପୂର୍ବ ଯତ୍ନରେ ଅବହେଳା ଭଳି କାରଣ ଗୁଡ଼ିକର ଉପାୟ କରାଯାଇପାରେ । ଏହା ବ୍ୟତୀତ ମନେକର ମା ଦୀର୍ଘ ସମୟରୁ କୌଣସି ରୋଗରେ ପୀଡ଼ିତ ଥାନ୍ତି, ତେବେ ମଧ୍ୟ ଡାକ୍ତରଙ୍କ ପରାମର୍ଶକ୍ରମେ ଚିକିତ୍ସା ହେଇପାରିବ । ଅନେକାଂଶରେ ସମୟପୂର୍ବ ପ୍ରସବକୁ ରୋକାଯାଇପାରେ । ଅନେକ ଶିଶୁ ବିନା କାରଣରେ ଜନ୍ମରୁ ଛୋଟ ହେଇଥାନ୍ତି, ଏହାର କୌଣସି ଉପାୟ ନଥାଏ ।

ଯଦି ମା'ର ଓଜନ ମଧ୍ୟ ଜନ୍ମ ହେଦଲାବେଳେ କମ୍ ଥାଏ, ଯଥା: ପ୍ଲେଜେଣ୍ଟାରେ ଅକ୍ଷମତା କିମ୍ବା ବଂଶାନୁଗତ ଅର୍ଥାତ୍ 'ଜେନେଟିକ ଡିସ୍‌ଅର୍ଡର' । ନ'ମାସରୁ କମ୍ ସମୟର ଗର୍ଭାବସ୍ଥା ମଧ୍ୟ ଏହାର ଏକ କାରଣ ହୋଇପାରେ; ହେଲେ ଏଥିପାଇଁ ପ୍ରଚୁର ସୁଷମ ଖାଦ୍ୟ ଓ ପ୍ରସବ ପୂର୍ବ ସେବାଯତ୍ନ କରି ଶିଶୁର ଓଜନ ବୃଦ୍ଧି କରାଯାଇପାରେ । ଶିଶୁ ଛୋଟ ହେଲେ ମଧ୍ୟ ମେଡିକାଲ କେୟାର ତାକୁ ଉଦ୍ଧାର କରି ସୁସ୍ଥ ହୋଇ ବଞ୍ଚିବାରେ ପରମ ସହାୟକ ହୋଇଥାଏ ।

ଯଦି ଆପଣ ଏକଥାକୁ ନେଇ ବେଶି ବ୍ୟତିବ୍ୟସ୍ତ ଥାନ୍ତି, ତେବେ ଡାକ୍ତରଙ୍କୁ ପଚାରନ୍ତୁ । ସେ ଅଲ୍‌ଟ୍ରାସାଉଣ୍ଡ ବଳରେ କହିଦେଇ ପାରିବେ ଯେ, ଭ୍ରୂଣଟି ସାମାନ୍ୟ ଭାବରେ ବଢୁଛି ନା ନାହିଁ । ଯଦି ତାର ବିକାଶ ବାଧାପ୍ରାପ୍ତ ହେଉଥାଏ, ତେବେ ତାହାର ପ୍ରତିକାର ପାଇଁ ପଦକ୍ଷେପ ନିଆଯାଇପାରେ ।

ପ୍ରସବ ସମୟରେ ଯନ୍ତ୍ରଣା କମେଇବା

ଆପଣଙ୍କୁ ଏହାର ସମ୍ମୁଖୀନ ହେବାକୁ ପଡ଼ିବ ହିଁ ପଡ଼ିବ । ହୁଏତ ଏହା ୧୫ ଘଣ୍ଟା ମଧ୍ୟ ଲାଗିପାରେ । ହେଲେ ଏହା ବଗିଚାରେ ବୁଲିଲା ଭଳି ସହଜ କାମ ନୁହଁ । ପ୍ରସବ ଓ ଡେଲିଭରି ବେଶି ପରିଶ୍ରମ ନିହିତିତ କାମ । ଛୁଆ ଜନ୍ମ ବେଳେ ଆପଣଙ୍କ ଗର୍ଭାଶୟରେ ବାରମ୍ବାର ସଂକୋଚନ ହୋଇଥାଏ । ଫଳରେ ସର୍ଭିକ୍ସ ବା ଗର୍ଭାଂଶର ମୁଖ୍ୟଦ୍ୱାର ଓ ଯୋନି ମାର୍ଗ ଦେଇ ଶିଶୁ ପଦାକୁ ଆସେ । ହଁ, ଏହାହିଁ ସେହି ଯୋନି ଗହ୍ୱର ଯେଉଁଥିବରେ ଟେମ୍ପୁନ ପଶିବା କଷ୍ଟକର ହୁଏ । ଆଉ ଗୋଟିଏ କଥା । ଏହି ପ୍ରସବ ବେଦନାର ଏକ ସକାରାତ୍ମକ ଦିଗ ଅଛି, ଏହା ଶିଶୁକୁ ନିଜ କୋଳକୁ ଟାଣି ନେଇଥାଏ ।

ମନେକର ଆପଣଙ୍କ ଅପରେସନ ହୋଇନାହିଁ ଅଥଚ ଯନ୍ତ୍ରଣା ଅର୍ଥାତ୍ ପ୍ରସବ ବେଦନା ବଢ଼ି ବଢ଼ି ଯାଇଥି, ତାକୁ ସହ୍ୟ କରିବାକୁ ହେଲେ କିଛିକାଂଶରେ କମେଇ ଦିଆଯାଇପାରେ ।ୈଷଧ ବା ବିନା ଔଷଧ ବଳରେ ଏଥିପାଇଁ ଉପାୟ କରାଯାଇପାରେ । କିମ୍ବା ଉଭୟ ଉପାୟ କରାଯାଇପାରେ । ବିନା ଔଷଧରେ ପ୍ରସବ ହେଇପାରେ ବା ଏକ୍ୟୁପଞ୍ଚର, ଏକ୍ୟୁପ୍ରେସର ବା ସମ୍ମୋହନ ଭଳି ବିକଳ୍ପ ବ୍ୟବସ୍ଥା କରାଯାଇପାରେ । ସାମାନ୍ୟ ପେନକିଓର ବଳରେ ମଧ୍ୟ ଶିଶୁକୁ ଜନ୍ମ ଦେଇହୁଏ । ଏଭଳି ବିଭିନ୍ନ ପ୍ରକ୍ରିୟା ଅବଲମ୍ବନ କରିହେବ ।

ଆପଣ କେଉଁ ବିକଳ୍ପ ଗ୍ରହଣ କରିବେ ? ସେ ବିଷୟରେ ଜାଣିଥିବା ଦରକାର । ଏଥିପାଇଁ

ଡାକ୍ତରଙ୍କୁ ପରାମର୍ଶ କରନ୍ତୁ । 'ପ୍ରସବ' କରି ସାରିଥିବା ସାଙ୍ଗମାନଙ୍କୁ ପଚାର୍ନ୍ତୁ । ତା'ପରେ ଭାବନ୍ତୁ । ଗୋଟିଏ ମାତ୍ର କୌଶଳର ସାହାଯ୍ୟ ନେବେ ନା ଏକାଧିକ? ଏହା ସାଙ୍ଗଙ୍କୁ ଶାରୀରିକ ନମନୀୟତା ବଜାୟ ରଖନ୍ତୁ । ଏହା ଖୁବ୍ ଆବଶ୍ୟକ ମଧ୍ୟ । ଡାକ୍ତର ଯଦିଚ ସାଧାରଣ ପ୍ରସବ ପାଇଁ କହିଥାନ୍ତି ତେବେ ଯେକୌଣସି ବିକଳ୍ପ ମନଇଚ୍ଛା ଅକ୍ତିୟାର କରାଯାଇପାରେ ।

ଔଷଧ ଓ ଯନ୍ତ୍ରଣା

ପେନକିଲର କଥା ଚିନ୍ତା କରାଗଲେ, ଏଭଳି ଅନେକ ଔଷଧ ଅଛି, ଏହାକୁ 'ପ୍ରସବ' ବେଳେ ପ୍ରୟୋଗ କରାଯାଇପାରେ । ଏଥିରେ ଏନାସ୍‌ଥେଟିକ ଏନାଲଜେସିକ, ଏଟ୍ରୋକ୍‌ଜିସ (ଟ୍ରେଙ୍କ୍ୱିଲାଇଜର୍ସ) ଭଳି ଔଷଧକୁ ସାମିଲ କରାଯାଇପାରେ । ଆପଣ ନିଜେ ବାଛି କହିବେ ଯେ, କେଉଁ ଉପାୟ ଆପଣଙ୍କୁ ଆରାମଦାୟକ ମନେହେବ । ଯଦି କିଛି ମେଡିକାଲ ହିଷ୍ଟ୍ରି ଥାଏ ବା ବର୍ତ୍ତମାନ ଅବସ୍ଥା ସାଂଘାତିକ ତେବେ ବିକଳ୍ପ ଅଳ୍ପ ହୋଇପାରେ ।

ଆପଣ ଏକଥାକୁ ମଧ୍ୟ ଦୃଷ୍ଟି ଦେବେ ଯେ କୌଣସି ଔଷଧ କେତେ ପରିମାଣରେ ଯନ୍ତ୍ରଣାକୁ କମେଇବ ଓ କିଭଳି ପ୍ରଭାବ ପଡ଼ିବ । କାରଣ ଭିନ୍ନ ଭିନ୍ନ ଔଷଧ ଭିନ୍ନ ଭିନ୍ନ ଲୋକଙ୍କ ଉପରେ ଅଲଗା ପ୍ରଭାବ ପକେଇଥାଏ । ଆପଣ ଯାହା ଚାହିଁବେ, ହୁଏତ ସେ ଔଷଧ ମିଳିନପାରେ । ଅବଶ୍ୟ ଡାକ୍ତର ଓ ଆପଣଙ୍କ ଅନୁସାରେ ଔଷଧ ଦିଆଯାଇଥାଏ ।

ଏଠାରେ ଲେବର ଓ ଯନ୍ତ୍ରଣା ପାଇଁ ବିଶେଷ ପ୍ରକାର ଔଷଧ ବାବଦରେ କୁହାଯାଉଅଛି ।

ଏପିଡ୍ୟୁରାଲ: ଦୁଇ ତୃତୀୟାଂଶ ଗର୍ଭବତତୀ ସ୍ତ୍ରୀମାନେ ଡାକ୍ତରଖାନାରେ ଯନ୍ତ୍ରଣା ଉପଶମ ପାଇଁ ଏହି ଔଷଧ ବ୍ୟବହାର କରିଥାନ୍ତି । ଏହାର ଲୋକପ୍ରିୟତାର ଆହୁରି ଏକ କାରଣ ଅଛି । ଏଣୁ ବେଶି ମାତ୍ରାରେ ଆବଶ୍ୟକ ହୁଏନାହିଁ । ଦେହର ନିମ୍ନଭାଗରେ ଲୋକାଲ ରିଲିଫ ଦିଆଯାଇଥାଏ । ଏହିପରି ଭାବରେ ଆପଣ ଚେତା ଥାନ୍ତି ଓ ଶିଶୁର ଜନ୍ମ ପରେ ତାକୁ ସ୍ୱାଗତ ଜଣାଇବା ପାଇଁ ପ୍ରସ୍ତୁତ ଥାନ୍ତି । ଏହା ଅନ୍ୟାନ୍ୟ ଔଷଧ ଅପେକ୍ଷା ଶିଶୁ ପାଇଁ ବେଶ୍ ନିରାପଦ ମନେ କରାଯାଏ । କାରଣ ଏହାର ଇଂଜେକ୍ସନ ମେରୁଦଣ୍ଡରେ ଦିଆଯାଇଥାଏ । ଏହା ଅନ୍ୟାନ୍ୟ ଔଷଧ ଭଳି ରକ୍ତରେ ମିଶେନାହିଁ । ଏହା ଆପଣଙ୍କ ଇଚ୍ଛା ହେଲେ ଦିଆଯାଏ । ଅଧ୍ୟନରୁ ଜଣାପଡ଼ିଛି ଯେ, ଏହାଦ୍ୱାରା ଅପରେସନରେ ମଧ୍ୟ ସମସ୍ୟା ହୁଏନାହିଁ ଓ ଲେବରର ପ୍ରକ୍ରିୟା ମଧ୍ୟ ମନ୍ଥର ହୁଏନାହିଁ । ମନେକର ମନ୍ଥର ପଡ଼ିଲେ ମଧ୍ୟ ଡାକ୍ତର ଆପଣଙ୍କୁ ପିଟୋସିନ ହର୍ମୋନ ପ୍ରଦାନ କରିଥାନ୍ତି, ଯଦ୍ୱାରା ପ୍ରସବ ସ୍ୱାଭାବିକ ହୋଇପଡେ

ଏପିଡ୍ୟୁରାଲ ମଧ୍ୟରେ କଣ ଆଶା କରିପାରନ୍ତି:

■ ଏପିଡ୍ୟୁରାଲ ଦେବା ପୂର୍ବରୁ ଆଇଭି ଆରମ୍ଭ କରାଯାଏ, ଫଳରେ ବ୍ଲଡ ପ୍ରେସର କମ୍ ନହେଉ ।

■ କେତେକ ହସ୍‌ପିଟାଲରେ ବ୍ଲଡର ମଧ୍ୟରେ କେଥେଟର ପକାଯାଇଥାଏ, ଯଦ୍ୱାରା ସେହି ପ୍ରକ୍ରିୟା ମଧ୍ୟରେ ପରିଶ୍ରା କରାଯାଇପାରେ । ଔଷଧ ବଳରେ ପରିଶ୍ରା ବନ୍ଦ ହୋଇପାରେ । ଅନେକ ହସ୍‌ପିଟାଲରେ ଆବଶ୍ୟକ ହେଲେ କେଥେଟର ବ୍ୟବହାର କରାଯାଏ ।

■ ଆପଣଙ୍କ ପିଠି ମଝିରେ ଓ ତଳ ପଟେ ଏଣ୍ଟି ସେପ୍‌ଟିକଲୋସନ ଦିଆଯାଏ ଓ ପିଠିର ସେହି ଅଂଶକୁ ଲୋକାଲ ଏନେସ୍‌ଥେସିଆ ବଳରେ ସଂଜ୍ଞାହୀନ କରିଦିଆଯାଇଥାଏ । ସଂଜ୍ଞାହୀନ ଜାଗାରେ ଏକ ବଡ଼ ଧରଣର ଛୁଞ୍ଚି ପୂରେଇ ମେରୁଦଣ୍ଡ ହାଡ଼ର ଏପିଡ୍ୟୁରାଲ ସ୍ଥଳରେ ପକାଯାଇଥାଏ । ଏହା ଗୋଟେ କଡ଼ ହେଇ ଶୋଇଥିଲାବେଳେ କରାଯାଏ କିମ୍ବା କାହା ସାହାଯ୍ୟରେ ବେଞ୍ଚ ଉପରେ ଝୁଙ୍କି ଠିଆ ହୋଇଥାନ୍ତି । ଅନେକଙ୍କୁ ଛୁଞ୍ଚି ପୋଡ଼ାର ଯନ୍ତ୍ରଣା ଅନୁଭୂତ ହୋଇଥାଏ ତ ଅନେକ ଭାଗ୍ୟବତୀଙ୍କୁ ଅନ୍ୟମାନଙ୍କ ଭଳି ଆଦୌ ଜଣାପଡ଼ିନଥାଏ । ପ୍ରସବ ବେଦନା ଅପେକ୍ଷା ଛୁଞ୍ଚି ଫୋଡାର ଯନ୍ତ୍ରଣା ନଗଣ୍ୟ କହିଲେ ଚଳେ ।

■ ଛୁଞ୍ଚି ବାହାର କରି ସେଠାରେ ଏକ ସରୁ କେଥେଟର ଟ୍ୟୁବ ପଶେଇ ଦିଆଯାଏ ଆଉ ପିଠିରେ ଟେପ ସାହାଯ୍ୟରେ ଲଗେଇ ଦିଆଯାଏ । ଯଦ୍ୱାରା ଆପଣ ଚଳପ୍ରଚଳ ହୋଇପାରିବେ । ପ୍ରଥମ ପାନ ନେବାର ୩ ରୁ ୫ ମିନିଟ୍ ମଧ୍ୟରେ ଗର୍ଭାଶୟର ସ୍ନାୟୁ ସଂଜ୍ଞାହୀନ ହୋଇଥାଏ । ୧୬ ମିନିଟ ପରେ ପୂରା ଆରାମ ଲାଗେ । ଔଷଧ ଯୋଗୁଁ ଦେହର ତଳ ଭାଗ ପୂରାପୂରି ସଂଜ୍ଞାହୀନ ହୋଇପଡ଼େ । ଆଉ ଆପଣ ସଂକୋଚନ ଜାଣିପାରନ୍ତି ନାହିଁ ।

■ ଆପଣଙ୍କ ରକ୍ତଚାପ ଥରକୁ ଥର ମପାଯାଏ ।

■ ଅନେକଥର ଏପିଡ୍ୟୁରାଲ ଯୋଗୁଁ ଭ୍ରୂଣଟିର ହୃଦ୍‌ସ୍ପନ୍ଦନ ମନ୍ଥର ହୋଇଯାଏ । ଏଣୁ ଏଥିପ୍ରତି ମଧ୍ୟ ଦୃଷ୍ଟି ଦିଆଯାଇଥାଏ । ଅବଶ୍ୟ ଏଥିଯୋଗୁଁ ଚଳପ୍ରଚଳରେ ବାଧା ସୃଷ୍ଟି ହୁଏ କିନ୍ତୁ ଡାକ୍ତରଙ୍କୁ ଉଭୟଙ୍କ ପ୍ରତି ଦୃଷ୍ଟି ଦେବା ସହଜ ମନେହୁଏ ।

ଖୁସିର କଥା ହେଲା ଏହି ପ୍ରକ୍ରିୟାର ପାର୍ଶ୍ୱ ପ୍ରଭାବ ଅତ୍ୟଳ୍ପ ହୋଇଥାଏ । ଅବଶ୍ୟ ଅନେକ ସ୍ତ୍ରୀଙ୍କ ଦେହର ଗୋଟିଏ ଭାଗ ସଂଜ୍ଞାହୀନ ମନେ ହେଉଥାଏ । ଯଦି ପୃଷ୍ଠଦେଶରେ ଯନ୍ତ୍ରଣା ହୋଇଥାଏ ତେବେ ଏହାକୁ ସମ୍ପୂର୍ଣ୍ଣ ରୂପେ ଆୟତ୍ତ କରିହୁଏ ନାହିଁ ।

ସ୍ପାଇନାଲ ଏପିଡ୍ୟୁରାଲ: ଏହା ମଧ୍ୟ ପାରମ୍ପରିକ ଏପିଡ୍ୟୁରାଲ ଭଳି ଯନ୍ତ୍ରଣାରୁ ଉପଶମ କରିଥାଏ । ହେଲେ ଏଥିରେ ଔଷଧର କିଛି ମାତ୍ର ନିଆଯାଇଥାଏ । ସବୁ ଜାଗାରେ ଏହା ସୁବିଧା ମିଳେନାହିଁ, ଆପଣ ଆଗରୁ ଏକଥା ବୁଝି ନିଅନ୍ତୁ । ଏନାସଥେସିଆର ଡାକ୍ତର ଆପଣଙ୍କୁ ସ୍ପାଇନାଲ ତରଳ ପଦାର୍ଥରେ ଏହାର କିଛି ମାତ୍ର ମିଶେଇ ଯନ୍ତ୍ରଣାରୁ ମୁକ୍ତି ଦେଇପାରନ୍ତି, କିନ୍ତୁ ଜଙ୍ଘ ଓ ମାଂସପେଶୀ ଗୁଡ଼ିକ ଚେତାହୀନ ହୁଏନାହିଁ । ଏଣୁକରି ଆପଣ ଏହାକୁ ବ୍ୟବହାର କରିପାରନ୍ତି । ତଥାପି ଆପଣଙ୍କୁ ଯଦି ଆରାମ ନମିଳେ ତେବେ କେଥେଟର ସାହାଯ୍ୟରେ ଆହୁରି ଔଷଧ ଦିଆଯାଇପାରେ । ଅବଶ୍ୟ ଜଙ୍ଘ, ଚେତାଶୂନ୍ୟ ନହେଲେ ମଧ୍ୟ ଖୁବ୍ ଦୁର୍ବଳ ଲାଗିଥାଏ । ଏଣୁ ଚଲାବୁଲା କରିହୁଏ ନାହିଁ ।

ବେଦନା ରହିତ

ଠେଲିବା ପାଇଁ କ'ଣ ବେଦନା ଆବଶ୍ୟକ କି, ନଇ, ଅଧିକାଂଶ ସ୍ତ୍ରୀମାନେ ଏକଥାକୁ ଗ୍ରହଣ କରନ୍ତି ଯେ ଏପିଡ୍ୟୁରାଲ ପରେ ମଧ୍ୟ ସେମାନଙ୍କୁ ଛୁଆକୁ ପଦାକୁ କାଢ଼ିବାରେ ଅସୁବିଧା ହୁଏନାହିଁ । ନର୍ସ ସେମାନଙ୍କୁ ସଂକୋଚନର ସମୟ କହିଦେଇଥାନ୍ତି ଆଉ ସେମାନେ ଠେଲିବା ଆରମ୍ଭ କରନ୍ତି । ଯନ୍ତ୍ରଣା ନହେଲେ କାମଟା ହେଉନଥିଲେ ଏପିଡ୍ୟୁରାଲକୁ ଅଟକ ରଖାଯାଏ । ତା'ପରେ ପ୍ରସବ ଉତ୍ତାରେ ପୁଣି ଥରେ ଔଷଧ ଦେଇ ସେହି ଜାଗାକୁ ଚେତାଶୂନ୍ୟ କରାଯାଏ ।

ସ୍ପାଇନାଲ ବ୍ଲକ ବା ସେଡାଲ ବ୍ଲକ: ଆଜିକାଲି ଉଭୟ ବ୍ଲକକୁ ତଥାଦୌ ବ୍ୟବହାର କରାଯାଉନାହିଁ କହିଲେ ଚଳେ । ଯଦି ଆପଣ ଏପିଡ୍ୟୁରାଲ ଦେଇ ନାହାନ୍ତି ଓ ଡେଲିଭରି ପାଇଁ ପେନକିଲର ଚାହୁଁଥାନ୍ତି, ତେବେ ପ୍ରସବ ସମୟରେ ସ୍ପାଇନାଲ ବ୍ଲକ ଦିଆଯାଇପାରେ । **ଏଥିରେ ମଧ୍ୟ ସ୍ପାଇନାଲ କାର୍ଡର ତରଳ ପଦାର୍ଥ ମଧ୍ୟରେ ଇଂଜେକ୍ସନ ଦିଆଯାଇଥାଏ । ,ହାଯୋଗୁଁ ମଧ୍ୟ ରକ୍ତଚାପ କମିଯାଇପାରେ ।**

ପୁଡ୍ରେଣ୍ଡାଲ ବ୍ଲକ: ଏହାକୁ ଭେଜାଇନାଲ ଡେଲିଭରି ମାଧ୍ୟମରେ ବ୍ୟବହାର କରାଯାଏ । ଇଂଜେକ୍ସନ ଜରିଆରେ ଔଷଧ ଦିଆଯାଏ, ଯଦ୍ୱାରା ସେହି ଭାଗ ଚେତାଶୂନ୍ୟ ହୋଇଥାଏ । ଯଦିଚ ଫୋରସେପ (ଚିମୁଟା) ବା ଭେକ୍ୟୁମ ଏସ୍ତ୍ରାକ୍ସନ କରିବାକୁ ହେଲେ ଏହି ଉପାୟ ଉପଯୁକ୍ତ । ,ହାର ପ୍ରଭାବ ଏପିସିଓଟମି ପର୍ଯ୍ୟନ୍ତ ହୋଇଥାଏ ।

ଜେନେରାଲ ଏନାସ୍ଥେସିଆ: ଆଜିକାଲି ସାଧାରଣ ଡେଲିଭରିରେ ଏହାର ବ୍ୟବହାର ଖୁବ୍ କମ୍ ହୋଇଥାଏ । କେବଳ ଜରୁରୀକାଳୀନ ସର୍ଜିକାଲ ଜନ୍ମ ପରିପ୍ରେକ୍ଷୀରେ ଏହା ପ୍ରୟୋଗ କରାଯାଇଥାଏ । ଏହାଫଳରେ ନିଦ ଆସେ ଓ ଡେଲିଭରି ସମୟରେ ଚେତାଶୂନ୍ୟ ହୋଇପଡ଼ିଥାନ୍ତି । ଚେତା ଫେରିଲେ ବାନ୍ତି ବା କାଶ ହୋଇଥାଏ ।

ଏଥିରେ ମା' ସାଙ୍ଗକୁ ଶିଶୁ ଉପରେ ମଧ୍ୟ ପ୍ରଭାବ ପଡ଼ିଥାଏ । ଅବଶ୍ୟ ଚେଷ୍ଟା କରାଯାଏ ଯେ ଶିଶୁ ଉପରେ ଏହାର ପ୍ରଭାବ ପଡ଼ିବା ପୂର୍ବରୁ ତାକୁ ପଦାକୁ କାଢ଼ି ଅଣାଯାଉ ।

- ଡାକ୍ତର ଚାହିଁଲେ ଆପଣଙ୍କୁ ଅକ୍ସିଜେନ ମଧ୍ୟ ଦେଇପାରନ୍ତି ଯଦ୍ୱାରା ଶିଶୁକୁ ଯଥେଷ୍ଟ ଅମ୍ଳଜାନ ମିଳୁ ଓ ଔଷଧର ପ୍ରଭାବ ନପଡୁ ।

ଡେମେରାଲ: ଏହି କଷ୍ଟସଂହାରକ ଅଧିକ ପରିମାଣରେ ବ୍ୟବହୃତ ହୁଏ । ଏହାଦ୍ୱାରା କଷ୍ଟ ଉପଶମ ହୁଏ ଓ ମା'ଙ୍କୁ ମଧ୍ୟ ପ୍ରସବ କରିବାରେ ସହଜ ହୁଏ । ଏହାକୁ ଦୁଇ ଚାରି ଘଣ୍ଟା ବ୍ୟବଧାନରେ ପୁଣି ଥରେ ଦିଆଯାଇପାରେ । ଏହାର ପାର୍ଶ୍ୱପ୍ରଭାବ ମଧ୍ୟ ପଡ଼ିପାରେ ଯଥା: ବାନ୍ତି, ଉଦ୍‌ବେଗ, ରକ୍ତଚାପ କମିବା ଇତ୍ୟାଦି । ନବଜାତ ଶିଶୁ ଉପରେ ଏହାର ପ୍ରଭାବ ଏକଥାକୁ ନେଇ ନିର୍ଭର କରିଥାଏ ଯେ, ଡେଲିଭରିର କେତେବେଳେ ଏହି ଔଷଧ ଦିଆଯାଇଛି । ଯଦି ଏହାକୁ ଡେଲିଭରି ସମୟରେ ଦିଆଯାଏ ତେବେ ଶିଶୁକୁ ହୁଏତ ଶ୍ୱାସକ୍ରିୟାରେ ବାଧା ସୃଷ୍ଟି ହୋଇ ଅକ୍ସିଜେନ ଦେବାକୁ ପଡ଼ିପାରେ । ଏହା ଅବଶ୍ୟ ଅସ୍ଥାୟୀ ଓ ଚିକିତ୍ସା ମଧ୍ୟ ସମ୍ଭବପର ।

ଏହାକୁ ସାଧାରଣତଃ ଡେଲିଭରିର ଦୁଇ ତିନି ଘଣ୍ଟା ପୂର୍ବେ ଦେବା ଉଚିତ ।

ଟ୍ରେଙ୍କ୍ୱାଲାଇଜର୍ସ: ଏଥିରେ ମା' ଧୀର ସ୍ଥିର ଭାବରେ ଛୁଆକୁ ଜନ୍ମ ଦେବା ପ୍ରକ୍ରିୟାରେ ସାହାଯ୍ୟ କରିଥାଏ । ଏହାଦ୍ୱାରା ପେନକିଲର ଔଷଧର ସାମର୍ଥ୍ୟ ବୃଦ୍ଧି ପାଇଥାଏ । ଯଦି ମାର ଆତୁରତା ଯୋଗୁଁ ପ୍ରସବରେ ଅସୁବିଧା ହେଉଥାଏ ତେବେ ଏହା ଦିଆଯାଏ । କେତେକ ମହିଳାମାନେ ଈଷତ୍ ଚେତାହୀନ ଅବସ୍ଥାକୁ ସ୍ୱାଗତ କଲାବେଳେ ଅନ୍ୟ କେତେକ ମହିଳା ଏହି ମୁହୂର୍ତ୍ତକୁ ହାତଛଡ଼ା କରିବାକୁ ଚାହାନ୍ତି ନାହିଁ; ଏହା ତାଙ୍କ ଜୀବନର ଅବିସ୍ମରଣୀୟ ମୁହୂର୍ତ୍ତ ହୋଇଥାଏ । ବେଶି ଡୋଜ ଔଷଧ ଦେଲେ କ୍ଷତି ମଧ୍ୟ କରିଥାଏ । ଅବଶ୍ୟ ଶିଶୁକୁ କୌଣସି ଅସୁବିଧା ହୁଏନାହିଁ, ହେଲେ ଡାକ୍ତର ଅତ୍ୟାବଶ୍ୟକ ପରିସ୍ଥିତିରେ ହିଁ ଦେଇଥାନ୍ତି । ଏଣୁକରି ଔଷଧ ପରିବର୍ତ୍ତେ ଅନ୍ୟାନ୍ୟ ଉପଶମକାରୀ କୌଶଳ ଅକ୍ତିୟାର କରିବା ବାଞ୍ଛନୀୟ ।

ଯନ୍ତ୍ରଣା ଓ ବୈକଳ୍ପିକ ଚିକିତ୍ସା: କୌଣସି ସ୍ତ୍ରୀ ପ୍ରସବ ସମୟରେ ଔଷଧ ଖାଇବାକୁ ଚାହାନ୍ତି ନାହିଁ; କିନ୍ତୁ ଉକ୍ତ ଅବସ୍ଥାକୁ ଆରାମଦାୟକ କରିବାକୁ ଚାହିଁଥାନ୍ତି ନିଶ୍ଚୟ ।

ଏଥିପାଇଁ ବିକଳ୍ପ ଚିକିତ୍ସା ବ୍ୟବସ୍ଥା କରାଯାଇପାରେ । ଆଜିକାଲି ଅନେକ ପାରମ୍ପରିକ ଡାକ୍ତର ମଧ୍ୟ ଏହାର ସାହାଯ୍ୟ ନେଉଛନ୍ତି । ହୁଏତ ଆପଣ ଏପିଡ୍ୟୁରାଲ ନେଇଥାଇପାରନ୍ତି, ପ୍ରସବ ପୂର୍ବରୁ ଏହି କୌଶଳ ଅଭ୍ୟାସ ଆରମ୍ଭ କରିଦେବା ଉଚିତ ଓ ଯେକୌଣସି ଲାଏସେନ୍ସଧାରୀ ବିଶେଷଜ୍ଞଙ୍କ ଠାରୁ ତାଲିମ ନେଇପାରନ୍ତି । ସେ ଅବଶ୍ୟ ଗର୍ଭଧାରଣ ପ୍ରସବ ଓ ଡେଲିଭରି ବାବଦରେ ଅଭିଜ୍ଞ ହେବା ବିଧେୟ ।

ଏକ୍ୟୁପଙ୍କ୍ଚର ଓ ଏକ୍ୟୁପ୍ରେସର: ବୈଜ୍ଞାନିକ ଅଧ୍ୟୟନରୁ ଜଣାପଡ଼ିଛି ଯେ ଚୀନ ଦେଶର ଲୋକେ ହଜାର ବର୍ଷ ପୂର୍ବେ ଏକ୍ୟୁପଙ୍କ୍ଚର ଓ ଏକ୍ୟୁପ୍ରେସର କଥା ଜାଣିଥିଲେ । ଏକ୍ୟୁପଙ୍କ୍ଚର ସହାୟତାରେ ଦେହର ଏକ ଅଂଶ ବିଶେଷରେ ଛୁଞ୍ଚି ଫୋଡ଼ି ଯନ୍ତ୍ରଣାକୁ ଉପଶମ କରାଯାଇଥାଏ । ଏକ୍ୟୁପ୍ରେସର ବଳରେ କେବଳ ଅଙ୍ଗୁଳି ସାହାଯ୍ୟରେ ନିର୍ଦ୍ଦିଷ୍ଟ ସ୍ଥଳବିଶେଷକୁ ଚାପ ଦିଆଯାଇଥାଏ । ଯଦି ଆପଣ ପ୍ରସବ ସମୟରେ ଏଥିମଧ୍ୟରୁ ଯାହାକୁ ଗ୍ରହଣ କରିବାକୁ ଚାହୁଁଥାନ୍ତି, ଆଗରୁ ଡାକ୍ତରଙ୍କୁ କହିଦେଇଥିବା ଉଚିତ ।

ରିଫ୍ଲେକ୍ସୋଲୋଜି: ସେମାନଙ୍କ ମତରେ ଯା'ର କୌଣସି ଏକ ନିର୍ଦ୍ଦିଷ୍ଟ ବିନ୍ଦୁରେ ମାଲିସ କଲେ ପ୍ରସବର କଷ୍ଟ କମିଯାଏ । ଏହାଫଳରେ **ପ୍ରସବର ଅବଧି ମଧ୍ୟ କମିଥାଏ । ଏଭଳି କେତେକ ବିନ୍ଦୁ ଅଛି ଯାହାକୁ ପ୍ରସବ ପୂର୍ବରୁ ଛୁଇଁବା ମନା ।**

ଫିଜିକାଲ ଥେରେପି: ମାଲିସ, ଗରମ ବା ଥଣ୍ଡା ସେକ ବଳରେ ମଧ୍ୟ ପ୍ରସବର ବେଦନାକୁ କମ୍ କରାଯାଇପାରେ । କୌଣସି ଅନୁଭୂତିସମ୍ପନ୍ନ ବ୍ୟକ୍ତିଙ୍କଠାରୁ ଏହା କରାଗଲେ ଉପଶମ ହୋଇଥାଏ ।

ହାଇଡ୍ରୋଥେରେପି: ପ୍ରସବ ବେଦନା ବେଳେ ଉଷୁମ ଜଳ ଆରାମ ଦେଇଥାଏ । ଏଣୁ ଟବ୍‌ରେ

ଉଷୁମ ପାଣି ଭର୍ତ୍ତି କରି ଗର୍ଭବତୀଙ୍କୁ ଗଡେଇ ଦିଆଯାଏ । ଫଳରେ ଯନ୍ତ୍ରଣା କମିଯାଏ । ଅନେକ ଡାକ୍ତରଖାନାରେ ଏହା ସୁବିଧା ଦିଆଗଲାଣି ।

ହିପ୍ନୋବାର୍ଥିଂ: ଅବଶ୍ୟ ସମ୍ମୋହନ ବଳରେ ଯନ୍ତ୍ରଣାକୁ ହ୍ରାସ କିମ୍ବା ଦେହକୁ ଚେତାଶୂନ୍ୟ କରିହୁଏନାହିଁ; କେବଳ ଆରାମ ଲାଗିଥାଏ । ପୁଣି ଏହା ସଭିଙ୍କ ଉପରେ ପ୍ରଯୁଜ୍ୟ ନୁହଁ । ଏଣୁ ବିଶେଷଜ୍ଞଙ୍କୁ ପଚାରି ଆଗ ବୁଝନ୍ତୁ ।

ଏହାର ସବୁଠୁ ଭଲ ସୁବିଧା ହେଲା ଆପଣ ନିଜ ଚକ୍ଷୁରେ ସବୁକିଛି ଦେଖିପାରିବେ ଓ ଶିଶୁ ଉପରେ କୌଣସି ଶାରୀରିକ ପ୍ରଭାବ ପଡ଼ିବ ନାହିଁ ।

ଡିଷ୍ଟ୍ରେକ୍ସନ: ଅର୍ଥାତ୍ ଅନ୍ୟମନସ୍କ କରିବା ଯଥା ଟିଭି, ସଂଗୀତ, ଧ୍ୟାନ... ଇତ୍ୟାଦି । ଫଳରେ ମନ ଯନ୍ତ୍ରଣାରୁ ଦୂରେଇଯିବ । କୌଣସି ସୁନ୍ଦର ଚିତ୍ର ବା ଦୃଶ୍ୟ ମଧ୍ୟ ଦେଖାଯାଇପାରେ । ଏହାବ୍ୟତୀତ ମାନସିକ ଚିତ୍ରଣର ବ୍ୟାୟାମ କରନ୍ତୁ । କଳ୍ପନା କରାଯାଉ ଯେ ଶିଶୁ ଗର୍ଭାଶୟରୁ ପଦାକୁ ଆସୁଛି । ଆଉ ହାତରେ ଟେକି ଆପଣ କୋଳାଗ୍ରତ କରୁଛନ୍ତି । ଏହାଦ୍ୱାରା ମଧ୍ୟ ଆରାମ ମିଳିଥାଏ ।

ଟ୍ରାନ୍ସକ୍ୟୁଟେନିୟମ ଇଲେକ୍ଟ୍ରିକାଲ ନର୍ଭସ ଷ୍ଟିମୁଲେ-ସନ: ଏହି ପଦ୍ଧତିରେ ଇଲେକ୍ଟ୍ରୋଡ, କାମରେଲ୍ଲେଜର ପଲ୍ସ ଦ୍ୱାରା ଗର୍ଭାଶୟ ଓ ସର୍ଭିକ୍ସର ସ୍ନାୟୁକୁ ଉତ୍ତେଜିତ କରି କଷ୍ଟ ଉପଶମ କରାଯାଇଥାଏ । ଅବଶ୍ୟ ଏହାର କୌଣସି ବିଶିଷ୍ଟ ପ୍ରମାଣ ମିଳିନାହିଁ ।

ନିଷ୍ପତ୍ତି ଗ୍ରହଣ

ଅତଏବ ପ୍ରସବ ବେଦନାକୁ ଉପଶମ କରିବାର ସବୁତକ କୌଶଳ ବର୍ଣ୍ଣନା କରାଗଲା; ଏଣୁକରି ଆପଣ ନିଷ୍ପତ୍ତି ଗ୍ରହଣ ପୂର୍ବରୁ:

■ ଡାକ୍ତରଙ୍କୁ ଖୋଲାଖୋଲି କହନ୍ତୁ; ସେ ସାହାଯ୍ୟ କରିବେ । ଔଷଧପତ୍ର ଓ ପଦ୍ଧତିଗୁଡ଼ିକର ସବୁ ଭଲମନ୍ଦ, ଉପକାର ଅପକାର ଆଗରୁ ଜାଣିଥାନ୍ତୁ ।

■ ବିକଳ୍ପ ବ୍ୟବସ୍ଥା ଥିବା ଦରକାର କାରଣ ଆପଣଙ୍କୁ ଜଣାନାହିଁ ସେ ଡେଲିଭରି ସମୟରେ କଣ ପରିବର୍ତ୍ତନ ଦେଖାଦେଇପାରେ । ହୁଏତ ଔଷଧ ନଖାଇବାକୁ ଚାହୁଁଥିବଲେ ମଧ୍ୟ ଖାଇବାକୁ ବାଧ୍ୟ ହେଇପାରେ । ଏଣୁ ଅନ୍ୟାନ୍ୟ କୌଶଳ ଜାଣିବା ଦରକାର ।

ହୁଏତ ପ୍ରସବ ବେଦନା ଆପଣଙ୍କ ଉପାୟରେ କମିପାରୁ ବା ଡାକ୍ତରଙ୍କ ପଦ୍ଧତିରେ; ପରିଶେଷରେ ଫଳାଫଳ କିନ୍ତୁ ସକାରାତ୍ମକ ହେବା ବାଞ୍ଛନୀୟ । ଅର୍ଥାତ୍ ସୁନ୍ଦର ଶିଶୁଟିଏ ଜନ୍ମ ନେବା ଦରକାର । ଏହା ହିଁ ସବୁଠାରୁ ଗୁରୁତ୍ୱପୂର୍ଣ୍ଣ କଥା ।

■ ■ ■

ଅଷ୍ଟମ ମାସ

ପ୍ରାୟ ୩୨ ରୁ ୩୫ ସପ୍ତାହ

ଅଷ୍ଟମ ମାସରେ ମଧ୍ୟ ଆପଣ ପ୍ରତିଦିନ ନିଜକୁ ଆଗାମୀ ସମୟ ସକାଷା ପ୍ରସ୍ତୁତ କରିଆସୁଥାନ୍ତି । ଶିଶୁର ଜନ୍ମକୁ ନେଇ ଆଗ୍ରହୀ ଓ ଉତ୍କଣ୍ଠିତ ଥିବେ । ଅବଶ୍ୟ ଯଦି ଏହା ଆପଣଙ୍କର ପ୍ରଥମ ଗର୍ଭଧାରଣ ହୋଇଥାଏ, ତେବେ ସ୍ୱାମୀ ସ୍ତ୍ରୀ ଉଭୟଙ୍କୁ ଏପରି ମନେହେଉଥିବ ଯେ, ଶିଶୁଟି ଆଜିକାଲି ଭିତରେ ଆସିବାକୁ ଅଚି । ମନେକର ଆପଣଙ୍କୁ ଏକଥା ନେଇ ଭୟ ବା ଆଶଙ୍କା ହେଉଥାଏ, ତେବେ ନିଜର ବାପା-ମା, ସାଙ୍ଗସାଥୀମାନଙ୍କ ସହିତ କଥାବାର୍ତ୍ତା କରନ୍ତୁ । ସେମାନେ ମଧ୍ୟ ପ୍ରଥମେ ପ୍ରଥମେ ଏପରିମାନସିକ ଚାପ ଅନୁଭବ କରିଥିବେ ।

ଏହି ମାସରେ ଆପଣଙ୍କ ଶିଶୁର ଗଠନ ଓ ବିକାଶ:

୩୨ଶ ସପ୍ତାହ: ଏହି ମାସରେ ଆପଣଙ୍କ ଛୁଆର ଓଜନ ପ୍ରାୟ ୪ ପାଉଣ୍ଡ ଓ ଦୈର୍ଘ୍ୟ ୧୯ ଇଞ୍ଚ ହେବ । ଏହି ସମୟରେ ଶିଶୁର କେବଳ ବିକାଶ ହେଉନାହିଁ ବରଂ ଆପଣଙ୍କ ଭଳି ଆଗାମୀ ଦିନ ପାଇଁ ସେ ମଧ୍ୟ ପ୍ରସ୍ତୁତ ହେଉଛି । ଏହି କିଛି ସପ୍ତାହ ମଧ୍ୟରେ ଚୁଚୁମିବା, ନିଶ୍ୱାସ ମାରିବା, ଗିଳିବା ଓ ଲାତ ମାରିବା ଶିଖିବାକୁ ହେବ; ତେବେ ଯାଇ ପଦାକୁ ଆସି ବଞ୍ଚି ପାରିବ ସେ । ଏଥର ସେ ଆଙ୍ଗୁଠି ଚୁଚୁମିବା ଶିଖିଗଲାଣି । ଚର୍ମ ମଦ୍ୟ ଅସ୍ୱଚ୍ଛ ହେଲାଣି, ସେ ମଧ୍ୟ ଆପଣଙ୍କ ପରି ହୋଇଗଲାଣି, କାରଣ ତାର ମଧ୍ୟ ଚର୍ବି ଠୁଳ ହେଲାଣି ।

୩୩ଶ ସପ୍ତାହ: ଶିଶୁ ମଧ୍ୟ ଆପଣଙ୍କ ପରି ଦ୍ରୁତ ଗତିରେ ଓଜନ ବୃଦ୍ଧି କରୁଛି । ତା'ର ଓଜନ ବର୍ତ୍ତମାନ ୪½ ପାଉଣ୍ଡ ଦୈର୍ଘ୍ୟ ୧ ଇଞ୍ଚ ବଢ଼ି ୨୦ ଇଞ୍ଚର ହୋଇଥି । ଏଥର ପେଟରେ ଏମ୍ନିୟୋଟିକ ଦ୍ରବଣ ସକାଶେ ଜାଗା ନାହିଁ । ଏଣୁକରି ଛୁଆର ଲାତ ବିଧା ମା'ଙ୍କୁ କାଟୁଛି । ଦ୍ରବଣ କମିଯିବାରୁ ଆଗ ଭଳି ଗଦି ପରି କାମ କରୁନି । ତା' ପାଖକୁ ଏଣ୍ଟିବଡିଜ ମଧ୍ୟ ଯାଉଛି ଯଦ୍ୱାରା ଇମ୍ୟୁନ ସିଷ୍ଟମ ତିଆରି ହୋଇପାରିବ । ଏହା ପଦାକୁ ଆସିଲେ ଏଣ୍ଟିବଡି ସବୁ ତାକୁ ରକ୍ଷା କରିବେ ।

୩୪ଶ ସପ୍ତାହ: ବର୍ତ୍ତମାନ ଶିଶୁର ଲମ୍ବ ୨୦ ଇଞ୍ଚ ଓ ଓଜନ ୫ ପାଉଣ୍ଡ ହେବ ଯଦି ସେ ପୁଅ ହୋଇଥାଏ ତେବେ ତାର ଲିଙ୍ଗ ତିଆରି ହେବ । ନଖ କିନ୍ତୁ ତିଆରି ହୋଇସାରିଥିବ । କିଣିବା ପାଇଁ ଜିନିଷର ତାଲିକା କରୁଥିଲେ, ନେଲକଟର ମଧ୍ୟ ଲେଖିବାକୁ ଭୁଲିବେନି ।

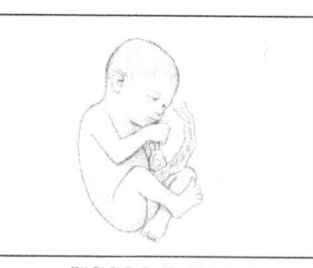

ଆପଣଙ୍କର ୮ ମାସର ଛୁଆ

୩୫ଶ ସପ୍ତାହ: ଶିଶୁ ଯଦି ଠିଆ ହୋଇପାରନ୍ତା ତେବେ ତା'ର ଉଚ୍ଚତା ୨୦ ଇଞ୍ଚ ଓ ଓଜନ ପ୍ରାୟ ୫ $^{1}/_{2}$ ପାଉଣ୍ଡ ହୁଅନ୍ତା । ଜନ୍ମ ପର୍ଯ୍ୟନ୍ତ ତାର ଓଜନ ଓ ମସ୍ତିଷ୍କର କୋଷ ବୃଦ୍ଧି ପାଇବ । ତାର ମସ୍ତିଷ୍କ କ୍ଷିପ୍ର ବେଗରେ ବିକଶିତ ହେଉଛି । ଖୁବ୍ ଶୀଘ୍ର ସେ ଆପଣଙ୍କ ଗର୍ଭାଶୟରେ ତଳ ମୁଣ୍ଡ, ଉପର ଗୋଡ଼ କରି ଜନ୍ମ ହେବ । ଡେଲିଭରି ସମୟରେ ଶିଶୁର ମୁଣ୍ଡ ପ୍ରଥମେ ଆସିବା ବାଞ୍ଛନୀୟ । ଶିଶୁର ମୁଣ୍ଡ ବଡ଼ ହେଲେ ମଧ୍ୟ ଏହା ଖୁବ୍ ନରମ ବା ମସୃଣ ।

ଆପଣ କଣ ଅନୁଭବ କରୁଥାଇ ପାରନ୍ତି ?

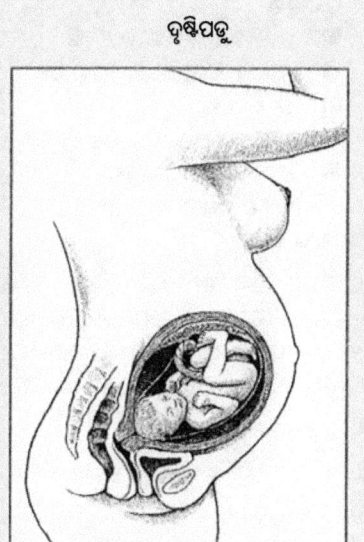

ଦୃଷ୍ଟିପଡୁ

ପ୍ୟୁବିକ ବୋନଠାରୁ ଗର୍ଭାଶଙ୍କର ଉଚ୍ଚତା ସେମି ରେ ଜାଣିବାକୁ ହେଲେ ଗର୍ଭାଶୟ ଓ ସପ୍ତାହ ମଧ୍ୟରେ ସମ୍ପର୍କ ଥାଏ । ଅର୍ଥାତ୍ ପ୍ରଥମ ସପ୍ତାହରେ ଗର୍ଭାଶୟର ଉଚ୍ଚତା ପ୍ରାୟ ୩୪ ଇଞ୍ଚ ହେବ

ଆପଣ କ'ଣ ଅନୁଭବ କରୁଥାଇ ପାରନ୍ତି

ସବୁଥର ପରି ମନେ ରଖନ୍ତୁ ଯେ ପ୍ରତ୍ୟେକ ଗର୍ଭାବସ୍ଥା ଓ ପ୍ରତ୍ୟେକ ସ୍ତ୍ରୀ ସ୍ୱତନ୍ତ୍ର ସ ନିଆରା । ହୁଏତ ଆପଣ ଏକା ସାଙ୍ଗରେ ବା ବେଳେ ବେଳେ ଏସବୁ ଲକ୍ଷଣକୁ ଅନୁଭବ କରିପାରୁଥିବେ । କେତେକ ଲକ୍ଷଣ ଗତ ମାସରୁ ଦେଖିଆସୁଥିବାବେଳେ ଆଉ କେତେକ ଲକ୍ଷଣ ନୂଆ ହୋଇପାରେ । କେତେକ ଲକ୍ଷଣ ସହ ଏପରି ଅଭ୍ୟସ୍ତ ହେଇଥିବେ ଯେ ଚିହ୍ନିବା କଠିନ ହେବ । କିଛି ଲକ୍ଷଣ କମିପାରେ ମଧ୍ୟ । ଏହି ମାସରେ ଆପଣ ନିମ୍ନଲିଖିତ ଲକ୍ଷଣ ସବୁ ଦେଖିପାରିବେ ।

ଶାରୀରିକ

- ଭ୍ରୂଣ ଆଗଠାରୁ ବେଶି ଚଳଚଞ୍ଚଳ ହେଉଥିବ ।
- ଯୋନିରୁ ସ୍ରାବ ବୃଦ୍ଧି
- ତଳିପେଟରେ ଯନ୍ତ୍ରଣା
- କୋଷ୍ଠକାଠିନ୍ୟ
- ଛାତିଜଳା, ଅଜୀର୍ଣ୍ଣ ଓ ଗୋଳମାଳ
- ମୁଣ୍ଡ ବ୍ୟଥା, ମୂର୍ଚ୍ଛା ବା ମୁଣ୍ଡ ବୁଲେଇବା
- ନାକ ବନ୍ଦ ହେଇ ରକ୍ତ ପଡ଼ିବା, କାନ ମଇଳା
- ପିଠି ବ୍ୟଥା
- ଗୋଡ଼ରେ ଭେରିକୋଜ ଭେନ୍ସ
- ହେମରଏଡ୍‌ସ
- ପେଟ କୁଣ୍ଡେଇ ହେବା
- ନାଭି ବୃଦ୍ଧି
- ଷ୍ଟ୍ରେଚ ମାର୍କ୍ସ
- ଶ୍ୱାସକ୍ରିୟାରେ କଷ୍ଟ
- ନିଦ ନ ପଡ଼ିବା
- ଗର୍ଭାଶୟ ସଂକୋଚିତ ହେବା
- କଦାକାର
- ଛାତି ପ୍ରଶସ୍ତ ହେବା

ଭାବାତ୍ମକ

- ଉତ୍ତେଜନା ବୃଦ୍ଧି
- ଅନ୍ୟମନସ୍କତା
- ସ୍ତନର ନିପଲରୁ କୋଲେଷ୍ଟ୍ରମ ନିର୍ଗତ

ଭାବାତ୍ମକ

- ଗର୍ଭଧାରଣ ଶେଷ ହେବାର ଖୁସି
- ଲେବର ଓ ଡେଲିଭରିକୁ ନେଇ ଚିନ୍ତା
- ଅନ୍ୟ ମନସ୍କତା
- ପ୍ରଥମ ଗର୍ଭ ହେଲେ, ମା' ହେବାକୁ ଆତୁର
- ଅଜବ ଧରଣର ଉତ୍ତେଜନା

ଏହି ମାସରେ ପରୀକ୍ଷା

ହି ମାସରେ ପରୀକ୍ଷା

ଏହି ମାସରେ ପରୀକ୍ଷାବେଳେ ଦୁଇଟି କଥା ସାମିଲ ହୋଇଯିବ । ତୃତୀୟ ତିନିମାସରେ ଆରମ୍ଭରେ ଆପଣଙ୍କର ପରୀକ୍ଷା ହୋଇପାରେ । ଅବଶ୍ୟ ଏହା ଆପଣଙ୍କ ଅବସ୍ଥା ଓ ଡାକତରଙ୍କ ଉପରେ ନିର୍ଭରଶୀଳ:

- ଓଜନ ଓ ରକ୍ତଚାପ
- ସୁଗର ଓ ପ୍ରୋଟିନ ପାଇଁ ମୂତ୍ର ପରୀକ୍ଷା
- ଗର୍ଭାଶୟର ଉଚ୍ଚତା
- ଗର୍ଭାଶୟର ଆକାର ଓ ଅବସ୍ଥିତି
- ହାତ ଗୋଡ଼ର ଫୁଲା
- ଗ୍ଲୁକୋଜ ସ୍କ୍ରିନଂ ଟେଷ୍ଟ
- ଏନିମିଆ ପାଇଁ ରକ୍ତ ପରୀକ୍ଷା
- କେତେକ ନୂଆ ଲକ୍ଷଣ
- ଗ୍ରୁପ ବି ଷ୍ଟ୍ରେପ ଟେଷ୍ଟ
- ଆପଣଙ୍କ ପ୍ରଶ୍ନ ଓ ଜିଜ୍ଞାସା

ଆପଣ କ'ଣ ଭାବୁଥାଇ ପାରନ୍ତି ?

ବ୍ରେକ୍ସଟନ ହିକ୍ସ କଣ୍ଟ୍ରାକ୍ସନ

"ବେଳେ ବେଳେ ମୋ ଗର୍ଭାଶୟ ଉପରକୁ ହୋଇ ଟାଣ ହେଇଯାଏ; ଏହା କ'ଣ ?"

ଏହା ଡେଲିଭରି ହେବାର ଆଭାସ । ଏଣୁ କରି ଦେହଟି ସେହି ସମୟ ପାଇଁ ନିଜକୁ ପୂର୍ବରୁ ପ୍ରସ୍ତୁତ କରୁଛି । ଏହାକୁ 'କେକ୍ସଟନ ହିକ୍ସ କଣ୍ଟ୍ରାକ୍ସନ' କୁହାଯାଏ । ଏହା ଅବଶ୍ୟ ୨୦ଶ ସପ୍ତାହ ପରେ ପରେ ଆରମ୍ଭ ହୋଇ ଯାଏ, ହେଲେ ଶେଷ ମାସ ଆଡ଼କୁ ସ୍ପଷ୍ଟତର ହୋଇଥାଏ । ଯଦି ଗର୍ଭାବସ୍ଥା ଆଗରୁ ହେଇଥାଏ, ତେବେ ଏହା ଆହୁରି ବେଶି ହୋଇଥାଏ । ଗର୍ଭାଶୟ ଉପରକୁ ଟିକେ ସଂକୋଚିତ ହୋଇ ତଳ ଆଡ଼କୁ ଜଣାପଡ଼ିଥାଏ । ଏହି ଅବସ୍ଥା ୧୫ ରୁ ୩୦ ସେକେଣ୍ଡ ପର୍ଯ୍ୟନ୍ତ ଥାଏ । ବେଳେ ବେଳେ ୨ ମିନିଟରୁ ଅଧିକ ମଧ୍ୟ ହେଉଥାଏ ।

ଯଦି ଆପଣ ସେତେବେଳେ ପେଟକୁ ଲକ୍ଷ୍ୟ କରିବେ ତେବେ କିଭଳି ଲାଗୁଛି ତାହା ଜାଣିପାରିବେ । ଏହାକୁ ଦେଖିଲେ ମଧ୍ୟ ବେଶି ଗୁରୁତ୍ୱ ଦିଅନ୍ତୁ ନାହିଁ ।

ଗର୍ଭଧାରଣ ସମାପ୍ତ ହେବାକୁ ଥିଲେ, ଏହାକୁ ଚିହ୍ନିବା ଅପେକ୍ଷାକୃତ କଠିନ ହେଇଥାଏ । ମନେହୁଏ, ସତେକି ପ୍ରସବ ବେଦନା ଆରମ୍ଭ ହୋଇଗଲା କି ! ଅବଶ୍ୟ ଛୁଆ ଜନ୍ମ ନହେଲେ ମଧ୍ୟ ସର୍ଭିକ୍ସର ପ୍ରକ୍ରିୟା ଆରମ୍ଭ ହୋଇଯାଏ ।

ଏଭଳି ଅବସ୍ଥାରୁ ନିଜକୁ ପରିବର୍ତ୍ତନ କରନ୍ତୁ । ଠିଆଥିଲେ ଶୋଇପଡ଼ନ୍ତୁ, ବସିଥିଲେ ବୁଲାବୁଲି କରନ୍ତୁ । ଯଥେଷ୍ଟ ପାଣି ପିଅନ୍ତୁ । ଡିହାଇଡ୍ରେସନ ଯୋଗୁଁ ମଧ୍ୟ ସଂକୋଚନ ଆରମ୍ଭ ହୋଇପାର । ଆପଣ ଏହି ସମୟରେ ନିଜର ଲେବର ବ୍ୟାୟାମ ଓ ଶିଶୁ ଜନ୍ମ ହେବାର କୌଶଳକୁ ଅଭ୍ୟାସ କରିପାରିବେ । ଏପରି କଲେ ପରେ ସହଜ ମନେହେବ ।

ମନେକର ସଂକୋଚନ ବନ୍ଦ ନହୋଇ ଆଗ ଅପେକ୍ଷା ବେଶି ତୀବ୍ର ହୁଏ, ତେବେ ଡାକ୍ତରଙ୍କୁ କୁହନ୍ତୁ । ଘଣ୍ଟାକୁ ଚାରି ଥରରୁ ବେଶି ହେଲେ ଡାକ୍ତରଙ୍କୁ ସବୁ କଥା କହି ବୁଝେଇ ଦିଅନ୍ତୁ ।

ପିଞ୍ଜରା ହାଡରେ ଲାତ ମାରିବା

"ଏପରି ମନେହୁଏ, ସତେକି ଶିଶୁର ଲାତ ଆସି ପିଞ୍ଜରା ହାଡ଼ରେ ପଶିଯାଇଛି; ଏହାଯୋଗୁଁ ବେଶି ଦରଜ ହୋଇଥାଏ ।"

ଶେଷ ମାସ ବେଳକୁ ପ୍ରାୟ ଏମିତି ହୁଏ । ଆପଣ ମନେକର ନିଜର ଅବସ୍ଥା ପରିବର୍ତ୍ତନ କରିବେ ତେବେ ଶିଶୁ ମଧ୍ୟ ସେପରି କରିବ ।

ନହେଲେ ଆପଣ ବ୍ୟାୟାମଟିଏ କରନ୍ତୁ: ମୁଣ୍ଡ ଉପରକୁ ହାତ ନେଇ ନିଶ୍ୱାସ ମାରନ୍ତୁ, ହାତ ତଳକୁ କଲେ ନିଶ୍ୱାସ ଛାଡ଼ନ୍ତୁ; ଦୁଇ ହାତକୁ ଏପରି କିଛିଥର କରନ୍ତୁ । ଯଦି କୌଣସି ଉପାୟ କାମକୁ ନଆସେ ତେବେ ଏହା ପରୀକ୍ଷା କରନ୍ତୁ ଯେ ଅନେକ ଥର ଖଞ୍ଜାସବୁ ଦୁର୍ବଳ ହେବାଯୋଗୁଁ ମଧ୍ୟ ଏପରି ହୋଇଯାଏ । ଏହା ଗର୍ଭବେଳର ହର୍ମୋନର କରାମତି । **'ଏସିଟେମିନୋଫେନ'** ଯୋଗୁଁ ଯନ୍ତ୍ରଣାରୁ ମୁକ୍ତି ମିଳିବ ଅଥଚ ବେଶି ଓଜନିଆ ସାମାନ ଟେକି ହେବନାହିଁ ନଚେତ ଅବସ୍ଥା ଚିନ୍ତନୀୟ ହୋଇପଡ଼ିବ ।

ନିଶ୍ୱାସ ମାରିବାରେ କଷ୍ଟ

"ବେଳେ ବେଳେ ମୋତେ ନିଶ୍ୱାସ ମାରିବାରେ କଷ୍ଟ ହୁଏ, ଅବଶ୍ୟ ସେତେବେଳେ ମୋର ଶକ୍ତି ଯଥେଷ୍ଟ ଥାଏ । ଏଭଳି କାହିଁକି ହୁଏ ? କ'ଣ ଶିଶୁ ପର୍ଯ୍ୟନ୍ତ ଅମ୍ଳଜାନ ପାଇପାରୁନାହିଁକି ?"

ଏହି ସମୟରେ ନିଶ୍ୱାସ ମାରିବାରେ କଷ୍ଟ ହେବା ଏକ ସାଧାରଣ କଥା । ବୃଦ୍ଧି ପାଉଥିବା ଶିଶୁ ଯୋଗୁଁ ଗର୍ଭାଶୟର ଆକାର ମଧ୍ୟ ବଢ଼େଇବାକୁ ପଡୁଛି, ଯଦ୍ୱାରା ସବୁତକ ଅଙ୍ଗମାନଙ୍କରେ ଏହାର ପ୍ରଭାବ ପଡୁଅଛି ।

ଶିଶୁ ରୋଗ ବିଶେଷଜ୍ଞଙ୍କ ନିର୍ବାଚନ

ଖୁବ୍ ବୁଝିବିଚାରି ଆପଣଙ୍କୁ ଶିଶୁ ପାଇଁ ଶିଶୁ ରୋଗ ବିଶେଷଜ୍ଞଟିଏ ଯୋଗାଡ଼ କରିବାକୁ ହେବ । ରାତି ଅଧରେ ମନେକର ଦରକାର ପଡ଼ିଲେ ମଧ୍ୟ ଯୋଗାଯୋଗ କରିହେବ । ନିଜର ଡାକ୍ତର, ବନ୍ଧୁ ବାନ୍ଧବ, ସହକର୍ମୀ, ହସ୍‌ପିଟାଲ ବା ବାର୍ଥସେଣ୍ଟରରୁ ମଧ୍ୟ ପରାମର୍ଶ କରନ୍ତୁ । ଆପଣ ବୀମା କରିଥିଲେ ତାଙ୍କ ଲିଷ୍ଟ ମଧ୍ୟରୁ ବାଛିବାକୁ ପଡ଼ିପାରେ ।

ଦୁଇ ତିନିଥର ବାଛିଲା ପରେ ଭେଟିବା ପାଇଁ ସମୟ ମାଗନ୍ତୁ । ଗୁରୁତ୍ୱପୂର୍ଣ୍ଣ ତଥ୍ୟ ଉପରେ ଆଲୋଚନା କରନ୍ତୁ । ସବୁଥର ଡାକ୍ତର ଦେଖାଦେବେ ନା ବେଳେ ବେଳେ ? ଡାକ୍ତର ବା ତାଙ୍କ ହସ୍‌ପିଟାଲ ଆଇନଗତ ନା ନୁହଁ ? ନବଜାତ ଶିଶୁର ସେବା ଯତ୍ନ ସକାଶେ ସେ ହସ୍‌ପିଟାଲକୁ ଆସିପାରିବେ ନା ନାହିଁ ?

ଆପଣଙ୍କର ଫୁସଫୁସ ଦ୍ୱୟ ଶ୍ୱାସଶ୍ୱାୟାନବେଳେ ପୂରାପୂରି ଫୁଲିପାରୁନାହାନ୍ତି । ଏଣୁକରି ସାମାନ୍ୟ କେତେ ପାହାଚ ଚଢ଼ିଲେ ମଧ୍ୟ ମାରାଥନ ଦୌଡ଼ରୁ ଆସିଲା ପରି ଧଇଁ ସଇଁ ହୋଇ ପଡୁଛନ୍ତି । ଅବଶ୍ୟ ଆପଣଙ୍କ ଶିଶୁକୁ କୌଣସି ଅସୁବିଧା ହେଉନାହିଁ କହିଲେ ଚଳେ, କାରଣ ତା ପାଖରେ ଯଥେଷ୍ଟ ପରିମାରର ଅମ୍ଳଜାନ ଅଛି ।

ଡେଲିଭରିର ଦୁଇ ତିନି ସପ୍ତାହ ପୂର୍ବ ପର୍ଯ୍ୟନ୍ତ ଏହି ପରିସ୍ଥିତି ସୁଧୁରି ଯିବ । ସେ ପର୍ଯ୍ୟନ୍ତ ନଇଁବା ପରିବର୍ତ୍ତେ ସିଧା ବସନ୍ତୁ କିମ୍ୱା ଦୁଇ ତିନିଟି ମୁଚୁଲା ରଖନ୍ତୁ ।

ଅନେକ ଥର ଆଇରନର ଅଭାବ ମଧ୍ୟ ସଂକେତ ଦେଇଥାଏ । ଏଣୁ ଡାକ୍ତରଙ୍କୁ ପଚାରନ୍ତୁ । ଓଠ ବା ଆଙ୍ଗୁଠି ନୀଳବର୍ଣ୍ଣ ହେବା, ଛାତିରେ ଯନ୍ତ୍ରଣା ଓ ବେଶି ଧକ୍ ଧକ୍ କଲେ ଅବହେଳା ନକରି ଡାକ୍ତରଙ୍କୁ ପରାମର୍ଶ କରନ୍ତୁ ।

ମୂତ୍ରାଶୟ ଅଣାୟତ୍ତ ହେବା

"ମୁଁ କାଲି ରାତିରେ କୌତୁକିଆ ଫିଲ୍ମଟିଏ ଦେଖୁଥିଲି । ବାରମ୍ୱାର ହସିବା ଯୋଗୁଁ ମୋ ମୂତ୍ରାଶୟ (ପରିଶ୍ରା ଥଳି) ଅଣାୟତ୍ତ ହେବାରୁ ରାତିସାରା ପରିଶ୍ରା ବାହାରୁଥାଏ । ଏପରି କାହିଁକି ?"

■ ବାରମ୍ୱାର ବାଥରୁମ ଯିବା ଯଥେଷ୍ଟ ନଥିଲା କି କ'ଣ ତୃତୀୟ ତିନିମାସରେ ନୂଆ ସମସ୍ୟାଟିଏ ଦେଖାଦେଲାଣି । ଆପଣ କାଶିବା, ଛିଙ୍କିବା, ବେଶି ଓଜନ ଟେକିବା ବେଳେ ପରିଶ୍ରା ଆପେ ଆପେ ବାହାରି ପଡ଼ିବ । ଗର୍ଭାଶୟର ଆକାର ବୃଦ୍ଧି ଯୋଗୁଁ ମୂତ୍ରାଶୟରେ ଚାପ ପଡୁଛି । ଅନେକଙ୍କୁ ବେଶି ପରିଶ୍ରା ଲାଗେ । ଆମ ନିମ୍ନଲିଖିତ ଉପାୟମାନ କାମକୁ ଆସିପାରେ ।

■ ପରିଶ୍ରା କରି ଗଲେ ଆରାମରେ ମୂତ୍ରାଶୟକୁ ପୂରାପୂରି ଖାଲି କରି ଆସନ୍ତୁ ।

■ କିଗଲ ବ୍ୟାୟାମ କରୁଥିଲେ ମଧ୍ୟ ଆରାମ ମିଳିବ ଓ ଆଗାମୀ ଦିନରେ ହୃତସୌନ୍ଦର୍ଯ୍ୟ ଫେରି ପାଇବେ ।

■ କାଶିବା, ଛିଙ୍କିବା ବା ହସିବା ସମୟରେ କିଗଲ କରନ୍ତୁ ବା ଗୋଡ଼ ଚାପି ଧରନ୍ତୁ ।

■ ପେଣ୍ଟିରେ ଲାଇନର ବ୍ୟବହାର କରନ୍ତୁ ।

■ ଠିକ୍ ସମୟରେ ଶୌଚ କରି ନଗଲେ ମଧ୍ୟ ବ୍ଲାଡରରେ ଚାପ ପଡ଼ିଥାଏ । କୋଷ୍ଠ କାଠିନ୍ୟ ବଳରେ ମଧ୍ୟ ପୃଷ୍ଠଦେଶର ମାଂସପେଶୀ ସବୁ କମିଯାଏ । ଏସବୁ ରକ୍ଷା କରିଥାନ୍ତି ।

■ ବାରମ୍ବାର ପରିଶ୍ରା ଲାଗୁଥିଲେ ମୂତ୍ରାଶୟକୁ ଆୟତ୍ତ କରିବାକୁ ଚେଷ୍ଟା କରନ୍ତୁ । ଘଣ୍ଟାକ ପରିବର୍ତ୍ତେ ପ୍ରତି ଅଧଘଣ୍ଟାରେ ପରିଶ୍ରା ଯାଆନ୍ତୁ । ଆସ୍ତେ ଆସ୍ତେ ସମୟ ବଢ଼େଇ ପାରନ୍ତି ଯଦ୍ୱାରା ହଠାତ୍ ଦୌଡ଼ିବାକୁ ନ ପଡୁ ।

■ ଯାହା ହେଉନା କାହିଁକି, ଦିନକୁ ୮ ଗ୍ଲାସ ପାଣି ପିଇବା ଭୁଲନ୍ତୁ ନାହିଁ । ପାଣି ପିଇବା କମ୍ କଲେ ଯୋନି ପ୍ରଦେଶରେ ସଂକ୍ରମଣ ହେବା ସୁନିଶ୍ଚିତ ।

ଏହା ମଧ୍ୟ ଦେଖନ୍ତୁ ଯେ ପରିଶ୍ରା କଲାବେଳେ, କେବଳ ପରିଶ୍ରା ବାହାରୁଛି ନା ଏମ୍ନିଓଟିକ ଦ୍ରବଣ ମଧ୍ୟ ! ଏଣୁ ତାକୁ ନାକରେ ଶୁଙ୍ଘି (ଆଘ୍ରାଣ କରି) ପରିଶ୍ରା ନହେଲେ ଡାକ୍ତରଙ୍କୁ ପଚାରନ୍ତୁ ।

ଆପଣ କିଭଳି

"ସମସ୍ତେ କହନ୍ତି ଯେ ମୋ ଗର୍ଭ ଆଠ ମାସକୁ କମ୍ ପରି ଦିଶେ । ମୋର ଧାଈ କହନ୍ତି ସବୁ କିଛି ଠିକ୍ ଠାକ୍ ଅଛି; ହେଲେ ମୋ ଶିଶୁର ଗଠନ ଓ ବିକାଶ ଅସମ୍ପୂର୍ଣ୍ଣ ନାହିଁ ତ ?"

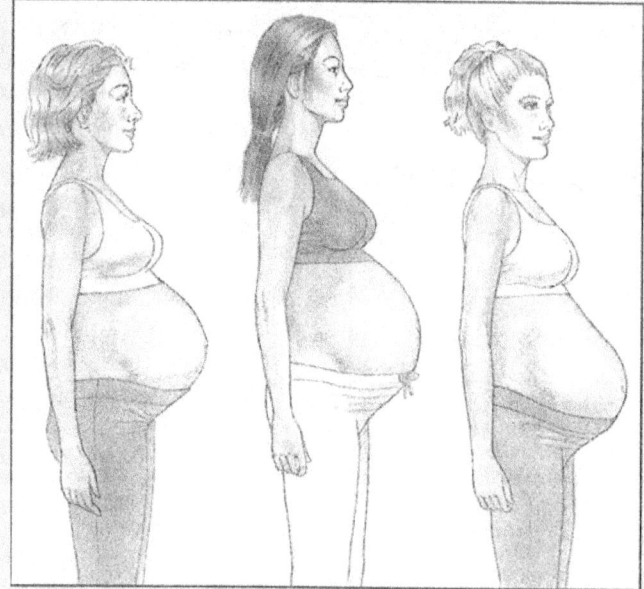

ଅଷ୍ଟମ ମାସରେ ଗର୍ଭଧାରଣ

ମହିଳାମାନେ ଅଷ୍ଟମ ମାସରେ ଏହି ତିନି ପ୍ରକାରରେ ଗର୍ଭଧାରଣ କରିପାରନ୍ତି । ଏସବୁ ଆପଣଙ୍କ ନିଜ ଆକାର ଓ ପ୍ରକାର, ପରିସ୍ଥିତି, ଓଜନ ଓ ଶିଶୁର ଅବସ୍ଥିତି ତଥା ଓଜନ ଉପରେ ନିର୍ଭର କରେ । ଆପଣ ବିଭିନ୍ନ ପ୍ରକାର ଗର୍ଭଧାରଣ କରିପାରନ୍ତି ।

କୌଣସି ମା'ର ପେଟକୁ ବାହାରୁ ଦେଖି ଆମେ କହିପାରିବା ନାହିଁ ଯେ ସେ କିଭଳି ଭାବରେ ଗର୍ଭକୁ ଧାରଣ କରିଛନ୍ତି ।

■ **ଆପଣଙ୍କ ଶରୀର:** ଆକାର ଓ ଅସ୍ଥିକଙ୍କାଳରେ ପେଟର ଆକାର ଅନେକ ପ୍ରକାର ହୋଇପାରେ । ଡେଙ୍ଗୀ, ଗେଡି, ମୋଟି, ପାତଳୀ ପ୍ରଭୃତି ବିଭିନ୍ନ ମହିଳାମାନଙ୍କର ଦେହ ଅନୁପାତରେ ପେଟର ଆକାର ମଧ୍ୟ ପୃଥକ ପୃଥକ ହେବ । ଏଥବରେ ସନ୍ଦେହ ନାହିଁ ।

■ **ମାଂସପେଶୀର ପ୍ରକାର:** ଯଦି ମାଂସପେଶୀ ଗୁଡ଼ିକ ଶକ୍ତ କିମ୍ବା ଢ଼ିଲା ବା ଦୁର୍ବଳ ଥାଏ, ତେବେ ମଧ୍ୟ ପେଟର ଆକାର ଭିନ୍ନ ଭିନ୍ନ ହେବ ।

■ **ଶିଶୁର ଅବସ୍ଥିତି:** ଗର୍ଭସ୍ଥ ଶିଶୁ କେଉଁ ଅବସ୍ଥାରେ କିଭଳି ଅଛି, ଏହା ଉପରେ ମଧ୍ୟ ପେଟର ବାହ୍ୟ ଆକାର ନିର୍ଭର କରେ ।

■ **ଆପଣଙ୍କ ଓଜନ:** ମା'ଙ୍କ ଓଜନ ଅଧିକ ଥବଲେ ଛୁଆର ଓଜନ ମଧ୍ୟ ବେଶି ହେବ ବୋଲି ମାନେ ନାହିଁ । ଛୁଆ ନିଜ ଅନୁପାତରେ ବଢ଼େ ।

ଆପଣଙ୍କ ନଣନ୍ଦ, ଭାଉଜ ବା ସହକର୍ମୀମାନଙ୍କ ଅପେକ୍ଷା ଡାକ୍ତର ହିଁ ଠିକ୍ ଭାବରେ କହିପାରିବେ ଯେ ଶିଶୁର ବିକାଶ କିଭଳି ହେଉଛି । କାରଣ ସେ ନିୟମିତ ଦେଖି ଆସୁଛନ୍ତି । ପେଟ ଦେଖି ଶିଶୁର ଅବସ୍ଥା ଜଣାପଡ଼େ ନାହିଁ । ଏଥିପାଇଁ ବରଂ ଅଲଟ୍ରା ସାଉର୍ଣ୍ଡ ଇତ୍ୟାଦି ଅନ୍ୟାନ୍ୟ ଡାକ୍ତରୀ ପରୀକ୍ଷା କରିବାକୁ ଇଥାଏ ।

"ପ୍ରତ୍ୟେକ କହୁଛନ୍ତି ଯେ ମୋର ପୁଅ ହେବ ବୋଲି କାରଣ ମୋ ନିତମ୍ବ ବେଶି ଉଠିନାହିଁ, କେବଳ ପେଟଟା ଉଠିଛି । ଏଥିରେ କିଛି ସତ୍ୟତା ଅଛି କି ?"

ଏହା କେବଳ ଧାଈମାନଙ୍କର ଅନୁମାନ ଅଟେ, ଏଥିରୁ ୫୦ ଶତକଡ଼ା ସତ ହୋଇଥାଏ । ଏହା ହେଇପାରେ ନହେଇପାରେ ମଧ୍ୟ । ହୁଏତ ଆପଣ ଏଭଳି କିଛି ଅନୁମାନ କରିପାରନ୍ତି । ହେଲେ ତାକୁ ସତ୍ୟ ମଣି ହତୋତ୍ସାହିତ ହୁଅନ୍ତୁ ନାହିଁ ।

ଆପଣଙ୍କ ଆକାର ଓ ଡେଲିଭରି

"ମୋ ଉଚ୍ଚତା ୫ ଫୁଟ ହେବ । ଡେଲିଭରି ସମୟରେ ମତେ କଣ ଅସୁବିଧା ହେବ କି ?"

ଛୁଆକୁ ଜନ୍ମ ଦେବା କଥା ପଡ଼ିଲେ, ଆପଣଙ୍କର ବାହ୍ୟ ଶରୀର ଅପେକ୍ଷା ଆଭ୍ୟନ୍ତରୀଣ ଅଙ୍ଗ ବିଶେଷ ବେଶି ଗୁରୁତ୍ୱପୂର୍ଣ୍ଣ ମନେ ହୋଇଥାଏ । ପେଲଭିସ ଓ ଶିଶୁର ଆକାର ହିଁ ଡେଲିଭରି କଥା ସ୍ଥିର କରିଥାଏ । ଏଥିରେ ଉଚ୍ଚତା ସହିତ କୌଣସି ସମ୍ପର୍କ ନାହିଁ । ଅଳ୍ପ ଉଚ୍ଚତାର ଅର୍ଥ ନୁହଁ ଯେ ଆପଣଙ୍କ ପୃଷ୍ଠଭାଗର ପରିଧି ମଧ୍ୟ ଛୋଟ ଥିବ । ଏହା ହୁଏତ ବେଶି ଉଚ୍ଚତା ବିଶିଷ୍ଟ ସ୍ତ୍ରୀମାନଙ୍କ ଠାରୁ ମଧ୍ୟ ଅଧିକ ବଡ଼ ହୋଇପାରେ ।

ଆପଣ ଏହି ଆକାରକୁ ଜାଣିବେ କିପରି ? ଡାକ୍ତର ହୁଏତ ପରୀକ୍ଷା କଲାବେଳେ ଆକାର କଥା ଅନୁମାନ କରିପାରନ୍ତି । ଯଦି ତାଙ୍କୁ ସନ୍ଦେହ ବା ଆଶଙ୍କା ହୁଏ ତେବେ ସେ ଅଲଟ୍ରାସାଉଣ୍ଡ ବଳରେ ଜାଣି ପାରିବେ ।

ସାଧାରଣତଃ ପ୍ରକୃତି ଶିଶୁର ମୁଣ୍ଡକୁ ବଡ଼ ଓ ମା'ର ଯୋନି ପଥକୁ ଛୋଟ କରି ଗଢ଼ି ନଥାଏ । ଏଣୁକରି ଶିଶୁ ଆରାମରେ ଜନ୍ମ ହୁଏ । ଆମେ ଆଶାକରୁ ଆପଣଙ୍କର ମଧ୍ୟ ଏମିତି ହେବ ।

ଆପଣଙ୍କର ଓଜନ ଓ ଶିଶୁର ଆକାର

"ମୋର ଓଜନ ବେଶି ବଢ଼ିଯାଇଛି । ମୋର ମନେହୁଏ ଯେ ଶିଶୁ ମଧ୍ୟ ବେଶି ବଡ଼ ହେଇଥିବ, ଏଣୁ ପ୍ରସବରେ ଅସୁବିଧା ହେଇପାରେ ।"

ଆପଣଙ୍କର ଓଜନ ବଢ଼ିଛି ବୋଲି ଶିଶୁର ଓଜନ ମଧ୍ୟ ବଢ଼ିବ ବୋଲି ମାନେ ନାହିଁ । ଏହା ଅନ୍ୟାନ୍ୟ କାରଣ ଉପରେ ନିର୍ଭର କରେ- ଯଥା: ବଂଶାନୁଗତ, ଜନ୍ମବେଳେ ଓ ଗର୍ଭଧାରଣ ପୂର୍ବରୁ ଆପଣଙ୍କର ଓଜନ, ଖାଦ୍ୟପେୟ କିଭଳି ଥିଲା... ଇତ୍ୟାଦି । ଏହିପରି ଭାବରେ ନିଜର ଓଜନ ୩୫-୪୦ ପାଉଣ୍ଡ ବଢ଼ିଲେ ଛୁଆ ୬-୭ ପାଉଣ୍ଡର ହୋଇଥାଏ ।

ଡାକ୍ତର ଆପଣଙ୍କ ପେଟ ଓ ଗର୍ଭାଶୟର ଉଚ୍ଚତା ମାପି ଶିଶୁର ଆକାର ଅନୁମାନ କରନ୍ତି । ଅବଶ୍ୟ ଏଥିରେ ମଧ୍ୟ ଗୋଟେ ଅଧେ ପାଉଣ୍ଡ ଏପଟ ସେପଟ ହୋଇପାରେ । ଅଲ୍ଟ୍ରାସାଉଣ୍ଡ ବଳରେ ମଧ୍ୟ ଅନୁମାନ କରିହୁଏ । ହେଲେ ଏହାକୁ ସଠିକ୍ ବୋଲି ଧରନ୍ତୁନି ।

ମନେକର ଛୁଆ ବଡ଼ ହୋଇଥିଲେ ମଧ୍ୟ ଏହାର ପ୍ରସବ ବୋଲି କଷ୍ଟମୟ ହେବ ବୋଲି ଧରନ୍ତିନି । ଅବଶ୍ୟ ୬-୭ ପାଉଣ୍ଡର ଛୁଆ ୯-୧୦ ପାଉଣ୍ଡର ଛୁଆ ଅପେକ୍ଷା ସହଜରେ ବାହାରି ଆସିଥାଏ । ଅଧିକାଂଶ ମା'ମାନେ ବେଶି ଓଜନର ଛୁଆମାନଙ୍କୁ ମଧ୍ୟ ସୁରୁଖୁରୁରେ ଜନ୍ମ ଦେଇଥାନ୍ତି । ଏଠାରେ ଦେଖିବାକୁ ହେବ ଯେ ପେଲ୍‌ଭିକ ଅପେକ୍ଷା ଛୁଆର ମୁର୍ଡଟା କେତେ ବଡ଼ ।

ଶିଶୁର ଅବସ୍ଥିତି

"ମୁଁ କିପରି ଜାଣିବି ଯେ ମୋ ଛୁଆର ମୁହଁ କେଉଁ ପଟକୁ ଅଛି? ମୁଁ ଜାଣିବାକୁ ଚାହେଁ ଯେ ସେ ଡେଲିଭରି ପାଇଁ ଠିକ୍ ବାଟରେ ଅଛି ତ?"

ଅବଶ୍ୟ ବାହାରୁ ଛୁଆର ହାତଗୋଡ଼ ଓ କହୁଣୀ ଆଦି ଅନୁମାନ କରିବା କୌତୁକିଆ ହୋଇଥାଏ ହେଲେ ଏହା ଶିଶୁର ଅବସ୍ଥିତି ଜାଣିବାର ପ୍ରକୃତ ଉପାୟ ନୁହେଁ । ଡାକ୍ତର ହୁଏତ ଆପଣଙ୍କୁ ଏ କ୍ଷେତ୍ରରେ ସାହାଯ୍ୟ କରିପାରନ୍ତି ।

ଶିଶୁର ହୃଦ୍‌ସ୍ପନ୍ଦନରୁ ମଧ୍ୟ ଏକଥା ଜାଣିପାରିବେ । ଯଦି କୌଣସି ସନ୍ଦେହ ହୁଏ ତେବେ ଅଲ୍ଟ୍ରା ସାଉଣ୍ଡ ବଳରେ ସ୍ପଷ୍ଟ ଜଣାପଡ଼ିଯିବ ।

ଅବଶ୍ୟ ଆପଣ ଚାହିଁଲେ ମନବୁଝେିବା ପାଇଁ ଏସବୁ ଉପାୟ କରିପାରନ୍ତି-

- ଶିଶୁର ପିଠି ସମତଳ ହୋଇଥାଏ । ଆଗକୁ ସରୁ ସରୁ ହାତ ଗୋଡ଼ ଥାଏ ।
- ଅଷ୍ଟମ ମାସରେ ଏହା ପେଲ୍‌ଭିକ (ପୃଷ୍ଠଦେଶ) ପାଖରେ ଥାଏ ।
- ତାର ପିଚା ମୁଣ୍ଡ ଅପେକ୍ଷା ବେଶି ନରମ ଥାଏ ।

ବ୍ରିଚ ବେବି (ପାଦ ତଳକୁ ଥିବା ଅବସ୍ଥା)

"ଗତ ସାକ୍ଷାତବେଳେ ଡାକ୍ତର ମତେ କହିଥିଲେ ଯେ ଛୁଆର ମୁର୍ଡ ମୋ ପିଞ୍ଜରା ହାଡ଼ ପାଖକୁ ଅଛି । ଏହାର ଅର୍ଥ କ'ଣ ସେ 'ବ୍ରିଚବେବି' କି?"

ହୁଏତ, ଶିଶୁଟି ଗର୍ଭ ମଧ୍ୟରେ ଥାଇ ଜିମ୍‌ନାଷ୍ଟିକ କରୁଥାଇପାରେ । ଅବଶ୍ୟ ଅଧିକାଂଶ ଛୁଆ ୩୨ ରୁ ୩୮ ସପ୍ତାହ ମଧ୍ୟରେ ଠିକ୍ ସ୍ଥାନକୁ ଚାଲି ଆସିଥାନ୍ତି । ଏଥିରେ ବ୍ୟତିକ୍ରମ ମଧ୍ୟ ଦେଖାଯାଏ । ଏଣୁ ତାର ନିମ୍ନ ଭାଗ ତଳକୁ ଅଛି । ଏହାର ଅର୍ଥ ନୁହଁ ଯେ ସେ ଜନ୍ମବେଳେ 'ବ୍ରିଚ' ହେବ ।

ମନେକର ପ୍ରସବ ପୂର୍ବ ପର୍ଯ୍ୟନ୍ତ ଛୁଆ 'ବ୍ରିଚ୍' ଅବସ୍ଥାରେ ଥାଏ, ତେବେ ଡାକ୍ତର ଆପଣଙ୍କୁ ପଚାରି କୌଣସି ଉପାୟ କରିପାରନ୍ତି । ଏଥିରେ ବ୍ୟତିବ୍ୟସ୍ତ ହେବାର ଆବଶ୍ୟକ ନାହିଁ ।

ବ୍ରିଚ ବେବିକୁ ଓଲଟାଇବା

ଅନେକ ଡାକ୍ତର ବ୍ରିଚ ବେବିକୁ ଓଲଟାଇବା ସକାଶେ ବ୍ୟାୟାମ କରିବା ପାଇଁ ପରାମର୍ଶ ଦେଇଥାନ୍ତି; ମୁଣ୍ଡ ତଳକୁ କରି ହାତ ଓ ଆଣ୍ଠୁରେ ଭରାଦେଇ ବସନ୍ତୁ ଓ ଆଗକୁ ପଛ ହୁଅନ୍ତୁ । ପେଲ୍‌ଭିକ ଟିଲ୍ଟ ପାଇଁ କିନ୍ତୁ ଏସବୁ ବ୍ୟାୟାମ କରିବା ପୂର୍ବରୁ ଡାକ୍ତରଙ୍କ ପରାମର୍ଶ ଅନିବାର୍ଯ୍ୟ ।

ମୁହଁ କେଉଁଠି ଅଛି ?

ଶିଶୁର ଅବସ୍ଥିତି କଥା ଯଦି ଚିନ୍ତା କରିବା ତେବେ, ଶିଶୁର ମୁଣ୍ଡ ତଳକୁ ମୁହଁ ପଛକୁ ଓ ଚିବୁକ ଛାତିରେ ଲାଗିଥିଲେ ଆପଣ ଭାଗ୍ୟବତୀ ବୋଲି ଧରିବାକୁ ହେବ । ଏହି ଅକିପୁଟ ଏର୍ଟରିଅର ପୋଜିସନ ଜନ୍ମ ପାଇଁ ଆଦର୍ଶ ଓ ଉପଯୁକ୍ତ ଅଟେ । କାରଣ ପ୍ରସବ ବେଳେ ତା' ମୁଣ୍ଡ ସହଜରେ ପଦାକୁ ଚାଲିଆସେ । ମନେକର ଶିଶୁର ମୁହଁ ଆପଣଙ୍କ ପେଟ ଆଡ଼କୁ ଥାଏ (ଅକ୍ସିପୁଟ ପୋଷ୍ଟେରିଅର) ତେବେ ହୁଏତ କ୍ଷତିକାରକ ହୋଇପାରେ । ତା'ର ଖପୁରୀ ଆପଣଙ୍କ ମେରୁଦଣ୍ଡ ପାଖରେ ଚାପ ପକେଇପାରେ ଆଉ ପଦାକୁ ଆସିବାରେ ହୁଏତ ଡେରି ମଧ୍ୟ ହୋଇପାରେ ।

ଡେଲିଭରି ସମୟ ପାଖେଇ ଆସିଲେ, ଡାକ୍ତର ତାର ଅବସ୍ଥିତି ଜାଣିବାକୁ ଚେଷ୍ଟା କରିବେ । ଯଦିଚ ତାର ଅବସ୍ଥିତି ପୋଷ୍ଟେରିଅର ଥାଏ ତେବେ ଚିନ୍ତା କରିବାର କିଛି ନାହିଁ । ଅନେକ ଶିଶୁ ପ୍ରସବବେଳେ ଠିକ୍ ପୋଜିସନକୁ ଚାଲି ଆସିଥାନ୍ତି । ଅନେକ ଜାଗାରେ ଡାକ୍ତରମାନେ ବ୍ୟାୟାମ ବଳରେ ମଧ୍ୟ ଅବସ୍ଥିତି ପରିବର୍ତ୍ତନ ପାଇଁ ପ୍ରଚେଷ୍ଟା କରିଥାନ୍ତି ।

ଶିଶୁ କିପରି ଶୋଇଛି ?

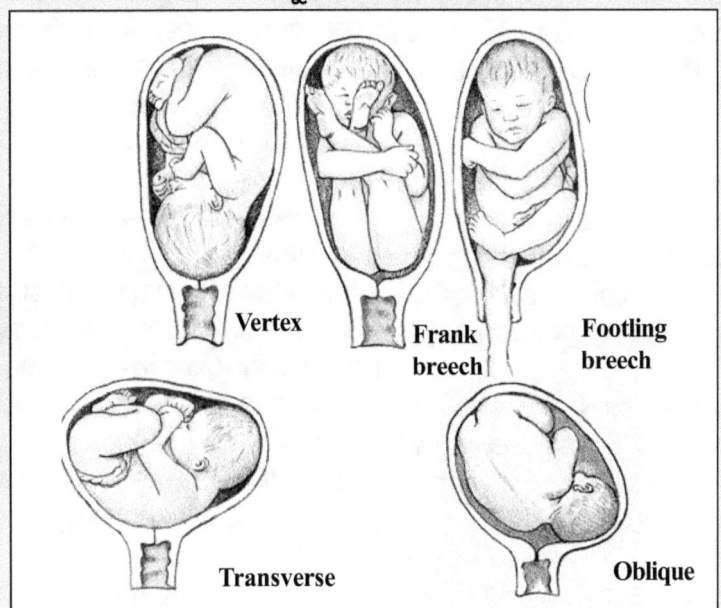

Vertex
Frank breech
Footling breech
Transverse
Oblique

ଡେଲିଭରି କଥା ଆସିଲେ ଛୁଆର ଅବସ୍ଥିତି ଖୁବ୍ ଗୁରୁତ୍ୱପୂର୍ଣ୍ଣ ମନେହୁଏ । ଅଧିକାଂଶ ଶିଶୁ ମୁଣ୍ଡ ତଳକୁ ଅର୍ଥାତ୍ ଭଟେକ୍ସ ପୋଜିସନରେ ଥାନ୍ତି । ବ୍ରିଚ ଶିଶୁ କିନ୍ତୁ ବିଭିନ୍ନ ଅବସ୍ଥାରେ ରହିଥାନ୍ତି । ଯଥା: ଫ୍ରେଙ୍କବ୍ରିଚ ଅବସ୍ଥାରେ ନିତମ୍ବ ତଳଆଡ଼କୁ ଥାଏ ତଥା ଉଭୟ ଗୋଡ଼ ଉପରକୁ ଥାଇ ହାତରେ ବନ୍ଧା ହୋଇଥାଏ । ଫୁଟଲିଙ୍ଗ ବ୍ରିଚରେ ଶିଶୁର ଗୋଟିଏ ବା ଉଭୟ ଗୋଡ଼ ତଦଳକୁ ଥାଏ । ଟ୍ରାନ୍ସଭର୍ସପୋଜିସନରେ ଶିଶୁର ପିଠି ଗର୍ଭାଶୟ ମୁଖ ପାଖକୁ ଥାଏ । ପବ୍ଲିକ ପୋଜିସନରେ ଶିଶୁର ମୁଣ୍ଡ ମା'ର ନିତମ୍ବଦ୍ୱୟ ଆଡ଼କୁ ଥାଏ ।

"ବ୍ରିଚବେବିକୁ ଓଲଟାଇବାକୁ ହେଲେ କ'ଣ କରାଯାଇପାରେ ?"

ଶିଶୁର ଅବସ୍ଥିତିକୁ ଓଲଟାଇବାକୁ ହେଲେ ଅନେକ ଉପାୟ କରାଯାଇପାରେ । ଡାକ୍ତର ଆପଣଙ୍କୁ କେତେକ ସହଜ ବ୍ୟାୟାମ ବତେଇ ପାରନ୍ତି । ଯାହା ବହିରେ କୁହାଯାଇଛି । ଅବଶ୍ୟ ଏକ୍ୟୁପଞ୍ଚର ଓ ଚେରିମୂଳି ଔଷଧର ସାହାଯ୍ୟ ମଧ୍ୟ ନିଆଯାଇପାରେ ।

ତଥାପି ଯଦି ଠିକ୍ ନହୁଏ, ତେବେ ଡାକ୍ତର ନିଜ ହାତରେ ତାର ସ୍ଥିତି ପରିବର୍ତ୍ତନ ସକାଶେ ଆଗଭର ହୋଇପାର୍ତି । ଯାହାକୁ ଏକ୍ସଟରନାଲ ସିଫେଲିକ ଭର୍ଜନ (ଇସିଭି) କହନ୍ତି । ଏହା ପ୍ରାୟ ୩୭ ବା ୩୮ଶ ସପ୍ତାହରେ କରାଯାଇଥାଏ । ସେତେବେଳେ ଶିଶୁ ଆରାମଦାୟକ ଅବସ୍ଥାରେ ଥାଏ । ଅନେକ ଡାକ୍ତର ଏହାକୁ ଏପିଡ୍ୟୁରାଲ ପରେ ମଧ୍ୟ କରିଥାନ୍ତି । ସିଏ ଆସ୍ତେ ଆସ୍ତେ ଶିଶୁକୁ ହାତରେ ତଳକୁ କରିଥାନ୍ତି । ସତର୍କତା ବାଞ୍ଛନୀୟ ।

ଇସିଭିର (୨/୩) ଦୁଇ ତୃତୀୟାଂଶ ମାମଲା କୃତକାର୍ଯ୍ୟ ହୋଇଥାଏ । ଆଗରୁ ଗର୍ଭବତୀ ହେଇଥିବା ସ୍ତ୍ରୀମାନଙ୍କ କ୍ଷେତ୍ରରେ ଏହା ବେଶି ଉପଯୁକ୍ତ ହୁଏ । ତଥାପି ଏଭଳି କେତେକ ଶିଶୁ ଥାନ୍ତି, ଯେଉଁମାନେ ସତ ଚେଷ୍ଟା ପରେ ମଧ୍ୟ ସେହି ବିଷମ ପରିସ୍ଥିତିକୁ ଫେରି ଆସିଥାନ୍ତି ।

ମନେକର ଶିଶୁ ବ୍ରିଚ ଅବସ୍ଥାରେ ରହେ ତେବେ, ଲେବର ଓ ଡେଲିଭରି ଉପରେ କିଭଳି ପ୍ରଭାବ ପଡ଼ିବ? କଣ ମୁଁ ମୋ ଯୋନିବାଟ ଦେଇ ତାକୁ ଜନ୍ମ ଦେଇପାରିବି ?"

ଆପଣ ନିଜ ଯୋନି ବାଟ ଦେଇ ଶିଶୁକୁ ଜନ୍ମ ଦେଇପାରିବେ ନା ନାହିଁ, ଏହା ଅନେକ କାରଣ ଉପରେ ନିର୍ଭର କରେ । ଏହା ଡାକ୍ତରଙ୍କ ନୀତି ଓ ଆପଣଙ୍କ ପରିସ୍ଥିତି ଉପରେ ନିର୍ଭରଶୀଳ । ଅନେକ ଡାକ୍ତର ସେକ୍ସନ କରିଥାନ୍ତି, କାରଣ ଏହା ନିରାପଦ ହୁଏ । ମନେକର ଫ୍ରେଙ୍କ ବ୍ରିଚ ହୁଏ, ତେବେ ପେଲପିକରନଠାରେ ଯଥେଷ୍ଟ ଜାଗା ଥାଏ । ଏଣୁ ସି ସେକ୍ସନ ନହେଲେ ମଧ୍ୟ କାମ ଚଳେ ।

-ସବୁଠୁ ବଡ଼କଥା ହେଲା ଶେଷ ବେଳକୁ ଛୁଆ କେଉଁ ଅବସ୍ଥାକୁ ଆସିବ, ତାକୁ ଦୃଷ୍ଟିରେ ରକ୍ ନିଷ୍ପତ୍ତି ନିଆଯାଏ । ଆପଣ ଡାକ୍ତରଙ୍କୁ ପଚାରି ସବୁତକ ବିକଳ୍ପ ବାବଦରେ ଆଲୋଚନା କରି ନିଶ୍ଚିନ୍ତ ହୋଇପାରିବେ ।

"ଡାକ୍ତରଙ୍କ ମତରେ ଶିଶୁଟି ଓବ୍ଲିକ ଅବସ୍ଥାରେ ଅଛି । ଏହା କଣ ଓ ପ୍ରସବରେ କି ପ୍ରଭାବ ପଡ଼ିପାରେ ?

ଏହାର ଅର୍ଥ ହେଲା ଶିଶୁଯି ଅସଂଗତ ଅବସ୍ଥାରେ ଅଛି । ତାର ମୁର୍ଡ ସର୍ଭିକ୍ସ ଆଡ଼କୁ ନଥାଇ ପିଚା ଆଡ଼କୁ ଅଛି । ଏଣୁ ଡାକ୍ତର ହାତରେ ଏପଟ ସେପଟ କରିବାକୁ ହେବ, ନଚେତ ଯୋନି ବାଟ ଦେଇ ପ୍ରସବ କରିବା ବଡ଼ ମୁସ୍କିଲ । ଯଦି ଏଭଳି ନହୁଏ, ତେବେ ସି ସେକ୍ସନ କରିବାକୁ ହେବ ଅନେକ ଥର 'ଟ୍ରାନ୍ସଭର୍ସ' ଅବସ୍ଥାକୁ ମଧ୍ୟ ଶିଶୁ ଚାଲିଆସେ । ଏଣୁ ଏହି ଉପାୟ କରାଯାଏ ।

ସିଜେରିଆନ ଡେଲିଭରି

"ଡାକ୍ତର ମତେ ସିଜେରିଆନ ଡେଲିଭରି କଥା କହିଛନ୍ତି, ଏଣୁ ମୁଁ ବେଶି ଦୁଃଖିତ ।"

ଅବଶ୍ୟ ଏହା ବଡ଼ ଧରଣର ଅପରେସନ, ହେଲେ ମଧ୍ୟ ବେଶ୍ ନିରାପଦ ମଧ୍ୟ । ୩୦ଶତକଡ଼ା ମହିଳାମାନେ ଏହି ଉପାୟରେ ଶିଶୁକୁ ଜନ୍ମ ଦେଇଥାନ୍ତି ।

ଏହା ଆପଣଙ୍କୁ କଷ୍ଟ ଦେଇପାରେ କାରଣ ଆପଣ ଏପରି ଚାହୁଁନଥବଲେ । ପ୍ରାକୃତିକ ଉପାୟରେ ତାକୁ ପୃଥିବୀରେ ଆଣିବାକୁ ଚାହୁଁଥିଲେ, ହେଲେ ବର୍ତ୍ତମାନ ଅପରେସନ ଛଡ଼ା ଅନ୍ୟ ଗତି ନଥିବାରୁ ଏଥିପାଇଁ ପ୍ରସ୍ତୁତ ହେବାକୁ ହେବ ।

ଅବଶ୍ୟ ବର୍ତ୍ତମାନ ହସ୍‌ପିଟାଲ ମାନଙ୍କରେ ଏହି ପଦ୍ଧତିକୁ ବେଶ୍ ସୁବିଧାଜନକ କରିଦିଆହୋଇଛି । ଭାବନ୍ତୁ ତ, ଏହା ଶିଶୁ ପାଇଁ ମଧ୍ୟ ଆରାମଦେୟ ହୋଇଥାଏ । ମେଡିକାଲ ଟର୍ମ କଥା ପଡ଼ିଲେ ଶିଶୁର ନିରାପଦ ଜନ୍ମକୁ ହିଁ ଉତ୍ତମ ଡେଲିଭରି ବୋଲି କୁହାଯାଏ । ବର୍ତ୍ତମାନ ଶିଶୁ ପାଇଁ ଏହା ହିଁ ନିରାପଦ ପନ୍ଥା ।

"ଏଭଳି କାହିଁକି ମନେ ହେଉଛି ଯେ, ମୋର ଅଭିଜ୍ଞ ଗର୍ଭବତୀ ସ୍ତ୍ରୀମାନେ ଆଜିକାଲି ସି-ସେକ୍ସନ ଜରିଆରେ ଶିଶୁଙ୍କୁ ଜନ୍ମ ଦେଉଛନ୍ତି ?"

ବିଗତ କେଇ ବର୍ଷରୁ ସି-ସେକ୍ସନ ଖୁବ୍ ପରିମାଣରେ ହେବାରେ ଲାଗିଛି । ଏହାର ନିମ୍ନ କାରଣମାନ ହୋଇପାରେ-

ନିରାପତ୍ତା: ଏହା ମା' ଓ ଶିଶୁ ପାଇଁ ବେଶ୍ ନିରାପଦ ହୋଇଥାଏ, କାରଣ ଆଜିକାଲି ଉନ୍ନତ ବୈଜ୍ଞାନିକ କୌଶଳର ପ୍ରୟୋଗ ହେଉଛି ।

ବଡ଼ ଶିଶୁ: ପ୍ରାୟ ଶିଶୁର ଆକାର ବଡ଼ ହୋଇଥିଲେ ତାକୁ ଯୋନି ବାଟ ଦେଇ ପଦାକୁ କାଢ଼ି ହୁଏନାହିଁ । ଏଣୁକରି ଅପରେସନ କରିବା ନିହାତି ଜରୁରୀ ମନେହୁଏ ।

ପୃଥୁଳା ମା: ହଁ, ପୃଥୁଳା ବା ମେଦ ବହୁଳା ହେବା ଯୋଗୁଁ ମଧ୍ୟ ସି-ସେକ୍ସନ କରିବାକୁ ପଡ଼ିଥାଏ । ମନେକର ମା' ମୋଟି ହୋଇଥାନ୍ତି, ତେବେ ପ୍ରସବକାଳ ଦୀର୍ଘ ହେବ ଓ ଅପରେସନ ଟେବୁଲରେ ପୂର୍ଣ୍ଣ ହୋଇପାରିବ ।

ବେଶି ବୟସ ମା: ୩୦ ବର୍ଷରୁ ବେଶି ବୟସର ମା'ମାନଙ୍କୁ ମଧ୍ୟ ସି-ସେକ୍ସନ କରିବାକୁ ପଡ଼ିଥାଏ; କିମ୍ବା ସେମାନେ ରୋଗାକ୍ରାନ୍ତ ହୋଇପାରନ୍ତି ।

ପୁଣି ଥରେ ସି-ସେକ୍ସନ ହେବା: କୌଣସି କାରଣ ବଶତଃ ଡାକ୍ତର ଥରେ ସି-ସେକ୍ସନ ପରେ ଆଉ ଥରେ ଯୋନିବାଟ ଦେଇ ଜନ୍ମ ଦେବାକୁ କହିଥାନ୍ତି ଯଦି ତାହା କୃତକାର୍ଯ୍ୟ ନହୁଏ, ତେବେ ଦ୍ୱିତୀୟ ଅପରେସନ ପାଇଁ ଅନୁମତି ଦେଇଥାନ୍ତି ।

ଅତ୍ୟନ୍ତ ଯତ୍ନ ସାହାଯ୍ୟରେ ଡେଲିଭରି: ଆଜିକାଲି ଖୁବ୍ ଛୋଟ ଧରଣର ଚିମୁଟା (ଫୋରସେପ) ବା ଅନ୍ୟାନ୍ୟ ଯତ୍ନ ଓ ଉପକରଣ ବଳରେ ଜନ୍ମ ଦିଆଯାଏ ।

ଏହାର ଅର୍ଥ ହେଲା ଡାକ୍ତର ଏଭଳି କରିବା ପରିବର୍ତ୍ତେ ଅପରେସନ କରିବାକୁ ବେଶି ନିରାପଦ ମଣିଥାନ୍ତି ।

ମା'ଙ୍କ ଗଣନା: ଆଜିକାଲି ମା'ମାନେ ମଧ୍ୟ ଏଭଳି କରେଇବାକୁ ଚାହାନ୍ତି, କାରଣ ଏହା ବେଶ ନିରାପଦ ଓ ବେଦନା ରହିତ ହୋଇଥାଏ ।

ସନ୍ତୋଷ: ହସ୍‌ପିଟାଲ ମାନଙ୍କରେ ଏହି ପଦ୍ଧତିକୁ ପୂର୍ବାପେକ୍ଷା ଅଧିକ ସନ୍ତୋଷଦାୟକ କରିଦିଆଯାଇଛି । ଏହି ପ୍ରକ୍ରିୟାରେ ଖୁବ୍ କମ୍ ସମୟ ଲାଗିଥାଏ ।

"କଣ ଆଗରୁ ଜଣାପଡ଼ିଯାଇଥାଏ କି, ସିଜେରିଆନ ହେବ ବୋଲି ? ହେଲେ ଘଡିସନ୍ଧି ମୁହୂର୍ତ୍ତରେ କାହିଁକି ବାଧ୍ୟ କରାଯାଏ ? ଏହାର କାରଣ କ'ଣ ?"

ଜାଣି ରଖନ୍ତୁ

ତଥ୍ୟାବଳୀ ଯେତେ ବେଶି ଜାଣିବେ, ଜନ୍ମ ଦେବାରେ ସେତେ ସୁବିଧା ହେବ । ଏଣୁ ପ୍ରସବ ଆରମ୍ଭ ହେବା ପୂର୍ବରୁ ଡାକ୍ତରଙ୍କ ଠାରୁ ଏସବୁ କଥା ଜାଣି ରଖନ୍ତୁ-

- ଯଦି ପ୍ରସବ ଆରମ୍ଭ ହେଉନଥାଏ, ତେବେ ସି-ସେକ୍ସନ ପୂର୍ବରୁ ଅନ୍ୟ ଉପାୟ କରାଯାଇପାରେ ।
- କେଉଁ ପ୍ରକାର ଚିର ଦିଆଯିବ ?
- ଯଦି ଶିଶୁଟି ବ୍ରିଚ ବେବି ହୁଏ, ତେବେ କଣ କରାଯିବ ?
- କୋଟକୁ ସାଙ୍ଗରେ ରଖାଯାଇ ପାରିବ କି ?
- ଛୁଆ ଜନ୍ମ ହେଲା ସାଙ୍ଗକୁ ଆପଣଙ୍କ ସାଙ୍ଗ ଛୁଆକୁ ଟେକିଧରି ପାରିବ ତ ?
- ଠିକ୍ ହେବାରେ କେତେ ସମୟ ଲାଗିପାରେ ?
- କେତେ ଅସୁବିଧା ଓ ଯନ୍ତ୍ରଣାର ସମ୍ମୁଖୀନ ହେବାକୁ ହେବ ?
- ଏହିପରି ସି-ସେକ୍ସନ ବିଷୟରେ ମଧ୍ୟ ଜାଣି ରଖନ୍ତୁ ।

ଅନେକ ମହିଳାମାନଙ୍କୁ ଆଗରୁ ଏକଥା ଜଣାପଡ଼ିନଥାଏ, ହେଲେ ଆଉ ଅନେକେ ଏଥିପାଇଁ ପୂର୍ବରୁ ପ୍ରସ୍ତୁତ ହୋଇ ରହିଥାନ୍ତି । ଏଥିପାଇଁ ସବୁ ଡାକ୍ତର ଭିନ୍ନ ଭିନ୍ନ ପ୍ରୋଟୋକଲ ବ୍ୟବହାର କରିଥାନ୍ତି ।

■ ମା' ଯଦି ପ୍ରସବ ନେଲାଭଳି ଅବସ୍ଥାରେ ନଥିଲେ, ଅପରେସନ କରିବାକୁ ପଡ଼େ

■ ଛୁଆର ମୁଣ୍ଡ ମା'ର ପେଲଭିସ ଠାରୁ ବଡ଼ ହେଲେ ।

■ ଗର୍ଭରେ ଦୁଇ ବା ତତୋଽଧିକ ଛୁଆ ଥିଲେ ।

■ ବ୍ରିଚ କିମ୍ବା ଅନ୍ୟ ଅବସ୍ଥାରେ ଛୁଆ ଥିଲେ ।

■ କୌଣସି ରୋଗ ଥିଲେ ମା' ପ୍ରସବ କରି ନ ପାରିଲେ ।

■ ମା' ବେଶି ପୃଥୁଳା ଥବଲେ ।

■ କୌଣସି ଯୌନ ସଂକ୍ରମଣ ଥିଲେ ।

■ ପ୍ଲେଜେର୍ଟା ଯଦି ଗର୍ଭାଶୟର ପରଦାରୁ ଶୀଘ୍ର ଦୂରେଇ ଅଲଗା ହେଲେ, ଏହି ପ୍ଲେଜେଣ୍ଟା ସର୍ଭାଇକାଲର ଦ୍ୱାରକୁ ପୂରାପୂରି ବନ୍ଦ କରି ଦେଇଥାଏ ।

ବେଳେ ବେଳେ ଲେବର ଆରମ୍ଭ ହେଲା ପର୍ଯ୍ୟନ୍ତ ସି-ସେକ୍ସନ ପାଁ ନିଷ୍ପତ୍ତି ହେଇନଥାଏ ।

■ ଯଦି ପ୍ରସବକାଳ ଖୁବ୍ ଦୀର୍ଘ ହୁଏ ଶିଶୁ ପଦାକୁ ଆସିପାରେ ନାହିଁ ଆଉ ଡାକ୍ତରଙ୍କର ସବୁତକ ଉପାୟ ଫସର ଫାଟିଯାଏ ।

■ ନାଡ଼ ଘୁଞ୍ଚିଗଲେ ।

■ ଗର୍ଭାଶୟ ଫାଟିଗଲେ ।

ଯଦି ଆଗରୁ ଆପଣ ଏକଥା ଜାଣିପାରନ୍ତି କିମ୍ବା ଡାକ୍ତର ନିଜଆଡୁ ସିଦ୍ଧାନ୍ତ ଗ୍ରହଣ କରନ୍ତି ତେବେ ତତ୍‌ସମ୍ପର୍କିତ ସବୁତକ ତଥ୍ୟାବଳୀ ଜାଣିରଖନ୍ତୁ ।

ଇଲେକ୍ଟିଭ ସିଜେରିଆନ

"ଅନେକ ସ୍ତ୍ରୀମାନେ ସି-ସେକ୍ସନ ଚାହିଁଥାନ୍ତି । ମତେ ମଧ୍ୟ ଏମିତି କରିବାକୁ ପଡ଼ିବ କି ?"

ଆଜିକାଲି ଏହାର ବହୁଳ ପ୍ରଚଳନ ଅଛି, ହେଲେ ଏହା ଜରୁରୀ ନୁହଁ ଯେ ଆପଣ ଏଇଥିପାଇଁ ବୋଲି ଏହାକୁ ଆପଣେଇ ନେବେ । ଏହାକୁ ଗୁରୁତ୍ୱ ଦେଇ ଡାକ୍ତରଙ୍କ ସହ ଆଲୋଚନାକ୍ରମେ ସବୁ ଭଲମନ୍ଦ ବିଷୟରେ ଜାଣିସାରି ନିଷ୍ପତ୍ତି ନିଅନ୍ତୁ ।

ନିଜର ଯେକୌଣସି କାରଣ ଥିଲେ ମଧ୍ୟ ଅପରେସନର ନିଷ୍ପତ୍ତି ଏହି କ୍ଷେତ୍ରରେ ଗ୍ରହଣ କରନ୍ତୁ, ଯଦି

ଯୋନିବାଟ ଦେଇ ଶିଶୁ ଜନ୍ମବେଳର ଯନ୍ତ୍ରଣା: ଯନ୍ତ୍ରଣାରୁ ମୁକ୍ତି ପାଇବା ପାଇଁ ଅପରେସନ କରାଯିବା ବୁଦ୍ଧିମତ୍ତାର ପରିଚାୟକ ନୁହେଁ । ଏଥିପାଇଁ ଅନ୍ୟାନ୍ୟ ଉପାୟ କରାଯାଇପାରେ ।

ଯୋନି ବାଟ ଦେଇ ଜନ୍ମ ପରେ କୌଣସି ଆଶଙ୍କା: ଆପଣଙ୍କ ଯୋନିବାଟର ମାଂସପେଶୀଗୁଡ଼ିକ ଢ଼ିଲା ପଡ଼ିବାର ଆଶଙ୍କା ଥିଲେ କିଗନର ବ୍ୟାୟାମ କରି ଏହାକୁ ଦୂରୀଭୂତ କରାଯାଇପାରେ । ଅପରେସନ ପରେ ମଧ୍ୟ ସାଇଡ ଇଫେକ୍ଟ ପଡ଼ିପାରେ ।

ଇଚ୍ଛାନୁସାରେ ଶିଶୁର ଜନ୍ମ: ଅପରେସନ ପରେ ଦୀର୍ଘସମୟ ପର୍ଯ୍ୟନ୍ତ ହସ୍ପିଟାଲରେ ରହିବାକୁ ହେବ । ମା' ଓ ଶିଶୁ ଉଭୟଙ୍କୁ ସର୍ଜରୀ ଯୋଗୁଁ ଅସୁବିଧା ମଧ୍ୟ ହେଇପାରେ ।

ଦ୍ୱିତୀୟ ଶିଶୁର ଜନ୍ମ: ମନେକର ଆପଣ ପ୍ରଥମେ ଏହି ସୁଯୋଗ ନେଇଥାନ୍ତି, ତେବେ ଦ୍ୱିତୀୟ ଶିଶୁର ଜନ୍ମବେଳେ ଯୋନିବାଟ ଦେଇ ପ୍ରସବ କରିପାରିବେ ନାହିଁ, ବରଂ ଏହି ଉପାୟ ଅଗତ୍ୟା ଅକ୍ତିଆର କରିବାକୁ ପଡ଼ିବ ।

ଶିଶୁଟି ପ୍ରସବ ପାଇଁ ପୂରାପୂରି ପ୍ରସ୍ତୁତ ହେଲେ ହିଁ ଡେଲିଭରିର ପ୍ରକୃତ ସମୟ ହେଲା ବୋଲି ଧରାଯାଏ । ଯଦି ଆପଣ ପୂର୍ବରୁ ଅପରେସନ କରେଇଥାନ୍ତି, ତେବେ ଏହା ତା'ର ଆସିବାର ଭୁଲ ସମୟ ହୋଇପାରେ ।

ଏସବୁ ଜାଣିଲା ପରେ ମଧ୍ୟ ଅପରେସନ ପାଇଁ ନିଷ୍ପତ୍ତି ନିଅନ୍ତି, ତା'ହେଲେ ଡାକ୍ତରଙ୍କୁ ପରାମର୍ଶ କରନ୍ତୁ ଯେ ଏହା ଉଭୟ ମା' ଓ ଶିଶୁ ପାଇଁ ନିରାପଦ ହେବ ନା ନାହିଁ ।

ବାରମ୍ବାର ସିଜେରିଆନ

"ମୋର ଦୁଇଥର ସି-ସେକ୍ସନ ହେଲାଣି । ମୁଁ ଅତିକମ୍‌ରେ ଆଉ ଦୁଇଟା ଛୁଆ ଚାହେଁ । ହେଲେ,

କେତେ ଥର ସି-ସେକ୍ସନ ହୋଇପାରିବ ?"

ଅବଶ୍ୟ ଏଥିରେ କୌଣସି ବାଡ଼ବନ୍ଧ ନାହିଁ । ଯେକୌଣସି ମହିଳା ଯେତେଥର ମଧ୍ୟ ସି-ସେକ୍ସନ କରେଇ ପାରିବେ । ଏହା ଏକଥା ଉପରେ ନିର୍ଭର କରେ ଯେ, ଗତ ସି-ସେକ୍ସନ କିଭଳି ଥିଲା ଓ କେତେବଡ଼ ଘା' ହୋଇଥିଲା । ଏଥିପାଇଁ ପ୍ରଥମେ ଡାକ୍ତରଙ୍କୁ ପଚାରନ୍ତୁ ।

କିପରି କଟାଯାଇଥିଲା, କେତେ ସମୟ ମଧ୍ୟରେ ଠିକ୍ ହେଲା, ଏକଥାକୁ ନେଇ ଆଗାମୀ ସି-ସେକ୍ସନ ହୁଏତ ବିପଜ୍ଜନକ ମଧ୍ୟ ହେଇପାରେ । ଏଣୁ ସତର୍କତାର ସହ କରାଯିବା ଦରକାର ।

ସିଜେରିଆନ ପରେ ଭେଜାଇନାଲ ବାର୍ଥ

"ଗତଥର ସିଜେରିଆନ ବାର୍ଥ ହେଇଥିଲା । ଏଥର ମୁଁ କ'ଣ ଭେଜାଇନାଲ ବାର୍ଥ ପାଇଁ ଚେଷ୍ଟା କରିପାରିବି କି ?"

ପ୍ରଥମେ ପ୍ରଥମେ ଡାକ୍ତର ଓ ଧାଈମାନେ ଏଥିପାଇଁ ପରାମର୍ଶ ଦେଉଥିଲେ ହେଲେ ଅଧ୍ୟୟନରୁ ଜଣାପଡ଼ିଛି ଯେ, କଟା ହେଇଥିବା ଜାଗାରେ ଅସୁବିଧା ହେଇପାରେ । ଏଣୁକରି ଦ୍ୱିତୀୟ ଥର ସି-ସେକ୍ସନ କରାଯିବା କଷ୍ଟକର । ତଥାପି କରାଯାଇପାରେ । ଅବଶ୍ୟ ୬୦ ଶତକଡ଼ା ମହିଳାମାନେ ସି-ସେକ୍ସନ ପରେ ମଧ୍ୟ ଯୋନିବାଟ ଦେଇ ଜନ୍ମ ଦେଇପାରନ୍ତି । ସତର୍କତା ଅବଲମ୍ବନ କରାଗଲେ ଦୁଇଥର ସି-ସେକ୍ସନ ପରେ ମଧ୍ୟ ଆହୁରି କରାଯାଇପାରେ । ଅଧ୍ୟୟନରୁ ଦେଖାଯାଉଥିବା ଆଶଙ୍କା କେବଳ ୧୦ ଶତକଡ଼ା କ୍ଷେତ୍ରରେ ଦେଖାଯାଏ ।

ଯଦି ଆପଣ ନିଷ୍ପତ୍ତି ନେଇ ସାରିଛନ୍ତି ତେବେ ଭଲ ଡାକ୍ତରଟିଏ ବାଛନ୍ତୁ । ସତ ଚେଷ୍ଟା ପରେ ମଧ୍ୟ ଏହା ସମ୍ଭବ ନହେଲେ, ନିରାଶ ହୁଅନ୍ତୁନି । କେବଳ ଏତିକି ମନେରଖନ୍ତୁ ଯେ, ଶିଶୁ ପାଇଁ ମଙ୍ଗଳ ହିଁ ନିଜର ମଙ୍ଗଳ ହେଇପାରେ ।

ଗ୍ରୁପ୍ ବି ଷ୍ଟ୍ରେପ୍

"ଡାକ୍ତର ମତେ ଗ୍ରୁପ ବି ଷ୍ଟ୍ରେପ୍ ସଂକ୍ରମଣ ପାଇଁ ପରୀକ୍ଷା କରିବାକୁ କହିଛନ୍ତି । ଏହା କ'ଣ ?"

ଏହାର ଅର୍ଥ ହେଲା ଆପଣ ଡାକ୍ତରୀ ନିରାପତ୍ତାର ସବୁ ବ୍ୟବସ୍ଥା ଗ୍ରହଣ କରିବାକୁ ଚାହାନ୍ତି । ସେ ଚାହାନ୍ତି ଯେ, ଶିଶୁର ଜନ୍ମ ସାଙ୍ଗକୁ ତା' ଗଳାରେ କୌଣସି ସଂକ୍ରମଣ ନହେଉ ।

ଜିଭିଏସ ନାମକ ଏକ ବ୍ୟାକ୍ଟେରିଆ ସୁସ୍ଥ ମହିଳାର ଯୋନି ପ୍ରଦେଶରେ ଥାଏ । ୧୦ ରୁ ୩୫ ଶତକଡ଼ା ମହିଳାମାନେ ଏଥିରେ ସଂକ୍ରମିତ ହୋଇଥାନ୍ତି । ଶିଶୁ ଏହାଫଳରେ ଗମ୍ଭୀର ଭାବରେ ସଂକ୍ରମିତ ହୋଇପାରେ ।

ଅବଶ୍ୟ ଏହାର କୌଣସି ଲକ୍ଷଣ ଜଣାନପଡ଼ିଲେ ମଧ୍ୟ ସଂକ୍ରମଣ ହେଇଛି ନା ନାହିଁ, ଏହା ଜଣାପଡ଼ିଯିବ । ଡାକ୍ତର ଔଷଧ ଦେଲେ ସଂକ୍ରମଣ ନଷ୍ଟ ହେବ ଓ ସୁସ୍ଥ ଶିଶୁ ଜନ୍ମ ହେଇପାରିବ ।

୩୫ ରୁ ୩୭ ସପ୍ତାହ ମଧ୍ୟରେ ପ୍ରାୟ ଏହି ପରୀକ୍ଷା କରାଯାଏ । ଡାକ୍ତର ନ ଚାହିଁଲେ ମଧ୍ୟ ଆପଣ କହିପାରନ୍ତି । ଏହାକୁ 'ପେପ ସ୍ମିୟରଟେଷ୍ଟ' ଭଳି କରାଯାଏ । ଯାଞ୍ଚ ପଜିଟିଭ ହେଲେ ଏଣ୍ଟିବାୟୋଟିକ୍ସର ଇଞ୍ଜେକ୍ସନ ଦିଆଯାଏ । ମୂତ୍ର ପରୀକ୍ଷା ଦ୍ୱାରା ମଧ୍ୟ ଏହା ଜଣାପଡ଼େ । ଆପଣ ଚାହିଁଲେ ଔଷଧ ଖାଇପାରନ୍ତି ।

ମନେକର ପ୍ରସବର କିଛି ସମୟ ପୂର୍ବରୁ ପରୀକ୍ଷା କରି ଏହା ପଜିଟିଭ ଥିବାର ଜଣାପଡ଼ିଲେ ଚିକିତ୍ସା କରି ବିପଦକୁ ଦୂରେଇ ହୁଏ । ଯଦି ପ୍ରଥମ ଶିଶୁକୁ ମଧ୍ୟ ଏହି ସଂକ୍ରମଣ ହେଇଥାଏ, ତେବେ ହୁଏତ ଡାକ୍ତର ବିନା ପରୀକ୍ଷା ବଳରେ ଆପଣଙ୍କୁ ଔଷଧ ଦେଇପାରିବେ, ଫଳରେ କୌଣସି ଅସୁବିଧା ନହେଉ-

ପ୍ରଚୁର ଖାଦ୍ୟ ଖାଆନ୍ତୁ

ହୁଏତ ଏହି ସମୟରେ ଆପଣ ବେଶି ପରିମାଣରେ ଖାଉଛନ୍ତି ବୋଲି ମନେ କରିପାରନ୍ତି । ହେଲେ ଏହା ଶିଶୁ ଓ ଆପଣଙ୍କ ପାଇଁ ଅତ୍ୟାବଶ୍ୟକ ମଧ୍ୟ । ଦିନକୁ ଅନ୍ତତଃ ଛ' ଥର ଖାଇବାକୁ ଚେଷ୍ଟା କରନ୍ତୁ ଆଉ ପ୍ରଚୁର ପରିମାଣରେ ଖାଆନ୍ତୁ ।

ସ୍ନାନ କରିବା

"ଗର୍ଭଧାରଣର ଶେଷ ବେଳକୁ କ'ଣ ସ୍ନାନ କରାଯିବା ଉଚିତ ହେବ କି?"

ହଁ, ଈଷୁମ ପାଣିରେ ସ୍ନା କଲେ ଦେହକୁ ଆରାମ ମିଳେ । ଆଉ ଗାଧୋଇଲାବେଳେ ପାଣି ପ୍ରାୟ ଯୋନି ଭିତରକୁ ଯାଏନାହିଁ; ବଳାତ୍ ପଶେଇଲେ ହିଁ ପଶିଥାଏ । କୌଣସି କାରଣବଶତଃ ପାଣି ଭିତରକୁ ଗଲାବେଳେ ଗର୍ଭାଇକାଲ ମ୍ୟୁକସ ଗର୍ଭାଶୟର ଦ୍ୱାରକୁ ବନ୍ଦ କରିଦେଇଥାଏ; ଫଳରେ କୌଣସି ସଂକ୍ରାମକ ରୋଗ ପଶିପାରେ ନାହିଁ ।

ପୁନରପି ପ୍ରସବବେଳେ ମଧ୍ୟ ଆପଣ ଗାଧୋଇ ପାରନ୍ତି । ହାଇଡ୍ରୋଥେରେପି ବଳରେ ପ୍ରସବ ବେଦନା କମିଥାଏ । ଆପଣ ଚାହିଁଲେ ଟବ୍‌ରେ ଶିଶୁକୁ ଜନ୍ମ ଦେଇପାରନ୍ତି ।

କେବଳ ଟବ୍‌ରେ ମଶିଣା ପଡ଼ିଥିବା ଉଚିତ । ଫଳରେ ପାଦ ଖସିବନି । ସବୁଥର ପରି ବାବଲ ବାଥରୁ ଦୂରେଇ ରୁହନ୍ତୁ ।

ଗାଡ଼ି ଚଳେଇବା

"ମୁଁ ଷ୍ଟିଅରିଂ ପାଖରେ ବସିପାରେ ନାହିଁ; ହେଲେ ବର୍ତ୍ତମାନ ଗାଡ଼ି ଚଳେଇ ପାରିବି କି?"

ଆପଣ ଷ୍ଟିଅରିଂ ଧରି ବସିପାରିଲା ପର୍ଯ୍ୟନ୍ତ ଗାଡ଼ି ଚଳେଇପାରିବେ । ସିଟ୍ ପଛକୁ କରି ଷ୍ଟିଅରିଂକୁ ଉପରମୁହାଁ କରି ବସିଲେ ଜାଗା ହେବ ।

ମଟର କାରରେ ଘଣ୍ଟାକରୁ ବେଶି ସମୟ ଏକାଥରକେ ବସନ୍ତୁ ନାହିଁ । ଦୀର୍ଘ ଯାତ୍ରା କରୁଥିଲେ ଆପଣ ଗାଡ଼ି ନଚଳେଇଲେ ମଧ୍ୟ ହାଲିଆ ହେଇଯିବେ । ଯିବା ଜରୁରୀ ହେଲେ ଘଣ୍ଟାକ ପରେ ଚଳପ୍ରଚଳ ହୋଇ ବେକ ଓ ପିଠିର ଆରାମ ପାଇଁ ସାମାନ୍ୟ ବ୍ୟାୟାମ କରି ଯାଆନ୍ତୁ ।

ଲେବର ସମୟରେ ନିଜେ ଗାଡ଼ି ଚଳେଇ ହସ୍‌ପିଟାଲ ଯାନ୍ତୁ ନାହିଁ । ହୁଏତ ରାସ୍ତାରେ ବଡ଼ ବିପତ୍ତିକର ପରିସ୍ଥିତି ସୃଷ୍ଟି ହୋଇପାରେ । ପଛରେ ବସିଥିଲେ ମଧ୍ୟ ସିଟ୍ ବେଲ୍‌ଟ ବାନ୍ଧିବାକୁ ଭୁଲନ୍ତୁ ନାହିଁ ।

ଯାତ୍ରା କରିବା

"ଏମାସରେ ମତେ ଏବେ ଜରୁରୀ ବ୍ୟାବସାୟିକ ପରିପ୍ରେକ୍ଷୀରେ ଯିବାର ଅଛି । ବର୍ତ୍ତମାନ ଅବସ୍ଥାରେ ଯିବା ନିରାପଦ ହେବ ନା ଯାତ୍ରାଟିକୁ ମୁଁ ବାତିଲ କରିଦେବି?"

ଯାତ୍ରା ପୂର୍ବରୁ ଡାକ୍ତରଙ୍କୁ ପରାମର୍ଶ କରନ୍ତୁ । ଭିନ୍ନ ଭିନ୍ନ ଡାକ୍ତର ଏହି ପରିପ୍ରେକ୍ଷୀରେ ଭିନ୍ନ ଭିନ୍ନ ମତ ଦେଇଥାନ୍ତି । ଏହା ଆପଣଙ୍କ ପରିସ୍ଥିତି ଓ ଅନ୍ୟାନ୍ୟ କାରଣ ଉପରେ ମଧ୍ୟ ନିର୍ଭର କରେ । ମନେକର ଗର୍ଭାବସ୍ଥା ବେଶି ବିଷମ ନୁହଁ, ତେବେ ହୁଏତ ଅନୁମତି ମିଳିପାରିବ । କିନ୍ତୁ ସମୟ ପୂର୍ବରୁ ପ୍ରସବର ଆଶଙ୍କା ଥିଲେ ହୁଏତ ମିଳିନପାରେ । ହେଲେ ଯାତ୍ରା ଯୋଗୁଁ ବେକ, ପିଠି ଓ ଦେହରେ ଯନ୍ତ୍ରଣା ବଢ଼ିପାରେ । ଶାରୀରିକ ଓ ଭାବାତ୍ମକ ଚାପ ବଢ଼ିପାରେ । ଏଣୁ ନିଜେ ନିଜର ଅବସ୍ଥାକୁ ବୁଝିବାକୁ ଚେଷ୍ଟା କରନ୍ତୁ । ଯାତ୍ରାଟିକୁ ପ୍ରସବ ପର୍ଯ୍ୟନ୍ତ ବାତିଲ କରାଯାଇ ପାରିବ ନା ନାହିଁ । ନଚେତ କେତେ ମାତ୍ରାରେ ଚାପ ପଡ଼ିବ । ଉଡ଼ାଜାହାଜରେ ଯାଉଥିଲେ ସବୁତକ ନିୟମ ମାନି ଚଳନ୍ତୁ । ଅନେକଗୁଡ଼ିଏ ଏୟାରଲାଇନ୍ସ କମ୍ପାନୀ ନବମ ମାସର ଗର୍ଭବତୀ ସ୍ତ୍ରୀମାନଙ୍କୁ ଡାକ୍ତରଙ୍କ ବିନା ଅନୁମତିରେ ଯାତ୍ରା କରିବାକୁ ସୁଯୋଗ ଦିଅନ୍ତି ନାହିଁ ।

ମନେକର ଡାକ୍ତର ହଁ କହିଦେଲେ ମଧ୍ୟ ଆପଣଙ୍କୁ ଅନେକ ଜିନିଷ ପ୍ରତି ଦୃଷ୍ଟି ଦେବାକୁ ହେବ । ନିଜ ଆରାମ ସକାଶେ ଚେଷ୍ଟିତ ରୁହନ୍ତୁ । ଦୀର୍ଘ ଯାତ୍ରା ପଥରେ ଯାଉଥିଲେ ସ୍ୱାମୀଙ୍କୁ ସାଙ୍ଗରେ ନେଲେ ଦରକାର ବେଳେ ସୁବିଧା ହେବ ।

ଗର୍ଭାବସ୍ଥାର ଶେଷତମ ମାସ ଓ ସହବାସ

"ମୁଁ ଶେଷ ମାସ ବେଳକୁ ସମ୍ଭୋଗ ବିଷୟରେ ଭିନ୍ନ ଭିନ୍ନ ମତ ଶୁଣିଛି । ଏଣୁକରି ଦ୍ୱନ୍ଦ୍ୱରେ ପଡ଼ିଛି । ଏହାଫଳରେ ପ୍ରସବ ଶୀଘ୍ର ହେବନାହିଁ ତ ?"

ଏ ବିଷୟରେ ରିସର୍ଚ୍ଚ ହେଇନାହିଁ, ସେକଥା ନୁହଁ, ପ୍ରକୃତରେ ଏହା ଆପଣ ଦୁହିଁଙ୍କ ଉପରେ ନିର୍ଭର କରେ । ଏକଥା ଆପଣ ଦୁହେଁ ମିଶି ସ୍ଥିର କରିବେ । ସମ୍ଭୋଗ ବା ଚରମତୃପ୍ତି ଓ ପ୍ରସବ ମଧ୍ୟରେ କୌଣସି ସମ୍ପର୍କ ନାହିଁ । ଯଦି ଭିତରୁ ପ୍ରସବକୁ ନେଇ ପ୍ରସ୍ତୁତି ସରିଥାଏ ତେବେ ହୁଏତ କିଛି ଅସୁବିଧା ହୋଇପାରେ । ଅବଶ୍ୟ ଡାକ୍ତର ଓ ଧାଈମାନେ ଶେଷ ପର୍ଯ୍ୟନ୍ତ ସମ୍ଭୋଗ ପାଇଁ ସ୍ୱୀକୃତି ଦେଇଥାନ୍ତି । ଆଉ ଅନେକ ଦମ୍ପତି ସୁରୁଖୁରୁରେ ଏପରି କରିଥାନ୍ତି ମଧ୍ୟ ।

ଡାକ୍ତରଙ୍କୁ ପଚାରନ୍ତୁ ଯେ, ଏହା ଆପଣଙ୍କ ଅବସ୍ଥାନୁସାରେ ନିରାପଦ ନା ନୁହଁ । ଯଦି ସେ ଏକମତ ପ୍ରକାଶ କରନ୍ତି, ତେବେ ମନଇଚ୍ଛା କରିପାରନ୍ତି; ହେଲେ ଯଦି ସେ ବାରଣ କରନ୍ତି ତେବେ ଅନ୍ୟ ଉପାୟରେ ପାଟୋଇବାକୁ ହେବ । ରୋମାଣ୍ଟିକ କଣ୍ଡେଲ ଲାଟ ଡିନର କିମ୍ବା ପୂର୍ଣ୍ଣମୀ ରାତିରେ ଜ୍ୟୋସ୍ନାବିହାର କଲେ କିପରି ହେବ ? ଜଣେ ଅନ୍ୟକୁ ଗାଧୋଇଦିଅନ୍ତୁ, ଗପସପ କରନ୍ତୁ କିମ୍ବା ମାଲିସ କରନ୍ତୁ । ହେଲେ ଡାକ୍ତରଙ୍କ କଥାକୁ ଉପେକ୍ଷା କରନ୍ତୁ ନାହିଁ । ତା'ପରେ ଏଭଳି ସୁଯୋଗ ବୋଧହୁଏ ଛୁଆ ଶୋଇପଡ଼ିଲେ ହିଁ ମିଳିବ ।

ଆପଣ ଦୁହେଁ

"ଶିଶୁ ଏଯାଏଁ ଜନ୍ମ ହେଇନାହିଁ । ସ୍ୱାମୀ ଓ ମୋ ମଧ୍ୟରେ ସମ୍ପର୍କକୁ ନେଇ ପରିବର୍ତ୍ତନ ଦେଖାଦେଲାଣି, ଆମେ ଦୁହେଁ ନିଜ ନିଜ ମଧ୍ୟରେ ମଗ୍ନ ନରହି ବରଂ ଆଗାମୀ ଶିଶୁ ଓ ତା' ଜନ୍ମକୁ ନେଇ ଚିନ୍ତାମଗ୍ନ ରହିଛୁ ।"

ଛୋଟ ଛୁଆଟି ଆପଣମାନଙ୍କ ଜୀବନରେ ଅନେକ କିଛି ସୁଖ, ଆଗ୍ରହ, ଆନନ୍ଦ, ଖୁସି ଭରିଦେଇଥାଏ । ସେ ଛୋଟ ହେଲେ ମଧ୍ୟ ବଡ଼ ପରିବର୍ତ୍ତନର ଦ୍ୟୋତକ ।

ଉଭୟଙ୍କୁ ନିଜ ସମ୍ପର୍କରେ ମଧ୍ୟ ପରିବର୍ତ୍ତନ ଦୃଷ୍ଟିଗୋଚର ହେଉଥିବ । ଆପଣମାନେ ଦୁଇରୁ ତିନି ହେଲାପରେ ଅବଶ୍ୟ କିଛିଟା ବଦଳି ଯିବ । ଏଣୁ ସବୁ ଦମ୍ପତି ଆଗରୁ ପ୍ରସ୍ତୁତ ହେଇ ସାରିଥାନ୍ତି । ଉତ୍ତମ ବୁଝାମଣା ବଳରେ ସ୍ୱାମୀ-ସ୍ତ୍ରୀ ଦୁହେଁ ଶିଶୁର ଆହ୍ୱାନମୂଳକ ପରିବର୍ତ୍ତନକୁ ସାଦରେ ଗ୍ରହଣ କରିଥାନ୍ତି ।

ଏଣୁ ପୂର୍ବରୁ ପ୍ରସ୍ତୁତ ହେବା ବିଧେୟ । ବର୍ତ୍ତମାନ ଶିଶୁର ଯତ୍ନ ସାଙ୍ଗକୁ ସ୍ୱାମୀ ଓ ଘର ପ୍ରତି ମଧ୍ୟ ଦୃଷ୍ଟି ଦେବାକୁ ହେବ । ଶିଶୁ ପାଇଁ ସବୁ କିଛି କଲାବେଳେ ନିଜ ଗାର୍ହସ୍ଥ୍ୟ ଜୀବନକୁ ମଧ୍ୟ ମଧୁର କରି ଗଢ଼ିତୋଳନ୍ତୁ । ଛୁଆ ପାଇଁ କିଣାକିଣି କଲାବେଳେ ସ୍ୱାମୀ ସ୍ତ୍ରୀ ଦହେଁ ବୁଲି ବାହାରନ୍ତୁ, ଫିଲ୍ମ ଦେଖନ୍ତୁ ବା ଖେଳ, କଉତୁକ କରି ଜୀବନକୁ ସରସ ସୁନ୍ଦର କରନ୍ତୁ । ଦ୍ୱିତୀୟ ଥର ପାଇଁ ହନିମୁନ ଯୋଜନା ମଧ୍ୟ କରିପାରନ୍ତି । ସମ୍ଭୋଗ ନହେଲେ ମଧ୍ୟ ସ୍ପର୍ଶ ସୁଖରୁ ଶାନ୍ତି, ସନ୍ତୋଷ ଓ ତୃପ୍ତି ଲଭନ୍ତୁ ।

ଏହିପରି ଭାବରେ ତିନିଜଣିଆ ଘରଟି ହସ ଖୁସିରେ ପୂରିଉଠିବ ।

ସ୍ତନପାନ

ଆପଣ ଗତ ୩୦ ସପ୍ତାହରୁ ଦେଖି ଆସୁଛନ୍ତି ଯେ ଆପଣଙ୍କର ସ୍ତନ ଆକାର କିଭଳି ଭାବରେ ବୃଦ୍ଧି ପାଇ ଚାଲିଛି । ଏହା ମାହାଲିଆ ଏମିତି ହେଉନି । ଏହା ପଛରେ ଏକ ବହୁତ ବଡ଼ ଦାୟିତ୍ୱ ରହିଛି । ପ୍ରକୃତି ଏମାନଙ୍କୁ ଶିଶୁ ପାଇଁ କ୍ଷୀର ଖୁଏଇବାକୁ ଦାୟିତ୍ୱ ଅର୍ପଣ କରିଥିବାରୁ ଏମାନେ ସେଥିପାଇଁ ପ୍ରସ୍ତୁତ ହେଉଛନ୍ତି ।

ଏକଥା ଠିକ୍ ଯେ ସ୍ତନପାନ ସକାଶେ ବକ୍ଷୋଜଗୁଡ଼ିକ ପ୍ରସ୍ତୁତ ହୋଇସାରିଲେଣି । ହେଲେ ଏ ସମ୍ପର୍କରେ ଆପଣଙ୍କୁ ବହୁତ କିଛି

ଜାଣିବାକୁ ହେବ । ହୁଏତ ଆପଣ ଶିଶୁକୁ କ୍ଷୀର ଖୁଏଇବା ବ୍ୟତୀତ ଅନ୍ୟ ବିକଳ୍ପ ମଧ୍ୟ କରିପାରନ୍ତି, ହେଲେ ସ୍ତନପାନରୁ ହେଉଥିବା ଲାଭ ବିଷୟରେ ଜାଣିରଖିବା ଉଚିତ ।

ସ୍ତନପାନ ହିଁ ସର୍ବୋତ୍ତମ କାହିଁକି ?

ଯେଉଁଭଳି ଭାବରେ ଛେଳିର କ୍ଷୀର ଛେଳିଛୁଆମାନଙ୍କ ପାଇଁ ଅମୃତ ସଦୃଶ । ଗାଈ କ୍ଷୀର ବାଛୁରୀ ପାଇଁ ଅମୃତତୁଲ୍ୟ, ଠିକ୍ ସେହିପରି ମା'ର ସ୍ତନପାନ ଶିଶୁର ସର୍ବୋତ୍ତମ ଆହାର । ଏଠାରେ ଏହାର ଅନେକ କାରଣ ଦର୍ଶାଯାଇଛି ।

ଏହା ପୁଷ୍ଟିକର: ଏହା ଏପରି ଭାବରେ ନିର୍ମିତ ଯେ ଏଥିରେ ନବଜାତ ଶିଶୁର ପୋଷଣ ସମ୍ପର୍କିତ ସବୁତକ ଚାହିଦା ଭର୍ତ୍ତି ହେଇ ରହିଛି । ଏଥିରେ ଅନ୍ତତଃ ୧୦୦ ଗୋଟି ପଦାର୍ଥ ଏମିତି ଅଛି, ଯାହା ଗାଈଗୋରସରେ ନଥାଏ । ମା' କ୍ଷୀରର ପ୍ରୋଟିନ 'ଲେକ୍ଟାଲବୁମିନ' ବେଶ୍ ପୁଷ୍ଟିକର ଓ ସୁପାଚ୍ୟ ମଧ୍ୟ । ଅବଶ୍ୟ ଏଥିରେ ଗାଈ କ୍ଷୀର ସମ ଚର୍ବି ଥିଲେ ମଧ୍ୟ ଏହା ଶିଶୁ ପାଇଁ ଉପଯୁକ୍ତ ।

ଏହା ନିରାପଦ: ଆପଣ ନିଶ୍ଚିନ୍ତ ହେଇ ଶିଶୁକୁ ନିଜର ସ୍ତନପାନ କରେଇ ପାର୍ତି । ଏହା ପ୍ରସ୍ତୁତ ଓ ଜୀବାଣୁରହିତ ହୋଇଥାଏ । ଏହା କେବେ ମଧ୍ୟ ବାସୀ ବା ଖରାପ ହୁଏନାହିଁ ।

ଉଦର ପାଇଁ ଉତ୍ତମ: ସ୍ତପାନ କରୁଥିବା ଶିଶୁ ମାନଙ୍କୁ କୋଷ୍ଠକାଠିନ୍ୟ ହେଇନଥାଏ । ସେମାନେ ଖୁବ୍ ସହଜରେ ମା' କ୍ଷୀରକୁ ଜୀର୍ଣ୍ଣ କରିପାର୍ତି । ଅଜୀର୍ଣ୍ଣ କିମ୍ବା ଡାଇରିଆ ହେବାର ଆଶଙ୍କା ମଧ୍ୟ ନଥାଏ । ତାକୁ କଠିନ ଖାଦ୍ୟ ନଖୁଏଇଲା ଯାଏଁ ଝାଡାରୁ ଦୁର୍ଗନ୍ଧ ଆସେ ନାହିଁ । ଏଭଳି ଶିଶୁମାନଙ୍କୁ ଡାଇପର ରେସ ରୋଗ ମଧ୍ୟ ବେଶି ହୁଏନାହିଁ ।

ଚର୍ବିକୁ ପତଳା କରିଥାଏ: ଏହିପରି ଭାବରେ ଛୁଆର ଓଜନ ମଧ୍ୟ ବେଶି ବଢ଼େନାହିଁ, ଆଉ ଛମାସ ଲାଗ ଲାଗି ମା' କ୍ଷୀର ଖାଇଲା ପରେ ଶିଶୁଟି ଆଗାମୀ ଦିନରେ ବେଶି ମୋଟା ହେବାର ଆଶଙ୍କା ମଧ୍ୟ ନଥାଏ । କିଶୋରାବସ୍ଥାରେ କୋଲୋଷ୍ଟୋଲ ଏଇଥିପାଇଁ କମିଥାଏ ।

ବ୍ରେନବୁଷ୍ଟର: ସ୍ତନପାନ ବଳରେ ଶିଶୁର ବୌଦ୍ଧିକ ସାମର୍ଥ୍ୟ ମଧ୍ୟ ବୃଦ୍ଧି ପାଏ । ଏହାଫଳରେ ମସ୍ତିଷ୍କକୁ ବିକଶିତ କରୁଥିବା ଫେଟି ଏସିଡ ଡି.ଏଚ.ଏ. ବ୍ୟତୀତ ମା' ଓ ଶିଶୁର ସମ୍ପର୍କରୁ ପ୍ରଗାଢ଼ କରିଥାଏ ।

ଏଲାର୍ଜିରୁ ରକ୍ଷା: ମନେକର ଶିଶୁକୁ ମା' କ୍ଷୀରରୁ ମିଳୁଥିବା କୌଣସି ଖାଦ୍ୟରୁ ଏଲର୍ଜି ନହେଲେ ମା' କ୍ଷୀର ଶିଶୁ ପାଇଁ ଏଲାର୍ଜିକ ନୁହଁ ବୋଲି ଧରାଯାଏ । ଗାଈ କ୍ଷୀରରେ ମିଳୁଥିବା ବିଟା-ଲେକ୍ଟୋ-ଗ୍ଲୋବୁଲିନ ଯୋଗୁଁ ହୁଏତ ଏଲାର୍ଜି ହେଇପାରେ ହେଲେ ଅଧ୍ୟୟନରୁ ଜଣାପଡ଼ିଛି ଯେ ଫର୍ମୁଲା ଦୁଗ୍ଧ ଖାଉଥିବା ଶିଶୁ ଅପେକ୍ଷା ସ୍ତନପାନ କରୁଥିବା ଶିଶୁମାନଙ୍କୁ ଯକ୍ଷ୍ମା ରୋଗ କମ୍ ପରିମାଣରେ ହୋଇଥାଏ ।

ସଂକ୍ରମଣରୁ ରକ୍ଷା: ଏଭଳି ଶିଶୁମାନେ ଡାଇରିଆ ଓ ଅନ୍ୟାନ୍ୟ ସଂକ୍ରାମକ ରୋଗରୁ ରକ୍ଷା ପାଇଥାନ୍ତି । ଏଥିରେ ୟୁ.ଟି.ଆଇ. ଓ କାନର ସଂକ୍ରମଣ ମଧ୍ୟ ଅନ୍ତର୍ଭୁକ୍ତ । ଅଧ୍ୟୟନରୁ ଜଣାପଡ଼ିଛି ଯେ, ସ୍ତନପାନ କରୁଥିବା ଶିଶୁମାନଙ୍କଠାରେ ବେକ୍ଟେରିଏଲ ମେନିନଜାଇଟିସ, ଏସ.ଆଇ.ଓ.ଏସ. ମଦୁମେହ ଓ ଛୁଆମାନଙ୍କ କ୍ୟାନସର ଅନେକ ପରିମାଣରେ ହ୍ରାସ ପାଇଥାଏ । ସ୍ତନପାନରୁ କୋଲଷ୍ଟ୍ରସ ମିଳିଥାଏ । ଏହା ଅନେକ ରୋଗରୁ ରକ୍ଷା କରିଥାଏ ।

ଦାନ୍ତ ଓ ଦାନ୍ତମୂଳ ସୁଦୃଢ଼: ବୋତଲ ଅପେକ୍ଷା ମା'ସ୍ତନରୁ କ୍ଷୀର ଖାଇଲାବେଳେ ଛୁଆକୁ ଚୁଚୁମିବାରେ ବେଶି ପରିଶ୍ରମ କରିବାକୁ ପଡ଼େ । ଏଣୁ ତାର ଦାନ୍ତ, ଦାନ୍ତମୂଳ ଓ ତାକୁ ସୁଦୃଢ଼ ହେଇଥାଏ ।

ସ୍ୱାଦେନ୍ଦ୍ରୀୟ ବୃଦ୍ଧି: ଆପଣ ଯାହା ଖାଇବେ କ୍ଷୀରରେ ତା'ର ସ୍ୱାଦ ଆସିଯିବ । ଫଳରେ ଶିଶୁର ସ୍ୱାଦେନ୍ଦ୍ରୀୟ ବିକଶିତ ହେବ ଓ ବୋତଲ କ୍ଷୀର ଅପେକ୍ଷା ମା'କ୍ଷୀର ଖାଉଥିବା ଛୁଆ ବିଭିନ୍ନ ସ୍ୱାଦକୁ ଶୀଘ୍ର ଜାଣିପାରିବ । ଅଧ୍ୟୟନକାରୀମାନେ କୁହନ୍ତି ଯେ, ଏଭଳି ଶିଶୁମାନେ ବଡ଼ ହେି ଆଗ୍ରହ ସହକାରେ ଖାଇଥାନ୍ତି ଓ ବେଶି ଅଳି କରନ୍ତି ନାହିଁ ।

ସ୍ତନପାନ ଯୋଗୁଁ ମା'ଙ୍କୁ ହେଉଥିବା ସୁବିଧା:

ସୁବିଧା: ସ୍ତନପାନ ପାଇଁ ଆଗରୁ କୌଣସି ପ୍ରକାର ଯୋଜନା କରିବା ଦରକାର ନାହିଁ । ସ୍ଥାନ-କାଳ-ପାତ୍ର ନିର୍ବିଶେଷରେ ଏହା ସର୍ବଥା ସମ୍ଭବ ହୁଏ । ଏଥିପାଇଁ ବୋତଲ, ନିପଲ ଇତ୍ୟାଦି ମନେରଖି ଯାତ୍ରା ପାଇଁ ସାଙ୍ଗରେ ନେବା ଆବଶ୍ୟକ ହୁଏନାହିଁ । ପ୍ରତ୍ୟେକ ମା' ଶିଶୁର ମିଲ୍କ ବ୍ୟାଙ୍କ ଓ ଏଟି,ମ ସଦୃଶ । ମନେକର ଛୁଆକୁ ଘରେ ଛାଡ଼ି ଅଫିସ ଯାଉଥାନ୍ତି, ତେବେ ହୁଏତ କ୍ଷୀର କାଢ଼ି ଫ୍ରିଜରରେ ରଖିପାର୍ଡି । ହେଲେ ସବୁଠୁ ବଡ଼ କଥା ହେଲା ଏହା ପାଇଁ ଅର୍ଥ ଖର୍ଚ୍ଚ ହୁଏନାହିଁ ।

ପୁନରୁଦ୍ଧାର: ଶିଶୁ ସ୍ତନପାନ କଲେ ଆକ୍ସିଟକ୍ସିନ ନାମକ ହର୍ମୋନ ନିର୍ଗତ ହୋଇଥାଏ; ଫଳରେ ମା'ର ଗର୍ଭାଶୟ ପୁଣି ଥରେ ନିଜର ପୂର୍ବାବସ୍ଥାକୁ ଫେରିଥାଏ । ଗର୍ଭାବସ୍ଥା ପରେ ହେଉଥିବା ସ୍ରାବ, ରକ୍ତସ୍ରାବ କମିବା ସାଙ୍ଗକୁ ବିଶ୍ରାମ ମଧ୍ୟ ମିଳିଥାଏ । ଏହା ମା'ଙ୍କ ପାଇଁ ନିହାତି ଜରୁରୀ ମଧ୍ୟ ।

ପୂର୍ବାକାର ପ୍ରାପ୍ତି: ଆପଣ କ୍ଷୀର ବୃଦ୍ଧି ସକାଶେ ଖାଦ୍ୟରେ ଯେଉଁ କେଲୋରି ଖାଇବେ, ତାହା ଶିଶୁ ସକାଶେ ବିନିଯୁକ୍ତ ହେବ । ଆଉ ଆପଣ ନିଜର ଦୃତସୌନ୍ଦର୍ଯ୍ୟ ଅର୍ଥାତ୍ ପୂର୍ବାକାର ପ୍ରାପ୍ତ କରିପାରିବେ । ଏହିପରି ଭାବରେ ନିଜର କ୍ଷୀଣ ତନୁ ଶୀଘ୍ର ଦେଖିପାରିବେ ।

ବିଳମ୍ବିତ ଋତୁଚକ୍ର: ଆପଣଙ୍କ ମାସିକ ଋତୁଚକ୍ର ବିଳମ୍ବରେ ଆରମ୍ଭ ହେବ । ଏଥିରେ କାହାକୁ କ'ଣ, କାହିଁକି ଅଭିଯୋଗ ହେବ ? ମନେକର ଆପଣ ପରିବାର ନିୟୋଜନ ଚାହାନ୍ତି, ତେବେ କୌଣସି ଉପାୟ କରିପାରିବେ, କେତେକ ମା' କେବଳ ସ୍ତନପାନ କରେଇ ଗର୍ଭଧାରଣରୁ ଦୂରେଇ ରୁହନ୍ତି । କିନ୍ତୁ ଚାରି ମାସ ଭିତରେ ପ୍ରାୟ ପୁଣି ଥରେ ମାସିକ ଚକ୍ର ଆରମ୍ଭ ହୋଇଯାଏ । ଏଣୁ ପୁନର୍ବାର ଗର୍ଭବତୀ ହେବାର ପ୍ରବଳ ସମ୍ଭାବନା ଥାଏ ।

ହାଡ଼ ମଜବୁତ: ସ୍ତନପାନ କରାଗଲେ ଅସ୍ଥିରେ ଥିବା ଖଣିଜ ମଧ୍ୟରେ ପରିମାର୍ଜନ ହେଇଥାଏ । ମେନୋପଜ ପରେ ଟିପ ଫେକ୍ଚରର ଆଶଙ୍କା କମିଯାଏ । ଏଣୁ କ୍ଷୀର ନିର୍ମାଣ ସକାଶେ ପ୍ରଚୁର ମାତ୍ରାରେ କେଲସିୟମ ଗ୍ରହଣ କଲେ ଠିକ୍ ହେବ ।

ସ୍ୱାସ୍ଥ୍ୟ ପ୍ରତି ଉପକାର: ସ୍ତନପାନ କରାଗଲେ କ୍ୟାନ୍‌ସର ସାଙ୍ଗକୁ ଗର୍ଭାଶୟ ଓ ବ୍ରେଷ୍ଟ କ୍ୟାନ୍‌ସର ମଧ୍ୟ ହୁଏନାହିଁ । ଏମାନେ ଟାଇପ-ଟୁ ମଧୁମେହ ରୋଗରେ ମଧ୍ୟ ଆକ୍ରାନ୍ତ ହୁଅନ୍ତି ନାହିଁ ।

ସବୁଠୁ ବଡ଼ ବୋନସ: ସ୍ତନପାନ ଯୋଗୁଁ ଦିନକୁ ଅନ୍ତତଃ ୬ କିମ୍ବା ୮ ଥର ମା' ଓ ଛୁଆ ମଧ୍ୟରେ ଅନ୍ତରଂଗତା ବଢ଼ିଥାଏ; ଯଦ୍ୱାରା ଶିଶୁର ବୌଦ୍ଧିକ ସ୍ତର ବୃଦ୍ଧି ହୁଏ ।

ଯଦିଚ ଆପଣ ଯାଆଁଳା ଶିଶୁଙ୍କୁ ଜନ୍ମ ଦେଇଥାନ୍ତି, ତେବେ ଏହି ଉପକାର ଦୁଇଗୁଣ ବଢ଼ିଥାଏ ।

ସ୍ତନପାନ ପାଇଁ ପ୍ରସ୍ତୁତି

ପ୍ରକୃତି ସବୁ ସୁବିଧା କରିଦେଇଛି । ଏଣୁକରି ବେଶି ପରିଶ୍ରମ କରିବାକୁ ପଡ଼ିବ ନାହିଁ । ଗର୍ଭାବସ୍ଥାର ଶେଷ ଦିନ ଆଡ଼କୁ ନିପଲର ସଫାସୁତୁରା ପ୍ରତି ଦୃଷ୍ଟି ଦେବା ବିଧେୟ । ଯଦି ,ହା ଶୁଷ୍କ ଥାଏ, ତେବେ ସେଥିରେ ଲେନୋଲିନ ବ୍ରେଷ୍ଟ କ୍ରିମ ଲଗାନ୍ତୁ । ସମୟ ପୂର୍ବରୁ ଛୋଟ ନିପଲକୁ ହାତରେ ଧରି ଟାଣିବାକୁ ଚେଷ୍ଟା କରନ୍ତୁ ନାହିଁ । ଏହାଦ୍ୱାରା ହୁଏତ ସଂକ୍ରମଣ କିମ୍ବା ସ୍ତନାଗ୍ର ଫୁଲିଯାଇପାରେ ।

ଯଦି ଆପଣଙ୍କର ନିପଲ ଭିତରକୁ ପଶିଥାଏ, ତେବେ ସ୍ତନପାନରେ ହୁଏତ ଅସୁବିଧା ହୋଇପାରେ । ଏଣୁ ଡାକ୍ତରଙ୍କୁ ପଚାରି ତା'ର ଯଥୋଚିତ ଉପାୟ କରିପକାନ୍ତୁ ।

ବକ୍ଷୋଜ: ସେକ୍ସୁଏଲ ନା ବ୍ୟାବହାରିକ ?

କିମ୍ବା ଉଭୟ ମଧ୍ୟ ହୋଇପାରେ ? ଆପଣଙ୍କୁ ଉଭୟ ଭୂମିକା ଗ୍ରହଣ (ପତ୍ନୀ ଓ ମା) କରିବାକୁ ହେବ । ଉଭୟ ବିଶେଷ ଗୁରୁତ୍ୱପୂର୍ଣ୍ଣ । ଅନେକଥର ସ୍ତନପାନ ମଧ୍ୟ ଆପଣଙ୍କ ସ୍ୱାମୀଙ୍କୁ ସମ୍ବେଦନଶୀଳ ମନେ ହେଇପାରେ । ଏଣୁକରି ସ୍ତନପାନ ପାଇଁ ନିଷ୍ପତ୍ତି ନେବା ପୂର୍ବରୁ ଏହାକୁ ଗୁରୁତ୍ୱ ଦିଅନ୍ତୁ ।

ବୋତଲ କାହିଁକି ?

ହୁଏତ ଆପଣ ସ୍ତନପାନ ନକରେଇବା ପାଇଁ ନିଷ୍ପତ୍ତି ନେଇଥିବେ କିମ୍ବା ସ୍ତନପାନ କରେଇ ପାରୁନଥିବେ । ଏଣୁ ବୋତଲ ବାଛିଥିଲେ ଚିନ୍ତା କରିବାର କିଛି ନାହିଁ । ଏହାର ମଧ୍ୟ ଉପକାରିତା ଅଛି-

ଦାୟିତ୍ୱ ବଣ୍ଟନ: ଏହିପରି ଭାବରେ ବାପାଙ୍କୁ ମଧ୍ୟ ବୋତଲ ଧରେଇବାର ଦାୟିତ୍ୱ ଦିଆଯାଇପାରେ । ଅବଶ୍ୟ ସ୍ତନ୍ୟପାୟୀ ଶିଶୁମାନଙ୍କୁ ଚାହିଁଲେ ବାପା ମଧ୍ୟ ଗାଧୋଇ ସଫା ସୁତୁରା ବା ଅନ୍ୟ କାମରେ ସାହାଯ୍ୟ କରିପାରିବେ ।

ସ୍ୱାଧୀନତା: ବୋତଲରୁ କ୍ଷୀର ପିଉଥିବା ମାମାନେ ବେଶି ସ୍ୱାଧୀନ ହେଇଥାନ୍ତି । ସେମାନେ ଘରୁ ପଦାକୁ ଯାଇ କାମ କରିପାରନ୍ତି । ସେମାନଙ୍କୁ କ୍ଷୀର କାଢ଼ିବାର ସମସ୍ୟା ନଥାଏ । ଛୁଆକୁ ଛାଡ଼ି ଯେଉଁଠାରେ ମଧ୍ୟ ରାତି କଟେଇ ପାରନ୍ତି । ଅବଶ୍ୟ ଏ ବିକଳ୍ପଟା ସ୍ତନପାନ କରାଉଥିବା ମା'ମାନଙ୍କ ପାଖରେ ମଧ୍ୟ ଥାଏ ।

ରୋମାନ୍ସ ପାଇଁ ସମୟ: ବୋତଲରୁ କ୍ଷୀର ଖାଉଥିବା ଶିଶୁମାନେ ଆପଣଙ୍କର ରୋମାନ୍ସରେ ବାଧା ଦେଇନଥାନ୍ତି ।

ବ୍ରେଷ୍ଟ ସର୍ଜରୀ ପରେ ସ୍ତନପାନ

ଅନେକ ମା' ଏହା ପରେ ମଧ୍ୟ ସ୍ତନପାନ କରାଉଥିବାବେଳେ ଅନେକଙ୍କର କ୍ଷୀର ଆଦୌ ବାହାରେ ନାହିଁ । ନିଜ ସର୍ଜନଙ୍କୁ ପଚାରି ବୁଝନ୍ତୁ ଯେ, ସ୍ତନପାନ ସମ୍ଭବ ହେବ ନା, ବୋତଲ କ୍ଷୀର ଖୁଏଇବାକୁ ପଡ଼ିବ । କେତେ ପରିମାଣରେ କ୍ଷୀର ତିଆରି ହେଉଛି । ଶିଶୁ କେତେ ପରିମାଣରେ ପୋଷଣ ପାଇ ପାରୁଛି । ତା'ର ଭିଜିଥିବା ଡାଇପର ଦେଖି ଏହା ଜାଣିହେବ । ମନେରଖନ୍ତୁ, ମା' କ୍ଷୀର ଅଳ୍ପ ହେଲେ ମଧ୍ୟ ଶିଶୁ ପାଇଁ ଖୁବ୍ ଉପକାରୀ ।

ଏସବୁ ଅନେକାଂଶରେ ବ୍ରେଷ୍ଟ ସର୍ଜରୀ ଓ ତାର କୌଶଳ ଉପରେ ନିର୍ଭର କରେ । ଶିଶୁର ବିକାଶ ପ୍ରତି ମଧ୍ୟ ଦୃଷ୍ଟି ଦେବାକୁ ହେବ । ଯଦ୍ୱାରା ସେ ଉପଯୁକ୍ତ ପରିମାଣରେ କ୍ଷୀର ପାଇପାରୁଛି ନା ନାହିଁ; ଏହା ଜାଣି ପାରିବେ ।

ଲେକ୍ଟେସନ ହର୍ମୋନ ଆପଣଙ୍କ ଯୋନିକୁ ଶୁଷ୍କ କରିଦେଇଥାଏ । ସ୍ତନରୁ ନିର୍ଗତ କ୍ଷୀର ଉଦ୍‌ବେଳିତ କରିଦିଏ ।

ଖାଦ୍ୟ ସ୍ୱାତନ୍ତ୍ର୍ୟ ଏହିପରି ଭାବରେ ଆପଣ ନିଜ ଇଚ୍ଛାନୁସାରେ ଖାଇପାର୍ତି । ଅବଶ୍ୟ ବାତୁଆ ଓ ତେଲ ମସଲା ନଖାଇଲେ ଭଲ । ସ୍ତନପାନ ଯୋଗୁଁ ଶିଶୁର ପୁଷ୍ଟିକର ଖାଦ୍ୟକୁ ନେଇ ବ୍ୟସ୍ତ ହେବାକୁ ପଡ଼ିନଥାଏ ।

ଲୋକଲୋଚନ: ଯଦି ଆପଣ ସମଗ୍ର ଲୋକଲୋଚନ ସମ୍ମୁଖରେ ସ୍ତନପାନ କରେଇ ପାରନ୍ତି ନାହିଁ, ତେବେ ବୋତଲ ଉପଯୁକ୍ତ ହେବ । କିନ୍ତୁ ମା'ମାନେ ସମସ୍ତଙ୍କ ଗହଣରେ ମଧ୍ୟ ସ୍ତନପାନ କରେଇବାର କୌଶଳ ଜାଣି ପାରିଥାନ୍ତି ।

ମାନସିକ ଚାପ ହ୍ରାସ: ଅନେକ ମହିଳାମାନେ ଶିଶୁକୁ ସ୍ତନପାନ କରେଇବା କଥା କହିଲେ, ଜ୍ୱର ଆସେ । ଆପଣ ଥରେ ଚେଷ୍ଟା କରନ୍ତୁ ତ, ଦେଖିବେ କେଡ଼େ ସହଜରେ ଏସବୁ ଶିଖିଯିବେ ।

ସ୍ତନପାନ କାହିଁକି: ଅଧିକାଂଶ ସ୍ତ୍ରୀମାନଙ୍କ ପାଇଁ ଏହା ସ୍ପଷ୍ଟ । ସେମାନେ ଆଗରୁ ସ୍ତନପାନ କରେଇବା ପାଇଁ ସ୍ଥିର କରିଥାନ୍ତି । ଅନେକ ଏହାର ଉପକାରିତା ଜାଣିଲା ପରେ ଏପରି କରନ୍ତି ତ ଅନେକ ଖୁବ୍ ସହଜରେ ଏହାକୁ ଗ୍ରହଣ କରନ୍ତି ନାହିଁ । ଅନେକ ସ୍ତ୍ରୀ ମନେ ମନେ ଭାବିନଥାନ୍ତି ଯେ, ଏହା ତାଙ୍କ ପକ୍ଷରେ ଅସମ୍ଭବ କାମ । ହୁଏତ, କିଛି ଦିନ ପାଇଁ ହେଉ ମା' ହେଇଛନ୍ତି ଯେତେବେଳେ ଶିଶୁଙ୍କୁ ସ୍ତନପାନ କରେଇବା ଆପଣଙ୍କ ପ୍ରଥମ କର୍ତ୍ତବ୍ୟ ଅଟେ ।

ପ୍ରଥମେ ପ୍ରଥମେ ଅସୁବିଧା ଲାଗି ପାରେ କିନ୍ତୁ ଅଭ୍ୟାସ କଲେ ସବୁ ସମ୍ଭବ ।

ବୋତଲ ଓ ସ୍ତନପାନ ଏକାସାଙ୍ଗରେ: ସବୁଠୁ ଭଲ ହେବ ଆପଣ ନିଜ ଜୀବନଶୈଳୀ ଅନୁସାରେ ସ୍ତନପାନ କରେଇବା ସାଭ୍‌ଗକୁ ଫର୍ମୁଲା ଦୁଗ୍ଧ ମଧ୍ୟ ଖାଇବାକୁ ଦିଅନ୍ତୁ । ସ୍ତନପାନ ପାଇଁ ଅଭ୍ୟାସ ଦରକାର ନଚେତ ଛୁଆ ପିଇବନି କାରଣ ଏଥିରେ ଛୁଆଙ୍କୁ ବେଶି ପରିଶ୍ରମ କରି ଚୁଚୁମିବାକୁ ପଡ଼ିଥାଏ ।

ସ୍ତନପାନ କରେଇ ନ ପାରିଲେ: ଦୁର୍ଭାଗ୍ୟବଶତଃ ଅନେକ ମା'ମାନଙ୍କୁ ସ୍ତନପାନ କରେଇବାର ସୁଯୋଗ ମିଳେନାହିଁ । ଶିଶୁ ଓ ମା'ର ସ୍ୱାସ୍ଥ୍ୟ, ଭାବାତ୍ମକ କିମ୍ବା ଅନ୍ୟ ଶାରୀରିକ କାରଣ ଯୋଗୁଁ ଏହା ସମ୍ଭବ ହୁଏନାହିଁ । ସେ କାରଣଗୁଡ଼ିକ ହେଲା:

- କୌଣସି ଭୟଙ୍କର ରୋଗ
- ଟିବି ଭଳି ସଂକ୍ରାମ ରୋଗ
- ଏର୍ଟିଥାଇରାଇଡ, ଏଣ୍ଟିହାଇପରଟେନସିଭ ଡ୍ରଗ୍ସ ବା ଏଣ୍ଟିକ୍ୟାନ୍ସର ଔଷଧ ସେବନ ।
- ଦୀର୍ଘ ସମୟ ଧରି କୌଣସିାଷଧ ଖାଇ ଆସୁଥିଲେ ଡାକ୍ତରଙ୍କୁ ପଚାରି ବୁଝନ୍ତୁ ଯେ ଏହା ନିରାପଦ ନା ନୁହଁ; ନହେଲେ ଆହୁରି କି ଔଷଧ ଖିଆଯାଇପାରେ ।

ବାପା ଓ ସ୍ତନପାନ

ଅଧ୍ୟୟନରୁ ଜ୍ଞାତ ଯେ ବାପା ସହଯୋଗ କଲେ ୯୬ ଶତକଡ଼ା ମା'ମାନେ ସ୍ତନପାନ ପାଇଁ ରାଜି ହୁଅନ୍ତି, ନଚେତ ଏହା ୨୬ ଶତକଡ଼ା ହୁଏ । ବାପା ଚାହିଁଲେ ମା'ମାନଙ୍କୁ ସାହାଯ୍ୟ କରିପାରିବେ । ଏଣୁକରି ସେମାନେ ପ୍ରସ୍ତୁତ ହୋଇଯାନ୍ତୁ ।

ଧୂମପାନ ଓ ସ୍ତନପାନ

ନିକୋଟିନ ମା' କ୍ଷୀରରେ ମିଶିଯାଏ, ଏଣୁକରି ଶିଶୁଙ୍କୁ ସ୍ତନପାନ କରେଇବାକୁ ଚାହୁଁଥିଲେ ଆପଣଙ୍କୁ ସିଗାରେଟ ଟାଣିବା ଛାଡ଼ିବାକୁ ହେବ । ଏହା ଉଭୟ ମା' ଓ ଶିଶୁ ପାଇଁ ହିତକର । ଯଦି ସିଗାରେଟ ଛାଡ଼ିପାରନ୍ତି ନାହିଁ ତେବେ ଶିଶୁ ପାଇଁ ଅନ୍ୟ ବ୍ୟବସ୍ଥା କରାଯିବା ଉଚିତ, କାରଣ ଏପରି କଲେ ଶିଶୁ ନିକୋଟିନରୁ ଦୂରେଇ ରହିବ ଓ ଭବିଷ୍ୟତରେ ଏଥିପ୍ରତି ପ୍ରବୃତ୍ତ ହେବନାହିଁ ।

■ ସିଗାରେଟ ସଂଖ୍ୟା କମ୍ କରନ୍ତୁ ।

■ କମ୍ ନିକୋଟିନ ଯୁକ୍ତ ବ୍ରାଣ୍ଡ କିଣନ୍ତୁ

■ ସିଗାରେଟ ଟାଣିବାର ୨୫ ମିନିଟ ଅର୍ଥାତ୍ ଦେଢ଼ ଘଣ୍ଟା ପରେ ସ୍ତନପାନ କରାନ୍ତୁ । ଯଦ୍ୱାରା କ୍ଷୀରର ନିକୋଟିନ ନରହୁ ।

■ ଛୁଆ ଆଗରେ ବା ଆଖପାଖରେ କଦାପି ଧୂମପାନ କରନ୍ତୁ ନାହିଁ । ଏହା ଶିଶୁର ଶ୍ୱାସକ୍ରିୟାରେ ବାଧା ସୃଷ୍ଟି କରିପାରେ

■ କର୍ମକ୍ଷେତ୍ରରେ ବିଷାକ୍ତ ରାସାୟନିକ ପଦାର୍ଥ ମଧ୍ୟରେ କାମ କରିବା ।

■ ଅତ୍ୟଧିକ ମଦ ପିଇବା

■ କୌଣସି ପ୍ରକାର ଡ୍ରଗ୍ସ ନେବା

■ ଏଚ.ଆଇ.ଭି. ଭଳି ଏଡ୍‌ସ ସଂକ୍ରମଣ ।

■ ଅନେକ ଥର ନବଜାତ ଶିଶୁ ମା' କ୍ଷୀର ଖାଇବାରେ ଅକ୍ଷମ ହୁଏ ।

■ ସମୟ ପୂର୍ବରୁ ଜନ୍ମ ହେଲା ଛୁଆ ମା' କ୍ଷୀର ଖାଇପାରେ ନାହିଁ । ଅନେକ ଥର ଶିଶୁକୁ ଡାକ୍ତରଙ୍କ ଗହଣରେ ରଖାଯାଏ । ଏଭଳି ପରିସ୍ଥିତିରେ ନର୍ସ ସାହାଯ୍ୟରେ ମା' କ୍ଷୀର କାଢ଼ି ଶିଶୁକୁ ଦିଆଯାଇପାରେ ।

■ ଲେକ୍ଟୋଜ ଇନଟଲେରେନ୍ସ: ମା' କ୍ଷୀର ବା ଗାଈ କ୍ଷୀର ହଜମ ନହେଲେ । ଅନ୍ୟ କ୍ଷୀର ମିଶେଇ ଦେଲେ ହୁଏତ, ପରେ ଖାଇପାରିବ ।

■ ମୁଖ ବିକୃତି ଥିଲେ ଶିଶୁ ମା'ସ୍ତନରୁ କ୍ଷୀର ଖାଇପାରେ ନାହିଁ ।

■ ଅନେକ ଥର ସତଚେଷ୍ଟା କଲେ ମଧ୍ୟ ମା'ସ୍ତନରେ କ୍ଷୀର ତିଆରି ହୋଇନଥାଏ । ଆଉ ଛୁଆ ଭୋକରେ ରହିବାକୁ ବାଧ୍ୟ ହୁଏ । ଏଭଳି ପରିସ୍ଥିତିରେ ମା'ମାନେ ଛୁଆକୁ ଯଥେଷ୍ଟ ସ୍ନେହ ଦେଇପାରିବା ଉଚିତ ।

■ ■ ■

ଅଧ୍ୟାୟ - ୧୪

ନବମ ମାସ

ପ୍ରାୟ ୩୬ ରୁ ୪୦ ସପ୍ତାହ

ପରିଶେଷରେ ସେହି ମାସ ଆସି ପହଞ୍ଚିଗଲା, ଯାହାକୁ ଆପଣ ଅନେକ ସମୟରୁ ଅପେକ୍ଷା କରି ଆସୁଥିଲେ । ଏଭଳି ଅବସ୍ଥାରେ ଟିକେ ଚିନ୍ତିତ ହେବା ସ୍ୱାଭାବିକ କଥା । ହୁଏତ ଆପଣ ଶିଶୁର ସ୍ୱାଗତ ପାଇଁ ସମ୍ପୂର୍ଣ୍ଣ ପ୍ରସ୍ତୁତ ହୋଇଥିବେ କିମ୍ବା ନୁହଁ ମଧ୍ୟ । ହୁଏତ, ଅନେକ ପ୍ରକାରର କାର୍ଯ୍ୟକଳାପ ଯଥା (ଡାକ୍ତରଙ୍କୁ ପରାମର୍ଶ, ଦୋକାନରୁ କିଣାକିଣି, ପ୍ରେଜେକ୍ଟ, ଶିଶୁ ପାଇଁ ବିଭିନ୍ନ ରଙ୍ଗ ସଜ୍ଜା ଇତ୍ୟାଦି) ହେବା ସତ୍ତ୍ୱେ ଆପଣଙ୍କୁ ଏହି ମାସ ସବୁଠାରୁ ଦୀର୍ଘତମ ଜଣାପଡ଼ିପାରେ । ଆପଣ ଠିକ୍ ସମୟରେ ପ୍ରସବ କରିନ ପାରିଲେ ବୋଧହୁଏ ଦଶମ ମାସ ଆହୁରି ଦୀର୍ଘତର ଲାଗିପାରେ ।

ଏହି ମାସରେ ଆପଣଙ୍କ ଶିଶୁର ଗଠନ ଓ ବିକାଶ

୩୬ଶ ସପ୍ତାହ: ଏହି ସପ୍ତାହରେ ଆପଣଙ୍କ ଶିଶୁର ଓଜନ ପ୍ରାୟ ୬ ପାଉଣ୍ଡ ଓ ଦୈର୍ଘ୍ୟ ପ୍ରାୟ ୨୦ ଇଞ୍ଚ ହେବ । ଶିଶୁ ଆପଣଙ୍କ ହାତରେ ଛୁଲିବାକୁ ପ୍ରାୟ ପ୍ରସ୍ତୁତ ଅଛି । ବର୍ତ୍ତମାନ ସେ ବାହ୍ୟ ଜଗତ ପାଇଁ ଉପଯୁକ୍ତ ହେଲାଣି । ଅବଶ୍ୟ ପାଚନ ପ୍ରଣାଳୀ କାମ ଆରମ୍ଭ କରିନାହାନ୍ତି । ନାଭିରେ ଲମବିଥିବା ନାଡରୁ ସେ ପୋଷଣ ସଂଗ୍ରହ କରୁଛି । ମା' କ୍ଷୀର ଖାଇଲା ପରେ ହିଁ ତା' ପାଚନ ପ୍ରକ୍ରିୟା ଆରମ୍ଭ ହେବ । ଆଉ ନେପକିନର ଅବସ୍ଥା କ'ଣ ହେବ, ଆପଣ ଚିନ୍ତା କରି ପାରୁଥିବେ ।

ଆପଣଙ୍କ ୯ ମାସର ଶିଶୁ

୩୭ଶ ସପ୍ତାହ: ଗୋଟିଏ ମଜାଳିଆ କଥା । ମନେକର ସେ ଆଜି ଜନ୍ମ ହୁଅନ୍ତା । ତେବେ ତାକୁ ଫୁଲଟର୍ମ ଧରାଯିବ । ଏହାର ଅର୍ଥ ନୁହଁ ଯେ ସେ ସମ୍ପୂର୍ଣ୍ଣ ବିକଶିତ । ଏହି ସପ୍ତାହରେ ତା'ର ଓଜନ ହୁଏତ ଅଧା ପାଉଣ୍ଡ ଆହୁରି ବଢ଼ିପାରେ । ବର୍ତ୍ତମାନ ହାରାହାରି ୬$\frac{1}{2}$ ଓଜନ ପାଉଣ୍ଡ ହେବ । ଅବଶ୍ୟ ଶିଶୁର ସୁନ୍ଦର ଗାଲ, କହୁଣୀ, ସ୍କନ୍ଧ ଓ ମଣିବନ୍ଧ ମାନଙ୍କରେ ଚର୍ବି ଜମା ହେବାକୁ ଲାଗିଲାଣି ।

୩୮ଶ ସପ୍ତାହ: ଶିଶୁର ଓଜନ ୭ ପାଉଣ୍ଡ ଓ ଦୈର୍ଘ୍ୟ ୨୦ ଇଞ୍ଚ ହେବ । ବର୍ତ୍ତମାନ କିଛି କାମ ଆହୁରି ବାକି ଅଛି । ଫୁସ ଫୁସ ତିଆରି ହୋଇସାରିଲା ପରେ ସେ ଆପଣଙ୍କ କୋଳକୁ ଆସିପାରିବ ।

୩୯ଶ ସପ୍ତାହ: ବର୍ତ୍ତମାନ ଡେଲିଭରି ପର୍ଯ୍ୟନ୍ତ ବିକାଶ ଅଳ୍ପ ମନ୍ଥର ହେଇଯାଏ । ହାରାହାରି ଓଜନ ୭ ରୁ ୮ ପାଉର୍ଡ ଓ ଦୈର୍ଘ୍ୟ ୧୯ରୁ ୨୧ ଇଞ୍ଚ ହେବ । ଅବଶ୍ୟ ତାର ମସ୍ତିଷ୍କ କ୍ଷିପ୍ର ବେଗରେ ବିକଶିତ ହେଉଛି । ଗୋଲାପୀ ଚର୍ମ ଈଷତ ଧଳା ହେଉଥିବ ହେଲେ ତାର ପ୍ରକୃତ ରଂଗ ପିଗମେଣ୍ଟେସନ ପରେ ଜଣାପଡ଼ିବ । ଏବେ ଛୁଆର ମୁଣ୍ଡ ପେଲଭିକ ପର୍ଯ୍ୟନ୍ତ ପହଞ୍ଚି ଯାଇଥିବ । ଅର୍ଥାତ୍ ଶ୍ୱାସକ୍ରିୟାରେ ସହଜ ମନେହେଲେ ମଧ୍ୟ ଚାଲିବାରେ ଅସୁବିଧା ହୋଇପାରେ ।

୪୦ଶ ସପ୍ତାହ: ବଧେଇ ! ଶୁଭେଚ୍ଛା । ଗର୍ଭାବସ୍ଥାର ଶେଷତମ ପର୍ଯ୍ୟାୟ ଆସିଗଲା । ବର୍ତ୍ତମାନ ଶିଶୁର ଓଜନ ୬ ରୁ ୯ ପାଉଣ୍ଡ ଓ ଉଚ୍ଚତା ୧୯ରୁ ୨୨ ଇଞ୍ଚ ହେବ । ଏଥିରେ ଅଳ୍ପ ବେଶି ହେରଫେର ହୋଇପାରେ । ଅବଶ୍ୟ ଶିଶୁ ଆପଣଙ୍କୁ ପ୍ରଥମ ଥର ଦେଖିବ କିନ୍ତୁ ଆପଣଙ୍କ ସ୍ୱରରେ ଚିହ୍ନି ପାରିବ । ବର୍ତ୍ତମାନ ଦେଖିବାକୁ ହେବ ଯେ, ସେ ଡ୍ୟୁଡେଟର କିଛି ଦିନ ଆଗରୁ ଜନ୍ମ ହେବ ନା ପଛକୁ ।

୪୧ଶ ସପ୍ତାହ: ବୋଧହୁଏ ତାକୁ ଆହୁରି କିଛି ସମୟ ଲାଗିପାରେ । ୫ ଶତକଡ଼ା ଶିଶୁ ସଠିକ୍ ଡ୍ୟୁଡେଟର ଜନ୍ମ ହେଇଥାନ୍ତି । ୫୦ ଶତକଡ଼ା ଛୁଆ ଗର୍ଭାଶୟ ରୂପକ ହୋଟେଲକୁ ସହଜରେ ଛାଡ଼ିବାକୁ ଚାହାନ୍ତି ନାହିଁ । ମନେରଖନ୍ତୁ, ଅନେକ ଥର ଧାର୍ଯ୍ୟ ତିଥି ଓଭରଡ୍ୟୁ ହେଇନଥାଏ ବରଂ ଗଣନା ଭୁଲ ଥାଇପାରେ । ପୁନଶ୍ଚ ଡ୍ୟୁଡେଟର ଅନେକ ଦିନ ପରେ ଜନ୍ମ ହେଉଥିବା ଛୁଆ ଚାଥଚର୍ମ, ଶୁଷ୍କ ଦେହ ନେଇ ହେଇଥାଏ କାରଣ ଡେଲିଭରି ଡେଟ ପୂର୍ବରୁ ତାର ସୁରକ୍ଷା ଆବରଣ ନଷ୍ଟ ହେଇଯାଇଥାଏ । ଅବଶ୍ୟ ଏହା ଏକ ଅସ୍ଥାୟୀ ଲକ୍ଷଣ । ଏହାର ନଖ ଲମ୍ବା ହୋଇଥାଏ । ସେମାନେ ଅନ୍ୟମାନଙ୍କ ଅପେକ୍ଷା ବେଶ୍ ସତର୍କ ହୋଇଥାନ୍ତି ।

ଆପଣ କଣ ଅନୁଭବ କରୁଥାଇ ପାରନ୍ତି ?

ହୁଏତ ଆପଣ ସବୁତକ ଲକ୍ଷଣ ଏକା ସାଙ୍ଗରେ ଅନୁଭବ କରୁଥିବେ କିମ୍ବା କେତେକ ଲକ୍ଷଣ ଦେଖିପାରୁ ଥିବେ । ପ୍ରସବ ପୂର୍ବରୁ କେତେକ ଲକ୍ଷଣ ଦୃଷ୍ଟିଗୋଚର ହେଉଥିବେ ।

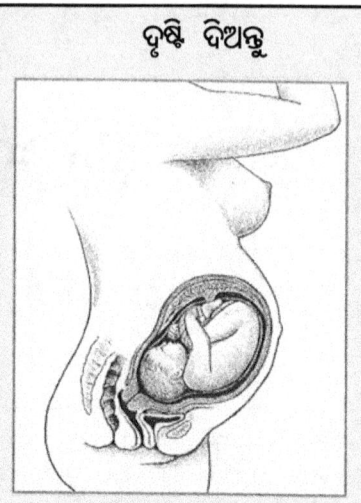

ଦୃଷ୍ଟି ଦିଅନ୍ତୁ

ବର୍ତ୍ତମାନ ଆପଣଙ୍କ ଗର୍ଭାଶୟ ଠିକ୍ ପିଞ୍ଜରା ତଳକୁ ଅଛି ଆଉ ଉଚ୍ଚତାରେ ମଧ୍ୟ ବିଶେଷ କିଛି ପରିବର୍ତ୍ତନ ଘଟୁନାହିଁ । ପ୍ୟୁବିକ ବୋନଠାରୁ ଗର୍ଭାଶୟର ଉଚ୍ଚତା ପ୍ରାୟ ୩୦ ରୁ ୪୦ ସେମି ହେବ । ଆପଣଙ୍କ ଓଜନ ଆଉ ବଢୁନାହିଁ । ହେଲେ ପେଟର ଆକାର ବୃଦ୍ଧି ପାଉଅଛି । କାରଣ ଛୁଆ ଏବେ ପୃଥିବୀ ପୃଷ୍ଠରେ ପାଦ ରଖିବାକୁ ପ୍ରସ୍ତୁତ ହେଉଛି ।

ଶାରୀରିକ

"ଭ୍ରୁଣର ଗତିବିଧିରେ ଅଳ୍ପ ପରିବର୍ତ୍ତନ, ଶିଶୁର ଚଳପ୍ରଚଳ କମିଯିବ କାରଣ ତାକୁ ଡିଆଁଡେଇଁ ପାଇଁ ଜାଗା ଅଭାବ ହେବ ।"

■ ଯୋନି ସ୍ରାବ ପୂର୍ବାପେକ୍ଷା ଗାଢ଼ ହେବ ଓ ବେଶି ମ୍ୟୁକସ ତିଆରି ହେଉଥିବ । ଏହା ସମ୍ଭୋଗ ପରେ ବା ପେଲ୍‌ଭିକ ପରୀକ୍ଷା ପରେ ଈଷତ୍ ଗୋଲାପୀ ବା ଲାଲ ହୋଇପାରେ ।

- କୋଷ୍ଠ କାଠିନ୍ୟ
- ଛାତିରେ ଜ୍ୱଳନ, ଅଜୀର୍ଣ୍ଣ, ଉଦ୍‌ବେଗ
- ବେଳେ ବେଳେ ମୁଣ୍ଡ ଘୁରି ମୂର୍ଚ୍ଛା ଯିବା
- ନାଳ ବନ୍ଦ, ନାକରୁ ରକ୍ତ, କାନରୁ ମଇଳା
- ସମ୍ବେଦନଶୀଳ ଦାନ୍ତମୂଳ
- ରାତିରେ ଗୋଡ଼ ମୋଡ଼ି ହେବା
- ପିଠି ବ୍ୟଥା ଓ ଓଜନ ଲାଗିବା
- ନିମ୍ନ ଓ ପୃଷ୍ଠଦେଶରେ ଯନ୍ତ୍ରଣା
- ପେଟ ବ୍ୟଥା, ନାଭି ଉଠିବା
- ଷ୍ଟ୍ରେଚ ମାର୍କ୍ସ
- ଗୋଡ଼ରେ ଭେରିକୋଜ ଭେନ୍ସ
- ହେବ ରଏଡସ୍
- କେବିଡ୍ରପିଙ୍ଗ ପରେ ସହଜ ଶ୍ୱାସକ୍ରିୟା
- ମୂତ୍ରାଶୟରେ ଚାପ ଯୋଗୁଁ ବାରମ୍ବାର ପରିଶ୍ରା
- ବ୍ରେକ୍ସଟନ ହିକ୍ସ କଣ୍ଟ୍ରାକ୍ସନ
- ଦେହ ଦୁର୍ବଳ
- ନିପଲରୁ କୋଲଷ୍ଟ୍ରମ ନିର୍ଗତ
- ଖୁବ୍ କ୍ଲାନ୍ତି ବା ବେଶି ବଳ (ନେଷ୍ଟିଂ ସିଣ୍ଡ୍ରୋମ)
- ଭୋକ ବଢ଼ିବା ବା କମିବା

ଭାବାତ୍ମକ

- ବେଶି ଉତ୍ତେଜନା, ବେଶି ଚାପ, ମୁଣ୍ଡ ଖରାପ
- ଏପର୍ଯ୍ୟନ୍ତ ଆସିବାର ଶାନ୍ତି
- ସମ୍ବେଦନଶୀଳତା ଓ ଉଦ୍‌ବେଗ
- ଅଧୈର୍ଯ୍ୟ ଓ ରାଗ
- ଶିଶୁକୁ ନେଇ ସ୍ୱପ୍ନ ଓ କଳ୍ପନା ବୁଣିବା

ଏହି ମାସର ପରୀକ୍ଷା

ଡାକ୍ତରଙ୍କ ପାଖରେ ବେଶି ସମୟ କଟିବ । ଏଭଳି କିଛି ବହିପତ୍ର ରଖିଥାନ୍ତୁ, ଏହାକୁ ୱେଟିଂ ରୁମରେ ପଢ଼ିପାରିବେ । ଡାକ୍ତର ପରୀକ୍ଷା କରି ଡେଲିଭରି କଥା କହିଦେବେ । ପରୀକ୍ଷା ଆପଣଙ୍କ ଅବସ୍ଥା ଓ ଡାକ୍ତରଙ୍କ ଉପରେ ନିର୍ଭର କରେ ।

- ଓଜନ ବଢ଼ିବା ବନ୍ଦ ହେବା ବା ମନ୍ଥର ହେବା
- ରକ୍ତଚାପ ବଢ଼ିପାରେ
- ମୂତ୍ରପରୀକ୍ଷା (ସୁଗର ଓ ପ୍ରୋଟିନ ପାଇଁ)
- ହାତଗୋଡ଼ ଫୁଲିବା
- ସର୍ଭିକ୍ସର ଆଭ୍ୟନ୍ତରୀଣ ପରୀକ୍ଷା (ଏହାର ସୁଖଦ୍ୱାର ଖୋଲୁଛି ନା ନାହିଁ)
- ଗର୍ଭାଶୟର ଉଚ୍ଚତା
- ଭ୍ରୂଣର ହୃଦ୍‌ସ୍ପନ୍ଦନ
- ଭ୍ରୂଣର ଆକାର
- କିଛି ପ୍ରଶ୍ନ ଜିଜ୍ଞାସା ଓ ତାର ସମାଧାନ ।

ଡାକ୍ତର ଚାହିଁଲେ ପ୍ରସବ ଡେଲିଭରି ସମ୍ପର୍କିତ କିଛି ଦିଗ୍‌ଦର୍ଶନ ଦେଇପାରନ୍ତି । ନିଜେ ମଧ୍ୟ ପଚାରି ପାରନ୍ତି ।

ଆପଣ କ'ଣ ଚିନ୍ତା କରୁଥାଇ ପାରନ୍ତି ?

ବାରମ୍ବାର ପରିଶ୍ରା ହେବା

"ବିଗତ କେଇ ସପ୍ତାହରୁ ମତେ ବାରମ୍ବାର ବାଥରୁମ ଯିବାକୁ ପଡୁଛି । ଏହିଭଳି ବାରମ୍ବାର ପରିଶ୍ରା ଯିବା କ'ଣ ସାଧାରଣ କଥା ?"

ଗତ ତିନିମାସର ସମସ୍ୟା ପୁଣି ଥରେ ଫେରିଆସିଛି । ଗର୍ଭାଶୟ ପୁଣି ଥରେ ମୂତ୍ରାଶୟରେ ଚାପ ପକଉଛି । ହେଲେ ବର୍ତ୍ତମାନ ତାର ଭାର ବେଶି । ପରିଶ୍ରାରେ ଯଦି ସଂକ୍ରମଣ ନଥାଏ ତେବେ ଆମେ ସାଧାରଣ ମଣିପାରୁ । ଏଥିରୁ ମୁକ୍ତି ପାଇଁ ଯଥେଷ୍ଟ ପାଣି ପିଅନ୍ତୁ । କାରଣ ଏହି ସମୟରେ ଏହା ଖୁବ୍ ଆବଶ୍ୟକ । ପରିଶ୍ରା ଲାଗିଲେ ନିଃସଂକୋଚ ଯାଆନ୍ତୁ ।

"ମୋର ଜଣେ ସାଙ୍ଗ କହୁଥିଲା ଯେ ତା'ର ସ୍ତନରୁ ନବମ ମାସରେ କ୍ଷୀର ନିର୍ଗତ ହେଉଥିଲା କିନ୍ତୁ ମୋର ଏପରି କିଛି ହେଉନି । ହେଲେ ମୋ ଦେହରେ କ'ଣ କ୍ଷୀର ତିଆରି ହେଉନି କି ?"

ଛୁଆ ନହେଲା ଯାଏଁ କ୍ଷୀର ତିଆରି ହେଇନଥାଏ । ଅନେକ ଥର ଏହା ଡେଲିଭରିର ତିନି ଚାରି ଦିନ ପର୍ଯ୍ୟନ୍ତ ତିଆରି ହୁଏନାହିଁ । ଆପଣଙ୍କ ସାଙ୍ଗ ବୋଧେ କୋଲଷ୍ଟ୍ରମ ବିଷୟରେ କହୁଥିବେ । ଏହି ଇଷତ ହଳଦିଆ ରଂଗର ତରଳ ପଦାର୍ଥ କ୍ଷୀର ଆସିବା ପୂର୍ବରୁ ବାହାରିଥାଏ । ଏଥିରେ ପ୍ରଚୁର ଏଣ୍ଟିବଡିଜ ଭରିଥାଏ । ଏହାବ୍ୟତୀତ ଅଧିକ ପ୍ରୋଟିନ, ଅଳ୍ପ ଚର୍ବି ଓ ମିଲ୍କ ସୁଗର ମିଳିଥାଏ । ଏହାପରେ ସ୍ତନରୁ କ୍ଷୀର ବାହାରିଥାଏ ।

କୋଲୋଷ୍ଟ୍ରମ ନିର୍ଗତ ହେଉନଥିଲେ ମଧ୍ୟ ଏହା ଆପଣଙ୍କ ଦେହରେ ତିଆରି ହେଉଛି । ନିଜର ସ୍ତନାଗ୍ର ଅର୍ଥାତ୍ ନିପଲକୁ ଧରି ଅଳ୍ପ ଚିପିଲେ ବୁନ୍ଦା ବୁନ୍ଦା ହେଇ ଏହା ବାହାରିବ । ବେଶି ଜୋରରେ ଚିପିଲେ ହୁଏତ ଘା' ମଧ୍ୟ ହେଇପାରେ । ବୁନ୍ଦା କ୍ଷୀର ନ ଦେଖାଗଲେ ମଧ୍ୟ ବ୍ୟସ୍ତ ହେବାର ନାହିଁ, ଶିଶୁ ଆସିବା ପରେ ସବୁ ବ୍ୟବସ୍ଥା ହେଇଯିବ । କ୍ଷୀର ନ ଝରିବାର ଅର୍ଥ ନୁହଁ ଯେ ଆପଣ ତାକୁ ଯଥେଷ୍ଟ ମାତ୍ରାରେ କ୍ଷୀର ପିଆଉ ନାହାନ୍ତି ।

ମନେକର କୋଲଷ୍ଟ୍ରମ ବେଶି ପରିମାଣରେ ବାହାରେ ତେବେ ଆପଣ ନିଜ ବ୍ରା ମଧ୍ୟରେ ନର୍ସିଂ ପେଡଟିଏ ରଖନ୍ତୁ, ଫଳରେ ଲୁଗା ଖରାପ ହେବନି । ଅବଶ୍ୟ ବର୍ତ୍ତମାନ ଇଷତ୍ ଭିଜା ଗାଉନ, ଟିସାର୍ଟ, ବ୍ରା ଓ ନାଇଟ ଗାଉନ ପିନ୍ଧା ଅଭ୍ୟାସ ଆରମ୍ଭ କରିଦେବା ଉଚିତ ।

ଇଷତ ଦାଗ ଲାଗିବା

"ଆଜି ସକାଳେ ସମ୍ଭୋଗ ପରେ ମୁଁ ଇଷତ ଦାଗ ଦେଖିବାକୁ ପାଇଲି । କ'ଣ ଲେବର ଆରମ୍ଭ ହେବାକୁ ଯାଉଛି କି ?"

ଯଦି ଆଭ୍ୟନ୍ତରୀଣ ପରୀକ୍ଷା ବା ସମ୍ଭୋଗ ପରେ ଇଷତ୍ ଲାଲ ବା ଧୂସର ରଂଗର ଦାଗ ଦେଖାଯାଏ, ତେବେ ଏହା ପ୍ରସବାରମ୍ଭ ନୁହଁ । ମନେକର ଗୋଲାପୀ ବା ଧୂସର ମୁକ୍ସ ସାଙ୍ଗକୁ ସଂକୋଚନ ମଧ୍ୟ ଆରମ୍ଭ ହେଇଯାଏ ତେବେ ପ୍ରସବ ବେଦନା ଆରମ୍ଭ ହେଇପାରେ, ତା'ପରେ ହୁଏତ ଆପଣ ସମ୍ଭୋଗ କରିଥାନ୍ତୁ ବା ନୁହଁ ।

ସମ୍ଭୋଗ ପରେ ଯଦି ଗାଢ଼ ଲାଲ ରଂଗର ବେଶି ରକ୍ତସ୍ରାବ ହୁଏ, ତେବେ ଡାକ୍ତରଙ୍କୁ କୁହନ୍ତୁ

ପାଣି ଥଳି ଫାଟିଯିବା

"ମୁଁ ଏକଥାକୁ ନେଇ ବେଶି ଭୟ କରେ ଯେ ପାଣି ଥଳି ଯଦି ଲୋକଙ୍କ ଆଗରେ ଫାଟିଯାଏ !"

ଅଧିକାଂଶ ମହିଳାମାନେ ଗର୍ଭାବସ୍ଥାରେ ଶେଷ ବେଳକୁ ଏହି କଥା ନେଇ ବେଶି ଭୟ କରିଥାନ୍ତି ଯେ ଲୋକଙ୍କ ଆଗରେ ଏମ୍ନିଓଟିକ ଦ୍ରବଣର ଝିଲି ବା ଥଳି ଫାଟି ନପଡୁ । ୮୫ ଶତକଡ଼ା ସ୍ତ୍ରୀମାନଙ୍କ ସହ ଲେବର ରୁମରେ ଏପରି ହେଇଥାଏ । ୧୫ ଶତକଡ଼ା ମହିଳାମାନଙ୍କ କ୍ଷେତ୍ରରେ ଅବଶ୍ୟ ଆଗରୁ ଫାଟିଯାଏ । ଅବଶ୍ୟ ଏହା ସର୍ବସମକ୍ଷରେ ଏପରି ହୁଏ ନାହିଁ । ଏହା ଶୋଇଥିଲା ବେଳେ ହିଁ ହେଇଥାଏ । ଅତିକମ୍‌ରେ ରାସ୍ତା ମଝିରେ ଏପରି ସମ୍ଭବ ନୁହଁ । ଥଳି ଫାଟିଲେ ମଧ୍ୟ ସବୁ ଏକାଥରକେ ପଦାକୁ ଚାଲିଆସେ ନାହିଁ । ଆପଣ ଠିଆ କିମ୍ବା ବସି ଥିଲାବେଳେ ଛୁଆର ମୁଣ୍ଡ ବୋତଲର କର୍କ ଠିପି ଭଳି କାମ କରିଥାଏ ଓ ଏମ୍ନିଓଟିକ ଦ୍ରବଣକୁ ଗର୍ଭାଶୟ ମଧ୍ୟରେ ଚାପି ରଖିଥାଏ ।

ମନେକର ଦୈବାତ୍ ଏଭଳି ହେଲେ ମଧ୍ୟ ବ୍ୟସ୍ତ ହେବେ ନାହିଁ । କେହି ଖରାପ ଭାବିବ ନାହିଁ, ବରଂ ଆପଣ ଯେହେତୁ ଗର୍ଭବତୀ; ଏଣୁ ସଭିଙ୍କର ସାହାଯ୍ୟ ସହଯୋଗ ମିଳି ଲେବର ରୁମ ପାଖକୁ ପହଞ୍ଚି ଯିବେ । ଆଉ ୨୪ ଘଣ୍ଟା ମଧ୍ୟରେ ପ୍ରସବା ବେଦନା ଆରମ୍ଭ ହୋଇଯିବ; ନହେଲେ ମଧ୍ୟ ଡାକ୍ତର ଆସି ପ୍ରସବାରମ୍ଭ କରିପାରିବେ ।

ଅବଶ୍ୟ ଶେଷ ଦିନମାନଙ୍କରେ ପେଡ ଲଗେଇ ନିରାପଦ ରୁହନ୍ତୁ । ଘରେ ମଧ୍ୟ ବିଛଣାରେ ଚାଦର ତଳେ ମୋଟା ଗାମୁଛା ବା ପ୍ଲାଷ୍ଟିକ ପଟି ପାରି ଶୁଅନ୍ତୁ, କାରଣ କେତେବେଳେ କଣ ହେବ କେହି କହିପାରିବେନି ।

ଶିଶୁର ଡ୍ରପିଙ୍ଗ

"୩୮ ସପ୍ତାହ ଗଡ଼ିଗଲା ପରେ ମଧ୍ୟ ଶିଶୁର ଡ୍ରପିଙ୍ଗ ହେଲାନାହିଁ; ତେବେ କଣ ପ୍ରସବ ଡେରି ହେବ କି ?"

ଶିଶୁ ଯଦି ପଦାକୁ ଆସିବାକୁ ଉଦ୍ୟତ ହେଉନି ତେବେ ଡେରି ହେବା ସ୍ୱାଭାବିକ । ପ୍ରଥମ ଗର୍ଭଧାରଣରେ ଡ୍ରପିଙ୍ଗ ଡେଲିଭରିର ଦୁଇ ଚାରି ସପ୍ତାହ ପୂର୍ବେ ହୁଏ । ଅବଶ୍ୟ ବ୍ରତିକ୍ରମ ସବୁଠାରେ ଥାଏ । ଡ୍ରପିଙ୍ଗ ଆଗ ମଧ୍ୟ ହେଇପାରେ ଓ ପରେ ମଧ୍ୟ । ଶିଶୁର ମୁଣ୍ଡ ତଳକୁ ଆସି ଉପରକୁ ମଧ୍ୟ ଯାଇପାରେ ।

ଅବଶ୍ୟ ଏହାକୁ ଆପଣ ମଧ୍ୟ ହୃଦୟଙ୍ଗମ କରିପାରିବେ । ଡାଏଫ୍ରାଗ୍ମରୁ ଗର୍ଭାଶୟର ଚାପ କମିଯିବ । ଶ୍ୱାସକ୍ରିୟା ସହଜ ମନେହେବ । ଆଗ ଅପେକ୍ଷା ସୁରୁଖୁରୁରେ ଖାଦ୍ୟ ଖାଇପାରିବେ । ଛାତିରେ ଜଳାପୋଡା କି ଅଜୀର୍ଣ୍ଣ ହେବନି । ଅବଶ୍ୟ ଅନ୍ୟାନ୍ୟ ସମସ୍ୟା ଦେଖାଦେଇପାରେ । ବାରମ୍ୱାର ପରିଶ୍ରା ଲାଗିବା, ଖଂଜା ସବୁ ଦରଜ ହେବ ଓ ଭାରସାମ୍ୟ ରକ୍ଷା କଠିନ ମନେହେବ ।

> **ଶିଶୁର କାନ୍ଦଣା..**
>
> ଜନ୍ମ ପରେ ସର୍ବପ୍ରଥମେ ଶିଶୁର କାନ୍ଦଣା ଶୁଭେ; ହେଲେ ବିଶ୍ୱାସ ହେବନି ଯେ ଛୁଆ ଗର୍ଭରେ ମଧ୍ୟ କାନ୍ଦିଥାଏ । ଅଧ୍ୟୟନରୁ ଜଣାପଡ଼ିଛି ଯେ ବେଶି ସ୍ୱର ଶୁଭିଲେ ଶିଶୁ ମୁହଁରେ କାନ୍ଦଣା ଆସେ । ସେ ଆଗରୁ କାନ୍ଦିବା ପାଇଁ ପ୍ରସ୍ତୁତ ହେଇ ଆସେ, ଫଳରେ ଜନ୍ମ ପରେ ଆପଣଙ୍କୁ ହଇରାଣ କରିପାରିବ ।

ଅନେକ ଥର ଏଭଳି ହେବା ସତ୍ତ୍ୱେ ମଦ୍ୟ ଜଣାପଡ଼େ ନାହିଁ କାରଣ ଆଗରୁ ମଧ୍ୟ ଅନେକ ଲକ୍ଷଣ ଥାଏ । ଏଣୁ ଭଲ ଭାବରେ ବୁଝିହୁଏ ନାହିଁ ।

ଡାକ୍ତର ଶିଶୁ ମୁଣ୍ଡର ଅବସ୍ଥିତି ଜାଣିବା ପାଇଁ ଆଭ୍ୟନ୍ତରୀଣ ପରୀକ୍ଷା କରି ପେଟକୁ ଚାପି ଜାଣିବାକୁ ଚେଷ୍ଟା କରିବେ ।

ଛୁଆ ନିଜର ଗତି ଅନୁସାରେ ଯେକୌଣସି ବ୍ୟବସ୍ଥା ଯୋଗେ ହେଇପାରେ । ହୁଏତ ସେ ସବା ତଳକୁ ଆସିବା ପରେ ପ୍ରସବ ହେଇପାରେ । ଏଭଳି ପରିସ୍ଥିତିରେ ଆପଣଙ୍କୁ କମ୍ ପରିଶ୍ରମ ଲାଗିବ ।

ଶିଶୁର ଚଳପ୍ରଚଳରେ ପରିବର୍ତ୍ତନ

"ମୋ ଛୁଆ ଖୁବ୍ ଜୋରରେ ଲାତ ମାରିଥାଏ ଓ ମୁଁ ତାକୁ ଭଲଭାବରେ ବୁଝିପାରେ ହେଲେ ସେ ଆଗ ଭଳି ଏବେ ବେଶି ସକ୍ରିୟ ନୁହଁ ।"

ପାଞ୍ଚ ମାସ ବେଳକୁ ଗର୍ଭ ମଧ୍ୟରେ ଯଥେଷ୍ଟ ଜାଗା ଥିବାରୁ ଛୁଆ ବେଶି ଚଳପ୍ରଚଳ ହୋଇ ପାରୁଥିଲା । ହେଲେ ବର୍ତ୍ତମାନ ଜାଗା ଅଭାବ । ଥରେ ତା ମୁଣ୍ଡ ପେଲ୍‌ଭିସ ଆଡ଼କୁ ମୁହେଁଇଲେ ଚଳପ୍ରଚଳ କମିଯାଏ । ସାମାନ୍ୟ କମ୍ ବେଶି ହେଲେ କିଛି ଅସୁବିଧା ନାହିଁ, ହେଲେ ଦୈବାତ୍ ଏପରି କିଛି ଅଘଟଣ ହେଲେ ଡାକ୍ତରଙ୍କୁ ପରାମର୍ଶ କରନ୍ତୁ ।

"ଆଜି ଛୁଆର ଚଳପ୍ରଚଳ ଆଦୌ ଜଣାପଡ଼ିଲା ନାହିଁ । ଏହାର ମାନେ କ'ଣ ?"

ଆମେ ଆପଣଙ୍କୁ 'ବେବି କିଟ କାଉଣ୍ଟ'ର ଫର୍ମୁଲା ବିଷୟରେ କହିଛୁ । ତଦନୁସାରେ ଶିଶୁର ଚଳପ୍ରଚଳକୁ ଅନୁମାନ କରନ୍ତୁ । ଯଦି ସେ ଅନୁସାରେ ନହୁଏ. ତେବେ ଡାକ୍ତରଙ୍କୁ କୁହନ୍ତୁ । ଏହାର କାରଣ ସେ ଜାଣି ପାରିଲେ ଖୁବ୍ ଭଲ ନଚେତ୍ ଦୁର୍ବଳ ମନେହେଉଥିବା ଗର୍ଭସ୍ଥ ଶିଶୁ ମଧ୍ୟ ସୁସ୍ଥ ସବଳ ହେଇ ଜନ୍ମ ଗ୍ରହଣ କରିଥାଏ ।

ଓଜନ କମିବା

ଗର୍ଭାବସ୍ଥାର ଶେଷ ବେଳକୁ ମା'ର ଓଜନ ମଧ୍ୟ ବଢ଼ିବା ବନ୍ଦ ହେଇଯାଏ । ଏପରି କାହିଁକି ହୁଏ ? ଏହା ଏକ ସାଧାରଣ କଥା । ଅର୍ଥାତ୍ ପ୍ରସର ନିମନ୍ତେ ପ୍ରସ୍ତୁତ । ଏଥର ଏମ୍ନିଓଟିକ ଦ୍ରବଣ ହ୍ରାସ ପାଇବାକୁ ଲାଗିଛି । ଝାଳ ଏବଂ ମଳତ୍ୟାଗ ମଧ୍ୟ ଓଜନ କମାଉଛନ୍ତି । ଯଦି ଆପଣଙ୍କୁ ଭଲ ଲାଗୁଥାଏ, ତେବେ ପ୍ରସବ ଦିବସକୁ ପ୍ରତୀକ୍ଷା କରନ୍ତୁ । ସେଦିନ ହଠାତ୍ ଆପଣଙ୍କ ଓଜନ ଏତେ କମି ଯିବ ଯେ ଏକଥା ଭାବିନଥିବେ ।

ଅବଶ୍ୟ ଏହି ଅବସ୍ଥାରେ ପୂରାପୂରି ଚଳପ୍ରଚଳ ବନ୍ଦ ହେବାର ଗୁରୁତର କାରଣ ଥାଇପାରେ । ଏଥିରେ ଅବହେଳା ନକରି ଡାକ୍ତରଙ୍କ ପରାମର୍ଶ ଗ୍ରହଣୀୟ ।

ପ୍ରସ୍ତୁତ ହୁଅନ୍ତୁ

ଚାଇଲଡ ବାର୍ଥ ଅର୍ଥାତ୍ ପ୍ରସୂତି ଗୃହ ଅନ୍ୟ ଶବ୍ଦରେ ଏନ୍ତୁଡିଶାଳ ଯିବା ପାଇଁ ପ୍ରସ୍ତୁତ ହେଇରୁହନ୍ତୁ । ବହି ବା ଡିଭିଡିରୁ ଏ ସମ୍ପର୍କରେ ତଥ୍ୟ ଆହରଣ କରନ୍ତୁ । ପ୍ରସବ ବେଦନାକୁ ଉପଶମ କରିବା ପାଇଁ ଗୀତ ସଂଗୀତ, ଟିଭି, ଲୁଡୋ, ପୋକର ଖେଳନ୍ତୁ ବା ଫୋନ କରି ଗପସପ କରନ୍ତୁ । ଲେପଟପ ଧରି କାମ ମଧ୍ୟ କରିପାରନ୍ତି ।

ଏସବୁ କରିବାକୁ ହୁଏତ ଆପଣ ବେଳ ପାଇବେ ନାହିଁ । ତଥାପି ନିଜର ଆବଶ୍ୟକ ଜିନିଷପତ୍ର ସାଙ୍ଗରେ ଧରି ଯାଆନ୍ତୁ ।

"ମୁଁ ଶୁଣିଛି ଯେ ଡେଲିଭରି ସମୟ ପାଖେଇ ଆସିଲେ ଶିଶୁର ଚଳପ୍ରଚଳ କମିଯାଇଥାଏ, ହେଲେ ମୋ ଗର୍ଭର ଛୁଆ ଏବେ ମଧ୍ୟ ସେହିପରି ସକ୍ରିୟ ଅଛି ?"

ପ୍ରତ୍ୟେକ ଶିଶୁ ସ୍ୱତନ୍ତ୍ର ଧରଣର ହୋଇଥାଏ । ତାର ସାମର୍ଥ୍ୟ ମଧ୍ୟ ସ୍ୱତନ୍ତ୍ର ହୁଏ । କେତେ ଶିଶୁ ଫୁର୍ତ୍ତି ହେଲେ ଆଉ କେତେ ଅଳସୁଆ ହେଇଥାନ୍ତି । ଜାଗା ଅଭାବ ହେବାରୁ ଶିଶୁର ଚଳପ୍ରଚଳ କମିବା ସ୍ୱାଭାବିକ, ହେଲେ ଆପଣ ବ୍ୟସ୍ତ ହେବାର ଏଥିରେ କିଛି ନାହିଁ।

ନେଷ୍ଟିଂ ଇନ୍‌ଷ୍ଟିଂକ୍ଟ

"ନେଷ୍ଟିଂ ଇନଷ୍ଟିଂକ୍ଟ ମନ ଗଢ଼ାଣିଆ କଥା ନା ଏଥିରେ କିଛି ସତ୍ୟତା ଅଛି ?"

ପକ୍ଷୀମାନଙ୍କ ଭଳି ମଣିଷମାନଙ୍କଠାରେ ମଧ୍ୟ ଏଭଳି ଭାବପ୍ରବଣତା ଦେଖାଯାଏ । ପକ୍ଷୀ ଅଣ୍ଡା ଦେବା ପୂର୍ବରୁ ବସା ତିଆରି କଲା ଭଳି ମଣିଷ ଛୁଆ ଜନ୍ମ କଲାପୂର୍ବରୁ ମା'ମାନେ ନିଜ ଘରକୁ ଲିପି ପୋଛି ପରିଷ୍କାର ପରିଚ୍ଛନ୍ନ କରିଥାନ୍ତି । ସବୁ କିଛି ଠିକ୍ ଠାକ୍ କରି ଯଥେଷ୍ଟ ସଉଦା ପତ୍ର ଆଣି ରଖିଦିଅନ୍ତି । ରୋଷେଇଘର ଠାରୁ ଆରମ୍ଭ କରି ଛୁଆ ଖେଳିବା ନର୍ସରୀ ଜାଗା ପର୍ଯ୍ୟନ୍ତ ସଫା କରି ବ୍ୟଗ୍ରାତୁର ହେଇଥାନ୍ତି ।

ଅନେକ ଥର ଏଡ୍ରେନଲିନ ସ୍ତର ଯୋଗୁଁ ମଧ୍ୟ ଏପରି ହୋଇଥାଏ । ଅବଶ୍ୟ ଏହା ପ୍ରତ୍ୟେକଙ୍କ କ୍ଷେତ୍ରରେ ହୁଏନାହିଁ । ଅନେକ ସ୍ତ୍ରୀମାନେ ଟିଭି ଆଗରେ ବସି ଖାଇବା ପିଇବାରେ ଦିନ କଟେଇ ଦେଇଥାନ୍ତି ତାଙ୍କ ମନରେ କୌଣସି ଅଭୀପ୍ସା ଜନ୍ମ ହୁଏନି ।

ପ୍ରସବ ଆରମ୍ଭ କରିବା ପାଇଁ ନିଜେ କ'ଣ କରିବେ ?

ପ୍ରସବର ଡ୍ୟୁଡେଟ ଜାଣିଲା ପରେ ମଧ୍ୟ ଆପଣ ଗର୍ଭବତୀ ଅଛନ୍ତି ? ପ୍ରକୃତିକୁ ଆଉ କେତେ ସମୟ ଦରକାର ? ହେଲେ ନିଜ ହାତରେ ନେଇ ପ୍ରସବ କରିବାକୁ ଚାହାନ୍ତି କି ? ଏହା କ'ଣ କୃତକାର୍ଯ୍ୟ ହେବ କି ? ଜେଜୀମା'ଙ୍କ ଉପଦେଶ କାମକୁ ଆସିବ କି ? ଏ ବିଷୟରେ କହିବା ମୁସ୍କିଲ । କାରଣ ଅନେକ ଥର ଏଭଳି ଉପାୟ କଲାବେଳକୁ ପ୍ରସବ ପ୍ରକ୍ରିୟା ଆପେ ଆପେ ଆରମ୍ଭ ହୋଇଯାଏ । ତଥାପି ଏହା ଆପଣଙ୍କର ଇଚ୍ଛା:

ଚଲାବୁଲା: ଚଳପ୍ରଚଳ ହେଲେ ମାଧ୍ୟାକର୍ଷଣ ଯୋଗୁଁ ଛୁଆ ତଳକୁ ଖସିବାରେ ସୁବିଧା ହୁଏ । ଅବଶ୍ୟ ଏହାଫଳରେ ପ୍ରସବ ଆରମ୍ଭ ନହେଲେ ମଧ୍ୟ ଦେହଟା ପ୍ରସବ ପାଇଁ ପ୍ରସ୍ତୁତ ହେଇଥାଏ ।

ସମ୍ଭୋଗ: ହୁଏତ ଆପଣ ବର୍ତ୍ତମାନ ଛୋଟ ଜଳହସ୍ତୀ ଭଳି ମନେହେଇ ପାରନ୍ତି, ହେଲେ ସମ୍ଭୋଗ କରିବାରେ କ୍ଷତି କଣ ? ଏହା ସାଭ୍‌ଗକୁ ଅନ୍ୟ କାମ ମଧ୍ୟ ହେଇଥାଏ । ଅଦ୍ୟୟନରୁ ଜଣାପଡ଼ିଛି ଯେ, ବୀର୍ଯ୍ୟ ଯୋଗୁଁ ସଂକୋଚନ ଆରମ୍ଭ ହୁଏ । ଏଥିରେ ମତାନ୍ତର ମଧ୍ୟ ଦେଖାଯାଏ, ଏଣୁ ନିଜ ବିବେକାନୁସାରେ ଆପଣ ଯାହା ଚାହାନ୍ତି, କରନ୍ତୁ, ଆମର କିଛି କହିବାର ନାହିଁ । ଏହା ବ୍ୟତୀତ ଶହ ଶହ ବର୍ଷରୁ ଘରୋଇ ଚିକିତ୍ସା କରି ଆସୁଥିବାରୁ ପ୍ରଥମେ ଡାକ୍ତରଙ୍କ ପରାମର୍ଶ ଗ୍ରହଣୀୟ ।

ନିପୁଲ ଉତ୍ତେଜନା: ସ୍ତନର ନିପୁଲକୁ ଉତ୍ତେଜିତ କଲେ ଶରୀରରେ ପ୍ରାକୃତିକ ଭାବରେ ଅକ୍ସିଟୋସିନ ପଦାର୍ଥ ତିଆରି ହୁଏ ଓ ପ୍ରସବ ବେଦନା ଆରମ୍ଭ ହୁଏ । ଏହା ଦିନକୁ ଅନେକ ଘଣ୍ଟା କରିବାକୁ ହେବ । ହେଲେ ଆମ ମତରେ ଏହାଫଳରେ ତୀବ୍ର ଓ ଦୀର୍ଘତମ ପ୍ରସବ ବେଦନା ଆରମ୍ଭ ହୋଇଥାଏ । ଏଣୁକରି ବୁଝିବିଚାରି ଏହା କରନ୍ତୁ ।

କୋଷ୍ଟର ଅଏଲ: କୋଷ୍ଟର ଅଏଲ କକ୍‌ଟେଲ ଯୋଗୁଁ ପ୍ରସବ କରେଇବାକୁ ଚାହାନ୍ତି ତେବେ ବାରମ୍ବାର ଶୌଚ ପାଇଁ ଯିବାକୁ ହେବ । ଫଳରେ ଗର୍ଭାଶୟରେ ସଂକୋଚନ ସୃଷ୍ଟି ହୋଇପାରେ । ଏହାଦ୍ୱାରା ଡାଇରିଆ, ପେଟ ମୋଡାମୋଡି ବା ବାନ୍ତି ହୋଇପାରେ । ଏଣୁ ଭାବିଚିନ୍ତି ଏହା କରନ୍ତୁ ।

ହର୍ବଲ ଚା' ଓ ଉପଚାର: ହର୍ବଲ ଚା ଭଳି ଅନେକେ ଉପଚାର ଜେଜୀମା'ଙ୍କ ମୁଖରୁ ଶୁଣାଯାଇଥାଏ । ହେଲେ ନିରାପତ୍ତା ଦୃଷ୍ଟିରୁ କୌଣସି ଅଧ୍ୟୟନ ନହୋଇ ଥିବାରୁ ଡାକ୍ତରଙ୍କ ପରାମର୍ଶ ଅନିବାର୍ଯ୍ୟ ।

ଏକଥା ମନେରଖନ୍ତୁ ଯେ ସପ୍ତାହକ ମଧ୍ୟରେ ଆପଣ ନିଜେ ବା ଡାକ୍ତରଙ୍କ ସହାୟତାରେ ସେ ପ୍ରକ୍ରିୟା ପର୍ଯ୍ୟନ୍ତ ପହଞ୍ଚିଯିବେ; ଯାହା ପାଇଁ ଏତେ ବ୍ୟଗ୍ରାତୁର ହେଇ ଅପେକ୍ଷା କରିଛନ୍ତି ।

ମନେକର ଆପଣଙ୍କ ମନରେ ମଧ୍ୟ ଏଭଳି କିଛି ଅଭିଳାଷ ଥାଏ, ତେବେ ବ୍ୟସ୍ତ ହୁଅନ୍ତୁନି । ନିଜକୁ ବେଶି କର୍ମବ୍ୟସ୍ତ ରଖି ଅନ୍ୟମନସ୍କ ହେବା ଅପେଖା ନିଜକୁ ନିରାପଦ ରଖିବାକୁ ବେଶି ଚେଷ୍ଟିତ ହେବା ବାଞ୍ଛନୀୟ ।

ନା'ମାସ ପୂର୍ଣ୍ଣ ହେବା ପରେ ଜନ୍ମ ହେଉଥିବା ଶିଶୁ (ଓଭର ଡ୍ୟୁ ଚାଇଲ୍‌ଡ)

"ପ୍ରସବ ସକାଶେ ଏକ ସପ୍ତାହ ଗଡ଼ିଗଲାଣି ହେଲେ ପ୍ରସବ କଣ ଆପେ ଆପେ ହେବ କି ?"

ବଡ଼ ବ୍ୟଗ୍ରାତୁର ହେଇ ଆପଣ ପ୍ରସବର ଆନୁମାନିକ ତିଥିଟିକୁ ଅପେକ୍ଷା କରି ରହିଥବଲେ । ତାହା ଅତିକ୍ରମ ହେଲା ଉତ୍ତାରେ ମଧ୍ୟ ପ୍ରସବ ବେଦନା ଆରମ୍ଭ ହେଉନାହିଁ । ଆଶା ନିରାଶାରେ ରୂପାନ୍ତରିତ ହେଇଗଲା । ୭୦ ପ୍ରତିଶତ ମାମଲାରେ ଯାହାକୁ ଓଭରଡ୍ୟୁ କୁହାଯାଏ, ତାହା ବାସ୍ତବରେ ଗଣନା ଭୁଲ୍ ଥାଏ । ଆଉ ଡାକ୍ତର ଏତେ ସମୟ ଧରି ଅପେକ୍ଷା କରିବେ ନାହିଁ । ୪୧ଶ ସପ୍ତାହରେ ପ୍ରାୟ ପ୍ରସବ ଆରମ୍ଭ କରିଦିଆହୁଏ; କାରଣ ଗର୍ଭାୟରେ ଏମ୍ନିଓଟିକ ଦ୍ରବଣ ହ୍ରାସ ପାଇବାରୁ ଶିଶୁ ପାଇଁ ଅନୁପଯୁକ୍ତ ମନେହୁଏ । ଏଣୁ ପ୍ରସବ ବାଞ୍ଛନୀୟ ।

"ମୁଁ ଶୁଣିଛି ଯେ ଓଭରଡ୍ୟୁ ଶିଶୁ ଗର୍ଭବରେ ଠିକ୍ ଭାବରେ ରହିପାରେ ନାହିଁ । ମୁଁ ଏଇନା ୪୦ ସପ୍ତାହ ପୂର୍ଣ କରିଛି । ହେଲେ ମୋ ଶିଶୁର ଡେଲିଭରି ହୋଇଯିବା ଉଚିତ କି?"

୪୦ ସ୍ତାହ ଅତିବାହିତ ହେବାର ଅର୍ଥ ନୁହଁ ଯେ ଶିଶୁଟି ଗର୍ଭାଶୟରୁ ପଦାକୁ ଆସିବାକୁ ଛାଟିପିଟି ହେଉଥିବ ।

ଅବଶ୍ୟ ଗର୍ଭ ଯଦି ୪୨ ସପ୍ତାହ ହେଇଯାଏ ତେବେ, ହୁଏତ ଛୁଆକୁ ଅସୁବିଧା ହେଇପାରେ । କାରଣ ପ୍ଲେସେଣ୍ଟାରୁ ଯଥେଷ୍ଟ ପୋଷଣ ଓ ଅମ୍ଳଜାନ ମିଳେନାହିଁ ଆଉ ଏମ୍ନିଓଟିକ ଦ୍ରବଣର ପରିମାଣ ହ୍ରାସ ପାଇବାକୁ ଲାଗେ ।

ଏଭଳି ଛୁଆଙ୍କୁ 'ପୋଷ୍ଟ ମେଚ୍ୟୁର' ବୋଲି କୁହାଯାଏ । ଏମାନଙ୍କର ଦେହ ଦୁର୍ବଳ ଶୁଷ୍କ ଚର୍ମ ଶ୍ଳଥ ଚର୍ମ ହେଇଥାଏ କାରଣ ଏହାର ଆବରଣ ନଷ୍ଟେ ପ୍ରାୟ ମନେହୁଏ । ଏମାନଙ୍କ ନଖ, ବାଳ ମଧ୍ୟ ବଢ଼ିଯାଇଥାଏ । ଏମାନେ ବେଶ୍ ସତର୍କ ଓ ଆଖି ଖୋଲା ଥାଏ । ଏମାନଙ୍କ ମୁଣ୍ଡାର ଆକାର ବଢ଼ି ଯାଇଥିବାରୁ ଏମାନଙ୍କୁ ଅପରେସନ ବଳରେ କଢ଼ାଯାଏ । ଜନ୍ମ ପରେ କିଛି ସମୟ ପାଇଁ ନର୍ସରୀରେ ରଖାଯାଏ; ଅବଶ୍ୟ ଏମାନେ ସୁସ୍ଥ ରହନ୍ତି ।

୪୧ଶ ସପ୍ତାହ ଆରମ୍ଭ ହେବା କ୍ଷଣି ଅନେକ ଡାକ୍ତର ପ୍ରସବ ଆରମ୍ଭ କରିବାକୁ ଚେଷ୍ଟା କଲାବେଳେ ଅନ୍ୟ କେତେକ ଡାକ୍ତର କିଛିଦିନ ଆହୁରି ଅପେକ୍ଷା କରିଥାନ୍ତି । ସେମାନେ ଶିଶୁର ପରୀକ୍ଷଣ କରୁଥାନ୍ତି । ଆଶା କରାଯାଏ ଶିଶୁଟି ଠିକ୍ ସମୟରେ ଓ ଆରାମରେ ଗର୍ଭାଶୟ ରୂପକ ହୋଟେଲରୁ ବାହାରି ଆପଣଙ୍କ କୋଳକୁ ଚାଲିଆସୁ ।

ଅଙ୍ଗ ମାଲିସ

ଶିଶୁର ଆଗମନିକୁ ନେଇ ଅପେକ୍ଷା କରୁଥିଲେ କିଛି ନକରି ବରଂ ନିଜ ପେରିନିୟମକୁ ମାଲିସ କରୁଥାନ୍ତୁ; ଫଳରେ ଯୋନି ଓ ମଳଦ୍ୱାର ମଧ୍ୟବର୍ତ୍ତୀ ରାସ୍ତା ଦେଇ ଶିଶୁ ଜନ୍ମ ହେବାରେ ସୁବିଧା ହେବ । ଏହାଦ୍ୱାରା ଏପିସିଓଟର୍ମିରୁ ମଧ୍ୟ ରକ୍ଷା ପାଇହେବ । ହାତ ଓ ନଖ ପରିଷ୍କାର ହେବା ଉଚିତ । ହାତରେ କେ-ୱାଇ ଜେଲି ଲଗେଇ ଯୋନି ଭିତରକୁ ପ୍ରବେଶ କରାନ୍ତୁ । ମଳଦ୍ୱାର ପଟୁ ଚାପ ଦେଇ ମାଲିସ କରନ୍ତୁ । ଗର୍ଭାବସ୍ଥାର ଶେଷ ସପ୍ତାହ ବେଳକୁ ପ୍ରତିଦିନ ୫-୭ ମିନିଟ ମାଲିସ କଲେ ଖୁବ୍ ଭଲ ।

ଯଦିଚ ଏଭଳି କରିବା ସମ୍ଭବ ନହୁଏ, ତେବେ ମଧ୍ୟ ଚିନ୍ତା କରନ୍ତୁନି । ପ୍ରକୃତି ସବୁ ସୁବିଧା କରିଦେଇଛି । ବେଳ ଆସିଲେ ଦେହ ନିଜେ ନିଜକୁ ପ୍ରସ୍ତୁତ କରିନେବ । ହେଲେ ଆଗରୁ ଯଦି ଆପଣ ମା' ହେଇ ସାରିଥାନ୍ତି, ତେବେ ଏହା ଅନାବଶ୍ୟକ ।

ମାଲିସ ଚାହୁଁଥିଲେ ଆସ୍ତେ ଧୀର ସ୍ଥିର ଭାବରେ କରନ୍ତୁ । ନଚେତ ଫୁଲିଗଲେ କିମ୍ବା ନଖର ଦାଗ ବାଜି ଘା' ହୋଇଗଲେ ଆହୁରି ଅସୁବିଧା । ଏଣୁ ହାତେ ମାପି ଚାଖଣ୍ଡେ ଚାଲିବା ବିଧେୟ ।

ଜନ୍ମବେଳେ ଅନ୍ୟକୁ ଡାକିବା:

"ମୁଁ ମୋ ଶିଶୁର ଜନ୍ମକୁ ନେଇ ବେଶ୍ ଆଗ୍ରହୀ ଓ ଏହି ଖୁସିକୁ ନିଜ ଭଉଣୀ ଓ ସାଙ୍ଗସାଥୀମାନଙ୍କ ମଧ୍ୟରେ ବାଣ୍ଟିବାକୁ ଚାହେଁ । ହେଲେ କ'ଣ ଏମାନଙ୍କୁ ମୋ ସ୍ୱାମୀଙ୍କ ସାଙ୍ଗରେ ବାର୍ଥରୁମ ବା ଏନ୍ତୁଡିଶାଳରେ ଡାକିବା ଉଚିତ ହେବ କି ?"

ଆପଣ ନିଜ ଅନୁଭୂତିକୁ ସମସ୍ତଙ୍କ ଗହଣରେ ଥାଇ ଦେଖିବାକୁ ଚାହୁଁଥିଲେ କିଛି କଥା ନୁହଁ ।

କତା କ'ଣ କି ଏପିଡ୍ୟୁରାଲ ବ୍ୟବହାର ପରେ ପ୍ରସବ ବେଦନା ଯଥେଷ୍ଟ ମାତ୍ରାରେ କମିଯାଏ ଓ ଅଧିକାଂଶ ମହିଳାମାନେ ଏହି ଯନ୍ତ୍ରଣାକୁ ଜାଣି ପାରନ୍ତି ନାହିଁ । ଆଉ ହସ ଖୁସିରେ ସଭିଙ୍କ ସହ ମିଶି ଉପଭୋଗ କରିଥାନ୍ତି । ଅନେକ ସ୍ଥାନରେ ଅତିଥିମାନଙ୍କ ବସିବା ପାଇଁ ସୁବିଧା ମଧ୍ୟ ଥାଏ । ଆଉ ଅନେକ ଜାଗାରେ ସ୍ୱାମୀଙ୍କୁ ଅପରେସନ ରୁମ ପର୍ଯ୍ୟନ୍ତ ଯିବାକୁ ଅନୁମତି ଦିଆଯାଇଥାଏ ।

ଅନେକ ଡାକ୍ତରଙ୍କ ମତରେ ଆପଣାର ଲୋକମାନଙ୍କ ସାହାଯ୍ୟ ସହାନୁଭୂତି ପାଇ ଗର୍ଭବତୀ ମା'ମାନେ ଧୈର୍ଯ୍ୟ ହରାନ୍ତି ନାହିଁ । ହେଲେ ଏମାନଙ୍କୁ ଡାକିବା ପୂର୍ବରୁ ଡାକ୍ତର ଓ ଡାକ୍ତରଖାନାର ବ୍ୟବସ୍ଥା ଉପରେ ଦୃଷ୍ଟି ଦେବାକୁ ହେବ । ଏଥିପାଇଁ ଅନୁମତି ଅଛି ତ ?

ପୁନଶ୍ଚ ଏଭଳି ଦୁରବସ୍ଥାରେ ଆପଣଙ୍କୁ ସମସ୍ତେ ଦେଖନ୍ତୁ ବୋଲି ଆପଣ ଚାହିଁବେକି ? ସେମାନଙ୍କ ପାଇଁ ଆପଣ ବ୍ୟସ୍ତ ହେବେ ନି ତ ? ତାଙ୍କ ହଟ୍ଟଗୋଳ ଆପଣଙ୍କ ମନରେ ବ୍ୟାଘାତ ସୃଷ୍ଟି କରିବନି ତ ? ଶିଶୁର ଜନ୍ମ ପରେ ତା' ପ୍ରତି ଦୃଷ୍ଟି ନଦେଇ ଏମାନଙ୍କର ଭଲ ମନ୍ଦ ବୁଝିବାରୁ ଖିନ୍ନ ହେବେ ନିତ ?

ସବୁ କାମ ବୁଝି ବିଚାରି କଲେ ଭଲ ହେବ । ଏଣୁ ପ୍ରସବ ବେଳେ ସମସ୍ତଙ୍କୁ ଡାକି ଗହଳି ସୃଷ୍ଟି ନକରି ବରଂ ଘରକୁ ଫେରି ଆସିବା ପରେ ମଜାମଜଲିସରେ ଉତ୍ସବ ପାଳନ କଲେ ଚଳିବନି କି ?

>
> ପ୍ରସବ ସମୟରେ କଣ ଖାଇବେ ? ଆଗକାଳର ଧାଈମାନେ ରାଗ ଥିବା ଜିନିଷ ଖାଇବାକୁ କହିଥାନ୍ତି ଯଦ୍ୱାରା ପେଟ ସଫା ହେବ ଆଉ ଟମାଟୋ ବା ସପୁରୀ ଖାଇବାକୁ ମଧ୍ୟ କହନ୍ତି ।
>
> ଆପଣ ଯାହା ଖାଆନ୍ତୁ ନା କାହିଁକି, ତାହା ମା' ଓ ଶିଶୁ ପାଇଁ ଉପଯୁକ୍ତ ହେବା ଆବଶ୍ୟକ, ବାକି କଥାରେ ଯୁକ୍ତି କରି କି ଲାଭ ?

ଆଉ ଏକ ଦୀର୍ଘକାଳୀନ ପ୍ରସବ?

"ପ୍ରଥମ ଥର ପାଇଁ ମୋର ପ୍ରସବ କାଳ ପ୍ରାୟ ୩୦ ଘଣ୍ଟା ଲାଗିଥିଲା ଆଉ ଦୀର୍ଘ ତିନି ଘଣ୍ଟାର ଠେଲାଠେଲି ପରେ ଛୁଆ ଜନ୍ମ ହେଲା । ଅବଶ୍ୟ ସବୁ ଠିକ୍ ଠାକ୍ ହେବା ସତ୍ତ୍ୱେ ମଧ୍ୟ ପୁଣି ଥରେ ଏଭଳି ପ୍ରସବ ସକାଶେ ଗର୍ଭଧାରଣ କରିବାକୁ ମୁଁ ଭୟ କରୁଛି; ହେଲେ କ'ଣ କରିବି ?"

ଏଭଳି ବିପଦର ସମ୍ମୁଖୀନ ହେବା ପରେ ପୁଣି ଥରେ ଏଥିପାଇଁ ସାହସ ଠୁଳ କରିବା କମ୍ କଥା ନୁହଁ । ଅବଶ୍ୟ ଆସନ୍ତା ଥର ଅବସ୍ଥା କଣ ହେବ, ଆଗରୁ କହିବା କଷ୍ଟକର । ଏହା ଅନ୍ୟାନ୍ୟ କାରଣ ଉପରେ ନିର୍ଭରଶୀଳ ।

ସମସ୍ତେ କହନ୍ତି ଯେ ଦ୍ୱିତୀୟ ଡେଲିଭରି ପ୍ରଥମ ଅପେକ୍ଷା ସହଜତର ହୋଇଥାଏ ଓ କମ୍ ସମୟ ମଧ୍ୟରେ ହୁଏ । କାରଣ ମାଂସପେଶୀ ଗୁଡ଼ିକ ଦୁର୍ବଳ ହୋଇଯାଇଥାଏ ଓ ଘଣ୍ଟାକର ପ୍ରସବ ମାତ୍ର କେଇ ମିନିଟ ମଧ୍ୟରେ ସମ୍ପନ୍ନ ହୋଇଯାଏ ।

ମାତୃତ୍ୱ

"ଏଥର ଯେହେତୁ ଶିଶୁ ଜନ୍ମ ହେବାକୁ ଅଛି, ମତେ ତାର ଯତ୍ନକୁ ନେଇ ଚିନ୍ତା କରିବାକୁ ପଡୁଛି । ଏହାପୂର୍ବରୁ ମୁଁ କୌଣସି କଅଁଳ ଛୁଆକୁ କୋଳରେ ଧରିନି ।"

ଅଳ୍ପ କେତେକ ଜାଣିବା ତଥ୍ୟାବଳୀ

ଆପଣ ପ୍ରସବ ବେଦନା ଆରମ୍ଭ ହେବାର କେତେ ସମୟ ମଧ୍ୟରେ ଡାକ୍ତରଙ୍କୁ ଡାକିବେ? କ'ଣ ଗର୍ଭାଶୟ ଥଳି ଫାଟିବା ପର୍ଯ୍ୟନ୍ତ ଅପେକ୍ଷା କରିବେ କି? ଅଥବା ସାମାନ୍ୟ ଯନ୍ତ୍ରଣା ଆରମ୍ଭ ହେବା ସାଙ୍ଗେ ସାଙ୍ଗେ ଡାକ୍ତରଖାନାକୁ ଫୋନ କରିବେ? ଏସବୁ ବିଷୟରେ ଡାକ୍ତରଙ୍କ ସହ ଆଗରୁ ଆଲୋଚନା କରିଥାନ୍ତୁ ଓ ତାଙ୍କ ଦିଗ୍‌ଦର୍ଶନକୁ କାଗଜରେ ଲେଖି ରଖନ୍ତୁ । ଏହା ମଧ୍ୟ ଜାଣିବା ଦରକାର ଯେ କେତେ ସମୟ ମଧ୍ୟରେ ହସ୍‌ପିଟାଲ ପହଞ୍ଚି ହେବ ଓ କେଉଁ ରାସ୍ତା ଦେଇ ଯିବେ । ଘରେ ଥିବା ଗୃହପାଳିତ ପଶୁ ଓ ବୃଦ୍ଧବୃଦ୍ଧା ସଭିଙ୍କ ପାଇଁ ସବୁ ପ୍ରକାର ସୁବିଧା କରିଦେଇଥାନ୍ତୁ । ନଚେତ ଘଡି ସନ୍ଧି ମୁହୂର୍ତ୍ତରେ ହନ୍ତସନ୍ତ ହେବା ଠିକ୍ ନୁହଁ । ନିଜର ଜନିଷପତ୍ରର ତାଲିକାଟିଏ କରି ରଖନ୍ତୁ; ସୁବିଧା ହେବ ।

या फिर नहलाना; यह सब काम तो कुदरतन आ जाते हैं। मातृत्व भी एक कला है, जिसके लिए थोड़ा सा अभ्यास व धैर्य चाहिए।

अब वो समय नहीं रहा जब महिलाएँ दूसरों के बच्चे खिलाती थीं या परिवार में किसी के नवजात को घंटों संभालती थीं। आजकल तो कई

ହସ୍ପିଟାଲ ବା ବାର୍ଥିଂ ସେଣ୍ଟରକୁ କ'ଣ କ'ଣ ନେଇ ଯିବେ?

ଅବଶ୍ୟ ଆପଣ ଚାହିଁଲେ ଯେତେବେଳେ ମଧ୍ୟ ଖାଲି ହାତରେ ହସ୍ପିଟାଲକୁ ଯାଇପାରିବେ ଅଥଚ ଏହା ଠିକ୍ କଥା ନୁହଁ । ନିଜ ଜିନିଷପତ୍ର ସାଙ୍ଗରେ ନେଇଗଲେ ସୁବିଧା । ହେଲେ ସାମାନ ଏତେବେଶି ହେବା ମଧ୍ୟ ଅନୁଚିତ । ଯାହା ବେଶି ଜରୁରୀ ତାହା ହିଁ ନେବା ଆବଶ୍ୟକ ।

ଲେବର ବା ଏକ୍ତୁଡିଶାଳ ପାଇଁ

- କାଗଜ ଓ କଲମ, (ଲେଖିବା ପାଇଁ)
- ହାତ ଘଣ୍ଟା (ସମୟ ଜାଣିବା ପାଇଁ)
- ମନପସନ୍ଦ ଅଡିଓ-ଭିଡିଓ, ସିଡି ବା ଟେପରେକର୍ଡର
- ଅନୁମତି ଥିଲେ କ୍ୟାମେରା, ଭିଡିଓ କ୍ୟାମେରା, ବ୍ୟାଟେରୀ
- ତେଲ, ଲୋସନ (ମାଲିସ ପାଇଁ)
- ପିଠିବ୍ୟଥା ପାଇଁ ମସାଜର ବା ଟେନିସ ବଲ
- ମନ ପସନ୍ଦ ତକିଆ
- ଚିନିହୀନ ଲଲିପପ, କେଣ୍ଡି
- ଟୁଥ ବ୍ରସ, ପେଷ୍ଟ, ମାଉଥ ୱାସ
- ଆରାମଦେୟ ଚପଲ
- କ୍ଲିପ ଓ ବ୍ରସ (ବାଳ ପାଇଁ)
- ଜଳଖିଆ
- ସେଲଫୋନ ଓ ଚାର୍ଜର

ପ୍ରସବ ପରବର୍ତ୍ତୀ ପାଇଁ

- ଗାଉନ, ଲୁଗା, ଜାମା, ନର୍ସିଂ ବ୍ରା,
- ବହିପତ୍ର (ଶିଶୁର ନାମାବଳୀ)
- ସ୍ନେକ୍ସ
- ସମ୍ପର୍କୀୟଙ୍କ ଫୋନ ନମ୍ବର
- ଫେରିବାବେଳେ ପିନ୍ଧିବା ଜାମା ପତ୍ର
- ଶିଶୁ ପାଇଁ ଲୁଗା, ଜାମା, ନେପକିନ
- ଛୋଟ କାରସିଟ୍

ଏବେ ଆଉ ସେ ସମୟ ନାହିଁ । ଆଗଭଳି ମହିଳାମାନେ ଅନ୍ୟର ଛୁଆମାନଙ୍କୁ ଧରାଧରି ବା ଖୁଆପିଆ କରୁନାହାନ୍ତି । ଆଜିକାଲିକା ଗର୍ଭବତୀ ସ୍ତ୍ରୀମାନେ ଅନ୍ୟର ଛୁଆକୁ ମଧ୍ୟ ଧରି ଗେଲ କରୁନାହାନ୍ତି । ନିଜେ ଜନ୍ମ କଲାପରେ ହିଁ ଛୁଆ ଧରି ଶିଖିଥାନ୍ତି । ହୁଏତ ପେରେଣ୍ଟିଂ ବହି, ୱେବସାଇଟ ବା ବେବିକେୟାର କ୍ଲାସରୁ ବହୁତ କିଛି ଶିଖିପାରନ୍ତି । ପ୍ରଥମ ସପ୍ତାହକ ଅସୁବିଧା ହେବ, ତା'ପରେ ସବୁ ଶିଖିଯିବେ ।

ଭୟ ଦୂରେଇଯିବ । ରାତିସାରା ତା'ସାଙ୍ଗରେ ଜାଗରଣ କରିବେ ଓ ଦାୟିତ୍ୱ ତୁଲେଇବେ । ତାକୁ କୋଳରେ ଧରି କାମଧାମ ମଧ୍ୟ କରିପାରିବେ । ନିଜକୁ ମା' ମନେକରି ଛୁଆକୁ ନାନାବାୟା ଗୀତ ଶୁଣେଇ ବସିବେ । ନିଜର ବାପା-ମା, ଏବେ ହେଇଥିବା ବାପା-ମା ଓ ଅନ୍ୟାନ୍ୟ ପାଖ ପଡ଼ିଶାଠାରୁ ବହୁତ କିଛି ଶିଖିଯିବେ । କିଛି ଅସୁବିଧା ହେବନି ।

ସବୁ କିଛି ପରିପୂର୍ଣ୍ଣ ଥାଉ

ରୋଷେଇ ଠାରୁ ଆରମ୍ଭ କରି ବାଥରୁମ ପର୍ଯ୍ୟନ୍ତ ସବୁ ଜାଗାରେ ଖାଇବା, ପିଇବା, ପିନ୍ଧିବା ଇତ୍ୟାଦି ଜିନିଷପତ୍ର କିଣି ରଖିଦିଅନ୍ତୁ । ଶିଶୁ ପାଇଁ ଡାଇପର ବା ନେପକିନ ଓ କାରସିଟ୍ କିଣି ରଖନ୍ତୁ । କାରଣ ପ୍ରସବ ପରେ ବଜାର ଯିବାକୁ ସୁବିଧା ସୁଯୋଗ ମିଳିନପାରେ ।

ଫ୍ରିଜରରେ ବିଭିନ୍ନ ଖାଇବା ଜିନିଷପତ୍ର ଭର୍ତ୍ତି କରିଦିଅନ୍ତୁ । ଡିସ୍ପୋକେବୁଲ ପ୍ଲେଟ, ଗ୍ଲାସ, ହେଙ୍କି, ରୁମାଲ ମଧ୍ୟ କିଣିପକାନ୍ତୁ । କାରଣ ବାସନ ସଫା ପାଇଁ ଦେହରେ ବଳ ନଥିବ ।

ଏଭଳି ଖାଦ୍ୟ ପଦାର୍ଥ ଥିବା ଦରକାର ଯାହାକୁ ଗରମ କରି ଖାଇବେ ।

କର୍ଡ ବ୍ଲଡ ବ୍ୟାଙ୍କ

ଯଦ୍ୟପି ଏହି ପଦ୍ଧତିଟି ପରିଚାଳିତ ହେଉନାହିଁ, ତଥାପି ଅନେକ ବାପା-ମା'ମାନେ ନିଜ ଶିଶୁର ଗର୍ଭନାଡ଼ର ରକ୍ତ କର୍ଡ ବ୍ଲଡ ବ୍ୟାଙ୍କ ମଧ୍ୟରେ ରଖେଇ ଆସିଲେଣି । ଏହାଫଳରେ ଆଗାମୀ ଦିନରେ କୌଣସି ରୋଗ ଆକ୍ରମଣ କଲେ ସହଜରେ ଚିକିତ୍ସିତ ହେଇପାରିବ ।

କର୍ଡ ବ୍ଲଡ ନେବା ପ୍ରକ୍ରିୟା ଖୁବ୍ ସହଜ ଓ କଷ୍ଟରହିତ । ନାଭିରୁ ନାଡ଼ କାଟିଲା ପରେ ଏହି ରକ୍ତ ନିଆଯାଏ । ଏହା ଉଭୟ ମା' ଓ ଶିଶୁ ପାଇଁ ନିରାପଦ । ତଥାପି ଏହା ରଖିବା ଖର୍ଚ୍ଚବହୁଳ ।

ଏଣୁକରି ବେଶି ଆଦୃତ ହୋଇନାହିଁ । କିନ୍ତୁ ଏହି ରକ୍ତ ଥିଲେ ଲ୍ୟୁକିମିୟା, ଲିକିମିୟା, ଲିକପେଜମା, ନ୍ୟଟୋବଲ ସାସ୍‌ଟୋମା, ସିକ୍ଲସେଲ ଏନିମିୟା ଭଳି ରୋଗର ଚିକିତ୍ସା ସହଜ ହେଇଥାଏ । ଯଦି ଆପଣଙ୍କ ଠାରେ କର୍ଡ ବ୍ଲଡ ବ୍ୟାଙ୍କ ଥାଏ, ତେବେ ଗ୍ରହଣ କରିପାରନ୍ତି ।

ପ୍ରି ଲେବର, ଫଲ୍ସ ଲେବର, ରିଏଲ ଲେବର

ଟିଭିରେ ଦେଖିବା ଖୁବ୍ ଭଲ ଲାଗେ । ରାତି ତିନିଟାରେ ଜଣେ ଗର୍ଭବତୀ ପେଟରେ ହାତ ରଖି ସ୍ୱାମୀଙ୍କୁ ଡାକି କହେ, "ଉଠିଲ, ବେଳ ହେଇଗଲାଣି... ।"

ଆଶ୍ଚର୍ଯ୍ୟର କଥା ହେଲା ଏହା ଜଣା କିପରି ପଡ଼ିଲା । ସେ ଏତେ ଆରାମରେ ପ୍ରସବ କଥା କିପରି କହିଲା ? ପୁଣି ଏହା ପ୍ରଥମ ଗର୍ଭାବସ୍ଥା ? ସେ ପ୍ରସ୍ତୁତ ହେଇ ହସ୍‌ପିଟାଲକୁ ଡେଲିଭରି ପାଇଁ ପହଞ୍ଚି ଯାଇଥିଲେ ।

ଆମ ପାଖରେ କୌଣସି ସ୍କ୍ରିପ୍ଟ ନଥାଏ । ଆମେ ରାତି ଅଧହେଉ କି ୩ଟାରେ ହେଉ ଉଠିଲେ ଜାଣିପାରୁନାହୁଁ ଯେ ଏହା ବାସ୍ତବରେ ପ୍ରସବ ବେଦନା ନା ବ୍ରେକ୍ସଟନ ହିକ୍ସ ? ମୁଁ କ'ଣ ରାତିରେ ଆଲୁଅ ଜଳେଇ ଠିକ୍ ସମୟକୁ ଅପେକ୍ଷା କରି ବସିବି ? ମୁଁ ମୋ ସ୍ୱାମୀଙ୍କୁ ଉଠେଇବି କି ? ଡାକ୍ତରଙ୍କ ପାଖକୁ ଯାଇ ଏହା ମିଛ ଯନ୍ତ୍ରଣା ଥିଲା ବୋଲି ଶୁଣିବି କି ? ଅଯଥା ପାଟି କରି ଅପଦସ୍ତ ହେବିକି ? ଡେରିରେ ଡାକ୍ତରଖାନା ଯାଉ ଯାଉ ବାଟରେ ଛୁଆ ଜନ୍ମ କରି ବସିବି କି? ଏଭଳି ପ୍ରଶ୍ନସବୁ ମୁଣ୍ଡ ଖରାପ କରିଦେଇପାରେ, ନା କ'ଣ କହୁଛନ୍ତି ?

ସତକଥା ହେଲା- ସବୁ ଗର୍ଭବତୀ ସ୍ତ୍ରୀମାନେ ଏଭଳି ଭୟମିଶ୍ରିତ ପରିସ୍ଥିତିର ସମ୍ମୁଖୀନ ହୋଇ ଛାନିଆ ହୋଇଯାନ୍ତି, ହେଲେ, ବ୍ୟସ୍ତ ହୁଅନ୍ତୁନି । ଆମେ ଏଠାରେ କେତେକ ଲକ୍ଷଣ କହିଦେଉଛୁ ।

ପ୍ରିଟର୍ମ ବାର୍ଥର ଲକ୍ଷଣ

ଲେବର ପୂର୍ବରୁ ପ୍ରିଟର୍ମ ବାର୍ଥର ଲକ୍ଷଣ ଦେଖାଯାଏ । ଅର୍ଥାତ୍ ଘଟଣା ଘଟିବାକୁ ଯାଉଛି । ଏହା ହୁଏତ ମାସେ ପୂର୍ବେ ହୋଇପାରେ ବା ଏକଘଣ୍ଟା ପୂର୍ବେ ମଧ୍ୟ ଡାକ୍ତର ପରୀକ୍ଷା କରି ଗର୍ଭାଶୟର ମୁଖ ପ୍ରସାରିତ ହେଉଛି ନା ନାହିଁ, ଜାଣିପାରିବେ । ଏହାବ୍ୟତୀତ ଅନ୍ୟାନ୍ୟ ଲକ୍ଷଣ ମଧ୍ୟ ଦେଖାଯାଏ- ଏହାକୁ ନିଜେ ଲକ୍ଷ୍ୟକରି ଜାଣିପାରିବେ ।

ଡ୍ରୋପିଙ୍ଗ: ପ୍ରଥମ କରି ମା' ହେଉଥିବା ଗର୍ଭବତୀ ସ୍ତ୍ରୀମାନଙ୍କ ଠାରେ ଲେବର ଆରମ୍ଭ ହେବାର ୨-୪ ସପ୍ତାହ ପୂର୍ବରୁ ଭ୍ରୂଣ ଶିଶୁଟି ପେଲଭିସ ଆଡ଼କୁ ମୁହେଁଇଥାଏ । ଦ୍ୱିତୀୟ ପ୍ରସବରେ ଏହା ଅବଶ୍ୟ ଠିକ୍ ସମୟରେ ଆରମ୍ଭ ହୁଏ ।

ପେଲ୍‌ଭିସ ଓ ମଳଦ୍ୱାର ପାଖରେ ଚାପ: ଋତୁଚକ୍ର ପରି ପେଟ ମୋଡ଼ି ହୋଇ ଯନ୍ତ୍ରଣା ସାଙ୍ଗକୁ ପିଠି ତଳେ ମଧ୍ୟ ଯନ୍ତ୍ରଣା ହୋଇଥାଏ ।

ଓଜନ ହ୍ରାସ ବା ଆଦୌ ନ ବଢ଼ିବା: ନବମ ମାସରେ ପ୍ରସବ ପାଖେଇଲେ ଓଜନ ଆସ୍ତେ ଆସ୍ତେ ବଢ଼େ । ଚାହିଁଲେ ୨-୩ ପାଉଣ୍ଡ କମିପାରେ ମଧ୍ୟ ।

ସାମର୍ଥ୍ୟ ପରିବର୍ତ୍ତନ: ଅନେକ ସ୍ତ୍ରୀ ବେଶି ହାଲିଆ ହେଇପଡ଼ନ୍ତି । ହେଲେ ଅନେକେ ଆଗଭଳି ସାମର୍ଥ୍ୟ ଅବ୍ୟାହତ ରଖନ୍ତି । ନେଷ୍ଟିଂ ଇନ୍‌ଷ୍ଟିଙ୍କ୍ଟକୁ ନେଇ ସ୍ୱପ୍ନ ବୁଣିଥାନ୍ତି ।

ଯୋନିସ୍ରାବରେ ପରିବର୍ତ୍ତନ: ଲକ୍ଷ୍ୟ କଲେ ଯୋନିସ୍ରାବ ବେଶ୍ ଗାଢ଼ ଓ ବେଶି ପରିମାଣରେ ବୃଦ୍ଧି ପାଇଥାଏ ।

ମ୍ୟୁକସ ପ୍ଲଗ ଖୋଲିବା: ସର୍ଭିକ୍ସ ପତଳା ହେି ଖୋଲିଲେ ଗର୍ଭାଶୟର ସିଲ ସଦୃଶ ପ୍ଲଗ ସେଠୁ ବାହାରିଯାଏ । ପ୍ରକୃତ ପ୍ରସବର ଦୁଇ ସପ୍ତାହ ପୂର୍ବେ ଯୋନିରୁ ମ୍ୟୁକସର କଣିକା ଦୃଶ୍ୟମାନ ହେଇଥାଏ ।

ଗୋଲାପୀ ଓ ଲାଲ ଦାଗ: ସର୍ଭିକ୍ସର ପ୍ରସାରଣ ଯୋଗୁଁ ଈଷତ ଗୋଲାପୀ ବା ନାଲି ମ୍ୟୁକସ ବାହାରେ । ଏହା ୨୪ ଘଣ୍ଟା ପୂର୍ବରୁ ଅନୁମେୟ ।

ବ୍ରେକ୍ସଟନ ହିକ୍ସ କଣ୍ଟ୍ରାକ୍ସନ: ଏହା ବେଶ ଶକ୍ତିଶାଳୀ ଓ ଯନ୍ତ୍ରଣାଦାୟକ ହେଇଥାଏ ।

ଡାଇରିଆ: ଅନେକଙ୍କୁ ପ୍ରସବ ପୂର୍ବରୁ ପତେଳା ଛାଡ଼ା ହୋଇଥାଏ ।

ଫଲ୍ସ ଲେବରର ଲକ୍ଷଣ: ଏହା ଲେବର ନା ନୁହଁ ? ଏସବୁ ନହେଲେ ରିଏଲ ଲେବର ଆରମ୍ଭ ହୁଏନାହିଁ; ଯଥା:

- ସଂକୋଚନ ଅନିୟମିତ ହୋଇ ସଂଖ୍ୟା ସ୍ଥିର ରହେ ।

■ ପ୍ରକୃତ ସଂକୋଚନ ଆସ୍ତେ ଆସ୍ତେ ବଢ଼ି ଦୀର୍ଘ ଓ ଯନ୍ତ୍ରଣାପୂର୍ଣ୍ଣ ହୋଇଥାଏ ।

■ ଅବସ୍ଥିତି ପରିବର୍ତ୍ତନ କଲେ ବା ଗୋଲ ହେଇ ବୁଲିଲେ କଣ୍ଟ୍ରାକ୍ସନ ବନ୍ଦ ହେଇଯାଏ । ଅବଶ୍ୟ ଅନେକ ଥର ପ୍ରିଟର୍ମ ବାର୍ଥ ପ୍ରକୃତ ପ୍ରସବରେ ମଧ୍ୟ ଏମିତି ହୋଇଥାଏ ।

■ ଧୂସର ବର୍ଣ୍ଣର ସ୍ରାବ, ଏହା ଆଭ୍ୟନ୍ତରୀଣ ପରୀକ୍ଷା କିମ୍ବା ସମ୍ଭୋଗ ଯୋଗୁଁ ହେଇପାରେ ।

■ ସଂକୋଚନ ସାଙ୍ଗକୁ ଭ୍ରୂଣଟିର କାର୍ଯ୍ୟକଳାପ ମଧ୍ୟ ଏଠାରେ ପ୍ରବଳ ହେଇଥାଏ ।

ମନେରଖନ୍ତୁ, ମିଛ ପ୍ରସବ ବେଦନା ଯୋଗୁଁ ମଧ୍ୟ କୌଣସି କ୍ଷତି ହୁଏନାହିଁ । ହୁଏତ ଜିନିଷପତ୍ର ନେଇ ହସ୍ପିଟାଲ ପହଞ୍ଚିଗଲେ ମଧ୍ୟ ଏହାକୁ ପୂର୍ବ ପ୍ରସ୍ତୁତି ମନେକରନ୍ତୁ ।

ରିଏଲ ଲେବର (ପ୍ରକୃତ ପ୍ରସବ)ର ଲକ୍ଷଣ

କେହି ଜାଣିପାରନ୍ତି ନାହିଁ ଯେ, ପ୍ରକୃତ ପ୍ରସବ ବେଦନା କିଭଳି ସୃଷ୍ଟି ହେଇଥାଏ ? ହେଲେ ଏହାର ଅନେକ କାରଣ ଅଛି । ଶିଶୁର ମସ୍ତିଷ୍କରୁ ଖବର ଆସିଥାଏ ଯେ ମା' ମତେ ଏଠାରୁ ପଦାକୁ କାଢ଼ । ଏହି ଖବର ମିଳିବା ମାତ୍ରେ ମା' ଦେହରେ ହର୍ମୋନଜନିତ ପ୍ରତିକ୍ରିୟା ସୃଷ୍ଟି ହୁଏ । ଫଳରେ ସଂକୋଚନ ଆରମ୍ଭ ହୋଇ ପ୍ରୋଷ୍ଟାଗ୍ଲେଣ୍ଡିନ୍ସ ଓ ଅକ୍ସିଟୋସିନ ନାମକ ସ୍ରାବ ନିର୍ଗତ ହୁଏ ।

ପ୍ରିଲେବରର ସଂକୋଚନ ପ୍ରକୃତ ଲେବରରେ ପରିବର୍ତ୍ତିତ ହେଇଥାଏ, ଯଦି:

■ ସଂକୋଚନ କମ୍ ନହୋଇ ବଢ଼ିଯିବ ଓ ଅବସ୍ଥା ପରିବର୍ତ୍ତନ ହେଲେ ମଧ୍ୟ କୌଣସି ଅସୁବିଧା ହେବନି ।

■ ସଂକୋଚନ ଆଗ ଅପେକ୍ଷା ବେଶି ପ୍ରବଳ ଓ କଷ୍ଟପୂର୍ଣ୍ଣ ହେଇ ନିୟମିତ ହେଲେ । ଅବଶ୍ୟ ପ୍ରତ୍ୟେକ ସଂକୋଚନ ଦୀର୍ଘ ଓ କଷ୍ଟପୂର୍ଣ୍ଣ (୩୦ ରୁ ୭୦ ସେକେଣ୍ଡ) ହେବନି, ହେଲେ ତା'ର ପ୍ରାବଲ୍ୟ ବୃଦ୍ଧି ପାଏ ।

■ ପ୍ରଥମେ ପ୍ରଥମେ ସଂକୋଚନ ଋତୁଚକ୍ର ପରି ହୁଏ ବା ତଳିପେଟରେ ଚାପ ପଡ଼େ । କିମ୍ବା ପିଠିତଳେ ଓ ଜଙ୍ଘରେ ପ୍ରସାରିତ ହେଇ ମିଛପ୍ରସବ ପରି ମନେହୁଏ ।

■ ଗୋଲାପୀ ବା ଈଷତ୍ ଲାଲ ରକ୍ତସ୍ରାବ ହେଇପାରେ ।

୧୫ ଶତକଡ଼ା ପ୍ରସବ ବେଦନାରେ ପାଣିର ଥଳି ପ୍ରସବ ଆରମ୍ଭ ହେବା ପୂର୍ବରୁ ହଠାତ୍ ଫାଟିଯାଏ । ଅନେକଙ୍କ କ୍ଷେତ୍ରରେ ଏହା ପ୍ରସବ ସାଙ୍ଗକୁ ଫାଟେ କିମ୍ବା ଡାକ୍ତର ଫଟେଇ ଦେଇଥାନ୍ତି ।

ଡାକ୍ତରଙ୍କୁ କେବେ ଡକାଯିବ ?

ଅବଶ୍ୟ ଡାକ୍ତର ଆପଣଙ୍କୁ ଏକଥା କହିସାରିଥିବେ । ୫ ରୁ ୭ ମିନିଟ ମଧ୍ୟରେ ସଂକୋଚନ ହେଲେ ବା ନହେଲେ ମଧ୍ୟ ଡାକ୍ତରଙ୍କୁ ଫୋନ କଲେ କ୍ଷତି କ'ଣ ? ରାତି ଅଧରେ ମଧ୍ୟ ତାଙ୍କୁ ଉଠେଇବାରେ ସଂକୋଚ କରନ୍ତୁ ନାହିଁ । ହୁଏତ ଏହା ମିଛ ପ୍ରସବ ସଂକେତ ହେଇପାରେ । ଏଭଳି ବ୍ୟତିବ୍ୟସ୍ତ ହେଉଥିବା ପୃଥିବୀର ପ୍ରଥମ ଅବା ଶେଷ ଗର୍ଭବତୀ ସ୍ତ୍ରୀ ନୁହନ୍ତି ଆପଣ । ଏଣୁ ସତର୍କତା ବାଞ୍ଛନୀୟ ।

ମନେକର ଡ୍ୟୁଡେଟ ଅନେକ ସପ୍ତାହ ବାକି ଥିବ ଓ ହଠାତ୍ ସଂକୋଚନ ହେବ ବା ପାଣି ଥଳି ଫାଟିଯିବ, ତେବେ ଡାକ୍ତରଙ୍କୁ ଡକାଯାଇ ପାରିବ । ଯଦି ଲାଲ ରଙ୍ଗର ରକ୍ତସ୍ରାବ ହେବ ବା ସର୍ଭିକ୍ସ ବା ଯୋନି ଲାଲ ଦେଖାଯିବ, ତେବେ ଡାକ୍ତରଙ୍କୁ ଡାକିବା ଉଚିତ ।

ତା'ହେଲେ ଆପଣ ପ୍ରସ୍ତୁତ ତ ?

ଶିଶୁର ସ୍ୱାଗତ ପାଇଁ ଆପଣ ପ୍ରସ୍ତୁତ ହୋଇଛନ୍ତି ନା ନାହିଁ ? ଏଥିପାଇଁ ଆମ ଆଗାମୀ ଅଧ୍ୟାୟମାନ ପଢ଼ନ୍ତୁ

ଲେବର ଆଉ ଡେଲିଭରି

କ'ଣ ଆଜିକାଲି ଆପଣ ଗଣାଗଣିରେ ବ୍ୟସ୍ତ ଅଛନ୍ତି କି? କ'ଣ ପୁଣି ଥରେ ନିଜ ପାଦ ଦେଖିବାକୁ ବ୍ୟଗ୍ରାତୁର ଅଛନ୍ତି କି? ପେଟରେ ଭରାଦେଇ ଶୋଇବାକୁ ଚାହାନ୍ତି କି? ବ୍ୟସ୍ତ ହୁଅନ୍ତୁନି, ଗର୍ଭଧାରଣ ସମାପ୍ତ ହେବାକୁ ଯାଉଛି । ସେହି ସମୟ ଆସିବାକୁ ଅଛି, ଛୁଆ ପେଟରେ ନଥାଇ କୋଳରେ ଖେଳିବ । ଶିଶୁ କିଭଳି କୋଳକୁ ଆସିବ ସେ ପ୍ରସବ ବାବଦରେ ମଧ୍ୟ ଚିନ୍ତା କରୁଥିବେ, ନାହିଁ? ଦ୍ୱିତୀୟ କଥା ହେଲା ଏ ପ୍ରସବ କେବେ ଶେଷ ହେବ? ଏସବୁ କଷ୍ଟ ସହିହେବତ? ମତେ କ'ଣ ଏପିଡ୍ୟୁରାଲ ଆବଶ୍ୟକ ପଡ଼ିବ କି?

ଭ୍ରୂଣର ସେବାଯତ୍ନ? ଏପିସିଓଟମି? ମୁଁ କ'ଣ ବସିରହି ପ୍ରସବ କରି ପାରିବିକି? ହସ୍ପିଟାଲ ପହଞ୍ଚିଲା ବେଳକୁ ଡେରି ହେବନାହିଁ ତ?

ଏଭଳି ଅନେକ ପ୍ରଶ୍ନ, ଉତ୍ତର, ସାଙ୍ଗସାଥୀ, ନର୍ସ, ଧାଇ ଓ ଡାକ୍ତରଙ୍କ ଗହଣରେ ଥାଇ ପ୍ରସବ କରିବେ । କେବେଳ ଏତିକି ମନେରଖନ୍ତୁ ଯେ ପଦ୍ଧତି ଯାହା ହେଉନା କାହିଁକି, ଉକ୍ତ ଗର୍ଭସ୍ଥ ଶିଶୁଟିକୁ କୋଳକୁ ଆଣିବାରେ ନିଶ୍ଚିତ ଭାବରେ ସହାୟକ ହେବ ।

ଆପଣ କଣ ଭାବୁଥାଇ ପାରନ୍ତି?

ମ୍ୟୁକସ ପ୍ଲଗ

"ମୋର ମୁକ୍ସ ପ୍ଲଗ ବାହାରିଗଲା ଭଳି ମୋର ମନେହୁଏ? ଫୋନ କରି ଡାକ୍ତରଙ୍କୁ ଡାକିବା ଉଚିତ ହେବକି?"

ଅନେକ ଥର ସର୍ଭିକ୍ସ ପ୍ରସାରିତ ହେବା ସମୟରେ ଜିଲେଟିନ ଭଳି ଫୁଲିଥିବା ମ୍ୟୁକସ ପ୍ଲଗ ବାହାରି ପଡ଼ିଥାଏ । ଅନେକ ସ୍ତ୍ରୀ ଶୌଚ ଗଲାବେଳେ ଏହା ଜାଣିପାରନ୍ତି ଓ ଅନେକେ ଲକ୍ଷ୍ୟ କରିପାରନ୍ତି ନାହିଁ । ଅବଶ୍ୟ ଏହାର ଅର୍ଥ ହେଲା ଆଗାମୀ ଦିନ ପାଇଁ ଶରୀର ପ୍ରସ୍ତୁତ ହେଉଛି । ହେଲେ ଏସବୁ ଲକ୍ଷଣ ନୁହଁ ଏହାର । ପ୍ରସବ ସମୟ ହୁଏତ ଦିନେ, ଦୁଇଦିନ ବା ଅନେକ ସପ୍ତାହ ଦୂରକୁ ଥାଇପାରେ । ଏହା ସାଙ୍ଗକୁ ସର୍ଭିକ୍ସ ଆସ୍ତେ ଆସ୍ତେ ଖୋଲିଥାଏ । ଏଥିପାଇଁ ଡାକ୍ତରଙ୍କୁ ଡାକିବା କିମ୍ବା ବ୍ୟତିବ୍ୟସ୍ତ ହେବା ଆବଶ୍ୟକ ନାହିଁ ।

ମନେକର ମ୍ୟୁକସ ନ ବାହାରିଲେ ମଧ୍ୟ ବ୍ୟସ୍ତ ହୁଅନ୍ତୁନି । ଦ୍ୱିତୀୟତଃ, ଏହାର ପ୍ରସବ ସମୟ ସହିତ କୌଣସି ସମ୍ପର୍କ ନାହିଁ, କହିଲେ ଚଳେ ।

ରକ୍ତସ୍ରାବ

"ମୋତେ ଈଷତ୍ ଗୋଲାପୀ ରଙ୍ଗର ମ୍ୟୁକସ ସ୍ରାବ ନିର୍ଗତ ହେଉଛି । ହେଲେ ପ୍ରସବ ସମୟ କ'ଣ ଆଗତ ହେଲାଣିକି?"

ଏହାକୁ ଆମେ ପ୍ରସବ ପୂର୍ବ ପ୍ରସ୍ତୁତି ବୋଲି କହିପାରିବା । ରକ୍ତ ସାଙ୍ଗକୁ ଈଷତ୍ ଗୋଲାପୀ ବା ଧୂସର ରଙ୍ଗର ସ୍ରାବ ହେବାର ତାତ୍ପର୍ଯ୍ୟ ହେଲା ସର୍ଭିକ୍ସର ରକ୍ତନଳୀ ସବୁ ଫାଟିପଡୁଛି । କାରଣ ତାହା ସଂପ୍ରସାରିତ ହେଉଛି ।

ଆଉ ଡେଲିଭରିର ପ୍ରକ୍ରିୟା ଆରମ୍ଭ ହେଇଗଲାଣି । ଆଶା କରାଯାଏ ଯେ, ଛୁଆ ଦିନେ ଦୁଇ ଦିନ ମଧ୍ୟରେ ଆପଣଙ୍କ କୋଳକୁ ଆସିଯିବ । ତଥାପି ପ୍ରସବର ସମୟ ସମ୍ପୂର୍ଣ୍ଣ ଭାବରେ ଅନିଶ୍ଚିତ ହେଇଥାଏ । ଏଣୁକରି ପ୍ରସବ ବେଦନା ଆରମ୍ଭ ନହେବା ପୂର୍ବରୁ ଆମେ କିଛି କହିପାରିବା ନାହିଁ ।

ମନେକର ସ୍ରାବ ହଠାତ୍ ଗାଢ଼ ଲାଲ ରଂଗର ହୋଇଯାଏ, ତେବେ ଡାକ୍ତରଙ୍କୁ ଅବିଳମ୍ବେ ଯାଇ ପରାମର୍ଶ କରନ୍ତୁ ।

ପାଣି ଥଳି ଫାଟିବା

"ରାତି ଅଧରେ ଭିଜି ଯାଇଥିବା ବିଛଣା ଉପରେ ହଠାତ୍ ମୋ ନିଦ ଭାଙ୍ଗିଗଲା । ମୁଁ ବିଛଣାରେ ପରିସ୍ରା କରି ପକେଇଲି ନା ମୋ ପେଟର ପାଣି ଥଳି ଫାଟି ପଡ଼ିଲା ? କହିପାରିବେ କି ?"

ଚାଦରକୁ ଶୁଂଘି ପରିଶ୍ରା (ଏମୋନିଆ) କିମ୍ବା ଏମ୍ନିଓଟିକ ଦ୍ରବଣ ଶିଶୁର ସୁରକ୍ଷା କବଚ ଅର୍ଥାତ୍ ପାଣିର ଥଳି ଫାଟିଗଲା ବୋଲି ଅନୁମାନ କରି ଜାଣିହେବ । ତତ୍ ସଂଗେ ସଂଗେ ଈଷତ୍ ହଳଦିଆ ରଂଗର ସ୍ରାବ ପ୍ରସବ ହେବା ପର୍ଯ୍ୟନ୍ତ ଅବ୍ୟାହତ ଥିବ । ପ୍ରସବ ପରେ ବନ୍ଦ ହେବ ।

କିଗଲ ବ୍ୟାୟାମ କଲେ ଯଦି ସ୍ରାବ ବନ୍ଦ ହୁଏ, ତେବେ ଏହା ପରିଶ୍ରା ନଚେତ ଏମ୍ନିଓଟିକ ଦ୍ରବଣ ।

ଶୋଇଲାବେଳେ ବେଶି ନିର୍ଗତ ହୁଏ । କାରଣ ଠିଆ ହେଲାବେଳେ ଛୁଆର ମୁଣ୍ଡଆସି ଦ୍ୱାର ବନ୍ଦ କରିଦିଏ । ଡାକ୍ତର ଏକଥା ଆଗରୁ କହିସାରିଥିବେ । ତଥାପି ସନ୍ଦେହ ହେଲେ ଫୋନ କରି ପଚାରନ୍ତୁ ।

"ପାଣି ଥଳି ଫାଟିବା ସତ୍ତ୍ୱେ ମଧ୍ୟ ପ୍ରସବ ବେଦନା ଆରମ୍ଭ ହେଲାନାହିଁ । ପ୍ରସବ କେବେ ଆରମ୍ଭ ହେବ ଓ ମତେ କ'ଣ କରିବାକୁ ହେବ ?"

ପ୍ରସବ ଅବଶ୍ୟମ୍ଭାବୀ । ଥଳି ଫାଟିବାର ପ୍ରାୟ ୧୨ ଘଣ୍ଟା ମଧ୍ୟରେ ପ୍ରସବ ବେଦନା ଆରମ୍ଭ ହେଇଯାଏ । ଅନେକଙ୍କୁ ୨୪ ଘଣ୍ଟା ଲାଗେ ।

୧୦ ମଧ୍ୟରୁ ଗୋଟିଏ ମାମଲା ଆହୁରି ଅଧିକ ସମୟ ନେଇଥାଏ । ସମୟ ସାଙ୍ଗକୁ ବିପଦ ମଧ୍ୟ ବଢ଼ି ବଢ଼ିଯାଏ । ଏହି ସଂକ୍ରମଣରୁ ରକ୍ଷା ପାଇଁ ଡାକ୍ତର ୨୪ ଘଣ୍ଟା ମଧ୍ୟରେ ଚିକିତ୍ସା ଆରମ୍ଭ କରିଦିଅନ୍ତି । ଅନେକ ମାତ୍ର ୬ ଘଂଟା ଅପେକ୍ଷା କରିଥାନ୍ତି । କେହି ମଧ୍ୟ ବେଶି ସମୟ ଧରି ରହିବାକୁ ଚାହାନ୍ତି ନାହିଁ ।

ସର୍ବପ୍ରଥମେ ନିଜ ପାଖରେ ପେଡ୍ ଓ ଗାମୁଛା ରଖି ଫୋନ କରନ୍ତୁ । ଯୋନି ବାଟକୁ ସଫା ସୁତୁରା କରନ୍ତୁ, ଫଳରେ ସଂକ୍ରମଣ ନହେଉ । ସମ୍ଭୋଗ କରନ୍ତୁନି । ନିଜେ ନିଜର ଆଭ୍ୟନ୍ତରୀଣ ପରୀକ୍ଷା କରନ୍ତୁନି । ଆଉ ଟଏଲେଟ ଗଲେ ଆଗରୁ ପଛକୁ ପୋଛନ୍ତୁ ।

ଅନେକ ଥର ଗର୍ଭସ୍ଥ ଛୁଆର ମୁଣ୍ଡ ପେଲଭିସ ପାଖକୁ ନଆସି ମଧ୍ୟ ଦ୍ରବଣର ସହିତ ନାଭିନାଡ଼ ଯୋନି ପର୍ଯ୍ୟନ୍ତ ଚାଲିଆସେ । ଏପରି କିଛି ଜଣାପଡୁ ପଡୁ ଡାକ୍ତରଙ୍କୁ ଯୋଗାଯୋଗ କରନ୍ତୁ ।

ବହଳ ଏମ୍ନିଜଟିକ ଦ୍ରବଣ

"ମୋର ଥଳି ଫାଟି ଯାଇଛି ଓ ଦ୍ରବଣ ପରିଷ୍କାର ନାହିଁ । ଏହା ଈଷତ୍ ଧୂସର ରଙ୍ଗର ଦ୍ରବଣ । ଏହାର ତାତ୍ପର୍ଯ୍ୟ କ'ଣ ?"

ହୁଏତ ଏମ୍ନିଓଟିକ ଦ୍ରବଣ ସାଙ୍ଗକୁ ଈଷତ ସବୁଜ-ଧୂସର ରଂଗର ମିକୋନିୟମ ମଧ୍ୟ ଆସୁଥିବ । ଏହା ବୋଧହୁଏ ଛୁଆର ପ୍ରଥମ ମଳ ହେଇଥିବ, ଏହା ପ୍ରାୟ ଜନ୍ମ ପରେ ପରେ ହେଇଥାଏ । କିନ୍ତୁ ବେଳେ ବେଳେ ଚାପଗ୍ରସ୍ତ ହେବାରୁ ଭ୍ରୂଣଟି ଗର୍ଭରେ ବା ବେଶି ସମୟ ହେଇଗଲେ ଜନ୍ମ ପୂର୍ବରୁ ଝାଡା ଫେରିଦିଏ ।

ଏହାର ଖବର ଡାକ୍ତରଙ୍କୁ ଦେଇଦିଅନ୍ତୁ । ଏହାର ଅର୍ଥ ହେଲା ଶିଶୁଟି ଚାପଗ୍ରସ୍ତ ଅଛି । ସେ ଶୀଘ୍ରାତିଶୀଘ୍ର ପ୍ରସବ ଆରମ୍ଭ କରିବେ ଓ ଶିଶୁଟିକୁ ଲକ୍ଷ୍ୟ କରୁଥିବେ ।

ପ୍ରସବ ସମୟରେ ଏମ୍ନିଓଟିକ ଦ୍ରବଣର ଅଛତା

"ଆମ ଡାକ୍ତର କହୁଥିଲେ ଯେ ଏମ୍ନିଓଟିକ ଦ୍ରବଣ ଖୁବ୍ କମ୍ ପରିମାଣରେ ଅଛି, ଏହାକୁ ପୂର୍ଣ୍ଣ କରିବାକୁ ହେବ । ଏଥିରେ ଚିନ୍ତନୀୟ କଥା କିଛି ଅଛିକି ?"

ଅବଶ୍ୟ ପ୍ରକୃତି ଅନୁସାରେ ଏହା କମ୍ ହେଇନଥାଏ । ମନେକର କମ୍ ପଡ଼େ ତେବେ ମେଡିକାଲ ସାଇନ୍ସର ସାହାଯ୍ୟ ନିଆଯାଇପାରେ । ଗର୍ଭାଶୟ ଭିତରକୁ ସର୍ଭିକ୍ସ ଜରିଆରେ ଏକ କେଥେରେଟର ପଶାଯାଇଥାଏ, ଏଥିରେ ଏମ୍ନିଓଟିକ ଦ୍ରବଣ ମଧ୍ୟରେ ସେଲାଇନ ସଲ୍ୟୁସନ ପକାଯାଏ । ଏହି ପ୍ରକ୍ରିୟା ଏମ୍ନିଓ ଇନ୍‌ଫ୍ୟୁଜନ ନାମରେ ନାମିତ । ଏହାପରେ ଅପରେସନର ସମ୍ଭାବନା ପ୍ରାୟ ନଥାଏ କହିଲେ ଚଳେ ।

ସଂକୋଚନରେ ଅନିୟମିତତା

"ଚାଇଲ୍‌ଡ ବାର୍ଥ କ୍ଲାସରେ ଆମ୍ଭମାନଙ୍କୁ ଶିଖାଯାଇଥିଲା ଯେ ପ୍ରସବ ବେଦନା ନିୟମିତ ହେଇ ପ୍ରତି ପାଞ୍ଚ ମିନିଟରେ ସଂକୋଚନ ଆରମ୍ଭ ହେଲେ ହିଁ ହସ୍ପିଟାଲ ଯିବା ଉଚିତ । ହେଲେ ମୋ କ୍ଷେତ୍ରରେ ପାଞ୍ଚ ମିନିଟ୍‌ରୁ ମଧ୍ୟ କମ୍ ସମୟ ମଧ୍ୟରେ ସଂକୋଚନ ହେଉଛି ଯେ, ହେଲେ ନିୟମିତ ହେଉନି; ତେବେ ମୁଁ କ'ଣ କରିବି ?"

ଯେଉଁଭଳି ଭାବରେ ଦୁଇଜଣ ସ୍ତ୍ରୀଙ୍କର ଗର୍ଭାବସ୍ଥା ଅସମାନ, ଠିକ୍ ସେହିପରି ସେମାନଙ୍କ ପ୍ରସବ ମଧ୍ୟ ଭିନ୍ନ ଓ ସ୍ୱତନ୍ତ୍ର । ବିଶେଷକରି ବହିପତ୍ର, ଚାଇଲ୍‌ଡ ବାର୍ଥ କ୍ଲାସ କିମ୍ବା ଡାକ୍ତର ଯାହା କହିଥାନ୍ତି, ତାହା ଅକ୍ଷରେ ଅକ୍ଷରେ ହେବ ବୋଲି ମାନେ ନାହିଁ । ଅବଶ୍ୟ ଏକଥା ମଧ୍ୟ ସତ୍ୟ ଯେ ସଂକୋଚନ ନିୟମିତ ହେବା ଆବଶ୍ୟକ ।

ମନେକର ଆପଣଙ୍କୁ ୨୦ ରୁ ୬୦ ସେକେଣ୍ଡର ତୀବ୍ର ସଂକୋଚନ ପ୍ରତି ୫-୭ ମିନିଟ ମଧ୍ୟରେ ହେଉଥାଏ, ତେବେ ଅବିଳମ୍ବେ ହସ୍ପିଟାଲ ଯିବା ବାଞ୍ଛନୀୟ; ହୁଏତ ଯାହା କିଛି ପଢ଼ିଥାନ୍ତୁ କିମ୍ବା ଶୁଣିଥାନ୍ତୁ । ହେଇପାରେ ସେଠାକୁ ପହଞ୍ଚିବା ମାତ୍ରେ ସଂକୋଚନ ନିୟମିତ ହେଇଯାଇପାରେ ଆଉ ପ୍ରସବ ହଠାତ୍ ଅବଶ୍ୟମ୍ଭାବୀ ହୋଇପଡ଼ିବ ।

ପ୍ରସବ ସମୟରେ ଡାକ୍ତରଙ୍କୁ ଡାକିବା

"ପ୍ରତି ୩-୪ ମିନିଟରେ ମତେ ସଂକୋଚନ ହେଉଛି । ଡାକ୍ତରଙ୍କୁ ଏକଥା କହିବା ମତେ ବୋକାମି ଭଳି ମନେହେଉଛି; କାରଣ ସେ ମତେ କହିଥିଲେ ଯେ ପ୍ରସବ ବେଦନାର କିଛି ଘଣ୍ଟା ଘରେ ଅତିବାହିତ କରିବା ଉଚିତ ?"

ଏଥିରେ କିଛି ଯାଏ ଆସେ ନାହିଁ । ଏକଥା ସତ ଯେ, ପ୍ରଥମ କରି ମା' ହେଉଥିବା ଗର୍ଭବତୀ ସ୍ତ୍ରୀମାନେ ଆରାମରେ ହସ୍ପିଟାଲ ଯିବାକୁ ପ୍ରସ୍ତୁତ ହେବା ଉଚିତ । ହେଲେ ଆପଣଙ୍କ ପରିପ୍ରେକ୍ଷୀରେ ଏହା ଭିନ୍ନ ମନେ ହେଉଛି । ମନେକର ପ୍ରତି ୫ ରୁ ୪୫ ସେକେଣ୍ଡ ପର୍ଯ୍ୟନ୍ତ ତୀବ୍ର ସଂକୋଚନ ହେଉଥାଏ, ତେବେ ଯାଇ ପ୍ରସବ ବେଦନା ଶେଷ ପର୍ଯ୍ୟାୟରେ ପହଞ୍ଚି ପାରିବ । ହୁଏତ ପ୍ରସବର ପ୍ରଥମ ପର୍ଯ୍ୟାୟ କଷ୍ଟହୀନ ମନେହେଇ ଏହି ସମୟରେ ସର୍ଭିକ୍ସର ମୁଖଦ୍ୱାର ଖୋଲିଯିବ । ଏହାର ମାନେ ହେଲା ହଠାତ୍ ହସ୍ପିଟାଲ କିମ୍ବା ନର୍ସିଂହୋମ ଯିବାକୁ ହେବ ।

ଏଣୁକରି ଡାକ୍ତରଙ୍କୁ ଫୋନ କରି ସବୁ କଥା ସ୍ପଷ୍ଟ କହିଦିଅନ୍ତୁ । ବେଶି ବାହାଦୂରି ଦେଖେଇ ଡେରି କରନ୍ତୁ ନାହିଁ । ଯଦିଚ ଡାକ୍ତର ଏକମତ ନୁହନ୍ତି ତେବେ ତାଙ୍କ କ୍ଲିନିକକୁ ପରୀକ୍ଷା ପାଇଁ ଯାଇ ଫେରିଆସିଲେ କ୍ଷତି କ'ଣ ? ଏଥିରେ ଲଜ୍ଜା କରିବାର କ'ଣ ଅଛି ?

ଠିକ୍ ସମୟରେ ହସ୍ପିଟାଲ ପହଞ୍ଚି ନପାରିବା

"ମୋର ଆଶଙ୍କା ହୁଏ ଯେ ଠିକ୍ ସମୟରେ ମୁଁ ହସ୍ପିଟାଲ ପହଞ୍ଚି ପାରିବ ନା ନାହିଁ ?"

ସୌଭାଗ୍ୟବଶତଃ ଟିଭିରେ ଆପଣମାନେ ଯେଉଁ ଡେଲିଭରି ଦେଖନ୍ତି, ସେସବୁ ମିଛ କଥା । ସାଧାରଣଙ୍କ ପ୍ରଥମ କରି ମା' ହେଉଥିବା ଗର୍ଭବତୀ ମାନଙ୍କୁ ବହୁ ପୂର୍ବରୁ ଖବର ମିଳିଯାଇଥାଏ, ଖୁବ୍ କମ୍ କ୍ଷେତ୍ରରେ ହଠାତ୍ ତଳକୁ ଚାପ ପଡ଼େ । ଆଉ ପରିଶ୍ରା ଲାଗେ । ଆଗରୁ ଯଦି ଆପଣ କୋଚ ସହ ପରାମର୍ଶ କରି ଜରୁରୀକାଳୀନ ଡେଲିଭରି ବିଷୟରେ ଆଲୋଚନା କରନ୍ତି ତେବେ ହୁଏତ ହଠାତ୍ ପଦକ୍ଷେପ ନେବାରେ କୌଣସି ଅସୁବିଧା ହେବନାହିଁ ।

ମନେକର ଆପଣ ଏକାକୀ ଥାନ୍ତି ତେବେ ଜରୁରୀକାଳୀନ ଡେଲିଭରି

ଅବଶ୍ୟ ଏଭଳି ପରିସ୍ଥିତି ସୃଷ୍ଟି ହେଇନପାରେ, ତଥାପି ଏହା ଜାଣିଥିବା ଉଚିତ ।

■ ଧୀରସ୍ଥିର ରହିବାକୁ ଚେଷ୍ଟା କରନ୍ତୁ

■ ହସ୍ପିଯାଲ ଫୋନ କରି କଥାବାର୍ତ୍ତା କରନ୍ତୁ

■ କୌଣସି ପ୍ରତିବେଶୀଙ୍କ ସାହାଯ୍ୟ ଲୋଡ଼ନ୍ତୁ

■ ଠେଲିବାକୁ ଇଚ୍ଛା ହେଲେ ମଧ୍ୟ ଠେଲନ୍ତୁ ନାହିଁ ।

■ ବିଛଣାରେ ସଫା ଗାମୁଛା ବା ଚାଦର ପାରି ଝରକା କବାଟ ଖୋଲା ରଖନ୍ତୁ ଯଦ୍ୱାରା ସାହାଯ୍ୟ ପାଇହେବ

■ ଶିଶୁ ପଦାକୁ ଆସିବାକୁ ଉଦ୍ୟତ ହେଲେ, ପ୍ରସବ ବେଦନା ସାଙ୍ଗକୁ ଠେଲନ୍ତୁ ।

■ ଶିଶୁର ମୁଣ୍ଡ ଦେଖାଗଲେ ଠେଲାଠେଲି ନକରି ପେରିନିୟମରେ ଚାପ ଦିଅନ୍ତୁ । ମୁଣ୍ଡକୁ ହଠାତ୍ ନଟାଣି ଆସ୍ତେ ଆସ୍ତେ କାଢ଼ନ୍ତୁ ।

■ ବେକରେ ନାଡ଼ ଲାଗିଥିଲେ ଆସ୍ତେ କାଢ଼ନ୍ତୁ

■ ମୁଣ୍ଡ ବାହାରିଲା ପରେ ଗୋଟିଏ କାନ୍ଧକୁ ଆସ୍ତେ କାଢ଼ି ତା'ପରେ ଦ୍ୱିତୀୟ କାନ୍ଧକୁ ବାହାର କରନ୍ତୁ ।

■ ତା'ପରେ ଛୁଆଟି ସୁରୁଖୁରୁରେ ଚାଲିଆସିବ ।

■ ନାଡ଼ ସାଙ୍ଗକୁ ପେଟ ଉପରେ ଶିଶୁକୁ ଥୋଇ ସଫା ଗାମୁଛାରେ ଗୁଡେଇ ରଖନ୍ତୁ । ଶ୍ୱାସକ୍ରିୟା ଆରମ୍ଭ ନହେଲେ ତାର ପାଟି ଓ ନାକକୁ ସଫା କରି ଫୁଙ୍କ ଦିଅନ୍ତୁ ।

■ ଭପ୍ଲେଜେଣ୍ଟା ସ୍ୱତଃ ନ ବାହାରିଲେ ଛୁଆ ଥିବା ସମତଳରୁ ଅଳ୍ପ ଉଚ୍ଚରେ ରଖନ୍ତୁ । ଏହାକୁ କାଟିବା ଅନାବଶ୍ୟକ ।

■ ସାହାଯ୍ୟ ମିଳିବା ପର୍ଯ୍ୟନ୍ତ ଛୁଆକୁ ଓ ନିଜକୁ ଉଷ୍ମ ରଖିବାକୁ ଚେଷ୍ଟା କରନ୍ତୁ ।

ପ୍ରସବ ସମୟ କମ୍ ହେଲେ

"ମୁଁ ସଦାବେଳେ ଏଭଳି ମହିଳାମାନଙ୍କ ବିଷୟରେ ଶୁଣିଥାଏ, ଯେଉଁମାନଙ୍କର ପ୍ରସବକାଳ ଖୁବ୍ କମ୍ ହୋଇଥାଏ । ଏହା କ'ଣ ସାଧାରଣ କଥା କି ?"

ଅବଶ୍ୟ, ଏହା ଏତେ ସବଳ୍ପଦୀର୍ଘ ହେଇନଥାଏ, ଯାହା ଆପଣ ଭାବୁଛନ୍ତି । କଥା କ'ଣ କି ଅନେକ ଥର ଗର୍ଭବତୀ ହେଇଥିବା ସ୍ତ୍ରୀମାନଙ୍କୁ ବାରମ୍ବାର ଘଣ୍ଟାକୁ ଘଣ୍ଟା, ଦିନକୁ ଦିନ ବା ସପ୍ତାହ ମଧ୍ୟରେ କଷ୍ଟହୀନ ସଂକୋଚନ ହେଉଥାଏ । ଆଉ ଗର୍ଭାଶୟର ମୁଖଦ୍ୱାର ଅର୍ଥାତ୍ ସର୍ଭିକ୍ସ ଆସ୍ତେ ଆସ୍ତେ ଖୋଲୁଥାଏ । ଏକଥା ଜଣାପଡ଼ିଲା ବେଳକୁ ପ୍ରସବ ଶେଷ ପର୍ଯ୍ୟାୟରେ ପହଞ୍ଚିଥାଏ ।

ଅନେକଥର ପ୍ରାୟ ସର୍ଭିକ୍ସ ଘଣ୍ଟା ଘଣ୍ଟା ଧରି ସମୟ ନନେଇ ମାତ୍ର କେଇ ମିନିଟରେ ଖୋଲିଯାଏ । ଏଣୁ ଶିଶୁ ଜନ୍ମ ହେବାରେ ଡେରିହୁଏନାହିଁ କିମ୍ବା ଶିଶୁ କୌଣସି ଅସୁବିଧା ମଧ୍ୟ ହୁଏନାହିଁ ।

ମନେକର ଆପଣଙ୍କୁ ତୀବ୍ର ସଂକୋଚନ ଆରମ୍ଭ ହୁଏ, ତେବେ ହସ୍ପିଟାଲ ଯିବାରେ ଅବହେଳା କରନ୍ତୁ ନାହିଁ । ଔଷଧ ବଳରେ ଯନ୍ତ୍ରଣାକୁ କମ୍ କରାଯାଇପାରେ ଯଦ୍ଵାରା ବେଶି ଚାପ ନପଡୁ ।

ବେକ୍ ଲେବର

"ସଂକୋଚନ ଆରମ୍ଭ ହେବା ପରେ ମୋ ପିଠି ତଳକୁ ଅସହ୍ୟ ଯନ୍ତ୍ରଣା ଅନୁଭୂତ ହେଉଛି ।"

ବୋଧହୁଏ ଆପଣଙ୍କୁ ବେକ୍‌ଲେବର ଥାଇପାରେ । ଭ୍ରୂଣଟି ପେଷ୍ଟେରିଅର ପୋଜିସନରେ ଥିଲେ ଏଭଳି ହେଇଥାଏ । ତା ମୁହଁ ଉପରକୁ ଥାଇ ମୁଣ୍ଡଟିର ପଛପାଖ ପେଲ୍‌ଭିସ ପଛରେ ଚାପ ପକେଇଥାଏ । ଶିଶୁଟି ସଠିକ୍ ଅବସ୍ଥାକୁ ନ ଆସିଲା ଯାଏଁ ଭୀଷଣ କଷ୍ଟ ହେଇଥାଏ ।

ଏଭଳି ପରିସ୍ଥିତିରେ ଯନ୍ତ୍ରଣାର କାରଣ ନ ଖୋଜି ବରଂ ଚିକିତ୍ସା କଥା ଚିନ୍ତା କରି ଆବଶ୍ୟକ ହେଲେ ଏପିଡ୍ୟୁରାଲ ପାଇଁ ରାଜି ହେବା ଉଚିତ । ଏଥିରେ ବେଶି ଡୋଜ ଦେବାକୁ ପଡ଼ିପାରେ । ବେଳେ ବେଳେ ନାରକୋଟିକ୍ସ ଯୋଗୁଁ ଆରାମ ମିଳେ । ନଚେତ୍ ଅନ୍ୟ ଘରୋଇ ଚିକିତ୍ସା କରିପାରନ୍ତି ।

ଚାପ କମିବା: ନିଜ ଅବସ୍ଥା ପରିବର୍ତ୍ତନ କରିବାକୁ ଚେଷ୍ଟା କରନ୍ତୁ । ପାଦରେ ଚାଲନ୍ତୁ, ଅବଶ୍ୟ ତୀବ୍ର ସଂକୋଚନ ବେଳେ ଏହା ସମ୍ଭବ ନୁହଁ । ମଳତ୍ୟାଗ ମୁଦ୍ରାରେ ବସନ୍ତୁ ବା ପଶୁମାନଙ୍କ ପରି ଝୁଙ୍କି ରହନ୍ତୁ । ଦେହକୁ ଆରାମ ଲାଗିଲା ଭଳି ମୁଦ୍ରାରେ ରୁହନ୍ତୁ । ଶୋଇବା (ଗଡ଼ିବା) ଜରୁରୀ ହେଲେ ଗଡନ୍ତୁ । ଔଷଧ ଖୋଇଲେ ଅନ୍ୟ ବ୍ୟବସ୍ଥା କରିପାରନ୍ତି ।

ଥଣ୍ଡା ବା ଗରମ: ଥଣ୍ଡା ବା ଗରମ ସେକ ଯାହା ଇଚ୍ଛା ହେବ ଦିଅନ୍ତୁ, ଆରାମ ଲାଗିବ,

ବିପରୀତ ଚାପ ବା ମାଲିସ: ନର୍ସ କିମ୍ବା ଧାଈର ସାହାଯ୍ୟ ନେଇ ଦୁଇ ହାତରେ ମାଲିସ କିମ୍ବା ଟେନିସ ବଲ ଦ୍ଵାରା ଚାପ ଦିଆଗଲେ ଆରାମ ଲାଗିବ । କ୍ରିମ, ତେଲ ବା ପାଉଡର ଦେଇ ମାଲିସ କରାଯାଇପାରେ ।

ରିଫ୍ଲେକ୍ସୋଲୋଜି: ବେକ୍ ଲେବର ସକାଶେ ଏହି ଥେରେପିରେ ପାଦ ତଳେ ବିଭିନ୍ନ ସ୍ଥାନରେ ଅଙ୍ଗୁଳି ସାହାଯ୍ୟରେ ଚାପ ଦିଆଯାଇଥାଏ ।

ଅନ୍ୟ ବିକଳ୍ପ ବ୍ୟବସ୍ଥା: ହାଇଡ୍ରୋଥେରେପି ବଳରେ ଯନ୍ତ୍ରଣା ହ୍ରାସ ପାଇପାରେ । ଧ୍ୟାନ, ସମ୍ମୋହନ ବା ମାନସିକ ଚିତ୍ରଣ ବା ଏକ୍ୟୁପଞ୍ଚର ମଧ୍ୟ କରାଯାଇପାରେ ।

ପ୍ରସବ ଆରମ୍ଭ କରେଇବା

"ଆମ ଡାକ୍ତର ପ୍ରସବ ଆରମ୍ଭ କରିବାକୁ ଚାହାନ୍ତି, ହେଲେ ଏବେ ସମୟ ହେଇନି । ମୁଁ ଭାବୁଛି, ସମୟ ହେଲେ ଯାଇ ପ୍ରସବ ଆରମ୍ଭ କରାଯିବା ଆବଶ୍ରକ ।"

ବେଳେ ବେଳେ କୌଣସି ଗର୍ଭବତୀକୁ ମା' ହେବାରେ ସାହାଯ୍ୟ ପାଇଁ ଈଶ୍ଵରଙ୍କ ସାହାଯ୍ୟ ନେବା ଆବଶ୍ୟକ ମନେହୁଏ । ୨୦ ଶତକଡ଼ା କ୍ଷେତ୍ରରେ ଏପରି ହୁଏ । ପ୍ରସବ ତିଥି ଆସିଲା ପରେ ଡାକ୍ତର ଏପରି କରିଥାନ୍ତି ।

■ ପାଣି ଥଳି ଫାଟିବାର ୨୪ ଘଣ୍ଟା ପରେ ମଧ୍ୟ ପ୍ରସବ ବେଦନା ଆରମ୍ଭ ନହେଲେ କୌଣସି ଡାକ୍ତର ଜଗି ରହିବେ ନାହିଁ ।

■ ପରୀକ୍ଷା ବଳରେ ଗର୍ଭାଶୟଟି ଶିଶୁ ପାଇଁ ଉପଯୁକ୍ତ ନା ନାହିଁ, ଜାଣିବାକୁ ହେବ ।

(୨୬୧)

■ ଅଧ୍ୟୟନରୁ ଜଣାପଡ଼ିଛି ଯେ ଶିଶୁଟି ଜନ୍ମ ପାଇଁ ଅନୁପଯୁକ୍ତ ବା ଦୁର୍ବଳ ।

■ ଆପଣଙ୍କୁ ପ୍ରିକ୍ଲେମ୍ପସିଆ, ଗେଷ୍ଟେସନାଲ ଡାଇବିଟିଜ ଭଳି ଭୟଙ୍କର ରୋଗ ହୋଇଥିଲେ ଗର୍ଭଧାରଣ ବିପଜ୍ଜନକ ମନେହୁଏ ।

■ ପ୍ରସବ ଆରମ୍ଭ ହେବାର ଠିକ୍ ସମୟ ଭିତରେ ହସ୍ପିଟାଲ ପହଞ୍ଚି ନ ପାରିଲେ ବା କମ୍ ସମୟ ମଧ୍ୟରେ ପ୍ରସବର ଆଗରୁ ରେକର୍ଡ ଥିଲେ ।

■ ଆପଣ ହୁଏତ ଡାକ୍ତରଙ୍କୁ ଏ ସମ୍ପର୍କରେ ପଚାରି ବୁଝିପାରନ୍ତି । ଅବଶ୍ୟ ଏହା ଜାଣିବା ଦରକାର ମଧ୍ୟ ।

ପ୍ରସବ ଆରମ୍ଭ (ଲେବର ଇଣ୍ଡକ୍ସନ) କିଭଳି ହେଇଥାଏ ?

ଏହା ଏକେ ଏଭଳି ପ୍ରକ୍ରିୟା, ଏଥବରେ ବେଶି ସମୟ ମଧ୍ୟ ଲାଗିପାରେ । ଏହି ପ୍ରକ୍ରିୟାରେ ବିଭିନ୍ନ ପର୍ଯ୍ୟାୟ ହେଇଥାଏ । ସେସବୁ ପର୍ଯ୍ୟାୟ ଦେଇ ଗତି କରିବାକୁ ହୁଏ ।

■ ସର୍ବପ୍ରଥମେ ଗର୍ଭାଶୟର ମୁଖଦ୍ୱାରକୁ ନରମ ବା ମସୃଣ କରି ପ୍ରସାରଣ ଆରମ୍ଭ ହେଇ ନଥିଲେ ପ୍ରୋଷ୍ଟାଗଲେନଡିନ ଈ ଜେଲ ଦେଇପାରନ୍ତି । ଏହାର ବଟିକା ମଧ୍ୟ ମିଳିଥାଏ । ଏହି ପ୍ରକ୍ରିୟାରେ ସିରିଂଜ ଯୋଗେ ଯୋନି ମଧ୍ୟ ଦେଇ ସର୍ଭିକ୍ସ ପାଖକୁ ଜେଲ ପହଞ୍ଚାଯାଏ । ଜେଲ ଯୋଗୁଁ କାର୍ଯ୍ୟକାରୀ ହେଲେ ଭଲ କଥା ନଚେତ ଦ୍ୱିତୀୟ ଥର ପାଇଁ ମଧ୍ୟ ଦିଆଯାଇପାରେ । ଗର୍ଭାଶୟର ମୁଖକୁ ପ୍ରସ୍ତୁତ କରି ସଂକୋଚନ ସକାଶେ ବୈଜ୍ଞାନିକ ପଦ୍ଧତି ଅନୁସରଣ କରିଥାନ୍ତି । ଏହା ବେଲୁନ ସାଙ୍ଗରେ କେଥେଟର, ଡିଲେଟର ବା ବୋଟନିକାଲ ଦ୍ୱାରା କରାଯାଏ ।

■ ଏମ୍ନିଓଟିକ ଦ୍ରବଣ ପୂରିଥିଲେ କୃତ୍ରିମ ଉପାୟ କରି ପୃଥକ କରାଯାଇଥାଏ ।

■ ଅଦ୍ୟାବଧି ପ୍ରସବ ବେଦନା ଆରମ୍ଭ ନହେଲେ ଇଣ୍ଟ୍ରାଭେନସ ହର୍ମୋନ ଦିଆଯାଏ । ଏହାବ୍ୟତୀତ 'ମିସୋପ୍ରୋଷ୍ଟାଲ' ଔଷଧ ମଧ୍ୟ ଦିଆଯାଏ । ଏହା ବଳରେ ଅକ୍ସିଟୋସିନର ଚାହିଦା ହ୍ରାସ ପାଇଥାଏ ଓ ପ୍ରସବ କାଳ କମ୍ ହୋଇଥାଏ ।

■ ପ୍ରସବ ସମୟରେ ସାବଧାନ ହେଇ ଶିଶୁ ଓ ମା' ପ୍ରତି ଦୃଷ୍ଟି ଦିଆଯାଏ । ଔଷଧ ଯୋଗୁଁ ବେଶି ସଂକୋଚନ ହେଲେ ପ୍ରସବ ପୂର୍ଣ୍ଣ ହେଲାପରେ ଔଷଦର ମାତ୍ରାକୁ କମ୍ କରାଯାଇପାରେ ।

■ ମନେକର ୮ ରୁ ୧୨ ଘଣ୍ଟା ପରେ ମଧ୍ୟ ପ୍ରସବ ଆରମ୍ଭ ନହେଲେ ଡାକ୍ତର ଅପରେସନ କରିପାରନ୍ତି ।

ପ୍ରସବ ସମୟରେ ଖାଦ୍ୟପେୟ

ପ୍ରସବ ସମୟରେ ଖାଇବା ପିଇବା ଉଚିତ କି ?

■ ଏକଥା ଆପଣ କାହାକୁ ପଚାରୁଛନ୍ତି ? ଅନେକ ଡାକ୍ତର ଉଚିତ କହୁଥିଲେ ଅନେକେ ଅନୁଚିତ କହିଥାନ୍ତି । କାରଣ ଆବଶ୍ୟକ ସ୍ଥଳେ ଏନାସ୍‌ଥେସିଆ ଦିଆଯାଇପାରେ । ଏଣୁ କମ୍ ବିପଜ୍ଜନକ ପ୍ରସବରେ ଖିଆଯାଇପାରେ । ଏପରି କଲେ ୯୦ ମିନିଟ ପର୍ଯ୍ୟନ୍ତ ପ୍ରସବକାଳ ହ୍ରାସ ପାଏ ବୋଲି ଅଧ୍ୟୟନରୁ ଜ୍ଞାତ । ଏଥିପାଇଁ ପେନକିଲର ଔଷଧ ଅନାବଶ୍ରକ । ଯାହାହେଉ ଡାକ୍ତରଙ୍କ ପରାମର୍ଶ ଚୂଡାନ୍ତ ।

■ ହୁଏତ, ଡାକ୍ତରଙ୍କ କହିବା ସତ୍ତ୍ୱେ ମଧ୍ୟ ସେତେବେଳେ ଆପଣଙ୍କୁ ଭୋକ ନହୋଇପାରେ । ତଥାପି ଆପଣ ପପସିକଲ, ଜେଲ-ଓ-ଏପଲସସ, ପାଚିଲା ଫଳ, ସାଦା ପିସ୍ତା କିମ୍ବା ଦେଇଥିବା ଟୋଷ୍ଟ ଖାଇ ନିଜର ଶକ୍ତିର ସ୍ତରକୁ ବଜାୟ ରଖିପାରିବେ । ହୁଏତ ବାନ୍ତି ମଧ୍ୟ ହେଇପାରେ । ସାବଧାନ ।

ହସ୍ପିଟାଲ ଯିବା ପୂର୍ବରୁ ସ୍ୱାମୀଙ୍କୁ ମଧ୍ୟ ପେଟପୂଜା କରିବା ପାଇଁ କହିଦିଅନ୍ତୁ, ନଚେତ ଆପଣଙ୍କ ପ୍ରସବ ବେଦନା ସାଙ୍ଗକୁ ତାଙ୍କର ଏକାଦଶୀ ଉପବାସ ମଧ୍ୟ ହେଇଯିବ ।

ଏମାରଜେନ୍ସି ଡେଲିଭରି ସମୟରେ ସ୍ୱାମୀ ବା କୋଚ୍‌ଙ୍କ ପାଇଁ ଟିପ୍‌ସ

ଘରେ ବା ଅଫିସରେ

■ ଧୀରସ୍ଥି ରହି ଡେଲିଭରି ବିଷୟରେ ବେଶି କିଛି ନଜାଣିଲେ ମଧ୍ୟ ଶିଶୁ ଓ ତା' ମା'କୁ ସହଯୋଗ ପ୍ରଦାନ କରନ୍ତୁ ।

■ ହସ୍ପିଟାଲକୁ ଫୋନ କରି ଡାକ୍ତରଙ୍କୁ ଡାକନ୍ତୁ ।

■ ସମୟ ଥିଲେ କୌଣସି ଏଣ୍ଟିବାୟୋଟିକ୍ସ ସାବୁନ ଲଗେଇ ନିଜ ହାତରେ ଗର୍ଭବତୀ ମା'ର ଯୋନି ପ୍ରଦେଶକୁ ଭଲ ଭାବେ ପରିଷ୍କାର କରି ଧୁଅନ୍ତୁ ।

■ ମନେକର ସମୟ ଥାଏ, ତେବେ ନିମ୍ନ ଚିତ୍ରରେ ଦର୍ଶାଗଲା ଭଳି ଗର୍ଭବତୀ ମା'ଙ୍କୁ ବିଛଣା ଓ ଚଉକି ସାହାଯ୍ୟରେ ଶୁଏଇ ଡେଲିଭରି ପ୍ରକ୍ରିୟା ସକାଶେ ଅପେକ୍ଷା କରିପାରନ୍ତି ।

■ ନିଜ ପାଖରେ ଗାମୁଛା ବା ଟର୍କିଷ୍ଟ, ସମ୍ବାଦପତ୍ର, ସଫା କନା ଇତ୍ୟାଦି ରଖନ୍ତୁ । ଯୋନି ତଳେ ସଫା ପାତ୍ରଟିଏ ଏପରି ରଖନ୍ତୁ ଯେ, ଗର୍ଭାଶୟର ଏମ୍ନିଓଟିକ ଦ୍ରବଣ ସେଥିରେ ରଖାଯାଇ ପାରିବ ।

■ ମନେକର ବିଛଣା ବା ଟେବୁଲ ଉପରକୁ ଟେକିନେବା ପାଇଁ ସୁବିଧା ବା ସୁଯୋଗ ନମିଳେ, ତେବେ ଖବର କାଗଜକୁ ଚଟାଣରେ ପାରି ପରିଷ୍କାର ରଖିବାକୁ ଚେଷ୍ଟା କରନ୍ତୁ ।

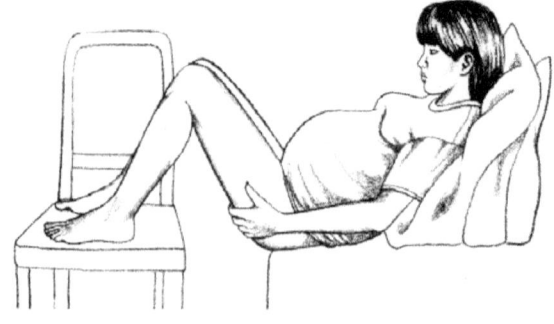

■ ଶିଉର ମୁଣ୍ଡ ଦୃଶ୍ୟମାନ ହେଲେ ମାଙ୍କୁ ଠେଲିବା ପାଇଁ ନକହି ତାଙ୍କ ପରିକଳ୍ପନାକୁ ଆସ୍ତେ ଆସ୍ତେ ଚାପ ପ୍ରୟୋଗ କରନ୍ତୁ । ମୁଣ୍ଡ ଆସ୍ତେ ବାହାରୁ, ତାକୁ ଠେଲିବା ଦରକାର ନାହିଁ । ନାଡ଼ ବେକରେ ଲାଗିଥିଲେ ତାକୁ କାଢ଼ିଦିଅନ୍ତୁ ।

■ ଏମୁଣ୍ଡଟିକୁ ଦୁଇ ହାତରେ ଧରି ଠେଲିବାକୁ କୁହନ୍ତୁ, କାନ୍ଧ ଦୁଇଟି ବାହାରି ପଡ଼ିଲେ ହାତଗୋଡ଼ ସୁରୁଖୁରୁରେ ପଦାକୁ ଚାଲିଆସିବ ।

■ ଛୁଆଟିକୁ ମା'ପେଟରେ ଥୋଇ ସଫା କନାରେ ଗୁଡେଇ ଧରନ୍ତୁ ।

■ ସଫା କନାରେ ଛୁଆର ମୁଣ୍ଡ, ମୁହଁ, ହାତ, ଗୋଡ଼କୁ ପୋଛି ପାଟିରେ ଅଙ୍ଗୁଳି ରଖି ଫୁଙ୍କି ଦେଲେ ଶ୍ୱାସକ୍ରିୟା ଆରମ୍ଭ ହେଇଯିବ ।

■ ପ୍ଲେଜେଣ୍ଟାକୁ ନଟାଣି ବରଂ ଆପେ ଆପେ ଖସିବାକୁ ଦିଅନ୍ତୁ ଓ ନାଡ଼ କାଟନ୍ତୁ ନାହିଁ ।

■ ମା' ଓ ଛୁଆଙ୍କୁ ଉଷ୍ମ ପରିବେଶ ମଦ୍ୟରେ ରଖନ୍ତୁ ।

■ ମଟର କାରରେ ହସ୍ପିଟାଲ ଯିବାବେଳେ ଯଦି ପ୍ରସବ ବେଦନା ଆରମ୍ଭ ହୁଏ, ତେବେ ଏକ ନିରାପଦ ଜାଗାରେ ରଖି ପଛ ସିଟ୍‌ରେ କମ୍ବଳ ବା ଚାଦର ଉପରେ ମା'ଙ୍କୁ ଶୁଆନ୍ତୁ । ସମ୍ଭବ ହେଲେ ଫୋନ କରନ୍ତୁ । ସାହାଯ୍ୟ ନ ମିଳିଲେ ହସ୍ପିଟାଲ ନେଇଯା'ନ୍ତୁ ।

ରୁଟିନ ଆଇ.ଭି.

"କ'ଣ ଏକଥା ସତ କି ! ପ୍ରସବ ସମୟରେ ହସ୍ପିଟାଲ ପହଞ୍ଚିଲା କ୍ଷଣି ମତେ ଆଇ.ଭି. ଦେଇ ଦେବେକି ?"

ଆପଣ ଯେଉଁ ହସ୍ପିଟାଲକୁ ଯିବେ ତା'ର ନିୟମ କାଇଦା ଉପରେ ଏହା ନିର୍ଭର କରେ । ଅନେକ ଡାକ୍ତରଖାନାରେ ଯିବାକ୍ଷଣି ହାତ ଶିରାରେ ସରୁ କେଥେଟର ଦେଇଦେବେ, ଫଳରେ ଜରୁରୀ ଔଷଧ ଦେବାରେ ସୁବିଧା ହେବା ସାଙ୍ଗକୁ ଡି-ହାଇଡ୍ରେସନରୁ ରକ୍ଷା ମିଳେ । ଅନେକ ଜାଗାରେ ଆବଶ୍ୟକ ହେଲେ ହିଁ ଏହା ଦିଆଯାଏ । ଏଣୁ ପ୍ରଥମେ ଡାକ୍ତରଙ୍କୁ ପଚାରି ବୁଝନ୍ତୁ ଓ ଇଛା ନହେଲେ ମନା କରିଦିଅନ୍ତୁ ।

ମନେକର ଏପିଡ୍ୟୁରାଲ ନେବାକୁ ହେଲେ ଏହା ଅନିବାର୍ଯ୍ୟ । ଏପିଡ୍ୟୁରାଲ ସମୟରେ ବା ତା'ପରେ ମଧ୍ୟ ଆଇ.ଭି. ଜରିଆରେ ଫ୍ଲୁଇଡ ଦିଆଯାଇଥାଏ ।

ଏଠାରେ ଆମେ କହିଦେବାକୁ ଚାହୁଁ ଯେ, ଏହା ସେତେ କଷ୍ଟପୂର୍ଣ୍ଣ ନୁହଁ । ପ୍ରଥମେ ପ୍ରଥମେ ଛୁଞ୍ଚି ଫୋଡ଼ିଲା ପରି ମନେହୁଏ; ତା'ପରେ ସେଆଡ଼କୁ ମୋଟେ ମନେ ପଡ଼ିବନି । ଏହାକୁ ଧରି ବାଥରୁମ, ବୈଠକ, ବାରଣ୍ଡାକୁ ଯାଇହେବ । ଏହା ଚାହୁଁ ନଥିଲେ ଡାକ୍ତରଙ୍କୁ 'ହିପାରିନ ଲକ୍' ବିଷୟରେ ପଚାରନ୍ତୁ । ଶିରାରେ କେଥେଟର ଯୋଗେ ଔଷଧ ଦେଇ ବନ୍ଦ କରିଦିଆଯାଏ ଓ ଆବଶ୍ୟକସ୍ଥଳେ ଇଂଜେକ୍ସନ ବା ଅନ୍ୟ ଔଷଧ ଦେବାରେ ସୁବିଧା ହୁଏ । ଏହିପରି ଭାବରେ ଆଇ.ଭି.କୁ ଯିବାକୁ ପଡ଼େନାହିଁ ।

ଶିଶୁ ପ୍ରତି ଦୃଷ୍ଟି

"କ'ଣ ପ୍ରସବ ସମୟରେ ଶିଶୁଟିର କାର୍ଯ୍ୟକଳାପ ପ୍ରତି ଦୃଷ୍ଟି ଯିବ କି? ଏହାଫଳରେ କି ଲାଭ ହେବ?"

ଯେଉଁ ଛୁଆମାନେ ମା' ଗର୍ଭରେ ବଡ଼ ଆରାମରେ ରହୁଥିଲେ, ସେମାନଙ୍କ ପ୍ରସବ ଯାତ୍ରା ସହଜ ହୁଏନାହିଁ । ଅନେକେ ଖୁବ୍ ସହଜରେ ଜନ୍ମ ହେଇଥାନ୍ତି, ଅନେକଙ୍କର ସାହଜ ଅଣ୍ଟେନାହିଁ । ସେମାନେ ହାଲିଆ ହେବା ସାଭ୍‌ଗକୁ ହୃଦସ୍ପନ୍ଦନ ମନ୍ଥର ହେଇଥାଏ ।

ଡାକ୍ତର ଶିଶୁ ପ୍ରତି ତୀକ୍ଷ୍ଣ ଦୃଷ୍ଟି ଦେଇଥାନ୍ତି । ଫଳରେ ଶିଶୁର ଅବସ୍ଥା ବୁଝିହେବ ଆଉ ଡାକ୍ତର ଚାହିଁଲେ ଫେଟାଲ ମନିଟରିଂ ଯୋଗେ ଶିଶୁ ପ୍ରତି ସମ୍ପୂର୍ଣ୍ଣ ଦୃଷ୍ଟି ନିବେଶ କରିପାରିବେ ।

ଫେଟାଲ ମନିଟରିଂ ତିନି ପ୍ରକାର ।

ବାହ୍ୟ ପରୀକ୍ଷା: ଏଥିରେ ପେଟ ଉପରେ ଦୁଇ ପ୍ରକାରର ଉପକରଣ ଲଗାଯାଏ । ଗୋଟିଏ ଅଲଟ୍ରାସାଉଣ୍ଡ ଟ୍ରାନ୍ସଡ୍ୟୁସର (ହୃଦସ୍ପନ୍ଦନ) ଆଉ ଅନ୍ୟଟି ଚାପ-ସମ୍ବେଦନଶୀଳ ଯନ୍ତ୍ର ସଂକୋଚନର ପ୍ରକାର ଓ ସମୟ ମାପିଥାଏ । ଏହି ଉଭୟ ଯନ୍ତ୍ର ମନିଟର ସହ ସଂପୃକ୍ତ ଥାଏ ଓ କାଗଜରେ ରିପୋର୍ଟ ବାହାରେ । ଆପଣ ଚଉକି ବା ବିଛଣାରେ ବସି ସାମାନ୍ୟ ହଲଚଲ ହେଇପାରିବେ ହେଲେ ବେଶି ନୁହଁ ।

ପ୍ରସବର ଦ୍ୱିତୀୟାବସ୍ଥାରେ ସଂକୋଚନ ବେଶି ତୀବ୍ର ହେଲେ ମନିଟର ସାହାଯ୍ୟ କରେ । ଏହାବ୍ୟତୀତ ଡପଲର ମଧ୍ୟ ଶିଶୁର ସ୍ପନ୍ଦନ ମାପିବାରେ ସହାୟକ ହୋଇଥାଏ ।

ଆଭ୍ୟନ୍ତରୀଣ ପରୀକ୍ଷା

ସଠିକ୍ ଫଳାଫଳ ଜାଣିବା ପାଇଁ ଏହାକୁ ବ୍ୟବହାର କରାଯାଏ । ଯୋନି ମଧ୍ୟ ଦେଇ ଶିଶୁରୁ ମୁଣ୍ଡ ଉପରେ ଇଲେକ୍ଟ୍ରୋ ଡ. ଓ ଗର୍ଭାଶୟରେ ଏକ କେଥେଟର ପଶେଇ କିମ୍ବା ପେଟ ଉପରେ ଉପକରଣ ଥୋଇ ସଂକୋଚନର ପରିମାଣ ଓ ସମୟ ମପାଯାଏ ।

ବହୁ ଆବଶ୍ୟକ ହେଲେ ଏପରି କରାଯାଏ । କାରଣ ଏଥିରେ ସଂକ୍ରମଣର ଆଶଙ୍କା ଥାଏ । ଶିଶୁ ମୁଣ୍ଡରେ ସାମାନ୍ୟ କ୍ଷତ ହେଇ ଠିକ୍ ମଧ୍ୟ ହେଇଯାଏ ।

ଟେଲିମେଟ୍ରି ପରୀକ୍ଷା

ଏଭଳି ପରୀକ୍ଷା ସ୍ୱତନ୍ତ୍ର ହସ୍ପିଟାଲ ମାନଙ୍କରେ ହୋଇଥାଏ । ଏଥିରେ ଟ୍ରାନ୍ସମିଟର ସାହାଯ୍ୟରେ ଶିଶୁର ହୃଦସ୍ପନ୍ଦନ ପ୍ରତି ଦୃଷ୍ଟି ଦିଆଯାଏ । ଆପଣ ଚଲାବୁଲା କରୁଥିଲେ ମଧ୍ୟ ଚଳିବ ।

ଏଭଳି ପରୀକ୍ଷାରେ ଭୁଲ ତଥ୍ୟ ମଧ୍ୟ ଜଣାପଡ଼ିଥାଏ । ଶିଶୁ ଗର୍ଭରେ ବୁଲିପଡ଼ିଲେ ଇଲେକ୍ଟ୍ରୋଡ ହଲିଯାଇ ମନିଟରରେ ସଠିକ ତଥ୍ୟ ପହଞ୍ଚି ପାରେନାହିଁ । ଡାକ୍ତର ଏସବୁ ଜାଣିଲା ପରେ ଶିଶୁର ପ୍ରକୃତ ଅବସ୍ଥା ଜାଣିଥାନ୍ତି । ଶିଶୁ କ୍ଳାନ୍ତ ଥବଲେ ଅପରେସନ କରାଯାଇଥାଏ ।

ଥଳି ଫାଟିବା

"ମୋର ଆଶଙ୍କା ହୁଏ ଯେ, ଗର୍ଭାଶୟର ପାଣି ଥଳି ଆପେ ଆପେ ଫାଟିବ ନାହିଁ; ବରଂ ଡାକ୍ତର ତାକୁ ବାଧ୍ୟହୋଇ ଫଟେଇବେ । ହେଲେ ମତେ କଷ୍ଟ ଅନୁଭୂତ ହେବ କି?"

ନା, ଅନେକଥର କୃତ୍ରିମ ଭାବରେ ଫଟାହେଲେ ମଧ୍ୟ ମା'ମାନେ ଜାଣି ପାରିନଥାନ୍ତି । ପ୍ରସବ ପ୍ରତି ଏତେ ମଜ୍ଜି ଯାଇଥାନ୍ତି ଯେ ତାଙ୍କୁ ଜଣାପଡ଼ିନଥାଏ । କେବଳ ଜଳ ପ୍ରବାହିତ ହେଲାପରି ମନେହୁଏ ।

ଅବଶ୍ୟ ଅଧ୍ୟୟନରୁ ଜଣାପଡ଼ିଛି ଯେ, ଏହାଫଳରେ ପ୍ରସବକାଳ ଶୀଘ୍ର ହୁଏନାହିଁ, ତଥାପି ଡାକ୍ତରମାନେ ପ୍ରୟାସ କରିଥାନ୍ତି । ବେଶି ଆବଶ୍ୟକ ନହେଲେ ଡାକ୍ତର ଏଭଳି ପଦକ୍ଷେପ ନିଅନ୍ତି ନାହିଁ ।

ଅନେକ ଥର ଏହି ଥଳି ସାଙ୍ଗରେ ଶିଶୁ ପଦାକୁ ଆସେ । ଜନ୍ମ ପରେ ଏହାକୁ ଫଟାଯାଏ । ଏହା ମଧ୍ୟ ଭଲ କଥା ।

(୨୬୫)

ଏପିସିଓଟମି

"ମୁଁ ଶୁଣିଛି ଯେ ଆଜିକାଲି ଏପିସିଓଟମିର ପ୍ରଚଳନ କମିଆସିଲାଣି । ଏକଥା କ'ଣ ସତ?"

ଆପଣ ଠିକ୍ ଶୁଣିଛନ୍ତି । ଆଜିକାଲି ଯୋନି ଓ ମଳଦ୍ୱାରର ମଧ୍ୟବର୍ତ୍ତୀ ଭାଗକୁ ସଂପ୍ରସାରଣ କରିବା ପାଇଁ ଅଯଥା କଟାଯାଏ ନାହିଁ ।

ଆଗରୁ ଏପରି ନଥିଲା । ଏପରି କରାଯାଇ ଶିଶୁକୁ ଜନ୍ମ କରାଯାଉଥିଲା । କିନ୍ତୁ ପରେ ପରେ ଅଧ୍ୟୟନରୁ ଜଣାପଡ଼ିଲା ଯେ, ଏହା ନହେଲେ ମଧ୍ୟ କାମ ଚଳିବ । ପୁନଶ୍ଚ ରକ୍ତସ୍ରାବ ଓ ସଂକ୍ରମଣରୁ ମଧ୍ୟ ମା' ରକ୍ଷା ପାଇଥାଏ ।

ଅନେକ ଥର ବେଶି କଟାହେବା ଯୋଗୁଁ ବହୁ ଅସୁବିଧା ହେଉଥିଲା । ହେଲେ ବର୍ତ୍ତମାନ ମଧ୍ୟ ଶିଶୁ ବଡ଼ ହେଇଥିଲେ ଫୋରସେପ ବା ଭେକ୍ୟୁମ ଡେଲିଭରି କରିବାକୁ ଥିଲେ ବା ବେଶି ଜରୁରୀକାଳୀନ ପରିସ୍ଥିତିରେ କାଟିବାକୁ ବାଧ୍ୟ ହେବାକୁ ପଡ଼େ ।

କଟା ପୂର୍ବରୁ ଯନ୍ତ୍ରଣାରହିତ ଇଂଜେକ୍ସନ ଦେବାକୁ ହୁଏ । ଶିଶୁ ଓ ପ୍ଲେଜେଣ୍ଟାର ଡେଲିଭରି ପରେ ପୁଣି ଥରେ ସିଲେଇ କରାଯାଇଥାଏ ।

ଧାଈମାନେ ଏଥିରୁ ରକ୍ଷା ପାଇଁ ପେରିନିଆ ମାଲିସ କରିଥାନ୍ତି । ତାଙ୍କ ମତରେ ସପ୍ତାହକ ପୂର୍ବରୁ ଏପରି କରାଯିବା ଆବଶ୍ରକ ।

ଅବଶ୍ୟ ପ୍ରସବ ସମୟରେ ଡାକ୍ତର ମଧ୍ୟ ପେରିନିୟମଠାରେ ଅଳ୍ପ ଚାପ ଦେଇଥାନ୍ତି । ଫଳରେ ଶିଶୁର ମୁଣ୍ଡ ହଠାତ୍ ପଦାକୁ ନଆସି ଅଯଥା କଟିଯିବ ନାହିଁ ।

ଆପଣ ଡାକ୍ତରଙ୍କୁ ଏକଥା ପଚାରିପାରନ୍ତି । ଅନେକ କଥା ଆଗରୁ ଜଣାନଥାଏ । ହଠାତ୍ ପ୍ରସୂତି କକ୍ଷରେ ଏଭଳି ପଦକ୍ଷେପ ଗ୍ରହଣ କରିବାକୁ ପଡ଼ିଥାଏ ।

ଫୋରସେପ

"ପ୍ରସବ ସମୟରେ ମତେ କ'ଣ ଫୋରସେପ୍‌ର ଆବଶ୍ୟକ ହେବକି ?"

ଅବଶ୍ୟ ଆଜିକାଲି ଫୋରସେପ ପରିବର୍ତ୍ତେ ଭେକ୍ୟୁମର ସାହାଯ୍ୟ ନିଆଯାଏ । ଫୋରସେପ ମଧ୍ୟ ଭେକ୍ୟୁମ ବା ଅପରେସନ ଭଳି ନିରାପଦ ଅଟେ ।

ପ୍ରସବ ବେଳେ ଗର୍ଭବତୀ ମା' କ୍ଲାନ୍ତ ହୋଇପଡ଼ିଲେ ବା ଶିଶୁ ପଦାକୁ ଆସୁ ନଥିଲେ ତାକୁ ରକ୍ଷା କରିବା ପାଇଁ ଫୋରସେପ ବ୍ୟବହାର କରାଯାଏ ।

ଆପଣଙ୍କ ଗର୍ଭାଶୟର ମୁହଁ ଅବଶ୍ୟ ଖୋଲାଥିବା ଦରକାର । ମୂତ୍ରାଶୟ ଶୂନ୍ୟ ଓ ପାଣି ଥଳି ଫାଟିଥିବାର ଅଛି । ତା'ପରେ ଲୋକାଲ ଏନାସ୍‌ଥେସିଆ ବଳରେ ମୂର୍ଚ୍ଛା କରି ଅପରେସନ କରାଯାଏ ବା ଫୋରସେପରେ ଟାଣି ବାହାର କରାଯାଏ । ଛୁଆ ଦେହରେ କ୍ଷତ ସୃଷ୍ଟି ହେଲେ କିଛି ଦିନରେ ଠିକ୍ ହେଇଯାଏ ।

ଭେକ୍ୟୁମ୍‌ର ଚାପ

"ମୋ ସଙ୍ଗାତର ଛୁଆ ଡେଲିଭରି ହେବା ସମୟରେ ଭେକ୍ୟୁମ୍ ଏକ୍ସଟ୍ରେକ୍ଟର ବଳରେ ପଦାକୁ ଆସି ପାରିଥିଲା । ଏହା ମଧ୍ୟ କ'ଣ ଫୋରସେପ ସଦୃଶ ଅଟେ କି ?"

ଏଥବରେ ଶିଶୁର ମୁଣ୍ଡରେ ପ୍ଲାଷ୍ଟିକ୍‌ର ଏକ ଟୋପି ଲଗେଇ ଆସ୍ତେ ଆସ୍ତେ ଟଣାଯାଏ । ଫଳରେ ଶିଶୁଟି ନିରାପଦରେ ଚାଲିଆସେ । ଏହାଯୋଗୁଁ ଫୋରସେପ ବା ଅପରେସନ୍‌ର ଆବଶ୍ୟକ ହୁଏନାହିଁ ।

(୨୬୬)

ଭେକ୍ୟୁମ୍ ଏକ୍ସଟ୍ରେକ୍ଟର

ଚିତ୍ର

ଟାଣିଲାବେଳେ ଯୋନି ବାଟରେ କଟା କଟି କରିବାକୁ ପଡ଼େନାହିଁ । କିନ୍ତୁ ଛୁଆ ମୁଣ୍ଡଟି ସାମାନ୍ୟ ଫୁଲିଯାଏ, ହେଲେ ପରେ ଠିକ୍ ମଧ୍ୟ ହେଇଯାଏ ।

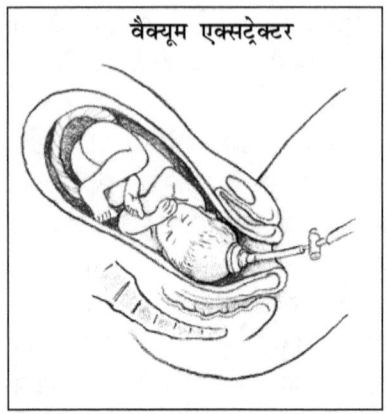

वैक्यूम एक्सट्रेक्टर

ଭେକ୍ୟୁମ କାନକୁ ନଆସିଲେ ଶେଷରେ ଅପରେସନ କରିବାକୁ ପଡ଼େ ।

ଅନେକ ଥର ପ୍ରସବ ବେଦନା ସମୟରେ ଆରାମ ପାଇଁ କହି ଧୈର୍ଯ୍ୟ ଓ ସାହସ ଠୁଳ କରାଯାଇ ପୁଣି ଚେଷ୍ଟା କରାଯାଏ । ଅବସ୍ଥିତି ପରିବର୍ତ୍ତନ କରି କିମ୍ବା ମାଧ୍ୟାକର୍ଷଣ ବଳରେ ମଧ୍ୟ ପ୍ରସବ କରାଯାଏ ।

ପ୍ରସବ ବେଦନା ଆରମ୍ଭ ହେବା ପୂର୍ବରୁ ଡାକ୍ତରଙ୍କୁ ପଚାରି ବିଭିନ୍ନ ଅବସ୍ଥା ଓ ନିଷ୍ପତ୍ତି ବାବଦରେ ଆଲୋଚନା କରାଯିବା ଉଚିତ ।

ପ୍ରସବର ଭିନ୍ନ ଭିନ୍ନ ମୁଦ୍ରା

"ମୁଁ ଜାଣେ ପ୍ରସବ ବେଳେ ପିଠିରେ ଭରାଦେଇ ଶୋଇବା ଅନୁଚିତ; ହେଲେ କେଉଁ ମୁଦ୍ରା ଉପଯୁକ୍ତ ହେବ?"

ପ୍ରସବ ବେଳେ ପିଠିରେ ଭରାଦେ ଶୋଇଲେ ଶିରାପ୍ରଶିରା ଉପରେ ଚାପ ପଡ଼ିବାର ଆଶଙ୍କା ଥାଏ ଓ ମାଧ୍ୟାକର୍ଷଣର ପ୍ରଭାବ ମଧ୍ୟ ପଡ଼େନାହିଁ । ଏଣୁ ଏହି ଉପାୟ ଫଳପ୍ରଦ ହୁଏନାହିଁ । ତେଣୁ ପୋଜିସନ ବଦଳାଇ ନିଜ ଇଚ୍ଛା ଅନୁସାରେ ପ୍ରସବ କରିପାରିବେ । ନିମ୍ନଲିଖିତ ଉପାୟ (ମୁଦ୍ରା) କରାଯାଇପାରେ:

ଚାଲିଲାବେଳେ ଠିଆହୋଇ: ଠିଆ ହେଲେ କଷ୍ଟ ହେବନାହିଁ ଓ ମାଧ୍ୟାକର୍ଷଣର ଚାପ କାମକୁ ଆସିବ । ଫଳରେ ଶିଶୁ ତଳକୁ ଖସିବ । ଅବଶ୍ୟ ପ୍ରସବ ବେଳେ ଚାଲିବା କଷ୍ଟକର ହୁଏ । ଏଣୁ ତଳେ ଗଡ଼ିପାରିବେ ।

ରକିଂ: ଅବଶ୍ୟ ଶିଶୁ ଏପର୍ଯ୍ୟନ୍ତ ଧରାକୁ ଆସିନାହିଁ । ତଥାପି ଦୋଳି ଖେଳ କାହାକୁ ଭଲ ନଲାଗେ? ସଂକୋଚନ ଆରମ୍ଭ ହେବା ପରେ ରକିଂ ଚଉକିରେ ବସି ଆଗପଛ ହେଇ ଦୋଳି ଖେଳିଲେ ଯୋନି ପ୍ରଦେଶ ଖୋଲି ଶିଶୁ ତଳକୁ ମୁହେଁଇବ । ଏଥିରେ ମାଧ୍ୟାକର୍ଷଣ ବଳ ନିୟୋଜିତ ହେଇଥାଏ ।

ମଳତ୍ୟାଗ ମୁଦ୍ରା: ଗର୍ଭସ୍ଥ ଶିଶୁର ଜନ୍ମ ବେଳକୁ ଏହି ମୁଦ୍ରାରେ ବସିଲେ ଉପକାର ହୁଏ । ଏହାଦ୍ୱାରା ପେଲ୍‌ଭିକ୍ ଖୋଲି ଛୁଆ ଜନ୍ମ ପାଇଁ ସୁବିଧା ହୁଏ । ହୁଏତ ସ୍ୱାମୀଙ୍କ ସାହାଯ୍ୟ କିମ୍ବା ଠେଙ୍ଗାଟିଏ ଧରି ବସି ରହନ୍ତୁ; ଫଳରେ ବେଶି ହାଲିଆ ଲାଗିବ ନାହିଁ ।

ବାର୍ଥିଂବଲ: ଏଭଳି ବଡ଼ ପେଣ୍ଡୁ ଉପରେ ବସିଲେ ଛୁଆ ଜନ୍ମ ପାଇଁ ସୁବିଧା ହୁଏ ଓ ଦୀର୍ଘ ସମୟ ମଧ୍ୟ ବସିହୁଏ ।

ବସିବା ମୁଦ୍ରା: ଆପଣ ଚାହିଁଲେ ବିଛଣା ଉପରେ ମଧ୍ୟ ସ୍ୱାମୀଙ୍କ ସାହାଯ୍ୟ ନେଇ ବସିପାରିବେ, ଫଳରେ ମାଧ୍ୟାକର୍ଷଣର ପ୍ରଭାବ ଯୋଗୁଁ କଷ୍ଟ ହ୍ରାସ ପାଇବା ସାଙ୍ଗକୁ ଛୁଆ ଜନ୍ମରେ ସୁବିଧା ହେବ । ବାର୍ଥିଂ ଚଉକି ହେଲେ ଆହୁରି ଭଲ ।

ପ୍ରସବ ମୁଦ୍ରା

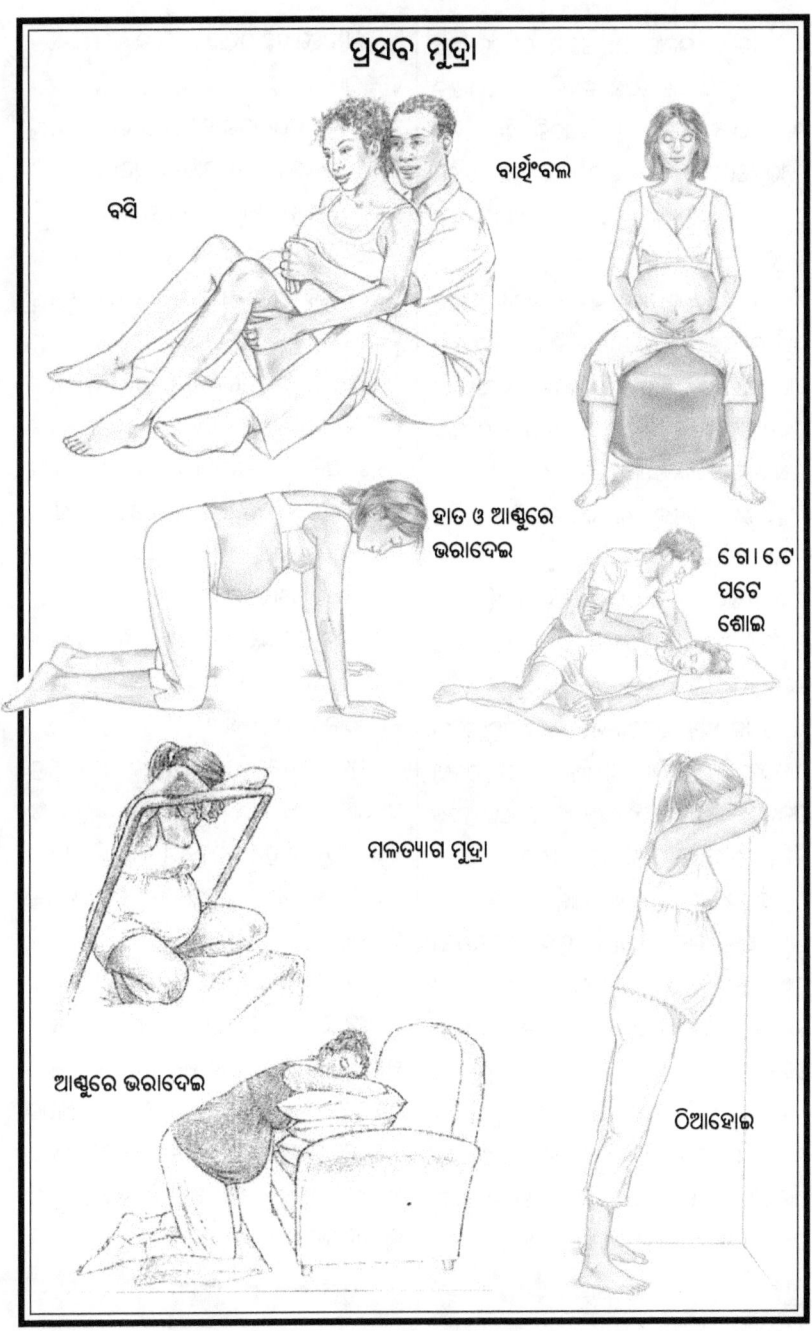

ଆଣ୍ଠୁରେ ଭରାଦେଇ: ବେକ୍ ଲେବର ଅଛି କି? ଆଣ୍ଠୁରେ ଭରାଦେଇ ଚଉକି ବା ସ୍ୱାମୀଙ୍କ କୋଳରେ ନଇଁପଡନ୍ତୁ, ବିଶେଷକରି ଶିଶୁର ମୁଣ୍ଡ ମେରୁଦଣ୍ଡରେ ଚାପ ପକାଉଥିଲେ ଏହାଫଳରେ ଚାପ କମି ଶିଶୁ ଆଗକୁ ଆସିବ । ଏଥର ଛୁଆ ଜନ୍ମରେ କଷ୍ଟ ହେବନାହିଁ ।

ହାତ ଓ ଆଣ୍ଠୁ: ଖଟ ଭଳି ଚାରିହାତ ପାଦକୁ ଭୂଇଁରେ ସ୍ପର୍ଶ କରି ପେଲଭିକ ଟିଲ୍ଟ କରିପାରନ୍ତି, ସାଙ୍ଗକୁ ପିଠି ମାଲିସ ମଧ୍ୟ କରାଯାଇପାରେ । ପ୍ରସବ ଯେମିତି ହେଲେ ମଧ୍ୟ ଯନ୍ତ୍ରଣା ହ୍ରାସ ପାଇ ମାଧ୍ୟାକର୍ଷଣ ବନ୍ଦ ଯୋଗୁଁ ସୁବିଧା ହେବ ।

ଗୋଟିଏ କଡ଼କୁ ଶୋଇବା: ବସି ବସି ହାଲିଆ ହେଇଗଲେ କି? ଗୋଟିଏ କଡକୁ ଶୋଇପଡନ୍ତୁ, ଫଳରେ ରକ୍ତବାହୀ ଶିଶୁପ୍ରଶିରାରେ ଚାପ ପଡ଼ିବନି । ସଂକୋଚନ ଓ ଯନ୍ତ୍ରଣା ହ୍ରାସ ପାଇ ପ୍ରସବ ଶୀଘ୍ର ହେବ ।

ମନେରଖନ୍ତୁ, ପ୍ରସବର ସବୁଠୁ ଭଲ ମୁଦ୍ରା ହେଲା ଆପଣଙ୍କୁ ଆରାମ ଲାଗିବା, ଇଚ୍ଛା ହେଲେ ଅବସ୍ଥା ପରିବର୍ତ୍ତନ କରନ୍ତୁ । ଏପିଡ୍ୟୁରାଲ ବେଳେ ମଧ୍ୟ ବିଭିନ୍ନ ଅବସ୍ଥାରେ ପ୍ରସବ ହୋଇପାରେ ।

ଶିଶୁର ଜନ୍ମ ଓ ଷ୍ଟ୍ରେଚ ମାର୍କ୍ସ

"ଡେଲିଭରି ଯୋଗୁଁ ସୃଷ୍ଟ ହେଉଥିବା ଷ୍ଟ୍ରେଚମାର୍କ ଫଳରେ ମୁଁ ଭାରି ବ୍ୟତିବ୍ୟସ୍ତ । ହେଲେ ମୋର ଯୋନି ପ୍ରଦେଶଟି ଆଗଭଳି ହେବ ତ?"

ପ୍ରକୃତି ସର୍ବଥା ଓ ସର୍ବଦା ମା' ପ୍ରତି କୃପା ଦୃଷ୍ଟି ରଖି ସାହାଯ୍ୟ କରିଥାଏ । ଶିଶୁ ଜନ୍ମବେଳେ ଯୋନିଟି ଆଶ୍ଚର୍ଯ୍ୟଜନକ ଭାବରେ ସଂପ୍ରସାରିତ ହୋଇ ୭-୮ ପାଉଣ୍ଡର ଛୁଆ ପଦାକୁ ବାହାରିଆସିପାରେ ।

ତା'ପରେ କିଛି ସପ୍ତାହ ମଧ୍ୟରେ ଏହା ଆଗଭଳି ହେଇଯାଏ ।

ଅବଶ୍ୟ ଗର୍ଭଧାରଣ ସମୟରେ ପେରିନିୟମକୁ ମାଲିସ କରାଗଲେ ନମନୀୟତା ବଜାୟ ରହେ । କିଗଲ ବ୍ୟାୟାମ ମଧ୍ୟ ବେଶ୍ ଉପକାରୀ ।

ଅନେକ ସ୍ତ୍ରୀଙ୍କର ମତରେ ଗର୍ଭାବସ୍ଥା ବା ପ୍ରସବ ପରେ ଯୋନି ସାମାନ୍ୟ ବଡ଼ ହୋଇଯିବାରୁ ସମ୍ଭୋଗରେ ବେଶ୍ ସୁବିଧା ହୁଏ ଓ ଖୁବ୍ ସୁଖ ମିଳିଥାଏ । ଅନ୍ୟ କେତେକ ସ୍ତ୍ରୀଙ୍କ ମତାନ୍ତର ଦେଖାଯାଏ । ସେମାନେ କମ୍ ଆନନ୍ଦ ମିଳେ ବୋଲି ଗୁରୁତ୍ୱ ଆରୋପ କରିଥାନ୍ତି । ପ୍ରସବର ଛ'ମାସ ମଧ୍ୟରେ ଯୋନି ପୂର୍ବ ଆକାରକୁ ଫେରି ନଆସିଲେ ଡାକ୍ତରଙ୍କୁ ପରାମର୍ଶ କରନ୍ତୁ ।

ରକ୍ତ ଦେଖାଗଲେ

"ରକ୍ତ ଦେଖାଗଲେ ମୋ ମୁଣ୍ଡ ବୁଲିଯାଏ, କେଜାଣି ମୁଁ ମୋ ପ୍ରସବ ବା ଡେଲିଭରି ଦେଖିପାରିବି ନା ନାହିଁ?"

ପ୍ରସବ ବେଳେ ଠିକ୍ ଋତୁସ୍ରାବ ସଦୃଶ ରକ୍ତ ପଡ଼ିଥାଏ । ଦ୍ୱିତୀୟତଃ ନିଜେ ଭୂମିକା କରୁଥିବାରୁ ଦର୍ଶକ ହେବାର ପ୍ରଶ୍ନ ଉଠିବନି । ବିଶ୍ୱାସ ନହେଲେ ଏଇ କିଛିଦିନ ତଳେ ନୂଆ କରି ହେଇଥିବା ମା'ମାନଙ୍କୁ ପଚାରନ୍ତୁ ।

ତଥାପି ମନରେ ଭୟ ବା ଆଶଙ୍କା ହେଲେ ସମ୍ମୁଖସ୍ଥ ଦର୍ପଣକୁ ଅନାନ୍ତୁ ନାହିଁ କିମ୍ବା ପେଟ ତଳକୁ ଶିଶୁ ଜନ୍ମ ହେବା ଦୃଶ୍ୟ ଦେଖନ୍ତୁ । ନିଜ ଡେଲିଭରି ପୂର୍ବରୁ ଅନ୍ୟର ଭିଡିଓ ଟେପ ଦେଖନ୍ତୁ । ଆପଣ କାବା ହୋଇଯିବେ । ଆଶ୍ଚର୍ଯ୍ୟାନ୍ୱିତ ହେଇଥିବା ନିଜ ସ୍ୱାମୀଙ୍କୁ ପ୍ରକୃତ ତଥ୍ୟ ଜଣାଇ ଉଭୟେ ଖୁସି ହୋଇପାରିବେ ।

ଶିଶୁର ଜନ୍ମ

ଶିଶୁକୁ ଜନ୍ମ ଦେବା ଏକ ଖୁବ୍ ବଡ଼ ଆହ୍ୱାନ କହିଲେ ଚଳେ । ଏହା ଶାରୀରିକ ଓ ଭାବଗତ ସମସ୍ୟା ସହ ଜଡ଼ିତ ଏହା ଏକ ଏପରି ଅନୁଭୂତି ଯାହାକୁ ଅଙ୍ଗେ ଅଙ୍ଗେ ନିଭେଇବା ପରେ ହିଁ ବିଶେଷ ଖୁସି ଓ ଆତ୍ମତୃପ୍ତି ମିଳିଥାଏ । ସୌଭାଗ୍ୟବଶତଃ ଏଥବରେ ଆପଣ ଏକାକୀ ନଥାନ୍ତି ।

ଶିଶୁର ଜନ୍ମ ସମୟର ବିଭିନ୍ନ ଅବସ୍ଥା ଓ ପର୍ଯ୍ୟାୟ

ଏହାର ତିନୋଟି ଅବସ୍ଥା ଅଛି- ଲେବର, ଶିଶୁର ଡେଲିଭରି ଓ ପ୍ଲେଜେଣ୍ଟାର ଡେଲିଭରି; ମନେକର ଅପରେସନ ନହୁଏ ତେବେ ଉକ୍ତ ତିନି ଗୋଟି ଅବସ୍ଥା ଦେଇ ଗତି କରିବାକୁ ହେଇଥାଏ । ଲେବରର ତିନୋଟି ପର୍ଯ୍ୟାୟରେ ଦେଖାଦେଉଥିବା ଯନ୍ତ୍ରଣା ଓ ଲକ୍ଷଣ ଭିନ୍ନ ଭିନ୍ନ ହେଇଥାଏ । ଆଭ୍ୟନ୍ତରୀଣ ପରୀକ୍ଷା ବଳରେ ଏହା ଅନୁମାନ କରାଯାଏ ।

ପ୍ରଥମ ଅବସ୍ଥା: ଲେବର (ଆର୍ଲି ଲେବ) ଏଥିରେ ଗର୍ଭାଶୟର ମୁଖଦ୍ୱାର ସମ୍ପ୍ରସାରିତ ହୋଇଥାଏ । ସଂକୋଚନ ୩୦ ରୁ ୪୫ ସେକେଣ୍ଡ ଓ ୨୦ ମିନିଟ୍ ବା କମ୍ ସମୟ ମଧ୍ୟରେ ହୋଇଥାଏ ।

ସକ୍ରିୟ ଲେବର: ଗର୍ଭାଶୟର ମୁଖ ୭ ସେ.ମି । ସଂକୋଚନ ୪୦ ରୁ ୬୦ ସେକେଣ୍ଡ, ୩ ରୁ ୪ ମିନିଟ ମଧ୍ୟରେ ।

ଟ୍ରାନ୍‌ଜିସନାଲ ଲେବର: ଗର୍ଭାଶୟର ମୁଖଦ୍ୱାର ସମ୍ପୂର୍ଣ୍ଣ ଖୋଲା ହୁଏ । ସଂକୋଚନ ୬୦ ରୁ ୯୦ ସେକେଣ୍ଡ । ୨ ରୁ ୩ ମିନିଟ୍ ମଧ୍ୟରେ

ଦ୍ଵିତୀୟ ଅବସ୍ଥା: ଶିଶୁର ଡେଲିଭରି

ତୃତୀୟ ଅବସ୍ଥା: ପ୍ଲେଜେଣ୍ଟାର ଡେଲିଭରି

ଆପଣଙ୍କ ଡାକ୍ତର ଓ କୋଚ ଆପଣଙ୍କୁ ନିହାତି ସାହାଯ୍ୟ କରିବେ ତଥାପି ନିଜେ ସବୁ କିଛି ତଥ୍ୟ ଜାଣିଥିବା ଆବଶ୍ୟକ ।

ସମ୍ପୂର୍ଣ୍ଣ ନ'ମାସ ଗର୍ଭଧାରଣ ମଧ୍ୟରେ ବହୁତ କିଛି ପ୍ରାୟ ଜାଣି ସାରିଛନ୍ତି । ତଥାପି ପ୍ରସବ ବେଳେ କ'ଣ ହୁଏ ।

ଏହା ଅନୁମାନ କରିବା କଷ୍ଟକର । ଏହା ମଧ୍ୟ ସ୍ୱତନ୍ତ୍ର ଓ ଭିନ୍ନ ହୋଇଥାଏ । ତଥାପି ଏ ସମ୍ପର୍କରେ ଜାଣିଥିଲେ ଧୈର୍ଯ୍ୟ ଧରି ଆଶଙ୍କାକୁ ଏଡାଇହେବ, ଅବଶ୍ୟ ସବୁ କିଛି ସାମାନ୍ୟ ଧରଣର ହେଇ କଅଁଳ ଶିଶୁଟି ଆପଣଙ୍କ କୋଳକୁ ଆସିବ, ଏଥିରେ ଭୟ କରିବାର କିଛି ନାହିଁ ।

ଲେବର: ପ୍ରଥମ ପର୍ଯ୍ୟାୟ

ପ୍ରଥମ ପର୍ଯ୍ୟାୟ: ଲେବର ଶୀଘ୍ର ହେବା

ଏହା ବେଶି ସମୟସାପେକ୍ଷ ହେଲେ ମଧ୍ୟ ପ୍ରବଳତର ହୁଏନାହିଁ । ଏହା ଅନେକ ଘଣ୍ଟା, ଅନେକ ଦିନ ବା ସପ୍ତାହ ଧରି ହୋଇଥାଏ । ଦୁଇରୁ ଛ'ଘଣ୍ଟା ମଧ୍ୟରେ ସଂକୋଚନ ନହେଇ ମଧ୍ୟ ଗର୍ଭାଶୟର ମୁହଁ ଖୋଲି ୩ ସେ.ମି. ହେଇଥାଏ ।

ଏହି ପର୍ଯ୍ୟାୟରେ ସଂକୋଚନ ବା ପ୍ରସବ ବେଦନା ୨୦ ରୁ ୪୫ ସେକେଣ୍ଡ ଯାଏଁ ହୁଏ, ବା କମ୍ ମଧ୍ୟ ହୁଏ । ଏହା ଈଷତ୍, ତୀବ୍ର, ନିୟମିତ ବା ଅନିୟମିତ ହୁଏ ।

ଆର୍ଲିଲେବରରେ ଏସବୁ ଲକ୍ଷଣ ଦୃଶ୍ୟମାନ

- ପିଠି ବ୍ୟଥା (ଲଗାତାର ବା ସଂକୋଚନ ସହ)
- ଋତୁସ୍ରାବ ପରି ମୋଡିହେବା
- ତଳିପେଟରେ ଚାପ
- ଅଜୀର୍ଣ୍ଣ
- ଡାଇରିଆ

■ ତଳିପେଟରେ ଗରମ (ଉତ୍ତମ) ଅନୁଭୂତ

■ ରକ୍ତ ସାଙ୍ଗକୁ ମ୍ୟୁକସ ସ୍ରାବ

■ ଏମ୍ନିଓଟିକ ଦ୍ରବଣର ଥଳି ଫାଟିବା (ଏହା ଫାଟିରେ ହୁଏତ ଉତ୍ତେଜନା ସୃଷ୍ଟି ହୁଏ ବା ଧୀର ସ୍ଥିର ମଧ୍ୟ ହେଇପାରନ୍ତି)

ଆପଣ କ'ଣ କରିପାରିବେ?

ଏହି ସମୟରେ ଉତ୍ତେଜିତ ନହେଇ ବରଂ ଧୀର ସ୍ଥିର ରହି ଧୈ;ର୍ଯ୍ୟ ରକ୍ଷା କରିବା ଉଚିତ

■ ରାତିରେ ପ୍ରସବ ବେଦନା ହେବା ପୂର୍ବରୁ ନିଦ ପଡ଼ିଥିଲେ ଭଲ । ନିଦ ନପଡ଼ିଲେ ଅନ୍ୟମନସ୍କ ହୁଅନ୍ତୁ । ଫ୍ରିଜରେ ଖାଇବା ଦରମ ଥିବା ଦରକାର । ଦିନ ବେଳାରେ ଯଦି ହୁଏ, ତେବେ ଅନ୍ୟ କିଛି କାମ କରନ୍ତୁ । ଟିଭି ଦେଖନ୍ତୁ ବା ଅନ୍ତରଂଗ ଆଳାପ କରନ୍ତୁ, ନହେଲେ ହସ୍ପିଟାଲ ଯିବାକୁ ପ୍ରସ୍ତୁତ ହୁଅନ୍ତୁ ।

■ ସ୍ୱାମୀଙ୍କୁ ଖବର କହିଦିଅନ୍ତୁ । ମନେକର କାହାକୁ ଡାକିବାକୁ ଚାହୁଁଥିଲେ ଡାକି ପକାନ୍ତୁ ।

■ ଭୋକ ହେଉଥିଲେ କିଛି ଖାଇ ପକାନ୍ତୁ । ହେଲେ ବେଶି ଖାଇବା ମନା ଅଥଚ ପାନୀୟ ଦ୍ରବ୍ୟ ଯଥେଷ୍ଟ ପିଇବା ଉଚିତ ।

■ ନିଜକୁ ଆରାମ ଦିଅନ୍ତୁ । ଉଷୁମ ପାଣିରେ ଗାଧୋଇ ପିଠିକୁ ହିଟିଂ ପ୍ୟାଡରେ ସେକ ଦିଅନ୍ତୁ । ନିଜ ମନ ଇଚ୍ଛା ଔଷଧ ଖାଆନ୍ତୁ ନାହିଁ ।

■ ନିଜ ସଂକୋଚନର ସମୟ ପ୍ରତି ଦୃଷ୍ଟି ଦିଅନ୍ତୁ, ହେଲେ ଘଣ୍ଟା ଧରି ବସି ରହନ୍ତୁ ନାହିଁ ।

■ ଶିଥିଳତା ପାଇଁ ଉପାୟ କରନ୍ତୁ, ହେଲେ ଯୋଗ କଲେ ବିରକ୍ତି ହୋଇପାରେ ।

ସ୍ୱାମୀଙ୍କ ସକାଶେ ପରାମର୍ଶ

ଯଦି ଆପଣ ସେଠାରେ ଥାନ୍ତି ତେବେ ଭାବି ମା'ଙ୍କୁ ଏସବୁ ଉପାୟ କରି ସୁବିଧା ଦିଅନ୍ତୁ:

■ ସଂକୋଚନ ସମୟର ରେକର୍ଡ ରଖନ୍ତୁ । ଦଶ ମିନିଟରୁ ଅଳ୍ପ ସମୟ ମଧ୍ୟରେ ହେଲେ ବିଶେଷ ଦୃଷ୍ଟି ଦିଅନ୍ତୁ ।

■ ଶାନ୍ତିଶୃଙ୍ଖଳା ରକ୍ଷା କରି ସ୍ତ୍ରୀଙ୍କୁ ଆରାମ ଦିଅନ୍ତୁ; ନଚେତ ବ୍ୟତିବ୍ୟସ୍ତ ବା ବିରକ୍ତ ହେଲେ ସ୍ତ୍ରୀଙ୍କୁ ବାଧିପାରେ । ଏଣୁ ଶୃଙ୍ଖଳିତ ପରିବେଶ ହେଲେ ଭଲ ।

■ ତାଙ୍କୁ ଶାନ୍ତ୍ୱନା ଦେଇ ଧୈର୍ଯ୍ୟ ବୃଦ୍ଧି କରିବା ଏକାନ୍ତ ଜରୁରୀ ।

■ ସମୟ କଟେଇବାକୁ ଖୁସି ଗପ କରନ୍ତୁ ।

■ ମନକୁ ଅନ୍ୟମନସ୍କ କରି ଖେଳ, କଉତୁକ ଟିଭି ବା ଚଲାବୁଲାରେ ନିୟୋଜିତ କରନ୍ତୁ ।

■ ନିଜେ ମଧ୍ୟ ଖାଇପିଇ ପ୍ରସ୍ତୁତ ରୁହନ୍ତୁ । ଏଭଳି କିଛି ଖାଦ୍ୟପେୟ ଗ୍ରହଣ କରନ୍ତୁନି ଯଦ୍ୱାରା ପାଟିରୁ ଦୁର୍ଗନ୍ଧ ନିଷ୍ୱାସିତ ହେଉଥିବ ।

ଡାକ୍ତରଙ୍କୁ ଡାକନ୍ତୁ

ମନେକର ଦିନରେ ଥଳି ଫାଟି ପ୍ରସବ ବେଦନା ଆରମ୍ଭ ହୁଏ, ତେବେ ଡାକ୍ତରଙ୍କୁ ଫୋନ କରନ୍ତୁ । ଲାଲ ବା ସବୁଜ ସ୍ରାବ ହେଇ ଶିଶୁର ଚଳପ୍ରଚଳ ବନ୍ଦ ହେଲେ ମଧ୍ୟ ଡାକ୍ତରଙ୍କୁ ଡାକନ୍ତୁ ।

ଏସବୁ ନହେଲେ ମଧ୍ୟ ଡାକ୍ତରଙ୍କୁ ଫୋନ କରି ପଚାରିବାରେ କ୍ଷତି କ'ଣ?

ପ୍ରସବ ବେଦନାର ପ୍ରକାର

ଏଥିରେ ତିଳେ ମାତ୍ର ସନ୍ଦେହ ନାହିଁ ଯେ, ପ୍ରସବ ସମୟରେ ଯନ୍ତ୍ରଣା ଅନୁଭୂତ ହୋଇଥାଏ । ହେଲେ ଉକ୍ତ ଯନ୍ତ୍ରଣାକୁ ଅନେକ ଉପାୟରେ କମ୍ ବା ବେଶି କରାଯାଇପାରେ । ଏସବୁ ଆପଣଙ୍କ ଆୟତ୍ତାଧୀନ ହୋଇପାରେ, ଯଦିଚ ଆପଣ ଏଥିପାଇଁ ସାମାନ୍ୟ ଯୋଜନା କରନ୍ତି ।

ଯନ୍ତ୍ରଣା ବେଶି ଅନୁଭୂତ ହୋଇପାରେ	ଯନ୍ତ୍ରଣା କ୍ରମ ଅନୁଭୂତ ହେଇପାରେ
ଏକୁଟିଆ ଥିଲେ	ଆପଣାର କେହି ବିଶ୍ୱସ୍ତ ସାଙ୍ଗସାଥୀ ବା ସ୍ୱାମୀ କିମ୍ବା ଅନୁଭୂତିସମ୍ପନ୍ନ ଚିକିତ୍ସକଙ୍କ ସାଙ୍ଗରେ ରହିଲେ
କ୍ଳାନ୍ତି	କ୍ଳାନ୍ତିଠାରୁ ଦୂରେଇ ରୁହନ୍ତୁ; ନବମ ମାସରେ ଯଥାସମ୍ଭବ ଦେହକୁ ବିଶ୍ରାମ ଦିଅନ୍ତୁ
ଭୋକ ଓ ଶୋଷ	ପ୍ରସବ ପୂର୍ବରୁ ଅଳ୍ପ କିଛି ଖାଇଥିବା ଦରକାର ଆଉ ଅନୁମତି ହେଲେ ପ୍ରସବ ବେଳେ ମଧ୍ୟ କିଛି ଖାଇବା
ଯନ୍ତ୍ରଣା ବିଷୟରେ ଭାବିବା	ଅନ୍ୟମନସ୍କ ହୁଅନ୍ତୁ । ସଂକୋଚନକୁ ବେଶି ଗୁରୁତ୍ୱ ଦିଅନ୍ତୁ ନାହିଁ କିମ୍ବା ଭାବନ୍ତୁନି ଯେ ଖୁବ୍ ବେଶି ଯନ୍ତ୍ରଣା ହେବ ବରଂ, ମନେରଖନ୍ତୁ ଏହି ଯନ୍ତ୍ରଣା ଖୁବ୍ କମ୍ ସମୟ ମଧ୍ୟରେ ଚାଲିଯିବ ।
ମାନସିକ ଚାପ ତଥା ଉଦ୍‌ବେଗଜନିତ ସଂକୋଚନ ସମୟରେ ଅଜଣା ଭୟକୁ ନେଇ ଚିନ୍ତିତ ହେବା	ଚିନ୍ତାମୁକ୍ତ ହେବାପାଇଁ ଯୋଗ ମୁଦ୍ରା ଧାରଣା କରିବା, ଶ୍ୱାସକ୍ରିୟ ପ୍ରତି ଦୃଷ୍ଟି ନଦେବା, ଯନ୍ତ୍ରଣା ବେଶି ହେବ ବୋଲି ନଭାବି ବରଂ ଶୀଘ୍ର ଚାଲିଯିବା କଥା ଚିନ୍ତା କରିବା ।
ଆତ୍ମହତ୍ୟା	ମନେ ମନେ କଳ୍ପନା କରନ୍ତୁ ଯେ ଈଶ୍ୱରଙ୍କଠାରୁ ଖୁବ୍ ଭଲ ଉପହାରଟିଏ ପାଇବାକୁ ଯାଉଛନ୍ତି ।
ଅଣାୟତ୍ତ ଓ ଅସହାୟ ମନେକରିବା	ଶିଶୁର ଜନ୍ମ ପାଇଁ ପୂର୍ବ ପ୍ରସ୍ତୁତି କଲେ ଆତ୍ମବିଶ୍ୱାସ ଓ ଆତ୍ମନିୟନ୍ତ୍ରଣ ବଳବତ୍ତର ହୁଏ ।

ଦ୍ୱିତୀୟ ପର୍ଯ୍ୟାୟ: ସକ୍ରିୟ ପ୍ରସବ ବେଦନା ବା (ଲେବର)

ଉକ୍ତ ସକ୍ରିୟ ପର୍ଯ୍ୟାୟ ପୂର୍ବାପେକ୍ଷା କମ୍ ସମୟପାଇଁ ହୁଏ । ଏହା ପ୍ରାୟ ଦୁଇ ତିନି ଘଣ୍ଟା ପାଇଁ ହେଇଥାଏ । ପ୍ରସବ ବେଦନା ଆଗଠାରୁ ତୀବ୍ର ହେଇପାରେ । ୪୦ ରୁ ୬୦ ସେକେଣ୍ଡର ସଂକୋଚନ ହୁଏ କିନ୍ତୁ ନିୟମିତ ନୁହଁ । ଅନେକ ଥର ଇତିମଧ୍ୟରେ ବିଶ୍ରାମ ବା ହାଇମାରିବା ପାଇଁ ବେଳ ନଥାଏ ।

ଏଥର ଆପଣ ହସ୍‌ପିଟାଲ ବା ବାର୍ଥସେଣ୍ଟରରେ ପହଞ୍ଚି ପ୍ରସବ ବେଦନା ଭୋଗୁଥିବେ, ମନେକର ଏପିଡ୍ୟୁରାଲ ବ୍ୟବହୃତ ହୁଏ, ତେବେ ଯନ୍ତ୍ରଣା ହେବନାହିଁ ।

- ସଂକୋଚନ ସାଙ୍ଗକୁ ଯନ୍ତ୍ରଣା ବୃଦ୍ଧି
- ପିଠି ବ୍ୟଥା ତୀବ୍ର ହେବ
- ଗୋଡ଼ରେ ଯନ୍ତ୍ରଣା ସହ ଓଜନ ଅନୁଭୂତ
- କ୍ଳାନ୍ତି
- ରକ୍ତ ସ୍ରାବ ବୃଦ୍ଧି
- ପାଣିଥଳି ଫାଟି ନଥିଲେ ଫାଟିବ କିମ୍ୱା ତାକୁ ଫଟାଯିବ
- ଆପଣ ବେଶି ଉଦ୍‌ବିଗ୍ନ ଥାଇ ପ୍ରସବ ବେଦନାରେ ହଜିଯିବେ । ଆତ୍ମବିଶ୍ୱାସ ଟଳମଳ ହେବ । ସକ୍ରିୟ କାମ ସକାଶେ ପ୍ରସ୍ତୁତ ହେବେ ।

ସକ୍ରିୟ ପ୍ରସବ ବେଦା ସମୟରେ ଡାକ୍ତର ବା ନର୍ସମାନେ ଆସି ଚକର ମାରି ଏକୁଟିଆ ଛାଡ଼ି ଚାଲିଯିବେ । ସେତେବେଳେ ସ୍ୱାମୀ କିମ୍ୱା ପରିଜନମାନେ ହିଁ ଥବବେ, ସେମାନେ ଏସବୁ ଦେଖୁଥାଇ ପାରନ୍ତି;

- ରକ୍ତଚାପ
- ଡପ୍‌ଲର ବା ଫେଟାଲ ମନିଟରରେ ଶିଶୁର ପରୀକ୍ଷା
- ସଂକୋଚନର ପ୍ରାବଲ୍ୟ ଓ ସମୟ ପରୀକ୍ଷା
- ରକ୍ତସ୍ରାବର ମାତ୍ରା ଓ ଗୁଣବତ୍ତା
- ଏପିଡ୍ୟୁରାଲ ନେବାକୁ ଥିଲେ ଆଇ.ଭି. ଦିଆଯିବ
- ପ୍ରସବ ବେଦନା ଅଳ୍ପ ଥିଲେ ଔଷଧ ଦେଇ ତୀବ୍ର କରାଯିବ
- ଗର୍ଭାଶୟର ପରୀକ୍ଷା ପାଇଁ ବେଳେ ବେଳେ ଆଭ୍ୟନ୍ତରୀଣ ଯାଞ୍ଚ କରାଯିବ
- ଇଚ୍ଛା କଲେ ପେନ୍‌କିଲର ଔଷଧ ଦିଆଯିବ
- ପ୍ରଶ୍ନ ପଚାରିଲେ ଉତ୍ତର ଦେଉଥିବେ । ଏଣୁ ପ୍ରଶ୍ନ କରିବାରେ ସଂକୋଚ କରନ୍ତୁ ନାହିଁ ।

ହସ୍ପିଟାଲ କିମ୍ୱା ବାର୍ଥ ସେଣ୍ଟରକୁ ଯିବା

ସ୍ୱାମୀ ସାଙ୍ଗରେ ଥିବା ଏକାନ୍ତ ବିଧେୟ । ଆଗରୁ ଯୋଜନା କରିଥିଲେ ସୁବିଧା । ଟେକ୍ସି ବା ଗାଡ଼ିରେ ବସି ସିଟ ବେଲ୍‌ଟ ବାନ୍ଧି ପକାନ୍ତୁ, ଥଣ୍ଡା ହେଉଥିଲେ କମ୍ୱଳ ଘୋଡେଇ ହୁଅନ୍ତୁ ।

- ହସ୍ପିଟାଲରେ ପହଞ୍ଚି ରେଜିଷ୍ଟ୍ରେସନ ହେବ । ଏହା ସ୍ୱାମୀ କରିଦେଇ ପାରିବେ, ଅବଶ୍ୟ ଅନେକ ଗୁଡ଼ିଏ ଫର୍ମ ପତ୍ର ପୂରଣ କରାଯାଇପାରେ ।
- ନର୍ସ ଆପଣଙ୍କ ପରିସ୍ଥିତି ଦେଖି ଲେବର ବା ଡେଲିଭରି ରୁମକୁ ନେଇଯିବେ । ସେଠାରେ ଆପଣଙ୍କ ଗର୍ଭାଶୟର ମୁଖଦ୍ୱାର ଓ ଶିଶୁର ହୃଦ୍‌ସ୍ପନ୍ଦନ ପରୀକ୍ଷା ହେବ । ଅନେକ ଜାଗାରେ ଅନ୍ୟମାନଙ୍କର ପ୍ରବେଶ ନିଷେଧ ଥାଏ । ସେମାନେ ବାରଣ୍ଡାରେ ଅପେକ୍ଷା କରିବେ । ସ୍ୱାମୀ ଯାଇପାରିବେ ନା ନାହିଁ; ଆଗରୁ ପଚାରି ବୁଝିଥାନ୍ତୁ । ଆଶା କରାଯାଏ, ଏସବୁ କାମ ପୂରା ହେଇସାରିଥିବ । ଘରୁ କିଛି ଖାଇବା ଦରବ ଆଣିନଥବଲେ ଫୋନ କରି ମଗେଇ ପକାନ୍ତୁ । ହୁଏତ ଲୁଗା ଉପରେ ଏକ ଗାଉନ ପିନ୍ଧିବାକୁ କୁହାଯାଇପାରେ ।
- ନର୍ସ ହୁଏତ କିଛି ପ୍ରଶ୍ନ ପଚାରି ପାରନ୍ତି । ଯଥା: ଯନ୍ତ୍ରଣା କେବେ ଆରମ୍ଭ ହେଲା, ସଂକୋଚନର ସମୟ କ'ଣ, ଆପଣ କେତେବେଳେ କ'ଣ କିଛି ଖାଇଥିଲେ.. ଇତ୍ୟାଦି ।

■ ସେ ଆପଣଙ୍କ ହୃଦସ୍ପନ୍ଦନ, ନାଡ଼ି, ତାପମାତ୍ରା ଇତ୍ୟାଦି ମାପିବେ । ହୁଏତ ପରିଶ୍ରା ମଧ୍ୟ ପରୀକ୍ଷା ପାଇଁ ନିଆଯାଇପାରେ । ଏମ୍ନିଓଟିକ ଦ୍ରବଣ ପରୀକ୍ଷା ପରେ ଶିଶୁର ମଧ୍ୟ ପରୀକ୍ଷା କରାଯାଇପାରେ ।

■ ହସ୍ପିଟାଲ ନିୟମ କାଇଦା ଅନୁସାରେ ଆପଣଙ୍କୁ ଆଇ.ଭି. ଦିଆଯାଇପାରେ । ମଝିରେ ମଝିରେ ଆଭ୍ୟନ୍ତରୀଣ ପରୀକ୍ଷା ମଧ୍ୟ କରାଯିବ । ଥଳିଟିକୁ ଫଟାଯାଇପାରେ । ଏଥିରେ ଆଦୌ ଯନ୍ତ୍ରଣା ହୁଏନାହିଁ । କେବଳ ଉଷୁମ ପାଣି ଢ଼ାଳିଲା ପରି ମନେହେବ । ଏହି ସମୟରେ ଡାକ୍ତରଙ୍କୁ ପଚାରି ପାରନ୍ତି । ସ୍ୱାମୀ ମଧ୍ୟ ଆପଣଙ୍କ ତରଫରୁ ପ୍ରଶ୍ନ କରିପାରନ୍ତି । ଫଳରେ ଆପଣଙ୍କୁ ବେଶି ଅସୁବିଧା ହେବନାହିଁ ।

ସବୁ ଠିକ୍ ହୋଇଯିବା ପରେ

ଅବଶ୍ୟ ଆପଣ ଚାହିଁବେ ଯେ ସବୁକିଛି ସଅଳ ଠିକ୍‌ଠାକ୍ ହେଇଗଲେ ଭଲ ହୁଅନ୍ତା । ହେଲେ ବେଳେ ବେଳେ ପ୍ରସବର ପ୍ରକ୍ରିୟା ମନ୍ଥର ହୋଇପଡ଼େ । ଗର୍ଭାଶୟର ମୁଖଦ୍ୱାର ପୂରାପୂରି ଖୋଲେନାହିଁ, ଛୁଆ ପଦାକୁ ଆସିବାକୁ ପ୍ରସ୍ତୁତ ହୁଏନାହିଁ, କିମ୍ବା ନିଜେ ମଧ୍ୟ ଭଲଭାବରେ ଚେଷ୍ଟା କରିପାରନ୍ତି ନାହିଁ । ଅନେକ ଥର ଏପିଡ୍ୟୁରାଲ ପରେ ମଧ୍ୟ ସଂକୋଚନ ଧୀର ହେଇଥାଏ; ଅବଶ୍ୟ ଏଥିରେ ବ୍ୟତିବ୍ୟସ୍ତ ହେବାର କିଛି ନାହିଁ ।

■ ଆର୍ଲିଲେବର ବେଳେ ଡାକ୍ତର ହୁଏତ ବୁଲାବୁଲି ପାଇଁ ପରାମର୍ଶ ଦେଇପାରନ୍ତି କିମ୍ବା ଶିଥିଳ କରିବା କୌଶଳ ପ୍ରୟୋଗ କରିପାରନ୍ତି । ସେ ଫିଲ୍ସ ଲେବର କି ନୁହଁ ତତାର ଲକ୍ଷଣ ଚିହ୍ନିଥାନ୍ତି ।

■ ଗର୍ଭାଶୟର ମୁଖଦ୍ୱାର ଖୋଲି ନଥିଲେ ଔଷଧ ଦେଇ ଖୋଲିବାକୁ ଚେଷ୍ଟା କରିଥାନ୍ତି ।

■ ପ୍ରସବର ସକ୍ରିୟ ପର୍ଯ୍ୟାୟରେ ଗର୍ଭାଶୟର ମୁଖ ପୂରାପୂରି ଖୋଲିନଥିବ ବା ଶିଶୁ ତଳକୁ ନଆସୁ କିମ୍ବା ସଂକୋଚନ କମିଗଲେ ଔଷଧ ବୃଦ୍ଧି କରିବାକୁ ପଡ଼ିପାରେ ।

■ ଦୁଇ ଘଣ୍ଟା ଚେଷ୍ଟା କରିବା ସତ୍ତ୍ୱେ ମଧ୍ୟ ଡେଲିଭରି ନହେଲେ ଡାକ୍ତର ଅନ୍ୟ ଉପାୟ ଅବଲମ୍ବନ କରିପାରନ୍ତି । ସେ ଚାହିଁଲେ, ହୁଏତ ଅପରେସନ, ଭେକ୍ୟୁମ କିମ୍ବା ଫୋରସେପ୍‌ର ସାହାଯ୍ୟ ନେଇପାରନ୍ତି ।

ନିଜର ମୂତ୍ରାଶୟ ଖାଲିଥିବା ଦରକାର ନଚେତ ଏହା ପ୍ରସବରେ ବାଧା ସୃଷ୍ଟି କରିଥାଏ । ପେଟ ମଧ୍ୟ ସଫା ଥିବା ଆବଶ୍ୟକ । ଡେଲିଭରି ସକାଶେ ନିଜର ଅବସ୍ଥିତି ପରିବର୍ତ୍ତନ କରିବା ବିଧେୟ, ଫଳରେ ଚାପ ପ୍ରୟୋଗ କରିବାରେ ସୁବିଧା ହେବ ।

ମନେକର ସକ୍ରିୟ ପ୍ରସବର ୨୦ ରୁ ୨୪ ଘଣ୍ଟା ମଧ୍ୟରେ ଡେଲିଭରି ନହୁଏ, ତେବେ ଅପରେସନ ପାଇଁ ଡାକ୍ତର ପରାମର୍ଶ ଦେବେ । ଯଦି ମା’ ଓ ଛୁଆ ଉଭୟଙ୍କର ଅବସ୍ଥା ଠିକ୍ ଥିଲେ ହୁଏତ ଅପେକ୍ଷା କରାଯାଇପାରେ ।

ଆପଣ କ’ଣ କରିପାରନ୍ତି ?

ଏସବୁ ଆପଣଙ୍କ ସୁବିଧା ପାଇଁ ଅଟେ, ଏଣୁକରି

■ ଯାହା ମନକୁ ପାଇବ, ତାହା କରାନ୍ତୁ । ପିଠିରେ ମାଲିସ କରାନ୍ତୁ । ମୁହଁ ପୋଛିବା ପାଇଁ ଓଦା ଲୁଗା ମାଗନ୍ତୁ । ସମସ୍ତେ ପ୍ରସ୍ତୁତ ଥିବେ, ହେଲେ ସାହାଯ୍ୟ ମାଗିବା ଆପଣଙ୍କର କର୍ତ୍ତବ୍ୟ ।

■ ଆଗରୁ ଚିନ୍ତା କରିଥିଲେ ନର୍ସଙ୍କ ପରାମର୍ଶ କ୍ରମେ ଧ୍ୟାନ ବା ଯୋଗ କରିପାରନ୍ତି । ହେଲେ ମନେରଖନ୍ତୁ ଯେ, ଦେହକୁ ପାଇଲା ଭଳି କାମ କରିବା ବିଧେୟ । ଆସନ ବା ବ୍ୟାୟାମ ଫଳପ୍ରଦ ନହେଲେ କରିବା ଅନାବଶ୍ୟକ ।

ଅନେକ ସ୍ତ୍ରୀମାନେ ଆବଶ୍ୟକରୁ ଅଧିକ ଶ୍ୱାସକ୍ରିୟା ଗ୍ରହଣ କରିବା ଯୋଗୁଁ ରକ୍ତରୁ ଅଙ୍ଗାରକାମ୍ଳର ସ୍ତର ହ୍ରାସ ପାଏ ଓ ମୁଣ୍ଡ ବୁଲାଏ । ହାତ ପାଦ ଚେତାଶୂନ୍ୟ ହେଇପଡ଼ିଲେ ଡାକ୍ତର ବା ନର୍ସଙ୍କୁ କୁହନ୍ତୁ । ସେ ହୁଏତ ପେପର ଠୁଙ୍ଗା ଭିତରେ ନିଶ୍ୱାସ ମାରିବାକୁ କହିପାରନ୍ତି । କିଛି ସମୟ ମଧ୍ୟରେ ଏହା ଭଲ ଲାଗିବ ।

■ ପେନ୍‌କିଲର ନେବାକୁ ଚାହୁଁଥିଲେ, ଏହା ହିଁ ପ୍ରକୃଷ୍ଟ ସମୟ । ଆବଶ୍ୟକସ୍ଥଳେ ଆପଣଙ୍କୁ ଏପିଡ୍ୟୁରାଲ ଦିଆଯାଇପାରେ ।

■ ବିନା ପେନ୍‌କିଲର ସାହାଯ୍ୟରେ ପ୍ରସବ କରୁଥିଲେ ଯନ୍ତ୍ରଣା ପରେ ଟିକେ ବିଶ୍ରାମ କରନ୍ତୁ, କାରଣ ପୂର୍ବାପେକ୍ଷା ଶୀଘ୍ର ଓ ତୀବ୍ର ହେଲେ ହୁଏତ ଅବସର ମିଳିନପାରେ । ଏଣୁ ମନ୍ଥର ଗତି ବଳରେ ନିଜର ସାମର୍ଥ୍ୟ ବଳବତ୍ତର ରଖନ୍ତୁ ।

■ ଡାକ୍ତରଙ୍କ ପରାମର୍ଶକ୍ରମେ କିଛି ଖାଦ୍ୟପେୟ ଗ୍ରହଣ କରୁଥିବା ବିଧେୟ । ମନାକଲେ ବରଫ ଖଣ୍ଡଟିଏ ପାଟିରେ ରଖିପାରନ୍ତି ।

■ ଏପିଡ୍ୟୁରାଲ ନଥିଲେ ଚଲାବୁଲା କରି ନିଜର ଅବସ୍ଥା ପରିବର୍ତ୍ତନ କରୁଥାନ୍ତୁ ।

■ ପରିସ୍ରା ପାଇଁ ଶୌଚାଳୟ ବାରମ୍ବାର ଯାଉଥାନ୍ତୁ । ନଚେତ୍ ପେଲ୍‌ଭିକରେ ଚାପ ପଡ଼ିବା ଯୋଗୁଁ ଅସୁବିଧା ସୃଷ୍ଟି ହେଇପାରେ । ଏପିଡ୍ୟୁରାଲ ବ୍ୟବହୃତ ହେଲେ ଉଠିବା ଅନାବଶ୍ୟକ ।

ସ୍ୱାମୀ ବା ପରାମର୍ଶଦାତା କ'ଣ କରିପାରନ୍ତି ?

■ ସବୁ କଥାକୁ ଦୃଷ୍ଟିରେ ରଖି ପରିସ୍ଥିତି ଅନୁସାରେ କର୍ତ୍ତବ୍ୟ କରନ୍ତୁ ।

■ ଯାହା ସେ ମାଗିବେ ବା କହିବେ, ଦେଇଦେବା ଉଚିତ । ବେଳେ ବେଳେ ମନ ପରିବର୍ତ୍ତନ ମଧ୍ୟ ଦେଖାଦେଇପାରେ । ତାଙ୍କୁ ଖରାପ ନଭାବି କରିଯିବା ଉଚିତ କାରଣ ସେ ଆସନ୍ନ ପ୍ରସବ ଓ ଖୁବ୍ ଅନ୍ୟମନସ୍କ ।

■ ତାଙ୍କ ମତିଗତି ଓ ନିଜ ପ୍ରତି ଦୃଷ୍ଟି ଦେଉଥାନ୍ତୁ । କୋଠରିଟି ଈଷତ୍ ଆଲୁଅଯୁକ୍ତ ହେବା ଉଚିତ ।

■ ସେ ଚାହିଁଲେ ଗୀତ ସଂଗୀତ ଶୁଣି ପାରନ୍ତି । ସଂକୋଚନ ପାଇଁ ଇଚ୍ଛା ନକଲେ ବାଧ୍ୟ କରନ୍ତୁ ନାହିଁ । ତାଙ୍କ ସହ ଖୁସିରେ ଗପସପ କରି ମନ କିଣନ୍ତୁ ।

■ ସାହସ ଦେଇ ଧୈର୍ଯ୍ୟ ଧରାନ୍ତୁ । ସମାଲୋଚନା ନକରି ବରଂ ସହାନୁଭୂତି ଦେଖାନ୍ତୁ । କଷ୍ଟ ପରେ କୃଷ୍ଣ ମିଳେ ବୋଲି ବୁଝାନ୍ତୁ ।

■ ସଂକୋଚନର ହିସାବ ରଖନ୍ତୁ । ନର୍ସଙ୍କଠାରୁ ସାହାଯ୍ୟ ମାଗି ପାରନ୍ତି । ମନିଟରରେ ଦେଖି ତାଙ୍କୁ ବୁଝେଇ ପାରନ୍ତି । ମନିଟର ନହେଲେ ପେଟରେ ହାତ ରଖି ମଧ୍ୟ ଅନୁମାନ କରିପାରିବେ ।

■ ପେଟ ଓ ପିଠିକୁ ମାଲିସ କଲେ ହୁଏତ ଆରାମ ଲାଗିବ । ତାଙ୍କୁ ପଚାରି ମାଲିସ କରନ୍ତୁ । ନଚେତ ରାଗିପାରନ୍ତି ।

■ ପ୍ରତି ଘଣ୍ଟାକ ପରେ ବାଥରୁମ ଯିବାକଥା ମନେପକାନ୍ତୁ । ମୂତ୍ରାଶୟ ପୂର୍ଣ୍ଣ ଥିଲେ ପ୍ରସବରେ ଅସୁବିଧା ହୁଏ ।

■ ସମ୍ଭବ ହେଲେ ଚଲାବୁଲା କିମ୍ବା ଏପଟ ସେପଟ ହେବାରେ ସାହାଯ୍ୟ କରନ୍ତୁ ।

■ ଡାକ୍ତର କହିଲେ କିଛି ଖାଇବାକୁ କିମ୍ବା ପିଇବାକୁ ଦିଅନ୍ତୁ ।

■ ଓଦା କନାରେ ମୁହଁ ଓ ଦେହକୁ ପୋଛୁଥାନ୍ତୁ ।

■ ପାଦ ଥଣ୍ଡା ଧରୁଥିଲେ ମୌଜା ପିନ୍ଧାନ୍ତୁ ।

■ ଯନ୍ତ୍ରଣା ଅତ୍ୟଧିକ ହେଲେ ପାଟିରୁ କଥା ଫିଟିବନି, ଏଣୁ ତାର ପ୍ରତି କଥାକୁ ଗୁରୁତ୍ୱ ଦେଇ ଉତ୍ତର ଦେଉଥାନ୍ତୁ । ଡାକ୍ତରଙ୍କୁ ପ୍ରତ୍ୟେକ ଔଷଧ ଓ ଅବସ୍ଥା ବିଷୟରେ ପଚାରିଲେ, ସେ ମଧ୍ୟ ଶୁଣି ଖୁସି ହେବେ ।

ତୃତୀୟ ପର୍ଯ୍ୟାୟ: ସ୍ଥାନାନ୍ତରିତ ପ୍ରସବ

ଏହା ପ୍ରସବର ସବୁଠୁ କଷ୍ଟକର ଅଥଚ ଛୋଟ ପର୍ଯ୍ୟାୟ ଅଟେ । ହଠାତ୍ ଯନ୍ତ୍ରଣା ବେଶି ବଢ଼ି ୬୦ ରୁ ୯୦ ସେକେଣ୍ଡ ଦୀର୍ଘ ହୋଇପଡ଼େ । ଆଉ ୨ ରୁ ୩ ମିନିଟ ମଧ୍ୟରେ ଦେଖାଦିଏ । ଆଗରୁ ମା' ହୋଇଥିବା ସ୍ତ୍ରୀ ଲୋକ ମାନଙ୍କର ଭୟ ଅପସରି ଯାଇଥାଏ । ଯନ୍ତ୍ରଣା କମିବା ପରି ମନେହୁଏ ନାହିଁ । ବିଶ୍ରାମ ମଧ୍ୟ କରିହେବନି । ୭ ସେମିରୁ ୧୦ ସେମି ସଂପ୍ରସାରଣ ପାଇଁ ହାରାହାରି ୧୫ମିରୁ ୧ ଘଣ୍ଟା ସମୟ ଲାଗିପାରେ । ଅବଶ୍ୟ ବେଳେ ବେଳେ ତିନି ଘଣ୍ଟା ମଧ୍ୟ ଲାଗିଯାଏ ।

ମନେକର ଆପଣ ପେନ୍‌କିଲର ଖାଇନଥାନ୍ତି, ତେବେ ନିମ୍ନଲିଖିତ ଲକ୍ଷଣମାନ ଦୃଷ୍ଟିଗୋଚର ହୋଇପାରେ ।

■ ସଂକୋଚନ ଓ ତୀବ୍ର ଯନ୍ତ୍ରଣା

■ ପିଠି ତଳକୁ ଓ ପେରିନିୟମର ଯନ୍ତ୍ରଣା

■ ମଳଦ୍ୱାରରେ ଚାପ ପଡ଼ିବ

■ ରକ୍ତସ୍ରାବ ବୃଦ୍ଧି

■ ବେଶି ଥଣ୍ଡା ବା ଗରମ ଅନୁଭୂତ ହେବା

■ ଅସହ୍ୟ ଗୋଡ଼ ବ୍ୟଥା

■ ସଂକୋଚନ ମଝିରେ ତନ୍ଦ୍ରାଳସ

■ ଗଳା ଓ ଛାତି ଜଳିପୋଡ଼ି ହେବା

■ କ୍ଳାନ୍ତି

ଭାବବିହ୍ୱଳ ସହ ଧୈର୍ଯ୍ୟହରା ହେବା । ଧକ୍କା ଦେବାର ବେଳ ହୋଇନଥିବାରୁ ବିରକ୍ତି ପ୍ରକାଶ ପାଇବ । ଶିଶୁର ପ୍ରାପ୍ତିକୁ ନେଇ ଆଗ୍ରହୀ ହେବେ ।

ଆପଣ କଣ କରିପାରନ୍ତି ?

ଏହି ପର୍ଯ୍ୟାୟ ପରେ ଗର୍ଭାଶୟର ମୁଖ ଆପେ ଆପେ ଖୋଲିଯିବ ଓ ଛୁଆକୁ ପଦାକୁ ଠେଲିବା ପାଇଁ ଆପଣ ଚେଷ୍ଟିତ ହେବେ । ବ୍ୟତିବ୍ୟସ୍ତ ବା ଧୈର୍ଯ୍ୟହରା ନହୋଇ ସୁଫଳ ପାଇବାକୁ ଚେଷ୍ଟା କରନ୍ତୁ ।

ସାହାଯ୍ୟ ମିଳିଲେ ଭଲ କଥା । ଡାକ୍ତର ନ କହିବା ଯାଏଁ ଧକ୍କା ଦିଅନ୍ତୁନି । ନଚେତ ସେଠାରେ ଫୁଲିଯାଇ ବେଶି ସମୟ ଲାଗିପାରେ ।

ସ୍ୱାମୀଙ୍କର ହାତ ବାଜିଲେ ହୁଏତ ଅସଂଗତ ଲାଗୁଥିଲେ, କହିବାକୁ ସଂକୋଚ ପ୍ରକାଶ କରନ୍ତୁ ନାହିଁ ।

■ ଆସ୍ତେ ନିଶ୍ୱାସ ମାରି ବିଶ୍ରାମ କରିବାକୁ ଚେଷ୍ଟା କରନ୍ତୁ ।

■ ନିଜ ଛୁଆ ପ୍ରତି ଧ୍ୟାନ ଦେଲେ, ଖୁବ୍ ଶୀଘ୍ର ଛୁଆ ଜନ୍ମ ହେବ ।

ଗର୍ଭାଶୟ ପୂରାପୂରି ଖୋଲିଗଲେ ଆପଣଙ୍କୁ ଲେବର ରୁମ୍‌କୁ ନିଆଯିବ । ଯଦିଚ ବାର୍ଥିବେଡ ଉପରେ ଥିଲେ, ତାର ଗୋଡ଼ କାଢ଼ି ପ୍ରସବ ଅନୁକୂଳ କରାଯିବ ।

ସ୍ୱାମୀ ବା କୋଚ: କଣ କରିପାରନ୍ତି ?

ଯଦି ସିଏ ଏପିଡ୍ୟୁରାଲରେ ଥାନ୍ତି, ତେବେ ତାଙ୍କୁ ପଚେରାଯାଉ ଯେ ଦ୍ୱିତୀୟ ପାନ ଦିଆଯିବ ନା ନାହିଁ ? ଇଂଜେକ୍‌ସନ କଷ୍ଟପ୍ରଦ ହେଇପାରେ । ଔଷଧ ନହେଲେ ମଧ୍ୟ କଷ୍ଟ ହେବ । ଏଣୁ ଡାକ୍ତରଙ୍କୁ ପଚାରନ୍ତୁ । ବିନା ଔଷଧରେ କାମ ଚଳୁଥିଲେ ଆପଣ ଥିବା ଏକାନ୍ତ ଜରୁରୀ ।

■ ତାଙ୍କ ପାଖେ ପାଖେ ରହିଥାନ୍ତୁ, ହେଲେ ବିରକ୍ତ କରାନ୍ତୁ ନାହିଁ । ତାଙ୍କ ଇଚ୍ଛା ନହେଲେ ପିଠି କିମ୍ବା ଦେହକୁ ସ୍ପର୍ଶ କରନ୍ତୁ ନାହିଁ ।

■ ବେଶି କଥାବାର୍ତ୍ତା କରନ୍ତୁନି; କେବଳ ସଠିକ୍ ଦିଗ୍‌ଦର୍ଶନ ଦିଅନ୍ତୁ । ଏହା ହସକଥା କହିବାର ବେଳ ନୁହଁ ।

■ ତାଙ୍କ ଇଚ୍ଛା ହେଲେ ସାନ୍ତ୍ୱନା ଦିଅନ୍ତୁ । ପାଟିରେ ନକହି ବରଂ ଆଖିରେ ଆଖି ମିଶେଇ ବା ସ୍ପର୍ଶ କରି ମଧ୍ୟ ଅନେକ କିଛି କୁହାଯାଇପାରେ ।

■ ସଂକୋଚନ ମଝିରେ ଶ୍ୱାସକ୍ରିୟା କୌଶଳ ଯୋଗୁଁ ଆରାମ ମିଳିଲେ ସାହାଯ୍ୟ କରାଯାଇପାରେ ।

■ ପେଟକୁ ଛୁଇଁ ସଂକୋଚନ ଜାଣିହେବ । ଇତିମଧ୍ୟରେ ଆସ୍ତେ ଆସ୍ତେ ଶ୍ୱାସକ୍ରିୟା ଅବ୍ୟାହତ ଥିବା ଉଚିତ ।

■ ମନେକର ସଂକୋଚନ ଶୀଘ୍ର ହୁଏ ଓ ଠେଲିବାକୁ ଇଚ୍ଛା ହେଲେ ଡାକ୍ତରଙ୍କୁ ପଚାରନ୍ତୁ । ହୁଏତ ଗର୍ଭାଶୟର ମୁଖ ଖୋଲିଥାଇପାରେ ।

■ ପାଣି କିମ୍ବା ବରଫ ଖଣ୍ଡ ମଝିରେ ମଝିରେ ଦେଉଥାନ୍ତୁ । ମୁହଁକୁ ଓଦା କନାରେ ପୋଛି ପକାନ୍ତୁ; ଥଣ୍ଡା ହେଲେ କମ୍ବଳ ଘୋଡେଇ ମୌଜା ପିନ୍ଧେଇ ଦିଅନ୍ତୁ ।

■ ଉଭୟେ ସ୍ୱାମୀ ସ୍ତ୍ରୀ ଆଗାମୀ ଛୁଆ କଥା ଚିନ୍ତାକରି ଖୁସି ହେବାକୁ ଚେଷ୍ଟା କରନ୍ତୁ ।

ଦ୍ୱିତୀୟ ଅବସ୍ଥା: ଠେଲିବା ଓ ଡେଲିଭରି ହେବା

ଏହି ସୋପାନ ପର୍ଯ୍ୟନ୍ତ ଶିଶୁର ଜନ୍ମପ୍ରକ୍ରିୟାରେ ଆପଣଙ୍କର କୌଣସି ସକ୍ରିୟ ଭୂମିକା ନାହିଁ କହିଲେ ଚଳେ। ଏଥର ଗର୍ଭାଶୟ ଅନୁକୂଳ ହେଇଥିବାରୁ ଶିଶୁକୁ ପଦାକୁ ଠେଲିବାରେ ଆପଣ ସାହାଯ୍ୟ କରିପାରିବେ । ଏଥିରେ ପ୍ରାୟ ଘଣ୍ଟାଏ ସମୟ ଲାଗିପାରେ । ଅନେକ ଥର ମାତ୍ର ୧୦ ମିନିଟ ବା ୨-୩ ଘଣ୍ଟା ମଧ୍ୟ ଲାଗିଥାଏ ।

ଏହାର ସଂକୋଚନ ପ୍ରଥମ ପର୍ଯ୍ୟାୟ ଅପେକ୍ଷା ବେଶି ନିୟମିତ ହୁଏ । ଏହା ୬୦ ରୁ ୯୦ ସେକେଣ୍ଡର ହେଇଥାଏ, କିନ୍ତୁ ବେଳେ ବେଳେ ଯନ୍ତ୍ରଣା ବୃଦ୍ଧି ପାଇଥାଏ ଓ ହ୍ରାସ ମଧ୍ୟ ପାଏ । ଯନ୍ତ୍ରଣା କେବେ ଦେଖାଦେବ ଏହା ଜାଣିବା ମୁସ୍କିଲ । ଏଥିରେ ନିମ୍ନଲିଖିତ ଲକ୍ଷଣମାନ ଦ୍ରଷ୍ଟବ୍ୟ ।

■ ସଂକୋଚନ ସହ ଯନ୍ତ୍ରଣା ଅଥଚ ଅପେକ୍ଷାକୃତ କମ୍

■ ଠେଲିବାକୁ ଇଚ୍ଛା (ଏପିଡ୍ୟୁରାଲ ସହ ନୁହଁ)

■ ବେଶି ବଳ ପ୍ରୟୋଗ ବା କ୍ଳାନ୍ତି

■ ସଂକୋଚନ ତୀବ୍ର ହେଇ ଜଣାପଡ଼ିବା ।

■ ରକ୍ତସ୍ରାବ ବୃଦ୍ଧି

■ ଶିଶୁର ମୁଣ୍ଡ ଦିଶିବାରୁ ଯୋନି ପ୍ରଦେଶ ସଂପ୍ରସାରିତ ହେଇ ଚାପଗ୍ରସ୍ତ ହେବ (ଏହାକୁ 'ରିଙ୍ଗ ଅଫ ଫାୟାର' କୁହାଯାଏ)

■ ଇଷତ୍ ମସୃଣ ଓ ନରମ ଅନୁଭୂତି

ଭାବପ୍ରବଣତା ସହ ଆତ୍ମସନ୍ତୋଷ ଅନୁଭୂତ ହେବ । ଠେଲିବା କାର୍ଯ୍ୟ ଯଦି ଘଣ୍ଟାଏ ଚାଲେ ତେବେ ହୁଏତ କୁଣ୍ଠିତ ହେଇପାରନ୍ତି । ଏହାର ପରିସମାପ୍ତି କଥା ବାରମ୍ବାର ଚିନ୍ତା କରୁଥିବେ ।

ଆପଣ କଣ କରିପାରନ୍ତି ?

ବର୍ତ୍ତମାନ ଶିଶୁ ପଦାକୁ ଆସିବାର ଅଛି, ଏଣୁ ସୁବିଧାନୁସାରେ ଡାକ୍ତର ଓ ନିଜେ ପ୍ରସ୍ତୁତ ରୁହନ୍ତୁ । ମଳତ୍ୟାଗ ମୁଦ୍ରା ଫଳପ୍ରଦ ହେଇପାରେ । କାରଣ ମାଧ୍ୟାକର୍ଷଣ ପ୍ରଭାବକାରୀ ହେବ । ଛାତିରେ ମୁଣ୍ଡରଖି ଚାପ ପ୍ରୟୋଗ କରନ୍ତୁ, ନଚେତ ଅନ୍ୟ ଉପାୟ କରି ଚାରି ହାତ ଗୋଡ଼ରେ ଭାରା ଦେଇ ବସନ୍ତୁ ।

ଠେଲିବା ସମୟ ଆସିଲେ ବାକି ସବୁ କଥା ଭୁଲିଯାନ୍ତୁ । ଯେତେ ବେଶି ବଳପ୍ରୟୋଗ କରିବେ ଗର୍ଭସ୍ଥ ଶିଶୁଟି ସେତେ ଶୀଘ୍ର ପଦାକୁ ଆସିବ । ଅଯଥା ଶକ୍ତିହ୍ରାସ ମଧ୍ୟ ଅନୁଚିତ ।

■ ନିଜ ଦେହ ଓ ଜଙ୍ଘକୁ ଶିଥିଳ କରି ମଳ ତ୍ୟାଗ କଲା ଭଳି ବଳ ପ୍ରୟୋଗ କରନ୍ତୁ । ଦେହର ଅନ୍ୟ ଭାଗରେ ବଳ ପ୍ରଯୁକ୍ତ ନହେଇ ବରଂ ଯୋନି ଓ ମଳଦ୍ୱାର ନିକଟରେ ବଳ କେନ୍ଦ୍ରୀଭୂତ ହେବା ବିଧେୟ । ମୁଖ ମଣ୍ଡଳଟିର ଚାପଶୂନ୍ୟ ହେବା ଏକାନ୍ତ ଅପରିହାର୍ଯ୍ୟ ।

■ ଏଭଳି ଚାପ ପ୍ରୟୋଗ ଯୋଗୁଁ ମଳମୂତ୍ର ବାହାରିବା ସ୍ୱାଭାବିକ । ଏଥିରେ ଭାବିବାର କିଛି ନାହିଁ । ଆଖି ପିଛୁଳାକେ ସବୁ ସଫା ହେଇଯିବ ।

■ ପ୍ରସବ ବେଦନା ହେବାକୁ ଥିଲେ ଦୀର୍ଘ ନିଶ୍ୱାସ ମାରି ଠେଲିବା ପାଇଁ ପ୍ରସ୍ତୁତ ହେବା ଦରକାର । ନର୍ସ ବା ସ୍ୱାମୀଙ୍କୁ ସାହାଯ୍ୟ ଆବଶ୍ୟକ ହେଲେ ମାଗନ୍ତୁ । ଠେଲିବା କାର୍ଯ୍ୟ କେତେ ସମୟ ଚାଲିବ ,ହାର କୌଣସି ଚମତ୍କାରିକ ନିୟମ ନାହିଁ । ଏଣୁ ନିଜ ଇଚ୍ଛାନୁସାରେ ଠେଲି ଛୁଆକୁ ପଦାକୁ କାଢ଼ନ୍ତୁ । ଛୁଆ ସୁରୁଖୁରୁରେ ଚାଲିଆସିବ ।

■ ଶିଶୁର ମୁଣ୍ଡ ଦୃଶ୍ୟମାନ ହେଇ ଉଭେଇଗଲେ ନିରାଶ ହୁଅନ୍ତୁନି, କାରଣ ଏପରି ଅନେକ ଥର ହେଇଥାଏ । ଠିକ୍ ଦିଗରେ ଆଗେଇଛନ୍ତି ବୋଲି ଆଶ୍ୱସ୍ତ ହୁଅନ୍ତୁ ।

■ ସଂକୋଚନ ବେଳେ ହାଲିଆ ହେଇଥିଲେ ଡାକ୍ତରଙ୍କୁ କହି ବିଶ୍ରାମ ନିଅନ୍ତୁ ।

■ ଠେଲିବା କାମ ବନ୍ଦ କରିବାକୁ କହିଲେ ରହିଯାନ୍ତୁ; ଇଚ୍ଛା ହେଲେ ପାଟିଆଡୁ ନିଶ୍ୱାସ ବାହାର କରିପାରନ୍ତି ।

■ ସମ୍ମୁଖସ୍ଥ ଦର୍ପଣକୁ ଦୃଷ୍ଟି ଦିଅନ୍ତୁ । ଶିଶୁର ମୁଣ୍ଡ ଦେଖାଗଲେ ଠେଲିବା କାମ ସୁଚାରୁ ରୂପରେ ହେବ । ପ୍ରସବର ଭିଡିଓ ଟେପିଙ୍ଗ କରାନଗଲେ ପୁଣି ଥରେ ରିପ୍ଲେ କରି ଦେଖିବା ସମ୍ଭବ ହେବନାହିଁ ।

ଏକ ଶିଶୁର ଜନ୍ମ

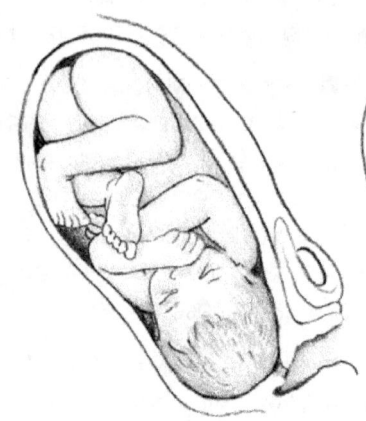

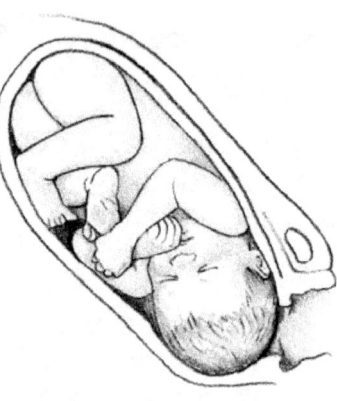

୧. ଗର୍ଭାଶୟର ମୁଖଦ୍ୱାର ସାମାନ୍ୟ ଖୋଲା ହେଲେ ମଧ୍ୟ ପୂରାପୂରି ଖୋଲି ପାରିନାହିଁ ।

୨. ଅନେକ ଥର ମା'ର ପେଲଭିକ ଅଞ୍ଚଳରେ ଶିଶୁ ନିଜର ମୁଣ୍ଡ କାଢ଼ିବାକୁ ଚେଷ୍ଟାକରି ବୁଲିପଡ଼େ । ଏହା ଏଠାରେ ଦ୍ରଷ୍ଟବ୍ୟ

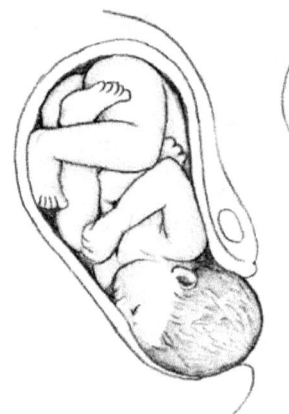

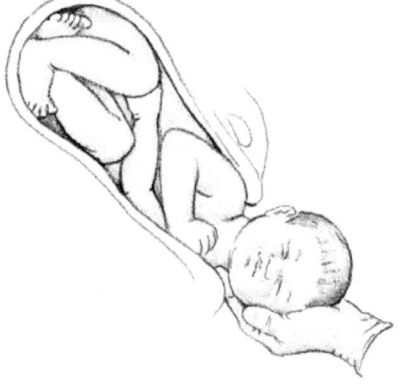

୩. ଗର୍ଭାଶୟର ମୁହଁ ପୂରାପୂରି ଖୋଲିଥିବାରୁ ମୁଣ୍ଡଟି ଯୋନି ଆଡ଼କୁ ଠେଲି ହେଇ ବାହାରୁଛି

୪. ଶିଶୁର ମୁଣ୍ଡ ପଦାକୁ ଆସିଲା ପରେ ଅବଶିଷ୍ଟାଂଶ ଖୁବ୍ ଶୀଘ୍ର ଓ ସହଜରେ ଚାଲିଆସିପାରେ ।

ଆପଣ ଠେଲିବାକୁ ଉଦ୍ୟତ ହେଳାବେଳେ ଡାକତର ଆପଣଙ୍କୁ ସାହାଯ୍ୟ କରିବେ ଓ ଶିଶୁର ହୃଦ୍‌ସ୍ପନ୍ଦନ ପ୍ରତି ଦୃଷ୍ଟି ଦେବେ । ସର୍ଜରୀ ପାଇଁ ମଧ୍ୟ ଉପକରଣ ପ୍ରସ୍ତୁତ ରଖିପାରନ୍ତି । ଏଣ୍ଟିସେପ୍‌ଟିକ୍ ଔଷଧ ଦେଇ କେଟାକଟି ମଧ୍ୟ କରିପାରନ୍ତି କିମ୍ବା ଭେକ୍ୟୁମ ବା ଫୋରସେପ ବ୍ୟବହାର କରିପାରନ୍ତି ।

ଶିଶୁର ମୁଣ୍ଡ ଦେଖାଗଲେ ତା' ନାକ ଓ ମୁହଁରୁ ମ୍ୟୁକସ (ଶ୍ଳେଷ୍ମା) କାଢ଼ି ସଫାକରି ତାକୁ ପଦାକୁ ଆଣିବାକୁ ପ୍ରୟାସ କରିବେ । ଏହାପରେ ସାମାନ୍ୟ ଧକ୍କା ଦେବା ଯଥେଷ୍ଟ । ଏହାପରେ ଛୁଆର ନେଳୁଆ କାଟି ଆପଣଙ୍କୁ ଧରେଇ ଦେବେ । ଏକ ଅଧ୍ୟୟନରୁ ଜଣାପଡ଼ିଛି ଯେ, ଜନ୍ମ ପରେ ମା'ର ସ୍ପର୍ଶ ପାଉଥିବା ଛୁଆମାନେ ଶାନ୍ତଶିଷ୍ଟ ହେଇ ଶୋଇପଡନ୍ତି ।

ଏହାପରେ ଡାକ୍ତର ଶିଶୁର ଅବସ୍ଥାକୁ ନେଇ ବିଭିନ୍ନ ପରୀକ୍ଷା ଓ ପ୍ରୟୋଗ କରି ଆପଣଙ୍କ ହାତ ଓ ଛୁଆଗୋଡ଼ରେ ବଳାଟିଏ ଚିହ୍ନ ପାଇଁ ପିନ୍ଧେଇ ଦିଆଯିବ । ଆଖିକୁ ସଂକ୍ରମଣରୁ ରକ୍ଷା କରିବା ପାଇଁ ଔଷଧ ପକାଯିବ । ଶିଶୁର ଓଜନ ମାପି ବିଭିନ୍ନ ହସ୍‌ପିଟାଲରେ ନିଜସ୍ୱ ନିୟମ ଅନୁସାରେ ପରୀକ୍ଷା କରାଯିବ ।

ଏହାପରେ ଶିଶୁକୁ ସ୍ତନପାନ ସକାଶେ ହସ୍ତାନ୍ତର କରାଯିବ । ବେଳେ ବେଳେ ଅନେକ ପରୀକ୍ଷା ନିରୀକ୍ଷା ପାଇଁ ନର୍ସରୀକୁ ନିଆଯାଇଥାଏ । ତାପରେ ଶିଶୁଟି ଆପଣଙ୍କ ଗହଣରେ ରଖାଯିବ ।

ସ୍ୱାମୀ ଚାହିଁଲେ କ'ଣ କରିପାରିବେ ?

■ ଛୁଆକୁ ଠେଲିବା ସମୟରେ ସାହାଯ୍ୟ କରିପାରିବେ, ତାଙ୍କୁ ଆଶ୍ୱାସନା ଦିଅନ୍ତୁ ଓ ଆପଣଙ୍କ ପ୍ରତି ଭୃକ୍ଷେପ ନକଲେ ଖରାପ ଭାବନ୍ତୁନି ।

■ ପାଟି ଶୁଖିବାକୁ ହେଲେ ବରଫଖଣ୍ଡ ଦିଅନ୍ତୁ ।

■ ତାଙ୍କ ପିଠିକୁ ଆଉଁଷି ଧୈର୍ଯ୍ୟ ଧରାନ୍ତୁ । ଓଦାକନାରେ ମୁହଁ ପୋଚନ୍ତୁ । ପୋଜିସନରେ ଫେରିବାକୁ ହେଲେ ସାହାଯ୍ୟ କରନ୍ତୁ ।

■ ଦର୍ପଣ ଆଡ଼କୁ ଦେଖିବା ପାଇଁ ମନେ ପକେଇ ଦିଅନ୍ତୁ । ଦର୍ପଣ ନଥିଲେ ନିଜେ ସବୁ କିଛି କହିଚାଲନ୍ତୁ ।

ଶିଶୁ ପ୍ରତି ପ୍ରଥମ ଦୃଷ୍ଟି

ନ'ମାସ ଗର୍ଭରେ ଥିଲା ପରେ ସଫା ସୁତୁରା ଓ ଡଉଲଡାଉଲ ଶିଶୁଟି ପଦାକୁ ଆସେ ନାହିଁ । ସେ ମଧ୍ୟ ନିଜ ତରଫରୁ ପରିଶ୍ରମ କରିଥାଏ । ଫଳରେ ଏହାର ପ୍ରଭାବ ଦେହର ରୂପ ବର୍ଣ୍ଣରେ ପଡ଼ିଥାଏ । ଅବଶ୍ୟ ସବୁ ଲକ୍ଷଣ ଅସ୍ଥାୟୀ । ଡାକ୍ତରଖାନାରୁ ଘରକୁ ଫେରିବା ସମୟରେ ଶିଶୁଟି ସୁସ୍ଥ ଓ ସୁନ୍ଦର ହେଇଯାଏ ।

ଅଙ୍କା ବଙ୍କା ମୁଣ୍ଡ: ଅନେକ ଥର ଶିଶୁର ମୁଣ୍ଡଟି ଛାତିଠାରୁ ମଧ୍ୟ ବଡ଼ ହେଇଥାଏ । ବେଳେ ବେଳେ ଜନ୍ମ ସମୟରେ ଶିଶୁର ମୁଣ୍ଡଟି ଅଙ୍କା ବଙ୍କା ହେଇଯାଏ ।

ମୁଣ୍ଡଟି ପଦାକୁ ଆସିବାବେଳେ ଭୁଲବଶତଃ ଅଙ୍କା ବଙ୍କା ହେଲେ ମଧ୍ୟ ଦୁଇ-ତିନି ସପ୍ତାହ ମଧ୍ୟରେ ଠିକ୍ ହୋଇଯାଏ ।

ନବଜାତ ଶିଶୁର ବାଳ: ଅନେକ ଶିଶୁ ଚନ୍ଦାମୁଣ୍ଡିଆ ଥିବାବେଳେ ଅନେକଙ୍କ ମୁଣ୍ଡରେ ବାଳ ଥାଏ । ଅବଶ୍ୟ ଏସବୁ ବାଳ ଝଡ଼ିଯାଇ ନୂଆ ବାଳ ସବୁ ଜନ୍ମ ନେଇଥାଏ ।

ଦେହରେ ମହମ ପ୍ରସ୍ତ: ମହମ ପ୍ରସ୍ତ ଛୁଆ ଦେହକୁ ଏମ୍ନିଓଟିକ ଦ୍ରବଣର ପ୍ରଭାବରୁ ରକ୍ଷା କରେ । ଅନେକ ଥର ପ୍ରିମେଚ୍ୟୋର ବେବି ମାନଙ୍କ ଠାରେ ଏହି ପ୍ରସ୍ତ ଦେଖାଦିଏ ଅଥଚ ପୋଷ୍ଟ ମେଚ୍ୟୋର ବେବିମାନଙ୍କ ଠାରେ ଆଦୌ ନଥାଏ ।

ଜନନେନ୍ଦ୍ରୀୟ ଫୁଲିବା: ନବଜାତ ପୁଅଝିଅଙ୍କ ଜନନେନ୍ଦ୍ରୀୟ ସାମାନ୍ୟ ଫୁଲିଥାଏ । ଛାତି ମଧ୍ୟ ଫୁଲିଥାଏ । ମା'ଙ୍କ ହର୍ମୋନ ଯୋଗୁଁ ଝିଅମାନଙ୍କର ଇଷତ୍ ସ୍ରାବ ହୁଏ ଓ ୭ରୁ ୧୦ ଦିନ ମଧ୍ୟରେ ଏହା ଶେଷ ହୋଇ ସାମାନ୍ୟ ହେଇଥାଏ ।

ଆଖି ଫୁଲିବା: ଅନେକ ଥର ଆଖିପତା ମଧ୍ୟ ଫୁଲିଥିବା ଲକ୍ଷ୍ୟ କରାଯାଏ । ଏହା ମଧ୍ୟ କିଛି ଦିନ ମଧ୍ୟରେ ଠିକ୍ ହେଇଯାଏ ।

ଚର୍ମ: ଶିଶୁ ଇଷତ୍ ଗୋଲାପୀ, ଧଳା ବା ସିଲଟ ରଂଗ ନେଇ ଜନ୍ମ ହେଇଥାଏ । ଜନ୍ମର କିଛି ଘଣ୍ଟା ପର୍ଯ୍ୟନ୍ତ ପିରାମେଣ୍ଟେସନ ଆରମ୍ଭ ହେଇନଥାଏ । ମୁହଁରେ ଅସ୍ଥାୟୀ ଦାଗ ମଧ୍ୟ ଦେଖାଦେଇପାରେ । ପବନ ସଂସ୍ପର୍ଶରେ ଆସି ଏହି ଚର୍ମ ଶୁଷ୍କ ଓ ରୁକ୍ଷ ହେଇଥାଏ ।

ଲେଙ୍ଗୋ: ଅନେକ ଥର ନବଜାତା ଶବକ ଦେହର କାନ୍ଧ, ପିଠି ଓ ମଥାରେ ଅତ୍ୟଧିକ ବାଳ ଥିବା ଲକ୍ଷ୍ୟ କରାଯାଏ । ଏହା ଅବଶ୍ୟ ଆପେ ଆପେ କିଛି ଦିନ ମଦ୍ୟରେ ଝଡ଼ିଯାଏ । ଏହାକୁ ଲେଙ୍ଗୋ କହନ୍ତି ।

ଜନ୍ମ ଚିହ୍ନ: ଶିଶୁଙ୍କ ଦେହରେ ଜନ୍ମରୁ କେତେକ ଚିହ୍ନ ଥାଇପାରେ । ଏହାକୁ ହିଁ ଜନ୍ମ ଚିହ୍ନ ବୋଲି କହନ୍ତି । ଦେହର ବିଭିନ୍ନ ଅଂଗରେ ସ୍ଥାନେ ସ୍ଥାନେ କଳା ଦାଗ ଚକାହୋଇ ବା ଅନ୍ୟ ରଂଗ ଧାରଣ କରି ଦେଖାଯାଏ, ପୁନଶ୍ଚ ତିଳ ଚିହ୍ନ ଭଳି ହେଇ ମଧ୍ୟ ପରେ ଉଭେଇଯାଏ । ଏଗୁଡ଼ିକ ଜନ୍ମରୁ ଥିବାରୁ ଜନ୍ମ ଚିହ୍ନ ବୋଲି ଧରାଯାଏ ।

ତୃତୀୟ ଅବସ୍ଥା: ପ୍ଲେସେଣ୍ଟାର ଡେଲିଭରି

ଦୁଃସମୟ ଅତିବାହିତ ହେଇ ସୁସମୟ ଆସି ପହଞ୍ଚିଛି କହିଲେ ଚଳେ । ଶିଶୁ ଜନ୍ମ ହେବାପରେ ପ୍ଲେସେଣ୍ଟା ଖସିପଡ଼ିବ । ସଂକୋଚନ ମନ୍ଥର ଗତିରେ ଅବ୍ୟାହତ ଥିବ, ଅବଶ୍ୟ ଆପଣ ହୁଏତ ନବାଗତ ଶିଶୁକୁ ପାଇ ଆନନ୍ଦାତିରେକ ହେବ, ଏଣୁ ପ୍ଲେସେଣ୍ଟା ଆସି ଜୋନି ପାଖରେ ଲାଗିଯିବ ଏହାକୁ କଢ଼ା ଯାଇପାରିବ ।

ଡାକ୍ତର ଆପଣଙ୍କୁ ଠିକ୍ ସମୟରେ ଠେଲିବା ପାଇଁ କହି ପ୍ଲେସେଣ୍ଟା କାଢ଼ିବାରେ ସାହାଯ୍ୟ କରିବେ । ଆପଣଙ୍କୁ ଇଂଜେକ୍ସନ ସାହାଯ୍ୟରେ ଅକ୍ସିଟକ୍ସିନ ଦିଆଯିବ; ଫଳରେ ସଂକୋଚନ ତୀବ୍ର ହେଇ ପ୍ଲେସେଣ୍ଟା ବାହାରି ପଡ଼ିବ । ଗର୍ଭାଶୟ ନିଜର ପୂର୍ବ ଅବସ୍ଥାକୁ ଫେରି ରକ୍ତସ୍ରାବ ବନ୍ଦ ହେବ ।

ପ୍ରସବର ପରିସମାପ୍ତି ପରେ କ୍ଳାନ୍ତି ଅନୁଭୂତ ହେବା ସ୍ୱାଭାବିକ କଥା । ଅନେକଙ୍କୁ ଭୋକ ହେଲେ ଅନେକଙ୍କୁ ଥଣ୍ଡା ଲାଗିଥାଏ ।

ଏହି ସମୟରେ ଋତୁଚକ୍ର ଭଳି ରକ୍ତସ୍ରାବ ହୋଇପାରେ । ଶିଶୁ ଜନ୍ମ ପରେ ଆପଣଙ୍କୁ କିପରି ଲାଗିବ? ଅର୍ଥାତ୍ ଅନୁଭବ କିପରି ହେବ? ଏହାର ଭିନ୍ନ ଭିନ୍ନ ମତ ପରିଲକ୍ଷିତ ହେବ । ଅନୁଭୂତି ଯାହା ହେଉନା କାହିଁକି ମା' ତା' ଛୁଆକୁ ନିହାତି ସ୍ନେହ କରିବେ; ଏଥିରେ ତିଳେମାତ୍ର ସନ୍ଦେହର ଅବକାଶ ନାହିଁ ।

ଆପଣ କ'ଣ କରିପାରନ୍ତିଏ଼ି

■ ନିଜ ଛୁଆକୁ ମନଭରି ସ୍ନେହ କରନ୍ତୁ । ତା' ସହ କଥା ହେଇ କାନରେ ଗୀତ କୁହନ୍ତୁ ଫଳରେ ସେ ଚିହ୍ନୁ । ନର୍ସରୀରେ ଛୁଆ ଥିଲେ ଅପେକ୍ଷା କରନ୍ତୁ ।

■ ସ୍ୱାମୀଙ୍କ ସହ ମଧ୍ୟ କଥାବାର୍ତ୍ତା କରନ୍ତୁ ।

■ ପ୍ଲେଜେଣ୍ଟାକୁ ପଦାକୁ କାଢ଼ିବାରେ ସାହାଯ୍ୟ କରନ୍ତୁ । ଅନେକ ଥର ଖୁବ୍ ସହଜରେ ଏହା ଚାଲିଆସେ । ଡାକ୍ତର ଆପଣଙ୍କୁ ସବୁକଥା ବୁଝେଇଦେବେ ।

■ କଟାକଟି ହେଇଥିଲେ ସିଲେଇ ହେବା ପର୍ଯ୍ୟନ୍ତ ନୀରବ ରୁହନ୍ତୁ ।

■ ନିଜକୁ ଗର୍ବିତ ମନେକରନ୍ତୁ ।

■ ପେରିନିୟମର ଚିକିତ୍ସା ପାଇଁ ବରଫ ଖଣ୍ଡ ମଗାନ୍ତୁ । ନର୍ସ ଆପଣଙ୍କୁ ରକ୍ତସ୍ରାବରୁ ରକ୍ଷା ପାଇଁ ପେଡ ଲଗେଇବାରେ ସାହାଯ୍ୟ କରିବେ । ତାପରେ ପରିଷ୍କାର କରି ପଠେଇ ଦିଆଯିବ ।

ସ୍ୱାମୀ କ'ଣ କରିବେ?

■ ଛୁଆକୁ ଧରି ଆପଣଙ୍କ ପାଖରେ ବସିବେ,

■ ନିଜ ସ୍ତ୍ରୀ ଓ ଛୁଆଙ୍କୁ ସ୍ନେହର ସହିତ ପଦିଏ କଥା କହି ଶୁଭେଚ୍ଛା ଦିଅନ୍ତୁ

■ ଛୁଆ ସହ ମଧ୍ୟ କଥା ହୁଅନ୍ତୁ । ଅନ୍ତତଃ ସେ ମଧ୍ୟ ଆପଣଙ୍କୁ ଚିହ୍ନିପାରୁ ।

■ ସ୍ତ୍ରୀଙ୍କୁ ଟିକେ ଅଧିକ ସ୍ନେହ କରନ୍ତୁ ।

■ ତାଙ୍କ ପାଇଁ ଜୁସ୍ ବରାଦ ଦେଇ ନିଜେ ସେମ୍ପେନ ମଗେଇ ଉତ୍ସବ ପାଳନ କରନ୍ତୁ ।

■ କେମେରା ବା ଭିଡିଓ ଥିଲେ ଫଟୋଚିତ୍ର କାଢ଼ିବାରେ ଲାଗିପଡ଼ନ୍ତୁ ।

ସିଜେରିଆନ ଡେଲିଭରି

ସିଜେରିଆନ ଡେଲିଭରିରେ ଆପଣ ସକ୍ରିୟ ଭୂମିକା ଗ୍ରହଣ କରି ପାରିବେ ନାହିଁ । ଏହାର ମଧ୍ୟ ଅନେକ ଲାଭ ଅଛି । ଅର୍ଥାତ୍ ଏଥିରେ ଠେଲିବା କାମ କରିବାକୁ ପଡ଼ିବନି ବରଂ ଆରାମରେ ଶୋଇ ରହିବାକୁ ହେବ । ଏ ସମ୍ପର୍କରେ ଜାଣିବା ଖୁବ୍ ଦରକାର କାରଣ ହଠାତ୍ ଘଡ଼ିସନ୍ଧି ମୁହୂର୍ତ୍ତରେ ଏଭଳି ନିଷ୍ପତ୍ତି ନେବାକୁ ପଡ଼ିଥାଏ ।

ବିଭିନ୍ନ ହସ୍ପିଟାଲରେ ଏହା ଭିନ୍ନ ଭିନ୍ନ ପ୍ରକାରର ହେଇଥାଏ । ନିମ୍ନ ପର୍ଯ୍ୟାୟ ଦ୍ରଷ୍ଟବ୍ୟ

■ ଆପଣଙ୍କୁ ଏନାସ୍ଥେସିଆ ଦେଇପାରନ୍ତି କିମ୍ବା ଏପିଡ୍ୟୁରାଲ । ଜରୁରୀକାଳୀନ ଅବସ୍ଥାରେ ଜେନେରାଲ ଏନାସ୍ଥେସିଆ ଦିଆଯାଏ ।

■ ତଳିପେଟକୁ ଆଣ୍ଟିସେପ୍ଟିକ ଦ୍ରବଣରେ ଧୂଆଯାଏ ଓ ଡାକ୍ତର କେଥେଟର ବଳରେ ବ୍ଲଡର ଖଲି କରିପାରନ୍ତି ।

■ ଷ୍ଟାଇଲ ଡ୍ରେପ୍‌କୁ ପେଟ ପାଖରେ ରଖି ସ୍କ୍ରିନକୁ ଏଭଳି ରଖାଯିବ, ସେଥିରେ ଆପଣ କିଛି ଦେଖିପାରିବେ ନାହିଁ ।

■ ସ୍ୱାମୀ ବା କୋଚ ଆପଣଙ୍କୁ ସାହାଯ୍ୟ କରିବେ । ସେ ଚାହିଁଲେ ସବୁ ଦେଖିପାରିବେ ।

■ ଏହା ଜରୁରୀକାଳୀନ ଅପରେସନ ହେଇଥିଲେ ବ୍ୟତିବ୍ୟସ୍ତ ହୁଅନ୍ତୁନି; ସବୁ ଠିକ୍ ହେଇଯିବ । ହସ୍‌ପିଟାଲରେ ଏହା ନିତିଦିନିଆ ଘଟଣା ।

■ ଏନାସ୍ଥେସିଆର ପ୍ରଭାବ ପଡ଼ିଲେ ହିଁ ପେଟକଟା ଯିବ । ଏଥିରେ ଯନ୍ତ୍ରଣା ହେବନାହିଁ ।

■ ତା'ପରେ ଗର୍ଭାଶୟରେ ଦ୍ୱିତୀୟ ଥର କଟାକଟି ହେବ ଓ ଏମ୍ନିଓଟିକ ଦ୍ରବଣ କଢ଼ାଯାଇ ଫିଙ୍ଗାଯିବ । ଏହାର ସ୍ୱର ଶୁଭିପାରେ ।

■ ଶିଶୁକୁ ପଦାକୁ କାଢ଼ି ଗର୍ଭାଶୟକୁ ବନ୍ଦ କରାଯିବ । ଏପିଡ୍ୟୁରାଲ ଟାଣିହେଇପାରେ । ନିଜ ଛୁଆକୁ ଦେଖିବାକୁ ଚାହୁଁଥିବଲେ ସ୍କ୍ରିନକୁ ତଳକୁ କରିବାକୁ କୁହନ୍ତୁ । ଫଳରେ ମାତ୍ର ଶିଶୁ ଦିଶିବ ଅଥଚ ଆଉ କିଛି ଦିଶିବନି ।

■ ଶିଶୁର ନାକ, ମୁହଁ, ପାଟିରୁ ମ୍ୟୁକସ କାଢ଼ି ନାଭିନାଳ କଟାହେବା ପରେ ଦେଖବବେ।

■ ଯୋନି ବାଟ ଦେଇ ଜନ୍ମ ହେଲା ଶିଶୁ ପରି ଏହାର ମଧ୍ୟ ଯତ୍ନ ନିଆଯିବ । ପ୍ଲେଜେଣ୍ଟା ଡାକ୍ତର କାଢ଼ି ଦେବେ ।

■ ଶିଶୁର ରୁଟିନ ପରୀକ୍ଷା ପରେ ଆପଣଙ୍କର ପ୍ରଜନନ ଅଙ୍ଗକୁ ପରୀକ୍ଷା କରାଯିବ; ଗର୍ଭାଶୟ ତଥା ପେଟକୁ ଯଥୋଚିତ ସିଲେଇ କରାଯିବ ।

■ ଗର୍ଭାଶୟର ଆକାର ହ୍ରାସ ତଥା ରକ୍ତସ୍ରାବ ରୋକିବା ପାଇଁ ଅକ୍ସିଟସିନ ଇଂଜେକକ୍‌ସନ ଦିଆଯାଇପାରେ । ସଂକ୍ରମଣରୁ ରକ୍ଷା ପାଇଁ ଅନେକ ପ୍ରକାରର ଏଣ୍ଟିବାୟୋଟିକ୍ସ ଦିଆଯିବ ।

■ ହୁଏତ ପ୍ରସୂତି ଗୃହ (ଏନ୍ତୁଡିଶାଳରେ) ଛୁଆକୁ ଦେଖି ସ୍ନେହ କରିବାର ସୁଯୋଗ ପାଇପାରନ୍ତି; କିନ୍ତୁ ଅନେକାଂଶରେ ପ୍ରସବ ସିଜେରିଆନ ହେଇଥିଲେ ଶିଶୁକୁ ନର୍ସରୀକୁ ନିଆଯାଏ; ଏଣୁ ନିରାଶ ହୁଅନ୍ତୁନି । ନିହାତି ସୁଯୋଗ ମିଳିବ ।

■ ■ ■

ଭାଗ-୩

ଯାଆଁଳା, ତିନି ବା ତତୋଽଧିକ ଶିଶୁ

(ଏକାଧିକ ଶିଶୁର ମା’ ହେବାକୁ ଥିଲେ)

ଏକାଧିକ ଶିଶୁ

ସତରେ କ'ଣ ଆପଣ ଏକାଧିକ ଶିଶୁର ଗର୍ଭଧାରଣ କରିଛନ୍ତି କି? ଏହି ସୁସମ୍ବାଦ ଶୁଣି ହୁଏତ ଆପଣ ଆନନ୍ଦ ମିଶ୍ରିତ ହର୍ଷବିଷାଦର ଦୋଳି ଖେଳିବେ । ଏସବୁ ତଥ୍ୟ ମଧ୍ୟରେ କେତେକ ପ୍ରଶ୍ନ ଉଙ୍କି ମାରିପାରେ, ଯଥା: ମୋର ଶିଶୁ କଣ ସୁସ୍ଥ ହେବ? ମୁଁ ସୁସ୍ଥ ରହିବି ନା ନାହିଁ? ମୁଁ ଆମ ଡାକ୍ତର ପରିବର୍ତ୍ତେ ଅନ୍ୟ ବିଶେଷଜ୍ଞଙ୍କ ପାଖକୁ ଯିବି କି? ମତେ କେତେ ଖାଇବାକୁ ହେବ ବା କେତେ ଓଜନ ବୃଦ୍ଧି କରାଯିବ? ମୋ ପେଟରେ ଦୁଇଜଣ ଶିଶୁଙ୍କ ପାଇଁ ଜାଗା ହେବ ତ? ଆଉ ପରେ? ମୁଁ ଦୀର୍ଘ ନ ମାସ ଧରି ଗର୍ଭଧାରଣ କରିପାରିବି ତ? ଦିନସାରା ବିଛଣାରେ ପଡ଼ିରହିବି କି? ଦୁଇଟି ଛୁଆଙ୍କୁ ଜନ୍ମ ଦେବା କଷ୍ଟକର ହେବ?

ଏକାଧିକ ଗର୍ଭଧାରଣ

ଆଜିକାଲି ମଲ୍‌ଟିପୁଲ ପ୍ରେଗ୍ନେନ୍ସି ବା ଏକାଧିକ ଗର୍ଭଧାରଣ ବେଶି ପ୍ରଚଳିତ । କାରଣ ୩୫ ବର୍ଷରୁ ଅଧିକ ବୟସର ସ୍ତ୍ରୀମାନେ ମା' ହେଉଛନ୍ତି । ଏଣୁ ହର୍ମୋନାଲ ପରିବର୍ତ୍ତନ ଯୋଗୁଁ ଯାଆଁଳା ଶିଶୁ ମାନଙ୍କ ଜନ୍ମ ଦେବାକୁ ବାଧ୍ୟ ହେଉଛନ୍ତି । ଏହାବ୍ୟତୀତ ଫର୍ଟିଲିଟିର ଚିକିତସା ତଥା ପୃଥଳ ଶରୀର ମଧ୍ୟ ଏହାର ଭିନ୍ନ ଏକ କାରଣ ହେଇପାରେ ।

ଆପଣ କ'ଣ ଚିନ୍ତା କରୁଥାଇ ପାରନ୍ତି?

ଏକାଧିକ ଗର୍ଭଧାରଣ ଜାଣିବା

"ମୁଁ ଏଇନା କିଛିଦିନ ତଳେ ଜାଣିବାକୁ ପାଇଲି ଯେ, ମୁଁ ଗର୍ଭବତୀ ଅଛି ଆଉ ବୋଧହୁଏ ଯାଆଁଳା ଶିଶୁଙ୍କୁ ଜନ୍ମ ଦେଇପାରେ; ହେଲେ ଏହାର ପ୍ରକୃତ ତଥ୍ୟ ମୁଁ ଜାଣିବି କିପରି?"

ଦିନ ଥିଲା, ଲୋକେ ଏକ୍ସୁଡିଶାଳାରେ ହଠାତ୍ ଯାଆଁଳା ଶିଶୁମାନଙ୍କୁ ଜନ୍ମ ଦେଇ ଆଶ୍ଚର୍ଯ୍ୟାନ୍ୱିତ ହେଇ ପଡ଼ୁଥିଲେ ।

କିନ୍ତୁ ସମୟ ପରିବର୍ତ୍ତନ ହେଇଯାଇଛି । ଏବେ ମା' ବାପାମାନେ ବହୁ ଆଗରୁ ଯାଆଁଳା ଶିଶୁ ହେବା କଥା ଜାଣି ପାରୁଛନ୍ତି ।

ଅଲ୍‌ଟ୍ରାସାଉଣ୍ଡ: ଅଲ୍‌ଟ୍ରାସାଉଣ୍ଡ ବଳରେ ଆପଣ ଉଭୟ ଛୁଆଙ୍କର ଚିତ୍ର ଦେଖିପାରିବେ । ଏହାଠାରୁ ସ୍ପଷ୍ଟ ପ୍ରମାଣ ଆଉ କଣ ହେଇପାରେ? ପ୍ରଥମ ତିନି ମାସରେ ଏହାକୁ ୬ ରୁ ୮ ସପ୍ତାହ ମଧ୍ୟରେ ଦେଖି ଜାଣିହେବ । ହେଲେ ସଠିକ୍ ଖବର ୧୨ ସପ୍ତାହ ପରେ ମିଳିଥାଏ । ପ୍ରଥମ ଅଲ୍‌ଟ୍ରାସାଉଣ୍ଡରେ ଦୁହେଁ ଏକା ସାଙ୍ଗରେ ଦୃଶ୍ୟମାନ ହୁଅନ୍ତି ନାହିଁ ।

ଡପ୍‌ଲର: ପ୍ରାୟ ନବମ ମାସ ବେଳକୁ ଡାକ୍ତର ଡପଲର ସାହାଯ୍ୟରେ ଶିଶୁର ସ୍ପନ୍ଦନ ପରୀକ୍ଷା କରିଥାନ୍ତି । ଅବଶ୍ୟ ଏକାଥରକେ ଗୋଟିଏ ଡପ୍‌ଲର ସହାୟତାରେ ଉଭୟଙ୍କର ସ୍ପନ୍ଦନ ଜାଣିବା ଅପେକ୍ଷାକୃତ କଷ୍ଟକର ହେଇଥାଏ । ତଥାପି ବିଶେଷ ଅନୁଭୂତି ସମ୍ପନ୍ନ ଡାକ୍ତରମାନେ ଏକଥା ଜାଣିପାରନ୍ତି । ପୁନଶ୍ଚ ଅଲ୍‌ଟ୍ରାସାଉଣ୍ଡର ରିପୋର୍ଟ ଏହାର ସଠିକ ପ୍ରମାଣ ହେଇପାରେ ।

ହର୍ମୋନ୍‌ର ସ୍ତର: ଗର୍ଭଧାରଣର ୧୦ ଦିନ ପରେ ପରିସ୍ରାରେ ପ୍ରେଗ୍ନେନ୍ସି ହର୍ମୋନ ଏଚସିଜ ଜଣାପଡ଼ିଥାଏ; ଏହା ପ୍ରଥମ ତିନିମାସ ମଧ୍ୟରେ ଦ୍ରୁତ ବେଗରେ ବଢ଼ିଥାଏ । ଏହାର ବର୍ଦ୍ଧମାନ ସ୍ତରରୁ ମଧ୍ୟ ଯାଆଁଳା ଶିଶୁ କଥା ଜଣାପଡ଼େ । ହେଲେ ବେଳେ ବେଳେ ଏହା ସାମାନ୍ୟ ମଧ୍ଯ ରହେ; ଏଣୁ ସଠିକ୍ କହିବା ମୁସ୍କିଲ ।

ପରୀକ୍ଷାର ଫଳାଫଳ: ଦ୍ୱିତୀୟ ତିନିମାସରେ ଟ୍ରିପଲ ବା କ୍ୱେଡ ସ୍କ୍ରିନ ପରୀକ୍ଷା ବଳରେ ସ୍ପଷ୍ଟ ଜଣାପଡ଼େ ଯେ ପେଟରେ ଏକାଧିକ ଛୁଆ ଅଛି ବୋଲି ।

ଆପଣଙ୍କ ମାପ: ଶିଶୁ ଯେତେ ବେଶି ହେବେ, ପେଟ ଅର୍ଥାତ୍ ଗର୍ଭାଶୟ ମଧ୍ୟ ସେତେ ଅଧିକ ବଡ଼ ଦୃଶ୍ୟମାନ ହେବ । ସବୁଥର ମାପିବା ବେଳେ ଅସାଧାରଣ ହେଲେ ମଧ୍ୟ ଏକାଧିକ ଶିଶୁ କଥା ଅନୁମାନ କରାଯାଇପାରେ ।

ଅନେକ ପରୀକ୍ଷା ନିରୀକ୍ଷା ପରେ ସର୍ବଶେଷରେ ଅଲ୍‌ଟ୍ରାସାଉଣ୍ଡ ବଳରେ ସବୁ କଥା ସ୍ପଷ୍ଟ ହେଇପାରିବ ।

ଫ୍ରେଟରନାଲ ବା ଆଇଡେଣ୍ଟିକାଲ

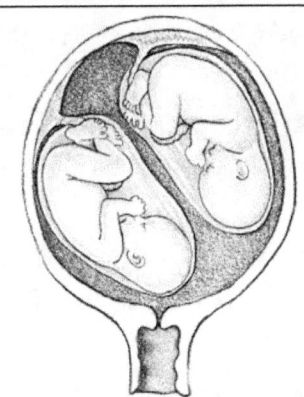

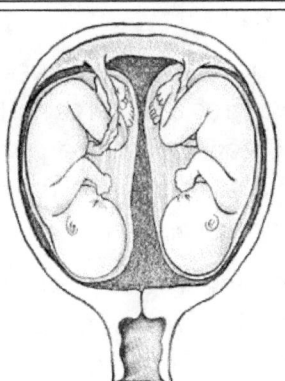

ଫ୍ରେଟରନାଲ ଯାଆଁଳାରେ ଦୁଇଟି ଡିମ୍ବ ଏକାସାଙ୍ଗରେ ଫର୍ଟିଲାଇଜ ହେଇଥାନ୍ତି । ଆଇଡେଣ୍ଟିକାଲ ଯାଆଁଳାରେ ଗୋଟିଏ ମାତ୍ର ଅଣ୍ଡା ଫର୍ଟିଲାଇଜ ହୋଇ ଦୁଇଟି ଭ୍ରୁଣରେ ବିଭକ୍ତ ହୋଇଥାଏ । ଏମାନଙ୍କ ପ୍ଲେସେଣ୍ଟା ହୁଏ ଏକା ହୋଇପାରେ ବା ଭିନ୍ନ ଭିନ୍ନ ମଧ୍ୟ ।

ସାଧାରଣତଃ ଫ୍ରେଟରନାଲ ଯାଆଁଳା ଶିଶୁ ବେଶି ଦୃଶ୍ୟମାନ ହେଇଥାଏ । ଯଦିଚ ଆପଣଙ୍କ ବଂଶରେ ଯାଆଁଳା ଶିଶୁର ପରମ୍ପରା ଥାଏ, ତେବେ ହୁଏତ ଆପଣ ମଧ୍ୟ ଯାଆଁଳା ଶିଶୁଙ୍କୁ ଜନ୍ମ ଦେଇପାରନ୍ତି ।

ଡାକ୍ତରଙ୍କ ନିର୍ବାଚନ

"କିଛିଦିନ ତଳେ ମୁଁ ଜାଣିବାକୁ ପାଇଲି ଯେ, ଯାଆଁଳା ଶିଶୁଙ୍କୁ ମୁଁ ଜନ୍ମ ଦେବାକୁ ଯାଉଛି । ହେଲେ ମୁଁ ନିୟମିତ ଯାଉଥିବା ପ୍ରସୂତି ବିଶେଷଜ୍ଞଙ୍କ ପାଖକୁ ଯିବି ନା ଅନ୍ୟ କୌଣସି ବିଶେଷଜ୍ଞଙ୍କ ପାଖକୁ ?"

ନିୟମିତ ଯାଉଥିବା ଡାକ୍ତରଙ୍କ ଚିକିତ୍ସା ଯଦି ସନ୍ତୋଷଜନକ ହେଇଥାଏ, ତେବେ ଅନ୍ୟ ପାଖକୁ ଯିବା ଅନାବଶ୍ୟକ ।

ଏହାବ୍ୟତୀତ ଅନ୍ୟ ଅତିରିକ୍ତ ଯତ୍ନ ଚାହାନ୍ତି କି ? ଅନେକ ଥର ଡାକ୍ତରମାନେ ମଧ୍ୟ ଏଭଳି ମତାମତ ଦେଇଥାନ୍ତି । ହେଲେ ଏହା ଆପଣଙ୍କ ଉପରେ ନିର୍ଭର । ଅବାଃ ଯାଆଁଳା ଶିଶୁ ପାଇଁ 'ପ୍ରିନେଟୋଲୋଜିଷ୍ଟ'ଙ୍କ ପରାମର୍ଶ ବାଞ୍ଛନୀୟ । ଯଦି ଗର୍ଭଧାରଣ ବିପଦସଂକୁଳ ଥାଏ, ତେବେ ଏହା ଅତ୍ୟାବଶ୍ୟକ ମଧ୍ଯ ।

ଏଭଳି ବିଶେଷଜ୍ଞଙ୍କ ନିର୍ବାଚନ ବେଳେ ହସ୍‌ପିଟାଲର ଅବସ୍ଥା ପ୍ରତି ଧାରଣା ଥିବା ଦରକାର । କାରଣ ଏଭଳି ପରିସ୍ଥିତିରେ ପ୍ରିମେଚ୍ୟୋର ଶିଶୁଙ୍କ ପାଇଁ ସମୁଚିତ ବ୍ୟବସ୍ଥା ଥିବା ଉଚିତ । ଆଉ ଯାଆଁଳା କ୍ଷେତ୍ରରେ ସମ୍ଭାବ୍ୟ ମଧ୍ୟ ।

ଡାକ୍ତରଙ୍କୁ ଟିକିନିଖି ତାଙ୍କ ନୀତିନିୟମ ସମ୍ପର୍କରେ ପଚାରି ବୁଝନ୍ତୁ । ୩୭-୩୮ ସପ୍ତାହ ମଧ୍ୟରେ ଡେଲିଭରି କରିବେ ନା ସବୁ ସକୁଶଳ ଥିଲେ ଅପେକ୍ଷା କରିବେ ? ଯୋନି ବାଟ ଦେଇ ଜନ୍ମ ହେବ ନା ଅପରେସନ ଅନିବାର୍ଯ୍ୟ ? ଡେଲିଭରି ରୁମ୍‌ରେ ରହିବେ ନା ଅପରେସନ ରୁମ୍‌ରେ ?

ଏ ସମ୍ପର୍କରେ ଅନ୍ୟାନ୍ୟ ତଥ୍ୟାବଳୀ ବହିରେ ପ୍ରଦତ୍ତ ।

ଗର୍ଭାବସ୍ଥାର ଲକ୍ଷଣ

"ମୁଁ ଶୁଣିବାକୁ ପାଇଛି ଯେ, ସାମାନ୍ୟ ଅପେକ୍ଷା ଯାଆଁଳା ଶିଶୁର ଗର୍ଭଧାରଣ ବେଶି କଷ୍ଟପ୍ରଦ ଓ ଶୋଚନୀୟ । ଏହା କ'ଣ ସତ ?"

ଅନେକ ଥର ଯାଆଁଳା ଶିଶୁର ଗର୍ଭଧାରଣ ଅତିଶୟ ଅସୁବିଧାଜନକ ହେଇଥାଏ, ହେଲେ ଏହା ସର୍ବଥା ଓ ସର୍ବଦା ଏପରି ହୁଏନାହିଁ ।

ସାଧାରଣ ଗର୍ଭ ଭଳି ଏହା ମଧ୍ୟ ସ୍ୱତନ୍ତ୍ର ଓ ପୃଥକ ହେଇଥାଏ । ହୁଏତ ଜଣକୁ ବାନ୍ତି ବାନ୍ତି ଲାଗୁଥିଲେ, ଅନ୍ୟକୁ ଆଦୌ ବାନ୍ତି ଲାଗେନାହିଁ । ଏଭଳି ଲକ୍ଷଣ ମଧ୍ୟ ଦେଖାଯାଏ ।

ଅବଶ୍ୟ ସବୁ ଲକ୍ଷଣ ଦ୍ୱିଗୁଣିତ ହେବ ବୋଲି ଭାବିବା ସମ୍ପୂର୍ଣ୍ଣ ଭୁଲ୍ । ଏହାକୁ ମାପିବା ଅସମ୍ଭବ ଅପେକ୍ଷାକୃତ ଅଳ୍ପ ବେଶି ହେଇପାରେ ।

- ମର୍ଣ୍ଣିଂ ସିକ୍‌ନେସ, ବାନ୍ତି ଇତ୍ୟାଦି ଲକ୍ଷଣ ବେଶି ଦେଖାଦିଏ । ଏସବୁ ହର୍ମୋନ୍‌ର ପ୍ରଭାବ ଅଟେ ।

- ପେଟରେ ଶିଶୁ ଅନୁପାତରେ ସେତେ ଅଧିକ କଷ୍ଟ, ଛାତି ଜଳା, ଅଜୀର୍ଣ୍ଣ ଇତ୍ୟାଦି ବୃଦ୍ଧି ପାଏ ।

- କ୍ଲାନ୍ତି ସ୍ୱାଭାବିକ ଭାବରେ ବେଶି ଲାଗିବ । ଉଦର ବୃଦ୍ଧି ଯୋଗୁଁ ଭଲ ନିଦ ନ ପଡ଼ିବାରୁ ଏପରି ହେବ ।

- ଏହାବ୍ୟତୀତ ଅନ୍ୟ ଶାରୀରିକ ଦୁଃଖକଷ୍ଟ ମଧ୍ୟ ତଦନୁପାତରେ ବେଶି ହେବ । ହେଲେ ଏଥିରେ ଭଲ କରିବାର କିଛି ନାହିଁ; ପୁନଶ୍ଚ ପୁରସ୍କାର ମଧ୍ୟ ଦୁଇଗୁଣ ବେଶି ମିଳିଥାଏ ।

ଏକାଧିକ ଗର୍ଭଧାରଣ ଓ ଖାଦ୍ୟପେୟ

"ମୁଁ ଏବେଠାରୁ ନିଜର ତିନୋଟି ଛୁଆଙ୍କ ପାଇଁ ଖାଇବା କଥା ଚିନ୍ତା କରିସାରିଛି; ହେଲେ ତିନିଗୁଣ ଖାଦ୍ୟ ସତରେ କ'ଣ ମୁଁ ଖାଇପାରିବି ?"

ତିନୋଟି ଶିଶୁର ଗର୍ଭଧାରଣ କହିବାକୁ ଗଲେ ସବୁବେଳେ ମା' କିଛି ନା କିଛି ଖାଦ୍ୟପେୟ ଗ୍ରହଣ କରିବେ । ହେଲେ ଖାଦ୍ୟ ଦୁଇଗୁଣ ହେଲେ ଚଳିଯିବ । ଆଗାମୀ ଦିନମାନଙ୍କରେ ପ୍ରତି ଶିଶୁ ୧୫୦ ରୁ ୩୦୦ କେଲୋରି ଖାଇବାକୁ ହେବ । ଅର୍ଥାତ୍ ଯାଆଁଳା ଶିଶୁ ହେଲେ ୩୦୦ ରୁ ୬୦୦ କେଲୋରି ଓ ତିନିଟା ଶିଶୁ ହେଲେ ୪୫୦ ରୁ ୯୦୦ କେଲୋରି । ଅଯଥା ଖାଇବା ଅପେକ୍ଷା ତାର ଗୁଣବର୍ତ୍ତା ପ୍ରତି ଦୃଷ୍ଟି ଦିଅନ୍ତୁ । ସୁଷମ ଖାଦ୍ୟ ଏକାନ୍ତ ଜରୁରୀ । ବହିରେ ପ୍ରଦତ୍ତ ଡାଇଟ ତାଲିକା ଦେଖନ୍ତୁ ।

ଭାଗ ଭାଗ କରି କମ୍ ଖାଆନ୍ତୁ: ପେଟ ବଢ଼ିବା ସାଂଗକୁ ପେଟରେ ଖାଦ୍ୟର ପରିମାଣ କମି କମି ଯିବ । ଏଣୁ ଖାଦ୍ୟକୁ ଭାଗ ଭାଗ କରି ଅନେକ ଥର କମ୍ କମ୍ ଖାଆନ୍ତୁ । ଅର୍ଥାତ୍ ୫-୬ ଥର ଖାଆନ୍ତୁ ।

କେଲୋରି ଗଣନା: କେଲୋରିଯୁକ୍ତ ପୁଷ୍ଟିକର ଖାଦ୍ୟ ସୁସ୍ଥ ଶିଶୁ ଜନ୍ମ ସକାଶେ ଏକାନ୍ତ ଜରୁରୀ । ଏଣୁ ଜଙ୍କଫୁଡ ନଖାଇ ବରଂ ପୁଷ୍ଟିକର ସୁଷମ ଖାଦ୍ୟ ଖାଇବା ବିଧେୟ ।

ଅତିରିକ୍ତ ପୋଷଣ: ନିଜର ଖାଦ୍ୟରେ ପ୍ରୋଟିନ, କେଲସିୟମ, ଆଇରନ ଭଳି ଦ୍ରବ୍ୟ ଯଥେଷ୍ଟ ଖାଇବା ପାଇଁ ଡାକ୍ତରଙ୍କୁ ପରାମର୍ଶ କରନ୍ତୁ ।

ଆଇରନ ପୂରଣ: ଆଇରନ ଯୋଗୁଁ ଲୋହିତ ରକ୍ତ କଣିକା ତିଆରି ହେଇଥାଏ । ଫଳରେ ଏନିମିଆରୁ ରକ୍ଷା ପାଇପାରିବେ । ମାଂସ, ପାଣିକଖାରୁ ମଂଜି ଓ ପାଳଙ୍ଗ ଭଳି ସାଗରେ ଆଇରନ ବେଶି ଥାଏ । ପୁନଶ୍ଚ ଡାକ୍ତରଙ୍କ ପରାମର୍ଶ ଅନୁକ୍ରମେ ଆଇରନ ବଟିକା ମଧ୍ୟ ଖାଆନ୍ତୁ ।

ଯଥେଷ୍ଟ ପାଣି ପିଅନ୍ତୁ: ମଲ୍‌ଟିପୁଲ ପ୍ରେଗ୍ନେନ୍ସିରେ ଡି-ହାଇଡ୍ରେସନର ସମସ୍ୟା ଜଡ଼ିତ ଥାଏ । ଏଣୁ ଦିନକୁ ଅନ୍ତତଃ ୮-୯ ଗ୍ଲାସ ପାଣି ପିଅନ୍ତୁ ।

ଓଜନ ବୃଦ୍ଧି

"ଯାଆଁଳା ଶିଶୁମାନଙ୍କ ପାଇଁ ମୋର ଓଜନ ବେଶି ହେବା ଦରକାର ହେଲେ କେତେ ?"

ଓଜନ ବୃଦ୍ଧି ପାଇଁ ପ୍ରସ୍ତୁତ ହୋଇଯାଆନ୍ତୁ । ଡାକ୍ତରଙ୍କ ମତାନୁସାରେ ଯାଆଁଳା ଶିଶୁର ମାର ଓଜନ ୩୫ ରୁ ୪୫ ପାଉଣ୍ଡ ଓ ତିନୋଟି ଛୁଆ ଥିଲେ ୫୦ ପାଉଣ୍ଡ ପର୍ଯ୍ୟନ୍ତ ବୃଦ୍ଧି କରାଯିବା ଉଚିତ । ଆଗରୁ କମ୍ ବେଶି ଥବଲେ ହୁଏତ ପାର୍ଥକ୍ୟ ଦେଖା ଦେଇପାରେ । ଅବଶ୍ୟ ଏକାଥରକେ ଏତେ ଓଜନ ବଢ଼େଇବା କମ୍ କଥା ନୁହଁ । ଏଥିରେ ଅନେକ ଅସୁବିଧାର ସମ୍ମୁଖୀନ ହେବାକୁ ପଡ଼ିଥାଏ ।

ପ୍ରଥମ ତିନିମାସରେ ମର୍ଣ୍ଣିଂ ସିକ୍‌ନେସ ଯୋଗୁଁ ଖାଇପିଇ ହେବନାହିଁ । ସପ୍ତାହକୁ ଏକ ପାଉଣ୍ଡ ଓଜନ ବୃଦ୍ଧି ପାଇଁ ଯତ୍ନବାନ ହୁଅନ୍ତୁ । ନହେଲେ କିଛି କଥା ନାହିଁ କିନ୍ତୁ ଭିଟାମିନ ବଟିକା ଖାଇ ଯଥେଷ୍ଟ ପାଣି ପିଉଥାନ୍ତୁ ।

ଦ୍ୱିତୀୟ ତିନିମାସ ଟିକେ ଆରାମଦାୟକ ହେଇପାରେ । ସେତେବେଳେ ପୁଷ୍ଟିକର ଖାଦ୍ୟ ଖାଇ ଶିଶୁକୁ ଆବଶ୍ୟକ ତତ୍ତ୍ୱ ଦେଇ ନିଜର ଓଜନ ବୃଦ୍ଧି କରିପାରିବେ । ପ୍ରଥମ ତିନିମାସରେ ଆଦୌ ଓଜନ ବୃଦ୍ଧି ନହେଲେ କିମ୍ବା କମିଗଲେ ଯାଆଁଳା ଶିଶୁ ପାଇଁ ସପ୍ତାହକୁ ୧ ୧/୨ ରୁ ୨ ପାଉଣ୍ଡ ଓଜନ ବଢ଼ାଯାଇପାରେ । ଅତ୍ୟଧିକ ପ୍ରୋଟିନ୍, କେଲସିୟମ ଓ ଖାଦ୍ୟଶସ୍ୟ ଖାଇ ଓଜନ ବୃଦ୍ଧି କରିବାକୁ ହେବ । ଅଜୀର୍ଣ୍ଣ କିମ୍ବା ଛାତିଜଳା ଯୋଗୁଁ ଅସୁବିଧା ହେଲେ ୬ ଥର କରି ଖାଇପାରନ୍ତି ।

ତୃତୀୟ ତିନିମାସରେ ସପ୍ତମ ମାସ ବେଳକୁ ଦେଢ଼ରୁ ଦୁଇ ପାଉଣ୍ଡ ଓଜନ ବୃଦ୍ଧିର ଲକ୍ଷ୍ୟ ହେବା ଦରକାର । ୩୨ ସପ୍ତାହ ବେଳକୁ ପ୍ରତ୍ୟେକ ଶିଶୁ ୪ ପାଉଣ୍ଡର ହେଇଯିବ । ଆଉ ପେଟରେ ଖାଇବାକୁ ଜାଗା ଅଣ୍ଟିବନି । ତଥାପି ଖାଇପାରିବେ । ସୁଷମ ଖାଦ୍ୟ ଗୁଣବତ୍ତା ପ୍ରତି ଦୃଷ୍ଟି ଦିଅନ୍ତୁ । ମନେରଖନ୍ତୁ ଯେ ଯାଆଁଳା ଶିଶୁର ଗର୍ଭଧାରଣ ୪୦ତମ ସପ୍ତାହ ପର୍ଯ୍ୟନ୍ତ ରହିପାରେ ନାହିଁ ।

ମଲ୍‌ଟିପୁଲ ପ୍ରେଗ୍ନେନ୍ସିରେ ଓଜନ

ଗର୍ଭାବସ୍ଥାର ସ୍ତର	ପ୍ରଥମ ତିନିମାସ ଓଜନ	ଦ୍ୱିତୀୟ ତିନିମାସ ଓଜନ	ତୃତୀୟ ତିନିମାସ ଓଜନ	ମୋଟ ଓଜନ
ଯାଆଁଳା ସହ ଅତିକମ୍‌ରେ ଓଜନ	୪-୬ ପାଉଣ୍ଡ	୧୯-୨୩ ପାଉଣ୍ଡ	୧୭-୨୧ ପାଉଣ୍ଡ	୪୦-୫୦ ପାଉଣ୍ଡ
ଯାଆଁଳା ସହ ବେଶି ଓଜନ	୩-୪ ପାଉଣ୍ଡ	୧୯-୨୨ ପାଉଣ୍ଡ	୧୩-୧୯ ପାଉଣ୍ଡ	୩୪-୪୫ ପାଉଣ୍ଡ
ତିନୋଟି ଶିଶୁ	୪-୫ ପାଉଣ୍ଡ	୩୦+ ପାଉଣ୍ଡ	୧୧-୧୫ ପାଉଣ୍ଡ	୪୫+ ପାଉଣ୍ଡ

ମଲ୍‌ଟିପୁଲ ଟାଇମଲାଇନ

ଆପଣଙ୍କୁ ୪୦ ସପ୍ତାହ ଧରି ଗଣନା କରିବାକୁ ପଡ଼ିବ ନାହିଁ । ଯାଆଁଳା ଗର୍ଭ ୩୭ ସପ୍ତାହ ମଧ୍ୟରେ ହେଇଯାଏ । ଅର୍ଥାତ୍ ୩ ସପ୍ତାହ ପୂର୍ବରୁ । ବେଳେ ବେଳେ ୩୯ ସପ୍ତାହ ଯାଏଁ ରହିଥାଏ । ଏଣୁ ଏହା ଅନିଶ୍ଚିତ କହିଲେ ଚଳେ । ୩୭ ସପ୍ତାହ ପୂର୍ବରୁ ହୁଏତ ଛୁଆ ଜନ୍ମ ହେଇପାରେ ବା ସବୁ କୁଶଳ ଥିଲେ ଡାକ୍ତର ୩୮ ସପ୍ତାହରେ ପ୍ରସର ଆରମ୍ଭ କରିପାରନ୍ତି । ଏଣୁ ଆଗରୁ ଡାକ୍ତରଙ୍କୁ ପଚାରି ବୁଝିବା ଉଚିତ ।

ବ୍ୟାୟାମ

"ମୁଁ ଜଣେ ଧାବିକା; ହେଲେ ଯାଆଁଳା ଶିଶୁର ଗର୍ଭଧାରଣ କରି ମୁଁ କ'ଣ ନିଜର ଅଭ୍ୟାସ ଅବ୍ୟାହତ ରଖିପାରିବି କି?"

ଅବଶ୍ୟ ବ୍ୟାୟାମରୁ ଉପକାର ହେଇଥାଏ କିନ୍ତୁ ଗର୍ଭାବସ୍ଥାରେ ସତର୍କତା ଅବଲମ୍ବନୀୟ । ଏଣୁ ଡାକ୍ତର ଦୌଡ଼ିବା ପରିବର୍ତ୍ତେ ଅନ୍ୟ କିଛି କରିବାକୁ କହିପାରନ୍ତି । ନଚେତ୍ ତାପମାତ୍ରା ବୃଦ୍ଧି ବା ସର୍ଭିକ୍ସରେ ଚାପ ଯୋଗୁଁ ପ୍ରିଟର୍ମ ବାର୍ଥର ଆଶଙ୍କା ବୃଦ୍ଧି ପାଇଥାଏ ।

ଆପଣ ସନ୍ତରଣ, ୱାଟର ଏରୋବିକ୍ସ, ଷ୍ଟ୍ରେଚିଂ, ଯୋଗ ବା ସାଇକେଲିଂ କରିପାରନ୍ତି । ଏହା ସାଙ୍ଗକୁ କିଗଲ କରିବାକୁ ଭୁଲନ୍ତୁ ନାହିଁ, କାରଣ ଏହାଫଳରେ ପୃଷ୍ଠତଳ ମଜବୁତ ହୋଇଥାଏ ।

ଯେକୌଣସି କାର୍ଯ୍ୟବେଳେ ହାଲିଆ ହେଲେ ବିଶ୍ରାମ କରନ୍ତୁ; ପାଣି ପିଇ ଅଳ୍ପ ସୁସ୍ଥେଇ ପାରନ୍ତି । ବେଶି ଅସୁବିଧା ମନେକଲେ ଡାକ୍ତରଙ୍କୁ ଫୋନ କରନ୍ତୁ ।

ମିଶାମିଶି

"ପ୍ରତ୍ୟେକ କହନ୍ତି ଯେ ଯାଆଁଳା ଶିଶୁ ହେବା ଭାଗ୍ୟରେ ଥିଲେ ଜୁଟେ ଓ ଏହାର ଅନୁଭୂତି ନିଆରା । ହେଲେ ଆମେ ଦୁହେଁ ଖୁବ୍ ନିରାଶ ଓ ସଶଙ୍କିତ ମଧ୍ୟ । ଆମେ କାହିଁକି ଏପରି ଅନୁଭବ କରୁଛେ ?" କିଛି କଥା ନୁହଁ । ସାଧାରଣତଃ ଶିଶୁର ଜନ୍ମ ପୂର୍ବରୁ ଆମେ ଗୋଟିଏ ମାତ୍ର ଶିଶୁର କଳ୍ପନା କରୁ ଓ ସେ ହିସାବରେ ପ୍ରସ୍ତୁତ ହେଇଥାଉ । ଦୁଇ ବା ତତୋଧିକ ଛୁଆକୁ ନେଇ ସ୍ୱପ୍ନ ଦେଖୁନାହିଁ ହେଲେ ହଠାତ୍ ଜଣାପଡ଼ିଲେ ନିରାଶ ହେଇ ଦାୟିତ୍ୱ ବହନ କରିବାକୁ ପଡ଼ିଥାଏ ।

ଏକଥାକୁ ନେଇ ବ୍ୟତିବ୍ୟସ୍ତ ହେବା କିମ୍ବା ଲଜ୍ଜିତ୍ ହେବାର କିଛି ନାହିଁ । ଆଗାମୀ ମାସରେ ଏଥିପ୍ରତି ଯତ୍ନବାନ ହେଇ ସ୍ୱାମୀ-ସ୍ତ୍ରୀ ଦୁହେଁ ନିଜର ମନକଥା କହିଦେବା ଉଚିତ । ଯାଆଁଳା ଶିଶୁର ମା'ମାନଙ୍କ ସଂସ୍ପର୍ଶରେ ଆସି ସବୁକଥା ଟିକିନିଖି ବୁଝନ୍ତୁ । ଫଳରେ ନିଜର ଗର୍ଭପ୍ରତି ଗର୍ବ ଓ ଗୌରବ ଭାବ ସୃଷ୍ଟି ହେବ । ଯାଆଁଳା ଶିଶୁର ଦାୟିତ୍ୱ ବୃଦ୍ଧି ସାଙ୍ଗକୁ ଖୁସି ମଧ୍ୟ ଦ୍ୱିଗୁଣିତ ହେବ ।

ଅସମ୍ବେଦନଶୀଳ ବାକ୍ୟ

"ମୁଁ ମୋର ଜଣେ ସାଙ୍ଗକୁ ଯାଆଁଳା ଶିଶୁ ବାବଦରେ କହିଲାରୁ ସେ ଅସମ୍ବେଦନଶୀଳ ଭାବେର ବ୍ୟବହାର ଦେଲା । କାହିଁକି ସେ ଏପରି କଲା ?"

ହୁଏତ ଏହା ପ୍ରଥମ କରି ହେଇଥାଇପାରେ । ହେଲେ ସମସ୍ତେ ଏପରି ବ୍ୟବହାର ଦେବେନାହିଁ । ନାନା ମୁନୀଙ୍କ ନାନା ମତ ।

କଥା କ'ଣ କି ଏଭଳି ଅବସ୍ଥାରେ କ'ଣ କୁହାଯିବ, ଏକଥା ସେ ଜାଣିନଥିବେ, ଏଣୁ ଏପରି ଭାବ ପୋଷଣ କଲେ, ଅବଶ୍ୟ ହୃଦୟରେ କୌଣସି କଟୁଭାବ ନ ଥାଇପାରେ ।

ଏଥିରୁ ରକ୍ଷା ପାଇବାର ଏକମାତ୍ର ଉପାୟ ହେଲା ଏହାକୁ ବେଶି ଗୁରୁତ୍ୱ ଦିଅନ୍ତୁ ନାହିଁ । ମନେରଖନ୍ତୁ ଈଶ୍ୱର ସଭିଙ୍କର ମଙ୍ଗଳ ଚାହାନ୍ତି; ଅମଙ୍ଗଳ ନୁହଁ ।

"ଲୋକେ ସାଧାରଣତଃ ଏଭଳି ପ୍ରଶ୍ନ ମତେ ପଚାରିଥାନ୍ତି, ଯେ ଆମ ଘରେ ଆଗରୁ ଯାଆଁଳା ଶିଶୁ ଥିଲେ ନା ଏଥିପାଇଁ ମୁଁ ଚିକିତ୍ସା କରେଇଛି । ହଁ, ମୁଁ ଚିକିତ୍ସା ବଳରେ ଗର୍ଭଧାରଣ କରିଛି; ହେଲେ ଅଜଣା, ଅପରିଚିତଙ୍କୁ ମୁଁ ଏକଥା କହିବାକୁ ଚାହେଁନାହିଁ ।"

ମଲ୍‌ଟିପୁଲ କନେକ୍ସନ

ଆପଣ ମଲ୍‌ଟିପୁଲ କନେକ୍ସନ ଅର୍ଥାତ ଯାଆଁଳା ଶିଶୁର ମା'ମାନଙ୍କ ସହିତ ସମ୍ପର୍କ ସ୍ଥାପନ କରିପାରନ୍ତି । ଫଳରେ ନିଜ ମନରେ ଉଠୁଥିବା ଆଶଙ୍କା, ସନ୍ଦେହ ଓ ଜିଜ୍ଞାସାକୁ ଦୂର କରିପାରିବେ । ଡାକ୍ତରଙ୍କୁ ପଚାରି ନିଜର ସନ୍ଦେହ ମୋଚନ କରନ୍ତୁ । ମହି କିମ୍ବା ଅନ୍‌ଲାଇନ ଯୋଗେ ତଥ୍ୟାବଳୀ ସଂଗ୍ରହ କରି ଉପକୃତ ହୁଅନ୍ତୁ ।

ଗର୍ଭବତୀ ସ୍ତ୍ରୀ ମାନଙ୍କ ଉପରେ ସଭିଙ୍କର ଦୃଷ୍ଟି ପଡ଼ିଥାଏ । ଯାଆଁଳା ଶିଶୁ ଗର୍ଭସ୍ଥ ଥିଲେ କଥାଟା ଆହୁରି ବେଶି ଗୁରୁତ୍ୱପୂର୍ଣ୍ଣ ମନେହେଇ ଆଗ୍ରହ ଓ ଉତ୍କଣ୍ଠାର କାରଣ ହେଇଥାଏ । ଏଣୁ ଅଜଣା ଲୋକେ ମଧ୍ୟ ଆପଣଙ୍କ ଜୀବନରେ ଆଗ୍ରହବଶତଃ ପ୍ରବେଶ କରି ପ୍ରଶ୍ନ କରିଥାନ୍ତି । ଏପରି ହେଲେ ଟିକିନିଖି ମୂଳରୁ ଆରମ୍ଭ କରି କହିଚାଲନ୍ତୁ ଯେ ଶେଷରେ ସେ ବିରକ୍ତ ହେଇ ପଳେଇ ଯିବାକୁ ବାଧ୍ୟ ହେବେ । ନଚେତ୍ ନିମ୍ନଲିଖିତ ଉତ୍ତର ମଧ୍ୟ ଦେଇପାରନ୍ତି ।

■ ହଁ, ଆମ ଘରେ ଯାଆଁଳା ଶିଶୁ ହିଁ ହେବ । ଫଳରେ ସେ ଅନୁମାନ କରିବସିବେ ।

■ ଆମେ ଏକାରାତିରେ ଦୁଇଥର ସହବାସ କରିଥିଲୁ । ଏହା ଶୁଣି ତାଙ୍କ ପାଟି ବନ୍ଦ ହୋଇଯିବ ।

■ ମୁଁ ବଡ଼ ଗୌରବ ସ ସ୍ନେହର ସହିତ ଗର୍ଭଟିକୁ ଧାରଣ କରିଛି ।

■ ଆପଣ କାହିଁକି ପଚାରୁଛନ୍ତି ? ଓଲଟା ପ୍ରଶ୍ନ କଲେ ସେ ଥତମତ ହେଇଯିବେ ବା ପ୍ରକୃତ ବିଷୟବସ୍ତୁ ଜାଣିଲା ପରେ ହିଁ ଉତ୍ତର ଦିଅନ୍ତୁ ।

କିନ୍ତୁ ଉତ୍ତର ଦେବାକୁ ନ ଚାହିଁଲେ ଏହା ଆମ ବ୍ୟକ୍ତିଗତ ମାମଲା" କହି କଥାଟାକୁ ବାଗେଇ ଦିଅନ୍ତୁ ।

ନିରାପତ୍ତାର ପ୍ରଶ୍ନ

"ଆମେ ବଡ଼ କଷ୍ଟରେ ଏହି ବାସ୍ତବତାକୁ ଗ୍ରହଣ କରିଛେ ଓ ମୁଁ ଯାଆଁଳା ଶିଶୁଙ୍କୁ ଜନ୍ମ ଦେବାକୁ ଯାଉଛି । ହେଲେ ଏହା ଶିଶୁଙ୍କ ପାଇଁ ବା ମୋ ପାଇଁ ବିପଜ୍ଜନକ ହେବ କି?"

ଅଧିକା ଶିଶୁଟିଏ ପାଇଁ ଅଧିକା ପରିଶ୍ରମ ଓ ଅସୁବିଧା ହେଇପାରେ, ହେଲେ ଏତେ ବେଶି ନୁହଁ, ଆପଣ ଯେତେ ଚିନ୍ତା କରୁଛନ୍ତି । ଅବଶ୍ୟ ଏହାକୁ 'ହାଇରିସ୍କ ପ୍ରେଗ୍ନେନ୍ସି' ବୋଲି କୁହାଯାଏ । ଏଥିରେ ଦେଖାଦେଉଥିବା ସୁବିଧା ଅସୁବିଧା ଗୁଡ଼ିକ ଆଗରୁ ଜାଣିଥିଲେ ସୁବିଧା ହେବ । ଏଣୁ ଏସବୁ ନିରାପଦ ହେବାରୁ ଆଗରୁ ଜାଣିବା ଆବଶ୍ୟକ ।

ଶିଶୁକୁ ନେଇ ଅସୁବିଧା

ପ୍ରିଟର୍ମ ଡେଲିଭରି: ଯାଆଁଳା ଶିଶୁମାନେ ସାଧାରଣତଃ ସମୟ ହେବା ପୂର୍ବରୁ ଜନ୍ମଗ୍ରହଣ କରିଥାନ୍ତି । ଏକାସମୟରେ ଜନ୍ମିତ ତିନୋଟି ଶିଶୁ ପ୍ରାୟ ପ୍ରିମେଚ୍ୟୋର ହେଇଥାନ୍ତି । ସାଧାରଣ ପ୍ରସବ ୩୯ ସପ୍ତାହରେ ହେଉଥିଲେ ଯାଆଁଳା ଛୁଆମାନେ ୩୫ ବା ୨୬ ସପ୍ତାହରେ ଜନ୍ମ ହେଇଥାନ୍ତି । ତିନୋଟି ଛୁଆ ହେଇଥିଲେ ୩୨ ସପ୍ତାହ ମଧ୍ୟରେ ଜନ୍ମ ହୁଅନ୍ତି । ଶିଶୁ ବଡ଼ ହେଲେ ପେଟରେ ଜାଗା ନିଅଣ୍ଟ ହୁଏ । ଏଣୁ ପ୍ରିମେଚ୍ୟୋର ଶିଶୁମାନଙ୍କ ତଥ୍ୟାବଳୀ ଜାଣିବା ଆବଶ୍ୟକ ।

ବିଛଣାରେ ବିଶ୍ରାମର ପ୍ରକାର

ଡାକ୍ତର ଯେତେବେଳେ ଆପଣଙ୍କର କାର୍ଯ୍ୟକଳାପ ବା ଚଳପ୍ରଚଳକୁ କମ୍ କରିଥାନ୍ତି, ଏହାକୁ ହିଁ ବେଡ୍ ରେଷ୍ଟ କୁହାଯାଏ । ଆପଣ କଣ କରିବେ, କଣ କରିବେ ନାହିଁ, ଏହା କହିଥାନ୍ତି । ଆସନ୍ତୁ ଏ ବିଷୟରେ ଆଲୋଚନା କରିବା ।

କ୍ରମାଗତ ବିଶ୍ରାମ: କେତେକ ମା’ ମାନଙ୍କୁ ପ୍ରତିଦିନ ବିଭିନ୍ନ ସମୟରେ ବିଶ୍ରାମ କରିବ ପାଇଁ ପରାମର୍ଶ ଦିଆଯାଇଥାଏ; ଫଳରେ ବିପଦକୁ ଦୂରେଇ ହେବ । ଅନେକ ଡାକ୍ତର କାମ କମ୍ କରିବା, ସିଡି ନ ଚଢ଼ିବା, ବେଶି ସମୟ ଧରି ଠିଆ ନହେବାକୁ ମଧ୍ୟ ପରାମର୍ଶ ଦେଇଥାନ୍ତି ।

ମଡିଫାଏଡ୍ ବେଡରେଷ୍ଟ: ନିଜ ଘରକାମ, ଅଫିସ କାମ, ଗାଡ଼ି ଚଳେଇବାକୁ ବାରଣ କରାଯାଏ ଅଥଚ ସ୍ୱଚ୍ଛ ଓ ହାଲୁକା କାମ କରିପାରନ୍ତି । ବିଛଣାରୁ ସୋଫାକୁ ଯିବା, ଜଳଖିଆ ବା ସେଣ୍ଡବିଚ ତିଆରି କରିବା କାମ ପାଇଁ ଛାଡ଼ ଥାଏ, କିନ୍ତୁ ପାହାଚ ଚଢ଼ିବା ନିଷେଧ ।

ବାଧ୍ୟତାମୂଳକ ବିଶ୍ରାମ: ବିଶ୍ରାମ କରିବାକୁ ବାଧ୍ୟ ବୋଲି ଯେଉଁ ପରାମର୍ଶ ଦିଆଯାଏ ସେଥିରେ ନିତ୍ୟକର୍ମ ଗାଦୁଆ ପାଦୁଆକୁ ଛାଡ଼ି ଶେଷ ସମୟତକ ବିଛଣାରେ ରହିବାକୁ କୁହାଯାଏ । ଏଣୁ ନିଜର ସବୁତକ ଯାବତୀୟ ଜିନିଷପତ୍ର ବିଛଣା ପାଖରେ ଥିବା ଅନ୍ୟର ବିନା ସାହାଯ୍ୟରେ ଓ ବିଛଣାରୁ ନ ଉଠି ମଧ୍ୟ ସବୁ କାମ କରିହେବ ।

ଡାକ୍ତରଖାନାରେ ବିଶ୍ରାମ: ମନେକର ଆପଣଙ୍କୁ ଚିଜ୍ ସାଙ୍ଗକୁ ଆଇ.ଭି. ଆବଶ୍ୟକ ହୁଏ, ତଥାପି ହସ୍ପିଟାଲରେ ବିଶ୍ରାମ କରିବାକୁ ପଡ଼ିବ । ଗୋଡ଼କୁ ସାମାନ୍ୟ ଟେକି ଦିଆଯିବ । ଫଳରେ ଗର୍ଭସ୍ଥ ଶିଶୁଟି ଆଉ କିଛି ସମୟ ଗର୍ଭରେ ରହି ପରିପକ୍ୱ ହୋଇପାରିବ ।

■ ଅନଲାଇନ ଡିନର ଅର୍ଡର କରି ସ୍ୱାମୀଙ୍କୁ ସରପ୍ରାଇଜ ଦିଆଯାଇ ପାରିବ ।

■ ମେଲ ସର୍ଭିସ ଯୋଗେ ଡିଭିଡି ମଗେଇ ନିଜ ମନ ପସନ୍ଦ ଫିଲ୍ମ ଦେଖନ୍ତୁ । ଆଗରୁ ହୁଏତ କାର୍ଯ୍ୟବ୍ୟସ୍ତତା ଯୋଗୁଁ ସମ୍ଭବ ହେଇନଥିବ, ଏହାପରେ ହୁଏତ ଏଭଳି ସୁଯୋଗ ମିଳିନପାରେ ।

■ ମୌଜ ମଜଲିସ କଲେ କ୍ଷତି କଣ ? ନିଜର ସାଙ୍ଗମାନଙ୍କୁ ଡାକି ପିଜ୍ଜା ପାର୍ଟି ଘରେ କରନ୍ତୁ । ସବୁ କାମ ସେମାନେ ହିଁ କରିବେ ।

■ ନିଜ ଛୁଆ ପାଇଁ ସ୍ୱିଟର ବୁଣନ୍ତୁ । ଟାଇମ ପାସ ସାଙ୍ଗକୁ ଖୁସି ଓ ସନ୍ତୋଷ ପାଇବେ ।

■ ନିଜର ଫଟୋ ଆଲବମକୁ ସଜାସଜି କରନ୍ତୁ । ଫୋନ ବୁକକୁ କମ୍ପ୍ୟୁଟରରେ ଲୋଡ କରନ୍ତୁ । ଶିଶୁର ଶୁଭେଚ୍ଛା, ଧନ୍ୟବାଦ, ବଧେଇ ଇତ୍ୟାଦି ସବୁ କାମ ସାରି ଦିଅନ୍ତୁ ।

■ ନିଜର ସୌନ୍ଦର୍ଯ୍ୟ ଓ କେଶ ସଜ୍ଜା ପ୍ରତି ଦୃଷ୍ଟି ଦିଅନ୍ତୁ । ବ୍ୟୁଟି ପାର୍ଲରରୁ ଜଣକୁ ଡାକି ଘରେ ବ୍ୟୁଟି କେୟାର କରାନ୍ତୁ । ଭାବନ୍ତୁ ନାହିଁ ଯେ ଏଭଳି ଅବସ୍ଥାରେ ମତେ କିଏ ଚାହିଁବ, ନିଜେ ଭଲ ଦିଶିଲେ ମନ ଭଲ ରହିବ ।

■ ବିଛଣାର ଚାଦର ପାଲଟି ପାଖଆଖର ଜିନିଷପତ୍ର ସଜାନ୍ତୁ ।

■ ନିଜର ମତାମତ ଓ ଭାବନାକୁ ଡାଏରୀରେ ଲିପିବଦ୍ଧ କରନ୍ତୁ । ଫଳରେ ଖୁବ୍ ସନ୍ତୋଷ ଲଭିବେ ।

■ ମନ ଦୁଃଖ ହେଲେ ଶିଶୁର ଅଲଟ୍ରା ସାଉଣ୍ଡର ଚିତ୍ରାବଳୀ ଦେଖନ୍ତୁ । ତାକୁ ହିଁ ଏ ସଂସାର ଭିତରକୁ ଆଣିବା ପାଇଁ ଏପ୍ରକାରର ପ୍ରଚେଷ୍ଟା ଚାଲିଛି ବୋଲି ମନେ ପକାନ୍ତୁ ।

■ ■ ■

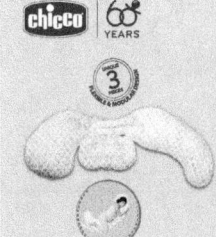

ବିଶ୍ରାମ ଯୋଗୁଁ ଅନେକ ଅସୁବିଧା ଦୂରୀଭୂତ ହେଉଥିବାରୁ ଡାକ୍ତର ଏଥିପାଇଁ ପରାମର୍ଶ ଦେଇଥାନ୍ତି । ଶିଶୁ ଅନୁପାତରେ ଉପଯୁକ୍ତ ପରାମର୍ଶ ବାଞ୍ଛନୀୟ ।

ଏଣୁ ପ୍ରତି କ୍ଷେତ୍ରରେ ଡାକ୍ତରଙ୍କ ପରାମର୍ଶ ଚୂଡାନ୍ତ ହେଇଥାଏ । ଏଣୁ ତାଙ୍କ କଥା ମାନି ଚଳିବା ଉଚିତ । ବିଶ୍ରାମ ନକଲେ ମଧ୍ୟ ଗୋଡ଼ ଟେକି ବସିବା ପାଇଁ କୁହାଯାଇପାରେ, ଏଥିପାଇଁ ପ୍ରସ୍ତୁତ ରୁହନ୍ତୁ ।

ଭେନିସିଂ ଟ୍ୱିନ ସିଣ୍ଡ୍ରୋମ କ'ଣ ?

ଅଲଟ୍ରାସାଉଣ୍ଡ ବଳରେ ଆଗରୁ ଯାଆଁଳା ଶିଶୁ କଥା ଜାଣିବା ଯୋଗୁଁ ବହୁ ଉପକାର ହେଇଥାଏ । କାରଣ ଯଥାଶୀଘ୍ର ସେମାନଙ୍କ ଯତ୍ନ ନିଆଯାଇପାରେ । ବେଳେ ବେଳେ କ୍ଷତି ମଧ୍ୟ ହେଇଥାଏ; ୨୦ ରୁ ୩୦ ଶତକଡ଼ା ଯାଆଁଳା ଶିଶୁ ଗର୍ଭଧାରଣରେ ମା'ଙ୍କର ଅଜ୍ଞାତସାରରେ ଗୋଟିଏ ଶିଶୁ ପ୍ରଥମ ତିନିମାସ ମଧ୍ୟରେ ମରିଯାଇଥାଏ । ଗତ କିଛି ବର୍ଷ ମଧ୍ୟରେ ଏପରି ଦେଖାଯାଇଛି; ପୁନଶ୍ଚ ୩୦ ବର୍ଷରୁ ଅଧିକ ମହିଳାଙ୍କ କ୍ଷେତ୍ରରେ ପ୍ରାୟ ଏପରି ହୁଏ ।

ଏହାର କୌଣସି ବିଶେ ଲକ୍ଷଣ ଦେଖାଯାଏ ନାହିଁ । କେବଳ ରକ୍ତସ୍ରାବ ହୋଇ ପେଲ୍‌ଭିକ୍‌ରେ ଯନ୍ତ୍ରଣା ହେଇଥାଏ । ହର୍ମୋନର ସ୍ତର ଦେଖି ଏହା ଜଣାପଡ଼େ ।

ପ୍ରଥମ ତିନିମାସରେ ଏପରି ହେଲା ପରେ ସାଧାଣଙ୍କୁ ଗୋଟିଏ ଶିଶୁ ହିଁ ଜନ୍ମ ହୁଏ । ଯଦିଚ ଦ୍ୱିତୀୟ କିମ୍ବା ତୃତୀୟ ତିନିମାସରେ ଯାଆଁଳା ଶିଶୁ ମଧ୍ୟରୁ ଜଣେ ମରିଯାଏ, ତେବେ ଅନ୍ୟ ଶିଶୁ ପାଇଁ ଅସୁବିଧା ସୃଷ୍ଟି ହେଇପାରେ । କିମ୍ବା ପ୍ରିଟର୍ମ ବାର୍ଥ ମଧ୍ୟ ହେଇପାରେ । ସଂକ୍ରମଣ ବା ରକ୍ତସ୍ରାବ ମଧ୍ୟ ହେଇପାରେ । ତା'ପରେ ଜୀବିତ ଶିଶୁ ପ୍ରତି ଅଧିକ ଦୃଷ୍ଟି ଦିଆଯାଏ ।

ଯାଆଁଳା ଶିଶୁମାନଙ୍କର ଜନ୍ମ

ଦୁଇ ବା ତିନିଟା ଛୁଆଙ୍କୁ ଜନ୍ମ ଦେବା ପାଇଁ ନିଜେ ମଧ୍ୟ ଆଗ୍ରହ ସହକାରେ ପ୍ରତୀକ୍ଷା କରୁଥିବେ । ଅବଶ୍ୟ ପ୍ରତ୍ୟେକ ଶିଶୁର ଜନ୍ମ ସ୍ୱତନ୍ତ୍ର ଓ ପୃଥକ ହେଇଥାଏ । କିନ୍ତୁ ଆପଣଙ୍କ ପରିସ୍ଥିତି ଭିନ୍ନ ଅଟେ କାରଣ ଏଥିରେ ବହୁ ବାଧାବିଘ୍ନ ଓ ଅସୁବିଧାର ସମ୍ମୁଖୀନ ହେବାକୁ ପଡ଼ିଥାଏ । ଏଣୁକରି ଯେକୌଣସି ଉପାୟରେ ଶିଶୁଟି ଆପଣଙ୍କ କୋଳକୁ ଆସିଲେ ମଧ୍ୟ ତାକୁ ନିରାପଦ ବୋଲି ଧରିବାକୁ ହେବ ।

ଯାଆଁଳା ବା ତତୋଽଧିକ ଶିଶୁର ପ୍ରସବ

ଏହା ସାଧାରଣ ଶିଶୁଠାରୁ ଭିନ୍ନ କିପରି ? ଯାଆଁଳା ଶିଶୁର ପ୍ରସବ ବେଦନା ଦୁଇଗୁଣ ହେବକି ? ନା, ଯାଆଁଳା ଶିଶୁର ପ୍ରସବକାଳ ଖୁବ୍ କମ୍ ହେଇଥାଏ । ଠେଲିବା କାମ ଖୁବ୍ ସହଜରେ ହୁଏ ଓ ଯୋନିବାଟ ଦେଇ ପ୍ରସବ କରିବା ସହଜ ଓ ସଅଳ ହେଇଥାଏ ।

■ ବେଳେ ବେଳେ ଦୀର୍ଘ ମଧ୍ୟ ହେଇଥାଏ, କାରଣ ଗର୍ଭାଶୟରେ ବେଶି ଚାପ ପଡ଼ିବା ଯୋଗୁଁ ଏହାର ସଂକୋଚନ କମ୍ ହୋଇଥିବାରୁ ବହୁ ସମୟ ଲାଗେ ।

■ ବେଶି ସତର୍କତା ଅବଲମ୍ବନ କରାଯାଏ, କାରଣ ଆଶଙ୍କା ଅଧିକ ଥାଏ । ଦୁଇଟି ମନିଟର ଲଗାଯାଏ; ଫଳରେ ସଂକୋଚନ ଓ ହୃଦସ୍ପନ୍ଦନ ସହଜରେ ଜାଣିହୁଏ ।

ପ୍ରସବ କାଳ ପାଖେଇ ଆସିଲେ ପ୍ରଥମେ ଜନ୍ମ ହେଉଥିବା ଶିଶୁର ଆଭ୍ୟନ୍ତରୀଣ ପରୀକ୍ଷା ଓ ଦ୍ୱିତୀୟ ଶିଶୁର ବାହ୍ୟ ପରୀକ୍ଷା କରାଯାଏ । ଆପଣ ପ୍ରଥମେ ଏହାର ପ୍ରତିକ୍ରିୟା ପାଇଁ ପ୍ରସ୍ତୁତ ହେବାକୁ ପଡ଼ିବ ।

■ ଆପଣଙ୍କ ଡେଲିଭରି ଅପରେସନ ରୁମ୍‌ରେ ହେବ । ମନେକର ସି-ସେକ୍ସନର ଆବଶ୍ୟକ ପଡ଼ିଲେ ଅସୁବିଧା ହେଇପାରେ । ହୁଏତ ପ୍ରଥମେ ଭଲ କୋଠାଘରଟିରେ ରହିବା ପରେ ସେଠାକୁ ଯିବାକୁ ପଡ଼ିପାରେ ।

ପୋଜିସନ ବା ଅବସ୍ଥାଗୁଡ଼ିକ

ଯାଆଁଳା ଗର୍ଭଧାରଣରେ ଶିଶୁମାନଙ୍କର ପୋଜିସନ ଖୁବ୍ ଗୁରୁତ୍ୱପୂର୍ଣ୍ଣ । ସେମାନଙ୍କର ମୁଣ୍ଡ ତଳକୁ ଥିଲେ ଖୁବ୍ ସହଜରେ ଜନ୍ମ ହେଇଥାନ୍ତି । ଅବଶ୍ୟ ଏଥବରେ ମଧ୍ୟ ଆବଶ୍ୟକସ୍ଥଳେ ସି-ସେକ୍ସନ କରିବାକୁ ପଡ଼ିଥାଏ । ଶିଶୁଟି **ଭର୍ଟେକ୍ସ ବ୍ରିଚ ପୋଜିସନ**ରେ ଥବଲେ ଜନ୍ମ ହୁଏ; କିନ୍ତୁ ଆର ଶିଶୁଟିକୁ ମଧ୍ୟ ଉକ୍ତ ଅବସ୍ଥାରେ ଆଣିବାକୁ ପଡ଼େ; ନଚେତଥ ବ୍ରିଚ ଏକ୍ସଟ୍ରେକ୍ସନ କରିବାକୁ ପଡ଼ିଥାଏ ।

ବ୍ରିଚ୍ /ଭର୍ଟେକ୍ସ ବ୍ରିଚ ବା ବ୍ରିଚ / ବ୍ରିଚ: ଉଭୟ ଶିଶୁ ବ୍ରିଚ ହେଇଥିଲେ ଡାକ୍ତର ସି-ସେକ୍ସନ କରିପାରନ୍ତି, କାରଣ ହାତରେ ଅବସ୍ଥା ପରିବର୍ତ୍ତନ ବିପଜ୍ଜନକ ।

ପ୍ରଥମ ଶିଶୁ ଓବ୍ଲିକ: ଶିଶୁର ମୁଣ୍ଡ ତଳକୁ ଥବଲେ ମଧ୍ୟ ଗର୍ଭାଶୟର ମୁହଁ ଆଡ଼କୁ ନଥାଇ ପିଚା ଆଡ଼କୁ ଥବଲେ, ଏହାକୁ ଓବ୍ଲିକ କୁହାଯାଏ । ଗୋଟିଏ ଶିଶୁ ଥିଲେ ଚଳିବ କିନ୍ତୁ ଯାଆଁଳା ଶିଶୁ ଥିଲେ ଖୁବ୍ ଅସୁବିଧା ଓ ବିପଜ୍ଜନକ ମଧ୍ୟ । ଏଣୁ ସି-ସେକ୍ସନ କରାଯିବ ।

ଟ୍ରାନ୍ସଭର୍ସ / ଟ୍ରାନ୍ସଭର୍ସ- ଏଭଳି ପରିସ୍ଥିତିରେ ଶିଶୁର ଜନ୍ମ ପାଇଁ ସି-ସେକ୍ସନ ହିଁ ଏକମାତ୍ର ଉପାୟ । ଏହାଛଡ଼ା ଅନ୍ୟ ଉପାୟ ନାହିଁ ।

ଯାଆଁଳା ଶିଶୁର ଡେଲିଭରି: ଆପଣ ନିମ୍ନ ଉପାୟରେ କରିପାରନ୍ତି ।

ଯୋନିବାଟ ଦେଇ ଡେଲିଭରି: ଅଧାରୁ ଅଧିକ ଯାଆଁଳା ଶିଶୁମାନେ ପାରମ୍ପରିକ ପ୍ରକ୍ରିୟା ଜନ୍ମ ହେଇଥାନ୍ତି, କିନ୍ତୁ ଭିନ୍ନ ପ୍ରକାରେ ପ୍ରଥମ ଶିଶୁର ଜନ୍ମ ତିନି ମିନିଟ ବା ତିନି ଘଣ୍ଟା ମଧ୍ୟ ଲାଗିପାରେ । ଏହା ଅନ୍ୟ ଶିଶୁର ପୋଜିସନ ଉପରେ ନିର୍ଭରଶୀଳ । ଡାକ୍ତର ଭେକ୍ୟୁମର ସାହାଯ୍ୟ ଲୋଡ଼ି ପାରନ୍ତି କିମ୍ବା ଏପିଡ୍ୟୁରାଲ ପାଇଁ ମଧ୍ୟ ପରାମର୍ଶ ଦେଇପାରନ୍ତି । ଗର୍ଭାଶୟରୁ ଶିଶୁକୁ କାଢ଼ିବା ପାଇଁ ପେନ୍‌କିଲର ଦେବା ଅତି ଜରୁରୀ ।

ମିଶ୍ରିତ ଡେଲିଭରି: ବେଳେ ବେଳେ ପ୍ରଥମ ଶିଶୁଟି ଯୋନିବାଟ ଦେଇ ଜନ୍ମ ହେବାପରେ ଦ୍ୱିତୀୟ ଶିଶୁଟି ଜନ୍ମ ନହେଇ ବିପଦ ସଂକୁଳ ଦେଖାଦେଲେ ଜରୁରୀକାଳୀନ ଭିତ୍ତିରେ ଅପରେସନ କରାଯାଏ । ସେତେବେଳେ ହୁଏତ

ଯାଆଁଳା ଶିଶୁର ଜନ୍ମ ସମୟ

ଯାଆଁଳା ଶିଶୁର ଜନ୍ମ ମଧ୍ୟରେ ତାରତମ୍ୟ କେତେ ହେବ? ଯୋନିବାଟ ଦେଇ ହେଲେ ଏହା ୧୦ ରୁ ୭୦ ମିନିଟ୍ ମଧ୍ୟରେ ଓ ସି-ସେକ୍ସନ ହେଲେ ମାତ୍ର କେତେ ସେକେଣ୍ଡ ବା ମିନିଟ୍ ମଧ୍ୟରେ ସମ୍ପନ୍ନ ହୋଇଥାଏ ।

ପ୍ଲେସେଣ୍ଟାଲ ଏରପ୍ସନ କିମ୍ବା କାର୍ଡ ପ୍ରୋଲେପ୍ସ (ଫେଟାଲ ମନିଟରରେ ଡାକ୍ତର ସବୁ ଦେଖୁଥିବେ) ଦେଖାଦିଏ; ଶିଶୁର ଜୀବନ ବିପନ୍ନ ହେବାକୁ ଥିବାର ଦେଖି ତାର ନିରାପତ୍ତା ପାଇଁ ଡାକ୍ତର ଅପରେସନ କରିବାକୁ ବାଧ୍ୟ ହୋଇଥାନ୍ତି ।

ସି-ସେକ୍ସନ: ଏଥିପାଇଁ ଆଗରୁ ଦିନ ଠିକ୍ ହୁଏ । ଯାଆଁଳା ଶିଶୁର ଜନ୍ମରେ ବହୁତ ବାଧାବିଘ୍ନ ଦେଖାଦେଉଥିବାରୁ ସି-ସେକ୍ସନ ସମ୍ପୂର୍ଣ୍ଣ ନିରାପଦ । ଏଭଳି ପରିସ୍ଥିତିରେ ସ୍ୱାମୀ ବା କୋଚଙ୍କୁ ଅପରେସନ ରୁମରେ ଯିବାକୁ ଦିଆଯାଇଥାଏ । ମାତ୍ର କେଇ ମିନିଟ ମଧ୍ୟରେ ଶିଶୁର ଜନ୍ମ ହୋଇଯାଏ ।

ଅନିୟୋଜିତ ସି-ସେକ୍ସନ: ଶିଶୁ ଏହି ପ୍ରକ୍ରିୟା ବଳରେ ମଧ୍ୟ ପଦାର୍ପଣ କରିଥାଏ । ଏଭଳି ପରିସ୍ଥିତିରେ ପରୀକ୍ଷା ପାଇଁ ଗଲେ ପ୍ରସବ ତିଥି ଠିକ୍ ସେହିଦିନ ହୋଇପାରେ ବା ଆଗରୁ ମଧ୍ୟ । ଯାହା ହେଉନା କାହିଁକି ୧୦ ପାଉଣ୍ଡର ଛୁଆ ଜନ୍ମ ପାଇଁ ଏହା ହିଁ ସର୍ବୋତ୍ତମ ଉପାୟ ।

ଯାଆଁଳା ଶିଶୁର ସ୍ତନପାନ

ଆପଣ ଜାଣିଥିବେ ନିଶ୍ଚୟ ଯେ ସ୍ତନପାନ ଶିଶୁ ପାଇଁ କେତେ ଗୁରୁତ୍ୱପୂର୍ଣ୍ଣ । ପୁନଶ୍ଚ ସ୍ତପାନ କରଉଥିବା ମା'ମାନେ ନିଜର ହୃଦ ସୌନ୍ଦର୍ଯ୍ୟ ଫେରି ପାଇଥାନ୍ତି । ତାଙ୍କର ଚର୍ବି ଶୀଘ୍ର କମିଯାଏ ଓ ରକ୍ତସ୍ରାବ ମଧ୍ୟ ହ୍ରାସ ପାଏ । ମନେକର ଶିଶୁଗୁଡ଼ିକ ଆଇସିୟୁରେ ଥିଲେ ମଧ୍ୟ ନିଜ ସ୍ତନରୁ କ୍ଷୀର କାଢ଼ି ପିଆନ୍ତୁ, ଫଳରେ ସ୍ତନରେ କ୍ଷୀର ନିର୍ମାଣ ପ୍ରକ୍ରିୟା ଅବ୍ୟାହତ ଥିବ ।

ତିନୋଟି ଛୁଆର ଡେଲିଭରି: ଏହି ହାଇ-ରିସ୍କ ଡେଲିଭରିରେ ସି-ସେକ୍ସନ ସାହାଯ୍ୟରେ ଶିଶୁ ମାନଙ୍କର ଡେଲିଭରି ହେଇଥାଏ । ଅବସ୍ଥା ଠିକ୍ ଥବଲେ ଅବଶ୍ୟ ଯୋନିବାଟ ଦେଇ ପ୍ରସବ ସମ୍ଭବ ହୁଏ । ନଚେତ୍ ସି-ସେକ୍ସନ କରାଯାଏ । ଯାହା ହେଉନା କାହିଁକି ଚାରି ଜଣଙ୍କର ଜୀବନରକ୍ଷା ହେଇ ସକୁଶଳ ପ୍ରସୂତି ଗୃହରୁ ଘରକୁ ଫେରନ୍ତି, ତେବେ ଏହାଠାରୁ ସୁସମ୍ବାଦ ଆଉ କଣ ହେଇପାରେ ? ନା, କ'ଣ କହୁଛନ୍ତି ?

ମଲ୍‌ଟିପୁଲ ଡେଲିଭରି ପରେ ବିଶ୍ରାମ

ମଲଟିପୁଲ ଡେଲିଭରି ପରେ ମଧ୍ୟ ସିଙ୍ଗଲ ଡେଲିଭରି ପରି ଆରାମ ଲାଗିବ । ଏହାପରେ ହୁଏତ ନିମ୍ନଲିଖିତ ପାର୍ଥକ୍ୟ ଦେଖାଦେଇପାରେ ।

- ପେଟ ନିଜର ପୂର୍ବ ଅବସ୍ଥାକୁ ଫେରିବାରେ ବେଶି ସମୟ ଲାଗିପାରେ ।
- ଯୋନି ବାଟ ଦେଇ ବେଶି ସମୟ ଧରି ରକ୍ତସ୍ରାବ ହୋଇପାରେ ।
- ଦେହ ପୂର୍ବ ଅବସ୍ଥାକୁ ଫେରିବାରେ ବେଶି ସମୟ ଲାଗିବ କାରଣ ଶରୀରର ସକ୍ରିୟତା ମନ୍ଥର ହେଇପଡ଼ିଥିବ ।
- ଦେହରେ ଯନ୍ତ୍ରଣା ଥିବ । ଓଜନ ବଢ଼ିଯାଇଥିବ, କମିବାରେ ସମୟ ଲାଗିବ ।

ଚତୁର୍ଥ ଭାଗ

ଶିଶୁର ଜନ୍ମ ପରେ

ପ୍ରସବ ଉତ୍ତାରେ

ପ୍ରଥମ ସପ୍ତାହ

ବଧେଇ । ଅନେକ ଅନେକ ଶୁଭେଚ୍ଛା ! ୪୦ ସପ୍ତାହ ଧରି ଯେଉଁ ଶୁଭ ମୁହୂର୍ତ୍ତକୁ ଆପଣ ପ୍ରତୀକ୍ଷା କରିଥିବଲେ, ତାହା ଆସି ଉପନୀତ ହୋଇଛି । ଗର୍ଭଧାରଣର ଦୀର୍ଘ ସମୟ ଅତିକ୍ରମ ହେଇ ପ୍ରସବ ବେଦନାରୁ ମଧ୍ୟ ଆପଣ ମୁକୁଳି ସାରିଛନ୍ତି । ବର୍ତ୍ତମାନ ଆପଣ ପ୍ରକୃତ ପକ୍ଷରେ ଜଣେ ମା ହେଇ ଗର୍ଭସ୍ଥ ଶିଶୁଟିକୁ କୋଳକୁ ନେଇ ବସିଛନ୍ତି । ହେଲେ ଆହୁରି ଅନେକ ଲକ୍ଷଣ ଯଥା: ପ୍ରସବ ଜେନିତ ଯନ୍ତ୍ରଣା, ସଂକୋଚନ, ଝାଳ ବାହାରିବା ଇତ୍ୟାଦି । ପ୍ରସବ ପରେ ମଧ୍ୟ ସଂକୋଚନ କାହିଁକି ହେଉଛି ? ମୁଁ କ'ଣ ପୁଣି ଥରେ ବସିପାରିବି କି ? ଏବେ ବି ମୁଁ ଛ'ମାସର ଗର୍ଭବତୀ ପରି ଦିଶୁଛି କାହିଁକି ? ଏ ଛାତି କାହାର ? ଆଶା କରାଯାଏ ଏଥିରୁ ଅନେକ ପ୍ରଶ୍ନର ଉତ୍ତର ଆପଣଙ୍କଠାରେ ଆଗରୁ ଥାଇପାରେ । କାରଣ ଥରେ ମା' ହେଲା ପରେ ଅବସର ସମୟ ମିଳୁଛି କାହାକୁ ?

ଆପଣ କ'ଣ ଅନୁଭବ କରୁଥାଇ ପାରନ୍ତି ?

ଡେଲିଭରିର ପ୍ରକାର ଅନୁସାରେ ପ୍ରସବ ପରର ପ୍ରଥମ ସପ୍ତାହ କିଭଳି ହେବ, ଏହା ନିର୍ଭର କରିଥାଏ । ଏହାବ୍ୟତୀତ ଅନେକ ବ୍ୟକ୍ତିଗତ ଲକ୍ଷଣ ମଧ୍ୟ ଥାଇପାରେ ।

ଶାରୀରିକ ଲକ୍ଷଣ

ଯୋନିର ରକ୍ତସ୍ରାବ (ଋତୁଚକ୍ର ଭଳି), ତଳିପେଟରେ ଯନ୍ତ୍ରଣା (ଗର୍ଭାଶୟ ସଂକୋଚନର କାରଣ)

- ■ କ୍ଳାନ୍ତି
- ■ ସିଲେଇ ହେଇଥିବା ସ୍ଥାନରେ ଯନ୍ତ୍ରଣା ଓ ଚାପ
- ■ ସି-ସେକ୍ସନ ପରେ ପେରିନିୟାଲ ଉଦ୍‌ବେଗ
- ■ କଟା ହେଇଥିବା ଜାଗାର ଆଖପାଖରେ ଯନ୍ତ୍ରଣା ଓ ଚେତାଶୂନ୍ୟତା
- ■ ଉଠିବା ବସିବା ବେଳେ ଯନ୍ତ୍ରଣା ଓ ଚାପ
- ■ ଦିନେ ଦୁଇଦିନ ପରିଶ୍ରା ଯିବାର ଅସୁବିଧା
- ■ କୋଷ୍ଠକାଠିନ୍ୟ, ଝାଡା ଯିବାରେ ଅସୁବିଧା
- ■ ସମଗ୍ର ଦେହରେ ଯନ୍ତ୍ରଣା
- ■ ନାଲି ଆଖି, ଆଖି ତଳେ କଳା ଦାଗ
- ■ ରାତିରେ ବେଶି ଝାଳ ବାହାରିବା
- ■ ଛାତିରେ ଯନ୍ତ୍ରଣା ଓ ରକ୍ତ ସଂକୁଳ ହେବା
- ■ ସ୍ତନପାନ ସମୟରେ ନିପଲ୍‌ରେ ଯନ୍ତ୍ରଣା ବା ଫାଟ ଦେଖାଦେବା

ଭାବାତ୍ମକ ଲକ୍ଷଣ

- ଉଭୟଙ୍କ ମନ ପରିବର୍ତ୍ତନରେ ହ୍ରାସ ବୃଦ୍ଧି
- ଶିଶୁର ଯତ୍ନ ପାଇଁ ମାନସିକ ଚାପ
- ସ୍ତନପାନରେ ଅସୁବିଧା ହେଲେ କୁଣ୍ଠାବୋଧ
- ଶାରୀରିକ ଓ ଭାବାତ୍ମକ ଆହ୍ୱାନରେ ବାଧା
- ଶିଶୁ ସହ ନୂତନ ଜୀବନାରମ୍ଭ କରିବାର ଆଗ୍ରହ

ଆପଣ କଣ ଚିନ୍ତା କରୁଥାଇ ପାରନ୍ତି ?

"ଡେଲିଭରି ସମୟରେ ମୁଁ ଟିକେ ଅଧେ ରକ୍ତସ୍ରାବ ହେବା କଥା ଆଶା କରିଥିଲି, ହେଲେ ମୁଁ ବିଛଣାରୁ ଉଠି ଦେଖିଲି ଯେ ତଥାପି ରକ୍ତସ୍ରାବ ହେଉଛି । ଏଣୁ ମୁଁ ବ୍ୟତିବ୍ୟସ୍ତ ହେଇପଡ଼ିଲି"

ନିଜ ପାଖରେ କୈପିନ ବା ପ୍ୟାଡ଼ ରଖି ନିଶ୍ଚିନ୍ତ ହେଇଯାନ୍ତୁ । ଗର୍ଭାଶୟରୁ ନିର୍ଗତ ରକ୍ତ, ଶ୍ଳେଷ୍ମା ଓ ଉଲକକଙ୍କୁ 'ଲୋକିଆ' କୁହାଯାଏ । ଏହା ମାସିକ ଋତୁସ୍ରାବରୁ ବେଶି ପରିମାଣରେ ବାହାରିଥାଏ । ପ୍ରଥମେ ପ୍ରଥମେ ଶୋଇକରି ଉଠିଲାବେଳେ ଏହା ବେଶି ମାତ୍ରାରେ ନିର୍ଗତ ହେଇଥାଏ । ଏହି ସ୍ରାବ କିଛିଦିନ ଯାଏ ଗାଢ଼ ଲାଲ ରଂଗ ହେଇ ଧୀରେ ଧୀରେ ଗୋଲାପୀ, ଧୂସର ଓ ଶେଷରେ ଧଳା ପାଲଟି ଯାଇଥାଏ । ଏହି ସ୍ରାବକୁ ରୋକିବା ପାଇଁ ପ୍ୟାଡ ବ୍ୟବହାର କରନ୍ତୁ । ଏହା ପ୍ରାୟ ୬ ସପ୍ତାହ ଯାଏ ଚାଲିଥାଏ । ଅନେକଙ୍କୁ ମାସେ ଲାଗିଥାଏ ।

ସ୍ତନପାନ ବା ଅକ୍ସିଟକ୍ସନ ଯୋଗୁଁ ଏହା କମିଥାଏ । ଡେଲିଭରି ପରେ ହେଉଥିବା ସଂକୋଚନ ଗର୍ଭାଶୟର ପୂର୍ବାବସ୍ଥାକୁ ଫେରିବାରେ ସହାୟକ ହୁଏ । ଯଦି ହସ୍ପିଟାଲରେ ବେଶି ସ୍ରାବ ହୁଏ, ତେବେ ନର୍ସଙ୍କୁ କହନ୍ତୁ । ନହେଲେ ଡାକ୍ତରଙ୍କୁ ।

ଯନ୍ତ୍ରଣା ପରେ

"ମୁଁ ମୋ ଛୁଆକୁ ସ୍ତନପାନ କରେଇଲାବେଳେ ମୋ ତଳିପେଟଟା ମୋଡ଼ି ହେଇ ଯନ୍ତ୍ରଣା ହେଇଥାଏ । କାହିଁକି ?"

ଦୁର୍ଯ୍ୟୋଗକୁ ଯନ୍ତ୍ରଣା ସାଙ୍ଗକୁ ହେଉଥିବା ସଂକୋଚନ ପ୍ରସବ ପରେ ମଧ୍ୟ ଶେଷ ହେଇନଥାଏ । ଗର୍ଭାଶୟଟି ଅଢ଼େଇ ପାଉଣ୍ଡରୁ ସଂକୁଚିତ ହେଇ ମାତ୍ର କେଇ ଆଉନ୍ସରେ ପରିଣତ ହେବ । ଆସ୍ତେ ଆସ୍ତେ ଦେହଟି ନିଜର ପୂର୍ବ ସ୍ଥିତିକୁ ଫେରିଥାଏ ।

ଏଥିରେ ଯନ୍ତ୍ରଣା ହେଲେ ମଧ୍ୟ ଏହା ଉପକାର କରିଥାଏ । ଫଳରେ ଗର୍ଭାଶୟ ସଂକୋଚିତ ହେଲେ ରକ୍ତସ୍ରାବ କମିଥାଏ । ସ୍ତନପାନ ବେଳେ ଯନ୍ତ୍ରଣା ବଢ଼ିଥାଏ, କାରଣ ସେତେବେଳେ ଅକ୍ସିଟ୍ସିନର ସ୍ରାବ ହୁଏ ।

ସପ୍ତାହକ ମଧ୍ୟରେ ଏହା ଆପେ ଆପେ ଠିକ୍ ହେଇଯାଏ । ଟାଇଲିନୋଲ ଯୋଗୁଁ ଆରାମ ନହେଲେ ସଂକ୍ରମଣ ଥାଇପାରେ । ଏଣୁ ଡାକ୍ତରଙ୍କୁ ପଚାରନ୍ତୁ ।

ପେରିନିୟାଲ ଯନ୍ତ୍ରଣା

"ମୋର ଏପିସିଓଟମି ହେଇନାହିଁ କି କଟାକଟି ମଧ୍ୟ ହେଇନି; ତଥାପି ତଳିପେଟରେ ଭୀଷଣ ଯନ୍ତ୍ରଣା କାହିଁକି ?"

ଆପଣ ୭ ପାଉଣ୍ଡର ଛୁଆକୁ ଭୁଲନ୍ତୁ ନାହିଁ । କଟାକଟି ନହେଲେ ମଧ୍ୟ କାଶିବା କିମ୍ବା ଛିଙ୍କିବା ବେଳେ ଏହା କଷ୍ଟ ହେଇଥାଏ, ଅନେକ ଦିନ ଧରି କଷ୍ଟ ହୁଏ । ଶିଶୁକୁ ଠେଲିବା ଯୋଗୁଁ ହିମରଏଡ଼ସ କିମ୍ବା ଫିସର ହୋଇଥିଲେ ମଧ୍ୟ ଖୁବ୍ କଷ୍ଟ ହେଇଥାଏ ।

"ଡେଲିଭରି ସମୟରେ ମତେ କଟାକଟି କରାଯାଇଥିଲା । ହେଲେ ଏଥିରେ ସଂକ୍ରମଣ ହେବ ନାହିଁତ ?"

ଯୋନିସ୍ରାବ ଯୋଗୁଁ ଡେଲିଭରି ହେଲେ କିମ୍ବା ଦୀର୍ଘ ପ୍ରସବ ବେଦନା ଯୋଗୁଁ ପେରିନିୟାଲରେ ଯନ୍ତ୍ରଣା ହେବା ସ୍ୱାଭାବିକ; କିନ୍ତୁ କଟାକଟି ହେଲେ ଅବସ୍ଥା ସାଂଘାତିକ ହୋଇପଡ଼େ । ସଜ କ୍ଷତ ଭଳି ଏହା ଠିକ୍ ହେବାରେ ୭ ରୁ ୧୦ ଦିନ ଲାଗିଥାଏ । ଏଣୁ ସେତେବେଳେ ହେଉଥିବା ଯନ୍ତ୍ରଣାକୁ ସଂକ୍ରମଣ ବୋଲି ଭାବନ୍ତୁ ନାହିଁ ।

ସେଠାରେ ବେଶି ସତର୍କତା ଅବଲମ୍ବନ କରାଯାଉଥିବାରୁ ସଂକ୍ରମଣର ପ୍ରଶ୍ନ ଉଠେନାହିଁ । ଦିନକୁ ଥରେ ନର୍ସ ପରୀକ୍ଷା କରି ଦେଖିଥାନ୍ତି । ତାଙ୍କ ନିର୍ଦ୍ଦେଶ ପାଳନ କରିବା ଉଚିତ ।

■ ପ୍ରତି ୪ ରୁ ୬ ଘଣ୍ଟା ମଧ୍ୟରେ ନୂଆ ପ୍ୟାଡ ଲଗାନ୍ତୁ ।

■ ଡାକ୍ତରଙ୍କ ପରାମର୍ଶ କ୍ରମେ ସେହି ଜାଗାଟିକୁ ଏଣ୍ଟିବାୟୋଟିକ ଦ୍ରବଣ ମିଶା ଉଷୁମ ପାଣିରେ ସେକ୍ ଦିଅନ୍ତୁ । ପରିଶ୍ରା ପରେ ସଫା କରନ୍ତୁ । ଶୁଖେଇବା ସମୟରେ ପ୍ୟାଡକୁ ଆଗ ଭାଗରୁ ପଛକୁ ଦିଅନ୍ତୁ । ଏହାକୁ ନଘଷି ଆସ୍ତେ କରନ୍ତୁ ।

■ ସେହି ଜାଗାକୁ ହାତରେ ସ୍ପର୍ଶ କରନ୍ତୁ ନାହିଁ ।

■ ମନେକର କଟାକଟି ଯୋଗୁଁ ବେଶି ଯନ୍ତ୍ରଣା ହେଲେ

ବରଫ ଲଗାନ୍ତୁ: ଫୁଲା କମେଇବା ଓ ତ୍ରାହି ପାଇବାକୁ ହେଲେ ସେଠାରେ ବରଫ ବୋଳନ୍ତୁ । ସର୍ଜିକାଲ ଗ୍ଲୋଭ୍‌ସରେ ବରଫ କରି କିମ୍ବା ମେକ୍ସିପ୍ୟାଡରେ ବରଫ ଦେଇ ସେକ ଦିଅନ୍ତୁ ।

ଉଷୁମ ସେକ: ସିଦବାଥ କରନ୍ତୁ । କେବଳ ନିତମ୍ବଗୁଡ଼ିକୁ ଉଷୁମ ପାଣିରେ ବୁଡେଇ ୨୦ ମିନିଟ ସେକ ଦେଲେ ମଧ୍ୟ ଉପକାର ମିଳିଥାଏ ।

ଚେତାଶୂନ୍ୟ କରନ୍ତୁ: ସ୍ପ୍ରେ କ୍ରିମ କିମବା ଟ୍ୟୁବ ରୂପରେ ଯେକୌଣସି ପେନ୍‌କିଲର ନେଇ ସେହି ଜାଗାଟିକୁ ଚେତାଶୂନ୍ୟ କରନ୍ତୁ । ଡାକ୍ତରଙ୍କୁ ମଧ୍ୟ ପଚାରି ପାରନ୍ତି ।

ଓଜନ କମ୍ କରନ୍ତୁ: ତଳ ଭାଗକୁ ଦେହର ଓଜନ କମ୍ କରନ୍ତୁ । ସିଧା ନଶୋଇ କଡ଼ ମୋଡ଼ି ଶୁଅନ୍ତୁ । ତଳେ ତକିଆ ରଖି ବସନ୍ତୁ । ବଜାରରେ ଏଭଳି ଟ୍ୟୁବ ମିଳେ, ସେଥିରେ ବସିଲେ ପେରିନୟମଠାରେ ଭାର ପଡ଼େନାହିଁ ।

ଖୋଲା ରଖନ୍ତୁ: ବେଶି ଚିପା ଅନ୍ତଃବସ୍ତ୍ର ପିନ୍ଧିଲେ ମଧ୍ୟ ଘଷିହେଇ ଯନ୍ତ୍ରଣା ହେଇଥାଏ । ଏଣୁ ଯଥାସମ୍ଭବ ଖୋଲା ରଖିବା ଉଚିତ ।

ବ୍ୟାୟାମ କରନ୍ତୁ: ଜଣାପଡୁ ବା ନ ପଡୁ ତଥାପି କିଗଲ ବ୍ୟାୟାମ କରିବା ଉଚିତ । ଏହାଫଳରେ ରକ୍ତସଂଚାର ସାଙ୍ଗକୁ ମାଂସପେଶୀ ଗୁଡ଼ିକ ବ୍ୟବସ୍ଥିତ ହୁଏ ।

ମନେକର ତଳ ଭାଗରେ ଯନ୍ତ୍ରଣା ସାଙ୍ଗକୁ ଲାଲ ହେଇ ଫୁଲିଥିବ ବା ଦୁର୍ଗନ୍ଧ ବାହାରୁଥିବ, ତେବେ ହୁଏତ ସଂକ୍ରମଣର ଆଶଙ୍କା କରାଯାଇପାରେ । ଏଣୁ ଡାକ୍ତରଙ୍କ ପରାମର୍ଶ ବାଞ୍ଛନୀୟ ।

ଡେଲିଭରିର କ୍ଷତ

"ମୋର ଏଭଳି ମନେହୁଏ, ସତେକି ମୁଁ ବାର୍ଥରୁମ ନୁହଁ ବରଂ ବକ୍ସିଂ ରିଂଗରୁ ଘରକୁ ଫେରିଛି । ହେଲେ କାହିଁକି ଏଭଳି ଲାଗୁଛି ?"

ଏଭଳି ମନେହେବା ସ୍ୱାଭାବିକ କଥା । କାରଣ ମୁଷ୍ଟିଯୁଦ୍ଧ ଭଳି ଆପଣ ମଧ୍ୟ ଖୁବ୍ ବେଶି ପରିଶ୍ରମ କରିଛନ୍ତି । ତେଣୁକରି ଗର୍ଭସ୍ଥ ଶିଶୁଟି ଧରାପୃଷ୍ଠରେ ଅବତୀର୍ଣ୍ଣ ହେଇଛି । ଗର୍ଭାଶୟର ସଂକୋଚନ ଓ ଶିଶୁକୁ ଠେଲିବା କଣ କମ୍ କଥା ? ହୁଏତ, ଆଖି ତଳେ କଳା କଳା ଦାଗ ମଧ୍ୟ ପଡ଼ିଥିବ । ଏଣୁ କଳା ଚଷମା ଲଗେଇ ପଦାକୁ ଯାଆନ୍ତୁ । ଦେହକୁ ଥଣ୍ଡା

ସେକ, କିମ୍ବା ମାଲିସ ଦେଲେ ଆରାମ ଲାଗିବ । ଛାତିରେ ଜ୍ୱଳନ ହେଲେ ବା ଶ୍ୱାସକ୍ରିୟାରେ କଷ୍ଟ ଅନୁଭୂତ ହେଲେ ଉଷୁମ ପାଣିରେ ସ୍ନାନ ବା ହିଟିଂ ପେଡ୍ ବ୍ୟବହାର କଲେ ଆରାମ ମିଳିବ ।

ଶୌଚ (ପରିସ୍ରା) ଯିବାରେ କଷ୍ଟ

"ପ୍ରସବର ଅନେକ ଘଣ୍ଟା ପରେ ମଧ୍ୟ ମୁଁ ପରିସ୍ରା କରିପାରୁ ନାହିଁ ?"

■ ପ୍ରସବ ଉତ୍ତାରେ ୨୪ ଘଣ୍ଟା ପର୍ଯ୍ୟନ୍ତ ପରିସ୍ରା ଯିବାରେ ଭାରି କଷ୍ଟ ହୋଇଥାଏ । ପରିସ୍ରା କରିହୁଏ ନାହିଁ କିମ୍ବା ହେଲେ ମଧ୍ୟ ଖୁବ୍ ଯନ୍ତ୍ରଣା ହେଇଥାଏ, ଏହାର ଅନେକ କାରଣ ଅଛି

■ ବ୍ଲଡରର ଧୈର୍ଯ୍ୟଶକ୍ତି ବଢ଼ିଯାଏ, ଏଣୁ ବାରମ୍ବାର ପରିସ୍ରା ଲାଗେନାହିଁ ।

■ ବ୍ଲଡର ବା ମୂତ୍ରାଶୟ ପ୍ରସବ ବେଳେ କ୍ଷତିଗ୍ରସ୍ତ ହେଇ ପରସ୍ରା ପାଇଁ ସଂକେତ ଦିଏନାହିଁ ।

■ ଏପିଡ୍ୟୁରାଲ ଯୋଗୁଁ ମଧ୍ୟ ମୂତ୍ରାଶୟର ସମ୍ବେଦନା ହ୍ରାସ ପାଇଥାଏ ।

■ ପେରିନିୟାଲ ଯନ୍ତ୍ରଣା ବା ଫୁଲା ମଧ୍ୟ ପରିସ୍ରାରେ ଅସୁବିଧା ସୃଷ୍ଟି କରିଥାଏ ।

■ କଟାକଟି କିମ୍ବା ସିଲେଇ ହେବା ଯୋଗୁଁ ମଧ୍ୟ ପରିସ୍ରା କଲାବେଳେ କଷ୍ଟ ଅନୁଭୂତ ହୁଏ । ଅନେକ ଥର ପରିସ୍ରାର ସ୍ଥିତି ପରିବର୍ତ୍ତନ କଲେ ମଧ୍ୟ ଯନ୍ତ୍ରଣା ହ୍ରାସ ପାଏ । ନହେଲେ ପରିସ୍ରା କଲାବେଳେ ଉଷୁମ ପାଣି ଦେଲେ ଆରାମ ଲାଗେ ।

■ ଦୀର୍ଘ ସମୟ ଧରି ପ୍ରସବ କଲାବେଳେ ପାଣି ବା କୌଣସି ପେୟ ପଦାର୍ଥ ଗ୍ରହଣ ନକଲେ ମଧ୍ୟ ଡିହାଇଡ୍ରେସନ ଯୋଗୁଁ ଏପରି ହୁଏ ।

■ ଅନେକ ଥର ଭୟ, ଆଶଙ୍କା, ସଂକୋଚ ଭଳି ମନୋବୈଜ୍ଞାନିକ କାରଣ ଯୋଗୁଁ ମଧ୍ୟ ଏଭଳି ହେଇଥାଏ ।

ମନେକର ପ୍ରସବର ୬ ରୁ ୮ ଘଣ୍ଟା ମଧ୍ୟରେ ପରିସ୍ରା ନହୁଏ, ତେବେ ସଂକ୍ରମଣ ହେଇଥାଇପାରେ । ନର୍ସ ଆପଣଙ୍କୁ ପାତ୍ରଟିଏ ଦେଇ ପରିସ୍ରା କରିବାକୁ କହିପାରନ୍ତି । ଫଳରେ ସଂକ୍ରମଣ ବା ତାକୁ ମାପି ଅନେକ କିଛି ତଥ୍ୟ ଜାଣିହେବ । ଏହାର ନିମ୍ନ ଉପାୟ ଦ୍ରଷ୍ଟବ୍ୟ

■ ବେଶି ପରିମାଣରେ ତରଳ ପଦାର୍ଥ ପିଅନ୍ତୁ ।

■ ବିଛଣାରୁ ଉଠି ସାମାନ୍ୟ ଚଳାବୁଲା କଲେ ମଳମୂତ୍ରର ପ୍ରକ୍ରିୟା ସୁଚାରୁ ହୋଇପାରିବ ।

■ ନର୍ସ ଯଦି ସାଙ୍ଗରେ ବାଥରୁମ ଗଲେ ଅବାଗିଆ ଲାଗିଲେ, ତାକୁ ପଦାରେ ଅପେକ୍ଷା କରିବାକୁ କୁହନ୍ତୁ । ପରେ ସେ ପେରିନିୟାଲର ସଫେଇ ବାବଦରେ ବୁଝେଇ ପାରିବ ।

■ ଦୁର୍ବଳତା ଯୋଗୁଁ ପରିସ୍ରା ପାଇଁ ପାତ୍ରଟିଏ ବ୍ୟବହୃତ ହେଲେ ଯୋନିବାଟରେ ଉଷୁମ ପାଣି ଢ଼ାଳନ୍ତୁ; ଫଳରେ ପରିସ୍ରା ଲାଗିବ । ପାତ୍ର ଉପରେ ବସିଲେ ଖୁବ୍ ଭଲ ।

■ ତଳି ପେଟ ତଳକୁ ଥଣ୍ଡା ବା ଗରମ ସେକ ଦିଅନ୍ତୁ ।

ଉକ୍ତ ସବୁ ଉପାୟ ବ୍ୟର୍ଥ ହେଲେ, ଡାକ୍ତର ନଳୀ ସାହାଯ୍ୟରେ ମୂତ୍ରାଶୟକୁ ପରିସ୍ରା ବାହାର କରିବେ । କିଛି ଦିନ ଅସୁବିଧା ହେଲେ, ହୁଏତ ସଂକ୍ରମଣ ହେଇଥାଇପାରେ ।

"ମୁଁ ମୋ ପରିସ୍ରାକୁ ଆୟତ୍ତ କରିପାରୁନାହିଁ । ଏହା ଆପେ ଆପେ ବାହାରି ପଡୁଛି ।"

ଶିଶୁଟିର ଜନ୍ମ ବେଳର ଶାରୀରିକ ଚାପ ଯୋଗୁଁ ଦେହଟିର ଅନେକ ପ୍ରକ୍ରିୟା ପ୍ରଭାବିତ ହେଇଥାଏ । ହୁଏତ ପରିସ୍ରା ହେବନାହିଁ, କିମ୍ବା ଆପେ ଆପେ ପରିସ୍ରା ହେବ । ପେରିନିୟାଲର ମାଂସପେଶୀ କମିବାରୁ ଏଭଳି ହୁଏ । ପ୍ରସବ ପରେ କିଗଲ ବ୍ୟାୟାମ କରାଯିବା ଉଚିତ । ତଥାପି ଠିକ୍ ନହେଲେ ଡାକ୍ତରଙ୍କୁ ପରାମର୍ଶ କରନ୍ତୁ ।

ପ୍ରସବ ପରେ ଡାକ୍ତରଙ୍କୁ କେବେ ଡାକିବେ ?

କେତେକ ମହିଳାମାନେ ପ୍ରସବ ପରେ ନିଜେ ନିଜକୁ ଶାରୀରିକ ଓ ମାନସିକ ଭାବରେ ସୁସ୍ଥ ଓ ଉପଯୁକ୍ତ ମନେକରିଥାନ୍ତି, ହେଲେ ଅନ୍ୟ କେତେକ ମହିଳାମାନଙ୍କର ସମସ୍ୟା ଲାଗି ରହିଥାଏ । ଏଭଳି କ୍ଷେତ୍ରରେ ଡାକ୍ତରଙ୍କୁ କେବେ ଡକାଯିବ ବା ଫୋନ କରାଯିବ ।

ଘଣ୍ଟାକୁ ଘଣ୍ଟା ପ୍ୟାଡ ପରିବର୍ତ୍ତନ କରିବାକୁ ପଡ଼ିଲେ ନର୍ସ କିମ୍ବା ଡାକ୍ତରଙ୍କୁ ପଚାରନ୍ତୁ ଓ ବରଫ ଦେଇ ଚିକିତ୍ସା କରନ୍ତୁ ।

■ ପ୍ରସବର ପ୍ରଥମ ସପ୍ତାହରେ ଗାଢ଼ ଲାଲ ରଙ୍ଗର ସ୍ରାବ ହେଲେ ଡାକ୍ତରଙ୍କୁ କୁହନ୍ତୁ । ମାସିକ ସ୍ରାବ ଭଳି ରକ୍ତସ୍ରାବ ଅନେକ ସପ୍ତାହ ଧରି ହୋଇଥାଏ । ସ୍ତନପାନ ଯୋଗୁଁ ପ୍ରବାହ ବଢ଼ିଥାଏ ।

■ ଦୁର୍ଗନ୍ଧଯୁକ୍ତ ରକ୍ତସ୍ରାବ ମାସିକ ଋତୁ ଭଳି ହୋଇଥାଏ ।

■ ରକ୍ତସ୍ରାବରେ ଚକା ଚକା ହେଇ ରକ୍ତ ପଡ଼ିବା । ଅବଶ୍ୟ ଟିକେ ଅଧେ ରକ୍ତ ମାସିକ ଋତୁ ସ୍ରାବରେ ମଧ୍ୟ ପଡ଼େ ।

■ ପ୍ରଥମ କିଛିଦିନ ଆଦୌ ରକ୍ତସ୍ରାବ ନହେଲେ ।

■ ବିନା ଫୁଲାରେ ଯନ୍ତ୍ରଣା, ଉଦ୍‌ବେଗ ପ୍ରକାଶ, ପ୍ରସବ ପରେ ତଳିପେଟ ମୋଡ଼ିହେବା ।

■ ପ୍ରଥମ କିଛିଦିନ ଉତ୍ତାରେ ପେରିନିୟାଲ ଭାଗରେ ଲାଗି ଲାଗି ଯନ୍ତ୍ରଣା

■ ୨୪ ଘଣ୍ଟା ପରେ ଦିନସାରା ୧୦୦ ° ଏଫ ରୁ ବେଶି ଜ୍ୱର ହେବା

■ ମୁଣ୍ଡ ବୁଲେଇବା

■ ଭବାନ୍ତି ବାନ୍ତି ଲାଗିବା

■ ସ୍ତନରେ ସଂକ୍ରମଣର ଲକ୍ଷଣ ଓ ଯନ୍ତ୍ରଣା

■ କଟା ହେଇଥିବା ଜାଗା ଫୁଲିଯାଇ ଲାଲ ହେବା,

■ ୨୪ ଘଣ୍ଟା ପରେ ପରିସ୍ରା ଯିବାରେ କଷ୍ଟ ଓ ଦୁର୍ଗନ୍ଧଯୁକ୍ତ ପରିସ୍ରା । ଡାକ୍ତରଙ୍କ ପାଖକୁ ଯିବା ପୂର୍ବରୁ ପ୍ରଚୁର ପାଣି ପିଅନ୍ତୁ ।

■ ଛାତିରେ ଯନ୍ତ୍ରଣା, ତୀବ୍ର ହୃଦ୍‌ସ୍ପନ୍ଦନ, ପାଦ ମେଲିଲେ କଷ୍ଟ । ଡାକ୍ତରଙ୍କ ପାଖକୁ ଯିବା ପୂର୍ବରୁ ଗୋଡ଼ ଟେକି ରଖନ୍ତୁ ।

■ ଅବସାଦ ବା ବିଷଣ୍ଣ ଭାବ ପ୍ରକାଶ

ଶୌଚ ଯିବାରେ ଅସୁବିଧା

"ପ୍ରସବର ଦୁଇ ଦିନ ପରେ ମଧ୍ୟ ମୁଁ ମଳତ୍ୟାଗ କରିପାରୁନାହିଁ; ଯିବାକୁ ଇଚ୍ଛା ହେଲେ ମଧ୍ୟ ସିଲେଇ ଖୋଲିଯିବାର ଆଶଙ୍କା ହେଉଛି ।"

ପ୍ରତ୍ୟେକ ମା'ଙ୍କୁ ପ୍ରସବ ଉତ୍ତାରେ ଏଭଳି ଅନେକ ଅସୁବିଧାର ସମ୍ମୁଖୀନ ହେବାକୁ ପଡ଼ିଥାଏ । ଏଥିରୁ ମୁକ୍ତି ନପାଇବା ପର୍ଯ୍ୟନ୍ତ ଭଲ ଲାଗିଥାଏ।

ଅନେକ ଥର ଏଥିପାଇଁ ମନୋବିଜ୍ଞାନର କାରଣ ଦାୟୀ ଅଟେ । ଶିଶୁର ଜନ୍ମ ବେଳେ ପେଟର ମାଂସପେଶୀରେ ବେଶି ଚାପ ପଡ଼ିବାରୁ ଏହାର କର୍ମସାମର୍ଥ୍ୟ ହ୍ରାସ ପାଇଥାଏ । ଅନେକ ଥର ପ୍ରସବ ପୂର୍ବରୁ ଓ ପରେ ମଳତ୍ୟାଗ ହେଇଯାଏ । ଏହାପରେ ଉପଯୁକ୍ତ ଖାଦ୍ୟ ନ ଖାଇବାରୁ ଶୌଚ ହୁଏନାହିଁ । ସବୁଠୁ ବଡ଼ କଥା ହେଲା ମଳତ୍ୟାଗ ପାଇଁ ଚେଷ୍ଟା କଲେ ହୁଏତ ସିଲେଇ ଖୋଲିଯିବାର ଆଶଙ୍କା ଥାଏ । ହିମରଏଡ୍‌ସର ଅବସ୍ଥା ସାଂଘାତିକ ହେବାପରି ମନେହୁଏ ।

ଅବଶ୍ୟ ଆପଣ ସହଜରେ ଏହାର ମୁକାବିଲା କରିପାରିବେ । ଆମେ ଦେଇଥିବା ଉପାୟ ଅବଲମ୍ବନୀୟ ।

ବ୍ୟସ୍ତହୁଅନ୍ତୁନି: ବ୍ୟତିବ୍ୟସ୍ତ ହେଇ କିଛି ଲାଭ ନାହିଁ, ଏଣୁ ସିଲେଇ ଖୋଲିଯିବ ଭାବି ଚିନ୍ତା କରନ୍ତୁ ନାହିଁ । କିଛିଦିନ ମଳତ୍ୟାଗ ନହେଲେ ମଧ୍ୟ କ୍ଷତି ନାହିଁ ।

ତନ୍ତୁଜାତୀୟ ଖାଦ୍ୟପଦାର୍ଥ: ହସ୍ପିଟାଲରେ ଥିଲେ ଖାଦ୍ୟରେ ଫଳମୂଳ, ପନିପରିବା ଓ ଖାଦ୍ୟଶସ୍ୟ ଗ୍ରହଣ କରନ୍ତୁ । ସେଓ, ନାସପାତି ତଥା ଛେନା ଖାଇବା ଉଚିତ । ଚକୋଲେଟ ଭଳି କୋଷ୍ଠ କାଠିନ୍ୟ ସୃଷ୍ଟିକାରୀ ପଦାର୍ଥ ଖାଆନ୍ତୁ ନାହିଁ ।

ତରଳ ପଦାର୍ଥର ମାତ୍ରା: ବେଶି ପରିମାଣରେ ତରଳ ପଦାର୍ଥ ପିଇଲେ କୋଷ୍ଠ କାଠିନ୍ୟ ହେବନାହିଁ । ପାଣି ଉପଯୁକ୍ତ ହେଲେ ମଧ୍ୟ ଫଳରସ ପିଅନ୍ତୁ । ଉଷୁମ ପାଣିରେ ଲେମ୍ବୁ ଚିପି ପିଇପାରନ୍ତି ।

ଚୋବେଇ ଖାଆନ୍ତୁ: ଚୋବେଇ ଖାଇଲେ ଖାଦ୍ୟ ଶୀଘ୍ର ଓ ସହଜରେ ହଜମ ହେଇଥାଏ ଆଉ ଆମ ପରିପାକ ବିଭାଗ ଭଲଭାବରେ କାମ କରେ ।

ଚଲାବୁଲା କରନ୍ତୁ: ଅବଶ୍ୟ ପ୍ରସବ ପରେ ହଠାତ୍ ନ ଦୌଡ଼ିଲେ ମଧ୍ୟ ସାମାନ୍ୟ ଚଲାବୁଲା କରିବା ଉଚିତ । ବିଛଣାରେ ଗଡ଼ି କିଗଲ ବ୍ୟାୟାମ କଲେ ମଳଦ୍ୱାର ପାଇଁ ହିତକର । ପରେ ଛୁଆମାନଙ୍କ ସହ ଚଲାବୁଲା କରିହେବ ।

ବିବ୍ରତ ହୁଅନ୍ତୁନି: ଅଯଥା ମାନସିକ ଚାପକୁ ନେଇ ବିବ୍ରତ ହୁଅନ୍ତୁନି; ଏହାଫଳରେ ହିମରଏଡ୍ସର ଅବସ୍ଥା ଆହୁରି ସାଂଘାତିକ ହୋଇଯିବ । କଟିସ୍ନାନ ଓ ଉଷୁମ ସେକ ଲାଭକାରୀ ।

ପତଳା ଝାଡା ପାଇଁ ଔଷଧ: ଡାକ୍ତରଖାନାରେ ପତଳା ଝାଡା ପାଇଁ ଔଷଧ ମିଳେ; ଫଳରେ ମଳତ୍ୟାଗରେ ଅସୁବିଧା ହୁଏନାହିଁ ।

ଅବଶ୍ୟ ପ୍ରଥମେ ପ୍ରଥମେ କଷ୍ଟ ହେଇପାରେ ତା'ପରେ ସବୁ ଠିକ୍ ହେଇ ସାମାନ୍ୟ ହେଇଯିବ ।

ଅତ୍ୟଧିକ ଝାଳ ବାହାରିବା

"ମୁଁ ରାତିରେ ଶୋଇଥିଲାବେଳେ ହଠାତ୍ ଜାଳ ନାଳ ହେଇ ଚେଇଁପଡ଼େ, ଏହା କ'ଣ ସାଧାରଣ କଥା ?"

ଏହା ବିବ୍ରତକର ହେବା ସତ୍ତ୍ୱେ ମଧ୍ୟ ସାଧାରଣ କଥା । ନୂଆ ମା'ମାନଙ୍କୁ ଅନେକ କାରଣରୁ ଝାଳ ବାହାରିଥାଏ । ଯେହେତୁ ହର୍ମୋନ୍‌ର ସ୍ତର କମିଯାଏ । ବାରମ୍ବାର ଝାଡ଼ା ପରିସ୍ରା ଗଲେ ମଧ୍ୟ ଦେହର ଅପଶିଷ୍ଟ ପଦାର୍ଥ ନିଷ୍କାସିତ ହେଇଥାଏ । ଝାଳ ବାହାରିବା ଚିନ୍ତାଜନକ ହେଲେ ମଧ୍ୟ ବିଛଣାରେ ଟର୍କିଷ୍ଟ ବିଛେଇ ଶୋଇଲେ ନିଦ ଭାଙ୍ଗିବ ନାହିଁ ।

ଛୁଆକୁ ସ୍ତନପାନ କରେଇଲେ ବା ନ କରେଇଲେ ମଧ୍ୟ ଯଥେଷ୍ଟ ପାଣି ପିଅନ୍ତୁ । ଫଳରେ ଝାଳର କ୍ଷତିପୂର୍ତ୍ତି ହେବ ।

ଜ୍ୱର

"ମୁଁ ଏଇନା ଡାକ୍ତରଖାନାରୁ ଫେରିଛି । ଆଉ ମତେ ୧୦୧°ଏଫ ଜ୍ୱର ହେଲାଣି । ହେଲେ ଡାକ୍ତରଙ୍କୁ ମୁଁ ଡାକିବି କି ନାହିଁ ?"

ପ୍ରସବ ପରେ ଜ୍ୱର ହେଲେ ଡାକ୍ତରଙ୍କୁ କହିବା ନିହାତି ଜରୁରୀ । ବେଳେ ବେଳେ ଏହା ସଂକ୍ରମଣ ଯୋଗୁଁ ଜ୍ୱର ହେଇଥାଏ କିମ୍ବା କ୍ଳାନ୍ତି, ଉତ୍ତେଜନା ଯୋଗୁଁ ମଧ୍ୟ ହୁଏ । ଅବଶ୍ୟ ସ୍ତନପାନର ଆରମ୍ଭରେ ତାପମାତ୍ରା ସାମାନ୍ୟ ବୃଦ୍ଧି ପାଇଥାଏ । ବେଶି ଜ୍ୱର ସାଙ୍ଗକୁ ଥଣ୍ଡା, ସର୍ଦ୍ଦି ବା ବାନ୍ତି ହେଲେ ମଧ୍ୟ ଚିକିତ୍ସା କରାନ୍ତୁ ।

ସ୍ତନର ସମ୍ପ୍ରସାରଣ

"ମୋ ସ୍ତନ ମାନଙ୍କରେ କ୍ଷୀର ଓହ୍ଲେଇ ଆସିଛି । ଏହା ପ୍ରାୟ ତିନି ଗୁଣ ବଢ଼ିଯାଇଛି ଓ ଟାଣ ହେଇ ପଡ଼ିଛି । ଛୁଇଁଲି ଯନ୍ତ୍ରଣା ଏଭଳି ହେଉଛି ଯେ, ମୁଁ ବ୍ରା ମଧ୍ୟ ପିନ୍ଧି ପାରୁନି । ଶିଶୁ ସ୍ତନପାନ କରୁଥିବା ପର୍ଯ୍ୟନ୍ତ ଏପରି ଚାଲିବ କି ?"

ଆପଣ ଚିନ୍ତା କରିବା ପୂର୍ବରୁ ଛାତିର ଆକାର ଏତେ ବଢ଼ିଗଲା ଯେ ଏହାକୁ ଛୁଇଁ ହେଉନାହିଁ । ସ୍ତନ ଫୁଲିଯାଇ ଯଦି ନିପଲ ଭିତରକୁ ପଶିଥାଏ, ତେବେ କ୍ଷୀର ଖୁଏଇଲା ବେଳେ ବେଶି କଷ୍ଟ ହେଉଥିବ ।

ଅବଶ୍ୟ ସୁସମ୍ବାଦ ହେଲା, ଏହା ବେଶି ସମୟ ଧରି ରହିବ ନାହିଁ । କ୍ଷୀର ଓ ଶିଶୁର ଚାହିଦା ମଧ୍ୟରେ ସାମଞ୍ଜସ୍ୟ ରକ୍ଷା ହେଲା ପରେ ଆପେ ଆପେ ଠିକ୍ ହେଇଯିବ ।

ମୁଁ ସ୍ତନପାନ କରେଇବାକୁ ଚାହେଁନାହିଁ, ହେଲେ ମୁଁ ଶୁଣିଛି ଯେ, କ୍ଷୀର ଶୁଖିବାକୁ ହେଲେ ଖୁବ୍ କଷ୍ଟ ହେଇଥାଏ ।"

ପ୍ରସବର ଦୁଇ ତିନି ଦିନ ମଧ୍ୟରେ ସ୍ତନରେ କ୍ଷୀର ଆସିଯାଏ । ଆବଶ୍ୟକ ଅନୁସାରେ ଏହା ତିଆରି ହେଇଚାଲେ । ୪ୀର ବ୍ୟବହୃତ ନହେଲେ ତିଆରି ହେବା ବନ୍ଦ ହେଇଯାଏ । ଅବଶ୍ୟ ଅନେକ ଦିନ ବା ସପ୍ତାହ ଧରି କ୍ଷୀର ଆସିବା ସତ୍ତ୍ୱେ ମଧ୍ୟ ସ୍ତନ ସାମାନ୍ୟ ହୋଇଯାଏ । ବର୍ତ୍ତମାନ ଆପଣ ବରଫ ଖଣ୍ଡ ବା ବ୍ରା ବ୍ୟବହାର କରିପାରନ୍ତି । ନିପଲକୁ ଚିପି କ୍ଷୀର କାଢ଼ନ୍ତୁନି କି ଉଷୁମ ପାଣିରେ ସ୍ନାନ କରନ୍ତୁନି । ନଚେତ ଯନ୍ତ୍ରଣା ହେବ ।

କ୍ଷୀର ଗଲା କୁଆଡ଼େ ?

"ପ୍ରସବର ଦୁଇ ଦିନ ପରେ ମଧ୍ୟ ମୋ ସ୍ତନରେ କୋଲୋଷ୍ଟ୍ରମ ତିଆରି ହେଇନି । ହେଲେ କ'ଣ ମୋର ଛୁଆ ଭୋକରେ ରହିବ କି ?"

ନା, ଛୁଆ ଭୋକରେ ରହିବ ନାହିଁ । ତାକୁ ଭୋକ ହେଉନଥିବ କାରଣ ଶିଶୁମାନେ ଭୋକିଲା ନୁହନ୍ତି । ପ୍ରସବର ତିନି-ଚାରି ଦିନ ପରେ ତାକୁ ଭୋକ ହେବା ପର୍ଯ୍ୟନ୍ତ ଆପଣଙ୍କର ସ୍ତନଯୁଗଳରେ ପ୍ରଚୁର କ୍ଷୀର ତିଆରି ହୋଇସାରିଥିବ ।

ଏବେ ମଧ୍ୟ ସ୍ତନରେ ଶିଶୁ ପାଇଁ ଉଦ୍ଦିଷ୍ଟ କୋଲୋଷ୍ଟ୍ରମ ନିହାତି ଥିବ । ଏଇନା ଗୋଟିଏ ଚାମୁଚ କ୍ଷୀର ମଧ୍ୟ ଶିଶୁ ପାଇଁ ଯଥେଷ୍ଟ । କିନ୍ତୁ ଏହା ପୂର୍ଣ୍ଣ ନହେଲେ କ୍ଷୀର କାଢ଼ି ହେବନାହିଁ । ଦିନକର ଛୁଆ ମଧ୍ୟ ସ୍ତନରୁ କ୍ଷୀର ପାନ କରିପାରେ ।

ଆନ୍ତରିକ ସ୍ନେହ

"ମୁଁ ଆଶା କରିଥିଲି ଯେ ଶିଶୁଟିକୁ ଦେଖିଲା ମାତ୍ରେ ତାକୁ ସ୍ନେହ କରିବସିବି; ହେଲେ ଏପର୍ଯ୍ୟନ୍ତ ମୋ ମନରେ ଏଭଳି କୌଣସି ଭାବ ଉତ୍ପନ୍ନ ହୋଇନାହିଁ; କାହିଁକି ?"

ପ୍ରସବର ଠିକ୍ ପରେ ପରେ ଆପଣଙ୍କ ହାତରେ ଲୁଗା ଗୁଡାହେଇଥିବା ଶିଶୁଟିକୁ ଧରି ଦେଖିଥାନ୍ତି ଓ ଶିଶୁଟିର ମୁହଁକୁ ଦେଖି ଆତ୍ମବିଭୋର ହେଇ ବୋକ ଦେଇ ଚାଲିଥାନ୍ତି । ଠିକ୍ ସେହି ସମୟରୁ ମା' ଓ ଛୁଆ ମଧ୍ୟରେ ମଧୁର ସମ୍ପର୍କଟି ଗଢ଼ିଉଠେ ।

ପ୍ରତ୍ୟେକ ମା' ଏଭଳି ସ୍ୱପ୍ନ ଦେଖିଲେ ମଧ୍ୟ ସବୁ ସ୍ୱପ୍ନ ସତ ହୁଏନାହିଁ । ଜନ୍ମିତ ସନ୍ତାନଟିର ମୁଖମଣ୍ଡଳ ଓ ଦେହ ହାତଗୋଡ଼ର ଅବସ୍ଥା ଓ ତାର ବିରକ୍ତିକର କ୍ରନ୍ଦନ ସ୍ୱର ମା' ମନରେ ହଠାତ୍ ସ୍ନେହର ସମ୍ପର୍କ ସୃଷ୍ଟି କରିବାରେ ବାଧା ଦେଇଥାଏ । ଏଣୁ ସମ୍ପର୍କଟି ଗଢ଼ି ଉଠିବା ଖୁବ୍ ସମୟସାପେକ୍ଷ ହୁଏ । ପୁନଶ୍ଚ କିଏ ସହଜରେ ଜନ୍ମ ଦେଇଥାଏ, ତ କିଏ ଭାରି କଷ୍ଟକର । ଏଣୁ ସମ୍ପର୍କର ଖିଅ ଆସ୍ତେ ଆସ୍ତେ କାମ କରିଥାଏ ।

ଘରବାହୁଡ଼ା

ଆପଣ ଓ ଆପଣଙ୍କ ଛୁଆ ହସ୍ପିଟାଲରେ କେତେଦିନ ରହିବେ, ଏହା ଆପଣଙ୍କ ପରିସ୍ଥିତି ଉପରେ ନିର୍ଭର କରେ । ମନେକର ଉଭୟେ ସୁସ୍ଥ ରହନ୍ତି ତେବେ ଶୀଘ୍ର ଛୁଟି ମାଗି ଚାଲିଯିବା ଉଚିତ । ହେଲେ ସେତେବେଳେ ହିଁ ପୁଣି ଥରେ ଆଉ କେବେ ଆସିବେ, ଏହା ଠିକ୍ କରିଥାନ୍ତୁ । ଡାକ୍ତରଙ୍କୁ ପଚାରି ବୁଝନ୍ତୁ ଯେ, ଆଗାମୀ ଦିନ ମାନଙ୍କରେ କିଭଳି ସମସ୍ୟା ଦେଖାଦେଇପାରେ । ଡାକ୍ତର ହୁଏତ ଶିଶୁର ସ୍ତନପାନ ବା ପୋଲିଓ ବିଷୟରେ ମଧ୍ୟ କହିପାରନ୍ତି ।

ମନେକର ଆପଣ ୪୮ ରୁ ୯୬ ଘଣ୍ଟା ଧରି ହସ୍ପିଟାଲରେ ରହୁଥାନ୍ତି, ତେବେ ଯଥେଷ୍ଟ ବିଶ୍ରାମ କରନ୍ତୁ; କାରଣ ଫେରିବା ପରେ ଘରେ ବହୁତ କାମ କରିବାକୁ ପଡ଼ିପାରେ ।

ନିଜେ ନିଜକୁ ସମୟ ଦିଅନ୍ତୁ ଅର୍ଥାତ୍ ନିଜ ପ୍ରତି ଦୃଷ୍ଟି ଦେଇ ଯତ୍ନ ନିଅନ୍ତୁ । ଶିଶୁର ଚାହିଦାକୁ ମଧ୍ୟ ପୂରଣ କରନ୍ତୁ । ତାଙ୍କ କୋଳରେ ଧରି, ନାନା ବାୟା ଗୀତ ବୋଲନ୍ତୁ; ତା ସାଙ୍ଗରେ କଥା ହୁଅନ୍ତୁ; ତାକୁ ମାଲିସ କରନ୍ତୁ । ଆସ୍ତେ ଆସ୍ତେ ତା' ଦେହରୁ ନିର୍ଗତ ଦୁର୍ଗନ୍ଧ ମଧ୍ୟ ଭଲ ଲାଗିବ । ତା'ପରେ ଖୁବ୍ ଶୀଘ୍ର ମା' ଓ ମମତାର ଗୁରୁତ୍ୱ ନିଜେ ବୁଝିପାରିବେ ।

"ମୋ ଛୁଆ ଅପରିପକ୍ୱ ଥିବାରୁ ତାକୁ ଆଇସିୟୁରେ ରଖିବାକୁ ପଡ଼ିଥିଲା । ଡାକ୍ତର କହୁଥିବଲେ ଯେ ତାକୁ ସେଠାରେ ଦୁଇ ସପ୍ତାହ ଧରି ରଖିବାକୁ ପଡ଼ିପାରେ । ହେଲେ ତା' ସହ ସ୍ନେହ ସମ୍ପର୍କ ଗଢ଼ି ଉଠିବାରେ ମତେ ବେଶି ବିଳମ୍ବ ହେଇଯିବ ନାହିଁକି ?"

ଅବଶ୍ୟ ଜନ୍ମିତ ଛୁଆଟିକୁ ସ୍ନେହ କରିବାର ଅନୁଭୂତି ସବୁଠୁ ନିଆରା କହିଲେ ଚଳେ । କିନ୍ତୁ ତାର ଦେହ ପାଗ ଭଲ ନଥିଲେ ଅପେକ୍ଷା କରିବାକୁ ବାଧ୍ୟ । ଏହାପରେ ମଧ୍ୟ ସ୍ନେହ କରାଯାଇପାରେ । ଇତିମଧ୍ୟରେ ମା' ଓ ଛୁଆ ମଧ୍ୟରେ ଏକ ଦୀର୍ଘକାଳୀନ ସମ୍ପର୍କ ସୃଷ୍ଟି ହୋଇଥାଏ ।

ଛୁଆକୁ ଆଇସିୟୁ ମଧ୍ୟରେ ରଖିବା ପରେ ମଧ୍ୟ ଛୁଇଁପାରିବେ, କଥା କହିପାରିବେ । ପ୍ରତ୍ୟେକ ହସ୍ପିଟାଲରେ ମା' ବାପାଙ୍କ ପାଇଁ ଏହା ଛାଡ଼ ଥାଏ । ସେଠାକାର ନର୍ସମାନଙ୍କୁ ଶିଶୁ ସହ ସମୟ କିପରି କଟାଯାଇ ପାରିବ ବୋଲି ପଚାରିଲେ ସେମାନେ ସବୁ ବୁଝେଇଦେବେ । ମନେରଖନ୍ତୁ ଯେ, ଶିଶୁଟି ନିଜ ଘରେ ଥିଲେ ଏକପ୍ରକାର ଦୃଢ଼ ସମ୍ପର୍କ ସୃଷ୍ଟି ହେଇଥାଏ ।

କୋଠରିରେ ଶିଶୁ

"ଗର୍ଭଧାରଣ ସମୟରେ ଶିଶୁଟି ମୋ କୋଠରିରେ ଥିବ ବୋଲି ଭାବି ମୁଁ ଖୁବ୍ ଖୁସି ହେଉଥିଲି । ହେଲେ ମତେ ଜଣାନଥିଲା ଯେ କ୍ଳାନ୍ତି ଯୋଗୁଁ ମୋର ଅବସ୍ଥା କ'ଣ ହେବ । କିନ୍ତୁ ବର୍ତ୍ତମାନ ମୁଁ ଶିଶୁଟିକୁ ଦୂରେଇ ରଖିବାକୁ କହୁଛି, ସତରେ ମୁଁ କେଡ଼େ ନିଷ୍ଠୁର ମା', ନୁହଁକି ?"

ବାସ୍ତବରେ ଆପଣ ଜଣେ ମହାନ ମା ଅଟନ୍ତି ଓ ମା' ହେବାର ଆହ୍ୱାନକୁ ଗ୍ରହଣ କରିଛନ୍ତି । ଏଥର ଦ୍ୱିତୀୟ ଆହ୍ୱାନ ସ୍ୱୀକାର କରିବାକୁ ଯାଉଛନ୍ତି । ଇତିମଧ୍ୟରେ ବିଶ୍ରାମ କରିବା ଏକାନ୍ତ ଜରୁରୀ ମଧ୍ୟ । ପ୍ରଭାବଜନିତ କ୍ଳାନ୍ତି ଯୋଗୁଁ ଆପଣ ଅବଶ ହେଇପଡ଼ିଥିବେ ଏଣୁ ଶିଶୁର ଉପଯୁକ୍ତ ଯତ୍ନ ମଧ୍ୟ ନେଇ ପାରୁନଥିବେ । ଏଥିରେ ଭାବିବାର କିଛି ନାହିଁ । ଦେହ ଅବଶ, କ୍ଳାନ୍ତି ଓ ଅନିଦ୍ରାବଶତଃ ଔଷଧ ମଧ୍ୟ ପ୍ରଭାବ ପକଉଥିବ । ଏଣୁ ଘଣ୍ଟେ ଶୋଇପଡ଼ିଲେ କିଛି କ୍ଷତି ନାହିଁ ।

ଶିଶୁ ସହ କଟେଇଥିବା ସମୟର ଗୁଣବତ୍ତାକୁ ଗୁରୁତ୍ୱ ଦିଅନ୍ତୁ । ଘରକୁ ଗଲେ ଦିନସାରା ପାଖରେ ଥିବ ଏଣୁ ବିଶ୍ରାମ କରନ୍ତୁ; ପରେ ହୁଏତ ଏପରି ସୁଯୋଗ ମିଳିନପାରେ ।

ସିଜେରିଆନ ଡେଲିଭରି

"ସି-ସେକ୍ସନ ପରେ ମୁଁ କେତେ ଦିନ ମଧ୍ୟରେ ଭଲ ହେଇପାରିବି ?"

କୌଣସି ପେଟ ଅପରେସନ ଯେତେଦିନ ମଧ୍ୟରେ ଭଲ ହେଇପାରେ ଠିକ୍ ସେତେ ଦିନ ଆପଣଙ୍କୁ ମଧ୍ୟ ଲାଗିଯିବ । ତଫାତ୍ କେବଳ ଏତିକି ଯେ, ଆପଣଙ୍କର ଗଲ୍ ବ୍ଲଡର ବା ଏପେଣ୍ଡିକ୍ସ ବଢ଼ାଯିବ ନାହିଁ । ଆଉ କୁନି ଶିଶୁଟିଏ କୋଳକୁ ଚାଲିଆସିବ । ସର୍ଜରୀଜନିତ ଚିକିତ୍ସା ସାଙ୍ଗକୁ ଅନ୍ୟାନ୍ୟ ଅସୁବିଧାରୁ ମଧ୍ୟ ମୁକ୍ତି ମିଳିଯିବ । ଅର୍ଥାତ୍ କ୍ଳାନ୍ତି, ହର୍ମୋନାଲ ପରିବର୍ତ୍ତନ ତଥା ଝାଳ ନିର୍ଗତ ଭଳି ସମସ୍ୟାରୁ ରକ୍ଷା ପାଇଯିବେ ।

ଅପରେସନ ସାଙ୍ଗକୁ ଏସବୁ ଲକ୍ଷଣ ଥିବ:

କଟା ସ୍ଥାନରେ ଯନ୍ତ୍ରଣା: ଏନାସ୍ଥେସିଆର ପ୍ରଭାବ ହ୍ରାସ ସାଙ୍ଗକୁ କଟା ସ୍ଥାନରେ ଯନ୍ତ୍ରଣା ଦେଖାଦେବ । ଏହାର ଅନେକ କାରଣ ଅଛି । ଏଥିବରୁ ରକ୍ଷା ପାଇଁ ପେନ୍‌କିଲର ଦେଲେ ନିଦ ହୋଇପାରେ । ସ୍ତନପାନର ଏହା ଅସୁବିଧା ସୃଷ୍ଟି କରିବନି କାରଣ ଏହା କୋଲୋଷ୍ଟ୍ରମରେ ପ୍ରଭାବ ପକେଇପାରେ ନାହିଁ । ପରେ ମଧ୍ୟ ବେଶି ପେନ୍‌କିଲର ଖାଇବା ଅନାବଶ୍ୟକ । ଯନ୍ତ୍ରଣା ବେଶି ଥିଲେ ମଝିରେ ମଝିରେ ଔଷଧ ଖାଇପାରନ୍ତି, ହେଲେ ଓଜନିଆ ଜିନିଷପତ୍ର ଟେକାଯେକି କରିବା ସମ୍ପୂର୍ଣ୍ଣ ମନା ।

ବାନ୍ତି ବା ବାନ୍ତି ନହେବା: ହୁଏତ ବାନ୍ତି ହେଇପାରେ, ହେଲେ ଔଷଧ ଦିଆଯିବ ।

କ୍ଳାନ୍ତି: ଆପଣଙ୍କର ରକ୍ତ ନଷ୍ଟ ହେଇଥିବାରୁ ଦୁର୍ବଳ ଲାଗୁଥିବ । ଯଦିଚ ଅପରେସନ୍‌ର କିଛି ଘଣ୍ଟା ପୂର୍ବରୁ ପ୍ରସବ ବେଦନା ହୁଏ, ତେବେ ବେଶି ହାଲିଆ ଲାଗିବ । ମନେକର ସି-ସେକ୍ସନ ଆଗରୁ ଠିକ୍ ନହୋଇଥାଏ, ତେବେ ଆପଣ ଆହୁରି ଆଘାତ ପାଇବେ ।

ପରିସ୍ଥିତିର ତନ୍ନ ତନ୍ନ ପରୀକ୍ଷା: ଜଣେ ନର୍ସ ନିୟମିତ ଭାବରେ ଆପଣଙ୍କ ତାପମାତ୍ରା, ନାଡ଼ି ଓ ରକ୍ତଚାପ ମପାମପି କରିବେ । ପରିସ୍ରା ଓ ରକ୍ତସ୍ରାବ ପରୀକ୍ଷା ମଧ୍ୟ ହେଇପାରେ ।

କୋଠରିକୁ ଫେରି ଏସବୁ ଲକ୍ଷ୍ୟ କରିବେ:

ପରିସ୍ରା ପାଇଁ ଟ୍ୟୁବ୍ କାଢ଼ିବା: ମୂତ୍ରାଶୟ ସହ ସଂଶ୍ଲିଷ୍ଟ ଥିବା ଟ୍ୟୁବ ବା ନଳୀ କଢ଼ାଯିବ । ଏହାପରେ ଟିକେ ଅସୁବିଧା ହେଇପାରେ । ବେଶି ଅସୁବିଧା ହେଲେ ପୁଣି ଥରେ ନଳୀ ଲଗାଯିବ ।

ସର୍ଜରୀରର ୮ ରୁ ୨୪ ଘଣ୍ଟା ପରେ: ସର୍ଜରୀର ୮ ରୁ ୨୪ ଘଣ୍ଟା ମଧ୍ୟରେ ନିଜକୁ ନିଜେ ଆସ୍ତେ ଉଠି ବସିବାକୁ ହେବ, ତା'ପରେ ପାଦରେ ଭରା ଦେଇ ଠିଆ ହେବେ, ମୁଣ୍ଡ ନ ବୁଲେଇଲେ ଚଲାବୁଲା କରିପାରିବେ ।

ସାଧାରଣ ଖାଦ୍ୟ: ବେଳେ ବେଳେ ସି-ସେକ୍ସର ୨୪ ଘଣ୍ଟା ପରେ ମଧ୍ୟ ଆଇ.ବି.ରେ ରଖାଯାଏ । ଆଉ ଦିନେ ଦୁଇଦିନ ତରଳ ଖାଦ୍ୟ ଦିଆଯାଏ । ପରେ ସାଧାରଣ ଖାଦ୍ୟ ଦିଆହୁଏ । ଅବଶ୍ୟ ବିଭିନ୍ନ ଡାକ୍ତରଙ୍କ ଭିନ୍ନ ଭିନ୍ନ ମତ ହେଇପାରେ । ଆପଣଙ୍କ ପରିସ୍ଥିତିକୁ ଦୃଷ୍ଟିରେ ରଖ୍ ଜୀର୍ଣ୍ଣ ହେବା ଭଳି ଖାଦ୍ୟକୁ ଅଗ୍ରାଧିକାର ଦିଆଯାଏ ।

କାନ୍ଧରେ ଯନ୍ତ୍ରଣା: ବେଳେ ବେଳେ ଆପଣଙ୍କ କାନ୍ଧରେ ଭୀଷଣ ଯନ୍ତ୍ରଣା ହେଇପାରେ; ଔଷଧ ବଳରେ ଏହାକୁ ଦୂର କରିହେବ ।

କୋଷ୍ଠ କାଠିନ୍ୟ: ଏନାସ୍ଥେସିଆ ଓ ସର୍ଜରୀ ଯୋଗୁଁ ଅନେକ ଦିନ ଧରି ମଳ ତ୍ୟାଗ ପ୍ରକ୍ରିୟା ବାଧାପ୍ରାପ୍ତ ହୋଇପାରେ । ଏଥିପାଇଁ ଡାକ୍ତର ବିଭିନ୍ନ ପ୍ରକାର ଔଷଧ ଦେଇପାରନ୍ତି ।

ପେଟ ଗୋଳମାଳ: ପରିପାକ ବିଭାଗ କାମ ଆରମ୍ଭ କଲେ ଗ୍ୟାସ ପ୍ରଭାବ ପକେଇବ । ହସିବା, କାଶିବା ଓ ଛିଙ୍କିବା ସମୟରେ ଅବସ୍ଥା ଶୋଚନୀୟ ହୋଇପଡ଼ିବ । ନର୍ସ ବା ଡାକ୍ତର ଉପାୟ କହିପାରନ୍ତି । କଟା ସ୍ଥାନରେ ହାତ ରଖି ଦୀର୍ଘ ଶ୍ୱାସ କ୍ରିୟା କଲେ ଆରାମ ଲାଗିବ ।

ଶିଶୁ ସହ ସମୟ କଟାନ୍ତୁ: ମନେକର ଆପଣଙ୍କ ଅବସ୍ଥା ଭଲ ହୁଏ, ତେବେ ଶିଶୁକୁ ସ୍ତନପାନ ସାଙ୍ଗକୁ ଖେଳାଖେଳି, ବୁଲାବୁଲି କରି ସ୍ନେହ କରନ୍ତୁ । ନିଜ ପାଖରେ ଜଣେ ସହାୟିକା ରଖନ୍ତୁ । ଫଳରେ ସେ ଶିଶୁ ଓ ଆପଣଙ୍କ ପ୍ରତି ଦୃଷ୍ଟି ଦେବ ।

ସିଲେଇ ଖୋଲିବା: ସିଲେଇ ଆପେ ଆପେ ନ ଖୋଲିଲେ ଚାରି ପାଞ୍ଚ ଦିନ ପରେ ଖୋଲାଯିବ । ଏଥିରେ ଯନ୍ତ୍ରଣା ହେବନାହିଁ । ଏହା ପରେ ଏହାର କିପରି ଯତ୍ନ ନିଆଯିବ ପଚାରି ବୁଝନ୍ତୁ । ଏଥିରେ କ'ଣ ପରିବର୍ତ୍ତନ ହେଇ କେତେ ଦିନରେ ଠିକ୍ ହେବ, ବୁଝନ୍ତୁ ।

ଅବଶ୍ୟ ଆପଣ ଚାହିଁଲେ, ପ୍ରସବର ତିନି -ଚାରି ଦିନ ପରେ ଘରକୁ ଯାଇପାରିବେ । ହେଲେ ସେଠାରେ ମଧ୍ୟ ଯତ୍ନ ନେବାକୁ ହେବ । ଏଥିପାଇଁ ସହାୟିକା ଜରୁରୀ ।

ଛୁଆ ସାଙ୍ଗରେ ଘରବାହୁଡ଼ା

"ହସ୍ପିଟାଲରେ ନର୍ସମାନେ ମୋ ଛୁଆର ଜାମା ପାଲଟି ଦେଉଥିଲେ, ଗାଧେଇ ଦେଉଥିଲେ, ସ୍ତନପାନର ସମୟ ହେଲା ବୋଲି ମତେ ସୂଚେଇ ଦେଉଥିଲେ । ହେଲେ, ବର୍ତ୍ତମାନ ମୁଁ ଭାରି ବ୍ୟତିବ୍ୟସ୍ତ ହେଉଚି; କ'ଣ କରିବି ?"

ଏକଥା ସତ, ଯେ ଶୁ ସାଙ୍ଗକୁ ଅନେକ ଗୁଡ଼ିଏ ସୁବିଧା ଅସୁବିଧା ଆସି ହନ୍ତସନ୍ତ କରିଦିଅନ୍ତି । ଛୁଆର ଯତ୍ନ ନେବା, ଖୁଏଇବା, ପିଏଇବା, ଗାଧୋଇବା ଇତ୍ୟାଦି କରିବା ମା'ର କର୍ତ୍ତବ୍ୟ । ହେଲେ ଏକଥା ଜାଣିବା ପାଇଁ ବହି ପଢ଼ନ୍ତୁ କିମ୍ବା ଅନ୍ୟ ଉପାୟରେ ତଥ୍ୟ ସଂଗ୍ରହ କରନ୍ତୁ । କିମ୍ବା ଡାକ୍ତରଙ୍କୁ ପଚାରି ବୁଝନ୍ତୁ । ଅବଶ୍ୟ ଧୈର୍ଯ୍ୟ ଓ ବହୁ ଅଭ୍ୟାସ ବଳରେ ଏହା ସମ୍ଭବ ହେବ । ପ୍ରକୃତ ମା' ହେବା ଖୁବ୍ କାଠିକର ପାଠ । ତଥାପି ଛୁଆ କୌଣସି ଅଭିଯୋଗ କରେନାହିଁ ବରଂ କାନ୍ଦି କାନ୍ଦି ସବୁ ସହ୍ୟ କରିନିଏ । କାରଣ ଆପଣ ହିଁ ତା' ପାଇଁ ପୃଥିବୀର ସବୁଠାରୁ ଉତ୍ତମ ମା' ଅଟନ୍ତି ।

ନିଜର କ୍ଳାନ୍ତି ମେଣ୍ଟେଇବା ପାଇଁ ବିଶ୍ରାମ କରନ୍ତୁ ଓ କର୍ମସାମର୍ଥ୍ୟକୁ ବଜାୟ ରଖିବା ପାଇଁ ଯଥେଷ୍ଟ ଖାଦ୍ୟ ଖାଆନ୍ତୁ । ଆସ୍ତେ ଆସ୍ତେ ଶିଶୁର ଯତ୍ନ ନେବା ଶିଖିଯିବେ ଆଉ କଠିନ କାମ ମଧ୍ୟ ସରଳ ମନେହେବ । ତାପରେ କୋଳରେ ଛୁଆକୁ ଧରି ଅନେକ କାମ କରିପାରିବେ ଓ ଏକାଥରକେ ଅଧିକା କାମ କରିପାରିବେ ।

ସ୍ତନପାନର ଶୁଭାରମ୍ଭ

ଶିଶୁକୁ ସ୍ତନପାନ କରେଇବା ଏକ ସ୍ୱାଭାବିକ ପ୍ରକ୍ରିୟା କହିଲେ ଚଳେ, ତଥାପି ଅନେକ ମା'ମାନେ ଏହା କରିପାରନ୍ତି ନାହିଁ । ମା' ସ୍ତନରୁ କ୍ଷୀର ମଧ୍ୟ ଆପେ ଆପେ ଉତୁରିଥାଏ, ହେଲେ ଶିଶୁ ପାଟିରେ ନିପଲକୁ କିପରି ଭର୍ତ୍ତି କରାଯିବ, ଏହା ଶିଖିବାକୁ ହେବ ।

ବେଳେ ବେଳେ ଦୈହିକ କଷ୍ଟ ଯୋଗୁଁ ମଧ୍ୟ ଏହା ବାଧାପ୍ରାପ୍ତ ହେଇଥାଏ । ପୁନଶ୍ଚ ଉଭୟେ ନୂଆ ହେଇଥିବାରୁ ମା' ଖୁଏଇପାରେ ନାହିଁ ଓ ଶିଶୁ ମଧ୍ୟ ଖାଇପାରେ ନାହିଁ ।

ଏଣୁ ଆଗରୁ ସ୍ୱଚ୍ଛ ଅନୁଭୂତି ବା ଜ୍ଞାନ ଥିବା ଆବଶ୍ୟକ ।

■ ଏନ୍ତୁଡିଶାଳରୁ ଆରମ୍ଭ କରନ୍ତୁ । ପ୍ରଥମେ ପ୍ରଥମେ ବିଫଳ ହେଲେ ମଧ୍ୟ ବାରମ୍ବାର ଚେଷ୍ଟା କରନ୍ତୁ ।

■ ଛୁଆକୁ ଭୋକ ହେବା ସହ ନିଜେ ମଧ୍ୟ ପ୍ରସ୍ତୁତ ରୁହନ୍ତୁ । ନହେଲେ ଛୁଆ ଆଉଟୁ ପାଉଟୁ ହେଉଥିବ ଓ ଆପଣ ଶୋଇ ପଡ଼ିଥିବେ ।

■ ଯଥା ସମ୍ଭବ ଅନ୍ୟର ସାହାଯ୍ୟ ମାଗନ୍ତୁ । ନର୍ସ, ଧାଈ ବା ଡାକ୍ତରମାନେ ବିଭିନ୍ନ କୌଶଳ ଶିଖେଇ ଦେଇପାରିବେ ।

ସ୍ତନପାନ ଓ ଆଇସିୟୁ ମଧ୍ୟରେ ଶିଶୁ

ମନେକର କୌଣସି କାରଣ ବଶତଃ ଶିଶୁଯି ଆଇସିୟୁ (ଇଣ୍ଟେନସିଭି କେୟାର ୟୁନିଟ)ରେ ରଖାହୁଏ, ତେବେ ସ୍ତନପାନ ନିହାତି କରାନ୍ତୁ । ପ୍ରତ୍ୟକ୍ଷ ସମ୍ଭବ ନହେଲେ ବୋତଲ ଯୋଗେ ମା' କ୍ଷୀର ପିଏଇବାକୁ ଉପକ୍ରମ କରନ୍ତୁ । ଫଳରେ ଶିଶୁ ସୁସ୍ଥ ରହିବ ଓ ମା'ର ମଧ୍ୟ କ୍ଷୀର ନିର୍ମାଣ ପ୍ରକ୍ରିୟା ଜାରି ରହିବ ।

■ ଜନଗହଳିରୁ ନିଜକୁ ଦୂରେଇ ରଖନ୍ତୁ । ଏହ ବାଧକ ହୋଇଥାଏ । ଏକାନ୍ତରେ ମନ ଭରି ଛୁଆକୁ ସ୍ତନପାନ କରାନ୍ତୁ । ଫଳରେ ଉଭୟେ ସନ୍ତୋଷ ଲଭିବେ ।

■ ଭମନେକର ଶିଶୁ ମନ୍ଥର ଗତିରେ ପିଉଥାଏ, ତେବେ ବ୍ୟସ୍ତ ହୁଅନ୍ତୁନି; ହୁଏତ ତାକୁ ନିଦ ହେଉଥିବ । ପୁଣି ପ୍ରସବ ଜନିତ କ୍ଳାନ୍ତି ତାକୁ ମଧ୍ୟ ଥାଇପାରେ ଓ କିଛିଦିନ ଭୋକ ନହେଇପାରେ । ଏଣୁକରି ପିଇପାରୁନଥିବ ।

■ ଶିଶୁକୁ କ୍ଷୀର ବୋତଲ ଧରାନ୍ତୁ ନାହିଁ, କାରଣ ଏହା ସହଜରେ ପିଇବାର ଅଭ୍ୟାସ ପଡ଼ିଗଲେ ସେ ଆଉ ସ୍ତନପାନ କରିବ ନାହିଁ । କ୍ଷୀର ବୋତଲରେ କୋଲୋଷ୍ଟ୍ରମ ନଥାଏ, ଓ ପୋଷଣ ମଧ୍ୟ କମ୍ ଥାଏ ।

■ ଦିନକୁ ଅନ୍ତତଃ ୮ ରୁ ୧୨ ଥର ସ୍ତନପାନ କରାନ୍ତୁ । କ୍ଷୀର ନିର୍ମାଣ ସାଙ୍ଗକୁ ଶିଶୁ ମଧ୍ୟ ତୃପ୍ତ ହେବ । ଚାରି ଘଣ୍ଟାରେ ଥରେ କ୍ଷୀର ଖୁଏଇଲେ ଯଥେଷ୍ଟ ହେବନାହିଁ । ଠିକ୍ ପୋଜିସନରେ ସ୍ତନପାନ କରାଇବା ଉଚିତ ।

■ ଶିଶୁକୁ ଉଭୟ ସ୍ତନରୁ କ୍ଷୀର ଖୁଆନ୍ତୁ । ଗୋଟିଏ ସ୍ତନ ଖାଲି ହେଲେ ଅନ୍ୟଟିକୁ ପାଟିରେ ପୂରାନ୍ତୁ । ଫଳରେ ତା'ର କ୍ଷୁଧା ନିବାରଣ ସାଙ୍ଗକୁ ସେ ତୃପ୍ତ ହେଇପାରିବ । ବାଧ୍ୟକରି ଖୁଆନ୍ତୁନି ବରଂ ମନେରଖନ୍ତୁ ଯେ ଅନ୍ୟ ସ୍ତନଟିକୁ ଆଉଥରେ ପରେ ଖୁଏଇ ପାରିବେ ।

ସ୍ତନପାନ କିପରି କରାଯିବ ?

■ ନିଛାଟିଆ ଜାଗା ବାଛି ସ୍ତନପାନ କରାଗଲେ ନିଜକୁ ଭଲ ଲାଗିବା ସାଙ୍ଗକୁ ଶିଶୁ ମଧ୍ୟ ପେଟ ପୂରେଇ ପାରିବ ।

■ ଭନିଜ ପାଖରେ ପାନୀୟ ପଦାର୍ଥ ରଖନ୍ତୁ । ଏହା ଗରମ ହେବା ଅନୁଚିତ । କାରଣ ହୁଏତ ଛୁଆ ଉପରେ ଢ଼ାଳି ହେଇପାରେ । ତାକୁ ନିଜେ ପିଇ ଭୋକ ହେଲେ ସ୍ନେକ୍ସ ମଧ୍ୟ ଖାଇପାରନ୍ତି ।

■ ବହିଟିଏ ରଖବ ପଢ଼ନ୍ତୁ, ସ୍ତପାନ କରୁଥିବା ଶିଶୁ ପ୍ରତି ମଝିରେ ମଝିରେ ଦୃଷ୍ଟିଦେଇ ବହି ପଢ଼ନ୍ତୁ । ଟିଭି, ଫୋନ ଇତ୍ୟାଦି ବ୍ୟବହାରରେ ବାଧା ସୃଷ୍ଟି ହେଇପାରେ ।

■ ଶିଶୁଟିକୁ କୋଳରେ ଧରିଲାବେଳେ ମୁଚୁଳା ବା ତକିଆ ରଖନ୍ତୁ । ନହେଲେ ହାତକୁ କଷ୍ଟ ହେଇପାରେ ।

■ ଶିଶୁର ମୁହଁକୁ ନିଜ ନିପଲ ଆଡ଼କୁ କରି ଧରନ୍ତୁ । ତାର ସର୍ବାଙ୍ଗ ଶରୀର ଆପଣଙ୍କ କୋଳରେ ଥିବା ଦରକାର । ଠିକ୍ ଭାବରେ ସ୍ତନପାନ କଲେ କୌଣସି ଅସୁବିଧା ହେବନାହିଁ ।

■ ନିମ୍ନରେ ଦିଆଯାଇଥିବା ଚିତ୍ର ଅନୁସାରେ ସ୍ତନପାନ କରାଗଲେ ସୁବିଧା ହେବ । ଦୁଇ ପ୍ରକାର ଚିତ୍ର ନିମ୍ନରେ ଦ୍ରଷ୍ଟବ୍ୟ ଓ ଅନୁକରଣୀୟ ।

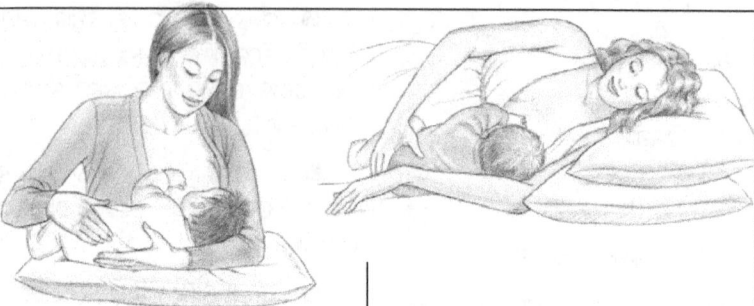

■ ଉପରେ ଦିଆଯାଇଥିବା ଚିତ୍ର ଦୁଇଟିକୁ ଲକ୍ଷ୍ୟ କରନ୍ତୁ । ସି-ସେକ୍ସନ ହେଇଥିଲେ ଏହା ବେଶ ସୁବିଧାଜନକ ଓ ଲାଭକାରୀ । କାରଣ ପେଟରେ ଅଯଥା ଚାପ ପଡ଼େନାହିଁ । ଆପଣଙ୍କ ସ୍ତନ ବଡ଼ ଥିଲେ ବା ଶିଶୁଟି ଅପରିପକ୍ୱ ହେଇଥିଲେ ବା ଯାଆଁଳା ଶିଶୁଙ୍କୁ ସ୍ତନପାନ କରାଉଥିଲେ ସେମାନଙ୍କୁ ଶୁଏଇବା ଭଳି ମୁଦ୍ରାରେ ସ୍ତନପାନ କରାନ୍ତୁ । ଫୁଟବଲ ହୋଲ୍ଡ, କ୍ରେଡଲ ହୋଲ୍ଡ ଭଳି ଅନେକ ମୁଦ୍ରା ସ୍ରଷ୍ଟଯବ୍ୟ

■ ନିଜର ନିପୁଲକୁ ଛୁଆର ନାକ ତଳକୁ ନେଲେ ସେ ପାଟି ମେଲା କରିବ । ମନେକର ତା' ମୁଣ୍ଡ ବୁଲି ପାଟି ଏପଟ ସେପଟ ହେଲେ ପୁଣି ଥରେ ପାଟିରେ ପୂରେଇ ଦିଅନ୍ତୁ ।

■ ଶିଶୁ ପାଟି ମେଲା କଲେ ସ୍ତନକୁ ଆଗକୁ ନନେଇ ବରଂ ତା ମୁହଁକୁ ନିଜର ସ୍ତନ ପାଖକୁ ଆଣନ୍ତୁ । ନିଜର ପିଠି ସିଧା ଥିବା ନିହାତି ଦରକାର ।

■ କେବଳ ପାଟିରେ ନିପୁଲ ପୂରେଇ ଦେଲେ କ୍ଷୀର ଉତ୍ତୁରେ ନାହିଁ, ବରଂ ସ୍ତନର କିଛି ଭାଗ ପାଟିରେ ପଶିବା ଉଚିତ କାରଣ ସେହିଠାରେ ହିଁ ଦୁଗ୍ଧ ଗ୍ରନ୍ଥୀ ସନ୍ନିହିତ ଥାଏ । ତାକୁ ଚିପିଲେ କ୍ଷୀର ବାହାରିଥାଏ । ଭୋକରେ ଶିଶୁ ବିଚରା କଣ କରିବ ନିପୁଲକୁ ଚୁଚୁମି ଚୁଚୁମି ଭୋକ ମେଣ୍ଟେଇବାକୁ ଚେଷ୍ଟା କରିବ କିମବା ରଡ଼ି ଛାଡ଼ିବ ।

■ ବେଳେ ବେଳେ ଛୁଆଟିର ନାକ ସ୍ତନରେ ଦବିଯାଏ, ତାକୁ ଉଠେଇ ଶ୍ୱାସକ୍ରିୟାରେ ସହାୟକ ହୁଅନ୍ତୁ ।

■ ମନେକର ଶିଶୁର ପାଟି ଫୁଲି ଉଠୁଥାଏ, ତେବେ ବୁଝିବାକୁ ହେବ ଯେ, କ୍ଷୀର ସ୍ତନରୁ ବାହାରୁଛି ବୋଲି ।

■ ମନେକର କ୍ଷୀର ପିଇବା ପରେ ମଧ୍ୟ ଶିଶୁ ସ୍ତନଟିକୁ ଛାଡୁନାହିଁ; ତେବେ ହଠାତ୍ ଟାଣନ୍ତୁ ନାହିଁ । ନଚେତ ଯନ୍ତ୍ରଣା ହୋଇପାରେ । ଏଣୁ ଶିଶୁ ପାଟିରେ ଅଙ୍ଗୁଳି ପୂରେଇ ପାଟିରୁ ପବନ ବାହାରିଲା ପରେ ନିପୁଲ କାଢ଼ିଲେ ସୁବିଧା ହେବ ।

■ ଶିଶୁକୁ ଭୋକରେ ବେଶି ସମୟ ଶୋଇବାକୁ ଦିଅନ୍ତୁ ନାହିଁ । ଚାରି ଘଣ୍ଟା ଧରି ଶିଶୁ ଶୋଇ ରହିଥିଲେ, ତାକୁ ଉଠେଇ ସ୍ତନପାନ କରେଇବା ଉଚିତ । ତାକୁ ଘୋଡଇଥିବା ଚାଦର ଆଦି କାଢ଼ି ଦିଅନ୍ତୁ । କୋଳକୁ ଟେକି ପିଠିକୁ ଆଉଁସିଲେ, ହାତ ଗୋଡ଼ ମାଲିସ କଲେ ବା ମତାରେ ପାଣି ବୁନ୍ଦାଏ ଦେଲେ ନିଦ ଭାଙ୍ଗିଯିବ । ତାପରେ ସ୍ତନପାନ କରେଇବାକୁ ପ୍ରସ୍ତୁତ ହୁଅନ୍ତୁ । ନହେଲେ ନିଦ୍ରିତ ଶିଶୁଟିକୁ ନିଜ ଛାତି ଖୋଲି ଶୁଏଇ ଦିଅନ୍ତୁ । ଫଳରେ ସେ ଛାତିର ଗନ୍ଧ ପାଇ ଚେଇଁ ଉଠିବ ।

■ ବେଶି ରଡ଼ି ଛାଡ଼ି କାନ୍ଦୁଥିବା ପିଲାମାନଙ୍କୁ କ୍ଷୀର ଖୁଆନ୍ତୁନି, ପାଟିରେ ଆଙ୍ଗୁଠି ଦେଇ ଠକି ଦିଅନ୍ତୁ କିନ୍ତୁ ଭୋକିଲା ଶିଶୁ ପାଟିରେ ନିପୁଲ ଦେବା ମାତ୍ରେ ସେ ନୀରବ ହେଇ ସ୍ତନପାନ କରିବ ।

ମନେ ରଖନ୍ତୁ

ପାଳି ଓଳି କରି ଉଭୟ ସ୍ତନରୁ ଦୁଗ୍ଧପାନ କରେଇବାକୁ ଭୁଲନ୍ତୁ ନାହିଁ । ଏଥିପାଇଁ ହାତରେ ବଳାଟିଏ ପିନ୍ଧନ୍ତୁ ଓ ଯେଉଁ ସ୍ତନରୁ ଦୁଗ୍ଧପାନ କରାଯିବ ବଳାଟିକୁ ଖୋଲି ବାମ ବା ଡାହାଣ ହାତରେ ଅଦଳ ବଦଳ କରି ପିନ୍ଧନ୍ତୁ । ମନେ ରଖିବାରେ ସହଜ ହେବ ।

■ ଧୀର ସ୍ଥିର ରୁହନ୍ତୁ । ସ୍ତନପାନ କଲାବେଳେ ନିଜେ ଅଧୈର୍ଯ୍ୟ ହୁଅନ୍ତୁନି । ପରିବେଶ ଶୃଙ୍ଖଳିତ ଥିବା ଆବଶ୍ୟକ । ଇଚ୍ଛା ହେଲେ ଗଭୀର ଶ୍ୱାସକ୍ରିୟା କରି ଗୀତ ଶୁଣିପାରନ୍ତି । ମାନସିକ ଚାପ ଯୋଗୁଁ କ୍ଷୀର ନିର୍ମାଣ ବାଧାପ୍ରାପ୍ତ ହୋଇପାରେ । ଶିଶୁ ମଧ୍ୟ ଚାପଗ୍ରସ୍ତ ହେଲେ ଦୁଗ୍ଧପାନ କରିପାରିବ ନାହିଁ ।

■ ସ୍ତନପାନ ଠିକ୍ ଭାବରେ ଆରମ୍ଭ ହେଲାପରେ ଏହାକୁ ତାଲିକା କରନ୍ତୁ । ଶିଶୁର ଶୁଖିଲା ଓ ଓଦା ଜାମ (ଡାଏପର) ଦେଖି ଜଣାପଡ଼ିଯିବ ଯେ, ସେ ଠିକ୍ ଭାବରେ ସ୍ତନପାନ କରୁଛି ନା ନାହିଁ ।

ତା'ର ଓଜନରୁ ମଧ୍ୟ ଏହା ଜଣାପଡ଼ିଯିବ, ଦିନକୁ ୬ ଥର ପରିସ୍ରା ଓ ୩ ଥର ଝାଡା କରିବା ନିହାତି ଜରୁରୀ ।

ସ୍ତନର ସମସ୍ୟା

କୋଲୋଷ୍ଟ୍ରମ ପର୍ଯ୍ୟନ୍ତ ଠିକ୍ କଥା, ହେଲେ ଏହାପରେ ସ୍ତନରୁ କ୍ଷୀର ବାହାରିଲେ ସ୍ତନ ବୃଦ୍ଧି ସାଙ୍ଗକୁ କଠିନ ହେବା ସ୍ୱାଭାବିକ । ଛୁଇଁଲେ ଯନ୍ତ୍ରଣା ମଧ୍ୟ ହେଇଥାଏ । ଏହା ୨୪ ରୁ ୪୮ ଘଣ୍ଟା ମଧ୍ୟରେ ଠିକ୍ ହୋଇଯାଏ । ତଥାପି ନିମ୍ନ ଉପାୟ କରାଯାଇପାରେ ।

■ ସ୍ତନପାନ ପୂର୍ବରୁ ସ୍ତନକୁ ସାମାନ୍ୟ ସେକ ଦିଅନ୍ତୁ । ଉଷୁମ ପାଣିରେ କନା ବୁଡେଇ ସ୍ତନରେ ରଖିଲେ ନରମ ହେବ ।

■ ଶିଶୁ ପିଉଥିବା ସ୍ତନଟିକୁ ନିଜେ ଆସ୍ତେ ଆସ୍ତେ ମାଲିସ କରନ୍ତୁ ।

ଟିକିଏ ଧୈର୍ଯ୍ୟ ଧରନ୍ତୁ

ହଁ, ସ୍ତନପାନ ଜନିତ ସମସ୍ୟା ଚିରଦିନ ନଥିବ; ଖୁବ୍ ଶୀଘ୍ର ସମାଧାନ ହୋଇଯିବ । ପୁଣି ମା'ର ସ୍ତନପାନ ଶିଶୁର ନୈସର୍ଗିକ ଅଧିକାର ଓ ସେ ଖୁବ୍ ସହଜରେ ଏହା ହାସଲ କରିଥାଏ । ସେପର୍ଯ୍ୟନ୍ତ ଏଭଳି ବ୍ୟବସ୍ଥା କରିବାକୁ ହେବ ଯଦ୍ୱାରା କ୍ଷୀର ନିର୍ମାଣରେ କୌଣସି ଅସୁବିଧା ନହେଉ ।

■ ସ୍ତନପାନ ପରେ ବରଫ ଖଣ୍ଡ ଥୋଇପାରନ୍ତି କିମ୍ବା ଥଣ୍ଡା ପତ୍ରକୋବିର ପତ୍ର ରଖିଲେ ମଧ୍ୟ ଭଲ ଲାଗିବ ।

■ ଉତ୍ତମ ନର୍ସିଂ ବ୍ରା ପିନ୍ଧନ୍ତୁ । ବେଶି ଚିପା ହେବା ଅନୁଚିତ କାରଣ ଶ୍ୱାସକ୍ରିୟା ବାଧାପ୍ରାପ୍ତ ହେବ ।

■ ଯନ୍ତ୍ରଣା ଯୋଗୁଁ ସ୍ତନପାନରେ ଅବହେଳା କରନ୍ତୁ ନାହିଁ । ଶିଶୁ କ୍ଷୀର ନ ପିଇଲେ ସମସ୍ୟା ଆହୁରି ବଢ଼ିବ ।

■ ପ୍ରତ୍ୟେକ ସ୍ତନକୁ ଚିପୁଡ଼ି ସାମାନ୍ୟ କ୍ଷୀର ବାହାର କରନ୍ତୁ । ଫଳରେ ନିପୁଲ ମଧ୍ୟ ନରମ ହେଲେ ଶିଶୁ ତାକୁ ଧରିପାରିବ ।

■ ନର୍ସିଂ ପୋଜିସନ ପରିବର୍ତ୍ତନ କରୁଥାନ୍ତୁ । ଏକ ସ୍ତନ ଖାଲି ହେଲା ପରେ ଅନ୍ୟ ସ୍ତନ ଦିଅନ୍ତୁ ।

■ ଭୀଷଣ ଯନ୍ତ୍ରଣାରୁ ମୁକ୍ତି ପାଇବାକୁ ହେଲେ ଟାଇଲିନୋଲ କିମ୍ବା ଅନ୍ୟ କଷ୍ଟସଂହାରକ ଔଷଧ ଖାଇପାରନ୍ତି ।

ସ୍ତନପାନ ସହ ସଂଶ୍ଳିଷ୍ଟ ଖାଦ୍ୟପେୟ

ସ୍ତନପାନ କରାଗଲେ ପ୍ରତିଦିନ ୫୦୦ କେଲୋରି ଶକ୍ତି ଖର୍ଚ୍ଚ ହୁଏ । ଏଣୁ ଦିନକୁ ୫୦୦ କେଲୋରି ଖାଇବାକୁ ପଡ଼ିବ ।

ଖାଦ୍ୟ ପରିମାଣ ପରିବର୍ତ୍ତେ ତା'ର ଗୁଣବତ୍ତା ପ୍ରତି ଦୃଷ୍ଟି ଦିଅନ୍ତୁ । ଅବଶ୍ୟ ଗତ ନ ମାସ ମଧ୍ୟରେ ଆପଣ ପୁଷ୍ଟିକର ଖାଦ୍ୟପେୟ କଥା ଭଲଭାବରେ ଜାଣିସାରିଥିବେ । ସ୍ତନପାନ ସହ ସଂଶ୍ଳିଷ୍ଟ ଖାଦ୍ୟପେୟର ନିୟମ ମାନିବାକୁ ଚେଷ୍ଟା କରନ୍ତୁ ।

କ୍ଷୀର ଝରିବା

ସ୍ତନପାନର କିଛି ସପ୍ତାହ ଆଗରୁ ମଧ୍ୟ ସ୍ତନରୁ କ୍ଷୀର ନିର୍ଗତ ହେଇଥାଏ । ହଠାତ୍ ପିଚକାରୀ ଭଳି ସ୍ତନରୁ କ୍ଷୀର ବାହାରିଥାଏ । ପୁନଶ୍ଚ ହଠାତ୍ ସ୍ରାବ ଯୋଗୁଁ ଲଗା ଜାମା ଓଦା ଓଦା ଲାଗେ । ଏଭଳି ପରିସ୍ଥିତିରେ ସଂକୋଚ ବା ଲଜ୍ଜିତ ହେବା ପରିବର୍ତ୍ତେ ତାର ଉପଯୁକ୍ତ ବ୍ୟବସ୍ଥା କରିନେବା ଆବଶ୍ୟକ । କାରଣ ଏହା ଏକ ସାଧାରଣ ପ୍ରକ୍ରିୟା । ଅନେକ ଥର ଶୋଇଲାବେଳେ, ଉଷୁମ ପାଣିରେ ଗାଧୋଇଲାବେଳେ ବା ଶିଶୁ କାନ୍ଦିବା ବେଳେ ମଧ୍ୟ କ୍ଷୀର ବାହାରିଥାଏ । ବେଳେ ବେଳେ ଏକ ସ୍ତନରୁ ଶିଶୁ କ୍ଷୀର ପିଉଥିବାବେଳେ, ଅନ୍ୟ ସ୍ତନରୁ କ୍ଷୀର ବାହାରିଯାଏ । ପ୍ରଥମ କରି ମା' ହେଉଥିବା ସ୍ତ୍ରୀମାନଙ୍କୁ ବେଶି ହୁଏ । ସ୍ତନପାନର ସମୟ ସଠିକ୍ ହେବାପରେ ଏହା ପ୍ରାୟ କମିଯାଏ କହିଲେ ଚଳେ ।

ଏଥିପାଇଁ ଏସବୁ ଉପାୟ ଉଦ୍ଦିଷ୍ଟ ।

■ ନିଜ ପାଖରେ ନର୍ସିଂ ପ୍ୟାଡ ରଖି ଆବଶ୍ୟକସ୍ଥଳେ ବ୍ୟବହାର କରନ୍ତୁ । ମନେରଖନ୍ତୁ ଓଦା ହେଲେ ଏଗୁଡ଼ିକୁ ମଧ୍ୟ ପରିବର୍ତ୍ତନ କରାଯାଏ । ପ୍ଲାଷ୍ଟିକ କିମ୍ବା ୱାଟର ପ୍ରୁଫ ଲାଇନର ବ୍ୟବହାର କରନ୍ତୁନି । କାରଣ ଏହା ଓଦା ଥିଲେ ନିପୁଲ ଗୁଡ଼ିକୁ ଅସୁବିଧା ହେବ । ଉଭୟ 'ୟୁଜ ଏଣ୍ଡ ଥ୍ରୋ' ଓ କଟନ ଲୁଗା ବ୍ୟବହାର୍ଯ୍ୟ ।

■ ନିଜ ବିଛଣା ପ୍ରତି ବିଶେଷ ଦୃଷ୍ଟି ଦିଅନ୍ତୁ । ବିଛଣାରେ କ୍ଷୀର ପଡ଼ିଥିବାଲେ ପ୍ରତିଥର ଚାଦର ବଦଳାଇ ଦିଅନ୍ତୁ ।

■ କ୍ଷୀର ନିର୍ଗତରୁ ରକ୍ଷା ପାଇବା ପାଇଁ ବେଶି କ୍ଷୀର କାଢ଼ନ୍ତୁ ନାହିଁ । ବେଶି ଚିପା ଚିପି କଲେ ମଧ୍ୟ କ୍ଷୀର ଝରିଥାଏ । ଏଣୁ ସ୍ତନପାନର କ୍ରମ ନିର୍ଦ୍ଧାରିତ ହେଲା ପରେ ଛାତିରେ ହାତବାନ୍ଧି ରଖନ୍ତୁ ବା ଏକାନ୍ତରେ ନିପୁଲକୁ ଚିପନ୍ତୁ ।

କ'ଣ ଖାଇବେ ?

ପ୍ରୋଟିନ: ୩ ସର୍ଭିଂ

କେଲସିୟମ ୫ ସର୍ଭିଂ, ଆଇରନଯୁକ୍ତ ଖାଦ୍ୟ ଏକ ବା ଏକାଧିକ ସର୍ଭିଂ, ଭିଟାମିନ ସି, ୨ ସର୍ଭିଂ, ସବୁଜ ପନିପରିବା ଓ ପାଚିଲା ଫଳ, ୩ ରୁ ୪ ସର୍ଭିହ: ଅନ୍ୟାନ୍ୟ ଫଳ ଓ ପନିପରିବା: ଏକାଧିକ ସର୍ଭିଂ । ଖାଦ୍ୟ ଶସ୍ୟ ଓ କମ୍ପ୍ଲେକ୍ସ କାର୍ବ, ୩ ରୁ ଅଧିକ ଚର୍ବିଯୁକ୍ତ ଖାଦ୍ୟ । ୮ ଗ୍ଲାସ ପାଣି ଓ ଜୁସ । ଶିଶୁର ମସ୍ତିଷ୍କ ବିକାଶ ପାଇଁ ଡିଏମଯୁକ୍ତ ଖାଦ୍ୟ । ଶିଶୁର ବୃଦ୍ଧି ସାଙ୍ଗକୁ କେଲୋରୀ ମଧ୍ୟ ବଢ଼ି ବଢ଼ି ଯିବ ।

କ'ଣ ଖାଇବେ: ସ୍ତନପାନ କରେଇଲା ବେଳେ ମଦ ନିଷେଧ । କଫି ମଧ୍ୟ କମ୍ ମାତ୍ରାରେ ଗ୍ରହଣୀୟ । ଏହାବ୍ୟତୀତ ଗ୍ୟାସ ସୃଷ୍ଟିକାରୀ ଗରିଷ୍ଠ ଖାଦ୍ୟ ମଧ୍ୟ ନିଷେଧ । ଘରେ କାହାକୁ ଏଲାର୍ଜି ଥିଲେ ସେହି ଖାଦ୍ୟ ପଦାର୍ଥ ଆଦୌ ଖାଆନ୍ତୁ ନାହିଁ । ଚେରିମୂଳି ଔଷଧ ଖାଇବା ପୂର୍ବରୁ ସତର୍କ ଦୃଷ୍ଟି ଦିଅନ୍ତୁ ।

ଆପଣଙ୍କ ଖାଦ୍ୟ ଓ ଶିଶୁ: ଶିଶୁକୁ ମା' ସ୍ତନରୁ ସବୁ ଖାଦ୍ୟର ସ୍ୱାଦ ମିଳିଥାଏ, କାରଣ ମା' ଖାଇଥିବା ଖାଦ୍ୟରୁ କ୍ଷୀର ତିଆରି ହେଇଥାଏ । ଏଣୁ ବିଭିନ୍ନ ପ୍ରକାର ଖାଦ୍ୟ ମା' ଖାଇବା ଉଚିତ । ଫଳରେ ଶିଶୁ ମଧ୍ୟ ଜିଦ୍‌ଖୋର ନହୋଇ ସବୁ ଖାଇଥାଏ । ଅହିତକର ଖାଦ୍ୟ କଦାପି ଖାଆନ୍ତୁ ନାହିଁ ।

ନିପୁଲ୍‌ରେ ଘା'

ଦୁର୍ବଳ ନିପୁଲ ଯୋଗେ ସ୍ତନପାନ କଲେ କଷ୍ଟ ହେଇଥାଏ । ଅଧିକାଂଶ ମା'ମାନଙ୍କ ନିପୁଲ ସ୍ତନପାନ ସକାଶେ ଉପଯୁକ୍ତ ହେଇଥାଏ ଓ କୌଣସି ଅସୁବିଧା ହୁଏନାହିଁ । ଯେଉଁମାନେ ସ୍ତନପାନ ବେଳେ ଶିଶୁଙ୍କୁ ଭଲଭାବରେ ଟେକି ଧରନ୍ତି ନାହିଁ କିମ୍ବା ଶିଶୁମାନେ ଜୋରରେ ଟାଣି କ୍ଷୀର ପାନ କରିଥାନ୍ତି, ସେମାନଙ୍କୁ ହୁଏତ ନିପୁଲ୍‌ରେ ଘା' ସୃଷ୍ଟି ହେଇ କଷ୍ଟ ଲାଗିପାରେ । ଏଥିପାଇଁ ନିମ୍ନ ଉପାୟମାନ କରାଯାଇପାରେ ।

■ ଶିଶୁକୁ ଠିକ୍ ଭାବରେ ଟେକି ଧରନ୍ତୁ ଓ ସ୍ତନଆଡ଼କୁ ଶିଶୁର ମୁହଁ ଥିବା ଆବଶ୍ୟକ । ଅବସ୍ଥା ପରିବର୍ତ୍ତନ କରୁଥିଲେ ସ୍ତନରେ ଏକାପ୍ରକାର ଚାପ ପଡ଼ିବ ।

■ ଯନ୍ତ୍ରଣା ହେଉଥିବା ନିପୁଲ ଗୁଡ଼ିକୁ ବିରତି ଦେଇ ଏକାନ୍ତରେ ଖୋଲା ରଖନ୍ତୁ । ମସୃଣ କନା ଘୋଡାଇଲେ ଭଲ ।

■ ଏଗୁଡ଼ିକୁ ଓଦା ନରଖି ଶୁଖା ରଖନ୍ତୁ । ନର୍ସିଂ ପ୍ୟାଡ ମଧ୍ୟ ଓଦା ହେବା କ୍ଷଣି କାଢ଼ି ଦିଅନ୍ତୁ । ଏଥିରେ ପ୍ଲାଷ୍ଟିକ ଲାଇନର ନଥିଲେ ଭଲ । ଆଦ୍ରତା ଥିବା ସ୍ଥାନରେ ବ୍ଲୋ ଡ୍ରାୟର ଆଗରେ ଠିଆ ହୁଅନ୍ତୁ । ଫଳରେ ଆରାମ ଲାଗିପାରେ ।

■ ନିପୁଲର ଉପଚାର କ୍ଷୀର ସାହାଯ୍ୟରେ କରନ୍ତୁ । ଅର୍ଥାତ୍ ସ୍ତନର ଘା' ପାଖରେ କ୍ଷୀର ଲାଗିଥିଲେ ପୋଛି ଦିଅନ୍ତୁ ନାହିଁ । ବରଂ କ୍ଷୀର ଲଗେଇ ଶୁଖିଲା ପରେ ବ୍ରା ପିନ୍ଧନ୍ତୁ ।

■ ନିପୁଲକୁ ଘଷାଘଷି କଲେ ମଧ୍ୟ ପ୍ରାକୃତିକ ଭାବରେ ଉପଚାର ହୋଇଯାଏ । ଏଥିରୁ ତୈଳ ନିର୍ଗତ ହେଇ ମସୃଣ ରଖିଥାଏ; ହେଲେ ନିପୁଲ ମାନଙ୍କରେ ଫାଟ ସୃଷ୍ଟି ହେଲେ ବଜାରରୁ 'ଲେନୋଲିନ' କିଣି ବ୍ୟବହାର କରନ୍ତୁ । ସ୍ତନପାନ ପରେ 'ଲେନସିନୋହ' ଔଷଧ ଲଗାନ୍ତୁ କିନ୍ତୁ ପେନସିଲିୟମ ଜେଲି ବା ଭେସଲିସ୍ ଆଦି ଲଗାନ୍ତୁ ନାହିଁ । ନିପୁଲକୁ ସାବୁନ, ଆଲକୋହଲ ବା ମଦରେ ନଧୋଇ କେବଳ ସାଦା ପାଣିରେ ଧୁଅନ୍ତୁ । ଶିଶୁ କୀଟାଣୁମାନଙ୍କଠାରୁ ଦୂରେଇ ରହେ ଓ ମା'ର କ୍ଷୀର ଶିଶୁ ପାଇଁ ଅମୃତତୁଲ୍ୟ ।

■ ଥଣ୍ଡା ପାଣିରେ ବୁଡା ହେଇଥିବା ଚା' ଥଳି ବ୍ୟବହାର କରି ନିପୁଲ ଉପରେ ରଖନ୍ତୁ; ଫଳରେ ଘା' ଶୁଖି ଭଲ ହେଇଯିବ ।

■ ଉଭୟ ସ୍ତନକୁ ସମାନ ଦୃଷ୍ଟି ଦିଅନ୍ତୁ ଓ ଉଭୟର ନିୟମିତ ବ୍ୟବହାର ହେବା ଉଚିତ । ନହେଲେ କ୍ଷୀର ନିର୍ମାଣ ପ୍ରକ୍ରିୟା ଅବ୍ୟବସ୍ଥିତ ହେବ । ଘା' ଥିବା ନିପୁଲକୁ କମ୍ ବ୍ୟବହାର କଲେ ଚଳିବ ।

■ ସ୍ତନପାନ ପୂର୍ବରୁ ଦୀରସ୍ଥିର ହେଇ ନିଶ୍ଚିନ୍ତ ହେବା ବାଞ୍ଛନୀୟ; ଫଳରେ ଶିଶୁକୁ ବେଶି ଶ୍ରମ କରିବାକୁ ପଡ଼ିବ ନାହିଁ କି ନିଜକୁ ମଧ୍ୟ କଷ୍ଟ ହେବନାହିଁ ।

■ ଘା'ର ଯନ୍ତ୍ରଣାରୁ ରକ୍ଷା ପାଇଁ ସ୍ତନପାନ ପୂର୍ବରୁ 'ଟାଇଲିନୋଲ' ଖାଆନ୍ତୁ ।

■ ନିପୁଲରେ ଫାଟ ସୃଷ୍ଟି ହେଲେ ସଂକ୍ରମଣ ହେଇପାରେ ଏଣୁ ଡାକ୍ତରଙ୍କୁ ପରାମର୍ଶ କରନ୍ତୁ ।

ସ୍ତନପାନରେ ସମସ୍ୟା ଦେଖାଦେଲେ

ଥରେ ସ୍ତନପାନ ସୁରୁଖୁରୁରେ ଆରମ୍ଭ ହେଇଗଲେ ଆଉ କୌଣସି ଅସୁବିଧା ନାହିଁ । କିନ୍ତୁ ବେଳେ ବେଳେ ଛୋଟ ଛୋଟ ସମସ୍ୟା ଜନ୍ମ ନେଇଥାଏ ।

ଦୁଗ୍ଧଗଣ୍ଠି ପଡ଼ିବା: ବେଳେ ବେଳେ ଦୁଗ୍ଧଗଣ୍ଠି ସୃଷ୍ଟି ହେଇ କ୍ଷୀର ଉପରକୁ ଚଢ଼ିଯାଏ । ଏହାଫଳରେ ନାଲି ରଂଗର ବ୍ରଣଟିଏ ସୃଷ୍ଟି ହେଇ ସଠିକ୍ ଚିକିତ୍ସିତ ନହେଲେ ଘା' ବା ସଂକ୍ରମଣ ମଧ୍ୟ ହୋଇଥାଏ । ସବୁଠୁ ଭଲ ଉପାୟ ହେଲା ଶିଶୁକୁ ସେହି ସ୍ତନରୁ କ୍ଷୀର ପିଇବାକୁ ଦିଅନ୍ତୁ, ଫଳରେ ଏହା ଖାଲି

ହେଇଯିବ, ନହେଲେ ନିଜେ ହାତରେ ଚିପି କ୍ଷୀର ବାହାର କରାନ୍ତୁ ।

ଆପଣଙ୍କ ବ୍ରା ବେଶି ଚିପା ହେବା ଫଳରେ ଗଣ୍ଠି ଉପରେ ଘଷି ହେଇଥାଏ । ଏଣୁ ଉଷୁମ ସେକ ବା ମାଲିସ କରି ଆରାମ ପାଇହୁଏ । ନର୍ସିଂ ପୋଜିସନ ଥରକୁ ଥର ପରିବର୍ତ୍ତନ କରନ୍ତୁ । ଶିଶୁ ଯେତେ ବେଶି କ୍ଷୀର ପିଇବ ଦୁଗ୍ଧଗଣ୍ଠି ସେତେ ଶୀଘ୍ର ଉଭେଇଯିବ ।

ସ୍ତନର ସଂକ୍ରମଣ: ବେଳେ ବେଳେ ଏକ ବା ଉଭୟ ସ୍ତନରେ ସଂକ୍ରମଣ ହେଇଥାଏ । ଏହା ସ୍ତନପାନ ସମୟରେ ହିଁ ହେଥାଏ । ଅନେକଥର ନିପୁଲର ଫାଟ ଦେଇ କୀଟାଣୁମାନେ ପ୍ରବେଶ କରିଥାନ୍ତି । ଚାପଗ୍ରସ୍ତ ମା'ମାନେ ଶୀଘ୍ର ଶିକାର ହେଇଥାନ୍ତି ।

ତୀବ୍ର ଯନ୍ତ୍ରଣା, କଠୋର, ନାଲି, ଉଷୁମ, ସ୍ତନ ଫୁଲିଯିବା, ଥଣ୍ଡା ଲାଗିବା, ୧୦୧° ବା ୧୦୨° ାରେନହାଇଟ ଜ୍ୱର ବୃଦ୍ଧି ଏହାର ପ୍ରଧାନ ଲକ୍ଷଣ । ଡାକ୍ତରଙ୍କ ପାଖକୁ ଶୀଘ୍ର ଯାଇ ଏଣ୍ଟିବାୟୋଟିକ୍ସ, ପେନକିଲର ତଥା ଉଷୁମ ସେକ ବଳରେ ଚିକିତ୍ସିତ ହୁଅନ୍ତୁ । ୨-୩ ଦିନ ମଧ୍ୟରେ ଠିକ୍ ହେଇଯିବ । ଚିକିତ୍ସିତ ହେବାବେଳେ ମଧ୍ୟ ସ୍ତନପାନ କରାନ୍ତୁ ।

ଶିଶୁର କୀଟାଣୁମାନଙ୍କ ଯୋଗୁଁ ହିଁ ଏହି ସଂକ୍ରମଣ ହେଇଥିବାରୁ କ୍ଷତି ନାହିଁ । ବିଭିନ୍ନ ଏଣ୍ଟିବାୟୋଟିକ୍ସ ଔଷଧ ନିରାପଦ ହେଇଥାଏ । ସ୍ତନରୁ କ୍ଷୀର ନିର୍ଗତ ହେଉଥିଲେ ଗଣ୍ଠି ସୃଷ୍ଟି ହେବନାହିଁ । ସ୍ତନପାନ ବେଳେ ଯନ୍ତ୍ରଣା ହେଲେ ଉଷୁମ ପାଣିର ଟବ୍ ଭିତରେ ଶୋଇ ପମ୍ପ ସାହାଯ୍ୟରେ ବା ହାତରେ କ୍ଷୀର ବାହାର କରନ୍ତୁ; ଫଳରେ ଯନ୍ତ୍ରଣା କମିଯିବ ।

ଚିକିତ୍ସା କରିବାରେ ଡେରି ହେଲେ ବା ବନ୍ଦ କଲେ ବହୁ ଅସୁବିଧା ହେଇଥାଏ ।

ସିଜେରିଆନ୍ ପରେ ସ୍ତନପାନ

ସିଜେରିଆନର କେତେ ସମୟ ପରେ ଶିଶୁକୁ ଆପଣ ସ୍ତନପାନ କରେଇବେ ଏହା ଆପଣଙ୍କ ଅବସ୍ଥା ଉପରେ ନିର୍ଭର କରିଥାଏ । ଉଭୟେ ସୁସ୍ଥ ଥିଲେ ରିକୋଭରି ରୁମରେ ସ୍ତନପାନ କରାଯାଇପାରେ । ଆପଣଙ୍କୁ ଏନାସ୍ଥେସିଆ କିମ୍ବା ଶିଶୁକୁ ନର୍ସରୀରେ ରଖାଗଲେ ଅପେକ୍ଷା କରିବାକୁ ହେବ । ୧୨ ଘଣ୍ଟା ମଧ୍ୟରେ ଯଦି ସ୍ତନପାନ ସମ୍ଭବ ନହୁଏ ତେବେ ଯନ୍ତ୍ର ସାହାଯ୍ୟରେ କୋଲୋଷ୍ଟ୍ରମ କାଢ଼ି ପାରିବେ ଓ ଶିଶୁ ପାଖକୁ ନେ ନର୍ସ ପିଏଇ ପାରିବେ ।

ପ୍ରଥମେ ପ୍ରଥମେ ଟିକେ ଅସୁବିଧା ହେଇପାରେ । ଆପଣ ଚେଷ୍ଟା କରନ୍ତୁ ଯେ କଟା ସ୍ଥାନରେ ଅଳ୍ପ ଚାପ ପଡୁ । ତଳେ ଗଦି ବା ତକିଆ ଦେଇ ଶିଶୁକୁ ରଖି କଡ଼ ମୋଡ଼ି ଶୁଅନ୍ତୁ । କିଛିଦିନ ସ୍ତନପାନ କଲାପରେ ସବୁ ଠିକ୍ ହୋଇଯିବ ।

ଯାଆଁଳା ବା ତତୋଽଧିକ ଶିଶୁର ସ୍ତନପାନ

ଦୁଇ ବା ତତୋଽଧିକ ଶିଶୁର ସ୍ତନପାନ ଖୁବ୍ କାଠିକର ପାଠ ।

ଅବଶ୍ୟ ଥରେ ଅଭ୍ୟସ୍ତ ହେଲାପରେ ଆବଶ୍ୟକସ୍ଥଳେ ଆପଣ ଦୁଇ ବା ତତୋଽଧିକ ଶିଶୁଙ୍କୁ ମଧ୍ୟ ସହଜରେ ସ୍ତନପାନ କରେଇ ପାରିବେ ।

ଏଥିପାଇଁ ନିମ୍ନ ତଥ୍ୟ ପ୍ରତି ଦୃଷ୍ଟି ଦେବାକୁ ହେବ ।

ଉତତମ ଖାଦ୍ୟପେୟ: ଦୁଗ୍ଧଜାତ ଦ୍ରବ୍ୟ ପ୍ରଚୁର ପରିମାଣରେ ଖାଆନ୍ତୁ । ଶିଶୁ ବଡ଼ ହେବା ସାଙ୍ଗକୁ ଆପଣ ନିଜର କେଲୋରୀ ମଧ୍ୟ ବୃଦ୍ଧି କରିବାକୁ ହେବ । ଯଦି ତାକୁ ଗୁଣ୍ଡ ଦୁଗ୍ଧ ଦେଉଥାନ୍ତି ତେବେ ସେହି ପରିମାଣରେ କେଲୋରୀ ହ୍ରାସ ପାଇବ । ନିଜ ଖାଦ୍ୟରେ ପ୍ରୋଟିନ ଓ କେଲସିୟମ ଯଥେଷ୍ଟ ଖାଆନ୍ତୁ ।

ପମ୍ପ କରନ୍ତୁ: ମନେକର ଶିଶୁ ନର୍ସରୀରେ ଥାଏ ଓ ଆପଣ ନିଜର ସ୍ତନରେ କ୍ଷୀରର ମାତ୍ରା ବୃଦ୍ଧି କରିବାକୁ ଚାହୁଁଥାନ୍ତି ତେବେ ନିଜ ସ୍ତନକୁ ଲେକ୍ଟ୍ରିକ୍

ପ□ କରନ୍ତୁ । ଅର୍ଥାତ୍ ଯନ୍ତ୍ର ସାହାଯ୍ୟରେ କ୍ଷୀର କାଢ଼ନ୍ତୁ । ସେହି କ୍ଷୀରକୁ ନେଇ ଛୁଆକୁ ଖୁଏଇ ଦିଆଯିବ । ପ□କାମ ନକଲେ ଶିଶୁକୁ ଡାକନ୍ତୁ ।

ଯାଆଁଳା ଶିଶୁକୁ ଏକାଥରକେ ସ୍ତନପାନ: କ'ଣ ଆପଣ ଉଭୟ ଶିଶୁଙ୍କୁ ଏକାଥରକେ ସ୍ତନପାନ କରେଇବାକୁ ପ୍ରସ୍ତୁତ ତ ? ନର୍ସିଂ ତକିଆ ବଳରେ ଏହା ସମ୍ଭବ । ଦିନରାତି ଥରକୁ ଥର ସ୍ତନପାନ ପାଇଁ ଅଯଥା ମୁଣ୍ଡ ଖେଳାନ୍ତୁ ନାହିଁ ।

ଆପଣ ହନ୍ତସନ୍ତ ହେଇପଡ଼ିବେ । ଯଦି ଦୁହିଁଙ୍କୁ ଏକାଥରେ ସ୍ତନପାନ ସମ୍ଭବ ନହୁଏ, ତେବେ ଅନ୍ୟଟିକୁ ବୋତଲରେ କ୍ଷୀର କାଢ଼ି ଦିଅନ୍ତୁ । ତାପରେ ପ୍ରଥମ ଶିଶୁକୁ ବୋତଲ ଧରେଇ ଦ୍ୱିତୀୟ ଶିଶୁକୁ ସ୍ତନପାନକରାନ୍ତୁ । ଏହିପରି ପାଳିକରି ଖୁଆନ୍ତୁ । ଶିଶୁ ସୁସ୍ଥ ଓ ସକ୍ରିୟ ଥିଲେ ୧୦ ରୁ ୧୫ ମିନିଟ ମଧ୍ୟରେ ନିଜ ପେଟ ପୂରେଇ ପାରିବ । ଏହା ଆପଣଙ୍କ ପାଇଁ ଆଶୀର୍ବାଦ ସଦୃଶ ।

କ'ଣ ତିନୋଟି ଛୁଆଙ୍କୁ ସ୍ତନପାନ କରେଇବାର ଅଛି କି ? ଶିଶୁମାନଙ୍କୁ ସ୍ତନପାନ ସମୟରେ ପାଳି କରିବାକୁ ଭୁଲନ୍ତୁ ନାହିଁ ।

ଘର କାମରେ ସାହାଯ୍ୟ ଲୋଡନ୍ତୁ: ଅନ୍ୟମାନଙ୍କୁ ଘରକାମରେ ସାହାଯ୍ୟ କରିବାକୁ କୁହନ୍ତୁ ।

ରାତ୍ରିଭୋଜନରେ ବିବିଧତା: ଉଭୟ ଶିଶୁର ଭୋକ ଓ ସ୍ୱାଦ ମଧ୍ୟରେ ତଫାତ୍ ଅଛି । ଏଣୁ ଏହାକୁ ପୂରଣ କରିବାକୁ ହେବ । ଅତଏବ ରାତ୍ରିଭୋଜନରେ ବିଭିନ୍ନ ଖାଦ୍ୟ ସାମଗ୍ରୀକୁ ସାମିଲ କରି ନିର୍ଗତ ଦୁଗ୍ଧର ହିସାବ ମଧ୍ୟ ରଖନ୍ତୁ । ଶିଶୁମାନେ ପ୍ରକୃତରେ ପେଟପୂରା କ୍ଷୀର ପିଉଛନ୍ତି ନା ନାହିଁ; ଏହା ଜାଣିହେବ ।

ଉଭୟ ସ୍ତନରୁ କ୍ଷୀର ପାନ କରାନ୍ତୁ

ଉଭୟ ସ୍ତନରୁ କ୍ଷୀରପାନ କରାଗଲେ ନିରନ୍ତର ଓ ସମାନ କ୍ଷୀର ନିର୍ଗତ ହେଉଥିବ ।

ମଲ୍‌ଟିପୁଲ ନର୍ସିଂ (ଏକାଧିକ ସ୍ତନପାନ)

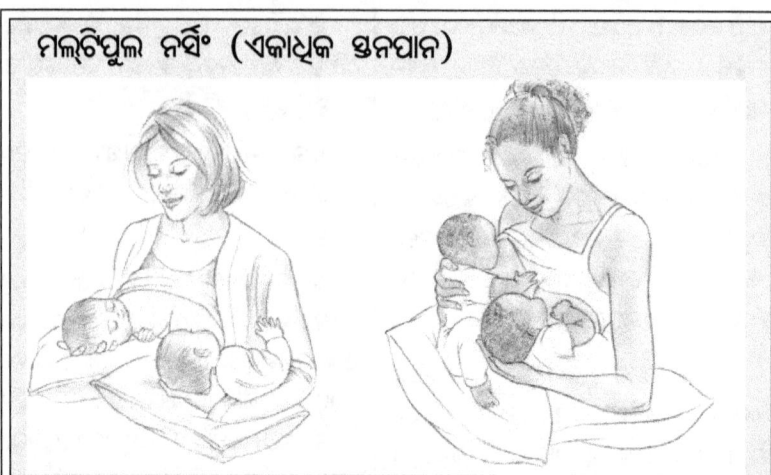

କେତେକ ମା'ମାନଙ୍କ ମଧ୍ୟରୁ ଅନେକେ ଯାଆଁଳା ଶିଶୁ ମଧ୍ୟରୁ ଜଣକୁ ଥରେ ସ୍ତନପାନ କରେଇବାକୁ ଚାହୁଁଥିବାବେଳେ ଅନ୍ୟ କେତେକ ମା'ମାନେ ଏକାଥରକେ ଉଭୟ ଶିଶୁଙ୍କୁ କ୍ଷୀର ଖୁଏଇଥାନ୍ତି । ଏହି କାମ କରିବାକୁ ଦିନସାରା ସମୟ ନଲାଗୁ । ଏଣୁ ଉପର ଚିତ୍ରରେ ଦର୍ଶାଯାଇଥିବା ଭଳି ସ୍ତନପାନ କରାଯିବା ଉଚିତ।

ସ୍ୱଳ୍ପ ସମୟ ଲାଗିପାରେ

ବର୍ତ୍ତମାନ ଆପଣ ବେଶି ବ୍ୟତିବ୍ୟସ୍ତ ଅଛନ୍ତି । ଦେହ ଓ ମନ ଉଭୟର ଅବସ୍ଥା ସାଂଘାତିକ । କାନ୍ଦିବା ଛୁଆଙ୍କୁ କିପରି ଚୁପ୍ କରାଯିବ ଏକଥା ଜଣାନାହିଁ । ତାର କାନ୍ଦିବାର ଭିନ୍ନ ଭିନ୍ନ କାରଣ ଜାଣିବାକୁ ହେବ । ତାକୁ ଗାଧୋଇ, ଲୁଗା ଜାମା ପିନ୍ଧେଇ ଶିଖିବାକୁ ହେବ । ଏସବୁ ଜାଣିଲା ପରେ ହିଁ ପ୍ରକୃତ ପକ୍ଷରେ ଆପଣ 'ମାଁ' ହେଇପାରିବେ । ହୁଏତ ଏଥିପାଇଁ ସମୟ ଲାଗିପାରେ । ଅବଶ୍ୟ ଏହା କାଠିକର ପାଠ ହେଲେ ମଧ୍ୟ ଉଦ୍‌ଯୋଗ କଲେ ସବୁ ହାସଲ ହେଇପାରିବ । ଏଣୁ ମା'ମାନେ ଏଥିପାଇଁ ଚେଷ୍ଟାକରି ସମୟ କାଢ଼ନ୍ତୁ ।

ପ୍ରସବ ଉତ୍ତାରେ

ପ୍ରଥମ ଛ' ସପ୍ତାହ

ଏଇନା ଆପଣ ଶିଶୁର ଯତ୍ନ ନେବା କାମ ଭଲଭାବେ ଶିଖିଯାଇଥିବେ । ତତ୍ ସଙ୍ଗେ ସଙ୍ଗେ ବଡ଼ ଛୁଆଙ୍କ ଚାହିଦା ମଧ୍ୟ ପୂରଣ କରିପାରୁଥିବେ । ଅବଶ୍ୟ ଦିନରାତି ଛୋଟ ଶିଶୁ ପ୍ରତି ଦୃଷ୍ଟି ଦେଉଥିବେ ନିଶ୍ଚୟ । ଶିଶୁ ନିଜର ଯତ୍ନ ନେଇପାରେ ନାହିଁ, ହେଲେ ତା' ପ୍ରତି ଦୃଷ୍ଟି ଦିଅନ୍ତୁ ନାହିଁ ବୋଲି ମଧ୍ୟ ସେ କହିପାରେ ନାହିଁ । ମା'ଙ୍କ ପ୍ରତି ମଧ୍ୟ ଦୃଷ୍ଟି ଦେବାକୁ ହେବ । ଅବଶ୍ୟ ବର୍ତ୍ତମାନ ଆପଣଙ୍କ ସବୁ ପ୍ରଶ୍ନ ଶିଶୁ ସହ ସଂଶ୍ଳିଷ୍ଟ ତଥାପି ନିଜର ଯତ୍ନ ନେବାକୁ ହେବ । ଏଣୁ ନିଜର ସବୁତକ ଉତ୍କଣ୍ଠା ବା ଜିଜ୍ଞାସାକୁ ପୂର୍ଣ୍ଣ କରିବାକୁ ହେବ ।

ଆପଣ କ'ଣ ଅନୁଭବ କରୁଥାଇ ପାରନ୍ତି ?

ଏହାକୁ 'ରିକୋଭରି ପିରିୟଡ' ବୋଲି କୁହାଯାଏ । ସହଜ ପ୍ରସବ ଓ ଡେଲିଭରି ପରେ ଦେହର ମାଂସପେଶୀ ସବୁ ଟଣାଓଟରା ହେଇ ଠିକ୍ ହେବାରେ କିଛି ସମୟ ଲାଗିବ । ସମୁ ବା' ସ୍ୱତନ୍ତ୍ର ଓ ପୃଥକ୍ । ସଭିଙ୍କର ସମୟ ସୁବିଧା ଓ ସୁଯୋଗ ଭିନ୍ନ ଭିନ୍ନ ହେବାରୁ ସମସ୍ତେ ନିମ୍ନଲିଖିତ ଲକ୍ଷଣମାନ ଅନୁଭବ କରି ପାରୁଥିବେ ।

ଶାରୀରିକ ଲକ୍ଷଣ

- ଯୋନିରୁ ଇଷତ ଧଳା ସ୍ରାବ ନିର୍ଗତ
- କ୍ଳାନ୍ତି
- ଯନ୍ତ୍ରଣା, କଟା ଜାଗାରେ ଯନ୍ତ୍ରଣା
- କଟା ଜାଗାରେ ଯନ୍ତ୍ରଣା, ହ୍ରାସ ପାଇବ
- କୋଷ୍ଠକାଠିନ୍ୟ ଓ ହିମରଏଡମସରୁ ମୁକ୍ତି
- ଓଜନ ଆସ୍ତେ ଆସ୍ତେ କମିବ
- ଫୁଲିବା ଆସ୍ତେ ଆସ୍ତେ କମିବ
- ଛାତି ସ୍ତନ ଓ ନିପୁଲରେ ଯନ୍ତ୍ରଣା
- ଦୁର୍ବଳ ମାଂସପେଶୀ ଯୋଗୁଁ ପିଂଠିବ୍ୟଥା
- ଖଞ୍ଜା ମାନଙ୍କରେ ଯନ୍ତ୍ରଣା
- କାଖ ଓ ଗଳାରେ ଯନ୍ତ୍ରଣା

ଭାବାତ୍ମକ ଲକ୍ଷଣ

- ଥରକୁ ଥର ମନ ପରିବର୍ତ୍ତନ

- ଦାୟିତ୍ୱର ଚାପ
- ସମ୍ଭୋଗ ପ୍ରତି ବିତୃଷ୍ଣା ଭାବ

ପ୍ରସବ ପରେ ପରୀକ୍ଷା

ପ୍ରସବ ପରେ ଡାକ୍ତର ୪ ରୁ ୬ ସପ୍ତାହ ମଧ୍ୟରେ ପରୀକ୍ଷା ପାଇଁ ଡାକି ପାରନ୍ତି । ଯଦି ସି-ସେକ୍ସନ ହେଇଥାଏ, ତେବେ ତିନି ସପ୍ତାହ ପରେ ଡାକିଥାନ୍ତି । ସେ ନିଜ ହିସାବରେ ପରୀକ୍ଷା କରିବେ ତଥାପି ଆପଣ ନିଜର ପ୍ରଶ୍ନତକ ପଚାରି ଉତ୍ତର ପାଇପାରିବେ । ସେ ନିମ୍ନଲିଖିତ ପରୀକ୍ଷା କରିପାରନ୍ତି-

- ରକ୍ତଚାପ
- ୧୭ ରୁ ୨୦ ପାଉଣ୍ଡ ହ୍ରାସ ପାଇଥିବା ଓଜନ
- ଗର୍ଭାଶୟର ଆକାର ଓ ଅବସ୍ଥା
- ଗର୍ଭାର ମୁଖଦ୍ୱାର
- ଯୋନି ପ୍ରଦେଶ
- ସି-ସେକ୍ସନ ବା ଏପିସିୟୋଟମି ପରୀକ୍ଷା
- ଆପଣଙ୍କ ସ୍ତନଯୁଗଳ
- ହିମରଏଡ୍‌ସ ଭେରିକୋଜ ଭେନ୍ସ ଇତ୍ୟାଦି
- ଆପଣଙ୍କ ପ୍ରଶ୍ନ ଓ ଜିଜ୍ଞାସା

ଏହି ସାକ୍ଷାତରେ ଆପଣ ହୁଏତ ପରିବାର ନିୟୋଜନ କଥା ମଧ୍ୟ ପଚାରିପାରନ୍ତି । ଯଦି ଆପଣ ଡାଏଫ୍ରାଗ୍ମ ଲଗେଇବାକୁ ଚାହୁଁଥାନ୍ତି ହେଲେ ଗର୍ଭାଶୟର ମୁଖ ଭଲ ନହେଲେ କଣ୍ଡୋମ ବ୍ୟବହାର କରନ୍ତୁ । ଆପଣ ଚାହିଁଲେ ଗର୍ଭନିରୋଧକ ବଟିକା ମଧ୍ୟ ଖାଇପାରନ୍ତି ।

ଆପଣ କ'ଣ ଭାବୁଥାଇ ପାରନ୍ତି ?

କ୍ଳାନ୍ତି

"ପ୍ରସବ ପରେ ଖୁବ୍ କ୍ଳାନ୍ତି ଅନୁଭୂତ ହୁଏ ବୋଲି ମୁଁ ଜାଣିଥିଲି ହେଲେ ଗତ ଚାରି ସପ୍ତାହ ଧରି ଆଦୌ ନିଦ ହେଉନି । ମୁଁ ସତ କହୁଛି, ଥଟ୍ଟା କରୁନି ।"

ନା, ଆପଣଙ୍କ ଅବସ୍ଥା ଦେଖି କେହି ତାଚ୍ଛଲ୍ୟ କରୁନାହାନ୍ତି । ସମସ୍ତେ ଏକଥା ଜାଣନ୍ତି ଯେ ନୂଆ କରି ମା' ବାପା ହେଲେ କେଉଁପ୍ରକାର ସମସ୍ୟା ଦେଇ ଗତି କରିବାକୁ ହେଇଥାଏ । ଶିଶୁକୁ ଗାଧୋଇ, ପାଧୋଇ, ଖୁଏଇ, ପିଆଇ ଶୁଆଇବା ଦାୟିତ୍ୱ ଆପଣଙ୍କର । ଘରର ଅନ୍ୟମାନେ ମଧ୍ୟ ଆପଣଙ୍କ ହାତରନ୍ଧା ଖାଇବାକୁ ଚାହାନ୍ତି । ପୁଣି ବଜାର ଯାଇ କିଣାକିଣି କରିବା ଭଳି ବିଭିନ୍ନ କାମରେ ବ୍ୟସ୍ତ ରହୁଥିବାରୁ ରାତିରେ ମାତ୍ର ତିନି ଘଣ୍ଟା ଶୋଇପାରୁଥବବେ । ଏଣୁ କ୍ଳାନ୍ତି ଲାଗିବା ସ୍ୱାଭାବିକ କଥା ।

ଏହି କ୍ଳାନ୍ତି ମେଣ୍ଟେଇବାର ଉପାୟ ଅଛି କି? ନା, ଯେପର୍ଯ୍ୟନ୍ତ ଶିଶୁ ରାତି ଓ ଦିନରେ ନିୟମିତ ଶୋଇବାର କ୍ରମ ରକ୍ଷା କରିବନି, ସେ ପର୍ଯ୍ୟନ୍ତ ଅସମ୍ଭବ । ଏଣୁ ଛୁଆ ଶୋଇଲେ ନିଜେ ମଧ୍ୟ ଗଡ଼ିପଡ଼ନ୍ତୁ ।

ଅଳ୍ପ ସାହାଯ୍ୟ: ସାହାଯ୍ୟ ପାଇଁ ଚାକରାଣୀ ରଖନ୍ତୁ । କୌଣସି ବାନ୍ଧବୀ, ମା' କିମ୍ବା ଶାଶୂଙ୍କୁ ଡାକି ପକାନ୍ତୁ । ଛୁଆକୁ ଧରି ସେମାନେ ବୁଲେଇ ନେଇ ଆପଣ ଶୋଇପଡ଼ନ୍ତୁ । ବଜାରରୁ କିଣାକିଣି ମଧ୍ୟ ସେମାନେ କରିପାରିବେ ।

କାମ ଭାଗ କରନ୍ତୁ: ଘର କାମ ଅସରନ୍ତି କହିଲେ ଅତ୍ୟୁକ୍ତି ହେବନାହିଁ । ଏଣୁ ପ୍ରତ୍ୟେକ କାମରେ ସ୍ୱାମୀଙ୍କୁ ସାହାଯ୍ୟ ମାଗି ଉଶ୍ୱାସ କାମ ନିଜେ କରନ୍ତୁ ।

ଦୃଷ୍ଟି ଦିଅନ୍ତୁନି: ଘର ଅଗଣା, ବିଛଣା ଇତ୍ୟାଦି ଅସନା ଥବଲେ ପସନ୍ଦ ଲାଗେ ନାହିଁ । ତଥାପି ଏଗୁଡ଼ିକୁ ବେଶି ଦୃଷ୍ଟି ଦିଅନ୍ତୁନି କାରଣ ବିରକ୍ତ ହେଇ କିଛି ଲାଭ ନାହିଁ ।

ଜିନିଷପତ୍ର: ଅନ୍ୟକୁ କହି ବଜାରରୁ ବିଭିନ୍ନ ଜିନିଷପତ୍ର, ସଉଦା, ପନିପରିବା ମଗେଇ ପାରନ୍ତି ।

ଶିଶୁ ସାଙ୍ଗରେ ଶୁଅନ୍ତୁ: ଶିଶୁ ଶୋଇଲା ପରେ ହୁଏତ ଆପଣଙ୍କର ଢ଼େର କାମ ବାକି ଥାଇପାରେ ତଥାପି ଏହାଠୁ ବଳି ଶୋଇବାର ପ୍ରକୃଷ୍ଟ ସମୟ ଆଉ କଣ ହେଇପାରେ ? ଅନ୍ୟୂନ ୧୫ ମିନିଟ ଗଡିପଡ଼ିଲେ ଦେହକୁ ଆରାମ ଲାଗିବ ।

ଶିଶୁ ସାଙ୍ଗରେ ନିଜେ ମଧ୍ୟ ଖାଆନ୍ତୁ: ଶିଶୁକୁ ଶୁଏଇବା ପିଏଇବା ବେଳେ ନିଜେ ମଧ୍ୟ କିଛି କିଛି ଖାଆନ୍ତୁ । ପ୍ରୋଟିନ ଓ କମ୍ପ୍ଲେକ୍ସ କାର୍ବଯୁକ୍ତ ସ୍ନେକ୍ସ ଖାଆନ୍ତୁ । ତଟକା ଫଳମୂଳ, ଦହି ବା ଚକଲେଟ ମଧ୍ୟ ଶକ୍ତି ପ୍ରଦାନ କରିପାରିବ । ଘରେ ପ୍ରଚୁର ଖାଦ୍ୟପେୟ ରଖି ସୁବିଧା ଅନୁସାରେ ଖାଉଥାନ୍ତୁ, କାରଣ ଉଭୟଙ୍କ ପାଇଁ ଆପଣଙ୍କୁ ଖାଇବାକୁ ହେବ ।

ବେଶି ଦୁର୍ବଳ ବା ହାଲିଆ ଲାଗିଲେ ଡାକ୍ତରଙ୍କୁ ପରାମର୍ଶ କରି ମାନସିକ ଚାପ ଓ ଅବସାଦରୁ ଦୂରେଇ ରୁହନ୍ତୁ । ଫଳରେ ଦିନଚର୍ଯ୍ୟା ସାମାନ୍ୟ ହେଇପାରିବ ।

ବାଳ ଝଡ଼ିବା

"ମୋ ବାଳ ଅଚାନକ ଝଡ଼ିବା ଆରମ୍ଭ ହେଲାଣି, ସତରେ ମୁଁ କ'ଣ ଚନ୍ଦାମୁଣ୍ଡିଆ ହେଇଯିବ କି ?"

ନା, ଚନ୍ଦାମୁଣ୍ଡିଆ ହେବେ ନାହିଁ । ନିଜର ପୂର୍ବାବସ୍ଥାକୁ ଫେରୁଛନ୍ତି । ଅବଶ୍ୟ ସାଧାରଣତଃ ଦିନକୁ ପ୍ରାୟ ଶହେଟି ବାଳ ଝଡ଼ିଥାଏ । ଦୀର୍ଘଦିନ ଯାଏ ଝଡ଼ିନଥିଲା । ଏଣୁ ଏବେ ଝଡୁଛି । ଗର୍ଭାବସ୍ଥାର ହର୍ମୋନାଲ ପରିବର୍ତ୍ତନ ଯୋଗୁଁ ମଧ୍ୟ ଏପରି ହେଉଛି । ସେତେବେଳେ ମଜବୁତ ଥିଲା ।

ନିଜର ବାଳକୁ ସୁସ୍ଥ ରଖିବା ପାଇଁ ଭିଟାମିନ ଖାଆନ୍ତୁ । ଭଲ ଖାଦ୍ୟପେୟ ସାଙ୍ଗକୁ ବାଳର ପୋଷଣ ପ୍ରତି ମଧ୍ୟ ଦୃଷ୍ଟି ଦିଅନ୍ତୁ । ଅନ୍ତତଃ ସେମ୍ପୁ ଲଗାନ୍ତୁ । ଭଲ ପାନିଆ ବ୍ୟବହାର କରନ୍ତୁ । ତଥାପି ଠିକ୍ ନ ହେଲେ ଡାକ୍ତରଙ୍କୁ ପରାମର୍ଶ କରନ୍ତୁ ।

ପରିସ୍ରାକୁ ଆୟତ୍ତାଧୀନ

"ମୁଁ ଭାବିଥିଲି ଯେ ଶିଶୁଟିର ପ୍ରସବ ପରେ ମୂତ୍ରାଶୟକୁ ଆୟତ୍ତାଧୀନ କରିପାରିବି କିନ୍ତୁ ପ୍ରସବର ଦୁଇମାସ ପରେ ମଧ୍ୟ ହସିବା ଓ କାଶିବା ସମୟରେ ପରିସ୍ରା ଆପେ ଆପେ ବାହାରିପଡୁଛି । କଣ ଏହା ସବୁଦିନ ପାଇଁ ଏପରି ହେଉଥିବ ?"

ହଁ, ପ୍ରସବର କିଛି ମାସ ପର୍ଯ୍ୟନ୍ତ ଏପରି ହେବା ସ୍ୱାଭାବିକ ଘଟଣା । ହସିବା, କାଶିବା, ଛିଙ୍କିବା କିମ୍ବା ଓଜନିଆ ଜିନିଷ ଟେକାଟେକି କଲାବେଳେ ମୂତ୍ରାଶୟରେ ଚାପ ପଡ଼ିବାରୁ ଆପେ ଆପେ ପରିସ୍ରା ବାହାରିଥାଏ । ପ୍ରସବ ସମୟରେ ମୂତ୍ରାଶୟ ଓ ପୃଷ୍ଠଦେଶର ମାଂସପେଶୀ ଗୁଡ଼ିକ ଦୁର୍ବଳ ହେଇ ପଡ଼ିଥାନ୍ତି । ଏଣୁ ପରିସ୍ରାକୁ ଆୟତ୍ତ କରିହୁଏ ନାହିଁ । ଗର୍ଭାଶୟର ସଂକୋଚନ ଓ ହର୍ମୋନ ଏଥିପାଇଁ ଦାୟୀ ।

ଏହି ପ୍ରକ୍ରିୟା ଠିକ୍ ହେବା ପାଇଁ ୩ ରୁ ୬ ମାସ ଲାଗିପାରେ । ସେପର୍ଯ୍ୟନ୍ତ ପ୍ୟାଡ ବ୍ୟବହାର କରନ୍ତୁ । ନିମ୍ନ ଉପାୟ ସବୁ କରାଯାଇପାରେ ।

କିଗଲ ବ୍ୟାୟାମ: ଗିଗଲ ବ୍ୟାୟାମ ସାଙ୍ଗକୁ ପୃଷ୍ଠଦେଶର ବ୍ୟାୟାମ ହିତକର ହେବ । ଏହା ହିଁ ପ୍ରକୃଷ୍ଟ ଉପାୟ ।

ଓଜନ କମ୍ କରନ୍ତୁ: ଗର୍ଭଧାରଣ ସମୟରେ ଥିବା ବର୍ଦ୍ଧିତ ଓଜନକୁ ହ୍ରାସ କରିବା ଏକାନ୍ତ ଜରୁରୀ କାରଣ ସେହି ଅଯଥା ଓଜନ ଯୋଗୁଁ ମୂତ୍ରାଶୟରେ ଏଯାଏଁ ଚାପ ପଡୁଛି ।

ମୂତ୍ରାଶୟକୁ ପ୍ରଶିକ୍ଷିତ କରନ୍ତୁ: ପ୍ରତି ଅଧଘଣ୍ଟାରେ ଥରେ ଇଚ୍ଛା ନହେଲେ ମଧ୍ୟ ପରିସ୍ରା ଯାଆନ୍ତୁ । ଫଳରେ ଆସ୍ତେ ଆସ୍ତେ ଆୟତ୍ତ କରିବା ସହଜ ହେବ ।

କୋଷ୍ଠକାଠିନ୍ୟ: କୋଷ୍ଠକାଠିନ୍ୟ ଯୋଗୁଁ ମଧ୍ୟ ମୂତ୍ରାଶୟରେ ଚାପ ପଡ଼େ । ଏଣୁକରି ନିୟମିତ ଶୌଚ କରି କୋଷ୍ଠକାଠିନ୍ୟରୁ ଦୂରେଇ ରୁହନ୍ତୁ ।

ତରଳ ପଦାର୍ଥ: ଦିନକୁ ଅନ୍ୟୂନ ଆଠ ଗ୍ଲାସ ପାଣି ପିଅନ୍ତୁ । ଭାବନ୍ତୁନି ଯେ ଅଳ୍ପ ପାଣି ପିଇଲେ ଅଳ୍ପ ପରିସ୍ରା ହେବ ବୋଲି । ବରଂ ଡି-ହାଇଡ୍ରେସନ ଯୋଗୁଁ ମଧ୍ୟ ପରିସ୍ରା ସଂକ୍ରମିତ ହୋଇପାରେ ।

ଗ୍ୟାସ ପାସ ହେବା

"ଆଜିକାଲି ମୁଁ ପ୍ରଚୁର ଗ୍ୟାସ ପାସ କରୁଛି । ଫଳରେ ଲୋକମାନଙ୍କ ଗହଣରେ ମତେ ଲଜ୍ଜିତ ହେବାକୁ ପଡୁଛି । ଏଭଳି କାହିଁକି ହେଉଛି ?"

ନୂଆ ହୋଇ ମା' ହେବା ପରେ ଶରୀରର ସଫାସୁତୁରା ଆରମ୍ଭ ହେଇଯାଏ କହିଲେ ଚଳେ । ଏଣୁକରି ମା'ମାନେ ପ୍ରସବ ପରେ ଗ୍ୟାସ ପାସ କରିଥାନ୍ତି । ଏଥିରେ ଲଜ୍ଜିତ ହେବାର କିଛି ନାହିଁ ।

> **ଡାକ୍ତରଙ୍କ ସାହାଯ୍ୟ ଭିକ୍ଷା କରନ୍ତୁ**
>
> ଆପଣ ନିଜ ତରଫରୁ ସବୁପ୍ରକାର ଚେଷ୍ଟା କରିସାରିଲେଣି, ହେଲେ ଏଯାଏଁ ପରିସ୍ରାକୁ ଆୟତ୍ତ କରିହେଉନାହିଁ । କିଛି କଥା ନୁହଁ, ନିଜ ଡାକ୍ତରଙ୍କୁ ପରାମର୍ଶ କରନ୍ତୁ । ସେ କୌଣସି ଉପଚାର କରିପାରନ୍ତି କିମ୍ବା ଆବଶ୍ୟକ ହେଲେ ସର୍ଜରୀ ମଧ୍ୟ କରିବେ ହେଲେ, ଆପଣ ଅଧୈର୍ଯ୍ୟ ହୁଅନ୍ତୁନି ।

ଆପଣଙ୍କ ପୃଷ୍ଠଦେଶର ମାଂସପେଶୀ ଗୁଡ଼ିକ ଟାଣିହୋଇ ନଷ୍ଟ ହୋଇଯାଇଥାଏ । ଏଣୁକରି ଗ୍ୟାସକୁ ଆୟତ୍ତ କରିପାରନ୍ତି ନାହିଁ ।

କିଛି ସପ୍ତାହ ମଧ୍ୟରେ ମାଂସପେଶୀ ଗୁଡ଼ିକ ନିଜର ପୂର୍ବାବସ୍ଥାକୁ ଫେରିଆସିଲେ ସବୁ ଠିକ୍ ହେଇ ଆରାମ ଲାଗିବ ।

ସେ ପର୍ଯ୍ୟନ୍ତ ଆରାମରେ ଖାଦ୍ୟ ଖାଆନ୍ତୁ । ଯେତେ ପବନ ପାଟି ବାଟରୁ ଭିତରକୁ ଯିବ ସେସବୁ ଗ୍ୟାସ ହେଇ ପଛପଟେ ବାହାରିବ । କିଗଲ ବ୍ୟାୟାମ ମଧ୍ୟ କରୁଥାନ୍ତୁ; ଏହା ମଧ୍ୟ ହିତକର ହେଇଥାଏ ।

ପ୍ରସବ ପରେ ପିଠି ବ୍ୟଥା

"ମୁଁ ଭାବିଥିଲି ପ୍ରସବ ପରେ ମୋ ପିଠିବ୍ୟଥା ଉଭେଇଯିବ ଓ ଆରାମ ଲାଗିବ, ହେଲେ ଏଭଳି ହେଲାନାହିଁ, କାହିଁକି ?"

ଆପଣଙ୍କ ପୁରୁଣା ସାଙ୍ଗ ପିଠି ବ୍ୟଥା ପୁଣି ଥରେ ଫେରି ଆସିଛି । ହର୍ମୋନ ଯୋଗୁଁ ଢ଼ିଲା ପଡ଼ିଥିବା ଲିଗାମେଣ୍ଟ ସବୁ ପୂର୍ବବତ ଅଛି । ଏମାନେ ପୁଣି କାର୍ଯ୍ୟକ୍ଷମ ହେବାରେ କିଛି ସପ୍ତାହ ଲାଗିପାରେ । ପେଟର ଦୁର୍ବଳ ମାଂସପେଶୀ ମଧ୍ୟ କୁପ୍ରଭାବ ପକାଉଛି । ଶିଶୁଙ୍କୁ ଟେକିବା, ଧରିବା, ଶୁଏଇବା ଯୋଗୁଁ ମଧ୍ୟ ପିଠିରେ ବ୍ୟଥା ହେଉଥିବ । ଶିଶୁର ଆକାର ସାଙ୍ଗକୁ ପିଠିରେ ଚାପ ମଧ୍ୟ ବଢ଼ି ବଢ଼ି ଯାଉଚି ।

ସମୟ ସାଥୀରେ ପିଠି ବ୍ୟଥା ଠିକ୍ ହୋଇଯିବ ।

■ ପେଟ ଓ ପୃଷ୍ଠଦେଶର ବ୍ୟାୟାମ କରାଗଲେ ପିଠିର ମାଂସପେଶୀ ସୁଦୃଢ଼ ହେବ

■ ଜିନିଷପତ୍ର ଟେକାଟେକି କଲାବେଳେ ପିଠି ପ୍ରତି ଦୃଷ୍ଟି ଦିଅନ୍ତୁ ।

■ ଦିନସାରା ବିଛଣାରେ ପଡ଼ି ନରହି ବରଂ ତକିଆ ରଖି ପିଠିକୁ ସିଧା କରନ୍ତୁ ।

■ ସୁଯୋଗ ପାଇଲା କ୍ଷଣି ଗୋଡ଼କୁ ଆରାମ ଦିଅନ୍ତୁ । ଠିଆ ହେଲେ ଛୋଟ ଷ୍ଟୁଲରେ ଗୋଡ଼ ରଖନ୍ତୁ ।

■ ନିଜର ପିଠି ପ୍ରତି ଦୃଷ୍ଟି ଦିଅନ୍ତୁ । କାନ୍ଧ ସିଧା ଥିଲେ ପିଠି ବ୍ୟଥା ହେବନାହିଁ । ଶିଶୁ ବଡ଼ ହେଲେ ଗୋଟିଏ ପିଟାରେ ଭରାଦେଇ ଉଠନ୍ତୁ ନାହିଁ । ଏହାଫଳରେ ପିଁ ବ୍ୟଥା ହେଇଥାଏ ।

■ ଅଧିକାଂଶ ମା'ମାନେ ଗୋଟିଏ ହାତରେ ଛୁଆକୁ ଧରି ଅନ୍ୟ ହାତରେ କାମ କରିଥାନ୍ତି । ହେଲେ ମଝିରେ ମଝିରେ ହାତ ପରିବର୍ତ୍ତନ କରିବା ଉଚିତ ।

■ ସୁଯୋଗ ମିଳିଲେ ପିଠିର ମାଲିସ କରାନ୍ତୁ । ଏ କ୍ଷେତ୍ରରେ ସ୍ୱାମୀଙ୍କର ସାହାଯ୍ୟ ମାଗନ୍ତୁ ।

■ ଛୁଆକୁ ସ୍ତନପାନ କଲାବେଳେ ପିଠିର ସେକ ହେଲେ ଖୁବ୍ ଭଲ

ଶିଶୁର ଜନ୍ମ ପରେ

"ମୁଁ ଭାବିଥିଲିଛୁଆ ଜନ୍ମ ପରେ ବେଶ୍ ଆନନ୍ଦିତ ହେବି, କିନ୍ତୁ ଏଇନା ମୁଁ ବେଶି ନିରାଶ ଓ ହତାଶ । ହେଲେ ଏଭଳି କାହିଁକି ହେଉଛି ?"

ଏହି ସମୟ ସବୁଠାରୁ ଭଲ ହେଇଥାଏ ଓ ସବୁଠୁ ମନ୍ଦ ମଧ୍ୟ । ୬୦ ରୁ ୮୦ ଶତକଡ଼ା ମା'ମାନେ ଶିଶୁର ଜନ୍ମ ପରେ ଏଭଳି ଅନୁଭବ କରିଥାନ୍ତି । ପ୍ରସବର ପାଞ୍ଚ ଦିନ ମଧ୍ୟରେ ସେମାନେ ଅଜବ ଧରଣର ପରିସ୍ଥିତିରେ ପଡ଼ି, କାନ୍ଦ କାନ୍ଦ ହେଇ କଥା କଥାରେ ରାଗି ଯାଆନ୍ତି ।

କଥା କଣ କି ଏହାର ପ୍ରକୃତ କାରଣ ହେଲା ହର୍ମୋନ ପରିବର୍ତ୍ତନ । ଗର୍ଭ ପରେ ବିପଜ୍ଜନକ ପ୍ରସବ ବେଦନା, ଡେଲିଭରି, ତା'ପରେ ଘରକୁ ଫେରି ଛୁଆର ବିଭିନ୍ନ ସମସ୍ୟା ସାଙ୍ଗକୁ ଘରର ଦୁରବସ୍ଥା ଦେଖି ବ୍ୟତିବ୍ୟସ୍ତ ହେଇଥାନ୍ତି । କିଛି ସପ୍ତାହ ମଧ୍ୟରେ ସବୁ ଠିକ୍ ହେଇଯିବ । ହେଲେ, ସେ ପର୍ଯ୍ୟନ୍ତ ଏସବୁ ଉପାୟ କରିପାରନ୍ତି ।

ବେଶି ଆଶା କରନ୍ତୁନି: ବର୍ତ୍ତମାନ ଆପଣ ଜଣେ ସୁସ୍ଥ ମା' ଓ ଘରଣୀର ସବୁତକ ଦାୟିତ୍ୱ ବହନ କରିବାକୁ ସକ୍ଷମ ନୁହନ୍ତି । ଏଣୁ ନିଜେ ବିଶ୍ରାମ କରି ଅନ୍ୟର ସାହାଯ୍ୟ ମାଗନ୍ତୁ । ଅତଏବ ବେଶି ଆଶା ନକରି କମ କାମ ହାତକୁ ନିଅନ୍ତୁ ।

ଏକୁଟିଆ ରହନ୍ତୁନି: ଘରେ ଅସନା ବାସନ କୁସନ, କାନ୍ଦୁଥିବା ଛୁଆ ଓ ଅନିଦ୍ରା । ଏସବୁ ଦୁରବସ୍ଥାରେ ସାହାଯ୍ୟ ଏକାନ୍ତ ଲୋଡା । ଏଣୁ ସ୍ୱାମୀ, ମା, ଶାଶୂ, ଭଉଣୀ ବା ଚାକରାଣୀର ସାହାଯ୍ୟ ମାଗନ୍ତୁ ।

ସୁନ୍ଦର ଦିଶନ୍ତୁ: ଏହା ଅଜବ କଥା ହେଲେ ମଧ୍ୟ ସତ୍ୟ । ସମୟ ଦେଇ ନିଜକୁ ସୁନ୍ଦର ରଖିଲେ ମନକୁ ଭଲ ଲାଗିବ । ଗାଧୋଇ ପାଧୋଇ ବାଳ ସଫା କରି ମେକ୍‌ଅପ ହେି ସଫା ଲୁଗା ପିନ୍ଧିଲେ ସମସ୍ତଙ୍କ ମନକୁ ପାଇବ ।

ଘରୁ ବାହାରନ୍ତୁ: ଘରୁ ପଦାକୁ ବୁଲି ବାହାରିଲେ ମନ ପ୍ରଫୁଲ୍ଲ ରହିବ । ମନରୁ କାମର ଅତ୍ୟଧିକ ଚାପ ଉଭେଇଯିବ । ସପ୍ତାହକୁ ଅନ୍ତଃତ ଦିନେ ମଧ୍ୟ ସାଙ୍ଗ ଘରକୁ ବା ପିଲାଙ୍କ ପ୍ରମୋଦ ଉଦ୍ୟାନରେ ବୁଲି ଆସନ୍ତୁ । ସମ୍ଭବ ହେଲେ ମ'ଲ ବୁଲି ଆସନ୍ତୁ ।

ନିଜକୁ ପ୍ରଶ୍ରୟ ଦିଅନ୍ତୁ: ଫିଲ୍ମ ଦେଖିଯାଆନ୍ତୁ ବା ସ୍ୱାମୀଙ୍କ ସହ ଭଲ ହୋଟେଲରେ ଖାଇ ଆସନ୍ତୁ । ଭଲ କରି ଗାଧେଇ ସୁସ୍ତ ରହନ୍ତୁ ।

ବ୍ୟାୟାମ କରନ୍ତୁ: ବ୍ୟାୟାମ ଆପଣଙ୍କର ଦେହ ମନକୁ ଫୁର୍ତ୍ତି ରଖିବ । ଡିଭିଡି ଦେଖି ବ୍ୟାୟାମ କରନ୍ତୁ ବା କ୍ଲାସ କରନ୍ତୁ । ସମ୍ଭବ ନହେଲେ ଅନ୍ତତଃ ବୁଲାଚଲା ତ କରିପାରିବେ ନିଶ୍ଚୟ ।

ଖାଦ୍ୟପେୟ ପ୍ରତି ଦୃଷ୍ଟି ଦିଅନ୍ତୁ୍ ନିଜର ଦୈହିକ ସାମର୍ଥ୍ୟ ବଜାୟ ରଖିବା ଓ ଶିଶୁର ପେଟ ପୂରେଇବା ପାଇଁ ନିଜେ ଯଥେଷ୍ଟ ଖାଆନ୍ତୁ । ସୁଷମ ଓ ଉତତମ ଖାଦ୍ୟ ଖାଇ ମନକୁ ପ୍ରଫୁଲ୍ଲ ରଖାଯାଇ ପାରିବ ।

ହସ-କାନ୍ଦ: କାନ୍ଦିବାକୁ ମନ ହେଲେ ମନଖୋଲି କାନ୍ଦନ୍ତୁ ଓ ପରେ ଏହାକୁ ବୋକାମି ମନେକରି ଖୁବ୍ ହସନ୍ତୁ । ବିଚ ବଜାରରେ ଛୁଆ ଝାଡ଼ା କରିବା କିମ୍ବା ସ୍ତନରୁ ଅଚାନକ କ୍ଷୀର ନିର୍ଗତ ହେବା ଭଳି ଘଟଣାକୁ ହସରେ ଉଡ଼େଇ ଦିଅନ୍ତୁ । ହସ ସ୍ୱାସ୍ଥ୍ୟ ପକ୍ଷରେ ହିତକର ଅଟେ ।

ନିଜକୁ ବାରମବାର ମନେ ପକେଇ ମାତ୍ର କିଛି ଦିନରେ ଠିକ୍ ହେଇଯିବେ ବୋଲି ଭାବନ୍ତୁ । ଜୀବନରେ ସୁଖ ଫେରିବ । ବେଶି ଅବସାଦ ହେଲେ ଡାକ୍ତରଙ୍କ ସାହାଯ୍ୟ ମାଗନ୍ତୁ ।

"ଡେଲିଭରି ହେବା ପରଠାରୁ ମୁଁ ଖୁବ୍ ଖୁସି ଓ ସନ୍ତୋଷ ପାଇଛି । ହେଲେ ଏହା ଦୁଃଖ ବା ନିରାଶାରେ ପରିଣତ ହେବନି ତ?"

ଅବଶ୍ୟ 'ବେବି ବ୍ଲୁ' ସାଧାରଣ କଥା, ହେଲେ ଆପଣ ନିଜକୁ ସମଭାଳି ନେଇଛନ୍ତି, ଏଣୁ ଆଶଙ୍କା ନାହିଁ । ନିଜର ସ୍ୱାମୀଙ୍କୁ ମଧ୍ୟ ଏଥିରୁ ରକ୍ଷା କରି ମନ କଥା ଦିଆନିଆ କରନ୍ତୁ ।

ପ୍ରସବ ପରେ ଅବସାଦ

"ମୋର ଛୁଆ ମାସକର ହେଇଗଲାଣି, ତଥାପି ମୁଁ ଅବସାଦ ଗ୍ରସ୍ତ ହେଇରହିଛି । ହେଲେ, ଏପର୍ଯ୍ୟନ୍ତ ମୁଁ ନିଜକୁ ସମ୍ଭାଳି ନେବା କଥା ନୁହଁ କି?"

ପ୍ରସବ ପରେ ଅବସାଦ (ଡିପ୍ରେସନ) ଓ ବେବି ବ୍ଲୁ ମଧ୍ୟରେ ସାମାନ୍ୟ ତପାତ ଅଛି । ଆଗରୁ ଯଦି କେବେ ଯଦି ଅବସାଦ ଗ୍ରସ୍ତ ହେଇଥାନ୍ତି, ତେବେ ଏହି ରୋଗ ଖୁବ୍ ସହଜରେ ଆକ୍ରମଣ କରିଥାଏ ।

ଅବସାଦଗ୍ରସ୍ତ ହେଲେ କାନ୍ଦିବାକୁ ଇଚ୍ଛା ଲାଗେ, ନିଦ୍ରା ତଥା ଖାଦ୍ୟପେୟ ଜନିତ ସମସ୍ୟା ଦେଖାଦିଏ । ନିରାଶା ଯୋଗୁଁ ଆତ୍ମବିଶ୍ୱାସ କମିଯାଏ । ଏକଲାପଣ ବୃଦ୍ଧି ପାଇ ସ୍ମରଣଶକ୍ତି କମିଥାଏ ।

ଆପଣ ବେବି ବ୍ଲୁର ଡିସ୍ପ ଅବଲମ୍ବନ କରନ୍ତୁ, ନଚେତ ଡାକ୍ତରଙ୍କ ପରାମର୍ଶ । ସେ ହୁଏତ ଥାଇରାଇଡ ପରୀକ୍ଷା କରି ପାରନ୍ତି । କାରଣ ଏହାଯୋଗୁଁ ଏଭଳି ଭାବାତ୍ମକ ଅସ୍ଥିରତା ଦେଖାଦେଇଥାଏ । ଥେରେପିଷ୍ଟ ପାଖକୁ ପଠାଗଲେ ଏଣ୍ଟି ଡିପ୍ରେସନର ଔଷଧ ଦିଆଯାଏ । ଏହା ସ୍ତନପାନରେ ନିରାପଦ । କିମ୍ବା 'ବ୍ରାଇଟ ଲାଇଟ ଥେରେପି' ସହାୟତାରେ ଚିକିତ୍ସା କରିପାରନ୍ତି । ଏହାଫଳରେ ମସ୍ତିଷ୍କ ସୁସ୍ତ ରହେ ।

ଅବସାଦ ଯୋଗୁଁ ଶିଶୁ ସହ ମା'ର ସମ୍ପର୍କ ଓ ଆପଣାପଣଟି ବାଧାପ୍ରାପ୍ତ ହେଇଥାଏ । ସ୍ୱାସ୍ଥ୍ୟ ଭଲ ରହେନାହିଁ ଓ ଆଶଙ୍କାର ମୁଣ୍ଡ ବୁଲେଇ ଝାଳ ବାହାରେ । ଛାତିରେ ଯନ୍ତ୍ରଣା ସହ ଉଦ୍‌ବେଗ ପ୍ରକାଶ ପାଇଥାଏ । ଏସବୁ ଲକ୍ଷଣର ଯଥା ଶୀଘ୍ର ଚିକିତ୍ସା କରାନଗଲେ, ଖୁବ୍ ବିଷମ ପରିସ୍ଥିତି ସୃଷ୍ଟି ହୁଏ ।

ଅବସାଦଗ୍ରସ୍ତ ୩୦ ଶତକଡ଼ା ମହିଳାମାନଙ୍କ ଠାରେ ପୋଷ୍ଟମର୍ଟମ ଅଫ ଅବ୍‌ଜେସିଭ କମ୍ପ୍ଲସିଭ ଡିସଅର୍ଡର (ପି.ପି.ଓ.ସି.ଡି.)ର ଲକ୍ଷଣ ମଧ୍ୟ ଦେଖାଦେଇଥାଏ । ଫଳରେ ମନରେ ବିଭିନ୍ନ ପ୍ରକାର ଦୁଶ୍ଚିନ୍ତା, ନକାରାତ୍ମକ ଭାବ ଓ ଅମଙ୍ଗଳ କାରକ ଚିନ୍ତା ସବୁ ଆସିଥାଏ । ସେମାନେ ଶିଶୁ ପ୍ରତି ଉଦାସୀନ ମନୋଭାବ ପୋଷଣ କରିଥାନ୍ତି । ଏଭଳି ଲକ୍ଷଣ ଦେଖାଦେଲେ ଅତିଶୀଘ୍ର ଡାକ୍ତରଙ୍କୁ କହି ଚିକିତ୍ସିତ ହୁଅନ୍ତୁ

ଏଥିବରେ ବିଭିନ୍ନ ଭ୍ରମ ସୃଷ୍ଟି ହୁଏ ଓ ଆତ୍ମହତ୍ୟା ବା ହିଂସାମୂଳକ ପ୍ରବୃତ୍ତିଟି ଜନ୍ମ ନିଏ । ସାଇକୋସିସ୍‌ର ଲକ୍ଷଣ ହେଲେ ଯଥାଶୀଘ୍ର ଏମାରଜେନ୍ସି ରୁମକୁ ଯିବା ଉଚିତ । ଏସବୁ ଗମ୍ଭୀର ସମସ୍ୟାକୁ ହେୟ ମଣନ୍ତୁ ନାହିଁ, ବରଂ ଆୟତ୍ତାଧୀନ କରି ସାହାଯ୍ୟ ଭିକ୍ଷା କରନ୍ତୁ ।

ଥାଇରାଇଡିଟିସ

ଅନେକ ନୂଆ ମାମାନେ ଶୀଘ୍ର କ୍ଳାନ୍ତ ହୋଇପଡ଼ନ୍ତି ଓ ତାଙ୍କ ଓଜନ କମିଯାଇଥାଏ । ତଥା ବାଳ ମଧ୍ୟ ଝଡ଼ିଯାଏ । ପ୍ରସବ ପରେ ଥାଇରାଇଡିଟିସ ସାଧାରଣ କଥା । ଏହାର ଲକ୍ଷଣ ଜଣାନଡ଼ିବାରୁ ଚିକିତ୍ସା ହେଇପାରେ ନାହିଁ ।

ଏହାର ଲକ୍ଷଣ ପ୍ରସବର ତିନିମାସ ମଧ୍ୟରେ ଦ୍ରଷ୍ଟବ୍ୟ । ଇତିମଧ୍ୟରେ ରକ୍ତରେ ଅତ୍ୟଧିକ ଥାଇରାଇଡ ହର୍ମୋନ ମିଶାଯାଏ । ଫଳରେ କ୍ଳାନ୍ତି, ଅବସାଦ, ଉଦ୍‌ବେଗ ଓ ଆଶଙ୍କା ଉତ୍ପନ୍ନ ହେଇଥାଏ । ନିଦ ନହୋଇ ଝାଳ ବାହାରେ । ଏହାପରେ 'ହାଇପୋ ଥାଇରାଇଡଙ୍କୁ' ଦେଖାଦିଏ । ଫଳରେ ମାଂସପେଶୀରେ ଯନ୍ତ୍ରଣା, ବାଳ ଝଡ଼ିବା, ଚର୍ମ ଶୁଖିବା ଭଳି ଲକ୍ଷଣ ଦୃଶ୍ୟମାନ ହୋଇଥାଏ ।

ଏଣୁ ଶୀଘ୍ର ଡାକ୍ତରଙ୍କ ପାଖକୁ ଯା'ନ୍ତୁ କେତେକ ସ୍ତ୍ରୀ ପ୍ରସବର ବର୍ଷେ ମଦ୍ୟରେ ଠିକ୍ ହେଉଥିବାବେଳେ ଅନ୍ୟ କେତେକ ସବୁଦିନ ପାଇଁ ମଝିରେ ମଝିରେ ପରୀକ୍ଷା କରିବାକୁ ପଡ଼ିଥାଏ । ଏହି ରୋଗ ବେଳେ ବେଳେ ପୁନର୍ବାର ଗର୍ଭଧାରଣର ମଧ୍ୟ ଦେଖା ଦେଇଥାଏ, ଏଣୁକରି ଡାକ୍ତରଙ୍କୁ ଏ ବିଷୟରେ କହିଦେବା ଭଲ ।

ପ୍ରସବ ପରେ ଓଜନ ହ୍ରାସ

"ମତେ ଜଣାଥିଲା ଯେ ପ୍ରସବର ହଠାତ୍ ପରେ ମୁଁ ବିକନି ପିନ୍ଧି ପାରିବି ନାହିଁ; କିନ୍ତୁ ଡେଲିଭରିର ଦୁଇ ସ୍ତାହ ପରେ ମଧ୍ୟ ମୁଁ ଛ' ମାସର ଗର୍ଭବତୀ ଭଳି ଦେଖାଯାଉଅଛି; କାହିଁକି ?

ଅବଶ୍ୟ ଶିଶୁର ଜନ୍ମ ସାଙ୍ଗକୁ ରାତାରାତି ପ୍ରାୟ ୧୨ ପାଉଣ୍ଡ ଓଜନ କମିଯାଇଥାଏ । ତଥାପି ଏହା ମହିଳାମାନଙ୍କୁ ଖୁବ୍ କମ୍ ପରି ମନେ ହୋଇଥାଏ ।

କଥା କ'ଣ କି ପ୍ରସୂତି ଗୃହରୁ ବାହାରିଲା ପରେ ମଧ୍ୟ ଆପଣଙ୍କ ଗର୍ଭାଶୟର ଆକାର ବଢ଼ିଥିଲା ଭଳି ମନେ ହେଇଥାଏ । ଏହା ଆଗାମୀ ଛ' ସପ୍ତାହ ମଧ୍ୟରେ ଆସ୍ତେ ଆସ୍ତେ କମିଥାଏ । ପେଟରେ ପୂରି ରହିଥିବା ତରଳ ପଦାର୍ଥ ଯୋଗୁଁ ମଧ୍ୟ ଦେହଟା ମୋଟା ଦେଖାଯାଏ । ପେଟର ମାଂସପେଶୀ ଗୁଡ଼ିକ ମଧ୍ୟ ଟାଣି ହେଇଥାଏ । ଧୀରେ ଧୀରେ ପୂର୍ବ ଅବସ୍ଥାକୁ ଫେରିଥାଏ ।

ବର୍ତ୍ତମାନ ଡାଇଟିଂ କଥା ଚିନ୍ତା କରନ୍ତୁନି । କାରଣ ଇତିମଧ୍ୟରେ ଶିଶୁକୁ ସ୍ତନପାନ କରେଇବାକୁ ହେବ ।

ଆପଣଙ୍କୁ ଉପଯୁକ୍ତ ଓ ଯଥେଷ୍ଟ ପୋଷଣ ଆବଶ୍ୟକ, ଫଳରେ ଶକ୍ତି ବା ସାମର୍ଥ୍ୟର ସ୍ତର ବଜାୟ ରହିବା ସାଂଗକୁ ସଂକ୍ରମଣ ମଧ୍ୟ ହେବନାହିଁ । ସୁସ୍ଥ ଓ ସୁଷମ ଖାଦ୍ୟ ଖାଇଲେ ଓଜନ ମଧ୍ୟ ହ୍ରାସ ହେବ, କାରଣ କ୍ଷୀର ନିର୍ମାଣରେ କେଲୋରି ଖର୍ଚ୍ଚ ହେବ । ନଚେତ କ୍ଷୀର ନିର୍ମାଣ ବାଧାପ୍ରାପ୍ତ ହୋଇପାରେ ।

ବେଳେ ବେଳେ ସ୍ତନପାନ କରେଇଲେ ମଧ୍ୟ ଓଜନ ହ୍ରାସ ପାଇଥାଏ । ହେଲେ ଆପଣଙ୍କର ଯଦି ନ ହୁଏ ତେବେ ନିରାଶ ହୁଅନ୍ତୁନି, କାରଣ ଯେଉଁ ହାରରେ ଗର୍ଭ ବେଳେ ଓଜନ ବଢ଼ିଥିଲା, ପ୍ରାୟ ସେହି ହାରରେ ଓଜନ କମିବ । ୩୫ ପାଉଣ୍ଡରୁ ଅଧିକା ଓଜନ ବୃଦ୍ଧି ହେଇଥିଲେ ପରିଶ୍ରମ କରିବାକୁ ପଡ଼ିବ ଓ ୧୦ ମାସରୁ ୨ ବର୍ଷ ପର୍ଯ୍ୟନ୍ତ ସମୟ ଲାଗିପାରେ । ଧୈର୍ଯ୍ୟ ରଖି ସମୟ ଦିଅନ୍ତୁ; କାରଣ ନ'ମାସର ଓଜନ ହଠାତ୍ କମିବ କିପରି ?

ସି-ସେକ୍ସନରୁ ଦୀର୍ଘସ୍ଥାୟୀ ଆରାମ

"ସି-ସେକ୍ସନ ହେଇ ସପ୍ତାହେ ଗଡ଼ିଲାଣି, ହେଲେ ମୁଁ କ'ଣ ଆଶା କରିପାରେ ?

ଅବଶ୍ୟ ସଦି-ସେକ୍ସନ ହେଇ ସପ୍ତାହେ ହେଇଗଲାରି, ହେଲେ ପୂରାପୂରି ଆରାମ ପାଇବାକୁ ହେଲେ କିଛି ସମୟ ଲାଗିପାରେ । ମନେରଖନ୍ତୁ, ଡାକ୍ତରଙ୍କ କଥା ମାନି ଚଳିଲେ ଶୀଘ୍ର ଭଲ ହୋଇଯିବେ । ହୁ,ତ ଆପଣ ଏସବୁ ଆଶା କରିପାରନ୍ତି ।

ଅଳ୍ପ ବା ଆଦୌ କଷ୍ଟ ନହେବା: ଅବଶ୍ୟ ଏପର୍ଯ୍ୟନ୍ତ ଆପଣଙ୍କୁ ଆରାମ ଲାଗିଥିବ । ନହେଲେ 'ଟାଇଲିନୋଲ' ଭଳି ଔଷଧ ଖାଇପାରନ୍ତି ।

ଆରାମରେ ପ୍ରଗତି: କିଛି ସପ୍ତାହ ପର୍ଯ୍ୟନ୍ତ ଘା'ରେ ଅର୍ଥାତ୍ କଟାସ୍ଥାନରେ ଯନ୍ତ୍ରଣା ହେଇ ଆସ୍ତେ ଆସ୍ତେ ଠିକ୍ ହେଇଯବ । ସାମାନ୍ୟ ଡ୍ରେସିଂ ବଳରେ ଯନ୍ତ୍ରଣା କମିପାରେ । କଟା ସ୍ଥାନରେ ଈଷତ୍ କୁଣ୍ଡେଇ ହୋଇପାରେ । ଡାକ୍ତରଙ୍କୁ ପଚାରି କୌଣସି ମଲମ ଲଗାଯାଇପାରେ ।

ତଥାପି ଯନ୍ତ୍ରଣା ଅବ୍ୟାହତ ଥିଲେ, ଘା ଫୁଲି, ନାଲି ଦେଖାଗଲେ ବା, ପାଚି ପୁଜ ବାହାରିଲେ ସଂକ୍ରମଣ ହେଲା ବୋଲି ଭାବିନେବାକୁ ହେବ । ଏହାର ଚିକିତ୍ସା କରାଯିବା ଅତ୍ୟନ୍ତ ଜରୁରୀ ।

ସମ୍ଭୋଗ ପାଇଁ ଚାରି ସପ୍ତାହ ପ୍ରତୀକ୍ଷା:

ଯେ ପର୍ଯ୍ୟନ୍ତ କଟା ସ୍ଥାନ ଯୋଡ଼ି ଭଲ ଭାବରେ ଶୁଖି ସୁସ୍ଥ ନ ହେଇଛି, ସେ ପର୍ଯ୍ୟନ୍ତ ସମ୍ଭୋଗ ନକରି ଅପେକ୍ଷା କରିବାକୁ ହେବ ।

ବ୍ୟାୟାମ: ଯନ୍ତ୍ରଣା ହ୍ରସ ପାଇବା ସାଙ୍ଗକୁ ଆପଣ ବ୍ୟାୟାମ ଆରମ୍ଭ କରିପାରନ୍ତି । ବର୍ତ୍ତମାନ ମଧ୍ୟ କିଗଲ ଯୋଗୁଁ ପୃଷ୍ଠଦେଶୀୟ ମାଂସପେଶୀ ଗୁଡ଼ିକ ସୁଦୃଢ଼ ହେବ । ପେଟ ପ୍ରତି ଦୃଷ୍ଟି ଦେଇ ମଧ୍ୟ ବ୍ୟାୟାମ କରାଯାଇପାରେ । ଏଥିରେ ଅନେକ ସପ୍ତାହ ଲାଗିପାରେ ।

ସମ୍ଭୋଗ

"ଆମେ ସମ୍ଭୋଗ ବା ସହବାସ ପୁଣିଥରେ କେବେ ଆରମ୍ଭ କରିପାରିବା ?"

ଅବଶ୍ୟ ଦମ୍ପତିମାନଙ୍କୁ ସୂଚେଇ ଦିଆଯାଏ ଯେ ସ୍ତ୍ରୀ ମାନସିକ ଭାବରେ ସହବାସ ପାଇଁ ପ୍ରସ୍ତୁତ ହେଲେ ସମେଭାଗ କରିବା ଉଚିତ, କିନ୍ତୁ ଏ କ୍ଷେତ୍ରରେ ସ୍ତ୍ରୀର ଶାରୀରିକ ପ୍ରସ୍ତୁତି ଏକାନ୍ତ ଅନିବାର୍ଯ୍ୟ । ପ୍ରାୟ ଚାରି ସପ୍ତାହ ପରେ ହୁଏତ ସହବାସ ପାଇଁ ସ୍ୱୀକୃତି ଦିଆଯାଇପାରେ ।

ଅନେକ ଡାକ୍ତର ଛ' ସପ୍ତାହ ପରେ ଅନୁମତି ଦେଇଥାନ୍ତି । କାରଣ ସୁସ୍ଥ ହେବାରେ ବେଳେ ବେଳେ ସମୟ ଲାଗିଥାଏ କିମ୍ବା ସଂକ୍ରମଣ ମଧ୍ୟ ହୋଇପାରେ । ଏଣୁ ଡାକ୍ତରଙ୍କ ପରାମର୍ଶ କ୍ରମେ ସହବାସ କରନ୍ତୁ । ଶିଶୁ ଯତ୍ନ ନେଇ ବୁଝାମଣା ରକ୍ଷା କରନ୍ତୁ ଓ ସମ୍ଭୋଗ ନକରି କେବଳ ସ୍ପର୍ଶ କରନ୍ତୁ ।

"ଆମ ଧାଈ କହିଛନ୍ତି ଯେ ମୁଁ ସମ୍ଭୋଗ କରିପାରିବି ହେଲେ ଏହାଦ୍ୱାରା କଷ୍ଟ ହେବ ବୋଲି ମୁଁ ଅନୁମାନ କରୁଛି । ଦ୍ୱିତୀୟତଃ ମୋର ହୃଦ୍‌ବୋଧ ବା ଆତ୍ମବିଶ୍ୱାସ ମୋଟେ ହେଉନି ।"

ସମ୍ଭୋଗ ନହେଲେ ନାହିଁ, କିଛି କଥା ନୁହଁ । ଯୋନିବାଟ ଦେଇ ବା ଅପରେସନ ଯୋଗୁଁ ଶିଶୁ ଜନ୍ମ ହେଇଥିବାରୁ ବସା ଉଠା ହେବାରେ କଷ୍ଟ ହେଉଛି । ପ୍ରାକୃତିକ ଭାବରେ ଯୋନିର ମସୃଣତା ଫେରିନାହିଁ । ପୁନଶ୍ଚ ଏଷ୍ଟ୍ରୋଜନର ସ୍ତର ହ୍ରାସ ଯୋଗୁଁ ଯୋନିର ଚର୍ମ ପତଳା ହୋଇପଡ଼ିଛି ।

ବର୍ତ୍ତମାନ ଶିଶୁ ପ୍ରତି ବିଶେଷ ଦୃଷ୍ଟି ଦେବା କଥା । ଘରର ଲୁଗାପଟା, ଚାଦର, ଅଳିଆ ଆବର୍ଜନା ପୂରି ରହିଥିଲେ ସମ୍ଭୋଗ ପାଇଁ ମନ ବଳିବ କାହିଁ ?

ଏଣୁ ଜୀବନର ଗତିକୁ ଆଗେ ନେଇ ଶାରୀରିକ ଓ ମାନସିକ ।ବରେ ସମ୍ପୂର୍ଣ୍ଣ ପ୍ରସ୍ତୁତ ହେବା ପରେ ହିଁ ସହବାସ କରିବା ବାଞ୍ଛନୀୟ ।

ମସୃଣତା: କେ-ୱାଇ ଜେଲି ବ୍ୟବହାର କରନ୍ତୁ । ଅନ୍ୟ ମଲମ ମଧ୍ୟ ଲଗେଇ ପାରନ୍ତି ।

ସକ୍ରିୟ: ୱାର୍ମଅପ ବା ସକ୍ରିୟ ହେବା ପାଇଁ ସମୟ, ସୁଯୋଗ ଓ ସାହସ ହେବା ଦରକାର । ଶିଶୁ ଗଭୀର ନିଦରେ ଶୋଇଲା ପରେ ହିଁ ଏସବୁ କରନ୍ତୁ, ନଚେତ୍ କଣ ହେଇପାରେ କହିବା ବାହୁଲ୍ୟ ମାତ୍ର ।

ଖୋଲାଖୋଲି କୁହନ୍ତୁ: ନିଜର ଜୀବନ ସାଥୀକୁ ସୂଚେଇ ଦିଅନ୍ତୁ ଯେ, କଣ ଭଲ ଲାଗୁଛି ଓ କଣ କଲେ ବେଶି କଷ୍ଟ ହେଉଛି । ଫଳରେ ଉଭୟେ ତୃପ୍ତି ପାଇପାରିବେ ।

ସଠିକ୍ ଆସନ: ନିଜେ ପ୍ରୟୋଗ କରି ଆସନ କରନ୍ତୁ; ଯେପରି ଗୁରୁତ୍ୱପୂର୍ଣ୍ଣ ଅଙ୍ଗମାନଙ୍କରେ ବେଶି ଚାପ ପଡ଼ିବ ନାହିଁ ଓ ସୁବିଧା ଦୃଷ୍ଟିରୁ ଉପର କିମ୍ବା ପାର୍ଶ୍ୱବର୍ତ୍ତୀ ଆସନ ଉପଯୁକ୍ତ ହେଇପାରେ । ଧୀରସ୍ଥିର ଗତିରେ ସହବାସ ହେବା ଉଚିତ ।

କିଗଲ: ହଁ ତ ! ଶୁଣି ଶୁଣି ଆପଣ ହୁଏତ ବିରକ୍ତ ହେଇସାରିଥିବେ । ହେଲେ କିଗଲ ବ୍ୟାୟାମ ମଧ୍ୟ ଖୁବ୍ ଉପକାରୀ । ସମ୍ଭୋଗ ସମୟରେ ମଧ୍ୟ ଏହା କରାଯାଇ ଅସୀମ ଆନନ୍ଦ ଉଭୟେ ପାଇପାରିବେ ।

ବିକଳ୍ପ ବ୍ୟବସ୍ଥା: ସମ୍ଭୋଗ ନିଷେଧ ଥିଲେ ହସ୍ତମୈଥୁନ ବା ମୁଖମୈଥୁନ କରି କାମ ଚଳାନ୍ତୁ କିମ୍ବା ଅନ୍ତତଃ କଥାବାର୍ତ୍ତା କରନ୍ତୁ । ଥରେ ଅଧେ ସମ୍ଭୋଗ କଲେ, ଯଦି କଷ୍ଟ ହୁଏ ତେବେ ଆଶଙ୍କା ନକରି ବରଂ ଅଭ୍ୟାସ କରୁଥାନ୍ତୁ ।

ପୁନର୍ବାର ଗର୍ଭବତୀ ହେବା

"ସ୍ତନପାନକୁ ମୁଁ ଗର୍ଭନିରୋଧକ ବୋଲି ଭାବୁଥିଲି, ହେଲେ ଏଥର ଜାଣିବାକୁ ପାଇଲି ଯେ ଇତିମଧ୍ୟରେ ମାସିକ ଋତୁସ୍ରାବ ହେବା ପୂର୍ବରୁ ମଧ୍ୟ ଗର୍ଭ ରହିପାରେ ।"

ମନେକର ଆପଣ ଏତେ ଶୀଘ୍ର ପୁଣି ଥରେ ଗର୍ଭବତୀ ହେବାକୁ ଚାହାନ୍ତି ନାହିଁ ତେବେ, ସ୍ତନପାନ ଭଳି ଗର୍ଭନିରୋଧକକୁ ବିଶ୍ୱାସ ବା ଭରସା କରନ୍ତୁ ନାହିଁ । ଏକଥା ଅବଶ୍ୟ ସତ ଯେ, ସ୍ତନପାନ କରଉଥିବା ସ୍ତ୍ରୀମାନଙ୍କୁ ବିଳମ୍ବରେ ଋତୁସ୍ରାବ ହୋଇଥାଏ ଅର୍ଥାତ୍ ୬ ରୁ ୧୨ ସପ୍ତାହ ମଧ୍ୟରେ ସାଧାରଣ ସ୍ତ୍ରୀ ମାନଙ୍କର ମାସିକ ଋତୁସ୍ରାବ ଥିଲାବେଳେ ସ୍ତନପାନ କରଉଥିବା ମହିଳାମାନଙ୍କର ଋତୁସ୍ରାବ ୪ ରୁ ୬ ମାସ ମଧ୍ୟରେ ଆରମ୍ଭ ହେଇଥାଏ । ଏହା ଅନୁମାନ କରିବା ମଧ୍ୟ ଖୁବ୍ କାଠିକର ପାଠ ।

ଏଣୁ ସଠିକ୍ ଗର୍ଭ ନିରୋଧକ ଉପାୟ ଅବଲମ୍ବନ କରି ନିଶ୍ଚିନ୍ତ ରହିବା ବିଧେୟ ।

ନିଜର ପ୍ରକୃତ ଆକାରକୁ ଫେରିବା

ପ୍ରସବ ପରେ ମଧ୍ୟ ଛ'ମାସର ଗର୍ଭବତୀ ଭଳି ଦିଶିବା ଅଜବ କଥା ନୁହଁକି ! ବିଭିନ୍ନ ଜାମାପତ୍ର ଉପଯୁକ୍ତ ମନେ ହେଉନାହିଁ ।

ନୂଆ ମା ଭାବି ମା' ଭଳି ଦେଖାଯିବା ଠିକ୍ ହେବକି ?

ଏହାର ଉତ୍ତର ଚାରୋଟି କାରଣ ଉପରେ ନିର୍ଭର କରେ । ଗର୍ଭାବସ୍ଥାରେ କେତେ ଓଜନ ବଢ଼ିଥିଲା ? କେଲୋରି ଉପରେ ଆୟତ୍ତ ଅଛି କି ? କେତେ ବ୍ୟାୟାମ କରନ୍ତି ଓ ମେଟା ବଳିକ କେତେ ପରିମାଣରେ ଅଚି ?

ବ୍ୟାୟାମ କ'ଣ ପାଇଁ ? ଶିଶୁ ପ୍ରତି ଦୃଷ୍ଟି ଦେବା କାମରେ ଗଣ୍ଡ ନୁହଁ ।

ଏହାଯୋଗୁଁ ପେରିନିୟାଲ ବା ପେଟର ମାଂସପେଶୀ ସବୁ ପୂର୍ବାବସ୍ଥାକୁ ଫେରି ପାରନ୍ତି ନାହିଁ ।

ପ୍ରଥମ ଛ' ସପ୍ତାହ ସକାଶେ ନିୟମ

- ଆରାମଦେୟ ପୋଷାକ ଓ ବ୍ରା ପିନ୍ଧନ୍ତୁ
- ଏକାଥରକେ ବେଶି ବ୍ୟାୟାମ ନକରି ବିରତି ଦେଇ କରନ୍ତୁ
- ଧୀରେ ବ୍ୟାୟାମ ଆରମ୍ଭ କରନ୍ତୁ
- ଆସ୍ତେ ଆସ୍ତେ ବ୍ୟାୟାମ କରି ମଝିରେ ମଝିରେ ବିଶ୍ରାମ କରନ୍ତୁ
- ପ୍ରଥମେ ଛ' ସପ୍ତାହ ପର୍ଯ୍ୟନ୍ତ ତୀବ୍ର ବ୍ୟାୟାମ କରନ୍ତୁ ନାହିଁ । ଯଥା: ଡିଆଁଡେଇଁ, ଦୌଡ଼ ଇତ୍ୟାଦି
- ନିଜର ହୃଦସ୍ପନ୍ଦନ ମାପନ୍ତୁ
- ବ୍ୟାୟାମ ପରେ ପ୍ରଚୁର ଖାଦ୍ୟ ଖାଆନ୍ତୁ
- ଅତି ବେଶି ବ୍ୟାୟାମ ନିଷେଧ । ହାଲିଆ ଲାଗିଲେ ବନ୍ଦ କରିଦେବା ଉଚିତ
- ନିଜର ସ୍ୱାସ୍ଥ୍ୟ ପ୍ରତି ଦୃଷ୍ଟି ଦେଉଥାନ୍ତୁ

ପ୍ରଥମ ଛ' ସପ୍ତାହ ମଧ୍ୟରେ କାର୍ଯ୍ୟାବଳୀ

- ଆୟତ୍ତ କରୁଥିବା ବ୍ରା ଓ ଲୁଗାପତ୍ର ପିନ୍ଧନ୍ତୁ ।
- ଦିନକୁ ଦୁଇ ତିନି ଥର ବ୍ୟାୟାମ କରନ୍ତୁ
- ଧୀର ସ୍ଥିର ଭାବରେ ବ୍ୟାୟାମ ଆରମ୍ଭ କରନ୍ତୁ
- ଧକ୍କା ନଲାଗିଲା ଭଳି ବ୍ୟାୟାମ କରନ୍ତୁ । ବୁଝି ବିଚାରି କରନ୍ତୁ
- ତରଳ ପଦାର୍ଥ ଯଥେଷ୍ଟ ପିଅନ୍ତୁ
- ଅତ୍ୟଧିକ ବ୍ୟାୟାମ ନିଷେଧ
- ଶିଶୁ ଓ ନିଜର ଯତ୍ନ ନିଅନ୍ତୁ ।

ବେସିକ ପୋଜିସନ

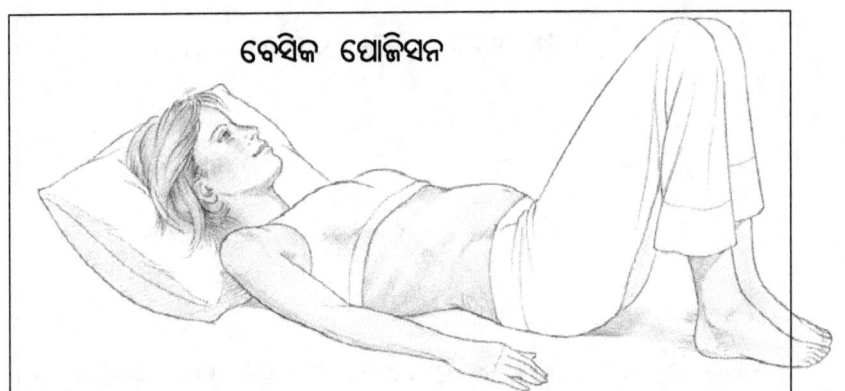

ପିଠିରେ ଭରାଦେଇ ଆଣ୍ଠୁ ଭାଙ୍ଗି, ଗୋଡ଼କୁ ପ୍ରାୟ ୧୨ ଇଞ୍ଚ ଦୂରରେ ରଖି ପାଦ ଚଟାଣରେ ଲାଗିଥିବ । ମୁଣ୍ଡ ଓ କାନ୍ଧ ତଳେ ତକିଆ (ମୁଚୁଳା) ଥିବା ସହ ହାତ ଦୁଇଟି ଦୁଇ ପାଖକୁ ଚଟାଣରେ ଥିବ ।

ପେଲ୍‌ଭିକ୍ ଟିଲ୍ଟ

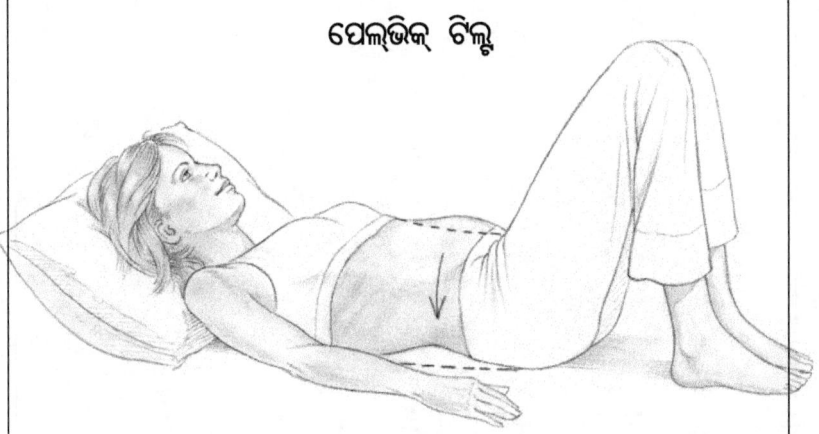

ପିଠିରେ ଭରାଦେଇ ବେସିକ ମୁଦ୍ରା ଭଳି ଗଡ଼ିପଡ଼ନ୍ତୁ । ନିଶ୍ୱାସ ମାରି ପିଠିକୁ ଚଟାଣରେ ସ୍ପର୍ଶ କରନ୍ତୁ । ତାପରେ ସୁବିଧାନୁସାରେ ୩-୪ ଥର ପୁନରାବୃତ୍ତି କରି କରି ୧୨ କିମ୍ବା ୨୪ ଥର କରନ୍ତୁ ।

ଗର୍ଭାବସ୍ଥା ପରେ କରାଯାଇ ପାରୁଥିବା ସଠିକ ବ୍ୟାୟାମ କରିବାକୁ ହେବ । ଫଳରେ ପ୍ରସବ ଜନିତ କ୍ଳାନ୍ତି ହ୍ରାସ ପାଇ ପୂର୍ବାବସ୍ଥା ଫେରି ପାଇବେ । କିଗଲ ବ୍ୟାୟାମ କଲେ ମୂତ୍ରାଶୟ ଆୟତ୍ତାଧୀନ ହେଇ ସମ୍ଭୋଗଜନିତ ସମସ୍ୟା ଦୂରୀଭୂତ ହେବ । ଆପଣଙ୍କର କର୍ମ ସାମର୍ଥ୍ୟ ବୃଦ୍ଧି ପାଇବା ସାଙ୍ଗକୁ ମନ ପ୍ରଫୁଲ୍ଲ ରହିବ । ବିଭିନ୍ନ ଚାପ ଓ ଅବସାଦର ମୁକାବିଲା ଠିକ୍ ଭାବରେ କରିପାରିବେ । ଡାକ୍ତରଙ୍କୁ ପଚାରି ଡେଲିଭରି ପରେ ବ୍ୟାୟାମ କରିବା ଶ୍ରେୟସ୍କର ।

ଗୋଡ଼ ଖସଡା (ଲେଗ ସ୍ଲାଇଡ୍)

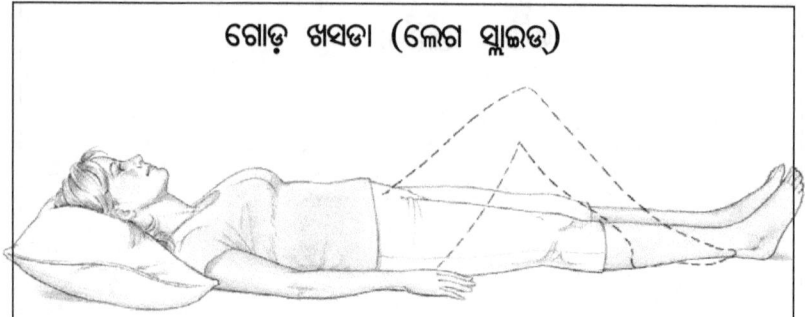

ବେସିକ ମୁଦ୍ରାରେ ବସି ଗୋଡ଼ ଦୁଇଟିକୁ ଚଟାଣରେ ଲମ୍ବା କରି ଶୁଅନ୍ତୁ । ଶ୍ୱାସକ୍ରିୟା କରି ଡାହାଣ ଗୋଡ଼କୁ ଉପରକୁ ଟେକନ୍ତୁ । ଅର୍ଟା ଚଟାଣରେ ଲାଗିଥାଉ । ଗୋଡ଼ ତଳକୁ ଖସେଇ ନିଶ୍ୱାସ ଛାଡନ୍ତୁ, ପୁଣି ଥରେ ବାମ ଗୋଡ଼କୁ ଏପରି କରନ୍ତୁ । ଏହି ମୁଦ୍ରାକୁ ଅନେକ ଥର ପୁନରାବୃତ୍ତି କରନ୍ତୁ । କିଛି ସପ୍ତାହ ପରେ ଏଥିରେ ସାମାନ୍ୟ ପରିବର୍ତ୍ତନ କରିପାରନ୍ତି ।

ମୁଣ୍ଡ ବା ସ୍କନ୍ଦ ଉଠେଇବା

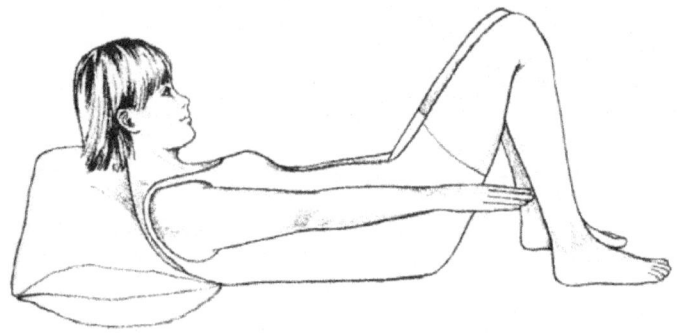

ବେସିକ ମୁଦ୍ରାରେ ଗଡ଼ି ଗଭୀର ଶ୍ୱାସକ୍ରିୟା ସାଙ୍ଗକୁ ମୁଣ୍ଡ ଟେକି ଦୁଇହାତ ଟେକି ନିଶ୍ୱାସ ଛାଡ଼ନ୍ତୁ । ମୁଣ୍ଡ ତଳକୁ କରି ପ୍ରଶ୍ୱାସ ନିଅନ୍ତୁ । ପ୍ରତିଦିନ ଅଧିକା ମୁଣ୍ଡ ଟେକିବାକୁ ଚେଷ୍ଟା କରନ୍ତୁ । ପ୍ରଥମ ଛ' ସପ୍ତାହ ଧୀରସ୍ଥିର ହେଇ କରନ୍ତୁ । ଏହାକୁ କରିବା ପୂର୍ବରୁ 'ପେଟର ଭାଙ୍ଗ' ପ୍ରତି ଦୃଷ୍ଟି ଦିଅନ୍ତୁ ।

ଏକାଥରକେ ତୀବ୍ର ଗତିରେ ବ୍ୟାୟାମ କରିବା ସମ୍ପୂର୍ଣ୍ଣ ନିଷେଧ । କାରଣ ଦେହଟା ପୂରାପୂରି ଦୁର୍ବଳ କହିଲେ ଚଳେ । ଶିଶୁ ସାଙ୍ଗରେ ବୁଲାବୁଲି ବା ଚଲାବୁଲା କରନ୍ତୁ । ଏସବୁ ପର୍ଯ୍ୟାୟ ଅନୁକରଣୀୟ ।

ପ୍ରଥମ ପର୍ଯ୍ୟାୟ:
(ପ୍ରସବର ଚବିଶି ଘଣ୍ଟା ପରେ)

କିଗଲ: ଡେଲିଭରି ପରେ ଆପଣ ଖୁବ୍ ସହଜରେ କିଗଲ ବ୍ୟାୟାମ ଆରମ୍ଭ କରିପାରିବେ । ଅବଶ୍ୟ

ସୁସମ୍ବାଦ

ବ୍ୟାୟାମ ଯୋଗୁଁ ଆପଣଙ୍କର ନିପୁଲରେ ଝାଳ ବାହାରିଥାଏ । ଫଳରେ ଶିଶୁ ନୂଆ ସ୍ୱାଦ ଚାଖିଥାଏ । ଏଣୁ ଡାକ୍ତରଙ୍କ ପରାମର୍ଶକ୍ରମେ ବ୍ୟାୟାମ କରିବା ପୂର୍ବରୁ ଉତ୍ତମ ବ୍ରା ପିନ୍ଧନ୍ତୁ ।

ଔଷଧର ପ୍ରଭାବ ଯୋଗୁଁ ତାକୁ ଜାଣିହେବ ନାହିଁ, ହେଲେ ଏହା ନିଶ୍ଚୟ ଉପକାର କରିଥାଏ । ଛୁଆକୁ ସ୍ତନପାନ କରେଇଲାାବେଳେ କିଗଲ ବ୍ୟାୟାମର ଅଭ୍ୟାସ କରାଯାଇପାରେ । ଦିନକୁ ଚାରିରୁ ଛ'ଥର ୨୫-୨୫ ଥର କରନ୍ତୁ । ଏହାଯୋଗୁଁ ପୃଷ୍ଠଦେଶ ସୁଦୃଢ଼ ହେଇ ଭରପୂର ସମ୍ଭୋଗାନନ୍ଦ ପାଇପାରିବେ ।

ଗଭୀର ଶ୍ୱାସ: ବେସିକ ପୋଜିସନରେ ଗଡି (ଶୋଇ) ନିଜ ପେଟରେ ହାତ ରଖନ୍ତୁ ଫଳରେ ଶ୍ୱାସକ୍ରିୟା ହେଲେ ଏହା ତଳ ଉପର ହେବ । ଦୁଇ ତିନିଥର ଗଭୀର ଶ୍ୱାସକ୍ରିୟା କରି ଆସ୍ତେ ଆସ୍ତେ ବଢ଼େଇ ଚାଲନ୍ତୁ । ବେଶି କଲେ ହୁଏତ ମୁଣ୍ଡ ବୁଲେଇପାରେ ।

ଦ୍ୱିତୀୟ ସୋପାନ (ପ୍ରସବର ତିନି ଦିନ ପରେ)

ଦେହ ମନ ଠିକ୍ ଥିଲେ ଆପଣ ସହଜରେ ମୁଣ୍ଡ ଉଠାଣ, ଗୋଡ଼ ଖସଡା ବା ପୃଷ୍ଠଦେଶୀୟ ସଂକୋଚନ କରିପାରିବେ ।

ଶୂନ୍ୟସ୍ଥାନ ପୂରଣ ହେଉ

ଆପଣଙ୍କ ନାଭି ତଳକୁ ଏକପ୍ରକାର ଶୂନ୍ୟସ୍ଥାନ ମନେ ହେଇପାରେ; ଏହାକୁ ଡାକ୍ତରୀ ଭାଷାରେ ଡସ୍‌ଟେସିସ' କହନ୍ତି । ଏହା ହେଲେ ପେଟ ବ୍ୟାୟାମ ଆଦୌ କରନ୍ତୁ ନାହିଁ । ଏହା ପୂରଣ ହେବାରେ ମାସେ ଦୁଇମାସ ଲାଗିପାରେ । ଆପଣ ବେସିକ ମୁଦ୍ରାରେ ଶୋଇ ମୁଣ୍ଡ ଟେକି ଦୁଇ ହାତକୁ ନାଭି ତଳକୁ ଅଣ୍ଡାଳି ଦେଖିଲେ ଗାତ ଭଳି ଜଣାପଡ଼ିବ । ଏହାକୁ ପୂରଣ କରିବା ପାଇଁ ଅନୁଭୂତିସ□ନ୍ନ ବ୍ୟକ୍ତିଙ୍କୁ ପରାମର୍ଶ କରି ଏହି ବ୍ୟାୟାମ କରନ୍ତୁ ।

ଏହାକୁ ପ୍ରଥମେ ବିଛଣାରେ କରନ୍ତୁ । ତାପରେ ମୁଚଳା ଦେଇ ଚଟାଣରେ କରିପାରିବେ । ଏହା ଭାବି ଜୀବନର ସାଇଁ ସ୍ୱାସ୍ଥ୍ୟକର ଓ ହିତକର ହେବ । ଯଦି ବ୍ୟାୟାମ ପାଇଁ ମଶିଣା ବ୍ୟବହାର କରନ୍ତି, ତେବେ ଛୁଆ ହୁଏତ ଖସିଯାଇପାରେ ।

ତୃତୀୟ ସୋପାନ: (ପ୍ରସବ ପରୀକ୍ଷା ପରେ)

ଡାକ୍ତରଙ୍କ ପରୀକ୍ଷା ପରେ ନିଜକ କାର୍ଯ୍ୟାବଳୀ ଆରମ୍ଭ କରିପାରନ୍ତି । ଏଥିରେ ଦୌଡ଼, ବୁଲାବୁଲି, ସାଇକେଲ, ସନ୍ତରଣ, ଜଳକ୍ରୀଡ଼ା, ଏରୋବିକ୍ସ, ଯୋଗ, ଭାରୋତ୍ତୋଳନ ପ୍ରମୁଖ । ନିଜ ଦେହର ସାମର୍ଥ୍ୟକୁ ଦୃଷ୍ଟିରେ ରଖି ବ୍ୟାୟାମ କରିଚାଲନ୍ତୁ ।

■ ■ ■

ପଞ୍ଚମ ଭାଗ

ବାପାଙ୍କ ନିମନ୍ତେ

ବାପାମାନେ ମଧ୍ୟ ଗର୍ଭଧାରଣ କରନ୍ତି...

ଅବଶ୍ୟ ଚିକିତ୍ସା ବିଜ୍ଞାନ ଓ ହଲିଉଡ୍‌ର ଫିଲ୍ମ ଅନୁସାରେ ଆଗାମୀ ଭବିଷ୍ୟତରେ କେବଳ ମହିଳାମାନେ ନୁହଁ, ପିତାମାନେ ମଧ୍ୟ ଗର୍ଭଧାରଣ କରିପାରିବେ । ବାପା ହେବା ଦୃଷ୍ଟିରୁ ଆପଣ ମଧ୍ୟ ଶିଶୁ ନିର୍ମାଣ ପ୍ରକ୍ରିୟାର ଅଭିନ୍ନ ଅଙ୍ଗ ଅଟନ୍ତି । ଆଗାମୀ ମାସ ମାନଙ୍କରେ ଆପଣଙ୍କୁ ମଧ୍ୟ ଉତ୍କଣ୍ଠାର ସହିତ ବଞ୍ଚି, ଇତିମଧ୍ୟରେ ଓ ପରବର୍ତ୍ତୀ ସମୟରେ ମଧ୍ୟ ନିଜ ଜୀବନ ସାଥୀ ସଦୃଶ ତୃପ୍ତି ପାଇପାରିବେ ।...

ଏହି ଅଧ୍ୟାୟ ବିଶେଷକରି ବାପାମାନଙ୍କ ପାଇଁ ଉଦ୍ଦିଷ୍ଟ । ସେମାନଙ୍କୁ ଉପେକ୍ଷା ବା ଗୁରୁତ୍ୱହୀନ ମନେନକରି ବରଂ ସମଗ୍ର ବହି ପଢ଼ି ନିଜର ଗର୍ଭବତୀ ସ୍ତ୍ରୀର ଶାରୀରିକ ଓ ମାନସିକ ଅବସ୍ଥାକୁ ହୃଦୟଙ୍ଗମ କରିବା ପାଇଁ ଉତ୍‌ପ୍ରେରିତ କରିବା ବାଞ୍ଛନୀୟ । ଫଳରେ ସେମାନେ ନିଜର ଦାୟିତ୍ୱ ଓ କର୍ତ୍ତବ୍ୟ ପ୍ରତି ସଚେତନ ହେଇ ଉତତମ ଉପାୟରେ ସୁଫଳ ପାଇବାକୁ ଚେଷ୍ଟିତ ହେବେ ।

ଆପଣ କ'ଣ ଭାବୁଥାଇ ପାରନ୍ତି ?

ତାଙ୍କ ଲକ୍ଷଣକୁ ହୃଦବୋଧ କରିବା

"ମୋର ସ୍ତ୍ରୀଙ୍କଠାରେ ବହିରେ ପ୍ରଦତ୍ତ ସବୁତକ ଲକ୍ଷଣ ଦୃଶ୍ୟମାନ । ବାନ୍ତି କରିବା, ଇଚ୍ଛା କରିବାନି କିମ୍ବା ବାରମ୍ବାର ପରିସ୍ରା ଇତ୍ୟାଦି.. । ମୁଁ ବୁଝିପାରୁନି ଯେ, ତାଙ୍କ ପାଇଁ ମୁଁ କ'ଣ କରିବି ?"

ବର୍ତ୍ତମାନ ଆପଣଙ୍କର ସ୍ତ୍ରୀ ଗର୍ଭାବସ୍ଥାରେ ହର୍ମୋନ ମାନଙ୍କର ଜାଲରେ ଛନ୍ଦି ହେଇଛନ୍ତି, ଏଣୁ ତାଙ୍କ ଦେହରେ ଅନେକ ପରିବର୍ତ୍ତନ ଦୃଷ୍ଟିଗୋଚର ହେଉଛି । ଏ ସଂକ୍ରାନ୍ତରେ ନା ସେ କିଛି କରିପାରିବେ ନା ଆପଣ ତାଙ୍କୁ କିଛି ସାହାଯ୍ୟ କରିପାରିବେ ।

ଅବଶ୍ୟ ଆପଣ ସାହାଯ୍ୟ କରିବା ପାଇଁ ଆଗଭର ହେଲେ ତାଙ୍କୁ ଭଲ ଲାଗିବ ।

ସ୍ୱଳ୍ପ ପ୍ରସ୍ତୁତି

ଏଇନା ଶିଶୁର ଜନ୍ମ ବିଷୟରେ ନଭାବିବା ପୂର୍ବରୁ ମଧ୍ୟ ନିଜର ସ୍ତ୍ରୀଙ୍କ ପ୍ରତି ଉପଯୁକ୍ତ ଯତ୍ନ ନେଇ ଦୃଷ୍ଟିଦେବା ଆରମ୍ଭ କରିଦେବା ଉଚିତ । ଆମର ପ୍ରଥମ ଅଧ୍ୟାୟରେ ଏ ସମ୍ପର୍କରେ ପୂର୍ବରୁ କୁହାଯାଇଛି । ସେସବୁ ତଥ୍ୟାବଳୀକୁ ହୃଦୟଙ୍ଗମ କରି ଦିଆଯାଇଥିବା ନିୟମ ଅନୁସାରେ ଚଳିବାକୁ ଚେଷ୍ଟା କରନ୍ତୁ ।

ମର୍ଣ୍ଣିଂ ସିକ୍‌ନେସ: ଏହା ଏକ ଏପରି ଲକ୍ଷଣ ଅଟେ ଯାହାକି ନିଜର ନାମାନୁସାରେ ସଠିକ୍ ନୁହଁ । ଅର୍ଥାତ୍ କେବଳ ସକାଳେ ଅଳସପଣ ନଲାଗି ଦିନସାରା ବା ରାତିରେ ମଧ୍ୟ ଅଳସ ଲାଗିଥାଏ । ବାରମ୍ବାର ସ୍ତ୍ରୀଙ୍କୁ ବାଥରୁମ୍ ଯିବାକୁ ପଡ଼େ । ଏ କ୍ଷେତ୍ରରେ ତାଙ୍କୁ ସାହାଯ୍ୟ କରନ୍ତୁ । ତୀକ୍ଷ୍ଣ ଗନ୍ଧଯୁକ୍ତ ଯେ କୌଣସି ପଦାର୍ଥ ବ୍ୟବହାର ନକରି ତାଙ୍କ ମନପସନ୍ଦ ଖାଇବା ଦରବ ଆଣି ପିଠି ଆଉଁଷି ପିଇବାକୁ ପାଣି ଦିଅନ୍ତୁ । ଅଳ୍ପ ଅଳ୍ପ କରି ଅନେକ ଥର ଖାଇବାକୁ କହନ୍ତୁ ।

ପସନ୍ଦ- ଅପସନ୍ଦ: ଗର୍ଭବେଳେ ତାଙ୍କୁ ହୁଏତ ଏଭଳି ଖାଦ୍ୟ ରୁଚି ପାରେ ଯାହା ସେ କେବେ ଖାଇନଥିବେ । ନିଜ ଇଚ୍ଛା ଅନିଚ୍ଛାକୁ ଦୂରେଇଯାଇ ତାଙ୍କ ମୁତାବକ ଚଳିବାକୁ ଚେଷ୍ଟା କର୍ନ୍ତୁ । ରାତିରେ ହୁଏତ ଆଇସ୍କ୍ରିମ ଆଣିବାକୁ ଯିବାକୁ ପଡ଼ିପାରେ ।

କ୍ଳାନ୍ତି: ମନେକର ଆପଣ ସନ୍ଧ୍ୟାବେଳେ କ୍ଳାନ୍ତ ହେଇ ପଡୁଥାନ୍ତି, ତେବେ ତାଙ୍କ ବିଷୟରେ ଟିକିଏ ଚିନ୍ତା କରନ୍ତୁ । ସେ ବର୍ତ୍ତମାନ ଶିଶୁର ନିର୍ମାଣ ପ୍ରକ୍ରିୟାରେ ସକ୍ରିୟ । ସେ କେତେ କ୍ଳାନ୍ତ ହେଇ ପଡୁଥିବେ । ଏଣୁ ତାଙ୍କୁ କାମରୁ ଦୂରେଇ ରଖନ୍ତୁ । ଟଏଲେଟ କ୍ଲିନର ଗନ୍ଧ ଶୁଙ୍ଘି ତାଙ୍କୁ ମୁଣ୍ଡ ବୁଲେଇପାରେ । ଏଣୁ ନିଜେ ନିଷ୍ପତ୍ତି କରନ୍ତୁ ଓ ଯଥାସମ୍ଭବ ନିଜେ କରି ତାଙ୍କୁ ବିଶ୍ରାମ ଦିଅନ୍ତୁ ।

ଆମର ଏହି ଅଧ୍ୟାୟରେ

ଆମର ଏହି ଅଧ୍ୟାୟରେ ଗର୍ଭବତୀ ସ୍ତ୍ରୀମାନଙ୍କୁ ସମ୍ବୋଧନ କରାଯାଇଛି । ହେଲେ ଆପଣ ତାଙ୍କର ହୁଏତ ସ୍ୱାମୀ, ବନ୍ଧୁ, ସାଥୀ ବା ଅନ୍ତରଙ୍ଗ ହେଇପାରନ୍ତି । ନିଜ ପରିସ୍ଥିତି ଅନୁକୂଳ ପ୍ରଶ୍ନ ପଢ଼ିପାରନ୍ତି ।

ନିଦ୍ରାଜନିତ ସମସ୍ୟା: ବର୍ତ୍ତମାନ ସେ ଶିଶୁ ନିର୍ମାଣ ପ୍ରକ୍ରିୟାରେ ସଂଲଗ୍ନ ଅଥଚ ଶିଶୁଭଳି ନିଦ ନାହିଁ ଆଖିରେ । ରାତିରେ ଯଦି ତାଙ୍କୁ ନିଦ ନହୁଏ, ତେବେ ନିଜେ ଘୁଙ୍ଗୁଡ଼ି ନମାରି ବରଂ ତାଙ୍କ ସହ ବିନିଦ୍ରିତ ରହନ୍ତୁ । ତାଙ୍କ ପିଠି ଆଉଁଷି ଉଷୁମ କ୍ଷୀର ବା କିଛି ଖାଇବାକୁ ଆଣି ଦିଅନ୍ତୁ । ତାଙ୍କ ସହ ଖୁସିଗପ କରନ୍ତୁ । ସ୍ନେହ ପ୍ରେମ କଲେ ହୁଏତ ନିଦ ପଡ଼ିପାରେ । ଭାବନ୍ତୁନି ଯେ ଏହାର ଅର୍ଥ କେବଳ ସହବାସ ପାଇଁ ଆକୃଷ୍ଟ ହେବା ।

ପରିସ୍ରା: ପ୍ରଥମ ତିନିମାସରେ ଯେହେତୁ ବାରମ୍ବାର ପରିସ୍ରା ଲାଗେ, ଏଣୁ ବାଥରୁମ ଖାଲିଥିବା ଆବଶ୍ୟ ଓ ରାତିସାରା ଲାଇଟ ଜଳୁଥିବା ଦରକାର । ନଚେତ୍ ଗୋଡ଼ ଖସି ପଡ଼ିବାର ଆଶଙ୍କା ଥାଏ । ବାରମ୍ବାର ପରିସ୍ରା ଯିବାକୁ ଖରାପ ନଭାବି ବୁଝିବାକୁ ଚେଷ୍ଟା କରନ୍ତୁ ।

ସହାନୁଭୂତିର ଲକ୍ଷଣ

"ମୋ ସ୍ତ୍ରୀ ଗର୍ଭବତୀ ଅଛନ୍ତି, ହେଲେ ମତେ କାହିଁକି ମର୍ଣ୍ଣିଂ ସିକ୍‌ନେସ ଭଳି ମନେହେଉଛି ?"

ଆପଣ ମଧ୍ୟ ଗର୍ଭଧାରଣ କଲାଭଳି ମନେ କରୁଛନ୍ତି କି ? ସାଧାରଣତଃ ଏହାକୁ 'ସିଂପାପେଟିକ ପ୍ରେଗ୍ନେନ୍ସି' ବୋଲି କହନ୍ତି । ଏଣୁ ସ୍ତ୍ରୀଙ୍କ ଭଳି ବାନ୍ତି, ଅରୁଚି, କ୍ଳାନ୍ତି ଓ ମନ ପରିବର୍ତ୍ତନ ହେବାର ଲକ୍ଷ୍ୟ କରାଯାଏ ।

ସ୍ତ୍ରୀଙ୍କ ଦୁଃଖରେ ଦୁଃଖୀ ହେବା ପ୍ରକୃତ ସ୍ୱାମୀଙ୍କର କର୍ତ୍ତବ୍ୟ ହେଇଥାଏ । ଏଣୁ ତାଙ୍କ ଦୁଃଖ କଷ୍ଟ ବୁଝି ସମସ୍ୟାକୁ ଦୂରେଇବାକୁ ଚେଷ୍ଟା କରନ୍ତୁ ।

କଥା କ'ଣ କି ହର୍ମୋନାଲ ପରିବର୍ତ୍ତନ ଯୋଗୁଁ ଦେଖା ଦେଉଥିବା ଲକ୍ଷଣଗୁଡ଼ିକୁ ଆପଣ ଅନୁଭବ କରିପାରିବେ । ଏଣୁକରି ତାଙ୍କ ସୁବିଧା ଅସୁବିଧା ଓ ମନକଥା ବୁଝି ନିଜେ ମଧ୍ୟ ଘରକାର କରନ୍ତୁ ବା ସ୍ତ୍ରୀଙ୍କୁ ସାହାଯ୍ୟ କରି ଉତ୍ତମ ସ୍ୱାମୀ ସାଜନ୍ତୁ ।

ଡେଲିଭରି ପରେ ଏସବୁ ଲକ୍ଷଣ ଉଭେଇ ଯିବ ଅଥଚ ଅନ୍ୟାନ୍ୟ ଲକ୍ଷଣମାନ ଦେଖାଦେଇପାରେ, ହେଲେ ଆପଣ ଏହାକୁ ମଧ୍ୟ ସ୍ୱତନ୍ତ୍ର ଓ ପୃଥକ ମନେକରିବେ ।

ଏକୁଟିଆପଣ

"ମୋର ମନେହୁଏ, ଯେ ଏହି ଗର୍ଭଧାରଣ ସହ ମୋର କୌଣସି ସମ୍ପର୍କ ନାହିଁ । ସତେକି ମୁଁ ସମ୍ପୂର୍ଣ୍ଣ ଏକା ହେଇଯାଇଛି, ନା କ'ଣ ?"

ଅଧିକାଂଶ ବାପାମାନଙ୍କୁ ଏଭଳି ମନେ ହେଇଥାଏ । କାରଣ ଗର୍ଭବତୀ ସ୍ତ୍ରୀ ସମସ୍ତଙ୍କ ଦୃଷ୍ଟିରେ ମହାନ ହେଇଥାନ୍ତି ଓ ଶିଶୁ ସହିତ ତାର ସମ୍ପର୍କ ବାପା ଅପେକ୍ଷା ସୁଦୃଢ଼ ହେଉଥାଏ । କୌଣସି ବାପା କ'ଣ କହି ବାପା ହେବାର ପରିଚୟ ଦେବେ, କହିଲ ?

ହେଲେ ଏଥିରେ ଭାବିବାର କିଛି ନାହିଁ । ହୁଏତ ଆପଣଙ୍କର ଶାରୀରିକ ପରିବର୍ତ୍ତନ ହେଇଥାଇ ନପାରେ ହେଲେ ମାନସିକ ବା ଭାବାତ୍ମକ ଭାବରେ ସମ୍ପର୍କଟି ସୁଦୃଢ଼ ହେବା ବିଧେୟ । ନଚେତ୍ ସ୍ତ୍ରୀଙ୍କ ମନଦୁଃଖ ହେବନି କି ? ହେଲେ ଏଥିପାଇଁ ଆପଣ କ'ଣ କରିବେ ?

■ ଡାକ୍ତରଙ୍କ ପାଖକୁ ନେବା ଆଣିବାରେ ତାଙ୍କୁ ସାହାଯ୍ୟ କରନ୍ତୁ ଓ ଡାକ୍ତରଙ୍କ ପରାମର୍ଶ ଭଲଭାବେ ଶୁଣନ୍ତୁ । କାରଣ ନ ମାସ କାଳ ଆପଣଙ୍କୁ ତାଙ୍କ ଓ ଶିଶୁର ସେବାଯତ୍ନ କରିବାକୁ ପଡ଼ିବ । ଇତିମଧ୍ୟରେ ଦେଖା ଦେଉଥିବା ବିଭିନ୍ନ ପରିବର୍ତ୍ତନ ଗୁଡ଼ିକୁ ମଧ୍ୟ ଲକ୍ଷ୍ୟ କରିପାରିବେ ।

■ ଆପଣ ଚାହିଁଲେ ଅଲଟ୍ରାସାଉଣ୍ଡରେ ନିଜେ ମଧ୍ୟ ଶିଶୁର ହୃଦ୍‌ସ୍ପନ୍ଦନ ଶୁଣିପାରିବେ । ଗର୍ଭାବସ୍ଥାର ନିୟମ ମାନି ଚଳନ୍ତୁ । ସିଗାରେଟ ଓ ମଦ ଛାଡ଼ି ସ୍ତ୍ରୀଙ୍କ ଭଳି ସୁଷମ ଖାଦ୍ୟ ଖାଆନ୍ତୁ ।

■ ଗର୍ଭଧାରଣ, ଶିଶୁର ଜନ୍ମ ଓ ତା'ର ଯତ୍ନ ସମ୍ପର୍କିତ ତଥ୍ୟାବଳୀ ସଂଗ୍ରହ କରି ନିଜର ବନ୍ଧୁ ବାନ୍ଧବ, ମିତ୍ର ପରିଜନମାନଙ୍କୁ ବିଭିନ୍ନ ପ୍ରଶ୍ନ ପଚାରି ତାର ସମାଧାନ କରିବା ଉଚିତ ।

■ ଗର୍ଭସ୍ଥ ଶିଶୁ ସହ ସମ୍ପର୍କ ସ୍ଥାପନ କରି ବିଭିନ୍ନ ଗୀତ ଓ କଥାବାର୍ତ୍ତା ପୂର୍ବକ ନିଜର ବାପା ହେବାର ପରିଚୟ ଦିଅନ୍ତୁ । ଫଳରେ ଜନ୍ମ ପରେ ଶିଶୁ ଶୀଘ୍ର ଚିହ୍ନି ପାରିବ ।

■ ସ୍ୱାମୀ ସ୍ତ୍ରୀ ଦୁହେଁ ମିଶି ଛୋଟ ଦୋଳି, ପଙ୍କ ତିଆରି କରି ଶିଶୁର ନାମକରଣ ପ୍ରତି ନାମ ଖୋଜା ଅଭିଯାନ ଆରମ୍ଭ କରିଦିଅନ୍ତୁ ।

ସହବାସ

"ମୋର ସ୍ତ୍ରୀ ଗର୍ଭବତୀ ହେବା ପରେ ପରେ ଭାରି ସେକ୍ସି ହୋଇଯାଇଛି । ଏହା କ'ଣ ସାଧାରଣ କଥା କି ? ମୁଁ ଅଭିଯୋଗ କରୁନି ଯେ, ହେଲେ ଏଇନା ସହବାସ କରିବା ନିରାପଦ କି ?"

କଥା କ'ଣ କି ଗର୍ଭାବସ୍ଥାର ହର୍ମୋନ ଯୋଗୁଁ ଦେହର ବିଭିନ୍ନ ଅଙ୍ଗ ପ୍ରତ୍ୟଙ୍ଗ ଫୁଲିଯାଇ ରକ୍ତସଂଚାର ବୃଦ୍ଧି ପାଇଛି ।

ସହବାସ (ସେକ୍ସ) ସମ୍ପର୍କରେ

ଅବଶ୍ୟ ଆଗରୁ ଆପଣ ଅନେକ ଥର କରିଥାଇପାରନ୍ତି, ହେଲେ ବର୍ତ୍ତମାନ ଗର୍ଭଧାରଣ ଦୃଷ୍ଟିରୁ କରିବାକୁ ହେବ । ଏଣୁକରି ନିଜର ଆସନ ପରିବର୍ତ୍ତନ ପରିସ୍ଥିତି ଅନୁସାରେ ହେବା ଉଚିତ ।

■ ତାଙ୍କ ତରଫରୁ ଇଚ୍ଛା ପ୍ରକାଶ ହେବାପାଇଁ ଅପେକ୍ଷା କରନ୍ତୁ । ଗର୍ଭବତୀଙ୍କର ଠିକ୍‌ଠିକଣା ନଥାଏ ।

■ ଫୋର ପ୍ଲେ ମେଥଡ ଅନୁସାରେ ଓ୍ୱାର୍ମଅପ କରିବା ପରେ ହିଁ ସହବାସ କରନ୍ତୁ ।

■ ତାଙ୍କ ସୁବିଧା ଅସୁବିଧାକୁ ଦୃଷ୍ଟି ଦେଇ ଭଲ ଭାବରେ ପଚାରି ବୁଝି କରନ୍ତୁ ।

■ ଏଭଳି ଆସନ ବାଛନ୍ତୁ ଯାହା ତାଙ୍କ ପାଇଁ ଆରାମ ଦାୟକ ଓ ଉଭୟଙ୍କ ପାଇଁ ଅନୁକୂଳ ହେବା ସାଙ୍ଗକୁ ଗର୍ଭ ପ୍ରତି କୌଣସି ଆଞ୍ଚ ଆସିବ ନାହିଁ ।

■ ହୁଏତ, ଆପଣଙ୍କୁ ସମ୍ଭୋଗ କରିବାର ସୁଯୋଗ ମିଳିନପାରେ; ହେଲେ ତା'ର ବିକଳ୍ପ ବ୍ୟବସ୍ଥା ଯଥା: ହସ୍ତମୈଥୁନ, ମୁଖମୈଥୁନ, ଇତ୍ୟାଦି କରାଯାଇପାରେ ।

ଏଣୁକରି କାମେଚ୍ଛା ପ୍ରବଳ ହେଇଯାଇଛି । ବେଳେ ବେଳେ ସମ୍ଭୋଗ ପ୍ରତି ଅନାଗ୍ରହ ମଧ୍ୟ ପରିଲକ୍ଷିତ ହେଇପାରେ । ଡାକ୍ତରଙ୍କର ପରାମର୍ଶ ଥିଲେ ଭାବିବାର କିଛି ନାହିଁ । ତାଙ୍କୁ ଇଚ୍ଛା ହେଲେ ଆପଣ ମଧ୍ୟ ପ୍ରସ୍ତୁତ ହେଇଯାଆନ୍ତୁ । ଅବଶ୍ୟ ଚିରାଚରିତ ପ୍ରଥାନୁସାରେ ସହବାସ ନକରି ନିଜ ସ୍ତ୍ରୀଙ୍କ ମନଇଚ୍ଛା ମୁତାବକ ସମ୍ଭୋଗ କରି ଉଭୟେ ତୃପ୍ତ ହୁଅନ୍ତୁ ।

"ମୋର ସ୍ତ୍ରୀ ଭାରି ସେକ୍ସି ଥିଲା, କିନ୍ତୁ ଗର୍ଭଧାରଣର ଖବର ପାଇବା ସାଙ୍ଗକୁ ସେକ୍ସ ପ୍ରତି ତାର ସମ୍ପୂର୍ଣ୍ଣ ଆଗ୍ରହ ମଉଳି ଯାଇଛି ।"

ଗର୍ଭାବସ୍ଥାରେ ସାଧାରଣ ଭାବରେ ସହବାସ କରୁଥିବା ପତି ପତ୍ନୀମାନଙ୍କ ମଧ୍ୟରେ ମଧ୍ୟ ପରିବର୍ତ୍ତନ ଦେଖାଦେଇଥାଏ । କାରଣ ଶାରୀରିକ ଓ ମାନସିକ ଅବସ୍ଥା, କାମେଚ୍ଛା ତୃପ୍ତି ଓ ଆନନ୍ଦ ପ୍ରଦର୍ଶନକୁ ବିଶେଷ ଭାବରେ ପ୍ରଭାବ ପକାଇଥାଏ । ତାଙ୍କ ପ୍ରତି ନିଜେ ଆକୃଷ୍ଟ ହେଲେ ସେ ଆପଣଙ୍କଠାରୁ ହୁଏତ ଦୂରେଇ ମଧ୍ୟ ଯାଇପାରନ୍ତି । ତାଙ୍କର ଅନାଗ୍ରହ ହେଇପାରେ । କାରଣ ତାଙ୍କ ପିଠି ଓ ଗୋଡ଼ ମାନଙ୍କରେ କଷ୍ଟ ହେଉଥାଏ । ତାଙ୍କର ସାମର୍ଥ୍ୟ କମିଥାଇ ପାରେ ବା ବର୍ଦ୍ଧିତ ପେଟ ଯୋଗୁଁ ସେ ବିରକ୍ତି ପ୍ରକାଶ କରିଥାଇ ପାରନ୍ତି । ଅଥବା ମା' ଓ ସ୍ତ୍ରୀର ଭୂମିକାକୁ ସେ ଏକାଥରକେ ଗ୍ରହଣ କରିପାରୁ ନାହାନ୍ତି ।

ତାଙ୍କ ଇଚ୍ଛା ନହେଲେ ଇଚ୍ଛା ହେବା ପର୍ଯ୍ୟନ୍ତ ଅପେକ୍ଷା କରନ୍ତୁ । ତାଙ୍କ 'ନା' କହିବା ସତ୍ତ୍ୱେ ମଧ୍ୟ ହସି ହସି ପ୍ରେମପୂର୍ଣ୍ଣ ଦୃଷ୍ଟିରେ ଦେଖନ୍ତୁ । ବର୍ତ୍ତମାନ ତାଙ୍କ ମସ୍ତିଷ୍କ ଦୋଦୁଲ୍ୟମାନ ଅବସ୍ଥାରେ ଅଛି, ଏଣୁ ସେ ସମ୍ଭୋଗକୁ ଗୁରୁତ୍ୱ ଦେଉନାହାନ୍ତି ।

ହୁଏତ ଦ୍ୱିତୀୟ ତିନିମାସରେ ତାଙ୍‌କର ଅବସ୍ଥା ସ୍ୱାଭାବିକ ହୋଇପାରେ ବା ନପାରେ । ଏଣୁ ଦୈହିକ ସମ୍ପର୍କ ନହେଲ ମଧ୍ୟ ମନ ମିଶିଥିବାର ଅଛି । ଅତଏବ ରୋମାନ୍ସ, ଚୁମ୍ବନ, କଥାବାର୍ତ୍ତା ଓ ଆଲିଙ୍ଗନକୁ ଭୁଲନ୍ତୁ ନାହିଁ । ଏହା ତାଙ୍‌କ ପାଇଁ ଅତ୍ୟାବଶ୍ୟକ । ପୁନଶ୍ଚ ତାଙ୍କୁ ଏହି ଅବସ୍ଥାରେ ମଧ୍ୟ ସେକ୍ସି ଦିଶୁଛନ୍ତି ବୋଲି ତାଙ୍କ ମନ କିଣିବାକୁ ଚେଷ୍ଟା କରନ୍ତୁ । ଏହା ଶୁଣି ସେ କ'ଣ ନା କ'ଣ କରିପକେଇବେ, ବୁଝିଲ !

"ବର୍ତ୍ତମାନ ସମ୍ଭୋଗ ପ୍ରତି ମୋର ଆଗ୍ରହ ଆଗଭଳି ଆଉ ନାହିଁ କହିଲେ ଚଳେ । ହେଲେ ଏହା କ'ଣ ସାଧାରଣ କଥା କି ?"

ଭାବି ମା'ମାନଙ୍କ ପରି ଭାବି ପିତାମାନଙ୍କୁ ମଧ୍ୟ ସହବାସକୁ ନେଇ ଥରକୁ ଥର ମନ ପରିବର୍ତ୍ତନ ହୋଇଥାଏ । ସମ୍ଭୋଗ ପ୍ରତି ଅନାଗ୍ରହ ସୃଷ୍ଟି ହେବାରେ ମଧ୍ୟ ଅନେକ କାରଣ ହୋଇପାରେ । ହୁଏତ ଆପଣ ଦୁହେଁ ଗର୍ଭଧାରଣକୁ ବେଶି ଗୁରୁତ୍ୱ ଦେଉଥିବେ କିମ୍ବା ତାର ଭବିଷ୍ୟତକୁ ନେଇ ଭାବି ବସିଥିବେ, ନଚେତ ସ୍ତ୍ରୀଙ୍କର ପରିବର୍ତ୍ତିତ ଦେହ ରୂପ ସହ ସାମଞ୍ଜସ୍ୟ ରକ୍ଷା କରିପାରୁନଥିବେ । ସମ୍ଭୋଗ ସମୟରେ ଶିଶୁକୁ ଆଞ୍ଚ ନ ଆସୁ ବୋଲି ଆଶଙ୍କା କରୁଥିବେ କିମ୍ବା ଗର୍ଭବତୀ ମା' ସାଙ୍ଗରେ ସମ୍ଭୋଗ କରିବା ଭଲ ଲାଗୁନଥିବ । ବେଳେ ବେଳେ ବାପାଙ୍କ ଠାରେ ମଧ୍ୟ ହର୍ମୋନାଲ ପରିବର୍ତ୍ତନ ଦେଖିବାକୁ ମିଳେ ।

ଅନେକ ଥର ବୁଝାମଣାର ଅସୁବିଧା ଥାଏ, ସ୍ତ୍ରୀ ଆଗ୍ରହ ପ୍ରକାଶ କରୁନଥିବାରୁ ଆପଣ ମଧ୍ୟ ମନରୁ ଏହି ଭାବନାକୁ ପୋଛି ଦେଉଥିବେ । କିମ୍ବା ଅପରପକ୍ଷରେ ସେ ମଧ୍ୟ ଏଭଳି କିଛି ଚିନ୍ତା କରୁଥାଇ ପାରନ୍ତି ।

ଦୈହିକ ସମ୍ପର୍କର ପରିମାଣ ପରିବର୍ତ୍ତେ ଗୁଣାତ୍ମକ ଦୃଷ୍ଟି ପ୍ରତି ଯତ୍ନ ଦେବା ବିଧେୟ । ହଠାତ୍ ଆଲିଙ୍ଗନ ବା ଚୁମ୍ବନ ଦେଇ ମଧ୍ୟ ସମ୍ପର୍କ ସ୍ଥାପନ କରାଯାଇପାରେ । ଏଥିରେ ଆଶ୍ଚର୍ଯ୍ୟ ହେବାର କିଛି ନାହିଁ ।

କେହି କେହି ସମ୍ପୂର୍ଣ୍ଣ ନ'ମାସ କାଳ ସେକ୍ସ ପ୍ରତି ଦୃଷ୍ଟି ଦିଅନ୍ତି ନାହିଁ । ପୁନଶ୍ଚ ଶିଶୁ ଜନ୍ମ ହେଲା ପରେ ମଧ୍ୟ ସମ୍ଭୋଗ କଥା ପ୍ରତି ଇଚ୍ଛା ହୁଏନାହିଁ । ଏସବୁ ଠିକ୍ ଓ ଅସ୍ଥାୟୀ ମନୋଭାବ ଅଟେ । ଭଲ କଥା, ଶିଶୁର ଯତ୍ନ ନେଇ ଖାଦ୍ୟପେୟ ପ୍ରତି ଦୃଷ୍ଟି ଦେବା ଯୋଗୁଁ ସ୍ୱାମୀ-ସ୍ତ୍ରୀଙ୍କ ସମ୍ପର୍କ କ୍ଷୀଣ ନହେଉ । ଏଣୁ ରୋମାନ୍ସକୁ ବଜାୟ ରଖନ୍ତୁ । ସ୍ତ୍ରୀଙ୍କୁ ସେକ୍ସି ନାଇଟି ବା ଫୁଲ ଉପହାର ଦେଇ କେଣ୍ଡେଲ ଲାଇଟ ଡିନରର ବ୍ୟବସ୍ଥା କରିପାରନ୍ତି । ଚାନ୍ଦିନୀ ରାତିରେ ବୁଲି ବାହାରିପାରନ୍ତି ନିଜ ନିଜ ମନକଥା କହି ଆଲିଙ୍ଗନ ଓ ଚୁମ୍ବନର ବର୍ଷା କରି ଦିଅନ୍ତୁ; ତା'ପରେ ଦେଖନ୍ତୁ କ'ଣ ହେଉଚି ।

ଗର୍ଭାବସ୍ଥାକୁ ନେଇ ସ୍ତ୍ରୀ ବ୍ୟତିବ୍ୟସ୍ତ ଥିବେ ନିଶ୍ଚୟ । ହେଲେ ତାଙ୍କୁ ସ୍ପର୍ଶ କରି ଓ କଥା ଛଳରେ ସୁନ୍ଦର ଓ ଆକର୍ଷକ ଦିଶୁଛନ୍ତି ବୋଲି ଭାବନା ଜାଗ୍ରତ କରନ୍ତୁ ।

"ଅବଶ୍ୟ ଡାକ୍ତରଙ୍କ ମତରେ ଗର୍ଭ ସମୟରେ ମଧ୍ୟ ସମ୍ଭୋଗ କରିବା ନିରାପଦ, ହେଲେ ମୋ ମନରେ କାହିଁକି ଆଶଙ୍କା ସୃଷ୍ଟି ହେଉଚି ଯେ, ଏହାଫଳରେ ଗର୍ଭସ୍ଥ ଶିଶୁ ଓ ସ୍ତ୍ରୀଙ୍କୁ ଅସୁବିଧା ହୋଇପାରେ ?"

ଅନେକ ଭାବି ବାପା ମାନଙ୍କ ମନରେ ଏଭଳି ଭ୍ରମ ସୃଷ୍ଟି ହେବା ସ୍ୱାଭାବିକ କଥା ମଧ୍ୟ । କାରଣ ସ୍ତ୍ରୀ ଓ ଶିଶୁର ନିରାପତ୍ତା ସର୍ବୋପରି ।

ହେଲେ ଏଠାରେ ଆଶଙ୍କା ନକରି ବରଂ ଡାକ୍ତରଙ୍କ ପରାମର୍ଶ ପ୍ରତି ଦୃଷ୍ଟି ଦେବା ବିଧେୟ । ସେ କହିଛନ୍ତି ମାନେ ଭୟ କରିବାର ଆଉ କ'ଣ ଅଛି ? ଶିଶୁଟି ଗର୍ଭାଶୟ ମଧ୍ୟରେ ସମ୍ପୂର୍ଣ୍ଣ ନିରାପଦ । ତା ପାଖକୁ ପହଞ୍ଚିବା କାଠିକର ପାଠ । ସମ୍ଭୋଗ କଥା ଶିଶୁ ଆଦୌ ଜାଣିପାରେ ନାହିଁ ଓ ଠିକ୍ ସମୟ ପୂର୍ବରୁ ପ୍ରସବ ହୁଏନାହିଁ ବରଂ ଅଧ୍ୟୟନରୁ ଜଣାପଡ଼ିଛି ଯେ ସମ୍ଭୋଗ କରୁଥିବା ଦମ୍ପତିଙ୍କର ପ୍ରସବ ଠିକ୍ ସମୟରେ ହୋଇଥାଏ ।

ଏହାଫଳରେ ସ୍ତ୍ରୀଙ୍କୁ କୌଣସି ଆଘାତ ଲାଗିବ ନାହିଁ । ବରଂ ଆପଣଙ୍କର ଶାରୀରିକ ଓ ଭାବାତ୍ମକ ଚାହିଦା ପୂରଣ ହେଇପାରିବ । ଉଭୟଙ୍କ ମଧ୍ୟରେ ଆପଣାପଣ ବଜାୟ ରହିବ ବର୍ତ୍ତମାନ ଏହା ଖୁବ୍ ଆବଶ୍ୟକ ମଧ୍ୟ । ଅବଶ୍ୟ ଏହି ପରିପ୍ରେକ୍ଷୀରେ ସତର୍କତା ଅବଲମ୍ବନ କରିବା ନିହାତି ଦରକାର ।

ମନେକର ଆପଣ ଏହି କଥାକୁ ନେଇ ଗୋଳେଇ ଘାଣ୍ଟି ହେଉଥାନ୍ତି, ତେବେ ସଚ୍ଚୋଟ ହେଇ ନିଜର ସ୍ତ୍ରୀଙ୍କୁ ସବୁକଥା କହିଦେବା ଉଚିତ ।

ଗର୍ଭାବସ୍ଥା ସହ ଜଡ଼ିତ ସ୍ୱପ୍ନ

"ମୁଁ ଅଦ୍ଭୁତ ଧରଣର ସ୍ୱପ୍ନ ଦେଖି ଚାଲିଛି, ହେଲେ ମୁଁ ବୁଝି ପାରୁନାହିଁ ଯେ, କ'ଣ କରିବି ?"

ଆଜିକାଲି ଆପଣଙ୍କ ସ୍ୱପ୍ନର ସଂସାର ବାସ୍ତବତା ଠାରୁ ଖୁବ୍ ରୋମାଞ୍ଚକର ହୋଇଯାଇଛି । ଭାବି ମା'ଙ୍କ ଭଳି ଭାବି ବାପା ମାନଙ୍କ ପାଇଁ ମଧ୍ୟ ଏହା ଭାବପ୍ରବଣତାର ବେଳ ଅଟେ । ଏଥିରେ ଭଲମନ୍ଦ, ଶୁଭ ଅଶୁଭ ଘଟଣା ସବୁ ଚଳଚ୍ଚିତ୍ର ପରି ଉଦ୍‌ଭାସିତ ହେଉଅଛି । ତନ୍ମଧ୍ୟରୁ ଅନେକ ଘଟଣା ଆମ ଅବଚେତନ ମନରେ ଅବଦମିତ ହେଇ ରହିଥାଏ ଆଉ ସୁଯୋଗ ପାଇଲାକ୍ଷଣି ସ୍ୱପ୍ନରେ ରୂପାନ୍ତରିତ ହେଇଯାଏ । ହୁଏତ ଆପଣଙ୍କୁ ସମ୍ଭୋଗ ସମ୍ପର୍କିତ ଶିଶୁ ଯୋଗୁଁ ସହବାସ ବାଧାପ୍ରାପ୍ତ ହେବାର ସ୍ୱପ୍ନ ଆସିଥାଇପାରେ ।

ହୁଏତ ଅନ୍ୟ ସ୍ୱପ୍ନରେ ସମଗ୍ର ପରିବାର ଅର୍ଥାତ୍ ଜେଜେ, ଜେଜୀମା, ବାପା-ମା, ସମସ୍ତଙ୍କୁ ଦେଖିପାରନ୍ତି । ନିଜକୁ ଛୁଆ ଭାବରେ ସ୍ୱପ୍ନ ମଧ୍ୟ ଦେଖିପାରନ୍ତି । ଏହିଭଳି ଭାବରେ ସ୍ୱପ୍ନରେ ଅଜବ ଧରଣର କଥା ସବୁ ହେଇପାରେ ।

ଏହା ଆପଣଙ୍କର ହର୍ମୋନ୍ସ

ଅଧ୍ୟୟନରୁ ଜଣାପଡ଼ିଛି ଯେ, ଭାବି ବାପାମାନଙ୍କ ଦେହରେ ମଧ୍ୟ 'ଫିମେଲ ସେକ୍ସ ହର୍ମୋନ' ତିଆରି ହୋଇଥାଏ । ସ୍ତ୍ରୀମାନଙ୍କ ପରି ତାଙ୍କ ଦେହରେ ମଧ୍ୟ ଗର୍ଭାବସ୍ଥାର ଲକ୍ଷଣ ଦେଖାଯାଏ ।

ପ୍ରସବର ୩ ରୁ ୬ ମାସ ମଧ୍ୟରେ ଏହା ସାଧାରଣ ଅବସ୍ଥାକୁ ଫେରିଥାଏ । ତାପରେ ସେକ୍ସ ଜୀବନ ପୁଣି ଆରମ୍ଭ ହେଇ ପୂର୍ବବତ ଚାଲିଥାଏ ଓ ଉଭୟଙ୍କର ସମ୍ଭୋଗ ପ୍ରତି ଆଗ୍ରହ ବଢ଼ିଯାଇଥାଏ ।

ଏହାବ୍ୟତୀତ ଛୁଆକୁ ଧରି ପାର୍କରେ ବୁଲୁଥିବାର ସ୍ୱପ୍ନ ମଧ୍ୟ ଦେଖିପାରନ୍ତି । ହେଲେ ଆପଣ ଏକା ସ୍ୱପ୍ନ ଦେଖୁନାହାନ୍ତି, ବରଂ ଆପଣଙ୍କର ସ୍ତ୍ରୀ ମଧ୍ୟ ନିହାତି ସ୍ୱପ୍ନ ଦେଖୁଥିବେ ହେଲେ, ଉଭୟେ ମିଶି ନିଜ ନିଜର ସ୍ୱପ୍ନ କଥା କହି ଶୁଣେଇଲେ ଖୁବ୍ ମଜା ଲାଗିବ ଓ ସୁସମ୍ପର୍କ ଗଢ଼ିଉଠିବ । ମନେରଖନ୍ତୁ, ସ୍ୱପ୍ନକୁ ବେଶି ଗୁରୁତ୍ୱ ଦିଅନ୍ତୁ ନାହିଁ ।

ଥରକୁ ଥର ମନ ପରିବର୍ତ୍ତନ

"ମୁଁ ଗର୍ଭଧାରଣ ସମୟରେ ଥରକୁ ଥର ମନ ପରିବର୍ତ୍ତନ ହେବା କଥା ପଢ଼ିଥିଲି, ହେଲେ ଏଥିପାଇଁ ମୁଁ ନିଜେ ପ୍ରସ୍ତୁତ ନଥିଲି । ଦିନେ ତାଙ୍କ ମନ ଭଲ ଥାଏ ଅଥଚ ଆର ଦିନକୁ ତାଙ୍କ ମନୋଦଶା ବିଗିଡି ଯାଏ । ମୁଁ ଆଦୌ ବୁଝି ପାରୁନାହିଁ, କ'ଣ କରିବି ?"

ଗର୍ଭାବସ୍ଥା ହର୍ମୋନ୍‌ର ଅଜବ ଦୁନିଆରେ ଆପଣଙ୍କୁ ସ୍ୱାଗତ ! ଏହା ଆପଣଙ୍କ ସ୍ତ୍ରୀଙ୍କ ଗର୍ଭସ୍ଥ ଶିଶୁର ନିର୍ମାଣ ପ୍ରକ୍ରିୟାରେ ସଂଲଗ୍ନ । ଏଗୁଡ଼ିକ ତାଙ୍କ ମନ ମସ୍ତିଷ୍କକୁ ଘେରି ଆୟତ୍ତ କରି ରଖିଛନ୍ତି । ଏଣୁ ସେ ମନହେଲେ କାନ୍ଦି ପାରିବେ, ହସି ପାରିବେ,

ରାଗି ପାରିବେ, ରୁଷି ପାରିବେ, ସ୍ୱପ୍ନରେ ଭାସିପାରିବେ ବା ନିରାଶାର ଭଅଁରରେ ହଜିଯିବେ ମଧ୍ୟ । ଦ୍ୱିତୀୟ ତିନିମାସ ବେଳକୁ ଅବଶ୍ୟ ହର୍ମୋନ ସବୁ ବ୍ୟବସ୍ଥିତ ହେଇଯିବେ, ତଥାପି ଭାବପ୍ରବଣତାର ଜୁଆର ଭଟ୍ଟା ଲାଗିରହିଥିବ । ଏଭଳି ପରିସ୍ଥିତିରେ ବାପା କ'ଣ କରିବେ ?

ଧୈର୍ଯ୍ୟ ଧରନ୍ତୁ: ଗର୍ଭଧାରଣ ନ'ମାସ ମଧ୍ୟରେ ଶେଷ ହେଇଯିବ । ତାପରେ କେବଳ ସୁଖ ଓ ହସଖୁସିର ଜୁଆର ମାଡ଼ି ଆସିବ । ସେ ପର୍ଯ୍ୟନ୍ତ ଆଶାବାଦୀ ହେଇ ଧୈର୍ଯ୍ୟ ରକ୍ଷା କରନ୍ତୁ ।

ବ୍ୟକ୍ତି ଭାବରେ ଗ୍ରହଣ କରନ୍ତୁନି: ତାଙ୍କ ପାଟିତୁଣ୍ଡ ବା ହଇଚଗୋଳକୁ ବ୍ୟକ୍ତିଗତ ଭାବରେ ଗ୍ରହଣ କରନ୍ତୁନି, କାରଣ ଏହା ତାଙ୍କ ଆୟତ୍ତ କଥା ନୁହଁ । ଏସବୁ ହର୍ମୋନ ଯୋଗୁଁ ସଂଘଟିତ ହେଉଚି । ସେ ଚାହିଁଲେ ମଧ୍ୟ କିଛି କରିପାରୁନାହାନ୍ତି ।

ସାହାଯ୍ୟ କରନ୍ତୁ: ହଁ, ତାଙ୍କୁ ସାହାଯ୍ୟ ଦରକାର । ତାଙ୍କ ମନ ପରିବର୍ତ୍ତନ ହେବାକ୍ଷଣି ତାଙ୍କୁ କିଛି ଖାଇବାକୁ ଦିଅନ୍ତୁ । ବ୍ୟାୟାମ କିମ୍ବା ରାତ୍ରିଭୋଜନ ପରେ ବୁଲି ବାହାରନ୍ତୁ । ଭୟ ଓ ଆଶଙ୍କା ବିଷୟରେ କଥାବାର୍ତ୍ତା କରନ୍ତୁ ।

ଘରକାମ: ବିଭିନ୍ନ ଘରକାମ ଆପଣ କରିପାରିବେ, କରନ୍ତୁ । ଏହା ଦେଖି ସେ ଖୁସି ହେବେ ।

ପ୍ରେଗ୍ନେନ୍ସି ସମୟରେ ଆପଣଙ୍କର ମନ

"ତାଙ୍କୁ ପ୍ରେଗ୍ନେନ୍ସି ହେବା ଦିନଠାରୁ ମୋ ମନ ମସ୍ତିଷ୍କ ଠିକ୍ ରହୁନାହିଁ । ମତେ ଜଣାନଥିଲା ଯେ, ଏହି ସମୟରେ ବାପାମାନେ ମଧ୍ୟ ଅବସାଦର ଶିକାର ହେଇଥାନ୍ତି ।

ବାପାମାନଙ୍କୁ ମଧ୍ୟ ଡିପ୍ରେସନ୍‌ର ଶିକାର ହେବାକୁ ପଡ଼େ । ହର୍ମୋନ ଏଥିପାଇଁ ସମ୍ପୂର୍ଣ୍ଣ ଦାୟୀ ନୁହଁ । ତଥାପି ଭୟ, ଆଶଙ୍କା, ଉଦ୍‌ବେଗ ଇତ୍ୟାଦି ଲାଗି ରହିଥାଏ ।

ନିଜର ମନୋଭାବ ବ୍ୟକ୍ତ କରନ୍ତୁ । ପ୍ରତିଦିନ ଆଲୋଚନା କରି ନୂଆ ବାପା ମାନଙ୍କୁ ପଚାରି ବୁଝନ୍ତୁ । ନଚେତ ବହି ପଢ଼ିପାରନ୍ତି । ଅନ୍‌ଲାଇନ ମଧ୍ୟ ।

■ ସାମାନ୍ୟ ୱାର୍କଆଉଟ ଫଳପ୍ରଦ ହୋଇପାରେ । ଆଉ ନିର୍ଗତ ଏଣ୍ଡରଫିନ ଖୁବ୍ ହିତକର ।

■ ଶିଶୁ ଯେହେତୁ ଆସିବାର ଅଛି, ଏଣୁ ତାର ସ୍ୱାଗତ ପାଇଁ ପ୍ରସ୍ତୁତି ଆରମ୍ଭ କରିଦିଅନ୍ତୁ ।

■ ଆଲ୍‌କୋହଲ, ମଦ ତଥା ଅନ୍ୟାନ୍ୟ ନିଶାଦ୍ରବ୍ୟରୁ ଦୂରେଇ ରୁହନ୍ତୁ । ଏହା ସପର୍କକୁ ନଷ୍ଟ କରିଦିଏ ।

■ ଏସବୁ ପରାମର୍ଶ ଗ୍ରହଣ ସତ୍ତ୍ୱେ ମଧ୍ୟ ଅବସାଦ କମ୍ ନହେଲେ ଅନ୍ୟ ଉପାୟ କରନ୍ତୁ, ନଚେତ ଏହା ସମ୍ପର୍କକୁ କ୍ଷୁଣ୍ଣ କରିଦେଇପାରେ ।

ପ୍ରସବ ଓ ଡେଲିଭରିର ଚିନ୍ତା

"ଶିଶୁର ଜନ୍ମକୁ ନେଇ ମୁଁ ଭାରି ଆଗ୍ରହୀ କିନ୍ତୁ ଏଥିପାଇଁ ମୁଁ ମାନସିକ ଚାପଗ୍ରସ୍ତ ମଧ୍ୟ ।"

ଖୁବ୍ କମ୍ ବାପାମାନଙ୍କୁ ମାନସିକ ଚାପ ପଡ଼େନାହିଁ । କିନ୍ତୁ ଶହ ଶହ ଡେଲିଭରି କରୁଥିବା ଡାକ୍ତର ମଧ୍ୟ ନିଜ ଶିଶୁର ଜନ୍ମବେଳେ ଘାବରା ହେଇଯାଇଥାନ୍ତି ।

ହେଲେ ସେସବୁ ବାଧାବିଘ୍ନକୁ ଆୟତ୍ତ କରି ନିଜ ସ୍ତ୍ରୀଙ୍କୁ ପୂରାପୂରି ସାହାଯ୍ୟ ପାଇଁ ପ୍ରସ୍ତୁତ ହେଇଥାନ୍ତୁ । ଫଳରେ ସ୍ତ୍ରୀଙ୍କୁ କୌଣସି ଅସୁବିଧା ହେବନାହିଁ । ଏଥିପାଇଁ ଆପଣଙ୍କୁ ସତର୍କ ହେବାକୁ ପଡ଼ିବ । ବାର୍ଥ ସେଣ୍ଟର ଗଲେ ଖୁବ୍ ଭଲ ।

ଏ ବିଷୟରେ ଆପଣଙ୍କୁ ବହୁତ କିଛି ତଥ୍ୟ ଜାଣିବାକୁ ହେବ, କାରଣ ଏହାବଳରେ ହିଁ ଆପଣ ଭୟ ଓ ଆଶଙ୍କାକୁ ଦୂରୀଭୂତ କରିପାରିବେ । ଇଣ୍ଟରନେଟ୍, ବହି, ଡିଭିଡି ଇତ୍ୟାଦି ବଳରେ ମଧ୍ୟ ତଥ୍ୟ ସଂଗ୍ରହ କରିହେବ । ହସ୍ପିଟାଲ କିମ୍ବା ବାର୍ଥ ସେଣ୍ଟରକୁ କିଛି ସମୟ ପୂର୍ବରୁ ଯାଇ ମଧ୍ୟ ତଥ୍ୟାବଳୀ ସଂଗ୍ରହ କରି ସେଠାକାର ପରିବେଶ କିପରି ଜାଣିହେବ । ନିଜକୁ ବେଶି ମାନସିକ ଚାପଗ୍ରସ୍ତ ଅନୁଭବ କରନ୍ତୁନି । ସେଠାରେ ଆପଣଙ୍କ ବ୍ୟତୀତ ଡାକ୍ତର, ନର୍ସ ଓ ଧାଈମାନେ ମଧ୍ୟ ଥିବେ ଓ ସମ୍ଭାଳି ନେବେ । ଆପଣଙ୍କର ସ୍ତ୍ରୀ ମଧ୍ୟ ଆପଣଙ୍କ କୌଣସି କଥାକୁ ଖରାପ ଭାବିବାର ଅବସ୍ଥାରେ ନଥିବ । ଆପଣଙ୍କ ଉପସ୍ଥିତି ହିଁ ଯଥେଷ୍ଟ । ନିଜର ପରିବାରବର୍ଗଙ୍କୁ ସାଙ୍ଗରେ ନେଇପାରନ୍ତି ।

"ରକ୍ତ ଦେଖିଲା ମାତ୍ରେ ମୋର ଅବସ୍ଥା ସାଂଘାତିକ ହେଇପଡ଼େ । ଡେଲିଭରି ସମୟରେ ଅବସ୍ଥା କଣ ହେବ ?"

ଅଧିକାଂଶ ପିତାମାନେ ଡେଲିଭରି ସମୟରେ ଦିଶୁଥିବା ରକ୍ତ ଦେଖି ଘାବରା ହେଇଯାନ୍ତି । କିନ୍ତୁ ଆଶା କରାଯିବା କଥା ଯେ ଏଥିପ୍ରତି ଦୃଷ୍ଟି ଯିବା କଥା ନୁହଁ । ଜନ୍ମିତ ଶିଶୁକୁ ଦେଖିବାର ଆଗ୍ରହ ଯୋଗୁଁ ଅନ୍ୟ କିଛି ଦେଖାଯିବା କଥା ନୁହଁ ।

ଯଦିସ ରକ୍ତ ଦେଖିଦିଅନ୍ତି, ତେବେ ତା'ପରେ ନିଜ ସ୍ତ୍ରୀଙ୍କ ମୁଖ ଦର୍ଶନ କଲେ ସବୁ ଠିକ୍ ହେଇଯିବ ।

"ମୋର ସ୍ତ୍ରୀଙ୍କ ଡେଲିଭରି ସି-ସେକ୍ସନ ସହାୟତାରେ ହେବାର ଅଛି । ହେଲେ ମତେ ଆଗରୁ କଣ କଣ ଜାଣିବାକୁ ହେବ ?"

ସି-ସେକ୍ସନ ବାବଦରେ ଯେତେ ବେଶି ଜାଣିବେ ସେତେ ଭଲ । ଆପଣଙ୍କ ପ୍ରତିକ୍ରିୟା ଫଳପ୍ରଦ ହେବ, ନିଜେ ଡରିଗଲେ ତାଙ୍କୁ ସାହସ ବା ଧୈର୍ଯ୍ୟ କିଏ ଦେବ ? ଏଣୁ ଉଭୟେ ମିଶି ଡାକ୍ତରଙ୍କ ପାଖକୁ ଯାଇ ଏସବୁ ବିଷୟରେ ଜାଣିଲେ ଭଲ । ମାନସିକ ଚାପ କମେଇବାର ଏହା ହିଁ ପ୍ରକୃଷ୍ଟ ଉପାୟ ।

ଜୀବନର ପରିବର୍ତ୍ତନ ପ୍ରତି ଉତ୍କଣ୍ଠା

"ଅଲଟ୍ରାସାଉଣ୍ଡ ଦେଖିଲା ପରେ ମୁଁ ପୁଅର ଜନ୍ମକୁ ନେଇ ଖୁବ୍ ଆଗ୍ରହୀ, ହେଲେ ମତେ ଏକଥାକୁ ନେଇ ଚିନ୍ତା ଘାରୁଛି ଯେ, ଶିଶୁର ଆଗମନ ପରେ ଆମ ଜୀବନରେ କି କି ପରିବର୍ତ୍ତନ ଦେଖାଦେଇପାରେ ?"

ଏଥିରେ ତିଳେ ମାତ୍ର ସନ୍ଦେହ ନାହିଁ ଯେ, ଛୋଟ ଛୋଟ ଶିଶୁମାନେ ନିଜ ସାଙ୍ଗରେ ବଡ଼ ବଡ଼ ପରିବର୍ତ୍ତନ ନେଇ ଆସିଥାନ୍ତି । ଏଣୁ ସମସ୍ତ ଭାବି ବାପାମାନେ ଏକଥାକୁ ନେଇ ଚିନ୍ତିତ ହେଇଥାନ୍ତି । ଗର୍ଭାବସ୍ଥାର ପ୍ରକ୍ରିୟା ସାଙ୍ଗକୁ ଏହି ପରିବର୍ତ୍ତନକୁ ଗ୍ରହଣ କରିନେଇଥାନ୍ତି । ଆସ୍ତେ ଆସ୍ତେ ଜୀବନର ବାସ୍ତବତାକୁ ଜାଣି ନିମ୍ନ ବିଷୟରେ ଚିନ୍ତା କରିଥାନ୍ତି ।

ମୁଁ କ'ଣ ଉତ୍ତମ ବାପାଟିଏ ହେଇ ପାରିବିକି ?

ଏହି ଆଶଙ୍କାକୁ ଦୂରେଇ ନିଜ ମଧ୍ୟରେ ଆତ୍ମବିଶ୍ୱାସ ସୃଷ୍ଟି କରିବାକୁ ହେବ ଯେ, ମୋ ଠାରୁ ଭଲ ବାପା ଆଉ କେହି ହେଇପାରିବେ ନାହିଁ ।

କ'ଣ ସମ୍ପର୍କରେ ପରିବର୍ତ୍ତନ ଆସିବ କି ?

ପ୍ରତ୍ୟେକ ନୂତନ ବାପା-ମାଙ୍କ ସମ୍ପର୍କରେ ପରିବର୍ତ୍ତନ ଆସିବା ସାଧାରଣ କଥା । ସମସ୍ତେ ପ୍ରସବ ପରର ବ୍ୟସ୍ତତା ଓ ଅସୁବିଧାର ସମ୍ମୁଖୀନ ହେଇଥାନ୍ତି । ଶିଶୁଟିଏ ଘରେ ପାଦ ଦେଲା ପରେ ରୋମାନ୍ସ କଥା ଭୁଲି ଛୁଆର ଚାହିଦା ପୂରଣ ସକାଶେ ତତ୍ପର ହେବାକୁ ପଡ଼ିଥାଏ । ଯେତେବେଳେ ଶିଶୁର ଖାଦ୍ୟପେୟ ଗାଧୋଇବା, ଶୁଏଇବା ବ୍ୟତୀତ ଆଉ କିଛି ଚିନ୍ତା ମୁଣ୍ଡକୁ ଢୁକେ ନାହିଁ ।

ସାଙ୍ଗରେ ରହନ୍ତୁ

ବାପା ହେଇ ନୂତନ ଜୀବନାରମ୍ଭ କରିବାକୁ ଯାଉଥିଲେ ଶିଶୁ ସାଙ୍ଗରେ ଅଧିକରୁ ଅଧିକ ସମୟ କଟେଇବାକୁ ଚେଷ୍ଟା କରନ୍ତୁ । ସମ୍ଭବ ହେଲେ ଅଫିସରୁ ଛୁଟି ନିଅନ୍ତୁ ନହେଲେ ମଧ୍ୟ ଘରକୁ ଅଫିସର କାମ ଆଣନ୍ତୁ ନାହିଁ । ଓଭରଟାଇମ ନ କରି ଘରର ସମୟତକ ସ୍ତ୍ରୀ ଓ ଛୁଆ ସାଭ୍‌ଗରେ କଟାନ୍ତୁ । ନିଜର ବ୍ୟକ୍ତିଗତ କାମ ଯେତେ ଥିଲେ ମଧ୍ୟ ଛୁଆର ଦାୟିତ୍ୱ ବୁଝିବା ହେଲା ଆପଣଙ୍କ ପ୍ରଥମ କର୍ତ୍ତବ୍ୟ । ଘରକାମ ମଧ୍ୟ ଜରୁରୀ ।

ଶିଶୁ ସାଂଗକୁ ସ୍ତ୍ରୀଙ୍କୁ ମଧ୍ୟ ପ୍ରାଧାନ୍ୟ ଦିଅନ୍ତୁ । ଅଫିସ ଗଲାପରେ ମଧ୍ୟ ତାଙ୍କୁ ମନେ ପକେଇଥାନ୍ତି ବୋଲି ବିଶ୍ୱାସ ଜନ୍ମାନ୍ତୁ । ଅଫିସରୁ ଫୋନ କରି ଔଷଧ ଖାଇବା କଥା ମନେ କପାନ୍ତୁ । ତାଙ୍କୁ ଫୁଲ ବା ଫୁଲ ତୋଡା ଦେଇ 'ସରପ୍ରାଇଜ' ଦିଅନ୍ତୁ।

କିନ୍ତୁ ଥରେ ଦୁହେଁ ମିଶି ରୁଟିନ କରିବସିଲେ ମତଭୋଲ ହୋଇଯିବେ, ସମୟ ଆପେ ଆପେ ବାହାରି ଆସିବ । ଛୁଆଟି ଅନ୍ୟ ପିଲାମାନଙ୍କ ସହିତ ଖେଳିଲେ ବା ରାତିରେ ଶୋଇ ପଡ଼ିଲେ ନିଜ ପାଇଁ ସମୟ ବାହାର କରନ୍ତୁ । ଏହିପରି ଭାବରେ ନିଜ ସମ୍ପର୍କକୁ ସୁଦୃଢ଼, ଅନ୍ତରଙ୍ଗ ଓ ପ୍ରେମପୂର୍ଣ୍ଣ କରିପାରିବେ ।

ଛୁଆଙ୍କ ଭଲମନ୍ଦ ଦାୟିତ୍ୱ: ଛୁଆଙ୍‌କ ଭଲମନ୍ଦ ଦାୟିତ୍ୱ ବୁଝିବା ପାଇଁ ବାପା-ମାମାନେ ଯୁକ୍ତି ତର୍କ ନକରି ବରଂ ନିଜେ ସ୍ୱେଚ୍ଛାକୃତ ଭାବରେ ଆଗଭର ହେବା ବାଞ୍ଛନୀୟ । ପୁନଶ୍ଚ ଠିକଖ ବୁଝାମଣା ସହ ଶିଶୁର ଦାୟିତ୍ୱ ବଣ୍ଟନ କରାଗଲେ ମଧ୍ୟ କିଏ କେଉଁ କାମ କରିବ ଆଗରୁ ସ୍ପଷ୍ଟ ହୋଇ ଗଣ୍ଡଗୋଳର ଆଶଙ୍କା ରହିବ ନାହିଁ ।

କାମ କିପରି ହେବ ?

ଏହା ଆପଣଙ୍‌କର କାର୍ଯ୍ୟନିର୍ଘଣ୍ଟ ଉପରେ ନିର୍ଭର କରେ । ଯଦି ଦୀର୍ଘ ସମୟ ଧରି କାମ କରୁଥାନ୍ତି, ତେବେ ବାପାଙ୍କ ଦାୟିତ୍ୱ ତୁଲେଇବା ପାଇଁ ଶିଶୁର ଭଲ ମନ୍ଦକୁ ପ୍ରାଧାନ୍ୟ ଦେବାକୁ ହେବ । ଏଣୁ ଘର କାମରେ ମଧ୍ୟ ନିୟୋଜିତ ହୁଅନ୍ତୁ । ଘରେ ଅଫିସ କାମ କରନ୍ତୁନି । ଶିଶୁ ଜନ୍ମ ପୂର୍ବରୁ ଓ ହଠାତ୍ ପରେ କୌଣସି ଦୀର୍ଘ ଯାତ୍ରାକୁ ଯାଆନ୍ତୁ ନାହିଁ । ସମ୍ଭବ ହେଲେ ଛୁଆ ଜନ୍ମ ପରେ କିଛି ଦିନ ଛୁଟି ନେଇ ଶିଶୁ କଥା ବୁଝନ୍ତୁ ।

ଜୀବନଶୈଳୀରେ ପରିବର୍ତ୍ତନ ଅଣାଯିବ ?

ଅବଶ୍ୟ ଆପଣଙ୍କର ସାମାଜିକ ଚାଲିଚଳନକୁ ସମ୍ପୂର୍ଣ୍ଣ ଭାବରେ ଚିରବିଦାୟ କରିବାକୁ ହେବନାହିଁ; ହେଲେ ଅଳ୍ପ ବହୁତ ଚୁକ୍ତି କରିବାକୁ ପଡ଼ିବ । ନୂଆ ଶିଶୁଟିଏ ଆସିଲେ ସମସ୍ତଙ୍କ ଦୃଷ୍ଟି ଟାଣିହେଇଆସେ । ଏଣୁ ହୁଏତ ଅସ୍ଥାୟୀ ଭାବରେ ଆପଣଙ୍କୁ ଚିରାଚରିତ ଜୀବନ ଶୈଳୀରୁ ବିଦାୟ ନେବାକୁ ପଡ଼ିପାରେ । କେଣ୍ଡେଲ ଲାଇଟ ଡିନର କିମ୍ବା ମନପସନ୍ଦ ଖେଳ କୌତୁକ ପରିବର୍ତ୍ତେ ଛୁଆର ଚାହିଦା ପୂରଣର ନିୟୋଜିତ ହେବାକୁ ପଡ଼ିପାରେ । ବନ୍ଧୁବର୍ଗ ବୃଦ୍ଧି କରିବାକୁ ହେବ । ତାପରେ ହୁଏତ ପୁରୁଣା ଜୀବନଶୈଳୀକୁ ପୁଣି ଥରେ ଫେରିପାରନ୍ତି ।

କଣ ବଡ଼ ପରିବାରକୁ ମୁଁ ସମ୍ଭାଳି ପାରିବି ?

ଶିଶୁର ବୃଦ୍ଧି ପାଉଥିବା ଖର୍ଚ୍ଚ କଥା ଚିନ୍ତାକରି ଅନେକ ଭାବି ବାପାମାନଙ୍କର ନିଦ ଉଡ଼ିଯାଏ କହିଲେ ଚଳେ । ହେଲେ ଆପଣ ଖର୍ଚ୍ଚ କମ୍ ମଧ୍ୟ କରିପାରିବେ । ଯଥା: ମା ଛୁଆକୁ ନିଜେ ସ୍ତନପାନ କଲେ କ୍ଷୀର ଓବୋତଲର ଖର୍ଚ୍ଚ ବଞ୍ଚିଯିବ । ନିଜର ବନ୍ଧୁ ବାନ୍ଧବ, ଶିଶୁର କାକା ମାମୁଁ ମାନେ ଆଣିଥିବା ଲୁଗାପଟା ଇତ୍ୟାଦିରେ କାମ ଚଳେଇ ନିଅନ୍ତୁ । ବେଶି ଅର୍ଥ ପଛରେ ନ ଦୌଡ଼ି ବରଂ କମ୍ ଖର୍ଚ୍ଚ୍‌ରେ ଶିଶୁଭ୍‌କୁ ବାପାର ସ୍ନେହ ଦିଅନ୍ତୁ । ଏହା ହିଁ ପ୍ରକୃତ ପିତୃତ୍ୱ ।

ସବୁଠୁ ଭଲ କଥା ହେଲା ଶିଶୁ ବିଷୟରେ

ଭାବିବା ଥରେ ଆରମ୍ଭ କରିଦେଲେ ଜୀବନର ପରିବର୍ତ୍ତନ କଥା ଆପେ ଆପେ ଚାଲିଆସିବ ।

ବାପାଙ୍କ ମନର ଆଶଙ୍କା

"ମୁଁ ଜଣେ ଭଲ ବାପା ହେବାକୁ ଚାହେଁ, କିନ୍ତୁ ମୁଁ କେବେ କାହାର ନବଜାତ ଶିଶୁକୁ ଧରାଧରି କରିନାହିଁ; ଏଣୁ ମନରେ ସନ୍ଦେହ ଓ ଆଶଙ୍କା ଜନ୍ମିଛି ଯେ, ସତରେ ମୁଁ ପାରିବି ନା ନାହିଁ ?"

ଜନ୍ମରୁ କେହି ବାପା-ମା ହୁଅନ୍ତି ନାହିଁ । ଶିଶୁ ଜନ୍ମ ହେଲା ପରେ ହିଁ ମନରେ ପିତୃତ୍ୱର ଭାବ ସୃଷ୍ଟି ହେଇଥାଏ । ପ୍ରଥମ ରାତିରେ ତା'ସହିତ ଅନିଦ୍ରା ହେବା, ତାକୁ ଗାଧେଇବା, ଧରିବା ଇତ୍ୟାଦି କାମ ହୁଏତ ଆହ୍ୱାନମୂଳକ ହେଇପାରେ; କିନ୍ତୁ କ୍ରମେ କ୍ରମେ ଏହା ସହଜ ଓ ସରଳ ମନେହେବ । ସାମାନ୍ୟ କେଇ ରାତିର ଅନିଦ୍ରା, ପରିଶ୍ରମ ଓ ନିଷ୍ଠା ବଳରେ ଆପଣ ଭଲ ବାପାଟିଏ ହେଇପାରିବେ । ଅବଶ୍ୟ ଏହାର ତାଲିକ ନେବା ସମ୍ଭବ ନୁହଁ । ପ୍ରଯତ୍ନ ଓ ପ୍ରମାଦ ଶୈଳୀରେ ସବୁ ଶିଖିବାକୁ ହେଇଥାଏ । ଅବଶ୍ୟ ଆଗରୁ କିଛି କିଛି ଜଣାଥିଲେ ସୁବିଧା ହେବ ।

ଏଣୁ ଜଣେ ପରିଚିତ ବାପାଙ୍କ ସହ ମିଶି ଏସବୁ ବିଷୟରେ ଜାଣନ୍ତୁ; ତାଙ୍କ ଛୁଆଙ୍କୁ ଧରାଧରି, ଗେଲବସର କରି ଖୁଏଇବାକୁ ଚେଷ୍ଟା କଲେ, ହୁଏତ ମନରୁ ଆଶଙ୍କା ଉଭେଇଯିବ ।

ସ୍ତନପାନ

"ମୋ ସ୍ତ୍ରୀ ଛୁଆଟିକୁ ସ୍ତନପାନ କରେଇବ ବୋଲି ଭାବୁଛି, ଅବଶ୍ୟ ଏହା ଭଲ କଥା କିନ୍ତୁ ମୁଁ ଟିକେ ବ୍ୟତିବ୍ୟସ୍ତ ହେଉଛି ?"

ଅବଶ୍ୟ ଆଜି ପର୍ଯ୍ୟନ୍ତ ସ୍ତ୍ରୀଙ୍କର ବକ୍ଷୋଜ ଗୁଡ଼ିକ ଆପଣଙ୍କର ସହବାସର ଅଙ୍ଗବିଶେଷ ହେଇଥିଲେ; କିନ୍ତୁ ଏହା ଏକ ପ୍ରାକୃତିକ ପଦ୍ଧତି ମଧ୍ୟ । କେବଳ ଏହା ସୌନ୍ଦର୍ଯ୍ୟ ଓ କାମ ବସନାର ମାଧ୍ୟମ ନୁହଁ ବରଂ ଶିଶୁର କ୍ଷୁଧା ନିବାରଣର ଏକ ପ୍ରକୃଷ୍ଟ ଅଂଗବିଶେଷ ମଧ୍ୟ ।

ମା'ର କ୍ଷୀର ଶିଶୁ ପାଇଁ ଅମୃତତୁଲ୍ୟ । ଏହା ବଳରେ ଶିଶୁର ସ୍ୱାସ୍ଥ୍ୟ ସୁସ୍ଥ ରହେ ଓ ମସ୍ତିଷ୍କର ତୀବ୍ର ବିକାଶ ହୁଏ । ମା' ମଧ୍ୟ ପ୍ରସବ ପରେ ନିଜ ଦୃଢ଼ ସୌନ୍ଦର୍ଯ୍ୟ ଫେରିପାଇଥାନ୍ତି । ଆଉ ସ୍ତନ କ୍ୟାନ୍ସର ଭଳି ରୋଗରୁ ଦୂରେଇ ରୁହନ୍ତି ।

ନିଃସନ୍ଦେହ ସ୍ତନପାନ ଯୋଗୁଁ ଆପଣଙ୍କ ଶିଶୁ ଓ ସ୍ତ୍ରୀଙ୍କର ଜୀବନରେ ଅନେକ ପରିବର୍ତ୍ତନ ସଂଘଟିତ ହେଇପାରେ । ଏଥିରେ ଆପଣ ମଧ୍ୟ ଏକମତ ହେବା ବାଞ୍ଛନୀୟ । ଅଧ୍ୟୟନରୁ ଜ୍ଞାତ ଯେ, ଯେଉଁମାନେ ସ୍ତନପାନ କରାନ୍ତି, ସେମାନଙ୍କ ପାଇଁ ଏହି ପ୍ରକ୍ରିୟା ଖୁବ୍ ସହଜ ଓ ସରଳ ହେଇଥାଏ । ଏ ସମ୍ପର୍କରେ ଆପଣ ମଧ୍ୟ ଜାଣିରଖନ୍ତୁ । ଶିଶୁ ଓ ସ୍ତ୍ରୀଙ୍କୁ ଏ କ୍ଷେତ୍ରରେ ସାହାଯ୍ୟ କରନ୍ତୁ ।

"ମୋର ସ୍ତ୍ରୀ ଛୁଆକୁ ସ୍ତନପାନ କରାଇଥାଏ । ମା' ଓ ଶିଶୁ ମଧ୍ୟରେ ଯେଉଁ ଅନ୍ତରଙ୍ଗ ସମ୍ପର୍କ ଅଛି, ତନ୍ମଧ୍ୟରେ ମୁଁ ସାମିଲ ହେଇନପାରିବାରୁ ଏକଲାପଣ ଭଳି ମତେ ମନେହୁଏ ।"

ହୁଏତ ଆପଣ ଛୁଆକୁ ଗର୍ଭଧାରଣ କରି ପାରିବେ ନାହିଁ, ଜନ୍ମ କରିପାରିବେ ନାହିଁ, ସ୍ତନପାନ ମଧ୍ୟ କରେଇ ପାରିବେ ନାହିଁ; ଏହା ସତ୍ତ୍ୱେ ମଧ୍ୟ ଆପଣ ତାର ବାପା ଅଟନ୍ତି । ତାର ଛୋଟ ବଡ଼ ହସଖୁସିରେ ସାମିଲ ହେଇ କିମ୍ବା ସ୍ତ୍ରୀଙ୍କ ଗର୍ଭଧାରଣ, ପ୍ରସବ ଓ ଡେଲିଭରିରେ ସାହାଯ୍ୟ ଓ ସହାନୁଭୂତି ଦର୍ଶାଇ ଭଲ ବାପାଟିଏ ହେଇପାରିବେ । ଏହା ହିଁ ଯଥେଷ୍ଟ ।

ଶିଶୁ ସ୍ତନପାନ କଲାବେଳେ: ହୁଏତ ଶିଶୁଟି ମା'ର ସ୍ତନପାନ କରୁଥିଲେ କୌଣସି ସାହାଯ୍ୟ ଆପଣ କରିନପାରନ୍ତି, ହେଲେ ବୋତଲ କ୍ଷୀର ଦେବାରେ, କୋଳରେ ଧରି ବୁଲାବୁଲି କରିବାରେ ବା ଅନ୍ୟ କୌଣସି ପ୍ରକାରେ ନିହାତି ଭାବରେ ସାହାଯ୍ୟ କରିପାରିବେ ।

ଶିଶୁ ଖାଇବା ପୂର୍ବରୁ ନିଜେ ଶୁଅନ୍ତୁ ନାହିଁ: ଅବଶ୍ୟ ଆପଣ ନିଜେ ସ୍ତନପାନ କରେଇ ପାରିବେ ନାହିଁ; ହେଲେ ଅନ୍ତତଃ ରାତିରେ ତା' କ୍ଷୀର ପିଉଥିବାବେଳେ ତାକୁ ଦେଖି ଚେତା ତ ଥାଇପାରିବେ । ତା' ଜାମା ଓଦାହେଲେ ପାଲଟି ଦେବେ ଓ ସେ ଶୋଇପଡ଼ିଲେ ତା' ପାଲିଙ୍କିରେ ନେଇ ଶୁଏଇ ଦେବେ ।

ଅନ୍ୟକାମରେ ସାହାଯ୍ୟ: ଆପଣ ଶିଶୁର ଗାଧୁଆ, ପାଧୁଆ, ଧୁଆ, ଧୋଇ, ଶୁଏଇବା, ଖୁଏଇବା ଇତ୍ୟାଦି କାମରେ ନିହାତି ସାହାଯ୍ୟ କରିପାରିବେ ।

ସମ୍ପର୍କ

"ମୁଁ ମୋ ଝିଅକୁ ନେଇ ଭାରି ଆଶାୟୀ, ମୋର ମନେହୁଏ ମୁଁ ତା' ପ୍ରତି ଅବଶ୍ୟକରୁ ଅଧିକ ଦୃଷ୍ଟି ଦେଉଛି ।"

ଜୀବନରେ ପ୍ରେମ ଓ ସ୍ନେହ କେବେ ଅଧିକ ହେଇନପାରେ । ଆପଣ ଶିଶୁ ସହ ଯେତେ ଅଧିକ ସମୟ କଟେଇବେ, ଦୁହିଁଙ୍କର ସମ୍ପର୍କ ସେତେ ଘନିଷ୍ଠ ଓ ଦୃଢ଼ତର ହେବ ।

ଭାବାନ୍ତର ସୃଷ୍ଟି ହେବା

ଅବଶ୍ୟ ଜୀବନରେ ଏକ ବିରାଟ ପରିବର୍ତ୍ତନ ଆସିଛି । ଜଣେ ସାମାନ୍ୟ କୁନି ଶିଶୁ ଆପଣ ଦୁହିଁଙ୍କର ଜୀବନର ଧାରାକୁ ବଦଳାଇ ଦେଇପାରିଛି । ଏଣୁ ବର୍ତ୍ତମାନ ଧୈର୍ଯ୍ୟହରା ହେଲେ କାମ ଚଳିବନି । ଏ ପରିବର୍ତ୍ତନ ଅବଶ୍ୟମ୍ଭାବୀ । ଅବସାଦରୁ ଉପରକୁ ଉଠି ଶିଶୁ ସହିତ ମିଶି ସମୟ କଟାନ୍ତୁ, ଗୀତ ବୋଲନ୍ତୁ, ହସ କଉତୁକ କରନ୍ତୁ । ସବୁ କଠିନ ସମୟ ଭଳି ଏ ସମୟ ମଧ୍ୟ ଗଡ଼ିଯିବ ଓ ଆପଣ ସବୁ ପରିସ୍ଥିତିର ମୁକାବିଲା କରିପାରିବେ ।

ଅଧ୍ୟୟନରୁ ଜଣାପଡ଼ିଛି ଯେ, ବାପାଙ୍କର ଝିଅ ପ୍ରତି ସ୍ନେହ ଅଧିକା ଥାଏ ଓ ମା'ର ପୁଅ ପ୍ରତି । ମା'ର ମମତ୍ୱ ଓ ପିତାର ପିତୃତ୍ୱ ସାଙ୍ଗକୁ ସ୍ୱାମୀ ସ୍ତ୍ରୀ ଉଭୟେ ନିଜର ସମ୍ପର୍କ ସୁଦୃଢ଼ ରଖନ୍ତୁ । ଏଣୁ ଆପଣ ମଧ୍ୟ ସ୍ତ୍ରୀଙ୍କୁ ଭଲ ପାଉଥାନ୍ତୁ ।

"ଛୁଆ ଜନ୍ମ ହେବାର ଚାରିଦିନ ପରେ ତା'ର ପ୍ରତି ମୋର ସ୍ନେହ ଜାଗ୍ରତ ହେଇଥିଲା । ହେଲେ ବାସ୍ତବିକ ପ୍ରଗାଢ଼ତା ଏପର୍ଯ୍ୟନ୍ତ ସୃଷ୍ଟି ହେଇପାରିନାହିଁ ।

ଅବଶ୍ୟ ଛୁଆକୁ କୋଳରେ ଧରିଲା ମାତ୍ରେ ସମ୍ପର୍କଟି ଗଢ଼ି ଉଠିଥିଲା । ଏହା ହିଁ ଅୟମାରମ୍ଭ । ସମୟ ଗଡ଼ିବା ସାଙ୍ଗକୁ ସମ୍ପର୍କଟି ସୁଦୃଢ଼ ହେବ । ତାକୁ କୋଳରେ ଧରି ଗାଧେଇବା, ଜାମା ପିନ୍ଧେଇବା, ଶୁଏଇବା, ଖୁଏଇବା ଫଳରେ ସମ୍ପର୍କଟି ବଢ଼ି ବଢ଼ି ଆହୁରି ବେଶି ଦୃଢ଼ତର ହେବ । ତାକୁ ନିଜ ଦେହର ସ୍ପର୍ଶ ଦିଅନ୍ତୁ, ପ୍ରଥମେ ପ୍ରଥମେ ନିଜେ ହସି, କଥା କୁହନ୍ତୁ । ଦେଖିବେ କିଛିଦିନ ମଧ୍ୟରେ ସେ ମଧ୍ୟ ପ୍ରତିକ୍ରିୟା ପ୍ରକାଶ କରିବ ।

ନିଜ ସ୍ତ୍ରୀ ଘରର ସବୁ କାମ କରୁଥିଲେ ନିଜେ ମଧ୍ୟ ସାହାଯ୍ୟ କରି କାମଟାକୁ ସହଜରେ ସାରିଦିଅନ୍ତୁ । ସ୍ତ୍ରୀ ଯଦି ପଦାକୁ (ଅଫିସ) ଯିବାର ଥିଲେ ନିଜେ ଶିଶୁ ସହ ସମୟ କଟାନ୍ତୁ । ନିଜେ ଯାଉଥିଲେ ସାଙ୍ଗରେ ବୁଲେଇ ନିଅନ୍ତୁ ।

ଡେଲିଭରି ଉତ୍ତାରେ

"ମୋ ଶିଶୁର ଡେଲିଭରି ଖୁବ୍ କଷ୍ଟପ୍ରଦ ଥିଲା । ବୋଧହୁଏ, ଏଇଥିପାଇଁ ସମ୍ଭୋଗରେ ମୋର ଆଗ୍ରହ କମିଯାଇଛି ?"

ମଣିଷର ସମ୍ଭୋଗ ପ୍ରତି ଇଚ୍ଛା ଖୁବ୍ ସୂକ୍ଷ୍ମ ବିଷୟ ହେଇଥାଏ । ହୁଏତ ସେତେବେଳେ ଶିଶୁର ପ୍ରସବ ଦେଖିବା ଯୋଗୁଁ

ପ୍ରସବ ପରେ ସମ୍ଭୋଗ

ହୁଏତ ଡାକ୍ତର ସମ୍ଭୋଗ ପାଇଁ ତାଙ୍କର ଅନୁମତି ଦେଇଥାଇପାରନ୍ତି, ହେଲେ ଏପର୍ଯ୍ୟନ୍ତ ସ୍ତ୍ରୀଙ୍କର ଦେହ ମନ ଉପଯୁକ୍ତ ହୋଇନାହିଁ । ସେ ନଚାହିଁଲା ପର୍ଯ୍ୟନ୍ତ ବାଧ୍ୟ କରନ୍ତୁ ନାହିଁ । ସେ 'ହଁ' କଲେ ମଧ୍ୟ ବୁଝିବିଚାରି ମନକଥା ଜାଣିଲା ପରେ କରନ୍ତୁ । ତାଙ୍କର ସବୁତକ ସୁବିଧା ଅସୁବିଧା, ଭଲମନ୍ଦ କଥା ଜାଣି ଉପଯୁକ୍ତ ପଦକ୍ଷେପ ନିଅନ୍ତି, ତେବେ ପ୍ରକୃତରେ ତାହା ପ୍ରଶଂସନୀୟ ହେବ ।

ଆପଣଙ୍କ ମନରେ ସମ୍ଭୋଗ ପ୍ରତି ବିତୃଷ୍ଣା ଭାବ ସୃଷ୍ଟି ହୋଇପାରେ । ହୁଏତ ଆପଣ କ୍ଳାନ୍ତ ହୋଇପଡ଼ିଥିବେ ବା ଶିଶୁ ଚେଇଁ ଉଠିବାର ଭୟ ଥିବ, ସ୍ତ୍ରୀଙ୍କୁ କଷ୍ଟ ହେବାର ଆଶଙ୍କା ମଧ୍ୟ ଥାଇପାରେ ବା ଶିଶୁର ମଙ୍ଗଳ ପାଇଁ ଭଲ କାର୍ଯ୍ୟ କରିବାର ଉତ୍ସାହ ଥାଇପାରେ । ସ୍ୱଭାବତଃ ସେକ୍ସ ପ୍ରତି ଇଚ୍ଛା ହ୍ରାସ ପାଇପାରେ ଇତ୍ୟାଦି ।

ଅନ୍ୟ ଶବ୍ଦରେ କୁହାଗଲେ ସ୍ତ୍ରୀଙ୍କର ଶାରୀରିକ ଓ ମାନସିକ ପ୍ରସ୍ତୁତ ନଥିବାରୁ ମଧ୍ୟ ଆପଣଙ୍କ ଇଚ୍ଛା କମିଥାଇପାରେ । ଦୁହେଁ କେବେ ପ୍ରସ୍ତୁତ ହେବେ, ଏହା କହିବା ମୁସ୍କିଲ । ଏହା ପରିସ୍ଥିତି ଉପରେ ସମ୍ପୂର୍ଣ୍ଣ ନିର୍ଭରଶୀଳ ।

ିତିମଧ୍ୟରେ ଭାବର ଆଦାନ ପ୍ରଦାନ ହେଉଥିବା ବିଧେୟ । ସ୍ତ୍ରୀ ମନେକର ସହବାସ ପ୍ରତି ଅନାଗ୍ରହ ପ୍ରକାଶ କରନ୍ତି, ତେବେ ତାଙ୍କୁ 'ସୁନ୍ଦରୀ ଓ ସେକ୍ସି' ବୋଲି କହିପାରନ୍ତି । ଶିଶୁ ଶୋଇପଡ଼ିଲେ ସୁଗନ୍ଧିତ ଦ୍ରବ୍ୟ, ଅତର ଲଗା ଧୂପକାଠି ଓ ମହମବତୀ ଜଳାଇଲେ ହୁଏ,ତ, ଶିଶୁର ଝାଡା ପରିସ୍ରାର ଗନ୍ଧ ଦୂରେଇ ଯିବ ।

ମଧୁର ଗୀତସଂଗୀତ ଶୁଣି ଅଳ୍ପ ରୋମାଣ୍ଟିକ ହେଲେ କ୍ଷତି କ'ଣ ?

"ମୋର ସ୍ତ୍ରୀ ଆଜିକାଲି ଯେହେତୁ ଶିଶୁକୁ ସ୍ତନପାନ କରାଉଛନ୍ତି; ଏଣୁକରି ମତେ ଆଗପରି ତାଙ୍କର ବକ୍ଷୋଜ ଗୁଡ଼ିକ ସେକ୍ସି ବା ଆକର୍ଷକ ମନେହେଉନାହିଁ ।

ବର୍ତ୍ତମାନ ବକ୍ଷୋଜ ଗୁଡ଼ିକ ଅନ୍ୟ କାର୍ଯ୍ୟରେ ବିନିଯୁକ୍ତ ଅର୍ଥାତ୍ ଶିଶୁର ସ୍ତନପାନ କାର୍ଯ୍ୟରେ ସକ୍ରିୟ । ଅନେକ ଦମ୍ପତ୍ତି ଏଭଳି ଦୃଶ୍ୟକୁ ସେକ୍ସି ମନେକରିବାରେ ବାଧା ସୃଷ୍ଟି ହୋଇଥାଏ । ସେମାନେ ଜାଣି ଜାଣି ଶିଶୁର ଖାଦ୍ୟସ୍ରୋତକୁ ଦଳିମକଚି ନଷ୍ଟ କରିବାକୁ ଚାହାନ୍ତି ନାହିଁ ।

ଅବଶ୍ୟ ଏସବୁ ଚିନ୍ତାଧାରା ସ୍ୱାଭାବିକ ଓ ସାଧାରଣ କଥା । ଯଦି ଏଭଳି ହୁଏ ତେବେ ସ୍ତ୍ରୀଙ୍କୁ ସ୍ପଷ୍ଟ କହି ଦିଅନ୍ତୁ ଓ ଅନ୍ୟ ଅଙ୍ଗ ପ୍ରତି ଆସକ୍ତ ହୁଅନ୍ତୁ । ଅଯତା ଛୁଆ ଉପରେ ରାଗନ୍ତୁ ନାହିଁ । ଏଥିପାଇଁ ହୁଏତ ଆହୁରି କିଛି ସମୟ ଅପେକ୍ଷା କରିବାକୁ ହେବ କିନ୍ତୁ ସେହି ଛୁଆଟି ମଧ୍ୟ ଆପଣଙ୍କ ଔରସରୁ ଜାତ ବୋଲି ଗଣ୍ୟ ହେବ ।

ମନକଥା ବୁଝନ୍ତୁ

ମନେକର ନୂତନ ମା' କାର୍ଯ୍ୟବ୍ୟସ୍ତ ଯୋଗୁଁ ନିଜର ଖାଦ୍ୟପେୟ ବା ଶୋଇବା ପ୍ରତି ଦୃଷ୍ଟି ଦେଇନପାରନ୍ତି, ତେବେ ତାଙ୍କୁ ସାହାଯ୍ୟ କରିବା ଉଚିତ । ତାଙ୍କ ମନକଥା ବୁଝିବାକୁ ଚେଷ୍ଟା କରନ୍ତୁ ଓ ଅବସାଦ ଗ୍ରସ୍ତ ଥିଲେ, ତାଙ୍କ ପ୍ରତି ବିଶେଷ ଦୃଷ୍ଟି ଦେଇ ଡାକ୍ତରଙ୍କ ପରାମର୍ଶ କ୍ରମେ ଚିକିତ୍ସା କରାନ୍ତୁ । ସେ ସମ୍ପୂର୍ଣ୍ଣ ସୁସ୍ଥ ହୋଇ ଆରାମ ପାଇଲେ ମନେ ମନେ ନିହାତି ଆପଣଙ୍କୁ କୃତଜ୍ଞତା ଜଣାଇବେ ।

ଅଜା ଆଇଙ୍କର କଥା

"ମୁଁ ଓ ମୋର ସ୍ତ୍ରୀ ଏକଥାକୁ ନେଇ ଯୁକ୍ତିତର୍କ କରୁଥାଉ ଯେ, ଶିଶୁର ଜନ୍ମ ପରେ ତା'ର ଯତ୍ନ ନେବାପାଇଁ ଅଜା-ଆଇଙ୍କୁ ଡକାଯିବା ଉଚିତ ନା ନାହିଁ ?"

ଛୁଆ ଜନ୍ମ ପରେ ଯଦି କୌଣସି ବୃଦ୍ଧ ବା ବୃଦ୍ଧାଙ୍କର ଦିଗ୍‌ଦର୍ଶନ ମିଳିଯାଏ, ତେବେ ଖୁବ୍ ଭଲ କଥା । ଆପଣ ଅନେକ ସମସ୍ୟାରୁ ରକ୍ଷା ପାଇଯିବେ । ସେମାନେ ଘରକାମ ପ୍ରତି ମଧ୍ୟ ଦୃଷ୍ଟି ଦେବେ ତ ଖୁବ୍ ଗୁରୁତ୍ୱପୂର୍ଣ୍ଣ କଥା ସବୁ କହି ଶୁଣେଇବେ; ଏହା ଅନ୍ୟତ୍ର ଶୁଣି ନଥିବେ କହିଲେ ଚଳେ । ତା'ପରେ ହୁଏତ ଆପଣ ନିଜ ଇଚ୍ଛାନୁସାରେ ଶିଶୁର ପାଳନ କରି ନପାରନ୍ତି, ତଥାପି ହିତକର ହେବ । ସେମାନଙ୍କ କଥାନୁସାରେ ଚଳିବାକୁ ହେବ; ଭୁଲ କରାଯିବ ନାହିଁ । କାର୍ଯ୍ୟାଧିକ୍ୟ ଯୋଗୁଁ ହୁଏତ କ୍ଳାନ୍ତି, ଅବସାଦ, ଗୋପନୀୟତା ଓ ଅତିରିକ୍ତ ଭାର ବହନ କରିବାକୁ ପଡ଼ିପାରେ । ଯଦି ସେମାନେ ବେଶି ଦୂରରେ ରହନ୍ତି, ତେବେ ପାଖକୁ ଡାକି କିଛିଦିନ ମିଳାମିଶା କଲେ କ୍ଷତି କ'ଣ ?

ଯଦି ସେମାନେ ସ୍ଥାନୀୟ ହେଇଥାନ୍ତି, ତେବେ ଦିନକୁ କିଛି ଘଣ୍ଟା ଆସି ଶିଶୁର ଯତ୍ନନେଇ ଏକା ସାଙ୍ଗରେ କିଛି ସମୟ କଟେଇଲେ ହୁଏତ ଆପଣ ଦୁହେଁ ମଧ୍ୟ କିଛି ସମୟ ପାଇଁ ବୁଲାବୁଲି ବା ସିନେମା ଦେଖି ଯାଇପାରିବେ ।

ଅବଶ୍ୟ ଜେଜେ, ଜେଜୀମା, ଅଜା ଆଇ... ଏମାନଙ୍କୁ ନିଜ ସାଙ୍ଗରେ ରଖିବା କିମ୍ବା ନ ରଖିବାର ନିଷ୍ପତ୍ତି ଆପଣ ନିଜେ କରିପାରିବେ । କାରଣ ଏହା ସମ୍ପୂର୍ଣ୍ଣ ଭାବରେ ଆପଣଙ୍କ ବ୍ୟକ୍ତିଗତ ପରିସ୍ଥିତି ଓ ପରିବାର ଉପରେ ନିର୍ଭର କରେ । ଅବଶ୍ୟ ସମସ୍ତଙ୍କ ସହ ମଦୁର ସମ୍ପର୍କ ରହିବା ହିଁ ଖୁବ୍ ଗୁରୁତ୍ୱପୂର୍ଣ୍ଣ କଥା କହିଲେ ଚଳେ ।

■ ■ ■

ଷଷ୍ଠ ଭାଗ

ଗର୍ଭଧାରଣ ଓ ଆପଣଙ୍କର ସ୍ୱାସ୍ଥ୍ୟ

ମନେକର ଆପଣ ବେମାର ପଡ଼ନ୍ତି

ହୁଏତ ଆପଣଙ୍କୁ ଗର୍ଭାବସ୍ଥାଜନିତ କଷ୍ଟପ୍ରଦ ଲକ୍ଷଣ, ଯଥା: ଅଜୀର୍ଣ୍ଣ, ବାନ୍ତି, ଗୋଡ଼ରେ ଯନ୍ତ୍ରଣା ଓ କ୍ଲାନ୍ତି ଆଦିର ସମ୍ମୁଖୀନ ହେବାକୁ ପଡ଼ିପାରେ । ଯଦି, କାଶରେ ପୀଡ଼ିତ ହେଇପାରନ୍ତି, କାରଣ ସଂକ୍ରମଣର ଆଶଙ୍କା ଅଧିକ ଥାଏ । ଆପଣଙ୍କ ରୋଗ ପ୍ରତିରୋଧକ ଶକ୍ତି, ଅପେକ୍ଷାକୃତ ଦୁର୍ବଳ ହେଇଥାଏ । ପୁନଶ୍ଚ ଦ୍ୱିତୀୟ କଥା ହେଲା, ଦୁଇଟି ଶିଶୁ ସହିତ ବେମାର ପଡ଼ିଲେ ହୁଏତ ବେଶି କଷ୍ଟ ଲାଗିପାରେ । ଏପର୍ଯ୍ୟନ୍ତ ଯେଉଁ ଚିକିତ୍ସା କରିଆସୁଥିଲେ ସେଗୁଡ଼ିକୁ ଆଲମାରୀରେ ରଖିବାକୁ ହେବ ।

ଅବଶ୍ୟ ଏସବୁ ଛୋଟ ଧରଣର ଦୁଃଖକଷ୍ଟ ଆପଣଙ୍କ ଗର୍ଭଧାରଣରେ କୁପ୍ରଭାବ ପକାଇ ସମସ୍ୟା ସୃଷ୍ଟି କରିବ ନାହିଁ, ତଥାପି ଚିକିତ୍ସା ଅପେକ୍ଷା ରୋଗରୁ ଦୂରେଇ ରହିବା ଭଲ । ତଥାପି କୌଣସି କାରଣବଶତଃ ଆକ୍ରାନ୍ତ ହେଲେ ଅତୀଘ୍ର ଡାକ୍ତରଙ୍କୁ ପରାମର୍ଶ କରି ଚିକିତ୍ସିତ ହେଇପାରିବେ ।

ଆପଣ କ'ଣ ଭାବୁଥାଇ ପାରନ୍ତି ?

ଥଣ୍ଡା-କାଶ

"ଛିଙ୍କ ସାଙ୍ଗକୁ ମତେ କାଶ ହେଉଛି । ମୋ ମୁଣ୍ଡବ୍ୟଥା ଯୋଗୁଁ ମୁଣ୍ଡଟି ଫାଟିଗଲା ପରି ମନେହେଉଛି । ହେଲେ ମୋ ଶିଶୁ ଉପରେ ମଧ୍ୟ ଏହାର ପ୍ରଭାବ ପଡ଼ିବ କି?"

ଗର୍ଭାବସ୍ଥାରେ ରୋଗ ପ୍ରତିରୋଧକ ଶକ୍ତି କ୍ଷୀଣ ହେବାରୁ ସାଧାରଣତଃ ଥଣ୍ଡା କାଶ ହେଇଯାଏ । ହେଲେ ଖୁସିର କଥା ହେଲା ଏହା କେବଳ ଆପଣଙ୍କଠାରେ ଦେଖାଦେବ । ଶିଶୁ ଉପରେ କୌଣସି ପ୍ରଭାବ ପଡ଼ିବ ନାହିଁ । ହେଲେ ଆପଣ ଖାଉଥିବା ଔଷଧ ପ୍ରତି ଦୃଷ୍ଟି ଦେବାକୁ ହେବ ବରଂ ସାବଧାନ ମଧ୍ୟ । କାରଣ ଔଷଧର ପ୍ରଭାବ ଶିଶୁ ଉପରେ ମଧ୍ୟ ପଡ଼ିପାରେ । ଏଣୁ ଯେକୌଣସି ଔଷଧ ଖାଇବା ପୂର୍ବରୁ ଡାକ୍ତର୍କୁ ପଚାରି ଖାଇବା ଶ୍ରେୟସ୍କର । ସେ ହୁଏତ ଏହାର ବିକଳ୍ପ ବ୍ୟବସ୍ଥା ମଧ୍ୟ କରିଦେବେ । ଭୁଲବଶତଃ କୌଣସି ଔଷଧ ଖାଇଦେଇଥିଲେ ମଧ୍ୟ ପଚାରି ବୁଝିବା ଉଚିତ ।

ଯଦି ଏପର୍ଯ୍ୟନ୍ତ ବେଶି ଥଣ୍ଡା-କାଶ ହେଇନଥାଏ, ତେବେ ଶୀଘ୍ର ଚିକିତ୍ସିତ ହେଇ ସୁସ୍ଥ ହେବା ଆବଶ୍ୟକ । ନହେଲେ ଅତ୍ୟଧିକ ସଂକ୍ରମଣ ଫଳରେ ବହୁ ଅସୁବିଧାର ସମ୍ମୁଖୀନ ହେଇ ବିଛଣାରେ ପଡ଼ି ରହିବାକୁ ପଡ଼ିପାରେ ।

■ ଆବଶ୍ୟକ ମନେହେଲେ ବିଶ୍ରାମ କରନ୍ତୁ । ଅନ୍ତତଃ ଦେହକୁ ଆରାମ ଲାଗିବ । ଆପଣଙ୍କୁ ଜ୍ୱର ବା କାଶ ମଧ୍ୟ ହେବନାହିଁ । ଏହାବ୍ୟତୀତ ସାମାନ୍ୟ ବ୍ୟାୟାମ ବଳରେ ମଧ୍ୟ ଆରାମ ଲାଗିପାରେ ।

■ ଥଣ୍ଡା ସର୍ଦ୍ଦି ଯୋଗୁଁ ନିଜେ ଓ ଶିଶୁକୁ ଭୋକିଲା ରଖନ୍ତୁ ନାହିଁ । ଭୋକ ନହେଲେ ମଧ୍ୟ ପୁଷ୍ଟିକର ଖାଦ୍ୟ ଖାଆନ୍ତୁ । ମନପସନ୍ଦ ଖାଦ୍ୟ ଅଳ୍ପ ମାତ୍ରାରେ ଖିଆଯାଇପାରେ । ଭିଟାମିନ ସି ଯୁକ୍ତ ଫଳ, ଫଳରସ ଖାଆନ୍ତୁ ତେବେ ବେଶି ନୁହଁ । ଜିଙ୍କ ଓ ଏକ୍ନିସିଆ ମଧ୍ୟ ଗ୍ରହଣୀ ।

■ ଜ୍ୱର, ଛିଙ୍କ ବା ସର୍ଦ୍ଦି ଯୋଗୁଁ ଦେହରେ ପାଣିର ମାତ୍ରା କମିପାରେ ,ଶୁ ଉଷୁମ ପାଣି ପିଇଲେ ହୁଏତ ଆରାମ ଲାଗିପାରେ । ଗରମ ସୁପ, ପାଣି ଓ ଜୁସ ପିଇବା ଆପଣଙ୍କ ଉପରେ ନିର୍ଭର ।

■ ଶୋଇବା ସମୟରେ ମୁରୁଳା ଦେଇ ମୁଣ୍ଡ ଟେକି ଶୋଇଲେ ଶ୍ୱାସକ୍ରିୟା ବାଧାପ୍ରାପ୍ତ ହେବନାହିଁ । 'ନୋଜାଲ ଷ୍ଟ୍ରିପ୍' ମଧ୍ୟ ଖୁବ୍ ସହାୟକ ହେଇଥାଏ । ଏହା ଔଷଧ ନୁହଁ କିନ୍ତୁ ବଜାରରେ ମିଳେ ।

■ ନାକପୁଡାରେ 'ସେଲାଇନ ନୋଜ ଡ୍ରପ' ମଧ୍ୟ ନିରାପଦରେ ପକାଯାଇପାରେ ।

■ କାଶ ଯୋଗୁଁ ଗଳା ଦରଜ ହେଉଥିଲେ ଉଷୁମ ପାଣିରେ କୁଳୁକୁଚା କରନ୍ତୁ ।

■ ଜ୍ୱର ହେଉଥିଲେ ଶୀଘ୍ର ଛଡାନ୍ତୁ ।

■ ଡାକ୍ତର ଦେଇଥିବା ଔଷଧ ଖାଆନ୍ତୁ । ଗର୍ଭବେଳେ ସବୁ ଔଷଦ ଖାଇବା ମନା ନୁହଁ । ରୋଗର ଚିକିତ୍ସା ପାଇଁ ଔଷଧ ଜରୁରୀ ।

■ ଯଦି ଥଣ୍ହା କାଶ ଯୋଗୁଁ ଖାଇବା ପିଇବାରେ ଅସୁବିଧା ହେଉଥିଲେ ବା କାଶରେ ସବୁଜ ପୀତ କଫ ପଡୁଥିଲେ ଛାତିରେ ଯନ୍ତ୍ରଣା, ନାକରେ ମଧ୍ୟ କଷ୍ଟ ହୋଇ ସପ୍ତାହକ ଏହି ଲକ୍ଷଣ ଦେଖାଗଲେ ଡାକ୍ତରଙ୍କ ପରାମର୍ଶ କ୍ରମେ ଉକ୍ତ ସଂକ୍ରମଣରୁ ନିଜକୁ ଓ ଶିଶୁକୁ ରକ୍ଷା କରିବା ପାଇଁ 'ସ୍ୱତନ୍ତ୍ର ଔଷଦ ଖାଆନ୍ତୁ ।

ସାଇନ'ସାଇଟିସ

"ମତେ ସପ୍ତାହେ ହେଲା ଥଣ୍ଡା ସର୍ଦ୍ଦି ଅଛି । ମୋ ମୁଣ୍ଡ ଓ ଗଳାରେ ଖୁବ୍ ଦରଜ ହେଉଛି । ହେଲେ ମତେ କ'ଣ କରିବାକୁ ହେବ ?"

ବୋଧହୁଏ ଆପଣଙ୍କ ଥଣ୍ଡା ସର୍ଦ୍ଦି ସାଇନସାଇଟିସରେ ରୂପାନ୍ତରିତ ହେଇସାରିଛି । ଏହାର ଲକ୍ଷଣ ଏଇୟା । ଗର୍ଭାବସ୍ଥାରେ ସାଧାରଣତଃ ଏପରି ହେଇଯାଏ । କାରଣ ଆପଣଙ୍କ ହର୍ମୋନ, ମ୍ୟୁକସ ମେମ୍ବ୍ରେନ୍‌ର ମଧ୍ୟ ସଂକ୍ରମଣ ସୃଷ୍ଟି କରିଦିଏ । ଫଳରେ ନାକ ବନ୍ଦ ହେଇ କୀଟାଣୁ ସୃଷ୍ଟି କରିଥାଏ । ଫଳରେ ନାକ ବନ୍ଦ ହେଇ କୀଟାଣୁ ସୃଷ୍ଟି କରିଥାଏ । ଆଉ ଇମ୍ୟୁନ ପାଖକୁ ନ ପହଞ୍ଚି ସାଇନସ ରୋଗ ସୃଷ୍ଟି କରିଥାଏ । ନିରାପଦ ଏଣ୍ଟିବାୟୋଟିକ୍ସ ବଳରେ ଏହାକୁ ଆୟତ୍ତ କରିହୁଏ ।

ସର୍ଦ୍ଦି ନା ଫ୍ଲୁ

ଏହି ଦୁହିଁଙ୍କ ମଧ୍ୟରେ ଥିବା ପାର୍ଥକ୍ୟ କ'ଣ, ଏହା ଜାଣିବାକୁ ହେବ । ସର୍ଦ୍ଦି ହେଲେ ଗଳାରେ ଦରଜ ହେଇ କାଶ ହୁଏ । ନାକରୁ ଶ୍ଳେଷ୍ମା ବାହାରି ଛିଙ୍କ ଆସି ଦେହହାତ ବିନ୍ଧେ ।

ଫ୍ଲୁର ସମୟ

"ମନେକର ଯଦି ମତେ ଫ୍ଲୁ ରୋଗ ହେଇଯାଏ, ତେବେ? ଏହି ଗର୍ଭାବସ୍ଥା କ'ଣ ନିରାପଦ ହେଇପାରିବ କି?"

ଆପଣ ଫ୍ଲୁରୁ ରକ୍ଷା ପାଇବାକୁ ହେଲେ ଫ୍ଲୁର ଟୀକା ନେଇଯିବା ଉଚିତ । ଗର୍ଭବେଳେ ଏହା ଅତି ଜରୁରୀ ମଧ୍ୟ । ଏହି ପରିପ୍ରେକ୍ଷୀରେ ଡାକ୍ତରଙ୍କୁ ପରାମର୍ଶ କରନ୍ତୁ । ଫ୍ଲୁ ସଂକ୍ରମଣ ହେବା ପୂର୍ବରୁ ଏହାର ଉପାୟ କରିବା ଉଚିତ । ଏହା ପ୍ରଭାବକାରୀ ନହେଲେ ମଧ୍ୟ ଭାଇରସରୁ ରକ୍ଷା କରେ । ଏହିପରି ଭାବରେ ଫ୍ଲୁରୁ ରକ୍ଷା ପାଇହେବ । ହୁଏତ ଏହି ସଂକ୍ରମଣକୁ ବନ୍ଦ ନକଲେ ମଧ୍ୟ ଲକ୍ଷଣ ଗୁଡ଼ିକୁ ଦୁର୍ବଳ କରିଦେଇ ହୁଏ ।

ଆପଣ 'ନୋବାଲ ସ୍ପ୍ରେ ଭେକ୍ସିନ' ପରିବର୍ତ୍ତେ ଇଂଜେକ୍ସନ ଯୋଗେ ଔଷଧ ନେବା ଉଚିତ । ଫ୍ଲୁ ହୋଇଥିଲେ ଡେରି କରିବା ନିଷେଧ । ନଚେତ ଏହା ନିମୋନିଆରେ ପରିଣତ ହେଇଯାଏ । ପ୍ରଚୁର ପାଣି ପିଇ ବିଶ୍ରାମ କଲେ ଡିହିଡ୍ରେସନ ହୁଏନାହିଁ ।

ଜ୍ୱର

"ମତେ ଅଳ୍ପ ଜ୍ୱର ହେଉଛି । ମତେ କ'ଣ କରିବାକୁ ହେବ?"

ଗର୍ଭଧାରଣ ସମୟରେ ସାମାନ୍ୟ ଜ୍ୱର ବା ଦର୍ବୁଳତାକୁ ବେଶି ଗୁରୁତ୍ୱ ଦେବା କଥା ନୁହଁ, ହେଲେ ଏହାକୁ ଉପେକ୍ଷା ମଧ୍ୟ କରାଯାଇ ନପାରେ । ଅର୍ଥାତ୍ ଜ୍ୱର କମିବା ପାଇଁ ଶୀଘ୍ରାତିଶୀଘ୍ର ଉପାୟ କରିବାକୁ ହେବ ।

୧୦୦.୪° ଏଫରୁ ଅଧିକ ତାପମାତ୍ରା ବୋକ୍ଷଣି ଡାକ୍ତରଙ୍କୁ ଫୋନ କରି 'ଟାଇଲିଗେଲ' ବଟିକା ଖାଇପାରନ୍ତି । ହେଲେ ମନଇଚ୍ଛା ଖା'ନ୍ତୁ ନାହିଁ ବରଂ ଡାକ୍ତରଙ୍କୁ ବୁଝି ଖାଆନ୍ତୁ । ସ୍ନାନ, ଥଣ୍ଡାପାନୀୟ ଓ ହାଲୁକା ଲୁଗା ଦ୍ୱାରା ତାପମାତ୍ରା କମିଥାଏ ।

ଗର୍ଭାବସ୍ଥାରେ ଡାକ୍ତରଙ୍କ ବିନା ପରାମର୍ଶରେ ଏସ୍ପିରିନ କିମ୍ବା ଇବୁଫେନ କଦାପି ଖାଆନ୍ତୁ ନାହିଁ । ଯଦି ଆଗରୁ ମଧ୍ୟ ବେଶି ଜ୍ୱର ହେଇଥାଏ ତେବେ ଏକଥା ଡାକ୍ତର୍କୁ ଜଣେଇ ଦିଅନ୍ତୁ ।

ଷ୍ଟେପ ଥ୍ରୋଟ

"ମୋର ତିନିବର୍ଷର ଛୁଆକୁ 'ଷ୍ଟେପଥ୍ରୋଟ' ହେଇଯାଇଛି । ହେଲେ ଏହାଦ୍ୱାରା ମତେ ଓ ମୋର ଶିଶୁକୁ ମଧ୍ୟ ସଂକ୍ରମଣ ହେଇପାରେ କି?

ଛୁଆମନେ ଜୀବାଣୁ ସଂକ୍ରମଣର ପରମ ବାହକ ଅଟନ୍ତି । ଏମାନଙ୍କ ହାତରେ ସଂକ୍ରମଣ ଖୁବ୍ ଶୀଘ୍ର ହୋଇଯାଏ । ଗର୍ଭାବସ୍ଥାରେ ଏହା ବେଶି ପରିମାଣରେ ସଂକ୍ରମିତ ହେଇଥାଏ କହିଲେ ଚଳେ ।

ଏଣୁକରି ଛୁଆ ମାନଙ୍କର ଅଇଁଠା ଖାଦ୍ୟ ଖାଇବା ଅନୁଚିତ । ନିଜ ହାତ ବାରମ୍ୱାର ସଫା କରୁଥାନ୍ତୁ । ଭଲ ପୁଷ୍ଟିକର ଓ ସୁଷମ ଖାଦ୍ୟ ଖାଇ ରୋଗ ପ୍ରତିଷେଧକ କ୍ଷମତାକୁ ବଜାୟ ରଖି ନୀରୋଗ ରଖନ୍ତୁ ।

ଯଦିଚ ସଂକ୍ରମଣକୁ ନେ ଆପଣଙ୍କ ମନରେ ଆଶଙ୍କା ଜନ୍ମେ ତେବେ ଥ୍ରୋଟ କଲ୍‌ଚର ସକାଶେ ଡାକ୍ତରଙ୍କୁ ପରାମର୍ଶ କରନ୍ତୁ । ଭଲ ଏଣ୍ଟିବାୟୋଟିକ ଖାଇଲେ ଶିଶୁକୁ ସଂକ୍ରମଣର ଆଶଙ୍କା ନଥାଏ । ଘରେ ଛୁଆ ବା ଅନ୍ୟ ସଭ୍ୟାଙ୍କୁ ଦିଆଯାଇଥିବା ଔଷଧ ଖାଆନ୍ତୁ ନାହିଁ ।

ମୂତ୍ରାଶୟ ମାର୍ଗର ସଂକ୍ରମଣ (ୟୁ.ଟି.ଆଇ.)

"ମୋର ମୂତ୍ରାଶୟ ମାର୍ଗରେ ସଂକ୍ରମଣ ହେଇଛି ବୋଲି ମୋର ଆଶଙ୍କା ହୁଏ ।"

ଆପଣଙ୍କ ମୂତ୍ରାଶୟ ଉପରେ ଗର୍ଭାଶୟର ଚାପ ପଡୁଛି । ଏଣୁ ସଂକ୍ରମଣକାରୀ ବ୍ୟାକ୍ଟେରିଆକୁ ଆଗକୁ ଆସିବାର ସୁଯୋଗ ମିଳୁଛି । ଅତଏବ (ୟୁଟିଆ) ହେବା ସ୍ୱାଭାବିକ । ଗର୍ଭାବସ୍ଥାର ହର୍ମୋନ୍ସ ମଧ୍ୟ ।

(୩୪୬)

ଏଥିରେ ଗୁରୁତ୍ୱପୂର୍ଣ୍ଣ ଭୂମିକା ଗ୍ରହଣ କରୁଛି ।

ଅନେକ ମହିଳା ମାନଙ୍କଠାରେ ଏହାର ଲକ୍ଷଣ ଗୁରୁତର ହେଇଥାଏ; ଯଥା: ବାରମ୍ବାର ପରିସ୍ରା ଲାଗିବା, ମୂତ୍ର ନିର୍ଗତ, ପରିସ୍ରା ବେଳେ ଜଳିବା, ଯନ୍ତ୍ରଣା, ତଳିପେଟରେ ତୀବ୍ର ଯନ୍ତ୍ରଣା ବା ଚାପ । ପରିସ୍ରା ଦୁର୍ଗନ୍ଧ ମଧ୍ୟ ଆସିପାରେ ।

ମୂତ୍ର ପରୀକ୍ଷା କରି ସଂକ୍ରମଣ ସମ୍ପର୍କରେ ସହଜରେ ଜାଣିହୁଏ । ଲୋହିତ ରକ୍ତ କଣିକାରୁ ରକ୍ତସ୍ରାବ ଓ ଶ୍ୱେତ ରକ୍ତ କଣିକାରୁ ସଂକ୍ରମଣ କଥା ଜଣାପଡ଼ିଥାଏ । ଏଣ୍ଟିବାୟୋଟିକ୍ସର ସମଗ୍ର କୋର୍ସ କରି ଏହି ରୋଗରୁ ରକ୍ଷା ପାଇ ହେବ । ଏଥିରୁ ରକ୍ଷା ପାଇବାର ଉପାୟ ଆଗରୁ କରିବା ଉଚିତ । ଏଥିପାଇଁ ଗର୍ଭାବସ୍ଥାରେ ଅନେକ ପଦକ୍ଷେପ ଗ୍ରହଣ କରିପାରିବେ ।

■ ଅତ୍ୟଧିକ ପାଣି ପିଇଲେ ସଂକ୍ରମିତ ବ୍ୟାକ୍ଟେରିଆ ପରିସ୍ରା ଦେଇ ଚାଲିଆସିବ । ିତିମଧ୍ୟରେ ଚା, କଫି ସ ଆଲକୋହଲ ସେବନ ନିଷେଧ ।

■ ଯୋନି ପଥକୁ ଭଲକରି ସଫା କରି ସମ୍ଭୋଗ ପରେ ମୂତ୍ରାଶୟରୁ ସବୁତକ ପରିସ୍ରା କାଢ଼ି ଦିଅନ୍ତୁ ।

■ ପରିସ୍ରା ଲାଗିଲା କ୍ଷଣି ମୂତ୍ରାଶୟ ଖାଲିକରନ୍ତୁ । କିଛି ସମୟ ରହି ପୁଣି ପରିସ୍ରା କରନ୍ତୁ । ପରିସ୍ରାକୁ ରୋକି ରଖିଲେ ସଂକ୍ରମଣର ଆଶଙ୍କା ବଢ଼ିଯାଏ ।

■ ନିଜର ପେରିନିୟାଲ ଏରିଆକୁ ଖୋଲା ରଖନ୍ତୁ । ଫଳରେ ପବନ ବାଜିବ । ସୂତା ଲୁଗା ପିନ୍ଧନ୍ତୁ, ରାତିରେ ଖୁବ୍ କମ୍ ସୁତାଲୁଗା ପିନ୍ଧନ୍ତୁ ।

■ ଯୋନି ପ୍ରଦେଶକୁ ପରିଷ୍କାର ପରିଚ୍ଛନ୍ନ ରଖନ୍ତୁ ଓ ଶୁଷ୍କ ରଖନ୍ତୁ । ଶୌଚ ପରେ ଆଗ ପଟରୁ ପଛଆଡ଼କୁ ପୋଛନ୍ତୁ, ଫଳରେ ବ୍ୟାକ୍ଟେରିଆ ଯୋନି ପ୍ରଦେଶରେ ପ୍ରବେଶ ନକରୁ । ବବୁଲ ବାଥ, ପରଫ୍ୟୁମ୍ ପାଉଡର, ଶୱର ଜେଲ, ସାବୁନ, ସ୍ପ୍ରେ, ଡିଟରଜେର୍ଟ ଓ ଟଏଲେଟ ପେପର ବ୍ୟବହାର କରନ୍ତୁ ନାହିଁ । କ୍ଲୋରିନ ପଡ଼ିନଥିଲେ ସୁଇମିଂ ପୁଲରେ ଗାଧାନ୍ତୁ ନାହିଁ ।

■ ପୁଷ୍ଟିକର ଖାଦ୍ୟ, ବିଶ୍ରାମ, ବ୍ୟାୟାମ କରି ସୁସ୍ଥ ରହନ୍ତୁ । ବେଶି ମାନସିକ ଚାପ ନପଡୁ ।

■ ଅନେକ ଡାକ୍ତର ଇତିମଧ୍ୟରେ ଦହି ଖାଇବା ପାଇଁ କହିଥାନ୍ତି, ଫଳରେ ଭାରସାମ୍ୟ ରକ୍ଷା ହେଇପାରୁ । ପ୍ରୋବାୟୋଟିକ୍ସ ମଧ୍ୟ ଗ୍ରହଣୀୟ ।

ମୂତ୍ରାଶୟ, ପଥର ତଳଭାଗ ସଂକ୍ରମିତ ହେଲେ ଗୁରୁତର ହେଇଥାଏ । ମନେକର ଏହାର ଚିକିତ୍ସା କରାନଯାଏ, ତେବେ ସଂକ୍ରମଣ ବୃକକ୍‌ରେ ପହଞ୍ଚି ଅପରିପକ୍ୱ ଶିଶୁ ଜନ୍ମ, କମ୍ ଓଜନର ଶିଶୁ କିମ୍ବା ଅନ୍ୟାନ୍ୟ ସମସ୍ୟା ଦେଖାଦେଇଥାଏ । ୧୦୩ ° ଏଫରୁ ଅଧିକ ଜ୍ୱର, ଥଣ୍ଡା, ପରିସ୍ରାରେ ରକ୍ତ ପଡ଼ିବା, ପିଠି ବ୍ୟଥା, ବାନ୍ତି ବା ମୁଣ୍ଡ ବୁଲେଇବା ଏହାର ପ୍ରଧାନ ଲକ୍ଷଣ । ଏ କ୍ଷେତ୍ରରେ ଡାକ୍ତରଙ୍କ ପରାମର୍ଶ ଅନିବାର୍ଯ୍ୟ ।

ଇଷ୍ଟ ସଂକ୍ରମଣ

"ଇଷ୍ଟସଂକ୍ରମଣ ହେଲା ଭଳି ମୋର ମନେହୁଏ, କ'ଣ ମୁଁ ନିଜ ଇଚ୍ଛାନୁସାରେ ଔଷଧ ଖାଇବି ନା ଡାକ୍ତରଙ୍କୁ ପଚାରିବି ?

ଗର୍ଭଧାରଣ ସମୟରେ ନିଜ ଇଚ୍ଛାନୁସାରେ ଚିକିତ୍ସା କରି ଯେକୌଣସି ଔଷଧ ଖାଇବାକୁ କଦାପି ଚେଷ୍ଟା କରନ୍ତୁ ନାହିଁ । ହୁଏତ ତାହା ଇଷ୍ଟ ସଂକ୍ରମଣ ହେଇଥାଉ ବା ଅନ୍ୟ କିଛି । ପ୍ରଥମେ ଡାକ୍ତରଙ୍କୁ ପରାମର୍ଶ କରିବା ବାଞ୍ଛନୀୟ ।

ଆପଣଙ୍କର ଚିକିତ୍ସା କିପରି କରାଯିବ, ଏହା ଡାକ୍ତର ସଂକ୍ରମଣ ଦେଖି ସାରିଲା ପରେ ସ୍ଥିର କରିବେ । ଯଦି ଏହା ସାଧାରଣ ସଂକ୍ରମଣ ହୁଏ, ତେବେ ସାଧାରଣ ଜେଲ୍, ମଲମ ବା କ୍ରିମ ଲେଖି ଦେଇପାରନ୍ତି । ଗର୍ଭବେଳେ ଏଣ୍ଟି ଇଷ୍ଟ ସ୍ପେଣ୍ଟ 'ଫ୍ଲୁକୋନାଜୋଲ' ଔଷଧ ମଧ୍ୟ ଦିଆଯାଇପାରେ, ହେଲେ ଅଳ୍ପ ମାତ୍ରା ଦିଆଯିବ ହେଲେ ଦୁଇଦିନରୁ ବେଶି ନୁହଁ ।

ଦୁର୍ଯୋଗକୁ ଏହି ଚିକିତ୍ସା ଅସ୍ଥାୟୀ ହୋଇଥାଏ । ସଂକ୍ରମଣ ପୁଣି ଫେରିଆସେ ଓ

ଡେଲିଭରି ପର୍ଯ୍ୟନ୍ତ ମଧ୍ୟ ରହିଥାଏ । ଏହାର ଚିକିତ୍ସା ପୁଣି ଥରେ କରାଯାଏ ।

ନିଜର ଗୁପ୍ତେନ୍ଦ୍ରିୟକୁ ପରିଷ୍କାର ରଖନ୍ତୁ । ବେଶି ଚିପା ପୋଷାକ ପିନ୍ଧନ୍ତୁନି । ପବନ ବାଜୁ । ଦହି ଖାଆନ୍ତୁ । ଡାକ୍ତରଙ୍କୁ ପଚାରି ପ୍ରୋବାୟୋଟିକ ଖାଆନ୍ତୁ । ଚିନି, ମଇଦା ଇତ୍ୟାଦି ନଖାଇବା ଭଲ । ଡ୍ରସ କରନ୍ତୁନି, ନଚେତ ଯୋନି ପ୍ରଦେଶରେ ବ୍ୟାକ୍ଟେରିଆର ଭାରସାମ୍ୟ ରକ୍ଷା ହେଇପାରିବ ନାହିଁ ।

ପେଟ ଗୋଳମାଳ

"ମୋ ପେଟ ଗୋଳମାଳ ହେଇଛି । ଏହା ଫଳରେ ଶିଶୁର କୌଣସି କ୍ଷତି ହେବନାହିଁ ତ ?"

ପେଟ ଗୋଳମାଳର ଲକ୍ଷଣ ମର୍ଣ୍ଣିଂ ସିକ୍‌ନେସ ସହ ଏତେ ସମାନ ଯେ, ବେଳେ ବେଳେ ଏହାକୁ ଚିହ୍ନିପାରିବା କଷ୍ଟକର ହେଇଥାଏ । ଅବଶ୍ୟ ଏହାଫଳରେ ଶିଶୁର କୌଣସି ଅସୁବିଧା ହୁଏନାହିଁ । ହେଲେ ଏହାର ଅର୍ଥ ନୁହଁ ଯେ ଚିକିତ୍ସା କରିବା ମନା । ହୁଏତ ପେଟରେ ହର୍ମୋନ ଭାଇରସ ବା ଅଣ୍ଡା ସାଲାଡ ଯୋଗୁଁ ଅସୁବିଧା ହେଇଥାଉ, ହେଲେ ଚିକିତ୍ସା କରିବା ଜରୁରୀ । ଦେହକୁ ବିଶ୍ରାମ ଦିଅନ୍ତୁ । ପାଣି ବେଶି ପିଅନ୍ତୁ । ତରଳ ଝାଡା ହେଲେ ସତର୍କ ରୁହନ୍ତୁ ।

ପରିସ୍ରା ହେଇପାରୁ ନଥିଲେ ଡିହାଇଡ୍ରେସନର ଶିକାର ହେଇଥାଇ ପାରନ୍ତି । ଆସ୍ତେ ଆସ୍ତେ କରି ପାଣି ବା ଜୁସ୍ ଦିଅନ୍ତୁ । ଉଷୁମ ପାଣିରେ ଲେମ୍ବୁ ଚିପି ପିଅନ୍ତୁ । ଯଥାସମ୍ଭବ ଖାଦ୍ୟ ଖାଆନ୍ତୁ । ପେଟ ଗୋଳମାଳ ହେଲେ ଅଦା ପଡ଼ିଥିବା ଚା' ହିତକର ହେଇଥାଏ । ବାନ୍ତି ନହେବା ନିଶ୍ଚିତ ହେଲେ ଭିଟାମିନ ଖାଆନ୍ତୁ । ଦିନେ ଅଧେ ନ ଖାଇଲେ ମଧ୍ୟ କ୍ଷତି ନାହିଁ ।

ମନେକର ତଥାପି ଆରାମ ନ ଲାଗିଲେ ଡାକ୍ତରଙ୍କୁ ଦେଖାନ୍ତୁ କାରଣ ପାଣିର ମାତ୍ରା କମିଗଲେ ଅସୁବିଧା ବଢ଼ିପାରେ । ଏଣ୍ଟି ଏସିଡ ଔଷଧ ଲାଭକାରୀ ହେଇପାରେ, ହେଲେ ଡାକ୍ତରଙ୍କୁ ନ ପଚାରି ଖାଆନ୍ତୁ ନାହିଁ ।

ମନେରଖନ୍ତୁ ଯେ ପେଟ ଗୋଳମାଳ ବେଶି ସମୟ ଧରି ରହିବ ନାହିଁ । ସଠିକ୍ ଔଷଧ ଖାଇଲେ ଏହା ଶୀଘ୍ର ଭଲ ହେଇଯିବ ।

ଲିଷ୍ଟିରିୟୋସିସ

"ମୋର ସ୍ତ୍ରୀଙ୍କୁ ଗର୍ଭଧାରଣ ସମୟରେ ଏକ ବିଶେଷ ପ୍ରକାରର ଦୁଗ୍ଧଜାତ ଦ୍ରବ୍ୟଠାରୁ ଦୂରେଇ ରହିବାକୁ ପରାମର୍ଶ ଦିଆଯାଇଛି; କାରଣ ଏହା ରୋଗାକ୍ରାନ୍ତ କରିପାରେ । ଏକଥା କ'ଣ ସତ ?"

ପାଶ୍ଚରାଇଜ ହେଇନଥିବା ଦୁଗ୍ଧ ଓ ଦୁଗ୍ଧଜାତ ଦ୍ରବ୍ୟ ଆପଣଙ୍କୁ ରୋଗାକ୍ରାନ୍ତ କରିପାରେ । ଦରସିଝା ଖାଦ୍ୟ, ମାଂସ ଓ ହଟ ଡଗ ଇତ୍ୟାଦିରେ ଲିଷ୍ଟିରିଆ ରହିଥାଏ । ଅଳ୍ପ ବୟସର କିଶୋରୀ ଓ ଗର୍ଭବତୀ ସ୍ତ୍ରୀମାନେ ଲିଷ୍ଟିରିୟୋସିସର ଶିକାର ଶୀଘ୍ର ହୋଇଥାନ୍ତି । ଏହାର ଜୀବାଣୁ ରକ୍ତରେ ମିଶି ଶିଶୁ ପାଖକୁ ଚାଲିଥାଏ । ଏହାକୁ ଚିହ୍ନିବା କଷ୍ଟକର । ସଂକ୍ରମିତ ଖାଦ୍ୟ ଖାଇବାର ୧୨ ରୁ ୩୦ ଘଣ୍ଟା ମଧ୍ୟରେ ଏହାର ଲକ୍ଷଣ ଦୃଶ୍ୟମାନ ହୁଏ । (ପେଟବ୍ୟଥା, ଜ୍ୱର, ମୋଡ଼ିହେବା, ମାଂସପେଶୀରେ ଯନ୍ତ୍ରଣା, ଉଦ୍‌ବେଗ ପ୍ରକାଶ, ବାନ୍ତି, ଡାଇରିଆ) ଅନେକ ଥର ଏହାକୁ ଚିହ୍ନିବା କଷ୍ଟକର ହୁଏ । ଏଣ୍ଟିବାୟୋଟିକ ସାହାଯ୍ୟରେ ଚିକିତ୍ସା ସମ୍ଭବ ହୁଏ ।

ସବୁଠୁ ଉତ୍ତମ ହେଲା ଏଭଳି ଖାଦ୍ୟଠାରୁ ଦୂରେଇ ରହିବା । ଫଳରେ ସଂକ୍ରମଣ ହେବନାହିଁ । ଆଗରୁ ଭୁଲବଶତଃ ଖାଇଥିଲେ କିଛି କଥା ନାହିଁ ।

ଟକ୍ସୋପ୍ଲାଜ୍‌ମୋସିସ

"ଅବଶ୍ୟ ବିରାଡ଼ିର ସବୁତକ କାମ ସ୍ୱାମୀ କରିଥାନ୍ତି, ହେଲେ ମୁଁ ବିରାଡ଼ି ସାଙ୍ଗରେ ରହିଥାଏ । ଏଣୁକରି ଟାମ୍ପସୋପ୍ଲାଜ୍‌ମୋସିସ କଥା ଚିନ୍ତା କରି ମୁଁ ବ୍ୟତିବ୍ୟସ୍ତ ହୋଇ ପଡୁଛି । ମନେକର ମତେ ଏହି ରୋଗ ହେଇଯାଏ, ତେବେ ମୁଁ ଜାଣିବି କିପରି ?"

ଆଶା କରାଯାଏ ଏହି ରୋଗ ଆପଣଙ୍କୁ ହେବନାହିଁ । ଯଦି ଆପଣ ଦୀର୍ଘ ସମୟ ଧରି ବିଲେଇ ସାଥିରେ ରହୁଥାନ୍ତି, ତେବେ ହୁଏତ ଆପଣଙ୍କୁ ଆଗରୁ ସଂକ୍ରମଣ ହେଇଥିବ ଓ ଆପଣଙ୍କ ଦେହରେ ଏହାର ଏଣ୍ଟିବଡିଜ ତିଆରି ହେଇ ସାରିଥିବ ।

ମନେକର ଏହାର ଲକ୍ଷଣ ଅନୁଭୂତ ହୁଏ ତେବେ ପରୀକ୍ଷା କରେଇ ନିଅନ୍ତୁ । ଘରେ ପରୀକ୍ଷା କରନ୍ତୁନି । ଏଣ୍ଟିବାୟୋଟିକ୍ ଦିଆଗଲେ ଶିଶୁ ପର୍ଯ୍ୟନ୍ତ ରୋଗ ପହଞ୍ଚି ପାରିବ ନାହିଁ ।

ସଂକ୍ରମଣ ହେଲେ ଗର୍ଭ ଆରମ୍ଭରୁ ଏହାର ଚିକିତ୍ସା ସମ୍ଭବ । ଅଲଟ୍ରାସାଉଣ୍ଡ ବଳରେ ସଂକ୍ରମଣ କଥା ମଧ୍ୟ ଜଣାପଡ଼ିଯାଏ ।

ସବୁଠୁ ବଡ଼ କଥା ହେଲା ଏହି ରୋଗରୁ ଦୂରେଇ ରହିବା ।

ସାଇଟୋମିଗେଲୋଭାଏରସ (ସି.ଏମ.ଭି.)

"ମୋର ପୁଅ ସ୍କୁଲରୁ ଗୋଟିଏ ନୋଟ ଆଣିଛି ଯେ ସ୍କୁଲରେ ସାଇଟୋମିଗେଲୋ ଭାଇରସ ବ୍ୟାପିଛି ବୋଲି । ହେଲେ ଏହା କ'ଣ ମୋ ଗର୍ଭସ୍ଥ ଶିଶୁକୁ ମଧ୍ୟ ହେଇଯିବ କି ?"

ଆପଣଙ୍କ ପୁଅଠାରୁ ଗର୍ଭସ୍ଥ ଶିଶୁ ପର୍ଯ୍ୟନ୍ତ (ସି.ଏମ.ଭି.) ପହଞ୍ଚି ପାରିବ ନାହିଁ । ଏହା ପିଲାଦିନରେ ଆପଣଙ୍କୁ ହେଇସାରିଛି । ଅବଶ୍ୟ ଏହା ପୁଣି ଥରେ ସକ୍ରିୟ ହେଇପାରେ । ହୁଏତ ଆପଣ ମଧ୍ୟ ଗର୍ଭଧାରଣ ସମୟରେ ସି.ଏମ.ଭି. ଦ୍ୱାରା ଆକ୍ରାନ୍ତ ହେଇପାରନ୍ତି, ହେଲେ ଗର୍ଭସ୍ଥ ଶିଶୁ ପାଇଁ କୌଣସି ଅସୁବିଧା ନାହିଁ, କହିଲେ ଚଳେ । ମନେକର ଏହା ଆପଣଙ୍କୁ ଦ୍ୱିତୀୟଥର ହେଉଥାଏ, ତେବେ ବିପଦ ବହୁ ପରିମାଣରେ କମିଯାଏ ।

ଅବଶ୍ୟ ନିଜକୁ ବଞ୍ଚେଇ ରହିବା ଉଚିତ । ପିଲାଙ୍କ ଅଇଁଠା ଖାଦ୍ୟ ନଖାଇ ସେମାନଙ୍କର ଝାଡା ସଫା କଲା ପରେ ଭଲ ଭାବରେ ନିଜ ହାତ ଗୋଡ଼ ଧୁଅନ୍ତୁ ।

ଏହା ରୋଗର ଲକ୍ଷଣ ହେଲା- ଜ୍ୱର, କ୍ଲାନ୍ତି, ଗଳାରେ ଯନ୍ତ୍ରଣା, ଗ୍ରନ୍ଥୀଗୁଡ଼ିକ ଫୁଲିଯିବା ଇତ୍ୟାଦି ।

ପଞ୍ଚମ ବ୍ୟାଧି (ଫିଫ୍ଥ ଡିଜିଜ)

"ମୁଁ ଶୁଣିବାକୁ ପାଇଛି ଯେ, ପଞ୍ଚମ ବ୍ୟାଧି ଯୋଗୁଁ ମଧ୍ୟ ଗର୍ଭଧାରଣ ସମୟରେ ଅସୁବିଧା ହେଇପାରେ ।"

ଏହା ଛ'ରୋଗମାନଙ୍କର ସମଷଟି ମଧ୍ୟରୁ ପଞ୍ଚମ ରୋଗ ଅଟେ । ଏହାଫଳରେ ଶିଶୁକୁ ଜ୍ୱର ହୋଇଥାଏ । ଚିକେନପକ୍ସ ଓ ମିଜଲ୍ସ ଏହାର ଛୋଟ ଭଉଣୀ । ଅନେକ ଥର ଏହାର ଲକ୍ଷଣ ଜଣାପଡ଼େ ନାହିଁ । କେବଳ ୧୫ ରୁ ୩୦ ଶତକଡ଼ା ଜ୍ୱର ହେଇଥାଏ । ଏହାର ଲକ୍ଷଣକୁ ରୁବେଲା ବୋଲି ଧରି ନିଆଯାଏ ।

ଅବଶ୍ୟ ସବୁ ଛୁଆଙ୍କୁ ପିଲାବେଳେ ଏହି ରୋଗ ହେଇସାରିଥାଏ । ଏଣୁ କିଶୋରାବସ୍ଥାରେ ଏହାର ଆଶଙ୍କା ଖୁବ୍ କମ୍ ଥାଏ । କିନ୍ତୁ ଆପଣ ଆକ୍ରାନ୍ତ ହେଲେ ସଂକ୍ରମଣ ଭ୍ରୂଣ ପାଖକୁ ଯାଇ ଏନିମିଆ ହେଇପାରେ । ଅଲଟ୍ରାସାଉଣ୍ଡ ବଳରେ ସବୁ ଜଣାପଡ଼ିଯାଏ । ଏଭଳି ସଂକ୍ରମଣ ଗର୍ଭାରମ୍ଭରେ ହେଲେ ଗର୍ଭପାତର ଆଶଙ୍କା ବୃଦ୍ଧି ପାଏ ।

ଅବଶ୍ୟ ଏ ସଂକ୍ରମଣ ନହେଲେ ମଧ୍ୟ ନିଜୁ ଦୂରେଇ ରଖିବାକୁ ଚେଷ୍ଟା କରନ୍ତୁ । ଏହା ହିଁ ଏହାର ମୂଳମନ୍ତ୍ର ।

ମିଜଲ୍ସ

"ପିଲାବେଳେ ମୁଁ ମିଜଲ୍ସର ଟୀକା ନେଇଥିଲି ନା ନାହିଁ, ମୋର ଆଦୌ ମନେ ନାହିଁ । ହେଲେ ବର୍ତ୍ତମାନ ମୁଁ ଟୀକା ନେବା ଉଚିତ ନା ନୁହଁ?"

ନା, ସାଧାରଣତଃ ଗର୍ଭଧାରଣ ବେଳେ ଏହାର ଟୀକା ନିଆଯାଏ ନାହିଁ । ଅଧିକାଂଶ ସ୍ତ୍ରୀମାନଙ୍କୁ ପିଲାବେଳେ ମିଜଲ୍ସ ହେଇ ଟୀକା ଲାଗି ସାରିଥାଏ । ତଥାପି ଜ୍ଞାତ ନହେଲେ ଡାକତର ପରୀକ୍ଷା କରି ଏକଥା କହିଦେଇ ପାରିବେ ।

ମନେକର ସଂକ୍ରମଣ ହେଲେ ମଧ୍ୟ ଡାକ୍ତର ଏକଥା ଶୀଘ୍ର ଜାଣିପାରି ଏହାକୁ ସମ୍ଭାଳି ନେବେ । ଏହାଫଳରେ ହୁଏତ ଅପରିପକ୍ୱ ଲେବର ବା ଗର୍ଭପାତର ଆଶଙ୍କା ବଢ଼ିପାରେ ହେଲେ ଶିଶୁର ଜନ୍ମରୁ ବିକୃତିର ଭୟ ନଥାଏ । ପ୍ରସବ ସମୟରେ ଯଦି ମିଜଲ୍ସ ହୁଏ, ତେବେ ହୁଏତ ଶିଶୁକୁ ସଂକ୍ରମଣ ହେଇପାରେ । ଗାମା ଗ୍ଲୋବୁଲଲିନ ବଳରେ ସଂକ୍ରମଣକୁ ଦୂରେଇ ହେବ । ଅବଶ୍ୟ ଏହାର ଆଶଙ୍କା ଖୁବ୍ ଅଳ୍ପ ଥାଏ ।

ମମ୍ସ

"ମୋର ଜଣେ ସହକର୍ମୀଙ୍କୁ ମମ୍ସ ହେଇଛି । ହେଲେ ଏଥିରୁ ରକ୍ଷା ପାଇବା ପାଇଁ ମତେ ଟୀକା ନେବା ଆବଶ୍ୟକ କି?"

ଏହା ଅସମ୍ଭବ । କାରଣ ଆପଣଙ୍କୁ ମଧ୍ୟ ଏମ.ଏମ.ଆର.ର ଟୀକା ଲାଗିଥିବ । ଏ ସମ୍ପର୍କରେ ନିଜର ବାପା-ମା ବା ଘରୋଇ ଡାକ୍ତରଙ୍କୁ ପଚାରି ବୁଝନ୍ତୁ ।

ଯଦିଓ ଟୀକା ନେଇନଥାନ୍ତି, ତେବେ ବର୍ତ୍ତମାନ ନେଇପାରିବେ । ଏଥିଯୋଗୁଁ ଭ୍ରୂଣକୁ କୌଣସି ଅସୁବିଧା ହେବନାହିଁ । ଅବଶ୍ୟ ପ୍ରିଟର୍ମ ବାର୍ଥ କିମ୍ବା ଗର୍ଭପାତ ହେବାର ଆଶଙ୍କା ଥାଇପାରେ । ଏଣୁ ପ୍ରଥମ ଲକ୍ଷଣ ଦେଖାଗଲେ ସତର୍କ ହୁଅନ୍ତୁ । ଏହାର ଲକ୍ଷଣ ହେଲା- ଜ୍ୱର, ଭୋକନେହେବା, କାନ ଦରଜ, ଚାବିବା ସମୟରେ ମାଢ଼ି ଓ ପାଟି ଦରଜ... ଇତ୍ୟାଦି । ଡାକ୍ତରଙ୍କୁ ପରାମର୍ଶ କରନ୍ତୁ । ନିରାପତ୍ତା ଦୃଷ୍ଟିରୁ ଗର୍ଭଧାରଣ ଆଗରୁ ଏମ.ଏମ.ଆର. ଟୀକା ନେବା ଖୁବ୍ ଭଲ ।

ସୁସ୍ଥ ରହନ୍ତୁ

ଗର୍ଭଧାରଣ ସମୟରେ ନିରାପତ୍ତା ହିଁ ମୂଳ ମନ୍ତ୍ର ଅଟେ । ସର୍ବପ୍ରଥମେ ପୁଷ୍ଟିକର ଖାଦ୍ୟ ଖାଇ ନିଜକୁ ସୁସ୍ଥ ରଖି ରୋଗ ପ୍ରତିରୋଧକ ସାମର୍ଥ୍ୟକୁ ବଜାୟ ରଖନ୍ତୁ । ସମ୍ପୂର୍ଣ୍ଣ ନିଦ୍ରା ଓ ବ୍ୟାୟାମ କରି ମାନସିକ ଚାପଠାରୁ ଦୂରେଇ ରହନ୍ତୁ । ରୋଗୀମାନଙ୍କଠାରୁ ଦୂରରେ ରହି ସଂକ୍ରମଣରୁ ନିଜକୁ ରକ୍ଷା କରନ୍ତୁ । ପଦାକୁ ବାହାରିଲା ମାତ୍ରେ ପାଟି ଓ ନାକ କନାରେ ଢ଼ାଙ୍କି ପକାନ୍ତୁ । ସିଂଘାଣି ବାହାରୁଥିବା ଲୋକଙ୍କୁ ସ୍ପର୍ଶ କରନ୍ତୁ ନାହିଁ । ହାତଦ୍ୱାରା ସଂକ୍ରମଣ ବ୍ୟାପେ । ଏଣୁ ବାରମ୍ବାର ହାତ ଧୁଅନ୍ତୁ । ଖାଇବା ପୂର୍ବରୁ ନିହାତି ଜରୁରୀ । ସେମାନେ କାଶିଲା ବା ଛିଙ୍କିଲା ବେଳେ ପାଟିରେ ହାତ ନଦେଇ ବରଂ କହୁଣୀ ଦେବାକୁ କୁହନ୍ତୁ । କାରଣ ହାତ ଯୋଗୁଁ ସଂକ୍ରମଣ ବ୍ୟାପେ । ଏଣୁକରି ଫୋନ, ବୋର୍ଡ, ରିମୋଟ... ଇତ୍ୟାଦିରେ ସ୍ପ୍ରେ କରନ୍ତୁ ।

ବଡ଼ ପୁଅକୁ ସଂକ୍ରମଣ ହେଇଥିଲେ, ଶୀଘ୍ର ଡାକ୍ତରଙ୍କୁ ଦେଖାନ୍ତୁ । ଗୃହପାଳିତ ପଶୁମାନଙ୍କଠାରୁ ଦୂରେଇ ରହି ନିୟମିତ ଟୀକା ନିଅନ୍ତୁ ।

ମନେକର ଲାଇମ ଡିଜିଜ ହୋଇଥିଲେ ଶୀଘ୍ର ଚିକିତ୍ସା ହୁଅନ୍ତୁ । ଟୁଥ ବ୍ରସ ଦିଆନିଆ କରନ୍ତୁନି । ପାଣି ମଧ୍ୟ ସମ୍ପୂର୍ଣ୍ଣ ଅଲଗା ।

ପରିଷ୍କାର ପରିଚ୍ଛନ୍ନ ପୁଷ୍ଟିକର ସୁଷମ ଓ ତଟକା ଖାଦ୍ୟ ନିଜ ଘରେ ଖାଆନ୍ତୁ ।

ରୁବେଲା

"ବିଦେଶ ଯାତ୍ରା କଲେ ରୁବେଲା ହେଇଥାଏ ବୋଲି କହନ୍ତି, ହେଲେ ଏହି ପରପ୍ରେକ୍ଷୀରେ ମୁଁ କ'ଣ କରିବି ?"

ମୋ ମତରେ ଆପଣ ବେଶି ବ୍ୟତିବ୍ୟସ୍ତ ହେବା ଅନାବଶ୍ୟକ । ଟୀକା କଥା ମନେନଥିଲେ ପରୀକ୍ଷା କରେଇ ଜାଣି ପକାନ୍ତୁ । ରୁବେଲା ଏଣ୍ଟିବଡି ହିଟର ଯୋଗେ ଶରୀରର ଏଣ୍ଟିବଡି ସ୍ତର ଜଣାପଡ଼ିଯାଏ । ଯେତେ ଶୀଘ୍ର ପାରୁଛନ୍ତି ପରୀକ୍ଷା କରିନେଲେ ଭଲ ।

ମନେକର ଗର୍ଭବେଳେ ସଂକ୍ରମଣ ହେଇଥାଏ, ତେବେ ପ୍ରଥମ ମାସରେ ହେଲେ ଜନ୍ମଗତ ବିକୃତି ଦେଖାଦିଏ କିନ୍ତୁ ତୃତୀୟ ମାସ ପରେ ଦେଖାଗଲେ ଆଶଙ୍କା କମିଯାଏ ।

ଗର୍ଭଧାରଣ ପୂର୍ବରୁ ଏହା ଟୀକା ନେଲେ ମାସେ ପର୍ଯ୍ୟନ୍ତ ଗର୍ଭଧାରଣ ପାଇଁ ବାରଣ କରାଯାଇଥାଏ । ଇତିମଧ୍ୟରେ ଗର୍ଭଧାରଣ କଲେ ମଧ୍ୟ ଭାବିବାର କିଛି ନାହିଁ । ଆଶଙ୍କା ନାହିଁ ।

ଚିକେନ ପକ୍ସ

"ମୋର ପ୍ରଥମ ପୁଅକୁ ବାହ୍ୟ କାରଣରୁ ଚିକେନପକ୍ସ ହେଇଛି । ହେଲେ ଏହାଯୋଗୁଁ ମୋ ଗର୍ଭସ୍ଥ ଶିଶୁକୁ ମଧ୍ୟ ଆଶଙ୍କା ଅଛି କି ?"

ଗର୍ଭସ୍ଥ ଶିଶୁକୁ କେବଳ ମା'ଙ୍କ ଜରିଆରେ ସଂକ୍ରମଣ ହେଇଥାଏ । ଆଶା କରାଯାଏ ଯେ ପିଲାବେଳେ ନିହାତି ଏହି ରୋଗ ହେଉଥି । ନିଜର ଡାକ୍ତର କିମ୍ବା ବାପା-ମା'ଙ୍କୁ ପଚାରି ବୁଝନ୍ତୁ ।

ମନେକର ଆପଣଙ୍କୁ ସଂକ୍ରମଣ ହେଲେ ମଧ୍ୟ ୯୬ ଘଣ୍ଟା ମଧ୍ୟରେ ଟୀକା ନେବା ଆବଶ୍ୟକ । ଫଳରେ ବିଷମ ପରିସ୍ଥିତିରୁ ରକ୍ଷା ପାଇପାରିବେ । ଲକ୍ଷଣ ବେଶି ଗୁରୁତର ହେଲେ ଏଣ୍ଟିଭାଇରସ ଔଷଧ ଦିଆଯାଇଥାଏ ।

ଗର୍ଭାରମ୍ଭ ବେଳେ ଏହି ସଂକ୍ରମଣ ହେଇଥିଲେ ଶିଶୁଠାରେ ଜନ୍ମଗତ ବିକୃତି ଦେଖାଦେଇଥାଏ । ପରେ ହେଲେ କୌଣସି ବିଶେଷ ଅସୁବିଧା ହୁଏନାହିଁ । ଡେଲିଭରି ସମୟରେ ସଂକ୍ରମଣ ହେଲେ ଅବଶ୍ୟ ଛୁଆକୁ ମଧ୍ୟ ବ୍ୟାପିପାରେ । ଏଣୁକରି ଡାକ୍ତର ପ୍ରଥମରୁ ଏଣ୍ଟିବଡିଜ ଦେଇଥିବେ ନିଶ୍ଚୟ ।

ଯଦିସ ହର୍ପ୍ସ ଜଷ୍ଟର ହୁଏ, ତେବେ ବେଶି ଆଶଙ୍କା ନଥିବ କାରଣ ଆଗରୁ ଆପଣମାନଙ୍କୁ ଏଣ୍ଟିବଡିଜ ଦିଆସରିଥିବ ।

ଯଦିଓ ଟୀକା ନେଇନଥିବେ ତେବେ ପ୍ରସବ ପରେ ସାଙ୍ଗେ ସାଙ୍ଗେ ଟୀକା ନିଅନ୍ତୁ; ଫଳରେ ଆଗାମୀ ଗର୍ଭ ନିରାପଦ ହେଇପାରିବ । ଟୀକା ନେବାର ମାସେ ପର୍ଯ୍ୟନ୍ତ ଗର୍ଭଧାରଣ ନିଷେଧ ।

ଲାଇମ ଡିଜିଜ

"ଆମ ଅଞ୍ଚଳରେ ଲାଇମ ରୋଗର ବହୁ ଆଶଙ୍କା ଅଛି । ହେଲେ ଏହା ଗର୍ଭକୁ କ'ଣ କୁପ୍ରଭାବ ପକାଇପାରେ କି ?"

ସାଧାରଣତଃ ଏହା ଜଙ୍ଗଲ ପାଖରେ ହରିଣ, ମୂଷା ଭଳି ଜୀବଜନ୍ତୁମାନଙ୍କ ସାଙ୍ଗରେ ରହିଲେ ଏପ୍ରକାର ରୋଗ ହେଇଥାଏ । ତଥାପି ଯେହେତୁ କୃଷିଜାତ ବା ଜଙ୍ଗଲ ଦ୍ରବ୍ୟ ସହରକୁ ଆସେ ଏଣୁ ସେଠାରେ ମଧ୍ୟ ଏହା ଦେଖାଯାଇପାରେ ।

ନିଜକୁ ରକ୍ଷା କରିବା ହିଁ ଭଲ ଉପାୟ । ନିକଟସ୍ଥ ପଡିଆକୁ ଯିବା ପୂର୍ବରୁ ଲମ୍ବା ପ୍ୟାଣ୍ଟ, ଜୋତା, ମୌଜା ପିନ୍ଧି ଯାଆନ୍ତୁ । ନଚେତ ପାଦରେ ଜୀବାଣୁ ଲାଗିଲେ କ୍ଲାନ୍ତି, ମୁଣ୍ଡବ୍ୟଥା, ଗଳାଦରଜ ଓ ଜ୍ୱର ଭଳି ଲକ୍ଷଣ ଦେଖାଦେଇପାରେ । ଏପରି ହେଲେ ଶୀଘ୍ର ଚିକିତ୍ସିତ ହୁଅନ୍ତୁ । ନଚେତ୍ ବିପଜ୍ଜନକ ପରିସ୍ଥିତି ସୃଷ୍ଟି ହେଇପାରେ ।

ଠିକ୍ ସମୟରେ ଲାଇମ ସଂକ୍ରମଣର ଔଷଧ ଖାଇଲେ ଗର୍ଭସ୍ଥ ଛୁଆକୁ କୌଣସି ଆଞ୍ଚ ଆସିବ ନାହିଁ ।

ହେପେଟାଇଟିସ ଏ

"ଶିଶୁ ଗୃହରେ ଜଣେ ଛୁଆକୁ ହେପେଟାଇସିସ ଏ ହେଇଯାଇଛି । ମୁଁ ସେଠାରେ କାମ କରେ । ଏଣୁ ମୋ ଗର୍ଭସ୍ଥ ଶିଶୁ ଉପରେ ଏହାର କୁପ୍ରଭାବ ପଡ଼ିପାରେ କି ?"

ଏହାର ଲକ୍ଷଣ ସାଧାରଣତଃ ଦେଖାଯାଏ ନାହିଁ ଓ ଏହା ଭ୍ରୂଣ ପର୍ଯ୍ୟନ୍ତ ଯାଇପାରେ ନାହିଁ । ଆପଣଙ୍କୁ ସଂକ୍ରମଣ ହେଲେ ମଧ୍ୟ ଛୁଆ ନିରାପଦ । ତଥାପି ଦୂରେଇ ରହିବା ଭଲ । ଶିଶୁ ଗୃହରେ କାମ କଲାବେଳେ ବାରମ୍ବାର ହାତ ଧୁଅନ୍ତୁ ଓ ଖାଇବା ପୂର୍ବରୁ ସାବୁନରେ ହାତ ଧୁଅନ୍ତୁ । ଟୀକା କଥା ଡାକ୍ତରଙ୍କୁ ପଚାରି ବୁଝନ୍ତୁ ।

ହେପେଟାଇଟିସ ବି

"ମତେ ହେପେଟାଇଟିସ ବି ଅଛି, ଆଉ ମୁଁ ଗର୍ଭବତୀ ମଧ୍ୟ । ହେଲେ ଏହାଯୋଗୁଁ ମୋ ଶିଶୁର କୌଣସି ଅନିଷ୍ଟ ହେବ କି ?"

ଏହାର ସଂକ୍ରମଣ ଡେଲିଭରି ସମୟରେ ଶିଶୁ ପାଖକୁ ଚାଲିଆସିଥାଏ । ଏହାପୂର୍ବରୁ ଡାକ୍ତର ଏଥିରୁ ରକ୍ଷାର ଉପାୟ ଖୋଜି ସାରିଥିବେ । ଆପଣଙ୍କ ନବଜାତ ଶିଶୁକୁ ଜନ୍ମର ୧୨ ଘଣ୍ଟା ମଧ୍ୟରେ ଔଷଧ ଦିଆହେଇ ସାରିଥିବ । ସବୁତକ ଟୀକାକରଣ ସମାପ୍ତି ପରେ ୧୨ ରୁ ୧୫ ମାସ ପରେ ପରୀକ୍ଷା କଲେ ସବୁ କଥା ସ୍ପଷ୍ଟ ଜଣାପଡ଼ିଯିବ ।

ହେପେଟାଇଟିସ ସି

"ଗର୍ଭଧାରଣ ସମୟରେ ମୁଁ ହେପେଟାଇଟିସ ସି'କୁ ନେଇ ଚିନ୍ତା କରିବା ଉଚିତ ହେବ କି ?"

ଏହା ଡେଲିଭରି ସମୟରେ ମା'ଠାରୁ ଶିଶୁ ପାଖକୁ ପହଞ୍ଚିଥାଏ, ଅବଶ୍ୟ ଆପଣଙ୍କୁ ଉକ୍ତ ସଂକ୍ରମଣର ଆଶଙ୍କା ଖୁବ୍ କମ୍ ଅଟେ । ଏହାର ଚିକିତ୍ସା ପ୍ରସବ ପରେ ହିଁ ହେଇଥାଏ ।

ବେଲ୍ସ ପାଲ୍ସି

"ସକାଳୁ ଉଠିଲାରୁ କାନ ପଛପଟେ ଦରଜ ହେଉଥିଲା ଓ କିଭଟି ଚେତାଶୂନ୍ୟ ମନେହେଲେ । ଦର୍ପଣରେ ମୁହଁ ଦେଖିଲାରୁ ଗୋଟିଏ ଭାଗ ପୂରାପୂରି ନଇଁ ପଡ଼ିଥିଲା । ଏହା କ'ଣ ?"

ଏହି ଅବସ୍ଥାରେ ମୁହଁର ମାଂସପେଶୀ ଗୁଡ଼ିକ ନଷ୍ଟ ହେଲେ ପକ୍ଷାଘାତ ହୁଏ । ଗର୍ଭଧାରଣ ପରେ ତୃତୀୟ ତିନିମାସ ବା ପ୍ରସବ ସମୟରେ ଏହାର ଆଶଙ୍କା ଅଧିକ ଥାଏ । ଏହା ହଠାତ୍ ଅନୁଷ୍ଠିତ ହେଇ ସକାଳୁ ଉଠି ଦେଖିଲେ ଏଭଳି ଦେଖାଯାଏ ।

ଏହି ଅସ୍ଥାୟୀ ରୋଗର କାରଣ ଅଜ୍ଞାତ ବ୍ୟାକ୍ଟେରିଆର ସଂକ୍ରମଣ ଯୋଗୁଁ ଏଭଳି ହୁଏ ବୋଲି ଧରାଯାଏ । ଅନେକ ଥର ପକ୍ଷାଘାତ ସାଙ୍ଗକୁ କାନ ପଛରେ ଯନ୍ତ୍ରଣା, ମୁଣ୍ଡବ୍ୟଥା, ମୁହଁ ଶୁଖିବା ବା ବାକ୍‌ଶକ୍ତି ଲୋପ ହେବା ଭଳି ଲକ୍ଷଣ ଦେଖାଯାଏ ।

ଏହା ବେଶି ଗୁରୁତର ନୁହଁ । ୬ ମାସ ଚିକିତ୍ସିତ ହେଲେ ଠିକ୍ ହେଇଯାଏ । ଶିଶୁର କୌଣସି ଅସୁବିଧା ହୁଏନାହିଁ, ତଥାପି ଡାକ୍ତରଙ୍କୁ ଜଣେଇବା ଉଚିତ ।

ଗର୍ଭଧାରଣ ଓ ଔଷଦପତ୍ର

ଯେକୌଣସି ଔଷଧ ହେଉ ନା କାହିଁକି ସେଥିରେ ସାବଧାନ । ଡାକ୍ତର୍କ ବିନା ପରାମର୍ଶରେ ଗର୍ଭବତୀମାନଙ୍କୁ ଦେବା ନିଷେଧ, ବୋଲି ଲେଖାଯାଇଥାଏ । ନହେଲେ ଆପଣ ଜାଣିବେ କିପରି ?

ଅବଶ୍ୟ ଯେକୌଣସି ଔଷଧ ଖାଇବା ୧୦୦ ଶତକଡା ନିରାପଦ ତଥାପି ଅନେକ ଔଷଧ ଗର୍ଭଧାରଣ ବେଳେ ନିଷେଧ ହେଇଥାଏ ।

ଅନେକ ଔଷଧ ମା' ଓ ଶିଶୁ ପାଇଁ ନିରାପଦ । ପରିସ୍ଥିତି ବାଧ୍ୟ କଲେ ହିଁ ଜଣେ ଔଷଧ ଖାଇଥାଏ ।

ଯେକୌଣସି ଔଷଧ କାଇବା ପୂର୍ବରୁ ତାର ଲାଭକ୍ଷତି କଥା ଚିନ୍ତା କରନ୍ତୁ । ଡାକ୍ତରଙ୍କୁ ନିଜର ସବୁକଥା ପଚାରିଦେଲେ ଖୁବ୍ ଭଲ । ଅନେକଥର ଔଷଧ ଗୁଡ଼ିକୁ ନିରାପତ୍ତା ଦୃଷ୍ଟିରୁ ଏ, ବି, ସି, ଡି, ଇ ଭଳି ଶ୍ରେଣୀରେ ବିଭ କରି ଦିଆଯାଏ । ଏସବୁ ଚକରରେ ନପଡ଼ି ବରଂ ମନେ ରଖିବା ଉଚିତ ଯେ ଡାକ୍ତର, ନର୍ସ ବା ଧାଈଙ୍କୁ ନପଚାରି କୌଣସି ଏଲୋପାଥି, ହୋମିଓପାଥି ବା ଆୟୁର୍ବେଦିକ ଔଷଧ ଖାଆନ୍ତୁ ନାହିଁ ।

ସାଧାରଣ ଔଷଧପତ୍ର

ଅନେକ ପ୍ରକାର ଔଷଧ ଏଭଳି ଅଛି, ଯାହା ଗର୍ଭବେଳେ ସମ୍ପୂର୍ଣ୍ଣ ନିରାପଦ କହିଲେ ଚଳେ । ଆଖି ପିଛୁଳାକେ ଏହା ଥଣ୍ଡା. ସର୍ଦ୍ଦି, ମୁଣ୍ଡବ୍ୟଥା ଇତ୍ୟାଦିକୁ ଭଲ କରିଦେଇଥାଏ । ଏପରି କେତେକ ଔଷଧ ଅଛି, ଯାହା ପ୍ରଥମ ତିନି ମାସରେ କ୍ଷତିକାରକ ଆଉ କେତେ ଔଷଧ ସମ୍ପୂର୍ଣ୍ଣ ଗର୍ଭ ପାଇଁ ନିଷେଧ ହେଇଥାଏ ।

ଟାଇଲିନୋଲ: ଏସିଟେମିନୋଫେନକୁ ଗର୍ଭବେଳେ ନିରାପଦ ବୋଲି ଧରାଯାଏ, ହେଲେ ପ୍ରଥମ କରି ଖାଇଲେ ଡାକ୍ତରଙ୍କୁ ପଚାରନ୍ତୁ ।

ଏସ୍ପିରିନ: ତୃତୀୟ ତିନି ମାସରେ ଏହା ଖାଇବା ନିଷେଧ । କାରଣ ଏହାକୁ ଖାଇଲେ ପ୍ରସବବେଳେ ଅତ୍ୟଧିକ ରକ୍ତସ୍ରାବ ହୋଇପାରେ । ଅଧ୍ୟୟନରୁ ଜଣାପଡ଼ିଛି ଯେ, ଏସ୍ପିରିନର ଅଳ୍ପ ଅଂଶ ପ୍ରି=କ୍ଲେମ୍ପସିଆରେ ହିତକର ହେଇଥାଏ, କିନ୍ତୁ ଡାକ୍ତର ହିଁ ଏକଥା କହିପାରିବେ ଯେ, ଆପଣ ଖାଇବା ନିରାପଦ କି ନୁହଁ । ଏହାକୁ ରକ୍ତ ପତଳା କରୁଥିବା ଔଷଧ ସହ ଖୁଏଇଲେ ଗର୍ଭପାତ ଦୂରେଇଯାଏ । ଏଣୁ ନିଜ ପରିସ୍ଥିତି ମୁତାବକ ଡାକ୍ତରଙ୍କୁ ବୁଝି ଔଷଧ ଖାଆନ୍ତୁ ।

> **ଦୁର୍ବଳ ଚିକିତ୍ସା**
>
> ଅବଶ୍ୟ ଗର୍ଭାବସ୍ଥାରେ ଆରାମ ପାଇଁ ଦିଆଯାଉଥିବା ସାନ୍ତ୍ୱନା ଖୁବ୍ ଭଲ ଲାଗିଥାଏ । ହେଲେ ସବୁତକ ପ୍ରାକୃତିକ ଔଷଧକୁ ନିରାପଦ କହିପାରିବା ନାହିଁ । ଏଣୁ ସତର୍କ ହେଇ ଔଷଧ ଖାଆନ୍ତୁ । ଡାକ୍ତର କହିଲେ ହିଁ ଔଷଧ ଖାଆନ୍ତୁ । ନହେଲେ ନାହିଁ । ଅବଶ୍ୟ ବିକଳ୍ପ ଚିକିତ୍ସା କଲେ କିଛି କ୍ଷତି ନାହିଁ । ଆଶଙ୍କା ମଧ୍ୟ ନାହିଁ ।

ଏଡବିଲ ବା ମୋଟ୍ରିନ: ପ୍ରଥମ ଓ ତୃତୀୟ ତିନିମାସ ବେଳେ ଇବୁଫେନର ବ୍ୟବହାର ଭାବିଚିନ୍ତି କରନ୍ତୁ । ଏସ୍ପିରିନ ଭଳି ଏହାର ମଧ୍ୟ କୁପ୍ରଭାବ ପଡ଼େ ଏଣୁ ଡାକ୍ତରଙ୍କୁ ବୁଝନ୍ତୁ ।

ଏଲିଭ: ଏହାକୁ ଗର୍ଭଧାରଣ ସମୟରେ କଦାପି ଖାଇ ପାରିବେ ନାହିଁ ।

ନେଜାଲ ସ୍ପ୍ରେ: ସର୍ଦ୍ଦି ଯୋଗୁଁ ନାକ ବନ୍ଦ ହେଲେ ଏହାକୁ ବ୍ୟବହାର କରିପାରନ୍ତି । ଡାକ୍ତରଙ୍କୁ ପଚାରି ଭଲ ବ୍ରାଣ୍ଡର ଔଷଧ ଖାଆନ୍ତୁ । ନେଜାଲ ଷ୍ଟ୍ରିପ୍ ମଧ୍ୟ ବ୍ୟବହାର୍ଯ୍ୟ ।

ଏଣ୍ଟିଏସିଡ: ଛାତି ଜଳିଲେ ଏହା ଖାଇପାରିବେ । କିନ୍ତୁ ଡୋଜ (ପାନ) ବିଷୟରେ ଡାକ୍ତରଙ୍କୁ ପଚାରନ୍ତୁ ।

ଗ୍ୟାସ ଏସିଡ: ବେଳେ ବେଳେ ଗ୍ୟାସ ପାସରୁ ମୁକ୍ତି ପାଇଁ ଔଷଧ ଖାଇପାରନ୍ତି ।

ଆଣ୍ଟିହିଷ୍ଟେମାଇନ: କେତେ ପ୍ରକାର ଔଷଦ ନିରାପଦ ଯଥା: ବେନେଡ୍ରିଲ, କ୍ଲୋରଟ୍ରିମସେନ... ଇତ୍ୟାଦି ।

ନିଦ ବଟିକା: ଗର୍ଭାବସ୍ଥାରେ ୟୁନିସୋମ, ଟାଇଲିନୋଲ, ସୋମିନେକ୍ସ ଓ ନାଇଲିଟୋଲ ଇତ୍ୟାଦି ନିରାପଦ । ବେଳେ ବେଳେ ଖାଇପାରନ୍ତି ।

ଡିଙ୍କଜଷ୍ଟେଣ୍ଟ: ଆବଶ୍ୟକସ୍ଥଳେ କମ୍ ପରିମାଣରେ ସୁଡାଫେଡ ବ୍ୟବହାର୍ଯ୍ୟ ।

ଆଣ୍ଟିଡାଇରିଆଲ: ଏହାର ସବୁତକ ଔଷଧ ଗର୍ଭସମୟରେ ନିରାପଦ ନୁହଁ । ଏଣୁ ଡାକ୍ତରଙ୍କୁ ପଚାରିବା ଉଚିତ ।

ଆଣ୍ଟି ବାୟୋଟିକ୍ସ: ଯଦି ବେକ୍ଟେରିଆ ଜନିତ ସଂକ୍ରମଣ ହୁଏ, ତେବେ ପେନ୍‌ସିଲସନ ବା ଆଣ୍ଟିଖ୍ରୋମାଇସିନ ବର୍ଗର ଆଣ୍ଟିବାୟୋଟିକ୍ସ ଡାକ୍ତର ଦେଇପାରନ୍ତି । ଗର୍ଭ ବାବଦରେ ଜାଣିଥିବା ଡାକ୍ତରଙ୍କ ଠାରୁ ଆଣ୍ଟିବାୟୋଟିକ୍ ଔଷଧ ଖାଆନ୍ତୁ ।

ଆଣ୍ଟି ଡିପ୍ରେସେଣ୍ଟ: ଅବସାଦର ଉତ୍ତମ ଚିକିତ୍ସା ନହେଲେ ଶିଶୁ ଉପରେ କୁପ୍ରଭାବ ପଡ଼େ । ଏଣୁ ଏସବୁ ଔଷଧ ଶିଶୁର ବୟସ ସାଙ୍ଗକୁ ବେଳେ ବେଳେ ପରିବର୍ତ୍ତନ କରିଦିଆଯାଏ ।

ଆଣ୍ଟିନାଜିଆ: କିଛି ଔଷଧର ମିଶ୍ରଣ ଯୋଗୁଁ ମର୍ଣ୍ଣିଂ ସିକ୍‌ନେସ ହ୍ରାସ ପାଏ, କିନ୍ତୁ ଦିନସାରା ତନ୍ଦ୍ରାଳସ ଭଳି ଲାଗେ । ଏଣୁକରି ବୁଝି ବିଚାରି ଖାଆନ୍ତୁ ।

ଟପିକାଲ ଆଣ୍ଟିବାୟୋଟିକ୍ସ: ବେକ୍ଟିରେସିନ କିମ୍ବା ନୟୋସ୍ପୋରିନ ଭଳି ଟପିକାଲ ଆଣ୍ଟିବାୟୋଟିକ୍ସ କମ୍ ମାତ୍ରାରେ ଗ୍ରହଣୀୟ ।

ଟପିକାଲ ଷ୍ଟିରଏଡ୍‌ସ: ଟପିକାଲ ହାଇଡ୍ରୋକାର୍ଟିଜୋନର କିଛି ମାତ୍ରା ଖିଆଯାଇପାରେ ।

ଗର୍ଭଧାରଣ ସମୟରେ ଔଷଧର ବ୍ୟବହାର

ମନେକର ଗର୍ଭଧାରଣ ସମୟରେ ଡାକ୍ତର କୌଣସି ଔଷଧ ଖାଇବାକୁ ପରାମର୍ଶ ଦିଅନ୍ତି, ତେବେ ଉପକାର ବୃଦ୍ଧି ଓ ଅପକାର ହ୍ରାସ ସକାଶେ ନିମ୍ନ ଲିଖିତ ପଦକ୍ଷେପ ଗ୍ରହଣୀୟ:

■ କାମ ସମୟ ପାଇଁ ଅଳ୍ପ ଔଷଧ ଖାଇ କାମ ଚଳେଇନେବା ପାଇଁ ଡାକ୍ତରଙ୍କୁ ପଚାରନ୍ତୁ ।

■ ଔଷଧ ବେଶି ଲାଭକାରୀ ହେଲେ ହିଁ ଖାଆନ୍ତୁ, ଯଥା: ସର୍ଦ୍ଦିର ଔଷଧ ରାତିରେ ଖାଆନ୍ତୁ ।

■ ଔଷଧର ନିର୍ଦ୍ଦେଶକୁ ପଢ଼ି ଭଲଭାବରେ ପାଣି ବା କ୍ଷୀର ସହ ଖାଇବା ତଥା ବିଭିନ୍ନ ପାର୍ଶ୍ୱପ୍ରଭାବ କଥା ଚିନ୍ତାକରି ଖାଆନ୍ତୁ । ଡାକ୍ତରଙ୍କୁ ପଚାରି ଖାଇବା ଖୁବ୍ ଭଲ ।

■ ଘରେ ଏଲାର୍ଜି ସୃଷ୍ଟିକାରୀ ପଦାର୍ଥଗୁଡ଼ିକୁ ଦୂରେଇଦେଇ ଔଷଧ ଲଗାନ୍ତୁ । ହର୍ବଲ ଔଷଧ ନିରାପଦ ହେଲେ ମଧ୍ୟ ଡାକ୍ତରଙ୍କୁ ପଚାରି ଖାଇବା ବିଧେୟ ।

■ ଔଧେ ଖାଇବା ପୂର୍ବରୁ ମୁନ୍ଦାଏ ପାଣି ପିଅନ୍ତୁ, ଫଳରେ ତଣ୍ଟି ତଳକୁ ରାସ୍ତା ସଫା ହେବ, ତା'ପରେ ଔଷଧ ଖାଇ ଗ୍ଲାସେ ପାଣି ପିଅନ୍ତୁ ।

■ ଔଷଧ ଯେକୌଣସି ଏକା ଦୋକାନରୁ କିଣନ୍ତୁ ଓ ତା'ର ନାମ ତଥା କେତେ ଖାଇବା ଉଚିତ, ଏକଥା ବୁଝି ଖାଇବା ଉଚିତ । ଏକ୍ସପାଇରି ଡେଟ ତଥା ଔଷଧର ନାମ ଭଲଭାବେ ପଢ଼ି ନିଅନ୍ତୁ । ବେଳେବେଳେ ଔଷଧ ଦୋକାନୀ ଭୁ କରିବସନ୍ତି ।

କୌଣସି ୖଷଧ ନିରାପଦ ଥିଲେ ଖାଇବାରେ ସଂକୋଚ କରନ୍ତୁ ନାହିଁ । ଏହାଫଳରେ ଶିଶୁକୁ କୌଣସି ଅସୁବିଧା ହେବନାହିଁ । ବରଂ ନିଜର ଚିକିତ୍ସା ହେଇ ଦେହ ସୁସ୍ଥ ହେବ ।

■ ■ ■

ଯଦି ଆପଣ କୌଣସି ପୁରୁଣା ରୋଗୀ ହୋଇଥାଆନ୍ତି

ଦୀର୍ଘକାଳୀନ ରୋଗ ଅର୍ଥାତ୍ କ୍ରନିକ ଅବସ୍ଥାରେ ରହୁଥିବା ଜୀବନ ସଂକଟାପନ୍ନ ହୋଇପଡ଼େ । ତାକୁ ସ୍ୱତନ୍ତ୍ର ଖାଦ୍ୟ, ଔଷଧ ଓ ପରୀକ୍ଷା ବଳରେ ବଞ୍ଚିବାକୁ ହୁଏ । ପୁଣି ଏହା ସାଙ୍ଗକୁ ଗର୍ଭଧାରଣ ହେଲେ ଖାଦ୍ୟ, ଔଷଧ ଓ ପରୀକ୍ଷାରେ ପରିବର୍ତ୍ତନ କରିବାକୁ ହୋଇଥାଏ । ଭଲକଥା ଯେ ସାମାନ୍ୟ ସତର୍କତା ଓ ଯତ୍ନ ବଳରେ ଗର୍ଭ ତଳୀ ନିରାପଦ ରଖାଯାଇପାରେ । ଗର୍ଭ ବେଳର ରୋଗ ଓ ରୋଗର ଗର୍ଭ ଉପରେ କି କି ପ୍ରଭାବ ପଡ଼େ, ଏହା ବିଭିନ୍ନ କାରଣ ଉପରେ ନିର୍ଭର କରେ । ଏହି ଅଧ୍ୟାୟରେ ଏଭଳି କିଛି କାରକ ଉପରେ ଆଲୋଚନା କରାଯାଇଛି । ଏହି ଗାଇଡରୁ ଉପକୃତ ହୋଇ କୌଣସି ନିଷ୍ପତ୍ତି ନେବା ପୂର୍ବରୁ ଡାକ୍ତରଙ୍କ ପରାମର୍ଶ ଗ୍ରହଣ କରନ୍ତୁ । କାରଣ ସେ ଆପଣଙ୍କର ବ୍ୟକ୍ତିଗତ ଚାହିଦା ମୁତାବକ ପରାମର୍ଶ ଓ ଔଷଧ ଦେଇପାରିବେ ।

ଆପଣ କ'ଣ ଭାବୁଥାଇ ପାରନ୍ତି ?

ଶ୍ୱାସରୋଗ

"ମତେ ପିଲାବେଳୁ ଶ୍ୱାସରୋଗ ହେଉଛି । ହେଲେ ଶ୍ୱାସରୋଗ ସକାଶେ ଖାଉଥିବା ଔଷଧ ଗର୍ଭାବସ୍ଥାରେ ମଧ୍ୟ ଗ୍ରହଣୀୟ ଓ ନିରାପଦ କି ?"

ଆମେ ବୁଝିପାରୁଛୁ ଯେ ଆପଣଙ୍କୁ ଏହି ଅବସ୍ଥାରେ ଅଳ୍ପ ସତର୍କ ହୋଇ ଯତ୍ନ ନେବାକୁ ପଡ଼ିବ । ଏକଥା ସତ ଯେ, ଶ୍ୱାସରୋଗ ଯୋଗୁଁ ଗର୍ଭଧାରଟି ବିପଜ୍ଜନକ ମନେ ହୋଇଥାଏ ହେଲେ ଏହି ଆଶଙ୍କାକୁ ସମ୍ପୂର୍ଣ୍ଣ ଭାବରେ ଦୂରୀଭୂତ କରାଯାଇପାରିବ । ଯଦି ଆପଣ କୌଣସି ଅନୁଭୂତିସମ୍ପନ୍ନ ସ୍ତ୍ରୀରୋଗ ବିଶେଷଜ୍ଞ ଓ ଅନ୍ୟ ଡାକ୍ତରମାନଙ୍କର ଟିମ୍‌ର ପରାମର୍ଶ ନେଇ ଗର୍ଭଧାରଣ କରନ୍ତି, ତେବେ ସାଧାରଣ ଭାବରେ ଏକ ସୁସ୍ଥ ଶିଶୁଙ୍କୁ ଆପଣ ଜନ୍ମ ଦେଇପାରିବେ ।

ମନେକର ଶ୍ୱାସରୋଗ ସର୍ମ୍ପୂର୍ଣ୍ଣ ଭାବରେ ଆୟତତାଧୀନ ହୁଏ, ତେବେ ଗର୍ଭଉପରେ ଏହାର ସାମାନ୍ୟ ପ୍ରଭାବ ପଡ଼ିଥାଏ । ଏହାର ପ୍ରଭାବ ଭାବି ମା'ଙ୍କ ଠାରେ ଭିନ୍ନ ପ୍ରକାରେ ପଡ଼ିପାରେ । ଏକତୃତୀୟାଂଶ କ୍ଷେତ୍ରରେ ଶ୍ୱାସରୋଗ ସୁଧୁରୀ ଯାଇଥାଏ । କେତେକ ମାମଲା ପୂର୍ବବତ ଥାଏ ଓ ଆଉ କେତେକ ଗୁରୁତର ଅବସ୍ଥାକୁ ଚାଲିଯାଏ । ଆପଣ ଲକ୍ଷ୍ୟ କରିବେ ଯେ ଶ୍ୱାସରୋଗ ଗର୍ଭବେଳେ ମଧ୍ୟ ଆଗ ଭଳି ଥିବ ।

ସବୁଠୁ ଭଲ ଉପାୟ ହେଲା ଗର୍ଭଧାରଣ ପୂର୍ବରୁ ଶ୍ୱାସରୋଗକୁ ନିୟନ୍ତ୍ରଣାଧୀନ କରିନେବା ଉଚିତ । ଏହା ଆପଣ ଓ ଗର୍ଭସ୍ଥ ଶିଶୁ ପାଇଁ ହିତକର ହେବ ।

ଯଦି ଆଗରୁ ଏଭଳି ପଦକ୍ଷେପ ନେଇନଥାନ୍ତି ତେବେ ଶୀଘ୍ର ନିଅନ୍ତୁ ।

■ ପରିବେଶ ମଧ୍ୟରେ ଶ୍ୱାସରୋଗ କିମ୍ବା ଏଲାର୍ଜି ରୋଗ ସୃଷ୍ଟି କରୁଥିବା କାରଣକୁ ଚିହ୍ନନ୍ତୁ । ଏକଥା ଆପଣ ଆଗରୁ ମଧ୍ୟ ଲକ୍ଷ୍ୟ କରିସାରିଥିବେ । ଏଣୁ ସେସବୁ ଠାରୁ ଦୂରେଇ ରହନ୍ତୁ । ଫଳରେ ଆପଣ ଶାନ୍ତିରେ ନିଶ୍ୱାସ ମାରିପାରିବେ । ଅବାଂ ପରାଗରେଣୁ, ପଶୁ ପକ୍ଷୀଙ୍କର ଲୋମ ଓ ପର, ଧୂଳିକଣା ପ୍ରଭୃତି ଅନେକ ତଥ୍ୟ ଏଥିପାଇଁ ଦାୟୀ । ଧୂଆଁ, ଅତର ବା ଲୁଗାଧୂଆ ଡିର୍ଜେଣ୍ଟ ଯୋଗୁଁ ଅବସ୍ଥା ସାଂଘାତିକ ହୁଏ । ଏଣୁ ସ୍ୱାମୀ -ସ୍ତ୍ରୀ ଧୂମପାନ ଛାଡ଼ି ଏଲାର୍ଜିର ଔଷଧ ଖାଇପାରନ୍ତି ।

■ ବ୍ୟାୟାମ କରିବା ପୂର୍ବରୁ ଔଷଧ ଖାଇବାକୁ ଡାକ୍ତରମାନେ ପରାମର୍ଶ ଦେଇଥାନ୍ତି ।

■ ଥଣ୍ଡା ସର୍ଦ୍ଦି, କାଶ, ଫ୍ଲୁ ଓ ଶ୍ୱାସରୋଗ ଜନିତ ସମସ୍ୟାରୁ ନିଜକୁ ରକ୍ଷା କରନ୍ତୁ । ଫ୍ଲୁର ଔଷଧ ଖାଇ ସୁସ୍ଥ ରହନ୍ତୁ । ମନେକର ସାଇସୋଇଟିସ କିମ୍ବା ରିଫ୍ଲକ୍ସ ହେଇଥିଲେ ଶୀଘ୍ର ଚିକିତ୍ସିତ ହୁଅନ୍ତୁ, ନଚେତ ଶ୍ୱାସରୋଗରେ ବହୁ ଅସୁବିଧା ହେଇପାରେ ।

■ ଡାକ୍ତରଙ୍କ ପରାମର୍ଶକୁ ମାନି ଚଳିଲେ ଯଥେଷ୍ଟ ଅମ୍ଳଜାନ ପାଇପାରିବେ । ପିକ,-ଫ୍ଲୋମିଟର ଯୋଗେ ପରୀକ୍ଷା କରାନ୍ତୁ ।

■ ସବୁତକ ଔଷଧକୁ ଦୃଷ୍ଟିଦେଇ ଡାକ୍ତର କହିଥିବା ଔଷଧକୁ ହିଁ ଖାଆନ୍ତୁ । ନାକରେ ପକାଯାଉଥିବା ଔଷଧ ଖୁବ୍ ଭଲ । ଏଣୁ ଔଷଧ ନେବାରେ ହେଳା କରନ୍ତୁ ନାହିଁ ।

ଶ୍ୱାସରୋଗ ବାହାରିଲେ ଡେରି ନ କରି ଚିକିତ୍ସିତ ହୁଅନ୍ତୁ । ନଚେତ୍ ଶିଶୁ ଅମ୍ଳଜାନ ପାଇପାରିବ ନାହିଁ । ଫଳରେ ହୁଏତ ଇଷତ୍ ସଂକୋଚନ ମଧ୍ୟ ଆରମ୍ଭ ହେଇ ବନ୍ଦ ହେଇପାରେ ।

ଗର୍ଭାବସ୍ଥାର ଶେଷବେଳକୁ ହେଲେ ଆହୁରି ମୁସ୍କିଲ କିନ୍ତୁ ସେତେ ବିପଜ୍ଜନକ ନୁହଁ । ହେଲେ ବେଶି ସମୟ ଧରି ଦୀର୍ଘଶ୍ୱାସ ମାରନ୍ତୁ ନାହିଁ ।

କ୍ୟାନ୍ସର

ଗର୍ଭାବସ୍ଥାରେ କ୍ୟାନ୍ସର ହେବା ଏକ ସାଧାରଣ କଥା ନୁହଁ । କିନ୍ତୁ ହୋଇପାରେ ମଧ୍ୟ । ଯେତେବେଳେ ଚିକିତ୍ସାରେ ଭାରସାମ୍ୟ ରକ୍ଷା କରିବା ଖୁବ୍ ଜରୁରୀ ହୁଏ ଗର୍ଭକାଳ, କ୍ୟାନ୍ସରର ପ୍ରକାର, ତାର ଅବସ୍ଥା ଆପଣଙ୍କ ପ୍ରତିରୋଧ ସାମର୍ଥ୍ୟ ଉପରେ ନିର୍ଭର କରି ଚିକିତ୍ସା ସମ୍ଭବ ହୁଏ । ପ୍ରଥମ ତିନିମାସରେ କ୍ୟାନ୍ସରର ଚିକିତ୍ସା କଲେ ଭ୍ରୁଣ ଉପରେ ଏହାର କୁପ୍ରଭାବ ପଡ଼ିଥାଏ । ଏଣୁକରି ଡାକ୍ତରମାନେ ଦ୍ୱିତୀୟ ତିନିମାସ ପର୍ଯ୍ୟନ୍ତ ଅପେକ୍ଷା କରିଥାନ୍ତି । ମନେକର କ୍ୟାନ୍ସର କଥା ପରେ ଜଣାପଡ଼େ ତେବେ ପ୍ରସବ ପର୍ଯ୍ୟନ୍ତ ଅପେ୪ା କରି ଶିଶୁ ଜନ୍ମ ହେଲାପରେ ଚିକିତ୍ସା କରିଥାନ୍ତି ।

ପ୍ରସବ ଓ ଡେଲିଭରି ଉପରେ ଶ୍ୱାସରୋଗର କି ପ୍ରଭାବ ପଡ଼ିବ? ଆପଣ ବିନା ଔଷଧରେ କାମ ଚଳେଇ ପାରିବେ । ଏପିଡ୍ୟୁରାଲରେ ମଧ୍ୟ କୌଣସି ଅସୁବିଧା ହେବନାହିଁ । କିନ୍ତୁ ଡେମିକାଲ ଭଳି ନାରକୋଟିକ ଔଷଧ ବ୍ୟବହାର ଫଳରେ ଶ୍ୱାସରୋଗ ପୁଣି ମୁଣ୍ଡ ଟେକିପାରେ । ଔଷଧ କାମକୁ ନ ଆସିଲେ ଡାକ୍ତର ଆପଣଙ୍କୁ ଆଁ.ଭି. ଷ୍ଟିରଏଡ ଦେଇପାରନ୍ତି । ଅକ୍ସିଜେନେସନର ମଧ୍ୟ ପରୀକ୍ଷା ହୋଇପାରେ । ଏହା କମ୍ ଥିଲେ ଔଷଧ ଦିଆଯିବ । ଏଭଳି ମା'ମାନେ ଶିଶୁର ଜନ୍ମ ପରେ ଦ୍ରୁତ ବେଗରେ ଶ୍ୱାସକ୍ରିୟା କରିଥାନ୍ତି । ଏହା କିନ୍ତୁ ଅସ୍ଥାୟୀ ସମସ୍ୟା । ଡେଲିଭରିର ତିନି ମାସ ପରେ ଏହା ପୁଣି ଦେଖାଦେବ ।

ସିଷ୍ଟିକ ଫାଇବ୍ରୋସିସ

"ମତେ ସିଷ୍ଟିକ ଫାଇବ୍ରୋସିସ ହୋଇଛି । ଏହାଯୋଗୁଁ ଗର୍ଭଧାରଣ କେତେକ ମାତ୍ରାରେ ସଂକଟାପନ୍ନ ହେଇପାରେ ?"

ଆପଣ ତ ଜାଣିଥିବେ ଯେ, ସି.ଏଫ. ସହ ବଞ୍ଚିବା କେତେ କାଠିକର ପାଠ । ଅବଶ୍ୟ ଗର୍ଭଧାରଣ ସମୟରେ ଏହା ଆହୁରି ଆହ୍ୱାନମୂଳକ ହୋଇଯାଏ । ହେଲେ ଆପଣ ଓ ଡାକ୍ତର ଦୁହେଁ ମିଶି ଏହାକୁ ସୁଖଦ ଓ ନିରାପଦ କରିପାରିବେ ।

ସର୍ବପ୍ରଥମେ ନିଜର ଓଜନ ବୃଦ୍ଧି ପାଇଁ ଜଣେ ଖାଦ୍ୟ ବିଶେଷଜ୍ଞଙ୍କ ସହ ପରାମର୍ଶ କରନ୍ତୁ । ନିଜ କଥା ଶିଶୁର ପରୀକ୍ଷା ପାଇଁ ଡାକ୍ତରଙ୍କ ପାଖକୁ ଅନେକ ଥର ଯିବାକୁ ହେବ । ଏପଟେ ସେପଟେ ଯିବା ମନା ହେଇପାରେ । କାରଣ ସମୟ ପୂର୍ବରୁ ପ୍ରସବର ଆଶଙ୍କା ଥାଏ । ବିପଦକୁ ଏଡାଇବା ପାଇଁ ସାବଧାନ ହେବାକୁ ହୁଏ । ଠିକ୍ ସମୟରେ ହସ୍ପିଟାଲ ଯିବାକୁ ପଡ଼ିପାରେ ।

ଜେନେଟିକ କାଉନସେଲିଂ ଯୋଗୁଁ ଶିଶୁ ଟି.ସି.ଏଫ ଗ୍ରସ୍ତ କି ନୁହଁ ଜଣାପଡ଼ିଯାଏ । ନିଜ ସ୍ୱାମୀଙ୍କୁ ଯଦି ଏହି ରୋଗ ନଥାଏ, ତେବେ ଛୁଆକୁ ହେଇନପାରେ । ନଚେତ୍ ଆଶଙ୍କା ଥାଏ ।

ଆପଣଙ୍କୁ ପଲଭୋନାରି ସଂକ୍ରମଣ ନହେଉ ବୋଲି ଡାକ୍ତର ସତଚେଷ୍ଟା କରିବେ । ଅନେକଙ୍କ ଫୁସଫୁସର ସଂକ୍ରମଣ ବୃଦ୍ଧି ପାଏ । ଅବଶ୍ୟ ଏହାର କୌଣସି ସ୍ଥାୟୀ କୁପ୍ରଭାବ ପଡେନାହିଁ ।

ଡାକ୍ତର ସତର୍କ ହେଲେ କୌଣସି ସମସ୍ୟା ଦେଖାନଦେଇ ଛୁଆଟି କୋଳକୁ ଆସିପାରେ ।

ଅବସାଦ (ଡିପ୍ରେସନ)

"ମତେ କିଛି ବର୍ଷ ହେଲା କ୍ରନିକ ଡିପ୍ରେସନ (ଦୀର୍ଘସ୍ଥାୟୀ ଅବସାଦ) ଅଛି । ସେହି ସମୟରୁ ମତେ ଆଣ୍ଟି ଡିପ୍ରେସେଣ୍ଟ ଔଷଧ ଦିଆଯାଉଛି । କଣ ଗର୍ଭଧାରଣ କଲେ ମଧ୍ୟ ଏହି ଔଷଧ ଖିଆଯାଇପାରେ କି ?"

ଅନେକ ମହିଳାମାନେ ଗର୍ଭଧାରଣ ସମୟରେ ଅବସାଦର ସମ୍ମୁଖୀନ ହେଇଥାନ୍ତି । ସଠିକ୍ ଚିକିତ୍ସା ବଳରେ ସବୁ ଠିକ୍ ହେଇପାରେ । ଔଷଧ ପରିପ୍ରେକ୍ଷୀରେ ସାମଞ୍ଜସ୍ୟ ରକ୍ଷା କରିବାକୁ ପଡ଼ିପାରେ । ନିଜର ଡାକ୍ତରଙ୍କୁ ପଚାରି ଔଷଧ ଖାଇପାରିବେ ।

ଶିଶୁର ଶାରୀରିକ ଓ ଆପଣଙ୍କର ଭାବାତ୍ମକ ଦିଗ ପ୍ରତି ଦୃଷ୍ଟି ଦିଆଯିବ । ଗର୍ଭବେଳର ହର୍ମୋନ୍ସ ଆପଣଙ୍କ ଭାବାତ୍ମକ ଅବସ୍ଥାକୁ ପ୍ରଭାବ ପକାଇବ । ଆଗରୁ ଥିବା ଅବସାଦଗ୍ରସ୍ତ ମାନଙ୍କ ପକ୍ଷରେ ଏହା ଖୁବ୍ ଶୋଚନୀୟ । ଔଷଧ ନ ଖାଇଲେ ଆଉ କ'ଣ ହେବ, ଭାବି ପାରୁଥିବେ ।

ଉକ୍ତ ଅବସାଦ ଶିଶୁର ସ୍ୱାସ୍ଥ୍ୟ ଉପରେ ମଧ୍ୟ କୁପ୍ରଭାବ ପକାଇଥାଏ । ଅବସାଦଗ୍ରସ୍ତ ମା ମାନେ ନିଜ କିମ୍ବା ଶିଶୁ ପ୍ରତି ସମୁଚିତ ଦୃଷ୍ଟି ଦେଇପାରନ୍ତି ନାହିଁ । ମଦ ଓ ଧୂମପାନର ବଶବର୍ତ୍ତୀ ମଧ୍ୟ ହେଇଥାନ୍ତି । ବେଶି ଚାପଗ୍ରସ୍ତ ହେବା ଯୋଗୁଁ ଶିଶୁ ଠାରେ ବିଭିନ୍ନ ସମସ୍ୟା ସବୁ ଦେଖାଯାଏ । ଏଣୁ ଅବସାଦର ଚିକିତ୍ସା ସମ୍ଭବ ହେଲେ ଯାଇ ମା' ଶିଶୁର ଯତ୍ନ ନେଇପାରେ ।

ଏଣୁ ନିଜର ଔଷଧ ଛାଡ଼ିବା ପୂର୍ବରୁ ଦୁଇଥର ଚିନ୍ତା କରନ୍ତୁ । ଡାକ୍ତରଙ୍କୁ ପଚାରି ବୁଝନ୍ତୁ ଯେ, କେଉଁ ଏଣ୍ଟିଡିପ୍ରେସନର ଔଷଧ ପ୍ରଯୁଜ୍ୟ ହେବ । ଡାକ୍ତର ନିହାତି ଠିକ୍ ପରାମର୍ଶ ଦେବେ । କାରଣ ଏହା ହିଁ ତାଙ୍କର କର୍ମ ଓ କର୍ତ୍ତବ୍ୟ । ଅବଶ୍ୟ କେତେକ ଔଷଧ ଅଳ୍ପବେଶି ଉପରତଳ ହେଇପାରେ ତଥାପି ଏଥିରେ ଭାବିବାର କିଛି ନାହିଁ ।

ବେଳେ ବେଳେ ମନୋଚିକିତ୍ସା ମଧ୍ୟ ଖୁବ୍ ସହାୟକ ହେଇଥାଏ । ବିକଳ୍ପ ଚିକିତ୍ସା ବ୍ୟବସ୍ଥା ମଧ୍ୟ ହିତକର ହୁଏ । ବ୍ୟାୟାମ, ଧ୍ୟାନ, ପୁଷ୍ଟିକର ଖାଦ୍ୟ ମଧ୍ୟ ଗୁରୁତ୍ୱପୂର୍ଣ୍ଣ ଅଟେ । ଏଣୁ ଏହାକୁ ଉପେକ୍ଷା କରିବା ଅନୁଚିତ ।

ମଧୁମେହ

"ମୁଁ ମଧୁମେହ ରୋଗରେ ଆକ୍ରାନ୍ତ । ହେଲେ ମୋ ଶିଶୁ ଉପରେ ଏହାର କୁପ୍ରଭାବ ପଡ଼ିବ

କି ?"

ବର୍ତ୍ତମାନ ଆପଣଙ୍କ ଭଳି ସ୍ତ୍ରୀମାନଙ୍କ ପାଇଁ ସୁସମ୍ବାଦ କହିଲେ ଚଳେ । ଡାକ୍ତରୀ ଚିକିତ୍ସା ଓ ନିଜର ଯତ୍ନ ସାହାଯ୍ୟରେ ସୁସ୍ଥ ଶିଶୁକୁ ଜନ୍ମ ଦିଆଯାଇପାରିବ

ଅଧ୍ୟୟନରୁ ଜଣାପଡ଼ିଛି ଯେ, ମଧୁମେହ ଟାଇପ-୧ ବା ଟାଇପ-୨, ଗର୍ଭ ପୂର୍ବରୁ ସାଧାରଣ ରକ୍ତ ଗ୍ଲୁକୋଜର ସ୍ତରକୁ ଚାଲିଆସେ । ଆଉ ସମଗ୍ର ନ'ମାସ କାଳ ଠିକ୍ ଥାଏ ।

ହୁଏତ ଆଗରୁ ମଧୁମେହ ଥାଉ ବା ଗର୍ଭବେଳେ ଜେଷ୍ଟେସନାଲ ଡାଇବିଟିଜରେ ଆକ୍ରାନ୍ତ ହେଇଥାନ୍ତୁ; ନିମ୍ନ ଉପାୟରେ ନିରାପଦ ପ୍ରସବ ଓ ସୁସ୍ଥ ଶିଶୁଙ୍କୁ ଜନ୍ମ ଦେଇ ପାରିବେ ।

ସଠିକ୍ ଡାକ୍ତର ନିର୍ବାଚନ: ଆପଣଙ୍କ ପ୍ରସୂତି ବିଶେଷଜ୍ଞ ତଥା ମଧୁମେହର ଚିକିତ୍ସା କରୁଥିବା ଡାକ୍ତର ମଧ୍ୟରେ ସାମଞ୍ଜସ୍ୟ ସ୍ଥାପନ ହେବା ଆବଶ୍ୟକ । ଏଣୁ ଅନ୍ୟମାନଙ୍କ ଅପେକ୍ଷା ଆପଣଙ୍କୁ ବେଶି ଯା'ଆସ କରିବାକୁ ପଡ଼ିବ ।

ଉତ୍ତମ ଖାଦ୍ୟ ଯୋଜନା: ଭଲ ଡାକ୍ତର ଓ ପୋଷଣ ବିଜ୍ଞାନୀଙ୍କ ସହାୟତାରେ ନିଜର ଖାଦ୍ୟ ପ୍ରକ୍ରିୟାକୁ ସୁଚାରୁ କରିବାକୁ ହେବ । ଏଥିରେ କମ୍ପ୍ଲେକ୍ସ କାର୍ବୋହାଇଡ୍ରେଟର ପରିମାଣ ଅଧିକ, ପ୍ରୋଟିନର ମାତ୍ରା କମ୍ ଓ ଚର୍ବି ତଥା କୋଲୋଷ୍ଟ୍ରଲ କମ୍ ହେବା ଆବଶ୍ୟକ । ତନ୍ତୁଯୁକ୍ତ ଖାଦ୍ୟ ପ୍ରଚୁର ଖାଇବା ବିଧେୟ ।

ଅବଶ୍ୟ କାର୍ବୋହାଇଡ୍ରେଟର ସ୍ତରକୁ ଇନ୍‌ସୁଲିନ ସାହାଯ୍ୟରେ ପୂର୍ଣ୍ଣ କରିହେବ । ଏଥିପାଇଁ ପରୀକ୍ଷା କରିବାକୁ ହେବ । ଅଧିକାଂଶ ରୋଗୀମାନେ ଫଳ ପରିବର୍ତ୍ତେ ପନିପରିବା, ଶିମ୍ବ ଜାତୀୟ ଖାଦ୍ୟ ଶସ୍ୟ ବଳରେ ସବୁ କିଛି ପାଇ ପାରିଥାନ୍ତି । ବ୍ଲଡ ସୁଗରର ସ୍ତରକୁ ସାଧାରଣ ରଖିବା ପାଇଁ ସକାଳେ ପ୍ରଚୁର କାର୍ବୋହାଇଡ୍ରେଟ ଖାଆନ୍ତୁ । ସ୍ନେକ୍ସରେ ମଧ୍ୟ କମ୍ପ୍ଲେକ୍ସ କାର୍ବ ଓ ପ୍ରୋଟିନ ଥିବା ଆବଶ୍ୟକ । ଖାଦ୍ୟ ନ ଖାଇଲେ ବ୍ଲଡସୁଗରର ସ୍ତର କମିପାରେ । ଦିନକୁ ପ୍ରତି ଘଣ୍ଟାରେ କିଛି ନା କିଛି ଖାଉଥାନ୍ତୁ । ଫଳରେ ଅନେକ ସମସ୍ୟାରୁ ଦୂରେଇ ରହିବେ ।

ଓଜନ ବୃଦ୍ଧି: ଗର୍ଭଧାରଣ ପର୍ବୂରୁ ନିଜର ଆଦର୍ଶ ଓଜନ ପ୍ରାପ୍ତ କରି ନିଅନ୍ତୁ । ଓଜନ ବେଶି ହେଇଥିଲେ କମେଇ ଦିଅନ୍ତୁ । ଡାକ୍ତରଙ୍କ କଥନ ଅନୁସାରେ ଆସ୍ତେ ଆସ୍ତେ ଓଜନ ବଢ଼ାନ୍ତୁ । ଡାକ୍ତର ମଝିରେ ମଝିରେ ଅଲଟ୍ରାସାଉଣ୍ଡ ବଳରେ ଶିଶୁର ଓଜନ ପରୀକ୍ଷା କରୁଥିବେ ।

ବ୍ୟାୟାମ: ଯଦି ଆପଣ ଟାଇପ-୨ ମଧୁମେହରେ ଆକ୍ରାନ୍ତ ଥାନ୍ତି, ତେବେ ସୀମିତ ବ୍ୟାୟାମ କରନ୍ତୁ । ଫଳରେ ବେଶି ଶକ୍ତି ପାଇପାରିବେ ଓ ବ୍ଲଡ ସୁଗରର ସ୍ତର ବଜାୟ ରହିବ ତଥା ପ୍ରସବ ଉତ୍ତାରେ ଶୀଘ୍ର ନିଜ ପୂର୍ବାବସ୍ଥା ଫେରିପାରିବେ । ଏହାକୁ ନିଜର ଚିକିତ୍ସା ଯୋଜନା କରିଚାଲିବେ । ଗର୍ଭାବସ୍ଥା ସଂକଟାପନ୍ନ ନହେଲେ ଆସ୍ତେ ଚଲାବୁଲା କରନ୍ତୁ । ସନ୍ତରଣ ମଧ୍ୟ କରିପାରନ୍ତି । ଶିଶୁ ବୃଦ୍ଧି ପାଉଥିଲେ ଅବଶ୍ୟ ବ୍ୟାୟାମ ପାଇଁ ଅନୁମତି ଦିଆଯାଇ ନପାରେ ।

ହେଲେ ଏଥିପାଇଁ ସତର୍କତା ରକ୍ଷା କରିବାକୁ ପଡ଼ିବ । ବ୍ୟାୟାମର କିଛି ସମୟ ପୂର୍ବରୁ କିଛି ଖାଇଥାନ୍ତୁ । ପୂରାପୂରି ହାଲିଆ ହେବା ଯାଏଁ ବ୍ୟାୟାମ କରନ୍ତୁ ନାହିଁ । ଉଷ୍ମ ପରିବେଶରେ ବ୍ୟାୟାମ ନିଷେଧ । ଇନ୍‌ସୁଲିନ ନେଉଥିଲେ ବ୍ୟାୟାମ କରୁଥିବା ସ୍ଥାନରେ ନିଅନ୍ତୁ ନାହିଁ । କିମ୍ବା ଏହାପୂର୍ବରୁ କମ୍ କରନ୍ତୁ ନାହିଁ ।

ବିଶ୍ରାମ: ତୃତୀୟ ତିନିମାସରେ ଯଥେଷ୍ଟ ବିଶ୍ରାମ ଖୁବ୍ ଗୁରୁତ୍ୱପୂର୍ଣ୍ଣ । ବେଶି ହାଲିଆ ହୁଅନ୍ତୁନି ଓ ଉପର ବେଳାରେ

ଗୋଡ ଟେକି ଗଡନ୍ତୁ ବା ସାମାନ୍ୟ ଶୋଇପଡନ୍ତୁ । ଚାକିରି କ୍ଷେତ୍ରରେ ବେଶି ଚାପ

ପଡୁଥିଲେ ଛୁଟି ନେବାପାଇଁ ପରାମର୍ଶ ଦିଆଯାଇପାରେ ।

ଔଷଧପତ୍ର: ମନେକର ଖାଦ୍ୟ ଓ ବ୍ୟାୟାମ ବଳରେ ଉପକାର ନମିଳେ ତେବେ ଇନ୍‌ସୁଲିନ ଗ୍ରହଣୀୟ । ଏହା ଇଂଜେକ୍ସନରେ ନେଇ ମଝିରେ ମଝିରେ ପରିବର୍ତ୍ତନ କରାଯିବା ଦରକାର । ଆପଣ ଓ ଶିଶୁର ଓଜନ ବୃଦ୍ଧି ସାଙ୍ଗକୁ ନୂଆକରି ଡୋଜ୍ ତିଆରି କରାଯିବ । ଅଧ୍ୟୟନରୁ ଜଣାପଡ଼ିଛି ଯେ, 'ଗ୍ଲାଇବୁରାଇଡ' ଔଷଧ ଖାଇ ଇନ୍‌ସୁଲିନର ପରିମାଣକୁ କମ୍ କରାଯାଇପାରେ । ଇନ୍‌ସୁଲିନ ସାଂଗକୁ ଔଷଧ ଖାଇଲେ ଭଲ ପ୍ରସବ ପଡ଼େ । ଡାକ୍ତରଙ୍କୁ ପଚାରି ବୁଝନ୍ତୁ ।

ବ୍ଲଡ ସୁଗର: ଆପଣଙ୍କୁ ଦିନକୁ ଚାରିରୁ ଦଶ ଥର ବ୍ଲଡ ସୁଗରର ସ୍ତର ପରୀକ୍ଷା କରିବାକୁ ପଡ଼ିପାରେ । ମନେକର ଟାଇପ-୧ ମଧୁମେହ ହୋଇଥିଲେ ଗ୍ଲାଇକୋସିଲେଟିଡ ହିମୋଗ୍ଲୋବିନ ସକାଶେ ମଧ୍ୟ ଆପଣଙ୍କର ରକ୍ତ ପରୀକ୍ଷା କରାଯିବ । ଏହାର ସ୍ତର ବେଶି ହେଲେ ବୁଝିବାକୁ ହେବ ଯେ ଏହା ଅଣାୟତ୍ତ ହେଇପଡ଼ିଛି । ବ୍ଲଡ ଗ୍ଲୁକୋଜର ସ୍ତରକୁ ସାଧାରଣ କରିବା ପାଇଁ ଠିକ୍ ସମୟରେ ଖାଦ୍ୟପେୟ ଖାଇବାକୁ ହେବ । ଖାଦ୍ୟ ଓ ବ୍ୟାୟାମ ସାଙ୍ଗକୁ ଔଷଦ ମଧ୍ୟ ଖିଆଯିବ । ଗର୍ଭ ପୂର୍ବରୁ ଇନ୍‌ସୁଲିନ ଗ୍ରହଣ କରୁଥିଲେ ହୁଏତ ହାଇପୋ ଗ୍ଲାଇସିମିୟାର ଶିକାର ହେଇପାରନ୍ତି । ଏଣୁ ପ୍ରଥମ ତିନି ମାସରେ ପରୀକ୍ଷାକୁ ଗୁରୁତ୍ୱ ଦିଅନ୍ତୁ । ଘରୁ ବାହାରିଲେ ଖାଦ୍ୟପେୟ ଧରି ଯାଆନ୍ତୁ ।

ମୂତ୍ର ପରୀକ୍ଷା: ଆପଣ ଦେହରେ ହୁଏତ କୀଟୋନ ନିର୍ମିତ ହେଇପାରେ, ଏଣୁକରି ମୂତ୍ର ପରୀକ୍ଷା ଆବଶ୍ୟକ ।

ସତର୍କତାର ସହିତ ପରୀକ୍ଷା: ପରୀକ୍ଷା କଥା ଚିନ୍ତା କରି ବ୍ୟତିବ୍ୟସ୍ତ ହୁଅନ୍ତୁନି ।

ଗର୍ଭଧାରଣରେ ଅନେକ ସପ୍ତାହ ଧରି ମଧ୍ୟ ହସ୍ପିଟାଲରେ ରହିବାକୁ ପଡ଼ିପାରେ । ଏହାର ଅର୍ଥ ନୁହଁ ଯେ ବିଶେଷ କିଛି ଅସୁବିଧା ଅଛି, ବରଂ ଡାକ୍ତର ଆପଣଙ୍କର ନିରାପତ୍ତା ଚାହାନ୍ତି । ପରୀକ୍ଷାରେ ଫଳାଫଳ ସାଙ୍ଗେ ସାଙ୍ଗେ ଜଣା ପଡୁଥିବ ଓ ଆବଶ୍ୟକ ସ୍ଥଳେ ଉଚିତ ପଦକ୍ଷେପ ନିଆଯାଇ ପାରିବ ।

ଇତିମଧ୍ୟରେ ଆଖି ପରୀକ୍ଷା ମଧ୍ୟ ନିୟମିତ ହେବ । ବେଳେ ବେଳେ ଗର୍ଭାବସ୍ଥାରେ ରେଟିନା ଓ କିଡନିର ସମସ୍ୟା ଦେଖାଦେଇଥାଏ । ପୁଣି ଗର୍ଭାଶୟରେ ଶିଶୁର ଆକାର ବୃଦ୍ଧି ପାଇଲେଯୋନିବାଟ ବ୍ୟତୀତ ଅନ୍ୟ ଉପାୟରେ ଡେଲିଭରି କଥା ଚିନ୍ତା କରାଯାଏ । ଦଶମ ଓ ଦ୍ୱାବିଂଶ ସପ୍ତାହରେ ଅଲଟ୍ରାସାଉଣ୍ଡ ବଳରେ ଶିଶୁର ଟିକିନିକି ପରୀକ୍ଷା ହେଲେ ସବୁ ଜଣାପଡ଼ିଯାଏ । ଏକବିଂଶ ସପ୍ତାହ ପରେ ଦିନକୁ ତିନିଧର ଶିଶୁର କାର୍ଯ୍ୟକଳାପ କଥା ଅନୁଧ୍ୟାନ କରିବାକୁ କୁହାଯାଇପାରେ । ମଧୁମେହ ହେଇଥିବା ସ୍ତ୍ରୀ ଲୋକଙ୍କୁ ପ୍ରିକ୍ଲେମ୍ପିସିଆର ଆଶଙ୍କା ଥାଏ । ଏଣୁକରି ଏହା ଜାଣିବା ଆବଶ୍ୟକ ।

ଇଲେକ୍ଟିଭ ଆର୍ଲି ଡେଲିଭରି: ଗେଷ୍ଟେସନାଲ ମଦୁମେହ ବା କମ୍ ଗୁରୁତର ଲକ୍ଷଣ ଥିବା ଗର୍ଭବତୀ ମାନେ ଠିକ୍ ସମୟରେ ପ୍ରସବ କରନ୍ତି ହେଲେ ପ୍ଲେଜେଣ୍ଟା ଯଦି ଶୀଘ୍ର କ୍ଷୀଣ ହୁଏ ବା ମା'ର ରକ୍ତ ଶର୍କରାର ସ୍ତର ସାଧାରଣ ନଥିଲେ ଶିଶୁ ଏକ ଦୁଇ ସପ୍ତାହ ପୂର୍ବରୁ ଜନ୍ମିପାରେ । ଡାକ୍ତର ପରୀକ୍ଷା କରି ସି-ସେକ୍ସନ କରିବେ ନା ସ୍ୱାଭାବିକ ପ୍ରସବକୁ ଅପେକ୍ଷା କରିପାରନ୍ତି ।

ଜନ୍ମ ପରେ ଶିଶୁକୁ ଆଇସିୟୁରେ ରଖାଗଲେ ଭୟ କରନ୍ତୁନି । ସେଠାରେ ଫୁସ୍ ଫୁସ୍ ଓ ମଧୁମେହର ଲକ୍ଷଣ ପରୀକ୍ଷା ହୁଏ । ସେଠାରେ ଶିଶୁକୁ ସ୍ତନପାନର ମଧ୍ୟ ବ୍ୟବସ୍ଥା ଥାଏ ।

ଏପିଲେପ୍ସି

"ମତେ ଏପିଲେପ୍ସି ଅଛି, ହେଲେ ମୁଁ ମା' ହେବାକୁ ଚାହେଁ । ମୋର ଗର୍ଭଧାରଣ କ'ଣ ନିରାପଦ ହେଇପାରେ କି?"

ଉପଯୁକ୍ତ ଯତ୍ନ ନେଲେ ଆପଣ ମଧ୍ୟ ଏକ ସୁସ୍ଥ ଶିଶୁର ମା' ହେଇପାରିବେ । ଗର୍ଭଧାରଣ ପୂର୍ବରୁ ଭଲ ଡାକ୍ତର ଓ ନ୍ୟୁରୋ ସର୍ଜନଙ୍କ ସଂସ୍ପର୍ଶରେ ରହନ୍ତୁ । ସେମାନେ ହିଁ ଆବଶ୍ୟକ ସତର୍କତା ଓ ଔଷଧ ବିଷୟରେ କହିପାରିବେ । ଅଧିକାଂଶ ଗର୍ଭବତୀଙ୍କ ଠାରେ ଏପିଲେପ୍‌ସି ଦେଖାଦିଏ ନାହିଁ । ରୋଗରେ ବିଶେଷ ପରିବର୍ତ୍ତନ ମଧ୍ୟ ଦେଖାଦିଏ ନାହିଁ । କେବଳ ଏଭଳି ମା'ଙ୍କର ମୁଣ୍ଡ ବୁଲେଇ ବାନ୍ତି ହେଇଥାଏ । ବିଶେଷ ଅସୁବିଧା ହୁଏନି ।

ଏଭଳି ମା'ମାନଙ୍କ ଶିଶୁଙ୍କଠାରେ ସାମାନ୍ୟ ଜନ୍ମଗତ ବିକୃତି ଦେଖାଦିଏ, ହେଲେ ଏହାକୁ ଆପଣ ଏପିଲେପ୍ସିର ନୁହଁ, ଗର୍ଭାବସ୍ଥା ବେଳର ଏଣ୍ଟିକମ୍ବଲସେଣ୍ଟ ଔଷଧର କୁପ୍ରଭାବ ବୋଲି ଧରିବାକୁ ହେବ ।

ଗର୍ଭଧାରଣ ପୂର୍ବରୁ ଡାକ୍ତରଙ୍କୁ ଏ ସମ୍ପର୍କରେ ଆଲୋଚନା କରନ୍ତୁ । ନିଜ ରୋଗକୁ ଆୟତ୍ତ କରି ଆଗାମୀ ପଦକ୍ଷେପ ନିଅନ୍ତୁ । ଡାକ୍ତର ହୁଏତ ଅନେକ ପ୍ରକାର ଔଷଧର ସମ୍ମିଶ୍ରଣ ଦେଇପାରନ୍ତି । ଶିଶୁକୁ ଅସୁବିଧା ହେବ ବୋଲି ଆଶଙ୍କା କରି ଔଷଧ ଖାଇବା ବନ୍ଦ କରନ୍ତୁନି । ନଚେତ ଅନିଷ୍ଟ ହେଇପାରେ ।

ଇତିମଧ୍ୟରେ ଅଲଟ୍ରାସାଉଣ୍ଡ ସାହାଯ୍ୟରେ ସୂକ୍ଷ୍ମ ପରୀକ୍ଷା ଓ ଗର୍ଭ ପୂର୍ବରୁ ସ୍କ୍ରିନିଂର ପରାମର୍ଶ ଦିଆଯାଇପାରେ । ଯଦି ଆପଣ ଭେଲ୍‌ପ୍ରୋହକ ଏସିଡ ନେଉଥାନ୍ତି, ତେବେ ଡାକ୍ତର 'ନ୍ୟୁରାଲ ଟ୍ୟୁବ ଡିଫେକ୍ଟ'ର ପରୀକ୍ଷା କରିପାରନ୍ତି ।

ଆପଣ ଯଥେଷ୍ଟ ପୁଷ୍ଟିକର ଖାଦ୍ୟ ସ ନିଦ୍ରା ଗ୍ରହଣ କରିବା ଉଚିତ । ପ୍ରଚୁର ପାଣି ଓ ଭିଟାମିନ ଡି ତଥା ଗର୍ଭର ଶେଷ ପର୍ଯ୍ୟାୟରେ ଖାଦ୍ୟସାର କେ ଗ୍ରହଣ କରାଯାଇପାରେ । ପ୍ରସବ ଓ ଡେଲିଭରିରେ ଏହାଯୋଗୁଁ କୌଣସି ବିଶେଷ ଅସୁବିଧା ହୁଏନାହିଁ ଓ ଆପଣ ଶିଶୁଟିକୁ ସ୍ତନପାନ କରେଇ ପାରନ୍ତି । ଔଷଧର ସାମାନ୍ୟ ପ୍ରଭାବ କ୍ଷୀର ଉପରେ ପଡ଼ିଥାଏ ।

ଫାଇବରୋମାଇଲଗିୟା

"ମତେ କିଛି ବର୍ଷ ତଳେ ଫାଇବରୋମାଇଲଗିଆ ରୋଗ ହେଇଥିଲା । ମୋ ଗର୍ଭଧାରଣରେ ଏହାର କିଭଳି ପ୍ରଭାବ ପଡ଼ିବ?'

ଯଦି ଆପଣ ନିଜର କୌଣସି ଅବସ୍ଥା ସମ୍ପର୍କରେ ଜାଣି ପାରନ୍ତି, ତେବେ ଏହା ଖୁବ୍ ଭଲ । ଏହାର ପ୍ରଧାନ ଲକ୍ଷଣ ହେଲା- ଯନ୍ତ୍ରଣା, ଜଳିବା, ମାଂସପେଶୀ ଓ ଚର୍ମ ମାନଙ୍କରେ ଦରଜ.. ଇତ୍ୟାଦି । ଗର୍ଭାବସ୍ଥାରେ କ୍ଳାନ୍ତି ଯୋଗୁଁ ଏହା ସହଜରେ ଜଣାପଡ଼େ ନାହିଁ । ଏଥିରୁ ଉତ୍ପନ୍ନ ମାନସିକ ଚାପକୁ ମଧ୍ୟ ଗର୍ଭର ଏକ ଲକ୍ଷଣ ବୋଲି ଧରିନିଆଯାଏ । ଅବଶ୍ୟ ଶିଶୁ ଉପରେ ଏହାର କୁପ୍ରଭାବ ପଡ଼ିବ ନାହିଁ, କିନ୍ତୁ ଗର୍ଭଧାରଣ ଗୁରୁତର ହେଇପାରେ । ଦେହରେ ବେଶି କ୍ଳାନ୍ତି ଓ ଯନ୍ତ୍ରଣା ଅନୁଭୂତ ହେଇପାରେ । ଏଥିରୁ ଦୂରେଇ ରହିବାକୁ ଚେଷ୍ଟା କରନ୍ତୁ । ଯୋଗ, ଧ୍ୟାନ ଓ ବ୍ୟାୟାମ ବଳରେ ଦେହକୁ ସୁସ୍ଥ ରଖନ୍ତୁ । ଅଧିକା ଓଜନ ବୃଦ୍ଧି କରନ୍ତୁ ନାହିଁ । ଡାକ୍ତରଙ୍କୁ ପଚାରି ଏଭଳି ଔଷଧ ଖାଆନ୍ତୁ, ଯଦ୍ୱାରା ଗର୍ଭାବସ୍ଥା ନିରାପଦ ହେବ ।

କ୍ରନିକ ଫଟିଂ ସିଣ୍ଡ୍ରୋମ

ଗର୍ଭାବସ୍ଥା ଓ ସୁସ୍ଥ ଶିଶୁ ସହ ଏହାର କୌଣସି ସମ୍ପର୍କ ନାହିଁ । ଏକଥା ଜଣାପଡ଼ିନାହିଁ ଯେ ଏହି ସିଣ୍ଡ୍ରୋମ ଯୋଗୁଁ ଗର୍ଭରେ କ'ଣ ହେଇଥାଏ ବା କି ପ୍ରଭାବ ପଡ଼ିଥାଏ । ଅନେକଙ୍କର ଲକ୍ଷଣ ପୂର୍ବବତ୍ ଥିବାବେଳେ ଅନ୍ୟ କେତେକଙ୍କର ଲକ୍ଷଣ ବଦଳିଯାଏ । ଆପଣ ଯଦି ଏହି ସିଣ୍ଡ୍ରୋମରେ ଆକ୍ରାନ୍ତ ଥାନ୍ତି, ତେବେ ଡାକ୍ତରଙ୍କୁ ଆଗରୁ ଜଣେଇ ଦିଅନ୍ତୁ । ଫଳରେ ସେ ଆଗରୁ ଖାଉଥିବା ଔଷଧ ପରିବର୍ତ୍ତନ କରିଦେବେ । ସେ ହୁଏତ ଶିଶୁର ପ୍ରସବ ଓ ଯତ୍ନ ସକାଶେ ଅନ୍ୟ କିଛି ପରାମର୍ଶ ମଧ୍ୟ ଦେଇପାରନ୍ତି ।

ଔଷଧରୁ ଉପକାର

ଯଦି ଆପଣ ଦୀର୍ଘସ୍ଥାୟୀ ରୋଗର ଚିକିତ୍ସା ପାଇଁ ଔଷଧ ଖାଉଥାନ୍ତି, ତେବେ ଦୃଷ୍ଟି ଦିଅନ୍ତୁ । ରାତିରେ ଏହାର ଔଷଧ ଖାଇଲେ ଦେହକୁ ଆରାମ ଲାଗିବ । ସକାଳେ ବାନ୍ତି ଲାଗିଲେ ହୁଏତ ସବୁ ଔଷଧ ପଦାକୁ ଚାଲିଆସିବ । ବେଳେ ବେଳେ ଗର୍ଭ ସମୟରେ ଔଷଧ ପରିବର୍ତ୍ତନ କରିବାକୁ ମଧ୍ୟ ପଡ଼ିଥାଏ । ଏଣୁ ଡାକ୍ତରଙ୍କ ପରାମର୍ଶ ନେଉଥିବା ଦରକାର । ଇତିମଧ୍ୟରେ କୌଣସି ସନ୍ଦେହ ବା ଆଶଙ୍କା ଉପୁଜିଲେ ଡାକ୍ତରଙ୍କୁ ପଚାରି ବୁଝନ୍ତୁ ।

ହାଇପରଟେନସନ

"ମତେ ଅନେକ ବର୍ଷରୁ ହାଇପର ଯେନସନ ଅଛି ମୋର ଉଚ୍ଚ ରକ୍ତଚାପ ଗର୍ଭଧାରଣକୁ କିଭଳି ପ୍ରଭାବ ପକାଇବ ?"

ବେଶି ବୟସର ସ୍ତ୍ରୀମାନେ ଗର୍ଭବତୀ ହେଲେ ଉଚ୍ଚ ରକ୍ତଚାପ ଜନିତ ସମସ୍ୟା ଦେଖାଦିଏ । ଏହି ସମସ୍ୟା ବୟସ ସାଙ୍ଗକୁ ବଢ଼ିଥାଏ ।

ଆପଣଙ୍କ ଗର୍ଭଧାରଣକୁ ହାଇରିସ୍କ ବୋଲି କୁହାଯିବ ଅର୍ଥାତ୍ ସଦାବେଳେ ଡାକ୍ତରଙ୍କର ପରାମର୍ଶ ଅପରିହାର୍ଯ୍ୟ । ନିୟନ୍ତ୍ରିତ ରକ୍ତଚାପ, ଉତ୍ତମ ଡାକ୍ତରୀ ଚିକିତ୍ସା ଓ ନିଜସ୍ୱ ଯତ୍ନ ବଳରେ ନିରାପଦ ଗର୍ଭ ସାଙ୍ଗକୁ ସୁସ୍ଥ ଶିଶୁଟିଏ ଜନ୍ମ ହେଇପାରିବ । ହେଲେ ନିମ୍ନ କରାମର୍ଶ ବାଞ୍ଛନୀୟ

ସଠିକ୍ ଡାକ୍ତର ଦଳ: ଆପଣଙ୍କ ଘରୋଇ ଡାକ୍ତର ଓ ପ୍ରସୂତି ବିଶେଷଜ୍ଞ ହାଇପରଟେନସନ ବିଷୟରେ ଜାଣିଥିବା ଆବଶ୍ୟକ ।

ବଡାକ୍ତରୀ ଯତ୍ନ: ବାରମ୍ବାର ଡାକ୍ତରଙ୍କ ପାଖକୁ ଯାଇ ବିଭିନ୍ନ ପରୀକ୍ଷା ଓ ଚିକିତ୍ସା କରିବାକୁ ପଡ଼ିବ । ଗର୍ଭରେ ଗୁରୁତର ପରିସ୍ଥିତି ସାଙ୍ଗକୁ ପ୍ରିକ୍ଲେମ୍ପସିଆ ମଧ୍ୟ ହୋଇପାରେ । ଏଥିପାଇଁ ଡାକ୍ତର ୪୦ ସପ୍ତାହ ଧରି ଦୃଷ୍ଟିଦେବେ ।

ମୁକ୍ତି: ହାଇପର ଟେନସନରୁ ମୁକ୍ତି ପାଇବାର କୌଶଳ ଖୁବ୍ ଗୁରୁତ୍ୱପୂର୍ଣ୍ଣ । ଅଧ୍ୟୟନରୁ ଜ୍ଞାତ ଯେ ଏହି କୌଶଳ ବଳରେ ରକ୍ତଚାପକୁ କମ୍ କରାଯାଇପାରେ ।

ଅନ୍ୟ ବିକଳ୍ପ ବ୍ୟବସ୍ଥା: ନିଜ ଡାକ୍ତରଙ୍କ ପରାମର୍ଶ କ୍ରମେ ବାୟୋଫିଡ୍‌ବେକ୍, ଏକ୍ୟୁପଞ୍ଚର କିମ୍ବା ମାଲିସ ଭଳି ବିକଳ୍ପ ଚିକିତ୍ସା ବ୍ୟବସ୍ଥା ମଧ୍ୟ କରାଯାଇପାରେ ।

ବିଶ୍ରାମ: ମାନସିକ ବା ଶାରୀରିକ ଚାପ, ଉଚ୍ଚ ରକ୍ତଚାପର କାରଣ ହୋଇପାରେ । ଏଣୁକରି ଅତି ସର୍ବତ୍ର ଖରାପ । ଦିନବେଳେ ଗୋଡ଼ ଟେକି ବିଶ୍ରାମ କରନ୍ତୁ । ଚାକିରି କ୍ଷେତ୍ରରେ ବେଶି କାମ ହେଲେ ଛୁଟି ନିଅନ୍ତୁ; କାରଣ ବିଶ୍ରାମ ଖୁବ୍ ଜରୁରୀ । ଘରେ ଅନ୍ୟମାନଙ୍କ ଠାରୁ ସାହାଯ୍ୟ ମାଗନ୍ତୁ ।

ରକ୍ତଚାପ ପ୍ରତି ଦୃଷ୍ଟି: ଘରେ ରକ୍ତଚାପର ରେକର୍ଡ ରଖନ୍ତୁ । ସମ୍ପୂର୍ଣ୍ଣ ଚାପମୁକ୍ତ ହେଲାପରେ ରକ୍ତଚାପ ମପାଯାଉ ।

ଉତ୍ତମ ଖାଦ୍ୟ: ପ୍ରେଗ୍ନେନ୍ସି ସମୟରେ ଉତ୍ତମ ସୁଷମ ଖାଦ୍ୟ ଖାଇ ଡାକ୍ତରଙ୍କ ପରାମର୍ଶ ଅନୁସାରେ ପରିବର୍ତ୍ତନ କରନ୍ତୁ । ଫଳ ଓ ପନିପରିବା ଅଧିକା ଖାଇ ତେଲ ବା ଚର୍ବିଯୁକ୍ତ ପଦାର୍ଥ କମ୍ ଖାଆନ୍ତୁ । ଖାଦ୍ୟଶସ୍ୟ ଯୋଗୁଁ ରକ୍ତଚାପ କମିପାରେ ।

ତରଳ ପଦାର୍ଥ: ଦିନକୁ ଅନ୍ତତ ଆଠ ଗ୍ଲାସ ପାଣି ପିଇଲେ ଗୋଡ଼ ଓ ପାଦର ଫୁଲା କମ୍ ହେଇପାରେ ।

ସଠିକ୍ ଔଷଧ: ପ୍ରେଗ୍ନାନ୍ସି ବେଳେ ଆପଣଙ୍କର ଔଷଧ ବଦଳାଯିବ ନା ନାହିଁ, ଏହା ଡାକତରଙ୍କ ଉପରେ ନିର୍ଭର । ତାଙ୍କ ପରାମର୍ଶ କ୍ରମେ ସବୁ ହେବ, କାରଣ କେତେକ ଔଷଧ ଗର୍ଭଧାରଣ ସମୟରେ ନିରାପଦ ନଥିବାରୁ ନିଷେଧ ।

ଏରିଟେବୁଲ ବାଉଲ ସଣ୍ଡ୍ରୋମ

"ମତେ 'ଏରିଟେବୁଲ ବାଉଲ ସିଣ୍ଡ୍ରୋମ' ଅଛି । ହେଲେ ଗର୍ଭାବସ୍ଥାରେ ଏହାର ଲକ୍ଷଣ ବେଶି ଅସୁବିଧାଜନକ ହେବନାହିଁ ତ ?"

ଏହା ଭିନ୍ନ ଭିନ୍ନ ମହିଳାମାନଙ୍କଠାରେ ପୃଥକ ପୃଥକ ପ୍ରଭାବ ପକାଇଥାଏ । ଏଣୁ କହି ହେବନାହିଁ ଯେ ଆପଣଙ୍କ ଉପରେ କିଭଳି ପ୍ରଭାବ ପଡ଼ିପାରେ । ଅନେକଙ୍କ ଠାରେ କୌଣସି ଲକ୍ଷଣ ଦିଶେନାହିଁ ତ ଆଉ କେତେକଙ୍କ ଠାରେ ଆଗ ଅପେକ୍ଷା ନିକୃଷ୍ଟ ଲକ୍ଷଣ ଦେଖାଯାଏ ।

ଅବଶ୍ୟ ଗର୍ଭବେଳେ କୋଷ୍ଠକାଠିନ୍ୟ ବା ଡାଇରିଆ ଭଳି ଲକ୍ଷଣ ଆଗରୁ ଥାଏ ଗ୍ୟାସ ଯୋଗୁଁ ଅବସ୍ଥା ସାଂଘାତିକ ହେଇଯାଏ । ଗର୍ଭବେଳର ହର୍ମୋନ୍ସ ଏତେ ପ୍ରଭାବକାରୀ ହେଇଥାନ୍ତି, ଯେ 'ଏରିଟେବୁଲ ବାଉଲ ସିଣ୍ଡ୍ରୋମ୍'ର କଥା ଆଦୌ ଜଣାପଡ଼େ ନାହିଁ । ଡାଇରିଆ ହେଇଥିବା ମହିଳାଙ୍କୁ କୋଷ୍ଠକାଠିନ୍ୟ ଆଉ କୋଷ୍ଠ କାଠିନ୍ୟ ମହିଳାଙ୍କୁ ହଠାତ୍ ସହଜ ଓ ସରଳ ଶୌଚ ହେଇଥାଏ ।

ଏଣୁ ଏକାଥରକେ ନଖାଇ ଅନେକ ଥର କମ୍ କମ୍ ଖାଆନ୍ତୁ । ତନ୍ତୁଯୁକ୍ତ ଖାଦ୍ୟ, ପ୍ରଚୁର ତରଳ ପଦାର୍ଥ ଗ୍ରହଣ କରନ୍ତୁ । ମସଲା ପଡ଼ିଥିବା ଖାଦ୍ୟ ଖାଆନ୍ତୁ ନାହିଁ, ମାନସିକ ଚାପରୁ ଦୂରେଇ ରୁହନ୍ତୁ । ଖାଦ୍ୟରେ ପ୍ରେବାୟୋଟିକ୍ସ ମିଶେଇଲେ ଖୁବ୍ ଭଲ ।

ଏହି ସିଣ୍ଡ୍ରୋମ ଯୋଗୁଁ ଅପରିପକ୍ୱ ପ୍ରସବର ଆଶଙ୍କା ବୃଦ୍ଧି ପାଏ । ଏଭଳି ପରିସ୍ଥିତିରେ ସି-ସେକ୍ସନ କରିବାକୁ ପଡ଼ିଥାଏ ।

ଲୁପ୍‌ସ

'ଲୁପ୍‌ସ ଯୋଗୁଁ ମୋର ଗର୍ଭଧାରଣ ବାଧାପ୍ରାପ୍ତ ହେବ ନାହିଁ ତ ?"

ଗର୍ଭାବସ୍ଥାରେ ଏହାର ଲକ୍ଷଣ ଖୁବ୍ ଗୁରୁତର ହେଇଥାଏ ହେଲେ ଅନେକଙ୍କୁ ମୋଟେ ଜଣାପଡ଼େ ନାହିଁ । ସବୁଠୁ, ଭଲ କଥା ହେଲା ରୋଗ ଠିକ୍ ହେଲା ପରେ ହିଁ ଗର୍ଭଧାରଣ କରିବା ଉଚିତ । କିନ୍ତୁ ଗର୍ଭବତୀ ହୋଇ ସାରିଥିଲେ ଡାକ୍ତରୀ ଚିକିତ୍ସା, ପରୀକ୍ଷା ଓ ଔଷଧ ବଳରେ ଏହାକୁ ଏଡାଇ ହେବ । ଲୁପ୍‌ସର ଚିକିତ୍ସା କରୁଥିବା ଡାକ୍ତରଙ୍କୁ ପ୍ରସୂତି ବିଶେଷଜ୍ଞଙ୍କ ସହ ଭେଟ କରିଦେଲେ ଦୁହେଁ ମିଶି ସଠିକ୍ ପଦକ୍ଷେପ ଗ୍ରହଣ କରିପାରିବେ ।

ମଲ୍ଟିପୁଲ ସ୍କିଲ୍‌ରୋସିସ

"ମତେ ଅନେକ ବର୍ଷ ତଳେ ମଲ୍‌ଟିପୁଲ ସ୍କିଲ୍‌ରୋସିସ ହେଇଥିଲା । ମତେ ଦୁଇଥର ଇଷତ୍ ଏମ୍.ଏସ. ଦିଆଯାଇଥିଲା । ହେଲେ ଏହି କାରଣରୁ ମୋର ଗର୍ଭଧାରଣଟି ବାଧାପ୍ରାପ୍ତ ହେଇପାରେ କି ?"

ଉଭୟଙ୍କ ପାଇଁ ଏହା ସୁସମ୍ବାଦ । ଏହା ଯୋଗୁଁ ଗର୍ଭ ବାଧାପ୍ରାପ୍ତ ହେବନାହିଁ । ପ୍ରସବ ପୂର୍ବରୁ ଉତ୍ତମ ଯତ୍ନ, ପୟନ୍ୟୁରୋ ଲୋଜିଷ୍ଟର ପରାମର୍ଶ ଓ ଯତ୍ନ ନେଲେ ଉତ୍ତମ ଫଳାଫଳ ହସ୍ତଗତ ହେବ । ଲେବର ଓ ଡେଲିଭରିରେ ମଧ୍ୟ ଏହାର ପ୍ରଭାବ ପଡେନାହିଁ । ଇତିମଧ୍ୟରେ ଏପିଡ୍ୟୁରାଲ ଓ ପୀଡ଼ା ନିରାରକ ଔଷଧ ଖାଇପାର୍ତି । ଅବଶ୍ୟ ଅନେକଙ୍କର ଓଜନ ବଢ଼ିଯାଏ । ଏଣୁ ଚଲାବୁଲା କରିବାରେ ଅସୁବିଧା ହୁଏ ।

ମାନସିକ ଚାପରୁ ଦୂରେଇ ଯଥେଷ୍ଟ ବିଶ୍ରାମ କରନ୍ତୁ । ଦେହର ତାପମାତ୍ରାକୁ ଆୟତ୍ତ କରି ମୂତ୍ରମାର୍ଗର ସଂକ୍ରମଣରୁ ଦୂରେଇ ରଖନ୍ତୁ । ଗର୍ଭଧାରଣ ଯୋଗୁଁ ଏମ୍.ଏସ.ର ଚିକିତ୍ସା ଉପରେ କୁପ୍ରଭାବ ପଡ଼ିପାରେ । ଏଣୁ ଭଲ ଔଷଧ ଖାଆନ୍ତୁ ।

ମନେକର ଡେଲିଭରି ପରେ ସ୍ତନପାନ ସକାଶେ ଅନୁମତି ନମିଳେ, ତେବେ ନିରାଶ ହୁଅନ୍ତୁନି, କାରଣ ଗୁଣ୍ଡ ଦୁଗ୍ଧ ମଧ୍ୟ ଶିଶୁ ପାଇଁ ମନ୍ଦ ନୁହଁ । ହଠାତ୍ ଏକାଥରକେ ବେଶି କାମ କରନ୍ତୁନି, ନଚେତ୍ ମାନସିକ

ଚାପ ବଢ଼ିଯାଇପାରେ । ଏହି ରୋଗ ମା'ଠାରୁ ଶିଶୁକୁ ସଂକ୍ରମିତ ହୁଏନାହିଁ । ଏଣୁ ବ୍ୟସ୍ତ ହୁଅନ୍ତୁନି ।

ଫିନାଇଲ କିଟୋନ ୟୁରିଆ

"ମତେ ଜନ୍ମରୁ ହିଁ ପି.କେ.ୟୁ. ରୋଗ ଥିଲା । ଡାକ୍ତର ମତେ କିଶୋରାବସ୍ଥାରେ ଲୋ-ଫିନାଇଲାଲେନାଇନ ଡାଇଟରେ ରଖିଥିଲେ ଆଉ ମୁଁ ସୁସ୍ଥ ହେଇଗଲି । ବର୍ତ୍ତମାନ ମୁଁ ଗର୍ଭବତୀ ହେବାରୁ ମତେ ସେହି ଡାଇଟ ଖାଇବାକୁ କହୁଛନ୍ତି । ଏହା କଣ ଅତ୍ୟାବଶ୍ୟକ କି ?"

ଏଥିରେ ଔଷଧ ସାଙ୍ଗକୁ ଫଳମୂଳ, ପନିପରିବା ଓ ବ୍ରେଡ ଇତ୍ୟାଦି ଖାଦ୍ୟ ପଦାର୍ଥ କିଛି ପରିମାଣରେ ଥାଏ, ତଥା ହାଇପ୍ରୋଟିନ ଯୁକ୍ତ ଖାଦ୍ୟ ଖିଆଯାଏ ନାହିଁ । ଏହା ଖାଇବା ସମ୍ଭବ ନୁହଁ ଅଥଚ ଗର୍ଭାବସ୍ଥାରେ ଖାଇବାକୁ ପଡ଼େ । ଏହି ନିୟମକୁ ମାନି ନ ଚଳିଲେ ଶିଶୁର ଅନେକ ଅସୁବିଧା ହେଇପାରେ । ଏଣୁ ଗର୍ଭଧାରଣର ତିନିମାସ ପୂର୍ବରୁ ଏଭଳି ଖାଦ୍ୟ ଖାଇବା ଆରମ୍ଭ କରିଦେବା ଉଚିତ । ଫଳରେ ରୋଗଟି ଆୟତ୍ତାଧୀନ ଥାଏ ।

ଅବଶ୍ୟ ଅନେକ ବର୍ଷ ପରେ ଏଭଳି ଡାଇଟକୁ ପ୍ରତ୍ୟାବର୍ତ୍ତନ କରିବା କଷ୍ଟକର କିନ୍ତୁ ଶିଶୁର ସ୍ୱାସ୍ଥ୍ୟ ସକାଶେ କରିବା ଜରୁରୀ । ଏଣୁ ଏ ସମ୍ପର୍କରେ ଖାଦ୍ୟ ବିଶେଷଜ୍ଞଙ୍କୁ ପଚାରନ୍ତୁ ।

ଶାରୀରିକ ପଙ୍ଗୁ

"ମୁଁ ସ୍ପାଇନାଲ କର୍ଡରେ ଆଘାତ ଯୋଗୁଁ ହୁଇଲ ଚେୟାରରେ ଯା'ଆସ କରୁଛି । ମୁଁ ଓ ମୋର ସ୍ୱାମୀ ବହୁ ସମୟରୁ ଶିଶୁଟିଏ ଚାହୁଁଥିଲୁ । ବର୍ତ୍ତମାନ ମୁଁ ଗର୍ଭବତୀ, ହେଲେ କ'ଣ ହେବ ?"

ସର୍ବପ୍ରଥମେ ନିଜର ପରିସ୍ଥିତି ଅନୁସାରେ ସଠିକ୍ ଡାକ୍ତରଟିଏ ବାଛିବାକୁ ହେବ । ସିଏ ଆପଣଙ୍କ ଭଳି ରୋଗୀମାନଙ୍କର ବିଶେଷଜ୍ଞ ହେବା ବାଞ୍ଛନୀୟ । ଆଜିକାଲି ବିଭିନ୍ନ ଡାକ୍ତରଖାନାରେ ଏକଥାକୁ ଗୁରୁତ୍ୱ ଦିଆଯାଉଛି ।

ଆପଣଙ୍କର ଶାରୀରିକ ପଙ୍ଗୁ ଓ ଅଥର୍ବ ଅବସ୍ଥାକୁ ଦୃଷ୍ଟିରେ ରଖି ଗର୍ଭକୁ ନିରାପଦ ରଖିବାର ଚେଷ୍ଟା କରାଯିବ ।

ନିଜର ଓଜନକୁ ଆୟତ୍ତ କରି ରଖନ୍ତୁ । ଏଭଳି ଖାଦ୍ୟ ଖାଆନ୍ତୁ, ଫଳରେ ଗର୍ଭାବସ୍ଥାର ବିଷମ ପରିସ୍ଥିତିକୁ ଏଡାଇ ହେବ । ବ୍ୟାୟାମ ଯୋଗେ ଦେହର ସାମର୍ଥ୍ୟ ବୃଦ୍ଧି କରନ୍ତୁ । ଅବଶ୍ୟ ୱାଟର ଥେରେପି ଆପଣଙ୍କ ପାଇଁ ନିରାପଦ ହେଇପାରେ ।

ଅବଶ୍ୟ ଅନ୍ୟମାନଙ୍କ ଅପେକ୍ଷା ଆପଣଙ୍କ ପାଇଁ ଗର୍ଭଧାରଣ ଟିକେ କଷ୍ଟକର ହେବ । କିନ୍ତୁ ଶିଶୁ ପାଇଁ ନୁହଁ । ଏହାର କୌଣସି ପ୍ରମାଣ ନାହିଁ ଯେ, ସ୍ପାଇନାଲ କର୍ଡ ବା ଅନ୍ୟ କାରଣରୁ ପଙ୍ଗୁ ମା'ର ଗର୍ଭରୁ ପଙ୍ଗୁ ଛୁଆ ଜନ୍ମ ନେବ । ଅବଶ୍ୟ ଆପଣଙ୍କୁ କିଡ୍‌ନି ସଂକ୍ରମଣ, ମୂତ୍ରାଶୟର ସମସ୍ୟା, ଝାଳ ବାହାରିବା ଓ ଏନିମିଆ ହେଇପାରେ । ଆଘାତ ଯୋଗୁଁ ପ୍ରସବଟି କଷ୍ଟରହିତ ହେବ, ଏଣୁ ନିଜେ ଏହାକୁ ଚିହ୍ନିବାକୁ ହେବ । ନିଜର ଗର୍ଭାଶୟର ଅବସ୍ଥାକୁ ହୃଦୟଙ୍ଗମ କରିବାକୁ କୁହାଯିବ । ଫଳରେ ପ୍ରସବ ବେଦନା କଥା ଜଣାପଡ଼ିବ ।

ହସ୍ପିଟାଲରେ ମଧ୍ୟ ଏକଥା ଜାଣିବା ଏକାନ୍ତ ଆବଶ୍ୟକ, ଫଳରେ ସଠିକ୍ ପଦକ୍ଷେପ ନିଆଯାଇପାରିବ ।

ଶିଶୁର ଜନ୍ମ ପୂର୍ବରୁ ନିଜକୁ ପ୍ରସ୍ତୁତ କରି ରଖିଥାନ୍ତୁ । ଅନ୍ୟକୁ ସାହାଯ୍ୟ ମାଗନ୍ତୁ । ଶିଶୁ ପାଇଁ ସବୁ ବ୍ୟବସ୍ଥା ସାରିଦେଇଥାନ୍ତୁ ।

ର୍‍ୟୁମେଟାଇଡ ଅର୍ଥରାଇଟିସ

"ମତେ ର୍‍ୟୁମେଟାଇଡ ଅର୍ଥରାଇଟିସ ଅଛି । ଏହାଫଳରେ ମୋ ଗର୍ଭ ଉପରେ କିଭଳି ପ୍ରଭାବ

ପଡ଼ିପାରେ ?"

ଆପଣଙ୍କର ଅବସ୍ଥାର କୌଣସି ପ୍ରଭାବ ଗର୍ଭ ଉପରେ ପଡ଼ିବ ନାହିଁ ।

କିନ୍ତୁ ଗର୍ଭର ପ୍ରଭାବ ଆପଣଙ୍କ ଅବସ୍ଥାରେ ନିହାତି ପଡ଼ିବ । ଇତିମଧ୍ୟରେ ଆପଣ୍‌କ ଖଞ୍ଜା ଗୁଡ଼ିକର ଯନ୍ତ୍ରଣା ଓ ଫୁଲିବା କମ୍ ହେଇପାରେ । ଅବଶ୍ୟ ପ୍ରସବ ଉତ୍ତାରେ ଏ ସମସ୍ୟା ପୁଣି ବଢ଼ିପାରେ ।

ଗର୍ଭ ସମୟରେ ଅନେକ ପରିବର୍ତ୍ତନ ଦେଖାଦେଇପାରେ । ଏଣୁ ପୁରୁଣା ଔଷଧ ପରିବର୍ତ୍ତେ ନୂତନ ଧରଣର ଔଷଧ ଖାଇବାକୁ ପଡ଼ିବ ।

ପ୍ରସବ ବେଦନା ବା ଲେବର ସମୟରେ ଏଭଳି ସଠିକ୍ ମୁଦ୍ରା ହେଲେ ଭଲ । ଯଦ୍ୱାରା ଖଞ୍ଜା ମାନଙ୍କରେ ଚାପ ପଡ଼ିବନି । ଡାକ୍ତର ଆପଣଙ୍କୁ ସବୁ କଥା କହିଦେବେ ।

ସ୍କଲିଓସିସ

"ମତେ ପିଲାବେଳେ ସ୍କଲିଓସିସ ହେଇଥିଲା । ମୋର ମେରୁଦଣ୍ଡର ବାଙ୍କ ଗର୍ଭଧାରଣ ଉପରେ କି ପ୍ରଭାବ ପକାଇବ ?"

ସାଧାରଣତଃ ଆପଣଙ୍କ ଭଳି ମହିଳାମାନେ ସୁସ୍ଥ ଶିଶୁଙ୍କୁ ଜନ୍ମ ଦେଇଥାନ୍ତି । ଅଧ୍ୟୟନରୁ ଜଣାପଡ଼ିଛି ଯେ, ସ୍କଲିଓସିସରୁ କୌଣସି ଅସୁବିଧା ହୁଏନାହିଁ ।

ଯେଉଁ ସ୍ତ୍ରୀମାନଙ୍କର ସ୍କଲିଓସିସ ନିତମ୍ବ ଓ ସ୍କନ୍ଧ ସନ୍ନିହିତ ଥାଏ, ସେମାନେ ଶ୍ୱସକ୍ରିୟାରେ ବା ଓଜନ ଟେକାଟେକିରେ ଅସୁବିଧାର ସମ୍ମୁଖୀନ ହେଇଥାନ୍ତି । ପିଠି ବ୍ୟଥା ହେଲେ ମାଲିସ କରି ଗୋଡ଼ ଉପରକୁ ଟେକି ରଖନ୍ତୁ ଓ ଉଷୁମ ପାଣିରେ ଗାଧୋଇବା ଉଚିତ । ଫିଜିଓଥେରେପିର ସାହାଯ୍ୟ ନେଇ ଗର୍ଭ ଯୋଗୁଁ ଏପିଡ୍ୟୁରାଲ ମଧ୍ୟ ଲଗେ ପାରନ୍ତି । ଉତ୍ତମ ବିଶେଷଜ୍ଞ ହେବା ବାଞ୍ଛନୀୟ ।

ସିକାଲ ସେଲ ଏନିମିଆ

"ମତେ ଆଗରୁ ସିକଲ ସେଲ ଏନିମିଆ ଅଛି ଆଉ ବର୍ତ୍ତମାନ ମୁଁ ଗର୍ଭ କଥା ଜାଣି ପାରିଛି । ହେଲେ ମୋର ଶିଶୁ ସୁସ୍ଥ ହେବ ତ ?"

ବର୍ତ୍ତମାନ ଏହା ସେତେ ଭୟଙ୍କର ନୁହଁ । ଗୁରୁତର ରୋଗୀ ହେଲେ ମଧ୍ୟ ଆପଣ ସୁସ୍ଥ ଶିଶୁଙ୍କୁ ଜନ୍ମ ଦେଇପାରିବେ । ଅବଶ୍ୟ ଆପଣଙ୍କ ଗର୍ଭକୁ ହାଇ ରିସ୍କ ବୋଲି କୁହାଯିବ । କାରଣ ,ହା ଯୋଗଁ ଗର୍ଭ ସ୍ଖଳନ, ସମୟ ପୂର୍ବରୁ ପ୍ରସବ ବେଦନା ବା ପ୍ରିଟର୍ମ ଲେବର, ପ୍ରିକ୍ଲେମ୍ପସିଆ ବା ଅପରିପକ୍ୱ ହେବାର ଆଶଙ୍କା ବୃଦ୍ଧି ପାଏ ।

ଡାକ୍ତରଙ୍କ ପାଖକୁ ବାରମବାର ଯିବାକୁ ହେବ । ସେ ଏକତା ଜାଣି ଚିକିତ୍ସା କରିବେ । ଆପଣ ମଧ୍ୟ ଅନ୍ୟମାନଙ୍କ ଭଳି ଯୋନିବାଟ ଦେଇ ଶିଶୁକୁ ଜନ୍ମ ଦେବେ । ପ୍ରସବ ପରେ ସଂକ୍ରମଣରୁ ରକ୍ଷା ପାଇଁ ଏଣ୍ଟିବାୟୋଟିକ୍ସ ଦିଆଯିବ ।

ସ୍ୱାମୀ-ସ୍ତ୍ରୀ ଉଭୟେ ଏ ରୋଗରେ ଆକ୍ରାନ୍ତ ଥିଲେ ଶିଶୁକୁ ମଧ୍ୟ ଏହି ରୋଗ ହେବାର ଆଶଙ୍କା ବୃଦ୍ଧି ପାଏ । ଏଣୁ ଜେନେଟିକ ପରାମର୍ଶଦାତାଙ୍କ ସହ ପରାମର୍ଶ କରି ଏମନିଓସେଣ୍ଟେସିସ କରିବାକୁ ପଡ଼ିପାରେ ।

ଥାଇରାଇଡ

"କିଶୋରାବସ୍ଥାରେ ମୁଁ ହାଇପୋଥାଇରାଇଡ ଓ ଏବେ ମଧ୍ୟ ଥାଇରାଇଡ୍‌ର ଔଷଧ ଖାଉଛି । ହେଲେ ଗର୍ଭଧାରଣ ସମୟରେ ଏହି ଔଷଧ ଖାଇବା ନିରାପଦ ନା ନୁହଁ ?"

ଏହା କେବଳ ନିରାପଦ ନୁହଁ, ବରଂ ଶିଶୁର ସ୍ୱାସ୍ଥ୍ୟ ସକାଶେ ଅପରିହାର୍ଯ୍ୟ ମଧ୍ୟ । ଯଦି ହାଇପୋଥାଇରାଇଡ୍‌ର ଚିକିତ୍ସା ହେଇ ନଥାଏ ତେବେ ଗର୍ଭସ୍ଖଳନର ଆଶଙ୍କା ବଢ଼ିଯାଏ । ଶିଶୁର ମସ୍ତିଷ୍କ ବିକଶିତ ହେବା ପାଇଁ ଥାଇରାଇଡ ହର୍ମୋନ ଏକାନ୍ତ

ଜରୁରୀ । ପ୍ରଥମ ତିନିମାସରେ ଶିଶୁକୁ ଏହି ହର୍ମୋନ ନ ମିଳିଲେ ତାକୁ ଜନ୍ମରୁ ନ୍ୟୁରୋ ସମସ୍ୟା ଦେଖାଦେବ । ପ୍ରଥମ ତିନିମାସ ପରେ ଏହା ଆପେ ଆପେ ନିଜ ଦେହ ମଧ୍ୟରେ ନିର୍ମିତ ହୁଏ । ଥାଇରାଇଡ କମ୍ ହେଲେ ଅବସାଦ ବୃଦ୍ଧି ପାଏ । ଏଣୁ ଚିକିତ୍ସିତ ହେବା ଏକାନ୍ତ ଜରୁରୀ ।

ଦେହର ଥାଇରାଇଡ ହର୍ମୋନର ଦରକାର ମୁତାବକ କମ୍ ବେଶି ହେଇପାରେ ।

ଡାକତର ପରୀକ୍ଷା କରି ପରାମର୍ଶ ଦେବେ । ନିଜର ଥାଇରାଇଡର ହ୍ରାସ ବୃଦ୍ଧି କଥା ଲକ୍ଷ୍ୟ କରନ୍ତୁ ।

ଆପଣ ଆୟୋଡିନର ପୂରଣ ପାଇଁ ଆୟୋଡିନ ଲୁଣ ଓ ସି-ଫୁଡ ଖାଇପାରନ୍ତି ।

"ମତେ ଗ୍ରେଭ୍‌ସ ରୋଗ ଅଛି । ହେଲେ ଏହା ମୋର ଗର୍ଭାବସ୍ଥାରେ କିଭଳି ପ୍ରଭାବ ପକାଇବ ?"

ଏହି ରୋଗ ଥିଲେ ଡାଇରାଇଡ ଗ୍ରନ୍ଥୀରୁ ଅତ୍ୟଧିକ ହର୍ମୋନ ନିର୍ଗତ ହେଇଥାଏ । ଏଣୁ ଏହାର ସଠିକ୍ ଚିକିତ୍ସା କରାନଗଲେ ଗର୍ଭସ୍ଖଳନ ବା ପ୍ରିଟର୍ମ ବାର୍ଥର ଆଶଙ୍କା ବଢ଼ିଯାଏ ।

ସଠିକ୍ ଚିକିତ୍ସା ବଳରେ ଆପଣ ନିହାତି ଏକ ସୁସ୍ଥ ଶିଶୁକୁ ଜନ୍ମ ଦେଇପାରିବେ । ଇତିମଧ୍ୟରେ ଆଣ୍ଟିଥାଇରାଇଡ ଔଷଧ ଖାଇବାକୁ ପଡ଼ିପାରେ । ଔଷଧ କାମ ନକଲେ ଉକ୍ତ ଗ୍ରନ୍ଥୀଟିକୁ ସର୍ଜରୀ କରି କଢ଼ାଯାଏ । ଏହା ଦ୍ୱିତୀୟ ତିନିମାସରେ ହେଲେ ଭଲ, ନଚେତ ଗର୍ଭସ୍ଖଳନ ହେଇପାରେ । ଗର୍ଭବେଳେ ରେଡିଓ ଏକ୍ଟିଭ ଆୟୋଡିନର ବ୍ୟବହାର ହିତକର ନୁହଁ । ଗର୍ଭ ପୂର୍ବରୁ ଚିକିତ୍ସିତ ହେଇଥିଲେ ଥାଇରାଇଡ ରିପ୍ଲେସମେଣ୍ଟ ଥେରେପି ଅବ୍ୟାହତ ରଖିବା ହିତକର ହେବ ଓ ନିରାପଦ ମଧ୍ୟ ।

ସାହାଯ୍ୟ ମାଗନ୍ତୁ

ଅବଶ୍ୟ ପ୍ରତ୍ୟେକ ଗର୍ଭବତୀ ମା'ଙ୍କୁ ଅନ୍ୟର ସାହାଯ୍ୟ ଆବଶ୍ୟକ ହୁଏ । କିନ୍ତୁ ପୁରୁଣା ଓ ଦୀର୍ଘସ୍ଥାୟୀ ରୋଗରେ ଆକ୍ରାନ୍ତ ଗର୍ଭବତୀ ମାନଙ୍କ ସକାଶେ ଏହା ଏକାନ୍ତ ଅପରିହାର୍ଯ୍ୟ କହିଲେ ଅତ୍ୟୁକ୍ତି ହେବନାହିଁ । ଅବଶ୍ୟ ନିଜେ ଏସବୁ କଥା ଜାଣିଥାନ୍ତି, ହେଲେ ଗର୍ଭବେଳର ନିୟମ କାଇଦା ସବୁ ବଦଳି ଯାଇଥାଏ । ଏଣୁ ଏସବୁ ସାହାଯ୍ୟ ଦରକାର ହେଇପାରେ ।

ଡାକ୍ତରୀ ସହାୟତା: ଗର୍ଭଧାରଣ ପୂର୍ବରୁ ଡାକ୍ତରଙ୍କ ପରାମର୍ଶ ଗ୍ରହଣୀ; ଫଳରେ ରୋଗଟିକୁ ଆୟତ୍ତ କରିପାରିବେ । ଏହା ବ୍ୟତୀତ ପ୍ରସୂତି ବିଶେଷଜ୍ଞଙ୍କ ସହ ଅନ୍ୟ ଡାକ୍ତରମାନଙ୍କୁ ସବୁ କଥା ଜଣେଇବାକୁ ହେବ । ସେମାନେ ସମସ୍ତେ ମିଶି ପରୀକ୍ଷା କରି ତା'ରି ବଳରେ ନୂଆ ଔଷଧପତ୍ର ଓ ପରାମର୍ଶ ଦେବେ ।

ଭାବାତ୍ମକ ସାହାଯ୍ୟ (ଇମୋସନାଲ ସପୋର୍ଟ)

ବର୍ତ୍ତମାନ ଢ଼େର ବେଶି ଇମୋସନାଲ ସପୋର୍ଟ ଆପଣଙ୍କ ପାଇଁ ଅତ୍ୟାବଶ୍ୟକ । ଅନେକ ଔଷଧପତ୍ର, ପରୀକ୍ଷଣ ଓ ଖାଦ୍ୟ ଯୋଜନା କଲାବେଳେ କାନ୍ଦିବାକୁ ମନ ହେଲେ ଅନ୍ୟର କାନ୍ଧ ଆଶ୍ରୟ ପାଇଁ ଆବଶ୍ୟକ ହେବ । ନିଜର ସ୍ୱାମୀ, ବନ୍ଧୁ ବାନ୍ଧବ ବା ମା' ହେଲେ ଖୁବ୍ ଭଲ । ତାଙ୍କ ପରାମର୍ଶ ମଧ୍ୟ ଗ୍ରହଣୀୟ ହେବ ।

ଫିଜିକାଲ ସପୋର୍ଟ: ବ୍ୟକ୍ତିଗତ ସାହାଯ୍ୟ ମଧ୍ୟ ଦରକାର ଅର୍ଥାତ୍ ଆପଣଙ୍କ ପାଇଁ କିଣାବିକା, ଘରକାମ, ରନ୍ଧା ବଢ଼ା, ଲୁଗା ସଫା ଇତ୍ୟାଦି ଦାୟିତ୍ୱ ଯିଏ ବୁଝିପାରିବ ଏଭଳି ବ୍ୟକ୍ତିଗତ ସାହାଯ୍ୟ ଏକାନ୍ତ ଜରୁରୀ । ଏଥିରେ ସଂକୋଚ ନ କରୁଥିବା ଚାକରାଣୀ ବା ଅତି ନିଜର ରକ୍ତ ସମ୍ପର୍କୀୟ ହେଲେ ଖୁବ୍ ଭଲ ।

■ ■ ■

ସପ୍ତମ ଭାଗ

ଜଟୀଳ ଗର୍ଭଧାରଣ

ଜଟୀଳ ଗର୍ଭଧାରଣର ପରିଚାଳନା

ମନେକର ଆପଣଙ୍କର ଗର୍ଭାବସ୍ଥା ଅର୍ଥାତ୍ ଗର୍ଭଧାରଣଟିକୁ ଜଟୀଳ ବା ଗୁରୁତର ବୋଲି ଧରିନିଆଯାଇଛି, ତେବେ ତାହାର ସବୁତକ ଲକ୍ଷଣଗୁଡ଼ିକ ଆପଣ ଏହି ଅଧ୍ୟାୟରେ ପାଇପାରିବେ । ଯଦି ଆପଣଙ୍କ ଗର୍ଭଧାରଣ ସାଧାରଣ ହେଇଥାଏ, ତେବେ ଏହା ପଢ଼ିବା ଆବଶ୍ରକ ନୁହଁ । କାରଣ ଏସବୁ ତଥ୍ୟାବଳୀରୁ ହୁଏତ ଆପଣଙ୍କୁ ଲାଭ ହେଉ ବା ନହେଉ ହେଲେ ଅଯତା ମାନସିକ ଚାପ ସୃଷ୍ଟି ହେଇପାରେ ।ଏଣୁ ଏହାକୁ ପଢ଼ି ଅଯଥାରେ ବ୍ୟତିବ୍ୟସ୍ତ ହେଇ ମୁଣ୍ଡ ବ୍ୟଥାକୁ ମୁଣ୍ଡେଇବେ କାହିଁକି ?

ଗର୍ଭଧାରଣର ଜଟୀଳ ସମସ୍ୟାବଳୀ

ସାଧାରଣତଃ କୌଣସି ସାମାନ୍ୟ ଗର୍ଭଧାରଣରେ ଏଭଳି ଜଟୀଳ ସମସ୍ୟା ସବୁ ଦେଖାଯାଏ ନାହିଁ । ଡାକ୍ତର ଯଦି ଆପଣଙ୍କୁ କହନ୍ତି, ତେବେ ଏହାକୁ ପଢ଼ନ୍ତୁ କିମ୍ବା ଏଭଳି କିଛି ଲକ୍ଷଣ ଦୃଶ୍ୟମାନ ହେଲେ ହିଁ ପଢ଼ନ୍ତୁ । ଏହି ଅଧ୍ୟାୟ ପଠନ ପରେ ସେସବୁ ତଥ୍ୟାବଳୀ ଜାଣିବା ସାଙ୍ଗକୁ ଉଚିତ ପରାମର୍ଶ ସକାଶେ ଯେକୌଣସି ଜଣେ ବିଶେଷଜ୍ଞଙ୍କ ସହ ଯୋଗାଯୋଗ କରନ୍ତୁ ।

ଶୀଘ୍ର ଗର୍ଭସ୍ଖଳନ (ଆର୍ଲି ମିସ୍‌କ୍ୟାରେଜ)

ଏ କ'ଣ ହେଲା? ଗର୍ଭାଶୟର ଅନିୟୋଜିତ ସମାପ୍ତି ଅର୍ଥାତ୍ ଗର୍ଭପାତ ହେବାକୁ ହିଁ ଗର୍ଭସ୍ଖଳନ ବା ମିସ୍‌କ୍ୟାରେଜ କହିଥାନ୍ତି । ୮୦% ମିସକ୍ୟାରେଜ ପ୍ରଥମ ତିନିମାସରେ ହିଁ ହେଇଥାଏ । ପ୍ରଥମ ତିନି ମାସ ଶେଷରେ ୨୦ଶ ତମ ସପ୍ତାହରେ ହେଉଥିବା ମିସକ୍ୟାରେଜ, ବିଳମ୍ବିତ ଗର୍ଭସ୍ଖଳନ ବୋଲି କୁହାଯାଏ ।

ଆର୍ଲି ମିସକ୍ୟାରେଜ ଭ୍ରୁଣରେ କ୍ରୋମୋଜୋମାଲ କିମ୍ବା ଜେନେଟିକ ବିକୃତି ଯୋଗୁଁ ହେଇଥାଏ; ହେଲେ ଏହା ହର୍ମୋନାଲ କିମ୍ବା ଅନ୍ୟ କାରଣରୁ ମଧ୍ୟ ହେଇପାରେ । ଅଧିକାଂଶ କ୍ଷେତ୍ରରେ ଏହାର କାରଣ ଜଣାପଡ଼ିପାରେ ନାହିଁ ।

ଏହା କେତେ ମାତ୍ରାରେ ସାଧାରଣ: ଶୀଘ୍ର ଗର୍ଭସ୍ଖଳନ ଏକ ସାଧାରଣ ସମସ୍ୟା । ଅଧ୍ୟୟନକାରୀମାନେ ଅନୁମାନ କରିଛନ୍ତି ଯେ ୪୦ ପ୍ରତିଶତ ଗର୍ଭଧାରଣ ଗର୍ଭସ୍ଖଳନରେ ରୂପାନ୍ତରିତ ହେଇଥାଏ । ତନ୍ମଧ୍ୟରୁ ଅଧା ଏତେ ଶୀଘ୍ର ହେଇଯାଏ ଯେ ଗର୍ଭଧାରଣ ହେବାର ଆଶା ମଧ୍ୟ କରାଯାଏ ନାହିଁ । ଯେକୌଣସି ସ୍ତ୍ରୀର ଗର୍ଭସ୍ଖଳନ ହେଇପାରେ । ଅବଶ୍ୟ କେତେକ କାରଣ ଯୋଗୁଁ ଗର୍ଭସ୍ଖଳନର ଆଶଙ୍କା ବଢ଼ିଯାଏ । ପ୍ରଥମ କାରଣ ହେଲା ବେଶି ବୟସ ହେବା । ଦ୍ୱିତୀୟ କାରଣ- ଜୀବସାରର ଅଭାବ, କମ୍ ବା ବେଶି ଓଜନ, ଧୂମପାନ, ହର୍ମୋନାଲ ଅସାମଞ୍ଜସ୍ୟ, ଏସଟିଡି ଓ କ୍ରମିକ ଅବସ୍ଥା

ସଂକେତ ଓ ଲକ୍ଷଣ କ'ଣ? ଗର୍ଭସ୍ଖଳନର ସଂକେତ ଓ ଲକ୍ଷଣରେ ଏସବୁ କଥା ସମ୍ମିଳିତ:

- ମୋଡିହେଇ କଷ୍ଟ ହେବା, ତଳିପେଟ ଓ ପିଠିରେ ବ୍ୟଥା
- ଋତୁସ୍ରାବ ଭଳି ଯୋନିରୁ ରକ୍ତସ୍ରାବ ।
- ତିନି ଦିନରୁ ବେଶି ଈଷତ୍ ଦାଗ ଲାଗିବା
- ଗର୍ଭାବସ୍ଥାର ଲକ୍ଷଣ ଶେଷ ହେବା ।

ଆପଣ ଓ ଡାକ୍ତର କ'ଣ କରିପାରିବେ?

ପ୍ରତ୍ୟେକ ରକ୍ତସ୍ରାବର ଅର୍ଥ ନୁହଁ ଯେ ଗର୍ଭସ୍ଖଳନ ହେବା । ଭିନ୍ନ ପରିସ୍ଥିତିରେ ମଧ୍ୟ ରକ୍ତସ୍ରାବ ହେଇପାରେ । ଯେକୌଣସି ରକ୍ତସ୍ରାବ ଦେଖିବା କ୍ଷଣି ଡାକ୍ତରଙ୍କୁ ଭେଟନ୍ତୁ । ସେ ଅଲଟ୍ରାସାଉଣ୍ଡ ବଳରେ ପରୀକ୍ଷା କରିଦେଖିବେ । ଗର୍ଭ ଥିଲେ ଅସ୍ଥାୟୀ ବିଶ୍ରାମ ପାଇଁ ପରାମର୍ଶ ଦିଆଯାଇପାରେ । ମନେକର ଗର୍ଭ ଠିକ୍ ଥାଏ ତେବେ ହର୍ମୋନର ସ୍ତର ପ୍ରତି ଦୃଷ୍ଟି ଦିଆଯିବ ଓ ରକ୍ତ ସ୍ରାବ ଆପେ ଆପେ ବନ୍ଦ ହେଇଯିବ ।

ମନେକର ଗର୍ଭାଶୟ ମୁଖ ଖୋଲା ଥାଏ କିମ୍ବା ଭ୍ରୁଣର ହୃଦ୍‌ସ୍ପନ୍ଦନ ଶୁଣାଯାଉନାହିଁ ତେବେ ଏହାକୁ ଗର୍ଭସ୍ଖଳନ ବୋଲି ଧରାଯିବ ।ଆଉ ଦୁର୍ଭାଗ୍ୟବଶତଃ ଏହାକୁ ରକ୍ଷା କରିବାର କୌଣସି ଉପାୟ ଆଉ ନାହିଁ କହିଲେ ଚଳେ ।

ଗର୍ଭସ୍ଖଳନର ପ୍ରକାର

ଅବଶ୍ୟ ଆପଣଙ୍କର ଏଭଳି କିଛି ଘଟିଯାଇଥିଲେ ଏସବୁ ନାମ ଜାଣିବା ଦରକାର ନାହିଁ, କାରଣ ଆପଣ ନିଜର ଛୁଆକୁ ହରେଇ ସାରିଛନ୍ତି, ତଥାପି ଏହା ଜାଣିବା ଦରକାର ।

ରାସାୟନିକ ଗର୍ଭଧାରଣ: ଅଣ୍ଡା ଫର୍ଟିଲାଇଜ ହେବା ସତ୍ତ୍ୱେ ମଧ୍ୟ ଗର୍ଭାଶୟରେ ଇମ୍ପ୍ଲାଣ୍ଟ ହେଇନପାରିଲେ, ଏଭଳି ହେଇଥାଏ । ମହିଳାର ଋତୁ ସ୍ରାବ ମଧ୍ୟ ହେବନି ଓ ପରୀକ୍ଷା ପଜିଟିଭ ଆସିବ । କାରଣ ପ୍ରେଗ୍ନେନ୍ସି ହର୍ମୋନ ଥିବ କିନ୍ତୁ ଅଲଟ୍ରାସାଉଣ୍ଡ ବଳରେ ଜଣା ପଡ଼ିଯିବାରେ କୌଣସି ପ୍ଲେସେଣ୍ଟା ବିଦ୍ୟମାନ ନାହିଁ ।

ବ୍ଲାଇଟେଡ ଓଭାମ: ଏହି ପରିସ୍ଥିତିରେ ଫର୍ଟିଲାଇଜଡ୍ ଏଗ ଯୋନି ପ୍ରଦେଶର କାନ୍ଥରେ ଲାଗିରହେ, ହେଲେ ଭ୍ରୁଣ ସୃଷ୍ଟି ହେଇପାରେ ନାହିଁ । ଏଭଳି ଭାବରେ କେବଳ ଖାଲି ଗେଷ୍ଟେସନାଲ ସ୍ୟାକ୍ ରହିଯାଏ ।

ଭୁଲ ଗର୍ଭସ୍ଖଳନ: ଭ୍ରୁଣ ମଲାପରେ ମଧ୍ୟ ଗର୍ଭାଶୟରେ ଲାଗିଥାଏ। ଏଥବରେ ପୂରା ସ୍ରାବ ହେଇଥାଏ ଓ ଅଲଟ୍ରାସାଉଣ୍ଡ ବଳରେ ସବୁ ଜଣାପଡ଼େ ।

ଅସଂପୂର୍ଣ୍ଣ ଗର୍ଭସ୍ଖଳନ: ପ୍ଲେସେଣ୍ଟାର କିଛି ଭାଗ ଗର୍ଭାଶୟରେ ଥାଇ କିଛି ଅଂଶ ଯୋନିର ରକ୍ତସ୍ରାବ ସାଙ୍ଗରେ ପଦାକୁ ବାହାରିଗଲେ ମୋଡିହେଇ ରକ୍ତ ସ୍ରାବ ହେଇଥାଏ । ଅଲଟ୍ରା ସାଉଣ୍ଡରେ ଏହା ଦୃଶ୍ୟମାନ ହୁଏ ।

ସତର୍କ ଗର୍ଭସ୍ଖଳନ: ଯୋନିରୁ ରକ୍ତସ୍ରାବ ହେବା ସତ୍ତ୍ୱେ ସର୍ଭିକ୍ସ ବନ୍ଦ ଥାଏ ଓ ଭ୍ରୁଣର ହୃଦ୍‌ସ୍ପନ୍ଦନ ଜଣାପଡ଼େ । ଏଭଳି କ୍ଷେତ୍ରରେ ପ୍ରାୟ ଗର୍ଭାବସ୍ଥା ପରେ ସାଧାରଣ ହେଇଯାଇଥାଏ ।

ଆପଣ ଜାଣିବା କଥା

ସାଧାରଣ ଗର୍ଭଧାରଣରେ ବ୍ୟାୟାମ, ସମ୍ଭୋଗ, ଓଜନ ଟେକାଟେକି, ଭାବାତ୍ମକ ଚାପ, ଗର୍ଭପାତର ଆଶଙ୍କା କିମ୍ବା ପେଟରେ ଚାପ ପଡ଼ିଲେ ଗର୍ଭ ସ୍ଖଳନ ହେଇନଥାଏ । ପୁଣି ମର୍ଣ୍ଣିଂ ସିକ୍‌ନେସ ଯୋଗୁଁ ମଧ୍ୟ ଗର୍ଭସ୍ଖଳନ ହୁଏନାହିଁ ।

ମନେକର ଥରେ ଗର୍ଭସ୍ଖଳନ ହେଇଯାଏ ତେବେ ଭବିଷ୍ୟତରେ ଆଗାମୀ ଗର୍ଭଧାରଣ ସାଧାରଣ ହେଇପାରେ ।

ଆପଣ ଶିଖିଥିବା ଉଚିତ

ଅନେକ ଥର ସୁସ୍ଥ ଗର୍ଭଧାରଣରେ ମଧ୍ୟ ଅଲଟ୍ରାସାଉଣ୍ଡ ଯୋଗେ ଶିଶୁର ହୃଦସ୍ପନ୍ଦନ ଜାଣିବାରେ ଡେରି ହୁଏ । ମନେକର ସର୍ଭିକ୍ସ ବନ୍ଦ ଥାଏ, ଈଷତ୍ ଦାଗ ଲାଗୁଥାଏ, ତେବେ ମୋନୋଗ୍ରାମ ଯୋଗେ ସ୍ପଷ୍ଟ ଚିତ୍ର ସାମନାକୁ ଆସିଥାଏ । ଆପଣଙ୍କର ଏଚ.ଜି.ସି. ର ସ୍ତର ପ୍ରତି ମଧ୍ୟ ଦୃଷ୍ଟି ଦେବାକୁ ହେବ

ମନେକର ଆଗରୁ ଆପଣଙ୍କର ଗର୍ଭସ୍ଖଳନ ହେଇଥାଏ

ଅବଶ୍ୟ ଶୀଘ୍ର ଗର୍ଭସ୍ଖଳନରେ ଭ୍ରୂଣ ସାଧାରଣ ଜୀବନ ଯାପନ କରିବା ଅବସ୍ଥାରେ ନଥାଏ, ତଥାପି ବାପା-ମା'ଙ୍କ ପାଇଁ ଏହା ଖୁବ୍ ଦୁଃଖପୂର୍ଣ୍ଣ ମନେହୁଏ । ଏହା ଏକ ପ୍ରାକୃତିକ ପଦ୍ଧତି ଅଟେ; ଏଥିରେ ବଞ୍ଚିବାକୁ ଅକ୍ଷମ ଭ୍ରୂଣଟି ସ୍ୱତଃ ନଷ୍ଟ ହୋଇଯାଏ ।

ଅବଶ୍ୟ ଦୁଃଖ ହେବା ସ୍ୱାଭାବିକ କିନ୍ତୁ ଏଥିରେ ଆପଣ୍‌କର କିଛି ଭୁଲ୍ ନାହିଁ । ଏଣୁ ମନକୁ ବୁଝେଇନେବା ଉଚିତ । ପୁନଶ୍ଚ ଆମ ଅଧ୍ୟାୟ ୨୩ରେ ଲେଖାଥିବା ଉପାୟ ଅବଲମ୍ୱନ କରନ୍ତୁ ।

ଅନେକ ସ୍ତ୍ରୀମାନେ ଶୀଘ୍ରାତିଶୀଘ୍ର ପୁଣି ଗର୍ଭବତୀ ହେବା ଖୁବ୍ ଭଲ ବୋଲି ମନେହୁଏ । ଅବଶ୍ୟ ଡାକ୍ତରଙ୍କ ପରାମର୍ଶ ବାଞ୍ଛନୀୟ । ଆମେ ଏହା ସାଧାରଣତଃ ଥରେ ମାତ୍ର ହେଇଥାଏ ।

ଗର୍ଭସ୍ଖଳନର କାରଣ ଯାହା ହେଇଥାଉ ନା କାହିଁକି, ଡାକ୍ତର ଦୁଇ ତିନି ମାସ ଅପେକ୍ଷା କରିବାକୁ କହନ୍ତି । ଏଣୁ ଯେକୌଣସି ଗର୍ଭନିରୋଧକ ବ୍ୟବହାର କରି ଅପେକ୍ଷା କଲେ ଭଲ । କାରଣ ଶରୀର ତା'ର ହୃତ ସାମର୍ଥ୍ୟ ଫେରିପାଏ ।

ଗର୍ଭସ୍ଖଳନ ପରେ ମଧ୍ୟ ମହିଳାମାନେ ନିଜର ସାଧାରଣ ଗର୍ଭଧାରଣ କରି ସୁସ୍ଥ ଶିଶୁଙ୍କୁ ଜନ୍ମ ଦେଇଥାନ୍ତି ।

ମନେକର ମୋଡ଼ିହେବା ଯୋଗୁଁ ବେଶି କଷ୍ଟ ହେଲେ ଡାକ୍ତର କୌଣସି ପୀଡ଼ାନାଶକ ଔଷଧ ଦେଇପାରନ୍ତି । ନିଜ ପରିସ୍ଥିତି ସୂଚେଇବାରେ ସଂକୋଚ ପ୍ରକାଶ କରନ୍ତୁନି ।

ଏଥିରେ ନିରାପତ୍ତା ଅଛି କି ? ଏହା ଭ୍ରୂଣଟିର ବିକୃତି ଯୋଗୁଁ ହେଇଥାଏ । ଏଣୁକରି ଏହାର ନିରାପତ୍ତା ନାହିଁ କହିଲେ ଚଳେ । ଅବଶ୍ୟ ବିପଦ ଏଡାଇବାକୁ ନିମ୍ନ ଉପାୟମାନ କରାଯାଇପାରେ ।

■ ଗର୍ଭଧାରଣ ପୂର୍ବରୁ କ୍ଲିନିକ ପରିସ୍ଥିତିକୁ ଆୟତ୍ତ କରନ୍ତୁ ।

■ ଫିଲିକ ଏସିଡ ଓ ଜୀବସାର ବି'ର ଔଷଧ ଖାଆନ୍ତୁ । ଅଧ୍ୟୟନରୁ ଜଣାପଡ଼ିଛି ଯେ ଅନେକ ମହିଳାମାନଙ୍କୁ ଏହି କାରଣ ଯୋଗୁଁ ଗର୍ଭଧାରଣରେ ଅସୁବିଧା ହୋଇଥାଏ । ସଠିକ୍ ଔଷଧ ଖାଇବା ସାଙ୍ଗକୁ ତାଙ୍କର ଗର୍ଭଧାରଣ ସାଧାରଣ ହେଇପଡ଼େ ।

■ ଗର୍ଭଧାରଣ ପୂର୍ବରୁ ନିଜ ଓଜନ ଆଦର୍ଶ ହେବା ଉଚିତ । ଆବଶ୍ୟକରୁ ଅଧିକ ବା କମ୍ ଓଜନ ଯୋଗୁଁ ଗର୍ଭରେ ଅସୁବିଧା ହେଇପାରେ ।

■ ମଦ ଓ ଧୂମପାନ ତ୍ୟାଗ କରନ୍ତୁ ।

■ ଔଷଧ ଖାଇଲାବେଳେ ଦୃଷ୍ଟି ଦିଅନ୍ତୁ । ସଠିକ୍ ଔଷଧ ହିଁ ଖାଆନ୍ତୁ । ଗର୍ଭର ନିରାପତ୍ତା ଦୃଷ୍ଟିରୁ ।

■ ସଂକ୍ରମଣରୁ ରକ୍ଷା ପାଇଁ ଉପାୟ କରନ୍ତୁ । ମନେକର ଦୁଇ ବା ତତୋଽଧିକ ଗର୍ଭସ୍ଖଳନ ହେଇଥିଲେ, ତାର କାରଣ ଜାଣିବାକୁ ଚେଷ୍ଟା କରନ୍ତୁ ଫଳରେ ଆଗାମୀ ସମୟରେ ଏଥିରୁ ରକ୍ଷା ପାଇହେବ ।

ଗର୍ଭସ୍ଖଳନର ପରିଚାଳନା

यह कितना सामान्य है? 300 में से किसी एक मामले में ऐसा होता है, कुछ गर्भावस्था जटिलताओं से

ଅନେକ ଥର ପ୍ରଥମ ତିନିମାସରେ ଗର୍ଭସ୍ଖଳନ ସମ୍ପୂର୍ଣ୍ଣ ଭାବରେ ନହେଇ ପ୍ରେଗ୍ନେନ୍ସିର କିୟଦଂଶ ମଝିରେ ଅଟକିଯାଏ । ଶିଶୁର ସ୍ପନ୍ଦନ ଜଣାପଡ଼େ ନାହିଁ ଓ ରକ୍ତସ୍ରାବ ମଧ୍ୟ ହୁଏନାହିଁ । ଏଭଳି ପରିସ୍ଥିତିରେ ଗର୍ଭାଶୟଟିକୁ ପୂରା ଖାଲି କରିବାକୁ ପଡ଼ିଥାଏ । ଏହାର ଅନେକ ଉପାୟ ଅଛି-

ଆଶାୟୀ ପରିଚାଳନା: ଆପଣ ହୁଏତ ଗର୍ଭଟିକୁ ପ୍ରାକୃତିକ ଉପାୟରେ ନଷ୍ଟ ହେବା ପାଇଁ ଅପେକ୍ଷା କରିପାରନ୍ତି । ଏଥିରେ ଅନେକ ଦିନ ବା ତିନି-ଚାରି ସପ୍ତାହ ଲାଗିପାରେ ।

ଔଷଧପତ୍ର: ଔଷଧ ଜରିଆରେ ଭ୍ରୂଣର ଅବଶିଷ୍ଟାଂଶ ଓ ପ୍ଲେସେଣ୍ଟାକୁ କାଢ଼ିବାକୁ ଚେଷ୍ଟା କରାଯାଏ । ରକ୍ତସ୍ରାବ ହେବାରେ କିଛି ଦିନ ଲାଗିପାରେ । ଏହି ଔଷଦ ଯୋଗୁଁ ବାନ୍ତି, ଉଦ୍‌ବେଗ, ମୋଡାମୋଡି ବା ଡାଇରିଆ ହେଇପାରେ ।

ସର୍ଜରୀ: ଡି.ଏଣ୍ଡସ ସି ପଦ୍ଧତିରେ ଡାକ୍ତର ଆରାମରେ ଗର୍ଭାଶୟର ମୁହଁ ଖୋଲି ଭ୍ରୂଣାଂଶ କାଢ଼ି ବାହାର କରନ୍ତି । ଏହାପରେ ଏକ ସପ୍ତାହ ପର୍ଯ୍ୟନ୍ତ ରକ୍ତସ୍ରାବ ହେଇଥାଏ । ଏଥବରେ ଅବଶ୍ୟ ସଂକ୍ରମଣର ଆଶଙ୍କା ରହିଥାଏ ।

ଆପଣ କିଭଳି ଜାଣିବେ ଯେ, ପ୍ରକୃତରେ କ'ଣ କରିବାକୁ ହେବ । ଏହା ନିମ୍ନ ତଥ୍ୟ ଉପରେ ନିର୍ଭର କରେ ।

■ ଗର୍ଭସ୍ଖଳନ କେତେ ସମୟ ପରେ ହୋଇଛି । ମନେକର ଏଯାଏଁ ରକ୍ତସ୍ରାବ ଓ ମୋଡାମୋଡି ଅବ୍ୟାହତ ଥିଲେ, ଏହାର ଅର୍ଥ ହେଲା ଏବେ ମଧ୍ୟ କିଛି କିଛି ଘଟୁଛି । ଏଣୁ ଡିଏଣ୍ଡସି କରେଇ ଔଷଧ ଖାଆନ୍ତୁ ।

■ ଗର୍ଭ କେତେ ଦିନ ଥିଲା । ଯଦି ଭ୍ରୂଣାଂଶ ବେଶି ଥାଏ, ତେବେ ଡିଏଣ୍ଡ ସି କରିବା ଆବଶ୍ୟକ । ଫଳରେ ଭିତରର ସଫେଇ ହେଇପାରିବ ।

■ ଆପଣଙ୍କ ଶାରୀରିକ ଓ ମାନସିକ ଅବସ୍ଥାକୁ ଦୃଷ୍ଟିରେ ରଖି ନିଷ୍ପତ୍ତି ନିଆଯିବ ।

■ ବିପଦ ଓ ଲାଭ । ଡିଏଣ୍ଡସି ଯୋଗୁଁ ସଂକ୍ରମଣ ହେଇପାରେ । ଯଦି ପ୍ରାକୃତିକ ଉପାୟରେ ନହୁଏ ତେବେ ଡିଏଣ୍ଡସି ଜରୁରୀ ।

■ ଭଡିଏଣ୍ଡସି କଲାବେଳେ ଗର୍ଭସ୍ଖଳନର କାରଣ ଜଣାପଡ଼ିଯାଏ ।

■ ଉପାୟ ଯାହା ହେଉନା କାହିଁକି ଭ୍ରୂଣଟି ନଷ୍ଟ ହେଲେ ଦୁଃଖ ଓ ଅବଶୋଷ ହେବା ସ୍ୱାଭାବିକ

ବିଳମ୍ବିତ ଗର୍ଭସ୍ଖଳନ

ଏହା କ'ଣ? ପ୍ରଥମ ତିନିମାସ ଓ ୨୦ଶ ସପ୍ତାହ ଶେଷରେ ହେଉଥିବା ଗର୍ଭସ୍ଖଳନକୁ ବିଳମ୍ବିତ ଗର୍ଭସ୍ଖଳନ ବୋଲି କୁହାଯାଏ । ୨୦ଶ ସପ୍ତାହ ପରେ ଏହାକୁ 'ଷ୍ଟିଲବାର୍ଥ' ବୋଲି କୁହାଯାଏ । ଏହି ଗର୍ଭସ୍ଖଳନର ସମ୍ପର୍କ ମା' ସ୍ୱାସ୍ଥ୍ୟ, ସର୍ଭିକ୍ସ ବା ଗର୍ଭାଶୟର ଦଶା, କେତେକ ସ୍ୱତନ୍ତ୍ର ଔଷଧ ଓ ବିଷାକ୍ତ ପଦାର୍ଥ ତଥା ପ୍ଲେସେଣ୍ଟାର ସମସ୍ୟା ସହ ହେଇଥାଏ ।

ଏହା କେତେ ସାଧାରଣ? ୧୦୦୦ ମଧ୍ୟରୁ ଜଣଙ୍କର ଗର୍ଭାବସ୍ଥାରେ ଏଭଳି ହେଇଥାଏ ।

ସଂକେତ ଓ ଲକ୍ଷଣ କ'ଣ?- ପ୍ରଥମ ତିନିମାସ ପରେ ଅନେକ ଦିନ ଧରି ହେଉଥିବା ଗୋଲାପି ବା ଧୂସର ସ୍ରାବ ଏହାର ସଂକେତ ହେଇପାରେ । ଯଦି ବେଶି ରକ୍ତସ୍ରାବ ସହ ମୋଡାମୋଡି ହୁଏ ତେବେ ଏହି ଲକ୍ଷଣ ସ୍ପଷ୍ଟ । ଅବଶ୍ୟ ପ୍ଲେସେଣ୍ଟା ପ୍ରୋଭିଆ, ପ୍ଲେସେଣ୍ଟା ଏବରପସନ, ପ୍ରିମେଚ୍ୟୋର ଲେବର ବା ୟୁଟେରାଇନ ଲାଇନିଂରେ ଟିଅର ଯୋଗୁଁ ମଧ୍ୟ ରକ୍ତସ୍ରାବ ହୋଇଥାଏ ।

ଆପଣ ଓ ଡାକ୍ତର କଣ କରିବେ? ଏଭଳି କୌଣସି ସ୍ରାବ ଦେଖିବା କ୍ଷଣି ଡାକ୍ତରଙ୍କୁ ପରାମର୍ଶ କରନ୍ତୁ । ସେ ହୁଏତ ରକ୍ତସ୍ରାବ କଥା ଜାଣିବା ପାଇଁ ଅଲଟ୍ରାସାଉଣ୍ଡ କରିପାର୍ତି ଓ ଗର୍ଭାଶୟର ମୁଖର

ପରୀକ୍ଷା କରିବେ ଓ ବିଶ୍ରାମ ପାଇଁ କହିବେ । ସ୍ରାବ ଅଟକିଗଲେ ଏହାର ଅର୍ଥ ହେଲା ଗର୍ଭସ୍ଖଳନ ହେଇନାହିଁ । ବେଳେ ବେଳେ ଆଭ୍ୟନ୍ତରୀଣ ପରୀକ୍ଷା ବା ସମ୍ଭୋଗ ଯୋଗୁଁ ମଧ୍ୟ ଏଭଳି ହେଇଥାଏ । ଏହାର ତାତ୍ପର୍ଯ୍ୟ ହେଲା ସାଧାରଣ ଭାବରେ ବସବାସ କରିପାରିବେ । ଯଦି ଯନ୍ତ୍ରଣା ବା ସ୍ରାବ ନହେଇ ଗର୍ଭାଶୟର ମୁହଁ ଖୋଲିଯାଏ ତେବେ ତାକୁ 'ଇନ୍‌କମ୍ପିଟେଣ୍ଟ ସର୍ଭିକ୍ସ'ର ପ୍ରକାର କୁହାଯିବ । ଏଭଳି କ୍ଷେତ୍ରରେ ସିଲେଇ କରି ବିଳମ୍ବିତ ଗର୍ଭସ୍ଖଳନକୁ ସେକାଯାଇପାରେ । ବେଶି ମୋଡାମୋଡି ଓ ରକ୍ତସ୍ରାବ ଏହାର ଲକ୍ଷଣ । ଡାକ୍ତର ଆଉ କିଛି କରିବେନି, କେବଳ ଡିଏଣ୍ଡସି କରାଯିବ । ଫଳରେ ଗର୍ଭାଶୟରେ କିଛି ଅଟକି ନରହୁ ।

ଏହାକୁ ରୋକିବା ସମ୍ଭବ କି? ଯଦି ଏହା ଆରମ୍ଭ ହେଇସାରିଥାଏ, ତେବେ ରୋକିବା ଅସମ୍ଭବ । ମନେକର ଆଗରୁ ମଧ୍ୟ ଏପରି ହେଇଥିଲେ ଉପାୟ କରାଯାଇପାରେ । ଯଦି ଏହା ଇନକମ୍ପିଟେଣ୍ଟ ଯୋଗୁଁ ହୁଏ ତେବେ ରୋକିହେବ । ଯଦି ଏହା ହାଇପର ଟେନସନ, ମଧୁମେହ ବା ଥାଇରାଇଡ ଭଳି କ୍ରନିକ ଅବସ୍ଥା ଯୋଗୁଁ ହୁଏ ତେବେ ତାକୁ ଗର୍ଭଧାରଣ ପୂର୍ବରୁ ରୋକିବାର ପ୍ରୟାସ କରାଯିବ । ଗୁରୁତର ସଂକ୍ରମଣର ମଧ୍ୟ ଉପଚାର ହେଇପାରେ । ସର୍ଜରୀ ବଳରେ ଗର୍ଭାଶୟକୁ ଠିକ୍ କରିହେବ । ଏଣ୍ଟିବଡିଜ ହେଲେ ଏସ୍ପିନ କିମ୍ବା ହିପେରିନ କିଛିମାତ୍ରାରେ ଦିଆଯାଇପାରେ ।

ଗର୍ଭସ୍ଖଳନର ପୁନରାବୃତ୍ତି

ଅବଶ୍ୟ ଥରେ ଗର୍ଭସ୍ଖଳନ ହେଲା ବୋଲି ବାରମ୍ବାର ହେଉଥିବ, ଏହାର ମାନେ ନାହିଁ । କିନ୍ତୁ ଅନେକ ଥର ଏପରି ହେଇଥିଲେ ତା'ର କାରଣ ଜାଣିବାକୁ ଚେଷ୍ଟା କରନ୍ତୁ । ଡାକ୍ତରୀ ପରୀକ୍ଷା ନିରୀକ୍ଷା ହେବା ଉଚିତ । ଏଭଳି ଅନେକ ଉପାୟ ଅଛି, ଯଦ୍ୱାରା ଏହାର କାରଣ ଜାଣିହେବ, ଉଭୟ ସ୍ୱାମୀ-ସ୍ତ୍ରୀଙ୍କର ପରୀକ୍ଷା ମଧ୍ୟ ହେଇପାରେ । ଅଲଟ୍ରାସାଉଣ୍ଡ, ଏମଆରଆଇ ବା ସିଟି ସ୍କାନର ସାହାଯ୍ୟରେ ସବୁ ଜଣାପଡ଼ିଯିବ ।

କାରଣ ଜାଣିଲା ପରେ ଡାକ୍ତରଙ୍କୁ ଚିକିତ୍ସାର ବିକଳ୍ପ ବାବଦରେ ପଚାରନ୍ତୁ । ଅନେକ ଥର ସର୍ଜରୀ, ଥାଇରାଇଡର ଔଷଧ ବା ଭିଟାମିନ ବଳରେ ସବୁ ପୂରଣ ହେଇଯାଏ । ହରମୋନ ଚିକିତ୍ସା ବଳରେ ମଧ୍ୟ ଠିକ୍ ହୁଏ । ଅନେକ ଥର ଗର୍ଭସ୍ଖଳନ ହେଇଥିଲେ ମଧ୍ୟ ଆପଣ ଜଣେ ସୁସ୍ଥ ଶିଶୁକୁ ଜନ୍ମ ଦେଇପାରିବେ । ଏହା ଅକ୍ଷରେ ଅକ୍ଷରେ ସତ । ଏଣୁ ଆଶଙ୍କାକୁ ଦୂରେଇ ଚିକିତ୍ସିତ ହେବାକୁ ପଡ଼ିବ । ଏ କ୍ଷେତ୍ରରେ ପରିବାର ବର୍ଗ ସାହାଯ୍ୟ କରିପାରିବେ । ସ୍ୱାମୀ ମଧ୍ଯ ମାନସିକ ବଳ ପ୍ରଦାନ କରିବେ । ନିଜ ମନକଥା କହି ସ୍ୱାମୀଙ୍କଠାରୁ ସହାନୁଭୂତି ପାଇପାରିବେ ।

ଇକ୍ଟୋପିକ ପ୍ରେଗ୍‌ନେନ୍ସି

ଏ କ'ଣ? ଏହାକୁ ଟ୍ୟୁଓ୍ୱାଲ ପ୍ରେଗ୍ନେନ୍ସି ମଧ୍ୟ କହିଥାନ୍ତି । ଏଥିରେ ଭ୍ରୂଣଟି ଗର୍ଭାଶୟରେ ନବଢ଼ି ଫେଲୋପିଆନ ଟ୍ୟୁବରେ ବଢ଼ିଥାଏ, କିମ୍ବା ସର୍ଭିକ୍ସ, ଓଭାରୀ ବା ପେଟ ମଧ୍ୟରେ ବଢ଼ିଥାଏ । ଦୁର୍ଯୋଗକୁ ଏହାକୁ ଠିକ୍ କରିବାର କୌଣସି କୌଶଳ ନାହିଁ । ପ୍ରଥମ ପାଞ୍ଚ ସପ୍ତାହ ମଧ୍ୟରେ ଏହା ଅଲଟ୍ରାସାଉଣ୍ଡ ବଳରେ ଜଣା ପଡ଼ିଯାଏ । କିନ୍ତୁ ଜଣା ନ ପଡ଼ିଲେ ଏହା ଫେଲୋପିଆନ ଟ୍ୟୁବରେ ବଢ଼ିଥାଏ ଓ ଗର୍ଭାଶୟକୁ ନଷ୍ଟ କରିଦିଏ । ଏହାର ଚିକିତ୍ସା ନହେଲେ ବିପଜ୍ଜନକ ପରିସ୍ଥିତି ସୃଷ୍ଟି ହୁଏ । ଅବଶ୍ୟ ସର୍ଜରୀ ଔଷଧ ବଳରେ ଶୀଘ୍ର ଆରାମ ଲାଗେ ଓ ପୁନର୍ବାର ମା' ହେବାର ଆଶା କରାଯାଏ ।

ଏହା କେତେ ସାଧାରଣ? ପ୍ରାୟ ୨ ଶତକଡ଼ା ଗର୍ଭଧାରଣ ଏପରି ହୁଏ । ଏ କ୍ଷେତ୍ରରେ ଏଣ୍ଡୋମେଟ୍ରୋସିସ, ପେଲଭିକ ଇନଫ୍ଲାମେଣ୍ଟ୍ରି ରୋଗ ବା ଟ୍ୟୁବଲ ସର୍ଜରୀର ବିପଦ ଥାଏ ।

ଯେଉଁ ସ୍ତ୍ରୀମାନେ ଆଇୟୁଡି ଲାଗିଥିବା ସତ୍ତ୍ୱେ ଗର୍ଭବତୀ ହେଇଥାନ୍ତି, ଏସଟିଡି ରୋଗଗ୍ରସ୍ତ ହୁଅନ୍ତି, ବା ଧୂମପାନ କରନ୍ତି । ଅବଶ୍ୟ ଆଜିକାଲ ଲାଗୁଥିବା ଆଇୟୁଡିରେ ଏଭଳି ଆଶଙ୍କା ନଥାଏ ।

ଇକ୍ଟୋପିକ ପ୍ରେଗ୍ନେନ୍ସି

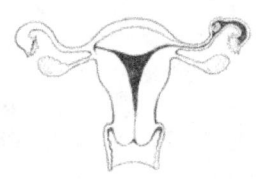

ଏହି ପ୍ରେଗ୍ନେନ୍ସିରେ ଫର୍ଟିଲାଇଜଡ୍ ଏଗ ଗର୍ଭାଶୟ ପରିବର୍ତ୍ତେ ଅନ୍ୟତ୍ର ଇମ୍ପ୍ଲାଣ୍ଟ ହୋଇଥାଏ । ଏଠାରେ ଏଗ୍ ଫେଲୋପିଆନ ଟ୍ୟୁବରେ ଇମ୍ପ୍ଲାଣ୍ଟ ହେଇଛି ।

ସଂକେତ ଓ ଲକ୍ଷଣ କ'ଣ ? ନିମ୍ନାନୁସାରେ:

- ତଳିପେଟରେ ଭୀଷଣ ଯନ୍ତ୍ରଣା ଓ ମୋଡିହେବା, କାଶିବା, ଛିଙ୍କିବା ବେଳେ କଷ୍ଟ ।
- ଅସାଧାରଣ ରକ୍ତସ୍ରାବ
- ଯଦି ଏହା ଜଣାନପଡ଼ି ଫେଲୋପିଆନ ଟ୍ୟୁବ୍ ଫାଟିଯାଏ, ତେବେ:
- ମୁଣ୍ଡ ବୁଲେଇ ବାନ୍ତିହେବା
- ଦୁର୍ବଳତା
- ନିଦ ସାଙ୍ଗକୁ ମୂର୍ଚ୍ଛାଯିବା
- ତଳି ପେଟରେ ଭୀଷଣ ଯନ୍ତ୍ରଣା
- ମଳଦ୍ୱାରରେ ଚାପ ପଡ଼ିବା
- କାନ୍ଧରେ ଯନ୍ତ୍ରଣା
- ଯୋନିରୁ ପ୍ରଚୁର ରକ୍ତସ୍ରାବ

ଆପଣ ଓ ଡାକ୍ତର କ'ଣ କରିପାରନ୍ତି ?

ଗର୍ଭାରମ୍ଭ ବେଳେ ଇଷତ୍ ମୋଡିହେଇ ସ୍ରାବ ହେଲେ ଅସୁବିଧା କିଛି ନାହିଁ, ତଥାପି ଡାକ୍ତରଙ୍କୁ ନିଶ୍ଚୟ କୁହନ୍ତୁ । ମନେକର ଇକ୍ଟୋପିକ ପ୍ରେଗ୍ନେନ୍ସିର କୌଣସି ଲକ୍ଷଣ ଦେଖାଦିଏ, ତେବେ ଡାକ୍ତରଙ୍କୁ ଡେରି ନକରି କୁହନ୍ତୁ ।

ଯଦି ଏହା ଆରମ୍ଭ ହେଇଥାଏ ତେବେ ସେକିବାର ଆଉ ଉପାୟ ନାହିଁ । ଔଷଧ କିମ୍ବା ସର୍ଜରୀ କରିବାକୁ ପଡ଼ିବ । ଅନେକ ଥର ସର୍ଜରୀ ଅନାବଶ୍ୟକ ହୁଏ । ଟ୍ୟୁବରେ ଗର୍ଭାଂଶ ନରହୁ ବୋଲି ଏସଚସିଜିର ସ୍ତର ଜାଣିବା ପାଇଁ ପରୀକ୍ଷା କରାଯାଏ । ଏଥିରୁ ପ୍ରେଗ୍ନେନ୍ସି ଅଛି ନା ନାହିଁ, ଜାଣିହୁଏ ।

ଆପଣ ଜାଣିବା କଥା

ତଳିପେଟରେ ଇଷତ୍ ମୋଡି ହେବା ହେଉଛି ଇମ୍ପ୍ଲାଣ୍ଟେସନର କାରଣ । ଲିଗାମେଣ୍ଟରେ ଚାପ ପଡ଼ିବାର ଅର୍ଥ ନୁହଁ ଯେ ଆପଣଙ୍କୁ ଇକ୍ଟୋପିକ ପ୍ରେଗ୍ନେନ୍ସି ହେଇଛି ।

ସବ୍ କୋରିଓନିକ ବ୍ଲିଡ୍

ଏହା କ'ଣ ? ଏହାକୁ 'ସବ କୋରିଓନିକ ହିମାଟୋମା' ମଧ୍ୟ କହନ୍ତି । ଏଥିରେ ୟୁଟୋରାଇନ ଲାଇନିଂ ଓ କୋରିଆନ ମଧ୍ୟରେ ବା ପ୍ଲେଜେଣ୍ଟା ତଳେ ରକ୍ତ ଜମାଟ ବାନ୍ଧିଥାଏ ।

ଅବଶ୍ୟ ଏଭଳି ମାମଲାରେ ମଧ୍ୟ ଅଧିକାଂଶ ସ୍ତ୍ରୀମାନେ ସୁସ୍ଥ ଶିଶୁକୁ ଜନ୍ମ ଦେଇଥାନ୍ତି; ହେଲେ ପ୍ଲେଜେଣ୍ଟା ତଳେ ରକ୍ତ ଯୋଗୁଁ ଅନେକ ସମସ୍ୟା ସୃଷ୍ଟି ହୁଏ ।

ଏହା କେତେ ସାଧାରଣ ? ପ୍ରାୟ ୧ ଶତକଡ଼ା କ୍ଷେତ୍ରରେ ଏଭଳି ହେଇଥାଏ । ପ୍ରଥମ ତିନିମାସରେ ହେଉଥିବା ରକ୍ତସ୍ରାବରେ ୨୦ ଶତକଡ଼ା ଏଭଳି ହୁଏ ।

ଏହାର ସଂକେତ ଓ ଲକ୍ଷଣ କ'ଣ ? ପ୍ରଥମ ତିନିମାସରେ ରକ୍ତସ୍ରାବ ଏହାର ଲକ୍ଷଣ ହେଇପାରେ କିନ୍ତୁ ଅନେକ ଥର ବିନା ଲକ୍ଷଣରୁ ମଧ୍ୟ ରୁଟିନ ଅଲଟ୍ରାସାଉଣ୍ଡରେ ଏହା ଜଣାପଡ଼ିଯାଏ ।

ଆପଣ ଜାଣିବା କଥା

ସବ କୋରିଓନିକ ରକ୍ତସ୍ରାବ ଯୋଗୁଁ ଶିଶୁର କୌଣସି କ୍ଷତି ହୁଏନାହିଁ । ହିମାଟୋମାର ସଂଶୋଧନ ଆପେ ଆପେ ହେଇଥାଏ ।

ଆପଣ ଓ ଡାକ୍ତର କ'ଣ କରିପାରିବେ?

ଯଦି ଏଭଳି ରକ୍ତସ୍ରାବ ହୁଏ, ତେବେ ଡାକ୍ତରଙ୍କୁ ଡାକି ପରୀକ୍ଷା କରାଗଲେ କେଉଁ କାରଣରୁ ଓ କେଉଁ ସ୍ଥାନରୁ ବାହାରୁଛି ଜଣାପଡ଼ିବ ।

ହାଇପରମେସିସ ଗ୍ରେଲିଡେରମ

ଏହା କ'ଣ? ଏହା ମର୍ଣ୍ଣିଂସିକ୍‌ନେସ ଭଳି ହେଲେ ମଧ୍ୟ ବେଶ ଗୁରୁତର ଓ ୧୨ ରୁ ୧୬ ସପ୍ତାହ ମଧ୍ୟରେ ତଥା ବେଳେ ବେଳେ ସମ୍ପୂର୍ଣ୍ଣ ଗର୍ଭକାଳରେ ଦେଖାଦେଇଥାଏ ।

ଏହାଯୋଗୁଁ ଓଜନ କମି, କୁପୋଷଣ ବଢ଼ି, ଡିହାଇଡ୍ରେସନ ମଧ୍ୟ ହେିପାରେ । ଏଣୁ ଡାକ୍ତରଖାନାକୁ ଯାଇ ଆଇଭି ଫ୍ଲୁଇଡ ଓ ଆଣ୍ଟିନାଜିଆ ଔଷଧ ଦେବାକୁ ପଡ଼େ କାରଣ ବାନ୍ତି ଓ ଉଦ୍‌ବେଗ ଗୁରୁତର ହେଇଥାଏ । ଏହାର ଚିକିତ୍ସା ପରେ ହିଁ ଶିଶୁ ନିରାପଦ ହୁଏ ।

ଏହା କେତେ ସାଧାରଣ? ୨୦୦ ମଧ୍ୟରୁ ଗୋଟିଏ ମାମଲା ଏଭଳି ହୁଏ । ପ୍ରଥମ କରି ମା' ହେବା, କମ ବୟସ, ମୋଟି, ଏକାଧିକ ଗର୍ଭଧାରଣ କିମ୍ବା ଗତ ଗର୍ଭ ମଧ୍ୟ ଏପରି ହେବା ସ୍ଥଳରେ ଅସୁବିଧା ହୁଏ । ଏଣ୍ଡୋକ୍ରାଇନର ଭାରସାମ୍ୟ ଓ ଭିଟାମିନ ବିର ଅଳ୍ପତା ମଧ୍ୟ ଏହାର କାରଣ ହେଇପାରେ ।

ଏହାର ସଂକେତ ଓ ଲକ୍ଷଣ?

- ଉଦ୍‌ବେଗ ଓ ବାନ୍ତି ହେବା
- କଠିନ ଖାଦ୍ୟ ହଜମ ନହେବା
- ଡିହାଇଡ୍ରେସନର ଲକ୍ଷଣ
- ୫ ଶତକଡ଼ା ଓଜନ କମିବା
- ବାନ୍ତିରେ ରକ୍ତ ପଡ଼ିବା

ଆପଣ ଓ ଡାକ୍ତର କ'ଣ କରିପାରିବେ?

ମନେକର ଲକ୍ଷଣ ଅଳ୍ପ ହେଲେ ମର୍ଣ୍ଣିଂସିକ୍‌ନେସର ଉପଚାର ଭଳି ଘରୋଇ ଉପାୟ କରନ୍ତୁ । ଅଦା, ଏକ୍ୟୁପଞ୍ଚର ଓ ଏକ୍ୟୁପ୍ରେସର କାମକୁ ନଆସିଲେ ଡାକ୍ତରୀ ଔଷଧ ଖାଆନ୍ତୁ । ତଥାପି ଆରାମ ନଲାଗି ଓଜନ ବେଶି କମିଲେ ଡାକ୍ତରଖାନାରେ ରହିବାକୁ ପଡ଼ିପାରେ । ସେଠାରେ ଆଣ୍ଟିନାଜିମା ଔଷଧ ଦେଇ ଖାଦ୍ୟପେୟ ପ୍ରତି ମଧ୍ୟ ଦୃଷ୍ଟି ଦିଆଯିବ । ତେଲ ମସଲା ଠାରୁ ଦୂରେଇ ରହି ପ୍ରଚୁର ପାଣି ପିଇ ଖାଦ୍ୟକୁ ଭାଗ ଭାଗ କରି ଅଧିକ ଥର ଖାଇବାକୁ ହେବ ।

> **ଆପଣ ଜାଣିବା କଥା**
> ହାଇପରମୋସିସ ଯୋଗୁଁ ଶିଶୁ ଉପରେ କୌଣସି କୁପ୍ରଭାବ ପଡ଼େନାହିଁ କି ସ୍ୱାସ୍ଥ୍ୟ ମଧ୍ୟ ଖରାପ ହୁଏନାହିଁ ।

ଗେଷ୍ଟେସନାଲ ଡାଇବିଟିଜ

ଏହା କ'ଣ? ଦେହରେ ପ୍ରଚୁର ଇନ୍‌ସୁଲିନ ତିଆରି ନହୋବରୁ ଗର୍ଭଧାରଣ ସମୟରେ ହିଁ ଏପ୍ରକାର ମଧୁମେହ ହେଇଥାଏ । ଏହା ଗର୍ଭଧାରଣର ୨୪ ରୁ ୨୮ ସପ୍ତାହ ମଧ୍ୟରେ ଆରମ୍ଭ ହୁଏ ଓ ଇତିମଧ୍ୟରେ ଗ୍ଲୁକୋଜ ସ୍କ୍ରିନିଂ ଟେଷ୍ଟ କରାଯାଏ । ଏହା ଡେଲିଭରି ପରେ ମଧ୍ୟ ଅବ୍ୟାହତ ରହେ ।

ଯେକୌଣସି ମଧୁମେହକୁ ଗର୍ଭଧାରଣ ପୂର୍ବରୁ ଚିକିତ୍ସିତ କଲେ ମା' ବା ଭ୍ରୂଣର କୌଣସି କ୍ଷତି ହୁଏନାହିଁ, କିନ୍ତୁ ମନେକର ମା'ର ରକ୍ତରେ ଆବଶ୍ୟକରୁ ଅଧିକ ଶର୍କରା ମିଳେଇଗଲେ ,ହା ପ୍ଲେସେଣ୍ଟାରେ ପହଞ୍ଚି ଉଭୟ ମା' ଓ ଶିଶୁ ପାଇଁ ଘାତକ ହେଇପାରେ । ଏଭଳି ଶିଶୁ ମଧ୍ୟ ଗର୍ଭରେ ଖୁବ୍ ବଡ଼ ହେଇଯାଏ; ଏଣୁ ଗର୍ଭ ବିପନ୍ନ ହେଇପଡ଼େ ଓ ପ୍ରିକ୍ଲେମ୍ପସିଆ ହେବାର ଆଶଙ୍କା ଥାଏ । ମଧୁମେହର ଚିକିତ୍ସା ନହେଲେ ଜନ୍ମ ପରେ ଶିଶୁ ପିଲିଆ, ଶ୍ୱାସରୋଗ ବା ରକ୍ତ ଶର୍କରା ସମସ୍ୟା ହେଇପାରେ ତଥା ଭବିଷ୍ୟତରେ ମୋଟା ଓ ଟାଇପ-୨ ମଧୁମେହ ରୋଗର ଶିକାର ହେବାକୁ ପଡ଼େ ।

ଏହା କେତେ ସାଧାରଣ ? ୪ ରୁ ୭ ଶତକଡ଼ା ଗର୍ଭବତୀମାନଙ୍କୁ ଏହା ହେଇପାରେ ଓ ମୋଟା ହେବା ଯୋଗୁଁ ଏହା ବଢ଼ି ବଢ଼ି ଯାଉଛି । ଘରେ ବା ବଂଶରେ କାହାକୁ ହେଇଥିଲେ ବା ବେଶି ବୟସ୍କା ମା' ହେଲେ ଜି.ଡି. ସମସ୍ୟା ବୃଦ୍ଧି ପାଏ ।

ଏହାର ସଂକେତ ଓ ଲକ୍ଷଣ ? ଅବଶ୍ୟ ଏହାର ଲକ୍ଷଣ ଅସ୍ପଷ୍ଟ

- ହଠାତ୍ ଶୋଷ ହେବା
- ବାରମ୍ବାର ପରିସ୍ରା ଲାଗିବା
- କ୍ଳାନ୍ତି (ଗର୍ଭାବସ୍ଥା ଠାରୁ ଭିନ୍ନ)
- ପରିସ୍ରାରେ ଶର୍କରା (ପରୀକ୍ଷାରୁ ଜଣାପଡ଼ିବ)

ଆପଣ ଓ ଡାକ୍ତର କ'ଣ କରିବେ ?

୨୮ଶ ସପ୍ତାହରେ ଗ୍ଲୁକୋଜ ସ୍କ୍ରିନିଂ ପରୀକ୍ଷା ଓ ଅତ୍ୟାବଶ୍ୟକ ହେଲେ ତିନି ଘଣ୍ଟାର ଗ୍ଲୁକୋଜ ଟଲେରେନ୍ସ ପରୀକ୍ଷା ମଧ୍ୟ କରାଯିବ । ଏଥିରେ ଯଦି ବି.ଡି. ଜଣାପଡ଼େ ତେବେ ସ୍ୱତନ୍ତ୍ର ଖାଦ୍ୟପେୟ ଓ ବ୍ୟାୟାମ ପାଇଁ ପରାମର୍ଶ ଦିଆଯିବ । ଘରେ ମଧ୍ୟ ଗ୍ଲୁକୋଜ ମିଟର ଯୋଗେ ପରୀକ୍ଷା କରିହେବ ।

ମନେକର ଡାଇଟ ଓ ବ୍ୟାୟାମ ବଳରେ ରକ୍ତ ଶର୍କରା ଆୟତ୍ତ ନହୁଏ, ତେବେ ଇନ୍‌ସୁଲିନ ନେବାକୁ ପଡ଼ିପାରେ । ଇଂଜେକ୍ସନ ବ୍ୟତୀତ ଗ୍ଲୋବ୍ୟୁରାଇଡ ଔଷଧ ମଧ୍ୟ ଦିଆଯିବ ।

ଅବଶ୍ୟ ଭଲଭାବେ ରକ୍ତ ଶର୍କରା ନିଜ ଆୟତ୍ତାଧୀନ ହେଲେ ଗର୍ଭବେଳର ସମସ୍ୟା ପ୍ରାୟ ହୁଏନାହିଁ । ଏଣୁ ଉତ୍ତମ ଚିକିତ୍ସା ବାଞ୍ଛନୀୟ ।

> **ଆପଣ ଜାଣିବା କଥା**
>
> ମନେକର ଗେଷ୍ଟେସନାଲ ମଦୁମେୟ ଆୟତ୍ତ ଅଧୀନ ଥାଏ ତେବେ ଭାବିବାର କିଛି ନାହିଁ । ଗର୍ଭ ସାଧାରଣ ଓ ଶିଶୁ ନିରାପଦ ରହିବ ।

କ'ଣ ଏଥିରୁ ରକ୍ଷା ପାଇହେବ ? ଗର୍ଭଧାରଣ ପୂର୍ବରୁ ଓ ଇତିମଧ୍ୟରେ ନିଜର ଓଜନ ପ୍ରତି ଦୃଷ୍ଟି ଦିଅନ୍ତୁ । ଉତ୍ତମ ଖାଦ୍ୟ-ପେୟ ଓ ପୁଷ୍ଟିକର, ଜୀବସାର ସାଭ୍‌ଗକୁ ବ୍ୟାୟାମ ମଧ୍ୟ ଆବଶ୍ୟକ । ଫଲିକ ଓ ସୀସାର ଯଥେଷ୍ଟ ପରିମାଣ ଯୋଗୁଁ ଗର୍ଭସ୍ଥ ଶିଶୁ ସୁସ୍ଥ ଓ ଭବିଷ୍ୟତରେ ମଧୁମେହ ମୁକତ ହେଇପାରିବ ।

ମନେରଖନ୍ତୁ, ଗର୍ଭବେଳେ ଜି.ଡି. ହେଲେ ଗର୍ଭପରେ ଟାଇପ-୨ ମଧୁମେହର ଆଶଙ୍କା ବଢ଼ିଯାଏ । ସଠିକ୍ ଖାଦ୍ୟପେୟ, ଓଜନ ଓ ବ୍ୟାୟାମ କଲେ ବିପଦର ଆଶଙ୍କା ନଥାଏ ।

ପ୍ରିକ୍ଲେମ୍ପସିଆ

ଏହା କ'ଣ ? ଏହା ସାଧାରଣତଃ ଗର୍ଭ ସମୟରେ ୨୦ଶ ସପ୍ତାହ ପରେ ହେଇ ରକ୍ତଚାପ ବେଶି ବଢ଼ିଯାଇ ୟୁରିନରେ ପ୍ରୋଟିନ ବାହାରି ଯାଏ ।

> **ଆପଣ ଜାଣିବା କଥା**
>
> ଉଚିତ ଯତ୍ନ ନେଲେ ପ୍ରିକ୍ଲେମ୍ପସିଆ ରୋଗ ଭଲ ହେଇଥାଏ । ଗର୍ଭବତୀର ରକ୍ତଚାପ ମଧ୍ୟ ସାଧାରଣ ସ୍ତରର ହେଇଥାଏ ।

ଚିକିତ୍ସା ନହେଲେ ପରିସ୍ଥିତି ସାଂଘାତିକ ହେଇଥାଏ । ଏଣୁ ଅନେକ ସମସ୍ୟା ମୁଣ୍ଡ ଟେକେ ।

ଏହା କେତେ ସାଧାରଣ ? ପ୍ରାୟ ୮ ଶତକଡ଼ା ସ୍ତ୍ରୀମାନେ ଏଥିରେ ଆକ୍ରାନ୍ତ ହେଇଥାନ୍ତି । ୪୦ ବର୍ଷରୁ ବେଶି ବୟସ୍କା ସ୍ତ୍ରୀମାନେ, ଯାଆଁଳା ଶିଶୁର ମା' ଓ ମଧୁମେହ ବା ରକ୍ତଚାପ ରୋଗରେ ଆକ୍ରାନ୍ତ ସ୍ତ୍ରୀମାନଙ୍କୁ ପ୍ରିକେକ୍ଲମ୍ପସିଆର ଆଶଙ୍କା ବେଶି ଥାଏ । ମନେକର ଆଗରୁ ଏପରି କିଛି ହେଇଥାଏ, ତେବେ ବର୍ତ୍ତମାନର ଗର୍ଭ ମଧ୍ୟ ଆଶଙ୍କିତ ହେବ ।

ସଂକେତ ଓ ଲକ୍ଷଣ ? ଏହାର ନିମ୍ନ ଲକ୍ଷଣମାନ ରହିଥାଏ ।

- ହାତ ଓ ପାଦ ବେଶି ଫୁଲିଯିବା
- ପାଦ ଫୁଲିବା ୧୨ ଘଣ୍ଟାର ବିଶ୍ରାମ ପରେ ମଧ୍ୟ ଠିକ୍ ନହେବା
- ହଠାତ୍ ଓଜନ ବଢ଼ିବା
- ମୁଣ୍ଡବ୍ୟଥା, ଔଷଧ ଖାଇଲେ ମଧ୍ୟ ଠିକ୍ ନହେବା
- ପେଟର ଉପରିଭାଗରେ ଯନ୍ତ୍ରଣା
- ଝାପ୍‌ସା ଝାପସା ଦେଖାଯିବା
- ରକ୍ତ ଚାପ ବଢ଼ିବା
- ପରିସ୍ରାରେ ପ୍ରୋଟିନ ଯିବା
- ହୃଦ ସ୍ପନ୍ଦନ ତୀବ୍ର ହେବା
- ପରିସ୍ରା ଗନ୍ଧାଇବା
- ବୃକକ୍ ଠିକ୍ ଭାବରେ କାମ ନ କରିବା
- ରିଲେକ୍ସ ଏକ୍ସନ ବୃଦ୍ଧି

ଆପଣ ଓ ଡାକ୍ତର କ'ଣ କରିପାରିବେ?

ଆରମ୍ଭ ବେଳେ ଭଲ ଡାକ୍ତରୀ ଯତ୍ନ ନେବା ଦରକାର । ଆଗରୁ ଏଭଳି ହେଇଥିଲେ ସତର୍କ ହେବା ବିଧେୟ ।

ଘରେ ବିଶ୍ରାମ କରି ରକ୍ତଚାପ ମାପିବାକୁ ହେବ । ଅବସ୍ଥା ବେଶି ସାଂଘାତିକ ହେଲେ ଜଣାପଡ଼ିବାର ତିନି ଦିନ ମଧ୍ୟରେ ପ୍ରସବ କରିବାକୁ ହେବ । ଅବଶ୍ୟ ଔଷଧ ଦେଇ କ୍ଷଣିକ ଆରାମ ପାଇବେ । କିନ୍ତୁ ଶେଷ ଚିକିତ୍ସା ଡେଲିଭରି ଅଟେ । ଶିଶୁ ପରିପକ୍ୱ ହେବାମାତ୍ରେ ଡେଲିଭରି ପାଇଁ ପରାମର୍ଶ ଦିଆଯାଏ । ଡେଲିଭରି ପରେ କିନ୍ତୁ ୯୭ ଶତକଡ଼ା ସ୍ତ୍ରୀ ମାନଙ୍କର ରକ୍ତଚାପ ସାଧାରଣ ହେଇପଡ଼େ ।

ଜକ୍ଲେମ୍ପସିଆର କାରଣ

- ଜେନେଟିକ ବା ବଂଶାନୁକ୍ରମରେ ଏହି ରୋଗ ହେଇଥାଏ
- ରକ୍ତ ନଳୀରେ ବିକୃତି ହେଲେ ଏପରି ହୁଏ
- ଯଦି ଗର୍ଭବତୀଙ୍କୁ ଦାନ୍ତମୂଳ ରୋଗ ହୁଏ ତେବେ ଏହାର ସଂକ୍ରମଣ ଫଳରେ ଏହି ରୋଗ ହୁଏ ବୋଲି ଧରାଯାଏ
- ବେଳେ ବେଳେ ମା'ର ଦେହ ଶିଶୁ ଓ ପ୍ଲେଜେଣ୍ଟା ପାଇଁ ଏଲାର୍ଜିକ ହେଇପଡ଼େ । ଏଣୁ ମା' ଦେହରେ ପ୍ରତିକ୍ରିୟା ହେଇ ଏହାର ରକ୍ତନଳୀକୁ କ୍ଷତିଗ୍ରସ୍ତ କରିଥାଏ ।

ଅନେକ ବୈଜ୍ଞାନିକ ସ ଆଧ୍ୟୟନକାରୀମାନେ ପରିସ୍ରା ଓ ରକ୍ତ ପରୀକ୍ଷା କରି ଏପରି ପ୍ରୟୋଗ କରୁଛନ୍ତି, ଫଳରେ ରୋଗଟିକୁ ଶୀଘ୍ର ଅନୁମାନ କରାଯାଇପାରେ ତଥା ଚିକିତ୍ସା କରାଯାଇପାରେ ।

ଏଥିରୁ ରକ୍ଷା ପାଇ ହେବକି? ଅଧ୍ୟୟନରୁ ଜଣାପଡ଼ିଛି ଯେ ଏହି କ୍ଷେତ୍ରରେ ଆଣ୍ଟିକ୍ଲଟିଂଗ ଔଷଧ ବଳରେ ଭଲ ହେଇଥାଏ । ଏହାବ୍ୟତୀତ ପ୍ରଚୁର ପୋଷଣ ସାଙ୍ଗକୁ ଆଣ୍ଟିଅକ୍ସିଡେଣ୍ଟ ମେଗ୍ନେସିଅମ, ଭିଟାମିନ ଓ ଖଣିଜ ଲବଣ ହେବା ବିଧେୟ । ଦାନ୍ତର ଯତ୍ନ ନେବା ଏକାନ୍ତ ଜରୁରୀ ।

ହେଲ୍‌ପ ସିଣ୍ଡ୍ରୋମ

ଏହା କ'ଣ? ଏହି ପରିସ୍ଥିତି ବ୍ୟକ୍ତିଗତ ଭାବରେ ବା ପ୍ରିକ୍ଲେମ୍ପସିଆ ସହ ମିଶି ଶେଷ ତିନିମାସ ବେଳକୁ ସୃଷ୍ଟି ହେଇଥାଏ । ଏଥିରେ ଲୋହିତ ରକ୍ତ କଣିକା କମିଯାଏ ଓ ଲିଭାରର ଏଞ୍ଜାଇମ ବଢ଼ିଥାଏ । ରକ୍ତ ଜମାଟ ବାନ୍ଧେ ନାହିଁ ଓ ଲିଭର ମଧ୍ୟ ଭଲଭାବରେ କାର୍ଯ୍ୟ କରିପାରେ ନାହିଁ ।

ଏହି ସିଣ୍ଡ୍ରୋମରେ ମା' ଓ ଶିଶୁ ଉଭୟଙ୍କ ଜୀବନ ସଂକଟାପନ୍ନ ହେଇଥାଏ । ଠିକ୍ ସମୟରେ ଯଦି ଚିକିତ୍ସା ନହୁଏ ତେବେ ବିପଦର ଆଶଙ୍କା ବଢ଼ି ପରିଶେଷରେ ଲିଭର ନଷ୍ଟ ମଧ୍ୟ ହେଇଯାଏ ।

ଏହା କେତେ ସାଧାରଣ? ଏହା ପ୍ରିକ୍ଲେମ୍ପସିଆର ୧୦ ରୁ ୧ ମାମଲା ଓ ସାଧାରଣ ଗର୍ଭଧାରଣରେ ୫୦୦ ମଧ୍ୟରୁ ଗୋଟିଏ ମାମଲା ଏପରି ହୁଏ ।

ଏହାର ସଂକେତ ଓ ଲକ୍ଷଣ? ତୃତୀୟ ତିନିମାସରେ ଏହାର ନିମ୍ନ ଲକ୍ଷଣମାନ ଦେଖାଯାଏ:

■ ଉଦ୍‌ବେଗ ପ୍ରକାଶ

■ ବାନ୍ତି ହେବା

■ ମୁଣ୍ଡ ବ୍ୟଥା

■ ପେଟର ଉପରିସ୍ଥ ଡାହାଣ ଭାଗରେ ଯନ୍ତ୍ରଣା

■ ଭାଇରାଲ ଭଳି ସଂକ୍ରମଣର ଲକ୍ଷଣ

ରକ୍ତ ପରୀକ୍ଷା କଲେ ରକ୍ତ କଣିକା କମିଥାଏ । ଏଭଳି ପରିସ୍ଥିତିରେ ଲିଭର ଶୀଘ୍ର ନଷ୍ଟ ହୁଏ । ଏଣୁ ଚିକିତ୍ସା କରିବାରେ ହେଳା ବର୍ଜନୀୟ ।

ଆପଣ ଓ ଡାକ୍ତର କ'ଣ କରିବେ ?

ସବୁଠୁ ଉତ୍ତମ ଚିକିତ୍ସା ହେଲା ଶିଶୁର ଡେଲିଭରି । ଲକ୍ଷଣ ଜଣାପଡ଼ିବା ମାତ୍ରେ ଡାକ୍ତରଙ୍କୁ ଭେଟନ୍ତୁ । ଆପଣଙ୍କୁ ଷ୍ଟିରଏଡ ଓ ମେଗ୍ନେସିୟମ ସଲଫେଟ ଦିଆଯିବ ।

କଣ ଏଥିରୁ ରକ୍ଷା ମିଳିବ ? ଆଗରୁ ମଧ୍ୟ ଏପରି କିଛି ହେଇଥିଲେ ସାବଧାନ ହେବା ଉଚିତ । ଦସୁର୍ଯୋଗକୁ ଏହାଠାରୁ ରକ୍ଷା ପାଇବାର କୌଣସି ଉପାୟ ନାହିଁ ।

ଇଣ୍ଟ୍ରାୟୁଟେରାଇନ ଗ୍ରୋଥ ରେଷ୍ଟ୍ରିକ୍ସନ

,ହା କ'ଣ ? ଯେଉଁ ଶିଶୁ ଅନ୍ୟମାନଙ୍କ ତୁଳନାରେ କମ୍ ଛୋଟ ହେଇଥାଏ, ତାକୁ ଆଇ.ୟୁ.ଜି.ଆର. ବୋଲି କହିଥାନ୍ତି । ଏଥବରେ ଶିଶୁର ଓଜନ ମା'ର ଗର୍ଭାଶୟର ଏକ ଦଶମାଂଶ ହେଇଥାଏ । ଶିଶୁଟିକୁ ଯଥେଷ୍ଟ ପୋଷଣ ନ ମିଳିଲେ ଏଭଳି ଅବସ୍ଥା ହୁଏ ।

ଏହା କେତେ ସାଧାରଣ ? ଏହା ପ୍ରାୟ ୬୦ ଶତକଡା ଗର୍ଭାବସ୍ଥାରେ ହେଇଥାଏ । ଏହା ପ୍ରଥମ, ପଞ୍ଚମ ଓ ତାର ପରବର୍ତ୍ତୀ ଗର୍ଭଧାରଣ । ୧୭ ରୁ କମ୍ ଓ ୨୫ରୁ ଅଧିକ ବୟସର ସ୍ତ୍ରୀ କିମ୍ବା ଆଗରୁ ଅଳ୍ପ ଓଜନର ଶିଶୁକୁ ଜନ୍ମ ଦେଇଥିବା ମହିଳାମାନଙ୍କୁ ବା ପ୍ଲେଜେଣ୍ଟା ଓ ୟୁଟେରାଇନ ଅସମାନ ଥିବା ମହିଳାମାନଙ୍କୁ ହେଇଥାଏ । ଓଜନ ମଧ୍ୟ ଜନ୍ମବେଳେ କମ୍ ହେଇଥିଲେ ଏହା ଫଳରେ ତାଙ୍କ ଘରେ କମ୍ ଓଜନର ଶିଶୁ ଜନ୍ମ ନେବାର ଆଶଙ୍କା ବଢ଼ିଥାଏ । ମନେକର ଶିଶୁର ବାପାର ଓଜନ ମଧ୍ୟ ଜନ୍ମ ସମରେ କମ୍ ଥାଏ, ତେବେ ମଧ୍ୟ ଆଶଙ୍କା ଆହୁରି ବଢ଼ିଥାଏ ।

> **ଆପଣ ଜାଣିବା କଥା**
>
> ଥରେ କମ୍ ଓଜନର ଶିଶୁକୁ ଜନ୍ମ ଦେଲା ପରେ ଜଣେ ମା ଆର ଥରକୁ ମଧ୍ୟ ଏପରି ହେବାର ଆଶଙ୍କା ବୃଦ୍ଧି ପାଇଥାଏ । ଅବଶ୍ୟ ଆଗ ଅପେକ୍ଷା କିଛି ତଫାତ ଥାଇପାରେ ହେଲେ ଏଥିପ୍ରତି ସତର୍କ ଦୃଷ୍ଟି ଦେବା ବିଧେୟ ।

ଏହାର ସଂକେତ ଓ ଲକ୍ଷଣ ? ଭ୍ରୂଣଟିର ଦୈର୍ଘ୍ୟ, ମାପିବା ବେଳେ ଡାକ୍ତର ଏକଥା ଜାଣି ପାରନ୍ତି । ଅଲଟ୍ରାସାଉଣ୍ଡରୁ ମଧ୍ୟ କମ୍ ଓଜନର ଶିଶୁ କଥା ଜଣାପଡ଼େ ।

ଆପଣ ଓ ଡାକ୍ତର କ'ଣ କରିପାରିବେ ?

ଜନ୍ମର ଓଜନରୁ ହିଁ ଶିଶୁର ସ୍ୱାସ୍ଥ୍ୟ ଜଣାପଡ଼େ । କମ୍ ଓଜନ ହେଲେ ଅନେକ ପ୍ରକାର ସଂକ୍ରମଣର ଆଶଙ୍କା ଥାଏ । ଏଣୁ ଏହା ସ୍ପଷ୍ଟ ହେଲେ ତାଙ୍କୁ ଦୃଷ୍ଟିରେ ରଖି ଶିଶୁର ସ୍ୱାସ୍ଥ୍ୟ କଥା ଚିନ୍ତା କରାଯିବ । ସ୍ୱତନ୍ତ୍ର ଯତ୍ନ ଓ ଔଷଧପତ୍ର ପରେ ମଧ୍ୟ ସମୁଚିତ ବିକାଶ ନହେଲେ ଶିଶୁଟି ସାମାନ୍ୟ ପରିପକ୍ୱ ହେଲା ମାତ୍ରେ ଡେଲିଭରି କରିଦିଆଯାଏ; ଫଳରେ ତାର ଉତ୍ତମ ଯତ୍ନ ନିଆଯାଇପାରିବ ।

ଏଥିରୁ ରକ୍ଷା ପାଇହେବ କି ? ସଠିକ୍ ପରିମାଣରେ ପୋଷଣ ଦେଇ ବଦଭ୍ୟାସକୁ ଦୂରେଇ ଦେଇ ପାରିଲେ (ଯଥା: ମଦ, ଧୂମ୍ରପାନ ସ ଅନ୍ୟାନ୍ୟ ନିଶା ଦ୍ରବ୍ୟ ସେବନ ଓ ରକତଚାପ) ଖୁବ୍ ଭଲ । ଏହି ପରିଭାବରେ ଚିକିତ୍ସା ଓ ପଥ୍ୟାପଥ୍ୟକୁ ଦୃଷ୍ଟିରେ ରଖି କମ୍ ଓଜନର ଶିଶୁକୁ ନିୟୋନେଟାଲ ଯତ୍ନ କରି ଅବସ୍ଥାକୁ ସୁଧାରି ହେବ ।

ଆପଣ ଜାଣିବା କଥା

ପ୍ଲେଜେଣ୍ଟା ପ୍ରିଭିୟା

ଏହା କ'ଣ? ଏହି ଅବସ୍ଥାରେ ପ୍ଲେଜେଣ୍ଟା ସର୍ଭିକ୍ସକୁ ଅଳ୍ପ ବା ପୂରାପୂରି ଢ଼ାଙ୍କିପକାଏ । ଶୀଘ୍ର ଗର୍ଭଧାରଣରେ ପ୍ଲେଜେଣ୍ଟା ତଳକୁ ହୁଏ । କିନ୍ତୁ ଗର୍ଭ ସାଙ୍ଗକୁ ଗର୍ଭାଶୟର ଆକାର ମଧ୍ୟ ବଢ଼ି ବଢ଼ଯାଏ ଓ ପ୍ଲେଜେଣ୍ଟା, ସର୍ଭିକ୍ସର ସମ୍ମୁଖରୁ ଚାଲିଯାଏ । ଯଦି ସେ ସେଠାରୁ ହଟିବନି କିମ୍ବା ସର୍ଭିକ୍ସକୁ ଢାଙ୍କି ପକାଏ ତେବେ ଏଠାରେ ଏହା 'ପାର୍ଶିଆଲ ପ୍ରକ୍ରିୟା' କୁହାଯାଏ । କିନ୍ତୁ ଯଦି ଏହା ସର୍ଭିକ୍ସକୁ ପୂରାପୂରି ଢାଙ୍କି ପକାଏ ତେବେ ତାକୁ ଟୋଟାଲ ପ୍ରିଭିୟା ବୋଲି କୁହାଯାଏ । ଏହି ଦୁଇ କାରଣରୁ ଶିଶୁର ଜନ୍ମ ଯୋନି ପଥର ଦେଇ ହେଇନଥାଏ । ଏହା ଯୋଗୁଁ ଗର୍ଭାବସ୍ଥାରେ ଶେଷରେ ବା ଡେଲିଭରି ବେଳେ ରକ୍ତସ୍ରାବ ମଧ୍ୟ ହେଇଥାଏ । ପ୍ଲେଜେଣ୍ଟା ସର୍ଭିକ୍ସର ଯେତେ ପାଖକୁ ହେବ ରକ୍ତସ୍ରାବ ହେବାର ଆଶଙ୍କା ସେତେ ବଢ଼ିଯିବ ।

ଏହା କେତେ ସାଧାରଣ? ପ୍ରତି ୨୦୦ଟି ଗର୍ଭରେ ଗୋଟିଏ ମାମଲା ଏପରି ହୁଏ । ଏହା ୨୦ ରୁ କମ୍ ୩୦ରୁ ଅଧିକ ବୟସ ମହିଳାମାନଙ୍କୁ ହୁଏ କିମ୍ବା ଡିଏଣ୍ଡସି ବା ସି-ସେକ୍ସନ ହେଇଥିଲେ ହୁଏ । ଧୂମପାନ ଓ ଯାଆଁଳା ଶିଶୁ କ୍ଷେତ୍ରରେ ମଧ୍ୟ ଆଶଙ୍କା ଥାଏ ।

ଏହାର ସଂକେତ ଓ ଲକ୍ଷଣ? ଏହା ସାଧାରଣତଃ ଲକ୍ଷଣ ବଳରେ ଚିହ୍ନା ପଡ଼େନାହିଁ । ଦ୍ୱିତୀୟ ତିନିମାସର ଅଲଟ୍ରା ସାଉଣ୍ଡରେ ଏହା ଜଣାପଡ଼େ । ବେଳେ ବେଳେ ତୃତୀୟ ତିନିମାସରେ ରକ୍ତସ୍ରାବରୁ ମଧ୍ୟ ଏହାର ଅବସ୍ଥା ଜାଣିହୁଏ । ରକ୍ତସ୍ରାବ ଏହାର ଏକମାତ୍ର ଲକ୍ଷଣ ଅଟେ, ଏଥିରେ ମୋଟେ ଯନ୍ତ୍ରଣା ହୁଏନାହିଁ ।

ପ୍ଲେଜେଣ୍ଟା ପ୍ରିଭିୟା

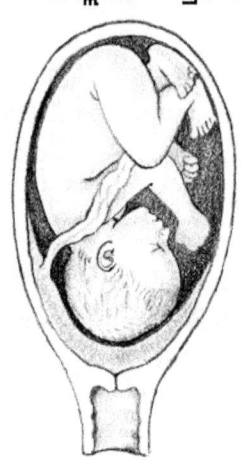

ଏଠାରେ ପ୍ଲେଜେଣ୍ଟା, ଗର୍ଭାଶୟର ମୁହଁକୁ ପୂରାପୂରି ଢାଙ୍କି କରି ରଖିଛି । ଏଣୁକରି ଯୋନି ବାଟ ଦେଇ ଡେଲିଭରି କରିବା ସମ୍ଭବ ନୁହଁ ।

ଆପଣ ଓ ଡାକ୍ତର କ'ଣ କରିପାରିବେ? ଆପଣ କିଛି କରିବା ଦରକାର ନାହିଁ । ତୃତୀୟ ତିନିମାସର ଶେଷ ଯାଏ ପ୍ଲେଜେଣ୍ଟା ପ୍ରିଭିୟାର ଅନେକ ମାମଲା ଆପେ ଆପେ ଠିକ୍ ହୋଇଯାଏ । ପ୍ରିଭିୟା ସାଙ୍ଗକୁ ଯଦି ରକ୍ତସ୍ରାବ ନହୁଏ ତେବେ ଚିକିତ୍ସିତ ହେବା ଅନାବଶ୍ୟକ । ରକ୍ତସ୍ରାବ ହେହେଲ ହିଁ ବିଛଣାରେ ବିଶ୍ରାମ ପାଇଁ ପରାମର୍ଶ ଦିଆଯାଏ । କିନ୍ତୁ ସମେଭାଗ ସମ୍ପୂର୍ଣ୍ଣ ନିଷେଧ ଓ ଯତ୍ନ ନେବା ବାଞ୍ଛନୀୟ । ସମୟ ପୂର୍ବରୁ ପ୍ରସବର ସମ୍ଭାବନା ଥିଲେ ଶିଶୁର ଫୁସଫୁସକୁ ପରିପକ୍ୱ କରିବା ପାଇଁ ଷ୍ଟିରଏଡ୍‌ର ଇଂଜେକ୍ସନ ଦିଆଯିବ । ହୁଏତ ଆପଣଙ୍କୁ ଅନ୍ୟ କୌଣସି କଷ୍ଟ ବା ଯନ୍ତ୍ରଣା ନଥାଉ ହେଲେ ଶିଶୁଟିର ଜନ୍ମ ବେଳେ ସି=ସେକ୍ସନ ମାଧ୍ୟମରେ କରାଯିବ ।

ପ୍ଲେସେଣ୍ଟାଲ ଏବାରପ୍ସନ: ଏହା କ'ଣ ? ଡେଲିଭରି ପୂର୍ବରୁ ପ୍ଲେସେଣ୍ଟା ଯେତେବେଳେ ଗର୍ଭଧାରଣ ସମୟରେ ହିଁ ୟୁଟେରାଇନ ୱାଲ ଠାରୁ ଅଲଗା ହେଇଗଲେ, ତାକୁ ପ୍ଲେସେଣ୍ଟାଲ ଏବାରପ୍ସନ କହନ୍ତି । ଯଦି ଏହା ଅଧିକ ପରିମାଣରେ ନହୁଏ, ତେବେ ସାମାନ୍ୟ ଚିକିତ୍ସା ଓ ସତର୍କତାର ସହିତ ମା' ଓ ଶିଶୁକୁ ରକ୍ଷା କରାଯାଇପାରେ । ବେଶି ଗୁରୁତର ହେଲେ ଶିଶୁକୁ ଅସୁବିଧା ହେଇପାରେ ଅର୍ଥାତ୍ ପ୍ଲେସେଣ୍ଟା ପୃଥକ ହେଲାପରେ ଶିଶୁଟିକୁ ଅମ୍ଳଜାନ ଓ ପୋଷଣ ମିଳିପାରେ ନାହିଁ ।

ଏହା କେତେ ସାଧାରଣ ? ୧ ଶତକଡ଼ାରୁ ମଧ୍ୟ କମ୍ ଗର୍ଭରେ ଏଭଳି ହେଇଥାଏ । ଏହା ପ୍ରାୟ ତୃତୀୟ ତିନି ମାସ ବେଳକୁ ହେଇଥାଏ । ଏହା ଯାହାକୁ ମଧ୍ୟ ହେଇପାରେ । କିନ୍ତୁ ଯେଉଁ ମାନଙ୍କର ଯାଆଁଳା ଶିଶୁ ହେବାକୁ ଥିବ, କିମ୍ବା ଆଗରୁ ଏପରି ହେଇସାରିଥିବ, ଧୂମପାନ, ନିଶା ଦ୍ରବ୍ୟ ସେବନ କରୁଥାନ୍ତି ବା ଗେଷ୍ଟେସନାଲ ମଧୁମେହ ରୋଗୀ ହେଇଥିବେ ସେମାନଙ୍କୁ ହେଇଥାଏ । ଏହାବ୍ୟତୀତ ପ୍ରିକ୍ଲେମ୍ପସିଆ ବା ରକ୍ତଚାପ ଯୋଗୁଁ ମଧ୍ୟ ହେଇପାରେ ।

ଏହାର ସଂକେତ ଓ ଲକ୍ଷଣ ? ନିମ୍ନରେ ପ୍ରଦତ୍ତ

- ବେଶି ବା ଅଳ୍ପ ରକ୍ତସ୍ରାବ
- ତଳିପେଟରେ ଯନ୍ତ୍ରଣା ଓ ମୋଡ଼ିହେବା
- ପିଠି ବା ପେଟରେ ବ୍ୟଥା

ଆପଣ ଓ ଡାକ୍ତର କ'ଣ କରିପାରିବେ ?

ଗର୍ଭର ମଝି ସମୟରେ ଏପରି କୌଣସି ରକ୍ତସ୍ରାବ ବା ପେଟ ମୋଡ଼ି ହେଲେ ଡାକ୍ତରଙ୍କୁ କୁହନ୍ତୁ । ରୋଗୀର ଇତିହାସ, ତାର ଅବସ୍ଥା, ସଂକୋଚନ ଓ ଶିଶୁର ପ୍ରତିକ୍ରିୟା ଦେଖିଲା ପରେ ହିଁ ନିଷ୍ପତ୍ତି ନିଆଯାଏ । ଅଲଟ୍ରାସାଉଣ୍ଡରୁ ସାହାଯ୍ୟ ମିଳିପାରିବ । କେବଳ ୨୫ ଶତକଡ଼ା ଏବାରପ୍ସନ ଧରାପଡ଼େ । ପ୍ଲେସେଣ୍ଟା ପୂରାପୂରି ଅଲଗା ହେଇନାହିଁ ବୋଲି ଜଣାପଡ଼ିଲେ ବିଶ୍ରାମ ପାଇଁ ପରାମର୍ଶ ଦିଆଯାଏ । ରକ୍ତସ୍ରାବ ଅବ୍ୟାହତ ଥିଲେ ଆଇଭି. ଫ୍ଲୁଇଡ ଦିଆଯାଇପାରେ । ଡେଲିଭରି ଯଦି ଶୀଘ୍ର କରିବାକୁ ହୁଏ, ତେବେ ଷ୍ଟିରଏଡର ଇଂଜେକ୍ସନ ଦିଆଯିବ । ଫଳରେ ଶିଶୁର ଫୁସଫୁସ ମଜବୁତ ହେଇପାରିବ । ତଥାପି ଏବାରପ୍ସନ ବଜାୟ ରହିଲେ ସି-ସେକ୍ସନ ହିଁ ଏକମାତ୍ର ଉପାୟ ରହିବ ।

କୋରିୟୋଏମ୍ନିଓନିଟିସ

ଏହା କ'ଣ ? ଏହା ଏମ୍ନିଓଟିକ ମେମ୍ବ୍ରେନ ଓ ଦ୍ରବଣର ସଂକ୍ରମଣ ଅଟେ । ଏହା ଶିଶୁର ନିରାପତ୍ତା ପାଇଁ ଥାଏ । ବ୍ୟାକ୍ଟେରିଆ ଯୋଗୁଁ ଏହା ହୋଇଥାଏ । ଏହା ହିଁ ଅପରିପକ୍ୱ ପ୍ରସବ ଓ ମେମ୍ବ୍ରେନର ପ୍ରଧାନ କାରଣ ଅଟେ ।

ଏହା କେତେ ସାଧାରଣ ? ୧ ରୁ ୨ ଶତକଡ଼ା ଗର୍ଭର ଏହା ହେଇଥାଏ । ମେମ୍ବ୍ରେନ ଶୀଘ୍ର ଫାଟିଗଲେ ସଂକ୍ରମଣର ଆଶଙ୍କା ବଢ଼ିଯାଏ । କାରଣ ଯୋନି ପ୍ରଦେଶରୁ ବ୍ୟାକ୍ଟେରିଆ ପ୍ରବେଶ କରିପାରେ । ଯେଉଁମାନଙ୍କୁ ପ୍ରଥମେ ସଂକ୍ରମଣ ହେଇଥିବ ସେମାନଙ୍କୁ ଦ୍ୱିତୀୟ ଥର ମଧ୍ୟ ସଂକ୍ରମଣ ହେବାର ଆଶଙ୍କା ବଢ଼ିଯାଏ ।

ଏହାର ସଂକେତ ଓ ଲକ୍ଷଣ ? ସଂକ୍ରମଣ ଜାଣିବା ପାଇଁ କୌଣସି ପରୀକ୍ଷା କରାଯାଏ ନାହିଁ, ବରଂ ଏହା ନିମ୍ନ ପଦ୍ଧତିରେ ହେଇଥାଏ

- ଜ୍ୱର
- ଗର୍ଭାଶୟରେ ଯନ୍ତ୍ରଣା
- ଶିଶୁ ଓ ମା'ର ହୃଦ୍‌ସ୍ପନ୍ଦନ ବୃଦ୍ଧି

> **ଆପଣ ଜାଣିବା କଥା**
>
> ସଠିକ୍ ସମୟରେ କୋରିଓଏମ୍ନି ଓନିଟିସକୁ ଯଦି ଚିହ୍ନି ଚିକିତ୍ସା କରାଯାଏ, ତେବେ ମା' ଓ ଶିଶୁ ଉଭୟଙ୍କର ଅସୁବିଧା କମିଯାଇଥାଏ ।

- ମେମ୍ବ୍ରେନ ଫାଟିଲେ ଏମ୍ନିଓଟିକ ଦ୍ରବଣ ନିର୍ଗତ
- ଝିଲି ନ ଫାଟିଲେ ଦୁର୍ଗନ୍ଧ ସହ ଯୋନି ସ୍ରାବ
- ଶ୍ୱେତ ରକ୍ତ କଣିକାର ସଂଖ୍ୟା ବୃଦ୍ଧି

ଆପଣ ଓ ଡାକ୍ତର କଣ କରିପାରିବେ

ଯେକୌଣସି ଦୁର୍ଗନ୍ଧ ଥିବା ସ୍ରାବ ଜଣାପଡ଼ିଲେ

ଡାକ୍ତରଙ୍କୁ କହିଲେ, ସେ ସଂକ୍ରମଣରୁ ରୋକିବା ପାଇଁ ଏଣ୍ଟିବାୟୋଟିକ ଦେଇପାରିବେ । ଶୀଘ୍ର ଡେଲିଭରି କରି ଶିଶୁ ଓ ଆପଣଙ୍କୁ ଏଣ୍ଟିବାୟୋଟିକ୍ ଦେଇପାରିବେ; ଫଳରେ ସଂକ୍ରମଣ ହେବନାହିଁ ।

ଓଲିମୋହାଇଡ୍ରାମ୍ନିଓସ

ଏହା କ'ଣ? ଏହି ଅବସ୍ଥାରେ ଶିଶୁର ଆଖପାଖରେ ଏମ୍ନିଓଟିକ ଦ୍ରବଣର ଅଭାବ ଦେଖାଯାଏ । ଏହା ତୃତୀୟ ତିନିମାସରେ ଶେଷରେ ହେଇଥାଏ । ଅବଶ୍ୟ ଏହାପୂର୍ବରୁ ମଧ୍ୟ ହେଇପାରେ । ସବୁ ସାଧାରଣ ହେଲେ ମଧ୍ୟ ଗର୍ଭନାଡ ଯୋଗୁଁ ଅସୁବିଧା ହେଇଥାଏ । ଅନେକ ଥର ଏହା ଯୋଗୁଁ ଶିଶୁର ବୃଦ୍ଧି ନହେବା ଜଣାପଡ଼ିଥାଏ ।

ଏହା କେତେ ସାଧାରଣ? ପାୟ ୪ ରୁ ୮ ଶତକଡ଼ା ଗର୍ଭବତୀ ମାନଙ୍କଠାରେ ଏହି ରୋଗ ଦେଖାଯାଏ । ମନେକର ପ୍ରସବର ଆନୁମାନିକ ତିଥି ବାହାରେ ତେବେ ଏହାର ସଂଖ୍ୟା ୧୨ ଶତକଡ଼ା ହେଇଥାଏ ।

ଏହାର ସଂକେତ ଓ ଲକ୍ଷଣ? ମା'ଠାରେ କୌଣସି ଲକ୍ଷଣ ଦୃଶ୍ୟମାନ ହୁଏନାହିଁ କିନ୍ତୁ ଗର୍ଭର ଆକାର ଅପେଖାକୃତ ଛୋଟ ହେଇଥାଏ । ପୁଣି ଏମ୍ନିଓଟିକ ଦ୍ରବଣର ପରିମାଣ ମଧ୍ୟ କମିଯାଏ । କେତେକ କ୍ଷେତ୍ରରେ ଶିଶୁର ଚଳପ୍ରଚଳ କମିଯାଏ ।

ଆପଣ ଓ ଡାକ୍ତର କଣ କରିପାରିବେ? ପ୍ରଚୁର ପାଣି ପିଓ ଯଥେଷ୍ଟ ବିଶ୍ରାମ କରନ୍ତୁ । ଏମ୍ନିଓଟିକ ଦ୍ରବଣ ପ୍ରତି ଦୃଷ୍ଟି ଦିଆଯିବ । ଏହାକୁ ଆୟତ୍ତ ନକଲେ ଶୀଘ୍ର ଡେଲିଭରି ପାଇଁ ଡାକ୍ତର ପରାମର୍ଶ ଦେଇପାରନ୍ତି ।

ହାଇଡ୍ରିମ୍ନିଓସ

ଏହା କ'ଣ? ଶିଶୁର ପାର୍ଶ୍ୱବର୍ତ୍ତୀ ଏମ୍ନିଓଟିକ ଦ୍ରବଣର ପରିମାଣ ଅତ୍ୟଧିକ ହେଇଗଲେ ଏହା ସୃଷ୍ଟି ହୁଏ । ଅବଶ୍ୟ ବିନା ଚିକିତ୍ସାରେ ମଧ୍ୟ ଏହାର ସାମଞ୍ଜସ୍ୟ ରକ୍ଷା ହେଇଥାଏ ।

ମନେକର ବେଶି ଦ୍ରବଣ ଏକତ୍ରିତ ହୁଏ, ତେବେ ଏହା ଶିଶୁଠାରେ ସ୍ନାୟୁ ତନ୍ତ୍ର, ଗେଷ୍ଟେସନାଲ ବିକୃତି ବା ବାହାରିବାର ଅକ୍ଷମତାକୁ ସୂଚେଇଥାଏ । ଏହା ଫଳରେ ଝିଲି ବା ମେମ୍ବ୍ରେନ ଶୀଘ୍ର ଫାଟିବା, ପ୍ରିଟର୍ମ ଲେବର, ପ୍ଲେସେଣ୍ଟାଲ ଏବାରପ୍ସନ, ବ୍ରିଚ ବା ଗର୍ଭନାଡର ପ୍ରୋଲେମ୍ସ ହେବାର ଆଶଙ୍କା ବୃଦ୍ଧି ପାଇଥାଏ ।

ଏହା କେତେ ସାଧାରଣ? ଏହା ପ୍ରାୟ ୪ ଶତକଡ଼ା ଗର୍ଭରେ ହେଇଥାଏ । ମନେକର ଗର୍ଭରେ ଯାଆଁଳା ଶିଶୁ ଥିବେ ବା ମା'ଙ୍କୁ ମଧୁମେହ ଥାଏ ତେବେ ଏପରି ହେଇଥାଏ ।

ଏହାର ସଂକେତ ଓ ଲକ୍ଷଣ? ଏହାର କୌଣସି ବିଶେଷ ଲକ୍ଷଣ ହେଇନଥାଏ

- ଶିଶୁର ଚଳପ୍ରଚଳ ବେଶି ଜଣାପଡ଼େ ନାହିଁ
- ଗର୍ଭାଶୟର ଆକାର ଖୁବ୍ ବଢ଼ିଯାଏ
- ତଳିପେଟରେ ଯନ୍ତ୍ରଣା
- ଭଅଜୀର୍ଣ୍ଣ
- ଗୋଡ଼ ଓ ପାଦ ଫୁଲିବା
- ଶ୍ୱାସକ୍ରିୟାରେ ବାଧା
- ଗର୍ଭାଶୟର ସଂକୋଚନ

ଡାକ୍ତର ଆଭ୍ୟନ୍ତରୀଣ ପରୀକ୍ଷା କିମ୍ବା ଅଲଟ୍ରାସାଉଣ୍ଡ କଲେ ଏହା ଜଣାପଡ଼ିଥାଏ ।

ଆପଣ ଓ ଡାକ୍ତର କ'ଣ କରିପାରିବେ?

ଯେପର୍ଯ୍ୟନ୍ତ ଦ୍ରବଣ ଏକତ୍ରିତ ହେଇଥିବ, ପରୀକ୍ଷା ପାଇଁ ଡାକ୍ତରଙ୍କ ପାଖକୁ ଯିବାକୁ ହେବ। ବେଶି ସାଂଘାତିକ ସମସ୍ୟା ଦେଖାଦେଲେ ହୁଏତ ଏମ୍ନିଓ ସେଣ୍ଟେସିସ କରାଯିବ । ଲେବର ପୂର୍ବରୁ ଯଦି ଥଳି ଫାଟିଯାଏ, ତେବେ ଶୀଘ୍ରାତିଶୀଘ୍ର ଡାକ୍ତରଙ୍କୁ ଡାକନ୍ତୁ ।

ପ୍ରିଟର୍ମ ପ୍ରିମେଚ୍ୟୋର ରପ୍‌ଚର ଅଫ ମେମ୍ବ୍ରେନ

ମନେକର ୩୭ ସପ୍ତାହ ପୂର୍ବରୁ ଥଳି ଫାଟିଯାଏ, ତେବେ ତାହାକୁ ପି.ପି.ଆର.ଓଏମ. ବୋଲି କହିଥାନ୍ତି । ଏହାଫଳରେ ସମୟ ପୂର୍ବରୁ ଶିଶୁର ଜନ୍ମ ହେଇପାରେ ବା ତାକୁ କୌଣସି ପ୍ରକାର ସଂକ୍ରମଣ ମଧ୍ୟ ହେଇପାରେ ।

ଏହା କେତେ ସାଧାରଣ ? ଏହା ଶତକଡ଼ା ୩ ରୁ ମଧ୍ୟ କମ୍ କ୍ଷେତ୍ରରେ ହେଇଥାଏ । ଧୂମପାନକାରୀ, ଏସ.ଟି.ଡି. ରୋଗାକ୍ରାନ୍ତ, ଯୋନିରୁ ରକ୍ତସ୍ରାବ ହେବା ରୋଗ ବା ପ୍ଲେଜେଣ୍ଟାଲ ଏବାର୍‌ପସନ ଥିବା ଗର୍ଭବତୀ ମହିଳାମାନଙ୍କୁ ଏହାର ଆଶଙ୍କା ବେଶି ଥାଏ । ଯାଆଁଳା ଛୁଆ ବା ବେକ୍ଟେରିଆଲ ଭେଜିନିଓସିସ ରୋଗ ଥିଲେ ଆଶଙ୍କା ଆହୁରି ବଢ଼ିଥାଏ ।

ଆପଣ ଜାଣିବା କଥା

ମନେକର ଅପରିପକ୍ୱ ଶିଶୁକୁ ଆଇସିୟୁରେ ରଖାଯାଏ, ତେବେ କିଛିଦିନ ମଧ୍ୟରେ ସୁସ୍ଥ ଶିଶୁଟିକୁ ଧରି ଘରବାହୁଡ଼ା ହେଇପାରିବ । ଏଣୁ ଚିକିତ୍ସା ବିଜ୍ଞାନକୁ ଅନେକ ଅନେକ ଧନ୍ୟବାଦ ।

ଆପଣ ଜାଣିବା କଥା

ପି.ପି.ଆର.ସ.ଏମ.କୁ ଠିକ୍ ସମୟରେ ଚିହ୍ନି ଚିକିତ୍ସା କଲେ ମା' ଓ ଶିଶୁ ସୁସ୍ଥ ହେଇପାରନ୍ତି । ସମୟ ପୂର୍ବରୁ ଶିଶୁ ଜନ୍ମ ହେଲେ ମଧ୍ୟ ତାକୁ ଆଇସିୟୁରେ ରଖାଯାଇ ନିରାପତ୍ତା ପ୍ରଦାନ କରାଯିବା ଉଚିତ ।

ଏହାର ସଂକେତ ଓ ଲକ୍ଷଣ ? ଯୋନିରୁ ଦ୍ରବଣର ସ୍ରାବ ହୁଏ । ପରିସ୍ରା ଓ ଏମ୍ନିଟେକି ଦ୍ରବଣ ମଧ୍ୟରେ ତଫାତ ଜାଣିବା ପାଇଁ ଶୁଂଘି ପାରନ୍ତି ପରିସ୍ରାର ଗନ୍ଧ ଆମୋନିଆ ଭଳି ହୁଏ । ଦ୍ରବଣ ସଂକ୍ରମିତ ହେଇନଥିଲେ ଗନ୍ଧିବ ନାହିଁ । ଯଦି ସନ୍ଦେହ ହୁଏ, ତେବେ ଡାକ୍ତରଙ୍କୁ ସାହାଯ୍ୟ ମାଗନ୍ତୁ ।

ଆପଣ ଓ ଡାକ୍ତର କ'ଣ କରିପାରିବେ ? ମନେକର ୩୪ ସପ୍ତାହ ପରେ ମେମ୍ବ୍ରେନ ଫାଟିଯାଏ, ତେବେ ଶିଶୁର ଡେଲିଭରି କରିଦିଆଯାଏ । କିନ୍ତୁ ଏହା ସମ୍ଭବ ନହେଲେ ଡାକ୍ତରଖାନାରେ ରହିବାକୁ ପଡ଼ିବ ଓ ସଂକ୍ରମଣରୁ ରକ୍ଷା ପାଇଁ ଆଣ୍ଟି ବାୟୋଟିକ ଔଷଧ ଦିଆଯିବ ।

ଶିଶୁର ଫୁସଫୁସକୁ ସୁଦୃଢ଼ କରିବା ପାଇଁ ଷ୍ଟିରଏଡ ଦିଆଯିବ । ମନେକର ଶିଶୁ ଖୁବ୍ ଛୋଟ ଥାଏ, ତେବେ ପ୍ରସବକୁ ରୋକିବା ଔଷଧ ଦିଆଯିବ ।

ମେମ୍ବ୍ରେନ ତା' ଆପେ ଆପେ ଠିକ୍ ହେବା ପ୍ରାୟ ସମ୍ଭବ ନୁହେଁ । ମନେକର ଏପରି ହୁଏ ତେବେ ଘରକୁ ଯାଇପାରନ୍ତି, ହେଲେ ଟିକେ ସାବଧାନ ହେବାକୁ ହେବ ।

ଏଥିରୁ ରକ୍ଷା ମିଳିପାରିବ କି ? ମନେକର ଆପଣ ପି.ପି.ଆର.ଓ.ଏମ.ରୁ ରକ୍ଷା ପାଇବାକୁ ଚାହାନ୍ତି, ତେବେ ଯୋନି ସଂକ୍ରମଣରୁ ଦୂରେଇ ରୁହନ୍ତୁ । କାରଣ, ଏହା ହିଁ ତା'ର ପ୍ରଧାନ କାରଣ ।

ପ୍ରିଟର୍ମ ବା ପ୍ରିମେଚ୍ୟୋର ଲେବର: ୨୦ ସପ୍ତାହ ପରେ ଓ ୩୭ ସପ୍ତାହ ପୂର୍ବରୁ ପ୍ରସବ ହେଲେ ତାକୁ ପ୍ରିଟର୍ମ ଲେବର କହନ୍ତି ।

ଏହା କେତେ ମାତ୍ରାରେ ସାଧାରଣ ? ଏହା ଏକ ସାଧାରଣ ସମସ୍ୟା । ଧୂମପାନ, ମଦ, ନିଶାଦ୍ରବ୍ୟ ସେବନ, କମ୍ ଓଜନ, ବେଶି ଓଜନ, କୁପୋଷଣ, ଦାନ୍ତମୂଳ ସଂକ୍ରମଣ, ଏସ.ଯି.ହି, ଲେକ୍ଟିରିଆଲ, ମୂତ୍ରାଶୟ ପଥ ଓ ଏମ୍ନିଓଟିକ ଦ୍ରବଣର ସଂକ୍ରମଣ, ଅକ୍ଷମ ପୃଷ୍ଠଦେଶ, ୟୁଟେରାଇନ ସମସ୍ୟା, ମା'ଙ୍କ ପୁରୁଣା ରୋଗ, ପ୍ଲେଜେଣ୍ଟାଲ ଏବାରପ୍ସନ ଓ ପ୍ଲେଜେଣ୍ଟା ପ୍ରିଭିୟା ଯୋଗୁଁ ଏହାର ଆଶଙ୍କା ବୃଦ୍ଧି ପାଏ । ୧୭ ରୁ କମ୍ ଓ ୩୫ ରୁ ଅଧିକ ବୟସର ମହିଳା, ଯାଆଁଳା ଶିଶୁର ମା' ଓ ଅପରିପକ୍ୱ ପ୍ରସବର ଇତିହାସ ଥିବା ମା'ମାନଙ୍କୁ ମଧ୍ୟ ଏହାର ଆଶଙ୍କା ଖୁବ୍ ଥାଏ ।

ଏହାର ସଂକେତ ଓ ଲକ୍ଷଣ ? ଏଥିରେ ନିମ୍ନଲିଖିତ ଲକ୍ଷଣ ସବୁ ଅନ୍ୟତମ ।

- ରତୁସ୍ରାବ ଭଳି ପେଟ ମୋଡ଼ିହେବା
- ନିୟମିତ ସଂକୋଚନ, ସ୍ଥିତି ଅନୁସାରେ ତୀବ୍ର
- ପିଠିରେ ଚାପ
- ପୃଷ୍ଠଦେଶରେ ଚାପ

- ଯୋନିରୁ ରକ୍ତସ୍ରାବ
- ମେମ୍ବ୍ରେନ ଫାଟିବା
- ସର୍ଭିକ୍ସ ଖୋଲିବ (ଅଲଟ୍ରା ସାଉଣ୍ଡରୁ ସ୍ପଷ୍ଟ)

ଆପଣ ଓ ଡାକ୍ତର କଣ କରିପାରନ୍ତି ?

ମା' ପେଟରେ ଥିବାଯାଏ ସୁସ୍ଥ ଓ ନିରାପଦ ରହିଥିବାରୁ ପ୍ରସବକୁ ଏଡାଇବାକୁ ପ୍ରାଧାନ୍ୟ ଦିଆଯିବା ଉଚିତ । ସଂକୋଚନ ହେଲେ ମଧ୍ୟ ଡାକ୍ତର ଏକଥା ଅନୁମାନ କରିପାରିବେ ଯେ, ଆପଣଙ୍କ ପକ୍ଷରେ ଘରେ ରହିବା ଉଚିତ ହେବ ନା ହସ୍ପିଟାଲରେ ରହି ଚିକିତସିତ ହେଉଥିବେ । ଆପଣଙ୍କ ଅବସ୍ଥାକୁ ଦେଖିବ ଔଷଧ ଓ ଇଂଜେକ୍ସନ ଦିଆଯିବ । ଯଦି ଡାକ୍ତରଙ୍କୁ ଏକଥା ଜଣାପଡ଼େ ଯେ ଡେଲିଭରିକୁ ରୋକିବା ବିପଜ୍ଜନକ ହେଇପାରେ ତେବେ ସେ ଆଦୌ ରୋକିବାକୁ ଚେଷ୍ଟା କରିବେ ନାହିଁ ।

ଏଥିରୁ ରକ୍ଷା ପାଇହେବ କି ? ସମସ୍ତ ପ୍ରିଟର୍ମ ବାର୍ଥକୁ ରୋକିହୁଏ ନାହିଁ । କାରଣ ଏହା ଆମ ହାତରେ ନଥାଏ । ଅବଶ୍ୟ ପ୍ରସବ ପୂର୍ବରୁ ଉପଯୁକ୍ତ ଯତ୍ନ, ଉତ୍ତମ ଖାଦ୍ୟପେୟ, ଦାନ୍ତର ଯତ୍ନ, କୋକେନ ଓ ମଦ ପରିତ୍ୟାଗ କରି, ପରୀକ୍ଷା ଓ ସଂକ୍ରମଣରୁ ରକ୍ଷା ପାଇବାର ଉପାୟ କରି ଡାକ୍ତରଙ୍କ ସମସ୍ତ ପରାମର୍ଶ ଗ୍ରହଣ କରି ଅନେକାଂଶରେ ପ୍ରିଟର୍ମବାର୍ଥକୁ ଏଡାଇ ହେବ । ଯେଉଁମାନଙ୍କର ସମସ୍ୟା ଆଗରୁ ଥିବ ଏଥିପାଇଁ ମଧ୍ୟ ଉପାୟ କରାଯାଇପାରେ ।

ପ୍ରିଟର୍ମ ଲେବର କଥା ଜଣାପଡ଼ିବା

ଆଜିକାଲି ବିଭିନ୍ନ ଉପାୟରେ ପ୍ରିଟର୍ମ ବାର୍ଥ କଥା ଜାଣି ହେଉଛି । ଗର୍ଭାଶୟ ବା ଯୋନିସ୍ରାବ ଏଫଏଫଏନ ବଳରେ ଏହା ଜଣାପଡ଼ିଥାଏ । ଯଦି ଟେଷ୍ଟ ପଜିଟିଭ ଆସେ, ତେବେ ତାକୁ ଏଡାଇବାର ପଦକ୍ଷେପ ନିଆଯିବ । ବେଶି ଆଶଙ୍କା ଥିବା ସ୍ତ୍ରୀ ମାନଙ୍କୁ ଏହି ପରୀକ୍ଷା କରାଯାଏ । ଏହାବ୍ୟତୀତ ସର୍ଭିକ୍ସର ଦୈର୍ଘ୍ୟ ମାପିବାର ସ୍କ୍ରିନଂ ଟେଷ୍ଟ ମଧ୍ୟ ହୋଇଥାଏ । ଏହା ଅଲଟ୍ରାସାଉଣ୍ଡ ଯୋଗେ ସମ୍ଭବ । ଯଦି ତାହା ଛୋଟ ଥାଇ ଖୋଲିହୁଏ ତେବେ ତା'ର ଉପାୟ କରାଯାଇପାରେ ।

ସିଂଫିଂସିସ ପ୍ୟୁବିସ ଡିସ୍‌ପଙ୍ଗସନ

ଏହା କ'ଣ? ଏସ.ପି.ଡି.ର ଅର୍ଥ ହେଲା ଆପଣଙ୍କ ପେଲଭିକ ବୋନର ଲିଗାମେଣ୍ଟରେ ବେଶି ଚାପ ପଡ଼ିବାରୁ କଷ୍ଟ ହେଇଥାଏ ।

ଏହା କେତେ ପରିମାଣରେ ସାଧାରଣ? ୭୦୦ଟି ଗର୍ଭ ମଧ୍ୟରୁ ମାତ୍ର ଗୋଟିଏ ଗର୍ଭରେ ଏପରି ହେଇଥାଏ । ଅବଶ୍ୟ ବିଶେଷଜ୍ଞମାନଙ୍କ ମତରେ ୨ ଶତକଡ଼ାରୁ ଅଧିକ ଗର୍ଭବତୀ ମାନଙ୍କଠାରେ ଏହା ଦୃଶ୍ୟମାନ ହେଲେ ମଧ୍ୟ ସେମାନେ ଏହାକୁ ଚିହ୍ନିପାରନ୍ତି ନାହିଁ ।

ଏହାର ସଂକେତ ଓ ଲକ୍ଷଣ? ପେଲଭିକ ଅର୍ଥାତ୍ ପୃଷ୍ଠଦେଶରେ ଭୀଷଣ ଯନ୍ତ୍ରଣା ହେଇଥାଏ ଓ ଚଲାବାଲା କରିବାରେ ଅସୁବିଧା ହୁଏ । ବେଳେ ବେଳେ ଏହି ଯନ୍ତ୍ରଣା ଜଂଘ ଓ ପେରିନୟମ ପର୍ଯ୍ୟନ୍ତ ପହଞ୍ଚିଯାଏ । ଯଦି ପାଦରେ ଚାଲନ୍ତି, ଓଜନ ଟେକନ୍ତି, ବା କାମ କଲାବେଳେ ଗୋଟିଏ ପାଦ ଟେକନ୍ତି, ତେବେ ଏହି ଯନ୍ତ୍ରଣା ଆହୁରି ତୀବ୍ର ହେଇଥାଏ । ବିଭିନ୍ନ ମାମଲାରେ ବିଭିନ୍ନ ଅଙ୍ଗ ପ୍ରତ୍ୟଙ୍ଗର ଯନ୍ତ୍ରଣା ହେଇଥାଏ ।

ଆପଣ ଓ ଡାକ୍ତର କ'ଣ କରିପାରିବେ?

ବେଶି ଚଲାବୁଲା ବା ଭାରଟେକାଟେକି କରନ୍ତୁନି । ପେଲଭିକ ସକାଶେ ବେଲ୍‌ଟ ବ୍ୟବହାର କରି ବିଶ୍ରାମ କରନ୍ତୁ। କିଗଲ ବ୍ୟାୟାମ କଲେ ମାଂସପେଶୀ ସୁଦୃଢ଼ ହେବ । ଯନ୍ତ୍ରଣା ଅସହ୍ୟ ହେଲେ ଡାକ୍ତରଙ୍କୁ ପଚାରି ପୀଡ଼ା ନିବାରକ ଔଷଧ ଖାଆନ୍ତୁ ବା ବିକଳ୍ପ ଚିକିତ୍ସା କରନ୍ତୁ ।

ବେଳେ ବେଳେ ସେହି କାରଣରୁ ଯୋନିବାଟ ଦେଇ ଡେଲିଭରି କରିବା କଠିନ ମନେହୁଏ । ଏଣୁ ଡାକ୍ତର ସି-ସେକ୍ସନ ପାଇଁ ପରାମର୍ଶ ଦେଇଥାନ୍ତି । ଡେଲିଭରି ପରେ ମଧ୍ୟ ଲିଗାମେଣ୍ଟ ସାଧାରଣ ଅବସ୍ଥାକୁ ନ ଫେରିଲେ ଡାକ୍ତରଙ୍କ ଠାରୁ ଔଷଧ ଖାଇପାରନ୍ତି ।

କାର୍ଡ ନଟ୍ସ ଓ ଟେଙ୍ଗଲ୍ସ

ଏହା କ'ଣ ? ବେଳେ ବେଳେ ଗର୍ଭନାଡ଼ରେ ଗଣ୍ଠି ପଡ଼ିଯାଏ ବା ତାହା ଶିଶୁ ଦେହରେ ଗୁଡେଇ ହୁଏ । ଡେଲିଭରି ବେଳେ ବା ଗର୍ଭରେ ଶିଶୁ ଚଳପ୍ରଚଳ ହେଲେ ଏହି ଗଣ୍ଠି ପଡ଼ିଯାଏ । ଏହି ଗଣ୍ଠି ଢ଼ିଲା ଥିଲେ କିଛି କଥା ନାହିଁ, କିନ୍ତୁ କସି ହେଇଗଲେ ରକ୍ତସଂଚାର ଓ ଅମ୍ଗଲଜାନ ପାଇବାରେ ବାଧା ସୃଷ୍ଟି ହୁଏ । ଶିଶୁଟି ବାର୍ଥ କେନାଲ ତଳକୁ ଖସିଗଲେ ଏପରି ହେଇଥାଏ ।

ଏହା କେତେ ସାଧାରଣ ? ଶତକଡ଼ା ଗୋଟିଏ ଗର୍ଭରେ ଏଭଳି ହୁଏ । କିନ୍ତୁ ଗଣ୍ଠି ଢ଼ିଲା ଥାଏ । ୨୦୦୦ରେ ଗୋଟିଏ ମାମଲା ଗଣ୍ଠି ଭିଡ଼ି ହୁଏ । ଏହାଫଳରେ ଶିଶୁର କୌଣସି ଅସୁବିଧା ହୁଏନାହିଁ କିନ୍ତୁ ଗେଷ୍ଟେସନାଲ ବୟସରୁ ଊର୍ଦ୍ଧ୍ୱ ବୟସ ହେଲେ ବା ଗର୍ଭନାଡ଼ ବଡ଼ ଥିଲେ ଏହା ତାଙ୍କ ପାଇଁ ବିପଜ୍ଜନକ ହେଇଥାଏ । ଅଧ୍ୟୟନରୁ ଜଣାପଡ଼ିଛି ଯେ ପ୍ରଚୁର ପୋଷଣର ଅଭାବ, ନିଶାଦ୍ରବଣ ଓ ଯାଆଁଳା ଶିଶୁ ହେଲେ ବିପଦ ଅନେକ ଗୁଣରେ ବଢ଼ିଯାଇଥାଏ ।

ଏହାର ସଂକେତ ଓ ଲକ୍ଷଣ ? ୩୭ଶ ସପ୍ତାହ ପରେ ଶିଶୁର ଚଳପ୍ରଚଳ ସବୁଠାରୁ ବଡ଼ ଲକ୍ଷଣ କହିଲେ ଚଳେ । ଯଦି ଏହା ପ୍ରସବ ସମୟରେ ହୁଏ, ତେବେ ଶିଶୁର ମନିଟରରେ ଅଣାୟତ୍ତ ହୃଦସ୍ପନ୍ଦନ ସ୍ପଷ୍ଟ ଜଣାପଡ଼ିବ ।

ଆପଣ ଓ ଡାକ୍ତର କ'ଣ କରିପାରିବେ ?

ଯଦି ଆପଣ ଶିଶୁର କ୍ରିୟାକଳାପ ପ୍ରତି ଦୃଷ୍ଟି ଦେଲେ ଭଲ ହେବ । ମନେକର ଡେଲିଭରି ସମୟରେ ଏଭଳି ଗଣ୍ଠି ପଡ଼େ ତେବେ ଡାକ୍ତର ନିହାତି ଉଚିତ ପଦକ୍ଷେପ ନେବେ । ବେଳେ ବେଳେ ସି.ସେକ୍ସନ ହିଁ ଏକମାତ୍ର ପ୍ରକୃଷ୍ଟ ଉପାୟ ହେଇଥାଏ ।

ଟୁ-ଭେସେଲ ବୋର୍ଡ

ଏହା କ'ଣ ? ଏକ ସାଧାରଣ ଗର୍ଭନାଡ଼ରେ ତିନି ପ୍ରକାର ରକ୍ତନଳୀ ହେଇଥାଏ । ପ୍ରଥମ ନଳୀଟି ଶିଶୁ ପାଖକୁ ଅମ୍ଳଜାନ ଓ ପୋଷଣ (ଖାଦ୍ୟ) ପହଞ୍ଚାଏ ତଥା ଅନ୍ୟ ଦୁଇଟି ନଳୀଗୁଡ଼ିକ ଅପଶିଷ୍ଟ ପଦାର୍ଥକୁ ମା'ର ରକ୍ତ ନଳୀ ଓ ପ୍ଲେସେଣ୍ଟା ସହ ସଂଯୁକ୍ତ ହେଇଥାଏ । କେତେକାଂଶରେ ଏହା ଏକ ଶିରା ଓ ଧମନୀ ହେଇଥାଏ ।

ଏହା କେତେ ସାଧାରଣ ? ୧ ଶତକଡ଼ା ଏକକ ଓ ୫ ଶତକଡ଼ା ଯାଆଁଳା ଗର୍ଭଧାରଣରେ ଏପରି ହେଇଥାଏ । ମା'ର ବୟସ ୪୦ ବର୍ଷରୁ ବେଶି କିମ୍ବା ମଧୁମେହ ଗ୍ରସ୍ତ ହେଇଥାନ୍ତି, ତେବେ ଆଶଙ୍କା ବଢ଼ିଯାଏ ।

ଏହାର ସଂକେତ ଓ ଲକ୍ଷଣ ? ଏହାର କୌଣସି ସଂକେତ ବା ଲକ୍ଷଣ ନଥାଏ । କେବଳ ଅଲଟ୍ରାସାଉଣ୍ଡ ବଳରେ ଏହା ସ୍ପଷ୍ଟ ହେଇଥାଏ ।

ଆପଣ ଓ ଡାକ୍ତର କ'ଣ କରିପାରିବେ ?

ଏପରି ହେଲେ ମଧ୍ୟ ଗର୍ଭଟି ସାଧାରଣ ଭାବରେ ଶିଶୁର କୌଣସି କ୍ଷତି ହୁଏନାହିଁ । ଏଣୁ ବ୍ୟତିବ୍ୟସ୍ତ ହେବାର କିଛି ନାହିଁ । କେବଳ ଗର୍ଭଧାରଣ ଓ ଶିଶୁର ବୃଦ୍ଧି ପ୍ରତି ଦୃଷ୍ଟି ଦିଆଯାଏ ।

ଅସାଧାରଣ ଗୁରୁତର ଗର୍ଭଧାରଣ

ଏହା ପ୍ରାୟ ଦୁର୍ଲ୍ଲଭ କହିଲେ ଚଳେ । ପ୍ରାୟ ଗର୍ଭବତୀମାନେ ଏହାର ସମ୍ମୁଖୀନ ହୁଅନ୍ତି ନାହିଁ । ମନେକର ଆପଣଙ୍କ ନିମ୍ନ ମଧ୍ୟରୁ କୌଣସି ରୋଗ ହୁଏ ତେବେ ଏ ବିଷୟରେ ପଢ଼ନ୍ତୁ ନଚେତ ନାହିଁ । ପୁନଶ୍ଚ ଡାକ୍ତର ନିଜ ଅନୁସାରେ ଚିକିତ୍ସା କରିପାରନ୍ତି । ଏଥିରେ ଆମର କହିବାର କିଛି ନାହିଁ ।

ମୋଲର ଗର୍ଭଧାରଣ

ଏହା କ'ଣ ? ଏହି ଅବସ୍ଥାରେ ପ୍ଲେସେଣ୍ଟା ସିଷ୍ଟ ଭଳି ଅସାଧାରଣ ଭାବରେ ବୃଦ୍ଧି ପାଏ । କେତେବେଳେ ଭ୍ରୂଣର କୋଷାବଳୀ ହେଇଥାଏ ତ କେତେବେଳେ ନାହିଁ ।

ବାପାଙ୍କର ଦୁଇ ଯୋଡା କ୍ରୋମୋଜୋମ ମା'ର ଏକ ଯୋଡା କ୍ରୋମୋଜୋମ ସହିତ ମିଶିଲେ କିମ୍ବା ମା'ର କ୍ରୋମୋଜୋମ ସହ ଆଦୌ ନ

ମିଳିଲେ ମଧ୍ୟ ଏପରି ହେଇଥାଏ । ଗର୍ଭଧାରଣର ମାତ୍ର କିଛି ସପ୍ତାହ ମଧ୍ୟରେ ଏହା ଜଣାପଡ଼ିଯାଏ । ସମ୍ତ ମୋଲର ଗର୍ଭଧାରଣର ପରିସମାପ୍ତି ଗର୍ଭସ୍ଖଳନ ଭାବରେ ହେଇଥାଏ ।

ଏହା କେତେ ସାଧାରଣ ? ହଜାରେ ଗର୍ଭ ମଧ୍ୟରେ ମାତ୍ର ଗୋଟିଏ ଗର୍ଭ ଏପରି ହୁଏ, ଅର୍ଥାତ୍ ଦୁର୍ଲ୍ଲଭ କହିଲେ ଅତ୍ୟୁକ୍ତି ହେବ ନାହିଁ । ୧୫ ରୁ କମ୍ ଓ ୪୫ ରୁ ବେଶି ବୟସର ସ୍ତ୍ରୀ ମାନଙ୍କୁ କିମ୍ବା ଯେଉଁ ମାନଙ୍କର ଏକାଧିକ ଗର୍ଭସ୍ଖଳନ ହେଇସାରିଛି । ସେମାନଙ୍କୁ ମୋଲର ପ୍ରେଗ୍ନେନ୍ସିର ଆଶଙ୍କା ଅଧିକ ଥାଏ ।

ଆପଣ ଜାଣିବା କଥା

ଥରେ ମୋଲର ପ୍ରେଗ୍ନେନ୍ସି ହେବାର ଅର୍ଥ ନୁହଁ ଯେ, ଦ୍ୱିତୀୟ ଥର ମଧ୍ୟ ଏପରି ହେବ । ମାତ୍ର ୧ରୁ ୨ ଶତକଡ଼ା ଗର୍ଭରେ ପୁନରାବୃତ୍ତି ଘଟିଥାଏ ।

ଏହାର ସଂକେତ ଓ ଲକ୍ଷଣ ? ନିମ୍ନପ୍ରକାରେ

- ଲଗାତାର ଧୂସର ରଂଗର ସ୍ରାବ
- ବେଶି ଉଦ୍‌ବେଗ ଓ ବାନ୍ତି
- ମୋଡ଼ ହେଲେ ଯନ୍ତ୍ରଣା
- ଉଚ୍ଚ ରକ୍ତଚାପ
- ଗର୍ଭାଶୟର ବୃହଦାକାର
- ଗର୍ଭାଶୟ ହୁଗୁଳା ହେବା
- ଭ୍ରୂଣ କୋଷ ସମୂହର ଅଭାବ
- ମା' ଦେହରେ ଥାଇରାଇଡ ହର୍ମୋନ୍‌ର ଆଧିକ୍ୟ

ଆପଣ ଓ ଡାକ୍ତର କ'ଣ କରିପାରିବେ ?

ଏଭଳି କୌଣସି ଲକ୍ଷଣ ଦେଖାଗଲେ ଡାକ୍ତରଙ୍କୁ ଜଣାନ୍ତୁ । ବେଳେ ବେଳେ ଏସବୁ ଲକ୍ଷଣକୁ ସାଧାରଣ ଗର୍ଭଠାରୁ ପୃଥକ କରି ଦେଖିବା କାଠିକର ପାଠ । ଏଣୁ ସହଜ ବୁଦ୍ଧି ଉପରେ ଭରସା କରନ୍ତୁ। ଯଦିଓ ସନ୍ଦେହ ରହେ ତେବେ ଡାକ୍ତରଙ୍କୁ ବୁଝିପାରନ୍ତି ।

ମନେକର ଅଲଟ୍ରାସାଉର୍ଣ୍ଡ ବଳରେ ମୋଲର ପ୍ରେଗ୍ନେନ୍ସି କଥା ଜଣାପଡ଼େ, ତେବେ ଡିଏର୍ଡସିର ସାହାଯ୍ୟ ନିଆଯିବ ଓ ବର୍ଷେ ପର୍ଯ୍ୟନ୍ତ ଗର୍ଭଧାରଣରୁ ବାରଣ କରାଯିବ ।

କୋରିୟୋକାରସିନୋମା

ଏହା କ'ଣ ? ଏହା ଗର୍ଭର କ୍ୟାନ୍ସର କହିଲେ ଚଳେ, ଏହା ପ୍ଲେଜେର୍ଟାର କୋଷ ମାନଙ୍କରେ ହୁଏ । ମୋଲର ପ୍ରେଗ୍ନେନ୍ସି, ଗର୍ଭସ୍ଖଳନ ବା ଗର୍ଭପାତ ପରେ ଏପରି ହେଇଥାଏ । ସେତେବେଳେ ଭ୍ରୂଣହୀନ ପ୍ଲେଜେଣ୍ଟାର କୋଷ ଗୁଡ଼ିକ ବୃଦ୍ଧି ପାଇଥାଏ । ମାତ୍ର ୧୫ ଶତକଡ଼ା ଗର୍ଭରେ ଏଭଳି ହୁଏ ।

ଆପଣ ଜାଣିବାକୁ ଚାହିଁଲେ

କୋରିୟୋ-କାରସିନୋମାକୁ ସଠିକ ସମୟରେ ଚିହ୍ନି ଚିକିତ୍ସା କଲେ ଉର୍ବରତାରେ କୁପ୍ରଭାବ ପଡ଼େନାହିଁ । ଅବଶ୍ୟ ଚିକିତ୍ସାର ବର୍ଷେ ପରେ ବି ଗର୍ଭଧାରଣ ପାଇଁ ପରାମର୍ଶ ଦିଆଯାଏ ।

ଏହା କେତେ ସାଧାରଣ ? ଏହା ଖୁବ୍ ଦୁର୍ଲ୍ଲଭ । ପ୍ରାୟ ୪୦୦୦ ଗର୍ଭ ମଧ୍ୟରେ ଗୋଟିଏ ଅଧେ ଗର୍ଭ ଏପରି ହେଇପାରେ ।

ଏହାର ସଂକେତ ଓ ଲକ୍ଷଣ ? ନିମ୍ନପ୍ରକାରେ

- ଗର୍ଭସ୍ଖଳନ କିମ୍ବା ମୋଲର ପ୍ରେଗ୍ନେନ୍ସି ପରେ ଆଭ୍ୟନ୍ତରୀଣ ରକ୍ତସ୍ରାବ
- ପ୍ରେଗ୍ନେନ୍ସି ଶେଷ ହେବା ସତ୍ତ୍ୱେ ମଧ୍ୟ ଏଚସିଜିର ସ୍ତର କମେ ନାହିଁ ।
- ଯୋନି, ଗର୍ଭାଶୟ ବା ଫୁସ୍‌ଫୁସରେ ଟ୍ୟୁମର

ଆପଣ ଓ ଡାକ୍ତର କଣ କରିପାରିବେ ?

ଏଭଳି କୌଣସି ଲକ୍ଷଣ ଦେଖାଗଲେ ଡାକ୍ତରଙ୍କୁ ଜଣାନ୍ତୁ କିନ୍ତୁ ମନେ ରଖନ୍ତୁ ଯେ ଏହି ରୋଗକୁ ମାତ୍ର କିମୋଥେରେପି ଓ ରେଡିଏସନ ବଳରେ ହସ୍ତାୟତ୍ତ କରିହୁଏ ଓ ପରେ ଠିକ୍ ହେଇଯାଏ ।

ଇକ୍ଲେମ୍ପସିଆ

ଏହା କ'ଣ ? ପ୍ରିକ୍ଲେମ୍ପସିଆରେ ପରିବର୍ତ୍ତନ ଦେଖାଦିଏ । ମା'କୁ କେଉଁ ପରିସ୍ଥିତିରେ ଏହି

ରୋଗ ହେଇଥିଲା; ସେହି ଅନୁସାରେ ଏହା ଠିକ୍ ହେଇଥାଏ ଯେ ସାଙ୍ଗେ ସାଙ୍ଗ ଡେଲିଭରି କରାଯିବ ନା ନାହିଁ । ଏହା ଯୋଗୁଁ ମା'ର ଜୀବନ ମଧ୍ୟ ସଂକଟାପନ୍ନ ହେଇପାରେ । ଉଚିତ୍ ଡାକ୍ତରୀ ଚିକିତ୍ସା ବଳରେ ସୁସ୍ଥ ଗର୍ଭଧାରଣ ଓ ଡେଲିଭରି କରାଯିବ ନା ନାହିଁ । ଏହା ଯୋଗୁଁ ମା'ର ଜୀବନ ମଧ୍ୟ ସଂକଟାପନ୍ନ ହେଇପାରେ । ଉଚିତ ଡାକ୍ତରୀ ଚିକିତ୍ସା ବଳରେ ସୁସ୍ଥ ଗର୍ଭଧାରଣ ଓ ଡେଲିଭରି ସମ୍ଭବ ହେଇଥାଏ ।

ଏହା କେତେ ସାଧାରଣ ? ଦୁଇ-ତିନି ହଜାର ଗର୍ଭରେ ଗୋଟିଏ ଏଭଳି ମାମଲା ଦେଖାଯାଏ । ବିଶେଷ କରି ପ୍ରସବ ପୂର୍ବରୁ ଆଦୌ ଡାକ୍ତରୀ ଯତ୍ନ ପାଇନଥିବା ଗର୍ଭବତୀଙ୍କୁ ଏପରି ହୁଏ ।

ଆପଣ ଜାଣିବା କଥା

ମନେକର ପ୍ରସବ ପୂର୍ବରୁ ଉପଯୁକ୍ତ ଯତ୍ନ ମିଳେ ତେବେ ପ୍ରିକ୍ଲେମ୍ପସିୟା କିମ୍ବା ଇକ୍ଲେମ୍ପସିଆ ଆଦୌ ସୃଷ୍ଟି ହେବନାହିଁ ।

ଏହାର ସଂକୋଚ ଓ ଲକ୍ଷଣ କ'ଣ ?

ଡେଲିଭରିର ପାଖାପାଖି ବା ୨୪ ଘଣ୍ଟା ମଧ୍ୟରେ ମୂର୍ଚ୍ଛା ଯିବା ହିଁ ଏହାର ସବୁଠୁ ବଡ଼ ଲକ୍ଷଣ

ଆପଣ ଓ ଡାକ୍ତର କ'ଣ କରିପାରିବେ ?

ଯଦି ଆଗରୁ ପ୍ରିକ୍ଲେମ୍ପସିଆ ଥାଏ, ତେବେ ଡାକ୍ତର ଏଥିପାଇଁ ଔଷଧପ୍ରତ ଓ ଅମ୍ଳଜାନ ଦେଇ, ପ୍ରସବ ଆରମ୍ଭ କରେଇବେ କିମ୍ବା ସି-ସେକ୍ସନ କରିବେ । ପରିସ୍ଥିତିକୁ ସମ୍ଭାଳି ନେଲେ ସାଧାରଣ ଡେଲିଭରି ମଧ୍ୟ ହେଇପାରେ ।

ଏଥିରୁ ରକ୍ଷା ପାଇହେବ କି ? ଉପଯୁକ୍ତ ଯତ୍ନ ଓ ନିୟମିତ ପରୀକ୍ଷା ବଳରେ ଆପଣ ପ୍ରିକ୍ଲେମ୍ପସିଆରୁ ରକ୍ଷା ପାଇପାରନ୍ତି । ଯଦି ରୋଗ କଥା ଜଣାପଡ଼େ ତେବେ ସେଥିରୁ ରକ୍ଷା ପାଇବାର ଉପାୟ କରନ୍ତୁ । ଫଳରେ ଇକ୍ଲେମ୍ପସିଆର ଆଶଙ୍କା ରହିବ ନାହିଁ ।

କୋଲିସଟେସିସ

ଏହା କ'ଣ ? ଏଭଳି ଗର୍ଭଧାରଣରେ ଯକୃତରେ ଅମାଶୟ ରସ ତିଆରି ହୁଏ ଓ ରକ୍ତରେ ମିଶିଯାଏ । ଶେଷ ତିନିମାସ ବେଳକୁ ହର୍ମୋନ ନିଜର ଚରମ ସୀମାରେ ପହଞ୍ଚିଥାଏ । ଏହା ଡେଲିଭରି ପରେ ଠିକ୍ ହେଇଯାଏ ।

ଏହାଫଳରେ ଭ୍ରୂଣର କ୍ଲାନ୍ତି, ପ୍ରିଟର୍ମ କିମ୍ବା ଷ୍ଟିଲ ବାର୍ଥର ଆଶଙ୍କା ବୃଦ୍ଧି ପାଏ । ଏଣୁକରି ଠିକ୍ ସମୟରେ ସଠିକ୍ ଚିକିତ୍ସା ବାଞ୍ଛନୀୟ ।

ଏହା କେତେ ସାଧାରଣ ? ଏହା ପ୍ରାୟ ହଜାରେ ଗର୍ଭରେ ଗୋଟିଏ ଯୋଡ଼େ ଏଭଳି ହେଇଥାଏ । ଯାଆଁଳା ଗର୍ଭଧାରଣ, ଯକୃତ ରୋଗୀ ବା ବଂଶଗତ ପରମ୍ପରା ଥିଲେ ଆଶଙ୍କା ବଢ଼ିଥାଏ ।

ଏହାର ସଂକେତ ଓ ଲକ୍ଷଣ କ'ଣ ?

ଗର୍ଭାବସ୍ଥାର ଶେଷ ଦିନମାନଙ୍କରେ ହାତଗୋଡ଼ କୁଣ୍ଡେଇ ହେଲା ଭଳି ଲାଗେ ।

ଆପଣ ଓ ଡାକ୍ତର କ'ଣ କରିପାରନ୍ତି ?

ବିଭିନ୍ନ ଔଷଧ ବା ଲୋସନ ବଳରେ ଏସବୁ ଲକ୍ଷଣ ଓ ପ୍ରଭାବକୁ କମ୍ କରାଯାଇପାରେ । ବେଳେ ବେଳେ ଅମାଶୟ ରସ ପାଇଁ ମଧ୍ୟ ଔଷଧ ଦିଆଯାଏ । ମନେକର ଏହା ଯୋଗୁଁ ମା' କିମ୍ବା ଶିଶୁକୁ କୌଣସି ଅସୁବିଧା ଦେଖାଦିଏ, ତେବେ ଶୀଘ୍ର ଡେଲିଭରି କରିବାକୁ ପଡ଼ିଥାଏ ।

ଡିପ ଭେନସ ଥ୍ରମ୍ବୋସିସ

ଏହା କ'ଣ ? ଡି.ଭି.ଟିରେ ଅନ୍ତଃଶିରାରେ ରକ୍ତ ଜମାଟ ବାନ୍ଧିଥାଏ । ଏହା ଜଂଘର ଆଖପାଖରେ ହେଇଥାଏ । ଡେଲିଭରି ପାଖକୁ ପ୍ରସବ ପରେ ଏପରି ହୁଏ । ଏହାର କାରଣ ହେଲା ଶିଶୁର ଜନ୍ମବେଳେ ବେଶି ରକ୍ତ ନ ବାହାରୁ ବୋଲି ରକ୍ତ ଜମାଟ ବାନ୍ଧିଥାଏ । ଏହିପରି ଭାବରେ ଦେହର ନିମ୍ନଭାଗର ରକ୍ତ ହୃଦୟ ପାଖକୁ ପହଞ୍ଚି ପାରେନାହିଁ । ଗର୍ଭାଶୟର ବୃହଦାକାର ଯୋଗୁଁ ମଧ୍ୟ ଏହା ସମ୍ଭବ ନୁହଁ । ଏଣୁ ଡି.ଭି.ଟି.ର ଚିକିତ୍ସା ନହେହେଲ ଫୁସଫୁସରେ ଜମାଟ ବାନ୍ଧିଲେ ଜୀବନ ଯିବାର ଆଶଙ୍କା ଥାଏ ।

ଏହା କେତେ ସାଧାରଣ? ଏହା ହଜାରେ କିମ୍ବା ଦୁଇ ହଜାର ଗର୍ଭ ମଧ୍ୟରେ ଗୋଟିଏ ଦେଖାଦିଏ । ପ୍ରସବ ଉତ୍ତାରେ ମଧ୍ୟ ଏପରି ହେଇପାରେ । ବୟସ ବେଶି ଥିଲେ, ଧୂମପାନ କଲେ, ବଂଶଗତ ଦୋଷ ଥିଲେ, ହାଇପର ଟେନସନ, ମଧୁମେହ ଆଦି ରୋଗ ଥିଲେ ଏହାର ଆଶଙ୍କା ବୃଦ୍ଧି ପାଏ ।

ଏହାର ସଂକେତ ଓ ଲକ୍ଷଣ କ'ଣ? ନିମ୍ନପ୍ରକାର

- ଗୋଡ଼ରେ ଯନ୍ତ୍ରଣା ଓ ଓଜନ ଅନୁଭୂତ ହେବା
- ଗୋଡ଼ ବା ଜଂଘ ଓଜନ ଲାଗିବା
- ଇଷତ ବା ଗୁରୁତର ଫୁଲିବା
- ଗୋଡ଼ ମୋଡ଼ିହେବା
- ରକ୍ତ ଜମାଟ ବାନ୍ଧିଲେ ଫୁଲସଫୁସକୁ ପହଞ୍ଚିଲେ
- ଶ୍ୱାସକ୍ରିୟାରେ ବାଧା
- କଫ ସାଙ୍ଗକୁ କାଶ ଓ କଫରେ ରକ୍ତ ପଡ଼ିବା
- ହୃଦ୍‌ସ୍ପନ୍ଦନ ଓ ଶ୍ୱାସକ୍ରିୟା ତୀବ୍ର ହେବା
- ଓଠ ଓ ଅଙ୍ଗୁଳିର ଅଗ୍ରଭାଗ ନୀଳ ଦେଖାଯିବା ।
- ଜ୍ୱର

ଆପଣ ଓ ଡାକ୍ତର କ'ଣ କରିପାରନ୍ତି? ଆଗରୁ ଯଦି ଏହି ରୋଗ ହେଇଥାଏ, ତେବେ ଡାକ୍ତରଙ୍କୁ ଏକଥା କୁହନ୍ତୁ । ଗୋଯିଏ ଗୋଡ଼ ଫୁଲି ଉଠି ଯନ୍ତ୍ରଣା ହେଲେ ଅତିଶୀଘ୍ର ଡାକ୍ତରଙ୍କୁ କୁହନ୍ତୁ ।

ଅଲ୍‌ଟ୍ରାସାଉର୍ଡ ବା ଏମଆରଆଇ ବଳରେ ରକ୍ତ ଜମାଟ ବାନ୍ଧିବା କଥା ଜଣାପଡ଼ିପାରେ । ଯଦି ଏପରି ହୁଏ, ତେବେ ରକ୍ତ ପତଳା ବା ପାଣିଆ କରାଇବାର ଔଷଧ ଦିଆଯାଇପାରେ । ପ୍ରସବ ପାଖେ ଆସିଲେ ଔଷଧ ବନ୍ଦ କରିଦିଆଯାଏ । ଗୋଟିଏ ମନିଟର ସାହାଯ୍ୟରେ ଏସବୁ ପରୀକ୍ଷା ଚାଲିଥାଏ ।

ରକ୍ତ ଜମାଟ ବାନ୍ଧିବା ରୋଗ ଫୁସଫୁସ ପାଖକୁ ପହଞ୍ଚିଗଲେ ଶୀଘ୍ର ଚିକିତ୍ସିତ ହେବା ବିଧେୟ ।

ଏଥିରୁ ରକ୍ଷା ପାଇହେବ କି? ଯଥେଷ୍ଟ ପରିମାଣରେ ବ୍ୟାୟାମା କରନ୍ତୁ ଓ ଦେହ ଚଳପ୍ରଚଳ କରୁଥିବା ଆବଶ୍ୟକ । ଏହା ଫଳରେ ରକ୍ତ ଜମାଟ ବାନ୍ଧିବ ନାହିଁ । ମନେକର ଏହାର ଖୁବ୍ ଆଶଙ୍କା ଦେଖାଦିଏ, ତେବେ ଗୋଡ଼ରେ ସ୍ଟୋର୍ଟ ହୋଜ ପିନ୍ଧନ୍ତୁ ।

ପ୍ଲେଜେଣ୍ଟା ଏକ୍ରିଟା

ଏହା କ'ଣ? ପ୍ଲେଜେଣ୍ଟା ଯେତେବେଳେ ଅସାଧାରଣ ଭାବରେ ୟୁଟେରାଇନ ୱାଲ ସହିତ ଲାଗିରହେ, ତେବେ ଏହାକୁ ପ୍ଲେଜେଣ୍ଟା ଏକ୍ରିଟା କୁହାଯାଏ । ଏହାଫଳରେ ଡେଲିଭରି ସମୟରେ ପ୍ଲେଜେଣ୍ଟାରୁ ଅତ୍ୟଧିକ ରକ୍ତସ୍ରାବ ହେଇଥାଏ ।

ଏହା କେତେ ସାଧାରଣ? ୨୫୦୦ ମଧ୍ୟରୁ ଜଣଙ୍କୁ ଏପରି ହୋଇଥାଏ । ପ୍ଲେଜେଣ୍ଟା ଏକ୍ରିଟାରେ ପ୍ଲେଜେଣ୍ଟା ୟୁଟେରାଇନ କାନ୍ଥକୁ ବେଶି ଗଭୀର ପର୍ଯ୍ୟନ୍ତ ଚାଲିଯାଇଥାଏ । କିନ୍ତୁ ତାର ମାଂସପେଶୀ ଗୁଡ଼ିକୁ ପ୍ରବେଶ କରେନାହିଁ । ପ୍ଲେଜେଣ୍ଟା ପ୍ରକ୍ରିୟାରେ କିନ୍ତୁ ୟୁଟେରାଇନ କାନ୍ଥରେ ଛିଦ୍ର କରିବା ସାଙ୍ଗକୁ ଶରୀରର ଅପର ଭାଗକୁ ପ୍ରବେଶ କରି ଅନ୍ୟାନ୍ୟ ଅଙ୍ଗ ସହ ଯୋଡ଼ି ଯାଇଥାଏ ।

ଯଦି ଆପଣଙ୍କୁ ଆଗରୁ ସି-ସେକ୍ସନ ହୋଇଥାଏ କିମ୍ବା ପ୍ଲେଜେଣ୍ଟା ପ୍ରକ୍ରିୟା ହୋଇଥାଏ ତେବେ ଏହାର ଆଶଙ୍କା ବୃଦ୍ଧି ପାଇଥାଏ ।

ଏହା ସଂକେତ ଓ ଲକ୍ଷଣ: ଏହାର କୌଣସି ଲକ୍ଷଣ ନଥାଏ । ଏହା ଉପଲର ଅଲ୍‌ଟ୍ରାସାଉଣ୍ଡ କିମ୍ବା ଡେଲିଭରିରୁ ଜଣାପଡ଼ିଥାଏ ।

ଆପଣ ଓ ଡାକ୍ତର କ'ଣ କରିପାରିବେ?

ଦୁର୍ଭାଗ୍ୟକୁ ଆପଣ ଏହି କ୍ଷେତ୍ରରେ କିଛି କରିପାରିବେ ନାହିଁ । ଡେଲିଭରି ପରେ ପ୍ଲେଜେଣ୍ଟାକୁ ସର୍ଜରୀ କରି କାଢ଼ିଦେବା ଉଚିତ; ଫଳରେ ରକ୍ତସ୍ରାବ

ହେବନାହିଁ । ଅନେକ କ୍ଷେତ୍ରରେ ରକ୍ତସ୍ରାବକୁ କୌଣସି ପ୍ରକାରେ ରୋକାଯାଇ ନ ପାରିଲେ ସମଗ୍ର ଗର୍ଭାଶୟକୁ କାଢ଼ିବାକୁ ପଡ଼ିଥାଏ ।

କାସା ପ୍ରକ୍ରିୟା

ଏହା କ'ଣ? ଏହି ଅବସ୍ଥାରେ ଶିଶୁକୁ ମା ସହିତ ସଂଯୋଗ କରୁଥିବା କେତେକ ରକ୍ତନଳୀ ଗୁଡ଼ିକ ଗର୍ଭନାଡ଼ରୁ ପଦାକୁ ଆସି ସର୍ଭିକ୍ସର ପାଖରେ ରହିଯାଏ । ପ୍ରସବ ବେଳେ ସଂକୋଚନ ଯୋଗୁଁ ଗର୍ଭାଶୟର ମୁହଁ ଖୋଲିଲେ ରକ୍ତ ନଳୀଗୁଡ଼ିକ ଫାଟିଯାଏ, ଯଦ୍ୱାରା ଶିଶୁର କ୍ଷୟକ୍ଷତି ହେଇଥାଏ । ମନେକର ଡେଲିଭରି ପୂର୍ବରୁ ଏକଥା ଜଣାପଡ଼ିଯାଏ, ତେବେ ୧୦୦ ଶତକଡ଼ା ଶିଶୁର ଜନ୍ମ ସି-ସେକ୍ସନ ବଳରେମ୍ବ ହୁଏ ।

ଏହା କେତେ ସାଧାରଣ? ୫୨୦୦ କ୍ଷେତ୍ରରେ ଗାତ୍ର ଗୋଟିଏ ଗର୍ଭ ଏଭଳି ହେଇଥାଏ । ଯେଉଁମାନଙ୍କୁ ପ୍ଲେଜେଣ୍ଟା ପ୍ରକ୍ରିୟା ଥିବ. କିମ୍ବା ୟୁଟେରାଇନ ସର୍ଜରୀ ହେଇଥିବ ବା ମଲଟିଗୁଲ ପ୍ରେଗ୍ନେନ୍ସି ହୋଇଥିବ ତେବେ ଏହାର ଅଶଙ୍କା ବୃଦ୍ଧି ପାଇଥାଏ ।

ଏହାର ସଂକେତ ଓ ଲକ୍ଷଣ? ଏହାର କୌଣସି ଲକ୍ଷଣ ନାହିଁ, ଅବଶ୍ୟ ଦ୍ୱିତୀୟ ବା ତୃତୀୟ ତିନିମାସରେ ରକ୍ତ ସ୍ରାବ ହେଇପାରେ ।

ଆପଣ ଓ ଡାକ୍ତର କଣ କରିପାରନ୍ତି ?

କଲର ଡପ୍‌ଲର ଅଲଟ୍ରାସାଉଣ୍ଡ ବଳରେ ଏହି ରୋଗ କଥା ଜାଣିହୁଏ । ଏଭଳି ଗର୍ଭବତୀଙ୍କୁ ୩୭ଶ ସପ୍ତାହ ପୂର୍ବରୁ ସି-ସେକ୍ସନ କରି ଦିଆଯାଏ । ଫଳରେ ପ୍ରସବ ଆରମ୍ଭ ନହେଉ । ଅଧ୍ୟୟନ ଚାଲିଛି ଯେ, ଲେଜର ଥେରେପି କରି କାସା ପ୍ରକ୍ରିୟାରେ ଚିକିତ୍ସା ହେଇପାରିବ ନା ନାହିଁ ।

ଶିଶୁର ଜନ୍ମ ସ ତା'ପରେ ଦେଖା ଦେଉଥିବା ବିଭିନ୍ନ ଜଟୀଳ ସମସ୍ୟା

ଏମାନଙ୍କ ମଧ୍ୟରୁ ଅନେକ ସମସ୍ୟା ପ୍ରସବ ବା ଡେଲିଭରି ପୂର୍ବରୁ ଦୃଶ୍ୟମାନ ହୁଏନାହିଁ । ଏଣୁକରି ଆପଣ ମଧ୍ୟ ଏହାକୁ ପଢ଼ିସାରି ବ୍ୟତିବ୍ୟସ୍ତ ହେବେନାହିଁ । ଏସବୁ ସମସ୍ୟା ଶିଶୁ ଜନ୍ମ ହେବା ପରେ ହେଇଥାଏ । ଏଠାରେ ଏହା ଦିଆଯିବାର ତାତ୍ପର୍ଯ୍ୟ ହେଉଛି, ମନେକର ଏଭଳି କିଛି ସମସ୍ୟା ଦେଖାଦିଏ ତେବେ ଆପଣ ଏସବୁ ତଥ୍ୟ ଜାଣିଥିଲେ କୌଣସି ଅସୁବିଧା ହେବନାହିଁ ।

ଫେଟାଲି ଡିଷ୍ଟ୍ରେସ

ଏହା କ'ଣ? ଗର୍ଭାଶୟରେ ଶିଶୁ ପାଖକୁ ଅମ୍ଳଜାନ ପହଞ୍ଚି ନ ପାରିଲେ ଏହାକୁ ଫେଟାଲ ଡିଷ୍ଟ୍ରେସ ବୋଲି କହନ୍ତି । ଏହା ପ୍ରସବ ଆଗରୁ କିମ୍ବା ପ୍ରସବ ସମୟରେ ହେଇଥାଏ । ଅଣାୟତ୍ତ ମଧୁମେହ, ପ୍ରିକ୍ଲେମ୍ପ ସିଆ, ଏମ୍ନିଓଟିକ ଦ୍ରବଣର ଅଳ୍ପତା କିମ୍ବା ଆଧିକ୍ୟ, ଗର୍ଭନାଡ଼ର ହ୍ରାସ ବୃଦ୍ଧି ବା ମା' ଯୋଗୁଁ ରକ୍ତନଳୀରେ ଚାପ ବୃଦ୍ଧି ହେଲେ ଏହି ରୋଗ ହେଇଥାଏ । ଏହାଫଳରେ ଶିଶୁଟିକୁ ଅଳ୍ପ ମାତ୍ରାରେ ଅମ୍ଳଜାନ ମିଳିଥାଏ ।

ଅମ୍ଳଜାନ କମ୍ ହେଇ ଶିଶୁର ସ୍ପନ୍ଦନ ବାଧାପ୍ରାପ୍ତ ହେଲେ ସାଙ୍ଗେ ସାଙ୍ଗେ ସି-ସେକ୍ସନ କରାଯିବା ଜରୁରୀ ।

ଏହା କେତେ ସାଧାରଣ? ଶତକଡ଼ା ଗୋଟିଏ ଗର୍ଭ ପ୍ରାୟ ଏଭଳି ହେଇଥାଏ ।

ଏହାର ସଂକେତ ଓ ଲକ୍ଷଣ କଣ? ଶିଶୁକୁ ପ୍ରଚୁର ଅମ୍ଳଜାନ ନ ମିଳିଲେ ହୃଦ୍‌ସ୍ପନ୍ଦନ ବାଧାପ୍ରାପ୍ତ ହେଇ ଗର୍ଭାଶୟରେ ଶିଶୁ ଝାଡା ବା ମେକୋନିୟମ କରିଦେବ ।

ଆପଣ ଓ ଡାକ୍ତର କଣ କରିପାରନ୍ତି ?

ଶିଶୁର ଚଳପ୍ରଚଳ ବାଧାପ୍ରାପ୍ତ ବା ବନ୍ଦ ହେଲେ ଡାକ୍ତରଙ୍କୁ ଜଣାନ୍ତୁ । ହସ୍ପିଟାଲରେ ଫେଟାଲ ମନିଟର ଯୋଗେ ପରୀକ୍ଷା ହେବ । ଲକ୍ଷଣ ସ୍ପଷ୍ଟ ହେଲେ ଆପଣଙ୍କୁ ଅମ୍ଳଜାନ ଦିଆଯିବ ଓ ଆଇ.ବି. ଲଗାଯିବ, ଫଳରେ ଶିଉର ସ୍ପନ୍ଦନ ସାଧାରଣ ହେଇପାରିବ । ବାମ କଡ଼ ଦେଇ ଶୋଇଲେ ମଧ୍ୟ ରକ୍ତନଳୀରେ ଚାପ କମିପାରେ । ତଥାପି ଅସୁବିଧା

ହେଲେ ପ୍ରସବ କରାଯିବ ।

କର୍ଡ ପ୍ରୋଲେପ୍ସ

ଏହା କ'ଣ? ଗର୍ଭନାଡ଼ଟି ସର୍ଭିକ୍ସଠାରୁ ଖସି ଆସି ଜନ୍ମ ମାର୍ଗରେ ଆସିଗଲେ କର୍ଡପ୍ରେଲେପ୍ସ ହେଇଥାଏ । ଏଭଳି ପରିସ୍ଥିତିରେ ଡେଲିଭରି କଲାବେଳେ ଅମ୍ଳଜାନ ଅଭାବ ହୋଇପାରେ ।

ଏହା କେତେ ସାଧାରଣ? ୩୦୦ ଜଣଙ୍କ ମଧ୍ୟରୁ ଜଣକୁ ,ହା ହୋଇଥାଏ । କେତେକ ଗର୍ଭଧାରଣରେ ବିଷମ ପରିସ୍ଥିତି ଯୋଗୁଁ ପ୍ରେଲେପ୍ସର ଆଶଙ୍କା ବଢ଼ିଯାଏ । ଏଥିରେ ହାଇଡ୍ରମ ଦିମୋସ, କ୍ରିଚ ବା ଅପରିପକ୍ୱ ପ୍ରସବ ପ୍ରମୁଖ । ଏହା ଦ୍ୱିତୀୟ ଯାଆଁଳା ଶିଶୁର ଜନ୍ମ ବେଳେ ମଧ୍ୟ ହେଇପାରେ । ମନେକର ଶିଶୁ ଜନ୍ମ ମାର୍ଗରେ ଆସିବା ପୂର୍ବରୁ ପାଣି ଥଳି ଫାଟିଗଲେ ମଧ୍ୟ ଅସୁବିଧା ହେଇପାରେ ।

ଏହାର ସଂକେତ ଓ ଲକ୍ଷଣ? ଯଦି ଏହି ନାଡ଼ ଯୋନି ପର୍ଯ୍ୟନ୍ତ ଆସେ ତେବେ ଆପଣ ତାକୁ ଦେଖିପାରିବେ କିମ୍ୱା ଛୁଇଁ ପାରିବେ । ଯଦି ଏହା ଶିଶୁର ମୁଣ୍ଡ ତଳେ ଚାପି ହେବ ତେବେ ଫେଟାଲ ମନିଟରରେ ଫେଟାଲ ଡିଷ୍ଟ୍ରେସର ଲକ୍ଷଣ ଦେଖାଯିବ ।

ଆପଣ ଓ ଡାକ୍ତର କଣ କରିପାରିବେ?

ଏ ସମ୍ପର୍କରେ ଆଗରୁ ଜାଣିବାର କୌଣସି ଉପାୟ ନାହିଁ । ଆପଣ ଏକଥା ଜାଣିପାରିଲେ ଚାରିହାତ ଆଣ୍ଠୁରେ ଭରା ଦେଇ ବସିପଡନ୍ତୁ । ଫଳରେ ପୃଷ୍ଠ ଦେଶରେ ବେଶି ଚାପ ପଡ଼ିବନି । ଯୋନି ବାଟରୁ ଦେଖାଗଲେ ତାକୁ ସଫା କନାରେ ପୋଛି ପକାନ୍ତୁ ଓ ଗୋଡ଼ ଟେକି ଶୁଅନ୍ତୁ । ଆପଣଙ୍କର ଅବସ୍ଥାକୁ ଦୃଷ୍ଟିରେ ରଖି ଅନ୍ୟ ମୁଦ୍ରାରେ ଶୋଇବାକୁ କୁହାଯିବ । ଏହାପରେ ଶୀଘ୍ର ସି-ସେକ୍ସନ କରାଯିବ ।

ସୋଲଡର ଡିଷ୍ଟୋକିୟା

ଏହା କ'ଣ? ଲେବର ବା ଡେଲିଭରି ସମୟରେ ଶିଶୁର ଉଭୟ କାନ୍ଧ ମା'ର ପେଲ୍‌ଭିକ ବୋନ ରେ ଅଟକିଯାଏ ଓ ଶିଶୁ ବାର୍ଥ କେନାଲ ମଧ୍ୟ ଦେଇ ତଳକୁ ଖସିଆସେ ।

ଏହା କେତେ ସାଧାରଣ? ଏହା ସାଧାରଣତଃ ବେଶି ଓଜନର ଶିଶୁମାନଙ୍କଠାରେ ଦେଖାଦେଇଥାଏ । ଅଣାୟତ୍ତ ବା ଗେଷ୍ଟେସନାଲ ମଧୁମେହ ଥିବା ମା'ମାନଙ୍କୁ ଏଭଳି ପରିସ୍ଥିତିର ସମ୍ମୁଖୀନ ହେବାକୁ ପଡ଼ିଥାଏ । ପ୍ରସବ ସକାଶେ ଦିଆଯାଇଥିବା ପୂର୍ବାନୁମାନ ସମୟରେ ଡେଲିଭରି ନହୁଏ, ବା ଆଗରୁ ମଧ୍ୟ ଏପରି କିଛି ଘଟିଥିଲେ ଏହାର ଆଶଙ୍କା ଆହୁରି ବଢ଼ିଯାଏ । ଅବଶ୍ୟ ଏସବୁ କାରଣ ନଥିଲେ ମଧ୍ୟ ପ୍ରସବ ବେଳେ ସୋଲ୍‌ଡର ଡିଷ୍ଟେକିୟା ହେଇପାରେ ।

ଏହାର ସଂକେତ ଓ ଲକ୍ଷଣ କଣ? ଏଭଳି ସମସ୍ୟା ହଠାତ୍ ପ୍ରସବ ସମୟରେ ଦେଖା ଦେଇଥାଏ ।

ଆପଣ ଓ ଡାକ୍ତର କଣ କରିପାରିବେ? ମୋର ପେଟରେ ହାତ ମାରି ଆସ୍ତେ ଚାପ ପ୍ରୟୋଗ କରି କିମ୍ୱା ତାର ଅବସ୍ଥିତି ପରିବର୍ତ୍ତନ କରି ଅନେକ କୌଶଳ ପୂର୍ବକ ଶିଶୁର ନିରାପଦ ଡେଲିଭରି କରାଯାଏ ।

ଏଥିରୁ ରକ୍ଷା ପାଇହେବ କି? ନିଜ ତଥା ଶିଶୁର ଓଜନ ପ୍ରତି ଦୃଷ୍ଟି ଦିଅନ୍ତୁ । ମଧୁମେହକୁ ଆୟତ୍ତ କରନ୍ତୁ । ପ୍ରସବ ସମୟରେ ଏଭଳି ଅବସ୍ଥିତି ହେବା ଦରକାର ଯଦ୍ୱାରା ସୋଲ୍‌ଡର ଡିଷ୍ଟିକିୟା ଥିବାର ଆଶଙ୍କା ରହିବ ନାହିଁ ।

ସିରିଅସ ପେରିନିୟାଲ ଟିୟର୍ସ

ଏହା କଣ? ପ୍ରସବ ସମୟରେ ଶିଶୁର ବଡ଼ ମୁଣ୍ଡ ପଦାକୁ ବାହାରିଲେ ଯୋନି ଓ ମଳଦ୍ୱାରର ମଧ୍ୟବର୍ତ୍ତୀ ଭାଗରେ

ଚାପ ପ୍ରୟୋଗ ଯୋଗୁଁ ଫାଟିଯାଇଥାଏ ।

ଫାଷ୍ଟ ଡିଗ୍ରୀ ଟିଅର୍ସରେ କେବଳ ତ୍ୱଚା

ଫାଟିଥାଏ । ସେକେଣ୍ଡ ଡିଗ୍ରୀ ଟିଅର୍ସରେ ତ୍ୱଚା ସାଙ୍ଗକୁ ଯୋନିର ମାଂସପେଶୀ ମଧ୍ୟ କଟିଯାଏ । ହେଲେ ଗୁରୁତର ହେଲେ ପେରିନିୟାଲର ମାଂସପେଶୀ ଗୁଡ଼ିକ ମଧ୍ୟ କଟିଯାଏ । ତଥା ପେଲ୍‌ଭିକ କ୍ଷେତ୍ରରେ ଅନେକ ସମସ୍ୟା ସୃଷ୍ଟି ହୁଏ । ପୁନଶ୍ଚ ଗର୍ଭାଶୟର ମୁହଁ ମଧ୍ୟ ଫାଟି ଯାଇଥାଏ ।

ଏହା କେତେ ସାଧାରଣ ? ଯୋନି ବାଟ ଦେଇ ହେଉଥିବା ପ୍ରସବରେ ଏହାର ଆଶଙ୍କା ଅଧିକ ଥାଏ ।

ଏହାର ସଂକେତ ଓ ମହକ୍ଷଣ କଣ ? ରକ୍ତସ୍ରାବ ହୁଏ । କ୍ଷତ ପୂରଣ ହେବାରେ କଷ୍ଟ ଅନୁଭୂତ ହୁଏ ।

ଆପଣ ଓ ଡାକ୍ତର କଣ କରିପାରନ୍ତି ? ଏଭଳି କଟା ଅଂଶକୁ ସିଲେଇ କରାଯାଏ । ଏଥିପାଇଁ ପ୍ରଥମେ ଲୋକାଲ ଏନାସ୍ଥେସିଆ ଦିଆଯାଏ ।

କଟିଥିବା ଅଂଶକୁ ଖୋଲା ରଖି କଟିସ୍ନାନ, ବରଫ ଖଣ୍ଡ, ଆଣ୍ଟିସେପ୍‌ଟିକ ସ୍ପ୍ରେ ଔଷଧ ବଳରେ ଆରାମ ହେଇଯାଏ ।

ଏଥିରୁ ରକ୍ଷା ପାଇହେବ କି ? ପ୍ରସିବ ପୂର୍ବରୁ କିଗଲ ବ୍ୟାୟାମ ସ ପେରିନିଏଲ ମାଲିସ କରି ସେହି ସ୍ଥାନକୁ ଘଷି ହେବ । ପ୍ରସବ ବେଳେ ଉଷ୍ଣ ସେକ ଓ ମାଲିସ ହିତକର ହୁଏ ।

ୟୁଟେରାଇନ ରପ୍‌ଚେ

ଏହା କଣ ? ୟୁଟେରାଇନର କାନ୍ଥରେ ମନେକର ଆଗରୁ କୌଣସି ସର୍ଜରୀ, ସି-ସେକ୍ସନ, ଫାୟବ୍ରଏଡ ରୁମୁଭାଲ ଯୋଗୁଁ ଦୁର୍ବଳ ବିନ୍ଦୁ ଥାଏ, ତେବେ ପ୍ରସବ ବା ଡେଲିଭରି ସମୟରେ ସେହି ଜାଗାରେ ଫାଟ ସୃଷ୍ଟି ହୋଇ କଟିଯାଏ । ଫଳରେ ରକ୍ତସ୍ରାବ ସଂଘଟିତ ହେଇ ପ୍ଲେଜେଣ୍ଟା ପ୍ରବେଶ କରୁଥିବା ଜାଗାକୁ ମାଡ଼ି ବସିଥାଏ ।

ଏହା କେତେ ସାଧାରଣ ? ଯଦି କୌଣି ସ୍ତ୍ରୀଙ୍କୁ ଆଗରୁ ସି-ସେକ୍ସନ ବା ୟୁଟେରାଇନ ରପ୍‌ଚେ ହେଇନଥାଏ, ତେବେ ତାଙ୍କୁ ଏପରି ଅସୁବିଧା ହେବନାହିଁ । ଯେଉଁ ସ୍ତ୍ରୀମାନେ ସି-ସେକ୍ସନ ପରେ ଯୋନି ବାଟ ଦେଇ ପ୍ରସବ କରନ୍ତି ବା ଭ୍ରୂଣ ଓ ପ୍ଲେଜେଣ୍ଟାର ଅସୁବିଧା ଥାଏ ସେମାନଙ୍କ ପାଇଁ ଏହା ବିପଜ୍ଜନକ । ଛ'ରୁ ଅଧିକ ସନ୍ତାନ ବା ଯାଆଁଳା ଗର୍ଭଧାରଣରେ ମଧ୍ୟ ଅସୁବିଧା ଥାଏ ।

ଏହାର ସଂକେତ ଓ ଲକ୍ଷଣ ? ପେଟରେ ଭୀଷଣ ଯନ୍ତ୍ରଣା, ଫେଟାଲ ମନିଟରରେ ଶିଶୁର ହ୍ରାସ ପାଉଥିବା ସ୍ପନ୍ଦନ ମା'ର ହ୍ରାସୋନ୍ମୁଖୀ ରକ୍ତଚାପ ଓ ହୃଦ୍‌ସ୍ପନ୍ଦନ । ଶ୍ୱାସକ୍ରିୟାରେ ବାଧା ତଥା ମୂର୍ଚ୍ଛିତ ହେବା ।

ଆପଣ ଓ ଡାକ୍ତର କଣ କରିପାରନ୍ତି ? ମନେକର ଆଗରୁ ସି-ସେକ୍ସନ ବା ସର୍ଜରୀ କଲାବେଳେ ୟୁଟେରାଇନ ଓ୍ୱାଲ ପୂରାପୂରି କଟାଯାଇଥାଏ, ତେବେ ଲେବର ପାଇଁ ଉପଯୁକ୍ତ ଉପାୟ କରନ୍ତୁ । ନଚେତ ସି-ସେକ୍ସନ ପରେ ଗର୍ଭାଶୟର ମରାମତି କରି ସଂକ୍ରମଣରୁ ରକ୍ଷା ସକାଶେ ଆଣ୍ଟିବାୟୋଟିକ୍ସ ଦିଆଯିବ ।

ଏଥିରୁ ରକ୍ଷା ପାଇହେବ କି ? ଆଶଙ୍କିତ ମହିଳାମାନଙ୍କୁ ଫେଟାଲ ମନିଟରିଂ ଆବଶ୍ୟକ । ଫଳରେ ସବୁ ଜଣାପଡ଼ିପାରେ । ଯଦି ତାଙ୍କର ଆଗରୁ ସି-ସେକ୍ସନ ହୋଇଥାଏ ତେବେ, ଔଷଧ ଦେଇ ପ୍ରସବାରମ୍ଭ କରିବା ଅନୁଚିତ ।

ୟୁଟେରାଇନ ଇନ୍‌ଭର୍ଜନ

ଏହା କଣ ? ୟୁଟେରାଇ ଓ୍ୱାଲ ନଷ୍ଟ ହେଇ ଭିତର ଭାଗ ପଦାକୁ ଚାଲିଆସିଲେ ଏଭଳି ସମସ୍ୟା ଦେଖାଦିଏ । ବେଳେ ବେଳେ ଏହା ସର୍ଭିକକ୍ସ ଓ ଯୋନି ଦେଇ ମଧ୍ୟ ପଦାକୁ ଚାଲିଆସେ । ଅବଶ୍ୟ ଏହାର ସବୁତକ କାରଣ ଅଜଣା ତଥାପି ଏହାର ଚିକିତ୍ସା କରାନଗଲେ ହେମ୍‌ରେଜ ଓ ମାନସିକ ଆଘାତ ହେବାର ସମ୍ଭାବନା ଥାଏ । ଏହାକୁ ଅବଶ୍ୟ ଜାଣି ଜାଣି କିଏ ଏଡାଇ ଦେବନାହିଁ । ଏଣୁ ଚିକିତ୍ସା କରିବା ଅତ୍ୟନ୍ତ ଜରୁରୀ ।

ଏହା କେତେ ସାଧାରଣ? ୨୦୦୦ରେ ଗୋଟିଏ ମାମଲା ଏପରି ହୁଏ । ମନେକର ଆଗରୁ ଏପରି ହୋଇଥାଏ ବା ପ୍ରସବ ସମୟ ଖୁବ୍ ଦୀର୍ଘ ହୁଏ, ପ୍ରିଟର୍ମ ଲେବର ରୋକିବା ପାଇଁ ଔଷଧ ଦିଆଯାଏ କିମ୍ବା ଆଗରୁ ଯୋନିବାଟ ଦେଇ ଡେଲିଭରି ହେଇଥାଏ, ତେବେ ଆଶଙ୍କା ବୃଦ୍ଧି ପାଏ । ଯଦି ଗର୍ଭାଶୟ ବେଶି ହୁଗୁଳା ଥାଏ ତେବେ ମଧ୍ୟ ଏହା ବାହାରି ଯାଏ ।

ଏହାର ସଂକେତ ଓ ଲକ୍ଷଣ?

■ ପେଟ ବ୍ୟଥା

■ ତୀବ୍ର ରକ୍ତସ୍ରାବ

■ ମା' ଚେତାଶୂନ୍ୟ ଓ ମାନସିକ ଆଘାତ

■ ବେଳେ ବେଳେ ଗର୍ଭାଶୟ ଯୋନିରୁ ଦୃଶ୍ୟମାନ

ଆପଣ ଓ ଡାକ୍ତର କଣ କରିପାରନ୍ତି? ବିପଦର କାରଣ ଜାଣି ଡାକ୍ତରଙ୍କୁ ଜଣାନ୍ତୁ । ଡାକ୍ତର ହୁଏତ ହାତରେ ତାକୁ ଠିକ୍ ସ୍ଥାନରେ ଅବସ୍ଥାପିତ କରିପାରନ୍ତି । ତଥା ମାଂସପେଶୀର ସଂକୋଚନ ପାଇଁ ଔଷଧ ଦେଇପାରନ୍ତି । ଏହି ଉପାୟ ବିଫଳ ହେଲେ ସର୍ଜରୀ କରାଯିବ । ରକ୍ତାଭାବ ଥିଲେ ରକ୍ତ ଦିଆଯାଇପାରେ । ସଂକ୍ରମଣ ସକାଶେ ଆଣ୍ଟିବାୟୋଟିକ୍ସ ଦିଅନ୍ତୁ ।

ଏଥିରୁ ରକ୍ଷା ପାଇହେବ କି? ଆଗରୁ ଏଭଳି କିଛି ହେଇଥିଲେ ଡାକ୍ତରଙ୍କୁ ନିହାତି କହନ୍ତୁ କାରଣ ବିପଦର ଆଶଙ୍କା ଖୁବ୍ ବେଶି

ପ୍ରସବ ପରେ ଅତ୍ୟଧିକ ରକ୍ତସ୍ରାବ

ଏହା କଣ? ଡେଲିଭରି ପରେ ରକ୍ତସ୍ରାବ ହେବା ସାଧାରଣ କଥା, ହେଲେ ବେଳେ ବେଳେ ଜନ୍ମ ପରେ ଗର୍ଭାଶୟ ଚାହିଦା ମୁତାବକ ସଂକୋଚିତ ହୁଏନାହିଁ, ଏଣୁ ସେଠାରେ ରକ୍ତସ୍ରାବ ହୁଏ । ସେହିଠାରେ ପ୍ଲେଜେଣ୍ଟା ସଂଯୁକ୍ତ ଥାଏ । ଯଦି ଗର୍ଭାଶୟରେ ପ୍ଲେଜେଣ୍ଟାର ଅଂଶ ବଳକା ରହିଯାଏ, ତେବେ ମଦ୍ୟ ଏପରି ହୁଏ । ଏଣୁକରି ଏହା ଯୋଗୁଁ ଡେଲିଭରି ପରେ ସଂକ୍ରମଣ ମଧ୍ୟ ଦେଖାଦେଇପାରେ ।

ଏହା କେତେ ସାଧାରଣ? ଏହା ପ୍ରାୟ ୨ ରୁ ୪ ଶତକଡ଼ା ଲକ୍ଷ କରାଯାଏ । ମନେକର ଦୀର୍ଘ ସମୟ ଧରି ପ୍ରସବ ହେଲା ପରେ, ଗର୍ଭାଶୟ ନିଜ ଜାଗାକୁ ନ ଫେରିଲେ, ମଲଟିପୁଲ ପ୍ରେଗ୍ନେନ୍ସି ଯୋଗୁଁ ଗର୍ଭାଶୟ ଦୁର୍ବଳ ହେଲେ, ଶିଶୁ ବେଶି ବଡ଼ ହେଲେ କିମ୍ବା ଏମ୍ନିଓଟିକ ଦ୍ରବଣର ଆଧିକ୍ୟ ଦେଖାଦେଲେ, ପ୍ଲେଜେଣ୍ଟାର ଆକାର ଅସାଧାରଣ ହେଲେ, ଫାୟବ୍ରଏଡ ହେଲେ କିମ୍ବା ପ୍ରସବ ସମୟରେ ମା' ବେଶି ଦୁର୍ବଳ ଥିଲେ ପୋଷ୍ଟ ମର୍ଟମ ହେମରେଜ ହେବାର ଆଶଙ୍କା ବେଶି ଥାଏ ।

ଏହାର ସଂକେତ ଓ ଲକ୍ଷଣ କଣ? ନିମ୍ନରେ ପ୍ରଦତ୍ତ

■ ଅନେକ ଘଣ୍ଟା ଧରି ଲଗାତାର ରକ୍ତସ୍ରାବ

■ ଅନେକ ଦିନ ପର୍ଯ୍ୟନ୍ତ ନାଲି ରକ୍ତ ସ୍ରାବ ହେବା

■ ରକ୍ତ ଜମାଟ ବାନ୍ଧି ବଡ଼ ବଡ଼ ଥାକା ହେବା

■ ତଳିପେଟରେ ଯନ୍ତ୍ରଣା ଓ ଫୁଲିବା

ରକ୍ତାଭାବ ଯୋଗୁଁ ମୁଣ୍ଡ ବୁଲେଇ ମୂର୍ଚ୍ଛା ଯିବା, ଶ୍ୱାସ ପ୍ରକ୍ରିୟାରେ ବାଧା ଭଳି ସମସ୍ୟା ଦେଖାଦିଏ ।

ଆପଣ ଓ ଡାକ୍ତର କ'ଣ କରିପାରିବେ?

ପ୍ଲେଜେଣ୍ଟା ବାହାରିଗଲା ପରେ ଡାକ୍ତର ପରୀକ୍ଷା କରି ଏକଥା ଜାଣିବେ ଯେ, ପ୍ଲେଜେଣ୍ଟାର କିଛି ଅଂଶ ଗର୍ଭାଶୟରେ ବଳକା ରହିଯାଇଛି ନା ନାହିଁ । ସେ ହୁଏତ ପିଟୋସିନ ଦେଇପାରନ୍ତି କିମ୍ବା ଗର୍ଭାଶୟର ମାଲିସ କରି ରକ୍ତସ୍ରାବକୁ ବନ୍ଦ କରିପାରନ୍ତି । ସ୍ତନପାନ କରାଗଲେ ମଧ୍ୟ ଗର୍ଭାଶୟ ସଂକୋଚିତ ହୋଇଥାଏ ।

ପ୍ରସବ ପରେ ଯଦି ସପ୍ତାହକ ଧରି ରକ୍ତସ୍ରାବ ହୁଏ, ତେବେ ଡାକ୍ତରଙ୍କୁ କହି ରକ୍ତ ଦିଆଯିବାର ବ୍ୟବସ୍ଥା କରାନ୍ତୁ ।

ବାରମ୍ଵାର ଅଳ୍ପ ଓଜନର ଶିଶୁ ଜନ୍ମ

ଜଣେ ମା' ପ୍ରଥମ କରି ଯଦି ଅଳ୍ପ ଓଜନର ଶିଶୁକୁ ଜନ୍ମ ଦେଇଥାଏ, ତେବେ ଏହାର ଅର୍ଥ ନୁହଁ ଯେ ସେ ବାରମ୍ଵାର ଏଭଳି ଅଳ୍ପ ଓଜନର ଛୁଆ ଜନ୍ମ କରିବ । ପ୍ରଥମ ଶିଶୁ ଦୁର୍ବଳ ହେବାର କାରଣ ଜାଣି ତାର ସମାଧାନ କରାଗଲେ, ପୁଣି ଅସୁବିଧା ହେବନାହିଁ । ଏଣୁକରି ମା'ମାନେ ଦ୍ଵିତୀୟ ଶିଶୁକୁ ଜନ୍ମ ଦେବା ପୂର୍ବରୁ ସମ୍ଭାବିତ ସମସ୍ତ ଆଶଙ୍କା ଓ ଅସୁବିଧାକୁ ଦୃଷ୍ଟିରେ ରଖି ତାର କାରଣ ଓ ନିଦାନ କଥା ଚିନ୍ତା କରିବା ଉଚିତ ।

ଏଥିରୁ ରକ୍ଷା ପାଇହେବ କି ? ଶେଷତମ ତିନିମାସରେ କିମ୍ବା ପ୍ରସବ ପରେ ଏଭଳି କୌଣସି ଔଷଧ ଖାଇବା ଅନୁଚିତ, ଯଦ୍ଵାରା ରକ୍ତ ଜମାଟ ବାନ୍ଧିବାରେ ଅସୁବିଧା ପରିଲକ୍ଷିତ ହେବ । ଫଳରେ ରକ୍ତସ୍ରାବ ହ୍ରାସ ପାଇବ ।

ଶିଶୁର ଜନ୍ମ ପରେ ସଂକ୍ରମଣ

ଏହା କଣ ? ବେଳେ ବେଳେ ଶିଶୁର ଜନ୍ମ ପରେ ମା' ମାନଙ୍କୁ ସଂକ୍ରମଣ ହେଇଥାଏ, କାରଣ ସେମାନଙ୍କର ଆଭ୍ୟନ୍ତରୀଣ ସଫେଇ କାମ ଭଲ ଭାବରେ ହେଇନଥାଏ । କାହାର ଷ୍ଟିଚ ନରମ ମଧ୍ୟ ହେଇପାରେ । କେଥେଟର ଯୋଗୁଁ ମୂତ୍ରାଶୟ କିମ୍ବା ବୃକକ୍‌ରେ ସଂକ୍ରମଣ ହେଇପାରେ । ପୁନଶ୍ଚ ଗର୍ଭାଶୟରେ ପ୍ଲେଜେଣ୍ଟାର ଅବଶିଷ୍ଟାଂଶ ଯୋଗୁଁ ମଧ୍ୟ ସଂକ୍ରମଣ ହୁଏ । ହେଲେ ଏଣ୍ଡୋମେଟ୍ରିଟିସ (ୟୁଟେରସରେ ଲାଇନିଂ)ରେ ସଂକ୍ରମଣ ଖୁବ୍ ସାଧାରଣ କଥା ।

ଏହାର ଚିକିତ୍ସା କରାନଗଲେ ଖୁବ୍ ବିପଜ୍ଜନକ ହେଇଥାଏ । କାରଣ ଏହା କାର୍ଯ୍ୟ କରିବାର ସମଗ୍ର ସାମର୍ଥ୍ୟକୁ ଶୋଷି ପକାଏ ଆଉ ଦୁର୍ବଳ କରିଦିଏ । ଫଳରେ ପ୍ରସବ ପରେ ଆପଣ ନିଜକୁ ସମ୍ଭାଳି ପାରନ୍ତି ନାହିଁ କି ଶିଶୁର ଯତ୍ନ ମଧ୍ୟ ନେଇପାରନ୍ତି ନାହିଁ ।

ଏହା କେତେ ସାଧାରଣ ? ୮ ଶତକଡ଼ା ଗର୍ଭଧାରଣରେ ସଂକ୍ରମଣ ସମ୍ଭାବ୍ୟ । ସି-ସେକ୍ସନ କିମ୍ବା ମେମ୍ବ୍ରେନ ରପ୍‌ଚର ହେଇଥିଲେ ସଂକ୍ରମଣର ଆଶଙ୍କା ବେଶି ଥାଏ ।

ଏହାର ସଂକେତ ଓ ଲକ୍ଷଣ କଣ ? ନିମ୍ନାନୁସାରେ

- ଜ୍ଵର
- ସଂକ୍ରମିତ ଜାଗାରେ ଯନ୍ତ୍ରଣା
- ଦୁର୍ଗନ୍ଧ ପୂର୍ଣ୍ଣ ସ୍ରାବ
- ଥଣ୍ଡା, ସର୍ଦ୍ଦି ହେବା

ଆପଣ ଓ ଡାକ୍ତର କ'ଣ କରିପାରିବେ ?

ମନେକର ୧୦୦° ଏଫରୁ ବେଶି ଜ୍ଵର ହୁଏ, ତେବେ ଡାକ୍ତରଙ୍କୁ ଅବିଳମ୍ବେ ଡାକି ଆଣ୍ଟିବାୟୋଟିକ୍ ଔଷଧ ସାଙ୍ଗକୁ ଯଥେଷ୍ଟ ବିଶ୍ରାମ ମଧ୍ୟ କରନ୍ତୁ । ପ୍ରଚୁର ତରଳ ପଦାର୍ଥ ପିଅନ୍ତୁ ଆଉ ସ୍ତପାନ କରାଉଥିଲେ ଡାକ୍ତରଙ୍କୁ ଜଣାଇଲେ ସେ ସେହି ହିସାବରେ ଔଷଧପତ୍ର ଦେଇପାରିବେ ।

ଏଥିରୁ ରକ୍ଷା ପାଇହେବ କି ? ପରିଷ୍କାର ପରିଚ୍ଛନ୍ନତା ପ୍ରତି ଦୃଷ୍ଟି ଦିଅନ୍ତୁ । କ୍ଷତ ସ୍ଥାନରେ ଔଷଧ ଦିଅନ୍ତୁ । ରକ୍ତସ୍ରାବ ସକାଶେ ପ୍ୟାଡ ଲଗାନ୍ତୁ । ଏହିପରି ଭାବରେ ସଂକ୍ରମଣରୁ ନିଜକୁ ରକ୍ଷାକରି ପାରିବେ ।

ବିଛଣାରେ ବିଶ୍ରାମ କରିବାକୁ ପରାମର୍ଶ ଦେଇଥିଲେ ।

ବିଛଣାରେ ପତ୍ରପତ୍ରିକା ଗଦା ହେଇଥିବ ଓ ହାତରେ ଟିଭିର ରିମୋଟ ଧରି ଶୋଇ (ଗଡ଼ି) ପଡ଼ିଥିବାର ଦୃଶ୍ୟ କଳ୍ପନା କଲେ କେତେ ବଢ଼ିଆ ଲାଗୁଛି, ନାଇଁ ? କିନ୍ତୁ ଏହା ମାନିବାକୁ ବାଧ୍ୟ ବୋଲି କୁହାଗଲେ କଣ ହୁଅନ୍ତା ? ବିଛଣାରେ ଗଡୁ ଗଡୁ ଜଣାପଡ଼ିଯିବ ଯେ, ଏହା କମ୍ କଥା ନୁହଁ । ଆପଣ ହଠାତ୍ ଦୌଡ଼ି କିଛି କାମ କରିପାରିବେ ନାହିଁ । ଦିନସାରା ବରଂ ଶୋଇ ରହି ରହି ବୋର ଫିଲ୍ କରୁଥିବେ ।

ଆପଣଙ୍କ ମନକଥା ବୁଝିବା ପାଇଁ ପାଖରେ କେହି ନଥିବ । ସୁସ୍ଥ ଶିଶୁର ଗର୍ଭଧାରଣ ସକାଶେ ଡାକ୍ତର ଏଭଳି ପରାମର୍ଶ ଦେଇଥିବା କଥା ଆଦୌ ମନେ ନଥାଏ ।

ଅଧିକାଂଶ ଡାକ୍ତରମାନଙ୍କ ମତରେ ବିଶ୍ରାମ ନେଲେ ଗର୍ଭାବସ୍ଥାର ସମସ୍ୟା ସବୁ ଆପେ ଆପେ ଦୂରେଇ ଯାଏ । ସର୍ଭିକ୍ସରେ ବେଶି ଚାପ ପଡ଼େ ନାହିଁ, ହୃଦ୍‌ଯନ୍ତ୍ରରେ ଚାପ ଯୋଗୁଁ ବୃକକ୍‌ରେ ରକ୍ତ ସଂଚାର ବୃଦ୍ଧି ପାଏ, ଫଳରେ ଅପଶିଷ୍ଟ ପଦାର୍ଥ ସବୁ ନିଷ୍କାସିତ ହେବାର ସୁବିଧା ହୁଏ, ଶିଶୁ ପ୍ରଚୁର ଅମ୍ଳଜାନ ଓ ପୋଷଣ ପାଇପାରେ, ରକ୍ତ ସଂଚାରରେ ମାନସିକ ଚାପର ହର୍ମୋନ ହ୍ରାସ ପାଏ, ଯଦ୍ୱାରା ସଂକୋଚନ ସମ୍ଭବ ହୁଏ ।

ଯେଉଁ ମା'ମାନେ ୩୫ ବର୍ଷରୁ ଊର୍ଦ୍ଧ୍ୱ ହେଇଥାନ୍ତି ଯାହାର ଗର୍ଭସ୍ଖଳନ ଆଗରୁ ହେଇଥିବ, ମଲଟିପୁଲ ପ୍ରେଗ୍ନେନ୍ସିରେ ବିପଦ ଥିବ ବା ପୁରୁଣା ରୋଗ ହେଇଥିବ ସେମାନଙ୍କୁ ବିଶ୍ରାମ କରିବା ପାଇଁ ପରାମର୍ଶ ଦିଆଯାଏ ।

ଏହାଦ୍ୱାରା ପ୍ରିଟର୍ମ ଲେବରରେ ଆଶଙ୍କା କମିବା ସାଙ୍ଗକୁ ଅନ୍ୟ ସମସ୍ୟା ମଧ୍ୟ ଦୂରୀଭୂତ ହୁଏ । ଏହାର ଅପକାର ମଧ୍ୟ ଅଛି; ଯଥା: ବେଶି ସମୟ ଧରି ବିଛଣାରେ ପଡ଼ି ରହିଲେ ନିତମ୍ବ ଓ ମାଂସପେଶୀ ମାନଙ୍କରେ ଯନ୍ତ୍ରଣା ଅନୁଭୂତ ହୁଏ । ଚର୍ମଜ୍ୱଳନ, ମୁଣ୍ଡବ୍ୟଥା ବା ଅବସାଦ ମଧ୍ୟ ହେଇପାରେ । ଚଳପ୍ରଚଳ ନହେବା ଯୋଗୁଁ ଛାତି ଜ୍ୱାଳା, କୋଷ୍ଠ କାଠିନ୍ୟ, ଗୋଡ଼ ଫୁଲିବା କିମବା ପିଠି ବ୍ୟଥା ହୋଇପାରେ । ଭଲ କରି ଭୋକ ମଧ୍ୟ ହୁଏନାହିଁ । ଏହା ଶିଶୁ ପକ୍ଷରେ ଅହିତକର ।

ଆପଣ ଏସବୁ ଟିପ୍ସ ବଳରେ ଅସୁବିଧା ଗୁଡ଼ିକୁ କମେଇ ପାରିବେ ।

■ ବିଛଣାରେ ଥାଇ ମଧ୍ୟ ଚଳପ୍ରଚଳ ଅର୍ଥାତ୍ କଡ଼ ମୋଡ଼ି ଏପଟ ସେପଟ ହୁଅନ୍ତୁ । ଦେହର ଭାରସାମ୍ୟ ରକ୍ଷା ପାଇଁ ତକିଆ ବ୍ୟବହାର କରିପାରନ୍ତି ।

■ ଡାକ୍ତରଙ୍କୁ ପଚାରି ଭୂଜମାନଙ୍କର ବ୍ୟାୟାମ କିମ୍ବା ବସିଥାଇ ମଧ୍ୟ ଗୋଡ଼ ହାତ ହଲେଇ ପାରିବେ ।

■ ଡାକ୍ତରଙ୍କୁ ଷ୍ଟ୍ରେଚିଂ ବ୍ୟାୟାମ ବିଷୟରେ ପଚାରନ୍ତୁ । ବିଛଣାରେ ଗଡ଼ି ରହି ମଧ୍ୟ ଗୋଡ଼ ହାତ ପାଦକୁ ଏପଟ ସେପଟ କଲେ ରକ୍ତ ସଂଚାର ବାଧାପ୍ରାପ୍ତ ନହେଇ ମାଂସପେଶୀ ସବୁ ସୁଦୃଢ଼ ହୋଇପାରିବ ।

■ ଆପଣ କେତେ, କଣ ଖାଉଛନ୍ତି, ଏଥିପ୍ରତି ଦୃଷ୍ଟି ଦିଅନ୍ତୁ । ପୁଷ୍ଟିକର ସୁଷମ ଖାଦ୍ୟ ନଖାଇ କେବଳ ସ୍ନେକ୍ସ ଖାଉଥାନ୍ତି, ତେବେ ଶିଶୁର ସବାସ୍ଥ୍ୟ ଉପରେ ଏହାର କୁପ୍ରଭାବ ପଡ଼ିପାରେ । ପୁନରପି ବେଶି ଓଜନ ବୃଦ୍ଧି ହେଲେ ମଧ୍ୟ ସମସ୍ୟା । ଏଣୁକରି ବୁଝି ବିଚାରି ଖିଆପିଆ କରନ୍ତୁ ।

■ ଯଥେଷ୍ଟ ପାଣି ବା ତରଳ ପ୍ରେ ଗ୍ରହଣ କଲେ ଅଜୀର୍ଣ୍ଣ, ଛାତିଜଳା ଓ କୋଷ୍ଠ କାଠିନ୍ୟରୁ ମୁକ୍ତି ମିଳିପାରିବ । ପାଖରେ ପାଣି ରଖି ଶୁଅନ୍ତୁ ।

■ ଦୀର୍ଘ ସମୟ ଗଡ଼ି ରହିଲେ ଛାତିରେ ବେଶି ଜ୍ୱଳନ ହେଇପାରେ । ଖାଇବା ବେଳେ ବସି ଖାଆନ୍ତୁ ।

■ ଡେଲିଭରି ପରେ ପୂର୍ବାବସ୍ଥାକୁ ଫେରିବାରେ ସମୟ ଲାଗିପାରେ । ଏଣୁ ଧୈର୍ଯ୍ୟ ଧରିବାକୁ ହେବ । ଚଳପ୍ରଚଳ ସାଙ୍ଗକୁ ଯୋଗକଲେ ଉପକାର ମିଳେ । ସନ୍ତରଣ ମଧ୍ୟ ଲାଭଦାୟକ ।

■ ନିଜ ପାଖରେ ଫୋନ ଥିବା ଦରକାର । ବନ୍ଧୁ ବାନ୍ଧବ ଓ ସମ୍ପର୍କୀୟ ମାନଙ୍କୁ ଯୋଗାଯୋଗ କରି କଥାବାର୍ତ୍ତା ହେଇପାରିବେ । ଲେପଟପ ପାଖରେ ଥିଲେ ଇ-ମେଲ ପାଇଁ ସୁବିଧା ହେବ ।

■ ସକାଳେ ସ୍ୱାମୀ ଅଫିସ ଯିବା ପୂର୍ବରୁ ହିଁ ସବୁତକ ଯାବତୀୟ ଜିନିଷ ପତ୍ର ବିଛଣା ପାଖକୁ ଆଣିବାକୁ କହିଦିଅନ୍ତୁ । ପାଖରେ ଥିବା ଫ୍ରିଜରେ ଫଳମୂଳ, ଦହି, ସେଣ୍ଡବିଚ ଓ ପାଣି ଥିବା ସାଙ୍ଗକୁ ଫୋନ, ମାଗାଜିନ, ବହିପତ୍ର ଓ ଟିଭି ଥିବା ଜରୁରୀ ।

■ ଦିନସାରା କାର୍ଯ୍ୟ ନିର୍ଘଣ୍ଟ ତିଆରି କରି ରଖିଲେ ବୋର୍ ଲାଗିବ ନାହିଁ ବରଂ ଭଲ ଲାଗିବ ।

■ ଯଦି ନିଜ ଘରେ ରହି ଅଳ୍ପ ବହୁତ କାମ କରିବାର ସ୍ୱାଧୀନତା ଦିଆଯାଏ, ତେବେ ନିଜର ସାହେବଙ୍କୁ କହି ଘରେ ମଧ୍ୟ କିଛି କାମ କରିପାରିବେ ।

■ ଇଚ୍ଛା କଲେ ଆପଣ ଘରେ ବସି ମଧ୍ୟ ଅନଲାଇନ ମାର୍କେଟିଂ, ସପିଂ କରି ଶିଶୁ ପାଇଁ ଜାମାପତ୍ର, ପାଲିଙ୍କି ଇତ୍ୟାଦି ଯୋଗାଡ଼ କରିପାରିବେ ।

ବିଛଣାରେ ବିଶ୍ରାମର ପ୍ରକାର

ଡାକ୍ତର ଯେତେବେଳେ ଆପଣଙ୍କର କାର୍ଯ୍ୟକଳାପ ବା ଚଳପ୍ରଚଳକୁ କମ୍ କରିଥାନ୍ତି, ଏହାକୁ ହିଁ ବେଡ୍ ରେଷ୍ଟ କୁହାଯାଏ । ଆପଣ କଣ କରିବେ, କଣ କରିବେ ନାହିଁ, ଏହା କହିଥାନ୍ତି । ଆସନ୍ତୁ ଏ ବିଷୟରେ ଆଲୋଚନା କରିବା ।

କ୍ରମାଗତ ବିଶ୍ରାମ: କେତେକ ମା’ ମାନଙ୍କୁ ପ୍ରତିଦିନ ବିଭିନ୍ନ ସମୟରେ ବିଶ୍ରାମ କରିବ ପାଇଁ ପରାମର୍ଶ ଦିଆଯାଇଥାଏ; ଫଳରେ ବିପଦକୁ ଦୂରେଇ ହେବ । ଅନେକ ଡାକ୍ତର କାମ କମ୍ କରିବା, ସିଡ଼ି ନ ଚଢ଼ିବା, ବେଶି ସମୟ ଧରି ଠିଆ ନହେବାକୁ ମଧ୍ୟ ପରାମର୍ଶ ଦେଇଥାନ୍ତି ।

ମଡିଫାଏଡ୍ ବେଡରେଷ୍ଟ: ନିଜ ଘରକାମ, ଅଫିସ କାମ, ଗାଡ଼ି ଚଳେଇବାକୁ ବାରଣ କରାଯାଏ ଅଥଚ ସ୍ୱଚ୍ଛ ଓ ହାଲୁକା କାମ କରିପାରନ୍ତି । ବିଛଣାରୁ ସୋଫାକୁ ଯିବା, ଜଳଖିଆ ବା ସେଣ୍ଡବିଚ ତିଆରି କରିବା କାମ ପାଇଁ ଛାଡ଼ ଥାଏ, କିନ୍ତୁ ପାହାଚ ଚଢ଼ିବା ନିଷେଧ ।

ବାଧ୍ୟତାମୂଳକ ବିଶ୍ରାମ: ବିଶ୍ରାମ କରିବାକୁ ବାଧ୍ୟ ବୋଲି ଯେଉଁ ପରାମର୍ଶ ଦିଆଯାଏ ସେଥିରେ ନିତ୍ୟକର୍ମ ଗାଦୁଆ ପାଦୁଆକୁ ଛାଡ଼ି ଶେଷ ସମୟତକ ବିଛଣାରେ ରହିବାକୁ କୁହାଯାଏ । ଏଣୁ ନିଜର ସବୁତକ ଯାବତୀୟ ଜିନିଷପତ୍ର ବିଛଣା ପାଖରେ ଥିବା ଅନ୍ୟର ବିନା ସାହାଯ୍ୟରେ ଓ ବିଛଣାରୁ ନ ଉଠି ମଧ୍ୟ ସବୁ କାମ କରିହେବ ।

ଡାକ୍ତରଖାନାରେ ବିଶ୍ରାମ: ମନେକର ଆପଣଙ୍କୁ ଚିଜ୍ ସାଙ୍ଗକୁ ଆଇ.ଭି. ଆବଶ୍ୟକ ହୁଏ, ତଥାପି ହସ୍ପିଟାଲରେ ବିଶ୍ରାମ କରିବାକୁ ପଡ଼ିବ । ଗୋଡ଼କୁ ସାମାନ୍ୟ ଟେକି ଦିଆଯିବ । ଫଳରେ ଗର୍ଭସ୍ଥ ଶିଶୁଟି ଆଉ କିଛି ସମୟ ଗର୍ଭରେ ରହି ପରିପକ୍ୱ ହୋଇପାରିବ ।

■ ଅନଲାଇନ ଡିନର ଅର୍ଡର କରି ସ୍ୱାମୀଙ୍କୁ ସରପ୍ରାଇଜ ଦିଆଯାଇ ପାରିବ ।

■ ମେଲ ସର୍ଭିସ ଯୋଗେ ଡିଭିଡି ମଗେଇ ନିଜ ମନ ପସନ୍ଦ ଫିଲ୍ମ ଦେଖନ୍ତୁ । ଆଗରୁ ହୁଏତ କାର୍ଯ୍ୟବ୍ୟସ୍ତତା ଯୋଗୁଁ ସମ୍ଭବ ହେଇନଥିବ, ଏହାପରେ ହୁଏତ ଏଭଳି ସୁଯୋଗ ମିଳିନପାରେ ।

■ ମୌଜ ମଜଲିସ କଲେ କ୍ଷତି କଣ ? ନିଜର ସାଙ୍ଗମାନଙ୍କୁ ଡାକି ପିଜ୍ଜା ପାର୍ଟି ଘରେ କରନ୍ତୁ । ସବୁ କାମ ସେମାନେ ହିଁ କରିବେ ।

■ ନିଜ ଛୁଆ ପାଇଁ ସ୍ୱିଟର ବୁଣନ୍ତୁ । ଟାଇମ ପାସ ସାଙ୍ଗକୁ ଖୁସି ଓ ସନ୍ତୋଷ ପାଇବେ ।

■ ନିଜର ଫଟୋ ଆଲବମକୁ ସଜାସଜି କରନ୍ତୁ । ଫୋନ ବୁକକୁ କ□ଟରରେ ଲୋଡ କରନ୍ତୁ । ଶିଶୁର ଶୁଭେଚ୍ଛା, ଧନ୍ୟବାଦ, ବଧେଇ ଇତ୍ୟାଦି ସବୁ କାମ ସାରି ଦିଅନ୍ତୁ ।

■ ନିଜର ସୌନ୍ଦର୍ଯ୍ୟ ଓ କେଶ ସଜ୍ଜା ପ୍ରତି ଦୃଷ୍ଟି ଦିଅନ୍ତୁ । ବ୍ୟୁଟି ପାର୍ଲରରୁ ଜଣଙ୍କୁ ଡାକି ଘରେ ବ୍ୟୁଟି କେୟାର କରାନ୍ତୁ । ଭାବନ୍ତୁ ନାହିଁ ଯେ ଏଭଳି ଅବସ୍ଥାରେ ମତେ କିଏ ଚାହିଁବ, ନିଜେ ଭଲ ଦିଶିଲେ ମନ ଭଲ ରହିବ ।

■ ବିଛଣାର ଚାଦର ପାଲଟି ପାଖଆଖର ଜିନିଷପତ୍ର ସଜାନ୍ତୁ

■ ନିଜର ମତାମତ ଓ ଭାବନାକୁ ଡାଏରୀରେ ଲିପିବଦ୍ଧ କରନ୍ତୁ । ଫଳରେ ଖୁବ୍ ସନ୍ତୋଷ ଲଭିବେ ।

■ ମନ ଦୁଃଖ ହେଲେ ଶିଶୁର ଅଲଟ୍ରା ସାଉଣ୍ଡର ଚିତ୍ରାବଳୀ ଦେଖନ୍ତୁ । ତାକୁ ହିଁ ଏ ସଂସାର ଭିତରକୁ ଆଣିବା ପାଇଁ ଏପ୍ରକାରର ପ୍ରଚେଷ୍ଟା ଚାଲିଛି ବୋଲି ମନେ ପକାନ୍ତୁ ।

■ ■ ■

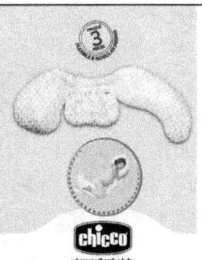

ଗର୍ଭାବସ୍ଥାରେ ହେଉଥିବା କ୍ଷୟକ୍ଷତିର ମୁକାବିଲା କରନ୍ତୁ

ଗର୍ଭାବସ୍ଥା ଅର୍ଥାତ୍ ଗର୍ଭଧାରଣ ସମୟଟି ଏଭଳି ଏକ ଯାତ୍ରା; ଏଥିରେ ରହସ୍ୟ, ରୋମାଞ୍ଚ, ଉତ୍ତେଜନା, ଉତ୍ସାହ, ଉଦ୍ଦୀପନା, ଶିଶୁର ସ୍ୱପ୍ନ, ଭୟ, ଆଶଙ୍କା, ଇତ୍ୟାଦି ମନୋଭାବ ଜାଗୃତ ହେଇଥାଏ । ଅବଶ୍ୟ ଏହା ସର୍ବଥା ଓ ସର୍ବଦା ସମ୍ଭବ ନୁହଁ । ତଥାପି ମନେକର ଗର୍ଭଧାରଣ ସମୟରେ ଆପଣ କ୍ଷତିଗ୍ରସ୍ତ ହେଇଥାନ୍ତି ବା ନିଜର ନବଜାତ ଶିଶୁଟିକୁ ହରେଇଥାନ୍ତି, ତେବେ ଆପଣ ଭଲଭାବରେ ଜାଣନ୍ତି ଯେ ଏହାକୁ ଭାଷାରେ ପ୍ରକାଶ କରାଯାଇ ନପାରେ । ଏଣୁକରି ଏହି ଅଧ୍ୟାୟଟି ଏଇଥିପାଇଁ ଉଦ୍ଦିଷ୍ଟ, ଯଦ୍ୱାରା ଏତେ ବଡ଼ ଦୁଃଖକୁ ଏଡାଇ ଅଗ୍ରସର ହେବାପାଇଁ ସାହସ ଠୁଳ କରାଯାଇପାରେ ।

ଗର୍ଭସ୍ଖଳନ (ମିସ୍‌କ୍ୟାରେଜ)

ଅବଶ୍ୟ ଗର୍ଭାରମ୍ଭରେ ହିଁ ନଷ୍ଟ ହେଇଯାଏ । ଏହାର ଅର୍ଥ ନୁହଁ ଯେ ଏଥିପାଇଁ ଦୁଃଖ ହେବନାହିଁ । ଯେତେ ଶୀଘ୍ର ଶିଶୁଟିକୁ ହରେଇଥିଲେ ମଧ୍ୟ ନିହାତି ଦୁଃଖ ହେବା ସ୍ୱାଭାବିକ । ହୁଏତ, ଆପଣ ଅଲଟ୍ରା ସାଉଣ୍ଡରେ ମଧ୍ୟ ଶିଶୁର ଚିତ୍ରଟିକୁ ଦେଖିଲା ମାତ୍ରେ ସମ୍ପର୍କଟିଏ ଗଢ଼ିଉଠେ । ଗର୍ଭର ସମ୍ବାଦ ପାଇବା ମାତ୍ରେ ହିଁ ମା' ହେବାର ସ୍ୱପ୍ନ ଉଙ୍କି ମାରେ ଅଥଚ ହଠାତ୍ ପାଣିଫୋଟକା ଭଳି ଏହା ଉଭେଇଗଲେ ମନକୁ କେମିତି ଲାଗିବ ? ନିଜ ପ୍ରତି ମଧ୍ୟ କ୍ରୋଧ ଆସେ । ଭାଗ୍ୟକୁ ମଧ୍ୟ ନିନ୍ଦା କରିବା ସ୍ୱାଭାବିକ । ସାଙ୍ଗ ସାଥୀ, ବନ୍ଧୁ ବାନ୍ଧବଙ୍କ ମହଲରେ ବିରକ୍ତି ପ୍ରକାଶ ପାଇବାରୁ ମନ କାନ୍ଦିଥାଏ । ଏଣୁ ପ୍ରଥମେ ପ୍ରଥମେ ଭୋକ ଶୋଷ ମଧ୍ୟ ହୁଏନାହିଁ । ହୁଏତ ଲୁହ ଜକେଇ ହେଇ ଆସିପାରେ ବା ଲୁହ ଶୁଖିଯାଏ ମଧ୍ୟ । ଏସବୁ ପ୍ରାକୃତିକ ପ୍ରକ୍ରିୟା ଆପେ ଆପେ ସଂଘଟିତ ହୁଏ ।

କଥା କଣ କି ଅନେକ ଦମ୍ପତ୍ତିମାନଙ୍କ ପକ୍ଷରେ ଏଭଳି ଦୁରବସ୍ଥାକୁ ସହ୍ୟ କରିବାର ଧୈର୍ଯ୍ୟ ନଥାଏ । କାହିଁକି ? କାରଣ ଅନେକ ଲୋକ ତିନିମାସ ପର୍ଯ୍ୟନ୍ତ ଏ ସମ୍ବାଦ କାହାକୁ ଜଣାନ୍ତି ନାହିଁ । ଏଭଳି ପରିସ୍ଥିତିରେ କିଏ ତାଙ୍କୁ ମାନସିକ ଆଶ୍ରୟ ଦେବ । ଲୋକଙ୍କୁ କହିବା ସତ୍ତ୍ୱେ ମଧ୍ୟ ଯଥୋଚିତ ସାହାଯ୍ୟ ବା ସହାନୁଭୂତି ମିଳିପାରି ନଥାଏ । କେହି ହୁଏତ କହିପାରେ ଯେ, "ଏଥର ନହେଲା ନାହିଁ; ପୁଣି ଥରେ ଚେଷ୍ଟା କରନ୍ତୁ କିମ୍ବା କିଛି କଥା ନାହିଁ, ଏହା ତ ଆରମ୍ଭ ହେଇଥିଲା ।" ଆପଣଙ୍କ ପାଖରେ ଶିଶୁର ଚିହ୍ନ ବର୍ଣ୍ଣ ମଧ୍ୟ ନଥାଏ । ତାର ଶେଷ କୃତ୍ୟ ନହେବାରୁ ମନକୁ ଶାନ୍ତି ବା ସନ୍ତୋଷ ମିଳିନାହିଁ କି ଦୁଃଖ କଷ୍ଟ ହ୍ରାସ ପାଇବାର ଉପାୟ ଦିଶେନାହିଁ ।

ନିହାତି ବ୍ୟକ୍ତିଗତ ପ୍ରକ୍ରିୟା

ଏଭଳି ଅବସ୍ଥାରେ କୌଣସି ଭାବାତ୍ମକ ଫର୍ମୁଲା କାମକୁ ଆସେ ନାହିଁ । ସଭିଏଁ ନିଜସ୍ୱ ଭାବରେ ଏହାର ମୁକାବିଲା କରିଥାନ୍ତି । ହୁଏତ ଆପଣଙ୍କୁ ଏହି ଦୁଃଖରୁ ମୁକୁଳିବା ପାଇଁ ବେଶି ସମୟ ଲାଗିପାରେ କିମ୍ବା ଖୁବ୍ ଅଳ୍ପ ସମୟ ମଧ୍ୟରେ ମଧ୍ୟ ଏହାକୁ ଭୁଲି ଯାଇପାରନ୍ତି । ହୁଏତ ଖୁବ୍ ଶୀଘ୍ର ପୁନର୍ବାର ଚେଷ୍ଟା କରିପାରନ୍ତି । ମନେ ରଖନ୍ତୁ ଏଠାରେ ଏହା ସାଧାରଣ ପ୍ରକ୍ରିୟା । ନିଜେ ନିଜକୁ ସମଭାଳିବା ପାଇଁ ଯାହା କରିବା ଉଚିତ ଭାବୁଥିବେ, ତାହା ହିଁ କରନ୍ତୁ । ଏଥିରେ କହିବାର କିଛି ନାହିଁ ।

ମନେରଖନ୍ତୁ ଯେ, ଉକ୍ତ ଗର୍ଭସ୍ଖଳନର ଦୁଃଖ ବା ଶୋକ ବ୍ୟକ୍ତ କରିବାର ସର୍ବାଧିକାର ଆପଣଙ୍କର । ଯେ କୌଣସ ପ୍ରକାରେ ଆପଣ ନିଜର ଦୁଃଖକୁ ଲାଘବ କରନ୍ତୁ ।

ହୁଏତ ଦୁହେଁ କାହାର ସାହାଯ୍ୟ ଭିକ୍ଷା କରିପାରନ୍ତି । ନିଜ ମମୀ କଥା କହିଲେ ଆପଣ ଜାଣିବାକୁ ପାଇବେ ଯେ ଅଧିକାଂଶ ସ୍ତ୍ରୀ ମାନଙ୍କର ଏହା ଏକ ସାଧାରଣ ଘଟଣା ହେଇଥାଏ । ଏଣୁ ବେଶି ଗୁରୁତ୍ୱ ନଦେଇ ବରଂ ଭୁଲିଯିବାକୁ ଚେଷ୍ଟା କରନ୍ତୁ ।

ଉକ୍ତ ଘଟଣାକୁ ମନେ ରଖିବାକୁ ଚାହୁଁଥିଲେ ତା ପାଇଁ ନିଜ ଇଚ୍ଛାନୁସାରେ କାର୍ଯ୍ୟ କରନ୍ତୁ । ଯଥା: ଗଛଲତା ଲଗେଇ ବା ବୁଲିବାହାରି ।

ସମୟର ସ୍ରୋତାନୁସାରେ ଆପଣ ଉକ୍ତ ଦୁର୍ଘଟଣାକୁ ଆସେ ଆସ୍ତେ ଭୁଲିଯିବେ । ଭୁଲିଯିବା ଉଚିତ ମଧ୍ୟ, ନଚେତ ବର୍ତ୍ତମାନର ଜୀବନ ଦୁର୍ବିସହ ହେଇପଡ଼ିବ । ଭୋକ ଶୋଷ ହେବନି, ନିଦ ଲାଗିବନି, ସମସ୍ତଙ୍କଠାରୁ ଦୂରେଇ ରହିଲେ ଅନେକ ଗୁରୁତର ସମସ୍ୟା ଦେଖାଦେଇପାରେ ।

ଏଣୁ ନିଜର ଆତ୍ମବିଶ୍ୱାସକୁ ସୁଦୃଢ଼ କରି ପୁନର୍ବାର ଗର୍ଭବତୀ ହେଇ ମା' ହେବାର ସ୍ୱପ୍ନ ଓ ସାମର୍ଥ୍ୟକୁ ସାକାର କରନ୍ତୁ ।

ଦ୍ୱିତୀୟ ଗର୍ଭ ସ୍ଖଳନର ସମ୍ମୁଖୀନ

ଅବଶ୍ୟ ଏହାଫଳରେ ଦୁଃଖ ଦ୍ୱିଗୁଣିତ ହୋଇଯିବ । ନିରାଶା, ହତାଶା ସାଙ୍ଗକୁ ଉତ୍ତେଜନା ମଧ୍ୟ ବୃଦ୍ଧି ପାଇବ । ଦେହ ମନକୁ ସୁସ୍ଥ କରିବା ପାଇଁ ବେଶି ସମୟ ଲାଗିପାରେ । ବିଭିନ୍ନ ଶାରୀରିକ ଲକ୍ଷଣ ଦେଖାଦେଇପାରେ । ଏଣୁ ନିଜ ମନ କଥା ପ୍ରକାଶ କରନ୍ତୁ । ନିଜ ମନକୁ ବୁଝାନ୍ତୁ ଯେ ଏଥିରେ ଆପଣଙ୍କର କୌଣସି ଦୋଷ ନାହିଁ । ଡାକ୍ତରଙ୍କ ପରାମର୍ଶ ଓ ସ୍ୱାମୀଙ୍କ ସାହାଯ୍ୟ ଲୋଡନ୍ତୁ । ଏସବୀ ଭାବଧାରାରୁ ମୁକୁଳି ଯେକୌଣସି ପରିସ୍ଥିତିରେ ମଧ୍ୟ ଜଣେ ଶିଶୁର ମା ହେବା କଥା ଚିନ୍ତା କରନ୍ତୁ ।

ଗର୍ଭାଶୟରେ ମୃତ୍ୟୁ

ଶହ ଶହ ଘଣ୍ଟା ଧରି ଯଦି ଶିଶୁର ଚଳ ପ୍ରଚଳ ଜଣାନପଡ଼େ ତେବେ ମା' ମନ ସଶଂକିତ ହେଇଯାଏ । ତାଠାରୁ ମଧ୍ୟ ସାଂଘାତିକ ଅବସ୍ଥା ହେଲା ଦୁଃସମ୍ବାଦ ଅର୍ଥାତ୍ ଗର୍ଭସ୍ଥ ଶିଶୁର ମୃତ୍ୟୁ ।

ଶିଶୁର ହୃଦ୍‌ସ୍ପନ୍ଦନ ଶୁଣାଯାଉନାହିଁ । ସେ ଗର୍ଭାଶୟରେ ମରିସାରିଛି । ଏହା ଶୁଣି ହୃଦୟରେ ଆଘାତ ସୃଷ୍ଟି ହୁଏ ଓ ହଠାତ୍ ଏକଥାକୁ ବିଶ୍ୱାସ ବା ଗ୍ରହଣ ମଧ୍ୟ କରିହୁଏ ନାହିଁ । ଆପଣଙ୍କ ଅବସ୍ଥାକୁ ଦୃଷ୍ଟିରେ ରଖି କଣ କରାଯିବ, ଏକଥା ଡାକ୍ତର ଚିନ୍ତା କରିବେ । ଆପଣଙ୍କ ଶୋକ ମଧ୍ୟ ଜନ୍ମ ପରେ ମରିଯାଇଥିବା ଶିଶୁ କିମ୍ବା ଜନ୍ମ ସମୟରେ ମରିଥିବା ଶିଶୁର ବାପାଂ ମା'ଙ୍କଠାରୁ କୌଣସି ଗୁଣରେ ନ୍ୟୂନ ନୁହଁ ।

ଜନ୍ମ ସମୟରେ ବା ଜନ୍ମ ପରେ ଶିଶୁର ମୃତ୍ୟୁ

ବେଳେ ବେଳେ ଡେଲିଭରିର ହଠାତ୍ ପରେ ଶିଶୁଟି ମୃତ୍ୟୁବରଣ କରେ ଆଉ ମାସ ମାସ ଧରି ଅପେକ୍ଷା କଲା ପରେ ମଧ୍ୟ ଆପଣ ଶୂନ୍ୟ ହସ୍ତରେ ନିରାଶ ହେଇ ଘରକୁ ଫେରିଥାନ୍ତି । ଏହା ଏକ ଅପୂରଣୀୟ କ୍ଷତି କହିଲେ ଚଳେ । ଏହି ଶୋକରୁ ମୁକୁଳିବା ପାଇଁ ନିଜେ ହିଁ ଧୈର୍ଯ୍ୟ ଧରିବାକୁ ପଡ଼ିବ ।

■ ଶିଶୁକୁ କୋଳରେ ଧରି ତାକୁ ନାଁ ଦେଇ ଶୋକ ପାଳନ କରନ୍ତୁ । ଅନାମ ଜୀବ ସକାଶେ ଶୋକ ପ୍ରକାଶ କରିବା ହୁଏତ ସମ୍ଭବ ହେ ନପାରେ । ଏଣୁକରି ଶିଶୁକୁ ନାଁଟିଏ ଦିଅନ୍ତୁ । ଡାକ୍ତର ହୁଏତ ତାକୁ ଦେଖିବାକୁ ମନା କରିପାରନ୍ତି । କାରଣ ସେ ନିଜର ସ୍ୱପ୍ନ ମୁତାବକ ହେଇନପାରେ । ତଥାପି ତାକୁ ଦେଖିଦେଲେ ତାର ମୃତ୍ୟୁକୁ ଗ୍ରହଣ କରିବା ସହଜ ହେଇପାରେ । ତାର ଶେଷ କୃତ୍ୟ ଓ ଶୁଭ ବିଦାୟ କହିବାର ସୁଯୋଗ ମିଳିବ । ତାର କବର ପାଖକୁ ଫୁଲ ଚଢ଼େଇବା ପାଇଁ ଯାଇପାରନ୍ତି ।

■ ତାର ସ୍ମରଣୀୟ କଥା, ପାଦର ଛାପ ଭଳି କିଛି ଚିହ୍ନ ବର୍ଣ୍ଣ ରଖନ୍ତୁ । ତାର ସୁନ୍ଦର ଛବିକୁ ମନରେ ଆଙ୍କି ରଖନ୍ତୁ । ଯଥା: ସୁନ୍ଦର ବାଳ, ପାତଳ ଅଙ୍ଗୁଳି ବା ଗୋଲାପୀ ଗାଲ, ହରିଣ ପରି ଆଖି ଇତ୍ୟାଦି

ପ୍ରସବ ପରେ ଅବସାଦ ଓ ମୃତ୍ୟୁ

ପ୍ରସବ ପରେ ଅବସାଦ ଓ ଉତ୍ତେଜନା ଠାରୁ ଦୁଃଖ ଗଭୀର ରେଖାପାତ ସୃଷ୍ଟି କରିଥାଏ । ଅବଶ୍ୟ ଏହାକୁ ଶିଶୁ ଯୋଗୁଁ ସୃଷ୍ଟ ଅବସାଦ ଠାରୁ ପୃଥକ କରି ଚିହ୍ନିବା ଅପେକ୍ଷାକୃତ କଠିନତର ହେଇଥାଏ, କିନ୍ତୁ ଉଭୟର ସମାଧାନ ଆବଶ୍ୟକ । ଦରକାର ହେଲେ ବ୍ୟାବସାୟିକ ସାହାଯ୍ୟ ମାଗିବାରେ ପଶ୍ଚାତପଦ ହୁଅନ୍ତୁ ନାହିଁ । ନିଜ ଡାକ୍ତରଙ୍କ ପରାମର୍ଶ କ୍ରମେ କୌଣସି ଜଣେ ମନୋବିଜ୍ଞାନୀଙ୍କୁ ସାକ୍ଷାତ କରନ୍ତୁ । ଥେରେପି ଓ ଔଷଧ ବଳରେ ଠିକ୍ ହୋଇଯିବ ।

ଶିଶୁର ମୃତ୍ୟୁ ପରେ କ୍ଷୀର ଶୁଖିବା

ଯଦିସ ଶିଶୁ ଆଉ ନାହିଁ, ତଥାପି ତାର ସ୍ମୃତି ଏଯାବତ୍ ବଞ୍ଚି ରହିଛି । ଆପଣଙ୍କ ସ୍ତନରେ ତା ପାଇଁ ଥିବା କ୍ଷୀର ଭର୍ତ୍ତି ହୋଇ ରହିଛି । ଶିଶୁ ନଥିଲେ ଏହି କ୍ଷୀରକୁ ସମ୍ଭାଳିବା ପ୍ରକୃତ ପକ୍ଷରେ ଖୁବ୍ କଷ୍ଟଦାୟକ । ଶାରୀରିକ ଓ ମାନସିକ ଭାବରେ ଏହା ଯନ୍ତ୍ରଣାଦାୟକ । ଯଦି ଆପଣଙ୍କୁ ସ୍ତନପାନ କରେଇବାର ସୁଯୋଗ ମିଳିଲା ନାହିଁ, ତେବେ ସ୍ତନମାନଙ୍କରେ ରକ୍ତ ସଂଚାରରେ ବାଧା ସୃଷ୍ଟି ହୋଇପାରେ । ଅତଏବ ଉଷୁମ ପାଣିରେ ସ୍ନାନ କରନ୍ତୁ, କିନ୍ତୁ ନିପୁଲ ମାନଙ୍କୁ ଘଷାଘଷି କରନ୍ତୁ ନାହିଁ କିମ୍ବା ସ୍ତନର କ୍ଷୀର ବାହାର କରନ୍ତୁନି ନଚେତ ଆହୁରି କ୍ଷୀର ନିର୍ମାଣ ହେବ ।

ମନେକର କିଛିଦିନ ସ୍ତନପାନ କଲାପରେ ଶିଶୁର ମୃତ୍ୟୁ ହେଇଥିଲେ ଡାକ୍ତର ବା ନର୍ସଙ୍କୁ ପରାମର୍ଶ ମାଗନ୍ତୁ । ନିଜ ହାତ କିମ୍ବା ପମ୍ପ ସାହାଯ୍ୟରେ କ୍ଷୀର କାଢ଼ିବାକୁ କୁହାଯାଇପାରେ । ଫଳରେ କେତେ ପରିମାଣରେ କ୍ଷୀର ତିଆରି ହେଉଛି ଜଣାପଡ଼ିଯିବ । ସ୍ତନପାନ ବନ୍ଦ କଲାପରେ କିମ୍ବା ପମ୍ପ ବ୍ୟବହାର ବନ୍ଦ କଲାପରେ ମଧ୍ୟ ଅନେକ ସପ୍ତାହ ବା ମାସ ଧରି ସ୍ତନରୁ କ୍ଷୀର ବୁନ୍ଦା ବାହାରିପାରେ ।

ମନେକର ଆପଣଙ୍କ ପାଖରେ ପ୍ରଚୁର କ୍ଷୀର ତିଆରି ହେଉଥାଏ, ତେବେ ଆପଣ ଦୁଗ୍ଧ ବ୍ୟାଙ୍କଙ୍କୁ କ୍ଷୀର ଦାନ ମଧ୍ୟ କରିପାରିବେ । ଫଳରେ ମନକୁ ଶାନ୍ତି ଓ ସନ୍ତୋଷ ମିଳିବ ।

■ ଡାକ୍ତରଙ୍କଠାରୁ ଶିଶୁର ରିପୋର୍ଟ ମାଗିଲେ ପ୍ରକୃତ ତଥ୍ୟ ଜାଣି ହୁଏତ ସତ୍ ସାହସ ଜାଗ୍ରତ ହୋଇପାରେ । ଆପଣଙ୍କୁ ହୁଏତ ପ୍ରସବ କକ୍ଷରେ ସବୁକିଛି କୁହାଯାଇଥିବ କିନ୍ତୁ ଔଷଧପତ୍ର, ହର୍ମୋନ, ପରିସ୍ଥିତି ଓ ମାନସିକ ଆଘାତ ଯୋଗୁଁ ଏକଥାକୁ ବୁଝିବାକୁ କିମ୍ବା ଗ୍ରହଣ କରିବାକୁ ହୁଏତ ଆପଣ ପ୍ରସ୍ତୁତ ନଥିଲେ ।

■ ବନ୍ଧୁ ବାନ୍ଧବ ଓ ସମ୍ପର୍କୀୟ ମାନଙ୍କୁ ଶିଶୁର ସ୍ୱାଗତ ପାଇଁ କରାଯାଇଥିବା ସାଜସଜ୍ଜା ବା ପୂର୍ବ ପ୍ରସ୍ତୁତିକୁ ଭାଙ୍ଗିରୁଜି ଚୂରମାର କରନ୍ତୁ ନାହିଁ,

ବରଂ ପୂର୍ବବତ ରଖିବାକୁ ଚେଷ୍ଟା କରନ୍ତୁ, ନଚେତ୍ ବାସ୍ତବତାକୁ ଗ୍ରହଣ କରିବାରେ ଅସୁବିଧା ହେଇପାରେ ।

■ ମନେରଖନ୍ତୁ ଯେ, ଦୁଃଖ ଭୁଲିବାର ଏହି ପ୍ରକ୍ରିୟାରେ ଆପଣଙ୍କୁ ଏକାନ୍ତ, ରୋଷ, କ୍ରୋଧ ଓ ଅବସାଦ ଭଳି ବିଭିନ୍ନ ପରିସ୍ଥିତି ଦେଇ ଗତି କରିବାକୁ ପଡ଼ିବ । ପ୍ରତ୍ୟେକ ବ୍ୟକ୍ତି ଭିନ୍ନ ପ୍ରକାରେ ପ୍ରତିକ୍ରିୟା ସୃଷ୍ଟି କରିଥାନ୍ତି । ହୁଏତ ଆପଣଙ୍କୁ ଏହା ଭିନ୍ନ ମନେ ହେଇପାରେ ।

■ ଏହି ଦୁର୍ଦ୍ଦିନରେ ଆପଣଙ୍କୁ ନିଦ ହେବନି ଭୋକ ଶୋଷ ଲାଗିବନି, ଦୁଃଖ ଓ ଅବସାଦ ଘେରି ରହିବ । ଛୁଆ ତଥା ସ୍ୱାମୀଙ୍କ ଉପରେ କଥା କଥାରେ ରାଗିବେ । ରାତି ଅଧରେ ମୃତ ଶିଶୁ କଥା ମନେ ପଡ଼ିବ । ଏସବୁ ନିହାତି ସ୍ୱାଭାବିକ ।

■ ମନ ଖୋଲି କାନ୍ଦନ୍ତୁ, କାନ୍ଦିବା ହିତକର ।

■ ମନେ ରଖନ୍ତୁ ଯେ ବାପାଙ୍କୁ ମଧ୍ୟ ଦୁଃଖ ଲାଗେ । ହୁଏନି ସେ ନ' ମାସ ଗର୍ଭଧାରଣ ନ କରନ୍ତୁ ପଛେ କିନ୍ତୁ ତାଙ୍କର ଦୁଃଖକୁ ଊଣା ବୋଲି କୁହାଯାଇ ନପାରେ । ନିଜ ଛାତିକୁ ଦୃଢ଼ କରି ସେ ସହ୍ୟ କରିବାକୁ ଧୈର୍ଯ୍ୟର ସହ ଆଗେଇ ଆସୁଛନ୍ତି;ପରସ୍ପରକୁ ସାହାଯ୍ୟ କରିବା ବିଧେୟ ।

■ ପରସ୍ପର କଥା ବୁଝନ୍ତୁ । ଦୁଃଖୀ ହେଇ ସବୁ କିଛି ଭୁଲି ଯାଆନ୍ତୁ ନାହିଁ । ନଚେତ ନିଜ ସମ୍ପର୍କରେ ମଧ୍ୟ ଫାଟ ସୃଷ୍ଟି ହୋଇଯାଏ । ଏକାକୀ ଥିଲେ ମଧ୍ୟ ସ୍ୱାମୀ କଥା ବୁଝୁଥାନ୍ତୁ ।

■ ଏକାକୀ ସମାଜର ସମ୍ମୁଖୀନ ହୁଅନ୍ତୁ ନାହିଁ । ବରଂ ନିଜର ଅନ୍ତରଂଗ ସାଙ୍ଗକୁ କହି ପ୍ରାରମ୍ଭିକ ପ୍ରଶ୍ନର ଉତ୍ତର ସଭିଙ୍କୁ ଜଣାଇ ଦିଅନ୍ତୁ । ଫଳରେ ଆଉ କେହି କିଛି ପଚାରିବେ ନାହିଁ ।

■ ବେଳେବେଳେ ଇତ୍ୟବସରରେ ବନ୍ଧୁବାନ୍ଧବ ମାନଙ୍କୁ ଅବଶୋଷ ସାବ୍ୟସ୍ତ କରିବା ଜଣାନଥାଏ । ସେମାନେ ବୁଝିପାରନ୍ତି ନାହିଁ ଯେ କଣ କହି ସାନ୍ତ୍ୱନା ଦିଆଯିବ । କହୁ କହୁ ହୃଦୟକୁ ଆହୁରି ବେଶି ବାଧିଲା ଭଳି କଥା ମଧ୍ୟ ହେଇଯାଇପାରେ । ଏଣୁ ଏହାକୁ ବେଶି ଗୁରୁତ୍ୱ ଦିଅନ୍ତିନି, ବରଂ ତାଙ୍କ ସହାନୁଭୂତି ପ୍ରଦର୍ଶନକୁ ସାଦରେ ଗ୍ରହଣ କରନ୍ତୁ ।

■ ଏକାକୀନିକଟ ସମ୍ପର୍କୀୟ ବିଶେଷକରି ବାପା-ମାଙ୍କର ସାହାଯ୍ୟ, ସହାନୁଭୂତି ପାଇବାକୁ ଚେଷ୍ଟା କରନ୍ତୁ ।

■ ଏକାକୀନିଜର ଯତ୍ନ ନିଅନ୍ତୁ । ବେଶି ଭାବପ୍ରବଣତା ସ୍ୱାସ୍ଥ୍ୟ ପକ୍ଷରେ ଅହିତକର । ଠିକ୍ ସମୟରେ ଖାଦ୍ୟପେୟ ଓ ନିଦ୍ରା ପ୍ରତି ଗୁରୁତ୍ୱ ଦିଅନ୍ତୁ । ବ୍ୟାୟାମ ହିତକର ହେବ । ଉଷୁମ ପାଣିରେ ଗାଧାନ୍ତୁ । ରାତ୍ରିଭୋଜନ ପରେ ଚଲାବୁଲା କରନ୍ତୁ । ଫିଲ୍ମ କିମ୍ବା ଅନ୍ୟ ଘରକୁ ବୁଲିଯାଂନ୍ତୁ ।

■ ମନେରଖନ୍ତୁ ଯେ ଶିଶୁର ମୃତ୍ୟୁକୁ ଭୁଲି ସ୍ୱାମୀ-ସ୍ତ୍ରୀ ଦୁହେଁ ମିଶି ନିଜ ସମ୍ପର୍କୀୟଙ୍କ ଠାରୁ ପରାମର୍ଶ ଗ୍ରହଣ କରନ୍ତୁ ।

■ ଏକାକୀନିଜ ଛୁଆର ସ୍ମୃତିରେ ଭଲ କାମ କରନ୍ତୁ । ଚାଇଲଡ କେୟାର ସେଣ୍ଟର ସକାଶେ ବହି କିଣନ୍ତୁ । ଅନାଥାଶ୍ରମ ପାଇଁ ଚାନ୍ଦା ଦିଅନ୍ତୁ । ନିଜ ବଗିଚାରେ ଗଛ ଲଗାନ୍ତୁ ।

■ ଏକାକୀଧର୍ମ ଓ ଆଧ୍ୟାତ୍ମିକ କଥା ଚିନ୍ତା କଲେ ମଧ୍ୟ ଶାନ୍ତି ପାଇପାରିବେ ।

■ ଏକାକୀଦୁଃଖରୁ ମୁକୁଳିଲା ପରେ ହିଁ ପୁନର୍ବାର ଗର୍ଭବତୀ ହେବା କଥା ଚିନ୍ତା କରିବେ । ଫଳରେ ଶିଶୁର ଯତ୍ନ ନେଇହୁଏ ।

■ ଏକାକୀମନେକର ଉକ୍ତ ଦୁଃଖ ଶୋକକୁ ଭୁଲିବା ନ ମାସ ମଧ୍ୟରେ ସମ୍ଭବ ନହୁଏ, ତେବେ ବ୍ୟାବସାୟିକ ପରାମର୍ଶ ଦାତାଙ୍କ ସାହାଯ୍ୟ ଲୋଡ଼ିବାକୁ ପଡ଼ିବ ।

■ ଏକାକୀନିଜକୁ ଅପରାଧୀ ବୋଲି ଭାବନ୍ତୁ ନାହିଁ । ଫଳରେ ଦୁଃଖରୁ ମୁକୁଳିବା କଷ୍ଟକର ହେବ । ନିଜର ଭୁଲ ଯୋଗୁଁ (ଏପରି ହେଲା) ବୋଲି ଭାବୁଥିଲେ ଅନ୍ୟଠାରୁ ପରାମର୍ଶଦାତାଙ୍କ ଠାରୁ ଭଲ ପରାମର୍ଶ ଗ୍ରହଣ କରନ୍ତୁ ।

ଯାଆଁଳା ମଧ୍ୟରୁ ଜଣକର ମୃତ୍ୟୁ

ଯେଉଁ ବାପା-ମା'ମାନଙ୍କ ଘରେ ଯାଆଁଳା ବା ତିନୋଟି ଛୁଆ ମଧ୍ୟରୁ ଜଣକର ମୃତ୍ୟୁ ହେଇଯାଏ, ସେମାନେ ଦୁଃଖ ଓ ଖୁସି, ହର୍ଷ ଓ ବିଷାଦ ଏକା ସାଙ୍ଗରେ ପାଳନ କରିଥାନ୍ତି ।

■ ଜଣେ ଶିଶୁ ବଞ୍ଚିଲେ ଅନ୍ୟଟିର ଦୁଃଖ ଊଣା ହୁଏନାହିଁ । ହୃଦୟ ଭାଙ୍ଗିପଡ଼େ । ତାର ମୃତ୍ୟୁକୁ ବାସ୍ତବତା ବୋଲି ସ୍ୱୀକାର କରିବାକୁ ହେବ, ତେବେ ଯାଇ ଦୁଃଖରୁ ମୁକ୍ତି ପାଇବେ ।

■ ବଞ୍ଚିଥିବା ଛୁଆ ପ୍ରତି ଉତ୍ପନ୍ନ ହେଉଥିବା ସ୍ନେହକୁ ଚାପି ରଖନ୍ତୁ ନାହିଁ । ତାର ଯାଆଁଳା ଭାଇ-ଭଉଣୀ ମରି ଯାଇଛି ବୋଲି ତାର ଅଧିକାରରୁ ତାକୁ ବଞ୍ଚିତ କରନ୍ତୁ ନାହିଁ । ବରଂ ପାରୁ ପର୍ଯ୍ୟନ୍ତ ସ୍ନେହ କରନ୍ତୁ । ତାର ଭଲ ସ୍ୱାସ୍ଥ୍ୟ ପାଇଁ ଏହା ଏକାନ୍ତ ଜରୁରୀ ।

■ ସୁଖ ଦୁଃଖ ସାଙ୍ଗ ହେଇ ଆସିବାର ଅର୍ଥ ନୁହଁ ଯେ, ଆପଣ ଉତ୍ସବ ପାଳନ କରିବେ ନାହିଁ । ଯଦି ଅସୁବିଧା ହୁଏ ତେବେ ଆଗ ଦୁଃଖ ପ୍ରକାଶ କରି ତାପରେ ଖୁସି ଆନନ୍ଦରେ ନାଚି ଉଠନ୍ତୁ । ଭୋଜି ଦିଅନ୍ତୁ ।

■ ହୁଏତ ଆପଣ ନିଜକୁ ଦୋଷୀ ବୋଲି ମନେ କରୁଥାନ୍ତି; ହେଲେ କଣ ଚାହୁଁଥିଲେ ସେକଥା ଭିନ୍ନ । ମନେ ରଖନ୍ତୁ ଯେ ନିଜ ଇଚ୍ଛା ବା କଳ୍ପନା ସହିତ ସେହି ମୃତ୍ୟୁର କୌଣସି ସମ୍ପର୍କ ନାହିଁ କହିଲେ ଚଳେ ।

■ ଧରି ନିଆଯାଉ ଯାଆଁଳା ପାଇଁ ଆୟୋଜନ ଚାଲିଥିଲା, ହେଲେ ଗୋଟିଏ ଛୁଆକୁ ଘରକୁ ନେଇ ମଧ୍ୟ ଖୁସି ହେବା କଥା । ନିରାଶ ହେବା ସ୍ୱାଭାବିକ ହେଲେ ମଧ୍ୟ ବଞ୍ଚିଥିବା ଶିଶୁକୁ ନେଇ ଆଶାନ୍ୱିତ ହେବା ବେଶି ଯୁକ୍ତିଯୁକ୍ତ ।

■ ଯାଆଁଳା ଶିଶୁ ମଧ୍ୟରୁ ଜଣକର ମୃତ୍ୟୁ ଖବର ନିଜ ପାଟିରେ ଧରିବାକୁ ଚାହୁଁନଥିଲେ ଅନ୍ୟ ଜଣକୁ କିଛିଦିନ ନିଜ ସାଙ୍ଗରେ ରଖନ୍ତୁ । ସେ ସବୁ ଚଳେଇ ନେବେ ।

■ ଲୋକେ ସହାନୁଭୂତି ପ୍ରଦର୍ଶନ ପୂର୍ବକ ମଞ୍ଚିଥିବା ଶିଶୁକୁ ଆଶୀର୍ବାଦ ଦେବାବେଳେ ହୁଏତ ଏଣିକି କିଛି କରିପାରନ୍ତି, ଯାହା ହୃଦୟକୁ ବିଗଳିତ କରିଦେବ । ସେତେବେଳେ ଆପଣ ହୁଏତ ମୃତ ଶିଶୁ ପାଇଁ ଦୁଃଖିତ ହେଇପାରନ୍ତି ।

■ ଅବସାଦକୁ ମୁଣ୍ଡରେ ବେଶି ପୂରାନ୍ତୁ ନାହିଁ । ନଚେତ୍ ନିଜ ତଥା ଶିଶୁର ଯତ୍ନ ବାଧାପ୍ରାପ୍ତ ହେଇପାରେ । ନିଜ ଶିଶୁର ମାନସିକ ଓ ଶାରୀରିକ ଚାହିଦାକୁ ପୂରଣ କରିବା ସକାଶେ ଧୈର୍ଯ୍ୟ ଧରନ୍ତୁ ।

ଦୁଃଖ ପାଇଁ ଦାୟୀ

ବେଳେ ବେଳେ ଡାକ୍ତର କହିପାର୍ତି ଯେ ମଲ୍‌ଟିପୁଲ ପ୍ରେଗ୍ନେନ୍ସି (ଯାଆଁଳା ଶିଶୁ) ମଧ୍ୟରୁ ଜଣକୁ ମାରି ଆଉ ଜଣକୁ ବଞ୍ଚେଇହେବ, କିମ୍ବା ତା'ରି ଯୋଗୁଁ ଦ୍ୱିତୀୟ ଶିଶୁର ମଧ୍ୟ ମୃତ୍ୟୁ ହୋଇଯାଇପାରେ । ଏଭଳି ଦ୍ୱନ୍ଦ୍ୱାତ୍ମକ ପରିସ୍ଥିତିରେ ନିଜକୁ ଅପରାଧୀ ମନେ କରନ୍ତୁନାହିଁ । ଡାକ୍ତରଙ୍କ ପରାମର୍ଶ ମାନି ଚଳନ୍ତୁ । ତାହା ହିଁ ଉଚିତ । ଧୀରସ୍ଥିର ମନ ହେଇ ବୁଝି ବିଚାରି ନିଷ୍ପତ୍ତି ନିଅନ୍ତୁ ।

ବନ୍ଧୁ ବାନ୍ଧବଙ୍କ ସାହାଯ୍ୟ ଲୋଡନ୍ତୁ । କାନ୍ଦିବାକୁ ମନ ହେଲେ କାନ୍ଦନ୍ତୁ । ଜଣକ ପାଇଁ ଅନ୍ୟ ଜଣକର ବଦଳି ଦିଆ କଥାକୁ ବେଶି ଗୁରୁତ୍ୱ ଦିଅନ୍ତୁ ନାହିଁ । ଧର୍ମ କଥା ଚିନ୍ତା କରନ୍ତୁ । ଇଚ୍ଛା ହେଲେ ଅନ୍ୟକୁ କହନ୍ତୁ ନଚେତ କାହାକୁ ଜଣେଇବା ଦରକାର ନାହିଁ ।

କାହିଁକି ?

ଏହି ପ୍ରଶ୍ନର ସର୍ବଥା ଓ ସର୍ବଦା କୌଣସି ଉତ୍ତର ହେଇନଥାଏ, କିନ୍ତୁ ନବଜାତ ଶିଶୁର ମୃତ୍ୟୁର କାରଣ ଜାଣିବାକୁ ହେବ । ଶିଶୁର ସମଗ୍ର ପରୀକ୍ଷା ଓ ଗର୍ଭଧାରଣର ଇତିହାସରୁ ଏକଥା ଜଣାପଡ଼ିବ ଯେ ଏପରି କାହିଁକି ହେଲା ? ମନେକର ଶିଶୁ ଭ୍ରୂଣାବସ୍ଥାରେ ମରିଯାଏ କିମ୍ବା ଷ୍ଟିଲବାର୍ଥ ହୁଏ, ତେବେ ଜଣେ ଭଲ ପ୍ୟାଥେଲୋଜିଷ୍ଟ ବିଶେଷଜ୍ଞଙ୍କ ସାହାଯ୍ୟରେ ପରୀକ୍ଷା କରାଯିବା ଉଚିତ । ଏହିପରି ଭାବରେ ନିଜର ଭାବି ଗର୍ଭଧାରରକୁ ସୁସ୍ଥ ଓ ନିରାପଦ ରଖିପାରିବେ ।

ପୁଣି ଥରେ ଚେଷ୍ଟା କରନ୍ତୁ

ଏଭଳି ସଂକଟାପନ୍ନ ଅବସ୍ଥା ପରେ ପୁଣି ଥରେ ଗର୍ଭଧାରଣ ପାଇଁ ମନ ବଳାଇବା ସହଜ କଥା ନୁହଁ । ଏହି ବ୍ୟକ୍ତିଗତ ନିଷ୍ପତ୍ତିଟି ଖୁବ୍ କଷ୍ଟପୂର୍ଣ୍ଣ ଓ ଯନ୍ତ୍ରଣାଦାୟକ ହେଇଥାଏ ।

■ ଏଥିପାଇଁ ପ୍ରସ୍ତୁତ ହେଲେ, ନିଜକୁ ବଧେଇ ଜଣାନ୍ତୁ । କାରଣ ଏଭଳି ସିଦ୍ଧାନ୍ତ କରିବାକୁ ହେଲେ ଛାତିକୁ ପଥର କରିବାକୁ ପଡ଼େ ।

■ ଏଥିପାଇଁ ସଠିକ୍ ସମୟ ହେଲା ଆପଣ ଯାହା ଉଚିତ ମନେକରିବେ । ମାନସିକ ପ୍ରସ୍ତୁତି ସକାଶେ ହୁଏତ ଅଳ୍ପ କିମ୍ବା ବେଶି ସମୟ ଲାଗିପାରେ । ଏଣୁ ନିଜ ହୃଦୟର କଥା ମାନିଚଳନ୍ତୁ । ଅନ୍ୟ କଥା ଧରନ୍ତୁନି । ସମ୍ପୂର୍ଣ୍ଣ ଭାବରେ ନିଜକୁ ପ୍ରସ୍ତୁତ କରିସାରିଲା ପରେ ହିଁ ଗର୍ଭଧାରଣ କରନ୍ତୁ ।

■ ନିଜର ଡାକ୍ତରଙ୍କୁ ପଚାରି ବୁଝନ୍ତୁ ଯେ, ଆପଣ ଶାରୀରିକ ଦୃଷ୍ଟିଭଙ୍ଗୀରୁ ଗର୍ଭଧାରଣ ପାଇଁ ଉପଯୁକତ ଓ ସୁସ୍ଥ କି ନୁହଁ । ଉପଯୁକ୍ତ ନଥିଲେ ଅପେକ୍ଷା କରି ପରେ ମଧ୍ୟ ଗର୍ଭଧାରଣ କରିପାରିବେ ।

■ ହୁଏତ ଏହି ଗର୍ଭାବସ୍ଥା ଆଗ ଅପେକ୍ଷା ବେଶି ଚାପଯୁକ୍ତ ଓ ଚିନ୍ତାଗ୍ରସ୍ତ ଥାଇପାରେ । କାରଣ ସବୁ ଗର୍ଭଧାରଣର ପରିସମାପ୍ତି ହସଖୁସି ହେଇନପାରେ । ଏଣୁ ମନରେ ଦୁଶ୍ଚିନ୍ତା ମଧ୍ୟ ଆସିପାରେ । ଶିଶୁ କଥା ଚିନ୍ତା କରି ଅନ୍ୟମନସ୍କ ହେଇପାରନ୍ତି । ପୁଣି ଶାରୀରିକ ପରିବର୍ତ୍ତନକୁ ନେଇ ଚିନ୍ତା କରିବା ସ୍ୱାଭାବିକ ମଧ୍ୟ । ଯାହା ହେଲେ ମଧ୍ୟ ଶିଶୁର ପୋଷଣ ପ୍ରତି ନଜର ରଖନ୍ତୁ । ଗଲା କଥା ଚିନ୍ତା ନକରି ବରଂ ଆଗାମୀ ଶିଶୁ ପାଇଁ ଯତ୍ନ ନେବା ଦରକାର । ମନେ ରଖନ୍ତୁ ଯେ, ଜଣେ ଶିଶୁ ଗର୍ଭରେ ମଲାପରେ ମଧ୍ୟ ଅଧିକାଂଶ ମା'ମାନେ ପରବର୍ତ୍ତୀ ସମୟରେ ସୁସ୍ଥ ଶିଶୁକୁ ଜନ୍ମ ଦେଇଥାନ୍ତି । ତାଙ୍କର ଗର୍ଭଧାରଣ ସୁସ୍ଥ ଓ ସୁଫଳ ହେଇଥାଏ ।

■ ■ ■

ଭାଗ-୮

ଆଗାମୀ ଶିଶୁର ପ୍ରସ୍ତୁତି

ଆଗାମୀ ଶିଶୁର ପ୍ରସ୍ତୁତି

କେତେ ଭଲ ହୁଅନ୍ତା ! ଯଦି ଆମେ ନିଜ ଇଚ୍ଛାନୁଯାୟୀ ସମଗ୍ର ଜୀବନର କାର୍ଯ୍ୟକ୍ରମ ଗୁଡ଼ିକୁ ଯୋଜନା କରନ୍ତେ ! ଅଧିକାଂଶ କ୍ଷେତ୍ରରେ କିନ୍ତୁ ଆମେ କରିଥିବା ଯୋଜନାର ପୋଲ ଆଖି ପିଛୁଳାକେ ଭାଙ୍ଗିରୁଜି ଚୂରମାର ହେଇଯାଉଛି ଆଉ ଆମେ ତାକୁ ଆୟତ୍ତାଧୀନ କରିପାରୁନାହୁଁ ।

କେତେ ଭଲ ହୁଅନ୍ତା ! ଯଦି ଆମେ ଯୋଜନା କରି ଗର୍ଭଧାରଣ ପୂର୍ବକ ଶିଶୁଟିକୁ ଜନ୍ମଦିଅନ୍ତୁ ! ଏହିପରି ଭାବରେ ଆମକୁ ନିଜ ଜୀବନଶୈଳୀରେ ସଂଶୋଧନ କରିବାର ସୁବର୍ଣ୍ଣ ସୁଯୋଗ ମିଳନ୍ତା, କିନ୍ତୁ ଏପରି ସୁବିଧା ଓ ସୁଯୋଗ କେତେ ଲୋକଙ୍କ ଭଗ୍ୟରେ ଜୁଟେ ? ରକ୍ତସ୍ରାବର ଅନିୟମିତତା ତଥା ଜନ୍ମନିୟନ୍ତ୍ରଣର ଉପାୟ ଇତ୍ୟାଦି କାରଣ ଯୋଗୁଁ ଏଭଳି କରିବା ସମ୍ଭବପର ହେଇନଥାଏ । ଏହି ବହିରେ ମଧ୍ୟ ଗର୍ଭଧାରଣର ପୂର୍ବ ପ୍ରସ୍ତୁତି ପ୍ରତି ଗୁରୁତ୍ୱଆରୋପ କରାଯାଇଛି । ଅବଶ୍ୟ ସମସ୍ତ ଗର୍ଭବତୀମାନେ ଆରମ୍ଭରେ ସେତେ ବେଶି ଦୃଷ୍ଟି ନଦେବା ସତ୍ତ୍ୱେ ମଦ୍ଧ୍ୟ ସୁସ୍ଥ ଶିଶୁଙ୍କୁ ଜନ୍ମ ଦେଇଥାଆନ୍ତି ।

ଅବଶ୍ୟ ଆଜିକାଲି ପରିବାର ନିୟୋଜନ ହେଉଥିବାରୁ ଆପଣ ମଧ୍ୟ ଗର୍ଭଧାରଣ ପାଇଁ ଭଲ ଯୋଜନା କରିପାରିବେ । ନିଜ ସ୍ୱାସ୍ଥ୍ୟ ପ୍ରତି ଦୃଷ୍ଟି ଦିଅନ୍ତୁ । ଏହା ହିଁ ଆଗାମୀ ଦିନରେ ଶିଶୁ ପାଇଁ ହିତକର ହେବ ।

ଭାବି ବାପା ମା'ମାନେ ବିଭିନ୍ନ ଉପାୟରେ ପ୍ରଜନନ ସାମର୍ଥ୍ୟ ବୃଦ୍ଧି କରିଥାନ୍ତି; ଫଳରେ ଶିଶୁ ସୁସ୍ଥ ସବଳ ହେଇ ଜନ୍ମ ହେବ । ଆଗରୁ ଆପଣ ମା' ହେଇଥିଲେ ମଧ୍ୟ ବିବ୍ରତ ହୁଅନ୍ତୁ ନାହିଁ । ଆଉ ଏହି ଅଧ୍ୟାୟ ବ୍ୟତୀତ ମୂଳରୁ ଆରମ୍ଭ କରି ସବୁତକ ଅଧ୍ୟାୟ ପଢ଼ନ୍ତୁ ।

ଗର୍ଭଧାରଣ ପୂର୍ବରୁ ମା' କଣ କରିବେ ?

ସମ୍ପୂର୍ଣ୍ଣ ଶାରୀରିକ ପରୀକ୍ଷା: ନିଜର ପାରିବାରିକ ଡାକ୍ତରଙ୍କ ସହ ପରାମର୍ଶ କରି ପରୀକ୍ଷା କରାଗଲେ ଜଣାପଡ଼ିଯିବ ଯେ, କେଉଁ ପ୍ରକାର ଚିକିତ୍ସା ପାଇଁ କି ପଦକ୍ଷେପ ନିଆଯିବ ।

ଦନ୍ତ ଚିକିତ୍ସକଙ୍କ ସହ ଦେଖା ହୁଅନ୍ତୁ: ହଁ, ଡେଣ୍ଟିଷ୍ଟଙ୍କୁ ସାକ୍ଷାତ କରି ଦାନ୍ତଗୁଡ଼ିକର ଭଲ ଭାବେ ପରୀକ୍ଷା କରାନ୍ତୁ । ଏକ୍ସରେ, ଫିଲିଂ, ଦାନ୍ତର ସର୍ଜରୀ ଇତ୍ୟାଦି ଯାହା ଚାହୁଁଥିବେ କରେଇ ନିଅନ୍ତୁ; କାରଣ ଗର୍ଭଧାରଣ ପରେ ଏସବୁ ହେଇପାରିବ ନାହିଁ । ଦାନ୍ତ ମୂଳ ମଧ୍ୟ ମଜବୁତ ଓ ସୁସ୍ଥ ହେବା ଦରକାର । ଅଧ୍ୟୟନରୁ ଜ୍ଞାତ ଯେ, ଦାନ୍ତମୂଳରେ ରୋଗ ଥିଲେ ପ୍ରିଟର୍ମ ବାର୍ଥ ହେବାର ଆଶଙ୍କା ବୃଦ୍ଧି ପାଇଥାଏ । ଏଣୁ ଦାନ୍ତ ଓ ଦାନ୍ତମୂଳର ଯତ୍ନ ନିଅନ୍ତୁ ।

ଡାକ୍ତରଙ୍କ ସହ ପରାମର୍ଶ କରି ଗର୍ଭ ପୂର୍ବ ପରୀକ୍ଷା: ବର୍ତ୍ତମାନ ହରବର ହେବାର ପ୍ରଶ୍ନ ଉଠୁନାହିଁ, ଏଣୁ ଭାବିଚିନ୍ତି ଡାକ୍ତର ବାଛି ପକାନ୍ତୁ । ନିଜ ଆଖପାଖର ସବୁଠୁ ଭଲ ଡାକ୍ତର ହେବା ଉଚିତ । ହୁଏତ ଧାଈ ପାଖରେ ପ୍ରସବ କରାଗଲେ ମଧ୍ୟ ଏଇନା ଡାକ୍ତରଙ୍କୁ ଭେଟି ପରୀକ୍ଷା କରାନ୍ତୁ । ପରୀକ୍ଷା ପରେ ଯଦି ଆପଣ 'ହାଇ-ରିସ୍କ' ଅନ୍ତର୍ଗତ ନୁହନ୍ତି, ତେବେ ମନ ଇଚ୍ଛା, ଧାଈ କିମ୍ୱା ଡାକ୍ତର ବାଛିଲେ ମଧ୍ୟ ଚିନ୍ତା ନାହିଁ । ମନେକର 'ହାଇ-ରିସ୍କ' ଅନ୍ତର୍ଗତ ହେଇଥାନ୍ତି, ତେବେ ମା' ଓ ଶିଶୁର ସ୍ୱାସ୍ଥ୍ୟକୁ ଦୃଷ୍ଟିରେ ରଖି ଯେକୌଣସି ଜଣେ ବିଶେଷଜ୍ଞଙ୍କୁ ଦେଖା

କରନ୍ତୁ ।

ନିଜର ପ୍ରେଗ୍ନେନ୍ସି ହିଷ୍ଟ୍ରି ପ୍ରତି ଦୃଷ୍ଟି ଦିଅନ୍ତୁ: ଆଗରୁ ଆପଣଙ୍କର ଗର୍ଭପାତ କିମ୍ବା ପ୍ରିଟର୍ମ ବାର୍ଥ ହେଇନାହିଁ ତ? କିମ୍ବା ଗର୍ଭଧାରଣ ସମୟରେ କୌଣସି ବିଷମ ସମସ୍ୟା ଦେଖାଦେଇ ନାହିଁତ? ଡାକ୍ତରଙ୍କୁ ପଚାରି ବୁଝନ୍ତୁ ଯେ କେଉଁ ବିଷୟ ପ୍ରତି ସତର୍କ ଦୃଷ୍ଟି ଦିଆଯିବ ।

ନିଜର ମା'ଙ୍କ ଗର୍ଭ ଇତିହାସ ପ୍ରତି ଦୃଷ୍ଟି ଦିଅନ୍ତୁ:

ଅନୁସନ୍ଧାନ କରନ୍ତୁ ଯେ ଆପଣଙ୍କ ଜନ୍ମ କିପରି ହୋଇଥିଲା? ଆପଣ ଡେସ୍ ବେବି ନୁହନ୍ତି ତ? ୧୯୭୧ ମସିହା ପୂର୍ବରୁ ଗର୍ଭପାତକୁ ରୋକିବା ପାଇଁ ଡାଇଥାଇ-ଇଜଟିଲ ସେଜିସାଟ୍ରାଲ ନାମକ ଯେଉଁ ଔଷଧ ଦିଆଯାଉଥିଲା, ତଦ୍ୱାରା ଜନନେନ୍ଦ୍ରୀୟ ଗୁଡ଼ିକ କ୍ଷତିଗ୍ରସ୍ତ ହେଉଥିଲା । ଯଦି ଆପଣଙ୍କର ମା' ଉକ୍ତ ଔଷଧ ଖାଇଥାନ୍ତି, ତେବେ ଆପଣ ମଧ୍ୟ ଯୋନି ଓ ଗର୍ଭାଶୟ ମୁହଁକୁ କୋଲୋପୋସ୍କୋପି କରିନେବା ଉଚିତ ।

ପରୀକ୍ଷା କରାନ୍ତୁ: ଗର୍ଭଧାରଣ ପୂର୍ବରୁ ନିମ୍ନ ପରୀକ୍ଷାମାନ କରିବାକୁ ପରାମର୍ଶ ଦିଆଯାଏ ।

- ■ ହିମୋଗ୍ଲୋବିନ ବା ହିମେଟୋକ୍ରିଟ (ଏନିମିଆ)
- ■ ଆର.ଫେକ୍ଟର ନେଗେଟିଭ ହେଇଥିଲେ ସ୍ୱାମୀଙ୍କର ମଧ୍ୟ ଏହି ପରୀକ୍ଷା କରାଯିବ । ସେ ମଧ୍ୟ ନେଗେଟିଭ ହେଇଥିଲେ ଭାବିବାରେ କିଛି ନାହିଁ ।
- ■ ରୁବେଲା ଟିଟର
- ■ ବେରିମଲା ଟିଟର
- ■ ମଧୁମେହ ପାଇଁ ପରିସ୍ରା
- ■ ଟ୍ୟୁବରକୁଲୋସିସ
- ■ ହେପେଟାଇଟିସ-ବି (ହାଇରିସ୍କ ହେଲେ)
- ■ ସାଇଟୋ ମିଗେଲୋ ଭାଇରସ - ଏଣ୍ଟିବଡିଜ (ଏହି ସମସ୍ୟା ଥିଲେ ଛ' ମାସ ପରେ ଗର୍ଭଧାରଣ କରନ୍ତୁ)
- ■ ଟମନୋପ୍ଲାଜମୋସିସ ଟିଟର (ପୋଷାବିରାଡି କଞ୍ଚା ମାଂସ ଖାଉଥିଲେ ବା ଗ୍ଲୋଭ ନ ପିନ୍ଧି ବଗିଚା କାମ କରୁଥିଲେ ବା ପାଶ୍ଚରାଇଜ ଫ୍ରି କ୍ଷୀର ଖୁଆଥିଲେ.. ବହି ଦେଖନ୍ତୁ)
- ■ ଥାଇରାଇଡ (ଗର୍ଭଧାରଣ ଓ ସନ୍ତାନର ମାନସିକ ଦକ୍ଷତାର କୁପ୍ରଭାବ ପକାଏ । ବଂଶଗତ ଦୋଷ ଥିଲେ ନିହାତି ପରୀକ୍ଷା ଜରୁରୀ)
- ■ ଏସଟିଡି (ଯୌନ ରୋଗ) ପରୀକ୍ଷା କରିବା ବାଞ୍ଛନୀୟ । ଏଥିରେ ସିଫଲିସ, ଗନେରିଆ, ହର୍ପିଜ, କ୍ଲାମିଡିଆ, ଧ୍ୟୁମନ ପେପିଲୋମା ଭାଇରସ, ବେକ୍ଟେରିଆଲ ବେଜିନେସିସ, ଗାରଡନରେଲା, ରେଜନିଟିସ ଓ ଏଚ.ଆଇଭି ପ୍ରଭୃତି ପ୍ରମୁଖ । ହୁଏତ, ନ ହେଇଥାଇପାରେ ହେଲେ ପରୀକ୍ଷା କରିନେଲେ କ୍ଷତି କ'ଣ?

ଚିକିତ୍ସା କରାନ୍ତୁ: ଯଦି କୌଣସି ରୋଗ ହୋଇଥାଏ ତେବେ ଚିକିତ୍ସିତ ହୁଅନ୍ତୁ । ସର୍ଜରୀ ହେଉ ବା ନ୍ଦ୍ରୀୟଜନିତ ସାମାନ୍ୟ ରୋଗ, ଚିକିତ୍ସା ପାଇଁ ସଂକୋଚ ପ୍ରକାଶ କରନ୍ତୁ ନାହିଁ । ଯଥା:

- ■ ୟୁଟେରାଇନ ପୋଲିପ୍ସ, ଫାୟବ୍ରାଇଡ, ସିଷ୍ଟ, ଟ୍ୟୁମର
- ■ ଏଣ୍ଡୋ ମେଟ୍ରିଓସିସ
- ■ ପୃଷ୍ଠଦେଶୀୟ ରୋଗ
- ■ ମୂତ୍ରାଶୟ ସଂକ୍ରମଣ
- ■ ଯୌନ ରୋଗ

ଯେକୌଣସି ସର୍ଜରୀ କରାଗଲେ ଛ' ମାସ ପରେ ହିଁ ଗର୍ଭଧାରଣ କରନ୍ତୁ ।

ସମସ୍ତ ଟୀକା ନିଅନ୍ତୁ: ଗତ ଦଶ ବର୍ଷ ମଧ୍ୟରେ ଟିଟାନସ, ଡିପ୍‌ଥେରିଆ, ବୁଷ୍ଟର ନେଇନଥିଲେ ନିହାତି ନିଅନ୍ତୁ । ଏମଏମଆର ଭେକ୍ସିନ ନେଲେ ତିନି ମାସ ଅପେକ୍ଷା କରନ୍ତୁ । ହେପେଟାଇଟିସ-ବି ପ୍ରତି ସତର୍କ ହେଇ ଚିକିତ୍ସା କରାନ୍ତୁ ।

କ୍ରନିକ ରୋଗକୁ ଆୟତ୍ତ କରନ୍ତୁ

ମନେକର ଆପଣ ଶ୍ୱାସରୋଗ, ମଧୁମେହ, ହାପର, ହୃଦରୋଗ ପ୍ରଭୃତି ଦୀର୍ଘସ୍ଥାୟୀ ରୋଗଗ୍ରସ୍ତ ହେଇଥିଲେ ଗର୍ଭଧାରଣ ପୂର୍ବରୁ ଡାକ୍ତରଙ୍କୁ ପଚାରି ଏସବୁ ରୋଗକୁ ଆୟତ୍ତାଧୀନ କରନ୍ତୁ । ଆଉ ଏଥିପ୍ରତି ସାବଧାନ ରୁହନ୍ତୁ । ଏଲାର୍ଜୀ, ଡିପ୍ରେସନ ଭଳି ରୋଗକୁ ମଧ୍ୟ ଏଡ଼ାଇବା ପାଇଁ ଚେଷ୍ଟା କରନ୍ତୁ ।

ଜେନେଟିକ ସ୍କ୍ରିନିଂ: ସ୍ୱାମୀ ସ୍ତ୍ରୀ ଦୁହିଁଙ୍କ ମଧ୍ୟରୁ କାହାକୁ ଯି ଜେନେଟିକ ଡିସ୍ଅର୍ଡର (ସିକଲ ସେଲ, ଥେଲାସିମିଆ, ହିମୋଫିଲିଆ, ସିଷ୍ଟିମ ଫାଇବ୍ରୋସିସ, ମସ୍କୁଲର ଡିଷ୍ଟ୍ରୋଫି ବା ଏକ୍ସ ସିଣ୍ଡ୍ରୋମ ପ୍ରଭୃତି) ଥାଏ ବା ଡାଉନ ସିଣ୍ଡ୍ରୋମ ଭଳି ଅନ୍ୟ ଜନ୍ମଗତ ବିକୃତି ଥିଲେ ବା ଉଭୟଙ୍କ ବଂଶରେ କେହି ରୋଗଗ୍ରସ୍ତ ହେଇଥିଲେ ଜେନେଟିକ ବିଶେଷଜ୍ଞଙ୍କ ସହ ଯୋଗାଯୋଗ କରନ୍ତୁ । ଆପଣ ଯଦି କେକେସିଆନ ହେଇଥାନ୍ତି, ତେବେ ସିଷ୍ଟିକ ଫାଇବ୍ରୋସିସ, ୟୁହୁଦି-ୟୁରୋପିଆନ ହେଇଥିଲେ ଟି-ସେକ୍, ଫ୍ରେଞ୍ଚ-କାନାଡିଆନ ବା ଆଇରିସ-ଆମେରିକାନ ହେଇଥିଲେ ସିକାଇ-ସେଲ, ଆଉ ଗ୍ରୀକ୍-ଇଟାଲିଆନ ବା ଦକ୍ଷିଣ ପୂର୍ବ ଏସିଆ ବା ଫିଲିପିନ୍ସ ଦେଶର ହେଇଥିଲେ ଥେଲାସିମିଆ ପରୀକ୍ଷା କରାନ୍ତୁ । ପୂର୍ବ ଗର୍ଭ ମଧ୍ୟ ଜେନେଟିକ ସମସ୍ୟାଗ୍ରସ୍ତ ଥିଲେ ଡାକ୍ତରଙ୍କ ପରାମର୍ଶ ଲୋଡନ୍ତୁ ।

ଜନ୍ମ ନିୟନ୍ତ୍ରଣର ଉପାୟଁ ଜନ୍ମ ନିୟନ୍ତ୍ରଣ ଉପାୟ ଯୋଗୁଁ ଯଦି କୌଣସି କୁପ୍ରଭାବ ପଡ଼େ, ତେବେ ତାକୁ ପରିବର୍ତ୍ତନ କରି ଗର୍ଭଧାରଣ ସକାଶେ ଉପକ୍ରମ କରୁଥିଲେ ବହୁ ମାସ ଆଗରୁ ଗର୍ଭ ନିରୋଧକ ବଟିକା ବନ୍ଦ କରିଦିଅନ୍ତୁ । ଚେଷ୍ଟା କରାଯାଉ ଯେ ଗର୍ଭଧାରଣର ଦୁଇ ମାସ ପୂର୍ବରୁ ଦୁଇଥର ମାସିକ ରକ୍ତସ୍ରାବ ନିୟମିତ ହେଲେ ଖୁବ୍ ଭଲ । ଯଦି ଅନିୟମିତ ହେଉଥାଏ, ତେବେ ନିରାଶ ହୁଅନ୍ତୁନି । ଆଇ.ୟୁ.ଡି. ବ୍ୟବହାର କରୁଥିଲେ କାଢ଼ି ଦିଅନ୍ତୁ ।

ଖାଦ୍ୟପେୟ: ସବୁଠୁ ଗୁରୁତ୍ୱପୂର୍ଣ୍ଣ କଥା ହେଲା ଖାଦ୍ୟରେ ଫଲିକ ଏସିଡ ମିଶିଥିବ । ଅଧ୍ୟୟନରୁ ଜଣାପଡ଼ିଛି ଯେ, ଗର୍ଭଧାରଣ ପୂର୍ବରୁ ଓ ଗର୍ଭବେଳେ ଯଥେଷ୍ଟ ଫଲିକ ଏସିଡ ହେବା ଦରକାର । ଫଳରେ ନ୍ୟୁଟାଲ ଟ୍ୟୁବ ଦୋଷ ହ୍ରାସ ପାଇଥାଏ । ଏହା ଖାଦ୍ୟ ଶସ୍ୟ ଓ ତଟକା ପନିପରିବାରେ ପ୍ରଚୁର ମାତ୍ରାରେ ଥାଏ । ତତ୍ ସଂଗେ ସଂଗେ ଔଷଧ ମଧ୍ୟ ଦିଆଯାଇପାରେ ।

ଜଙ୍କ ଫୁଡ ଓ ରିଫାଇଣ୍ଡ ସୁଗର କମ୍ କରନ୍ତୁ । ଖାଦ୍ୟ ଶସ୍ୟ, ଫଳ, ପନିପରିବା ଓ କମ୍ ଚର୍ବିଯୁକ୍ତ ଦୁଗ୍ଧଜାତ ପଦାର୍ଥ ଖିଆଯାଇପାରେ । ସେଚୁରେଟନି ତେଲ କମ୍ କରନ୍ତୁ, ଏହାଫଳରେ ପ୍ରବଳ ବାନ୍ତି ହେଇଥାଏ । ଗର୍ଭଧାରଣ ପୂର୍ବରୁ ପ୍ରତିଦିନ ଦୁଇଭାଗ ପ୍ରୋଟିନ ଓ ତିନିଭାଗ କେଲସିୟମ ନିହାତି ଖାଆନ୍ତୁ ।

ମନେକର ଖାଦ୍ୟପେୟର ଅଭ୍ୟାସ ଭଲ ନଥାଏ ବା ବଦଭ୍ୟାସ ଥାଏ, ତେବେ ଡାକ୍ତରଙ୍କୁ ପରାମର୍ଶ କରନ୍ତୁ ।

ଆଦର୍ଶ ଓଜନ: ଅତ୍ୟଧିକ ବା ଅତ୍ୟଳ୍ପ ଓଜନ ଗର୍ଭଧାରଣରେ ସମସ୍ୟା ସୃଷ୍ଟି କରିଥାଏ । ଆବଶ୍ୟକ ସ୍ଥଳେ କ୍ୟାଲୋରି କମ୍ କରନ୍ତୁ । ଅଳ୍ପ ଅଳ୍ପ କରି ଓଜନ କମାନ୍ତୁ । କୁପୋଷଣ ଯୋଗୁଁ ଗର୍ଭ ବାଧାପ୍ରାପ୍ତ ହେଇଥାଏ ।

ଭିଟାମିନ ଓ ଖଣିଜ ଲବଣ ଖାଆନ୍ତୁ: ଖାଦ୍ୟରେ ପରିବର୍ତ୍ତନ ସାଙ୍ଗକୁ ଜୀବସାର ଓ ଖଣିଜ ଲବଣ ଏହା ଏକାନ୍ତ ଜରୁରୀ । ଗର୍ଭଧାରଣ ପୂର୍ବରୁ ଏସବୁ ଯଥେଷ୍ଟ ମାତ୍ରାରେ ଖାଉଥିଲେ ବାନ୍ତି, ଉଦ୍‌ବେଗ ବା ମର୍ଣ୍ଣିଂ ସିକ୍‌ନେସ ଭଳି ସମସ୍ୟା କମିଯାଇଥାଏ । ଜିଙ୍କ ନେଲେ ଉପକାର ହୁଏ । ଏହା ସାଙ୍ଗକୁ ଅନ୍ୟାନ୍ୟ ପୋଷକ ମନା, କାରଣ ଏହାର ଆଧିକ୍ୟ ଗର୍ଭ ପାଇଁ କ୍ଷତିକାରକ ।

ଶରୀର ଗଠନ: ବ୍ୟାୟାମକୁ ଦିନ ଚର୍ଯ୍ୟାରେ ସାମିଲ କରାଗଲେ ଦେହ ସୁସ୍ଥ ରହିବ ଓ ନିଜକୁ ପ୍ରସ୍ତୁତ କରିପାରିବେ । ଅଯତା ଓଜନ ମଧ୍ୟ ହ୍ରାସ ପାଇବ କିନ୍ତୁ ବେଶି ପରିଶ୍ରମ ଥିବା ବ୍ୟାୟାମ କରନ୍ତୁ ନାହିଁ । ଦେହର ତାପମାତ୍ରା ବଢ଼ିଗଲେ ମଧ୍ୟ ଗର୍ଭଧାରଣରେ ଅସୁବିଧା ହୁଏ । ମନେରଖନ୍ତୁ: ଅତି ସର୍ବତ୍ର ବର୍ଜୟେତ ।

ଡ୍ରଗ୍ସଠାରୁ ଦୂରେଇ ରହନ୍ତୁ: କୋକେନ, ବେକ୍ରକ, ପାରିଜୁଆନା, ହେରୋଇନ ଭଳି ଡ୍ରଗ୍ସ ଗର୍ଭଧାରଣରେ ବାଧା ସୃଷ୍ଟିକରି ବିପଜ୍ଜନକ ହେଇପାରେ । ହୁଏତ ଗର୍ଭଧାରଣରେ ଅସୁବିଧା ହୁଏ କିମ୍ବା ଭ୍ରୁଣଟିକୁ ନଷ୍ଟ କରିଥାଏ । ଗର୍ଭସ୍ଖଳନ, ସମୟ ପୂର୍ବରୁ ପ୍ରସବ ପ୍ରଭୃତି ସମସ୍ୟା ଲାଗିରହେ । ବେଳେ ବେଳେ ଖାଉଥିଲେ ମଧ୍ୟ ପୂରାପୂରି ବନ୍ଦ କରିବାକୁ ପଡ଼ିବ, କାଠିକର ପାଠ ମନେହେଲେ ବ୍ୟାବସାୟିତ ସହାୟତା ଲୋଡନ୍ତୁ ।

ବାର୍ଥ ଔଷଧରୁ ଦୂରେଇ ରହନ୍ତୁ: ଗର୍ଭଧାରଣ ପାଇଁ ଯୋଜନା କଲାପରେ ଯେକୌଣସି ଔଷଧ ହେଉନା କାହିଁକି ଡାକ୍ତରଙ୍କୁ ନ ପଚାରି ଜମା ଖାଆନ୍ତୁ

ନାହିଁ । ଯୋନି ପ୍ରଦେଶରେ ରଖୁଥିବା ଔଷଧକୁ ମଧ୍ୟ ଡାକ୍ତରଙ୍କୁ ପଚାରି ବ୍ୟବହାର କରନ୍ତୁ ।

ଔଷଧକୁ ପରୀକ୍ଷା କରି ଖାଆନ୍ତୁ: ଯେଉଁ ଔଷଧକୁ ଆପଣ ବର୍ଷ ବର୍ଷ ଧରି ଖାଇ ଆସୁଛନ୍ତି, ତାହା ଗର୍ଭାସମୟ ପାଇଁ ଉପଯୁକ୍ତ କି ନାହିଁ, ପଚାରନ୍ତୁ । ଅନ୍ୟୂନ ଛ ମାସ ଏଭଳି ଔଷଧ ଖାଆନ୍ତୁ ନାହିଁ । ପ୍ରସବ ପରେ ମଧ୍ୟ ସାବଧାନ ହେବାକୁ ହେବ କାରଣ ସ୍ତନପାନ ଜରିଆରେ ଔଷଧ ଶିଶୁ ପାଖକୁ ପହଞ୍ଚି ପାରେ । ବେଳେ ବେଳେ ଡୋଜ କମ୍ କଲେ ଅସୁବିଧା ହୁଏନାହିଁ ।

କେତେକ ଔଷଧ ଖୁବ୍ ମାରାତ୍ମକ ଥାଏ, ଏଣୁ ଡାକ୍ତରଙ୍କୁ ମଝିରେ ମଝିରେ ବୁଝୁଥାନ୍ତୁ ।

ହର୍ବଲ ବା ବିକଳ୍ପ ଔଷଧ: ସବୁ ହର୍ବଲ ଔଷଧ ନିରାପଦ ହେବାର ମାନେ ନଥାଏ । ଅନେକ ଔଷଧ ଗର୍ଭରେ ବାଧା ସୃଷ୍ଟି କରେ । ଏଣୁ ଏହାକୁ ବ୍ୟବହାର କଲାବେଳେ ସାବଧାନ ହେବା ଉଚିତ ।

କେଫିନର ପରିମାଣ ହ୍ରାସ କରନ୍ତୁ: ଚା, କଫି ଇତ୍ୟାଦିର ପରିମାଣକୁ ଏବେଠାରୁ କମ୍ କରିଦେଲେ ଭବିଷ୍ୟତରେ ଅସୁବିଧା ହେବନାହିଁ । ଅଧ୍ୟୟନରୁ ଜଣାପଡ଼ିଛି ଯେ ଅତ୍ୟଧିକ କଫି ସେବନ ଯୋଗୁଁ ଗର୍ଭାବସ୍ଥା ବାଧାପ୍ରାପ୍ତ ହୁଏ । ଅବଶ୍ୟ ଏହାର ଆଧିକ୍ୟ ଆମ ଦେହକୁ ଅସୁବିଧାରେ ପକାଏ ।

ମଦ ସେବନ ନିଷେଧ: ଗର୍ଭଧାରଣ ପାଇଁ ଯୋଜନା କଲା ପରେ ପ୍ରତ୍ୟହ ମଦ ସେବନ ନିଷେଧ । ମାସିକ ଋତୁସ୍ରାବ ମଧ୍ୟ ଏହାଫଳରେ ବାଧାପ୍ରାପ୍ତ ହେଇଥାଏ, ଏଣୁ ଏହା ବର୍ଜିତ ।

ଧୂମପାନ କରନ୍ତୁନି: ଧୂଆଁପତ୍ର ଶିଶୁ ଦେହରେ କ୍ୟାନ୍ସର ଭଳି ମାରାତ୍ମକ ରୋଗକୁ ଡାକିଆଣେ । ତଥା ଗର୍ଭଧାରଣରେ ମଧ୍ୟ ନାନା ଅସୁବିଧା ସୃଷ୍ଟି କରିଥାଏ । ଏଣୁ ଶିଶୁକୁ ସେହି ନର୍କରୁ ଉଦ୍ଧାର କରନ୍ତୁ ।

ରେଡିଏସନର ଆଧିକ୍ୟ କ୍ଷତିକାରକ: ମନେକର ଏକ୍ସ-ରେ କରିବାକୁ ହେଲେ ଜନନେନ୍ଦ୍ରୀୟକୁ ଢ଼ାଙ୍କି କରାନ୍ତୁ । ମନେରଖନ୍ତୁ ଯେଗର୍ଭଧାରଣ ପାଇଁ ଯୋଜନା କଲାବେଳେ ହୁଏତ, ଯେ କୌଣସି ମୁହୂର୍ତ୍ତରେ ଆପଣ ଗର୍ଭବତୀ ହେଇପାରନ୍ତି; ,ଣୁ ସତର୍କତା ବାଞ୍ଛନୀୟ । ନିଜର ଡାକ୍ତରଙ୍କୁ ଆଗରୁ ଏକଥା ଜଣେଇ ଦିଅନ୍ତୁ । ସେ ମଧ୍ୟ ସାବଧାନତାର ସହିତ ଚିକିତ୍ସା କରିବେ । ଅତ୍ୟାବଶ୍ୟକ ହେଲେ ଗର୍ଭଧାରଣ ବେଳେ ଏକ୍ସ-ରେ ଭଳି ରେଡିଏସନ କରାନ୍ତୁ ନଚେତ ନାହିଁ ।

ବିଷାକ୍ତ ରାସାୟନିକ ପଦାର୍ଥରୁ ଦୂରେଇ ରହନ୍ତୁ : ଅନେକ ରାସାୟନିକ ପଦାର୍ଥ ଗର୍ଭଧାରଣ ତଥା ଭ୍ରୂଣ ବିକାଶରେ ବାଧା ସୃଷ୍ଟି କରିଥାଏ । ଏଣୁ କାର୍ଯ୍ୟରତ ଥିଲାବେଳେ ଏଥିପ୍ରତି ଦୃଷ୍ଟି ଦିଅନ୍ତୁ । ବିଶେଷକରି ଔଷଧପତ୍ର, ଆର୍ଟ, ଫୋଟୋଗ୍ରାଫି, ଫ୍ରେମିଂ ଓ ଲେଣ୍ଡସେସ୍କିଂ, ହେୟାର ଡ୍ରେସିଂ ଓ କସ୍ମେଟୋଲୋଜି, ଡ୍ରାଏ କ୍ଲିନଂ ଓ ବିଭିନ୍ନ କାରଖାନାରେ ସାବଧାନ ହେଇ କାମ କରିବାକୁ ହେବ । ସମ୍ଭବ ହେଲେ ଗର୍ଭବେଳେ ଏଠାରେ କାମ କରନ୍ତୁ ନାହିଁ ।

ବେଳେ ବେଳେ ଲେଡ୍ ବା ସୀସା ମଧ୍ୟ କ୍ଷତି କରିଥାଏ । ଏହା କର୍ମଶାଳା ବ୍ୟତୀତ ଏହା ଘରେ ବା ପାଣିରେ ମଧ୍ୟ ଥାଏ । ଘରୋଇ ବିଷାକ୍ତ ପଦାର୍ଥ ସଂସ୍ପର୍ଶରେ ମଧ୍ୟ ଆସନ୍ତୁ ନାହିଁ । ନିଜ ରକ୍ତରେ ସୀସାର ସ୍ତର ଅଧିକ ଥିଲେ ମଧ୍ୟ ଡାକ୍ତର୍କୁ କହି ଚିକିତ୍ସିତ ହୁଅନ୍ତୁ ।

ଆର୍ଥିକ ସମ୍ବଳ: ଶିଶୁ ଆସିବା ପୂର୍ବରୁ ନିଜର ଆର୍ଥିକ ସମ୍ବଳକୁ ସୁଦୃଢ଼ କରନ୍ତୁ, କାରଣ ଆଗାମୀ ସମୟରେ ଆପଣଙ୍କୁ ଅଧିକ ଖର୍ଚ୍ଚ କରିବାକୁ ପଡ଼ିବ । ନିଜର ସ୍ୱାସ୍ଥ୍ୟ ବୀମା କରି ପକାଇବା ଭଲ, କାରଣ ପ୍ରସବର ଖର୍ଚ୍ଚ ଟଙ୍କା ମିଳିପାରିବ । ଅଫିସରେ ମେଟରନିଟି ଲିଭ (ପ୍ରସବକାଳୀନ ଛୁଟି)ର ବ୍ୟବସ୍ଥା ଅଛି କି ନାହିଁ ଏକଥା ବୁଝନ୍ତୁ । ଆଗରୁ ସୁବିଧା କରିନେଲେ ଭଲ ।

ଦୃଷ୍ଟି ନିକ୍ଷେପ କରନ୍ତୁ: ଥରେ ସାବଧାନ ହେଲା ପରେ ନିଜ ଯୋଜନାକୁ କାର୍ଯ୍ୟକାରୀ କରିବା ପାଇଁ ଦୃଷ୍ଟି ଦିଅନ୍ତୁ । ଯଦି ଆପଣ ମାସିକ ଋତୁଚକ୍ରର ସର୍ବୋତ୍ତମ ସମୟରେ ସହବାସ କରନ୍ତି, ତେବେ ହୁଏତ ଖୁବ୍ ଶୀଘ୍ର ଗର୍ଭଢ଼ାରଣର ସମ୍ଭାବନା ବଢ଼ିଯିବ । କୌଣସି ଏକ ଡାଏରୀରେ ଋତୁ ସ୍ରାବର ପ୍ରଥମ ତାରିଖ ଅଂକିତ କରନ୍ତୁ । ଏକଥା ମଧ୍ୟ ଜାଣିବାକୁ ଚେଷ୍ଟା କରନ୍ତୁ ଯେ, ଆପଣ ସଂସର୍ଗ କେବେ ହେଲେ । ଋତୁର ମଧ୍ୟବର୍ତ୍ତୀ ସମୟ ଏଥିପାଇଁ ଉପଯୁକ୍ତ ହେଇଥାଏ । କିନ୍ତୁ ଅନିୟମିତ ଋତୁଚକ୍ରର

ପ୍ରଥମାର୍ଦ୍ଧ ଦଶମ ଦିନ କିମ୍ବା ଦ୍ୱିତୀୟାର୍ଦ୍ଧ ସପ୍ତଦଶ ଦିନ ଗର୍ଭଧାରଣର ସମ୍ଭାବନା ବେଶି ଥାଏ । ଅନେକ ଏହାକୁ ସ୍ପଷ୍ଟ ଜାଣିବା ବେଳେ ଅନ୍ୟମାନେ ଏଥିପ୍ରତି ଅନଭିଜ୍ଞ ରହିଥାନ୍ତି ବା ଜାଣିପାରନ୍ତି ନାହିଁ । ଇତ୍ୟବସରରେ ଆପଣଙ୍କର ଯୋନିସ୍ରାବ ଅଣ୍ଡାର ଧଳା ଦ୍ରବଣ ଭଳି ଦେଖାଯାଏ ଓ ଅଠା ଭଳି ଚପ୍ ଚପ୍ କରିଥାଏ । ଏହାକୁ ଟାଣିହୁଏ । ତତ୍ ସଂଗେ ସଂଗେ ତଳି ପେଟରେ କିମ୍ବା ପିଠି ଆଡ଼କୁ ଈଷତ୍ ଯନ୍ତ୍ରଣା ଅନୁଭୂତ ହେଇଥାଏ । ଭି.ଭି.ଟି. ଥର୍ମୋମିଟର ବଳରେ ଭେସାଲ ତାପମାତ୍ରା ଜଣାପଡ଼ିଯିବ । ସକାଳୁ ବିଛଣାରୁ ଉଠିଲାବେଳେ ତାପମାତ୍ରା ମାପିନିଅନ୍ତୁ । ଓଭ୍ୟୁଲେସନ ଚକ୍ରାରମ୍ଭ ଆଗରୁ ତାପମାତ୍ରା କମ୍ ଥାଏ, ଅଥଚ ପରେ ପରେ ବଢ଼ିଯାଏ । ଏକଥା ଜାଣି ପାରୁନଥିଲେ ଆପଣ ବଜାରରୁ 'ହୋମ ଓ ଭ୍ୟୁଲେସନ ପ୍ରିଡିକ୍ଟର କିଟ' କିଣି ଆଣି ଆପଣ ପ୍ରସବର ସଠିକ୍ ଦିନ ଅନୁମାନ କରିପାରିବେ ।

ବିଶ୍ରାମ କରନ୍ତୁ: ହଁ, ବୋଧହୁଏ ଏହା ହିଁ ସବୁଠାରୁ ଗୁରୁତ୍ୱପୂର୍ଣ୍ଣ କଥା । ମାନସିକ ଚାପ ଯୋଗୁଁ ନାନା ଅସୁବିଧା ହୁଏ । ଏଣୁକରି ଚାପମୁକ୍ତ ପାଇଁ ଧ୍ୟାନ, ଯୋଗ କରି ନିଶ୍ଚିନ୍ତ ରୁହନ୍ତୁ ।

ପୂରା ସମୟ ଦିଅନ୍ତୁ: ଏକ ସୁସ୍ଥ ଗର୍ଭାବସ୍ଥା ଆରମ୍ଭ ପାଇଁ ସାଧାରଣତଃ ଛ'ମାସ ଲାଗିଯାଏ । ଶୀଘ୍ର ସୁଫଳ ନପାଇଲେ ନିଜ ସ୍ୱାସ୍ଥ୍ୟ ପ୍ରତି ଦୃଷ୍ଟି ଦିଅନ୍ତୁ । ଡାକ୍ତରଙ୍କୁ ଭେଟିବା ପୂର୍ବରୁ ନିଜକୁ ଚାପମୁକ୍ତ ରହନ୍ତୁ । ୩୫ ବର୍ଷରୁ ଅଧିକ ବୟସ ହେଇଥିଲେ ଅନ୍ୟୂନ ଛ'ମାସ କାଳ ଚେଷ୍ଟା ପରେ ଡାକ୍ତରଙ୍କ ସମ୍ମୁଖୀନ ହୁଅନ୍ତୁ ।

ଗର୍ଭଧାରଣ ପୂର୍ବରୁ ବାପା କଣ କରିବେ ?

ଡାକ୍ତରଙ୍କୁ ସାକ୍ଷାତ: ନିଜର ଶାରୀରିକ ପରୀକ୍ଷଣ ପୂର୍ବକ ଆପଣ ଟେଷ୍ଟିକାଲ ସିଷ୍ଟ, ଟ୍ୟୁମର କିମ୍ବା ଡିପ୍ରେସନର ଶିକାର ନୁହନ୍ତି ତ ! ଏକଥା ଜାଣିବାକୁ ଚେଷ୍ଟା କରନ୍ତୁ ଯେ କୌଣସି ରୋଗ ଗର୍ଭଧାରଣ ପାଇଁ ବାଧକ ନୁହଁ ତ ?

ଯେକୌଣସି ଔଷଧ ଖାଇବା ପୂର୍ବରୁ ତାହା ଯୌନ (କ୍ଷମତା) ସାମର୍ଥ୍ୟକୁ ନକରୁ, ଏଥିପ୍ରତି ସାବଧାନ ରହନ୍ତୁ । ବେଳେ ବେଳେ ଏହା ଯୋଗୁଁ ଶୁକ୍ରାଣୁ ସଂଖ୍ୟା ହ୍ରାସ ପାଇଯାଏ । ଏଣୁ ସାବଧାନ !

ଜେନେଟିକ ସ୍କ୍ରିନିଂ ଆବଶ୍ୟକ ସ୍ଥଳେ କରାନ୍ତୁ: ନିଜ ବଂଶରେ ଏଭଳି କିଛି ଘଟିଥିଲେ ବା ସମ୍ଭାବନା ଥିଲେ ଜେନେଟିକ ସ୍କ୍ରିନିଂ କରାନ୍ତୁ ।

ଗର୍ଭନିରୋଧକ ତ୍ୟାଗ କରନ୍ତୁ: ଯଦି ଆପଣଙ୍କର ସ୍ତ୍ରୀ କୌଣସି ପ୍ରକାର ଗର୍ଭନିରୋଧକ ଉପାୟ ଅବଲମ୍ବନ କରୁଥାନ୍ତି କିମ୍ବା ବଟିକା ଖାଉଥାନ୍ତି, ତେବେ ସେସବୁ ବନ୍ଦ କରିବାକୁ କୁହନ୍ତୁ । ଅତି କମ୍‌ରେ ଦୁଇ ମାସ କାଳ ମାସିକ ଋତୁସ୍ରାବ ହେଇଯାଉ । ଇତିମଧ୍ୟରେ ସ୍ପର୍ମିସାଇଡ ବ୍ୟତୀତ କଣ୍ଡୋମ ବ୍ୟବହାର କରିପାରନ୍ତି ।

ଖାଦ୍ୟପେୟ: ଖାଦ୍ୟ ଭଲ ହେଲେ, ଗର୍ଭ ଧାରଣ ସକାଶେ ଶୁକ୍ରାଣୁ ମଧ୍ୟ ସୁସ୍ଥ ଓ ଉପଯୁକ୍ତ ହେଇପାରିବେ । ଏଣୁ ଗର୍ଭଧାରଣ ପୂର୍ବରୁ ବାପା-ମା ହେବାକୁ ହେଲେ ଉତ୍ତମ ଖାଦ୍ୟ ଗ୍ରହଣ ବାଞ୍ଛନୀୟ । ଚେଷ୍ଟା କରନ୍ତୁ ଯେ ଖାଦ୍ୟରେ ଜୀବସାର ସି.ଇ. ଜିଙ୍କ, ଡି.ଓ. କ୍ୟାଲସିୟମ ଭରପୂର ମାତ୍ରାରେ ହେବା ବିଧେୟ । ବିଭିନ୍ନ ଭିଟାମିନ ସାଙ୍ଗକୁ ଖଣିଜ ଲବଣ ମିଶିଥିବା ଉଚିତ । ଫଲିକ୍ ଏସିଡ ଓ ସମଗା ମଧ୍ୟ ଆବଶ୍ରକ । ମଧୁମେହ ରୋଗୀ ହେଇଥିଲେ ଆଗରୁ ଆୟତ୍ତ କରିନିଅନ୍ତୁ ।

ଜୀବନଶୈଳୀ: ଗବେଷଣା ଓ ଅଧ୍ୟୟନରୁ ଜଣାପଡ଼ିଚି ଯେ ଗର୍ଭଧାରଣ ପୂର୍ବରୁ ପୁରୁଷ ଲୋକ ଡ୍ରଗ୍ସ ସେବନ କରୁଥିଲେ ତାଙ୍କ ଯୌନ ସାମର୍ଥ୍ୟରେ କୁପ୍ରଭାବ ପଡ଼ିଥାଏ । ଡ୍ରଗ୍ସ ଓ ମଦ ଯୋଗୁଁ କେବଳ ଶୁକ୍ରାଣୁର ସଂରଚନା ଓ ଗୁଣବର୍ତ୍ତା ପ୍ରଭାବିତ ହେଇନଥାଏ, ବରଂ ଟେଷ୍ଟୋସେହରାନର ସ୍ତର ମଧ୍ୟ କମିଯାଏ । ଶିଶୁଠାରେ ଜନ୍ମଗତ ବିକୃତି ବା ଦୋଷ ଦୁର୍ବଳତା ଦେଖାଯାଇଥାଏ । ଶିଶୁର ଓଜନ ହୁଏତ କମିଯାଇପାରେ । ଯଦି ଆପଣ ନିଜେ ଡ୍ରଗ୍ସ ଓ ମଦ ଚାଡ଼ି ପାରିବେ, ତେବେ ଆପଣଙ୍କର ସ୍ତ୍ରୀଙ୍କୁ ମଧ୍ୟ ଏହା ସହଜ ମନେହେବ ।

ଧୂମପାନ କରନ୍ତୁ ନାହିଁ: ଧୂମପାନ ଯୋଗୁଁ ଶୁକ୍ରାଣୁର ସଂଖ୍ୟା ହ୍ରାସ ପାଇଥାଏ ଓ ଗର୍ଭଧାରଣ କରେଇ ପାରିବା କାଠିକର ପାଠ ମନେହୁଏ । ଉକ୍ତ ଧୂଆଁ ଆପଣଙ୍କର ଆଗାମୀ ସନ୍ତାନ ତଥା ସ୍ତ୍ରୀଙ୍କ

ସ୍ୱାସ୍ଥ୍ୟ ସକାଶେ କ୍ଷତିକାରକ ଅଟେ । ଏଣୁ ଏହାକୁ ଛାଡ଼ିଦେବା ଉଚିତ ।

ଏଥିରୁ ଦୂରେଇ ରହନ୍ତୁ: ହଁ, ଅଏଲ ପେଣ୍ଟ ବାର୍ନିସ, ମେଟାଲ ଡିଗ୍ରିସର ଓ ପେଷ୍ଟିସାଇଡ୍ସ ପ୍ରଭୃତି କ୍ଷତିକାରକ ରାସାୟନିକ ପଦାର୍ଥ ଯୋଗୁଁ ଗର୍ଭଧାରଣ ବାଧାପ୍ରାପ୍ତ ହେଇଥାଏ । ଏଣୁ ଏଥିରୁ ଦୂରେଇ ରହିବା ଭଲ । ସମ୍ଭବ ହେଲେ ଏମାନଙ୍କ ସଂସ୍ପର୍ଶରେ ନଯିବା ସବୁଠୁ ଭଲ ।

ଏମାନଙ୍କୁ ଥଣ୍ଡା ରଖନ୍ତୁ: ହଁ ହଁ, ଆମେ ଆପଣଙ୍କ ଅଣ୍ଡକୋଷ ବିଷୟରେ କହୁଛୁ । ଯଦି ଏମାନଙ୍କୁ ବେଶି ଗରମ ପରିବେଶରେ ଖାଯାଏ, ତେବେ ମଧ୍ୟ ଶୁକ୍ରାଣୁର ସଂଖ୍ୟା ହ୍ରାସ ପାଇଥାଏ । ଏଣୁ ଏମାନଙ୍କୁ ଦେହର ତାପମାତ୍ରା ଠାରୁ ଅପେକ୍ଷାକୃତ ଥଣ୍ଡା ରଖିବା ବାଞ୍ଛନୀୟ । ହଟଟବ, ହଟବାଥ, ସୋନବାଥ, ଚିପା ଜାମା ଓ ଅଧୋବସ୍ତ୍ର ବେଶି ବ୍ୟବହାର କରିବା ଅନୁଚିତ । ସିନ୍ଥେଟିକ ପ୍ୟାଣ୍ଟ ଓ ଅଣ୍ଡରବିଅର ମଧ୍ୟ ଖରାଦିନରେ ବେଶି ଗରମ ଲାଗିଥାଏ ।

ଏମାନଙ୍କୁ ନିରାପଦ ରଖନ୍ତୁ: ଯଦି ଆପଣ ଫୁଟବଲ, ସକଟଏ, ବାସ୍କେଟବଲ ବା ଘୋଡା ଚଢ଼ାଳି ଭଳି ଖେଳ ଖେଳିଥାନ୍ତି, ତେବେ ଏସବୁ ଗୁପ୍ତ ଅଂଗର ନିରାପତ୍ତା ପ୍ରତି ଦୃଷ୍ଟି ଦେବାକୁ ହେବ । ଅତ୍ୟଧିକ ସାଇକେଲ ଚଢ଼ିବା ମଧ୍ୟ କ୍ଷତି କରିଥାଏ, କାରଣ ଏହାଫଳରେ ବେଶି ଚାପ ପଡ଼ିଥାଏ । ମନେକର ସାଇକେଲ ଚଢ଼ିବା ସମୟରେ ଏହା ଚେତାଶୂନ୍ୟ ମନେହୁଏ, ତେବେ ଗର୍ଭ ସମୟରେ ଏହାକୁ ବ୍ୟବହାର କରନ୍ତୁ ନାହିଁ । ଏଥିରେ ସମସ୍ୟା ଦେଖାଗଲେ ଡାକ୍ତରଙ୍କ ପାଖକୁ ଯିବାରେ ସଂକୋଚ କରନ୍ତୁ ନାହିଁ ।

ଧୀର ସ୍ଥିର ରହନ୍ତୁ: ଏହା ଆପଣ ଦୁହିଁଙ୍କ ପାଇଁ ଖୁବ୍ ଗୁରୁତ୍ୱପୂର୍ଣ୍ଣ ମଧ୍ୟ । ମାନସିକ ଚାପ ଯୋଗୁଁ କର୍ମସାମର୍ଥ୍ୟ ସାଙ୍ଗକୁ ଶୁକ୍ରାଣୁର ସଂଖ୍ୟା ମଧ୍ୟ ହ୍ରାସ ପାଇଥାଏ । ଏଣୁ ବେଶି ବ୍ୟତିବ୍ୟସ୍ତ ନହେଇ ଧୀରସ୍ଥିର ରହିଲେ ସବୁ ଠିକ୍ ହେଇଯିବ ।

ଏହା ପରେ... ?

ନୂଆ କରି ଆରମ୍ଭ କରିବାର ବେଳ ଅଟେ । ଗର୍ଭଧାରଣର ପୂର୍ବ ପ୍ରସ୍ତୁତି ହେବା ପରେ ବହିରେ ପ୍ରଦତ୍ତ ଗର୍ଭଧାରଣର ଅଧ୍ୟାୟ ଠାରୁ ପଢ଼ିବା ଆରମ୍ଭ କରିଦିଅନ୍ତୁ ଆଉ ରତିକ୍ରିୟା ସାଙ୍ଗକୁ ପରମ ତୃପ୍ତି ତଥା ପରମାନନ୍ଦ ଲଭନ୍ତୁ !...ନା, ଆଉ କିଛି କହିବାର ବାକି ଅଛି ?

ପରିଶିଷ୍ଟ

ଗର୍ଭଧାରଣ ସମୟରେ ହେବାକୁ ଥିବା ସାଧାରଣ ପରୀକ୍ଷା

ଡାକ୍ତର ହୁଏତ ଆପଣଙ୍କର ପରିସ୍ଥିତିକୁ ଦୃଷ୍ଟିରେ ରଖି ପରୀକ୍ଷା ଗୁଡ଼ିକୁ କମ ବେଶି କରିପାରନ୍ତି । ଏହା ବିଶେଷ କରି ଆପଣଙ୍କର ଚିକିତ୍ସା ଇତିହାସ ଓ ତାଙ୍କର ବ୍ୟାବସାୟିକ ମତାମତ ଉପରେ ନିର୍ଭର କରେ । ଅଧିକ ଜାଣିବା ପାଇଁ ଏହି ତାଲିକା ଦେଖନ୍ତୁ

ଟେଷ୍ଟ ବା ପରୀକ୍ଷା କେବେ କରାଯିବ	ପଦ୍ଧତି	କାରଣ
ରକ୍ତ ପରୀକ୍ଷା, ପ୍ରଥମ ଥର	ବାହୁରୁ ରକ୍ତ ବାହାର କରି ପରୀକ୍ଷା କରାଯିବ	ଆରଏଚ କିମ୍ବା କେଲ ଫେକ୍ଟର ପାଇଁ ପରୀକ୍ଷା
ହେମେଟୋକ୍ରିଟ ବା ହିମୋଗ୍ଲୋବିନ ପ୍ରଥମ ଥର (ତା'ପରେ ୨୦ ସପ୍ତାହ ପରେ)		ଆଇରନର ଅଭାବ, ରକ୍ତାଳ୍ପତା କିମ୍ବା ଆଇରନ ସପ୍ଲିମେଣ୍ଟ ଜାଣିବା ପାଇଁ
ରୁବେଲା ଟିଟର, ପ୍ରଥମ ସାକ୍ଷାତ		ରୁବେଲା (ଜର୍ମାନ ମିଜଲ୍ସ) ପାଇଁ ରୋଗ ପ୍ରତିରୋଧକ ଶକ୍ତି ସକାଶେ
ସିଫଲିସ ପରୀକ୍ଷା ପ୍ରଥମ ସାକ୍ଷାତ		ସିଫଲିସ ସଂକ୍ରମଣ ଥିଲେ ପାଙ୍ଗେ ସାଙ୍ଗ ଚିକିତ୍ସା କରି ଭ୍ରୂଣଟିକୁ ରକ୍ଷା କରାଯାଇପାରେ
ହେପେଟାଇଟିସର ସ୍କ୍ରିନଂ ପ୍ରଥମ ସାକ୍ଷାତ		ହେପେଟାଇଟିସ ବିର ସଂକ୍ରମଣ ଥିଲେ ଆଗରୁ ମା'ର ପରୀକ୍ଷା କରି ଭ୍ରୂଣର ଚିକିତ୍ସା କରାଯିବ
ପେପ ସ୍ମିୟର ପ୍ରଥମ ସାକ୍ଷାତ	ସର୍ଭାଇକାଲରୁ ସ୍ରାବ ସଂଗ୍ରହ କରି କୋଷ ଗୁଡ଼ିକର ପରୀକ୍ଷା ହେବ	ସର୍ଭାଇକାଲ କ୍ୟାନ୍ସର କିମ୍ବା ଅନ୍ୟ କିଛି ଅନିୟମିତତା ଥିଲେ ପରୀକ୍ଷା କରାଯିବ

ପରୀକ୍ଷା କେବେ କରାଯିବ	ପଦ୍ଧତି	କାରଣ
ଗନେରିଆ କ୍ଲଚନ ଜେନିଟାଲ ହାର୍ପିଜ (ପ୍ରଥମ ସାକ୍ଷାତ)	ଯୋନି ସ୍ରାବକୁ ନେଇ ପରୀକ୍ଷାଗାରରେ କ୍ଲଚର ହେବ	ସଂକ୍ରମଣ ଥିଲେ ଚିକିତ୍ସା କରାଯିବ
କ୍ଲାମିଡିଆ ପରୀକ୍ଷା (ପ୍ରଥମ ସାକ୍ଷାତ)	ସର୍ଭିକ୍ସ, ୟୁରେଥ୍ରା କିମ୍ବା ସେକ୍ଟର ପାର୍ଶ୍ୱବର୍ତ୍ତୀ ଅଙ୍ଗର ପରୀକ୍ଷା	ସଂକ୍ରମଣ ଥିଲେ ପରୀକ୍ଷା କରାଯିବ
ପରିସ୍ରାରେ ବ୍ୟାକ୍ଟେରିଆ (ପ୍ରଥମ ସାକ୍ଷାତ)	ମୂତ୍ର ପରୀକ୍ଷା	ଏହା ସଂକ୍ରମଣର ସଂକେତ ଏହାର ଚିକିତ୍ସା କରାଯିବ
ଡ୍ରଗ ସ୍କିନ ପ୍ରଥମ ସାକ୍ଷାତ	ମୂତ୍ର ପରୀକ୍ଷା	ଗର୍ଭଧାରଣ ସମୟରେ ନିଶାଦ୍ରବ୍ୟ ସେବନ କ୍ଷତିକାରକ । ଜଣାପଡ଼ିଲେ ଚିକିତ୍ସା କରାଯିବ
ପରିସ୍ରାରେ ଗ୍ଲୁକୋଜ (ପ୍ରତି ଥର)	ମୂତ୍ର ପରୀକ୍ଷା ଏକ ଡିପ ଷ୍ଟିକ ସାହାଯ୍ୟରେ ହୁଏ	ବେଶି ପରିମାଣ ହେଲେ ଗେଷ୍ଟେସନାଲ ଡାଇବିଟିଜର ଲକ୍ଷଣ ଦର୍ଶାଇଥାଏ
ପରିସ୍ରାରେ ପ୍ରୋଟିନ		ଅଧିକ ପରିମାଣ ହେଲେ ମୂତ୍ରାଶୟ ସଂକ୍ରମଣ କିମ୍ବା ପ୍ରିକ୍ଲେମ୍ପସିଆକୁ ଇଂଗିତ କରେ
ବ୍ଲଡ ପ୍ରେସର (ପ୍ରତି ଥର)	ବ୍ଲଡ ପ୍ରେସର ମାପକ ଯନ୍ତ୍ର କିମ୍ବା ଯେକୌଣସି ଇଲେକ୍ଟ୍ରୋନିକ ଯନ୍ତ୍ରରେ ମପାଯାଏ	ହାଇପରଟେନସନ କିମ୍ବା ପ୍ରିକ୍ଲେମ୍ପସିଆ କଥା ଜଣାପଡ଼େ
ଟ୍ରିପଲ ସ୍କିନ ୧୫ ରୁ ୧୮ ସପ୍ତାହରେ	ବାହୁରୁ ରକ୍ତ ବାହାର କରି ପରୀକ୍ଷା ହେବ	ଭ୍ରୂଣର ସ୍କ୍ରିନିଂ ଯୋଗୁଁ ଦୋଷ ଥିଲେ ଜଣାପଡ଼ିବ
ଗ୍ଲୁକୋଜ ଟଲେରେନ୍ସ ପରୀକ୍ଷା ୨୮ ଶତ ସପ୍ତାହରେ	ଗ୍ଲୁକୋଜ ଡ୍ରିଙ୍କ ପିଏଇଲ ପରେ ହାତରୁ ରକ୍ତ କାଢ଼ି	ଗେଷ୍ଟେସେନାଲ ମଦୁମେହ ପାଇଁ ପରୀକ୍ଷା
ଗ୍ରୁପର ଷ୍ଟେପ ଟେଷ୍ଟ ୩୭ଶ ସପ୍ତାହ ପାଖାପାଖି	ଯୋନି ତଥା କାଳବାଟ ପାଖରେ ଓ ପରିସ୍ରା ପରୀକ୍ଷା	ପ୍ରସବ ସମୟରେ ଚିକିତ୍ସା କରାଯାଇ ପାରିବ, ଫଳରେ ନବଜାତ ଶିଶୁଟି ନିରାପଦ ହେଇପାରିବ ।

ଗର୍ଭଧାରଣ ସମୟରେ ବିକଳ୍ପ ବ୍ୟବସ୍ଥା

ଲକ୍ଷଣ	ପଦ୍ଧତି	କାରଣ
ପିଠି ବ୍ୟଥା	ଉଷ୍ମତା	ଇଷତ ଉଷୁମ ପାଣିରେ ସ୍ନାନ ଗୋଟିଏ ଗାମୁଛାରେ ହିଟିଂପ୍ୟାଡକୁ ଗୁଡେଇ ୧୫ ମିନିଟ ରଖି ଦିନକୁ ୩-୪ ଥର ସେକନ୍ତୁ ।
	ରକ୍ଷା ପାଇଁ ଉପାୟ	ବ୍ୟାୟାମ, ଉଚିତ ଶାରୀରିକ କ୍ରିୟାକଳାପ
ଆଘାତ ବାଜିଲେ ବ୍ରଣ ଭଳି ଫୁଲି ଉଠିବା	ବରଫ ଖଣ୍ଡ	ବଜାରରୁ ବରଫଖଣ୍ଡ କିଣନ୍ତୁ କିମ୍ବା ପନିପରିବାର ପ୍ୟାକିଂ ପକେଟକୁ ପୂରାପୂରି ଥଣ୍ଡା କରି ଅଧା ଘଣ୍ଟା ରଖନ୍ତୁ;
	ଥଣ୍ଡା ସେକ	ଥଣ୍ଡା ବରଫ ଜଳରେ ମସ୍ଜଣ ଲୁଗାଟିଏ ଭିଜେ ଟାକୁ ଚିପି ବ୍ରଣ ଉପରେ ରଖି ବାରମ୍ବାର ଏପରି କରାନ୍ତୁ
ବାହୁ, ମଣିବନ୍ଧ କିମ୍ବା ପାଦରେ ବ୍ରଣ ବା ଘା	ଥଣ୍ଡା ପାଣିରେ ଭିଜାନ୍ତୁ	ଖୋଲା ପାଣିରେ ବରଫ ପକେଇ ଥଣ୍ଡା କରି ହାତ ପାଦ ଭିଜାନ୍ତୁ । ସମ୍ଭବ ହେଲେ ଅଧାଘଣ୍ଟା ପାଣିରେ ବୁଡେଇ ରଖନ୍ତୁ ।
ଜ୍ୱଳନ	ଥଣ୍ଡା ସେକ	ଥଣ୍ଡା ସେକ
ଥଣ୍ଡା ହେବା ସର୍ଦ୍ଦି ଧରିବା	ସେଲାଇନ ନୋଜ ଡ୍ରିପ୍ସ	ବଜାରରୁ ଏହି ଔଷଧ କିଣନ୍ତୁ କିମ୍ବା ୧/୪ ଚାମୁଚ ଲୁଣରେ ୧ ଆଉନ୍ସ ପାଣି ମିଶେଇ ଉଭୟ ନାକ ପୁଡାରେ କିଛି ବୁନ୍ଦା ପକେଇ ୫-୧୦ ମିନିଟ ଅପେକ୍ଷା କରନ୍ତୁ
	ଭିକ୍ସ ଭେପୋରକ୍ର	ଅତିରିକ୍ତ ମାତ୍ରା ଦତ୍ତ ନିର୍ଦ୍ଦେଶାନୁସାରେ ବ୍ୟବହାର୍ଯ୍ୟ ପ୍ରତି ଘଣ୍ଟାରେ ୮ ଆଉନ୍ସ ଔଷଧର ପରିମାଣ ଯଥା ଜୁସ, ପାଣି ଓ କୁକୁଡା ଝୋଳ ଇତ୍ୟାଦି । କ୍ଷୀରର ପରିମାଣ କିଛି ଦିନ ପାଇଁ କମେଇ ଦିଅନ୍ତୁ ।
	ଇନ୍ହେଲେସନ	ବାଷ୍ପ କ୍ୟାଟେଲି, ଷ୍ଟିମ ଭେପୋରୋଇଜର ନେଇ ମୁଣ୍ଡ ଉପରେ ବାଷ୍ପ ଗ୍ରହଣ କରନ୍ତୁ । ଦିନକୁ ୩-୪ ଥର ୧୫ ମିନିଟ ଲେଖାଏଁ ନିଜକୁ ସହାଇଲା ଭଳି ବାଷ୍ପ ଗ୍ରହଣ କରନ୍ତୁ । ଦିନକୁ ୩-୪ ଥର ୧୫ ମିନଟ୍ ଲେଖାଏଁ ନିଜକୁ ସୁହାଇଲା ଭଳି ବାଷ୍ପ ଗ୍ରହଣ କରନ୍ତୁ ।

ଗର୍ଭଧାରଣ ସମୟରେ ବିକଳ୍ପ ବ୍ୟବସ୍ଥା

ଲକ୍ଷଣ	ପଦ୍ଧତି	କାରଣ
	ନେଜାଲ ଷ୍ଟ୍ରିପ	ଦତ୍ତ ନିର୍ଦ୍ଦେଶାନୁସାରେ
କାଶ (ସର୍ଦ୍ଦି ବା ଗରମ)	ଇ ହେ୍ନ ଲେ ସ ର ର ଅତିରିକ୍ତ ମାତ୍ରା	ସର୍ଦ୍ଦି (ଦେଖନ୍ତୁ) ସର୍ଦ୍ଦି
ଡାଇରିଆ	ଅତିରିକ୍ତ ମାତ୍ରା	ପ୍ରତି ଘଣ୍ଟା ୮ ଆଉନ୍ସ ପାଣି ପିଅନ୍ତୁ ଫଳରସ ବା ସୁପ ମଧ୍ୟ ଗ୍ରହଣୀୟ
(ଜ୍ୱର) ୧୦୦ ° ଏଫରୁ ଅଧିକ ହେଲେ ଡାକ୍ତରଙ୍କୁ ଡାକନ୍ତୁ, ୧୦୨° ଏଫରୁ ବେଶି ହେଲେ ଶୀଘ୍ର ଡାକ୍ତରଙ୍କୁ ଡାକନ୍ତୁ । କୌଣସି ଔଷଧ ଖାଇ ଜ୍ୱର କମାଇ ପାରନ୍ତି	ଥଣ୍ଡା ପାଣିରେ ସ୍ନାନ ଷ୍ଟ୍ରିଜ ବାଥ	ଉଷୁମ ପାଣି ଭର୍ତ୍ତି ଟବରେ ବସି ବରଫ ଖଣ୍ଡ ପକେଇ ଥଣ୍ଡା କରୁଥାନ୍ତୁ । ଦେହ ହାତ ଥରି ଉଠିଲେ ଗାଧୋଇବା ବନ୍ଦ କରି ଥାଳିଆରେ ପାଣି, ବରଫ ଖଣ୍ଡ ଓ ଆଲ୍‌କୋହଲ ମିଶେଇ ଗାମୁଛା ଭିଜେଇ ଦେହ ହାତ ଗୋଡ଼କୁ ପୋଛନ୍ତୁ
ହିମ ରଏଡ୍‌ସ	ଷ୍ଟିଲ ବାଥ	ଇଷତ୍ ଉଷୁମ ପାଣିର ଟବ୍‌ରେ ଦିନକୁ ୨-୩ ଥର ବସନ୍ତୁ
ପେଟ କିମ୍ବା ଚର୍ମରେ କୁଣ୍ଢେଇ ହେବା	ରକ୍ଷାତ୍ମକ ଉପାୟ	ଶୁଖିଲା ସାବୁନ କିମ୍ବା ଉଷୁମ ପାଣିରେ ଗାଧୋଇବା ମନା । ଭିଜା ଦେହରେ ମଏଶ୍ଚରାଇଜର ଲଗାନ୍ତୁ
ଆଖି କୁଣ୍ଡେଇ ହେଇ ଲୁହ ଗଡ଼ିବା	ଉଷୁମ ସେକ	ଇଷତ ଉଷୁମ ପାଣିରେ ଗାମୁଛା ଭିଜେଇ ସେକ ଦେବା
ମାଂସପେଶୀ ଫୁଲିଥିଲେ ଆଘାତ	ବରଫ ଖଣ୍ଡ, ଥଣ୍ଡା ସେକ, ଥଣ୍ଡା ପାଣିରେ ଭିଜେଇ (୨୪ ରୁ ୪୮ ଘଣ୍ଟା)	ବ୍ରଣ ଦେଖନ୍ତୁ
ମାଂସ ପେଶୀ ଫୁଲି ଆଘାତ	୪୮ ଘଣ୍ଟା ପରେ, ଉଷୁମ ପାଣିରେ ଭିଜେଇ, ସ୍ନାନ ହିଟିଂ ପ୍ୟାଡ ବ୍ୟବହାର	ଉଷୁମ ପାଣିରେ ଗାମୁଛା ଭିଜେଇ ଗୁଡେଇ ହୁଅନ୍ତୁ । ଏହାକୁ ପ୍ଲାଷ୍ଟିକ ବ୍ୟାଗରେ ଡାଙ୍କି ହିଟିଂ ପ୍ୟାଡ, ତା' ଉପରେ ଥୋଇ ଘଣ୍ଟାଏ ରଖନ୍ତୁ ।

ଲକ୍ଷଣ	ପଦ୍ଧତି	କାରଣ
ନାକପୁଡା ବନ୍ଦ ହେବା		ସର୍ଦ୍ଦି (ଦେଖନ୍ତୁ)
ସାଇନାସିଆଟିସ	ବାରମ୍ବାର ଉଷୁମ ଓ ଥଣ୍ଡା ସେକ	ଉଷୁମ ପାଣିରେ କନା ଭିଜେଇ ଚିପି ଦିଅନ୍ତୁ । ବ୍ୟଥା କମିବା ପର୍ଯ୍ୟନ୍ତ ରଖନ୍ତୁ; ତା'ପରେ ଥଣ୍ଡା ସେକ ଦିଅନ୍ତୁ । ପୁନରାବୃତ୍ତି କରନ୍ତୁ
ଗଳାରେ ଯନ୍ତ୍ରଣା, କାଶ	ଉଷୁମ ପାଣି ପୂରେଇ ଗଡ଼ ଗଡ଼ କରିବା	ଉଷୁମ ପାଣିରେ ଅଳ୍ପ ଲୁଣ ମିଶେଇ ୫ ମିନିଟ ପର୍ଯ୍ୟନ୍ତ ଘଡ ଘଡ କରନ୍ତୁ; ପାଟି ମେଲା କରି ଉପରକୁ ଆଁ କରି ଗଡ଼ ଗଡ଼ ପ୍ରତି ଦୁଇ ଘଣ୍ଟାରେ କରନ୍ତୁ

ଗର୍ଭାବସ୍ଥାରେ କ୍ୟାଲୋରୀ ତଥା ଚର୍ବିର ଆବଶ୍ୟକତା

ଯେକୌଣସି ବ୍ୟକ୍ତି ଜଣକର ଓଜନ, କାର୍ଯ୍ୟସ୍ତର ବା କର୍ମ ସାମର୍ଥ୍ୟ ଓ ମେଟାବଲିଜ୍‌ମ ଅନୁସାରେ ହିଁ, ତାଙ୍କ ପାଇଁ ଚର୍ବି ଓ କ୍ୟାଲୋରୀ ନିର୍ଦ୍ଧାରିତ ହେଇଥାଏ । ନିମ୍ନ ତାଲିକାରୁ ଏକ ଆନୁମାନିକ ଅଟକଳ କରାଯାଇପାରେ ।

ଆପଣଙ୍କ ଆଦର୍ଶ ଓଜନ (ପାଉଣ୍ଡରେ)	କାର୍ଯ୍ୟକଳାପର ସ୍ତର	ଦିନକୁ କ୍ୟାଲୋରୀର ଆବଶ୍ୟକତା	ଅତି ବେଶି ଚର୍ବିର ଆବଶ୍ୟକତା	ଅଧିକନ୍ତୁ ପୂର୍ବ ଗଚ୍ଛିତ ଚର୍ବିର ଚାହିଦା
୧୦୦	୧	୧୫୦୦	୫୦	୨ ୧/୨
୧୦୦	୨	୧୮୦୦	୬୦	୩ ୧/୨
୧୦୦	୩	୨୫୦୦	୮୩	୫
୧୨୫	୧	୧୮୦୦	୬୦	୩ ୧/୨
୧୨୫	୨	୨୧୭୫	୭୨	୪
୧୨୫	୩	୩୦୫୦	୧୦୧	୬
୧୫୦	୧	୨୧୦୦	୭୦	୪
୧୫୦	୨	୨୫୫୦	୮୫	୫
୧୫୦	୩	୩୬୦୦	୧୨୦	୭ ୧/୨

ନିଜର କାର୍ଯ୍ୟକଳାପର ସନ୍ତର ଏଭଳି ବାହାର କରନ୍ତୁ: ୧. ଆରାମ ଦେୟ (୨) ମଧ୍ୟମ ସକ୍ରିୟ (୩) ପୂର୍ଣ୍ଣ ସକ୍ରିୟ (ଖୁବ୍ କମ୍ ମହିଳାମାନେ ତୃତୀୟ ଶ୍ରେଣୀ ଅର୍ଥାତ ୩ ଅନ୍ତର୍ଭୁକ୍ତ ହେଇଥାନ୍ତି)

ମା'ହେଲେ କ'ଣ କରିବେ ?

ଗର୍ଭାବସ୍ଥା ସମୟର ଦ୍ରଷ୍ଟବ୍ୟ

ମୋର ପ୍ରଶ୍ନ

ମୋର ଅନୁଭୂତି

ମୋର ସ୍ମରଣୀୟ ମୁହୂର୍ତ୍ତ

ମୋର ପ୍ରଶ୍ନ

ମୋର ଅନୁଭୂତି

ମୋର ସ୍ମରଣୀୟ ମୁହୂର୍ତ୍ତ

ପ୍ରତି ସପ୍ତାହରେ ଆପଣଙ୍କ ଭୋଜନ

ସପ୍ତାହ ୧ :

ସପ୍ତାହ ୨ :

ସପ୍ତାହ ୩ :

ସପ୍ତାହ ୪ :

ସପ୍ତାହ ୫ :

ସପ୍ତାହ ୬ :

ସପ୍ତାହ ୭ :

ସପ୍ତାହ ୮ :

ସପ୍ତାହ ୯ :

ସପ୍ତାହ ୧୦ :

ସପ୍ତାହ ୧୧ :

ସପ୍ତାହ ୧୨ :

ସପ୍ତାହ ୧୩ :

ସପ୍ତାହ ୧୪ :

ସପ୍ତାହ ୧୫ :

ସପ୍ତାହ ୧୬ :

ସପ୍ତାହ ୧୭ :

ସପ୍ତାହ ୧୮ :

ସପ୍ତାହ ୧୯ :

ସପ୍ତାହ ୨୦ :

ସପ୍ତାହ ୨୧ :

ସପ୍ତାହ ୨୨ :

ସପ୍ତାହ ୨୩ :

ସପ୍ତାହ ୨୫ :

ସପ୍ତାହ ୨୬ :

ସପ୍ତାହ ୨୭ :

ସପ୍ତାହ ୨୮ :

ସପ୍ତାହ ୨୯ :

ସପ୍ତାହ ୩୦ :

ସପ୍ତାହ ୩୧ :

ସପ୍ତାହ ୩୨ :

ସପ୍ତାହ ୩୩ :

ସପ୍ତାହ ୩୪ :

ସପ୍ତାହ ୩୫ :

ସପ୍ତାହ ୩୩ :

ସପ୍ତାହ ୩୬ :

ସପ୍ତାହ ୩୭ :

ସପ୍ତାହ ୩୮ :

ସପ୍ତାହ ୩୯ :

ସପ୍ତାହ ୪୦ :

ସପ୍ତାହ ୪୧ :

ସପ୍ତାହ ୪୨ :

ସପ୍ତାହ ୪୩ :

ସପ୍ତାହ ୪୪ :

ସପ୍ତାହ ୪୫ :

ସପ୍ତାହ ୪୬ :

ପ୍ରଥମ ମାସ

ପ୍ରଥମ ମାସ

ଦ୍ୱିତୀୟ ମାସ

ଦ୍ୱିତୀୟ ମାସ

ତୃତୀୟ ମାସ

ତୃତୀୟ ମାସ

ଚତୁର୍ଥ ମାସ

ଚତୁର୍ଥ ମାସ

ପଞ୍ଚମ ମାସ

ପଞ୍ଚମ ମାସ

ଷଷ୍ଠ ମାସ

ଷଷ୍ଠ ମାସ

ସପ୍ତମ ମାସ

ସପ୍ତମ ମାସ

ଅଷ୍ଟମ ମାସ

ଅଷ୍ଟମ ମାସ

ନବମ ମାସ

ନବମ ମାସ

ପ୍ରସବ କଷ୍ଟ ଓ ଜନ୍ମ

ପ୍ରସବ

www.ingramcontent.com/pod-product-compliance
Lightning Source LLC
Chambersburg PA
CBHW070543030726
47505CB00001B/139